风起江南·第五辑·
陆春祥／主编

年轮之上

侯范才 ——著

文匯出版社

图书在版编目(CIP)数据

年轮之上 / 侯范才著. —上海：文汇出版社，
2022.9
（风起江南 / 陆春祥主编. 第五辑）
ISBN 978-7-5496-3879-6

Ⅰ.①年… Ⅱ.①侯… Ⅲ.①散文集–中国–当代
Ⅳ.①I267

中国版本图书馆 CIP 数据核字(2022)第 167897 号

年轮之上

著　　者 / 侯范才
责任编辑 / 熊　勇
装帧设计 / 书香力扬

出版发行 / **文匯**出版社
　　　　　上海市威海路 755 号
　　　　　（邮政编码 200041）
经　　销 / 全国新华书店
印刷装订 / 成都兴怡包装装潢有限公司
版　　次 / 2022 年 9 月第 1 版
印　　次 / 2023 年 1 月第 1 次印刷
开　　本 / 880×1230　1/32
字　　数 / 835 千
印　　张 / 42

ISBN 978-7-5496-3879-6
定　　价 / 195.00 元(全五册)

风起江南散文系列第二季（总序）

尽力猛扑而朗朗仓仓

陆春祥

1

西湖孤山南麓，有三忠祠，奉祀袁昶、许景澄、徐用仪三人。袁昶（1846—1900）为桐庐人，我的老乡，他殿试二甲，官至三品，庚子事变，力谏朝廷不可纵容义和团滥杀洋人与外国开衅而遇害。袁昶诗文、书法、藏书、刊印、西学等，诸业皆有突出成就。

辛丑春节，我一直在读袁昶的日记。袁的日记，持续时间长，从同治丁卯六年（1867）三月开始写，从无中辍，一直到被害前。他的日记还不是一般的记事，侧重在求知问学、克己慎思上，目的就是迁善改过。

看一则"癸酉正月"：

癸酉元日帖子。元日书红云，癸为揆度，酉象闭门。士君子必有闭关千日，研几极深之思，而后有揆度庶务，洞若观火之量。静存仁也，动察智也。

这一年是同治十二年（1873），鸡年春节，袁昶27岁。一个甲子后的鸡年，我父亲出生。袁昶逝后，一个甲子零一年，我也

1

出生了。这样看来，袁昶其实离我很近。不过，年轻人袁昶，思想已经成熟，他虽三十岁中进士，却早已饱读诗书，有着自己独立的见识。

他解释"癸酉"，别有见地。

"癸为揆度"，就是估计现实情况。为什么他关注现实，从他的经历可以看出，他时刻将读书人的目的与责任和现实紧密相连，虽是保皇派，但在处理义和团滥杀洋人的事件上，眼光却远大，做事不能只顾情绪不计后果，虽被杀，不数日遂昭雪，谥"忠节"。"酉象闭门"，这是从字形上说酉字。闭门干什么？你若要有对事情洞若观火的眼光，则必须闭关千日，将冷板凳坐穿，如此才会形成自己别样的眼光，处理好各种政务。袁昶曾任江宁布政使、光禄寺卿、太常寺卿等，在各个岗位都有建树，芜湖还建有"袁太常祠"纪念他。

静存仁，动察智。胸中有仁义，决事才有智慧。这不是一个死守书斋不知变通的读书人，他将所学与现实、读书与修身、思考与反省紧密结合。

写完那则"癸酉正月"，已经过去整整一年。

又一个年三十夜，袁昶吃过年夜饭，往桐庐城里闲逛。桐君山上祈福的钟声不时撞耳，富春江两岸的爆竹尖叫着频频蹿向空中，街上行人已经开始聚集，小儿成群追着叫着倏忽跑过。袁昶抬头望星空，但见北斗星的斗柄已经指向东方，他内心里不断感叹，还有几个时辰，旧的一年转瞬即过，混混与世相处，隼起鹘落，如弹指一刹那，而自己却学业未精，德行也没有进步，真让人惶恐啊。

严格自律的袁昶，每日三省己身，袁昶日记中，他悟出的人

生格言，多得让我双眼停不下来，仅以甲戌年（1874）摘要举例：

人惟无欲，始能刚耳，有欲恶能刚。耐坚苦者，始能进德耳，耽安佚者，则丧德矣。（甲戌正月）

不作无益之事，不道无益之言，不损无益之神，不发无益之虑。

心无二用，自今后作一事竟，再作一事，则心体不疲。（甲戌二月）

抄录七十二岁的黄元同《求是斋记》句：天假我一日，即读一日之书，以求其是；《畏轩记》句：读经而不治心，犹将百万之兵而自乱之。（甲戌六月）

抄录《孙思邈方书》句：口中言少，心中事少，腹中食少，自然睡少，依此四少，神仙诀了。（甲戌七月）

境遇耐得一天是一天，学问长得一天是一天，精神养得一天是一天，嗜欲淡得一天是一天。（甲戌九月）

尽力猛扑，将七阁、四库、三藏、九流、二氏，朗朗仓仓，一齐装满布袋肚子内，此师南皮之法也。（同上）

不见己之善，惟见人之善。不见己之善，故所诣日进，惟见人之善，故无怨于世。（甲戌十二月）

特别喜欢"尽力猛扑"这一句，活画其读书信念与志气。

袁昶要扑向什么？四库、七阁，指清代收藏《四库全书》的七座藏书楼总称；九流，乃秦至汉初的九大学术流派；二氏，佛道两家。南皮，借代籍贯为南皮以张之洞为创始人的学派，该派以汉学、旧学为体，以西学、新学为用。袁昶的阅读，如牛饮，如鲸吸。如此写下阅读的贪念，他暗自笑起，耳边似乎突然响起

《双射雁》中穆桂英的唱词："那绣绒宝刀仓仓朗朗朗朗仓仓放光明啊"。嗯，猛扑，唯有尽力猛扑，胸中才会有光明一片啊！

尽力猛扑而朗朗仓仓，越读越有趣，宛如袁昶就站在清丽丽的富春江边，沐着五月的微风，张开双臂，身子前倾，跟我摆那个猛扑的动作。

2

劲风又绿江南。

风起江南散文系列第二季即将面世。

通读书稿，满心欢喜，文丛的作家们也如袁昶先生一样"尽力猛扑"，他（她）们如饥似渴地扑向经典，努力汲取营养；他（她）们倾力扑向大地，扑向生长养育又骨肉相连的故土，尽情撷取自然的芬芳。他（她），身姿矫健，一路奔跑着穿过光阴，且行且歌。

陈思义的《顾名思义》，山岗峰岩岭，江海河浦溪，城镇街路巷，历史，地理，人物，事件，语言，经济，民族，社会，乡土，风水，作者以一种特殊的文化现象——地名为题，立足瑞安，放眼温州，东西南北中，细细深探究。语言朴素平实，勾连中西古今，刨根追底，饶有趣味。

赵玉龙的《鸟兽为邻》，村中老屋与往事、树与古井，一帧旧照片、路边的一个镜头，放蜂人、鸭司令、守林人，白花海棠、仙鹤草、青箬叶、过往与现实，身边与周遭的一切事物都凝练成了令人难忘的意象，叙述流畅，语言节制，时有哲思闪光。

金洁的《我很笨》，慢品人间烟火色，闲观万事岁月长。与爱同行，爱是世间最美好的语言。为他人着想，发现更多的善良与美好，让每一个微笑都抵达对方的心灵深处、宇宙的远方。无论平凡与精彩，四季都要轮回。生命如尘，岁月如歌，且行且惜珍。

侯范才的《年轮之上》，悠久厚重的人文底蕴，如诗如画的水乡风景，父亲的微笑，母亲的马提灯，都在作者笔下汩汩流畅。故乡盛开的槐花，第二故乡鸣鹤古镇，大海与诗歌，老井与石磨，彼此交融，相互辉映，都已融入作者的生命深处，交织成曲，咏而归。

戴建东的《星星落进了小河》，质朴而诚挚的叙述，这是对养育自己的故乡作深情回望。昔日乡村虽清贫与困苦，却也不乏真挚与朴素，童年少年虽艰辛与苦涩，却也饱含梦想与痴迷。往事如烟，那些烟都已织成风景；往事如云，那些云也都酿成了甘露。

3

有人仔细统计了《诗经》中的草木虫鱼数量，计有，113 种草，75 种木，39 种鸟，67 种兽，29 种虫，20 种鱼。

我读过诸多关于《诗经》中草木虫鱼的书，不一一例举。一个简单事实是，这些鸟兽草木，只是赋比兴的喻体而已，我们的先人，想象力极其丰富，他们用这些喻体，隐晦曲折表达自己丰沛的情感。

因此，对这样一部博大无比的百科全书，孔老师自然钟爱有加。

孔鲤从对面怯怯走过来，孔老师叫住了儿子：伯鱼呀，你仔细读过《周南》和《召南》没有？

孔鲤就怕老爸问，一脸茫然：爸爸，我没有读过呢？

孔老师感叹：唉！一个人如果不曾仔细读过《周南》与《召南》，就会像面朝墙壁站着的人一样啊！

面壁而立，不是面壁思过，而是说你什么也看不到，哪里都去不了。

《周南》、《召南》都居十五国风之首，内容侧重夫妇相处之道，教育人修身齐家。孔鲤一定听懂了，他已长大成人，老爸这是要他系统学习《诗》呢，否则，怎么能适应这个社会呢？

孔鲤在父亲的课堂上，已经多次听到老爸这样教育他的学生：《诗》三百，一言以蔽之，思无邪（《为政》第二）。这里的关键是"思无邪"，"思"为发语词，"无邪"，没有虚伪造作，都是真情流露。诗三百，用一句话简单概括，就是真情两字。文学作品最需直抒胸意，最怕无病呻吟。这也完全符合我们先人即兴的咏叹，面对残酷的生存现实，恶劣的自然条件，先人们劳力之余，依然手之舞之足之蹈之，自我找乐。

国风，大雅，小雅，周颂，鲁颂，商颂，三百一十一篇，皆为民众心底里喊出，在广漠大地上回响，宫商角徵羽，有时甚至响遍行云。

真诚希望我们的散文作家，对眼前的一切，猛扑吧，尽力猛扑！不虚假，不造作，用心用情善待所有，包括天地间的草木虫鱼鸟兽。朗朗仓仓，仓仓朗朗，听，美妙的旋律，从旷野上、烟波里、花朵中清晰传来。

壬寅桃月

富春庄

目录
CONTENTS

第一卷 / 印象江南

山高水长 / 002

方家河头 / 006

鸣鹤怀古 / 010

桥头秋色 / 014

梦回上林 / 019

爱在沙黄 / 024

清廉随想 / 028

榆树情结 / 032

大海恋歌 / 036

夹竹桃 / 040

锦溪，锦溪 / 044

邻水，邻水 ／ 046

奉化鸣雁 ／ 048

第二卷 ／ 纸上故乡

家，父亲 ／ 052

端午情思 ／ 056

遥望故乡 ／ 059

白杨礼赞 ／ 062

月光谣 ／ 065

童年中秋 ／ 069

品味腊月 ／ 072

拜　年 ／ 075

盛开的槐花 ／ 078

回乡的路 ／ 082

背　影 ／ 085

远去童年 ／ 089

常回家看看 ／ 091

情寄中秋 ／ 094

清明雨 ／ 096

侯楼老井 ／ 100

芦花识秋 ／ 104

石磨悠悠 ／ 107

蝉鸣声声 / 115

柿子又熟了 / 119

肖玲老师 / 126

怀念外婆 / 131

第三卷 / 吾心安处

桐花情愫 / 136

慈溪情怀 / 139

香樟之恋 / 143

此岸彼岸 / 147

品味书香 / 150

笔耕之旅 / 153

再别故乡 / 157

第四卷 / 年轮之上

父亲的微笑 / 164

给父亲理发 / 166

春光里 / 170

母亲的马提灯 / 173

贫穷之痛 / 177

女儿生日 / 180

六月畅想 / 182

行走的树 / 185

与蝶共舞 / 188

年轮之上 / 190

白发感悟 / 193

第五卷 / 心灵之约

诗巧人慧 / 198

心灵之约 / 207

向死而生的草 / 210

《海地》随想 / 214

纸上乡愁 / 218

情系厚土 / 221

结缘诗歌 / 225

编辑来信 / 228

"寒潮"不寒 / 233

将光迎来 / 235

跋 / 238

后记 / 242

山高水长

方家河头

鸣鹤怀古

桥头秋色

梦回上林

爱在沙黄

清廉随想

榆树情结

大海恋歌

夹竹桃

锦溪，锦溪

邻水，邻水

奉化鸣雁

年轮之上

第一卷

Chapter

印象江南

01

山高水长

秋雨斜织,思绪纵横,置身在浙东这片被烟雨装扮下有着七千年河姆渡文明滋养的吴越福地,享有"文献之邦"美誉。这里是一个文化底蕴丰厚、富庶八方、人杰地灵、乡贤辈出的地方,在这里一代代乡贤点亮华夏的古今。

一程程赶来的山川灵秀,湖光妖娆,苍松摇曳,重峦叠嶂都给这诗意的江南增添了盎然无限的生机和无穷的魅力。

向死而生的草,预示着一个伟大的灵魂站立的姿势,谱写出一个人的高贵与魅力,是对高洁和浩然正气的诠释和彰显。

怀着对子陵先生的膜拜,迈出拜谒先生的脚步,让我再次前往江南这个被山水托举着的客星山,这是一座被世人仰慕的山峰,这里安放着浙东乡贤、一代高士严子陵先生的灵魂,是子陵先生的栖息地。他避开了尘世的纷扰选择在故乡一方朴素的净土上长眠。

再轻的脚步也怕搅扰客星山往日的安宁。脚步轻轻是每一位对客星山慕名者所做出的最虔诚也是必须和该做的姿势。这是对一代高士无限的敬畏。

有道是"山不在高，有仙则名"，脚下这个昔日的陈山，自一位高士崇高而伟大的灵魂驾到，从而一座不知名的陈山名望就被抬高，这座山就成为一个民族的脊梁，高成了世人仰慕的丰碑，照亮后人的灯塔。客星山因有子陵先生这位名人的效应就凸显出一座山的传奇和神秘，就显得淋漓尽致。也正是如此，慈溪这个昔日叫陈山的山，却因与一代宗师严子陵与帝王刘秀之间的故事从此名扬古今，留下了代代名人骚客写下他们对先生的谒文流传于世。

在"客星山谒墓记"的碑文一方，另镌刻着"何处是汉家高士，此间有天子故人"，无不凸显出子陵在天子刘秀心中的地位之高。"高山无古今，大江日东流，人物浪淘尽，英名至今留"这写在子陵村的牌坊上的大字，也正是对乡贤子陵先生人格魅力的又一真实写照。

山高人为峰。就是这样一座客星山，正是因为有子陵先生这样一位高士的朴素墓地的存在，衍生出高士背后故事，耕躬于山间田园，不跻身于仕途，远离朝廷之上，不与那些官宦佞臣之流共事而划清界限。视官爵为粪土，铸一身正气，隐居家乡活出一个真正一代高士的风范与自我，汇成千年绵延不绝的清流沐浴着后人，留下"高风千古"享誉华夏的世代美誉。子陵先生名播天下又有谁可以与先生相提并论呢？

正如清代诗人吕迪先生也在《客星山怀古》中写下了："光

武故人埋玉骨，高山长水不无灵。先生浪迹惟严濑，故老流传此客星。祠墓尚留唐树木，雨风已蚀汉碑铭。欲知亮节清风在，华井泉留万古馨。"在浙东这样一位高士生于斯长于斯的吴越大地，在晚年情系故土，叶落归根，给这个千年客星山增添了无限风光，正是有子陵先生这样的高士生长这片大地，才有一代代仁人志士装饰着华夏的天空照耀五千年浩瀚的星河。

在余姚龙泉山公园山上苍松翠柏之下，有一处并排着四块高大的石碑。这就是先贤故里的后人们为了纪念先贤们丰功伟绩，特把四位先贤请在一起，作为后人师表和学习的楷模。他们分别是汉高士严子陵、明先贤王阳明、明徵士朱舜水、明遗献黄梨洲四位先贤。在汉高士严子陵的石碑上左右两侧分别写道"渺矣纶竿神汉远，依然城邦客星高"的联文，这是对先生的高风亮节的品格又一写照。每一次登上龙泉山公园我都会伫立在四位先贤的石碑前，对先贤肃然起敬，心生仰慕之情，想为先贤之品格写下属于自己的敬畏文字。

人在浙东，时时对这片神奇的大地而感慨。看到他们的身上都有一种生存智慧与韬晦藏拙和懂得审时度势之能，喷发出一种华夏绵延不绝的民族精神，在五千年的文明史上永远留芳，光照千秋。

两年前，我约一友前往素有"天下佳山水，古今推富春"之称的富春江畔拜谒子陵先生的钓台。在这风平浪静的富春江畔，一位高士身披蓑衣垂钓江山的身影仿佛一下又呈现在我的面前，他能在山水之间静看风云，洞察世界，隐居山乡，过着"云山乐躬耕"的田园生活，这成为多少文豪隐居的范本哪，就像陶渊明所向往的世外桃花源般的"采菊东篱下，悠然见南山"诗化意境。

子陵先生把自己隐居于富春江这一片藏龙卧虎之地，为了不显山露水，把自己安放在家乡山水灵秀之中。把玩湖光山色得到后人盛赞的一代高士，他的"高风亮节"的精神品质史册留名。

在富春江畔严子陵钓台素有天下第一观之称。有四个特别显眼的大字"山高水长"，为当代书法大家沙孟海、赵朴初两位大师所书。还有映入眼帘的是错落有致的"诗文碑林"长廊，这是一处文化集结地，荟萃历朝诗文。在这里，古今书法大师、文豪墨客们慷慨赋诗，挥毫留墨，诗咏高士的，一一留下了他们到此凭吊子陵先生的游踪，而我此行只有对一代高士油然而生致敬和仰慕之情。

事后，我又来到了子陵先生的家乡子陵村，在这个文风四溢的乡村，在民风朴素，文化气息浓郁的乡间行走，感受到子陵先生的浩然之风范与他的人格品德，成为后人的不可替代的师表。在原路返回时，再一次涌现在眼前的是牌坊上那"云山苍苍，江水泱泱，先人之风，山高水长"十六个大字，这不正是先生的品质写照吗？愿先生之清风永驻人间沐浴后人。

大江东去，似水流年，白驹过隙之处，岁月守候在一位高士身旁，客星山一切安好。

方家河头

人在方家河头，走过烟雨濛濛的江南。山林看护下的古道，被山间的水声唤醒。踩着远古、陌生的时光，与一声鸟鸣并肩而行。迎来送往的马蹄声，被永驻山间的风声，打磨得越来越轻。

那些拾级而上的人，面对远山近水的山一程水一程赶来，收获了涛声和谷鸣。不经意间那一级级而上的脚步声，被风声修饰之后，一路奔波的汗珠荡漾在岁月的身影里。一条通往远方的古道，守住了千年的时光。每走一步它都把记忆拉长。在方家河头，正是与这个不期而遇的秋天，陪我从茶马古道上经过。

一条古道的远方刚好就通向秋天，与一位来自远方的人不谋而合，再轻的脚步也能唤醒古道千年时光，每一级都是解读深秋里渐渐老去的密码。时光之上的夹岙岭，满眼的秋色，藏不住古道上来来往往寻梦者奔忙的脚步和欢笑。

一条古道一部地方志。车水马龙的回声把岁月拉长，抵达每一位先人的脚步。古道、驿站、回龙亭有多少人，把疲惫安放在山林，汗珠，留给了擦肩而过的风声。在夹岙岭，可以看到秋天的隐私。

变本加厉的风，吹伤了岁月经过时的跫音，或轻或重、搁浅在古道之上，呼啸的喉咙，拉长了古道，远去的蹄声，抱紧了山的头颅和手臂，以另一种活法，走过它们的辉煌的岁月。堆砌的时光，锁住了风卖弄的翅膀。

夫妻树，在你们的面，再多的海枯石烂，再多的海誓山盟，都是一纸苍白。满世界的玫瑰，也会自动凋谢。花前月下，仅是一个虚伪的符号，天涯海角也只是，掩饰甜言蜜语代名词；天证婚、地为媒。风雨言情、霜雪示爱，天设地造，千古无双的恋情。它们从山风吹奏的唢呐里牵手，为爱坚守，相濡以沫。只是它们自信和鼓励的两双对视的眼睛，就这样形影不离地走进了岁月的这头。走过五千年悠悠时光，走到地老天荒。

在方家桥头，四季依然如旧。雁鸣搬不走的深秋，与步入方家河头的脚步，撞个满怀。恋旧的镰声，正小心地接近曾被蛙鸣看护下的稻香。枝头上的果实，再现了秋天丰满的靓影；几朵不爱张扬的花朵，在蜜蜂的怂恿下依然跟随着秋天左右，那些装扮深秋的白云也被池中走丢的荷香收藏，在方家河头无法下手的秋风，只好在村头的树影下徘徊。

年轮收养的时光码放成古村的风景，恭维的涛声，抬高了岁月的腰杆，银杏的体内粘满了归宗认祖的风声。枝繁叶茂的树冠，被鸟鸣翻下了那些与时令背道而驰的落叶，一群陌生的脚步，在叩问银杏归来的方向。

通往方家河头的地名牌，总在纠正行人的方向。一块苔藓舔舐的青石板，分开眼前新旧时光，放慢的节奏里典当着带着方言的叫卖声。炊烟簇拥下的风声，吹落了马头墙清瘦的身影。潺潺的山溪，依偎着古村千年的倒影。远去的那片桨声，溅湿了多少人对古村的记忆。泛黄的族谱上，回荡着方氏先人奔波的脚步。

顺着古道拾级而上的脚步，一不小心，就会把秋天踩得遍体鳞伤。负重前行的深秋，已在这里安营扎寨。蓄势待发的秋风，在这里招兵买马。给我撑腰的只有夹岙岭，封为山中之王、统领千军，号令鸟鸣把守秋天，设瀑布为岗哨，山溪巡查，囤积一个崭新的秋天。在夹岙岭，唯有我收获一个触手可及的秋天。

贴近一口方井，看到一群搁浅的水声，掬一捧托举着自己倒影的水面，让时光的涟漪回到远古。井边时重时轻的槌衣声，粘满了浣衣女乌黑的发梢。水车悠悠，挥霍着深藏井下的厚厚时光，每一桶井水里，都打上来方家河头千年的倒影。

在夹岙岭，拥有整个秋天。成为山中之王，山林载舞、溪水献歌，江山交出了它们的领地。让膨胀的私欲在此时一定乾坤，做真正的自己。

从现在起，要与山上的时光友好相处，共邀相望的山头来此相聚，酌几壶时光陈酿，划拳猜掌。借风声弹琴，远山近水、天南地北、近在咫尺——让它们从琴声里悠悠地经过，我喊着那些走丢、迷途的脚步，山峰在那里仔细恭听。只有山谷在模仿我的嗓音交头接耳。

方家河头之香溪里的桨声，溅湿了千年时光，一群识途的水声，徘徊在方家河头搁浅的码头。河边芦花轮回的身影，被陌生的浪花冲到岸边。古村千年的身影被桨声溅湿。有多少叩问香溪的脚步，与时光并肩而行。艄公的号声，拉长了香溪千年的记忆。

在方家河头，那一缕缕悠悠的炊烟，带来一片发酵的时光，那些尘封的足音，奔跑在方言里；香溪带丢的桨声，刻上了方家河头厚厚的时光。廊檐下，老人抽着的烟斗一闪一闪的火光越走越轻，时常被他们的咳嗽声拉伤。那些来往的脚步把打磨之后的青石板，收藏进了方氏厚重的族谱。

老屋上一株株高出岁月的瓦楞草，交出了马头墙上那些历经风雨的日子，每一株歪斜的身影都摇轻了多少时光，无法守住老屋内秘密。在岁月的这头，方家河头千年时光挺直了自己的腰杆。

方家河头，在唐诗宋词的江南里，定会有你不老的身影。

鸣鹤怀古

水润吴越，福泽鸣鹤。七千年河姆渡的文明，从结绳记事中走来，走成吴越一方天地，投影在一朵浪花里，以一声鹤鸣探访一粒盐的前世。

依山傍水的千年古镇，在远山近水中走成了一纸江南。贴近一片花格窗，听久远的叫卖声讲述古镇昔日的繁华，顺着昔日一片帆影，触摸一座古桥的高度，找回那片远去的时光。在古镇鸣鹤，风声吹落马头墙的光影，扶正鸣鹤千年腰杆，一一站立在岁月的窗口。

穿过长长的雨巷，那些举重若轻的雨声，散落在青石板上，与那俚语和乡音走成千年的江南，走成一条河流的模样。

乌篷船划过的桨声抬高每一朵浪花高度，在岁月的枝头开出古镇的芬芳。那只搁浅的船，载满了古镇久远的荣耀与星辉。踏着朴素的时光，未留下只言片语和遥远的问候，每前行一步，都在叩问历史，探寻古镇给我留下最完美的诠释。

人在千年古镇鸣鹤，取下的每一片时光，都可以牵出一首长长的诗行，让它在那些被划过桨声的河面上，都能绽放千年。

马头墙上走过了多少风声鹤唳，走过一队队俚语方言，走过晨钟暮鼓。一条条青石板古巷里溢出的叫卖声，与岁月相连，连成一方不老的天空。

一座桥连着古今，它在岁月深处活成了自己的模样，它默默地静观人间，看着岁月深一脚浅一脚前行，把走过的歪歪斜斜身影刻上了古镇历史。

站在湖堤之上，古镇的倒影，被几声由远及近的鹤鸣，打乱。马头墙的波影在桨声里摇曳。

空旷的码头，早已被岁月抛弃，只有走过的河水时时在寻觅着那些渐行渐远的记忆。总有一个人顺着那一级级条石，就可抵达鸣鹤的远方，被河水涂鸦过的苔藓不经意间绘成码头的封面，收藏了码头搬运工人的沧桑与艰辛。

一湖被北风吹皱的水面，依然托举着鹤鸟的啼鸣。温柔的你踏着墨香走了进了谁梦里的诗行，吊脚楼、马头墙、一条条窄窄的青石巷……抚慰着多少岁月记忆，古朴的风吹长，古镇沧桑的倒影。一个行走在旧时光中的鸣鹤被谁的那张思绪的网，打捞出湿漉漉的江南。宣纸上的鹤鸣声，又一次，滑落在我的心湖。

北风吹乱了老街额头上的枯草，冬阳舔舐着老屋头顶的雪霜，被时光安放千年的鸣鹤老街，一直走不出那片旧时光。谁的脚步，带着梦中千年鸣鹤的靓影，叩响了被冬阳斜依的老街。老街廊檐下木鱼声声，一位异乡人的脚步走进了炊烟高过马头墙的鸣鹤。有多少人顺着诗行,聆听桨声灯影的江南。

青石板上早已被岁月划出了深深的记忆,一片片青砖、青瓦;一片片斑驳的老墙始终在老街的沧桑里伫立成故人。再多的雕梁画栋,也无法复原曾经对老屋的记忆。每一块锈迹斑驳的地名牌,成为它们形影不离的患难兄弟,只有马头墙依然站立在岁月的窗口,守望着千年。

老街深处,被冬阳搂紧的老人,坐在藤椅上,在瞌睡中打发着晚年幸福时光。河岸边,那些被岁月搁置的乌篷船,无法找回那截记忆的桨声。沿街的河流,在轻描淡写光影里收藏着鸣鹤老街那段永不褪色的记忆。

有多少匆匆的脚步,顺着青石板的小巷,弯来拐去,却无法走出小桥、流水、人家的江南。今天那些匆匆而来的人,必成过客。

那个冬日,一缕酒香我把我带进了你悠长而又绵香的记忆里,鸣鹤"慈溪酒厂"几个褪了色的大字,依然未走出那堵挂在岁月窗口的老墙,一片清冷的背影里淹没了多少旧时光。被北风吹得战栗的老墙,发酵池、酒缸、酒坛……依然躺在岁月深处,那堵老墙的投影,压疼了谁的心口,匆匆而来的异乡客,未赶上你的酒香,只好拿起一瓶矿泉水和你对饮,一个不胜酒力的人只好与岁月同醉,那些嗜酒为命的酒把式,在别离的那个晚上,兄弟们一定会一醉方休,不醉不归。

"慈溪酒厂"旧址,那一片老墙沧桑的肩膀,怎能支撑起那些不倒的岁月。北风吹乱了老街额头上的枯草,冬阳舔舐着老屋头顶的雪霜，被时光安放在千年的鸣鹤老街，一直走不出那片旧时光，谁的脚步带着梦中千年鸣鹤的靓影，把老街点亮。

　　在古镇鸣鹤，扯下一截山岚，收藏一川烟雨。鸣鹤，你不老我才来，你老了我还来。

桥头秋色

十月是个果实挂满枝头，丹桂飘香且又迷人的季节，我和同乡诗友蒋光迎先生一起走进了慈溪桥头镇，带着对国内外知名学者余秋雨先生敬仰，慕名来到了桥头他曾居住过的老屋，以示对我这位心中最崇敬的名人的膜拜！

自我刚从家乡来到慈溪时，就在周巷文联主办的刊物《梨风》和《浙东》及《慈溪日报》等刊物上看到慈溪籍作家叶旭荣老师在参观余秋雨先生故居时与秋雨先生的一张合影，很让对他仰慕不已，再加上拜读过他的《文化苦旅》《山居笔记》《霜冷长河》《千年一叹》《行者无疆》《寻觅中华》等大作以后，对余秋雨先生又多了一分了解，让我更想走进他生活过的老屋，也就对桥头余秋雨先生故居有了向往。

曾多次想去，只是没有抽出时间，错过了几次机会，这次刚好赶上中秋、国庆在一起，假期长了几天，才圆我去桥头参观余秋雨老屋的愿望。去桥头的路上，由于路线不太熟悉，坐过了车程，下车后一问路人都说我们已经过了，我只好翻开近期文联刚寄发给每一位会员的《慈溪市文联通讯录》上的关于桥头文化站余孟友老师的电话，请他帮我指路。然后他告诉我们去秋雨的老屋的路线，我就按照他给我的路线来到了离秋雨老屋不远的地方下车，又问了一位拉黄包车的外地兄弟，我问他去秋雨故居多少钱，他说："我就住在离秋雨故居很近的地方，坐我的车我一定给你们送到。"然后他又说，"余秋雨先生可是文化名人。"就这样通过这位外地老乡的带路，来到了秋雨的老屋前面通向老屋的那条不足两米小路。他告诉我们说："往前走，你看到的那一排老房子就是余秋雨先生的故居，你们要去的地方到了。"当我给他钞票时，他却不要了，通过我们的交谈，得知他也是我们宿州的老乡，加上秋雨先生又是中外知名的人物，在秋雨先生的家乡打工也是一件荣幸的事，作为外乡人，能在名人的家乡打工本身都是一种自豪，如果去别的地方我可以自豪地向别人说起我曾在秋雨的家乡，他的故居就在我曾打工的那个地方。

我感谢那位老乡之余，这位老乡也和我们的心思一样，在名人的故乡打工如果不去观看那才是一种遗憾呢，就像我在慈溪的日子里，我就去吴耕民纪念馆，杨贤江故居和纪念馆，马宗汉纪念馆等，关于慈溪的文化和历史名人都是我要去拜谒的理由。将来我不在这个城市打工了，或者回到自己的家乡，我不会落下任何遗憾！那些过去的时光更会给我留下异乡永久的记忆。

我和光迎两人下了车往秋雨先生老屋走去，就看到一位师傅站在老屋门前主动向我们打招呼，通过交谈之后才知道，原来这位建立师傅正是时任桥头镇文化站余孟友老师听说我们来访，临时安排好来接我们的，没想到这次到来却让桥头的老师们给我们操心啦！

当我和这位建立师傅交谈之后才得知，这位老师和秋雨先生是本家，就住在余秋雨先生老屋的隔壁，他在镇里也有一份工作，如果有朋友来参观秋雨老屋，他就成为义务讲解员，向来访的客人介绍余秋雨先生在故乡时生活情况和家庭背景。

我们先后来到了余秋雨先生故居的灶间，看到那灶台烟囱都很讲究，充分对柴火燃烧时的热量和草木灰的利用，无不体现了江南先民们的聪明才智。灶间那只盛天落水的大缸，在水经过沉淀后不但可以食用，还可以作为家居防火用的水源真是一举多得。

在二楼后窗处我们打开窗，看到了东面的 329 国道上正车水马龙，后面的小河边柿子正红红地挂在枝头上，再远些就是当地人所说的吴山了，陪同我们的建立师傅又给我们讲起关于吴山的一个典故。现在只能看到吴山的山顶，却再也找不到当年可以晒鱼的鱼山啦！

我们在建立老师的带领下先后来到了公堂、秋雨的卧室、秋雨先生父母的卧室、祖母的卧室。当建立老师说道"这张床就是当时秋雨出生的地方"时，我们对这张床浮想联翩，在婴床的旁边还有婴儿专用的洗浴木桶，

吸引我们目光的不只是那张具有江南特色的老式雕花木床，更重要的是有父母对这位刚出生的小秋雨早日成龙的期望诗句：

"镕纯诗句枕边得，昌世文章醒来求。"余秋雨先生正是在家庭的熏陶下，从小就立下大志，为将来走上社会成为一位有理想有文化的有用人才打下了基础！也许正是当年他胸怀大志，埋下高远志向的种子，才为他的人生指引了正确的方向。

在建立老师的讲说中，他又带我们来到一个面朝南的老屋窗口，一张桌子上面摆放着七八件小秋雨写字的笔筒和砚台，窗边还有小秋雨写过的毛笔字："保证身体——余秋雨。"可以肯定地说当年秋雨不但成绩好身体也是很棒的，足见他在这里陪着老屋度过了他童年的美好时光。建立师傅打开之后，我们除了对它的构造科学设计感到吃惊以外，更让我感到意外的就是秋雨的名篇《老屋窗口》就是在这个地方写就的。当年老屋窗口前，一眼望去都是满眼的绿色，这正是秋雨先生当年伏案创作的地方，正如秋雨先生在自序中写道："自离开家乡以后，门前还是房后都被村民建起楼房，自然也就遮住了视线。原来的小桥流水，上林湖的山光水色都要亲自去才能看到，另外也只能靠自己的想象啦！"现在唯一能看到的就是房屋前一户人家的一片竹林，是唯一从老屋窗口可以看到的绿色吧。时过境迁这也许是秋雨先生回家时再一次坐在老屋窗口前所不乐意看到的吧！好在可从秋雨先生的文字里品读他的故乡。

我们顺着楼梯走出老屋，他又带我们去到老屋前面的一条小河的水泥桥上，指着不远处的山说道："那里就是上林湖，当年秋雨先生童年大部分时光也都在那边度过的。"

在小桥流水人家的江南，有这样的山清水秀的地方，祖祖辈辈过着殷实的大户人家的生活，这不就是一种幸福吗！

离开了秋雨先生的老屋，我多次回首，那扇当年秋雨先生创作过的老屋窗口还没有关，这里不正是有主人的梦和守望吗？

从村里绕过几处老屋又来到了村后的小桥，驻足在小桥之上，仿佛感受置身到小桥、流水、人家的水乡画面里，看着河边和农家院落四周柿子挂满了枝头，恋秋茶花仍在开放，桂花的花香顺着我的呼吸直进心肺，好不惬意哪！

在这个迷人的中秋，我们收获的不仅是余秋雨先生他的精神给我们的启迪和感悟，也收获了在桥头镇那份不同寻常的人间真情！

梦回上林

　　每当我听到别人谈论青花瓷时，在我的脑海里就会更多地浮现出慈溪桥头山清水秀的上林湖畔一处处越窑窑址情景，在我的心中会有一种激昂澎湃的感觉，那就是由衷地对两千年来越窑青瓷这条海上之路的向往和期待，游弋在上林湖之上仿佛找到了心灵栖息地。

　　自我从故乡来到慈溪以后，从慈溪市志上对慈溪元素之一的越窑青瓷文化就有一种由衷的敬仰和崇拜。然后又在慈溪的文艺类期刊和《慈溪日报》上拜读过很多有关越窑青瓷之都上林湖青瓷的文章，首先就让我顺着唐朝诗人陆龟蒙先生的《秘色越器》"九秋风露越窑开，夺得千峰翠色来。好向中宵盛沆瀣，共嵇中散斗遗杯"，行走进那片让人人都向往的山清水秀却又光耀华夏的远古文明，那就是"中国越窑青瓷文化发祥地""中国海上陶瓷之路始发地"，素有"青瓷露天博物馆"和"青瓷故都"之称的上林湖。

　　上林湖的湖岸线有 20 多公里，仅越窑窑址就有 120 多处。据记载："五代吴越国钱氏王朝在上林湖曾设置过官监窑，专门从事生产釉色青绿、釉质莹澈的'秘色瓷'，作为宫廷的用品并向中原诸王朝进贡。于是'秘色瓷'就成为上林湖'似玉类冰'上乘青瓷的代名词，为此，上林湖越窑青瓷深受世界各国的钟爱，唐宋以来，通过明州（宁波）港，远销朝鲜、日本及阿拉伯等国家和地区，在印度、伊朗、埃及等国，都有上林湖生产的越窑青瓷遗物出土，成为古代宁波对外贸易、文化交流的桥梁和信使。"上林湖的越窑青瓷的英文刚好就是在外国人心中最早"中国"的代名词。无疑又给我走进上林湖多了一份神奇的动力。

　　宁波籍国内著名学者、散文家余秋雨先生在他的《乡关何处》一文中对童年时代记忆中的上林湖更是情有独钟。道不尽的故乡情，更有对"上林湖，是我小时候三天两头去玩水的地方"的留恋，还有对没有走出故乡的快乐童年记忆的珍藏。"孩子们用手把碎片摩挲一遍，然后侧着腰低头，把碎片向水平甩过去，看它能跳几个，这个游戏叫削水片。几个孩子比赛开了，神秘的碎片在湖面踊跃奔跑，平静的上林湖犁开了一条条波纹，不一会儿，波纹重归平静。碎瓷片、碎陶片和它们所连带着的秘密全都沉入水底。"我十几年前就读到余秋雨先生这个画面，时至今日仍历历在目。从散落在上林湖畔随处可见的千年青瓷碎片中捡拾几片，可以在上林湖清澈如镜的水面上打漂漂，看着往前滑动的青瓷碎片在湖面飞跃，怎能让这位出生在上林湖畔却又经常在这里玩耍的游子忘怀呢？这也是我一直想去探访上林湖的真正原因吧。

上林湖越窑青瓷它带着七千年河姆渡文化的传承和延续，就是这个沉睡千年的上林湖让我们慕名而来，带着对青瓷文化光耀华夏灿烂文化和人类文明而来。在上林湖湖畔，我们的脚步敲响了上林湖的梦，从大坝拾级而上，行走在被千年文明照耀下的上林湖越窑窑址的石碑旁，碑文上的文字又一次点亮了上林湖畔千年星空，人类的聪明才智又在那些记录的文字里闪耀。

我们从码头坐到小游船上，马达声让我们在静静的湖面上开始畅游，船体冲击着船舷两边的浪花朝远处奔跑，正是在这样的湖面上，心才能被这美丽的山光水色般的仙境所吸引，才能全身心地投入在青山绿水怀抱里。一座山来了又远了，我们在群山的迎来送往中很快地被小游船带到了岸边。当我们下了游船，又顺着湖边沙滩上行走，一边捡拾着青瓷碎片一边朝着荷花芯越窑窑址的方向往回走去，沿着湖边不但可以把捡拾到的被湖水冲刷得光滑的青瓷碎片顺势在湖面上划几个漂漂，还可以感受在大自然怀抱中的我们那份惬意。当我们走到荷花芯窑址旁一看才知我们来得不是时候，管理人员已下班。为了达到观越窑窑址的目的，也不能带有白来的遗憾，我们决定只好在那里等，毕竟是来一趟上林湖哪，也不忍心就这样匆匆地走开，那就只好等待到下午管理员上班后再看吧……

在上林湖边坐在绽放着千年文明的越窑窑址的山坡下，一阵阵水浪冲向湖边，掀开了青瓷文明的历史。坐在湖水边我们吃着自带的午餐，观看着湖光山色的上林美景，遥想千年来浙东先民们在这片神奇的土地上用自己的智慧建造起来的中华远古文明大厦，又怎能就这样匆匆地返回呢？多么想在这里做一个自由自在的垂钓人，看着太阳东边升起西边落下，或者自己划动着小船在早与晚的霞光里撒开一张网，做一个真正的快乐的渔人，享受着湖光山色的美景，总之谁都无法不让幻想在这个时候尽情畅想！我想每撒一网都是一幅由人、物、水和山组成的无比优美的画面吧，那不正是自古以来很多文人志士都向往的一个境界吗！

中午，上林湖畔清静了许多，可以静下心来感受那阵阵湖水所带来的湿润的空气那份惬意享受，偶尔还有两只小游船推开湖水向湖边冲去，击起了雪白的浪花有力拍打着岸边的岩石和沙滩，那些浪花时而亲昵着我们的脚和衣衫。坐在那些千年香樟树下手中把玩着一片片刚从湖水中捡来的青瓷碎片，空闲时又翻动着慈溪市桥头文化站站长余孟友老师赠送给我的那本由方煜东先生编著的《中国·上林湖青瓷》一书，让心灵走进远古的上林湖畔，遥想两千多年前的时空，那个漫山遍野都是忙碌的窑工，顶着烈日在那里进行采土、练泥、做坯、装饰、施釉、取柴、装窑、焙烧、出窑等工作程序，肯定是个人人都在忙碌的场面。再看湖面上那来来往往的船推开上林湖水向岸边飞去，窑工们看到一艘艘货船装着青瓷又出发的背影，可以想象得出，那时就会有更多的快乐感荡漾在心头，那是窑工们道不尽的幸福的时刻吧！

我们在上林湖畔畅想着，不知不觉地到了莲花芯越窑窑址的管理人员上班的时间。顺着栅栏的大门来到了上林湖荷花芯窑址旁，看到那些出土的远古青瓷窑址的原状，那个时候就因地制宜地利用火能，发明了很多真正的焙烧方法，真让我对先人们的智慧产生敬仰。正如北宋年间余姚县令谢景初作的《观上林埠器》诗云："作灶长如丘，取土深于堑。踏轮飞为模，覆灰色乃绀。力疲手足病，欲憩不敢暂。发窑火以坚，百裁一二占。里中售高贾，斗合渐收敛。持归示北人，难得曾罔念。贱用或弃朴，争乞宁有厌。鄙事圣犹能，今予乃亲觇。"今天覆盖在窑址上面的坚固的保护棚只能让远去的时代得到了很好的休息。

　　这次上林湖之行，我们还好在上林湖畔捡拾了很多青瓷碎片，也算免去了自己像秋雨先生在他十周岁那年别离故乡时"一路上还一直在后悔，没有在上林湖里捡取几块碎瓷片随身带着作为纪念"所产生的同样的遗憾吧。

　　匆匆忙忙的上林湖之行，给了我无限的回味，让我在群山碧水之间做一个快乐的旅人。上林湖越窑的窑址，湖边的那次快乐而又简单的午餐和那打漂漂的快乐情景又浮现在我的眼前，让我无法入眠。每一片越窑青瓷碎片，仿佛都是一个被岁月举起的火把在我的体内燃烧。

爱在沙黄

　　人们只要一提到水乡江南，小桥、流水、人家的画面就会映入眼前，正是这样的画面让多少旅人流连忘返，久久陶醉。其实我居住在周巷城中村沙黄一条名叫沙黄的江边上，是它给我带来了无限快乐和美好的回忆。

　　在慈溪河网中沙黄江是城中村内一条长不足三华里十米多宽的不起眼小河，北与湖塘江相连。它因沙黄村而得名，自它诞生那天起，就为村民们默默发挥着它的水上航运的作用。记得二十多年前刚来到这个村的时候，沙黄村给我的印象最深的就是沙黄江的水清澈见底，软软的水草在小河中自由自在随波缓缓地、左右地摆动着，河上的垂柳、花草随着季节的改变而装扮着这条河，装扮着这个城乡接合部的新农村，正是这条河成为沙黄人相依为伴的母亲河，流淌着岁月的记忆和世代村民对它的眷恋。

　　我住的房子边上就是有阶梯的通往河底的一级级水泥台阶，旁边有一只小船房东每次捕鱼归来后就泊在这里。想到第一次跟随着房东师傅去捕鱼，脚一上船就被那漂动的水面而显得害怕，由于失去了重心还是变成了一个"落汤鸡"。也许就是这次失败以后，自己也为了壮胆，找到了重心之后，上船就显得有平衡了，再也不手忙脚乱，可以自己手摇动着双桨，穿越在十来米宽的河面上，被浪花冲撞水面开始时会亲吻着河上小桥、沿河而建的石砌的坡岸，顺河而下很快就会由沙黄江进入东黄江，然后再进入村北那条横贯东西的湖塘江。每一次划着小船心中就会有一种尽情畅游一番的意思，彻底地把平日里两点一线的孤独和工作中的烦恼，随着那一声声乐悠悠的桨声而消失，那扑面而来的香樟树、夜来香、夹竹桃等多种树木、花草的倒影被小船划后那欢笑般的浪花而撞碎。坐在小船上摇动着双桨看着岸边垂柳摇曳的倒影，享受渔人收获之后的快乐，在夕阳余晖中迎着波光粼粼跳跃的河面，又是一种美景尽收在自己视野里。

特别是在春夏交替的时候，河里有很多红红的龙虾，好像在河岸边集会一样伺机而动，只要一有敌情能快速地潜入水草或石头的缝隙间。不一会儿，它们又会探出头来在河边结伴在那里东张西望着。此时，只要你轻轻地在龙虾的地方，悄悄地垂下一根绳子，龙虾就会夹住绳子不放，然后再顺势往上一提，用这种方式来捉龙虾开始很好用，次数多了也就不灵了，聪明的龙虾见势不妙也会快速地朝水中一钻，留下一圈圈小小的涟漪，稍停后龙虾又会潜到另一个位置上来，有时也会伏在水草层间就是钓不到让你拿它无着。对此，我就会把从街上买来的那些用来装水果的红色网格袋子，到房东的地方找来长短适中的铁丝作为网圈，然后加上一根竹竿作为网竿，这样一个小网就自制完成。每天早上起来的时候，就会带着子女们一起来到河边，看着那些红红的龙虾伏在河边，只要你手疾眼快每一网都会有收获，让你越扑越感受到收获的喜悦，有时子女们跟在我的后面，数着扑上来的那一网龙虾的数量比上一网多与少，当我们收兵以后，带着扑来的龙虾回到租住的家里，开始时会在房东阿姨的指教下，经过整理、加工后，一盘红红的龙虾就会出现在我们的饭桌上成为供全家共享的佳品。这种其乐融融的氛围一直成为我在第二故乡一道记忆的风景！

到了秋季，河面上又会生出很多菱角，不论是大人小孩，每到这个时节就会隔三差五地去河边打捞，人们可以随手在江面上扯上一团红红的菱角，然后从它那厚厚的而又很重的团团的叶子下面，摘上几只，洗净后去掉硬壳便可以吃了，只是要当心防着划破嘴唇和刺到手，我时常是把摘掉的菱角拿回家煮着吃，用刀子从菱角的中间切开慢慢地品尝，我想这是吃菱角的最理想的一种方法吧。

我从这条江上读到了一个时代的缩影和历史的见证，想象出当年沙黄人乃至慈溪人向大海要地的一部八百多年奋斗史。这是慈溪围垦文化一部活教材，我时常听沙黄村的老人们讲述着沙黄村的村史和相关黄氏、徐氏、段氏等姓氏的家族史，让我在第二故乡懂的知识更多一些，才能不愧于"新慈溪人"这个称号。

我虽然不完全是靠沙黄江水哺育大的人，但它对我是情有独钟。自从我来到这个村的近三十年里，它的每次水质变化都会牵动着我。作为慈溪市委统战部、市流动人口局一名联谊员、"和谐促进会联谊员"、周巷城中村"和促会"副会长、周巷镇一名五水共治的志愿者，保护好沙黄江乃至慈溪江河让水更清、天更蓝是我及所有环保志愿者的共同责任和义不容辞的使命。

美丽的慈溪，梦中的水乡。

清廉随想

文正立史册，品清居古今。一泉名天下，越水照八方。清白泉位于绍兴府山南麓，因北宋著名政治家、文学家范仲淹而闻名。范文正公以"清白而有德义，为官师之规"的清廉之风自律。正如他一生秉持着"不以物喜不以己悲"的情怀一样，克己奉公、以造福一方为己任，和"先天下之忧而忧，后天下之乐而乐"的执政理念，成为后世敬仰和效仿的典范。做官先做人，律人先律己。清白做人是文正公修身立世之本，只有懂得清白真正内涵的人才能胸怀坦荡，不拘小节者方成大器，内藏锦绣之人视野才能开阔。有道"心底无私天地宽"。

人因廉而正。在吴越大地，名流辈出，先贤云集。水润人间的江南，有多少先贤与莲花同行，活成人间的莲花，那种出淤泥而不染的高贵品质成为一代又一代仁人志士高洁的代名词。一生政绩卓越的范仲淹，心怀忧国忧民之心以清白为最爱，成为后世爱戴和敬仰的楷模。人生如莲，成为历代政治家的标榜。

古往今来，只有那些常存敬畏之心的人，以廉洁自律、坚持崇廉拒腐，清白做人，诚心做事，才能像一座座丰碑一样永矗人民的心中。正如当代作家臧克家在《有的人》中所写的那样："有的人活着，他已经死了；有的人死了，他还活着。"正因为有一位位活在人民心中的人，人民才永远记住他。

　　清正廉洁树美德。汉代杨震通晓经文，风雅清正，志存高远，人称关西孔子。他曾推荐"贤人"王密做昌邑县县令。一次，杨震因公事路过昌邑县，晚下榻于馆驿。夜深人静之时，王密怀揣十金前往馆驿相赠，以谢杨震知遇之恩。杨震拒而不受。王密急切之下说："此时深夜，无人知矣。"杨震正声而说："岂可暗室亏心，举头三尺有神明，此事天知、地知、你知、我知，何谓无知者?"一时传为美谈，王密听后很惭愧。杨震的四知拒金，在应对金钱诱惑时能明辨是非，时刻保持着清者自清的观念，才能活出自己想要的模样。

　　以廉为宝塑形象。春秋时，宋国司城子罕清正廉洁，受人爱戴。有人得到一块宝玉，请人鉴定后拿去献给子罕，子罕拒不接受，却说："您以宝石为宝，而我以不贪为宝。如果我接受了您的玉，那我们俩就都失去了自己的宝物。倒不如我们各有其宝呢?"子罕的话重若千金，道出了舍与得和廉耻之道。

　　两袖清风扬正气。包公掷砚的故事被后世传为佳话。铁面无私的包青天的形象在每个人的心中，包公怒铡皇亲国戚、放粮赈灾等等，演绎了一个青天大老爷为民除害、不畏强权且惊心动魄、扣人心弦的故事都让人有不可磨灭的印象，当包公被提拔为大理寺丞知端州时，当时端州特产端砚是宋朝士大夫最珍爱时髦的雅器，当地每年向朝廷进贡。凡在这里做"一把手"的官员，都在"贡砚"规定的数量外加征几十倍的数额以贿赂朝廷权贵，所谓"打点"中央的关系，此举加重了老百姓的负担。个性官员包拯一上任就高调破除这则运行多年的潜规则，下令只能按规定数量生产端砚，州县官员一律不准私自加码，违者重罚。并且表态，自己作为"一把手"，绝不要一块端砚。此举在当地掀起一股新风。三年后，包拯任期满，被调至中央任职，果然"岁满不持一砚归"。被当地老百姓传颂为"为官一任，两袖清风"佳话。

"人生自古谁无死，留取丹心照汗青。"这是南宋民族英雄爱国诗人文天祥的诗句，1275 年元兵渡江，文天祥起兵勤王，最终失败。1279 年被俘，受俘期间，元世祖以高官厚禄劝降，文天祥宁死不屈，不被金钱和名利所心动，被称为宋末三杰之一。他的《过零丁洋》和《正气歌》最为称道。文天祥视死如归，依旧浩然正气，人也随着他留下的"人生自古谁无死，留取丹心照汗青"不朽诗句而名垂千古，这正是他的人格写照。

表达作者为追求国家富强、坚持高洁品行而不怕千难万险、宁死不悔的忠贞情怀，后来人们在表达坚持理想、为实现目标而奋斗时常引用这一名句表达心志。

"虽九死其尤未悔"表达了爱国诗人屈原哀民之苦爱民之深情怀，有了这种品格，才是中华民族之大幸，成是中华民族的脊梁，是中华民族宝贵的精神财富，永远光耀史册！

古人视莲为花中君子，唯清白自立。而古人范仲淹、杨震的四知拒金、铁面无私包青天、民族英雄文天祥等又何尝不是人间的豪杰呢。他们都像莲花一样清白立世，为官一身正气。常怀敬畏之心时刻提醒自己不沉迷金钱，不为美色所心动，淡泊名利两袖清风才能宁静致远。他们一位位的清正廉洁品正则贵的伟大形象，无不在华夏的历史长河中熠熠生辉。

清风凉自林谷出，廉洁源自自律来。今天在中华民族伟大复兴的道路上，每一位共产党人都应以廉为宝，以莲洁自居，时刻保持着清醒的头脑，让自己在浮华的世界里，不私欲膨胀，邪念横生。时刻牢记自己的使命和担当，践行我党的宗旨，勤政为民，为伟大的中华民族全面复兴而奉献终身。

清白泉，一个被人格与品质煅造之后的符号，成为世人敬仰范文正公的又一起点。"粉身碎骨浑不怕，要留清白在人间。"岁月如过隙白驹，人生短暂，何不像莲花一样，在人间留下属于自己的清白呢！

榆树情结

多年前的一个春天，榆钱花儿刚开过之后，却因小城的环城公路需要拓宽而遭遇到被去掉了厄运，它就像我熟悉的一位异乡的朋友突然辞世一样，那种特殊的情结在我的心中怎么也挥之不去！

在春光明媚的春日，周巷镇傅家村北头的路口有一棵又粗又大的老榆树，可能是村民们为了保护这株越来越少榆树树种的缘故吧，在以上几次的树种更新时都没有去掉，在周巷新城建设的征程中，城市的公路网飞速发展。公路，已是周巷乃至宁波这个地方的发展的名片，它是随着工业化进程和城乡一体化发展需要而变宽的，由原来的小路变成了现在的五十多米的三向六车道的沥青大道。路旁的树也在每一次更新而更新，有幸的是这株老榆树竟然活到了现在，它虽然不是什名树，只因它的粗大而闻名于四里八乡，在过往的村民和行人的眼里它就像一位历经风雨的老人，见证了傅家村的飞速发展逐步实现小康的过程，这株榆树自然以它枝繁叶茂的优势被人们留了下来，在榆树枝叶延伸到的地方，每当夏天到来时，无论本地村民也好，还是来往的行人也罢，只要从那条路段经过时，都会停在那里歇歇脚，乘乘凉，平时每天都会有卖眼镜、卖西瓜、卖食杂的顺着路边在那里摆摊，真是大树底下好乘凉哪，他们可以快快乐乐在榆树荫下做着他们的生意。

因为榆树很大，在它的附近才没有栽下别的树，这就给这株老榆树更多的生存空间。每天和周巷环城北路上生长得挺快的水杉和香樟树为伴，成为公路上行人眼中的一道风景。

在当地，只要人们从周巷坐公交车或者从别的地方来到这个地方时，人们总会习惯地称之为到傅家的"老榆树"地方下车。也正是这棵老榆树的特殊之位，它的根才扎在我的记忆里，生长在我对它的思念里。

那年春节过后经朋友亿利公司给我介绍了一份工作，我便从周巷坐上去西黄的公交车，就是到傅家村头那株老榆树旁下的车，在左顾右盼之际，当我辨明了方向以后就看到了西黄亿利公司的南墙上所写的"亿利公司"几个醒目的大字，有了目标以后，我便朝着亿利公司方向走去的时候，心中其实还是徘徊不定，毕竟初来乍到，我突然看到了我在年前就认识的帮我联系工作的黄卫星师傅。在他接到了傅老师的电话以后，他就从那个亿利公司走了出来，站在亿利公司厂门口西黄那条南北砂石路中央等待我的到来，当他看到我的时候便伸出手向我打招呼。那一刻，让我无法用语言来对他感激。看到黄卫星师傅之后，我的那颗悬着的心终于落了地，一切的顾虑都一去不复存。就这样我在黄师傅的帮助下来到了西沙黄的亿利公司，做了一名仪表车工。

在亿利公司的日子里，每一天都会让我更加珍惜来之不易的工作，由于我上班来得早走得晚，不放过每一次对装车和磨刀的机会，心中那份渴求进步的欲望是多么强烈，只盼早一天能通过自己的努力尽快地掌握仪表车装车和磨刀具的基本功。

功夫不负有心人，半个月以后我就能顺利地熟练地操作，也能像其他的同事一样愉愉快快地上班，高高兴兴地回家。好景不长，半年后由于当时的生意一直处于淡季，工资很难保障自己的生活时，我不得不离开我爱恋的亿利公司又去了傅家村一家五金厂做起轴承，每天来回都要经过那棵榆钱树下，在榆花开放的时节，我可以在它的下面摘几朵榆花，念想当年在家乡时母亲曾用榆钱花儿做过榆钱饼之类的可以充饥的食物，站在那株老榆树下心好像心飞到了故乡，就会回忆起曾吃过嫩嫩的榆钱花儿那种甜甜的味道。

这株榆钱树，在我漂泊的旅途中，它见证了一位异乡客生存的艰辛和不易，那年年岁岁榆钱花开，伴随着我多少艰难的时光。虽然早已不在傅家轴承厂去了华裕集团，当我每次路经那棵老榆树下时，目睹着它从岁月中走过四季，让我从它的身上看到真正的人生，一株树却给了我更多的启迪和感悟。

榆花在这个春天里是最后一次开放，在它被去掉的那一天，我就折了一根带着榆花的枝条回家，把那一片片如雪的花片珍藏在我的笔记本扉页，用心灵去守护着它，让花儿依然开在我对它念想的文字里！

大海恋歌

　　大海是每个人都向往的地方，尤其是北方的我对大海更是情有独钟，自来慈溪以后特别是在小安打工的时候，只要空闲就会骑着单车去感受大海给予我的精神上的洗礼和慰藉。

　　五一那天，我们把海上看日出作为观大海的计划之一，出发的前一天就准备足了点心、果品和饮料，准备工作一切就绪后，我们为了实现海上看日出的这个计划就身披星光，在乡间狗吠欢送声中开始了全家的观海的行程

　　水泥路经过一场夜雨的洗礼干干净净，干净得连一片落叶也没有，空气格外清新，心里为这样的春色满园图的美景所感染。我们一路欢歌中就来到了大桥生态农庄，登上铺着黑油油沥青路面的海岸公路直达大桥的停车场。放眼望去，杭州跨海大桥像巨蟒一样在晨曦中慢慢地蠕动着，孩子们车速加快了，却骑到我和妻的前面高喊着："大桥啊，我们来了！""大海啊，我们来了！"在我们看到了举世无双的杭州湾跨海大桥引桥之后，孩子们的兴

趣更浓了，一直都冲在我们的前头，全家都在车轮的飞速的转动中你追我赶地来到了我们盼望已久的大海边！

我们目睹着沿途的风光，一边朝海边走去，大海的滩涂上好像变化了许多，都被一大片一大片分布错落网箱式的养鱼池所代替。我们想与大海再一次亲密地接触，去真实地接触海水的波浪跃动的美感，也只有通过那依然昂视南方的慈溪国宾九号的客轮所在地向大海深处才能如愿。

常言道：路远赶早集。这句话在今天看来确实不错，当我们一家人来到海边的时候，除了看到远处离海水较近地方有几个人影在晃动以外，作为看大海的人可就算我们最早到来的人啦。此时的大海早已被没有露出海面的太阳的霞光染成了红色，大海仍显得那样平静，仿佛还在睡梦中熟睡一样，海面上的跨海大桥也被朝霞装扮成多彩的虹，又像蛟龙腾云驾雾一般影影绰绰地游向远方，只是一会儿的工夫，还没有注意到太阳就露出了笑脸，随着它慢慢地升起，海面上被染成红色。随着太阳笑脸渐渐升起，海面上也在逐渐地变成了银光闪闪的白色的世界！

太阳渐渐地高了起来，此时我们安排好自己的车物及行李，准备与大海来一次亲密的接触，做一次真正的赶海的人。我的子女和妻子每个人都赤着脚挽起裤管，深一脚浅一脚的踩着海涂上那软软的泥土或蹚着有水草清清的水面，朝大海水域的地方走去。我们每到一处有水草或一泓清澈的坑洼边都要驻足嬉戏一会儿，那洁白的海鸥就会因我们的到来从我们的身旁擦肩而过，像只要伸一下手就触手可及一样，稍向前方飞上十几米又会停下来，好像故意戏耍我们似的。就在你还没有到它们的旁边时，那些海鸥们就像听到一个共同的号令一样，立即飞向远方。也会看到那些雪白的海燕拍打着翅膀成群结队地飞翔，有的会从半空中自由地飞向大海，有的会在海滩上任意地飞上一圈之后在海面上空轻轻地滑翔着，然后又会落在自己喜欢的水草丛里，海鸟起飞的地方，我们还可以捡到一些它们脱落的羽翎，此时此刻我想起了高尔基笔下那些在暴风雨来临之前的海燕，它们就不会有我们所看到的海燕那么幸运和自由了，然而，不知眼前的这些可爱的海鸟们会不会怪罪我们的到来，打扰它们平静而又自由的海上生活呢？

我们顺着杭州湾跨海大桥东侧的那条一直伸向滩涂远方的海堤往前走，一面感受着带着腥味的海风吹来的凉爽感觉，一面观看着不知是刚刚雨过天晴的缘故还是海水刚刚退潮，滩涂上仍有很多活蹦乱跳的鱿鱼、螃蟹之类的海产品，最可气的是这些顽皮的小东西看起来很多，只要你挽起裤管踩着没膝盖的海泥下去捉它的时候，它会极其灵敏地钻到它的洞穴内让你找都找不到了，我们费了很多的时间也没有收获，对捉蛤和捉螃蟹来说，我们都是实足的外行，只好向在离我们不远处的一两位正在淘泥螺的渔民师傅请教。而在师傅的指导下，我们竟然也能根据蛤和蟹的巢穴位置来判定它们的大小或者有无，全家在捉蟹、捉蛤的过程中学到了平时闻所未闻的知识，同时也感受到了渔民们生活的真谛：在劳动中得到并享受着快乐。远处，碧蓝的海面上海鸟自由的在飞翔，时而从高处俯冲而下钻进大海里可以叼上一条鱼儿美美地饱餐一顿，时而又以一种阵式在海面上一飞而过。

此时大海是蓝的，天也是蓝的，那海天相接的远方真的很难让你分出它们的界线，我们在亲近大海的分分秒秒里仿佛置身在人与自然和谐共处的完美的画面中。而在此时，我们在聆听大海的激情飞扬的涛声中仿佛也在用心灵跟着大海对话，从而也更加真实地体会到了大海无穷的魅力。

大海啊，如果每个人都像你一样，具有海纳百川的宽阔胸怀，学会能在一些不必要的争执上做到退一步海阔天空的君子风范，积极加入保护环境，珍惜家园，呵护绿色的全民行动中来，人类的社会就多一分和谐与宽容；我们的地球就会因你的参与而能减慢气候变暖和雪山、极地冰层融化的速度。才能让若干年后的我们下一代，仍可以观赏到自然界的和谐共处如诗如画的美景！我在想，只要人人迈出一小步社会就前进一大步！我们的和谐的家园就会更加美好！

当我们带着捉到的蛤和蟹，收获的喜悦写在全家人的脸上，踩着深浅不一的海滩朝岸上返回，随着太阳的渐渐升高，气温也逐渐热了起来，我们也像其他那些看海的人一样，在杭州湾的跨海大桥的桥孔下面选了一席之地围坐在一起，一边享受着桥下面的凉爽宜人的拂面海风，一边共享着我们带来午餐的美味。饭后的时间里，我们又在海滩上捡到了很多好看的贝壳、海螺之类的东西算是这次观海的纪念品吧！

回来的路上让我想得最多的就是刚来时的情景。能在慈溪立足并快乐地生活着，不正是因为慈溪有大海一样的包容和海纳百川的胸怀吗。时时感受到"慈惠三北，溪通四海"的魅力慈溪，才让那些羁留异乡的游子找到了归属感和身在异乡家的那种无处不在的亲情与温馨！

年轮之上

夹竹桃

　　夹竹桃的花似桃花叶像竹，这也许就是夹竹桃名字由来吧，也有人称它为柳叶桃或半年红。由于它具有特殊香气，一年四季，常青不改。因此被慈溪这个濒临海洋的地方作为固沙护坡、绿化的藤类物种之一。从春初到秋末，花开花落，此起彼伏，从而在浙东大地上随处都可以看到一簇簇像燃烧的火焰一样盛开的夹竹桃绽放情景，它不择土壤肥力，在江河边或马路旁，默默无闻地装扮着春、夏、秋三个季节，成为慈溪大地上一道迷人的风景。

　　我对夹竹桃喜爱，缘自二十八年前来慈溪打工以后，从刚开始认识夹竹桃那天起，就想对它有更多的了解，随之也就爱上了它。我原来住的是一间临河而居的房子，河岸两旁除芭蕉之外就是夹竹桃。它的花期很长，一年竟有近十个月，自进入开花期以后，它都会给我的心情带来一种特殊的享受，每天早晨或者下午的时候，只要有空闲，我就会来到租住房后面的小河边，走上通

040

往水面一级级用条石板铺就的阶梯上选择其一坐在上面，听听相伴多年的那台袖珍型收音机或看看书，利用这样的难能的空闲尽情地享受属于自己的美好时光，当看累的时候就会观望一下河里的鱼儿游来游去时给我带来的快乐和观赏着河岸两旁的夹竹桃与芭蕉盛开时你追我赶竞放之际，那如晚霞一样的花儿把乡村的黄昏装扮得更加妩媚多姿的景致，有的枝条随风轻拂撩动水面，摇曳枝条那嬉水时荡起的一圈圈涟漪无不带给人一种美感。看着映入水中岸边的花儿倒影，再加上这时的晚霞的光彩像是把河面都染成了红色，我每目睹到此景心情都有一种无名的激动，时常会摇着房东捕鱼归来后泊在台阶旁的小船，荡漾在沙黄江与万安江的河面上优哉游哉地畅游一下感受着如画江南的美景，在兴味盎然的归来中收获着满船星辉！

几年前因村内的河堤进行整修，统一砌成石头的河岸。那些面临被挖掉的夹竹桃让我心中有了一些担心，那些夹竹桃被工人挖掉后无序地乱放，甚至经历施工时踩过、车轮子碾过、石头砸过的命运，但等待河堤修好以后，人们又把那些被挖掉后经风吹日晒的夹竹桃重新栽在河堤旁时，有的处于半枯萎状态。一场雨之后，我竟然发现那些前些日子看起来没有什么指望的夹竹桃又发出新芽了，再过一段时间后，看到了那些好像没多少成活希望的夹竹桃竟又长出新叶了，开始了它们的又一次生命的旅程。我为这些重生的夹竹桃而庆幸！它们顽强和执着的精神时常在启迪着我，最让我感动的是它的根系很发达，每到夏季，乡间的那些没有砌修的河滩上，每年都有被雨水冲击过的夹竹桃散落在河滩上的情景，无论它被水冲离了夹竹桃群体还是以一簇或一枝的形式而存在，你会看到它不论所处的是在水中还是河滩上，它们都照样地生根发芽且茁壮地生长。哪怕下面的叶片被水渍掉了，上面的仍然活着。正因如此，才是当地人们把它作为护坡固沙的藤类物种之一，夹竹桃既可以护沙固坡又可以作为美化家园常绿藤类物种，听当地的老人们说，在向大海要地的过去几百年间，人们每开发一条新塘江以后，为了防止河坡上的水土流失，人们把已成活的夹竹桃的枝条剪成截扦插在新的江坡上，经过多年的生长之后，就长成了今天这样一簇簇用来护坡又可以美化环境的夹竹桃家族。由于它的根系发达，易成活易栽培的特点一直是备受欢迎，是浙东沿海一带若干年以来固沙的理想物种之一。

　　自大桥始建至今通向杭州湾的南岸岸边的公路上及芦苇丛生的滩涂上都有开着红、白两色的夹竹桃，随处都可见美丽的倩影。它们植根于荒漠、滩涂上，却仍以自己的精神生存着，我每次见到它时，总是让我浮想联翩，想到了浙东的先民们在恶劣的自然环境情况下，与天斗与地斗向大海要地的壮举。正是这种精神才代表了一种精神和意志，它生生不息的精神更象征着几百年来慈溪人民一种向大海要地的决心和信念，更是一代又一代慈溪人艰苦奋斗、战寒风斗严冬的一种气节的真实写照。凭着这种精神才在这片神奇的土地上生根发芽繁衍生息，凭着这种精神慈溪人民才谱写了围垦和移民文化的新篇章！在过去的600多年中，一代又一代的慈溪人陆续修建了新塘、八塘、九塘、十塘，有的地段已修筑至十五塘，海岸线也随之北移。终于筑起巍巍480公里的新旧海塘、围垦出 664 平方公里土地，沧海终成桑田。慈溪人民那种吃苦耐劳、艰苦奋斗的精神时时都在感动着我。是慈溪的先民们经过一代又一代的传承和不懈的奋斗才有今天的良田和美丽的家园！悠久的海涂围垦历史，塑造了慈溪人开拓进取的性格。从而彰显了慈溪人的奋发图强和聪明与睿智，在改革开放的洪流中，把握时代的脉搏激流勇进的精神与气质。

夹竹桃，在慈溪这个唐涂宋地上随处可见，无论我是居住的江河边、道路旁、工厂学校的四周还是离大海很近的滩涂上，我所走到之处都可以看到它的身影。就是这样很普通而又常见的夹竹桃，寄托了一种情感和激情。它虽然以红、白两种颜色生存着，它红得像一片彩霞默默无闻地装扮和构成了慈溪这个多彩的空间。随着我在第二故乡慈溪的生活时间不断地增长，十几年来也越来越让我对它更加爱恋。

我无权界定它是不是慈溪的市花或是哪一个镇的镇花！在我的心中却增添了对夹竹桃的喜爱和崇敬！从它的身上我看到了慈溪人民在平凡中见伟大、朴实中饱见卓越的真实写照！更是一代又一代慈溪人面对挑战而不退缩的那种矢志不渝、吃苦耐劳和那种自我奉献的高贵品质又一体现！

锦溪，锦溪

五行相生，水旺得土，方成池沼，土旺得水方生万物。天造地设，锦山秀溪，柳莺浅唱，山清映水秀，轻舟踏波平，灯影桨声摇曳，重塑大美水乡锦溪。泱泱之水天上来。水，是山的情人。这里的水，妩媚，腼腆，撩人，多情，灵动。就像这里盛产桃红柳绿的船娘，吴语里船调一曲曲悠扬。漫过乌篷船，落在千年的时光里。

寺庙佛事兴旺，参禅，拜佛。供天供地供列祖列宗。每一样供品，都透着祖祖辈辈的厚德、仁慈、大爱。迎福来，碰好运丁财两旺、烟火茂盛，人杰地灵、莘莘学子的家国情怀，续写五千年的华夏篇章。五万绣娘心灵手巧，以针作画，方锦之上，五岳，河海，峰峦叠嶂，城邑，万国风情，绣技高超海外远扬。以水养人，以土，植桑，养蚕，以丝养绣，以美滋养水乡江南，水墨锦溪定会在年轮里留下古今芬芳。

这一方水土，在绣娘穿针引线间绣出了水乡博物馆，绣出了一条星光璀璨的五千年华夏丝绸之路，绣出了祖国万里锦绣河山，绣出锦溪人间真情与祖祖辈辈的梦想，一溪穿古今，一步一景入画来。粉墙黛瓦民居、水巷、河埠、拱桥、骑楼、廊坊、街市，串成了梦里灯红酒绿的江南。风，把一湖一湖陈年的月光吹亮。那装满桨声的溪水，走过千年的浅唱，唤醒800年长眠的宠妃陈妃，让她顺着记忆，故地重游，梦里软语，如一杯茶香又唤醒了春天，唤醒魂牵梦绕的古镇。

这一方灵秀之水，映出锦绣河山。一溪照古今，一步一景入画来。风，把溪水吹亮，那装满桨声的溪水，仿佛在低吟浅唱，枕溪而梦，人间定会三春。千年的锦溪，去一次，梦一回。

邻水，邻水

　　风卷残云剩下风，血溅山河超越灵与肉。战争的结果，只能是两败俱伤，生灵涂炭。兵无常势，水无常形。刀光剑影里高举义旗的兵士纷纷倒下，来自四面八方移民踏过白骨前赴后继。乱世未醒胜似长梦，让血浓于水的民族代代蒙羞。以时光入药，医治巴蜀大地。从岁月里取出伤痛，抚慰战乱撕碎的家园，在一代又一代川东人民的汗水中拔高。

　　"邻"水从山，"潾"水从水。大邻水，小邻水。"以水为名"相约而来，山水相依相得益彰。水同源，文同根，人同宗同族，山水必同脉。水缘自山，故山水同名。邻水滔滔，携万水千山而来，映一波三折之灵秀。普照川东大地，点亮巴山蜀水，惠泽隋唐五代，佑护宋元明清。她穿过了唐诗宋词，笑看古今。在潦草的大地上，哺育世代，薪火相传，先民们蘸着浩荡河水写就了《元和郡县志》《四川通志》《太平寰宇记》《邻水县志》《邻水河经源流考》，划出了一千四百多年的文明符号，以汉字的形式留下的盛世图腾。

上溯康熙，华夏的版图上，大举移民填川，恋土难移的先民，挥泪而别，三步两回头离开了家园，浩浩荡荡地从四面八方一批又一批，一次又一次。"被官府捆绑双手一队一队赶来。"向"十里无人百里无烟"的槽内，残丘、溶蚀洼地，牟家，台地合流，平坝，深丘，浅丘集结，让甘、王、冯、陈、周、吴、刘、夏、谭、袁、何、余、雷、吕、张等五十多个姓氏放归荒野。像片片被放牧的马群向草而生，游走四方。他们奉土为父水为母，在土瘦地薄的原野上饮月食露，风餐露宿，寒去暑来。他们头顶日月星辰，脚踏巴蜀河山。在先民刀耕火种过的陌生土地上，耕耘春秋，繁衍生息。

经过一场场脱骨换胎的阵痛，他们以姓氏结亲，以乡音取暖。自带火种的人，抱紧五谷和炊烟，播种子孙，生根发芽。那缕抬高的炊烟，从习俗，风土民情，方言，山歌、民谣里一路走过。载歌载舞的先民在篝火旁设坛祭祀、祈祷、赐福，保世世安平。历经三十多代人的艰辛，枝繁叶茂，沧海变桑田。"有圆孔如满月状"，故称明月峡，山以峡为名，这里的山奇峰兀立，绝崖纵横，山溪深涧、悬泉飞溅。这里的飞瀑跳跃，这里的山，为水而生。水，为山而流，走遍千山万水，不如大美邻水。巴蜀秀水的美艳，是留给你慢慢想象的。

奉化鸣雁

百年不鸣，一鸣惊人。百年不飞，一飞动天。

——题记

三江汇宝地，姚水润古今。七千年的河姆渡文明，照耀吴越厚重的大地。山的前方是山，走过一山一山的锦绣。水的前方是水，带来一江一江灵动。

一方水土孕育了一方人。山水如画，竹海荡漾，清风送爽，云绕山峦。人在鸣雁，如入佳境。有着历史的积淀的吴越大地，惠泽世代先民。姚江悠悠，大江东去。烟雨摇曳，山岚律动。先贤辈出的鸣雁村，人才济济，走成了远近闻名的状元村。

在鸣雁村，针对一座桥的叙述，是远远不够的，只能是一种对先贤不恭和潦草的敷衍，应该出动锣鼓手，夹道而迎，给那位还乡的状元掌声和鲜花，赐给他锦袍玉带，给他十万马匹和万顷良田。把世代的荣耀，嵌入祠堂，立地成佛。在这里，时光不会流走。让先贤们一一就座，聆听他们的祖训和家规。

一座桥改变了一个村庄命运。视为做人的丰碑，仕途的楷模，世代的榜样。走成了祖祖辈辈望子成龙的通道，从远古走到今天，一代一代、一年一年走过的学子，步着先贤的后尘，光宗耀祖！

借八方仙人之手，采药，研磨，医治人间的苦痛。一块石头高立于山顶，如仙人指路，告诉世人寻仙的方向。

仙人已去，而磨石还在，多么想再把磨石转动起来，聆听悠悠的磨声与岁月和鸣时的吟唱。物是人非，来往的旅人轻抚石头，仿佛轻轻一吹就能把上面落满的时光吹掉，却掷地有声。

水缘山泉而来，如龙吐珠。涓涓细流，千年不竭，老了时光。

求仙问佛的信徒，对潭水的朝拜，毕恭毕敬向一潭水低下头，企求龙王显灵，护佑儿孙。从龙潭里，打一桶潭水，桶里依然荡漾着那片老旧的时光，取出岁月的倒影入药，治人间百病。

依山傍水，左青龙右白虎，阴阳五行，风水定乾坤。经声起处，香烟缭绕，佛事鼎盛。木鱼声声，高过殿宇，山峦，高过远山近水，高过吴越千年的厚重历史。

一位位从四面八方虔诚而来的朝圣者，叩首，上香，洗涤灵魂。晨钟暮鼓，慰藉八方安平。站立山崖，静观尘世。在千年风里历练成佛。上山的人，一步一趋地向你靠近，向你虔诚鞠躬，等你证身。

顺着秋天，走着，走着，就来到了奉化鸣雁村。脚步匆匆，步步都在挥霍这里的湖光山色。竹林里一群群跳跃的鸟鸣，也被来路不明的山风吹落，在弯弯的山路上滚来滚去。阳光裹着稻香行走。金子般的稻穗嵌在秋天，在绿水青山间发光。

活力鸣雁，水韵江南，必须从唐诗宋词里取出更多的美，装扮山迎水送的鸣雁的山岚。

家，父亲
端午情思
遥望故乡
白杨礼赞
月光谣
童年中秋
品味腊月
拜年
盛开的槐花
回乡的路
背影
远去童年
常回家看看
情寄中秋
清明雨
侯楼老井
芦花识秋
石磨悠悠
蝉鸣声声
柿子又熟了
肖玲老师
怀念外婆

年轮之上

第二卷

纸上故乡

Chapter

02

家，父亲

又是一年的父亲节，突然发现我已经与故乡离开有两年多了，然而在这样的一个日子里让我想起了父亲上次生病时的那一幕，那让我从他的九死一生的余悸中感到内疚与不安。此时此刻，身为人子的我多么想借此机会回家看看，顺便为年迈的父亲补办一个本属于他老人家的寿诞，以便让我不会为父亲百年后别离人世时感到愧疚，留下无法弥补的遗憾！

这天，终于从公司领导那里请了几天假，回家的喜悦之情仿佛真的到了家一样，想象看到病痊后的父亲脚手不闲地干着家务时忙碌的身影，让处在家有二老的快乐幸福时光里的我，听到家的召唤，归心似箭如飞归窝巢的鸟享受着团聚后的快乐，然而在我收住了快乐的心情后正急着为第二天回家做准备时，偶然从一本书里翻到了两年前我在父亲病痊之中拍摄的一张照片，看到他无神而又憔悴的表情时，眼前立刻又浮现出那次因父亲胃出血回家时的情景。

二〇〇六年六月，当我接到在读中学的女儿打来的电话时，哭着向我讲过了她的爷爷生病住院已处在病危时，我的心中一下子凉到了冰点，自我懂事以来，父亲一直都在吃中药和服西药中度过的，仅胃出血就有好几次，每一次都像蝉蜕一样去了一层皮，这次看来是闯不过去了，后怕不容我多想，便和妻子火速地从浙江赶到家乡父亲住院的地方，见到躺在床上处于弥留之际面无血色的父亲时，心又一次凉了下来，腿也软了下来，我的心在撕痛着，这次看来父亲真的是会离我们而去了，我在抚摸着他打过吊针的两只青一块紫一块浮肿的手臂，俨然处在失父一样的痛哭之中……亲戚，邻居及母亲的劝慰，让我仍无法停止哭泣。这时医务工作者也来到我们病房里向我们说："你父亲的吊针也两天没有打进了，看来病人是没有多大的希望了，只好做最坏的打算了！"又一次在亲邻的帮助下，我和弟弟哭泣着把父亲从以前挽救过他多次生命的高楼医院中，无望地抬回了家。正当我们为父亲的后事做准备工作时，呼吸微弱的父亲，竟然奇迹地睁开了眼，之后的几天里在家人的精心呵护下，父亲的四肢因出血过多导致身体浮肿的地方，渐渐地消退下来了，我们都看到了父亲有生的希望。随即我们请来医生为他量血压、挂吊针、输血浆，随着一瓶瓶药液输到体内，父亲的神志渐渐地恢复了，也想吃点东西，几天后从父亲恢复的健康状况中，我们全家感到万分庆幸和欣喜。就在父亲身体渐渐康复需要子女在他的身边照料的时候，我却因假期的关系不得不向父亲说出要回浙江的想法，临别那天早上，他老人家竟流着泪水说："是我拖累了这个家，我不会死的！你们都快回去吧！家中有你妈照顾就可以了，工厂里总不能等你一个人啊！"在离别那天，老父含着泪目送我们走出了家门……

屋破竟遇连夜雨，回到浙江以后，长期靠吃药消炎止痛、身患有胆结石症的妻子又病倒了，她只好又一次去了院进行检查，从做的 B 超数据对比中，胆结石不但没有化小反而比以前还增加了，唯一的办法就是做胆切除手术，然而对我来说在举目无亲的异乡，一笔上万元的手术费的确不是一个小数目，但幸运的是有领导和同事的帮助，近万元的手术费总算凑足了，妻子的胆结石的手术得以顺利进行……

转眼又到了 2007 年的春节，正在为父亲七十岁寿辰准备的时候，当我从银行的工资卡里取出我和妻子两个人的钞票才有三千来块钱，不由得让我心灰意冷起来，为了给父亲过寿的开支要一两千元，两个人回家的来回路费也近千元，加上走亲串朋友的开支和节后两个孩子近两千元的学费……一笔笔让我无法面对的账单横在我的面前，阻断了我的回家路。我陷入了有家不能回的境况和悔对老父的愧然和内疚之中。

父亲节这个属于全世界父亲自己的节日……一个我认为是父亲过寿的最好机会，于此也好为我的心灵得以较好的解脱。我决定回家，趁着父亲还在世的日子为他老人家多尽一些孝道，听听老人那些久违的唠叨，心里也许有一种慰藉和踏实！

坐在回家的客车里，听着电视里陈红那首唱响大江南北的《常回家看看》，也和同一车上的老乡们一样都情不自禁地唱了起来，歌声载着我的思绪飞向那遥远的故乡。一路上，我已经陶醉在为父亲补办的七十岁寿宴的烛光里。

回家的感觉真的很幸福！

端午情思

　　年年端午，今又端午。我的思绪沉浸在那个难忘的日子——一个在温州度过的端午节，我忘不了那粽子的美味，更让我难以忘怀的却是那浓浓的友情。

　　那是我在 1990 年的时候，我和一位老乡来到了浙江温州这座陌生的城市，刚踏上那片土地时，心中是一片空白，听到我的一些老乡都在这里混得很好了，那时我刚来到这里，我在一位老乡的帮助下在他从前干过的一家个体工厂里干了一份电焊工，在技术不懂的情况下，工资只有学徒的工资。每天都在吃力地干着，工作时间长，劳动强度又大，实在太累了，我就找老板理论一下，也顺便提出加工资的请求，可是老板不同意。当我再一次和老板谈起加工资的时候，却一直未果，总是给了一个不好看的脸色，我再也无法坚持干下去了，只好向老板提出结算工资的事，那时老板还是爽快地给结算了我应该得到的一个多月工资。我重新拿起自己的简单的行李，开始在温州的大街小巷打转了。

那个辞去工作的晚上我却感到了异乡的街头流浪的滋味来。我清楚地记得，我在人民中路温州大厦的后面的水上凉亭里想度过一夜的，却没有想到的是，被值勤的温州大厦的保安叫了起来，非得让我离开这里到别的地方去。我陷入了走投无路的状态，我的老乡却又离这里很远，一下子又不能及时到达，那个时候我的心中是多么期盼一位认识的老乡出现在面前啊，我的心真的不知如何是好，我在那个举目无亲的异乡是多么无助啊。那一次是我第一次碰到的真正流浪的滋味。在那一夜里我过多地品味出打工的苦与痛！

　　第二天就是中国的传统的端午节，虽然工作暂时没有找到，但身上还有一点刚从老板那里结来的工资，就在一家小吃店吃早餐时，突然有一个人走到我的面前，向我打招呼："你是侯范才吧，老同学真的是您呀！"当我抬头一看，让我很吃惊，面前却是我的一位中学时候的同学张良敏。老同学说："呀，真的是侯范才，你什么时候到这里来的？"此时，老乡加同学的情感一下子升到了极致，真是老乡见老乡两眼泪汪汪啊！那一餐，是他给我付了饭钱，然后他又带着我去了他所工作的一家皮鞋厂，我跟着他到了工厂以后，他拿出了公司早上刚发的六只粽子和我一起分享，品味几天的流浪打工生活以后的我，在饥饿的驱使下，分享着一只只包有蜜枣、牛肉、糯米等为原料制作而成的美味可口的粽子，是我有生以来吃到的最美味的一种。我的同学为了我，专门请了一天的假，陪伴我去望江码头观看了龙舟比赛然后又到了中山公园、妙果寺公园、黄龙公园几个旅游景点玩了一个痛快的端午节！

　　我在他那里住上一天，他问老板公司还要不要人时，老板以公司目前不忙不招工为理由，让我无法如愿地和他在一起上班，他只好在忙中抽闲地帮我另找厂子，我因当时的工种不适半道而归。

　　日月如梭，光阴似箭。一转眼三十多年过去了，那次温州打工的经过，我虽以失败而告终，对那个难忘的端午节却烙在我记忆底片上！

遥望故乡

　　夏收夏种是五月的故乡最忙的时节，麦收的日子乡村的男女老少都要在这个时候出入在炎炎的烈日里进行抢收抢种，那样的天空下，金黄色的麦浪上那像火苗在燃烧一样的热浪里，父老乡亲戴着草帽，围着白色的毛巾在那样的晴空下正热火朝天地麦收的劳动场面犹如在金黄色的海洋上争渡的小船，至今仍给我无穷的回忆。

　　田间里的麦子在一天天变成杏黄色的时候，有经验的父老乡亲都会开始为收割和夏种添置一些常用的扫帚、镰刀等农具。那样的日子是收割前人最多的时候，大人小孩都想来到街上看看麦收前的属于大集的购物场面。乡间集市里无疑是人头攒动，那五颜六色的衣服和那各种音调的叫卖声，装扮着乡间的集日场面。走在街市上闻着各种地方特色的小吃的香味儿，总不忍心从一份份摊前走过，总有饱一下口福的念头，带着这个想法脚步也就不知不觉地走到了卖凉粉等小摊前面叫上一至两碗饱尝一下家乡的风味小吃，让那些带着童年爱吃的小吃统统地连同那些记忆一同咽下，让五月的故乡在这个炎热的夏天里感到故乡的那种热情和亲切的感觉。在麦收前，有条件的农家总要准备这几天犒劳的伙食以弥补家人在抢种抢收中的付出。家中就会购买些西瓜、西红柿、黄瓜和杏等来供家人及孩子享用。

麦收时节，对农民来说最主要的一件事就是把晒场先整理好，根据各自家庭的小麦的面积来确定，先让闲了一冬的黄牛套上久违的牛索工具，再套好耙就可以顺着不同的方向来回穿梭在门前的空地上，地被整平以后经过石磙压好再均匀地洒上一层水，撒上些旧的麦草，最后仍需要把地压平、压结实后才算麦收的准备工作做得到位。

春争日夏争时这是千百年来一直不变的农彦。为了有个好收成父老乡亲们白天分分秒秒中抢收，晚上还要为收割上来的，那晒得很干的带麦秸的小麦堆垛，又想抓住天晴的好时机把等待了近一年的到嘴边的粮食尽早地归仓，心中才有几分踏实，才有更多的精力和动力去为下一季的播种任劳任怨的付出，盼望着一个新的收获。

每家的晒场上一到晚上，从田里归来的乡亲又开始在机声轰鸣的脱粒中中忙碌起来，我小时候最害怕就是和大人们一起联户在一起脱粒小麦，今天干好你家干我家都是那样分秒必争的时候，又抢收抢种常常让人累得连觉都没有时间睡，饭也吃不下，在机声轰鸣的脱粒场上，只有机械有点小故障的时候才有稍做休息的时候，才有可能蹲在麦草垛的边上睡着。一觉被喊醒后，眼睛也不愿意睁了。手也被握着的工具胀得很痛，此时父母和为那家脱粒的农家就要端出可以解渴和饿的瓜果之类的零食来给人们提提精神，你一只我一只的分给大家，爱吃的就可以多拿几次。之后，精神也有了，之前的故障前也找到了，看麦草垛的感觉也越来越小，脱过的小麦粒却越来越高时，劳作的乡邻此时睡意也没有了，只有默默地在心中为自己加油争取早一些把这余下的小麦垛打完，好回家美美地睡上一觉，参加劳作所有大人都分秒必争的期盼着。

最难忘的就是在生产队时，听说有被收割过的麦田，麦把已被社员拉完后，队长为了不让一些小麦白白掩埋在泥土里发芽而浪费掉，就号召社员们进行中午突击式的在阳光下抢拾散落在地上的小麦，不过人们抢拾来的小麦都是谁捡归谁所有不会交公的，父母为了想让各自的小孩能在这样的季节里多拾几斤小麦，常常利用称重量的方式让拾麦子的孩子多拾一些，得到更多麦子来贴补家用，会采取给孩子们奖励一至两个鸡蛋的方式，让孩子为家中多拾几斤的小麦，是每家大人的最大的心愿。这就是我的记忆中的童年的麦收时节。

异乡的日子，好久没有参加故乡的麦收了，在布谷声声的五月，时常让我想起的那些炎炎烈日下捡拾麦穗的童年。

白杨礼赞

漂泊淘不尽的是思念，每一次匆匆别离都从故乡的白杨树身上弥补了游子的失落感。

白杨树在我的家乡——淮北平原上是最普通最常见的一种树，它具有成长快，易成活等诸多的优点，近年来一直被人们喜爱。它根植于故乡的河滩沟渠旁、水池以及房前屋后，随处都可看见它的身影，正是它的落户才成为父老乡亲摆脱贫困、致富奔小康的首选树种之一，为家乡的经济振兴立下了汗马功劳。

故乡的夏天，浓郁的白杨树伸展着那妩媚可爱的枝条，做着最亲切友好的欢迎手势，让我感受到最忠诚如一的白杨树那高贵品质，无论是回家还是远行，我都能从它的身上找到一种慰藉，它总是排列着整齐的队伍为我举行迎来和送去的仪式，不论是在枝繁叶茂的春夏还是落叶落归根之后的秋冬，都以自己的风姿站成了季节的特殊的风景。让我在归来与远行中品读了它的盛情与父辈和蔼可亲形象，它就成了我心中像父老乡亲一样亲切友好，让我对它敬佩有加!

我对白杨树有这样深厚感情的原因是：有一次，我跟着一位老乡去江苏常熟为来自国内外的客户们搬运他们进好的货，来挣取他们所给的劳务费，刚到几天因为水土不服生活不习惯，加上从来没有跑过这么多的路，我的脚一下子跑肿了甚至起泡、发炎，为了可以早点回家治疗，在囊中羞涩的异乡，又不忍为了填饱肚子而放弃所能多挣一些钱的机会，就这样，我在坚持中又多做了几天，钱还没有挣到多少却让我更是痛苦难耐。最后，我还是放弃常熟，一个人带着病痛的脚返回家乡。

当我踏上故乡的土地的时候，我因无功而返感受到一种无以言状的不安，是先回家呢还是在村头的那座刻着碑文的石拱桥上休息，在犹豫不决之中最先感受到的是故乡的白杨树的树影和可爱的风，它们是以最温柔可爱的姿势来对我进行欢迎。像我的亲人一样拭去了我身上和脸上的汗水，对我的脚疼进行无微不至的呵护，仿佛疼痛减少和轻松了很多，也让我想起了刚走出家门时那信心百倍地想为改变家境而闯天下时的誓言，没承想，却受不了那份苦未能如愿以偿，是它们不因为我没有衣锦还乡而对我唾弃和冷淡。在它们的呵护之下让我没有感受到丝毫的冷落、鄙视和热讽的顾忌与担忧。

在那以后的日子里，每次回故乡时我大部分时间都选在夏季，在故乡的怀抱里，穿越在如隧道般白杨树影下，享受着空调一样徐徐的凉风吹拂，故乡的和谐与温馨无不写在自己的脸上，这是故乡的问候和关怀，在那一瞬间显得那样亲近和至爱。

2008 年的春节，因一场百年不遇的大雪的阻隔，回到家乡时已是凌晨三点了，故乡的小城是一片寂静，故乡就在疲惫中进入了梦想，我不想喊醒我熟睡中的亲人的门，不想让我这位异乡的游子给故乡带来麻烦和惊扰。我决定改变以往回家时的方式，我便安步当车用我的脚亲吻着故乡。用这种形式来亲近我的家园，触摸着那份心海深处的亲情。每一步都能感受着大地母亲的每一次心跳，真的好久没有如此地亲近故乡，亲近我的母亲，每一步我仿佛都在和大地倾诉衷肠，那一刻我的心中才真正地感到坦然和踏实……

我最羡慕的就是故乡的白杨树，它能自由自在地在故乡大地上生长，对故乡不离不弃、忠贞不渝地挚爱，感受故乡的包容与温馨。真可谓是别人的金屋银屋不如自家的草屋，儿不嫌弃母丑狗不嫌家贫哪。

每一次别离，白杨树总是列队站在故乡的土地上给我送行，挥舞着手臂，配合节奏哗啦啦的响声，让我走得那样开心却从车窗里，留下的是爱恋和不舍！来去匆匆，人生就在这样故乡与异乡之间编织出了我厚重的乡愁。

我爱故乡的白杨树。我多么想像它一样守护在故乡、守护在母亲的身旁倾听母亲那久违的鼾声！

月光谣

人逢喜事精神爽，2010 年八月初六，最让父亲高兴的事莫过于孙媳妇娶到了咱们家，是他老人家人生中最高兴的一天。

已七十岁有余的父亲，在他的同龄人之中，他是一位吃苦最多却又每天感到非常幸福的老人了，几年前的一次胃出血让他差一些命丧黄泉，幸运的是却能从死亡线上又活了下来，在别人看来，我父亲那是他前世积来的德和修来的福！让做子女的都为父亲的福大命大造化大而到感到无比庆幸！！！

康复以后的父亲，常说的一句话就是他在有生之年最大的愿望就是盼望孙子能早一些成家并能见到自己的重孙。当孙子大学毕业后的第二年，老是把孙子婚事放在心上的父亲，就催促我说早一点把他的婚事给办了，也好圆了他老人家心愿。我和爱人每次从外面回家，他老人家总要在我们面前提到村上的谁家孩子都结婚了，一会儿又是哪家的孩子怎样怎样，我们听得耳朵都磨成了茧。开始我也没有把父亲的唠叨当作一回事，父亲的心情我们都理解，但这个年代又不是婚姻包办的事，只好通过媒婆与女方那头商量尽量把子女的婚期看得近些。经过动员之后，一切都天遂人愿。儿子的婚期确定以后，父亲那份幸福感溢于言表，毕竟那是他老人家盼望已久的事。

儿子的婚礼是在故乡举办的，自然也得按照家乡风俗去做，虽然我已进入不惑之年，但家乡的风俗让我去做是很难的，幸好身经万事的父亲他的健在让我轻松了许多，因为我们都是在约定俗成之下去迎娶儿媳的，那得办得体面风光一些，儿子婚礼那天，孩子们是最开心的，一会儿跟着我们要喜糖吃，乡间的唢呐班吹奏着百鸟朝凤和时下流行的歌曲，给每一位到来的亲戚朋友带来喜庆和吉祥。婚车有序地从门前开过，悦耳的鞭炮声响起。一切都顺心如意，前一天还有些小雨的日子，第二天却雨过天晴，真是老天作美哪！就这样很顺利地把儿媳娶到了咱们家。

儿子的婚后马上又到了中秋，在别离不定的情况下，我还是向公司续请了几天假，也就是准备陪着父母在家过个快乐的中秋以后再回去，在中华民族中秋对于每一个家庭来说都是一种快乐祥和喜庆的氛围，更何况像我们家又是添人进口，自然是喜上喜。中秋那天，忙碌一天的父母被儿子和媳妇请他们在院中央的饭桌旁坐下，快乐地分享着每一块象征着团圆和幸福的月饼时，幸福的滋味让两位老人溢于言表，陪老人的分分秒秒里，给老人让吃让喝的时光中，孩子们每一次举动和给父母们每一句温暖的话语，能在故乡的庭院里感受到那个不同寻常的中秋之夜，那是全家尽享的天伦之乐最美好的记忆。

家中增加了一口人，自然都是喜出望外，父亲把家务收拾得更清爽。在家的日子，每天我们还没有起来，我的父母亲就起来了，把院里院外都要整理清扫一番，然后再去烧菜烧饭，就在一家人都围坐在饭桌旁吃饭的时候，当儿媳吃到父亲的切的地瓜丝烧肉时，就问道这个菜是谁烧的那么好吃，切的地瓜又是那么细长还均匀，真有水平！我说："是你爷爷切的，想不到吧！"儿媳妇说："爷爷切的地瓜丝的水平真的太棒了，我还是第一次吃到这么好吃的地瓜丝！"儿子接过话茬说："我和小妹都是吃爷爷烧的地瓜丝长大的，当然好吃喽！"父亲此时又开心地笑了，他笑得那么开心并且说："只要俺孙子孙媳妇爱吃，我会多烧这个菜给你们吃！"

　　又到中秋月圆时，又让我们想到海上生明月，天涯共此时的中秋之夜，身在异乡的我们，虽然居住在江南的不同的城市，却在家和中秋的召唤中，相继地从不同地方赶来在异乡的慈溪，过着一个不一样的团圆夜！

　　天有不测风云，就是今年七月二十四日那天，妻子在下班的时候却被别人骑着电动车撞到腰部，经去医院检查是腰脊椎骨折，在慈溪市第三人民医院一住就是两个多月。自然今年的这个中秋节就只好在医院里度过了！

　　异乡的月圆之夜，在三院的住院部，看着天上圆圆的月亮，心中总有一种说不出的滋味，看着还正在康复的妻子，也只好说些安慰的话语。把住院的病房里摆放在病号床头的用来放东西的小柜子，移到妻子的病床边，陪着还不能起身却仍须躺在病床上的妻子，在儿女及儿媳妇们相劝下，妻子的心情才稍好些，月饼在这个晚上我却感有一种异样的苦味在我的心头溢动，这个场面又让我想到了还在家乡的父母，他们的身体还好吧，虽然在中秋节前，我的一位老乡回家，帮我给二老带去几百元的过节费，但他们当知道这个情况后，一定会心痛的吧！

我走出病房，来到了三院住院部楼下那个叫"百草园"的花园旁，手抚着"百草园"的护栏，抬头看着正在升起的圆月，心中浮想联翩：在妻子被撞之事赔偿还没有着落的情况下，心中不由得感到有些失落。沉思中，让我一下子想起了那年那个相聚在故乡的中秋之夜，那个笑声连连的场面，爷孙几代人的一种无法表达的幸福，父母的健在让全家都感到那是家和万事兴所绽放的幸福花！

那个难忘的中秋之夜，一轮圆月挂在故乡的上空，温暖了游子的甜美记忆！

童年中秋

记忆中的一个八月十五，是那位当队长的大伯送给我们家两块月饼，让我们度过了那个难忘的中秋！

我的儿时，我们家在村里是数一数二的穷户了。父母虽然不分黑白拼命地去挣工分，到头来还是年年透支，全家的生活是一天天往前挨着过的，无论日子怎样艰难，却对我们这些光吃饭不知忧愁的孩子来说，仍是天天扳着指头焦急而又兴奋地盼望着过节过年那样的好日子。

在我上小学二年级的时候，有一天下午，父亲由于劳累过度突发胃出血，幸好乡邻们及时地把他送进医院，由于医护人员抢救及时，父亲的生命保住了，可本来就穷得叮当响的家，一下子更是雪上加霜啦！

为了照顾在医院里父亲，母亲把家中仅有的半袋小麦用石磨一圈圈地转，把磨盘上那些粗细不匀的面用细箩子筛下头等的细面带到医院里做些可口的饭侍奉父亲，我们在家吃些山芋煎饼和喝那每餐都可以照人影的玉米粥来维持每天的生活。

时光过得真快,在父亲还在康复的日子里,很快地就到了农历八月十三那天,我和母亲一起把还没有完全康复的父亲就从医院接回了家。我们兄妹五人见到父亲回来了,个个都像过节一样非常高兴。常言道:"穷人的孩子早当家。"对于生活在家徒四壁的穷孩子来说,虽然八月十五已近,但对深知自家处境的我们来说,再也不去盼这盼那了。

就在八月十四那天,我下午放学回到家里,放下书包就喊母亲,却没有找到,就去问还躺在病床上的父亲:"母亲去哪里了?"父亲跟我说:"你妈去湖边那块地割草了吧!"我随便吃了一些零食,就匆匆地往村外那个地块寻找。远远地望去,我的母亲正在那块刚已收获的玉米地里寻找遗漏掉的玉米穗。我一路小跑,气喘吁吁地来到了母亲的身旁,看到了母亲的那割草篮子里仅有四五只大小不一的玉米穗。我的心一下子酸了起来:"妈妈,咱们回家吧!"母亲放下手中的那把找寻玉米和割草用的镰刀,搂着我就是一阵哭:"越儿,节上连月饼也吃不上了,我不是一个好妈……"此时,母亲的泪花从她的脸上又滑落到我的脸上,我再也无法找到合适的用语言来安慰我的母亲!

中秋节之夜,正是举家团圆的日子,别人家的院子里都传来月饼的香味和各种久违的饭香,可以想象得出他们都欢聚在一张饭桌旁,一起品尝着香甜月饼的美味,我们家却围坐在父亲的病床旁,喝着母亲捡回来的然后又经过母亲加工过的玉米粥。此时,当生产队长的大伯,闻讯赶来到我们家,给我们送来了两块月饼，说是他家的儿子，我的那位当兵的堂哥从部队寄来的。我的父母一再地推让，大伯生气地丢下了一句话说："我是拿来给越儿他们几个小孩来尝尝的，嫌少你们就不要！"说完大伯就走出了门外。

父亲接下了大伯的两块月饼，沉默了很久才说："都是我对不起你们娘几个啦，跟着我受累！这个节连……"

那个中秋就这样匆匆地过去了，三十多年过去啦，那飘香的月饼美味至今仍印在我的心灵深处。时至今日月圆时，往事又重返心头，我时时感激大伯那两块月饼，让我们全家度过了一个不寻常的八月十五！

品味腊月

好久没有真正回过家了。记忆中故乡的腊月就别有一番韵味。

四季分明的故乡带着收获后的喜悦走进了冬天的怀抱，白雪把它打扮得像一位小伙，就像即将迎娶春天这位新娘一样，展示出了勃勃的生机。

也许就在这样喜庆的日子里，故乡才显得无比祥和与欢乐。这个季节里，最闲不住的是那些顽皮的孩子，他们不怕冷，看到谁家的屋檐下的冰凌最长，他们会用手或木棍子去打，遇到举手拿不到的，就和同伴们找来木杷，条凳之类的东西垫高后再去把那些倒挂的冰凌逐一取下，拿在手里当枪玩；有的放在嘴里化着，追逐着，嬉戏着，玩得非常惬意。有的干脆聚在一起，在大一点的孩子带领下，伙伴在一起进行堆雪人比赛，分组打雪仗，去池塘里或者河道的冰面上滑冰，做着杀羊、捉迷藏等之类的游戏。就这样，冬天成了孩子们的天堂，也许他们的快乐只有在这个时候里才能真正找得到吧！

老人这个猫冬的时节，才是一年中最闲暇的时光。可以冠冕堂皇地串串门，在东邻西舍的廊檐下，迎着散发着香味的暖暖冬阳尽情地享受着上苍的馈赠，或者一起聊天，嗑着瓜子。甚至聚在一起来玩扑克、下下象棋，尽情地娱乐着，就连围观的人也会随着他们的输赢带来了阵阵的喝彩或抱怨……

腊八以后的日子，乡亲们才算是真正地忙碌起来，年的脚步越来越近了。赶集是乡间一道最热闹的风景，男女老幼有开着车的，坐车的，步行的，手牵的，怀抱的都开始为年货而忙碌着。村庄鼎沸起来了，杀猪宰羊的声音不绝于耳，一般的农家年关到来时，都要杀上一口猪，肉是不卖的。首先把肉给腌上，几天之后再把所需的作料重新加工一番，挂在房檐下。在人们心目中，图的就是热闹和欢乐。一年下来的辛苦，仿佛能从家人的团聚与亲情中得到慰藉。

到了腊月二十四以后，乡间里那些闲不住的婶婶、大娘、奶奶们又是到她们露一手的时候到了，在确定好日子以后，她们随便在谁家灶房里，支起烙饼熬子，和好面糊子，火生好后就开始在说着，笑着的快乐的间隙里，娴熟地点着绿豆饼，随着越聚越多装在饼筐里的绿饼散发着热气，主人会客气地让晚辈们先拿一点去家尝个鲜。人们见了面总是说着客气话，从父老乡亲的客套中感到乡风的纯朴与和谐。赶早的人家也开始蒸年馍，农家门前架子上晾放的馍头、肉糕、肉丸子等一些人们爱吃的年货，无不让人馋涎欲滴。

　　走在故乡的村庄里，看到从农家烟囱里冒出的袅袅炊烟，似乎就蕴含着一缕缕香味，那是年的气息。此时村庄里再有几家的结婚的出嫁的，人们会在迎亲嫁娶的锣鼓号子和鞭炮声中，感受到年的祥和喜庆的热闹氛围。

　　正半年腊半月，足见日子过得多么快啊。常言道：吃了腊八饭开始把年货办。在大人忙挣钱，小孩盼过年的期盼中，年也就真正地来到了。

拜　年

拜年是一个地方的风俗，家家户户年少的晚辈成群结队地去为长辈们拜年，成为家乡一道特殊的风景，从而增添了年的喜庆祥和的热闹气氛。

童年时的大年初一清晨，父老乡亲就会早早地起来，要办的第一件事，首先给自己家的爷爷奶奶、父母磕头，这是故乡多年来一直不变的尊老敬老的民风，每一个小家庭依次地会为同宗族的长辈磕头，这是家乡拜年的方式。

磕头对小孩来就会有多挣些压岁钱的想法，为了想得到自己的长辈们给的压岁钱和一些糖糕、玉米糖团之类的发给的拜年礼物时，小孩子就会穿上晃年的新衣服，这也是孩子们最高兴的事，有的父母因为忙还没有做好的，小孩子也会在年三十的晚上让母亲把新衣服赶制出来，有时一直陪着母亲看着她一针一线把衣服缝好，才能带着一种幸福感进入梦乡。第二天早上一醒来，就穿上新衣服开始去为长辈们拜年啦！每到一家只要为每一位长辈们磕过头，不但可以得到为数不多的压岁钱外还有很多糖糕、玉米糖团、饼干之类物质奖励，年对孩子们来说就是一种无法形容的快乐和幸福！

初一那天，各家子女都给父亲拜年以后，然后再由父母给爷爷奶奶去拜，依次往上逐辈拜来，直到最后，人们都会集中到我的本家族那位老太家大聚会，他们家是我们这个大家庭成员的一次年会，来来往往几十口人都会聚到这里，顺序地为两位老太磕头问安！为他们送去一声声祝福。两位老太及小老、小姑奶总是忙里忙外为来他们家族的男女们发些瓜子、糖点之类年货让大人小孩们分享。男人们为两位老太磕头以后，就会围上了几桌，男的就会按自己的辈分依次的坐好，喝上几盅自己家乡老白干，娘几个就会在一起嗑瓜子、唠唠家常。妇女和孩子们吃过、说过、笑过之后都说说笑笑地相互道别，互道新年问候，回家去准备午饭了。只有爷几个互相猜拳，喝个尽兴。我那时也会被喊上桌给他们倒酒，听一些可笑的故事，吃上爱吃的点心，愉快地度过那个初一的上午。

最让我难忘的是我的老太爷太母，他们的辈分是我们家族中最长的两位。每年他们都要炒很多花生、糖块、玉米团之类的东西，这都是为了给初一来为他们拜年的那些晚辈们准备。自我懂事起，他们的家境就很好，只要我平时想吃那些东西都可以去他们那里去讨。记得年少时，我们家里很穷，放学回来后，我并不直接到自己的家里面，却和他的儿子也就是我的小老（比我小一岁也是同学）一起先到他们家吃些馒头充饥然后再回到自己的家中，是那样时光在祖辈们的关怀下让我度过了那个饥肠辘辘的童年。

近几年我的两位老太年岁已高相继去世，身在异乡的我，在每年回家过年时都好像少了一种往日的家族中那个大家庭的热闹、欢聚一堂的喜庆的氛围。也许是由于打工和谋生的关系，家族成员聚少离多的日子阻隔我们的亲情……

年，又一次让我在尘封的记忆里寻找着往日的幸福！

盛开的槐花

　　离别故乡十几年了，对从前的一草一木都怀有一份特殊的情感，就像那故乡盛开的槐花，一直成了我的记忆中一道独特风景线。

　　以前，每到春夏交替时节，家乡的村内村外的马路旁，小河边池塘四周随处都可以看到满树满树雪白的槐花开放的景象，它那散发在空气中郁郁的芳香，招来了成群结队的蜜蜂在花丛中树上树下尽情地飞舞着，忙碌着。因为家乡的花期较长，树的种类也很多。每年这个时节，都会有一些外地放蜂人落脚在我的家乡，临时性地搭建的防雨棚就是他们的家，在这样的家中要过上一段时间，等到家乡的油菜花、梨花、槐花、梧桐花、桃花、杏花等逐一快结束的时候，他们将又会转换新的地方寻找又一个春天了！

　　记得去年暮春，我在回到家乡的路上，偶然看到一株或两株的槐树花夹在柳树和其他的树种之间显得是那样耀眼，正是这些为数不多的槐花让和我坐在同一个车上的老乡都发出了惊叹的语气，都在谈论着有好多年不但没有吃过也很少见到故乡的槐花了，正是他们在这样的聊天中，把我的思绪带进了从前故乡那槐花的海洋，槐花的美味引起了我对那个物资比较匮乏的年代一番特殊的记忆，至今还把那段时光当作一张还未褪色的底片珍藏着。

槐花对有钱的人家来说不一定算得了什么，而对于像我们那样一贫如洗的家庭来说就意味减少饥饿之苦。一到槐花开的时节，我经常在放学之后，带着一只化纤口袋和一个专用的钩子，去钩一些打着谷朵或者刚开的槐花，槐花摘下来以后还可以晒一些，晒干装进口袋，什么时候想吃了都可以的，那个时候随处都可以摘到很多的槐花，回到家以后，母亲就会抽出时间来，把我们摘来的槐花在锅里烫一下，然后握成一个个槐花团把水分挤掉，需要吃的时候就拌进一些玉米面烧粥做饼，留做下一顿吃的就要放一些盐，槐花就不会变质，甚至还可以趁着太阳好的日子晒一晒等到晒干了以后装在塑料袋子里封好口什么时候吃都可以。在这样的季节里，为了这个家我的母亲是非常辛苦的，她除了起早贪黑在生产队里干活以外，还千方百计地给我们用槐花搭配着做成一些好吃的槐花饼或者槐花粥之类的可口的饭食，由于母亲过度劳累和生活的不好导致了她身体落下了严重性的胃溃疡，为了给我的母亲治病不但将家中的可以卖的东西都卖掉了，连左邻右舍的钱能借的钱也都被我们家借来了，在治好母亲的病以后，我的家中已是债台高筑了。生活从此陷入了困境，也就成了我们这个家庭长期以来清贫的根源。那年，槐花就成了我们家庭中吃得最多的充饥之物，让我们减少了饥饿之苦。为此我更感激槐花，是它相伴那个青黄不接和那个缺吃少穿的时代……那段日子自然每顿主食只好用那带着甜味的槐花来充饥，因此槐花对生活在那个时代的人们来说真的是一种天赐的食粮！

　　槐花给了我无穷的回忆之余，真的让我在这样美好的季节里，多么想再一次吃到故乡的槐花饼啊，在车上那吃槐花饼的想法更迫切了，多么想尽早地回到家中美美地吃上一顿那香味扑鼻的槐花啊。那次我一到家，就有些闲不住了，像小孩子一样拿起口袋，带着我的子女一行三人，拿着钩子一起来到田野里，好不容易才找到了一株正在开花的槐树，我每钩掉一枝，他们兄妹俩都忙着把摘掉后的槐花往口袋里装，嘴里还不住地问我，槐花做出来的饼好吃吗？我说你们是没有吃过的，好吃得很呢！我在向儿女们讲述着我小时候吃过的那个味道时却让他们好像口水就要流了下来一样，讲着槐花饼的那个美味，更让子女们摘起槐花来更起劲了，儿女们忙碌的情景，是都想尽快地能吃到香甜味美的槐花，等到回家后，我的母亲马上就让我帮着她烧锅，先把槐花倒在锅里给烫出来，又把槐花里的水分去掉，把为量不多的槐花用等量的麦面掺和在一起，在她的手掌上来回拍上几下，压成一个个像碗口大小的槐花饼，贴在锅肚上烧开以后，等到掀开锅盖的那一瞬间，就闻到扑鼻的槐花饼香味了。从前那让我爱吃的槐花饼，就这样经过母亲一番忙碌之后时隔多年后的今天又一次吃到了。唯独不同的是，槐花里加的是雪白小麦面而不是以前的玉米面了，吃起来的感觉不过如此吧，却找不到从前那个记忆中香甜的槐花饼了。

人们在吞食着槐花的时候，却带给他们多少期盼啊！所向往的楼上楼下电灯电话等梦想均已实现，并已向飞速发展的二十一世纪和全面小康社会迈进。槐花，却给曾经所历经的这样生活的人们带来多少慰藉与思念啊！

在若干年后我还对槐花情有独钟另一个因素就是我在读中学时曾组织成立过一个叫《槐花》的诗社，就是这种带着乡土气息的《槐花》诗刊，让那些青春激昂的少男少女，在梦想的火焰燃烧下，带着相同梦想和追求相聚在这个温馨的家园里，共同用手中的笔描绘着自己的美好青春放飞着自己的梦想。是那《槐花》诗刊燃烧起了我青春年少时的激情，虽然在中途夭折了但它为我的人生之路点燃了一盏明灯！

时过境迁，又到了故乡的槐树飘香的时节，槐花却已不再是人们用来填饱肚子的一种树花了，由于槐树杆成材较慢等诸多原因渐渐地被其他的树种所取代，更在故乡的城乡一体化的发展和建设的进程中，逐步从人们的视线里退去了，而永远未退去的是：我对槐花的思念和童年那个时代的苦涩回忆！

回乡的路

　　年又在每一天的期盼中来到了，在归心似箭的返乡途中最担心的就是通向故乡的路。

　　漂泊在异乡的游子，在决定回家的日子，那种急切的心情，真的就想一步跨到家中还觉得慢的归心似箭的情怀，在归乡的此时才能感到啊！家，成了踏上归途的人的向往和期盼。

　　放年假后，在准备着回家前一天，我除了购一些浙江特色的年货外，顺便也给家中的父母及孩子也带一些吃的和用的，以此来弥补自己漂泊在外对父母无法尽孝与对子女无法呵护的愧疚之情。

　　回家那天，我和妻在五点钟的时候就起了床，到329国道线旁等候开往家乡方向的客车，很快一辆写着灵璧的客车过来了，我们上了车，在车上管事的人安排好座位后，在都说着同样的乡音的客车上就像到家的感觉一样，心却像鸟儿一样朝家乡飞去，脑海里却突然想起了两年前回家时的故乡的路。

记得那次回家，公司还没有放假，因妻有病就先请了假回家，那天，身体不适的妻子在等车的分分秒秒里，天气又冷加上她又是在病痛和高烧的折磨中，多么盼望开往家乡的车能来得早一点啊，就在这焦急的等待中终于有一辆写有灵璧的客车开过来了，我把行李逐一提上车安排好座位后，那归心似箭之感涌上了心头，故乡就在通向我的返乡的路上却显得是那么遥远！

　　故乡啊，就在我们走进你怀抱的时候，路，却显得是那么漫长啊！经过近十个小时口干舌燥的煎熬和旅途颠簸之后，终于来到了我们县城，当时唯恐我们到镇上下车以后，虽然只是三四里路，带着生病的妻子走回家又不方便，我就想到给家中打个电话，让他们估计在下午三点钟来迎我们。当我们改坐开往自己家的中巴时，原本只有七八十里的路程，总以为很快就会到家的，没想到车子一行驶在冯庙至高楼这一段时，公路上的坑坑洼洼渐渐地多了起来，加上近几天天气刚好下过一场雨和雪。当车子从这路面上开过时，摇摇摆摆的就像在那里跳舞一样把人晃得前仰后合的，就是这样的路让乘客叫苦不迭。

　　当车子掉进坑洼时，还得需要坐车的乘客，下车来给帮忙往上推才能把车子"救活"，人们把它称为"蹦蹦路"，总之这样的路，人们不是下来帮着推车就是跟着车子跑。这样不但耽误了坐车人的时间，还弄脏了坐车人衣服，原本可以在计划时间内到家的我们，不料被这"意外"耽误了两个多小时，当我们知道电话打回家太早啦，想让来接我们的亲人晚来一些时间，等我们到了之后再向家中打电话时，接电话的父亲却说，来迎我们的叔叔和我的弟弟可能早已到镇上了。为此，我感到很过意不去，真的为那段蹦蹦路而生气，更为我的亲人白白的等待而愧疚。

去年回家时，我又想起了那次回家的事，我的心中不由得有些发怵啊，那年毕竟妻子还生着病，多么想早点见到亲人和能快一点到医院去治疗啊，更早些地减轻妻子病痛的折磨。

当车子真正到了故乡以后，听到最多的就是关于路的话题，得知两年来我们家乡开通了两高一铁的消息后真的让我们这些异乡的游子感受了家乡一天天的默默地变化着。当车子正在向家的方向行进时，横在我们面前的不是坑洼路面了，而是一条平坦的双向的四车道省级公路啊，像一条巨龙在故乡的大地上蠕动着，人们盼望已久的公路终于造好了，总算从我们的脚下延伸到自己的家了。我一下子兴奋起来，心中不由得呼唤着，从车窗往外看时，原来低矮的路边的土墙瓦片现已被一排排民居楼所代替。"故乡真的在变，差一点让我认不出来啦！"我不由得发出这样的感叹，故乡哪，多年来被困扰的贫穷之锁终于随着这一条条致富的公路开通而正走向富裕小康。此时，我的心中仿佛被卸下一个沉重的包袱，顿时轻松起来，真正像归雁一样飞向自己的家园。

近年来，家乡在乡乡通和村村通的公路网建设中及时投入了大量资金为民造福，深受家乡的父老乡亲的称赞。走在通往自己村庄的一条笔直的水泥路上，它直穿过我们的村庄与江苏重镇大王集接壤，公路啊，你就像一把钥匙为家乡脱贫致富奔小康打开了希望之门，让我看到了家乡的未来！

背　影

因为母亲长得很丑，自我年少懂事以后在某些场合，都不想和母亲在一起，这是因为平时在自己面前说母亲面容丑的人很多，让我一度都不敢去面对那些说坏话的人。只要有人说起母亲的事，都会让我担心害怕。但有一件事改变了我对母亲从前的一贯看法，让我感受到母爱的无私与伟大！

在少年时代，班上的同学都是靠从家中带馍来完成几年的学校的住宿和学习的生活，每次从学校回家带馍都在星期三，每到这一天，我就会盼望着早些点下课，可以有更多的时间回到家中享受母亲在家中亲手给自己做的好吃的饭菜，也足以对在校的几天的少油无碱的日子做一种补偿吧，那时有每个星期要回家一次带馍的机会，只有这样才能保证后三天的生活，在校的每一天只要把从家中带回来的饭菜每一顿在上课前交到食堂伙夫那里，在值勤的各班干部的监督下，饭、菜蒸好后学生早、中、晚下课后就可以在规定的区域内有序地就餐。这样，学校只为学生提供一些开水和稀薄得可以做镜子照的玉米粥，算是给同学们一种补贴吧。只有在过节的时候，学校才有改善伙食的时候。平时同学们多么盼望回家就是图的到家后可以享受母亲做的那一顿可口的饭菜哪！

有一次星期三的中午，我向同学借了一辆自行车高高兴兴地回到家里去带馍，满以为今天和平时一样，母亲也会把我平时爱吃的饭菜烧好，准备儿子一到家就可以吃上理想中的饭菜。可是那一次，我到家的时候门是关着的，但没有上锁，我想：家中一定有人。我就喊了声"妈妈"可没有听到回答，我又喊了两声"妈"之后，这才听到屋子里传来了两声母亲轻微的声音，在我进屋的时候心中还在想："母亲今天没有下地去，这下可好了，一定是在家为自己做好吃的啦！"边想边推开了门，我又喊了"妈"，这才看见母亲正在床上躺着，她因牙痛疼得很厉害，才没有下床给我烧饭。

我要带她去医院看看，她却不同意，说再坚持几天就好了。此时还问我："饿了吧，我没有办法给你做饭啦，你自己做点吃吧，馍先从你大奶那里借几块凑合两顿，有别的同学来家的时候再给你带过去，不知你们学校中秋节放不放假！"母亲说完带着期待的眼光看着我，我看到了一直痛爱自己的母亲现在被牙痛折磨成这个样子，心中一阵酸楚，愧疚之情油然而生，我放下书包就骑着自行车朝村卫生院奔去……

八月十五那天下午，同学们都在教室里上自习课，突然教室的门口站着一个人，有些多事的同学便在课堂上讲起话来，说这个人要饭要到学校里来了。看，她是个麻子。有几个同学正指着那个人比画着，描述着要多丑有多丑的外表。这次是咱们见过的最丑的女人啦。这种声音越来越大，讲的人也越来越多。在我的心中，只要一提到"麻"字，心中就害怕，希望心中那个丑娘的身影不要出现，千万不要是自己的母亲。每遇这种情况我就装聋作哑，好像以此才可以避开尴尬的局面。

在这个时候，突然一个同学大声喊道："范才，你看谁来找你啦！"我顺着这样的声音看去，教室外面的这个人正是自己的母亲，她胳膊上挎着一个竹篮子正向靠窗边的同学问着我的名字是不是在这个班里时，也像高兴地在等着我。可此时，我跑出了教室奔向母亲："妈，您的牙疼好了吗，这么远还给我送饭来，我的馍没有会自己回家拿的，您的身体还很虚弱哪！"

母亲说："妈知道你的馍也不多啦，恰着八月十五，不知道你们学校里放不放假，就给你带来啦！"

母亲在走出校园的那一刻，我突然仿佛又看到了母亲前两天牙痛时在病床上呻吟的情景。今天她却带着刚刚康复的身子前来为我送近两天的生活品，我的脑海里像经过一次洪峰的冲击，顿感一种无以言状的痛，我想追上母亲向她真诚说声，"妈妈，您辛苦啦！"以寻求心灵上的慰藉也表达对母亲感激之情，可是，母亲已顺着回家的路渐渐地走远了，在夕阳的余晖里，看到母亲瘦弱的身体羸弱的背影时，我的心仿佛在滴血！我伫立在那里很久，变成了一个泪人。

在母亲远去的背影渐渐地被暮色淹没的那一刻，我的心中仿佛像被一把刀一遍遍地切割。我没有回到教室，而是径直地朝寝室奔去，那一刻作为母亲的儿子我感到极度羞愧，为母亲而难过。

我把母亲送来的篮子打开时，里面不仅有两天的馍还有我平时爱吃的油炸的果子、丸子和中秋节晚上吃的月饼。此时，我又一次泪如雨下。

晚上就是中秋节，我吃着母亲送来的月饼，从月饼中不但品出了母爱、温暖与幸福的滋味，也读懂了自己母亲的伟大、无私和宽容！

时至今日，我的母亲辞世近十个年头了，早已与我天各一方，我却时常心存愧疚。平时只因漂泊在外，一年也只不过回一次家，电话里的母亲也都是报喜不报忧，从来不提自己的困难。这就是我的母亲，在她生命最后一刻我也没有在她的身旁尽孝，这是做儿子的一生中最大的遗憾。

现在，我还时常怀念那年母亲来学校为我送馍的羸弱背影。

远去童年

年，虽然离我们很远了，二月二在我的故乡仍是处处写满春意与祥和，这天人们是从告别年味和迎接农事中度过。

"二月二，龙抬头，家家小孩剃光头"，这是在我的故乡一直被大人和小孩传唱的俚语，也许正是十里不同风，百里不同俗吧。据传若干年以前，有一位妇女正月里见到了自己的儿子的头上生了虱子，为了减少年幼的孩子痛苦，妇女就带着儿子去理了发，不久，这位理发的孩子舅舅就生病了，最后却离开了人间。以至这件事在那个时候传开了，有的人为这位舅舅的死而感到惋惜，有的却更憎恨这位不懂事的母子。以后，就再也没有敢在正月里剃头的了，这是对舅舅们大不敬。所以我们的家乡才有正月里有舅舅的小孩是不可以剃头这个不成文的民俗，这是做姐妹的对娘家兄弟的祝福，企求他们幸福安详、健康长寿！大人都如此，做外甥的也更会对舅舅们的尊敬有加，这种风俗一直相传至今。

二月二在我们的家乡，年前所买的菜啊肉啦，蒸的年馍、年糕、肉丸子啦等，除了在年这个和谐共享的节日之外，剩下的就会放在一种用柳条编制的叫作憋死猫的菜篓子里，备着节后婆媳的两辈娘家人来吃，欢欢喜喜地招待和送走之后，再用来招待其他客人，直到该来该去的以外，余下的都要留到二月二这天来吃。从元宵节到二月二这段日子，为了防止肉食的发霉和变质，母亲要经过多次的在锅里回蒸，以保证肉食的质量，小时候很好吃，时常像猫一样偷吃母亲用来招待客人的年糕、肉丸子啦等。那时有了这样的菜就可以作为招待客人的上桌菜哪，为此总免不了家人的训斥，那个时代却让做母亲的费了多少心哪。这是家乡一般的人家的做法，都盼望年年有余、五谷丰登，一年更比一年好啊！

年少时，二月二这天也会跟着父母一样都起得很早，在自己的庭院里或院外用灶下的草木灰围成几个甚至十几个圆圆的灰圈，作为象征性的粮仓，祈求今年的风调雨顺粮满仓稻满囤，大仓满小仓流的心愿，盼望能比过去一年有个更好的收成！甚至鞭炮也要留上二三挂，在这一天燃放，作为告别年的最后欢送，这天，年味在人们的心中彻底地离去，要重新面对新的生活，在人勤春来早的日子，奋发图强，任劳任怨地靠自己勤劳的双手，建设更美好的家园。

自打工以后，人生就注定在漂泊和居无定所中寻找着自己的梦。在异乡的屋檐下，寄人篱下的日子里，能通过自己不懈努力和奋斗，才能在人生地不熟的异乡站稳脚跟，安居乐业不正是漂泊者心中那恒定不变的一种期盼吗！

二月二是那样快乐与温馨，时光流逝冲走了我们懵懂的孩童时代，在记忆中的二月二已随着时代的快车，远离了那饥饿多梦的年代。

常回家看看

《常回家看看》这首歌在我的耳畔唱响的时候，父母的身影又在我的面前浮现，故乡又一次点亮了我的回家的路。五一刚好放了三天假，我就利用这个机会又踏上了久违的故乡客车，回乡的路在我的面前延伸，从慈溪出发，经过了跟着课本去旅行的鲁迅故乡绍兴和人间天堂的杭州等多个城市之后，故乡就越来越近了，仿佛在向我招手，故乡已像磁石一样吸引了我的心。

我在春天的隧道里穿行，那山那水都在春天里装扮得像个新娘，满眼的花红柳绿都以全新的姿势送来春天的慰藉。当我已踏上故乡的土地，那种无微不至的风就和白杨一起对我进行欢迎，虞姬名字在我的眼前闪过，远去的垓下之战那股火药味好像风迎面吹来，吹醒了垓下这片厚重的大地，垓下儿女正以文化搭台唱响了时代强音。

多日来没有雨水的汴河在我的视线里细细而又艰难地流淌，摇曳的水草荡漾在汴河的怀抱里。汴河新桥正以欢迎的姿势，把游子抱在怀里，我的心中在沸腾，仿佛在喊："故乡，我的母亲。我回来啦！"灵城城北那条河南许昌至江苏盱眙的高速公路正以腾飞的气势在春天里奔跑，路就在我们的车轮下结束了回家的行程。

下了车，我拿着一个手提袋走进了村庄，走进了我久违的家园，我看到我的年迈的母亲正在大门口摘着小菜，首先映入我的眼帘的是母亲那雪白的头发和她时不时用手捶捶她那发疼的腰。母亲的无意举止像一块石头砸疼了游子的心，当我看到母亲那一刻，我的心头好像一下子涌上了丝丝的凉意，酸楚涌上心头，打转的泪眼在欲哭无声中喊了一声"妈妈"。她老人家那双有些背的耳朵还是听出了为儿的叫唤，看我到来虽有些吃惊但还是忙停下手头的活儿，要为我去做饭。我说我已在下车的时候吃过了，母亲半信半疑地看了看我说："我给你下碗鸡蛋面就好了，很快的！"经过我再次给她说我的确吃过了，她才不要为我去做饭。又开始接着在那里忙她手里的小菜，在我帮着母亲整理的小菜的时候问道父亲去哪里时，母亲说他去带着龙飞（我的弟弟的孩子）去了医院说有些发烧，去了好长时间也应该快回来了，我听了这些，真的让我感到很惭愧，父母都已年迈了，还要为儿孙们操心，真是可怜天下父母心哪！！

晚饭后，母亲因为白天做事太多了吧，感到有些累就早一点去休息了，父亲要去洗碗，我接了过来。毕竟父亲是年八十岁的人，他的腿脚已不比往年，走起路来好像都让人为他担心。在我洗碗时我就催父亲去休息啦，而我把饭碗洗好后也就去了楼上，因为楼上没有人在家住，地面上的灰尘落下了不少，楼梯的扶手上也是如此，我找来拖把端来一盆清水，先把地面拖干净后，又找来一块白布把楼梯扶手也擦了一遍，在我下去倒水的时候，我看到了父亲却还在灶房里煤炉子旁打起了瞌睡，我催了老人家去休息，他却说给我烧些水等下好洗脚的，我说我会洗好的，经过再三催他，父亲才去他的屋子睡觉，我想再往锅里加些水的时候，水缸里的水却没有多少了，我又把水缸里的水加满，此时，我又看到了外面的洗衣盆里还有母亲泡好的而没有洗的衣服，为了减少母亲的劳动强度，我又把要洗的衣服全部洗好，这才是我能为我的父亲和母亲所做的力所能及的事。

夜深了，我上了二楼打开我睡的卧室里那扇铝合金的窗门，站在窗口听到了门前的池塘里蛙鸣一声接一声地传来，这也是我听到的故乡的久违蛙鸣。这就是故乡静静的春天之夜哪！暖暖的晚风轻轻地吹来，房前屋后的那些正在盛开的桐花和槐花散发着清清幽香。此时此刻，我的心已陶醉在这个春暖花开的故乡之夜！

父母哪，我拿什么来感激您们啊，作为儿子能在您们有生之年，常回家看看尽自己一些孝道，为他们做些自己该做的事，这就是对父母最好的报答吧！

情寄中秋

　　漂泊的日子，每到一个节庆的日子那种思乡之情都会油然而生，又到了每逢佳节倍思亲的中秋之夜，牵挂，是一种久治不愈的心痛，每到这样的日子，回想在家没有走出来的时候那种过节的情景，快乐好像就会穿过时光的隧道浮现在心头，在童年时低矮土墙筑起的庭院里，全家在明月照亮下的十五之夜，围坐在摆放着飘香而又丰盛菜肴的饭桌旁，品味着那飘香的月饼。那一刻才是真正的享受着那份无法忘却的天伦之乐和幸福。

　　想起多年没有陪父母及子女过中秋的日子，那份失落只有异乡的游子才会真正地在体会中品味出其中酸楚。

　　海上生明月，天涯共此时，又是海上明月共潮生的中秋之夜，我想起了往年过中秋的时候。我们虽然都在异乡，但子女们都在本镇的中学读书，每逢节假日的时候，学校都会放假的，在这样日子他们能回家陪自己的父母在家乡共度中秋。而今年，儿子为了实现高考的愿望又去县二中复读，中秋的假期仅一天的时间又不能回家，要是放假多两天的话，儿子还可以回到家里陪他爷爷奶奶过节，现在只有一个人在灵璧二中里度过喽。相伴着天空中那轮明月，在想念着家中的爷爷奶奶和羁留异乡的我们。在这样同一个圆月下，我们一家却要分三个地方过中秋，那时团圆对我们家来说是多么期待啊！

今年的中秋对我们来说更有一种特殊的意义，一家人虽在不同的地方却相伴着同一轮圆月，在一家不圆万家圆的中秋之夜，把相互牵挂和祝福通过手机发送给对方，让温馨的文字相伴着这样的圆月度过一个别有一番风味的中秋之夜吧！那个中秋之夜成为我们漂泊生活中又一个美好的记忆，我们感谢那一轮普照人间的圆月！

晚饭后，我和妻散步在我久居的乡村北面的一座小桥，站在桥顶上，看着河面中圆圆的月亮倒影，看到了乡间的那空旷的土地上，万物都笼罩在中秋的柔媚的月光中，显得是那样悠然自得，我们站在桥头上迎面吹来习习的秋风，看着河面上生起却又不太高的乳白色的轻雾，如我梦中期盼的仙境一样，时时都不想离开，想来在这静静的乡野间才能找到一种精神寄托吧。

此时，在这样的举家团圆的月光下，面对着异乡那轮圆月，心中思念又会身不由己地涌来，那种说不出的乡愁又怎么不让我思念久别的故乡呢。

也许待到下一个圆月时，我们全家能共聚饭桌旁共同品味着幸福，享受着人世间最美好的时光。

清明雨

　　一年一度的清明节又到了，在这个细雨纷纷的江南，我对姑母的去世心中时时都会有一种无形的痛，但每想起这位关心过我的亲人，在她弥留之际，竟然连见自己的侄儿一面都未能如愿，就匆匆地离开人世，让我无时不对这位九泉之下的亲人寄托着无限的哀思！

　　这是十六年前的一个满天阴霾的日子，我刚被公司领导从一个普通的工位调到产品跟单的这个新的岗位上还没有几天，对我来说一切都又从华裕里重新开始。然而我突然接到了家中打来的电话，说姑母病重，在她弥留之际很想见我一面，让我尽早一点回到安徽滁州的姑妈家。我当时心里矛盾重重，公司里是刚接替的全新工作，是公司领导对我的信任和栽培，仅仅是两天的时间又怎么向领导请假呢？千里之外又是病危中的姑母她多么想想看看本家的侄儿哪，在纠结和痛苦中我还是未能和我的姑母见上最后一面，姑妈带着遗憾走了，别离了亲人和她又刚刚重新开始的美好的生活。姑母的辞世，成了我终生的痛！

　　我的父亲姐弟三人，上有一个姐姐，就是我的大姑，下面有一个妹妹，是我的小姑。在大姑妈刚懂事的时候，我的爷爷奶奶就去世了，大姑她过早地就成了一位童养媳，大姑走后，我的父亲和小姑两兄妹处于无依无靠的状态，我的大姑母比我的父亲大二岁，由于饥饿第一任姑父在灾荒年头被饿死，后来我的大姑因生活所迫不得不又另嫁到安徽滁州，家中只有我的父亲带着他的小妹妹两人相依为命地生活。为了保住侯家后继有人能香火不断，我的大姑就写信给我的父亲让他来滁州混穷，姐弟在一起的日子也好有个照应，至少不会让侯家唯一的男丁——她的弟弟饿死，这样也能让弟弟度过这个艰难的时期，在那样饥寒交迫的日子里为了糊口，父亲就把尚未懂事——我的小姑寄养在叔叔、婶娘（即我爷爷的弟弟）家，第二天，天还没有亮就带着一些干粮，悄悄地离开了村庄，开始了他的滁州逃荒、砍草生涯。

　　为了生活，大姑妈替我父亲找了一份工作，在沙河集林场开荒种树，刚开始每个月只有几块钱和二十六斤的口粮，由于支援农村，口粮也渐渐地减少到后来只有十七斤粮食，生活渐渐地得不到保障，对父亲这样一米七八的大汉子来说，要受多少饥饿哪，为了填饱肚子只得另想办法，最后父亲又只好跟随着姑父到珠龙大山里砍山草，然后再拉到滁州城中去卖。每天早上三点左右就从城郊开始出发，走上十几里的山路，才能到达大山里，砍那些荆刺之类的杂草和一些长得较高的蒿草。我的父亲和我的姑母、姑父全家一起生活，在相互照应下，生活只能勉强地说得过去，我的父亲相隔几个月还可以为家中的我的小姑寄上几块钱，作为家中的生活补贴，就这样我那三祖父才勉强同意收养小姑。那些生活艰辛的往事，是我的大姑生前常给我和弟弟说起的，当我得知这些往事以后，我那时就更对我的这位姑母由衷感激。如果当年没有这位姑母的话，在生活上千方百计地照顾我父亲，这个家能不能走到今天那还是个问号呢！

我刚懂事时，我的姑母就来过咱家，那时她只带着我的大表哥一个孩子，听姑母说我那时很老实，表哥很调皮，老是有事没事地抓我几下，我每次都是哭着向姑母去告状，每次都是姑母教训大表哥，这样的记忆我是最清楚了，从这以后姑母也先后来过好两次。但是，最让我难忘的是我还读初二的时候，突然，我的语文代课老师拿着一张汇款单说是给我的，我真的有些不敢相信自己的耳朵，老师说是《拂晓报》社的稿费，有两块钱，我拿着汇款单子高兴地跑回家里，听说去拿稿酬的时候得有本人的图章（不是现在要身份证），当时刻一个图章需要三元钱。而我的稿酬才二块多钱，在当时钱对一个清贫如洗的家庭意味着那可是父母起早贪黑辛苦个把月的工分啊！我跟父亲要钱时，父亲却说你的事往后缓几天吧，现在手头很紧，身上有几块钱吧最近还得去出一份礼。我非常失望地上学去了，那一天我回到家后仍是很不高兴。晚上，我正在写字，姑母从外面走到书桌前轻声地给我说："小越啊你还在生你父亲的气吗，不要在生气啦，那三元钱对你们家庭来说是不小的数字哪，不过我今天送给你一个礼物，你猜猜。"我心里想一定是什么好吃的，姑母说不对，让我继续猜，可是怎么也猜不出来，最后姑母把手掌反过来，我看见她手中有一枚精美的图章上面刻着我的名字，当我接过这枚图章时，当时我哭了，那是喜极而泣啊！第二天早上，姑母带着我到邮局去拿我那只有两块钱却又极不平常的两块钱的稿费，那是我第一次的稿费！当我要把这只有两元钱还给姑母时，她没有要，只夸赞我："越儿有出息啦，我高兴还来不及，就当我给你的奖赏吧，希望你以后更要加倍的努力！"

初中毕业后，我顺利地进入高中的那个假期，我去了梦寐以求的姑母家——滁州珠龙。在姑母家度过的一段时间里，先后到过了父亲从前在这砍过柴和他栽种过松树的大山，那一刻我的思绪浮想联翩，这就是父辈们人生之旅啊！在我和表哥从山上回来时，姑母就把一桌的饭菜做好了，姑母说听说你考上了高中，我今天上街特地为你买了一件衣服，这是对你的奖励，就是这件中山装伴随我那个青春年少时代。

每想到我与姑母相处的往事中那些点点滴滴的呵护与关爱，就会有一种失亲的愧疚！让我带着这份哀思写下这些文字，以祭九泉之下的姑母！

一年一度的清明，愧疚的泪水洒满对九泉之下姑母及亲人的思念里。

侯楼老井

在童年的记忆里，故乡那份无时不在的乡情，时时都在心头上萦绕，尤其是那口被井绳磨成一道道光亮沟沟的老井，时常点亮了我内心深处的故乡，那份乡思仿佛进入了一条时光隧道，把我带进了童年的那段美好时光。

老井，一口在故乡的老井，伴随着故乡的人们一代代生存与繁衍。它的历史已成岁月的记忆，先后经历过多少代人的挖掘和修复而成，事后又经过塌了修，修了塌的轮回，直到了三百多年的时光，那口老井才真正地成为有圆圆的青色的灵璧石作为井沿供侯氏族人共享的一口井。那口井水就成了喂养人们的生命的源泉所在，乡村里每户人家每天喝着这口井水，井水年复一年地像乳汁一样养育着侯氏儿女。

老井所在的位置正是侯氏老祖宗居住地方。据说侯楼在很多年前，却不是叫侯楼，只因村前有一条河（是因为黄河故道留下的一条河），人烟稀少，方圆十里左右没有村庄，南来北往船只经此地时都想上村来找些饭吃喝喝水之类的事权作歇歇脚，脑子活络的人就利用这个机会做个小生意，久而久之村前这条河两边就成了一个临时性的集市，那时人们称之为"顺河集"，又过了多年，自我们侯氏中有一位得了进士做了官，在衣锦还乡后，便在家乡置地建了两座楼分别分给他的几个儿子，那时候侯楼就因为有了楼，方圆十里八村的人们不得不刮目相看，开始习惯地把这个村庄称为"侯楼"，这就是侯楼的由来吧！

日子久了楼也塌陷，人口繁衍多了，楼虽然塌掉了，但这个村庄的名字依然如故，一代代相传，就成三千多人大村庄，几代人过下来之后，大村庄无论是房屋还是地方在不够容纳和居住的情况下，有刚结婚和兄弟分家的就要往外扩建，原来村庄外面那个菜园就变成小庄（俗称东小庄或东菜园），但他们吃的水仍要来大庄里这口老井里担，正是这口井水养育了侯楼世世代代儿女，也正是这样的水从前在夏天的集市里为方圆十里八村赶集的人们解渴，喝了之后都称赞侯楼的井水很甜，这是人们爱喝的真正理由吧。老井旁边还有一株几人才可以搂抱的粗皂角树，枝繁叶茂的树冠每到夏天它就是人们遮蔽火辣辣阳光的太阳伞，再加上有顺河集的优势，这里就成为人们聚拢的地方。

常常听村里的老人们说，这口井原来有个很大的井屋，四壁都有一个窗口，还有水车可供人们汲水之用，不知多长时间过去了之后，也许是人们常说的那种官屋漏官马瘦缘故吧，水车坏了也没有人去修，久而久之水车就无法服务于乡邻了，最后的结果只得落到了被拆除的命运，再后来连那间用石头垒成的井屋也就去掉了，我想那些石头也许后来又作为生产队的碾米屋的基石用了吧？

自我记事以后，老井那石台阶上圆圆的井沿石壁上，井口内外都用平平的条石铺得很平，面积二十多平方米，边上可供很多妇女在那里洗衣服，四周还有可放扁担的条石柱。井内壁上都长满了毛茸的绿茵，井水有时深有时浅，正常的日子，水很浅的一条绳子就可以随便够着啦。但是到了旱天，井水水位很深，吊水时就得把两条绳子系在一起才能够打到井水，自然提水时就很吃力，每遇到这种现象，吃亏的只有那些没有男人在家的妇女和孩子，他们提水就很吃力啦。但每在这个时候，只要有男人来担水，男人们总会主动替他们帮忙给提或把他们的水桶打上，这也许就是侯楼人的一种最好的传统美德吧！因为侯楼人想到的不是别的，而是同宗同族互相帮助一下也是天经地义的，必定是一个家族的血缘关系吧！

我的童年，农村还没有机井，自然吃水还要跑较远的路到老井里去担，在穷人的孩子早当家的那个时代，为了减轻父母的体力劳动，让他们有更多的时间在生产队多挣些工分，在个子还不足一米三的我来说，看到了比我们大些的孩子都可以去井里担水，我也就跟随去尝试着担，开始时只是抱着去担水可以证明自己能力的想法，在担不起来的情况下，不得不把桶系挽得很短，套在桑树扁担上，水也是打小半桶，累了就放下来休息。从老井到家一路下来要停下来好几次，虽然父母是不想让正在长身体的儿子去担水，可是在父母亲因在生产队还没有放工的情况下，我们那些孩子又想显示自己的力量时，担水的这个不算任务的活也就落在我们稚嫩的肩膀上。

冬天担水的时候，水从水桶里溅出来之后，都会在水桶的边上挂起冰棱，因为雪天路滑，到了冬天大人们都不会再让自己的孩子去大井担水啦！总之，对孩子们来说担水的童年成为人生之中的一道快乐的记忆。

故乡，正是那口经历过沧桑岁月的老井，养育了侯氏家族的世代儿女，它是我们的骄傲和自豪。现在皖北的故乡，正是借着改革开放的东风，让曾经贫穷落后的村庄真正地走向了楼上楼下电灯电话的时代，侯楼这个名字才真正名不虚传。

童年虽然已离我而远去，对故乡那份不同寻常的情愫却正像老井的水一样，给我的童年带来甘甜回忆！

芦花识秋

那些"一夜成白头"的芦花，又站在晚霞里，装扮着童年的记忆！

手折一枝开放的芦花，轻轻地吹动它的花絮，仿佛秋天一下轻了许多，想想那些从指尖上流走的时光，心中就会有一种对故乡芦花的思恋。

童年时的故乡，芦苇随处可见，每到晚秋，那时生产队队长就会召开群众会议商议如何对苇子收割，由生产队长先量好苇田面积再按户按人进行分割，那时芦苇是家乡的一道风景，大人们割倒芦苇后，就让各家小孩开始折芦花，这也就成了孩子一份课外作业了。在收工吃饭的时候，大人们就会利用麻袋或绳子把孩子折好的芦花扛回家，作为冬天铺床，编毛翁，填鞋垫、填枕头等取暖之物，芦苇秆还是那个时代建筑的必备材料呢，芦花是20世纪六七十年代的一个宝，每户人家都仿佛离不开芦花，成为那个时代的宠儿。

若干年前，芦花是穷人家的宝。我穿过外婆和大奶奶使用芦花给我编织过的芦花鞋。我的童年，家里特别穷加上我的母亲又不会针线活，连年的透支，让我们家的生活达到了一贫如洗，缺衣少穿的地步，就连我们兄妹五人穿的鞋常常都在别人家的救济中艰难度日子。冬日里上学就是穿着芦花编织的"老毛翁"，在鞋里垫上芦花絮，是过冬的最理想的一种鞋了，穿得省一些一个冬季尚需一双，走的路多的人或者说穿得不爱惜的孩子就需两双才够呢。有爱踢东西坏习惯的我，被母亲说我脚上长牙了，说我穿的鞋坏得特别快和别的孩子一起穿的毛翁，在我的脚上要不了多久，鞋后跟或者是鞋前头处就要烂个洞。为此，我也时不时遭到不会做鞋的母亲的责怪和心痛。母亲在这个时候，又得去请求别人帮忙再给我编一双，才能度过一个冬季。

每当我一听说我的大奶奶又给我打芦花鞋时，我都会高兴得睡不着觉，时常坐在她们的身边，一边听着大奶奶讲故事一边看着她用绳子在鞋上熟练地编织，有时需要我的家人来喊几次才能在恋恋不舍中走开。我清楚地记得，不论是我的外婆还是我的大奶奶，她们在给我打鞋时，总要加上几根红头绳作为标志物，然后用手一撮一撮地顺着操作的顺序，把整理好的芦花加到上面，一双小孩鞋比大人的鞋也省不了多少工，俗话说得好，麻雀虽小五脏俱全，只是用的芦花相应节省一些而已。一双新鞋编好以后，总是要等待到前一双鞋子穿得不能再穿的时候，才能有机会去穿那双早已编好的新毛翁鞋，然后用它在雨雪的冬日里穿行。

　　我小时候穿过很多双我的外婆和我的大奶奶给我编织的"老毛翁",是它们陪我度过了那不平常的童年。故乡从前的芦苇荡在土地承包到户以后,被家乡的父老早已改造成良田和养鱼池,现存的河道里和池塘边的芦苇也不多啦,只有零星几处散落在河边,以自己的姿态生长着,在人们的视线里和岁月蹉跎中用人类无法读懂的言语来诠释着对自然界的真诚。随着改革开放以后人们的生活水平在不断提高,人们早已告别了穿芦花鞋的历史。

　　在季节的窗口,一株株代子行孝的芦花又白了,是它又把我带进那个以芦花取暖的时代。我的外婆、大奶奶、三奶及我的母亲相继离我而远去,可是她们的爱仍留在我童年温暖的记忆里。

　　故乡的芦花,你又为谁而白!

石磨悠悠

从前，被老百姓视为命根子的石磨，如今早已从我们的生活中淡出了历史的舞台，不过那悠悠的石磨声依然在我耳畔响起，那份情愫始终让我无法忘怀，像已扎根在自己温暖的记忆里。

石磨，在若干年前，人们不但从它的大小形状就可以看出一个家族的人口的多与少甚至还成了老百姓之间一种无形的穷与富的标志。记忆总会顺着时间的脉络穿越时空去重拾那些遗散在岁月间珍贵的碎片，我们家族的那盘大石磨是由上下两爿磨盘和一爿直径近两米圆圆的大磨底盘组成，这盘磨也算是祖上留下来唯一的家业吧！从太爷那辈子算起距今有一百多年了。它始终作为我们家族中的共有的传世之物，在过去的时光里，石磨为我们家族立下了汗马功劳，也见证了侯氏成员从贫穷落后到一步步走向壮大、富裕的历史。

听我父亲说，我的太祖爷有两个儿子，老大就是我的太爷，他又有三个儿子，也就是排行老大的我喊大老，是我爷爷的哥哥。在那个兵荒马乱的时代做生意途中被土匪杀害无嗣无后。排行老二就是我的爷爷，生有我的父亲一男和两女（我的两个姑姑），我的大姑从小就给人做了童养媳远嫁他乡，小姑在父亲兄妹当中排行最小。她在我的爷爷和奶奶去世的时候才两三岁。我的爷爷、奶奶都患有当时称为"心绞疼"这样的土病，只因家中贫穷无钱医治双双被病魔夺去了生命，年幼只刚懂事的父亲就与小姑两兄妹相依为命地过着水深火热的生活。爷爷辈排行老三的也就是我的三老。

自我爷爷奶奶去世后，我父亲和不懂事的小姑他们俩自然也就落在我的三奶和三老他们肩上，在我记事的时候，我的二老太爷和二太母仍健在，生活是跟着他的大儿媳一起过日子的，大奶家的大老去世早，又拉扯着我的两个叔叔、两个姑姑，既照顾老的又养着小的，即便如此对我的父亲及姑姑生活上也没有少照顾，兄妹俩都在大奶、三老三奶这些长辈关爱下生活的，当时二老太家的三老一家去东北混穷了，十几口人都在同一屋檐下过着饥寒交迫的生活。家，像一株无根的浮萍随风飘荡。

为了改变他们的生活，活下来的人又只好开始靠磨豆腐为生，我的父亲也子承父业，八岁左右也跟随着他的那位大婶娘一起做起了祖上磨豆腐的老本行当。主要是豆腐可以卖钱养家，豆腐渣又可以用来充饥填饱当时在一起新组成的一家十几口人肚子。

当时农村因为是同宗又是一个家族，房子都是几家连在一起的，常言说得好："亲论近，房论寸。"就是这个意思吧。那个时候只要看住房也就知道了村民与村民之间的远近亲疏。谁家有了些事自然都会在第一时间知道，那份亲情又怎能不让他们出手相助呢！更何况是自己的族人呢，在他们的心中谁家有困难相互之间的关爱和帮助都视为义不容辞的事了。足见那个年代邻里之间亲情乡情是多么和谐与融洽哪！

那时，我父亲和我的小姑姑虽然还小却跟着我的那位大奶家一起经营豆腐坊，直到父亲十三四岁以后，他才去找了滁州夏山里我的那位从小就给人做童养媳的大姑，在那里以砍柴为生，离开了那个令他温暖的家。

在家的小姑因肚子饿偷了生产队玉米棒，被看青名叫瞎三的那个人打了，还吓唬她要向生产队长汇报扣她的口粮，把她绑到生产队会议上批斗。年幼的小姑听到这样话语被吓哭了，她也许是害怕批斗或许也害怕她的三娘（我的那位三奶）教训吧，却在那个下午偷偷地离开了生她却不能养活她的皖北一个贫穷的小村庄——侯楼，从此一走杳无音信。

20 世纪 70 年代，也就是在我记事以后，我的那位大奶一家一直我认为就是我的亲奶，两位小姑、两位叔叔就是我的亲姑和亲叔。事后，虽然我知道了他们不是我父亲的同胞兄妹，而亲姑亲叔在我心中的地位是无人可以替代的，他们在我心中始终胜于那时我还没有见过面的亲大姑呢！不过她们虽然不是亲的，但在我的心中永远都是始终给我支持和关爱的亲人。

那时，大奶因没有钱供两个小叔叔和两个小姑上学，他们也过早地就去生产队挣工分啦！在那个缺衣少食、饥肠辘辘年代他们的家庭比我们家自然是好多啦，我又是家族中作为范字辈的老大因而备受他们喜欢，在他们的呵护下，让我的童年感到特别幸福！

在生产队的时候，都是在农活儿结束后返回到家才能做自己的事情，填饱肚子自然是大事，为了一家人的吃，是那个时候母亲最头痛的事，吃的面都用石磨来磨的，每天下午我的母亲回家后，总是先把磨堂，磨盘和磨头的上下用干净的布擦拭，找来磨棍等一切就绪之后，就可以按照石磨转动的方向开始把粮食从磨盘上面的磨眼放入，适时地加入连续操作就可以啦！

磨坊是家族和谐共处的源泉，只要是谁家磨面了，我就会端着饭碗来到磨坊听大人聊天，讲着那每个人各自所见所闻，消息都在这个地方进行传播，我好像从这个磨坊里就可以知晓村里村外有关那个时代的酸甜苦辣。

有一天，我跟着母亲在磨坊里推磨，母亲时不时地把淘净的粮食顺着正在转动成为圆状的磨眼用勺子一下一下地熟练地放入，喂着那慢腾腾咽下去的磨眼。此时，上磨的周围都是磨好流下来的带有皮的面粉，一点点顺着石磨的四周积聚起来，很快地就像小面山一样！看到了雪白的面粉能不让人从劳动所带来的收获中感到喜悦！？

我的大奶奶只要一磨面，我也总会去磨坊那儿玩，那个时候我还小，只知道人多的地方可以凑热闹，推面的事他们不会安排到我的，有时出于对那磨的好奇心，总要跑上来试试。几圈跑下来就跑累了，我的大奶就会让我放下推磨棍去一边休息。我也只好听话地走开，玩自己的事去了。

有时轮到了我们家推磨，我却总是被母亲作为她的帮手用上，母亲就会让我先把要磨的粮食拿到磨坊，她自己也会把磨棍给我弄好和她一起推，只要我的那位大奶看到了我在磨上，大奶就会让她家的我喊大叔或者我的那位大姑去帮我推，让我到别的地方去玩，还会说我的母亲道："越儿还小，你看都把他当大人使啦！孩子正在长身体的时候，不要让他累着。小孩干活儿都是三分钟热度，过了那个热乎劲马上就会没有兴趣！"那个时候我真的认为她们就是我的亲人！也许正是有了大奶一家当时的关爱，才让我有了今天的一米八五的身高吧，为此我又怎能不视她们为我的亲人呢！

磨面大多都是在生产队晚上收工以后，忙中抽闲干的，谁家没有面了，总在晚上点上菜油灯在磨坊里加班加点地推磨，否则就会有断炊的可能，只有在晚上，才能为自己的生活去做自己想做的事，晚上煤油灯下，磨坊的人很多，婶子大娘都有，一是聊天另外还有就是来看看磨哪天可以轮到自己家使用，在这里可以听到很多的故事，村上的谁家的儿子要结婚了，谁家的女儿又快出嫁了，生老病死的事没有不知道的，人们的心也随着那些的喜事而喜，悲而伤。开心的事总是多的，每遇到人们谈论开心的时刻，我也总去磨坊赶个热闹。有时在磨坊里玩着玩着就不知不觉地到角落就入睡了，一觉醒来后磨仍在那里转呵转！只是他们话语少了，只顾做自己的事了。当他们的面磨好以后，都会把我喊醒让带着朦胧睡眼回家睡觉。

那时，这个磨坊是我们祖辈几家人共用的，只有按着顺序一家一户地使用才是最公道的，邻里之间也就没有什么矛盾产生了。

最让我难忘的是，我的二老太太（父亲的二祖母）是个三寸小金莲，她是我们的家族中的成员年龄最长的一位老人。她吃的面不是自己磨出来的，都是我们这几家晚辈给她磨好的。正常的是谁家在磨面的时候，就顺便把她的面也就一起磨下来然后端给她老人家，每一次都可以让她吃上十天半个月，家人也就不再三天两头为老人让磨啦！

我的童年生长在那个时代也是非常幸运的，因为有我的长辈们对我的关爱与呵护，我是同辈中最长的一个，我们的长辈们也都很喜欢我，在小姑和小叔家推磨的时候，我也总是去磨房里玩，只要一去，他们就会让我把所学过的课文背诵给他们听，有时还以奖励的形式给我二角钱，留我购买铅笔和练习本，从而让我对背诵课文的激情更高，学习自然也就积极主动。对一个穷家的孩子来说，二角钱已是很贵重的奖励啦。能不在学习上增加一种无形的动力吗！这种动力的确让我受益终生！

童年时，在中午放学以后，我只要感觉肚子饿了，我就会跟着我的那位小脚姥太去要饼吃，有时她在院落里忙着做事，姥太就会说："你自己去拿吧！"那个时代，我们家是出了名透支户，虽然穷，但对我来说，有来自这些关爱我的长辈，又让我感到无比幸运和自豪。

每到年关前后，我们那间磨坊就开始更加热闹了，东邻西舍的人们就会云集到我们那里做豆腐。那间几代人共用的磨坊一下子变成半个庄上的村民的公共场所，磨面也好，磨豆腐也好，石磨就会一天不停地转动着，仿佛年从那一刻就开始到来。

　　磨豆腐对我们家来说，是几代人都会做的手艺，因为我父母亲和我的大奶等也都是热心肠的人，做豆腐又是他们的强项，自然来我们家磨豆腐的人就多，他们就是想顺便让我的父母或大奶几个人给点豆腐，做出洁白如雪、鲜嫩可口的美味豆腐。到了腊月二十以后，年的脚步就飞快到来的时候，磨豆腐的人家更多了，转动的石磨在轮流的掌勺子的人手中，时不时地适量地加入黄豆，磨出的豆汁就会顺着石磨的四周往下流，然后再汇聚在磨盘的石槽出口处，流入下面的大木桶，经过豆汁去沫等几道程序之后，就可烧制成雪白的豆腐了，我的那些长辈们就会在豆腐包四周拐角处搞些豆腐丁给我吃，名义是给我解解馋，让我也品尝品尝！现在想来，那个时候我不正是从童年起就开始来品味着幸福的人生吗？

　　记得我刚考上高中的那年，父亲突然在给我们家从池塘里推建房用土时，又累出了胃出血，这个原本就借东家补西家、吃上顿没下顿的日子里已把这个家折磨得够呛啦，又屋漏偏逢连夜雨。那次为父亲治病借了全村可以借到的钞票，有幸的是父亲又一次脱险，父亲就是家，让我读懂了那时家真正的内涵。贫穷虽在折磨着我们家的幸福，却让我们在艰辛中找到生活的希望。在母亲的带动下，石磨又在我们家转去起来了，推磨、扯磨、做豆腐、卖豆腐却落在我的弟弟和大小妹的身上，在父亲身体还没有康复那几年的时间里，考上初中的弟弟也不去上学啦，两个小妹因家中贫穷，终因子女多老母苦哪，她们连学校的大门也没有进过。磨豆腐是那时我们唯一的生活源泉，每次从学校回到家中，看到母亲、弟弟、妹妹在石磨周围忙碌着，或是看到母亲，一下下往磨眼里加胖胖的豆粒时慈祥的身影；看到刚好有磨高的妹妹推着石磨悠悠转动着，发出呼呼的声音时；听到弟弟担着豆腐在乡间的狗吠里走村串户的卖豆腐的叫卖声；一个个让我至今难忘的场景，时时都让我感到心痛。那盘曾给我们带来生的希望的石磨哪，无疑也见证了那个贫穷落后的年代。

童年，一个人无法忘却，又让人不得不去想的岁月，每一次回忆都是一杯陈年的美酒，从那陈年醇香中品味出人生的苦辣酸甜！有如那儿时的磨坊，是我童年快乐的地方。在这个地方，我收获了长辈们对我的关爱与呵护，也从他们身上学到了人与人之间那份无私奉献互帮互助的人间真情。

几十年过去了，随着人口的增多，我们家族中居住的地方也不挤在原来老屋地方了，不过那盘祖传的石磨依然还被我的父亲小心地放在院落的一角，仿佛让石磨再多感受一些它的岁月中那些不寻常的往事，老宅上磨坊却早已被叔叔在原来地址上建起了楼房，可那些曾关爱过我的姥太、大奶、三奶、三老、姑母、我的母亲却已先后辞世，正是这样缕缕的亲情，让我收获不一样的人生，他们的爱始终相伴，仍像童年的石磨声一样在我的记忆里轻轻地转动着，依然没有停下。

蝉鸣声声

清晨，异乡的楼宇间，断断续续的蝉鸣声仿佛把我带进了梦乡，故乡是蝉的音乐殿堂，是那些美好时光相伴着我在故乡的日子！扑蝉的快乐，时时在我脑海里浮现，让我回想起在家乡时扑蝉的那份喜悦，陶醉在故乡夏夜的蝉鸣声中！

蝉所带给我的快乐就像一张尘封的旧照片，从这里我又找到它的源头，童年的夏天，乡间的上空几乎都被蝉鸣声占去了。蝉好像要比现在多得多，多得树的杆、枝和树叶上甚至连马路旁的杂草丛里都有蝉伏在上面的身影。好像随手都可以抓上几只呢！扑蝉的方式有好几种，白天使用网扑、面筋粘，到夜晚时就用火扑等等方式。扑蝉的网随时都可以自制一个，网杆的长短自定，这样可以把蝉套住，第二种的方式就是用麦面洗制而成的面筋来粘蝉的翅膀，这是考验，扑蝉时眼和手反应的一次检阅，是否可以做到出手时的手疾眼快。否则就可能扑个空，惋惜地看着被惊吓后的蝉发出长长鸣叫声飞跑了！

　　最有趣的就是用火扑，因为蝉具有趋光性的特点，找几个玩伴，商量着选定在下午放学后，把书包朝家中一放，带上火柴，从乡间的晒场上不分是东家还是西家的在场上的麦草垛，我一抱你一抱地把麦草抱到田间地头的树下，每隔上几十米处，放上一堆，这样可以连续地用火攻的方式来扑蝉，这种方式是扑蝉中收获最多的一种方法。

　　在火扑前伙伴们各有分工，会上树又有力气的就爬上树，用力地摇摆树上的杆枝，让蝉儿往下赶；个子小点的就在树下点火等待着蝉扑向火堆时捡蝉，每一个火堆点着以后，树上的伙伴用力地摇动树枝，此时蝉就会带着歌声飞跑了，有的就扑向火堆，那个热闹的场面是我们最忙碌的时候，七嘴八舌的乱叫声，夹杂着蝉的飞跑或进入火堆里时那最后发出沙哑的声音，乡间的夏夜被蝉鸣声吵得聒耳，那却是一个收获的场面。前一堆烧完后，伙伴一起把蝉拾好后，我们再换下一个火力点乘胜作战，直到当大人站在村头喊我们这些孩子吃饭的时候才收兵。然后大家把扑来的蝉平均分给到每个参与的伙伴，个个都带着欢声笑语像蝉鸣一样满载而归。

　　我的母亲会把我们扑到的蝉经过腌制，在锅里放上油，油热以后再把蝉和姐猴放进去，经过一遍遍不停地翻炒以后，能闻见香味就可以了，看见蝉的身体黄亮亮的，不要说吃了就是看起来都有让人垂涎欲滴的感觉。

　　暑假到了，我和妻得知孩子们又可以来到我们身边的消息都很高兴。就在去车站接孩子的时候，女儿见到我就说："爸，我来的时候，给你带来一样你几年都没吃过的东西。"我猜了几种却没有猜着，最后，还是女儿自己把要给我吃的东西谜底揭晓后才知道，那是故乡的蝉猴儿（方言：姐猴）。我一边吃着被油炸过的蝉猴，那香喷喷、脆酥酥的美味是一种久违的故乡味道。一边听女儿讲着这些油炸的蝉或姐猴都是他们和我的母亲在他们临来浙江前两个晚上，在乡间的马路旁的树上找的。每个晚上把找来的蝉猴洗净后，除去它的爪子，放在一个容器里撒些盐。几天来，他们也没舍得吃，临来浙江前的一个晚上，我的母亲把经过腌制的"姐猴"在灶房里经过一番忙忙碌碌之后，油亮亮的蝉或蝉猴实在是诱人，待那油炸过的蝉或蝉猴冷凉之后让孩子们给我们带来的，说我们自从离家有十几年没有吃上这个了。我听到这里，我由衷地感激我的母亲与我的子女们所付出的辛勤劳动，正是那番话给我带来了一种无限的乡思！

时光荏苒，一转眼二十几年过去了，身在异乡的日子，每到蝉鸣声声入耳的夏天，就会想到我们在家的日子里，雨后的傍晚或晚饭后的时间里，带着还不懂事的子女，全家拿着两个手电灯，穿越在乡间的寻蝉的土路上，每一次从电灯的光束中看到树干上或树下的杂草间正在往上爬行的"姐猴"或正在蝉蜕时的情景，我们从收获每一只蝉猴的快乐中，分享着夏夜里那份天伦之乐。每一次凯旋而归时，把塑料桶中装着一只只乱爬的蝉猴经过整理之后，第二天的中午，蝉猴就成了我们全家共享的美餐啦！几年来和孩子们一起度过的那一个个找寻蝉猴的夏日夜晚，快乐就这样深深地烙在我的记忆里。

记得我还没有出来打工的日子，在家承包了五亩多的梨园，每到夏天，我们全家在晚饭后，每人都拿上一把手电，在我们的梨园的内那几百株梨树上来回进行找寻姐猴，那个时候梨园就像是我们家的乐园。梨园里树上、庄稼上随处都有姐猴的身影，每一次找寻后收获都不少，每隔上一个小时，再去一株接着一株地去寻找的时候，那场面就不一样了，就会找到正在往树上爬的姐猴。也可以看到正在树枝上蝉蜕的，那嫩嫩的幼蝉嫩黄色的蝉体悬挂在蝉壳上一点点往下蜕的情景。此时，孩子们每遇到挂在树枝上嫩黄色的蝉体时就会兴致更浓，他们都会喊着说着："爸爸你看，这只多好看哪。"一会儿又是"这里还有一只"。每一次我们都会从孩子们手舞足蹈中感受到家无时不在的快乐，我和妻会按着孩子们手指的方向去找并逐一拿掉它。快乐的时光总是在不知不觉中度过，经过两三个小时的寻找，我们总在乡野间仍有一束束射向远方的手电灯点缀的夜空里，却在预期的捕获中鸣金收兵，此时都能从对姐猴数数中感受到全家一起扑蝉的无穷乐趣！

在这样蝉鸣声声的异乡，又吃到了故乡的多年未曾吃过的蝉猴，就像又一次品味到了故乡的滋味，看到了不在自己身边呵护下一天天长大的子女，从不能自理到今天能完全懂事的大姑娘大小伙，心中就会感到离开故乡真的有些年头啦！

此时，眼前仿佛又浮现出我第一次走出家门时含着泪吻着两个仍在熟睡中孩子们的脸蛋，那睡姿可爱模样，仿佛还在梦呓中呼唤的小嘴，那惜别的一幕犹如就在昨天，只有此时才会感觉到羁留异乡的日子过得是那么快却又是那么长，心中也会多了一种无名的愧疚和自责！

那个晚上我仿佛又回到了故乡，回到了那个蝉鸣声声和子女扑蝉的灯火通明的故乡夏夜。

柿子又熟了

又到柿子成熟的季节，而母亲离我们远去的背影，时时有种切肤之痛。

在母亲去世一周年的日子，祭母的路上又让我想起了老宅院子里母亲栽培的那株有十五年树龄的柿子树。回到家中，当我们打开院子的大门时，柿子还挂在那里，只是父亲疏于管理，柿子树及四周都长满杂草，加上院子没有了母亲在世时的热闹，这就给鸟儿提供了充足的时间，该吃的就吃掉了。自母亲去世后，家里只有父亲一位老人，每天那孤独的身影，守望着家里那片旧时光。

记得有一年中秋，父亲从市场上买来了几斤柿子，当还未到八月十五，或者说父母也没有品尝过柿子美味，在一天下午，就被我们兄妹五人分吃得一干二净，最后还因吃了多与少事情，我的两个兄弟还在一起打起架来。父母虽然很生气，却看到自己的子女那么喜欢吃柿子，不得不在第二个集日又重买了几斤。就是这件事，母亲说："无论如何也要自己栽几株柿子树，等到结柿子啦，让孩子们吃个够。到时候，你们就不会那么馋了。"母亲还常说："亲戚有邻居有，不如自己有。两个人有还得隔道手。"母亲在自家已有杏树、桃树、枣子树等多样果树的基础上又栽了几株柿子树，上几年，柿子挂得特别多，我的父母亲不得不找来了棍子、树枝和绳子，把那些压在下面接近地面的果实支撑起来。每当柿子成熟时候，母亲都会差她的孙子们端上半筐送过东家再送西家。

那些挂在树上的柿子哪，让我想起曾在家乡时，每次从外面归来，就像我儿时的夜晚，看到的家里亮着灯，那时只要在村外看到自己家的灯还亮着，心中就会有暖流涌动，每次回到家中，母亲总是在油灯下给我们缝补衣服，或者给我们做千层底布鞋，每当此时看到了母亲，心中总是有说不出的感动、高兴和自豪。那一刻，母爱给了我幸福而又难忘的童年。

去年，我母亲还为我老二看管在家上小学的侄子，接送的事还都是我的母亲或者是父亲开着那辆助力车接送的，可能年幼的侄儿还无法感受到自己童年的快乐和幸福。让父母开心的事就是每到星期天或假期，家里就开始热闹起来，妹妹家我的两个外甥女，做上门女婿出去的老三家的两个小孩，加上左邻右舍的孩子都聚在一个院子里，好几个，每天都在家里打打闹闹，给家的氛围增添了无限的快乐！孩子们在我的父母亲的身边，给两位老人带来的是精神上愉悦、快乐和开心。虽然我的母亲有腰间盘突出的长期病，也不能减少有孙子孙女在身边的那份挂在脸上的笑容和欢欣。特别是柿子熟的时候，孩子们是最肯来到我们家，那些果实就是他们乐于分享的幸福，更是快乐的源泉。

母亲生前常跟我说："你父亲三十多岁时才结婚生了你，在那时乡邻的眼中，这个家可能就没有指望了，真是天无绝人之路。没有想到的是，老天竟敢让这一家人延续下来，并且还是儿孙满堂哪！"的确，这些孩子们都是父母亲的快乐源泉。母亲是我们这个家最大的功臣，没有当年的母亲，又怎能有现在的家呢！那份快乐母亲总是装在心中，任劳任怨地干活儿，她把终生都奉献给了我们。她的最大的心愿就是盼望把我老二的小孩龙飞带大并能上大学，还有一个心愿就是能见到曾孙，四世同堂是母亲迫切的心愿。当我儿子结婚时，我的母亲别提有多么高兴啦，连续几天里，她每天都忙得手脚没有闲过，因为我的父亲三十几岁才生了我，在她六十六岁时孙子才结婚，在母亲的心中有生之年多么盼望能见到第四代人哪。儿子的婚后，当母亲看到别的小伙子都结婚生子时，而她说："我如果能活到带曾孙，我也就知足了！"可是我的母亲竟未能如愿。母亲哪，您的一生都在为我们这个家操劳，耗尽了您最后的时光，却带着遗憾走了！

上几年柿子熟的时候，母亲总打个电话给我们，要我有空回家带柿子去吃。然后，母亲收着收着就到了春节，当我们回到家里时，母亲拿出来她精心收藏好的柿子时，我们别提多高兴，我们吃到的不只是家乡的柿子的美味，还有那份至高无上的神圣母爱。母爱味道就像柿子的美味一样，甜透游子多少个不眠之夜。

前年，自儿媳到我们家之后，母亲到了柿子熟的时候又打来了电话，说让我回家带些柿子来吃，这是孙媳第一年来到咱家，还没有吃到咱家的柿子的味道。母亲对儿孙的那份爱，时时都流淌在游子的心中。最后，好容易打听到我的一位老乡回家，在他回来慈溪的时候终于给我们带来一桶她亲手催熟好的红红柿子。在异乡，能吃到自己家的又是母亲亲自采摘、催熟的柿子，那种幸福感就不用言语表达啦，愿这种母爱相伴着我的一生！

去年柿子又熟的时候，我的母亲多么想让我们回去一个，把那些柿子带过来吃，也免得她老人家过多的收藏。当时也因工作太忙，再说也只是吃个柿子这样的小事，就没有回去。只是安慰母亲几句，请她再给我们把柿子收藏好，等待我们春节回家时再吃之类的话语，母亲却带着些许的抱怨和几声唠叨也就不再提起了，最终柿子还是被母亲给储藏起来！

也就在 2012 年秋天，一直没有听说有什么身体不适的母亲，却在一个不幸的晚上离开了我们，她的走竟是那样匆匆，连一句话也没有给我们留下，更没让我们见她最后一面。让我们最遗憾的是，作为她的儿女却未有在她弥留之际，陪伴在她老人家的身边，送母亲最后一程。

其实在母亲去世的前一个晚上，我从周巷书城看书回来，还打电话给家里的，不过电话开始是我的一位婶婶接的。当时母亲患有痢疾在家乡的小诊所打了两天吊针，只是没有好转，就在当天下午回到家里，我的两位婶婶还去母亲住的那间房子里和我的母亲一起求主祷告念圣经歌，企求保佑我的母亲能顺利地好起来。电话开始是我的婶娘接的，我还问了母亲的病情怎么样，然后婶子又把电话给了我的父亲，父亲只说让我或老二回家一个带我母亲去大医院检查。在电话里我就说，天亮后就让在家乡我的妹妹先带母亲去县城医院检查一下，我们明天才能回去。当时因为没有回去的车子了。再说了那个时候已八点多了，身上的现金也没有多少。也得等到明天去银行办理才行。当时，我还听到母亲在她的床上问婶子说："是小越打来的吗?"我的那位婶子说："是您的大儿子小越，关心您的身体情况的!"我的婶娘还问我说要不要和我的妈妈说说话，我说她在床上也不方便，就没有让母亲接那个电话，就这一个未让母亲接电话却成我终生的遗憾!

谁知，天有不测风云。我的母亲竟在那个晚上凌晨四点左右离开了人世。当我接到妹妹打来的电话时，犹如晴天霹雳。突降噩耗，让我无法接受的事实，竟然落在了自己的身上，母亲真的走了，她走是那样匆匆，她带走了我们思念，却留下了八十岁的老父和我们漫漫的思亲路和深深的失亲的痛!

当我们赶到家时，母亲已躺在堂屋的中央，为儿的双膝从大门口跪行到母亲身旁，我的哭声，再也喊不醒永眠的母亲。我再也听不到喊我一声乳名的母亲最后的教诲!每一滴泪光里都是母亲慈祥的身影再次浮现!我的母亲走了，她带着遗憾离开了我们，留下是我们终生的疼!

我的母亲在世时，常常感到愧疚的就是我的两个妹妹没有进过一天学屋门，让我的两个聪明小妹成了文盲，不只是父母的心疼，也是作为兄长的我，时时为此而感到无比难过，可怜天下父母心哪!作为儿女在矛盾中理解了父母当时的处境，只因子女多老母苦的缘故，一贫如洗的家境里，又怎能有多余的钱来供两个年幼的女儿去上学呢。生性刚强的母亲，在生活面前却又不得不败下来，带着对两个女儿说不出的愧疚，让我两个小妹过早地为家庭分忧了，承担起了苦难带来的生活上压力，去了生产队忙工分。

另一件事就是有关我的老三出去招亲的事，当老三该谈婚论嫁的时候，我父亲的一场胃出血，花去了家里多年靠压在父亲肩膀上挣来的一角角、一元元磨豆腐的钱，另外还借了亲邻不少的钞票，让原本太不宽裕的家一下子又陷入了困境。那时上门给老三说媒的人的确不少，条件是家中必须有三间平房就行。父亲的病刚刚康复那一阵子，家里又怎么有钱来给老三去建结婚用的平房呢？看上老三的女孩子的确有几个，虽然没有其他的条件，起码的标准是房子总该有的，这也是当时农村结婚的必要条件。在那阵子，作为父母只好把一位位很漂亮的姑娘从我们家土院子里送走了。为了不再耽误儿子的婚姻大事，没有办法的父母，只好托媒人介绍了一户需要上门的人家入赘去了。

那年的腊月二十四，是弟弟结婚日子，家族中近房的叔叔大爷们，都来到我们家帮忙把给老三结婚的东西，抬出来，准备那头接亲的队伍到了之后抬上车的，当时，也是尽家里的最大限度的给老三的，唯恐儿子到了人家会被左邻右舍看不起，老三婚礼上忙碌而又大方的母亲，在招待好来帮忙的族人又送走了亲戚之后，母亲却回到自己的屋子里，开始痛心地哭泣着，母亲的哭声，直到现在仿佛还在绞痛着为儿的心！

就在为母亲忙完一周年祭日之后，在返回慈溪的前一天晚上，父亲带着泪拿出了他近日精心为他的儿女们收藏的柿子说："你们带去吃吧！不然也会烂掉。如果你妈活着这些都是你妈为你们收藏的！"我们手里拿着柿子，个个都泪流满面，哭泣声中母亲那弯着腰和父亲一起摘柿子的情景又浮现在我的眼前！

　　故乡的柿子又熟了，又一次挂在故乡，挂在游子的诗行，那是一盏盏点亮了我思念母亲的灯！

肖玲老师

肖玲老师是我正式拿起书本以来教我的第一位老师。

肖玲老师是一位上海人，那是上海知青下放农村的时候，派到我们村的。那时，学校离村很远，有一些孩子都因家中缺少劳力而无法进入学校甚至稍远一些的学校。村里便有人想安排这位干活儿干不来、种地种不好的"洋"小姐作为老师，教村里这些暂时都还没有上学的孩子。

村里让出了两三间房子，一间是作为肖老师的寝室，两间开通是作为学校，自学生进入课堂以来，教室里不是歌声就是读书声，我当时很羡慕走进教室的那些比我大的小哥们，但由于我是老大，在我下面排行老二的是弟弟，妹妹是老三，那时需要带我的小妹，在父母都苦于去忙挣工分的日子，孩子的带领就是我的工作，每天都背着小妹到处玩，自村有了那个教室以来那个教室就成了我带小妹的固定场所。只要饭吃好就背上小妹和那些上学的孩子一样来到学校，只是我无缘课堂吧！和那些上学的孩子一样都很准时地去上学。不过我是没有进入教室的权利，只有在教室的窗户旁，朝里面张望着比我幸运的孩子，看着老师在教室里来回拿着课本读书的声音，听老师带着孩子唱歌，在歌声飞出窗外的一瞬间我的心真的有很多抱怨。抱怨父亲怎么不让我上学，甚至把没有上学的过错出在还须让我带的小妹的屁股上，现在想起来我极后悔，因为我的母亲在以后几年里，这个小妹变成了大妹，她的下面母亲又为我们生下一个妹妹和一个小弟弟。就这样，我带的老三这位小妹由于还需要带着比她小的妹妹、弟弟，再加上家中贫穷，父亲更没有钱让她们上学，也就是说为了让我和弟弟将来有出息，让家中每年少透支一些钞票，就把她的求学的机会占有了，这是我对童年时代那个经济贫乏缺衣少食的贫穷最深的痛，我时常为妹妹未能读书而愧疚。

就这样，从一个学期到另一个学期，教室的窗旁留下了我渴求知识的身影，这位肖玲老师也经常在课间的时候过来问我是谁家的孩子，兄弟几人之类的话语。老师时常也到每个学生的家中去家访，我非常感动也盼望能有一天，肖老师也能走进我的家中，说劝我的父母让我也能早一天到学校里去读书，就这样我在盼望中度过了每一天。

一个新的学期开始了，有一天中午我们在家吃饭，肖玲老师突然走进我们家院子内，入乡随俗按着比自己辈分长的叫叔叔，和自己年龄差不多的就以哥哥来称呼，她每到谁家都很受到乡邻的热情招呼，人们都以"肖老师"这种称呼来喊她，已是这个村一位公认的人物。记得那天她到我们家之后，肖老师先给我的父母聊聊天之后便提起我的上学的事。她带着我父亲的名字称呼说："宜刚哥，小越这个孩子多大啦?"父亲说道他今年是七岁了，肖老师说："可以去上学啦！孩子到了这个年龄不能耽搁哪。"父亲说上学是可以去了，只是他一走家就没有带孩子的人，总不能让孩子他妈在家带着吧！就这样经过肖老师的好长时间的劝说之后，父母终于同意了我上学的事，当我背上书包跟着肖老师一起走在从家通往上学的路上的那一刻，我的心情无比激动，我感到那个下午是我人生中最快乐的一天！

跟着肖老师上学就有一种幸福，春天的时候跟着肖老师一起到田野里、梁集山坡上踏青感受大自然给我们带来的无穷的快乐，在绿油油的麦苗上放风筝和跟着肖老师学着做纸飞机，在故乡的田野上心情在飞翔，乡间的上空留下了孩子们的爽朗的笑声；夏天的时候，校园的操场旁那些桑葚、野葡萄、山梨树上都是孩子们的开心果。洒落了孩子们天真无邪笑声，那是一种对大自然的真诚的享受啊！

最让我难忘的一个冬天，北方的农村大雪节气一过就下起雪来那是正常的事，每到课外活动的时候，肖老师就会和我们一起来到学校周围堆雪人，有时她会给这一个组的雪人上安上一个合适的鼻子、眼睛，一个活灵活现的雪人就会呈现在我们的面前，在老师的示范下，还让几个小组的同学进行堆雪人比赛，哪个小组最快就得到老师的夸奖，落后的老师也不说什么，她总是加入你的队伍中给你们帮助让雪人堆得比较完美一些。每一次的小小的成功之后都在同学们的心中留下了深深的烙印！

一天肖老师突然接到一封她的家乡寄来的信,当她打开信以后,脸色马上就变了颜色,眼睛里的泪水开始往下流,眼睛很快地就红润起来,最后她还是告诉了我们事情的真相,说她的父亲处在病危状态让她马上回家与老父相见,不然的话就没有这个机会了,我们听到老师给我们讲到这里,心也跟着老师一样悲伤起来。老师向同学说明天就要回家的时候,同学们都不再有往日的欢声笑语的现象了,一个个都沉浸在老师要走的难过的氛围之中。那天放学以后,谁也没有先走,一直都在老师的身旁,谁也都不想离开老师半步,往日一个个像出笼鸟一样的孩子都一反常态地默默地跟随着老师的左右,肖老师那个下午就给同学们说,晚饭都不要回家吃了,她说要和同学们吃上最后一餐晚饭,算作一场不了的师生情吧!孩子们都开始帮着老师去做各自可以做的事,那天我们在肖老师的家中吃了一餐不同于往日的晚饭——第二天的早上,我起来得比平时要早得多了,我想去送我的肖老师,我急急忙忙来到肖老师的寝室时,她人已经走了,一夜的飞雪又把大地覆盖上一层厚厚的棉被,人间像变了一个世界,老师刚走过的脚印还没有完全被飞雪给盖上,我就顺着老师走过的脚印往村外去追赶,一路气喘喘吁吁地跑着,当我看到老师就在我的前方时,我一边跑着一边喊着肖老师,肖老师当听到身后有人在喊她时,她转了一下身往后看了看,当得知那个喊声是我的时,她站住了,马上放下身上的背包返回来迎我,我跑到了老师的跟前抱住了老师的两条腿恳求老师早一天过来时,老师的眼角处流出了晶莹剔透的泪花,她脱去了戴在她的手上的手套给我戴上，又用她的手把我冻得冰块一样的脸来回给我摩擦着，并且说让我早一点回家吧，她以后会来的，我也想你们哪！肖老师含着泪向我说："小越哪，天太冷啦，赶快回家吧！"在那个带着呼呼响声的西北风中，我用泪眼为我们的可敬的肖老师做了一次难忘的送别。

在我们的盼望中度过了一个又一个难挨的日子，那段日子我们都很想念肖老师，都盼望她能早一天来到我们中间来到我们的课堂教学哪，一段时间后，我们盼望的肖老师真的来了。她看上去有些老了，她是戴着孝出现在我们的中间，乡邻们听说肖老师回来的事以后，都纷纷地来到肖老师的寝室跟她谈心并且说了些安慰她之类的话语。肖老师的到来，使原本不听话的孩子更听话了，学习都开始认真起来，作业都会按时完成，也没有出现拖拉的现象。时隔多年后，在同学的相聚中仍感恩肖老师与我们童年相伴的那段难忘的时光！

与肖玲老师相伴的童年时光里，每一天都烙在幸福的底片上，收藏在我的朴素的文字里。

怀念外婆

我对辞世多年的外婆的怀念，就像她家东那条河，一直流淌在我记忆的心海里。

外婆在我的印象里，她腰背有些佝偻和有一双俗称为"小金莲"三寸畸形的小脚。走起路来全靠与她相伴的那根伞把似的拐杖来维持，其实也就是做一日三餐的饭和喂养一只山羊。本来我的母亲与舅舅都不想让她养羊的，因为每次总要牵来牵去，逢下雨的时候，她住的一间屋里总是被羊的粪便和尿的臊气味呛得难受。夏天总是拄着拐杖到河边去放羊，顺便割些青草，村里那些过往的乡邻总是主动地帮她把所割的青草带回家。

夏天的时候，外婆家东的那条河就是我们理想的去处，两岸的柳树、槐树都生长得枝繁叶茂的，岸上就成了农民们乘凉的最理想的地方。下午太阳快要落山的时候，干活儿累的村民男女老幼收工后，总要在这里先乘凉一下，然后妇女们再回家烧饭。而孩子们只要太阳升到中天以后，河里就会有他们嬉闹的快乐声。

下午放工的时候，这条河就成了男人和孩子们的天堂，有的放工后各家的孩子就会在岸上等着自己家的大人一起洗澡，有的是大人们回家后把自己家不爱洗澡的孩子带到河里来洗，夏日的黄昏，从河面上飞出来的笑声是豪爽和开心。大人们把一天干农活儿的劳累和疲惫统统地洗去，晚饭后，伴着凉风习习的夏夜和蝉鸣入眠。

我那个时候，白天总是以为外婆割草为名挎着篮子来外婆家等我的玩伴们，一起去河边洗澡，直洗到太阳快下山的时候，才想到草篮子里面还是空空如也，总是爬到岸边的柳树上，折些树枝把篮子充起来，再随便去地里、河边割些青草，然后就可以像模像样地回家，别的孩子可能因割草不够多而被大人们训斥。而我从未被外婆说过，但顽皮之后虽然外婆没有说我，但自己也深知大部分时间都浪费在洗澡上而深感有愧。

我的外婆是一位特别节俭而又心地善良的人，那时候虽然生活都是由两位舅舅担负的而她只是每年要他们分给她一些粮食，我也常听到村里那些和她一样上了年纪的老人聚在一起，说外婆很有福气，有两个很孝顺的儿子，吃不愁穿不愁，就因为如此，我每次一到，我的表兄弟们都贪玩和我黏在一起，都不回家吃饭。因此，只要到了我的妗子来喊他们吃饭时，外婆总是说要孩子在这儿吃吧，小孩在一起玩热乎了！就这样，外婆总是挂着拐杖忙来忙去的，做些可口的饭菜给我们吃，饭后我们又像疯孩子一样，可以满村庄地乱跑。不免有时也会到村里那些喊远房的外婆家瓜地，舅舅门前的杏子、桃子熟的时候也时常被我们扫荡过，也有喊外婆、舅舅的人找到我的外婆，说我们去糟蹋他们的瓜、果啦。外婆得知后，总要先向他们赔礼，然在有条有理训我们给我们讲如何做人，让我从那个时候，开始慢慢地懂得做人的道理。

最让我难忘的是童年的一个春节前，我被母亲安排送一些东西给外婆留作过年的礼物，我去的那天天气特别冷，外婆家东的河里面队里开始起年鱼，每家每户都可以按打捞上来的鱼多少平均分配，外婆为了想让我能带上两条鱼回家，就留我在她家住一晚，明天再回去，我在外婆的挽留下就没有走，中饭吃好后，我就和那些打鱼的和看热闹的村民一起去河边，跟着那些拾鱼的人趁热闹地在河边跑来跑去。童年的河面上冰结得很厚，破冰打鱼是常事。当时我就想捞一条漂在河边快要死的鱼时，不慎滑落到零下十七八摄氏度的冰冷河水里，幸好当时打鱼的人很多，当我落水后，有人就喊出我舅舅的名字，说他的外甥滑到水里啦！因为穿在身上的鞋、棉裤、小袄全滑进了冰冷的水中，幸亏我一位远房的舅舅立即跳下到河里，把我从水中捞上来，然后又把我驮到外婆家，那位舅舅又马上把我的衣服脱掉，让我钻进被窝，外婆又抱来一些柴草在外婆居住不足十五平方米的小屋里升起火为我取暖，然后切了些姜片烧了姜汤让我喝下，她又把我滑进水中湿淋淋的棉鞋、棉裤、棉袄用力拧水之后，便架在火堆旁给我烘烤，那个时候在外婆的家中有外婆的关爱，让我感到无比幸福。

小学毕业后，当我走进初中二年级的时候，外婆因为癌症晚期医治无效而被夺去了她的生命，在她的生命处在弥留之际，那天中午我放学回家后，我的邻居的奶奶告诉我，"你的姥姥已不行了，你的母亲去看你的姥姥去了！"我听到后，我的心中一凉，一直关心我的姥姥怎么会走得这样快呢？我多么想能看上我的外婆一面啊！我就借来了我的叔叔一辆自行车，利用中午的时间去看了外婆。当我赶到外婆家的时候，我就听到我母亲、舅舅他们的哭声，当我掀开被一张草纸盖住的外婆那别离后的遗容时，依然是那样和蔼慈祥！她那紧闭的双眼，再也无法看到从前在她面淘气让她生气的外孙了。我的心中在哭泣，我的泪在为我慈祥的外婆而落下。

多年来，外婆的容貌仍在我的脑海里浮现……

桐花情愫

慈溪情怀

香樟之恋

此岸彼岸

品味书香

笔耕之旅

再别故乡

年轮之上

第 三 卷

吾心安处

Chapter

03

桐花情愫

　　慈溪是我常去的地方，比如去慈溪市委党校作为一名外来工代表接受各种培训，慈溪市行政中心多次去那里领过奖，在慈溪书城以上林书院的会员身份开过多次会议也在那里购过不少书，慈溪日报社，慈溪文联——慈溪的不少地方我都以不同的身份去过，正是这样，每一次归来，我心中就会自问：我的故乡在哪里？

　　记得去年四月十日下午，在我从慈溪日报社参加慈溪市作协一个会议并领奖回来。坐在市公交车上，当车子路过教场山并绕进车站时的瞬间，我在向车窗外的不远处观赏城区道路两边的美景时，突然看到了在寺山的山脚旁各种花竞放的百花园中，有一种独特花树吸引了我的视线，但因公交车匆匆而过继而又进入寺山站的那一刻，让我无法断定花树的名称。当很快又从站内出来时，我的目光都注意到了这株刚才一闪而过的花树上，噢！原来是一株正在绽放的桐花，身在异乡的我，偶然间邂逅正在绽放的故乡常见的桐花，仿佛置身在桐花飘香的花开时节，一种念想涌上心头。

桐花，在江南是很少见的，自我来到慈溪三十多年间还是第一次看到呢！那种情感就尤为亲切，故乡此时仿佛从大脑里走过，思绪穿过记忆之河荡漾成涟漪编织在乡愁中。

桐花在我的故乡皖北随处可见，哪怕是沟渠地边、房前屋后都能看到它的身影。特别是花开时节，桐树下就会落下两天前的已经为大自然奉献出自己芳香的花朵，它的花朵是由几个花瓣合拢而成就像是为春天鸣锣开道的喇叭一样奏响了春天前进的号角，有的更像一只只风铃系在那刚发着嫩芽的桐枝上，在和煦的春风中摇曳着轻舞着。只要你注意一下树丛间，一大群一大群的蜜蜂会来来往往穿梭于乡间的花树丛中辛勤地忙着。这个春暖花开的季节里，菜花、桃花、槐树花、桐花……竞相绽放，用它们的芳容装扮村庄，用它们的芳香拥抱着乡间，走进故乡的春天就像自然挂起的五颜六色的窗花，让那个美不胜收的家园成了心头永世不变的风景定格在我的记忆的底片上。

孩提时代，放学以后的下午，总会相聚在路边或村口处有桐花的树下，把脱落的花朵，轻轻地弹掉了花冠把剩下花萼一个个用针线穿起来像一条蛇一样长短，在玩耍时有的男同学为了想吓唬女孩子，偷偷地把它放在女孩子的身上或身旁，然后趁她们不注意的情况下大声叫喊着："大丫，你身上有蛇！"一定能把女孩子吓哭，这样的恶作剧虽然能从受害的同学身上获得一种暗暗的窃喜，却也被一些惊吓过的女孩们告诉了她们的父母，然后再，由她们家的大人找上门，那些男孩子十有八九得接受父母一场无情的训斥。经过这样往事的我自然就会对桐花有了一种特殊的记忆。

这个春暖花开的午后，能和多年不见的桐花在慈溪不期而遇，如同遇到了老乡和知己，经历过的酸楚有了可以相互倾诉的对象，能从彼此之间的劝慰中让乡愁变为一种无形的动力，扎根在异乡服务于属于这个春光无媚的季节。

只因我对桐花的特殊情感和花期的爱恋，让我在随后的几天里，又抽时间专门来到教场山脚下，再次欣赏这株仍在绽放的桐花，在这千里之外的慈溪，原本在自己的家乡也已很少见的桐花却仍能在我人生旅途中的第二故乡邂逅，真有一种一往情深却又是带给我相见恨晚的憾事。

在打工生涯中，漂泊在异乡和故乡之间，在乡愁中来来往往，至于乡关何处？我真的无法定位，说是家乡，人却在异乡。虽是在异乡却又得到了更多的关爱、呵护，和家一样的温暖。

那次遇到了桐花，仿佛让我多少次寻思的问题终于有了一个明确的答案，我又何必把异乡和故乡分得如此清楚呢！？在我的在心中，桐花绽放的地方都是我的家园！

慈溪情怀

　　近三十年漂泊经历中，一件件往事爬上了心头，一股股暖流涌上我的全身，让我深感慈溪这个慈惠三北、溪通四海包容的城市里有我道不尽的游子情，说不完的三北爱！

　　三月的一天，因为我下午去上班的时候忘了带手机，下班后我一回到住地，就急忙打开手机看有没有人给我打来电话，果然有一个陌生的未接电话，我急忙回电，是一位先生接的电话，两句话讲过以后，我就听出了是周巷镇综治办的周师傅。周师傅说："侯范才吧，下午的时候给你打了两次电话怎么没有接？"我说："我下午的时候手机没有带，周师傅找我有事吧！"周师傅说："我们镇里面举办《关于外来人口安全及素质教育》的课，所有的老师都是机关学校和企业里面选出来，你是很合适的人选，以你自身的经历向员工们宣传更有说服力和教育意义，所去的人员连你都到镇食堂来吃晚饭，六点还要到凯波集团为员工讲培训课，现在就过来吧！"我说好的。就这样我找到了镇综治办那分管这次培训任务的周师傅，等去食堂就餐后，我们又坐上周巷派出所的那位驾驶员阿波先生的车直接送到了凯波电器集团有限公司，我们一行一下车，周巷凯波集团分管这次培训的是总经办一位女士马上向我们打招呼，并热情把我们领进了集团准备好的会议室，那个时候已经有很多的凯波员工到了，六点半的时候，我们带队的周师傅走到了主席台上首先向员工们问好，并说明了这次培训的意义，然后又把我向员工们介绍一下，以我的打工经历向凯波的员工们作一介绍，我一听到我的名字，我的心一下子更紧张了，甚至有些发抖，我的确没有想到我会第一个上台，在这特别担心的时候，周师傅却说，请掌声欢迎侯范才上台。在台下热烈的掌声里我带着紧张上了主席台，然后向在座的领导和凯波的员工们问好并鞠躬。说是演讲，其实对我来说只能是按照稿子念的，一篇《我自豪，我是一名新慈溪人》念完以后，又是一阵热烈的掌声响起。我又在员工们的掌声里回到了座位，接下去就是我们综治办那位王老师走上了主席台开始了他的法律法规知识的课程。我又以一名外来工的身份听起了课，我边听边做笔记，这也是慈溪市委的领导对百万外来工们的关心课，特别是老师讲到了安全生产的方面，举了很多的案例，的确给人们敲响了警钟，呼吁外来工一定要善待生命、珍惜健康！祝福广大员工要高高兴兴上班，平平安安回家。

直到第四位也就是周老师本人的演讲结束后，我们走出了凯波的办公行政楼，一股桂花的香味扑面而来，在厂区的灯光的欢送下，我们上了车，驶出凯波大门以后，我又一次回头看了看凯波那座办公楼，我带着问候的目光向它告别。

这次以新慈溪人的身份，去凯波集团给像和我一样的外来工兄弟姐妹们讲述自己的打工故事，是我万万没有想到的事。让我想到三十多年前来慈溪之后，抱着金子走在哪里都会发光的精神，低调做人、默默做事的人生理念，来到了这个以工业立市的活力新城，开始了我的打工之旅。

经过我刚来时工地上的泥工，亿利公司和顺风轴承厂的仪表车工之后，我又有机会重新选择了华裕，让我感到了做一名华裕人的自豪和荣幸。当我走进华裕的第一天，我就看到了华裕公司的办公大厅里写着"梦有多高，这里的天空就有多高"的温馨励志话语，那一刻我感到我选择了华裕对我来说的重大意义。其实真正去上班的时候，我的心才一下子冷到了零点，万万没有想到的是安排我去做一名装卸的杂务工，每天跟公司的那辆牌号为2518的小汽车形影不离，要送的货物搬上搬下，寒来暑往在老厂与新厂之间的公路上奔走，那段五六里的路程就是我人生的第二起跑线，在这条路上我找到了人生希望的起点。

在"知识改变一个人的命运"和"机会总是属于那些有准备的人"的感召下，我开始从那杂务工二十三元的很低的工资中节省下来钱去学习电脑知识，继而又把对生活感悟和酸甜苦辣的打工经历写出来寄到了报社，经过自己的不懈努力，很快地就得到公司的领导赏识和任用，通过对我的工作能力考验和考核，一次次开启了我的人生新的转折点。从刚进公司时的杂务工，司磅员，仓管，跟单员生产班长到现在的一名品质管理。每一步都离不开公司各位领导和董事长徐万群先生的关爱，赏识和任用，也正是如此才有了我的打工梦在慈溪的大地上生根发芽。

自从 2007 年作为一名外来工加入并成为慈溪市周巷镇城中村和谐促进会一名副会长、2008 年慈溪市周巷镇和谐促进联合会理事以后，也连续十年收获慈溪市委市政府授予的"优秀新慈溪人"称号。

多年来，在这个新老慈溪人共同居住的和谐之城——慈溪，我找到了第二故乡那份家的温暖和人间亲情！

香樟之恋

　　香樟树和其他的树种一样也是人们在炎炎的夏日最美的自然乘凉和遮阳工具，它可以给人们在骄阳下带来清新与凉爽，人们从它的芳香树荫下所感受到那种幽幽清香气息，就在享受着大自然赐给的一种享受同时，它却默默地启迪着我的人生。

　　香樟树又称樟树、乌樟、芳樟等，是江南四大名木之一。初夏开花，黄绿色、圆锥花序，树冠广展，叶枝茂盛，浓荫遍地，气势雄伟，是优良的行道树及庭荫树。在民间，人们常把香樟树看成是景观树、风水树，寓意避邪、长寿、吉祥如意。香樟树深受广大城乡居民的青睐，杭州等城市均将其选为"市树"。

　　夏夜的江南，让人最羡慕的就是公路两旁的香樟树和它那迷人的芳香，它的独特的香味，对穿行在香樟树下的人们来说心中就会有一种清新、芬芳的感觉。散步在香樟树下，嗅着正在开的香樟花的迷人芬芳，伴着轻轻拂面的绵绵的风，从香樟下或旁边信步而行，多情的橘黄色路灯的灯光会偷偷地从香樟树摇曳的枝叶间洒落，斑驳的光点轻轻地吻着自己的全身，在这样的星空下感受着水乡江南的惬意！

香樟树开花的时节，每散步在那条路旁散发着浓郁芳香的香樟树下，扑鼻的花香总让你不时地用鼻子嗅了又嗅，那浓郁的芬芳味道，真的让我流连忘返，那树中间的路灯的投影下来的灯光会在树叶间来回与你捉起迷藏，路灯的橘色的灯光像多年不见的情人，不停地亲吻着你的面容，在花后凋谢的花朵也随着轻轻地一次次吹动随风而落，朵朵小花也一样亲昵地吻着你的脸庞！那有些多情的灯光也不知趣地凑起了热闹，行人的头被抚了又抚，显得是那样爱恋！

记得我刚来到江南这个浙东重镇慈溪周巷的时候，这就是改革开放的前沿，处处是新开发的大道和建设中的厂房，一派日新月异、蓬勃向上的喜人景象，一条条宽阔笔直的水泥大道通向四面八方，走在小城的怀抱里处处都彰显着小城的无限生机与活力。那年夏天每到中午只要你走出室外，白花花的太阳照在头顶上，顿时阳光会用一种特殊的情感来拥抱着你，让你时时都会感到它过于热情和好客，对自己来说有些不能适应，朝前看时那宽阔的水泥大道被太阳晒得像一洼溪水，横在我的面前仿佛是一座被打开闸门的水库一样。那时多么盼望路两旁快些栽上树啊，在烈日下也好好地享受凉爽给我带来的夏天最大的慰藉。那一刻的心情想的最多的是憧憬着自己的未来。

第二年的春天，马路上开始栽上了盼望已久的香樟树，只记得它们刚栽这里的时候只有拳头一般粗细，它在自然界里饱尝着风吹雨打的洗礼，小树渐渐地长成了大树，常言道："十年树木百年树人"，在香樟树成长的过程中，以自强自立的精神克服重重困难，在园林工人的精心呵护下正以高昂的激情更从容地面对着风和雨。三十年后今天，每当我穿行在它的下面时，对香樟树特别亲切友好，我仿佛看到了刚来的时候四处漂泊的身影，盼望着也能像香樟树一样扎根异乡，为社会做出自己的贡献！它根植江南的过程不正如我在浙东慈溪一样吗!？享受着慈母般的关爱与呵护，它那嫩嫩的树叶在春风春雨中自由地摇曳着，那伸展中的每个枝叶都展现出自己无限的追求和生机。身在第二故乡的我也从刚来到慈溪时的工地上的泥水工、工厂的杂务工、跟单员、司磅员、班长到今天的仓库主管，自参加城中村和谐促进会成为一名副会长以来，在二〇〇六年八月有幸参加省发改委、劳动、公安等八部门来慈溪周巷调研在慈的外来工的打工生活、子女求学、养老保险、公寓及廉租房等情况落实调研工作会议；才能有机会及时把和我一样农民工兄弟姐妹的心声和呼声更好向省委的领导反映；在努力中也收获了荣誉，在过去的一年里获得二〇〇八年度百名优秀新慈溪人称号，今年又被华裕集团党支部吸收为中共预备党员。一路走来，我除了要感激这个改革开放的好时代，还更要感恩这个家园一样的第二故乡——慈溪对我的关爱和呵护，是党的哺育和人民的关爱才让我有了在自己梦想的天空下飞翔的机会和平台，更好地实现和展示自我人生的价值。

就是这样的慈溪夏夜，给了我留下了太多的回忆，香樟树也和我一样在这江南的小城里生活了近三十个年头，它汲取着大地养分，用自己的一生来回报自然，让自然界变成了一片浓绿与人类和谐的色彩！给人类带来了四季如春的美丽风景！在它的生命的轨迹中让自己变得更加粗壮，为人类送来更多的绿色和人类需要的氧气！更好地服务于人类！香樟树的价值可以为大自然送来无穷的芳香，让人们在这样的向往着绿色环保的世界中，增添了一道自然界的风景。

而我呢?！我好像被香樟树的精神感动了！我多么也想像香樟树一样根植第二故乡，把这个新的家园建设得更加美好！也像那一棵棵香樟树一样贡献着自己的香和绿！

我愿做一棵香樟树！

此岸彼岸

如果不是在华裕集团压铸车间做一名生产班长的话，可能无是无法体验到：什么是挑战自己，或者是怎样才能有挑战自己动力。只有自己带着一颗感恩的心去工作，答案就会证明你是快乐的！

回想往事，想想那时做车间的仓库管理时，为了实现内行管理内行的愿望，我能在车间的员工及同事的帮助下，从一名普通的压铸车间仓管，被车间领导提升为生产班长，开始时对压铸机的操作还是陌生的，甚至还有些不敢去碰它，由于我不耻去问自己的同事，勤实践，很快就和同事一起操作，从开始时对机台操作一无所知，到后来可以任意使用机台上每一个功能键，实现操作自如，合模开模压射，顶杆的进退，在手动和自动之间的转换使用，一切都得心应手。

那时，只要在我值班的时候，有的员工在上班时间里没有到，我就可以上机台帮助去他们做一会儿，这样不至于让熔铝用的坩埚烧坏，还可以熟练地掌握机台的操作技术，不但练了手也为节约一些资源吧。当有的员工在调换产品的模具时，在拆模装模的过程中，只要是模具师傅忙不过来的情况下，我又可以帮助他们一下，那段日子，我在管理车间的生产过程中，我不但在管理中为公司带来了效益，还在生产中学到了做一名管理者真正的内涵，更重要的是我真正地感悟到了业精于勤的真谛。

自从我对压铸操作技术懂了以后，从对他们的帮忙中，我又把精力放在模具的维修上，那时心中只有一个目的既然做了就要做好就是不在这里做或者换个地方也可以适用吧，就这样，我在干一行爱一行的动力驱使下，我找到了一名基层管理者所获的劳动快乐！现在我回想那个时候如果我不做压铸车间的班长的话，这种感觉我可能还不会明白的，我的管理能力可能还是无法体现，或者仍是处于外行管理内行的状况中！

管理出效益这是每一个企业的共同理想和目的，再小的管理也是管理，只要能带来效益就是目的，这是我的管理理念和宗旨，我仿佛看到了一名车间最小的管理者，也是效益的管理，没有过硬的技术不行，管理是决定盈亏的一个重要的环节，学会了管理不但能在员工和同事的心中将自己形象得到了提升，更重要的是做好这个班长是以后做一名真正管理者的开始，每想到这里，我的求知欲望和紧迫感就不言而喻了。心中时常在鼓励自己，别人能做的事自己又怎么不能做呢，我开始要学习压铸机的维修，在故障的维修中是学习的最好时机，真是不经一事不长一智。只要在我所上的班上，只要有哪个机台出现了故障，我都会和机修师傅一起到的，那种在边做边学的帮忙中对自己来说是多么开心哪，从那一刻起，我不但和机修的师傅关系融洽了，也在员工的心中班长的管理能力得到体现，为此在员工和上级领导的心中自然也就有了信任感！也许在常人看来不值得一提的小事，但在我心中是找到了真正属于自我的开始。

在压铸车间的日子，我也曾让我的阿杰朋友帮忙介绍我去一家模具的工厂义务学习，真正体验一下模具维修工的滋味。那才是明知山有虎偏向虎山行，有了知难而进的精神，那是我前进路上的灯塔。

忠于企业就是忠于自己，能带着一颗感恩的心去工作，摆正心态，常问问我为什工作，为谁工作？你就会从工作中找到真正属于自己的那份快乐。

人生的路就在脚下，不回头，终究会到达希望的彼岸。

品味书香

　　在人生的旅途中有书相伴，从书香的清纯中品味着油墨的香味，让心灵在这样怡人的世界里得到净化收获着惬意。

　　记得我在二年级的时候，虽然爱书因为家里很穷又没有零钱买书，只有向别人借书或者在课间或放学后看到高年级的同学三五成群聚拢在一起看小人书的时候，总会不知天高地厚地去凑热闹，为此时常很晚才回家，母亲因为我没有及时做家务而训斥我。自我进入三年级的时候，我有幸是和我们近房的在外地工作的姑姥的二儿子同桌，他家里有许多箱小人书，每到星期六、星期天或者放假的时候，他就和邻家小老一起到街上去摆画书摊，他们刚好缺人手，便问我愿意不愿意给他帮忙，我一听到这话当然是求之不得的事，就爽快地答应了，也就有机会在小人书的世界开始了我的读书与梦相伴的年少时光！

　　读初中时作为语文科代表的我，在校团委发展团员的时候，我写的一篇入团申请书竟被老师作为范文在两个班级来读，以启发其他同学更好地写好入团申请。在以后的日子里，不知不觉地便爱上了作文，在作文课上，我除了完成老师布置的作文的同时，还要另外再写上一两篇恳请老师给批改，能从老师的猩红眉批和评语中得到老师鼓励的话语，心中就会有一种激情和梦想，立志当作家的梦想也就从那一刻开始萌发，继而又加入了当时由区团委组织成立的《后浪》文学社。是它的魅力打动了我，社员们的创作激情感染了我，它更像一盏灯引领我的人生！

一九八八年我从一名业余通讯员、《拂晓报》自办发行的投递员、乡聘通讯员，到时隔多年后的一九九六年我来到浙东大地时，在工地上的一次意外险些让我丧命，在医院里又因为我遇上了一位好心的吴大妈对我的关爱，给了我人生动力。在失落与不幸中我陷入人生无助和徘徊的十字路口心绪一直处于低谷状态，偶然间在一本书中读到罗兰这样一句话："为了使自己能经常保持一种宁静泰然的心态，一点精神上的寄托是很重要的。"从此，我开始从微薄的小工的工资中购买《辽宁青年》《小小说》《读者》《故事会》等我比较爱读的畅销期刊来丰富我的头脑让精神世界不空虚。

我为了给自己在异乡灵魂找到一个理想寄托而苦闷不已，又一个偶然的机会我邂逅了一家淘书吧。我俨然是一叶小舟徜徉在知识的海洋里。《红楼梦》《水浒传》《西游记》《三国演义》四大名著，余秋雨的《山居笔记》《霜冷长河》《千年一叹》《行者无疆》《借我一生》与高尔基的《童年》《在人间》《我的大学》人生三部曲等国内外名著，都被我以稿费作为纪念的形式请进我的家中，让自己的心灵之旅得到不断的阅读快乐和慰藉，那与心灵结伴而行的启迪和感悟就像打开尘封已久的心灵钥匙，看到更远的属于自己的蓝天。在这里又重新铸就了我在异乡屋檐下的写作梦。

在飘着氤氲茶香里，在水乡的江南的静夜间，在那些不知疲倦的蛙鸣和窗前那株给夏日带来清凉的香樟树上，在蝉儿尽情的欢唱中，我仿佛又回到了从前的学生时代正聚精会神地坐在课堂上接受恩师的谆谆教诲的一幕。从工作的空闲中领略一下穿越书山、遨游书海的那种怡人的读书之乐，成了我人生最大的享受和乐趣，甚至产生了黑发不知勤学早白首方恨读书迟的遗憾！又从一篇篇励志的名篇佳作中获取启迪和感悟，重新扬起自己远行的生命风帆！

两年后一个夏天，因梅雨的来临，工地上无法施工百无聊赖的我，创作的灵感又一次惠顾，我便写了一篇《永远的妈妈》寄到《慈溪日报》，很快在时任该报七彩贝编辑纪莽原老师的斧正后见到了铅字，从此，在《联谊报》《浙东》《文学港》等多位编辑老师悉心呵护下，我真正走上了一条属于自己的文学朝圣之路！

笔耕之旅

只因学生时代一首小诗却意外地得到了《拂晓报》给我寄来的2元钱的稿费，从那一刻起，便不知不觉地爱上了文学这位女神，怀着对她不懈的追求，一路走来是那些相伴我的"写字台"，让我在文字的长廊里书写着自己多梦的人生。

一九八五年中学毕业以后，我就在一位亲戚的帮助下，去了在当时属于区办的高楼轮窑厂干起了一名焙烧工。也许是出于对文字的爱好和对广播里听到、报纸上看到的新人、新事，对他们的事迹时时感动和敬佩，心潮无时不在感受对文学的诱惑与激情。我结合自己身边所发生的新人新事便也拿起了手中的笔开始向当时的区广播站和县广播电台投稿。因为我所从事窑厂的焙烧工职业是二十四小时不间断的，所以焙烧的时间只好三班倒进行，我那时无论白天在家还是上下班途中只要听到新闻线索后马上就去实地采访，以确保所得到第一手材料的准确性。上班以后在夜深人静看着添过煤以后几十米高的烟囱上方冒出来的浓浓的黑烟，随风而飘，渐渐地飞向远方，那一刻，我总是在想：如果这样把宝贵时间浪费掉太可惜啦！总想把在家没有整理好的稿子赶出来，这时窑四周的围墙就成了我的写字台，就是利用夜班的工作之便，在风机的呼呼伴奏下趁着装窑、出窑用的照明路灯所发出的乳白色的光芒，就在围墙上面铺上报纸，摊开稿纸，利用添煤焙烧的间隙开始了自己笔耕之旅！

就这样，一个夜班下来，自己的通讯稿也就在忙中抽闲的静夜里写好了，下班洗过澡以后顺便把一夜写出来的通讯稿及时地递到区广播站或通过邮局发到县电台、电视台等新闻单位。当能在家乡的上空听到从广播里传来播音员那字正腔圆、美丽动听的声音或者见到带着油墨香味的报纸上有自己名字的铅字，那一刻心里感到无限快慰，也就忘却了夜战之苦，心中便会有一种何时能拥有一张属于自己的写字台的期盼。

通过自己的不懈的努力，新闻稿件先后在县地电台、电视台及《拂晓报》《安徽广播电台通讯》《安徽工商》《安徽人口报》《安徽农林科学试验》等省内多家媒体录用，为此我得到地方领导的赏识和任用，荣幸地成了一名乡聘的通讯员。但好景不长，在上世纪90年代初的一次撤区并乡时，我被裁掉了。唯此作家梦快要破灭的时候，我开始了南下打工的漂泊旅程，在一来到浙江时人生地疏的无助，或做生意没有本钱，进工厂又没有一技之长的情况下，只有靠在工地上做小工为生的我，一天干下来腰酸背痛之后，在饭后工友们打牌、搓麻将、侃大山这种百无聊赖之际，却利用壳子板铺开供我们睡觉的床板作为我的写字台，在竹竿支撑，油毡纸作顶棚、竹篾席作墙壁的工棚里，开始了用节衣缩食中省下的血汗钱购来《钢铁是怎样的炼成的》、高尔基的《童年》《在人间》《我的大学》人生三部曲；从张海迪的《轮椅上的梦》《生命的追问》和描写霍金的《穿越黑洞的轮椅斗士——斯蒂芬·霍金的生活传奇》等一部部让人励志的书籍中我又找到了自己要寻的梦，是它们打开了我面前一扇窗，让我看到了属于自己的更远的天空，看到了真正属于自己的路，是他们用身残之躯，以非凡的气魄创造生命的奇迹，并满怀百倍信心走向希望的未来。他们艰辛而又灿烂的人生之路给了我走向未来的信心、战胜困难的勇气和动力！

在干泥水工的日子里，我饱尝了冬日里寒风的饮唱和夏日的蚊虫的叮咚却在这合奏乐曲中依旧做着作家梦。在这样的日子里有梦做伴心中仍有很多的慰藉，是这总不能一顾的"写字台"才真正地让我体验到漂泊的滋味，在感悟生活的酸甜苦辣中开始记录着打工人生。饱尝着漂泊中居无定所的无奈，无时不在向往心中的"写字台"啊！盼望有一天能坐在办公室里，敲击着属于自己的电脑，在这样的梦指引下，我带着投稿失败的苦恼和笔耕中苦与乐又继续远行。

2001年春天，自从我进了一家电器公司以后，在"知识改变命运"和"衣带渐宽终不悔"的感召下，我从一名杂务工、司磅员、班长到仓库的主管一路走来，我所使用过的写字台是永不言败的寻梦的见证。

2007年我通过自己不懈的努力和追求，在公司里不但有了自己的办公电脑，我还从每月除了寄给在家读高中的子女的学费、生活费以外，一年下来节省近万元购买了一台笔记本电脑，终于圆了我期盼已久的"写字台"——电脑！让我在这个网络时代，没有成为一名落伍的老兵。

这个随身带着的写字台让我步入网络写作的行列中，结束了爬格子和投寄的历史，一分耕耘一分收获，作品先后在《文学港》《诗歌月刊》《星星》《诗潮》《诗选刊》等刊用并先后在地市级征文中多次获奖。2018年6月，荣幸的是我成了浙江省作协会员、浙江散文家协会会员及中国诗歌学会会员。

我感激那曾经相伴我的窑四周的围墙，工棚里的壳子板，华裕公司的办公桌到今天的随身携带的笔记本电脑，是它们相伴着我的成长。

我感激打工日子，更感恩我遇上了改革开放好时代，一步步地圆了我的作家梦。

再别故乡

　　那年高考在期待中又面临滑铁卢，愧疚之情真的让我无法面对关爱、培养和教育自己的亲人、父母与老师，对以后的选择不知何去何从，就像漂在大海里失去了航标的船，我带着留恋、迷惘又一次踏上了异乡之路。

　　在等待分数的日子里，在一天天的期盼中却等到的是不尽如人意的结果，如一颗巨石击碎了我的大学梦。就在分数刚出来的第二天，身在异乡打工的父亲打来电话向我询问考得怎么样。这让我无法启齿的事实，又怎么好意思向一直支持、鼓励自己的父母交代呢？我的脑海里一下就像街头炸爆米花一样，头脑当时被炸得六神无主，仿佛置身在另一外世界，当我的父亲在电话的那头好像也知道我的分数多少一样，却温和地对我说："人生的路不止一条，行行出状元……"此时，在我的脑海中浮现出父亲望子成龙的那种失落感，那时感到我是父母面前的罪人，甚至认为我自己连一声爸爸都不配叫他，心中那种压抑感像一把利剑正在刺痛自己的心，有一种无以言状的痛，而且这种痛感随着电话那头的沉默而越来越疼，甚至叫我有些窒息，感到周围头晕目眩地转，多么希望父亲能骂上几声，也足以让我缓解一下心中惨痛之境。随着电话的那头传来父亲一声轻微的"哎呀，那你有什么打算?"是啊，我不知道说什么好了，自己又能说什么，当时脑海中一片空白，嘴也仿佛被人点了穴道一样，自己的嘴无法启齿，更不知道自己该说什么，可是自己十几年的努力真的就这样白费啦！我的心中有说不出的惆怅与内疚！

面对失败极不甘心，更不想放弃。在激烈思想的斗争下，我还是告诉爸爸要再复读一年的想法，刚把话说出去后又有点痛恨自己怎么还有脸再说"复读"两个字呢？又是一会儿沉默，这次的沉默不亚于刚听到分数那种紧张，刚刚过了一会儿父亲说："那你现在先到我这边来吧，复习的事过一段时间再说。"几天后，父亲便安排我跟着同村去慈溪的叔叔带着几件衣服和一些书籍出发啦。家乡的人们还都在熟睡中，悄悄地告别亲人，踏上了南下的汽车，第一次离开故乡，来到了浙江慈溪这片具有包容、魅力的美丽城市，这里是和父辈一样八九十万外来工的创业热土。想到这里，我仿佛有目标，自然也就有了前进的动力，来到浙东这片土地上后，让我有些沮丧，看见车水马龙，人头攒动，欣欣向荣的城市，在这样的繁华的以工业闻名的浙东名城，看看这高楼林立，不禁觉得有些新奇，也是在这种的环境下，让我发奋自立要靠打工挣钱去迎战新的一年。

我来到浙江父母的身边打工后，觉得高考的落榜心情有些缓解，冲淡那种抑郁的心情，回想以往，看见自己的同学一个个从乡村走出来赚钱，觉得好有能力啊，这不我也走出来啦，这也是我第一次走出故乡这么远，父亲告诉我可以再复习一年，加上母亲多次的劝慰，让我松了一口气。就这样，我便跟着一位模具师傅，做起了学徒，从那一天起，我就为了自己的理想默默地努力着，那儿的工作很重，一个模具重量最轻的也有 30 多斤，大的到一吨重，每天都用滑轮拉子拉得腰酸背痛。这样繁重的工作对刚刚走出校园的我来说，确实有些很痛苦难耐，刚开始两天每到下班的时候，骑着那自行车，犹如翻了好几座山那样累，两条腿像灌了几斤醋一样酸，第二天早上起来，自己不知道身上哪里痛，就这样每一天都与师傅们相处，刚刚来到这儿，师傅们对我也很好，我的师哥对我的帮助很大，在操作实践中他们对我的帮助很多，师傅对我细心教导，因刚刚来到浙东这片土地上我对当地的语言有些不懂，致使在工作中常常一句话也插不上更听不懂，师傅需要说上几遍，如果自己还是不懂的话，师傅会亲手教，就这样在师傅和师哥不厌其烦的指教下，使我也从落榜的阴影中慢慢地走出来啦，融入打工的生活当中，虽然只是和他们才相识几天，但见了面之后好像是认识了很久的朋友，也是这种感觉给予了我重新面对生活的信心和勇气。

随着新学期的开学的临近，当父母看到我一直还在努力的学习和工作，便催促我做好回家复习一年的准备。就这样我离开了自己工作的地方，当师傅知道我要去复习，准备明年再考之后，师傅在原有的工资上加上三百元，说是为我买资料和学习用品。

这一刻让我非常感动，不知如何感谢他们。

在我离开浙江、离开父母的前一个晚上，父亲从口袋中拿出一打一百元钞票，交到我的手中说："只有不被困难吓倒的人那才是强者！"这时我才感受到什么叫父爱伟大，面对这一叠厚厚的钞票，知道那是母亲在当地阿婆的手中接过来的一些废地，然后在繁忙的工作中抽出时间，起早贪黑利用工作之余，割草打药整理菜地，一天天从菜金中一点一滴地积攒起来的啊，才有现在自己手中的如一股股暖流在自己心中流动的钞票哪！

父亲为了激励我，并在我的日志上为我写下了一篇文章，来表达对我的支持，当我踏上了回家的客车，带着梦想，带着激情，带着一双双支持我的眼神，踏上了返乡的路，当我在车上看着母亲脸上被太阳晒得黝黑，看见父亲那挥手告别时那手上一个个发黄的老茧，我感到那忧伤、愧疚感又上心头，客车开动了，亲人的身影在晨光中一点点地变得模糊，直到最后看不见了，感激的泪水不知不觉地夺眶而出让我成了一泪人。

开学后，在题山书海之中，自己制订了一套学习计划，时时为高考做着准备，每天都往返宿舍与教室之间，就这样一年的时光很快就过去了，高考的钟声再次敲响，我再次地坐在考场中，在匆匆的两天高考之后，接下我唯一能做的只有等待，那等待是最难熬的，心中就像有一块大石压得我喘不过气来，当志愿卡填完又是等待，一次次地站在村庄的路口，等待邮递员的到来，当八月的时间都快要过完了志愿还没有消息，当拨通志愿信息查询，当那边传来你没有被录取的话语时，我心真崩溃了，唯一的救命稻草都没有了，我又一次面临落榜打击，让我对这个灰色的世界感到更加迷茫与无望。一切都心灰意冷，生活是多么平淡无味，就像一杯苦涩的咖啡难以下咽，在人生的十字路口我真的失去了目标与方向，心彻底地绝望了。仿佛这个世界上没有属于自己的立足之地，自己面前是永远都不能见到阳光的漫漫黑夜。

在父母的鼓励下，再一次告别故乡，带着自信和向往走上打工之路，走进了属于我依然要学习、工作、生活的这所永远的大学！

父亲的微笑
给父亲理发
春光里
母亲的马提灯
贫穷之痛
女儿生日
六月畅想
行走的树
与蝶共舞
年轮之上
白发感悟

年轮之上

第四卷

Chapter

年轮之上

04

父亲的微笑

2010 年 8 月，最让父亲高兴的事莫过于孙媳娶到了咱们家，比他自己过寿还高兴呢！

已七十岁有余的父亲，在他的同龄人之中，他是一位非常幸运的老人了，几年前的一次胃出血让他差一些命归西天，却幸运的是从九死一生中又活到现在，那是做子女的福分。

我和爱人每次回家，父亲总是要在我们面前，提到村上的这家孩子如何，一会儿又是那家的孩子怎样怎样，我们听得耳朵都磨成了茧，父亲的心情我们都理解，但这个年代又不是婚姻包办的时候，只好与女方那头商量尽量把婚期看得近些。一切都在天遂人愿，儿子的婚期确定以后，父亲那份幸福感溢于言表，毕竟那是他老人家盼望已久的事。

儿子的婚礼是在故乡举办的，自然也得按照家乡风俗去做，虽然我已进入不惑之年，但家乡的风俗让我去做是很难的，幸好身经万事的父亲他的健在让我轻松了许多，因为我们都是在约定俗成之下去迎娶儿媳的，那得办得体面风光一些，儿子婚礼那天，家族里的孩子们是最开心的，一会儿跟着我们要喜糖吃一会儿要喜饼，老少爷们都爱听唢呐班的艺人们吹奏的百鸟朝凤和时下流行的歌曲，给每一位远道而来的亲戚朋友带来喜庆和吉祥。婚车顺序从门前开过，鞭炮声响起，一切都心想事成，很顺利地把儿媳接到了我们家。

家中增加了一口人，自然是喜出望外，父亲把家务收拾得更清爽。在家的日子，每天早上，我们还没有起来，他和我的母亲就起来了，院内院外都要整理一番，然后再去烧菜烧饭，就在一家人都围坐在饭桌上吃饭的时候，当儿媳吃到父亲切的土豆丝烧肉时，就问道："这个菜是谁烧的这么好吃，切的土豆又是那么细还均匀，真有水平！"我说："是你爷爷切的，想不到吧！"儿媳说："俺爷爷切的土豆的水平真的太棒了，我是第一吃到这么好吃的土豆丝！"

儿子接过话茬说："我都是吃爷爷烧的土豆丝大的，当然好吃喽！"

父亲很久没有笑得这么开心了，你们爱吃，我会多烧这个菜给你们吃！

这一笑，笑出了子孙们的一种无法表达的幸福，父母的健在就是做子女们的福分，那是让家和万事兴在这个小院里绽放的幸福花！

给父亲理发

父亲年已七十有三，经过了一次九死一生的命运之神戏弄以后健康地生活了下来。然而，我为他老人家理发的那一幕总是时时浮现在眼前，当时的余悸让我无法从记忆中抹去。

2003 年的夏天，在浙江打工的我得知父亲因胃出血病重的消息后，就火速地赶往家乡父亲住院的镇医院。当我找到父亲住院的病房时，看到正打着吊针（是维持生命，等我归来后，盼父子能见上一面）躺在病床上面无血色处于弥留之际的父亲时，我双膝跪在父亲的床前带着嘶哑的声音喊着父亲：爹，儿回来啦！爹，儿回来啦！您看看我吧！我是越儿!"喊几声之后，父亲才缓缓地睁开眼，用轻微的声音说："儿啦，你回来了！我不行了……"我抑制住哭泣，走向医务室，向医生询问父亲现状，想尽力地挽救父亲的生命。医生给我说："作为患者的家属，作为儿子唯一的补救的方法就是再给你的父亲补些鲜血吧!"我说那就按医生你的话去做吧，经过抽血化验后，按配血的单子到血库拿血时却没有这种血型。无奈之下，我要求抽我的，为父亲补血。但我的母亲却无论如何都不同意！我只好带着医生给我开好的配血单子去了县血站。我买了800cc的新鲜血液，心急如焚的我又急忙赶回医院，医生经过很长的时间才找到父亲的血管，经过三个多小时之后第一袋血终于输完了，在续第二袋的时候，滴了一半却输不进去了，我们就找来医生询问情况，医护人员又一次重找血管时，却也无法输进去一滴血。吊针打在什么位置，马上就肿胀起来，看到父亲为了输血他的手上、脚上多处都被打吊针肿得青一块紫一块的了，让我们心痛极了，只好不要医生去找了。医生这时候只好向我和家人说："患者是凶多吉少了，作为他的儿子也算替父亲尽孝了。只有作最坏的打算，回家吧！"听到医生这番话，我的心一下凉到了极致！身子犹如在真空一样处于失控状态。我望着紧闭双眼的父亲花白的头发蓬乱了，花白的胡须也长了，脸上写满了岁月的沧桑和病态中痛苦！

那一刻我的泪像断了线的珍珠流了下来，心存愧疚的我面对着躺在病床上的父亲，心中有多少遗憾和内疚啊！多年来一直在外面打工很少回家看望他老人家，每次回家都是来去匆匆，没有真正地为父亲做些力所能及的事，哪怕是听他的家训和唠叨，心中也多几分安宁和减少一些自责，看着被时光无穷地折磨得一天天变老的父亲。此刻，我想在父亲别离之际，为他尽最后一次孝道吧！于是我就去买来剪刀和剃须刀给父亲理理发，也算减少别离之后未能尽孝的愧疚！

其实我不是理发师，只因在刚去打工时，在身无分文却又被头发疯长的无奈之下，自己照着捡来的一块镜子进行自我处理吧。今天面对着躺在病榻上的父亲，身为人子的我所尽的最后孝道也只能是这个啦！因为父亲是一位很爱干净，穿着讲究整洁的人，换言之，就是我们从医院里把父亲抬回家，也不能让亲邻们看到父亲这种蓬头垢面的遗态。

我、母亲和妹妹及妻子喊醒了处于昏睡状态下的父亲，他无精打采而又极其吃力地看着身旁的亲人时，我说："大，我给你理理发吧，你的头发长了！"他没有说话就闭上了眼，只是轻轻地点了点头。我多么能读懂当时的父亲心情啊！我开始为父亲一下一下梳理头发，轻轻地唯恐惊扰像是进入梦乡中的父亲，一剪一剪把父亲的白发剪落，每剪一下，我的心里都有一种说不出的苦痛滋味，那一种泣血的痛。

父亲在十一二岁的时候，我的爷爷奶奶就去世了，过着无依无靠的年少时代，时常成了别人练拳的对象，受尽了凌辱，过着南跑北奔的流浪生活，直到三十岁时才和我的母亲结婚，成了家后相继生下我和弟、妹这五个孩子，在贫穷饥饿的大集体时代，过着缺衣少食的日子，为了抚养子女们上学，不想让我们像他这辈子一样过着牛马不如的生活，父母们整天日出而作，日落而息，没日没夜地干活儿，一年下来仍是年年成为村上出了名的冒户，就是这样的生活，父亲才在推土建宅重建家园的时候患了胃出血，时至今日先后出现了五六次啦，每一次让他都脱去了一层皮啊……

真是天佑父亲！那次处在弥留之际的父亲，本来就是处于无望状态下回家的，本家族上下也正要为父亲准备后事的时候却又意外地脱离了危险，重新活了下来，几年来总是以开心和乐观的心情守护着我们的家园。

　　从那以后，每年春节我总是要回家陪着年迈的父母过个年。每一次回家之后，我都要为父亲理理发，每一剪刀剪下的发丝，都是父亲孤独的时光。在他的白发间，让儿子再一次阅读父亲，品味着沧桑的岁月里父爱的味道。仿佛只有如此，才能感受到对父亲那种无法表达的幸福，那一种亲情的流露，更是儿子应尽的孝道！为父亲理发是我最快乐、幸福时刻！

春光里

随着高考的临近，母亲的呵护和关爱让我重新鼓起勇气，再次重拾起高考的信心。为此我要拿什么来报答你——母亲！

那年是我一生中的特别一年，高考落榜之后，我真正体会到了别人口中的黑色七月是什么滋味，那种彷徨、不安和无助让人食不甘夜不寐，不知接下来该怎么办，就像一只迷路的羔羊不知归途。此时，我的母亲没有任何抱怨和责备，恰恰相反，却给予我更多的安慰，母亲还建议我去父亲工作的一家电器厂找份临时工作，主要是想让我换一种环境尽快地从落榜的阴影里走出来，一来那里能锻炼人，二来可以磨炼自己的意志和体验打工的生活艰辛！的确是知子莫如母，像在黑夜里为我点亮前进的明灯！

就这样我踏上了社会，当第一次来到那个有四十摄氏度的车间里，是人生中第一次体验到如此高温，在车间我做的工种是把喷砂过的产品拉到烘烤箱的地方去，上班的第一天，没干多久浑身就感觉到筋疲力尽，整个身体就像刚从浴池中出来一样，全身湿漉漉的，体能明显不能和那些师傅们相比，那时我感觉到自己实在是缺少锻炼啊！到了第三天就不行啦，下午下班后就感觉到头昏脑涨，没有食欲，连母亲平时做的水饺都感觉没有胃口，母亲和父亲都说儿子可能是中暑啦，他们忙着把我带到医院检查之后，接着就是挂盐水，看着母亲焦急的身影我心里酸酸的，第二天早上看着母亲又在忙着精心准备早餐，心里有说不出的幸福感，让我感受在父母身边呵护下家的温馨，经过一夜的休息胃口也感觉好多了，饭后我本打算马上再去上班的，可我的母亲让我在家休息一天明天再去上班，并对我说："在家里要好好想想，第一次打工生活有什么感悟呢？"

母亲的一席话确实让我想了很多：这几天工作对我来说，的确感到打工的父母真的不容易！由此想到自己的父母如此含辛茹苦的培养自己长大，平时每一次缺钱，只要是上学和平时购买一些学习用品时，打一个电话钱就会很快到账，没有想到父母打工的艰辛，而我又那么不争气，没能好好把握机会，深深地感到自责和愧疚，这一切又都过去了，怎么样才能减少这样的愧疚感呢？于是我白天在工厂干活儿，晚上回来后就认真地去复习，盼望着总有一天也能踏入大学之门，因为相信机遇总是青睐有准备的人。这一切都让母亲看在眼里，疼在心里，一天晚饭后，母亲突然问我想不想再去复习一年，因为自己知道怕给母亲带来经济上的压力，只是没有正面说出口，但母亲仍早就看透了儿子的心思，和父亲商量后最终决定让我再复习一年，准备参加明年高考，并不断地通过事例来鼓励我："有志者事竟成！加油！儿子!"这让我很感动,知道再复习一年对父母来说就意味着还要多付一笔不小的开支哪,在这个并不富裕家庭里增加一笔额外的经济负担,还有陪我一起承担有可能再次落榜的压力,想到这些我下定决心,无论成败,在未来的日子里我要加倍努力学习,去追求自己的理想,去实现自己的人生目标,不辜负父母的期盼!

当我又重新回到教室,开始了备考之旅,因为母亲,我信心十足走进了课堂。这一年我开始全力以赴,去迎接新的挑战,以录取通知书这样的礼物感谢一直关爱和支持的母亲!

母亲的马提灯

在我拆掉父母居住的老屋想在原地重建楼房，以此来圆父母多年来楼上楼下的心愿，当清理老屋内的东西之时，我发现一盏挂在墙角处那只布满了蛛网的马提灯，偶然间让我的眼前一亮，看到了它仿佛又让我进入了童年时代，想起母亲不论寒冬酷暑都在它的相伴下用来捡拾狗粪的往事。

我的父母生养了五个孩子，我是五个孩子中的排行老大。在那靠工分吃饭的年代，无论父母如何起早忙到黑，没有白天和黑夜地干活儿，仍总是在生产队年底的结算中在冒户名居榜首，这让父母更是苦不堪言，这更增加了父母的肩上的压力，为多种一些工分年底时少冒一些，父母亲就开始利用别人睡觉的时间走出家门到乡间狗吠声声的夜里捡拾狗粪，这也是我的父母亲为改变家境的唯一办法，自然也就成了父母亲的第二职业。

在有月光相伴之夜，是拾狗粪的理想时光，母亲连觉都不想睡，就成了乡间的夜里的真正的"夜游神"啦！但仍有半个月的时间处在暗夜里，对父母亲来说，拾狗粪就明显少得多了。但看到有马灯的人家，每天早上到生产队交粪时都交得很多，这让父母都感到很不舒服，母亲便和父亲商量，我们家也想买一盏马提灯。马提灯是 20 世纪六七十年代的最理想的照明灯具之一，它有一个防风的灯罩，可以遮风挡雨使用很方便，让母亲羡慕得不得了，主意拿定父亲便从邻居那里借来几元钱，去供销社买来一盏马提灯，当父亲那盏让母亲盼望已久的马提灯买到家以后，母亲特别高兴，母亲仿佛看到了我们家的希望。从此我的父母亲他们的干劲更大了。他们多么想要通过马灯可以多挣些工分来还清所借来的购买马灯的钞票哪，可就是带着这种想法，才让他们在以后的日子里，每天晚上母亲都在乡间的狗吠和夜幕里来回穿梭，为的是多挣些可以改变家境的工分而不停地来回奔波着。

那个时代，我的母亲就成了别人眼中的"机器人"，白天生产队的活一天也没落下，晚上不知可睡上两个小时，甚至只是坐在床头上打个瞌睡就提着马灯又出发了，在雨天里只要雨稍微停一下，她就会把这样仅有的一点可以多拾一些狗粪的机会也要利用上，更不用说刮风下雪的寒冬啦。记得有个冬天，本来就是飘飞鹅毛大雪的寒冬，由于母亲的持续地超强度地干活儿，一连几天都让她的心火上升，导致牙痛带起了一面脸肿了起来，父亲那时候正好被生产队安排到县上去拉高压电线杆还没有回家，疼得让母亲叫苦不迭，不时地发出哎呦的痛苦声，按理母亲也应该在家休息一晚，刚懂事的我劝了母亲让她到医院拿些药来止痛，而母亲坚持说"撑一撑就会好的"，可我又很快地入睡了。由于她的疼痛无法让她入睡，那折磨她的痛苦声渐渐地把我催醒，我问了母亲还没有休息，她在疼痛中两只手捂着嘴在呻吟着，正是疼痛折磨，我看着母亲无法忍受的样子，我的心仿佛也在随着母亲发出的一声声疼痛的声音而心痛。那一夜，她仍是顶着纷纷的飘雪和如刀子一样的风，令我至今想起来都有些颤抖的西北风而背上粪筐，提着马灯走出了家门进入了白雪飘飞的夜幕！

母亲每次从出发到把满筐的狗粪送来家都来去匆匆，别人回家后饿的时候还有些零食来充饥，甚至下一些面条来热乎一下自己的身子，可是我的母亲没有这些充饥的东西来享受，当又一次出发时，和她一道出发的婶子就会问起我的母亲这趟回家吃了多少东西，而我的母亲总是撒谎地说"吃了两碗面条"之类的话把她给骗了过去。

家只是母亲的一个临时性避风的驿站，常年如此，把一天当作两天用。让她的身体严重受到影响以至胃疼发作时酸液就会从口中流出来，出现这种现象都是由于那缺衣少穿的时代，在寒冷的季节穿得又不暖吃得也不好，餐餐又都有山芋饭和一些粗粮来充饥，让她用她的瘦弱的病态之躯来支撑这个家！

一年又一年，在我的记忆中，那盏马提灯为我们家立下了汗马功劳，它也烙下在严寒风雪中为母亲记录着一天天变老的印记。我的母亲已离开我们十二年啦，然而在那橘黄的灯光里仿佛有母亲走动，有她依然为改变家境围着围巾背着粪筐，在家乡的狗吠中来去的身影。母亲为我们这个家不知度过了多少不眠之夜，用她的身体撑起一个家生存和活下去的希望。

　　每次看到马提灯时，母亲她那勤劳朴实的身影又会出现在我的记忆里。就是这样一位母亲，让我们学会了做人之道，也正是这盏马提灯照亮了我的人生之路！

贫穷之痛

　　一梦醒来，看到天窗的玻璃上正洒着如水的月光，我随手打开电灯一看才凌晨三点钟，我为了捡拾梦中的那贫穷给我带来的痛，我不得不下床拿起笔开始了我的追梦之旅。

　　梦是从一张照片开始的，在2000年世纪交替之际，我那次回家过年，就利用手中照相机把我父母住的那三间历经风雨的土墙老屋及两位老人的合影定格成永恒的记忆，想作为我们对过去更是对儿时的家的珍藏。回来后，去周巷公园里那位照相馆的老板冲洗的时候，那位老板说，你们家乡还有这样的房子，都是什么年代了，还有这么穷的地方。我说你还不知道，这是仿古建筑哪。其实这只是我的一种掩盖理由罢了。

　　突然文章的构思就这样来了，贫穷让我的弟弟婚姻三次受挫，也因一篇人民来信改变了我的命运，只好下海经商，承包梨园实行科学种田获得家乡父老几代人对我的肯定。也改变了我家现状，一位姑娘走进了我的生活。通过两个人辛勤劳动，共同创业在寒冬腊月我和妻子在零下十多摄氏度的月夜里拉土建宅基，通过三年多的筹备，建起了砖墙的房子，后来通过来慈溪打工，又经过省吃俭用建起了三间两层楼房，圆了几代人的楼上楼下电灯电话的梦想。

每一次回到故乡，看到我们曾住过的那三间土墙的老屋（自我的房子建好后，父母就已搬到我的家中住了）心中就有一种无名的痛。为了建这三间土屋，父母利用早起晚睡的时间去村外的河边备土来打墙体时，为了省钱又是几家联合起来利用生产队午休和晚上放工的时间打墙。当墙体的高度差不多的时候，因为贫穷生活无法保证父亲体力透支所需要的营养，而导致父亲胃出血，一下子让我们的那七口之家陷入了一贫如洗的地步，让建房的梦暂时搁浅。为了生活只好把原想作为建房用的芦苇找人帮忙去街上卖掉再去买些粮食来度日。在那个时候，父母只好让家中男丁上学，为了以后能找到对象。在生活特别艰难的情况下，父母还是让我们三兄弟上了学，排在老三和老四的两个妹连学校大门都未能进，过早地去生产队忙工分来减轻家里的年年透支的境况。

在事后的几次父亲出现胃出血之后，他就是我们家中的药罐子，只靠母亲一个人去忙工分，是母亲不分白天黑夜挣钱，把自己的身体掏空，为了让我读完高中，我的老二和最小的老三也只好相继辍学，把省下的钱都用来供我上学之用，而我的两个弟弟为了以后的生存，父亲就让他们去拜师学了手艺。

兄弟仨长大后，又相继到成家的年龄，就在父母无法承受女方的彩礼和当时所要建房标准的情况下，我的最小的弟弟（排行老五）只好出去入赘成了别人家的儿子，也就在三弟结婚那天，我的父母眼睛里含着泪把小弟打发出去了，送走了来接亲的队伍之后，也是母亲最难过的时候，自己尿一把粪一把拉扯大的儿子，一转脸就成了别人孩子。她自责道："小三呀，都是娘无能，无法给你盖起房子哪，这是娘的心头病呀。"

　　家，时常让我在梦里梦到老家的那三间老屋，梦到那个因贫穷给我带来伤痛的过去。为了生活，也更是为了告慰九泉之下的母亲，我仍努力地去创造属于自己的更美好家园！

女儿生日

今天是女儿的 20 岁生日，我才真正地敢去相信女儿真的长大啦，二十多年的时光在我的面前一晃而过就收获一位亭亭玉立的大姑娘，这就是家有儿女的幸福吧！

为女儿过生日，让父母都有一种说不出的高兴，能看着她吃着蛋糕的幸福模样，心中喜悦之情难以言表，这种兴奋是十多年来所未有。

当我第一次走出家门的时候，女儿才只有四岁，她的哥哥七岁，还在她的妈妈怀抱里熟睡，看着他们酣睡的模样，心中有说不出的酸楚，别离是一种无法用语言来表达的割舍之痛，我和我的妻子都在以泪洗面之后含泪而别，之后的日子只因聚少别多，儿女长高了胖了瘦了都不知道，只能通过电话了解他们，为儿女们过生日更是一个不现实的话题。

想起十多年前，还是在我们安徽老家没有出来打工的时候，每逢女儿的生日，全家总会烧几个菜顺便为她从街上买个蛋糕，一家四口为女儿的一天天幸福成长而庆贺。

自一九九一至一九九三几年间去了萧山和温州，在这两个地方打工了一段时间后，只因不适而无功而返，在家折腾了一年左右，在一九九五年又来到第二故乡慈溪，就再也没为女儿真正地过个像样的生日，哪怕是一个像样的蛋糕都没有真的买过，这是做父母对子女的最大的愧疚！不是买不起，而是因为走出来以后，我们全家相聚的时间没有几次。除了春节能回一次家团聚以外，平时没有事的情况下，常回家看看对我们来说是一种可望不可即的事。

随着他们相继读小学、初中、高中，我们一家有时过个节就可能至少在三个地方过呢，虽然在他们放暑假的时候也接他们来到这里玩过，只因又不是他们的生日，错过的机会也只好安慰他们下次给补上，一补就是十多年啊！直到儿女们毕业了，也来到慈溪之后，一家人才真正地在一起吃个像样的团圆饭。

在过去的一年里，让我们祖孙几代人都高兴的是儿子结婚啦，莉儿的到来，让我们家又多了一位新成员，由四口之家升级至五口之家，自然女儿的生日更加热闹啦。刚好女儿的手机电池也不好，时常说起此事，她的哥嫂知道了，主动为她换了一部新手机也圆了她想再买手机的愿望。

我想这次女儿过了十多年来比较热闹的一个生日，除了生日蛋糕以外还有她的哥嫂为她买的那部新手机，在全家为她点着的烛光里共唱生日歌的快乐中，女儿许下了自己的心愿。

六月畅想

昨天我的儿媳发过来短信，内容是给给她的妈妈送来母亲节的祝福同时还要把我所在的公司地址发给她，说要给她的妈妈寄一双鞋子作为母亲节的礼物送给她的母亲，我在给她回发联系地址的同时，我的心海里也流淌着一种家的幸福记忆。

明天就是母亲节，作为莉儿嫁到我们家还不足一年，虽然她和儿子都在杭州工作却三天两头打来电话向我们问好，问起我们工作和生活情况，作为儿媳有这份孝心让做人父母的也就知足了，因工作的关系不能亲自来到我们的身边，我的生日刚寄来没几天又想到给母亲送个节日礼物和祝福这也是他们作为晚辈的心愿吧。

关于莉儿又让我想起了去年的那个愚人节的下午，我在办公室正忙着，电话铃声响了，一看是我的鹏儿打过来的，通话中儿子说："营北的梦莉从上海那边要过来，说要到余姚火车站去接她。"我说："作为一个女孩子去接也是应该的，何况她一个人又跑了这么多的路，这面的路又不知道，的确也难为孩子了。"然后我就催着儿子去火车站接她，当时儿子也向老板请了假正准备去接，我也让妻子回家准备晚饭，为未过门的儿媳远道而来也该好好庆贺一下，作为父母自然是喜出望外，只盼望莉儿早一刻真正的到来。意外的是，儿子很快又打来了电话，他向我说："老爸您不要生气，她是和我们开玩笑的。"我说："她怎么能开这样的玩笑呢?"儿子却说："老爸您不要生气她今天可能来不了啦因为有事临时改变了计划，她可能在考验我们吧！噢，今天是愚人节哪——"我想也是，唉，我们一家瞎忙了一阵子却被未过门的儿媳给我们开了一个不大也不算小的玩笑，虽然有些失望，却也让我们真正体验了愚人节滋味吧！

相隔一个多月之后母亲节前一天，儿子又给我说起莉儿要来的事，我半信半疑，是不是莉儿又和我们开玩笑吧，不过我们都很高兴，还是盼望她如约而至。相逢在这个有特殊意义的日子里，莉儿的到来，书写了我们未来的一个家庭成员能在千里之外的异乡相聚与重逢，这本身就是一个缘，真是有缘千里来相会的最美好的记忆。

记得那天下班以后，我回到异乡的家中，我的妻子正在厨房中烧菜，儿子喊着爸爸下班了，在电脑旁的一位亭亭玉立的姑娘见到我的到来也起身喊着："爸下班了!"然后就从包里拿出她带过来的巧克力递给我吃，她就是我们曾见过一面的莉儿。此时让我想起了，在安徽老家儿子和她见面的那个上午，虽是第一次见面就看出了她的朴实温柔知礼和贤惠的一面印在我的心中，几个月之后，又一次在异乡相聚，作为一个家庭又怎么能不选择这样的女孩作为儿媳呢？仿佛从她的身上，我看到了一个家的永续和世代相传的希望。

在吃饭的时候，她首先向她未来公婆作母亲节的祝福，那次莉儿的到来，也验证了我们所说的话，有缘再远也近，天涯若比邻呀！为鹏儿在茫茫人海中能找到一位志同道合的伴侣而高兴。

今天是莉儿来到我们家以后的第二个母亲节，虽然没有相聚在同一张饭桌旁吃同一锅饭，我看到了他们为了去实现"我的青春我做主"的信念而奋斗的精神让我很感动，在这个母亲节，有他们的祝福和那一份不须用金钱来衡量的孝心标准，家有儿媳该让妻子知足吧！

行走的树

　　近期读峻毅老师的报告文学《履痕》，第八章中读到了《我的大学》，它的作者是慈溪市天元镇马松苗模具厂员工侯鹏，心中非常激动，这不正是我儿子的文章哪，这是儿子在高中毕业后用自己的真实经历和带着汗水的文字写就的。一下子让我想起了他第一次痛遭滑铁卢而面对一次黑色的六月之后，而振作精神，顶住了各种压力，以全新的姿态去面对未来的人生，让我感到欣慰，看到儿子正在走向独立和成熟。

　　儿子呀，记得当时我为了让你体验打工的生活，让你在下一年的复读中能更把多的精力和时间放在学习上，就让你去了我当时所在的压铸车间临时地做一下电熨斗拉底板的活，如火七月里在像蒸笼一样的压铸车间里，你虽然年纪很小没做过什么样生活，却坚持了做了两天，看到你流汗的背影，让你的妈妈非常心疼，不想让你流这么多的汗而放弃了，然后又去了马松苗模具厂做了模具学徒，从五百元的工资到今天的三四千元的回报时，这都是你坚持的结果，让我看到你的坚持和毅力，如果没有前期的坚持，没经得住磨难，我想你的进步速度还不能有这么明显的体现吧！就这样，你在那个环境中学习成长，在严寒酷暑中度过了两年，这都是你在为自己的人生打好了基础！

其实人生也正是如此，你的努力也见证了你的收获。常言道："不经风雨焉见彩虹。"说明了你付出和努力再加上坚持，才为你以后的日子里走得更远能做事做好充分的准备。自己的工作能力见证了自己的成熟！能让自己的父母看到一个可以独立生活的儿子，仿佛看到自己的影子。自己无论是走到了哪里，无论是做什么工种都能在自己的岗位上把事情做得很优秀！也正是通过这样的渠道才能为你提供诸多便利，才能赢得同事敬重和老板的赏识。

我只想给你说的是，只要是自己经历过的都是自己的人生旅途中最大的收获和财富。我相信你的前方无论有多少困难和坎坷，只要认真地去面对积极地去寻找出解决问题的方法，没有过不去的坎，没有蹚不过的河。要发扬落榜不落志的精神，抱定天生我材必有用的人生信念，朝着柳暗花明又一村的美好境界去努力拼搏！

还有，你的峻毅阿姨在你的那篇《我的大学》一文评论中也对你寄予了很多希望："人生就是一所学校，以这样的理念写个人的经历不少，有高尔基那样的世界性的大作家，也有本文的作者这样的普通人，各有各的角度各有各闪光点！"2011年10月24日，当时，我在慈溪党校由慈溪市暂住人口服务管理局举办了由各乡镇街道综治办的领导和村级和谐促进会会员参加的 2011 年暂住人口基本素质教育培训暨峻毅老师的报告文学《履痕》首发式，会上慈溪市暂住人口服务管理局的领导分别向每一位新市民赠送峻毅老师的长篇报告文学《履痕》时，当我给峻毅老师打招呼时，她还特地提到要我为你带去一本作个留念，足见你这位未曾谋面的峻毅老师对你是多关心和关爱哪！

你的这篇《我的大学》还是慈溪文联办公室的王晨老师在你给《浙东》文学季刊投稿中，得知峻毅老师要写一部关于慈溪近百万农民工为题材的纪实报告文学后，特把此文推荐给峻毅老师的，在编审中她读了之后感到还不错就给你安排进去的。就是慈溪籍作家，编辑过你的这篇《我的大学》的《梨风》主编陈墨老师也当我的面对你的稿子有了很好的评价。足见你是多么幸运哪，能在慈溪这个人才济济的第二故乡，有像王晨老师，峻毅老师和陈墨等多位老师对你的关爱和赏识！你能不感到自豪吗？

在以后的日子里，爸爸盼望你能做好本职工作之余，也不要辜负慈溪这面关爱你的峻毅和陈墨两位老师对你的厚爱和希望。否则在故乡灵璧，也又少了一位把文字串在自己的人生中的人！

十年树木，百年树人，儿子就是父母心中越长越大的树，能用你的智慧枝叶去面对人生中风雨，用自己的粗壮的枝干撑起人生那片蓝天！

爸爸相信已长大成熟却又不在身边的儿子未来的路会越走越远，鹏程万里。

与蝶共舞

1990 年 8 月的下午，时值金秋，故乡的玉米正在田地以成熟的姿态绽放出诱人热情，那是一个收获的季节，我带着不满两周岁的儿子在玉米田里砍着玉米秸秆，金色的阳光普照着大地给勤劳的父老乡亲增添了一种写在脸上的喜悦，徐徐的秋风，自由地在我们的脸上戏弄着，带去了我脸上的汗珠，劳动累了却有儿子在身边还是感到劳动是快乐的，此时我躺在砍过整齐摆放的玉米秸秆上直一直腰杆，在一旁独自玩耍的儿子看看我躺下以后，匆匆地跑过来，要坐在我的身上玩。我把他抱过来，坐在我的身上，快乐的儿子小嘴咯咯地笑个不停，银铃似的笑声里给我解去了不少的疲倦也给我带来了十足的得意和幸福。在我们俩玩得特开心的时候，忽然有几只蝴蝶飞了过来，在我们的上面自由地飞来飞去，儿子看到了，就喊着："爸爸我要蝴蝶，爸爸我要蝴蝶!"我说好吧，我带你去逮啊。然后我就领着儿子的小手在砍过的玉米地里追赶，有时蝴蝶好像戏弄我们父子一样，飞到不远处就会停在小草上，在那自由地扇动着翅膀好像在喊着我们快些来哪，可是当我们俩蹑手蹑脚走近的时候，顽皮的蝴蝶好像带着调戏的姿势又成功飞走了，鹏儿在我的抉伴下仍是追赶不上，当被玉米秸绊倒的时候，没有哭，总是自己努力爬起来，再继续追赶，就在追着追着走到另一家收获过的玉米地里时，蝴蝶儿一下子多了起来，黑色的白色的，大的小的有好几种一下子进入了我们的视线，那种感觉好像一下了走进了蝴蝶王国一样，这下子可把鹏儿乐坏了，两只小手忙个不停，摔跤了就自己起来，继续张开两只小手去抓，蝶儿好像和鹏儿在一起捉迷藏一样，一会儿从他的前面往后飞，一会儿又从他后面往前飞，看似伸手可及，却又调皮似的在鹏儿的面前故意扇动两下翅膀不慌不忙地飞走了。

追累了，鹏儿热得满头大汗，小小的脸蛋红得像秋天里熟透的苹果，我帮儿子脱去了身上外衣，只穿着一件小布兜的身子轻松了，他又开始去追赶蝴蝶，两条小腿在蝴蝶群中乱转，我看到鹏儿自己追赶蝴蝶的那种信心却很十足，只是还没有收获的情况下，为了鼓励儿子我便哄着儿子说："你不要再追赶了，爸给你逮吧！"他听话地站住了，小嘴还是不停地喊着："爸爸追！爸爸追！"我答道："别动了，爸会给你逮到的！"我真的就在扑打中逮住了一只蝴蝶，把它交给鹏儿时，他高兴地把蝴蝶握在手里，嘴里还喊着"爸，蝴蝶！"那一刻鹏儿高兴地笑了，因为他的手中收获了一只盼望已久却又很喜爱的蝴蝶。

那个父子与蝶共舞的场面，成为我们永远快乐的源泉，正因收获了真正的天伦之乐，才让我幸福常伴。

年轮之上

今天，当收到远在杭州的儿子和儿媳发给我的生日短信祝福，才知道今天又是一年生日到了。

不就是一个普通的生日吗，又不是年纪太大，对自己的生日的确也没有放在心上，好像早一段时间我的妻子提到我的生日的事，每天都在两点一线奔波的打工一族又有多少时间去为这个平常的小事记得呢。到了无非就是改善一下生活不就好了吗，又不是怎样一个大事。下午的时候，儿媳在她的公司第一时间就给发过来的生日祝福："老爸今天是您的生日，您肩上挑的是儿女，您心里装的是父母，您眼里含着希望，您脸上挂着担忧。父亲是家里的山，父亲是生活的船，全家老少都平安，渡到人生的彼岸。祝老爸天天快乐，身体安康，万事如意！衷心祝福老爸生日快乐吉祥！"

停了一会儿，儿子也给我发过来的短信祝福是："一年一度您的日子，没有我们在您身边的时候，希望也能快快乐乐一生一世。老爸，您辛苦了！祝老爸生日快乐如意健康长寿。"

下班后，我回到租住的家中，一看饭桌上也放着几个平时我都爱吃的菜。今天怎么这么丰盛，不就是一个普通的生日吗，有两个菜就足够啦，妻子说您还不知道吧，昨天你的宝贝女儿就交代过了，明天是老爸的生日要好好庆祝一下。怪不得女儿这几老瞅着挂在墙壁上日历，其实她早就把我的生日记在心上啦。

我问妻子，女儿回来了吗，妻说："还没有来。"我以为女儿会不会又加小时啦（平时因产品急着发货属于赶货的那种）就拨打了一个电话进行确认，女儿没有接电话，停了一会儿我再打时，女儿才说快来了。又过半个小时左右，才听到女儿在院子里停放车的声音，我跟妻子说现在女儿回来啦。我们可以吃饭啦。当女儿一进门见到我时就喊：祝老爸生日快乐！

原来她下班后到菜场上去为我购买一个生日蛋糕，一到屋子里就把蛋糕放在桌子上，把她买来的"开心乐"蜡烛音乐架放在蛋糕上，然后点燃蜡烛，随着烛光亮起的那一刻，祝您生日快乐的歌曲就唱起来，妻子和女儿也都随着节奏跟着唱起来，然后又让我许愿，我在跳动的烛光里许下了"家和万事兴"祝愿。年复一年这一天，就是这样燃亮生命的烛光，催生了多少白发，让思亲的脚步来往于故乡与异乡间。聚少散多的日子又让我想着家中老父亲，他一个人在故乡的那种孤独寂寞生活，想到我要常回家看看，多陪陪他老人，以减少他百年后与我们别离时的遗憾和愧疚。

饭后，重读着孩子们的短信，我的心中激起层层浪花，虽然一个家庭打工与创业的路经历了诸多风雨，历经多少坎坷，因心往一处想，劲往一处使，再大困难和险阻也会敬而远之，只要永往直前，朝着希望之路前进，一切都会成功。因你们的创业、拼搏精神给予我的感动，是你们的争气和出息才是我骄傲和自豪的本钱，你们才是我快乐幸福的源泉。在这里，我真的很感谢记着我的生日的儿子、儿媳和女儿，你们的快乐就是老爸最大的幸福！

白发感悟

坐在理发店的转椅上，看到从理发师的剪刀上飘落的黑发间有一根根白发相伴时，我才意识到岁月不饶人啊。是这一根根白发占领了我这帽子底下未能开发出什么名堂的高地，它送别了欢乐和无忧无虑、青春年少的美好时光，在人生的长河里让我匆匆地步入了中年。

有了白发的我总以为是别人视线中的一道风景，仿佛从同事的目光中窥视到被冷落而又慢慢变老的模样，就像自己的影子成了我割舍不去的最大困惑。心中那种碌碌无为的失落感时时在我的脑海里涌动，抑郁自闭的情绪油然而生，那种茫然与失落让我不知如何面对余生。

在每一次梳理时，都能从镜子中看到爱发间渐渐长出的那丝丝白发才陡然明白四十年的人生路上竟一无所成，看到别人事业如日中天，同学、朋友在仕途上飞黄腾达，学有所成的大有人在时，心中那种无以言状的恨铁不成钢的猛然醒悟，才真正明白

"黑发不知勤学早，白首方恨读书迟"的内涵。在此时想让子女都能成龙、成凤，不要像祖辈或父辈那样日出而作、日落而息，将来都能成为有出息的人才。

俗话说再苦不能苦孩子，父母总千方百计地培养子女尽可能地完成自己学业，实现他们的各自理想。为此，身为人父的我只有在谋生的岗位上更加辛勤地工作，多挣些钱，向父母多尽一些孝道。为子女多付出一些关爱与呵护。西方有句话说得好"人生四十才开始"，它告诉人们要珍惜未来的美好的生活，把握眼前的分分秒秒、一步一个脚印地去追寻自己未尽的梦，把"抓住今天就是明天的开始"作为自己的座右铭，在寻梦的蓝天下品尝耕耘与收获的苦与乐。

千里之行始于足下。走得最慢的人，只要他不丧失目标也比漫无目标，徘徊不前的人走得远。快乐来源于要学会放弃、抛开身后的烦恼和忧愁，在未来的人生之旅中找到属于自己的人生轨迹！

只有压力才有动力。日本哲学家江兆民一生中最重要的事业却是在获悉自己身患癌症之后开始的，1900年，他53岁那年，医生发现他患了喉头癌，只能活一年半。时间不多了，他没有时间担忧了，他开始动笔写一生中最重要的著作《一年有半》，完成后，又续写另一部《续一年有半》。当书成之日，他长叹了一口气对朋友说："一年有半短，50年亦短，百年亦短！"至此，他如果没有一年半前的勇敢开始，就不会有这样光辉的结束！

从张海迪的《轮椅上的梦》《生命的追问》和《穿越黑洞的

轮椅斗士——斯蒂芬·霍金的生活传奇》等一部部励志的书籍中我找到了自己要寻的梦，看到了真正属于自己的路，是他们用身残之躯，以非凡的气魄创造生命的奇迹，并满怀百倍信心走向希望的未来。他们艰辛而又灿烂的人生之路给了我走向未来的信心和战胜困难的勇气。

有志不在年高，无志空活百岁。现在的我还是一位身体强壮四肢健全的中年汉子，仅以不足挂齿的白发就萎靡不振吗？增生的白发它只是人的生理现象，人总会按生老病死的规律走完人世间的一趟旅程，几根白发也许不是一个错，要错的其实是自己没有端正自己的良好的心态，没有握住自己人生的前进的方向。相反，它是相伴我一步步走向成功的必要阶梯！

春天过后不是冬，何必又为白发而忧愁呢！只要有自己的信念和追求，我坚信努力就会成功。放弃就意味着一定会失败！相信自己吧，只要脚踏实地前行，成功总在风雨之后！

诗巧人慧

心灵之约

向死而生的草

《海地》随想

纸上乡愁

情系厚土

结缘诗歌

编辑来信

「寒潮」不寒

将光迎来

年轮之上

第五卷

心灵之约

Chapter

05

诗巧人慧

　　地域文化是历代诗人作家创作心中亘古不变的母题。品读诗人张巧慧的诗歌就好像在品读慈溪乃至浙江的山水与人文与那些美不胜收有着丰厚文化底蕴的吴越大地。诗人张巧慧的诗歌，从吴侬软语中走出，是诗人在用浓浓的乡情、缕缕亲情，用芬芳的文字正在一字一句向养育她的故乡倾诉衷肠传达出殷殷的故乡情愫。她的诗歌以诗人独特的视角，挖掘和捕捉那些给读者有不同审美趣味和带来不同审美享受的物象与意境美。为此，得到了文学界的权威人士和文学评论家们的普遍认可和赞赏。诗人用她的笔，挖掘乡村元素，在慈溪乃至浙江这个被誉为水乡江南，诗人在这片取之不尽用之不竭的沃土上汲取养分，形成了自己的别具一格的诗风和以地域文化创作的这一特色，她定会留下诗人张巧慧大书特书之笔。

水文化写作再现浙江元素特色

水润吴越，涛涌钱江。诗人张巧慧在她的《与大江书》中仅对水文化的篇章就多达十五首，意象来自她的故乡的江河湖海，成为诗人新作《与大江书》中的最大特色。如"对一条江的描述，总是意犹未尽/有的爱，有时候爱恨交加/……她用一辈子向下流淌/成全万物对美与光的渴望/因为放松，它成为风；因为流动/成为舟；因为付出，成为流域内的万物"，对江水东流的永恒姿势，和苏轼"大江东去，浪淘尽，千古风流人物"的雄伟壮阔一样，她却以"松""风""舟"等意象入景，对一条江情感在涛声里敲打时光。

一条江加深了对宽阔的理解，"一滴水融入大江，就变得平净/就像我在人群中，变得沉默/……而水，尚有不死的奔腾之心/它把小舟推向浪尖/即使我们一再谈到火焰/也不能改变，此刻的随波逐流"。从哲思角度入笔，《泗溪河》"昨夜雨大，泗溪河的水，一夜间变黄了/但她仍是干净的/……难以回头/她成了母亲/蓬头垢面的母亲"。"水"滋养着世代，万物以水的存在生生不息延续千秋。在《宁波走走书（组诗）》之《三江口》一诗中，"一座城市，无论经过怎样一天/此刻/正从叙事转向抒情，三江口，江水碰撞，交汇去往东海/四明山的源头，保持清澈，慢与安宁"，诗人寥寥几笔，传神地把三江口这条母亲河的源头入景入画，带给读者更多的从诗歌意象的跳跃与诗意的留白里，去体悟江水奔向东海时形与声场面的再现，很有穿透力有可视可感可听的多种效用。意境之美来源于景与物，情与境之间是一种诗意的升华，正如我国文论家王国维在文学中有二元质焉"曰情，曰景"的论断一样，虚实结合，真可谓"真境逼而神境生"。

情寄山水，诗书古今。又如从《上林湖》的诗句中，被誉为越窑青瓷博物馆的上林湖畔，诗人在"很多人赞美过她，上林湖/水涨时映着青山，水退时露出瓷滩/她们埋在泥中的样子/与千年前并无二致/秋水那么清，类玉似冰/把秘色给她，把水深火热给她/把裂缝给她/我在湖滩上寻找，那些埋在泥中的瓷片/多么像自己——碎着/像刻骨的爱情/一面是美/一面是锋利"。从诗中读者可以想象到秘色瓷之都的慈溪上林湖畔，两千多年前，先民们利用他们的智慧，在烧制一件件青瓷的情景，他们进行着采土、制坯、凉晾、焙烧等诸多环节，每个环节仿佛都在诗人的笔下涌现，他们劳作时的身影也都一一跃然纸上，在歌颂先民们"敢为天下先"的精神，青瓷文化所延伸的文明之中，开拓了"海上丝绸之路"形成了一条让世界了解中国的传播通道，让华夏远古的文明在世界各地绽放异彩，照耀远古时空。

仁者乐水。水就是仁智替身，展现了它的多方面意象，丰富了中国水文化内涵和审美。诸如《小令·过钱塘江》《百丈漈》《三江源》《上林湖》《奉化江畔》等与水的意象以"钱塘江"为线串起江河湖泊，闪耀光芒呈现给读者如诗如画大美浙江水乡画面。

"寺" 的意象再现地域佛教文化写作

"寺" 的意象形成了又一地方特色。在诗人张巧慧《与大江书》的诗集中关于寺的诗歌有 15 首之多，是地域文化写作又一亮点。在《伏龙寺的古典主义》一诗中，"寒玉入怀／月色与山寺正好构成古典的意境／上弦月，洞箫把它一点点抽空／缺点部分，由古琴补上／明月，经书，屋顶的兽。" 此刻，不仅可以抬头看看天上的明月，手抚洞箫在这怡人自得的伏龙寺，微风轻抚，月光沦陷的诗意之夜，不仅是品茶赏月，还可以用诗怀古抒情言志，放下身心将自己在特定的环境中继续折磨，一颗心从世俗与名利中走出得以自我解脱以期待更好的超越，还在寺院中有种被凡间世俗名利私欲玷污与洗礼，是对世俗重新认识和向往。巧慧的诗仿佛行走在古典与浪漫之间找到驿站和分水岭。

怀揣着一颗虔诚之心行走。诗人行走在尘世与禅意的人间，带着一份仰望和膜拜登访洞山寺，此时，晨钟暮鼓已旧，被风雨刷新的诗行正延伸远方，在诗人的《访洞山古寺》一诗中 "不灭的烛光，是内心的宽慰／山中的小寺，是红尘的宽慰／杯中红茶半浮半沉／汤色透亮，恍若慈悲"。在木鱼声，香烟缭绕的寺庙，那些朝拜的脚步不再掷地有声，而轻成了江南的烟岚，仿佛在深山翠绿欲滴的古寺里，岁月不老，吃斋念佛的人，禅意与大自然融为一体，这是在古寺，这是在家乡。其实，诗人就是一位边行边吟者，正因为读万卷书行万里路，让家乡的大好河山，在笔下一一呈现，诗人的家乡情结都跃然纸上，随着行走的脚步唤醒了古村老寺，步入故乡深处聆听故乡的心跳。

又如诗人张巧慧的在《过慈云寺》，“有一瞬间的静止像是秘密被揭穿/船只往来把涟漪送到浣衣女的手中/一一碎了，扭曲了，又复归平静”。在体验与体悟中，诗人张巧慧在诗中造语自然，那些呈现在面前很普遍而又非常常见的物象，诗人却把这些随手拈来的意象写活，都有传神的色彩，在诗行里都能充满着诗情画意，正是用那些朴实无华的生活场景提炼成诗意，让诗意从诗行中归于自然，回归到一条江的源头。

天涯不远，咫尺不近。诗人在《上佛顶山》一诗中写道：“我对骨子里的软弱/已抱平常之心/并把人间所有的繁华/视作荒凉，把一个人的消失/视作情到深处。”诗人虽是寥寥几笔，就可以轻触到一个潜心礼佛的女人那颗“不宽广，不狭隘”内心世界而描写得淋漓尽致，却又生动形象。

在繁华与荒凉之间，如何安放一个人的心灵，归还一个人的返璞归真的“童心”世界，以达到无欲无物无我之境。这些举重若轻的文字，在红尘与凡间有了隔空般的境界。在有我与无我之间过好自己的人生得到体悟与更好的超脱。在这种境由心出的诗行里，可放下不只是一种物层面上名利的枷锁，让羁绊的心灵有个更好的归宿。

在《奉化江畔》中“钟声传到山下/震落新开的桃花/岩头古村的溪流又香了/整个山寺，只剩下花在诵经”，其中“钟声”“山”“桃花”“古村”“僧人”“寺”等一连串的意象，从闹到静又从静到动，在动与静之中和落与开相互对比中，让诗意陡转，却又彼此相连，诗境在拟人中升华，惟妙惟肖，形象逼真。这种写法尤生向往与留恋。

浙江元素架构下的故乡母题

地域文化中乡土情结。故乡这个温暖而宽泛的词语，自古有多少作家文人志士，把故乡作为思念！已故的诗人余光中在他的《乡愁》中通过邮票、坟墓、船票、海峡等意象表达了对祖国、家乡和亲人的思念之情。正是在这一方吴越的水土上，慈溪庵东盐厂近万人的淘盐的艰辛场面，随着盐厂上的白白的盐的晶体，在阳光下闪着青光，那些为生存而终日浸泡在海水中的盐民们又一次走在读者的眼前，虽然相隔时空之遥，所获得的不仅是精神的愉悦而是一种因距离产生的审美。"盐的前生是一小片海/它荡漾过/她的余生，凭借着一粒盐的苦而暗藏汹涌。"这是诗人在《盐是前生的一小片海》的诗句，可以看出，它在借一粒盐的意象，抒发诗人对慈溪的盐民制盐的艰辛无比怀念与敬畏之情。一粒盐的意象，也定会触动到慈溪几代人对往事如烟的记忆，从时光里，那颗凝结着先民辛劳结晶的盐，在诗人的文字里留下情深似海般感怀与凭吊，为了营生他们浸泡在海水里，挣取微薄的养命钱，日复一日年复一年活成一颗盐的样子。诸如《天一阁》《梅干菜》《在荷花山遗址》《桃花时节过奉化》《过掌起十里桃源》一个又一个宁波元素跃然纸上。在诗人的诗行里，所呈现回放它的意象之美，一如瞬间的绽放的花朵虽是过眼即逝却又回味无限，可谓是言有尽而意无穷，从这宁波元素中读者可带着这样一种无形的审美之心去觅寻走失的羽衣。

用情书写，用爱作结。诗人在《与大江书》之中传达出对故乡元素的审美取向，正如浙江省作协副主席、《文学港》主编、知名诗人荣荣女士在诗人张巧慧新作《与大江书》中一篇诗评里所说，"她的诗中有一种思考之重，这让她的诗区别于许多诗歌，能被读者记住。但她的诗意又是灵动的，开阔的，她能将每个沉重的主题表达得日常，有时甚至漫不经心，这是她驾重就轻艺术表现天赋的很好体现。"

诗人在《老宅深处》一诗中，"九十九间走马楼/春光柔软，照亮你满是灰烬的脸"，诗中再现了物是人非的感伤与情感交织时，诗境再现。抒情叙事融为一体，睹物思人，情深意切情感渗透到字里行间。诗人张巧慧在《杜泽老镇的不速之客》中，把那颗回归之心，贴近一座古镇苍老的容颜，让匆匆的脚步熨帖旅人的疲惫，从杜泽古镇逝去的繁华里，把远古时光轻轻拉近，在享受作为过客短暂的时光里，对过去的缺失又一次补偿与升华。

对美的占有无罪。"风吹开白色的裙摆，藏经阁的木门上/雕刻着如意和一个古老长久的祝福/女儿/你低头读书的样子，就像一尊菩萨。"这种虚实结合，诗意空间的跳跃，读者视角与空间享受和审美之中，那种情融于景，景中藏情之笔，可带来的是更多的品味与咀嚼。诗人的诗是情感沟通的密码和一个个似远犹近的符号，在这个世界上，每个人都有权享受美，因为"对美的占有无罪"。

诗人张巧慧，慈溪文联副主席，陈之佛艺术馆馆长，宁波及慈溪政协常委，已出版诗集四部的中国作协会员，是这位备受专家和评论家看好的国内青年女诗人，以她博学多识和对诗歌特别敏锐的体验与感悟，为诗人在未来的路上能够越走越远提供了基础与保障。

地域文化写作的意义

一语悟终生，闲笔定乾坤。正如诗人在"凌晨一点的月色与鸟鸣/一个叫作空/一个叫不死的心"这样的诗句中，极富有哲理的美学感，情真意切，虽有相悖但又韵味无穷，空灵，通透而又情趣盎然。

诗人张巧慧以钱塘江为轴，把七千年河姆渡远古文明、青瓷文化，围垦文化、移民文化、四明山及江南480座烟雨中的古寺，都揽入怀中，收藏在诗文里，为她的持续创作开疆拓土，为诗人提供了时空和地理上的转化，这个转化，却是诗人不断筛选和物化及提纯的过程。

"度物象而取其真。"诗人张巧慧地域文化的写作让浙江、宁波及慈溪元素更多的再现，构建诗人心灵中一个诗歌上具有审美意象的新版图。在诗人张巧慧的笔下，切合了故乡这个时代抒情的需要这个亘古不变的母题，彰显了地域文化底蕴与历史文化中的人文特色，是对历史与现实的融会贯通与有形和无形的借鉴和吸收。

浙江诗人张巧慧的诗歌，通过细腻的笔，在故乡的山水间用心行走，用脚步书写，伴随她一天天走向诗歌的殿堂。正是在这条路才让诗人张巧慧通往诗歌朝圣的王国，她用自己过人的才思，敏锐的观察力，和对生活与世界的独特的审美以及与生俱来的江南女性所具有的天资聪颖和无比细腻特性，造就一位诗人在诗行里独行的身影，顺着自己的诗行边行边吟，就这样一步步从故乡慈溪走出，走出了一条属于自己文学神圣之路，时光为证她在这条路上就走成了自己的远方。在地域文化创作中已显特色，可让读者从她的诗歌里找到慈溪、宁波及浙江诸多元素，为远在异乡的游子找到纸上故乡。

我国古代文学家、美学家柳宗元说过"美不自美，因人而彰"，作为接受者在阅读诗人张巧慧的诗歌时，因学识有限，在文本中这种与诗人交流是一种粗略式的，"言有尽而意无穷"，对一首诗的把握，有待再度品味。正如"一千个读者就有一千个哈姆雷特"一样，作为一个接受者心境和审美的视角不同，在对诗歌的理解和审美中，很难把握精准到位，在匆匆成文之际定会存在诸多想不到的缺点和不足之处，恳请各位导师给予诚挚的斧正和不吝指教，期盼在您的恩赐中定会获得金玉良言，在后续的学习和写作中得到更好提高让我受益终身。

心灵之约

　　在我与浙江之声相伴的日子里，让我记忆最深的就是 2004 年六月方雨主持的《精神家园·名人访》，在这期节目里，做客名人访的嘉宾是纯真年代书吧主人朱锦绣女士，是她在病疼中毅然决定创办书吧的故事感动了我。让我心灵感触极大，一位经历过癌症生与死侵袭的朱锦绣女士："为了在自己的生命中寻找那片绿叶让爱她的人能得到一份念想和一种寄托，让所有爱她的人见到这片绿叶后，在他们的记忆里就说明自己曾生动地活着！"就是抱着这样的一份美丽心愿开始萌生了想开书吧的想法。

　　几年前，当我因自己的工种在别人的鄙视的眼光下做着只有二十几元一天的打杂工作时，心中时时都想离开这个工厂，去找一个适合自己发展的地方，因工作的压力大，时常失眠致使自己的大脑每天头痛精神极度地疲惫，这一切让我对打工生活及自己的前途已感到有些迷茫，来打工时那刚走出家门的梦想瞬间都变成阳光下七彩的肥皂泡。我的精神之堤真的开始崩溃。无形的压力击疼了我的每一个神经，伫立在工厂去与留的十字路口，我心灰意冷。

经过一段时间的思想斗争之后，当我再一次打开收音机，听到浙江新闻频道《精神家园》方雨主持的《名人访》，她那带有磁性的声音一下子传进了我的耳朵里。在身患癌症中，朱锦绣女士仍为自己找一份精神寄托，战胜种种困难，仍以必胜的信心开起了自己心爱的书吧，并一天天走向成功。

朱锦绣女士在面临看病沉重的医疗费和家人及亲朋好友等各方面的阻拦的种种压力下，她能够克服困难，最后毅然地说服了家人并取得了家人帮助的情况下。在她的生命里胜似女儿一样的纯真年代书吧开张了……听到这里，让我在心灵上有一次次感动，有了自己的书吧让朱锦绣老师生活得到了自信。几年之后，用朱锦绣老师自己的话说："美丽的书吧活着，我要感谢友情，我还活着，更要感谢生命！"

为了给自己充电，那段日子我何不去书吧里找一份心灵的寄托呢，从那一次感动之后，我仿佛改变了以前两点一线枯燥的生活模式，开始光顾一家陶书吧，更多的闲暇时间都在书吧里度过，在购买能力承受的范围内买些自己爱读的中外名著，以丰富自己心灵上的精神家园，企盼更多的雨露惠及我的心灵净土，打开我精神之窗，在知识改变一个人的命运的感召下，我选择了书，让我从中找到了读书的最大的乐趣，给了我的动力，在收获中一步步艰难地前行。

就是这样的名人访谈，也正是这一次次收听方雨主持的节目，我看到了前方的路上一定会有属于我百花绽放的春天，才给了我干下去并干出自己样子来的信心。常言道不当将军的士兵不是好士兵，我把全国劳动模范李素丽的话"用力去工作只能说明是称职，用心去做才能达到优秀"作为我的座右铭，积极地投入以后所从事的每一个工种中，也正是带着这种希望与梦想前行，才让我在华裕里得到了信任赏识和任用，在以后的日子里才有了展示自己工作上管理才能的平台。

值此，我真诚地感激浙江新闻频道《精神家园》那以往的相伴，扬起了爱拼才会赢的信念和勇气，让我在前行中找到了属于自己生命中那片绿叶！

向死而生的草

在打开简明诗人的《草原跋》之际，首先要恭贺简明导师继前不久获得十万元"闻一多诗歌大奖"之后，又斩获"陈子昂诗歌大奖"，因二度花开，导师便顺理成章地享有当下诗坛"双冠诗人"的美誉。

一向治学严谨的诗人简明先生，一直有"惜字如金"的美称，却让一首200行的长诗如此大气、磅礴，把读者带进一种新的审美视角。此诗之所以能打动"第三届陈子昂诗歌奖"的诸位评委老师，能从众多诗人投稿中，经过层层筛选，直到最后能从仅剩四名国内知名的诗人作品中胜出，必定有它特别过人之处，定给评委老师们对诗歌新的震撼。能获得此殊荣本身就是一份极大荣耀。对一名诗歌爱好者而言，又是一次与含金量大的获奖作品近距离学习机会，能从诗人简明老师的写作风格、技艺、布局等方面获取新知！

边塞诗歌创作是诗人作品的亮点。巧合的是诗人简明先生和陈子昂先生都有两次从军边塞的宝贵生活经历，这对出身军人世家的诗人简明来说，是他前半生积累的难能可贵的财富！这也是简明先生和陈子昂先生不谋而合和惊人的相似境况，以自身独到的生活体验为诗歌呈现作蓝本，如"生也辽阔，死也辽阔/羊的出生地叫：子宫/草的出生地叫：大地/大小一蹉跎，生死两茫茫/烈马只有两种死亡：一种战死/一种跑死"而在行文间又不拘泥于草原，意境在意象间放大，直指生活的痛点，以诗歌的形式向读者阐述人生的哲理。再如："雪山在接近太阳时/内部瓦解/沿着山体溃败，雪水寒气逼人/从科古尔琴天堑垂直落下/粉身碎骨的河流，柔韧无比/像敢爱敢恨的人无坚不摧。"从诗人字里行间，哲理的诗化是一种精神层面的超脱，给诗歌赏读者传达的是"所有的生命都向生而死/唯有草，向死而生"的诗人风骨。

字句精练，诗风峻拔、沉雄顿挫、意境宏大，物象意新奇是本诗斩获本次大奖的偶然中的必然。20世纪80年代，时年30岁的简明导师就有"诗意华章"美誉。以一部《千日养兵》诗集就和《高山下的花环》的作者李存葆齐名，正是如此，为简明导师当下奠定了优秀作家，诗人的一席之地！

彰显了导师对诗歌怀有敬畏之心。读了此诗怎能不让我对恩师的创作精神感动呢！一首200行的诗作，能在他比平常人花去的时间更多、工作繁忙、身体不佳的情况下，潜心修改五十多遍，通过研读，推敲，加工，打磨，千锤百炼之后完成的精品力作，这正是这首诗过人之处吧！

简明导师内功何止是一个了得。对简明导师这样一位出身军营，有过军旅生活的诗人来说，把他所有的经历都变成了宝贵的财富，钟情边塞，大漠，草原的牛，羊，马，雪山，湖海，给了我们视觉上的盛宴，这种画面感，仿佛顺着导师的诗行周游边疆，沿途的风景就先后从简明老师的诗行里向你涌来！

边塞成就了一位伟大诗人。简明老师的《草原跋》这首边塞长诗的新鲜出炉，自有它非凡的效用。这也是继诗人周涛，杨牧之后，又一位具有极高声望和在中国诗坛有一定影响力的诗人为边塞鼓与呼。诸如简明老师笔下的"草的死亡，就是生/就是无边无际的燎原"，"生也辽阔，死也辽阔"。"开疆拓土的草，喂养大地/和远方"。"唯有草/向死而生"等都达到了智慧新的深度，和独到的诗境高度。又如"高举天赋，倾覆之光"。"高举词牌"，"高举皇家曲目"来探听历史的回音。有和陈子昂其诗"风骨峥嵘，寓意深远，苍劲有力"一样语不惊人死不休、异曲同工之妙。如此震撼力的句子给人一种过目不忘的草原情愫。

简明导师诗歌的风格独树一帜，以小见大是简明导师对这首诗的整体构架。导师以小托大，四两拨千斤，从自然界的年轮转换中，顺着生与死的链条，洞察世间万物，相克相生的原理展笔，写出了草的强大。"高举粮食和水……草的前方只有草……让土，土壤，土地，紧握草根。""体弱的子孙，留在半路/强悍的子孙日夜兼程/没有一棵草是低头生长的/厄运截留那些离群掉队的人……草的野心多大/草原必将多大"之类霸气，语惊四座。

正如简明老师的大名一样，言简意赅，通过跟随导师近一个月，有道是："诗品即人品。"对简明导师这位身材微瘦的诗人来说，语言上魅力与极强的张力穿透力，境界上的高贵，"理直气壮地歌颂真善美"一样，在不断挑战，超越自我。他深入高原边疆实地采风，获取大草原之精华，能在一首长诗里呈现出芸芸众生，与导师的渊博的学识分不开，彰显了简明导师边塞的情感何止一个了得！简明导师处处都以四两拨千斤之气势，少则精的境界，实现了诗歌新跨越。恢宏壮阔、诗意饱满，情景交融极富哲理，凸现了诗技的高超，通读全诗起承转合自然顺畅，这无疑是简明老师非凡驾驭能力的体现，彰现了诗技的游刃有余，这正是一名成功、杰出的诗人非凡智慧！

写到这里，想到导师的一句话"一个好诗人的修为，是一点一点养成的"，定会照亮每一个诗人的终生。正是如此，我们的导师才出类拔萃地行走在成功的路上。祝愿简明导师在以后的日子里，再接再厉永攀高峰，向诺奖再出发！

《海地》随想

　　早在两年前就得知慈溪文联又添新丁——来自东海之滨，拥有百年历史、在万亩海涂上发展起来的新城新浦镇文联《海地》文学期刊出版发行的事，但未有真正地拜读，心中实感羡慕不已。

　　前一段时间，有一次偶然的机会，我去宁波图书馆天一讲坛听我国著名"行吟诗人"雷平阳老师讲课时，从相约的一位新浦文友章兴孟先生那里获得一本《海地》期刊，阅读之后的确不过瘾，但也有为该刊投稿的想法，便打起了曾在慈溪市委党校由慈溪统战部、暂住人口服务管理局两部门组织、举办的"慈溪市和谐促进联合会专职副会长"培训班上给我们讲过法律讲座的、《海地》编辑部总编杜松根老师的电话，问起我们可以不可以为贵刊投稿，也盼有更多的机会阅读。没想到几天后杜松根老师一下子给我寄来了一至五期的《海地》期刊，让我实在为之感激，不由得让我对《海地》阅读起来，同时也增加了对《海地》所刊载的小说、散文、诗歌等有更多的学习机会，能更好地提升自己写作水平。

《海地》是慈溪文艺家联合会新浦分会的文学期刊，自2013年创刊以来至今年上半年刚好第五期，设有卷首语和"文化热点""小说故事""散文随笔""戏曲诗歌""人生纪实""幸福家园""唐涂宋地""文化集锦""杂感评论"以及"葡萄园""书画摄影"等12个栏目、版块，是涵盖了文学、艺术、书法、绘画、剪纸、泥塑等多门类于一身的文化载体，《海地》的诞生是新浦乃至慈溪文学艺术家的福祉、文学上的沃土，精神上的家园。更是惠及和培育新浦文学爱好者、学生、新人的摇篮。

《海地》出版发行，让我感到慈溪在创建和打造文化强市过程中，她是绽放在唐涂宋地上一朵绚丽之花，她将以无穷的魅力和动力助推新浦的文化全面发展向前迈进的步伐。

如拜读张广先生的《新慈溪人的"工作梦"》，道出了第二代新慈溪人在第二故乡上创业、工作、生活、学习的不易和艰辛，让读者无不为这位年轻的能吃苦耐劳却有才华、学识、上进的新一代农民工兄弟生出敬仰。

随后在拜读到阮万国老师的作品《箍桶师傅》之后，为这种"三年学徒、三年半庄，三年立户"的箍桶行当，早已被当下的金属或塑料制品所替代之后，人们现已很难再见到这种谋生的行当而惋惜，侧面地说明了社会在进步、生活在改善。

诸如阮万国老师的《弹花匠》《修船匠》《结鸡》等多篇文章里，纯属于作者原生态写作，阮万国老师不惜笔墨，都能详尽地再现了当时的生活场景、工作时诸多细节，给读者有一种身临其境现场之感觉。从这些文字里，可以看到作者阮万国老师又再一次呈现给读者是先人或祖辈甚至是自己童年稍纵即逝的记忆及生活片断，更是三北人民生活的往日生活的影像，体现了三北人民勤劳和集体智慧，他们用自己双手创造财富，建设美好的家园，世代相传、繁衍生息。

发表在"幸福家园"一栏内的杜松根老师的《我的快乐我的书》一文，彰显了书是人类成才的阶梯，这才有了像杜松根老师那样"胸有诗书气自华"的品格、出口成章的才华和运用自如的知识视野，从他的"爱书、借书、读书、讲书、用书、藏书"的不平凡经历中收获人生，增添无尽的精神食粮更让他受用终生，那种学以致用、"衣带渐宽终不悔"的精神，和他的这种不断学习、求知的境界，值得多少人为之敬佩和向他学习，读者也一定会受到启发，从书中分享读书的乐趣，增添多读书、读好书的心情，积极投身到知识改变命运中去。这也许凡读过此文的朋友都会有同样的收获吧！

一篇又一篇美文佳作，让我在阅读中爱不释手，如陈冠锋老师的游记散文《千年古村金冠行》，顺着陈老师文字旅行，就可以体验到在白族"长三间"里，体味到与此 3000 公里之外的丽江格调。晓妮老师笔下，又可以读到《一生一世的缘分》，会对"好人就有好梦"爱情送去甜美的祝福！罗同岳老师的《巧女独揽晦气事，锦旗偏送制假人》一文，让你会领悟到"世事混乱理不清，真真假假须小心。莫图小利得平安，贪图小利害自身"的做人之道。90 后网络作家、慈溪文坛一匹"黑马"周帅帅长篇小说《剑破神族》以独特的笔锋、奇特的构思冲进了中国武侠小说大门，他成为一位有潜力、有实力不可多得的才华初露的新锐作家，他的作品一定会像他的人和他的名字一样，帅气，有魅力！这里还有我认识和敬佩的胡新孟老师的小说，每一篇都成为我的必读作品。

总之，能有机会阅读《海地》文学，从作家老师们的字里行间聆听他（她）们心声，向那些作家、诗人老师们学习已让我万分荣幸。值此让我特别感谢只见一面的却一直敬仰的慈溪籍知名作家、艺术家杜松根老师的赠刊。

良好的开端是成功的一半，一本装帧精良、设计美观、有声有色、图文并茂的镇级文学期刊，却拥有像大书法家戚天法老师等这样名家、名人、艺术家、作家们的共同关注和《海地》编辑团队及地方领导共同关爱与呵护，我想《海地》文学期刊，一定会相伴更多的文学爱好者一起成长、走向辉煌、星耀文坛！

纸上乡愁

　　两天前就接到慈溪文联的短信通知，2015 年 12 月 6 日在慈溪大酒店举办慈溪作家阮万国先生散文集《盐霜》品读会，作为上林书社社员的我有幸前往。

　　阮万国先生是慈溪籍优秀的作家之一，作品先后发表在《十月》《联谊报》《宁波晚报》等国内多家官方报纸和杂志上。他每年在报纸上发表作品数量很多，他的勤奋的确是我们这些文学爱好者学习的榜样。正是这种榜样的作用，才成为我的写作动力和源泉。

　　这位集史料、家谱、文学于一身的慈溪籍作家，他多年来一直辛勤笔耕，坚持不辍，作为海的儿子、盐民的后代在三北这片神奇的唐滩宋涂之上，聆听大海的歌唱，与杭州湾的时高时低、时远时近的涛声对歌。从先民和前辈的足迹里、让地方的传统文化、时代的文明、文化底蕴得以记录、升华、提炼、挖掘出更多的生活和时代的元素。他用自己所见所闻所历，通过吸收，提纯、以原生态、纯乡土化进行写作，再现、传承、回放了三北人民及盐民们的生活场景，该书相当于三北一部生活教材版本。它贴近生活、贴近民生，把那些已渐行渐远的快要走到人们忘记边缘的往事、工艺、民俗、民风、方言，又一次铭刻在岁月中。

拜读阮万国老师的作品《盐霜》，正如该书开篇由慈溪作协主席方柏令老师所写的序文中提到的那样："《盐霜》是一次钩沉，会引发一场回忆的热潮，对于后来者是一笔留存，会引起一些追问、好奇或者疑惑。对于游子，是一份慰藉，可以用来安放乡愁。"的确成为当下人们慰藉心灵，安放乡愁的载体，《盐霜》也将成为地方一所没有围墙的博物馆。

如在《押囤窠》一文里，对囤窠的制作过程，刻画得很详细，彰显了三北先民们利用智慧与冬天对抗，为婴幼儿创造出温暖的抗寒工具。当读到《蟹籪》一文时，让我们不得不领悟到慈溪的先民们为了生存，在靠海吃海的日子里，"渔民们选择了在江河或浅滩、河面较小的地段设置一道道竹栅篱的拦河坝，把竹篱的两端盘绕成'S'字形，让来回的螃蟹旋入蟹籪笼罩里，悉数被捉"。

人们现已很难再见到这种谋生的行当，但《篾匠师傅》一文中，阮万国老师这样写道：有成就的篾匠师要经过多年的苦练之后才能独立作业，才能掌握"把竹子劈成竹丝或剖成竹片，再经过砍、锯、切、剖、拉、撬、编、削、磨等好几道工序编织成竹具用品"。还有"竹青、头黄、二黄，最里层不能做篾白，只能作柴火了，如果要制作篝、遮头、篝笼、篾席、板篮、鞋埭盘之类用品，都需要把毛竹剖成篾片才能加工"。这些传统的手工艺在加工物件时，耗时耗力较多，除了现在还有竹筷、竹椅没有淡出人们的视线，其他的工艺品也已渐行渐远。

诸如在第三章里，《缸灶》《织布》《打柴绳》等多篇文章里，纯属于作者原生态写作，阮万国老师不惜笔墨，都能详尽地再现了当时的生活场景、工作时诸多细节，给读者有一种身临其境的现场之感觉。从这些文字里，可以看到作者阮万国老师，身为从政多年的地方父母官，却更深入和扎根基层，时时把普通老百姓的生活熟稔于心，深烙印在记忆里，才成就了他的今天的《盐霜》的大作，又再一次呈现给读者是先人或祖辈或者是童年稍纵即逝的记忆及生活片断。

《盐霜》的结集出版发行，是三北人民生活的缩影，体现了三北人民勤劳和集体智慧，他们用自己双手创造财富，建设美好的家园，世代相传、繁衍生息。

通过对阮万国先生的《盐霜》的阅读，作为在慈的外来工中一名文学爱好者，又可以为进一步了解慈溪、阅读慈溪、融入慈溪的找到了另一新的载体。也更加对慈溪这片有着悠久文化底蕴的厚土，有着移民文化、围垦文化、青瓷文化、人才辈出的三北大地，产生一种莫名的敬畏！

情系厚土

　　幸福对每个人而言都是上帝赐予的，在父母身边的所有日子更是尤为珍贵！

　　在人生的旅程中，幸福这个美丽的字眼都会给人以精神上的慰藉，就像我所读到的已辞世慈溪籍作家陈墨老师的《敬畏厚土》中的《门柱上的刀痕》《童心岸柳》《小方桌上那盏油灯》等很多的章节中都能从作者的字里行间中品读到那种幸福的滋味。

　　我的陋室里自制的写字台上面摆放着几年间所读过的一些书，但有一本是我的一位挚友转赠给我的由慈溪籍很有影响力一位作家陈墨老师所著的《敬畏厚土》的精装本，因为在书的扉页上有作者赠给我所在公司董事长徐万群先生的亲笔签名，值此，深感得来之不易和它的自身价值，让我视若珍宝，读起来自然就有另一种情感并存，更多的是对这位未曾相识的陈老师的敬慕。

　　在品读到《门柱上的刀痕》一文，徜徉在作者的情感世界里，在人家屋外放炮仗，阿拉屋里掼破鬏的一贫如洗的童年：
"母亲叫我脱下鞋让我站在门槛上，挺直身板，两眼平视，后脑
勺抵着门柱，由她用竹尺压平了我的头发，沿着竹尺固定的高
度，她用剪刀口在门柱上刻下一道新的刀痕，然后她用竹尺量出
去年刻下的旧刀痕与刚刚刻下的新刀痕之间的距离。当她看我又
长高了，母亲便笑眯眯地告诉病榻上的父亲。此时，父亲的双眼
里闪动着亮晶晶的光点，露出我极难见到的欣喜的神色。"在这
样的字里行间，在母亲的期盼中，我们的成长带给了病榻上的父
亲多么大的慰藉啊！在有母爱的年少时光，能看到那一刻，母亲
因兄妹们长高带给她的慰藉的笑容里，让作者感受到了极大的
幸福。

　　每读到此处，都会给我更多的感触。在作者父亲逝世后的日
子里，母亲含辛茹苦地拉扯着几个不懂事的孩子。在那物质匮
乏、贫病交加的家庭里，穷人的孩子早当家哪，每一粒米饭中，
都能让我读到作者的感恩之情。那一刻，作为母亲多么盼望自己
的孩子早日长大，一个个都是她老人家的一种寄托，更多的是对
儿女们的期盼，希望儿女们能通过自己的智慧改变眼下的困境，
每一个刀痕都是母亲望子成龙和望眼欲穿的向往，每一个文字都
仿佛是温暖的思绪，从这样的字里行间我感动着，那种无私的母
爱所带来的是作者那挥之不去的幸福时光。

　　在读到《小方桌上那盏油灯》一文时，母亲在打棕绳与作者
写字时共用一个灯盏，在那微弱的油灯下，"母亲"为了让我有
更多的光亮，更好地完成作业，"母亲"两次让灯之举，让我从

慈母的大爱中，品读到的却是更多无言的爱，有了这种爱让作者终生都能在那油灯引领下得到释怀。他们不正是用这种方式哺育和关怀着孩子们的每一天，这就是作者童年时代在严父慈母的大爱中成长，有道是"愤怒出诗人，苦痛熬文章"，正因如此才有了拜读陈墨老师大作的机会，在陈墨老师的文字间畅游，精神上怎能不得到一种寄托呢！

对作者的童年来说，每一天都值得去珍藏，生活在物质极度匮乏年代的母亲，终因父亲去世，为让无知而又年幼的孩子生存下去不得不带着孩子又改嫁他乡。幸福对作者来说，在父母相伴的所有的日子和自己所亲历的事情中都是一种赐予，幸福在《父亲的纸风扇》一文中，能伴父亲在理发之际听着父亲讲述三皇五帝、三国水浒、梁祝、白蛇传等一些民间传说及故事，足以让作者在帮着父亲做事的时光中收获了更多的快乐和幸福啊！

《童年的夜饭市》，夜饭市承载了多少代乡邻之间的和谐，只看那一张张小方桌、小圆桌及竹椅板凳，还有碗盏叮咚声。江南的小镇那个夜市啊！作者童年就在这样的氛围中开始它的饭局盛典。能使我怦然心动的还在于夜市上所体现的那种温馨，那种人际间的融洽，那种让我至今难以忘怀的内涵。

《珍藏昨天》，与女儿之间的高谈阔论和夫妻之间的调侃如"打稻谷师傅的手劲，甩手掌柜的口劲""千金难买自中意"等夫妻之间那种恩爱有加、其乐融融的亲情与幸福无时不在作者的脸上飞扬。

《最心动那回眸一瞥》等多篇文章都在街坊四邻的和谐与关

爱中，家的温馨中度过，在作者的人生旅程中，带来了很多的慰藉与感悟，让他在家庭和社会中感到了人世间有金钱无法买到的友情和亲情。有道是逆境出人才，陈老师一路走来，他饱尝了人间的坎坷与艰辛，他经历过的人生每一次磨难，都是一次收获。

正是如此，在拜读陈墨老师的《敬畏厚土》一书之后，不只是在文学上和精神上的收获，更重要的是有了这样的人生，才能珍藏着所拥有的那一次次的回眸中所带来的一次次的感动。在散文、随笔的字里行间都珍藏着陈墨老师温馨的回忆和稍纵即逝却又挥之不去的幸福！

作为读者，能分享到慈溪籍作家陈墨老师笔下这种珍藏的幸福就是一种荣幸！

结缘诗歌

作为一名文学爱好者，与中国诗歌报微信平台结缘，时间虽短，但缘分很深。自从有了微信，看到了诗友在各个诗歌平台上发稿，将自己的梦想借平台的翅膀放飞在文学天空，这是自我价值的展现，我便顺藤摸瓜，找到了让我心仪的"中国诗歌报"微信平台，看到平台上定期推出诗友的临屏诗便跟着写，然后贴在平台的留言处，每次竟然都给发上去了！如此重复几次之后，便一下子拉近了我与诗的距离，从而便钟情中诗报了。

其实"中诗报"对我来说也并不陌生，几年前就通过新浪博客进入中诗报新浪博客，并成了贵博一名读者和好友。也正是有了给文学爱好者提供学习、交流、沟通平台的中国诗歌报，越发成了我对诗歌爱好和追求的源泉和动力。

贵平台的一则"第二届改稿班招生"的通知发布以后，我就毫不犹豫地报了名。自成了贵平台第二届改稿班成员以来，主编海底月老师、编辑吴齐圣老师、王红霞老师、蓝雪老师等各位老师们都在自己工作比较繁忙的情况下，能对所请教的拙作予以斧正和不吝赐教，都给我留下难以忘怀的记忆！在这里异乡客栈向您们表示诚挚的谢意！

作为中国诗歌报第二届改稿学员，有以下几种主要特色办班方式，让每名学员深感自豪。

定期举办诗赛，激发学员创作激情，中诗报在学习班上能通过定期举办小诗竞赛的形式，拓展学员的创作激情和思路，调动学员写作积极性，写临屏诗成了同学们必修课，增加了同学们练笔和多写诗、写好诗的机会。

请老师以诗论诗，给学员把脉。中诗报能就学员的临屏诗，请蓝雪老师及时进行诸人诸诗讲评，启发学员创作的同时，及时给学员把脉，对号入座，对症下药，取长补短，找出不足，教会了学员在以后写作中进行有的放矢创作的本领和技巧。

让学员进行对临屏诗精华版诗歌的挑选，本身就是对学员的信任，让学员可以体验和充分认识、掌握和体验诗歌创作的不易。更主要的是通过学员自己选精品，给学员提供一个全面赏诗、读诗和当编辑的机会，从而开阔了学员的视野、空间、启迪和悟性，让自己从甄选出来好的作品中，更好去领悟和掌握诗中意象跳跃、空间的转换和诗头、诗中、诗尾的布局与全诗的起、承、转、合所带来的美感和效果。

中诗报对第二届学习班，在定期请老师给学员指导作业、进行临屏诗赛的同时，还定时、定期从同学们同题诗歌原创作品中选出的优秀作品给予推荐到相关报刊等纸质刊物，让同学们有了见报的机会，提高同学们的写作激情和信心，这是对学员创作的一种最大的鼓励！

在学习中，我们是靠诗结缘、相聚，在这个新的大家庭里，有中诗报这个让我们天天向上的诗歌平台，有多位老师们的爱心相助，加上别具一格的办学方法，与时俱进、不断进取、敢于创新的办学理念，成为我们来自全国各地的学员心灵上的家园，我相信，这里就有我们需要的阳光和沃土，我们因有中诗报而骄傲！

在这辞旧迎新之际，作为一名改稿班的学员，衷心祝愿"中国诗歌报"在以后的日子里越办越好，越走路越宽，让我们共同携起手来，在新春的第一缕阳光的引领下朝着文学朝圣大道阔步前行！

更祝福第二届改稿班的老师、诗友、同学们，在雄鸡高唱的2015年里，我们用手中的笔，在中诗报的沃土上，耕耘着我们的追求和梦想。

在新的一年里，有中诗报赐予我们一双无形的翅膀，在人生的蓝天下一定会飞得更高更远！祝愿中诗报的各位老师、各位同学、各位诗友新春吉祥、人寿笔丰！

编辑来信

　　今天晚上，一登上 QQ，邮箱里突然跳出了童银舫老师写给我的信，打开一看竟然是童老师告诉我"2013 年《浙东》秋季号上发表了我的《四季花语》组诗，并且上了三个多版面。"

　　我一看到这个消息，自然是欣喜若狂，好久没有在《浙东》上发表了，这个结果大大地出乎一名文学爱好者的意料，在投稿时也只是抱着侥幸的心理发了一组，一直对刊物的质量要求把关特别严格的《浙东》季刊来说，上稿的确是难的。更何况作为一名来慈的文学爱好者呢?

　　在我第一次投稿时，因为没有经过精心的编辑就草率地把稿子发了过去。可是被童老师因"您没使用 word 格式编辑过"这个原因而退稿，并提出"要注意标题、正文的字号、字体、行距、空格等，尽可能按标准进行文档的处理，否则，会给编辑带来一定的麻烦，也容易会造成一些不必要的差错"之类要求。

接到《浙东》的退稿后，不得不重新整理已发过的稿件，也不得不改掉从前那种未经自己编辑处理就把稿子草率地发出去的现象。那时，确实都是抱着侥幸的心理，如果刊用那就是运气好，不用那就算了，又不能找编辑老师什么麻烦。带着投稿的多发表的少这种心理，反正编辑老师也不一定能选上我的作品。

在我把原稿再一次整理后又一次重新发给《浙东》编辑童老师的邮箱时，原本只想能在自己梦寐以求的慈溪文联的期刊《浙东》上发表三两首也就不错了，或者说也算是编辑老师看在投稿的积极性较高给予作者鼓励的分上选用两首吧了，更何况自己也并不是当地知名度很高的作者，充其量也只能算是一名文学爱好者吧，再者说，在慈溪这个人杰地灵，文化底蕴特别深厚的城市，诗人、作家特别多，仅以九叶诗人、翻译家袁可嘉先生为慈溪前辈名人就已星耀中华大地，更何况是当下以余秋雨、冯冀才等为代表的当今文坛上大咖数不胜数。

而我自知诗作也没有在官方期刊上发表过更没有获得什么大奖。在一般的编辑老师的眼里可能不会去看，在我的心中也会想到无论发表多与少总比不发表要好吧。意外的是能在这期的刊物上一下给发十几首，的确是给我这样一名文学爱好者十足的鼓励，足够的信心和力量。童老师这份至诚、挚爱的回信无不体现了伯乐那种胸怀、风范、厚爱和大度。让我感触和亲历了童老师的那种赐予和真诚，那是点亮了文学朝圣之路上灯塔，给我信心和动力，让我继续努力不骄不傲、勇往直前、不懈追求并以更的标准要求自己，在以后的人生中要时时铭记恩师的教诲，做一名不辜负恩师的写作者。

正如童老师说的那样："当创作到了一定的数量和水准时，要突破'瓶颈'，也就是说，要有所超越，要从更高的标准来要求自己，不要仅仅满足发表欲这种错误的想法。发表了也不一定是佳作、名作，未发表也未必是不好。只是有没有编辑对你的作品认可。否则，就难以有创作上的飞跃。"并且说对自己满意的稿子要经过多修改，大胆地向《文学港》《西湖》《人民文学》《诗刊》等那些大型刊物进军。这样才不至于老是在同一个刊物上发表，思路和视野受到局限性，很难提高自己的写作水平。还会形成"写作多年，作品也不少，但有影响力和震撼力的文章和诗歌很少，有的甚至越写越糟，问题就出在自己身上"等等诸多不良后果。直至"现在网络上有海量的所谓作品，大多数被人视为文字垃圾，这是中国当代文学的一种悲哀"的命运。

在童老师的信中还提到"作为一个作家，就得有责任，有担当，有理想，有拾级而上的勇气"。这也是在关心和支持我的恩师之中第一次对我提出这样的要求，道出了一名慈溪籍作家对来自异乡的文学爱好者的关怀和期望。

因为我向慈溪文联期刊《浙东》投稿，原因之一是有每期文联向每一位会员曾寄刊物，还有一个就是前年我有幸参加了市作协组织去浙江海宁采风，在路上，慈溪文联前任秘书长胡遐老师在发给我们每一位会员分组表时，当时胡遐老师就说到向慈溪文联期刊《浙东》投稿的邮箱，也就是童老师的邮箱，当时只因明知自己的写作水平与多年向往的《浙东》季刊发表水准还有一段距离，自然也就没有勇气朝我那时早已知道的投稿邮箱投去一个文字。

自去年，拙作《桐花情愫》被慈溪文学网的版主、慈溪作协主席方柏令先生向《浙东》荐稿并给予刊用之后，才让我燃起了向《浙东》投稿的信心。这次，我才有信心和勇气按着我记得最熟的童老师的邮箱发过去，竟然给用了十几首。这的确让我感动，在慈溪的初秋之夜，像在我的梦乡里点起的火把，照亮了我的寻梦之路。

童老师，感谢您的赐教和斧正。我一定再接再厉，做一名用行动来证明自己的人，做一名可经得起时间过滤的人！

附：慈溪籍作家童银舫老师给文学爱好者侯范才的信

侯范才先生：

国庆前，《浙东》秋季号已付印，本期发表了您的组诗《四季花语》，有三个多版面，但还是删了几首，因为有几首您写的并非花，而是树木。

您近来创作上非常努力，作品数量明显激增，质量也提高很快，令人兴奋，在此谨向您表示祝贺！

您来慈溪工作已多年，已经对这块土地产生了感情，这在您的作品中有了充分的反映。生活是创作的源泉，一个对生活没有憧憬，不会感恩的人，很难写出动人的文字。当创作到了一定的数量和水准时，要突破"瓶颈"，也就是说，要有所超越，要从更高的标准来要求自己，不要仅仅满足发表欲，否则，就难以有创作上的飞跃。我的许多文友（其实也包括我自己），写作多年，作品也不少，但有影响力和震撼力的很少，有的甚至越写越糟，问题就出在自己身上。现在网络上有海量的所谓作品，大多数被人视为文字垃圾，这是中国当代文学的一种悲哀。当然，有一大部分人，仅仅是为了宣泄自己的情绪，并不想成为一个作家，随便在网上发点什么，只要不触犯法律，别人也不会去理它，随着时间的过滤，这些文字很快会被无情地冲刷得毫无痕迹。但作为一个作家，就得有责任，有担当，有理想，有拾级而上的勇气。

您发给我的稿子，我都保存着，请不要重复投稿。因我记性不是太好，如果重复发了一件作品，就会闹笑话。您在使用 word 格式时，要注意标题、正文的字号、字体、行距、空格等，尽可能按标准进行文档的处理，否则，会给编辑带来一定的麻烦，也容易会造成一些不必要的差错。

余不一一，即请

时安！

童银舫上

2013 年 10 月 5 日

"寒潮"不寒

2016年1月23日，慈溪迎来了入冬以来第一场雪，也就是连日气象部门最关注的"大寒潮"来袭，零下近十摄氏度的气温滴水成冰，这一骤变的确让人感到是慈溪最冷的一天。

上午，还是大雪漫天纷飞，北风狂吹，让人感到北风和飞雪联合的力量。昨天打算今天上午去慈溪文联投稿的，只因上午下雪而搁浅，没有想到雪只下了两个多小时，就停下来了，并开始有太阳出来。

下午一点多，我坐上公交车去了慈溪投稿，因为双休，我也知道文联的杨老师不会上班的，也准备去了以后，把稿子从门缝的地方放进去就好了，等到星期一上班的时候，杨老师会看到这封信的，不巧的是，上次来文联投稿好像记得杨老师是在"512"号间，只因上面写着"腾空"字样，让我不知杨老师搬到哪个办公室啦，让我一下没有了目标，到底送到那个房间呢？我正在左看右看、左找右找的时候，刚好慈溪文联主席方向明老师从楼梯处上来了，我第一时间向方主席打了招呼，他说："范才兄，现在过来有事吗？难得，难得。"边说边和我握手。我说："今天刚好有空，我来书城有事，就顺便把文联的征稿带过来了。"方主席说："到我的办公室坐一会儿吧，外面太冷，风特别大。"方主席把我带到他的办公室，放下手里的提包，转身就去给我泡茶。我说："方主席您不要麻烦，我马上就走了。"方主席说："来了就要坐一会儿，喝杯茶再走吧！"方主席刚沏好茶，又问我道："我们文联最近出的《我们——慈溪文联30年》一书没有吧！"我说："我还没有。"接着方主席又到他的书橱里把《我们——慈溪文联30年》找给我。我说："方主席您给签个名吧！"他说："没有必要吧！"我说："慈溪文联的三十年，自然有方主席您的功劳，还是给我签个吧！"最终方主席的签名："侯兄留念——向明恭署，2016年1月23日，大雪后晴。"终于让我如愿。

然后，他又和我谈论文学创作和工作情况。其实，方向明主席是我最敬仰的领导之一，他一如既往对我关心和抬爱。他也是一直让我视为有品位、有涵养、胸有诗书气自华的领导。为官让我敬仰、视为楷模、榜样；为文，让我尊为良师、胜益友；为朋视为兄弟，知音。

在方向明主席的办公室内，虽然也只有半个小时，使我忘却了室外还是零下近十摄氏度的冬天，暖阳如春，暖流涌动，不只是室外的午阳赐予的温度，还有方向明主席的那份关心的话语、待人的热情与真诚、可亲可敬的微笑。让我真正地感受到这个冬日里无处不在的温暖！

将光迎来

两天前，当我一接到安徽灵璧籍打工诗人蒋光迎先生赠寄的诗集《窗花》以后，随即我就开始阅读起来，他在诗集扉页上写道："乡情，诗意。请范才兄存阅。弟光迎。2011 年春于宿州。"就是这样的赠言，促使着我必须抓紧时间去阅读，这必定是诗人那份对老乡所表达真挚情感。因为在这之前，我已经对这位来自我们故乡灵璧的诗人蒋光迎先生有了一些了解，又通过近期读过他的博客和《窗花》这本诗集，诚如是，让我更有机会进一步地走进他的心灵世界，了解一位身残志坚的打工诗人内心独白和为生活奋斗为诗歌痴迷的坚韧情怀。

通过对《窗花》的阅读让我看到了青年诗人蒋光迎先生那种用文字的形式把内心的真善美向外界流露和倾诉。对诗人来说才能找到属于自己的人生价值，在心灵家园里有一个精神寄托！

那一刻，我对诗人敬佩之情油然而生，正是因为诗人蒋光迎先生有了诗歌做伴，他在人生的道路上才有生活的百倍信心和动力，在打工这样漂泊和居无定所的日子里，他用诗歌记录下了人生中酸甜苦辣。无论走到哪里，诗歌就是他前行的灯塔，在人生之旅中他对诗的忠诚自然是不言而喻啦，那种情怀就像是相伴终生的恋人和旅伴。仿佛只有如此才能把内心深处的隐痛交给在心海里那些荡漾的诗句，才能找到心灵上真正的家园和快乐！诗人在《心灵的驿站》中写道："面对贫瘠的村庄，以及残酷的命运，我常常忧悒地憎恨这个世界，在很长的时间只好躲在诗歌的港湾里，我的心灵驿站，在那里我感到，我那只漂泊的无定的破船，终于有了停泊的码头。"有了诗歌做伴，他的生活就多了一份温暖和阳光，诗歌就是诗人精神上的栖息地。

他的诗歌《村庄深处的隐痛》一诗中写道："清瘦的诗歌正以火焰的方式腾升，在一阕四处传唱的民谣里，我开始自燃。"这就是诗人蒋光迎先生的心灵上的真正出口和他对诗歌的热爱最美好的诠释！

《一头山羊在沟坡啃草》一诗中抒发了对故乡的思念之情，"你梦中低低的喘息的海浪，山羊咩咩——地低唤。一年又一年澎湃着我苍白的颠沛"。从这样的诗句中让我读到了诗人对故乡，对花，对草，对从前所有的所有都装进了诗人的心灵世界，唯一的表达就是他的记忆中那些从前旧时光如清明母爱之类的人和事都洒落到诗人跳跃的诗行里。在后记《缪斯，我远远地仰视你的美丽》一文中写道："一场突如其来的闪电划破了梦里梦外深深浅浅的诗行——我从一首诗里出发，将在另一首诗里抵达——"在这样的诗行里，他要表达对曾经、现在和将来给他帮助的人们，也正是因为有了像孟青禾老师、侯四明老师、李晓江老师等等无私帮助呵护和支持才让这位诗人的梦飞得更高更远。

正是如此，他选择了诗歌，开始用文字与心灵对白，与心灵深处的天空、河流、村庄和村庄以外的庄稼对话，选择了诗歌是诗人心灵上最好的一种倾诉方式。也正是有了诗歌，让他才找到了人生的方向，从那孤独的生活中，找到了一种从未有过的温暖和归属感。为此诗人又扬帆远航，在诗海里驶向人生的寻梦彼岸！

跋

　　散文集《年轮之上》是从魏晋诗人陶渊明先生的"盛年不重来，一日难再晨"诗意而取的书名，在东逝之水、叶落归根的自然规律间，感受到自己早已走过酸甜苦辣的大半生，当回头重望走过的路，才恍然觉得属于自己的时间剩得不多了，时有"冬者岁之余"的人生苦短之感。

　　散文陶冶人的灵魂，都是通过文字形式来表达这个人间的真、善、美及一些令人敬畏的人和事。在励志和哲理之中，借物咏怀。从对故乡的别离愁绪中，找到另一种安身的心灵处所，让第二故乡带来的温暖日子，融合到一本散文集子里，成为受益终身的创作思泉。

　　本书框架清晰，叙事入理，真情实感，结构紧凑，寓思乡怀人之情于叙事之中。《年轮之上》从意境中就拓宽了时间的维度，有纵向和横向的延伸空间感，以张弛有度的形式把人生苦辣酸甜通过这些朴素的文字表达出来，条理清楚，详略得当，给读者传递和流露出一种朴素情感世界。以"形散而神不散"的表达形式来传情达爱。

母题写作与浙江元素。在《印象江南》一卷中共选录 13 篇文章，从不同角度描写了"一川烟雨、满城风絮，梅子黄时雨"的江南之景，对山美水秀的大美江南眷恋之情，每一篇文章中一景一地名都是浙江元素的再现，如吴越、钱塘、西湖、杭州等诸多地名的运用。"慈溪酒厂"旧址，那一片老墙沧桑的肩膀，怎能支撑起那些不倒的岁月。北风吹乱了老街额头上的枯草，冬阳舐舐着老屋头顶的雪霜，被时光安放千年的鸣鹤老街，一直走不出那片旧时光。谁的脚步，带着梦中千年鸣鹤的靓影，把老街点亮。当一个人独自走在千年老街之上，时光正从那些走过的旧石板上老去，留下些许的苍凉之美，也呈现出诗意画面。

正是在三十多年打工的日子里，总想把这些笨拙的文字作为自己漂泊的见证，每一根白发都在时时提醒自己"及时当勉励，岁月不待人"。多么想在自律中一步步缩短行万里路的差距，风雨艰程地走过了大半生，从多年来的积累下来的文字中俯拾江南这些山清水秀的美景，从字里行间，道出了对江南的一草一木一砖一瓦的爱恋，通过以"江南"母题创作，抒发自己的情感世界，以漂泊者的心情起落之处着笔，勾画心旅版图，正因为有了这种人生，才有了文字里的乡愁和异乡的落寞与孤独，从而又在文字间寻找精神支点和慰藉，让亲情乡情都在这些散文里得到倾诉和精神寄托。

借物抒怀，以情为链。在《纸上故乡》一卷中共 22 篇散文，以情感为纽带，人生为链。以故乡的白杨树、槐花、老井、芦花、石磨、蝉鸣等作为意象，去找寻那些被岁月带丢的日子，让亲情在字里行间生辉，"二月二在我们的家乡，年前所买的菜啊肉啦，蒸的年馍、年糕、肉丸子啦等，除了在年这个和谐共享的节日之外，剩下的就会放在一种用柳条编制的叫作憋死猫的菜篓子里，准备着节后婆媳的两辈娘家人来接，欢欢喜喜地招待和送走他们之后，再用来招待其他客人，直到这些该来该去的以外，余下的都要留到二月二这天来吃"。这些朴实的语言中，交给读者的是一种民风民俗，这也是我对故乡眷恋的主要因素吧。因为我是故乡的孩子，视故乡一草一木都是我的亲人。

感恩组章、情寄故乡。在故乡的母题中，"在季节的窗口，一株株代子行孝的芦花又白了，是它又把我带进那个以芦花取暖的时代。我的外婆、大奶奶、三奶及我的母亲相继离我而远去，可是她们的爱仍留在我童年温暖的记忆里"。我的大奶奶告诉我，"你的姥姥已不行了，你的母亲去看你的姥姥了！"听到后，我的心中一凉，一直关心我的姥姥怎么会走得这样快呢？我多么想看上我的外婆一面啊！我就借来了我叔叔的一辆自行车，利用中午的时间去看了外婆，当我赶到外婆家的时候，就听到我母亲、舅舅他们的哭声，当那一张草纸盖住外婆别离后的遗容时，我的泪在为我慈祥的外婆而落下。另在《怀念外婆》一文中，对童年的时光有着牵恋和不舍，语言朴实，情感丰富，抓取生活中的细节，为"爱"这一不变的永恒主题服务，彰显外婆的仁慈与大爱。

以文为师，励志前行。在《诗巧人慧》一文中，诗人张巧慧在她的《与大江书》中仅对水文化的篇章就多达十五首，意象来自她的故乡的江河湖海，这成为诗人新作《与大江书》中的最大特色。如"对一条江的描述，总是意犹未尽/有的爱，有时候爱恨交加……"有师友的榜样作用，自己才不会在漂泊的旅途中迷失自己，不会迷茫才有自己的远方。

以文字的形式畅谈人生。"草木枯荣归万象，人生皆在转轮中。"在枯燥的打工生活中，有了一种精神寄托。在跋涉的旅途中以情感为纽带，把自己的酸甜苦辣用文字的形式诠释出来，滋养孤独中的艰辛步履，在文字间仿佛找到属于自己的方向。

后　记

　　随着岁月的流逝，人生就在这不经意间变得越来越轻，变白的发丝上，一天天被涂上生活的底色，让自己在"花有重开日，人无再少年"的时光飞逝中找到属于自己的位置和人生价值，跟着年轮走着走着只剩下一个个让人回味的碎片，正是这些偶拾得来的朴实文字，渐渐成为我的知己，更是成为潦草的前半生的见证者。

　　在母题"江南"的字里行间，作为一名文学爱好者，身置这个人文底蕴悠久、人杰地灵的江南水乡，深深对这片千年厚土无比仰慕和敬畏，从这片沃土上汲取了更多的文学养分，从先贤辈出的慈溪、宁波及浙江，在这拥有着七千年河姆渡文明的神奇大地上，二十七八年时光里，我无时不在饱受着吴越文化中那些风土民情的洗礼和浸润，在一天天远去的时光里播种着希望。

　　另一个母题就是"故乡"，故乡早已不是真正意义上的家园啦，童年时光也都在渐渐空旷的村庄里，变得越来越少，只剩下捉襟见肘的儿时记忆，还有那些萦绕在耳畔的蝉鸣。

在漂泊的途上，只有朝着自己的方向努力前进的人，才有希望到达属于自己的彼岸，一路上定会遇到很多的坎坷和挫折。但只要有文字为伴，放下该放下的东西轻装前行，还有什么不可原谅，只要始终抱定"绳锯木断水滴石穿"的信念，面对未来一切都会一笑而过，就会有与世界融合之期，一切定会所达。

人生再多的痛苦只是一场人间的烟雨，风雨过后必见彩虹。在人生的长河里所有的苦疼也只是阵痛而已，只有不忘初心定会方得始终。在理想信念的感应下，常对生活怀有感恩之心，在卑微中振作，在困境中雄起，才会不负韶华继续向前，与时光一起在年轮之上共同奔跑。希望之灯常明，人生就不会迷路。

在《年轮之上》即将付梓之际，特感谢慈溪文联历届领导的栽培和支持，更感谢浙江省散文家协会会长陆春祥老师、慈溪籍作家方向明老师、峻毅老师及华裕集团董事长徐万群先生的厚爱和关怀。一路走来，感恩有您。

风起江南·第五辑·

陆春祥／主编

鸟兽为邻

赵玉龙——著

文匯出版社

图书在版编目(CIP)数据

鸟兽为邻 / 赵玉龙著. —上海:文汇出版社,
2022.9
(风起江南 / 陆春祥主编. 第五辑)
ISBN 978-7-5496-3879-6

Ⅰ.①鸟… Ⅱ.①赵… Ⅲ.①散文集–中国–当代
Ⅳ.①I267

中国版本图书馆 CIP 数据核字(2022)第 167898 号

鸟兽为邻

著 者 / 赵玉龙
责任编辑 / 熊 勇
装帧设计 / 书香力扬

出版发行 / 文匯出版社
上海市威海路 755 号
(邮政编码 200041)
经 销 / 全国新华书店
印刷装订 / 成都兴怡包装装潢有限公司
版 次 / 2022 年 9 月第 1 版
印 次 / 2023 年 1 月第 1 次印刷
开 本 / 880×1230 1/32
字 数 / 835 千
印 张 / 42

ISBN 978-7-5496-3879-6
定 价 / 195.00 元(全五册)

尽力猛扑而朗朗仓仓

陆春祥

1

西湖孤山南麓，有三忠祠，奉祀袁昶、许景澄、徐用仪三人。袁昶（1846—1900）为桐庐人，我的老乡，他殿试二甲，官至三品，庚子事变，力谏朝廷不可纵容义和团滥杀洋人与外国开衅而遇害。袁昶诗文、书法、藏书、刊印、西学等，诸业皆有突出成就。

辛丑春节，我一直在读袁昶的日记。袁的日记，持续时间长，从同治丁卯六年（1867）三月开始写，从无中辍，一直到被害前。他的日记还不是一般的记事，侧重在求知问学、克己慎思上，目的就是迁善改过。

看一则"癸酉正月"：

癸酉元日帖子。元日书红云，癸为揆度，酉象闭门。士君子必有闭关千日，研几极深之思，而后有揆度庶务，洞若观火之量。静存仁也，动察智也。

这一年是同治十二年（1873），鸡年春节，袁昶27岁。一个甲子后的鸡年，我父亲出生。袁昶逝后，一个甲子零一年，我也

出生了。这样看来，袁昶其实离我很近。不过，年轻人袁昶，思想已经成熟，他虽三十岁中进士，却早已饱读诗书，有着自己独立的见识。

他解释"癸酉"，别有见地。

"癸为揆度"，就是估计现实情况。为什么他关注现实，从他的经历可以看出，他时刻将读书人的目的与责任和现实紧密相连，虽是保皇派，但在处理义和团滥杀洋人的事件上，眼光却远大，做事不能只顾情绪不计后果，虽被杀，不数日遂昭雪，谥"忠节"。"酉象闭门"，这是从字形上说酉字。闭门干什么？你若要有对事情洞若观火的眼光，则必须闭关千日，将冷板凳坐穿，如此才会形成自己别样的眼光，处理好各种政务。袁昶曾任江宁布政使、光禄寺卿、太常寺卿等，在各个岗位都有建树，芜湖还建有"袁太常祠"纪念他。

静存仁，动察智。胸中有仁义，决事才有智慧。这不是一个死守书斋不知变通的读书人，他将所学与现实、读书与修身、思考与反省紧密结合。

写完那则"癸酉正月"，已经过去整整一年。

又一个年三十夜，袁昶吃过年夜饭，往桐庐城里闲逛。桐君山上祈福的钟声不时撞耳，富春江两岸的爆竹尖叫着频频蹿向空中，街上行人已经开始聚集，小儿成群追着叫着倏忽跑过。袁昶抬头望星空，但见北斗星的斗柄已经指向东方，他内心里不断感叹，还有几个时辰，旧的一年转瞬即过，混混与世相处，隼起鹘落，如弹指一刹那，而自己却学业未精，德行也没有进步，真让人惶恐啊。

严格自律的袁昶，每日三省己身，袁昶日记中，他悟出的人

生格言，多得让我双眼停不下来，仅以甲戌年（1874）摘要举例：

人惟无欲，始能刚耳，有欲恶能刚。耐坚苦者，始能进德耳，耽安佚者，则丧德矣。（甲戌正月）

不作无益之事，不道无益之言，不损无益之神，不发无益之虑。

心无二用，自今后作一事竟，再作一事，则心体不疲。（甲戌二月）

抄录七十二岁的黄元同《求是斋记》句：天假我一日，即读一日之书，以求其是；《畏轩记》句：读经而不治心，犹将百万之兵而自乱之。（甲戌六月）

抄录《孙思邈方书》句：口中言少，心中事少，腹中食少，自然睡少，依此四少，神仙诀了。（甲戌七月）

境遇耐得一天是一天，学问长得一天是一天，精神养得一天是一天，嗜欲淡得一天是一天。（甲戌九月）

尽力猛扑，将七阁、四库、三藏、九流、二氏，朗朗仓仓，一齐装满布袋肚子内，此师南皮之法也。（同上）

不见己之善，惟见人之善。不见己之善，故所诣日进，惟见人之善，故无怨于世。（甲戌十二月）

特别喜欢"尽力猛扑"这一句，活画其读书信念与志气。

袁昶要扑向什么？四库、七阁，指清代收藏《四库全书》的七座藏书楼总称；九流，乃秦至汉初的九大学术流派；二氏，佛道两家。南皮，借代籍贯为南皮以张之洞为创始人的学派，该派以汉学、旧学为体，以西学、新学为用。袁昶的阅读，如牛饮，如鲸吸。如此写下阅读的贪念，他暗自笑起，耳边似乎突然响起

《双射雁》中穆桂英的唱词："那绣绒宝刀仓仓朗朗朗朗仓仓放光明啊"。嗯，猛扑，唯有尽力猛扑，胸中才会有光明一片啊！

尽力猛扑而朗朗仓仓，越读越有趣，宛如袁昶就站在清丽丽的富春江边，沐着五月的微风，张开双臂，身子前倾，跟我摆那个猛扑的动作。

2

劲风又绿江南。

风起江南散文系列第二季即将面世。

通读书稿，满心欢喜，文丛的作家们也如袁昶先生一样"尽力猛扑"，他（她）们如饥似渴地扑向经典，努力汲取营养；他（她）们倾力扑向大地，扑向生长养育又骨肉相连的故土，尽情撷取自然的芬芳。他（她），身姿矫健，一路奔跑着穿过光阴，且行且歌。

陈思义的《顾名思义》，山岗峰岩岭，江海河浦溪，城镇街路巷，历史，地理，人物，事件，语言，经济，民族，社会，乡土，风水，作者以一种特殊的文化现象——地名为题，立足瑞安，放眼温州，东西南北中，细细深探究。语言朴素平实，勾连中西古今，刨根追底，饶有趣味。

赵玉龙的《鸟兽为邻》，村中老屋与往事、树与古井，一帧旧照片、路边的一个镜头，放蜂人、鸭司令、守林人，白花海棠、仙鹤草、青箸叶，过往与现实，身边与周遭的一切事物都凝练成了令人难忘的意象，叙述流畅，语言节制，时有哲思闪光。

金洁的《我很笨》，慢品人间烟火色，闲观万事岁月长。与

爱同行，爱是世间最美好的语言。为他人着想，发现更多的善良与美好，让每一个微笑都抵达对方的心灵深处、宇宙的远方。无论平凡与精彩，四季都要轮回。生命如尘，岁月如歌，且行且惜珍。

侯范才的《年轮之上》，悠久厚重的人文底蕴，如诗如画的水乡风景，父亲的微笑，母亲的马提灯，都在作者笔下汩汩流畅。故乡盛开的槐花，第二故乡鸣鹤古镇，大海与诗歌，老井与石磨，彼此交融，相互辉映，都已融入作者的生命深处，交织成曲，咏而归。

戴建东的《星星落进了小河》，质朴而诚挚的叙述，这是对养育自己的故乡作深情回望。昔日乡村虽清贫与困苦，却也不乏真挚与朴素，童年少年虽艰辛与苦涩，却也饱含梦想与痴迷。往事如烟，那些烟都已织成风景；往事如云，那些云也都酿成了甘露。

3

有人仔细统计了《诗经》中的草木虫鱼数量，计有，113 种草，75 种木，39 种鸟，67 种兽，29 种虫，20 种鱼。

我读过诸多关于《诗经》中草木虫鱼的书，不一一例举。一个简单事实是，这些鸟兽草木，只是赋比兴的喻体而已，我们的先人，想象力极其丰富，他们用这些喻体，隐晦曲折表达自己丰沛的情感。

因此，对这样一部博大无比的百科全书，孔老师自然钟爱有加。

孔鲤从对面怯怯走过来，孔老师叫住了儿子：伯鱼呀，你仔细读过《周南》和《召南》没有？

孔鲤就怕老爸问，一脸茫然：爸爸，我没有读过呢？

孔老师感叹：唉！一个人如果不曾仔细读过《周南》与《召南》，就会像面朝墙壁站着的人一样啊！

面壁而立，不是面壁思过，而是说你什么也看不到，哪里都去不了。

《周南》、《召南》都居十五国风之首，内容侧重夫妇相处之道，教育人修身齐家。孔鲤一定听懂了，他已长大成人，老爸这是要他系统学习《诗》呢，否则，怎么能适应这个社会呢？

孔鲤在父亲的课堂上，已经多次听到老爸这样教育他的学生：《诗》三百，一言以蔽之，思无邪（《为政》第二）。这里的关键是"思无邪"，"思"为发语词，"无邪"，没有虚伪造作，都是真情流露。诗三百，用一句话简单概括，就是真情两字。文学作品最需直抒胸意，最怕无病呻吟。这也完全符合我们先人即兴的咏叹，面对残酷的生存现实，恶劣的自然条件，先人们劳力之余，依然手之舞之足之蹈之，自我找乐。

国风，大雅，小雅，周颂，鲁颂，商颂，三百一十一篇，皆为民众心底里喊出，在广漠大地上回响，宫商角徵羽，有时甚至响遍行云。

真诚希望我们的散文作家，对眼前的一切，猛扑吧，尽力猛扑！不虚假，不造作，用心用情善待所有，包括天地间的草木虫鱼鸟兽。朗朗仓仓，仓仓朗朗，听，美妙的旋律，从旷野上、烟波里、花朵中清晰传来。

壬寅桃月
富春庄

6

目录 CONTENTS

第一卷 / 时光留痕

灿烂的夏天 ／ 002

村中往事 ／ 004

第一次出门远行 ／ 007

跟雪有关的记忆 ／ 010

过春节 ／ 013

和外婆一起吃晚餐 ／ 015

家在常绿 ／ 017

老 屋 ／ 023

深处的那些时光 ／ 026

世事一无可知（短章一组） ／ 031

乡村菜摊的变迁 ／ 041

远处的那些风景 ／ 044

第二卷／记忆深处

出边出沿（外几题） ／ 048

春游安顶山 ／ 056

大溪村的下午 ／ 060

回地、羊子和我 ／ 063

火把、手电筒和路灯 ／ 067

距离和风景 ／ 070

路边的一个镜头 ／ 072

我的上海时光 ／ 075

乡居生活 ／ 082

鹰嘴潭探幽 ／ 084

在水果站实习的时光 ／ 088

兆吉坞的春天 ／ 091

坐 车 ／ 095

过骆村翻岭去上官 ／ 098

第三卷 / 鸟兽为邻

繁华最深处 ／ 104

放蜂人和我 ／ 106

鸟兽为邻 ／ 109

领雀嘴鹎 ／ 111

破晓时分 ／ 113

鸭司令 ／ 116

在冬日暖阳中幸福发呆 ／ 119

秋水长天 ／ 122

阿刀和猫 ／ 129

燕子归来 ／ 131

第四卷 / 乡村物语

白花海棠　／　136

草木记　／　137

从冬笋到赶蓬笋　／　148

村里的树　／　151

古　井　／　156

好吃的土豆　／　159

怀念一株槭树　／　161

麻栎树　／　163

南　瓜　／　165

箬叶清香　／　168

瘦蚕豆　／　170

随笔一组　／　172

仙鹤草　／　184

第五卷 / 远方的风

父亲的番薯地 　/　190

孩童梦吉 　/　192

记一帧旧照片 　/　195

母亲五题 　/　198

娘姨婆 　/　210

瘸佬建根 　/　212

守林人先奎 　/　216

外　婆 　/　218

我的邻居长庚 　/　221

第六卷 / 他山之石

诗化语境下的荒诞感小说　/　228

我最大的本领是需要极少　/　233

对爱的肯定和盼望　/　236

逃匿和救赎·心灵拯救之路　/　242

阅读苇岸的日子　/　247

后记：童年与故乡　/　250

灿烂的夏天

村中往事

第一次出门远行

跟雪有关的记忆

过春节

和外婆一起吃晚餐

家在常绿

老屋

深处的那些时光

世事一无可知（短章一组）

乡村菜摊的变迁

远处的那些风景

鸟兽为邻

第 一 卷

Chapter

时光留痕

01

灿烂的夏天

清幽的蝉鸣声打破了山岭的安静，透过斑驳的树影，阳光细细碎碎地洒落下来。我坐在车窗旁，眺望远处山峦的曲线，那黛色的远山层层叠叠，一派蓬勃茂盛。随着车辆在蜿蜒的山路上行驶，那大块大块的阳光在我的书本上流泻着，那么安静，却像音乐一般美丽。它们像是散发着原木的清香，质地淳厚。我无心再去看书，将书本合上。车厢里人们的交谈声让我回到一个熟悉的语境，他们的交谈总是能带给我很多家乡的最新信息，有时候我还能从这样的乡间俚语中听到一种民间智慧，一种豁达的人生态度。我看着这些来来往往穿梭于城乡讨生活的人们，他们身上有一种乐观的向上的生活态度，有时候，我会觉得感动。原来，生活可以这么简单，这么美好。在他们的身上，有一种单纯的快乐，有一种雨水一样的幸福。

车窗外吹进来清凉的风，夹着蝉鸣，像喜悦漫过了我的双肩，让我感到惬意。

两旁的山林茂密，从山上流下来的丰富的雨水让小河变得清澈而活泼。一场大暴雨的来临，让本已枯瘦的河流恢复了往日的丰腴。阳光穿过干净的天空，打在山间茂密的树林中，那些树林中的各色植物散发着浓厚的夏天的味道，一种勃勃的生命呼吸。被雨水滋润的泥土变得松软而富含营养，那些吸水的根毛可以更加自由随意地伸展，拓宽它们生命的疆域。

穿过那长长的隧道，一切变得黑暗，仿佛与世隔绝。里面有呼呼的凉风，吹奏一曲孤独而恬静的山村牧歌。翻过山岭，过隧道，回到家乡，我觉得自己的灵魂好像进行了一次洗涤，因而呼吸也变得顺畅欢快。

雨水充沛的季节，河床变得宽阔迷人。人们在溪滩旁整理一些从上游冲下来的杂物，那些被搁在桥墩下的枯了的竹梢，还有一些被撞破的南瓜，等等。这样，溪滩就干净了许多。走过八字桥的时候，往下看，可以看到清水底的卵石。我忽然想，这应当是我永远热爱的家乡，原本就是，我告诉自己。

回到自己家院子里的时候，我才感到真正的灿烂的夏天已经来临。院子周围都是此起彼伏的虫鸣声，在那一片浓绿中开着演唱会。丝瓜已经在架子上爬得好远，似乎在追寻着它自己的梦想。各色的花卉都健康地生长着，似乎在感激着那些雨水。它们已经不需要我的照顾，它们已经成为院子的一部分，成为夏天的一部分，它们已经彼此融合。

夜晚，我在露台上仰望天空，那漫天的星斗熠熠生辉。这时候，我在世界上最卑微的一个角落里，打量着这个世界。山谷那边吹过来清凉的夜风，树枝沙沙作响，提醒我可以早点入睡。我摇着蒲扇，在黑暗中不断地驱赶蚊子，却久久不愿入睡。

村中往事

我总是想起春节过后的那段日子里，田野中的那些黑湿的泥土中，一日一日渐渐变绿的情景。等和煦的春风吹遍，田野中就是紫云英的天下了。春天就是这般渐渐过渡的。我们这些孩子，在田野中间奔跑着，嬉闹着，头发中都钻出汗水来。这些紫云英的中间，开着一种黄色小花，我后来才知道，这种黄色小花叫作毛茛花，那时候我们跟着村里的大人叫它们"老虎脚板"。我和几个孩子都喜欢摘着这黄色的小花，去给牛皮筋染色。我们若是在哪户人家的田野中这么撒欢，被那主人家看见，是少不了一顿骂的。有几个小气的，他还会去我们的父母面前告状。我小时候不明白，以为这些紫云英也就是如杂草一般，后来才慢慢知道，它不仅可以使田野变得更肥，还是猪崽们的口粮。等这些紫云英长到一定程度，就被大人们割去喂猪了。

我们几个孩子，有时候走在田间小路上，会遇到一些蛇。这些蛇当中，最多见到的是一种被我们叫作"懒惰扑"的蛇，它见了人也不动不逃的，远远看去像是一坨已经变质了的屎。它身上的颜色和泥土毫无二致，总是喜欢盘着，不仔细看，你不一定会发现它。等我们发现的时候，我们总是和它靠得很近的了，因而更加害怕。据说这蛇毒性很强，可以毒死人。所以我们都不敢贸然去对付它，见了它也总是避开。不过我十多岁的时候，喜欢逞强，曾经用锄头打死过好几条"懒惰扑"。现在想来，有些后怕的。我后来才知道，这"懒惰扑"，其实就是蝮蛇。另外还有一种蛇，我们叫它"乌漆仓"，是一种比较普遍的无毒蛇，大人们说即使被它咬了，也顶多是个乌血疱，无大碍的。但是因为其个头比"懒惰扑"大得多，我们见了，反而更加畏惧。总之，蛇，我们都还是怕的。

这些蛇往往是从谷雨过后逐渐从洞穴里出来，到了夏天，特别是在晚上，田间的路上就很常见了。有时候我到哪个山里去，沿路走去，可以遇上十多二十余条蛇，甚至更多。大人们说蛇也是要开会的，若是一次性遇到那么多蛇，那它们一定是在开会了。我似信非信，但是我真的很好奇，它们若真是开会，会讨论些什么呢？会不会讨论怎么来对付我们呀？因为我曾经用锄头杀害过它们的同类。我那样想的时候竟有些惶惶不可终日了。

我们的村子处于丘陵地带，这些田野都在溪水边。这溪水里，经常可以看到一些冷水小鱼，个头很小，动作很灵活，我们很难捉到它们。除了这些冷水小鱼，也还有些泥鳅，倒是溪水中的那些鸭子，是捕捉它们的好手。我经常可以看到那些捕食了小鱼小虾后满足地在阳光下梳理羽毛的白鸭子、白鹅、灰鹅，它们的翅膀张开来的时候，那种强烈的反射，让我睁不开眼睛来。

有时候，夏天的午后会下起一场猛烈的雷阵雨。在雷阵雨来临之前，天空总是显得特别低矮，千万只蜻蜓在田野上空、村子上空低矮地飞行，捕捉从草丛里逃出来的小飞虫。几阵雷声过后，大雨倾盆而下，我听到屋顶上清脆的雨点击打瓦片的声音，不一会儿，屋檐的檐沟水就灌下来了，那地面上的石头，因这檐沟水的冲击，已经冲出一个个不深不浅的小洞洞来。我坐在自家的门口，常常长时间地观察这些雨水。我有时候会想，这片雨水的边界在哪里呢？我目之所及看到的那些山头，一定都在下着这场雨吧？或许，在我看不到的那些山头上，同样在下着这场雨。我看着想着，我要到什么时候，才可以走出这片山，远离这里，去往远方？我又觉得那长久的干旱后的这样的一场雨水，来得正是时候，因而为这片土地感到高兴。因而觉得，我若是永远待在此处，亦是好的。

等到一场大雨过后，天空变得特别高远，空气变得特别干净，有泥土和青草混合的芳香气味，甚至有些蚯蚓的腥气味，不过我喜欢闻这样的味道。有时候天边还会出现彩虹。夜晚还可以见到萤火虫和月亮，还有漫天的星斗，还有星光下老人们的诉说。

现在，田野中也几乎看不到那些紫云英了。我们家的那两口猪槽，也不见了踪影。我也不再用毛茛花去染牛皮筋，我也好多年没有见"懒惰扑""乌漆仓"了，溪水边也难得见到几只白鹅、白鸭子了，连那样的一场雷阵雨，似乎也变得遥远。村中的一切往事，都值得我好好回忆，好好品味。

这就是我与世隔绝的原初的童年生活场景。

第一次出门远行

在我读小学二年级的时候，有一回老师在复试班里跟大家说，要带我们去富阳鹳山春游。我们大家都异常激动。说实话，我连镇上都还没去过几趟，县城对我来说，那是遥不可及的。美丽的富春江，那只是在别人口中听说过。

那人说富春江可美啦，富春江的水流到钱塘江，钱塘江的水再汇入大海里，大海是很大很大的，无边无际，一眼望不到头。人到海边，会感觉自己就跟蚂蚁一样渺小。

不要说我没有见过大海，我连大河都没有见过。我们村口只有一条大溪。这大溪也只有端午节后梅雨季才会有点脾性，发发大水。遇上旱天，河床都会裸露出来。那时候我就天天在水里拣选好看的石头，可以从一早上玩到傍晚。我喜欢那些可以在地上写字画画的石头，或者可以用来刻章的石头，也喜欢那些亮闪闪的石头。我曾在河床里摸到过一块透明的绿色石头，像水晶一样。我存放了很多年，到最后还是不见了。

老师让我们每人带上十元钱，当作路费和门票钱。自己带上干粮当作午饭。我们这个复试班，由二三两个年级组成，每个年级都是男生六人女生六人，一共二十四人。不知道为什么，最后楼友飞同学没有参加这次集体活动，所以最后只去了二十三位同学。他那个时候整天有两条鼻涕虫在面前游，大约是不好意思跑城里去吧。我们带队的沈老师说过，到了城里，不能随地吐痰的，也不可随处小便，不然他会被警察带走。有个同学问沈老师，那如果有痰怎么办？沈老师皱皱眉头，不知怎么回答，旁边另一个同学很聪明地说，你有痰你就咽下去。大家哈哈笑起来。有一个说，这多少腻心啊！

我们坐着中巴车到春江中沙村富春江边，要坐渡轮到对岸。整个中巴车开到渡轮上。大家喊："哇，富春江，富春江哎！富春江你好！"我从没见过这么大的水，心情也无比激动。心里想，等以后，我长大了，还会到更大更远的地方去，见识比这里更大的江河。

不一会儿，我们就来到了鹳山公园。我保存好了老师递给我的票根，跟着大部队一起走进公园里。直走进去后，我们在江边的木长廊前坐下来休息。老师问我们，可有同学要单独拍几张照片留影。我看到欢龙、东东、雷军他们几个都去单独留影了。他们也来叫我拍照。我说我不拍了，其实我也是想要拍的。可我怕又要多出洗照片的钱，我妈会不高兴的。他们在长廊前那片景观中选择了一个位置站好。一块太湖石假山前面有两只假的仙鹤，假山边上还种着一棵南天竹。他们都选择在两只假仙鹤的中间来给自己留影。我就站在边上，看他们拍了很久。等他们全部拍好时，我就提前走开了，我把头别过去看富春江。我感觉自己眼眶里热热的。

老师带着我们大家参观春江第一楼，大香樟树，严子陵垂钓处，龟川阁，览胜亭，双烈亭，松筠别墅……还有毛主席纪念堂。那毛主席纪念堂里的商店柜子里，摆放着好多印石。有鸡血石、寿山石、田黄石……看得我久久驻足，不愿离开。我喜欢那几块鸡血石，那斑斑点点血红漂亮的颜色是我从来没见到过的。可是我看看那标价，只有望洋兴叹了。我摸着自己口袋里的五毛零钱，最后还是不舍地离开了。

午饭时间到了，我拿出袋子里事先准备好的大麻饼，大口大口咬了起来。我还很潇洒地在那公园的商店里买了三毛钱一瓶的黄颜色汽水。另外，我还吃了一个馊气掉的肉松面包。我疑心它已经过了保质期。那是我从隔壁阿姨家小店里买的。她有时会把过了保质期还没卖完的面包（有几次我看到还长了绿色的毛）还卖给我们。不过我还是吃得很开心，吃完了肚子也没有痛。

我们从鹳山公园出来后，再徒步走向新车站。沈老师说，新车站刚刚建设好，我们也要去参观参观。他是我们这次春游活动的总指挥，章龙老师、雅丽老师分别给我们复试班两个年级带队。我因为个子矮小，我知道雅丽老师就格外照顾我。

我们回家的路上，胡华英同学晕车厉害，坐了一路，吐了一路。车上的气味变得怪怪的。有几个同学拿了橘子，说，把橘子皮放在鼻子前闻着，就不会晕车啦。于是大家每人一块橘子皮分好，闻着。

太阳快落山的时候，我们才回到家。我妈问我富阳好不好玩，我点点头，一个劲说，好玩，好玩。然后，我坐在大门口的门槛上，把从富阳带回的那剩下的半个馊气面包和半瓶汽水一气吃完。

跟雪有关的记忆

下雪之前，有时候往往能预先感知。当凛冽的北风吹过好几场后，落下来的那些雨滴会变得越来越冰冷。这时候的天空似乎也灰暗起来，道路两旁的行道树也会显出萧条，那些平时在树枝蹿上蹿下的鸟也不见了踪影，行人的步履也匆匆起来。而湿漉漉的大地似乎也准备好了迎接那些洁白精灵的降临。在某个夜晚，或者清晨，雪花会从容飘落下来，落到城市里，也落到乡村中；落到火车站，也落到田野中，它们不分贵贱，覆盖一切，把大地连在一起，一片洁白。

雪在我的记忆中印象深刻。一场大雪之后，空气似乎也变得稀薄起来。空气中有一股寒气，使我呼吸的时候感到疼痛，我会比平时呼吸得更加用力，小小的鼻子常常冻得通红，两片薄薄的鼻翼会因为呼吸过于用力而微微颤动。若是在中午的时候，闻到哪家的厨房里飘出来的大蒜炒冬笋的味道，整个胸腔都会觉得温暖起来。虽然雪天寒冷，但孩子们玩雪的兴致却丝毫不减。村子里面房屋拥挤，太狭窄，不便于打雪仗，孩子们会跑到空旷的田野中去。脖子里面灌进了雪、裤子被打湿是常有的事情。孩子们虽然都知道回去后免不了领受一顿臭骂，却依旧我行我素，这是乡村孩子天性中的淳朴敦厚与活泼可爱的表现。不过，也有讨厌雪的时候。连续几场雪，使道路变得湿滑。我曾经有过在雪地里坐好几个"皮凳"的经历，提着弄湿的裤子回家，因为没有多余的干裤子可换而被母亲责骂。想来现在的孩子，这个不允许，那个不允许，整个童年时代要缺少多少乐趣了呀？单是这下雪天的乐趣，就要少好大一截子。我曾经看到过校园里的孩子们因为老师的不允许，而不得不面对那难得的积雪慢慢融化而感到惋惜的表情。我觉得，在童年的时候不淘气一下，不犯点小错误，这样的童年是有缺失的，没有记忆的童年是可怕的。

那时候，大雪总是会将乡村的一些电线压断，停电的夜晚会变得格外漫长。有几户要好的人家，会互相串门，一支蜡烛的火光跳动，大家在火炉边谈天说笑。妇女们手上拿着个筐子，到别家去打毛衣，或者是拿着个鞋底板（妇女们从此有了串门的借口，那个鞋底板往往要纳好几个月），一边说着家长里短的事情。几个孩子若是听话的，能够得到一些奖赏，吃到些糖果瓜子柿饼之类的零食。若是调皮的，在黑灯瞎火的夜晚，他们亦有他们自己的娱乐——捉迷藏。那些在堂前堆放的柴火是他们最喜欢的藏身之处了。往往在那样寒冷的夜晚，他们也能在追逐打闹中跑出汗来。

当然，下雪天，对于孩子来说也是有些神秘的。有时候，村子后山那边会远远地传来猫头鹰"霍落……霍落落……"的叫声，听得我们心里直发毛。而在大人们添油加醋的描述中，把那种叫声说成和鬼神有关，跟死亡有关，让一个个天真的心灵顿时产生对宇宙万物的敬畏之情，从而也变得乖巧起来。有时候，我仰望天空中漫天飘落的雪花，会想：到底是从多少高远的高处开始飘下这些雪花的呢？是上面有只神秘之手在撒吧？不，应该是千万只神秘之手，因为雪花是那么多，那么多。

也有孩子为听说大雪天庄稼地里的虫子被冻死而感到高兴的，比如我；也有孩子听说大雪天小鸟们找不到吃食而为它们感到难过的，比如我。为了小鸟们能够有吃的，曾经偷偷地从鸡舍里抓一把秕谷撒到雪野上的，不止我一个吧？天道厚朴，自然也会给一虫一鸟留出生路。

一场一场的大雪，像一床一床的棉被一样盖着大地，也将我们带到了深深的寒冬里。要化去这些积雪，总需要十来天的时间。直到水沟边的那最后一小块一小块的被泥土染黑的积雪消失不见，年关也就近了。在连日的好天气里，人们忙着腌鱼、杀年猪、磨豆腐，结结实实地赶几趟集市，那节日的氛围就一日一日浓重起来了。

过春节

　　旧历大年三十的晚上，一家人照例要吃团圆饭。母亲准备好丰盛的菜肴及米点心，逢双数摆放于八仙桌上。通常都是这样一些菜品：炒三鲜，路路通，梅干菜扣肉，蒸鳗鱼，常绿沃豆腐，等等，不一而足。炒三鲜和沃豆腐，皆为本塘必烧菜。炒三鲜用上好的冬笋、肉圆子、开洋等，再辅以香菇、炸肉皮等烹制成一大碗，带一些汤，味道极鲜美。路路通其实就是炒藕片，取名路路通，寓意来年家人诸事顺遂。蒸鳗鱼的"鳗"，谐音满，寓意圆圆满满，万事如意。早年没有鳗鱼，可用鳗鱼干代替。且每一碗都比往常要更满一些，饭也特为多烧一些。吃不完最好，还要故意说一句，今年吃不完，明年继续吃。老底子规定，除夕煮饭，必多于平时，取"吃剩有余"之意，盛饭于竹淘箩中，把番薯、年糕等放在上面，年初一再蒸而食之，称为吃隔年饭。

　　大年夜吃饭，要慢慢吃，不可赶。长辈常说要坐有坐相，吃有吃相。我每次筷子拿得不正确，即遭父亲训斥。说，你这副样子，正月里怎么去别家做客？我遂低下头来似笃落鸡。爷爷每这时对我父亲说，年三十夜，弗好对小人介凶，于是提早掏出红包塞于我手心。我即刻忘记刚才父亲训斥，对爷爷微微一笑。我和姐姐提早吃好夜饭，亦不可先辞座，须等大人一道吃完才可起身。若要先离开，须征得长辈同意。

晚饭过后，一家人再围坐吃瓜子，喝茶聊天看电视守岁。爷爷问我长高多少，我答不出。爷爷遂讲，你到堂前间大门背后去跳上几跳，来年长得一定快。我于是得了真经一般，马上跑去大门背后，憋足了力气，用力往上跳，希望来年自己真可以快快长高。门背后还靠着两支红皮甘蔗，中间还用红纸包好。爷爷说，甘蔗节节高，一节更比一节甜。

除夕夜天黑后还要点上长明灯，家家户户每一个房间，包括辅房猪圈等，也要一并点着灯，直到第二天天亮时才可以熄灭。

正月初一为春节，俗称年初一。父亲早晨起来放开门爆竹。放完爆竹后，母亲一般不扫地。即使扫地，也不可往外面扫（怕财气扫走），要往里面扫，扫完后不可即刻处理掉，要堆在一处，隔一夜后再处理，称为积财。

正月初一，早餐必吃甜食。如糖冲鸡蛋，糖莲子粥，糖年糕，甜水汤圆，或芝麻汤圆。应"一年甜到底"之意。正月初一一般不出门拜年。白天多在自家院子里晒太阳，聊天喝茶。晏子头还有米粿点心、瓜子果盘等。邻舍隔壁也时有串门。正月里，就算是邻舍间串门，也是要如待客人一般，亦要送点小礼物，如是邻舍家的孩子来，递上几颗纸包糖，一块麻酥糕。亦是一种郑重端庄。

晚上，家家早睡，名为腾鸡宿，即鸡还不肯睡觉时，我们就要赶它去睡。及又自己也要早睡。大约因为除夕夜守岁睡得少之故。

是日不动刀（不起杀性），不动针线（怕一年辛苦），安安耽耽坐一日，正月初二起，即要拜年了。

和外婆一起吃晚餐

　　长假就快结束了，趁着今天下午下起毛毛细雨，我可以腾出时间，去看望外婆。

　　外婆家和我家不远，一公里路程，这样的下雨天步行去正合适。一到门口，就看到大门口有檐沟水冲落下来。我奇怪这么小的毛毛雨怎么也有这么多檐沟水，那雨再大些怎么办？大门开着，却不见外婆。我就大声喊：外婆，外婆！我听到了外婆从里屋床上起身的声音。原来外婆在午睡。自从外公去世后，她就一直是一个人住，在这一间小平房里。

　　看到我，外婆揉一揉蒙眬的睡眼，给我洗了一碗冬枣，捧出来递给我吃，又转身去烧开水。我咬着冬枣去门口看围墙上的那几盆葱。这些葱还是外公在世时栽种的，看上去很健康的样子。可外婆却说今年长得不好，雨水太多，没有以前那般壮实了。外婆递给我一杯热茶的时候，我问起这门口的檐沟水的问题，为什么不解决下？她却跟我说，不必说了，又不是天天下雨，就让它这样吧！

　　我也不再追问，和她说一些家长里短的话，问她的健康状况，最近哪些亲戚来过，等等。两汁茶下去，就说到二姨的身体状况，我就说，我去看看她吧（二姨家和外婆住得很近，中间只隔着七八户人家的房子）！

二姨前一阵子生了场病，我一直没有去看望，心有愧疚。许久未见，一坐下来就谈了许多天，不觉就到下午五点。我起身要告辞，二姨要留我吃饭，她刚刚初愈，我不好意思打扰，就准备去外婆家打个招呼回自己家吃饭。

回到外婆家，外婆已经准备好干菜肉饼子，灶间也已经生起火来。她叫我吃了晚饭再走。许久没有吃外婆烧的菜了，我突然觉得，我该留下来，陪她一起吃饭。我打电话给母亲，让她不用为我准备晚餐。

原来，外婆在我去二姨家的时候就开始准备晚餐了，清炒鞭笋、蒸毛豆肉、炒青菜、清蒸鸭肉、干菜肉饼子。土灶里连续烧着这些菜，香气特浓郁，小小的房间里弥漫着一股香味，是熟悉的味道。我坐在灶膛前的小凳子上，看火光跳动映在我的脸颊上时，突然觉着这样的画面的温暖。这是一种熟悉的温暖。外婆说不用再往灶膛里放柴火。等火熄灭后，我将那一颗颗炭火用铁夹子夹到储存白炭的坛子里盖好。外婆说，这些炭冬天冷的时候就可以用来烘手取暖了。

外婆烧的菜真的很好吃。我吃了满满两碗。外婆突然说，天天有人在家里一起吃饭，她就不用经常去蹭人家了，她说夜晚太漫长。我就说，外婆，你做的菜碗碗都好吃，我以后常来吃喔！

我多想自己可以多陪外婆一起吃吃饭！可是，我吃完这餐就又要回去了。

家在常绿

（一）

晚上 6 点多回到家里，与之前的小县城暂时告一个段落。现在，我可以把身心都放下来，沉浸到这片宁静的大地之中。天空中繁星闪耀，预示明天是一个晴朗的好天气。我一抬头，看到了久违的猎户星座。这里的天空，让我觉得高远，澄澈。刚才因为吃得太饱（每次回到家里，我总是会吃得特别多），我决定去乡间的小路上走走，消化一下。

夜晚的空气中已经明显带着春的气息，风是温柔的，春风拂面于我是最好的享受。乡间的小路中那种黑暗，让我觉得遥远，但是亲切。我一直不习惯城市里那种闪烁的灯光，特别是城市广场上那种地面上的灯光，觉得太刺眼。这一刻，我置身于这片小小的天地，四周都是竹林，脚下是水泥浇筑的机耕路，旁边还可以听到溪水流动的声音。我没有觉得不习惯，只觉得从容、坦然。把自己交给大自然，我们的身心就可以得到最大限度的放松。

躺在床上，我开始读那本《布鲁克林有棵树》。我知道，闲下来后最好的打发时间的方法就是阅读，这个假期有二十多天的时间，我可以好好读完几本书，我对自己的计划感到满意。不过今天晚上似乎不是特别有兴致阅读，我没有看几页就休息了。乡村的夜晚特别安静。我听到从很远的地方传来的猫的叫春的声音，有些类似于婴孩的哭泣，一阵一阵地，从那边的空气中飘过来。这是我所在的城市听不到的乡村的原初声音，是这些声音一直陪伴我走过我的童年生活的。我似乎回想起，我小时候问父亲，那是什么声音，父亲只说是谁家孩子在哭泣，当时我信以为真，因此我一直保持了这样的记忆（把猫叫春的声音和婴孩的哭泣联系在一起）。

爱默生在《自然沉思录》中曾经说过："对于一个强健的心灵来说，乡村生活与那种人为色彩浓厚、草草而过的城市生活相比，具有明显的优越之处。我们从自然里知道的要比从随意的社交活动中知道的要多得多。自然的光不停地流入我们的心灵，而我们却忘记了它的存在。"在自然中，上帝常常给予那些能够获得神启的心灵以更高的规律，或者隐喻。

我数了数，今天已经是开春后的第四天了。

（二）

在一阵阵的公鸡的啼鸣中，我醒来了。这一觉睡得很香，没有负担（以前上班都是 6 点 40 分起床，感觉很有紧迫感）。我开始感觉到农村生活中那种慢节奏十分舒适。

起床后，我在院子周围走了一圈。我看到，我已经栽植了将近七年的两棵香樟树和两棵白玉兰都被我父亲砍伐了。另外还有几棵灌木，分别是紫荆花、木槿、石楠等也没有逃脱同样的命运。种植这些植物，我不知道花了多少时间和心血，更重要的是，我对它们本身的热爱让我觉得非常痛心。我看到被砍伐的玉兰树上的花苞都已经长得很大了，就要开放了。现在，它们在断了根的树枝上苟延残喘，我竟有些生气了。

父亲说，门前不可以种植那么大的树，影响风水。他继续说，我在原来的地上种上了一棚葡萄，以后我们有葡萄吃的。我笑着说，好，葡萄我喜欢的。我想，像父亲这样淳朴的农民，最讲究的就是实惠。葡萄可以带给他的实惠，白玉兰是带不来的。

这几天，他一直忙着去自己家的竹林里挖冬笋，以备春节当时令蔬菜。他知道，那是我最喜欢吃的蔬菜。

我继续在院子里到处观察，看看这些植物有什么变化。我发现，我种植的兰花有几盆已经在开花了，那种芳香，是它对我最好的礼物。在这小小一隅，它们荣辱与共，健康快乐地开出了这些朴素无华的花来了。春天的露珠在蜘蛛网上凝结起来，投射到兰花的前面，给了我早晨另一个惊喜。

（三）

今天是农历庚寅年的正月初一，我所在的村庄在前一个晚上下了一场厚厚的雪。今天早晨，我起得很早，为的是这个清晨已经给我发出了一个惊喜的邀请。我用尺子量了一下，栏杆上的雪有 17 厘米的厚度。此时是早晨 6 点 10 分。村庄还在睡梦中。我拿出自己的相机，走出院子，准备去附近拍一些照片。

早晨 7 点的小巷子里，还没有行人走动。大家都沉醉在昨天夜里的守岁的喜悦中，我此刻将它记录。这是劳动了一年后最安静最惬意的一个早晨。此刻，我正在享受着它。我看到巷子路上的积雪完好如初，还没有留下人类破坏的痕迹。我走在上面，发出咯吱咯吱的声响，这种寂静的声响，让我回忆起很多的往事。再走过去，看到的是一个菜园子的竹篱笆。篱笆的里面和外面都是雪，那些自由你永远都围不住。

我在想，在竹篱的尽头，我是否可以找回那个遗失多年的童年。我没有再往竹篱的尽头走去，而是折回去，沿着村道边的溪水，往下游走去。在溪水边有一口古井，旁边放着一个塑料的果壳箱子。上面也积满了雪。它就像一个倾听者，等待着人家将不需要的心事倒给它。忠诚，不离不弃。

再往下游走，我看到了友根家溪水边的房子附近的那棵金钩子树。树枝上积着一些雪。那些一律向上的枝丫，并不被压伤、折断。因为没有了繁茂的叶子，也就没有了羁绊和束缚。向着光明，我也可以和它一样轻装上阵。友根家旁边还有两间破败的小屋，裸落着泥土的墙，像饱经风霜的老人的脸。这些裸落的泥墙和远处的红砖房子，形成一个时代的烙印。这或许只是变迁的一个瞬间。

再往下游走，很快就走到村口了。流经村子的小溪汇入到另一条溪水中，将我童年时的一些梦幻的想法，也一起带到了远方。那些记忆深处的幻想，我似乎都忘却得差不多了。那一条溪水边，一排水杉已经长得很高。记忆中小时候读书经过那里，不敢抬头去看，因为有时候会看到猫的尸体挂在那里。而此刻，这通往外面的机耕路、小溪边的石坎和水杉都被白雪覆盖着。在雪白的身躯下，有暗流在涌动，不动声色。

我转过身，后面是一片田野。田野中间有两三幢新盖的房子。村庄在大地上静静地待着，如同蹉跎的岁月。那远处的、近处的，其实没有什么分别。大家都在一片雪白的包围之中。此刻，大地连在一起。我似乎感觉到我和世界的联系了。我们荣辱与共，如此平等。我走进田野，在一亩茭白的水田旁停留了片刻。我看到那些枯败的茭白叶片在白雪的覆盖下，如此静穆坦然。我知道，在枯败的背后，有新的萌芽，在暗处生成。

（四）

这个春天，显得格外特别。时晴时雨，气温变化也比较多。倒春寒相比历史同期时间更长，降温幅度更大，茶农损失严重。我在我们学校后面的栅栏旁看到，谷雨节气，藤本野蔷薇的花蕾已经完全长成，但是还没有开放。新抽出来的嫩枝上蚜虫一丛丛地停留着。这让我想起，去年这个时候，蔷薇花已经盛开。五一假期回来后都开败了。我想，今年蔷薇花的开放会延迟一些。

最近几年，自然灾害频繁发生，生命的尊严遭遇前所未有的践踏。环境的破坏让我们付出了惨痛的代价。人类正在失去或者已经失去预见和自制能力，人类自身将摧毁地球并随之而灭亡。

晚上，电视课上，给孩子们观看了灾难片《2012》，学生们被灾难的画面惊呆了，很多孩子哭了。很显然，他们相信了这样的画面，虽然我们不愿去相信，但是孩子相信了。观看电视节目的时候，窗外狂风怒号，暴雨倾盆。窗帘被狂风吹得猛烈地摇摆，孩子们一边观看电影，一边充满恐惧地窃窃私语。

我忽然想到一句话：上帝在人类孩子的眼眸中，尚未彻底对人类失望。

怀特说："我对人类感到悲观，因为它对于自己的利益太过精明。我们对待自然的办法是打击并使之屈服。如果我们不是这样多疑和专横，如果我们能调整好与这颗行星的关系，并深怀感激之心对待它，我们本可有更好的存活的机会。"

在这样的雨水浸淫的忽冷忽热的春天里，我去书店买了《寂静的春天》，开始阅读这本环保著作。

老 屋

　　中元节，下午回家。父母早早张罗起一桌小菜来，他们总是那么忙碌。许久不见的那只老黄狗，摇着尾巴欢迎我。

　　前几日立秋，可庭院前的那一排小桃红、夜来香还是那么葱茏。一株龙葵贴着地匍匐着生长着。茶梅和金边麦冬被它们包围着，几乎要被淹没。白英藤攀到了南天竹上边，围墙上的丝瓜藤攀到了石榴树上来，几只大个头的黑蚂蚁在瓜藤上爬来爬去……老家的这些并不起眼的小小景致，在我看来，处处清新优美。只觉得时光该好好珍惜。

　　父亲说，三改一拆的政策已经刮到我们这里，政策规定一户一宅，原有的老房子都要拆除。我就去看我曾经居住过的那一间半小小的老房子。房子里的那些简陋的家什搬空之后，我反而觉得它的狭小来。我甚至不敢相信，我曾在这个小小的房子里住过那么多的日子。我用目光触摸那扇窗户的时候，想起了多年前趴在窗台上睡觉的那只花猫；想起那扇窗户的下边那张躺椅，还有夏日午后父亲劳累时在那张躺椅上的酣睡；想起夏天的一阵雷雨后那斜落进来的雨水，想起我盯着天空中倾盆落下雨水时的孤独惆怅……

　　那张土灶还保留着，可惜铁锅已经生锈、腐烂。上面的那盏白炽灯上结满了蜘蛛网，还混合着多年前的油烟，粘连在一起。我记得以前在这盏灯边上挂着一个饭淘箩的，现在不知道去了哪里。很多事物在我们生命中消失的时候，我们并不知情，等你记起来想再见到它，却已经不可能了。我记得用这淘箩装过的米饭会更有韧性，更有嚼劲，因为用竹篾编织而成，通风且不易馊掉。我每放学回家，总喜欢吃淘箩里的冷饭，就着梅干菜或者一小包榨菜，坐在门口的大石头上吃得津津有味。我踩着布满灰尘的木楼梯嘎吱嘎吱地上阁楼，走木楼梯那种声音好久没有听到，可以唤起我许多回忆来。记得木头楼梯下边本来放着一个橱柜。我的许多儿时宝贝就塞在那橱柜后面的墙缝里。厨房上的阁楼就是我以前睡觉的房间了。说房间其实也是不准确的，因为它根本就没有做隔断，更没有门，它是敞开式的。记得夏天的夜晚，我躺在竹榻上，透过蚊帐看屋顶明瓦上走过的月亮，看得入神。有时候，月亮钻进云层，我会一直等待它再钻出来。

　　我床铺的位置正好靠着墙。记得那角落的墙洞里住着一窝老鼠。我经常在半夜里被它们的声响惊醒。它们经常在我们熟睡的时候出来走动，咬破麻车袋，偷里面的谷子吃，或者偷猪油吃。它们就像是我的邻居一样，或者它们比我更早住在这里，我和它们之间一直相安无事。有时候我的床上会留下它们黑色且细小的粪蛋十多粒，或者更多，或者还会有一小摊溺迹，残留在我的篾席上。我有时候会恼火，有时候却耐心地打扫，仿佛甘心做一回鼠国的臣民似的。

　　现在，竹榻不见了，那一窝老鼠也早搬离了。这空空荡荡的宅子里，透着一股荒凉的气息。我曾经生活过的这一方小小天地和我生命中的那些纷繁的触摸，一幕一幕地展现在我的眼前的时候，我就不觉得它只是一间老宅子那么简单了。它所带给我的记忆是别的地方无法带给我的。此刻我多想重温下那些被老鼠的吱吱声吵醒的夜晚，那些透过天窗看星星看月亮的夜晚呀！

深处的那些时光

我坐在门前的那块圆石头上，在我还只有五六岁的时候。父母跟我说，他们要去田地里干活，让我不要跑开，让我要乖。我就真的呆呆地乖坐在那里，一动不动。

有时候，我吃着手指头抬头看着天空。天上的白云有时候是大朵大朵的，很高很远的样子，它们时时刻刻都在变换着形状，我很喜欢看它们那缓慢地变形的样子，在观察它们的同时，仿佛我自己在和它们一起变化着，因而，我就对自己可以多出一分的期待；天空有时候却是明晃晃的蓝色，没有任何杂质，似乎连鸟儿们也都躲起来，不见了。我看得时间久了，会有头晕目眩的感觉。这时候，我希望在那蓝色中，可以多出一些白云来，哪怕只是稀稀疏疏地很潦草的几笔，也是好的。

可是看了好久，依旧是那明晃晃的蓝色。我就转而不去看天空了。我换成去看周围的房子，或者去看由太阳照耀后那些房子的阴影。那些阴影一块一块的，呈几何形的图案，有时候长，有时候短。早上的时候，那些阴影会由长而慢慢变短，仿佛它们有脚，在一步一步缓慢地爬动着，我常常一个人看得入迷。有时候是下午或者傍晚，那阴影又像是换了一个性格，它又变成慢慢伸长来了。我在观察阴影的时候，常常也会看到一些蚂蚁在地上爬动着。这时候，我就转而去观察蚂蚁了。因为蚂蚁们，比阴影更加有趣。

那些蚂蚁，沿着一条我看不见的路，排成一队，总是在非常忙碌地干着什么。它们大都是在搬吃的东西。一颗不知道谁掉在地上的饭粒，一张糖纸，一只苍蝇或者蜻蜓的尸体……我有时候想，它们这么小小的身体，那"脑袋"也会像我们一样在思考吗？于是我就要故意作弄它们一番，在它们来去的路上设置路障，摆上一颗小石子，或者一截小木棒。我的小小恶作剧就会对它们造成不小的影响。于是我便觉得胜利。可是蚂蚁们锲而不舍，最终还是找到了回家的路，它们在洞门口将战利品搬进去的时候，我会觉得生气，因为它们从不与我分享。于是我就站起身来，朝着洞门口瞄准，淹死它们。

我就这样每天不厌其烦地看着天空发呆，或者看着房子的阴影变长变短，或者低下头来，在石头凳子边观察小蚂蚁们。如果这时候有一只鸟从我的头上飞过，我会想要从地上捡一颗小石子，朝它们扔去。可是我总也扔不到它们，它们飞得实在太快速了，而我瞄准的技术太差。

邻居的小峰哥，他有一把用树杈子做的弹弓，用小石子当子弹，弹到过好多次鸟。据他说，他弹到过好几次野鸽子，还把野鸽子杀了放在火里煨烤，说，那香气真的太诱惑人了。他说得我肚子越来越饿，我也很想拥有一把这样的弹弓。

我去央求我的爷爷，让他为我制作一把弹弓，我的爷爷不给我做，理由是这样会伤及无辜。我又去央求我的做篾匠的三叔，他嫌我碍手碍脚，不理睬我。于是，我便谁也不再央求，我一个人跑到竹林中去，跑到荆棘密布的树林中去，寻找可以制作弹弓的树杈。树林中的树杈不是太小，就是太大。我找不到我想要的那种树杈。一直过了很久，我也没有制作好我想要的弹弓，渐渐地，我就把这一件事给忘记了。

我在这个村子里一日一日地生活着，时光仿佛过得非常缓慢。我也渐渐地长到十岁左右了。可村子里始终就这么一些人，天天看着这些没有变化的面孔，让我觉得有些厌烦。我很期待可以看到一些新鲜的面孔。有时候，会有从萧山来的一些做小生意的人，他们或者是来卖大头菜榨菜什锦菜的，或者是来卖鳓鲞海带虾皮的，要么就是来收鸡毛鸭毛甲鱼壳的。看到这些人来，我常常显得有些兴奋，不知道为什么。他们那不同于我们的外乡口音，我常常要模仿着说一说，便觉得好玩。看到他们来了，我便会去叫我妈来，我希望她可以随便地给我买一点什么。有时候，我妈妈会和他们讨价还价一番，不过最后往往还是什么也没有买，就回家了。有时候我去叫妈的次数多了，她就会嫌恶地说，小馋猫一只！

也有时候，是一些货郎挑夫，他们大多从东阳义乌而来，挑着担子，担子里是一些线板糖、寸管糖，还有牛皮糖。他们一边挑着担走着，一边在手中摇着一个拨浪鼓。我听到那拨浪鼓的声音，就马上把早已经准备的牙膏皮啊，猪头骨啊，鸡内金啊，还有不记得是一些什么了的东西，都拿出来给他，企望他可以多给我一块牛皮糖。他往往是先检验一番，然后挑选好他需要的，再把他不需要的还给我，说，这些没有用，以后不用再拿给他。他一开始只少许地给我几块糖，我嫌太少，他就再给我一块，我乞讨似的再说一次，太少了！他则说，已经给得够多了，你这孩子，真是个贪心鬼！他手上却又再多给了我一块，于是我只好住嘴了。拿到了牛皮糖的我，舍不得很快吃完，便细细地嚼着，慢慢地品味着……这牛皮糖果然是又香又甜，放在嘴里，满口生津，我多想让这样的味道，在我的嘴巴里多停留一阵呀！

有时候，那货郎挑夫会问我，家里有没有人留着长辫子的，如果有，可以把辫子卖给他，能换不少钱呢。于是我每一次看到我们村里那个哑巴（她有一根粗粗的麻花辫子，一直挂到腰上）时，总要幻想一阵。我幻想着，她在午睡睡着时，我就偷偷拿一把缝纫用的大剪刀，把她的辫子给剪下来。那一定可以换不少牛皮糖吧。到时候，一定可以吃到我的牙齿烂了为止。

有时候村子里也会有乞丐来讨饭。每当乞丐来了，很多人家都会把门紧闭起来。我们家也不例外。我妈让我把门关上，顺便再把门扣插上。乞丐来到我们家门前，敲敲门，开始用一些我们听不太懂的话乞讨。我跟我妈商量，是不是开一下门？我妈说，不开！还带着不容置疑的眼神看我一眼。我说，看样子他们是真的乞丐哎，因为他们有米袋（我已从二楼的窗口偷偷地望过一阵）。于是，过了一会儿后，我妈从米桶里盛了一汤碗的大米，卸下门扣，打开门，倒到他们早已经用手撑着一个圆形口子的米袋子里。我妈倒米的时候面无表情，什么也没有和他们说。却只听到他们一个劲地说，谢谢，谢谢……我很想看看乞丐长什么样子，个子高不高。有时候，乞丐还会带着一个孩子，也就是一个小乞丐，我想，这大概就是他的儿子吧。他跟我差不多大的样子。我于是更想看一看他的样子，是否和我一样缺了门牙。可是他们的头发蓬乱，又脏兮兮的，还盖住了大半张脸，我根本看不清楚。有那么一瞬间，我觉得他们这样四处乞讨的日子蛮好，至少不用写作业呀！还有，他们不用住在这样一个小小的村子里，他们可以到处走动，看到好多的人，每天见到的都是不一样的人。可当我妈吓唬我说，以后读书读不好，要跟他们一样，出去讨饭，我又觉得，这太不好玩，一万个不愿意了。

也有一些日子，村子里一个外人也没有进来。我就会想，这些人都到哪里去了，怎么还不再来呢？他们和我非亲非故的，我居然会想起他们来，我觉得自己真是奇怪。也有一些亲人，我只能等到过年的时候，才能见到她们。我的几个阿姨和两个姑姑，她们都南下深圳，去制衣厂做女工了。有时候我爸会收到她们的来信，信中会说一些家常。有时候我爸还会从邮局收到一些深圳寄来的包裹，寄一些零头布之类的。我爸也会到邮局去寄大包的番薯干年糕干之类的炒货给她们。过年时，两个姑姑给我带来了玩具手枪、变形金刚、自动铅笔盒。我那个学期特别得意，好多人争相来观摩我的铅笔盒子。看到两个姑姑穿着貂皮大衣，拎着两个大箱子，我觉得深圳真是个好地方，我要快快长大，我也要到深圳去闯荡一番。

那些留在我记忆深处的时光，如一帧帧旧照片。我翻阅它们的时候，往昔的种种图景，一幕一幕如电影般地展开来了。我有时候会问自己，这些事情，我记得这么深刻是干什么呢？我想，我因为记住了的，总有我记住的理由的。

世事一无可知（短章一组）

季节与物候

什么时节，开什么花，结什么实，季节交替的时候，有哪些变化的征兆，即对一叶知秋的感知，对有些人来说，是一无所知的，但是对另一些人来说，却是了若指掌。一个人对季节和物候的敏感，可以扩展到对世间万物的热爱，他时时刻刻都在做一个发现者，而在这样的变化的世界中穿梭，会给他带来无限的惊喜。如此，即是热爱生活。

自　由

很多时候，我们会抱怨生活的不如意，抱怨我们的命运，感慨现实生活对自己的束缚。但是随着岁月的增长，人应该增加更多的客观性和对人事的疏淡。

过一些简单的生活，降低对物质生活的要求。减少社交，时常一个人出去散步。独处是有益思考的，这样的生活反而是有益健康的，也会加深我们对生活理解的深度。当我们的生活变得更纯粹的时候，我们的心灵就会变得更加自由了。

等　待

我们总是习惯于让自己处在一种期待之中。对未来充满各种想象，是乐观积极的象征。期待自己栽种的花儿开放，期待友人拜访，或者像小时候期待货郎挑夫的牛皮糖。这些都是一个孩童应有的健康心态。很多时候，成人已经丧失了等待的耐心，做任何事情都变得浮躁而功利。在这一方面，孩童是成人的导师。孩童的心智往往拥有一种健康的底色，他们处理问题，因为不需要考虑功利因素，因而是从容不迫的。

表　达

人有时候不能表达自己的感情，连无奈也无法表达出来。弗兰纳里·奥康纳说："人有时为了让自己觉得开心，应该在脸上装出笑容。"我们对生命的困惑，我们的难题，都只有我们自己可以去寻找出路径去解决它。很多时候，我们和外界是无法沟通的，这是我们的悲剧。有时候世界是无法沟通的，所以表达无效。表达无效的另一面就是沉默，沉默是金。

回　忆

有人说，一个人开始怀旧，那是证明他老了。我觉得对于过往的事情的回忆，是一种对生活的自省，或者说是对现实的当下生活的一种反观，更有一种浪漫情怀在里头。喜欢回忆的人往往有着一张平和的面容，他们的眼神中充满着爱。

而有的人，似乎从来都不回忆，他们的生活匆匆到什么程度呢，匆匆到只剩下现在了。过去的一切，要么遗忘了，要么是不想记起。我从内心里同情他们。

摄　影

一个朋友要去远方，他去买了一台相机。我奇怪于他的举动。他曾经和我说过，干嘛没有事情拍来拍去，有什么意思。现在的他却也如此了。很多时候，人都会有一些重大的变化，而这些变化的背后，往往是他本身变了。而改变的原因，就不得而知了，这是只属于他一个人的秘密。

旧　物

比如衣服和鞋子，许多人是愿意穿它的光鲜和簇新的，却不知新的总是不妥帖。缺少了与皮肤相互磨合后的亲近感。我喜欢旧物。任何物件，要使用过一定的时间后，它才仿佛有了灵性，可以和人对话，也可以成为人很好的倾听者。

旧时的人，对待物件的态度亦是郑重端庄，不敢懈怠。因而物件在使用的过程中，会散发出光辉来。一把梳子、一面镜子、一支钢笔、一块手帕，或是一柄锄头、一口铁锅，在珍重的人手中，都是可以用上一辈子的。

儿时的记忆深处，有一张竹榻，因为睡得久了，变得温润有光泽，如深红色的玛瑙一般。手触摸上去，是夏日清泉般的凉爽。在这样的竹榻上睡个午觉，是比现在的空调房间要惬意而安心得多的。这张竹榻后来卖给了乡村教堂，现在不知道是否安好。只是它永远会存留于我的记忆中了。

祖父去世不久，他留给我的一张旧的书桌，是樟木做的，虽没有精致的漆工，却还是结实完好如初。一个人愿意善待身边使用的物件，使他可以与世间保持微小而超脱的距离，内心洁净如褥褓中的孩子。

盆　栽

年幼的时候，有隔壁的婆婆喜欢种植花卉的。她的小小的天井里种植了鸡冠花、小桃红、仙人掌、太阳花，还有菖蒲、白英、千里光。听着她给我述说这些植物的名称和种养它们的方法，一直觉得她内心的美好。我的内心里，亦如植物一般安静羞涩地长出一个芽来。

至后来，我也养成了种植花卉的习惯。照顾它们，看着它们发芽，舒展开叶子，从娇嫩到成熟，如此年年岁岁，让我觉得岁月静好。

在城市里生活，不比在乡村，种植植物总是不方便的。因此，我只能选择一些盆栽来陪伴我。每天可以抽出一刻钟和它们待在一起，我也觉着岁月是好的。我种植的盆栽有兰花、月季、酢浆草等，它们如同我的朋友一般，亦像是我的孩子。若是没有照顾好它们，我的心里总是有自责的。

与植物亲近，可以洁净我们精神的骨血，让自己始终保持目光的清澈。

接电话

电话那头喋喋不休的话语，在我听来没有任何意义。我很想结束这样的一场通话，但是却不能够。在继续听对方不断絮语的同时，我变得越来越不耐烦。很讨厌这样的时刻，有时候甚至不能容忍。但是，生活就是由这样的一些元素组成的。

胡适说："容忍比自由还更重要。"

强大的内心

一个朋友遇到很大的困难，来向我倾诉。他倾诉的时候似乎有些歇斯底里。我知道他是遇到了大困难了。我告诉他，没有什么困难是无法解决的。不管遇到什么困难，要始终对自己的内心说——要热忱地生活。生活就是要我们经历苦难的。在苦难中我们穿越不幸，我们的人生可以因此而变得光辉而荣耀。这样的人生才是我们需要去成全的，不然，我们就是辜负了自己的生命。他似乎被我说动了，在之后的谈话中，我明显感觉到，我给他传递的正能量起到了效果。但是，事实上，我自己并没有经历过像他那样的困难，我在说的时候，是有些心虚的，我知道，我的内心还并不够强大。幸好，通过我的传递，他变强大了。我跟着也似乎有了些变化。

话　题

以前和朋友的谈天中，我们经常性地会围绕着某个话题来展开讨论。有时候甚至有些剑拔弩张，不欢而散。其实讨论的话题本身有时候是不重要的，讨论的人，讨论的方式，决定了这样的讨论是无效的。我们谈写作、谈精神、谈技巧、谈雅和俗，谈到最后，我们依然各执己见，谁也无法说服谁。倒是徒增了一些烦恼，友情也疏淡了。

"我们换个话题！"当有人这样提议的时候，大家都轻松地表示了赞同。

游　戏

小孩子在一起的时候，总是会玩出各种各样的游戏。但是有一点是相通的，那就是必须要严格地遵守游戏规则。若是有人没有遵守，马上会被其他孩子踢出局。大家都不愿意再跟他玩。他们对待游戏的态度是相当认真的，决不含糊。

而成人世界的种种社交事务，其实和孩子的游戏也都一样，也是有规则的。但是规则的内容却是大相径庭。他们以不遵守游戏规则为荣。越是不遵守规则，越是能走得更远，而总是像孩子的时候那样遵守规则的人，是最早踢出局的。

姿 势

每天保持做同一件事情，例如游泳、跑步，或者养花、阅读、喝茶，这都是每个人特有的姿势。不同的人有不同的姿势。这些姿势，就是他们对待生活的一种态度。

寻 找

有时候，我会花上一整天的时间，寻找一样物件，可能是一本书，可能是一支笔，也有可能是儿时记忆中的一块绿色的透明石头。很多时候知道已经找寻不到了，却不愿意放弃，在徒劳的翻寻中又会有新的收获，想找的东西没有找到，却意外地发现了一本旧的日记本，或者一本相册，因而惊喜万分。

在寻找的过程中，我们会和自己的过去相遇，仿佛在一条狭窄的巷子里，你望着我，我望着你，彼此怜惜。

整 理

以前读书的时候，我喜欢隔一段时间整理一下自己的抽屉。让自己的文具和书本变得有秩序，井然有条。我不喜欢课桌上乱堆东西的人，头发不整齐的女生，无论他们有多么优秀。一个房间里的东西，我也喜欢搬来搬去，桌子和椅子摆放的位置不同，往往可以影响我的心情。阳台上的花盆也是一样。

阅读与书写

除了书本之外，不同的人事、客观的存在都是需要我们好好去阅读的。阅读是我们与世界的关系中的一条路径，我们阅读的深度和我们对生活的理解，还有对待生活的态度是成相应的比例的。

在阅读中思考，成了书写者必备的技能。我们书写，是因为我们有话要述说，如鲠在喉。书写是一个出口，可以解决一些生命中的困惑，不至于在浑浑噩噩中度日。让自己时刻保持警醒。只可惜，很多人没有这样的出口，他们的出口像被堵塞的毛孔，积满了灰尘。

天　性

人的内在性格，决定了他们处世的基本态度。对世事的不妥协，对自己的梦想与信念的固执己见，很多时候需要比常人更大的勇气。这样的人天性上更加纯真。而圆滑老练、八面玲珑的人，往往没有原则、泯灭天性，他们的灵魂蒙上了灰尘，而不自知。他们在集市中招摇而过，往往还窃喜自己的聪明。

缺　陷

天性里我喜欢被那些有缺陷的事物吸引。受伤的小鸟、流浪狗、一株矮小的发育不良的花卉，都有激起我去照顾它们的欲望。

有一个朋友告诉我，他有一个画家朋友，经常喜欢结交一些残疾人士，其中有一个女孩子，下身瘫痪，却是个在艺术上十分聪颖的女子。此画家颇为中意此女子，最后结为夫妻。但是我那朋友告诉我，此画家结婚后并不幸福，而是苦恼万分。这是他的缺陷。

缺陷有着超越我们想象之外的庸俗和低劣。最简单的方式是保持距离。始终保持距离。反之，对美好的事物，也应该如此。

选　择

生活总是既定的，其实我们没有作出选择。我们所走过来的这一条道路，或许是我们所能走的道路中最好的一条。分岔路口，不同的方向，那些都是我们幻想的一部分，我们实实在在走的路，只有这一条。

一个笃定的人，对自己走的路是充满自信的，他没有后悔和抱怨。

节制和美

《菜根谭》里说："爱是万缘之根，当知割舍。识是众欲之本，要力扫除。"对待情感和物质，能够如此节制而理性，是一个人成熟的标志。现代人对物质的浪费和情欲的放纵，达到了空前惊人的地步，这是一个社会不成熟的标志。对待自己的一些微小的幸福，能够细心去呵护，心存敬畏之心，因而自足的，那是一种理性的美。这样的美，是现实社会中一道微弱的光，过于稀少，因而觉得珍贵。

告　别

回忆中的事物一次又一次出现在脑海中的时候，我知道我是永远和它们告别了。小时候乡村的卵石小路，村口的那些古树，还有儿时的快乐和纯真。我们总是在和过去告别，在和逝去的时代告别，和我们生命中出现过的那些重要的人、难忘的时光告别。

今天在为昨天告别，明天又将要为今天告别。知道了这一点的时候，突然觉得时光的珍贵，觉得人世间，我们需要太多的珍重，没有时间去怨恨，没有光阴可以去虚度，一日一日，需要我们过得瓷实而稳重，才是妥帖的，内心安稳的。

乡村菜摊的变迁

　　那种流动性的临时菜摊，大约是在 20 世纪 80 年代末才出现在我的常绿老家的。在此之前，村子里的人，若是想要吃到一块肉，要么需要跑上十几里的路去镇上的市场里称，要么要等某户人家杀猪的时候，才能打上一回牙祭。再往上溯，在计划经济时代，因为物资紧张，想要吃到一块肉是需要凭票购买的。对于那时候面朝黄土背朝天的农民而言，吃上一回肉，是件奢侈的事情。更多的时候，一日三餐的菜蔬基本上是靠自家园地里种的。

　　随着改革开放的脚步，市场经济意识逐渐深入到农村里。最明显地，就是通往镇上的村道开始修筑水泥路。而原先步行或者骑自行车去镇上办事的人，换成了乘坐农用三卡或者骑摩托车。而随着三卡的数量逐渐增多，就有人开始从县城里盘一些鱼肉蔬果到附近村子里来倒卖，从中赚取利润。一开始，这种临时性的菜摊生意并不好做，村民们习惯了自种自吃的饮食生活，有些妇女在摊子边转悠了好半天，都没有选中自己需要的。也并不是说自己不需要，只是大家骨子里都比较节俭，不愿意铺张浪费。若是家里不来什么客人，一般都是菜园子里拔一些打发了一日过去。有些家境不怎么好的人家，若是好几日不曾吃到肉，肚子里的油水又缺乏，总觉得搔素，那也是有办法的。那些头刀肉或者鸡壳一则便宜，一则毕竟也带着些肉的香味，因此，在肋条肉摊前转了两圈之后，多数的妇女总是在收摊前的最后时刻站到了卖头刀肉或者鸡壳的那一摊前面去了。有几个孩子，见母亲在菜摊边徘徊了那么久，空着转身回去，总有些失望。但也没见他们纠缠着，吵闹着，他们知道，这样做，是件不体面的事情。所以，那个时候的三卡菜摊，拨来的品种也不多，数量也不多，只是满足了部分乡民的需要。更多时候，这些三卡师傅是需要在白天往村子和镇上两头跑，算是客运卡车，贴补家用。

到后来，随着村子里个体户（我们镇上有些胆子大一些的人，开始放弃耕种的生活，从诸暨县买了K74或K84织机，加入到了乡镇纺织业的队伍中）的增多，逐渐出现了万元户。在这些人的带领下，全镇的村民越来越多地加入到这个行业中来，土地的荒芜也就越发普遍。很多人不愿意种地了，对一日三餐的要求也就越来越多。在这个契机上，那些三卡菜摊的生意也逐渐好了起来，他们中一直坚守着的人，也相继成为村里的万元户。三卡换成了小面包车。昌河、长安等小面包车比原先的三卡大了许多，自然，从这些面包车里带回来的鱼肉蔬果也就丰富了起来。比如鱼腥之类的，以前只有些油铜盏，或一些死的鲢片，逐渐地，山里的村民也能够吃到那些活的沼虾、活鱼。水果方面，以前只有苹果、橘子，后来也能够吃到提子、火龙果了。曾经有一个八十来岁的长者，总是不敢相信似的说，以前我们山里人，哪里想过能吃上活的鱼啊！

这时候的早晨，是村子里最热闹的时候。临时菜场总是设置在村子的中心位置，往往有一个较大的空地，适合将这些鱼肉蔬果罗列摊开。菜场附近的人家，总是会在门口放几张条凳，一大早，就坐满了人。这里俨然是一个村子的"政治经济文化中心"，村子里发生了哪些重大事情，往往最先通过这里来传播。在摊子铺开以后，村里的妇女们便会陆续赶到，挑选自己需要的。有个妇女看到一万元户人家的女主人连续三天买肉吃，就问："上上日吃鱼，上日子吃连脚膀，今朝又吃鸭肉，na（你们家）是村宕里钞票赚得顶多的噢？"心中充满了羡慕嫉妒恨。那万元户的女主人说："日日吃，味道也变得不大好哩。"

里外三村的，有几个面包车师傅，看着卖菜的生意好，都纷纷做起了这个生意来。这对于普通的老百姓来说，是件利好的事情。因为竞争激烈了，菜的价格往往就会下调，但是往往不太长久。有时候几个经营户之间竟为了赌气，恶意降价，亏本经营。终究坚持不了几天，实力差一点的，就放弃了。经过了这样的教训，那户还在坚持的人家，也变得公道起来，不因为他的垄断地位而奇居价格了。这样，乡村临时的菜场算是在稳定中逐渐成熟起来了。这些经营户，靠着他们的吃苦耐劳（都是要半夜里去临近的诸暨县农贸市场或者是富阳城东市场盘货的），盖起了高楼，过上了梦想中的幸福生活。

现在，随着家家户户车子的普及，买菜也都方便起来了。而这些临时菜摊的经营户，还坚守了他们的位置上。生意虽不如最辉煌的时候，却也还算是不错的。而村民们，在自家菜园地以外，更多地也依赖了村里这样临时菜摊的存在了。至于这样的临时菜摊，何时会消亡，就交给时间吧！

远处的那些风景

我所在的村庄位于一处叫作稻蓬尖的山脚下。村子四面环山，山上茂林修竹，苍翠欲滴。因为有这一大片竹林，这里的人家祖祖辈辈流传下来的传统手艺就是做手工纸。办料的槽户很多。每年七月，山上的青竹，会砍掉一些来办料。砍完青竹后的山上会遗留一些箬壳和青竹嫩梢，往往都是大点的孩子去山上捡拾捆绑后卖给收购嫩竹梢的槽户，换取零花钱。家长们允许孩子自己赚来的零花钱自己支配。因此，那些力气稍大些的孩子都会在放学后或者周末里挤出时间，约上几个小伙伴一起去捡拾。

那是我十岁时的一个七月份的下午。空气潮湿却又闷热。那些日子的下午常常要下一场雨，整个空气中湿度很大，正是虫豸大繁殖的季节。

我听说小峰哥要带着小东、阿军上山去捡拾嫩竹梢。他们要将捡拾嫩竹梢的钱去换小店里的汽水喝。一开始他们不想让我跟着，因为我的个子矮小又没力气，怕带着我是个累赘。可我也吵着要一起跟着去。小峰哥住我家隔壁，比我大三岁，很多时候他都会照顾着我。见我这样吵，小峰哥看看我，问，你一会儿能背得动吗？我点点头表示可以。他说，那就跟去吧。

我们全副武装，穿上长袖长裤，还有军绿色的球鞋，腰上还系着钩刀鞘。因为我个子太矮小，我那把钩刀的柄直接要撞到后脑勺上，我只好走路的时候用手扶着刀柄，以防撞到自己。

上山的路只是一条羊肠小道，两边杂草丛生。我一边走，一边四处张望，再看看脚下有没有什么东西，看到附近草丛里有点动静，就不敢走，我怕有蛇。小峰哥还有其他几人在前面催，你去不去了？这么慢！哪来那么多东西（不能直接说出"蛇"字，山里人有忌讳，在进山后都不说这些事物的名称）？我怕他们要扔下我，赶忙壮着胆子追上去了。

近处的山上的嫩竹梢已经被村里的几个可恶的年轻妇女给捡拾完了，小峰哥说，我们只能穿过大臼坞的水库旁边那条又细又陡的石壁路，去水库里面的山里捡拾。他问我们，敢不敢去，大家心里惦记着小店里的汽水的味道，都点点头。我看大伙都点头了，我也就硬着头皮跟着点头。其实我的心里有害怕。

这个大臼坞的水库，我以前曾经听说有人淹死过的，是村里良庚叔家的妹子，当时不慎落水时也才十多岁，听说也是去水库里面捡箬壳走石壁路时脚一滑落水的。所以当大家顺利走过那一截水库石壁台阶后，我还在缓慢蜗动时，大家都显出了愠色。还是小峰哥好，回过来拉了我一把，我这才又跟上大部队，向着大山的深处钻进去。

水库里面的竹山光线特别晦暗，黑森森的。泉水流动的声音特别清脆。人一走进去，偶尔能听到竹梢上惊起几只鸟来，把我们也吓一跳。看到这里有许多的嫩竹梢还没有人来捡拾，彼此都相互一笑，马上动起手来。大家各自选一处地方，把自己捡到的整理成一堆，遇到几枝不听话的，就用钩刀整理。他们的动作都比我快好多呀！那一会儿，都顾不上周围的蚊子讨厌地来叮咬我们的脚管，我们的额头，我们的脖子，还有我们的手臂。大家都卖力地干着，好像几个人之间在进行一场比赛一般。

不一会儿，大家都已经累得满脸都是汗水，头发丝都并成一束一束的了，发尖上挂着汗水。但是大家都很用心，水库里面的这一片竹林的嫩竹梢都被我们收拾整理干净了。

我们几个捆不好这些嫩竹梢，小峰哥帮我们一一都捆好。还教我们怎样就地取材，他去旁边砍了几根朱藤来，教我们打结的方法。因为他经常跟着他的哥哥一起去锄头岭、翻山等地方砍柴，捆扎柴垛对他来说已经很轻松了。

捆好这些嫩梢是小事情，但是要背着这些湿漉漉的嫩竹梢到村子里，再背到收购嫩竹梢的地方，还有许多许多的路呢！没有办法，小店里的汽水在召唤着我们。我们咬紧牙关，吃力地背着，一步一步缓慢地背着。我又是落在最后面的，虽然我那一捆，被小峰哥说成不能算"捆"，只能算一"把"，可我还是吃力地背着，几乎是每走十步歇一脚的。

等我背着我那一"捆"嫩竹梢到收购的地方，那个收购嫩竹梢的人（那个时候我还不认识他，只知道是个小个子年轻人，后来才知道人们叫他东传坏蛋）跟我说，就这一点点，就不用算钱给你了，反正这嫩竹梢收购完了都是归你小舅的。

看到小伙伴们都已经拿着换来的零钱喝着三毛钱一瓶的汽水，饥肠辘辘的我终于忍不住了，大哭了起来，并且谁来劝我哄我都没有用（小峰哥把他手里的汽水瓶递给我也没有用）。那一天，我没有喝到我想喝的汽水，而是放开嗓子大哭了一场。

哭到头疼的时候，我只看到，远处的那些风景，在我的眼前变得一片模糊。

鸟兽为邻

· 出边出沿（外几题）

春游安顶山

大溪村的下午

回地、羊子和我

火把、手电筒和路灯

距离和风景

路边的一个镜头

我的上海时光

乡居生活

鹰嘴潭探幽

在水果站实习的时光

兆吉坞的春天

坐车

过骑村翻岭去上官

第二卷　　Chapter

记忆深处

02

出边出沿（外几题）

孤独和局限性

因为我们人与人之间的不同，所以我们自身与他人除了共同的交集以外，对事物的看法是不尽相同的。也因此，人们常说"知音难求""他人即地狱"。正因为如此，我们人类在普遍意义上逃脱不了孤独的困境。

每一个人都有局限性。每一个人也因此都是孤独的。解决孤独的途径就是爱。因为爱是包容，爱是理解，爱是谦卑，爱是尊重。包容什么？理解什么？谦卑什么？尊重什么？对他人的局限性的包容理解谦卑尊重，就是爱啦！

学习谦卑就是认识自己的骄傲。一个人身上的骄傲越多，他的局限性就越大；一个人越是谦卑，他的局限性就会越缩小。

微小的快乐

村口那个堰潭，由于连续好几次强降水，水位高涨，冲力加大，现在已经被冲得很深很大。经过昨晚一夜暴雨，堰潭里溪水又变得非常清澈，冲下去的水花像一个微型的小瀑布。这个水潭也非常适合戏水游泳纳凉。这么一个天然泳池，却没有人来游泳，大家宁愿在自家浴室的淋浴花洒下洗个澡。村里人不论大小，似乎也都失去了往日年代的那股自然野性。

今日，我又可以一边蹚水，一边捡拾漂亮石头。只缓慢蹚过几步远，我就在水中捡到了一颗被水波浸润打磨得有些残破的象棋子，是一颗黑色底子的红色小兵；我又在水中捡到一块砚台大小的平整石头，上有一个小小的孔洞，似水滴石穿一般。一块石头之所以变成现在这个样子，可以引发我长久的沉沉的思考和幻想。这让我想起有个作家曾写过的一句话——"我的快乐都是微小的事物。"

经过省察的生活

儿时每天放学回家后，我总是要坐在灶膛前，给家里养的猪煮饲料，往往都是煮些番薯丝。那一刻，我常常会一个人望着灶膛里的火苗发呆。

起初，刚刚生火时，总是遭遇困难，或者因灶膛里旧的灰烬没有退去，空间不够通风，或者其他，就像母亲在分娩孩子时总会有困难险阻。好在终于能够点着，并且越来越旺，持续很久。

有时候火很旺，有时候又快熄灭了，我那时便觉得那就像人生有起有伏。待火快熄灭时，我只须适时添加柴火，后又很旺。这就好像是一个人身陷绝境中，突然有人帮了他一把，使他重新振作。而我那把适时添加的柴火，就是最及时的助力。如此反反复复，就像人生高高低低。我为那假想的受助之人有如此跌宕的人生感到喜悦。

一个人对周遭的人、事、物、时间和空间都存有敏锐嗅觉，可以从这些微小事件中扩展开去，去思考人与世界之间的关系，或者生命存在的意义。我想，这就是在过着一种经过省察的生活。

荒谬与勇敢

在人类追寻自我、探询生命真谛的道路上，有这样一类人，他们选择一条艰苦卓绝的道路，声称因为荒谬才可信，因为不可能才肯定。他们以个体生命的实践来抵抗这个世界的荒谬，这是一场疯狂的斗争。帕斯卡尔、克尔凯郭尔、陀思妥耶夫斯基、别尔嘉耶夫、舍斯托夫、佩索阿、卡夫卡、马尔克斯、辛波斯卡等，他们之间，存有一条隐秘的文学密码链，世界的荒谬和他们的勇敢是解开这密码链的钥匙。

只可惜我们当中的大多数人，往往选择一条随波逐流的道路，被世界的荒谬奴役。

雨天中的盼望

处于长时间的阴雨天中的人们，犹如进入了人生低谷一般，心情会变得很糟糕。那些散射的光线，让事物的轮廓变得不清晰。一场雨如果下得太久，可以改变一个人的性情。《百年孤独》中那场下了四年十一个月零二天的雨，虽充满了荒诞的色彩，内里却是在讲述真理。即，我们应当在命运的阴雨中寻求出一条生命的盼望之路。

我有时候可以从屋檐上滴下来的雨水中，看出人世间的温暖和湿润；在烟雨蒙蒙的雾气中，看到大地永久的希望和活力。

雅致生活

始终保持对微小事物的好奇目光，如为一草一木的细微变化而感到欣喜，如此，我们可以过一种雅致的生活。雅致生活和我们使用物品的奢侈与否没有关系。当我们能够时刻敬时惜物，和这个世界保持最简单最朴素的关系的时候，就算只是喝最简单的一杯开水，或是温一壶黄酒，加上几碟小菜，都是极好的。

而我们往往为了追求一种虚妄的生活，丢弃了本可以如此简单的幸福。

中国茶

桌子上放着一听茶叶，上面写着"中国茶"的字样。茶叶我已经喝光，但是这个铁皮盒子我一直没有舍得扔掉。或许只是因为罐子上头那三个略有古意的康熙字体让我不舍，或许是因为——我看到太多这样的物品的盒子被用完后丢弃而感到不舍。它让我想起小时候的一个饼干盒子，我曾用那个饼干盒子当收纳盒，藏了我许多儿时的小玩意儿，直到那马口铁皮都长出锈斑，我仍不舍得扔，我怀念那敬时惜物的物质贫乏日子。

物质极大丰富的现代社会，更让人思考，我们该怎样和这个世界相处。

云上的日子

在新闻中看到一对 80 后夫妻逃离京城，去乡下过喂马劈柴的云上日子。我和我小学时的班主任在微信中说及此事，他跟我说，能回乡下去过一过劈柴种菜的日子，多好呀！好是好，但真要这样回去过日子却是难的。

我首先是喜欢过乡村生活的。清明节回乡祭扫，看到宁静的山冈、清澈的溪水，还有春天林下水边开放的紫堇花、野毛茛花、夏枯草，村口几只老狗和芦花鸡等，种种种种，对我来说，都是无比亲切熟悉。但我深知，人总是要被故乡放逐的。有句歌词这样唱："我的故乡容不下我的理想。"如果有一天，你突然放弃城市生活，回到乡下生活，那会遭到一束束目光的深切打量，并开始各种怀疑、猜测等。所以，如果真要过一种宁静的乡村生活，不妨去选择一个和故乡有相似地理环境的乡村，去开拓属于自己的生命疆域。开拓一个属于自己的家园，喂马劈柴、洗衣做饭、种耕蔬果、开拓荒地……

等你老了，在夏日宁静夜晚手摇蒲扇细听蟋蟀鸣唱时，那里又成了你的子女们的故乡了。故乡和一代代的人之间，永远存在一个悖论。

限 制

有人说，去做一件事，去爱一个人，这就是幸福。然，我们在具体的行动过程中总是会感到沮丧。如同我们想努力画出的一条直线一般，最终都会偏离了我们心中的那条轨道，离目标越来越远。这是现实对我们自身的限制。这样的限制是否可以被突破？答案在行动中。爱默生说："行动大于思考。"我们很多时候都在思考，我们有各种各样的对未来生活的憧憬。在这些思考还没有落实到行动之前，都属于我们幻想的一部分。例如，我想去开一家植物主题的概念店，这个想法甚至已经酝酿许久，但是当我真的想去做它的时候，又变得患得患失。直到今天，我还没有去做这件事。很多时候，我们想去做一件事情，但总是自己给自己设置了障碍。若真是下了决心，这事情会比我们想象中更简单。梭罗说："最大的收获和价值远不能得到人们的赞赏。我们很容易怀疑它们是否真的存在。"

不能实现理想的人，都是自己把自己给限制了。

秕 谷

中秋节前一日回家。和上一次回家不同的是，院子里的夜来香和小桃红都已经被清除掉。整个院子里透露出一种秋的荒凉气息。攀爬在桂花树上的丝瓜，结的许多瓜已经老掉。一些叶子已经显出颓色。而在丝瓜嫩梢上，却还是长着许多细小的瓜。这些小瓜该长不成瓜了吧，我想。它们来得太迟了。阳光和风等待不了它们长成，它们会在秋风中渐渐枯萎，让我想起一句话：有些稻谷到最后还只是秕谷。

出边出沿

记得我儿时有一回，我们一家去一里路外的我外婆家串门，回来时已是黑夜。父亲举着火把，我们一起走夜路。乡间的路本就不宽阔，而我却欢喜在黑夜中走路连蹦带跳，还不时东触触西触触，在路边或拔一支狗尾草，或摘一朵野花。即又用脚去踢路边的一颗小石子，一路走一路踢。

父亲终看不过去，手中举着火把，停下脚步，即责备我。说这样黑的夜路，不端正走是为何？我忽见火光停住，就转过身来，见父亲表情严肃，只好默不作声。

父亲见我低头，说，走路要走正中间，不可走到出边出沿，这是正道。做人亦是一样。路走歪了，就像这走路走到了出边出沿，是要跌落悬崖，跌落溪坎一样危险。总是走在正中间，不至于出理出格，被人唾弃。

父亲又说，走路就是走路，不可一边走路一边东触触西触触。小人不可手这般肉触，遭人嫌弃。做事情亦是一样，要做得端庄郑重。做一件事的时光，就好好做好这一件事；不要这个做做又那个做做，到头来却什么也没有做成功。

"做人做事都做得好了，你长大了才是个有用场的人，晓得没?"

夜路中,我点点头,觉得这周围都黑洞洞的夜色亦是郑重。天地万物此刻一同静默不语,自有一份端庄。

走路原和做人做事,是一个道理。父亲那次的教诲,我终不敢忘记。于是对这"出边出沿"一词,就专门记得,印象深刻了。

一枝黄花

我们有几个热爱自然的朋友,有时候也会一起探讨对自然的认识。前一阵子我们讨论加拿大一枝黄花。发现它更容易在被污染的土壤环境中疯狂肆虐,且严重破坏土壤结构。而在生态环境好的地方,即使有生长,也是小小的一两株,不会蔓延开来。

在城市化进程的道路上,人类对于土地的戕害,从这棵小小的一枝黄花上,管中窥豹,可见一斑。这让我想到了一句话——毒草长在毒土上。

春游安顶山

谷雨前三日，也即是阳历 4 月 17 日，我们开开书店书友群一行十五人约好去里山镇安顶山踏春。我们分三辆车前往。我和几个刚认识的书友同坐张敏师傅的车前往。人间四月天，一派明媚清亮色彩。从城区驱车前往里山的路上，沿着富春江南岸一直往东面开。一边是盈盈春水，一边是高低起伏的山峦曲线和天际的明显分界。从远处望过去，山峦上深浅不一的树冠的颜色，呈现出一种丰富的层次感，那是四月里特有的景色。树冠变得越来越繁茂，大片的油亮新叶抽发着，伴随着淡淡的植物清香。

我一边眺望远处的景色，一边听着同行的两位书友 WW 和叶子的交谈。她们两个，一个儿子在读高中，一个女儿刚读大一，互相交流着育儿心得。我且先听着，心想或许日后对我也用得着。而且，听着她们分享的孩子故事，也是蛮有趣味的。

车子拐进里山方向后，沿着一条宽阔溪流逆向而上，一路都是上坡的路。山坳初开阔，渐次收拢，变窄，继而沿着盘山公路蜿蜒曲折而上。而越是往上，视线就变得越来越开阔。只见村舍茶园，竹林阡陌，错落有致。沿路人家，庭前屋后栽花种树屋舍俨然。同行的书友说，现在还是农村人家舒适，吃着有机蔬菜，呼吸新鲜空气，喝着甘甜山泉，住着花园洋房。确实，我也觉得，这里宜居宜住，是个好地方。

　　车子继续往上开，在转了不知道多少个弯之后，终于来到了安顶山山顶上。其实之前我也来过安顶山，不过那是多年前的事了。而这次的感觉，仿佛比我想象中，还要再高一些。感觉变化还是比较大的。作为本地一处景点，这些年政府对安顶山的建设，应该说是重视的。我有一种仿佛来到安吉天荒坪的错觉。这一路开上山，我心想，没有好的驾驶技术，还真有些不敢开。坐在张敏师傅的七座车上，稳稳妥妥，我要为他点赞。

　　其实，在这之前，我只认识店主和牧野，与其他书友我都未曾谋面。好在这次借着踏春的活动，可以多结交几位有趣朋友。我们来到了山上的饭店后，就着手开始自己准备做午饭的菜。饭店只给我们提供场地，我们需要自己双手劳动。不过我喜欢自己动手做的感觉。前一日群里书友小草跟我说，让我烧下菜，我说好，我尝试一下。

　　《孟子》在《梁惠王章句上》中云"君子远庖厨"。而我觉得，物质生活也是最易温暖人心的。我有时喜欢一个人去菜场逛逛，没事的时候去超级市场走一走，回来时，总是会大包小包拎上一点。记得有个朋友曾说："任何时候，当你觉得人生已经暗无天日，没有任何希望、乐趣，自己像一张油腻的破抹布随时可以扔掉的时候，请你开始打扫卫生、买花、做饭……"是的，生活需要我们去感受。其实，任何时候，我们都可以体味出幸福的感觉来，比如做饭，我喜欢做饭。为了这一次的聚餐，我特为提早一日，去山上采来了南烛叶，用破壁机打成汁水，浸泡糯米8

小时制作乌米饭。春天里，我还喜欢去野外剪荠菜、马兰头，或是去山上采蕨菜、长脚笋。我想，只有愉悦了我的胃，才可以进而愉悦我的内心。没事多在厨房里忙碌整理下，擦个铁锅，做个菜煲个汤之类的，日子就该在这般的忙碌中度过。

小草、牧野和我三人负责做菜，其他人择菜洗菜。大师兄被小草安排剥虾仁。由于只有一台双眼煤气灶，我们三人只得轮流做菜。做红烧牛腩和腌肉春笋，花去了不少时间。在这中间，我们将需要烧的菜都配备好。书友"就那样"因为要提早回城，所以他也主动请缨，要来露一手，说要烧两个菜。由于对锅子不熟悉，他炒马兰头的时候油放多了。蕨菜是他的最爱，所以他说也让他来掌勺。小草和牧野的烹饪水平都不错，大家几乎是抢着烧菜的，都有表现的欲望。我后来也烧了两个菜，红烧大球盖菇和常绿沃豆腐。

经过分工合作，再是同席吃饭，大家渐渐熟识起来。饭后，我们又去山路上散步、拍照。小沁给大家拍照留影。在一棵日本晚樱树底下，大家拍了许久。之后，我们又去了山顶上的观望台远眺。放眼望去，富春江美景尽收眼底。近处的茶园里，许多个采茶女头戴遮阳帽，腰间系着一个竹篓，正在埋头采摘。在观望台上，我们还遇到了一家传媒公司的人，是来拍雨前茶视频的，临时把我们一行人当作群演，书友大师兄很好发挥他的幽默感，他真是个有趣之人。他和大师姐俩，穿着粗布麻衣情侣服饰，仙风道骨，给我神雕侠侣的感觉。

在回城路上，大师兄在小群里相邀，说让我们一行人再顺道去他的一个朋友那喝茶，在一个叫厚德农场的地方，也是在安顶山上。那朋友说，那条上山的路不太好开。后来我们大伙是真切体验到，路还真是不好开。我们几个坐在张敏师傅的七座车上，一路颠簸前行。石头泥路，又是上坡，又是盘山路，极考验驾驶技术和人的耐心。我仿佛回到小时候。应该说，比我小时候走的乡村泥石路更不平整。我是真心佩服张敏师傅了，他始终开得很有耐心。一路上，我们笑说，这杯茶，真不容易喝，一会儿可要多喝上几杯。

终于，我们终于还是到了。一切都是值得的。仿佛前面的艰难前行，就是对这里的茶叶珍贵的最好诠释。大师兄的朋友和我们年龄相仿，是一个学茶叶制作的女大学生，和另外两个同学一起，在这个没有无线信号的大山上，凭着自己对茶叶的热爱和对自己理想的执着，在这里制茶。每年在这山上至少要待上几个月。同行的 WW 说，待在这里，需要耐得住寂寞。其实，现在有不少年轻人，特别是有些女孩子，并不是像我们想象中那么柔弱。她们认真去做一件事的时候，拥有一颗坚韧的异乎寻常的心，就像这山上的茶叶一样珍贵。她给我们冲泡了新近制作的九曲红梅，也叫九曲乌龙，属于红茶中的一个珍品。如此难得地来到这里，又是珍品，我们自然要多喝上几杯。

只可惜，我们中有朋友需要早些回城，我们只得一起匆匆和主人家告辞。浮生半日之闲，期待下回。

大溪村的下午

当我走进这个村庄的时候，时光仿佛即刻慢了下来。阳光照射到树叶上的速度是缓慢的，那初夏的阳光如一只温柔的手，抚慰那些树枝上发出的新叶。风缓缓吹过来，这些叶片微微闪动着它们的身姿，更像是一种诉说。我只须凝望着，不需要思考，因为这凝望本身就是一种倾听。一个在岁月中静止不变的村庄，像一条缓缓流动的溪流中的一块大石头，不论水流如何冲刷，它依然保持它应有的姿势不变。相反，在历经无数次的水流的冲刷洗礼后，这石头反而变得更加光滑、温润，就像这个村庄。我喜欢这样的一个村庄。

大溪村和我过去到过的许多村庄一样，她安静、平和。她没有因为我们这一行人的闯入，而变得不安。她更像一个处变不惊的长者默默地注视着我们。倒是我们，在她的面前要显出局促不安来。在她的慢慢展开的容颜前，像我，以及和我一样前来的我们这些小县城的所谓从事文字工作的人，反而觉得，这样的一个环境，才是我们应当追求的生活的本源。

进入这个村庄，让我想起了美国作家爱默生说过的一段话：

"对于一个强健的心灵来说，乡村生活与那种人为色彩浓厚、草草而过的城市生活相比，具有明显的优越之处。我们从自然里知道的要比从随意的社交活动中知道的要多得多。自然的光不停地流入我们的心灵，而我们却忘记了它的存在。"是的，这就是一个还继续充满着活力的村庄。相对于钢筋水泥和各种移植花木堆砌起来的繁荣的小县城，这里确实更有明显的优越之处。让我觉得可惜的是，现在能够像大溪村这样尚且保留着原始农业的作业方式的村庄，越来越稀少了。很多村庄随着社会的变迁，那些肥沃的土地不再被锃亮的铁犁翻松，让它们可以吸收更多的盐力和美德，来加强它的生命。

有时候，我会幻想到一个小村庄去居住一段时间。那里还有稻子青青的水田，水田边上那些田埂小路上，会留下我赤着脚丫的印记；我还可以看到几个孩子，在水田边抓泥鳅，钓黄鳝；我会幻想看到夏天的一场雷阵雨到来之前，田野上空黑压压地低飞着无数只蜻蜓的壮观场面；我会闻到雷阵雨过后，泥土中升腾起的那股夹带着蚯蚓的腥气味道；或者，我会呆呆地坐在某户农家的屋檐下，看着天上落下来的无数的雨水，笼罩整个村庄，以及村庄外面的村庄；我还会看着远处的山峦渐渐变得模糊不清，像我的一个个未遂的远行的愿望般；看着屋檐上流下来的檐沟水冲刷着廊前的一块大石头，那石头因为久经这雨水的洗礼，竟被冲出一个洞来。我想，这样的一个水滴石穿的小小洞眼，正如同我儿时的村庄在我生命中留下的那些烙印般不可磨灭……

来到大溪村，我的这些幻想仿佛顷刻间被唤醒了。当我们来到山脚下的一户五好家庭户拜访的时候，我看到这户人家只住着两个白发苍苍的老人。这对夫妻该是在这里住了一辈子了吧。他们的孩子，还有他们的孩子的孩子，现在都住在那个水泥丛林的小县城里去了。他们没有跟着去，他们选择继续留在这里，我想，这不是没有理由的。我们这一行人走进这个窄小而略显得昏暗的堂前，老奶奶非常热情地请我们坐下来。说实话，我们来的人太多了，没有足够多的凳子和椅子可以坐下。我们站在那里，东张西望，看到一处，似乎就能回想起很多事情来，然后点点头，在嘴中轻轻地说着些什么。堂前的墙上，贴着一些花纸，这些花纸上已经结着一层灰，但是我们中间的几个人，还是一眼就看出了花纸中的那个明星。不知是谁，说，这个是陈冲，这个是谁谁，我也不记得说的是谁了，这些明星出名时，我应该还只是个小屁孩，只记得这画纸边上那几个字是：金鸡啼鸣，百花迎春。这几个字，突然让我想起过去年代的许多往事来。我穿过这老房子的堂前，屋子里面是个厨房，石灰糊的一个土灶，后面有一扇门。我走出去，看到老人家在磨刀。我即刻拿起相机，抓拍起来。老人家穿着卡其色布衣，一条青色的裤子，脚上穿着一双全靴套鞋。他磨一会儿，用手指螺面轻轻地往刀口上比画一下。见到我在拍他，朝我露了一个笑容，那张嘴巴有些干瘪，笑起来的时候很自然地凹陷了下去。

　　一个下午的时光，说慢是慢的，说快也是快的。回去的路上，当我再次看那些用石头垒起来的小房子，再次看到那些瓦片上和马头墙上长出来的瓦葱，再次回头张望着那户山脚下的人家时，我想我是一定还要来这里的。再过一些天（我想是暑假的时候），我要到这里住下来，我要把我前面写下的那些幻想，变成确实发生在我身上的事情。一想着这些即将发生在我身上的事情，我突然觉得，我的心里满满。这是这个村庄给我的感觉，我感谢她。

回地、羊子和我

回地从北京回到浙江已经是两年前的事情了，那段时间里，他一直在他家乡新昌给学生做二胡的家教辅导，这一做就是一年多。他刚回来的时候曾经在我们富阳小住，我和羊子那段日子里只跟他见过几回，我的心里至今还有些过意不去。回地是我们共同的朋友，朋友本应该好好招待的，只可惜，那段日子，我们几个都过得比较糟糕，日子似乎在和我们开玩笑。

在去年暑假的时候，回地来电说，他要去韩国编一本杂志，过几日到杭州南火车站坐车先回北京安顿一下（他在北京还有妻儿需要安顿）。我和羊子一起去送他。实际上，羊子也是在那个时候左右决定去新疆支教的。所以，我们的那次短暂相会，显得弥足珍贵。这两个朋友，一个往东，一个朝西，只留下我还在这里，不免觉得孤单。我们往富春江东边走，那截路正在施工，八月的太阳下，黄沙漫天地飞着，那车一颠一簸地，羊子开得很慢。在羊子的车上，我们几个调侃起来，戏称回地是"东游记"，而羊子是"西游记"。

把回地送到车站，我们两个和他紧紧地拥抱了一回，他拖着沉重的行李，站在拥挤的人群中继续等待。他的头发一束一束的，沾满了汗，那件军绿色的汗衫已经被浸湿，我突然觉得他的旅途将会变得很劳累，有一丝不舍得，而羊子却已经从候车室里走了出去。

实际上回地后来并没有"东游"，他在北京没有安顿好，他的妻子病重，他需要在她身边。他也舍不得离开他的七岁的孩子。在后续的联系中，他告诉我，他一直生活在北京，我为此觉得很安心。

我们从杭州南的火车站出来后，穿过萧山城、杭州滨江区，沿着钱塘江大桥回富阳。在沿江回来的路上，可以看到一片片茂密的山林。在快到东洲黄公望村的时候，我突然想起了黄公望森林公园，听说本地市民凭身份证可以免费游玩。我知道市政府正在建设美丽乡村，共绘富裕阳光的"富春山居图"，这里是浓墨重彩的一笔。所以黄公望森林公园正在紧锣密鼓地建造当中。正想着要不要和羊子提议去那里走一走，没有想到羊子先说了，去新疆前，我们一起去黄公望森林公园走一走吧。我突然觉得再过几日，我们两个就不可以经常一起出去散步，或者在公园里闲扯一个下午了。一路上，阳光特别强烈，空气也干燥得很。道路两旁的植物绿得发黑，那一片一片的浓荫，该是多凉爽呀！

我们把车子停在森林公园入口的停车处。这个森林公园，其实还没有施工完毕，工人们正在抓紧干着。我们往山上走去，一条宽阔的路伸向竹林的深处。路的边上，是一条清澈的小溪。我们找到一处较深的水潭，下去洗一把脸。这水真是清凉，我忍不住用两只手捧了几口喝，那味道是甜的。难怪大痴黄子久要选择这里结庐隐居了。一路上，我们一直谈着去新疆的各种事情，这里面有好多的期待。羊子居然说，这次是去支援新疆教育事业的，要搞好民族关系。我听着笑了起来。后来他又说，其实他是个很想去外面走一走的人，有点像吉卜赛女郎，骨子里喜欢漂泊。说得我也有些心动起来。是啊，我想起《小王子》里的扳道工说："人是永远不会对自己待的地方满意的。"他最后又说，他其实是希望离开这里，换一下生活的环境，以便更好地看清楚自己，看清自己到底需要过怎样的生活。他还希望去新疆后，自己可以写出点作品来。我想，他应该是要写出好多好多的好小说来的。

外面的阳光还是很猛烈，但是竹林里却很阴凉。我们选择一处秋千，坐下来休息。他问我今后的打算，我没心没肺地说，就这样一直过下去呗。过好每一天，我们就都可以好好的，这样就算是幸福。他点点头，没有再继续说下去。去新疆前，他去买了个单反相机。我以前出去游玩总喜欢拿着个单反相机东拍西拍的，羊子总要说我，一朵花、一棵草有什么好拍的，你吃得空啊！现在，我倒是不怎么喜欢拍了，他却去买一个来。看到他从背包里取出相机的时候，我正好逮住机会，也要说他一回。他笑笑说，我是因为要去新疆，工作需要。

我们越往上走，越觉得这个地方的好来。修竹茂林、树木葱茏自不必说；泉水叮咚、百鸟相鸣也不是假话，最要紧的还是这里的雅静。那一块块的石台阶上，有一层隐约的青苔附在上面，似一种岁月的痕迹。黄子久云游至此，大约也是被这样一种雅静的氛围所吸引的吧？

天色渐渐暗下来的时候，我们才返回。那水边一丛丛的彼岸花在风中，像一团团火光在幽暗中跳跃着。空气中吹着一股滚烫的暖风，是八月的热浪滚滚的傍晚。

　　羊子现在还在新疆支教，但是他到现在似乎也没有调整好状态，一直还没有我期待中的那样，写出好的作品。不过，有一点很好，他跟我说，他现在渐渐适应了那里的生活。原来，换一个环境，我们需要那么久的时间来调整身心。回地、羊子，还有我，我们聚会，我们又分别；我们行走远方，或者我还停留此地。而我们的生活也都是要在彼岸世界里发出光辉来的。

火把、手电筒和路灯

在阅读罗恩·拉什的小说《美好的事物无法久存》的时候，读到了里面关于手电筒的描述时，我的思绪仿佛回到了小时候自己把玩手电筒的时光。这样的一种记忆让人觉得亲切又久远。马尔克斯曾说过，只有当你远离家乡，来到某个陌生的地域，"家乡"的面目才会变得清晰起来。类似的话格非在《文学的他者》中曾写道："没有新的经验和事物的介入，经验和记忆本身也许根本不会向我们显示他的意义。"

那时候的冬天，都格外冷，寒风凛冽。母亲还年轻，我们家距离外婆家不远，只有一里多路。冬天的夜晚本应该早早地入睡，母亲却喜欢到外婆家去串门。有时候回来晚了，又没有手电筒，外婆会从那扇黑漆漆的门后面拿出两个火把来，用竹篾编制的。外婆在拿火把的时候，总是会惊动鸡舍里的老母鸡。那些受了惊动的老母鸡会发出"咯，咯，咯嗒，咯，咯，咯嗒，……"这样的声音。那个鸡舍就在门后面的楼梯底下。

出了墙门，我们就点了火。火很旺，却不经烧。在黑夜里我们都走得很快，风吹过来，火就更加旺了，往往还没有回到家，两个火把就要烧完。有时候母亲会在点火前将火把稍微受潮一下（往火把上洒些水），可以烧得慢些。在夜路中姐姐拉着我的手，我怕黑，母亲总是往我这边照过来。这样一家人在黑夜中走路，这个火把就显得特别温暖。那样的火光映在我面前，周围显得更加黑森森的了。寂静的夜中我可以听清楚溪水的流动声。这一路上缓缓地走着，好几处有堰潭，水从高处冲下来，声响变得很剧烈，我猜有许多水花溅出来。那一刻总让我疑心那些堰潭里面有水怪，那些声响是它发出来的吧？

再后来，父亲买来一只手电筒。这样，我们就不再需要外婆的火把了。渐渐地，我再看不到火把了。它是在哪一天消失在了我们的视线中，我不得而知。我非常喜欢这只手电筒，总是在和家人走夜路的时候要求由我来执掌。那时候的夜黑得宁静深远，我会用手转动手电筒的头，试图让光线更加聚集成一束。我把它当作玩具一样，不总是照着路，时常举起它，想要照射天空中的黯淡星子。那光柱会伸向遥远的夜空，我很想知道，它到底照到了哪里，尽头在哪里？这样的未知让我觉得美丽。让我想起悟空的兵器定海神针，可以一直通到天上。在很多年之后，我在书上看到过一种事物，叫通天塔，也叫巴别塔。我想，那个时候我一定觉得那光柱已经把天地连在了一起了吧。人总是想要通过自己的本事，和天连在一起，即便那时候的我还仅仅只是一个孩子而已。

前几年，村里装上了路灯，夜晚变得不再漆黑。这让走夜路的人着实方便了许多。我记得我们以前在没有火把和手电筒的时候，仅仅靠着路基的微弱反光也可以勉强行走。我们会凭着经验感觉到路基和周围的草丛总是会有些许的不一样，它的散射比草丛来得更加直接一些。而现在，我们不需要再做这样的辨认。当周围的事物让我们越来越安逸越来越便捷的同时，我们身上的一种外在视力和内在视力却都在逐步地弱化。我想这也是为什么我们人类越是进入文明，身上的嗅觉和听觉等却越来越弱化的原因。

现在，有些东西都已经不见了踪影，比如火把和手电筒。有时候想起，我会特别地怀念。而现在的人，已经习惯了遗忘，却不习惯于记忆。那样的夜晚，已经永远离我而去了。只是这些记忆，还会永远存留于一个人的历史之中。

距离和风景

　　任何事物都存在于一定的空间和时间之中，事物之间的空间和时间的距离会让它们产生各种各样的关系。在恰当的距离中，它们之间的关系都可以是很美的。

　　这就仿佛有人用照相机去拍摄一朵小花，如果过于靠近，将无法对焦，呈现出的就是一片模糊的景象；但如果太远了，又不能清晰地呈现花朵的样子。拍摄一朵花是这样，人与人之间也有着一定的最佳距离。不管是陌生人、朋友或者亲人乃至配偶，我们都该在这些角色中处理好彼此间的距离，不处理好，就会让这些关系走向糟糕的方向。

　　如果对陌生人过于热情，就会给对方造成一种人际压力。我的母亲好客，我带朋友初次到家做客，我母亲热情地招待，不时夹菜给我的朋友，还问很多问题……朋友临走的时候却说，下次不敢来了，你妈妈太客气了！热情本身不是不好，只是我母亲没有拿捏好，硬生生把我朋友给吓走了。中国有句古话说："君子之交淡如水。"说的就是朋友之间的距离该怎么好好把握。常常看到有人在抱怨，为什么我们的亲人最不能容忍我们的缺点，原因是亲人往往因为朝夕相处，彼此之间的缺点充分暴露，根本无法掩饰。一对夫妻往往在彼此仇恨的怒目相对中，透过对方的瞳孔，只看到了自己的影子。看到自己的影子，实则是一种骄傲，一种自我的认定和对他人存在的忽略甚至否定。

当我们彼此靠得太近，我们就无法很好地看清楚对方，就像照相机无法清晰地对焦。这时候不妨后退一步，换一种视角重新审视，你会发现，世界和你自身都会是另一种美好的风景。

路边的一个镜头

　　在昨天去吃晚饭的路上，我看见了一个特别不幸的人。

　　他看上去已经有五十多岁。短短的头发有些花白了。皮肤是那种因为长期在太阳下晒着而显示出来的黝黑的颜色。两只眼睛都已经没有了眼珠子，只剩下两个凹陷的眼眶，干瘪，空洞。他的手也是残废的了，手腕前面的两只手掌都不见了。我猜想，在他的身上，一定发生过很多不幸的事情。他穿着一件藏青色的外衫，厚厚的布料外还是可以看出他渗出来的汗水。现在在街上已经很难看到有人穿这样的衣服了。他的一只手臂上挽着一个小小的油漆桶。在外衫口袋里，还装着一包红河牌的香烟。

　　我看到他的时候，他的额头上沁满了豆大的汗珠。他似乎对这一截路很陌生，一直原地打转。我看到他的背后有一根水泥的柱子，是那种限制车子进入小区的水泥柱子。我看到他站在墙根，不断用脚去探路，又不敢前行的样子，是那么无助。我停了下来，站在离他大约三丈远的一边望着他，犹豫着要不要上前去帮他一把。

　　在我的脑海里，突然映出了我小时候遇到一个瞎子的情景。

我记得那时候听到瞎子手上敲打铁片的那种声音，就会远远地避开。母亲曾经跟我说过，遇到瞎子，千万要避得远，不要让他的探路棒碰到，会倒霉的。因而在此刻，我看着眼前的这位可怜的不幸的人，却突然在内心里对自己鄙视了起来。我就这么一直呆呆地站在他的不远处，望着他，又不走近他。我不知道我到底想干什么，我不知道我会这样一直站着看多久。

他一会儿用脚探一探前面的路，一会儿摸着墙壁艰难而慌张地走着，但是在触碰到那个水泥柱子的时候，总是显得那么胆怯、无望。这个水泥柱子对他来说，似乎是个旋涡一般，他怎么也无法摆脱。他就一直在原地打着转，显出十分焦急的神情，似乎要急切地到某一个地方去。就在这个时候，我看到他那外衫口袋里的那包红河香烟掉了出来，但是他似乎并没有发觉。

"这是你掉下的香烟！"

我捡起那盒香烟，投篮一般扔进了他那个锈迹斑斑的小油漆桶里。那香烟盒很轻，里面大概只有两三支了，那个盒子看上去已经有些皱皱巴巴的，大概已经在他的衣服口袋里放了有些日子了。

我有点惊讶，我居然会跨出这步，向他伸出援手。同时我发现我内心里对他还是很嫌恶的，但似乎又有另一种情绪在指责我。

"谢谢你，请问，这附近哪里有公厕？"他急切地问我，希望从我的回答中得到答案。

不知道为什么，我突然有点后悔去帮助他捡香烟。他这样问我，我该如何回答呢？离这附近最近的公厕也需要走两百米左右，而且需要转好几个弯。可我没有时间再帮助他了，别人还在等着我吃饭呢。我甚至觉得这是我自己给自己制造的一个麻烦。所以，我很不耐烦地说：

"这附近的公厕，从这里走过去要转好几个弯呢！有点远的噢！"

我说的时候，看到他额头上的那一颗颗圆滚滚的汗珠滴落了下来。他似乎有些失望地应着：

"噢，噢！那我不去了，不去了……"

我看着他还是在那水泥柱子边不远处的墙根徘徊着，忍不住朝他再喊了声：

"你前面是个水泥柱子，往再边上一点走！"

他不住地点头，表示感谢。渐渐地，他也走远一些了。他终于走出了那个水泥柱子的旋涡。我逃也似的离开了这个现场，往吃晚饭的方向奔去。我"摆脱"了他，本该感到庆幸的，但是他那个无助的背影却一直让我觉得有些羞愧。原来，我能给予他的帮助，是那么有限呀！而我又不禁要说，他的人生，是多么坚韧！

我的上海时光

2001 年，我从中专毕业后，就回到老家，坐了起来。我妈那时候总说，一个后生家，怎么好在家里坐起来，不管怎么样，也要去找点事情做做。可我所读的园林艺术专业根本找不到我喜欢的工作。我白白净净弱不禁风的样子，实在不敢想象，自己可以到毒辣的日光下面去种植苗木，整天与泥土为伍。那时候老师们可以给我们介绍的工作，只能是到一些苗木基地去种苗木。我最后想想还是算了，所以就回到自己的老家。

本想混个农校的文凭后，靠我长辈的一点人脉关系，就可以到镇政府里混个差事，也算是出山吃公粮（我姐姐只比我大了三岁，她就是混了个农校文凭顺利进入乡镇。没想到前后只相差了三年的时间，轮到我了政策就变了，中专生都要自谋出路），毕业即失业。我在老家坐吃山空一年后，越来越被父母鄙视。我感觉他们看我的目光越发尖锐毒辣，我都不敢用目光和他们正面接触。于是我就索性把自己关在房间里，整日整夜地读文学作品，其他时间我总是在睡觉，我把自己养得越来越懒。

在家混吃混喝一两年期间，我也去农业局水果站实习过，也去厂里做过包装工人，去酒店里做过人事助理，都因为觉得这些岗位不适应自己，没做几日就逃回家来的。父亲看不下去了，打电话给我在上海的姑妈。姑妈在上海开一家物流调度公司，生意做得还不错。姑妈跟我父亲说，叫我先去考个驾照出来，然后去上海跟他们发展。我先后花了三个月的时间，考出个大货车的驾照，便坐上大巴直奔上海而去了。

上海远远没有我想象中那么美好。我姑妈把我安排在一个大型停车场的集体宿舍里，和给他们家开货车的司机睡同一个房间。这房间在姑妈家调度公司办公室的楼上，两张钢丝床，墙上贴着艳俗的美女海报。我走进卫生间一看，一个蹲坑，上面一根没有了花洒的自来水管，还包着一块锈迹斑斑的棉纱布头。等我放好行李下了楼，看到办公室里都是些来自浙江诸暨的等待配货的司机。他们在办公室里一起打牌，桌子上是一沓沓的红色毛爷爷。整个房间里都弥漫着浓浓的香烟味，让人透不过气来。我走出玻璃移门，去熟悉下环境，外面整个停车场里，到处是白色泡沫饭盒和塑料袋子等垃圾，到处可以闻到冲鼻的尿骚味。这就是我到上海的第一天。

姑妈家的物流调度公司主要负责的是上海和浙江的诸暨、萧山、绍兴、义乌、金华两边的货物配送中介。因此，在接下来的日子里，我和司机俩就一起来往两地之间跑车。姑妈给我的任务是押车，主要负责记录来往账目及写工作日志，目的在于约束驾驶员虚假报账，提高跑车效率，增加收益。这样，我就开始了我在上海的工作。

第一个和我搭档的是一个山东籍司机，叫小郭，比我大七八岁的样子。1 米 7 的个子在北方人中，只能算是小个子。不过他很结实，胃口很好，而且还喜欢每餐喝点啤酒。对了，那时候好像还没有酒驾一说，所以司机们都会喝上一点，只要别喝得开不了车，问题都不大。姑妈跟我说，我押车每月工资1000元，驾驶员每月5000元。还有，我和他都是包吃包住的。我心想，妈的，说是让我管着账，管着司机不要虚假报账，可到头来我还不是只拿到他五分之一薪水，呸！要赚钱果然得有技术。每出一次车，姑妈都会给我一笔出车费。所以日常的开支每一项我都要记录下来。例如：油费多少、过路费多少、进城费多少、餐饮费多少、车子维修费多少、香烟费多少、其他等，合计多少。我还要妥善保管好每一张发票和单据。经过一个多星期的适应，我渐渐熟悉了这项工作了。但是新的问题出现了。

因小郭是北方人，所以每次和我在饮食上都出现分歧，他喜欢吃面食，我习惯吃米饭。而我又要迁就他。毕竟是他在为我姑妈家赚钱。他喜欢重口味，不怕辣。而我根本吃不了那么辣，害我吃不好。还有，他每次睡觉呼噜声震天动地，又害我睡不好。所以在后续的接触中，我们之间的龃龉越来越多。我开始在姑妈面前说他饮食开支过大，又喝酒，开车危险等。一开始姑妈跟我说，要和驾驶员好好相处。后来又有一次，车子的备胎被偷走了（我们两个都是睡在车上的，居然都没有发现）；还有一次他疲劳驾驶，车子跟别的车追尾了，需要赔钱，需要修车，又出不了车。所以，姑妈和姑父商量，最后把他解雇了。

事后我想想，其实我挺对不住他的。毕竟是朝夕相处了一阵子，而且他有时候还挺照顾我的。不过我想，他开车技术好，到哪里都可以找到适合自己的工作。我希望他可以找到更适合他的工作！他给我的最大印象就是固执。有一回，我们要送一批货物到上海某仓库，因为先前我们去过一次，所以那条路怎么走我已经记住。但是他硬要说往另一条路走，我就想极力纠正他，而他硬是不肯相信我。结果真的走错路，又返回到我说的那条路上去，真是又浪费油钱又浪费时间。那次等我们送完货都晚上十点多，他的固执害得我又饿肚子，又少睡觉。好了，反正他也走了，就不说他了。

小郭走后，来了安徽籍的司机小季。小季因为在上海和浙江等地打工开车多年，所以他的饮食习惯和我更为接近。他比我大十多岁的样子，性情比较敦厚。可他是个话痨，天生的乐天派。那时候刚好流行刀郎的歌，他总是一边开车，一边高声地唱着："2002年的第一场雪，比以往时候来得更晚一些……"有时候他唱《两只蝴蝶》，他那略带沙哑的声音用来演绎这些歌曲，真的蛮有味道的，我是这么看的。反正这些歌曲我都是那个时候从他那里听熟练的。

我们装的货常常是这些：钢材（包括螺纹钢、线材、钢板等）、铜棒、弹簧、链条、废纸（包括美洲废纸、欧洲废纸、日本废纸）、玩具、服装、饮料、塑料粒子等等。当时上海的很多仓库、码头，很多的厂，比如宝山钢铁厂、新华废纸仓库、外高桥保税区，我们都跑得很熟悉了。那一条一条的路，一个一个的十字路口，就像我儿时村子里的一条条巷子一般让我熟悉。甚至是，哪些路口有便利商店可以买到盐汽水、香烟、毛巾，我也搞得十分清楚。

刚才说到宝山钢铁厂，我不得不再仔细说说。有一回，我们去那里装链条，那一包包的链条需要用升降机把它吊到我们的车上去。在我戴着手套将钩子套到那只包带上去的时候，发生了事故。我还没有完全套好的时候，升降机突然起吊了。我的手指被垫在了钢索下面，幸亏我动作敏捷，马上抽出手来，不然手指该断了。但是我食指的指纹处还是受伤了。那一整块皮都掉了下来，鲜血直流。我当时就直接对着上面的操作员骂娘了。那个操作员是个上海阿姨，四十多岁的样子，后来听说好像是个下岗工人来做临时工的。她从梯子上下来后，一直对我说，对不起，对不起！我说，说对不起有什么用，疼的又不是你！后来我姑父也赶到了，和他们的负责人协商处理，交涉了三个多小时，最后只赔了我八百块。说这八百块已经包括营养费和误工费了。我当时就觉得，我的受伤太不值钱了，劳动人民就是个贱命吗？但当我听说那八百块是要从那个操作员阿姨的工资里扣除的时候，我突然又觉得有些对不住她，不知道她会不会因此而丢了这份工作。希望宝钢不会那么对待员工。而我的手因为受伤了，姑父就让我回家休养了一个月，还说是带薪水的。休养一月后，手指上新的皮肤又长出来了，于是我又回到上海。

我们那车是解放牌的大挂车，十三米长的拖斗，所以往往是要好几个地方的零单配货后再发车的。有时候遇上刮风下雨的，我们就要盖上油布扎紧绳子。记得有一回在上海金山装塑料粒子，碰上快要下雨了，我爬到货物顶上去盖油布。海边的风大，当我将油布摊开的时候，风将它吹了起来，我用脚去踩油布，差点被油布给掀翻。当时已经又疲劳又饥饿，突然很想哭出来了。小季看我站着发呆了，大声地骂我，你发什么呆，快点，盖起来！我只得马上收拾心情，继续干活。

好几个月的一起相处，让我看到了一个更加具体的小季。可以肯定的是，他是一个好父亲。他空下来的时候，总是跟我说起他的儿子，他有一个十多岁的儿子，他说他的儿子读书怎么怎么优秀。话语中充满了对儿子将来的种种可能性的憧憬。我说，有你这个好爸爸的支持，你儿子一定会很有出息的。他每月月底等我姑妈把薪水发下来，都会将一大部分寄回去，自己只留一小部分。我问他，多少时间没有见你儿子了？他说，春节后一直没有回去过，打算五一或十一的时候回去，到时候到友谊南方商城（我们停车场附近的一个商城）给他买个玩具。他还问我买什么玩具好。我说男孩子都喜欢那些变形金刚啊，汽车啊，坦克啊，或者枪什么的。

有时候我们在诸暨郊区卸完货后，小季会找一些他熟悉的路边（19省道两边）排档带我去吃晚饭。那些大排档门口通常竖着灯光广告牌，上面写着"停车吃饭"的字样。每当夜色降临，这些灯光就亮起来了。这些大排档有好几个综合功能，既是小饭店，又是小旅馆。旁边往往是一些修车铺子，日夜经营，几个染着黄头发的外地年轻人是修车铺的学徒，他们的工作裤上沾满了机油。常常光着上身，皮肤黝黑发亮，很壮实。我心想，他们大约只比我小几岁，就已经比我见过更多的世面了。他们的老家是在哪里？如果不是落地八字不一样，他们或许也和我的两个堂弟一样，也是在大学里念书。人和人，为什么可以那么不一样？不过反过来想想，他们这样也没什么不好，早早地出来闯荡，学技术，靠自己的手艺，只要勤奋努力，一样可以闯出一片天地来。

有几次到诸暨的玩具厂去装货。我们的车子进入厂区后，仓库那边货物还没有整理好。我们就要一直等待着。厂方的负责人总喜欢我们装货的去等他们，而他们不习惯等着我们，因为车到处有得叫，而我们需要抢生意赚钱。我们坐在车上等待期间，有几个模样俊俏的女工从我们的车头边走过，小季突然按动喇叭，把那几个女工吓得跳了起来，有一两个嘴巴伶俐的，就朝着小季发嗲大骂：你要死啦，吓煞我了！骂完后又朝小季摆一个羞怯的笑脸，这种笑很美、很纯真。小季仿佛也很享受这样的感觉。之后有一回，我也模仿着，等几个俊俏的女工从我们车身边走过，我就突然按响喇叭。那几个姑娘回过头来朝也朝我骂两句，然后也是给我一个甜美的笑容。看来，这些姑娘也是乐意我们跟她们这么开开玩笑的，我心想。有一回，小季跟我说，你小子现在脑袋终于开窍了。要不要我给你说门亲事？我们家有个侄女，怎样怎样的。我不好意思直接说不，就跟他说，我现在还小呢！这事以后再考虑吧。因为那时候我自己也确实觉得自己还小，才刚二十出头。

和小季大约一共相处了大半年，等那一年过年前一两个月，我身体就吃不消了。由于长时间的睡眠和饮食不规律，我痔疮发作，回家休养去了。那些日子过得很快，日晒雨淋的。我从一个白净小伙子变成了一个晒得黝黑的社会青年，回到家时我妈都快不认得我了。她心疼地说，回来就好，回来就好。

而这段上海的时光也成为我成长过程中的一段难忘经历。第二年，我也没有再去上海，而是很听话的和父母一起在自己家的织布作坊里一边织布，一边看书，准备去考成人高校，再拿一张文凭。之后有几次，姑妈姑父回老家来，我还常常问起小季的情况，他后来还干了四五年，再之后去哪里我也不清楚了。我回家后一次也没有打电话再跟他联系，他也没有联系过我。头一年，有几次我还想拨个电话过去的，不过最后想想还是算了。

乡居生活

在农历七月半过后，早晚的天气逐渐凉了下来。这时候的早晨，更加迷人。当静静的黎明来临的时候，田野里的各种野草上都披着细碎的露珠。等到早晨的第一缕阳光照射到大地上的时候，那种闪闪发光的情景会让你吃惊。我想，这是只属于早起的人的幸福时刻。在微风中，狗尾巴草闪烁着它那带着芒刺的穗子，还有小小的黄颜色或者黑颜色的草虫子在里面睡觉呢，因为天气逐渐凉了，狗尾巴草为它们提供了庇护的场所。这一切，都好像有一只神秘之手在操纵着，这神秘之手使整个大地在此刻显得如此端庄而静谧。

我已经习惯早起，看看远山上的岚气会让我觉得内心平和。在田野边上走过，我的鞋子被打湿了，我看到一株野苎麻的叶子上正好有两只黄颜色的蝴蝶在交配，来年的春天，又会有许多的毛毛虫在这片田野上。我这样一个人在田野边走来走去，没有任何人的打扰，让我感到惬意。早起干活的村民看着我，表情惊讶，似乎我不应该出现在这个时刻，这个地点。

于是我回到自己家的园子里。自己家的园子里，寄托着我的一些微小的梦想——我种植植物——双手劳动，慰藉心灵。我在自己家的园子里陆续种植了桂花、香樟、南天竹、冬青、紫荆花、玉兰、栀子、锦葵、茶梅、石榴、无花果、红豆杉，还有兰花、一串红、豆瓣绿、凤仙等等。父亲总是要说我种得毫无章法，没有条理。小小的园子里种植得太多了，显得有些拥挤，我想那是我太贪心了。我总是种着，直到种不下去了。

在家里住的日子，我都会早起，看看它们的叶子、它们的花、它们的一切的长势。我用目光抚摸它们。我相信，它们也感受到了。现在，它们对着我微笑。石榴已经挂满了枝头，无花果也常常引来了松鼠、鸟和野蜂。被它们吃过的无花果掉落在地上，鸡又来啄食。有时候，我看到松鼠光临，也不驱赶，我想，我的这位邻居早就对我种植的无花果垂涎欲滴了，何不让它和我走得更近些？它那蓬松的毛真是美丽，跳跃的姿势让我觉得就是一个精灵。它是从我们家园子外面的象牙竹园更外面的山核桃树上一路跳过来的，有时候，我觉得它的跳跃更像一种飞翔，自由的飞翔。

早上阳光照射到园子里的时候，象牙竹园里热闹起来了。麻雀们抖一抖身上沉重的露水，散发出一股暖暖的气味，那是焐着露水的气味。它们伸展一下翅膀，又开始了新一天的生活。灿烂的夏天为它们准备了丰盛的粮食，因此，它们个个精神抖擞，叽叽喳喳地欢快地叫个不停。远处山核桃林子边还有一棵很大的泡桐，常常有长尾山雀来这里驻足、休憩。

空气中已经有淡淡的桂花的香气了，夹着露水，有些凛冽。夜晚，草丛中还可以听到纺织娘的弹琴声。身在外乡的时候，总会想起家乡的一草一木，我想，这是因为，它们和我的生命有着某种联系，我把它看作是一种呼应，这是人与自然的一种天然的呼应。

鹰嘴潭探幽

　　往老佛殿再走进去，就是冷水塘头。在村子的最里面一户人家附近，设有一处简陋的山神庙。往山里进去的人，通常会在进山前朝他拜一拜，以求神灵护佑平安。

　　再往里走，水泥路有些陡峭。新近两年，本镇定位新农村建设试点，要开发旅游。所以由国家出资，这里的山路重新修葺一新。母亲跟我说了好几回，让我去走一走，于是今日发兴，来走一走这山路，感受村里的变化。母亲感叹村子里变化如此大，那里是她小时候远足冒险的乐园。说乐园或许并不恰当，她那时候常常进山去挖一些宝物（各种中草药材），到镇供销社卖。

　　山间的林道（或称游步道）蜿蜒曲折而上，一直修到了鹰嘴潭（一名影子淡）。这地名由来有两个说法，一说是此处有一石崖貌似鹰嘴，石崖下有一水潭，故名鹰嘴潭。一说是因为这里深山幽谷，草木华滋葳蕤，茂林修竹，连日光照射进来都会像被筛子过滤了一遍，事物的影子都会变淡，所以叫影子淡。究竟哪个说法正确，我也没有考证过。

　　我曾经常在我父母口中听过这个地名，自己却从未到过这里。以前山路崎岖不平，我只到过冷水塘头的老佛菩萨庙。这菩萨庙我儿时去过几次，在石崖的另一侧，还有一处山洞，叫龙耳朵。这洞里有一口终年不干涸的泉水，泉水里面养着一只大螃蟹。传说这大螃蟹是三尊菩萨的宠物，已有仙气。大螃蟹若离开了这口泉水，泉水即刻干涸。这口泉水被当地百姓叫作仙水，凡小孩头痛发热，喝一口这仙水，第二日即活蹦乱跳。我没有见识过这仙水的魔力，不过确实听说过我们村中有一孩童顽皮，捉走了那里面的螃蟹，那泉水果真干涸。这孩子自己也生病几日，后来孩子父亲从溪涧里捉了一只大螃蟹补回去，泉水又现。果真有些神奇。

这菩萨庙建造在石崖下方，须走九九八十一级台阶上庙。庙里供奉着三尊菩萨。关于这三尊菩萨，我听过一个传说。他们本是三兄弟，在老佛殿隐居修行。修为已经可到凌霄宝殿面见玉帝。后因替当地百姓求雨得道，成为菩萨。往后只要当地逢干旱天气，百姓把三尊菩萨塑像从庙里接出，到村中操场迎会，祈福求雨，就可天降大雨。

今日我不为这三尊菩萨而来，而是绕过那座庙，径直往深山幽谷进发。水泥路宽阔，略显陡峭。我穿着布鞋徒步前行。秋天的大自然之旅，有鲜艳的野果，漂亮的叶子和花朵为伴。一路上，我在路边看到了挂在枝头的鲜红的龙珠；有杠板归淡青色的一串串小果；还有野鸦椿鲜红的果荚和乌黑的种子连在一起；有带刺的云实，羽状复叶排列得整齐美丽；还有贴着石崖长的一簇簇的水蕨……还有我第一次见到的屈原笔下的杜若，还有名字霸气的降龙草。

能够静下心来驻足观赏这山野路边的植物，于我来说是一种极好的经历。我观赏着这些野外植物时，想着某个遥远时空中的我的母亲，那个还是个姑娘家的她，在这深山里一步一步地走来，一直走到了此时此刻，会不会在这里，与我相遇？

我站立在这山崖边，往下望去，天空中少有云朵，远方山岗一片碧绿孤寂。想着我目之所及之处，依旧是这四面环山的景致。更远的远方会有平原、河流、大海，甚至还有海上的蓬莱仙岛。但更远的远方依旧孤寂。惟天壤间只此我站立着的这一片土地景物，生涯中只此我当即度过的时辰分秒，是无际无尽的真实。

上山的路走得并不太轻松，不过先哲曾说——"最快的旅行是步行"。步行时，我可以看到各种细致的风景，那些常常被人忽略的地方。例如，路边的一处石崖上，有星星点点的好看的草蓬，细细的披针叶垂下来，让我想到了刘树勇（老树）的文人画面。我找了路边的一块大石头坐下来休息。这让我想起他画中那人穿着民国大褂，头戴一顶帽子，永远看不清脸，时常折一枝花，信步山野的闲适模样。山上手机信号很不好，空间也已经很满，我不得不整理我的手机相册，删除一些不需要的照片。

在下山的路上，我遇见一只小小的黄颜色蝴蝶，十分美丽。它就在我眼前蹁跹，我想耐心等它在一支葛藤的叶片前停下来，好给它拍照留影。可以它愣是蹁跹半天没停留，最后升空往山谷的上方飞走，似乎飞升上仙，消失不见了。徒留我一个在原地目送它好远，好远！

这让我突然想起曾读过的美国小说家罗恩·拉什的小说名——《美好的事物无法久存》。就像这只偶然邂逅的蝴蝶，又比如友情、爱情。花无百日红，好花不常开。弄花一载，看花十日。人有悲欢离合，月有阴晴圆缺。这该是世间常态。正因如此，花好月圆之时才更让人珍惜。

抬头，又看到了一棵油茶树，结着硕大的油茶籽，一大串一大串。我在树下捡起一颗，掰开来，有三房黑褐色的种子。记得母亲曾说，她怀我八个月大的时候，还到这大山里来，捡过这种油茶籽。

那么说来，我是很早很早时就认得这油茶籽了，在我还没有出生时，我已经在和它打交道了。

在水果站实习的时光

彼时我刚刚中专毕业，学的是农学专业，被介绍到富阳农业局水果站实习。

实际上，我学的更多是园林方面的专业知识，对于水果知识，只少许旁涉一些。不过既都是跟农业有关，也有许多相通之处，在我待在水果站实习半个月后，听多了前辈赵老师王老师钱老师他们对专门前来咨询的果农的解答后，也渐渐懂得一些。我做好一些笔记，逐渐懂得了哪些病虫害需要用哪些药。直到后来，高级农艺师赵老师跟我说，让我去解答果农们的咨询问题。我一开始战战兢兢，诚惶诚恐，怕说错话。不想赵老师却对我大加赞赏，说我答复得好。渐渐地，我也对自己更有了一些自信。

及至后来，果农们拿着带病的草莓蔓条，或者梨树枝，我也能说出个子丑寅卯来。而那些个农户，也把我当成个年轻的技术指导，忙递烟给我，多问好几个问题。我腼腆地摇摇手，直说，我不抽烟，不抽烟，心里却很有些高兴。

承蒙水果站领导和前辈的信任，在多次的下乡实践中，都让我跟随团队一起，去水果基地指导农户栽培。那时候跑得较多的是新登、胥口等地方。记得有一回，我们去胥口的一户果农家里，那时候正值翠冠梨花刚开，梨树上的嫩叶片娇艳欲滴，整片梨园里的白色的小花聚在一起，果园里像是被一片洁白的薄雪覆盖。春天的土地湿润温暖，黑乎乎的泥土中有嫩绿的青草钻出来。我们一行人在果园里参观，果农不时地问好多问题，他指着树枝问，这样整型修剪是否合适；如何提高坐果率；施肥需要注意一些什么；病虫害如何防治……果农老乡自己说，他文化不高，还需要我们多指导指导。当地镇政府陪同的有关人员也帮腔，说，专家指导老师来了，你是需要多问几个问题的。中午，我们在老乡家里吃了午饭。还记得热情的果农老乡用土鸡肉、竹笋、马兰头等招待我们。席间还说到，碧云洞景区就离果园不远。

这碧云洞，我一直没有去过，据说还是亚太地区最大的自然溶洞。里面的钟乳石奇形怪状，还有一个大厅可以同时容纳不少游客。心里想着，今天离这溶洞这么近，却也无法前往，感觉有些遗憾。再想想，以后总是有机会再去的。忽地回想起我读初中时，有一次学校组织秋游，目的地就是这碧云洞。只可惜那一次我也是因故没有参加。后来在同学拍的照片中，总算是一睹碧云洞的风姿。

后来，在一次下乡任务中，水果站站长又让我去一趟胥口，这一次是让我单独（有司机师傅一起前往）为胥口的一户果农家送水果套袋，并指导农户怎么给水果套袋。接到这个任务，我一开始还真有些担心。那时候给水果套袋子还是件较新鲜的事。站长给我演示怎么给水果套袋，让我按示范教果农。直到后来到了胥口我才知道，就是上回那一户人家。这一次，老乡又热情张罗着要招呼我们吃饭。

很遗憾，我实习结束后，没有继续留在水果站工作。在家里当待业青年大半年后，我还是选择继续去读书。后来的学习跟学校教育有关，我也成了一名教师。曾经的农学专业离我越来越远，那段在水果站实习的时光也离我越来越远。不过，我还是会在某个不经意的瞬间里，想起那样的一段难忘时光。

今年夏天，我在刷微信朋友圈时，看到有一个微友在卖自家的翠冠梨，一问之下才知道，她的老家就是胥口的。我似乎突然觉得很有一些亲切感。她说那几天正好搞促销，原本是卖40元一箱的，现在三箱一起卖100元。我说，那就给我来三箱吧！

我还在心底里问，这个卖翠冠梨的女孩子，是不是就是我以前曾送过水果套袋的那个老乡的女儿呢？

兆吉坞的春天

　　沿着一条狭长的溪水蜿蜒而上，我们的车子在沿溪水而筑的并不宽阔的水泥路上缓慢前行。这是早春的四月天气，空气中弥漫着一股春天绿芽绽放时特有的芬芳气息。远处的山峦上，明晃晃的一片片新绿，在这骄阳的照耀下，越发显得它的妩媚来了。我想，这就是人间四月天的明媚了吧！

　　我们此行的目的地是大源兆吉坞。我是和我妻子一起到这里来扫墓上坟的。这里是我妻子小时候的保姆的老家。听我妻子说，她从小就是这位阿婆抱大的，感情非常好。听得出来，这位阿婆在我妻子心中的位置的重要性，于是我也怀着崇敬的心情，和妻子一起去"看望"她。

　　其实，以前我也曾经跟一帮朋友来过这里一次，是一位朋友邀我们来这里过节。那一次是秋天的傍晚，到的时候天色已经暗了下来了，周围的景色还来不及好好欣赏一番，那夜的幕布就已经拉起来了。我觉得不够尽兴，在晚饭后独自沿着溪水往上游走了一段。一直走到水泥路的尽头，在那幽暗的泥路向我脚下发出邀请的时候，我才止住了脚步。秋的夜露已经很浓重了，那个夜晚，月光似乎蒙着一层纱，显出水汪汪的朦胧来。草丛中，发出响亮的虫鸣声，一阵高一阵低，忽远忽近……听着这样的天籁，我有些迷醉。只记得我这样独自一人站在那溪水边听了许久、许久，才听到同行一起来的朋友在呼唤着我的名字，说要回县城去了。这样，我就匆匆地和它告别了。

没有想到，两年后的今天，我会再一次来到这里。而这一次，我是和妻子新婚后来的，意义也完全不同。招待我们的是那位阿婆的儿子，和上次朋友邀请我去过节时的人一样热情。让我意外的是，当我们进入村庄的时候，好多的村民向我妻子打招呼。我妻子实在已经认不出他们来了，而他们却都还认得她，纷纷叫着她的名字。因为她小时候，曾经跟着这位阿婆在这里住过一段时间。我也曾不止一次从我丈母娘的口中听说，这位阿婆对我妻子小时候的悉心照料。说是我妻子小时候住不惯乡村，夏天的夜晚，蚊虫专喜欢咬她，咬得她一个一个大大的红疙瘩。为了这个，这位阿婆专程回到县城，为的只是抓一把他们家楼下的泥土带回去，浸在水缸底下，说这样就不会水土不服了。而这些乡亲，过了那么多年，居然都还记得当年这个胖乎乎的小丫头。对于村民的这些朴素的记忆，我怀着敬意。当他们笑着和我妻子招呼的时候，我站在妻子的身边，用笑容回应着他们。

这个村庄依着溪水两边的狭长的山坳地而建。我们一路向上，越贴近村口的房子，越是那些新式的琉璃瓦洋楼。有几户甚至是高档的乡村别墅，庭院里栽种各式花木，还有假山叠石布置，聚集起生气来，也怀着主人们对美好生活的一种祝愿。而越是往村子里面走，房子也就越是古旧了，路也显得狭窄起来。不过，我倒是宁愿在这样的老房子前流连片刻。老房子周围那些竹园、桑树，都让我觉着亲切。现在，要看到一幢完整的老房子，反而是一件稀罕事。等我们走到那位阿婆家附近的时候，我看到了一户老式的马头墙的天井房。这天井房的布局立刻引起了我的注意。房子已经显得有些破败了，现在里面也没有住着人，大门是用长条的青石板做的，门槛很高，应该是大户人家的建筑排场。天井里面也荒着，布满了杂草。在天井的一角，放着一只大水缸，里面也没有多少水，显然是没有人来打理的缘故。天井四周的柱子上，有雕刻着各种图案的"牛腿"保存完好。从整体看，这个房子，只要好好修缮一下，还是一幢非常完整的民国老式建筑。我问了下附近的村民，这个房子将会怎样处置，听说政府会出资来修缮它，我听到这个消息，很为它感到欣慰。

下午，我们去坟地扫墓。墓地在一片竹林中。在上竹山之前，我们要经过几片菜地。菜地里的芥菜还没有收割下来，碧绿碧绿的，叶子十分茂盛。穿过这一片芥菜地，在竹林的山脚下，我看到了一所已经破败的槽产房子。说是槽产房子，倒还不如说是一面石头砌成的土墙。抄纸的那两口槽还在，只是这里再也见不着那些忙碌抄纸的人的身影了。这样的镜头我是熟悉的。我的爷爷就是做了一辈子的槽户，靠抄手工纸养活了六个孩子。在我十岁以前，我对爷爷最大的印象就是他背着两件湿漉漉的待撕的手工纸艰难行走的背影。有些时候，事物的兴衰自有其自己的道理在，并不以我们个人的喜好为转移。我不能说这些已经退出了历史舞台的手工纸的作坊或者跟这些类似的传统手工业，存在下去就一定是正确的，或者消亡就一定是可惜的。我们唯有面对这些无可奈何的变化，才是我们当下应当有的平和的心态。我妻子对这些不熟悉，问我这地方原是做什么的，当我忙着向她介绍起这些来，她又似乎没有认真听着，显出没有耐心的神色。看来她对这个话题并不感兴趣。于是我转移话题，问妻子，你对阿婆的印象还深不深？妻子说，她以前最喜欢吃阿婆给她做的饭菜了。还说她从小头发就特别多，只有阿婆梳得好她的头。话语间我听出了她从小对阿婆的依赖。我们沿着笔陡的山路，往上爬了二十多分钟的时光，阿婆的坟地到了。竹林中那些灌木，还有杂草，都疯狂地长着，到处充满葱绿的色彩。妻子难得爬山爬得这么认真，和阿婆的儿子一起，将坟头上的杂草整理干净。等杂草整理干净了，我们用手捧着一掬土，压在了那一刀新的黄纸上。一起跟来的阿婆的八九岁的小孙孙，看到竹林里的探出头来的毛笋和灌木中开放的杜鹃花，兴奋得叫起来了。我还看见从一旁的泥土中冒出来的又矮又壮的狼鸡头，抱着毛茸茸的拳头努力向上伸展着。远处山那边吹过来了一阵清凉的风，已经夹带着四月春天的气息了。

在回来的车上，妻子和我说，谢谢你陪我来看阿婆。我笑着跟她说，我喜欢这个地方，我们以后再来"看"她吧。

坐　车

　　在结束了我的最后一次秋季班学生辅导课程后，我比往常更晚一点关上了教室的门，往618路公交车的陈家弄站走去。

　　以往我总是去得太早，而最后一次班车总是在晚上 8：25 左右达到站点。今天我到站点的时候，是 8：17，我看看红色 LED 电子屏幕上显示，618 路和 617 路都已经没有班车了。心下觉得有些诧异，难道今日遇到特别情况了吗？到底是已经开过，还是路上遇到情况了呢？见站点内有一个抽烟男子，我就尝试着和他攀谈起来，这最后一班车应该还没有开过吧？他转过头朝我这边看过来，一边吐出一口烟气来。这烟气在这冬日的夜晚空气中，消散得很快，可我还是闻着了。我不喜欢这种味道，可我还是微微笑着，等待着他的回应。他没有直接回答我的问题，倒是问我打算到哪里？我说我去桃源里。于是他又说，他原本打算去七小的，因看着这屏幕上没有显示还有班车，他刚刚已经打了个滴滴快车，是和人拼车的。他还说我们算是顺道的，本来也是可以一起拼车。他转而一想，又说，一会儿那快车来，如果车上没有其他乘客，你就和我一道上车好了，就和司机说，我俩是一起的。

你到七小附近处再走过去，也是方便的（七小附近有个富春上城站，是 618 路车桃源里的前面一站）。

我心里暗暗佩服他脑筋转得快，觉得他说的也是个不错的主意。但亦觉得有些不好意思，揩人家的油。我看看手机上的时间，却已经超过了 8 : 25，我心下想，今天果真没赶上这最后一班车。这时候正巧赶上那快车来了，于是他邀我一起坐上车去。

上了车，他又说起他自己今天遇到的事情来。他说得很快，我其实并没有听太清楚。大致意思是，他今天帮一个老板开车，送他去东洲（离城区二十分钟车程的一个街道），回来时想打快车的，但是那边打不到车。正在他一筹莫展之际，突然在他身边停下来一辆林肯轿车（不知道我有没有听错）。他特别强调了这辆车应当价格不菲，得多少多少万（我当时也没听清楚）。他说开车的是一个三十还不到的退伍军人，刚从部队转业回来的，应当是东洲一个富二代。他又说他今天真是遇到好人了，还说这世上还是好人占多。我连连称是，说，军人确实比一般人更加热心，我还说，你也是个热心人噢。他说，出门在外，能帮别人一把，总是要帮的。

车子很快就开到富春上城站了，我和司机说，我在这里下车。我亦和这位不知道姓名的大哥说了声，弟兄，再见喽！他临别时跟我说，他是在七小对面卖海鲜的，让我有空好去找他玩，我连说，好，好，以后一定去。

下了车后，我还要继续走一段路。在走路的时候，我想着，他今天遇到了陌生人，然后得到了陌生人的帮助，而我遇到了他，又得到了他的帮助。果然这世上是好人占多。这种帮助原也是可以传递的。我一路走着一边看着，这夜晚还是熙熙攘攘的车流，忽觉这天下世界红尘滚滚中，自有一种民间江山太平的肯定。

等我步行了一段路程，爬上了我们桃源里那个坡，最后走过那个618终点站的时候，忽地感觉身后一亮。我转过身定睛一看，原来，正是那最后一班618路公共汽车，它缓缓地爬上了坡，正向着站点靠近。

过骆村翻岭去上官

那个秋天里，我数不清多少次经过骆村，翻越山岭，去上官。闭上眼睛回忆，秋老虎淫威不散的白花花的日头，日头照着的土路，土路边的杂草，及偶尔遇到的匆匆行人，造纸厂以及厂边稻田上的草垛和割剩下的湿漉漉的稻茬，叼着快抽完的仅剩的烟蒂不肯扔的外乡打工者，还有他们脸上木讷的、缺乏表情的眼睛。然后是蝉鸣声、鸟叫声、溪水声、路上虫子的恼人的嗡嗡声，还有大片的浓荫及山谷风带来的凉爽感。还有由热夏过渡而来的初秋的植物逐渐衰败的气息。

我有时坐车去，常常是坐车。也有时候自己骑踏板摩托，只是偶尔，那是我姐的踏板摩托。好像还有一次是坐车到骆村站后，再徒步行走去的。

坐车去极不方便，且有时我大包小包拎着行李。若时间凑不好，常常需要等车，一等往往大半日时光就如此消磨掉。在等待的时光里，我的唯一乐趣就是东张西望，想方设法看一看我没有看到过的事物。不过实在没有什么可看的，所以会很无聊。我坐的是乡间民营中巴客车，客车上空气混浊，各种气味混杂，各种声音混杂，人货混杂。车窗都开着一半，蓝色的遮阳的布帘子也叠在一起。只看得到驾驶员头顶有一只悬挂式小电扇在拉胡琴般运作着，其他空调出气口全无冷风。司机时而娴熟拨动挡位杆，时而拿起一只如热水壶般大小的茶瓶喝水。透过茶瓶的外壁，可以看得清楚里面的大张茶叶在浅褐色茶水中翻滚着。各个座位的坐凳上套着已经不那么白的白色的全棉贡缎布，有蓝色的广告字印着"富阳××门诊部男科"，还有车厢里的烟味、劣质的香水味、汗臭味、大声接电话的声音、被迫听到的聊天声、说荤段子的声音。

车窗外则是另外一个世界。那是一个快速向后倒退的世界，仿佛你一不小心就会错过的世界。我喜欢把头侧过去，向外张望。一幢幢的楼房、一棵棵的树、一座又一座的桥，然后是弯弯曲曲的土路，以及土路后面扬起的灰尘……都在向后倒退。在土路九曲十八弯后，有一处地势特别宽阔，似水边的一处旷野上，有一大片的芒花。我坐在车上，沿路的芒花也可以看好一会儿，果真是一大片。这片芒花我不必担心会错过。它以翻转生命的姿态，仿佛在迎接着我的到来。因这片芒花，这一路展开的，便是美丽风景，其余的似乎均可忽略不计。我有时候傻傻想，若是时间就此停住，在此处停住，亦即美好。

骑踏板摩托过眬口三岔口，左转向骆村方向再翻岭，可达上官乡。踏板摩托的自由便捷，让我充分体验到在山间路上驱驰的快乐。当我骑行到那一大片芒花的地方，常常停下来驻足片刻。我想象着，如若自己是一个摄影师，手中拿一个单反，把这片芒花的美记录下来，岂不妙哉？如果可以，如果有机会，我当时想，我以后或许会带着一个她，一起来欣赏这片芒花。佩索阿说，写下就是永恒。我觉得，用镜头拍下的一瞬间，也是永恒。

印象中，曾有一回翻岭从骆村去上官，是步行去的。徒步虽说吃力，与我却也别有一番趣味。步行的好处是要走就走，要停就停。步行最无羁绊，也最自由。那一截山路高低起伏，路两旁稻田溪水，村庄屋舍，和我自己老家颇有几分相似，甚感亲切。我沿路走着，边走边看，边走边玩。迎面走来野外玩耍归家的孩子，他们手中或拿着一只螃蟹，或拎着一只水桶，水桶里还盛有细小的泥鳅黄鳝几尾。他们那沾满泥渍的裤管和脸上纯真的笑容，让我也仿佛回到自己小时候放学回家的时光，也是这般样子。偶遇一只昆虫，一朵野花，我都会停下来驻足观赏许久。所以大哲梭罗曾说：我已经明白，最快的旅行是步行。

刚刚毕业的我，初入职场，带着对未来生活的憧憬与盼望，一次又一次走过骆村弯曲狭长的山路，去往上官。当我置身于骆村的山路上，感觉这个村子隐藏在这一片狭长的山谷之中，显得特别宁静。那时候我老家与上官之间正在建设一条隧道，尚未建成的隧道。因而我需要兜一个大圈子，翻大黄岭，过虹赤，往眍口去骆村，再翻岭去上官。等待我的是一帮稚气未脱的孩童。我去上官中心小学教书。那里是一个盛产羽毛球拍的地方，有许多外来民工子弟。他们背井离乡，拖家带口，有的已经在这里生活几年，甚至十几年了。我和同我一起搭班的老师在那个学期结束后，去每位学生家里做过一次家访。从家访中我了解到，我教的这些孩童中，有许多就是在浙江这里出生。他们跟着父母辗转在浙江各处打工生活，最后在上官落脚，和这里的孩童一起上学，他们甚而不怎么会讲父辈们的方言（但能听懂），只会说普通话。他们大多来自四川、重庆或江西的乡下。当我问及老家的土地是否有人耕种时，他们说，在老家耕种不如外出打工，所以越来越多的田园荒芜了，留在老家的老人们只耕种房子附近的几块土地。当我再问及他们，以后这里小学毕业，会继续在这里读中学，还是回老家去？大多数孩子告诉我，会回老家读书，即使是在这里读初中，中考也还是要回原籍去考的。我从这些孩子身上，看到了比我们上官本地孩子身上更多一份的成熟与懂事，虽然，更多时候他们也是顽皮淘气的。

那样的一个秋天，在秋天里或坐车或骑行，或坐车后再步行奔往上官的时光，已经在我的生命中远去了。可那段时光里的经历却如记忆中的珍藏，历久弥新。我时常会想起骆村的那大片的芒花，那微风中轻轻摇曳的如天鹅羽毛一般轻盈的芒花；想起我骑着踏板摩托时拂过我脸颊上的轻柔的微风，还有山谷里的各种蝉鸣声、鸟叫声、水流声；想起那一张张稚气未脱，充满好奇的、目光清澈的脸蛋；更会想起我自己，骑着车，带着行囊，带着对未来生活的期盼与憧憬，也同样带着迷惘，在那片芒花地附近，久久地徘徊。

繁华最深处

放蜂人和我

鸟兽为邻

领雀嘴鹎

破晓时分

鸭司令

在冬日暖阳中幸福发呆

秋水长天

阿刀和猫

燕子归来

鸟兽为邻

第 三 卷

Chapter

鸟兽为邻

03

繁华最深处

　　给学生上完最后一堂绘本课后，手头的工作终于可以暂时放一放。离假期还有一段时间，接下来的日子会过得比较闲适自由。

　　睡在家里，哪里也不想去，什么事也不想做。其实我是想出去走走的，或者骑着单车去江边吹一阵风，我其实也有很多书还没有读完，或者说还有很多电影要看，有时候也想听一些歌。朋友送我一些碟也还没有看呢！不过，我什么也没有做，只是睡觉，早上下午都睡觉，还有一些颈椎难受，头疼。时间一下子宽裕之后，我不知道该干点什么。到了吃饭点，肚子饿感不断增加，似乎整个人和这个胃一样，空落落的。我想，我得首先填满我的胃。冰箱里除了几枚鸡蛋，什么都没有了。

　　出门去，我得去菜市场买菜。沿着江边骑着单车，小县城的路边也被新楼盘的招贴挤占着。一个自行车运动爱好者从我身边超过。沿江来往的车辆熙熙攘攘的，远处的天空中飘着大朵大朵的副高云朵。穿过大寺弄，拐过北门路，傍晚时分，夜市的小贩已经在开始搭建棚子整理货架了。繁华的最深处就在这烟火的人间。

　　走进菜市场，各种各样的蔬果鱼肉琳琅满目。突然觉得物质生活是最易温暖人心的。果然，只有愉悦了我的胃，才可以进而愉悦我的内心。这几日突然想吃一些喜蛋。我就在禽蛋处买了十只，顺便也买了十只松花皮蛋。又想吃苋菜，就再去买了一捆苋菜。看到小龙虾，又想吃小龙虾，就再买一斤，另再买一斤五花肉。差不多了，我就回家。

　　厨房里忙碌整理，做菜做饭，日子该在这般的忙碌中度过。吃着好吃的，喝着一杯浓浓的绿茶。繁华的最深处是什么呢？是对细枝末节的欢喜。有别人去撑繁华场面，自己躲在最深处，悲喜都不值得说。我的心情怎么就好不起来呢？

放蜂人和我

农用四卡载着我行驶在回家的路上。在离村子不远的地方，我透过车窗，看到了那棵屹立在村口的高大的麻栎树。在麻栎树的下边，是已经收获过的闲置的农田。番薯藤似乎不打算被搬走，凌乱地缠绕着，大概是要回到泥土里去吧。我想，这户人家定是不再养猪了。我看到农田边上那一大块空地，上面摆放着好多蜂箱。那块空地，据说当时村人曾想办什么厂子的（好像说是音箱厂），地基批了下来，后来却一直没有办起来，而改办为竹器厂，不到一年的时间，又停业了。现在却这么闲置着，刚好让养蜂人遇上了，有了摆放蜂箱的地方。瞧，那些蜜蜂嗡嗡嗡地叫着，多闹啊！真是勤劳。我打算一回到家就折回来看看这些可爱的小精灵。

回到家中，我将包袱一扔就往村口跑去。为了走捷径，我选择田间小路。刚立过冬，田里面是一堆一堆的稻草。我还看到有几畦青菜，叶色墨绿，菜梗看上去脆嫩得很。在走过那棵麻栎树底下时，一条小青蛇把我吓了一跳。我奇怪于这气候的反常，我再一次想到，今天已经是立冬后的第三天了。

不一会儿，我就来到蜂箱前面。我想仔细瞧瞧它们工作的情况。还没等我蹲下身子，它们就围着我的头来欢迎我了。我马上退了回来，一面用手回避着，躲闪着。我感到它们在我的头发上了，可我并不很害怕，它们没有叮咬我，过了一会儿，都飞远了。我听到从不远处的溪滩上传来的声音。好像是在对我说："用衣服包住头！"我这才知道她就是养蜂人。

　　我走过去，和她交谈起来。那是一位四十出头的妇女，看上去好像还要更老些，那是和她交谈后我才知道的。刚才她在溪滩边洗衣服，看到我被蜜蜂围住时，以为我被叮咬了所以才那样对着我叫。她招呼我到他们那临时搭的木制小房边去坐会儿。我说我是特意来看看这些蜜蜂的，想了解一下有关蜜蜂的知识。她倒是愿意和我说话。她说这些日子他们空闲了下来，所以其他几个同伴都回家了（他们老家在浙江衢州，刚刚是从江苏赶花过来的，到这边来采茶花粉），留下她和另一个同伴在此，还真是有几分无聊。从她的口中我才知道这段时间蜜蜂只采花粉，不采蜜。她说这里的花粉不多，再过十多天，他们又要赶往下一处去了。他们就是这么跟随着蜜蜂，一年四季到处赶花，最远到黑龙江、内蒙、天山南北。再下去，蜜蜂就要越冬了。

　　我说，我想再参观一下那些蜜蜂的工作，但是无法靠近。她从那间小木屋里拿出一顶罩着网的帽子给我戴上。这回，我清楚地看到它们是如何工作的了。它们每天从很远的地方采来花粉，回到蜂箱后把花粉一点一点地从腿上扫落下来。那动作在我看来，是世间最美的动作。我这才明白人们为什么称它们为最美丽的劳动者。等我满意地参观完后，那放蜂的大嫂已经为我泡上一杯热腾腾的蜜茶，放在那张小凳子上，旁边还放着一大包香瓜子。看来，她很喜欢和我交谈。

我倒真是开心地喝起蜜茶来，和她聊着。这样的淳朴是无法推辞的，我想，我也不愿意推辞。正在和她聊的时候，隔壁村的阿德为她送来了几棵青菜。原来这块空地现在已经成了他的养鸡场了。我问阿德什么时候养鸡了，他笑着说闹着玩玩的，退休了没事情做，又不愿住在城里。在我和阿德说话的时候，那养蜂的大嫂又为阿德泡来一杯蜜茶。阿德也没有说谢谢，只是笑笑对大嫂说，不用这样客气啊！

阿德走了，我也起身向大嫂告别。她正在收拾那些晒了不知几天的茶花粉。我和她约好，第二天我再来向她买两斤蜂蜜。因为我姐姐刚生了孩子，我已经好久没有去看望她了。我想，这会是她现在需要的礼物。

鸟兽为邻

村子叫山顶村，却是在山脚下。其实那只是一个山坳，人站在村子里，感觉四面都是山。山上长满了竹子。不是细竹，而是毛竹。端午节一过，青竹就上样（竹叶萌发）了。这时候，去竹林里挖鞭笋的人最多。但是有经验的竹民会说，这样对竹林的伤害最大。

除了毛竹，在村子周围常见的一种树，是檫树。这种树类似有香樟一样的气味，叶片却要大许多，鸭掌形。它们的树干高大挺拔，树杈形态也美观，似乎在元代山水画中见过。而在这树杈上，我往往看见一种鸟，羽毛鲜艳美丽，有长长的尾巴。它们总是飞得很高，动作优雅。偶尔被我遇到，手上没有弹弓，就抓起一颗小石子往树上扔。我知道自己的枪法不准的，我才扔过去，我只是想引起它们注意。它们似乎意识到有一个行为恶劣的少年的骚扰了，一齐飞向远处另一株檫树。它们通常是四五只在一起，有时候在树杈上梳理羽毛。后来我问父亲，这种鸟叫什么？他说叫山桠鹊，或者叫长尾巴鸟。父亲叫我不要去打扰它们，说它们是我们的邻居。

　　除了山柏鹊，我们还有另一族的邻居，松鼠。它们距离我们更近。我们家的房子边上，是一片象牙竹林和茶园，再过去一些，是一些山核桃树。我经常可以看见松鼠在这些山核桃树上跳来跳去，有时候它们还会嚣张地发出富有节奏的"笃笃……笃笃笃……笃笃……笃笃笃……"的声音，我仔细观察过一回，发现它每发出一次声音，尾巴都会抖动一次。这于我真是奇妙的经历。

　　有一次，我从阳台上观察它们，它们似乎发现了我，就往远处蹦跳着逃走了，它们从这棵树到那棵树，那么轻盈，似乎也长了翅膀一般，太不可思议了。还有一回，我发现谁家的猫也注意到它们了，偷偷地爬上那棵山核桃树，准备伏击它们，可是那么敏捷的猫也拿他们没有办法，最后还是灰溜溜地放弃了。看来是猫和人住得久了，沾染了一些人的习性，也变得慵懒了。

　　和它们一起居住在这村子里，日子就变得动人起来。

领雀嘴鹎

周六上午，我从县城赶回老家。

回到家时正好是午饭点，不过母亲不在家里，去一里路外的我外婆家照顾外婆去了。外婆九十虚岁，前一阵不慎在家门口摔倒，有一节脊椎骨折，刚刚做了微创手术返回家中。父亲刚刚从地里回来，汗流浃背的。我去厨房间灶台上一看，有茄子、葫芦、毛豆和黄瓜，于是开动做饭。

饭后，我习惯在院子里看一看自己种着的各种花草，像是和老朋友招呼一般亲切舒服。尽管有一段日子没有回来，不过我对于它们却仍旧熟悉得很。我知道哪一盆兰花是已经种了几年的，最近又抽出了几个芽苞；也知道哪一盆多肉需要打理老叶子了。

突然，我在围墙上的一盆新扦插的胧月花钵里，看到了两只领雀嘴鹎正在嬉闹着，鸣叫着，似乎还在啄胧月的新生的厚叶子。还没等我走近一些，它们便扑地飞走了，停到了不远处的一棵山核桃的树枝上。在那树枝上，它们的鸣叫声似乎变得更加婉转动听。我很想仔细观察它们，却始终觉得离自己太远了一些。我尝试用手机拉近镜头拍摄它们，只可惜拍得太模糊了。它们那身绿色的衣裳和黑色的帽子显得十分相衬，还有和那短促的黄颜色的喙搭配在一起时，让它们看上去非常优雅、绅士。

它们在野外饮清露、啄浆果为生，十分自由畅快。它们是天生的歌者，大自然的精灵。如果它们愿意，我倒是很希望它们在另一个清晨里，再来我的胧月花钵里坐一坐，最好能陪我聊聊天呢。

破晓时分

　　晨起，被孩子翻动身体吵醒，给她盖好被子后，已无睡意。于是起床。

　　来到北面阳台改建的书房，往窗外望去，已经是破晓时分。看手机上显示的时间是 5 时 10 分。只见窗外远处已经可以看清后山的山峦曲线和天际的分界。沿山而上的那一排排房屋的轮廓也渐渐显现。只有几户人家点着橘红色的灯光。整个大地似乎还沉浸在睡眠之中，笼罩着一层薄薄暗色。

　　只有早起的鸟儿已经开始啼鸣，几只鸟之间的啼鸣似乎有一种呼应，好似人与人之间的互相问候。我站立在窗口，享受般地侧耳倾听这天籁之音。

　　大约过了一刻钟后，整个世界似乎被唤醒。远处近处的绿色全部显现出来。远处山峦上深浅不一的树冠的颜色呈现出一种层次感，那是四月里特有的景色，树冠开始变得非常繁茂，大片的新叶抽发伴随着一种浓重的植物气息。四月的栗树，开满了细细碎碎的毛虫状小花。远远看去，一丛一丛如副高云朵状的浅绿色树冠，煞是可爱。整个空气中弥漫着淡淡的栗花的香气。近处的坡地上一排排的蔬菜也可以看得清清楚楚。大蒜一垄垄地长得很粗壮，莴苣笋也在晨露中挺立着……满眼都是绿色。只是屋后的两株泡桐树已经枯死了一株，我仔细瞧，才看见是被人从底下扒掉了一圈树皮。我猜想是附近从乡下搬来的邻居为了种地，争夺一片阳光，才如此戕害它们的。另一棵树冠上开着大朵大朵的喇叭形的白花，花筒上有密密麻麻的紫色小点。

许久没有这样细致观察晨起时的景色，觉得有一些惊喜。忽而又想起以往曾观察过的暮色景致，大致也是有些相似的。破晓也好，暮色也罢，每一分每一秒，都是瞬息万变。让人觉出时光的珍贵难得。所有的景色都是时光中的景色。

想起早年读过一本厚厚的大部头书，丹尼尔斯·布尔斯廷的《创造者》，其中有一章，介绍印象主义画派。那一流派画家主张到室外去，画自己印象中的景色，如果看到的太阳是绿色的，入画时太阳就画成绿色；如果树叶在午后的阳光照耀下闪着白光，树叶就画成白色；这些画家还时常对同一景色的不同时间段采风写生，从而画出印象迥异的室外风景图来。记得书中有记录印象派的一位画家说的话："在我看来，一处风景并非作为一处风景存在，因为它的外观每一刻都在变化；不过，它正是由于不断变化的空气、光线等周围环境才显得生动。"这样一种绘画的思潮，很快影响到当时的整个文艺界，并对后世的文艺发展也影响深远。那种古典的绘画风格逐渐被冷落，人们开始走到室外，重新观察，重新思考看到的各种人世风景。

印象主义画派的画家就是这么重视每一个瞬间里变幻莫测的

景致，他们对光影的神奇捕捉能力让人叹为观止。

　　而我，也愿意用文字，忠实地记录下我看到的每一分、每一秒的时光中的不同颜色，并开始重新思考，这些不同颜色究竟代表着哪些深意。

鸭司令

　　我小时候曾养过十多只鸭子，是母亲从鸭贩子那里，买了手掌大的小黄鸭子开始养起的。我天天从房前屋后的土里刨蚰蟮给它们吃。拿一双废弃不用的筷子，还有一个毛竹罐子装蚰蟮。我记得我更小一点的时候，父亲问我，你长大了想做什么？我说想做官。父亲问，想做什么官？我只说要做蚰蟮罐（官），引得父亲一阵大笑。

　　等我把满满一罐子蚰蟮带回院子里，那些小鸭子会一哄而上，冲到我的面前来。这时候的我，像个大慈善家，给它们派发礼品一般，用筷子夹蚰蟮给它们争抢。可怜这些蚰蟮，若被两只鸭子同时抢到，往往会越拉越长，最后中间断了为止。我有时嫌麻烦，就直接把毛竹罐子倒扣到地上，这许多的蚰蟮就在地上扭动起来。引来鸭子们的互相争夺。有一种蚰蟮，个子特别小，红红的身体，会在地上跳舞，我们叫它们为"癫蚯毛"。小鸭子特别喜欢吃它们。

　　等它们吃饱了，我就常常拿根竹竿把它们赶到小溪里去，它们喜欢游水。可我不会游。我妈说，我睡觉时常常喜欢趴着，不可学游水，趴着睡的人学游水要溺死的。我常常羡慕它们会钻暗水，而且它们可以钻得很深。天气冷的时候，它们也常常在水里游，而且羽毛不会湿，也不怕冷。我常常想，我要是有一件跟鸭子一样的衣服，就也不怕冷了，在大冬天里也可以无所顾忌地玩耍。

鸭子半大的时候，那身上的黄毛渐渐变白、变黑。我就到田野里抓田鸡给它们吃。我用南瓜花当诱饵，用一根白线吊着南瓜花，另一头是一根小小的竹竿。我提着竹竿，看到田鸡，就拿南瓜花在它面前晃动几下，它的嘴里就会吐出舌头来。田鸡仿佛只能看到晃动的东西，等它的舌头卷住南瓜花，我就猛地提起竹竿来。田鸡在半空中受到惊吓，往往会被我攥出尿来。据我母亲说，这田鸡尿千万不可撒到眼睛里，不然眼睛要瞎。我于是每次提起竹竿时，一边别过脸去，一边准确捏住它，然后直接往地上狠狠一摔。可怜那田鸡只直直地伸了两三下大腿，便动弹不得了。

每次去钓田鸡，我收获都很大。这些鸭子食量惊人，它们还吃不了一整只田鸡，我就用剪刀把田鸡剪碎了再扔给它们。它们胃口很大，才一会儿的时光，就把我一个下午的战利品全部消灭光了。当然，它们长得也快，这样养上一个月，这些半大的鸭子就长成大鸭子了，身上的黑毛越来越多，还隐隐泛着一层绿绿的油彩似的，只是那胸脯上的肉还没有厚起来。

它们吃饱了就在溪水里洗澡，在阳光下梳理羽毛。有几只全白的鸭子，在阳光下梳理羽毛的时候，看着它们会扎得我眼睛疼。那羽毛真的是洁白洁白，仿佛闪着圣洁的光。我并不关心这些，我更希望它们早一点胸脯可以厚起来。因母亲总说，鸭子要胸脯厚了才可以杀给我吃。我又想着吃鸭肉，又不想母亲去杀掉它们。我觉得母亲用刀去杀它们，它们一定会疼得嘎嘎叫。可我却从没觉得自己用剪刀剪田鸡时，它们也一样是疼的，不知道这是为什么。

每天傍晚，我会用一根竹竿赶着它们回家，它们会听话地排成一队。它们一边慢悠悠地走着，一边嘎嘎地叫着。我在后面一边走一边看着它们，觉得它们好悠闲自在噢。

那个时候，我感觉自己就是一个鸭司令了。

在冬日暖阳中幸福发呆

　　这是个冬日难得的好天气。四周没有风，阳光轻纱似的薄薄地照耀着。那种光辉，像是一种温柔的抚慰，让你从心里一点点觉得温暖起来。已经许久没有这样来放松自己了，因为工作繁忙。或许这也只是个托词，真正的原因是——逐渐地，我丧失了让自己独处的那种欲望。而现在，我愿意让自己静下来，独自一个人，沿着这江边，漫无目的地走一走，这是只属于我自己的时刻。这会儿，我才觉得，我是个自由的人——我只属于我自己。

　　这个周末的早晨，晨起锻炼的人并不多，我享受这样的安静。沿江的那些绿化的灌木，依旧葱茏。只是地上的马尼拉草皮，显示出颓败的枯色。马褂木的叶子变得稀少了，它们逐渐变黄，却没有枯。我捡起一张来，把它夹在了我手上的那本书中。出来散步，还带着有一本书的，恐怕没有第二个人了吧？其实看不看书不重要，重要的是，我喜欢拿着这本书散步的感觉，若是找到一张合适的凳子，我可以坐下来，静静地翻阅那么几页。可是我一路走着，总也找不出一张合适的凳子来，是因为，我想到东吴公园里头去吧？我似乎在说服自己一般，在心中自言自语了一会儿，就加快了脚步，往前头走去了。

公园里倒是有一些人在锻炼的，我并不去关心他们。我只想一个人静静地待一会儿。在冬日早晨和煦的阳光中，发一阵呆，那该是一件多么幸福的事情。我沿着蜿蜒的小径往前走，来到一片水边上。这里有一座折桥，通往前面的长长的廊子。吸引我的不是这折桥，也不是前面的长廊，而是折桥尽头处，假山后面的那株乌桕树。这会儿，这树上还零星地挂着几片叶子，红得似霞，甚是美丽。独有这些零星的叶片也不足以吸引我，最妙的是，它的枝干，因为叶子稀少了，反而显出一种疏朗的明亮感来。而且，那枝干生长的趋势，如同大痴黄公望的山水画中的那种线条一般，曲折、遒劲。我决定在这里找个位置坐下来。我选择了照得到阳光的一处临水的廊子，坐了下来。本以为坐下来会觉得冷，却不想，那木质的凳子上竟有些温度，是阳光的温度。

坐下来以后，我便捧起书本。正想要阅读的时候，看见远处水面上有一只浮游的水鸭在晃动，还时不时地将头伸进水里，然后再左右摇晃着脑袋，或者别过头去梳理翅膀上的羽毛。于是我索性又合上书本，向更远处眺望过去了。远处的树枝上，有几只不知名的鸟儿，跳上跳下的，在述说着它们各自的冬日里的絮语。看着看着，我突然觉得我的脑袋里空灵起来了。我在心里对自己说，比起书本，这些是现在更适宜我阅读的吧？在这样看着不知道看了多久，我突然听到了在廊子的另一边，也就是靠鹿山脚下的这一边，几棵树的树梢上似乎有些动静。我站起身，靠近一些，仔细地观察起来。这里是另一些幸福的生灵——松鼠，在树上面跳来跳去，追逐打闹。有时候，它们会停在树枝上，发出"笃笃，笃笃笃……笃笃，笃笃笃……"这样的声音，伴随这些声音的同时，我看到它们的肚子似乎是在抖动着的，着实调皮可爱。有时候，它们的跳动，更像是一种飞翔，自由的飞翔。这于我真是奇妙的经历。

　　水鸭也好，松鼠也罢，在这样的暖阳下，它们也都是慵懒的。是这个公园，给它们提供了绝好的庇佑。这是它们和我共同的福利。而我，也想像它们一样，在这一刻，在这样的冬日暖阳中，美美地发一阵呆，慵懒着不用去想其他的任何事情。让幸福就像阳光下静静的流水一样，荡漾开来吧。

秋水长天

朋友阿布邀我一起吃个饭，说是几个热爱植物的朋友一起聚聚，大多认识。我说好啊好啊！又问，是什么时候？阿布说，周五晚上行不行？我周五晚上有事，就说，周五晚上我另有安排。她忙说，那她安排提前一天，改周四晚上，再跟其他几位朋友知会一下。我刚想说，不用为了我一个人特意改时间。微信那头已经过来消息，说，大家那里都已经知会过了，就定在周四晚上，具体聚餐地点明日再另行通知。说实在的，特意为了我改时间，我蛮不好意思，忙感谢。

印象中，阿布邀请我吃饭，这已经好几次了。她总是会选择在秋高气爽的好天气里，邀请我们三五好友一起聚聚。记得有两回，都是去贤明山山顶的饭庄。那饭庄在贤明山顶最顶上，有果园、老狗，还有清风朗月，和着虫鸣声。沿着蜿蜒的山路上去，一路上可以欣赏美妙的秋日景致，沿途认认植物和昆虫，也是很好的节目。到山顶后，极目远眺，整座新城都在脚下，仿佛心灵也会随之放空。夜晚山上空气清冷，我喜欢那样的一刻时光。

只是，突然觉得，这样的聚会已经是很久远的事了。婚后几年，围着孩子的种种琐碎，我已经许久没有类似的社交生活了。这两年，更是喜欢住在乡下，亲近大自然。与朋友们的聚会更是少之又少了。日子在指缝中，倒也过得简单而充实。突然收到阿布的邀请，我心中还是颇有几分期待。

为了这次聚餐，阿布特意建了一个群，取名"秋水长天"，蛮应景。群里一共七个人，四眼、深痕、麦子，我之前就认识，爱德和沈博士我都是初次见面。四眼和麦子，都是几年前在分别两次不同的爬山活动中认识的，也都是资深植物爱好者。深痕和阿布，都是医务工作者，除了和我一样都喜欢聊聊植物之外，我们还都算文友。爱德是盲校的语文老师，沈博士是水稻研究所的水稻专家。

席间，除了品尝美食，一起饮酒，大家自然讨论了很多关于植物的话题。不过，具体讲了哪些有关植物的话题，我几乎都记不起来了。我只记得，我最感到抱歉的是，因为我不胜酒力，只喝了一杯四眼带来的红叶李果子酒。四眼和沈博士显然觉得不够尽兴。沈博士起初比较拘谨，后来越喝越快，我们几个怕他喝多，也不敢劝。后来他所里有人找他有事，四眼就送他回去，我们也就各自告别。

我咽喉不好，也不宜饮酒。最主要的是，我也不贪杯。四眼说，这红叶李果子酒口感很好，比杨梅酒好喝。我心里想，如果让我选择，我大约更喜欢喝杨梅酒。又或者只是浸的酒本身的原因，我觉得他带来的红叶李果子酒并不那么柔和。

我原想，几个爱好植物的朋友，坐下来，一起谈谈植物，快哉美哉！不过，他们都比我长十来岁，席间谈话中，我能够感觉到我自身的一种格格不入。不过还好，我可以将这种感觉自我消化掉，不至于尴尬。如果是再年轻一点时的自己，我担心我无法很好将这种窘境自我消化掉。

倒是第二天在这个微信群里的一个话题，非常吸引我的注意力，也引起了我极大的兴趣。可以说，这个话题本身比这次的聚餐更加具有丰富性。

在第二天的微信群聊里，阿布说——在接下来的一周里，我都要待在家里，哪里都不去。我要好好陪陪我的小番（一只紫啸鸫鸟的名字），也让它陪陪我。再过一周，我打算回老家住一周，然后带小鸟去放生。我那天走了很多路，去实地察看，看见很多小鸟在那里快乐地生活。

我不知道她说的"那里"是哪里，就在后面跟了一句——养了鸟之后再放生，它会不会失去自理能力？

阿布说——所以我想在那里住一周，再观察一下。

深痕说——没有几只小鸟能够享受人的宠爱后还能顺利返回大自然鸟界的。

阿布@我——有一部分能力需要恢复，基本上天生的能力都在的，她在菜园里曾放过，观察过。

我也说——不过杰克·伦敦在《野性的呼唤》中写的那只叫巴克的狗，和人类生活过很久，最终也恢复了野性，重返大自然。

爱德@我——是否是还跟狼一起生活的那只？

深痕又说——人对动物的宠爱，大多带了满足自己欲望的前提。她补充说，阿布在家里也是放养的，紫啸鸫回归自然或许会容易些。

阿布说——天天在想这件事，脑袋都快想破了。但我相信，天性在它的灵魂里，放到野外，恢复起来很快的。

爱德@阿布——它与人亲，又还有野性。

深痕说——她觉得在城里的房子里养动物，是占有，也是剥夺，很少是自然气息的共处。

随后，阿布分享了一个关于小番的小视频，视频中，小番和她相处得确实非常融洽。小番会跳到她的身上，甚至来啄她手上的手机屏，有时候会跳到她的肩膀上来。属于人与自然难得一见的融洽。看得出来，阿布在这只鸟身上，花费了很多精力和感情。

阿布随后又说——猫狗有所不同，是人类高度驯化的物种，已经适应了人类生活环境。她补充说，她想它（小番）会喜欢山林的，她也不是抛弃，很愿意养它一辈子，但是她家始终没有蓝天和山林好。她再补充，它要是明春发情，她也不能给它爱情。

说到这句的时候，爱德说——这个最要紧，她养猫，把猫们都结扎了。

我@爱德——说这样也是残忍的。

爱德说@我——发情期，家里到处都是尿尿。让它们做我的猫，占有它们一辈子，不让它们生育，这是我的决定。

我说——所以，到底是忍受尿尿，还是结扎。到底是取决于什么的？我@爱德，你是霸道总裁。

爱德@我——取决于我的需要，我需要自己能承受。

麦子说——一个个都有自己的思想和意念，其实都对的。动物给人带来了快乐，人也给动物带去了快乐……彼此融洽，很美很美。

阿布说——介入一个生命需要很谨慎。自己牵制对方，也被对方牵制，我关鸟鸟也关我。

阿布的话，让我想起了克尔凯郭尔曾经说过的一句话：我们要非常谨慎地进入契约性的生命关系，友情已经很困难，爱情就更难了。还让我想起梭罗说过的一句话：合作的最高意义和最低意义，乃是让我们生活在一起。确实，与他人相处，特别是生活在一起，确实是很难的。哪怕只是与一只鸟一起生活在屋檐下，也需要很好的合作才是。

爱德@我——契约性的生命关系，我最怕的是到时候跟它们的告别。大猫那样守候我们，它是我们的猫家长。我想到有一天它会跟我告别，已经泪目。

麦子说——都会来的，流泪流一会儿，就会忘记，遇见动物，养一回也是一种生命体验，哈哈！

麦子的话，让我想起卡佛的小说《当我们谈爱情时，我们在谈什么》。小说中讲到一个人，哪怕很爱另一半，但如果另一半去世了，他会难过一阵子，但是也不会很久，他就会忘记。他会重新进入新的生活，又会重新爱上别人。"你们因爱而发光，但是，你们在相遇之前也曾爱过别人……很快，活着的一方就会跑出去，再次恋爱，用不了多久，就会另有新欢。所有这些我们谈论的爱情，只不过是一种记忆罢了，甚至连记忆都不是。"

时间确实是良药，人也都会自我调节，这调节其实也是一种自我保护。这个小说令人印象深刻。

我说——所以，我有时候会很怕去养一只狗。对于我来说，或许还真是种一棵盆栽更加适合我。

最近好友秋风家的旺旺，产了七只雪瑞纳串串。说实话我真的很喜欢，也一度想领养其中一只。但是我知道，我们家的人都不喜欢养狗。我也就实在没有勇气去领养。在某一刻,我觉得我似乎是不配去领养它们的。

麦子说——很多东西不要想太多,去行动一下,会发现,结果不一定是我们想的那样。

我想说,这不就是爱默生说的——"行动大于思考"吗?克尔凯郭尔也说过,上帝不是要去理解,而是要去行动。要好好注意这一点,包括其中所要承受的负担。

我突然就想起了有一天傍晚,我看到的一个画面:一只还活着的蝴蝶,被一群蚂蚁当尸体搬走的画面。我当时写了这样一段文字:

被蚂蚁当作大餐的垂死挣扎的蝴蝶,大自然自有其秩序运行,我们也不方便随意插手干预。这让我想到一个词语:位置。每一个生命各有其独特的位置。在自己的位置上做自己力所能及的事,就是遵循自然之道。道法自然。不然,我们就是僭越。

突然想起电影《千与千寻》中一个片段,千寻无意中帮煤煤虫运了一块煤,导致众煤虫集体罢工请求援助。后来锅炉爷爷说了一句话:既然出手帮助了,就要帮到底。这话现在想来,仍然是意蕴深远。有时候,我们对他者的帮助,甚至于对小生命的帮助,也是不能随意出手的,一不小心我们就会脱离了自己的位置,也让他者脱离了自己的位置。

所以,遵循自然其实就是让世间万物做好自己。也不能轻易僭越。

我想,阿布和小番,就好像千寻与煤煤虫。阿布后来在私聊中和我说,关于鸟的讨论,她的养鸟群里有个人说得很质朴,但给她印象深刻。他说:鸟长着翅膀就是用来飞的。她说她一直记得这句话。确实，这话刀劈斧凿一般掷地有声。阿布偶然介入了小番的生命，跟它之间有了生命交叉，就像《小王子》中小王子跟玫瑰一样。这朵玫瑰，因着小王子的照顾，小王子给它浇灌，给它玻璃屏风遮风挡雨等等，因此，它对小王子来说变得意义非凡。这朵玫瑰和小王子之后在地球上再遇到的那五千朵玫瑰，自然不能同日而语。

阿刀和猫

　　中午的时候，在院子的围墙里，男孩阿刀突然遇见一只花猫。这是一只黄白相间条纹的花猫，遇见阿刀，它就一直喵、喵……地叫着，似乎因为饿，在向阿刀讨吃的。阿刀看见它，觉得欢喜，就向它走了两步，马上又停住，因为猫很警惕地往围墙那边转头，似乎想要往那边逃走。不过它又转过头，继续看着阿刀，继续喵喵叫。

　　阿刀冲它招招手，也学着喵喵地叫了两声，又跟它说，你过来，你过来吧！阿刀多希望它可以走到自己的身边来，阿刀想摸摸这只猫，阿刀觉得它太孤单了。它一直看着阿刀，一直还在喵喵地叫着。阿刀又试着上前一步，花猫又转头往围墙那边看。它大概就是从那堵围墙外翻进来的吧，阿刀心想。当阿刀再次走近它，离它只有大约一丈距离的时候，它突然纵身一跃，翻出了围墙。不过，阿刀听得见，在围墙外，喵喵的叫声还在继续着。

　　阿刀从院子里走回家，跟母亲说，外面有只猫，似乎想讨吃的，看上去好可怜噢！母亲跟他说，就因为先前她见它可怜，喂了它几次，现在就经常到点了来讨吃的，昨天还偷偷跑到屋子里来，把厨房里的东西翻得乱七八糟，她不想再管它了。

阿刀说，就给它再喂一点嘛！它是因为饿呀！母亲就默声不响地去盛了一小碗米饭，淘了一点鱼汤，示意让阿刀拿到围墙边去。阿刀冲母亲一笑，就端出去了！母亲在阿刀背后说，不要看着它吃，你走远一点！

果然，把那只小碗放到围墙底下没多久，那只黄白相间的花猫又翻进围墙来，快速地吃了起来。因为吃得太着急，它一边吃一边还在咳呢！

阿刀心里在想，要到什么时候，它才愿意走到我的身边来呢？阿刀准备跟母亲去说，以后每一餐，他都要去喂那只花猫。

燕子归来

　　村子里的许多田地，都已不再种稻，或者荒着，或者种上了别的作物，或者种着一些花卉苗木。我只能在想象中回忆那些水田，以及水田里的田螺、泥鳅、黄鳝、青蛙，甚至是蚂蟥。想象着在一场场雨水的浇灌下，秧苗渐渐分蘖长高；想象着农人在水田中弯腰耘田、汗流满面的样子；想象着因为水田中的蚂蟥太多，而撒下石灰粉……

　　这些年，因着水田里没有了稻子，这些田螺、泥鳅、黄鳝、青蛙等，也渐渐不见了踪影。还有每年来村子里的燕子，也渐渐少了。我已经不记得是不是真的有好多年，村子里一只燕子也见不着。或许是因为我并不总是住在村子里，我宁愿认为是我自己没有见着它们，而不是它们真的没有来。

　　今年开始，左左随我父母住在乡下老家，所以我有了经常回去看看的机会。前两日，我抱着左左在桂芬奶奶家门口小坐时，发现一双燕子来她的屋檐下筑巢。桂芬奶奶说，这燕子筑巢也可怜，泥巴是一口一口衔来的。我点头称是。一只燕子在筑巢的间隙里，在他们墙上的一个 LED 灯泡上停着休息了片刻，燕子同时还发出了一阵连贯的叫声。左左听到后，抬起头忙用手指指着头顶上的那只燕子，发出"喏、喏……"的叫声。他还不太会说话，一心急就发出这般叫声。坐在一旁的张莲奶奶解释，这是燕语："不借你家盐，不借你家醋，只借你家高楼大厦住一住！"我遂想起去年读胡兰成《今生今世》开篇《桃花》中，竟是同样的描述。想来嵊县也属于绍兴，而我故乡贴近绍兴诸暨，同属古越吴方言区，民间有相同的说法，也不足为奇。

我说这燕语和这燕子叫声还蛮像。桂芬奶奶说，其实这燕子也不是白住你们的，母燕子会把小燕子孵化后剩下的蛋壳，选其中大约一只蛋壳扔给主人家，作为报酬。其余的则衔去别处扔掉。我听后，遂来了兴趣，忙问这蛋壳是何用处。桂芬奶奶说，以前农村里高龄孕妇分娩，遇到肚痛时，用开水冲此蛋壳，趁热饮下汤水，生产即可顺利，具有催生效果。我于是问，这蛋壳它何时给你，岂不是要候着？不候着只怕是会被狗吃了。若是直接盗用燕蛋可好，是否同样有用？旁边的张莲奶奶忙说，万万不可，必须要是母燕子孵化后给你的才有用。原来这世间的事，断不可强求得之。

桂芬奶奶，九十三四高龄，经识得自然比我们要多。我问她，以前是否有收集过这些蛋壳，她说她曾收集过几次，用纸包好。村里有孕妇要生产前，她还好心送过去，只可惜，别人家并不相信。此后她也不再收集。她又说，前面那户人家的木楼板下有好几个燕子窝，主人家信康不舍得驱赶，任由燕子来筑巢。一时间，竟有好几双燕子同来安家。我之前还曾听说，燕子喜欢到和睦平顺人家来筑巢，若是夫妻经常拌嘴相骂，燕子不喜，翌年就不会再来。若夫妻遂和恩爱，翌年燕子又会来落户他家。原来这燕子也会顺着人性，喜欢栖得平顺安稳。信康家那么多燕子来筑巢，这也是大自然对他的褒奖呀。

于是抱着左左前去观看。来到廊檐下，即看到有四五只泥巢筑于木头上。我还在廊檐下的橼子上看到了一枚小小的蜂巢。苇岸先生曾在《我的邻居胡蜂》一文中，歌颂书房窗户上的一只蜂巢，他写道："像一只籽粒脱尽的向日葵盘或一顶农民的退色草帽，端庄地高悬在那里。在此，我想借用来访诗人黑大春的话说：'这是我的家徽，是神对我的奖励。'"

左左听到燕子的叫声，又抬头，喏，喏……地叫着，用手指着上方。我欣喜他对于这些事物的热情。我想，一个孩子从小在乡野里成长，每天和自然中的事物打交道，在其间无拘无束生长，是他们这一代孩子非常稀缺的珍贵经历，我愿意多陪伴他和自然的交往。

这些泥巢才刚刚筑了不多久。我想，等再过一些日子，这里会变得越来越热闹。等小燕子孵化出来，羽毛长齐整，它们就会学飞。我也很想见一见，那燕蛋壳，究竟是什么样的。

傍晚，我牵着左左的小手，在乡村的道路上练习行走。我想，在他最需要锻炼行走的时候，我陪着他，走好每一步路，这对他和我来说，都意义非凡。

白花海棠
草木记
从冬笋到赶薹笋
村里的树
古井
好吃的土豆
怀恋一株槭树
麻栎树
南瓜
箬叶清香
瘦蚕豆
随笔一组
仙鹤草

鸟兽为邻

第四卷
Chapter
乡村物语
04

白花海棠

我喜欢在清晨或者傍晚，去小区楼下的公园里散散步，顺便观察一下植物的变化，它们每天都会给我新的惊喜。

前一阵子，大约还是四月初，我在小区中观察到，那十多棵白花海棠中有一棵先于其他开放了，而且是一树雪白。我很奇怪为什么只有它兀自开放。又过了十多天，已经到了四月中旬，小区里的这十多棵白花海棠都一齐开放，花白得有些耀眼。这些娇艳的花朵，在雨水的浸润下，显得越发明媚动人。而先前提前开放的那一棵，花已经凋谢，叶子也已经先于其他树完全展开来了。而在四月末的一天傍晚，我再去散步时观察它们，看到树枝间已经挂着不少小小的果子，只有豌豆粒大小，后面都有一根细细的柄，在微风中摇曳着。我看到偶有几枝树梢上，还零星地挂着一些迟来的花儿，它们一样娇艳动人，仿佛从不承认自己是一个过时的人，开着它们自己的花。

总有一些花是开得最早的，在大多数花朵还没有开放的时候；也总有一些花是开得最晚的，在大多数花朵已经开败之后，它们才从容登场……它们自有它们自己的鼓点和脚步，开自己的那朵最艳丽的花朵。

草木记

一

我家的新房发兴建造之前，那里还是一片菜园。在菜园边的一个小小角落，是我问父亲讨要种花的一隅，大约只有一张八仙桌那么大。父亲在边上种着四时田园菜蔬和作物，上半年种着黄豆、豇豆、南瓜、丝瓜、黄瓜、番茄、茄子、番薯；下半年种着青菜、白菜、萝卜，再迟些是芥菜、豌豆、蚕豆等。父亲不让那块地闲着，时时仔细伺弄着。我讨的那一块豆腐干似的角落，起初，他也是不肯给我的。为着在这小小一隅种花，还被父亲数落我多次，说我尽整一些没用的。

我在那里最先种上了蓝蝴蝶花。这蓝蝴蝶花的地下块茎，我是从隔壁村那个废弃的小学校里挖来的。我挖的时候，还怕被人瞧见了会骂我，因此只匆匆忙忙地挖了一点点。没想到就那么一点点，第二年就发出好多的芽，抽了不少叶子。当年就开出了美丽的蓝蝴蝶花来。这一朵一朵的蓝蝴蝶花，停在顶端上，摇曳生姿。让我见了越加欢喜。

蓝蝴蝶花的长势喜人，几年下来，就变得很大一丛。父亲见它这般疯长，就皱起眉头，说，介野的货式，有何兮用场？他的意思是让我不要再种。我知道他怕我再问他讨一块地，这是先给我打着预防针呢！

这一年的冬天，我将蓝蝴蝶花的宿根挖出来，哇塞！真是好大一丛，像生姜似的一节节延伸，展开，再延伸，再展开，彼此盘根错节，互为呼应。我用桑剪将这一大丛块茎均分为十多份，送了隔壁小女孩两份。她好几次问我讨要过了，总算是让她得偿所愿。她给我一个最最灿烂的笑容后，就屁颠屁颠地往自家院子里跑回去了。

我将剩下的块茎在我那八仙桌大小的一隅围成一圈，依次种好。第二年春天，又是抽出好芽好叶来。这一回，越发壮观了。父亲见我种得如此好，似有些妒意一般，不让我继续种着，非让我挖掉一些。我不依，不想有一天，他把我那一圈蓝蝴蝶挖掉了三分之二，背着我送给别人了。我又气又恼，却也没有办法。

后来我们房子造好后，父亲说，那蓝蝴蝶花种在围墙边上不错，让我好种一排。我遂种了一长排。几年后，那些蓝蝴蝶越长越野，大有蔓延之势。终有一天，父亲恼于它的野，将所有蓝蝴蝶全部铲除，一株不留。从此，我也没再种过它。

二

墨菊是我从诸暨的大阿姨夫家里讨来了枝条自己扦插成活的。菊花极好扦插，生根快，喜温暖湿润的肥沃土壤。一开始，我将墨菊扦插在蓝蝴蝶花边上，也是种在那八仙桌大小的角落里。到了秋天，这粗壮的枝条上开出了拳头大小的紫红色墨菊来，引得邻居们来竞相观赏。有一个邻居姐姐，彼时刚大学毕业。她来问我，你这菊花哪里得来？我只说是从大阿姨夫家里讨得。她便说她也要问我讨一些去种。我就挖了一些宿根给她。第二年春天，她又来讨，又是挖又是剪的。

及后来，我所剩下的都是些瘦弱的苗了。渐渐地，花却越开越小，不是之前的拳头般大，只有一个个小笼包子般大小。也只比那些野生小黄菊大了一刨花，想想也是可惜。再去那邻居姐姐家院子里瞧，她的墨菊竟开得依旧如拳头一般。翌年我去大阿姨夫家拜年，见他侍弄的墨菊也变得枯瘦如柴，问他原因，他说，这名贵菊花娇气得很，不可随意送人，你送了别人，自己亦要种不好的。想来我种不好，原是我送给邻居姐姐的缘故。

世上的许多事，原是没有道理可讲的。墨菊似乎在告诉我，有些好的东西，果然不可随意分享。

三

我堂哥家的老屋前有一大丛芭蕉。我看了那宽大的叶子在夏日里郁郁葱葱，可以遮出好大一片浓荫。我想象着在那片浓荫下放一张竹编躺椅，睡一个午觉一定惬意非常。这样的一幅想象出来的画面，很像是丰子恺先生的一幅画。于是冬天时，我问堂哥讨了一些芭蕉块茎来，种在自家刚建造好的房子右前方角落里。

堂哥慷慨非常，送了我好大一包块茎。这些块茎如芋艿子一般光洁，有鲜红色的芽。种下后的第二年春天，就抽出不少的叶子来。经过一季生长，芭蕉已经长得很高，叶子也舒展美丽。有时下雨天，雨滴落在叶子上，滴滴答答，声音很是好听。唐诗里"雨打芭蕉叶带愁，心同新月向人羞"，有些写得太过忧郁，我倒是觉得，光听听这声音便是极好的，不必如王摩诘般想那么多。

芭蕉也是极好养活，几年下来，房子右前方就好大一片。越长越多，越长越高。父亲终于忍不住。他又要出手，还没等我在芭蕉树下放张竹编躺椅午睡一回，芭蕉树们就被父亲砍了。父亲又说，有何兮用场？连镬口都不好烧！我也是无奈无奈，在心里扬扬手，和它说一句——赛扬娜拉！

四

杜鹃是我从城里带来的。记得那是城区道路改造时。道路两旁的绿化全部被挖掉，需要重新布置过。我适逢路过那里，又要坐车回一趟老家，于是便在那里顺了两株来。这杜鹃虽是低矮，却葳蕤繁茂，枝杈又多。最厉害处是，它花开得又多又大。

彼时我带了杜鹃回家后，也惹得我爷爷常侍弄照料。他也夸这杜鹃好，说这鸡骨头柴（我爷爷将山上的映山红和这杜鹃都叫成这般）比山上的好看很多，花也多。城区里作为低矮绿植时，它们空间受限，往往长不开。没想到我移到乡下新房边种下后，它越长越开，竟横逸斜出好大距离。我爷爷说，需要整个枝，于是拿桑剪给它整枝。他一刀一刀下去，我只觉得心疼不忍。被我爷爷修剪过后，它变得服帖又规矩，以后再长出的枝条，也仿佛变得畏畏惧惧，小心谨慎。不过修剪过后，花还是照常开着，且开得红艳美丽。

杜鹃也因为矮小，不张扬，它一直还留在院子里。年年春天花开不败。

五

房子还没有建造好的时候，我就想着，在门前空地上种一株白玉兰。那白玉兰的花盏，像极了北京长安街上的华灯，端庄美丽。若是自家门前种上一株白玉兰，再种上金桂花，不正是应了那句"金玉满堂"了吗？这样的好意头，是我喜欢的。

所以当我在山上挖笋时，见村里阿达爷爷家承包的竹林里有一株姿态挺拔的白玉兰时，还曾动了问他们买下这株白玉兰的念头。只可惜那株白玉兰太大了，且白玉兰为主根系植物，不方便移栽。于是，我便想着从山上去找寻小的树苗。附近的山上我找了很多回，也没有寻见白玉兰的实生苗。后来我听说国营常绿林场里有，我便托管理林场的云富叔给我捎两株小苗来。

立冬过后的某一天，云富叔从800多米高的林场里，给我带来了两株白玉兰的小苗来，高度大约只有150厘米左右。我把一株种在了之前曾种过芭蕉树的地方。另一株种到自家某处自留地。这白玉兰苗笔直挺拔，第二年春天时就长高了不少，却也依旧挺拔。到了第三年早春，这白玉兰就开出了花盏来。这花盏和公园里的白玉兰仿佛有些区别。这花的花瓣边上，白里透着些许绿色，淡淡的绿，有一种苏杭绿梅的韵致，很是淡雅。

又一年，家里养的一条土狗已经半大，却因为隔壁三叔给它喂了一餐饭，鱼刺卡破了喉咙，奄奄一息四天后，终于死了。我用一只蛇皮袋装着给它埋在了白玉兰树底下。没想到第二年春天，这白玉兰像春笋一样，一下子往上蹿出许多来。我父亲嫌它长得太快，又说，这树大得介快，有何兮用场？他又说，白虎手（房子右前方）树不可种得太高，影响风水。我无奈，只要是有碍于风水，我根本劝不得他。他于是拿来砍柴用的钩刀，将其斫倒。又用锯子将其锯成段，码在门口廊檐下，当柴烧。

白玉兰从此又消失了，我有些泄气，种得这么好的树，又被斫倒。有好几天，我还在生父亲的气。

六

桂树和玉兰，加起来可称"金玉满堂"。这两样我自然都要栽种。而桂树，我更是栽种得多。新房子刚建造好时，我从不同地方找寻来一些桂花实生苗来种。

记得那一年，我在上海和诸暨两地来往跑车拉货物。有时候会去诸暨的一些袜厂服装厂玩具厂。见到厂区里绿化带中有桂树实生苗，便顺来一些带回家来栽种。一棵一棵，大多半米不到。一年一年下来，被我养到两三米高，碗口粗。中秋节时芳香四溢。小苗时我因种得太挤一些，长大后树冠之间就靠得很近。

因桂树四季常绿，不掉叶子，母亲嫌冬日里遮光太过。说，都没地方晒菜啦！可这些桂树真是不错，树干笔直，大都在一米六左右高度开始分叉，树冠也又圆又密，齐整漂亮。父母也不忍心除去。前些年村里时兴种苗木，好多人家在田里种上了桂树，想着大挣一笔。我二叔就在田里种了不少。可这两年苗木市场不景气，桂树只能贱卖，再加上我们村子交通不便，桂树卖不出去。可我一开始种树时就没有考虑过，种树是为了卖钱，我只为了美化庭院，给生活增添几分诗意的栖居。

可我父亲就在去年冬天，瞒着我，一口气斫光了门前所有桂树，只留下了屋后的几株。可屋后那几株，哪里有屋前的姿态漂亮！栽了十多年的桂树，都已经长成。如今却都斫倒，啊啊！父亲近几年在对待房前屋后的各种植物上，是越来越专横独断，我亦是无语了。

七

茶梅是我从萧山的小姑妈家门口剪来的一年生枝条扦插成活的。我当时也是抱着试一试的态度，亦并没有抱多大的期望。因茶梅扦插并不容易发根，而我却让它成功长出根来。记得那时候我家刚建造房子，有一大堆黄沙堆在门口。恰逢梅雨季，我将剪来的七八枝枝条插在黄沙中。半月后，有三四枝长出根来。我再将它们种植在泥土地中，只可惜最后仅有一株成活下来。

这茶梅因此显得特别珍贵。我和父亲也是爱护有加。适时修剪，施肥。茶梅树冠被修得浑圆漂亮。开出的玫红色花也是娇艳欲滴，如二八姑娘的脸颊，明媚生姿。我曾细细观看一片花瓣，薄薄的，似有一丝透明，还有隐隐的纹路，似蜻蜓的翅膀一般，却不那么明显。花瓣薄处又如蝉翼，厚处又有一些肉感，饱满而多汁。

金庸小说《天龙八部》里，王语嫣的母亲擅长栽种茶花。她的曼陀山庄里收集了各种名贵茶花和茶梅，其中有一种叫十八学士的，和我栽种的这株极其相似。因我并不知道我的茶梅具体什么品种，问我小姑妈，她也说不上来。

我栽种的到底是不是，也没有深挖细究过。不过不管它是什么名字，都不影响我们对它的喜爱。

八

起初，我那株蜡梅一直种在一个已经破旧的搪瓷脸盆里。是我还在杭州读书时，我从校园里采摘了种子播在盆子里的。播的时候有好几颗种子，可只发出一株小小的实生苗来。我欣喜之余便好生照料着。说是好生照料，其实也就是给它浇浇水，毕竟是栽种在盆子里。

一直在这盆子里种了有四五年，这蜡梅也不太长个子，我也就一直当着盆景养着。又过了七八年，还是没有长多少个子，只是稍稍粗了一些。我才想到，是不是得把它移植到地上种着。没想到一种到地上，它便猛长，抽发枝条也更加积极了。

只几年工夫，现在已经有两米多高，还超级耐修剪。开出的是磬口素心蜡梅，香气浓郁扑鼻。在冬日里寒冷的空气中，飘过这样一阵香气，特别有味道。

说起来也是难得，我父亲似乎对这株蜡梅欢喜异常，给它修剪整枝过好几回。经过整枝修剪过后的蜡梅，姿态更加俊逸。我期盼着今年冬天，它可以开出一树的黄色小花来，香气可以弥漫整个村子。

九

在新房的窗下，我种着一大丛南天竹。那是我和小舅一起从舍坞水库边挖来的。这一丛南天竹姿态优美，高一米六左右。春日里新叶绿中带着一圈火红色，生机勃勃；立冬后，一穗穗的红果子挂满枝头。若是在下雪天，白雪映衬下的红果子，更是别有一番韵味。

除了在窗下那一大丛，在围墙里面，也栽种着一丛。这一丛虽没有窗下那么大，却也是一样可爱。这长在四季中的各种植物，唯南天竹给我的印象是日日如新。

春日里南天竹幼嫩的红色叶子，细细的，柔柔的，还没有张开时，如同孩童紧握的拳头。我曾有一次长时间观察，就为了等待观看那"拳头"松开的一瞬。每每看到南天竹抽发新枝新叶，便觉得世间一切事物都是如此，都有盼头。每一日也都如这南天竹一般，都是新的。

十

有一次我在山中挖笋，无意中闻到奇香。我循着香气找寻过去，发现一支花葶，上面着花八九朵，紫红色。近闻更是香气扑鼻。我便折着花葶回去。遇邻居奶奶，问是何物。答曰九节兰。从此我知道山野中还有这等好花。后来才知道这便是蕙兰。除了蕙兰，我们山上还有更普遍的春兰。那一年正好是 1997 年，从这一年开始，我便养兰花至今。

一开始，我没有经验，曾养死过不少。慢慢地，我摸索出一些门道，熟悉了它们的习性。比如，它们喜欢早晨温柔的光线，最好是散射光，不喜欢下午的直射光，尤其忌西晒。因此最好将兰花花盆放在东南面早晨照得到阳光的地方。且花盆最好常常转转圈，不可一直放在那里不去挪动。浇水也不可多浇，应掌握"不干不浇，浇则浇透"的原则。另外，兰花又喜欢空气湿度稍大些，又要摆放在通风之处。温度低于 5℃ 后要放在室内养护。我一般元旦后到第二年植树节前都放在室内，室内一定要通风保湿。

相比春兰，蕙兰更喜光一些，对光线的需求更大一些。不过也还是喜欢散射光，不喜欢直射。早年时我蛰居老家，一盆盆兰花被我照料得叶片油光发亮。我去县城里工作后，渐渐地，就疏于照顾。我把它们放在东南面的露天平台上，天长日久，兰花从最多时的二三十盆到现在仅剩的五六盆。让人唏嘘。如今我也不再去山上挖来种，把仅剩的几盆照顾好便是。

十一

除了栽种上述的花木，另外栽种时间最长久的便是夜夜娇、小桃红、鸡冠花了。这些一年生草本花卉，不需要特意留种。每年春天，它们总会自己长出不少小花苗来。你只需要把适当大小的小花苗再定植下，长夏里便是可以开好久。

夜夜娇每当傍晚时分才开放，白天闭合花苞，故名。小桃红又叫凤仙花，据说门前栽种着可防蛇虫百脚。鸡冠花比夜夜娇、小桃红开得迟一些，也谢得迟些。

零零散散的，我就记下这些了，它们陪伴我的同时，我也陪伴着它们。我与它们相逢一笑，也是一种因缘际会，一种好意。

那些被我父亲斫倒的树，被我养死的兰，或许不是出于我父亲或我的原因，才被斫倒，才被养死的；又或许就是因为我父亲的专横独断，我的过多干涉。我想要给植物的更多更好的伺弄照顾，是不是就是它们所喜悦的，我不可知。如果它们能够没有经人之手，在一自然旷野深处，静默自由生长，会不会是一种更加好的生命状态？

从冬笋到赶蓬笋

受疫情影响，赋闲在家百日有余。自去年岁底，我回乡后无事常常往竹山上跑，餐桌之上竹笋就从不间断。我喜欢吃笋，自然也喜欢挖笋，这正应了苏轼诗句——"宁可食无肉，不可居无竹"。我想，这里说的竹，当然也包括吃竹笋。

从年末到开春前，我一趟趟上山挖冬笋，少则三四斤，多则十来斤。因冬笋长在泥土底下，找冬笋要凭经验。冬笋可以存放较多时日，我把冬笋放置在一只宽口矮缸里，底下铺一层竹山泥土，防止冬笋放久了变得干燥，影响口感。我常常先将挖破的即时先吃掉。多余的就贮藏在缸里。这样一日日攒着，笋很快就多了起来。母亲说，今年行情好，冬笋可卖20多元一斤，问我要不要卖掉一些。我忙摇头说不，这笋自己挖来给自家人吃的，不卖不卖！后来越攒越多，母亲让我姐和我大姑带一些去好过年吃。只可惜，后来受了疫情影响。

这冬笋肉质细腻紧实，是上好的山珍佳肴。随便炒肉片炒冬菜白腌菜炒蒜薹炒豆腐干，都非常好吃。有时候各种吃法都尝试了一遍后，我喜欢再创新吃法，将冬笋切成薄薄一片片，和腌制后晒香的五花肉切成的薄片一起蒸着吃，让笋与肉的味道完美融合在一起，那感觉真是赞！

开春后，天气一日日变暖，竹山上的笋渐渐起了变化，但不甚明显。连续五日最低气温高于10℃之前，还不属于气象学意义上的春天，彼时竹山上的笋，形状和年前的冬笋差不大多，只是肉质不及年前的紧实细腻，存放时间也相对减少了一些。因为笋中含水量增加，细胞（有机物）的呼吸加快。

春笋之于冬笋，最大的区别就是个头变大了。冬笋个头往往一棵在半斤到一斤之间，而春笋一棵大多是一斤以上至两三斤不等，甚至更大。另春笋含水量大大增加，细胞呼吸更快，更不便贮藏。所以，从山上挖来后常常要即时吃掉，若隔日再烧来吃，就会影响口感。因此很多人挖来，自己吃不完就送人。送到城里去，很受欢迎。

春分后，竹林中春笋渐渐多了起来，也就更容易找，此时只需找竹山上的泥土中是否有圆形鼓起的裂缝包。至清明节气，许多春笋已经破土而出。一般来说，这时出头偏长的笋，我们不再挖回家吃，一则这样的笋刮肠胃不好吃了，一则待它长成竹子更好。此时还在泥土底下的笋，肉质细嫩，还带着一丝甜味。若是长在黄泥土中，笋肉更是细白鲜嫩，称为黄泥拱。此后一段时间内，黄泥拱大受欢迎，村民们乐此不疲在竹山上找寻黄泥拱。待到谷雨前后，已经探头的春笋或者已经长成两三米高的新竹模样，底下几张箬壳也开始脱落，或者因供养不足，败蓬褪笋（长不成竹子夭折）了。

待到竹林中开始败蓬褪笋一周至十天左右，这期间若是正好下透一场雨，竹山上又会有很奇怪的一幕发生。靠阴面的竹林中又会冒出最后一批新的竹笋，从泥土中快速拱出。这批笋因生长环境温暖湿润，生长速度很快，往往一夜之间就可以快速拔节，因而被称为赶蓬笋，意为赶在所有春笋败蓬之前再长出来的笋。不过我翻阅相关文献资料，想找出关赶蓬笋的文章来，却始终没能找到相关说法，甚为遗憾。也因此有了写下此篇文字的想法。这赶蓬笋笋衣特别薄，笋肉洁白鲜嫩细腻，且甜津津不刮肠胃，甚是好吃。

这赶蓬笋，毕竟如老来得子，有些先天不足，大多也不能成竹。也偶有已经长高的，村民不忍打掉，长成新竹的。更多村民喜欢起早上山，趁着它还没有拔节长高，挖去炒着吃，或者自制成笋干。我外婆总说，赶蓬笋最好吃，不刮肠胃。

如此，这一年番的笋也就基本结束了。

村里的树

我们的村子在竹林环抱的山坳里。说是山坳，其实并不怎么纵深，所以沿着村子中间往外流的那条溪水，也是弯弯扭扭的，很窄很浅。村居沿着溪水两边很不整齐地依着地势而建。在高低错落中倒也算是乱中有序。在一户一户之间，往往种植着一些树，在篱笆里面，像卫兵一样，守着各户人家。这些树通常有棕榈树、泡桐树、杉树、香樟、楝树、乌桕树、桑树，也有桃树、梨树、金钩子树。而在村子的边缘，或者一些山地的边界上，常常种植一些松树、檀树、檫树、水杉、杜仲、柏树、桂花树。在我们的村口，我小的时候，还有七八棵三人合抱的大树，其中一棵是枫树，另外的都是麻栎树。

在我家房子右边是一个菜园子，是茂根家的。这个菜园里用竹梢围起来，在离我家墙角最近的地方，就是那棵棕榈树。这棕榈树外面的棕，用途也很大，可以做蓑衣，也可以做阳帽。上面的棕榈叶子，是冬天腌制腌菜时盖在最上面的好材料。每次我妈妈腌菜的时候，总会让我从附近的地里去砍几张叶子来给她。对我来说，我最喜欢的是棕榈树上结出来的籽了，我常常拿着自制的弹弓，用这些籽去攻击我的那些同样顽皮的小伙伴。只是大人们常常不允许我们玩这个种子，说是家里的六畜（主要是指鸡）吃了要生病的。而我往往不管，自顾自依旧那么玩着。

在我小的时候，我家旁边那口井边的菜园里，对着我家大门有一棵很高很高的水杉树，它看上去笔直笔直，在我最初探索世界的目光中，觉得它是要插到云层里去一般。后来不知道什么原因，这水杉树就被砍了，这树什么时候砍的，我已经记不清了，只是觉得，这树砍了之后，我家门口光亮了许多，这是我所高兴的。但是有的时候想想，再也看不到它那高入云霄的样子，也会觉得可惜起来。而靠着那口井的上方，是几株杉毛刺（也就是杉树），有时候我们打水，总是会连着打上来一些杉毛刺的树枝，是那种已经枯了的，被水浸湿，让人觉得讨厌。

我小叔家后面的园子里本来有一棵泡桐树。也是村子里较大的一棵树了。小时候我不明白，还以为冬天的时候结在那树上的果实，可以吃。总是会愣愣地往上张望。经常可以看见一些麻雀跳上跳下的。有几次，我还看到有白尾巴的粪坑鸟，停在上面，悠闲自在，我总要捡起一颗土疙瘩，向它扔去，它起先被我赶到另一棵很近的树上，见我不依不饶地穷追不舍，它索性就飞远了。连着好几个屋顶远去，我是再也追赶不上了。有时候，我会拿着一把小锄头，在那棵泡桐树下扒开土，用一双废弃不用的筷子，夹着土中跳来跳去的蚯蚓，这蚯蚓个子虽然小，却特别活泼，我们村里人叫它作"癫蚯毛"，想来这个称呼真是形象。也有另外一种蚯蚓，体形特别臃肿，却不愿意扭动，我也一并夹进我那个毛竹罐子里，拿回去，给我家里的小鸭子吃。那些鹅黄色的小鸭子，最喜欢吃的，就是我给它们带去的"癫蚯毛"了。

这树开的花，我喜欢，大大的一朵朵，有些像喇叭花，淡紫色比较多，也有白色的，四月的春天里开，这花开的时候，整个村子里都弥漫着一股淡淡的花香。这个时节开的花大约还有田里的紫云英和黄色毛茛花。后来，大约有户人家造房子的时候，需要椽板，来打了个圆场，把我叔叔家的那棵泡桐树买去后砍了。其实，泡桐树哪适合做椽板啊，这树长得太快了，不紧实。我只听说过它适合做热水瓶子的塞子。

友根家的家门口种的，是那株金钩子树。那时候，村里还没有浇筑水泥路。村子中间是一条很窄的卵石小路。临着友根家门口的地方，是卵石小路最窄的那一截。只要霜降一过，这个地方就成了孩子们最爱光顾的地方了。从金钩子树上掉下来的金钩子，在霜降过后，变得非常甜。孩子们总喜欢一大早起来这里捡金钩子。友根家养牛，有时候，那些金钩子都掉到那一坨坨的牛屎边上了，孩子们也不管，照样捡回来，水里一冲就往嘴巴里塞。友根家的儿子见我们总去捡，小气地说，这是他们家的金钩子，不准我们捡。好像还因为这个，有的孩子跟他打过架的。我比他要小好几岁，所以我没有和他交过手。

有一户人家门后种了桃树。每次桃子还没有成熟，都被淘气的孩子们糟蹋得差不多了。还有一户人家房子边上临着溪水边，种了棵樱桃，也是五月里端午节不到被孩子们摘光了。老古话说得不错："门前不栽桑，门后不种桃。"种着这些，孩子难免是要淘气的，闹得邻里之间不和睦了，是最不值得的了。

杉树，是村子里用量最大的树种。建造房子，或配置家具嫁妆，一般都是用它。有时候也用香樟树，不过我们村子里香樟树并不多。随着一幢幢的新房子建造起来，村子里的杉树也就越来越少了。留下一些也都是树干不直的或者还小的。国家林场里也经常有杉木少了，遭到村民偷伐的也有不少。以前用作嫁妆的家具，请木匠师傅来做比较常见，渐渐地，嫁妆都时兴买现成的。这样一来，倒是可以让这些小的杉树，有了喘息恢复的时间，让它们渐渐长大。

村子边缘那些檫树、松树、檀树、杜仲，很多时候是因为那块地比较贫瘠，或者地不够熟，不适合种些蔬菜，所以种上几株树，也算占了位置。免得自家的地被人家占去。虽然这些地用处并不大，但是一想到让别人占去一寸，心里头是没有哪个愿意的。所以村子里就又多了这许多的树。他们种的时候，可不是为了考虑给村子增加一些绿意和氧气。有时候，我可以看到从山里飞出来的一些长尾山雀，从一棵檫树上飞到另一棵檫树上，看得我心里痒痒的，想要抓两只到家里来养。它们的羽毛太美丽了，像戏文里穆桂英头冠上的羽毛一般。

村口的这些好几百年的大树，现在只剩一棵了。那棵枫树，是前几年的时候被白蚁吃空了的。当时树上还挂着个缸那么大的马蜂窝。村里的领导把这棵朽死的枫树卖给诸暨的一个老板。树砍掉后没有一个星期，村里连续死了三个老人，弄得人心惶惶的。有的人说，那么大的树，都成精了，有灵魂，砍不得的。其他的那些麻栎树，大约在我读初中的时候，就相继因为半枯状态，也都是被砍的，有的说，是卖给家具厂做了棕绷床，也有人说这些木头是去铁路上用作枕木的了。到底是怎么样，我不得而知。

我们村里还有一种树，据说现在是国家一级保护树种——南方红豆杉。听老人们说，这树以前村子里比较多，大家也没有拿它当回事情。以前村子里刚通电的时候，还有人拿这个树的树干当电线杆的，真是暴殄天物。至于是不是真的，我也没有考究过。

　　我这里所说的这些树，好多都已经离我而去了。它们只活在了我的记忆中。还有一些，现在还在我们的村子里，不久以后，或者也会离我而去。我希望它们可以更加长久地活在我的生命里，我的记忆中。因为记忆深刻，无法忘却，所以也就记录下来了。

古　井

　　十岁的阿刀很喜欢在自家附近的井边玩耍，可他的母亲总不允许他靠近古井。他的母亲总是很忙碌，为生计奔忙，无暇管束他。所以，他还是常常到这井边玩耍。

　　古井边是一个篱笆，高出古井一米的样子，用石头堆砌成的篱笆的基部缠绕生长着茂密的络石藤。阿刀喜欢把这些络石藤的叶子摘下来玩，每次他把叶子摘下来，都会看到叶柄上会流出奶白色的汁水。他喜欢把这些藤编织成一个头冠戴在自己的脑袋上，幻想自己是打游击战的战士。这口古井是用黄褐色的原石垒成的。虽显得古朴，却和这个村子一样粗野，缺乏一种精致的美感。井口常年滋生着一些井栏草，井水不深，伏在井口往下看，可以看清楚井底的石头和淤泥，有螃蟹和泥鳅在那里移动着。阿刀常常这样伏在井口往下瞧。

　　"别整天琢磨这些没用的东西！"阿刀的母亲经常这样说他。

　　"你该抽空帮帮我们了，你已经不小了。"他的母亲又说道。

　　阿刀对母亲的话总是置之不理，他总是喜欢到井边玩耍，有时候只是一个人静静地坐在井边也好。

井边有一户人家，住的是一个鳏夫。六七十岁的样子。花白的短发，却很硬气。这个老人告诉阿刀，井里有一只老乌龟，是他还小的时候就放生在那里的，乌龟是可以活一千年以上的灵物。老人又说，这只老乌龟现在该已经差不多成精了吧。阿刀问他，那它在哪里呢？我怎么从来没见过？老人说，老乌龟躲在石头缝里，它不愿意移动，所以我们看不到它。如果遇到人，它会遁行，你发现不了。

阿刀总想着要见一见这老乌龟。所以阿刀总是在井边转悠。

最近一段时间电视上在放一部武侠剧。主人公拥有盖世武功，耍得一手好剑法。阿刀央求他爷爷给他制作一柄差不多的剑。拿到和自己身高差不多的一柄竹片制作的剑后，他开始模仿电视剧中的大侠的招式，自学武功。大侠都会飞檐走壁，阿刀想到，我如果可以从井的一边跳到另一边，就算是学成此功了。为了更像电视剧中的大侠的造型，他决定用他父亲的一件白衬衣作为披风，用两个袖子在自己胸前打一个结固定。这样跑起来的时候披风就会飞扬起来，威风得很。他披着父亲的衬衣，手中握着一柄竹剑，准备练习。

当他口中喊出：我是×××（电视剧中大侠的名字），随即纵身一跃跳了过去。阿刀在跳到半空中的时候，一低头，往井底下瞧了瞧，他好像看见了那只老乌龟，正仰着头在望着他。随即，他的下巴就撞到了井栏对面的黄褐色大石头上，一丛井栏草也被他用一只手抓断了，然后他整个人落入井水中。

阿刀感觉到自己正在慢慢下沉，他的嘴巴、鼻孔、耳朵里都漂出许多的气泡来，一直往上面漂，往上漂，那些气泡一串一串的，阿刀觉得很美丽。阿刀想要用手去抓这些气泡，可是抓不到，他看到气泡一直往着那明亮处漂走不见了。井底下黑漆漆的，他什么也抓不到，脚也踩不到井底，因为水有浮力，他就这么悬在这水中，无处可以安放自己，固定自己。只有那柄剑还在他手中，他把那柄竹剑握得越来越紧。那是他唯一可以握紧的东西。

直到阿刀被人救起，他的手中仍然紧紧地握着那一柄长剑。施救的人不断按压他的腹腔和胸腔，过了一会儿，阿刀终于呛出水来。他的母亲赶到，看着他手中还握着这柄竹剑，迁怒一般地把这把剑给扔了。剑被扔到小溪里，阿刀突然起身跳到小溪里去捡回来。这一次，他的母亲直接将这把剑给毁了。

阿刀再也无法捡回他的竹剑。

好吃的土豆

在电影《火星营救》里，美国大兵在火星上的大棚土豆种植园至今让我印象深刻。在那种无边的孤独中，他通过循环的自给自足，顽强地生存了下来。我当时在脑海中就抛出这样一个疑问：他天天都吃这些土豆，不会吃腻吗？然而他又有什么办法呢？

和火星上的美国大兵不同的是，我住在地球上，我对食物的挑选余地比他可大多了。但是我没有他那么勤快。在结束了学生的辅导之后，天气热得有些放肆，或者又是暴雨如注。我只能离群索居在桃源里。而前阵子父亲给我带来的那一包土豆正好派上了用场。

在家里除了看书听音乐观欧洲杯便无所事事了。冰箱里采购回来的各种蔬果都吃得差不多了，于是我就餐餐都吃那包土豆。我每次刨 8 颗，正好炒一碗。我把土豆切得薄薄的，清炒一下，放些盐，非常简单。用最简单朴素的方法来烹饪，食物可以还原它最本质的面貌，散发出它最原始的香味。记得马尔克斯说过：最简朴的生活是最好的生活。啊，这就是我最简朴的生活了吧！

要是有一个人和我一起喝一杯蝉花酒，那就太妙啦！如果父亲在这里，我就和他一起喝一杯。前几日他还特地打电话来问我，蝉花是不是性寒，因为他喝了一些烧酒后，身上发出不少痱子来，说是因为太阳底下去削了一通草的缘故。我就在电话里不耐烦地和他说，发痱子了酒就少喝点，削草也弗要去了，坐歇就好啦！

这一大包的土豆，我吃了一餐又一餐，自己也不承想，怎么吃了那么多天也不觉得腻，反而觉得越来越好吃。有人说，土豆其实不是蔬菜，而是粮食。难怪噢，粮食如果要吃腻了，那不得饿死了呀！没听说有人吃米饭吃腻的，当然，厌食症患者除外咯！

这一包土豆就快吃完了。这一次吃得介快，若跟父亲去说，他都该不敢相信了。以前他叫我姐姐帮着带来，我总说不用不用，带来了也要吃上好多天。有时候都要放得出芽，最后才不情愿地扔掉。扔掉多不好呀，这一颗一颗的土豆，都是辛苦种出来的，按我爷爷的说法，粮食掼掉来要天打煞咯。

过两日，我得让父亲再带一些出来给我。这土豆，这好吃的土豆呀！

怀念一株槭树

也是在现在这样的五月天气里，我在公园里曾经遇到过一株受伤的红叶鸡爪槭树。每年的五月，当我走过那个公园的时候，总会想起那棵树，去看看它曾经站立过的地方。

那时候，它很瘦小，羸弱的样子惹人爱怜。见到它的时候，它的一根枝条刚刚被折断了，伤口还很新鲜，散发着一股植物的气味。许是哪个淘气的孩子干的吧！哎，我小时候也是那样淘气的。少年的内心里是有个暴力的魔鬼的。孩子在做这样的事情的时候，或许还是一脸无辜的表情呢！他们只是觉得好玩罢了，根本没有时间想更多。

我那时候身边正好有一条碎布，就用它认真地包扎了起来。包扎完成后我的内心满满的。我帮助了它，它会更加好好地生长的吧？我想。一个星期后，再去看望它，它还是好好地生长着，我猜想它的伤口或许已经愈合了。又过一个星期，再去看望，这回看到的情景让我失望。不知是哪个孩子（也有可能是大人）去拉扯过那包扎着的碎布条了，本来已经愈合的伤口又破了，而且伤口变得更加大了，那枝条几乎全断了。断枝上已经没有了水分，上面的叶子都卷缩起来了。现在，我对它的不幸遭遇已经无可奈何，我甚至有些愤怒了。

之后的一段时间，我一直没有再去看望它。我后来想，大概是因为，人都是很会自我保护的动物，面对一些不想看到的痛苦场景的时候，总是会选择回避的。直到几个月后，当我再次来到这个公园的时候，发现公园里已经少了一棵树。走到那里一看，只剩下一口圆圆的木茬桩。我想，大约是那已经断了枝的红叶槭树，影响了整个公园的和谐，连公园也容不下它了。园艺工人只得将它锯了。若不是我仔细去找它，或许连这个茬口也找不到了，周围的草已经将这个茬口淹没了。直到没有人能够再想起，这个公园里曾经有过那么一株红叶槭树。就像我们生命中的某些人一样，曾经那样鲜活地存在过，而现在，我对他们的记忆也被岁月淹没了。

麻栎树

这次回家看到，家乡仅存的那棵麻栎树上结了一个偌大的蜂窝，树枝后面是瓦蓝瓦蓝的秋日天空。

在我儿时，那里共有七棵麻栎树，都有三人合抱那般大小，听爷爷说他小时候见到的也就那般大，都是好几百年的老树。村人管那个地方叫"大树蓬下"。那时我和几个小伙伴最爱去的地方就是"大树蓬下"了。每天上学放学，大树蓬下是我们的必经之路。我们总是早早地去上学，来到大树蓬下捡麻栎子，往往因此而迟到，遭到老师的责罚，并且没收我们的战利品。放学回来，我们也必定要在大树蓬下待上好久，玩捉迷藏、兵抓贼、老虎吃羊等游戏。往往玩得累了，倒在土坡上休息，一休息就睡着了。等到醒来，父母们打着手电筒来迎接我们，催我们吃晚饭，有几个严厉的父母会狠狠地斥责他们的孩子。

说到捡麻栎子，我不得不说一下麻栎树上的蜂窝。据村人说，那树上的不是普通的蜜蜂，而是一种不知名的"毒蜂"，曾有人死于这种蜂针之下。于是捡麻栎子的小孩少了许多，但我和另几个伙伴组成的"敢死队"坚持不懈。那种毒蜂确实够吓人的，体形是普通蜜蜂的五倍左右，飞近时翅膀发出的震响如滑翔机般。当毒蜂在我们头顶盘旋时，我们都会趴下身子，喊道："炸弹来了！炸弹来了！"直到好久才敢抬起头来。我不知此种毒蜂是否真的置人死地，但我清楚村人绝不是在吓唬我们。

在捡麻栎子时，比毒蜂更让我们感到可怕的是我们的章老师。因为就在大树蓬下的一块空地里，他种满了番薯，而番薯地里的麻栎子又最多最好找。在我们地毯式的搜寻下，章老师的番薯地常常一片狼藉。为此，他曾多次偷偷来管地，每次都被我们机灵地躲过，弄得他毫无办法。只是到了学校里，因为觉得做了亏心事，我们常常对章老师是言听计从。

捡来的麻栎子，我们通常用来替代玻璃球玩"老虎吃羊"的游戏。有几个贪吃的，会拿到火盆里煨烤，常常因此满脸是灰，在麻栎子爆开时还有误伤眼睛的危险。大人们常常骗我说吃麻栎子头发会掉光的，像麻栎子一样光秃秃的。我曾一度相信而不敢吃，终在小伙伴的诱惑之下吃了起来。不要说，煨烤过的麻栎子还真香！

现在的大树蓬下，仅剩下最后一棵麻栎树在村口孤独地镇守着我们宁静偏僻的乡村。在大树下的土坡上盖起了一座简陋的乡村教堂，没有歌特式的尖顶，倒有些像中国随处可见的土地庙。近几年这棵麻栎树抽发的新叶越来越少，已成半枯状态。大树蓬下再也见不到嬉戏追逐的孩子。

南　瓜

　　农历中元节前后，在长长的一段持续的旱季中，南瓜终于积攒了一个长夏日光的足够照射，让养分得以充分积累，这正是采收南瓜的好时节。有农谚说：大旱不过七月半。在七月半前后，天气随着秋雨逐渐转凉，特别是在早晚，气温变化较大。昼夜的温差变大，使得南瓜的口味变得更甜，肉质也变得更加紧实，南瓜籽的颗粒也变得更加饱满。农户们一般都会选择在七月半前后，那些连续的下雨日子来临之前，将老南瓜都采收了。

　　父亲告诉我，采收南瓜一定要选择在晴天的早晨。缺乏农事经验的我好奇地问为什么。父亲说，老南瓜抢在七月半的接连雨天之前采收，是为了防止雨天潮湿。若不及时摘下，久而久之，瓜在藤上会容易烂了。而为什么是在晴天的早晨摘，父亲的说法是，如果一天中太迟采摘，南瓜就会被太阳火晒热，被晒热后摘下，南瓜就会不易储存。而在晴天早晨，趁地气未热之前采摘，则南瓜便于久存。有人用这样的方法采收，再将南瓜放置于阴凉干燥通风处，甚至可以把南瓜一直放到来年春天清明前再吃。经过久藏的南瓜，水分变少，口味更甜更好吃。关于留种问题，我一次请教父亲，什么时候留种最好？父亲说，留种首先要选早一些成熟的皮老的南瓜（最好皮上疙瘩也多一些，这是因为南瓜"急于长大"，膨胀时"用力"不均造成的），这种瓜生长速度更快，来年也会早一些结瓜。这样，南瓜的整个产瓜时间就会拉长，便也可提高产量了。父亲又补充说，留种的种子颗粒一定要选饱满的那种。扁瓜留种要选切开后上爿的种子。其他形状的瓜也宜保留上半个瓜的种子来做种。这样留种，种子的各种优良性状可以得到更大更好的保障。

原来，小到诸如采收南瓜和留种这样的日常，民间自有一种智慧，且从古传承至今。这不得不让人敬佩老一辈的人，他们还在从前的传承中应用这些方法。同时让我隐隐担忧的是，现在的年轻一代，已经很少有人再把这些民间智慧那么当一回事了。

吾乡地处丘陵山地，昼夜温差大，故尤其适宜栽种南瓜。这里种出的南瓜品质特别好，不仅瓜又甜又粉，瓜籽也是颗粒饱满，口味独特。南瓜适应性又强，对栽种环境的要求也不高，不论平地坡地，几乎哪里都可栽种。故家家户户清明前后，都会种瓜点豆。南瓜嫩茎和叶，可作为绿色蔬菜。瓜蔓伸到第七节以后，便可以打头，使前面几节上藤蔓长出侧藤来，这样一来可以提高产量，二来还可以摘嫩叶嫩茎，理出南瓜头，在水中一搓洗，做时鲜绿叶蔬菜吃。长夏里，剥几颗蒜瓣，切细了，佐着碧绿的南瓜头，热油里快速爆炒，确是一道风味独特的山乡味道。

老南瓜吃法多。最常见的就是烤瓜当早饭或者当下午点心。母亲勤劳，南瓜收获后，她每天早起第一件事便是烤南瓜。有时候在大柴灶里将切成片和段的南瓜贴着锅子加水烤煮。待水渐渐干了，南瓜也就烤熟。母亲将烤熟的南瓜放在灶台上的蒸饭架上。有时候母亲特为多烤一些，吃不完的，她将南瓜肉用调羹刮出，倒入纱布挤出若干水分，然后和面做成南瓜馒头或者和着米粉，做成南瓜米饼。

　　常绿有七月半吃南瓜饼的习俗。中元节前，许多人家会提前做好南瓜饼，邻舍亲戚之间也会互相赠送。

箬叶清香

　　回到家中，看到母亲正在桌子旁忙乎，原来她是在包粽子。我每次回家，她总会做一些好吃的，看到她忙得汗津津的额头，我不知道该对她说什么好。母亲的手巧，包粽子的花样繁多。以前我总是对她说，粽子包得小一点，可以多包几个，可她不听劝，总喜欢包得大大的，很厚实的样子。等到粽子煮熟了，就在亲戚邻居那里一分，自己家里所剩的就不多了。

　　那糯米被淘洗干净后放在篮子里晾着，看上去半透明的样子，洁白可爱。母亲将洗干净的箬叶折起来，倒进糯米，在中间放上我喜欢的蜜枣或者火腿肉，手法娴熟地包起来。我想若是在村子里举办包粽子比赛，她是一定能夺魁的。她包的粽子又快又美观，煮后不变形。我想这和她做事情的性格有关系，她做什么事情都很认真，力求做到最好，在很多方面都是这样，为我树立了很好的榜样。

　　等到粽子煮熟的时候，满屋子都飘着箬叶散发出来的特殊的清香，似乎空气都变得甜美起来。母亲把一串一串的粽子从沸水里捞出来，热气腾腾，这是她的劳动成果。这让我想起一句诗：

双手劳动，慰藉心灵。是啊，劳动着是快乐的，我看着母亲脸上那种喜悦，自己也跟着开心起来。她说，这几串，你拿给爷爷吃；这几串，你拿到你外婆家去；这几串，你拿到你姐姐家去……

爷爷的门虚掩着，大概做礼拜去了吧。外婆在家里也在包粽子，一定叫我也带几个粽子回来，是我喜欢吃的红豆粽。姐姐托我带了一袋子的枇杷，说是过几天来看我们，她刚刚生了小孩，挺忙的。等我把那些粽子都送出去回来的时候，我看到母亲在藤椅上靠着睡着了。

我想起我们小时候，大约每年的清明过后，她经常会和村子里的几个健壮的妇女一起，到山上去采摘箬叶的情景。她们将采摘来的箬叶晒干后三斤一捆地绑起来，到集市上去卖。那时候家里开销紧张，她们以此贴补家用。我记得母亲跟我讲过她的一次惊险经历，说的是在一次采摘过程中她站在了一条大蕲蛇的旁边，那条大蕲蛇盘在草丛中，看上去像一只绍鸭。自从她和我们讲了这次经历后，我们都不许她再去山上冒险，为此她很后悔告诉我们。此后的几年还是会去几次的，但是次数明显减少了。

现在，她大约已经不上山采箬叶了，有的时候是向邻居讨的，有的时候是从集市上买来的，而她做的粽子还是一样清香可口。我走过去刚刚想在她身上盖一件衣服的时候，她突然醒了，问道：你这么快就回来了，外婆他们还好吧？我说，好的，都好的。

瘦蚕豆

今天在单位食堂里排队的时候，看到了有蚕豆，我未经思考就要了这份菜。

在外面待的时间久了，在饮食上也居然发生了变化。先前住在家里并不怎么喜欢吃的那些蔬菜，现在却是越来越喜欢了。现在只要食堂里有那些最最平常的豆子、茄子、各种瓜类，我总是毫不犹豫地决定吃上一吃。想起来，或许是自己在乡村待得还不够长，也或许只是暂时离开了乡村后对乡村生活的一种眷恋。

在和同事一起吃饭的间隙，聊到了吃的菜上来，没有想到，他们居然和我有一样的感受。大家都在怀念那些夏天里在门前的大道地上露天吃晚饭的情景。虫鸣唧唧，蛙声不绝。我想，那些美好的时光驻入人们的心中，成为记忆的一部分，成为精神的一部分，被人镌刻、分享，因此可以懂得生活。

吃完午饭，走出食堂，外面在下着细小的雨。空气中飘过来香樟花那淡淡的清香，我嗅出了初夏的那种特有的空气的气息：潮湿中带着浓重的各色植物的香气，略微有些憋闷。我走过围墙边，看到那粉色的小蔷薇花在栅栏上开得正盛，花朵上沾满了细碎的雨滴，有些花瓣已经落在地上，成片成片，落英缤纷。栀子花的叶片发出油亮的光泽，花蕾已经长出，却还未曾开放，它像是在等待更大的一场雨的降临。我看着这些花蕾，心中充满了期待。

走着走着，我想起了以前在老家时收获蚕豆的情景。也是在这样的天气里，下着微微细雨，空气有些憋闷。那时候我刚刚毕业，待在家中已经有大半年的光景，一直没有找到工作，心情像夏日午后天空黑压压地挂满云朵却迟迟不能下雨的狂躁。

母亲和我来到那块种蚕豆的坡地上，蚕豆长得并不好，像那时瘦弱的我，缺少营养。我看到整片蚕豆都被野草淹没着。我突然无端地气恼起来：这样瘦弱的蚕豆，收去又能做什么呢？让它们自生自灭不是更好！我埋怨父母没有能够好好去栽培照料这些蚕豆，却还要种它们。母亲是天性敏感的女子，知道了我话中的意思，却没有和我再说什么，自己一个人静静地收获起来。那些孬的蚕豆，她也不愿意舍弃，一并放进了那个簸斗里。野草同时淹没了母亲那双沾满泥泞的脚。我看到她的头发上已经沾满了雨水，脸上也是，分不清是汗水还是雨水或者泪水。我突然后悔刚才的那种鲁莽，含着深深的歉意和她一起收获起来。

我不记得那些蚕豆收获回家后，母亲是怎样处理它们的了，我只是还记得，那个下午，我和母亲沉默着在雨水中收获蚕豆的情景。我想，那些贫瘠的土地中长出来的蚕豆和母亲那种目光中的坚毅神情，能够成为我今后人生中最好的心灵慰藉。

随笔一组

丝 瓜

在朋友的 QQ 签名里看到这个句子："青菜萝卜豇豆茄，柴米油盐酱醋茶。"我觉得非常喜欢，有市井的烟火味，平淡真实。她一定就是个懂得生活的女子。这样的句子很容易就让我想到了一直住在乡村的母亲，她和那个时代的所有农妇一样，勤劳忙碌，有做不完的家事。

我很庆幸自己有在乡村度过的完整的童年。那时候无拘无束地生活在天地之中，如同蓬勃生长的野草，生命力格外旺盛。完成了学业后，在自己家里无所事事地生活了两年。唯一的收获，或许就是在夏天的时候，可以拿着自己种出的丝瓜分给邻舍，然后得到一句赞叹，说是瓜种得着实不错。有时候，邻舍会觉得经常吃我种的丝瓜过意不去，会将他们自家菜园里的豇豆茄子拿来给我母亲。邻舍之间的这种朴素的交换，有别于生意场上的利益交换，彼此之间会多出一份情谊，这就是平常所说的远亲不如近邻。

那段时间，我不知道自己可以做些什么，日子在胡乱中度过。父辈没有传授给我很多农事技巧，是因为希望我可以不用再做农民。我只会种丝瓜。其实这是顶简单的事情，丝瓜没有什么病虫害，可以说它是最好照料的了。春天的时候，将两株瓜秧移植到院子前面，然后搭好架子，它们就会沿着草绳往上攀登。那墨绿的藤和叶，会发出一股强烈的青草气，那是只属于丝瓜的气味，容易辨认。等到开出嫩黄色花朵来的时候，蜜蜂会帮助传播花粉。等花朵谢幕，后面的瓜就渐渐长大。由弯曲而变得垂直，挂了下来，越长越长。我会经常去观察它们。起先，有的尚未成熟的瓜就会被我摘掉，因为我太想收获自己的劳动成果了。等到后来，瓜越来越多，有的躲在叶子下面，没有被我发现，老了。也好，它的瓤丝以后可以用来洗碗。一样有用。有几次收获太多，我会炫耀一般地送给邻舍，然后听到赞叹，心里十分满足。

在太阳特别大的日子里，我还会在瓜架下面乘凉。捧着一本杂志，阅读一个下午。阴凉里的夏风吹过来，特别轻柔舒爽。有时候看得眼睛疲倦了，抬一抬头，看见天空湛蓝深远。晚上，在饭锅里蒸一海碗芥菜丝瓜汤，可以解暑。

大自然的美，从来都是丰盛端庄的，郑重自持。如同一种秩序，一种道理，需要参悟。

卵石小径和蓼草

在记忆中，那条小小的卵石小路一直还在。小路沿着村子的溪水，将村子伸向了远方。那时候的溪水总是清澈见底，水里还有小鱼小虾。鸭子在水里捕食它们。上岸的时候，会扑扇一下翅膀，阳光下羽毛光滑闪亮富有光泽。它们似乎比人类更加闲适安静地生活着。在傍晚的时候，自有主人家的小孩会来赶着它们回家。所以它们不必担心什么，等到自己吃肥了要挨一刀的时候，它们虽有挣扎，却也会欣然接受命运。

卵石小路铺好已经很多年了，在那些前人的鞋子的磨砺下，散发出岁月的味道来。石缝中会长出些生命力旺盛的野草。小时候的我，看到了就要拔掉它们，如同给自己挠痒一样，不挠觉得很不舒服。那些蓼草在路边、在墙头，肆虐地生长着，它们的种子太多，无法尽除。我会用竹片将它们砍倒，并且觉得快乐，觉得自己可以随意屠杀它们，成为它们的主宰，因而觉得胜利。有时候，手碰了它们，会觉得有一种辛辣的气味、不小心揉到眼睛，眼睛会流出泪来。那大约是它们对我的一个无声的抵抗。

后来，村里修筑了水泥路，将卵石小路拓宽，再用水泥浆覆盖其上。我喜欢自己和自己做游戏，记得有一次，在一块卵石下藏了一张字条，那是一个秘密。现在，那个秘密被永久地埋藏了。而那些在卵石小路旁的蓼草，也全部不见了踪影。

花 拆

惊蛰过后，蛰伏在地底下的各种动物都苏醒过来，这几天，泥土里已经有了蚯蚓的腥气味和各种植物的清香的味道了，夹着雨水，湿漉漉的。我也像它们一样不再安分地待在自己那狭小的一隅，似乎不出去走一走，便要觉得不安心，生怕辜负了这样的好春光。人的很多行为会随着四季的更迭而改变，我始终觉得，人从来就没有能够脱离自然的规律。所以，我们有必要来了解自然，亲近自然。

有时候，我会沿着江边的栏杆，去走一走，吹一阵风。回来就觉得自己清爽多了。长时间坐在电脑前的习惯，眼睛特别疲劳。这样的一阵风是最好的医治。坐在木制的凳子上，抬头看见鹅掌楸已经发出了小小的叶子，嫩绿色的小褂子的形状。引用友人的话说："我看着它们发芽、生长，它们看着我青春、老去。"它们似乎会觉得我过于伤感，在微风中别过脸去，不再理我。而在远处的柳枝，在晃动中让我觉得春天的明媚、美好。玉兰的花盏开放的时候，发出轻微的声响，你若是不仔细听，是感觉不到的。那种声音，和雪花落入池塘的声音一般，我们把它叫作花拆。

香　樟

清明节前夕，香樟树都换上了新叶，远远望过去，整个树冠呈现一种蓬勃茂盛的活力。若是近距离仔细观察，你会发现它的新叶在嫩绿中含着一层清澈透明的玛瑙红，在微风中闪烁着，甚是可爱。细心的人一定会发现，这个时候它的老叶子纷纷坠落，一阵风吹过，在地上小跑起来，惹出一阵哗哗的喧闹声，让人疑心又在下着春雨了。在街上打扫的环保工人抬起头来，发出一声叹息，然后重新打扫一遍。

令人好奇的是，为什么在那么寒冷的秋冬天气里，它们能够在树枝上坚守着岗位，而不掉落，而会在这么温柔的春风里被吹落呢？所谓的常绿，原是相对的。因为它们像是接力的运动员，没有等到下一个到位，自己是断然不能擅离职守的。

等到蚕豆可以收获的时候，香樟树会开出细碎的花朵来，一簇簇的嫩黄，但不显眼。只是在潮湿的空气中，它会散发出淡淡的清香来。那时候，敏感的鼻子，会觉得那是初夏的香味，而感到自喜。有时候，台风光临，香樟会首先被折断，因为它是那样清脆、简单，没有顾虑地生存。那样的伤口会有一阵凛冽的清香，让看见的路人表情显出遗憾。留在身上的伤口，会在时间的医治下自我恢复。

这样一年一年，源源不断，更新交替，四季轮回，组成了香樟树完整的生命轨迹。

蜻蜓和雨水

夏天的一阵雷雨前，空旷的田野上，村子上空，都会有许多黄颜色或者红颜色的蜻蜓低压压地飞舞着，我用竹枝也驱不散它们。

雨水快要降临的时候，空气闷热，草丛里的小飞虫都慌张地飞出来，蜻蜓正好捕食它们。或许，它们自己也是有慌张的。这么多的蜻蜓，不知从哪里来，聚在这里，如同盛宴。它们的阵势会让我热血沸腾。我如同和它们在一起，非常惊奇地看着它们。我发现，它们的翅膀非常有力，我看不清楚他们扇动的翅膀的形状。有时候，我会注意观察某一只。我发现它可以退后飞翔，一对大大的复眼如同金鱼的眼睛，往外鼓起，搜寻着猎物的同时防止小孩子的攻击。

等雷阵雨过后，它们都不知去向，仿佛都躲了起来。如果你往池塘边走过，会看见一两只正停在一张滚满水滴的荷叶上，或者未曾开放的粉红的花尖上。

猫

小时候养过多少只猫，已经记不起来了。比起狗，我觉得猫要冷淡得多，甚至于有些无情。它似乎也不需要主人过多的情感付出。猫的吃食归我管理，我去喂它的时候，用筷子敲一阵碗口，它循着声音会马上从远处跑来。我会故意忽悠它一下，把吃食拌了又拌，却迟迟不给它，它会望着我，喵、喵地不断叫着。我喜欢这一刻看它望着我的样子。其他时间，它静悄悄地趴在窗边发呆、睡觉。

它很爱干净，用自己的口水和爪子洗脸，动作娴熟。但它似乎不在意会给主人带来不干净。本质上，它不会考虑到别人的感受，类似于某一类人。父亲编的躺椅上，因为家里比较窄小，经常会堆放一些衣物。那些衣服通常是父亲干活的时候穿过的，还没有洗。猫喜欢伏在上面。有时候，衣服会粘上猫的毛，母亲会很生气，把熟睡中的它拎起，甩到地上。但是它似乎从来不会受伤。遇到劲敌的时候，它的背会弓起来，毛竖直，嘴巴咧开，再强悍的对手都会被吓退。我觉得它很善于保护自己。因为它随时都有警惕，所以人们常说一猫九命。

猫很怕冷，或许是因为它孤独。它总是喜欢独自玩耍，有时候喜欢戏弄小老鼠。天气冷下来的时候，它总是会来到我的脚边，来蹭我的腿。这样它会感到温暖。有的时候，我去灶膛烧火，它会猛地从灶膛里窜出来，吓我一跳。

当一只猫养得很肥的时候，会有人对它的肉体有所窥觑，有时候，它会突然消失几天，有时候，它会永远消失。它是这样安静，与世隔绝地生存。它死后，不能入土，以免鼠辈报复、瘟疫传播。所以，它将挂在树枝上风干，死无葬身之地。

燕　子

春天来临的时候，有燕子来我爷爷家的屋檐下筑巢。它们一点点地衔着春泥，慢慢地构筑了自己厚实温暖的巢。它们安定了下来，在里面下蛋，孵化。有一天，我发现巢里面已经能够发出喳喳的吵闹声，那些嫩黄的小嘴张得大大的，燕子妈妈抓来了虫子，把虫子撕碎，分给它们吃。它们看上去都很饿，燕子妈妈非常忙碌。再过了些日子，它们已经在学飞。燕子妈妈看上去非常有耐心，她是一个好老师。那些羽毛稚嫩的小家伙，在母亲的背上体验飞翔的快乐，却那么胆战心惊，小心翼翼。

有时候，我在屋檐下走动，会倒霉地得到它们对我的馈赠。它们一定是消化很好，拉出来的粪便全是白颜色的，略带一丝草绿，不干不稀，正好落在我的衣领上，或者鼻子上。我因此很是恼火，从角落里找来的一根长长的晾衣竿子，把那个坚实的泥巢捅了下来。小孩子的身体里有时候有个魔鬼，一直如此。被捅下来的小燕子还不会飞，怯怯地待在了堂前角落的柴堆上。不断地叫着，叫得我的心里非常烦躁。燕子妈妈回来后，找到了两只，背着它们飞走了。还有两只躲在了台阶的角落里，瑟瑟地发抖着，一直没有等到燕子妈妈再回来接它们，三天后，它们都饿死或者冻死了。那三天里，我魂不守舍的，把他们捧到柴堆上面，希望其他的燕子会看到，可以收留它们。我看到有的燕子在我头顶飞旋几圈后，又飞走了。它们对我彻底失望，使我非常难过。我将它们的尸体扔进了村子里那口露天的茅坑里，几天后，我又去看了一次，已经有蛆虫爬在上面，我不敢再看。

田鸡和青蛙

和孩时的同伴做的游戏中，有一种游戏至为残忍。孩童的时候，身体里已经有一个魔鬼，让孩子在暴力中得到快感。这个游戏是将田鸡抓来后，用挂盐水的吊针插入它的皮下，等待田鸡肚皮鼓涨而死，那时候它的眼睛会更加突出。孩子看到田鸡死亡，没有丝毫歉意，并且乐此不疲。有一回，其中一个伙伴提议，说是将田鸡换成青蛙，剥下皮来，青蛙的肉很鲜美，可以烹制成很好菜肴。于是大家去田里抓青蛙。我们在一亩茭白的水田里抓到了好几只肥硕的青蛙。大家都不敢去剥皮。其中有一位少年自告奋勇，拿出刀子将青蛙背上一层皮剥去，看到肉色肌肉上有暗蓝静脉分布，形状恐怖，他终于没有能够再剥下去。大家都把它放了，那只背上没有了皮的青蛙还能跳动，我们一直跟着它，直到看到它跳进一口露天茅坑，钻到木板下面不能看见，我们才回去。我们同时也放了其他青蛙。那一天，我们都觉得自己做了错事，彼此都没有说话，沉默无语。

有些错误，犯了之后永远都无法弥补。

萤火虫和扫把星

　　有时候，乡村的夜晚显得有些清凉。小孩子穿着短布衫到田野边上去抓萤火虫的时候，会有感冒的风险。然而，他们成群结队地奔跑着，有时候分散，有时候聚在一起，扑着流萤。等抓到了萤火虫，会追逐打闹地抢夺，在月光下也会跑出汗来。在那个时候，他们就像夏夜一阵无拘无束的风，自由地吹过。

　　有时候从远处传来叫声，那是有小孩子抓萤火虫掉到田沟里去了，拖了一腿的泥，也不会哭。旁边的孩子则大声地笑着，似乎这是一出滑稽的戏文。老人会对孩子说，萤火虫就是天上的扫把星，然后从小孩的手中接过它，把它放到平坦的地面上，用布鞋底一拖，一条亮闪闪的印记在地上划过，真是像极了扫把星。老人还说，这印记的长短还预示着今年的庄稼收成，印记越长，收成越好。这印记就像是稻穗。于是孩子们纷纷效仿，将好不容易抓来的萤火虫从火柴盒里取出，都一色地放在地上。一时间，地上好像划过千万条的扫把星，孩子们欣喜万分，可怜这些萤火虫从此丧命。那些印记，只是亮了一小会儿，都暗淡了下去，渐渐地终于不能再让你找到任何的痕迹。

　　那样的夜晚总是睡不着觉。抬头看着那方明瓦外面有月亮慢慢走过，有时候月亮还会隐入云层之中，我会非常期待它再次出现。一直看着它们，终于会等到。有时候黑暗的屋子里会有一颗萤火虫在蚊帐外飘动，一闪一闪，于是我眼睛一直盯着它。大人们说萤火虫要是钻进了鼻孔那是要死人的。我因此战战兢兢，不敢入睡。我会捏着自己的鼻子，一直等到它们离去才肯入睡。

大黑蜂

在我以前住过的老房子的二楼，有一口简陋的窗洞。窗门是一扇木制的移门，内置一根小扣棍，木移门关上的时候，正好扣在一个凹槽里。我时常会趴在上面，看着村子前面的小溪和远处黛色的山峦，还有那高远的蓝天，偶尔飘过的几朵白云。看着看着，我好像看见了自己的未来一般，看到自己坐在了船上，或者是火车上，或者是飞机上……不知和谁在一起，已经在那飘零的旅途之中了。小时候就善于幻想，这是一个孤僻孩子的个性。

等一个人发呆回过神来的时候，看到窗洞口上面的木梁上有一个小小的洞，里面不断飘下来细碎的木头的粉末。一不小心就飘到了我的眼睛里。我揉一揉眼睛，再仔细一看，原来是一只大黑蜂刚钻进了它的家。它好像是一个"人"过的，安安静静地存在。看来在这个小小的窗洞口，我不是唯一孤独的人。

我跑到楼下拽来一根草，然后跑回来和它玩耍。我用草伸进了那个黑暗的小洞，像给它抓痒一般，它很快就有了反应，发出低微的"嗡、嗡……"的声音，洞里面再次飘出粉末来，越来越多。不一会儿，它沿着那根草爬了出来，扑扇着翅膀飞远了。我想，是不是它嫌我不够大度，不愿意跟我玩了。我看到它飞向那高远的天空，直到成为一个小黑点，让我不能再看清楚。它也离我而去了，我知道，它是不喜欢被我打扰的。

它不和我玩，我就自己和自己玩。我拿来一根筷子，往这个洞里探进去。里面的通道似乎并不是想象中那样直的。我想它之所以这样设计，完全是为了便于保护它自己。我觉得我在"主人"不在的时候去破坏它的家，有些不厚道，便作罢了。

第二天，等我再去观察的时候，它又像没有事情发生过一般在啃我家的木窗的梁了。我仔细一看，这样的洞还不止一个，但是那几个似乎都很浅，像是没有挖出水来的废弃的水井，挖到一半就作罢了。我想，迟早有一天，这梁要被它吃空，到时候，里面将是黑暗的泥墙。

夏天的夜晚

夏天的夜晚，我和姐姐会在吃完晚饭后，爬上露天平台，泼一盆凉水，等水干了再摊开一张凉席，坐在上面数星星。我和姐姐总是数不清。姐姐说，每颗星星都代表地上的一个人。然后我就找我自己的那颗。姐姐说，有的人命运太渺小，看不到。那些亮的星星，在地上都是很有出息的大人物。我却不信，觉得那颗月亮旁边亮闪闪的或许就是自己。

有时候，姐姐会把从奶奶那听来的有关牛郎织女的故事讲给我听。据说在七月初七的晚上，只要你心够虔诚，那么你到葡萄架下或者南瓜架旁，侧耳听，就能听到牛郎和织女的谈话。于是我们在那个晚上约好，等到那一天，我们就去村子后面的葡萄架下侧耳听。

山里的昼夜温差大，到了后半夜，我们还没有睡着，夜露披在了身上，月光如皎。田野里的虫鸣声低下去的时候，我们才睡着。

停 电

在农村，晚上停电是常有的事情。乡下的孩子倒是喜欢停电的。虽然不能看电视，错过了某一集动画片会觉得可惜，但是还有其他补偿的方法。男孩子们会在堆满了柴的堂前玩捉迷藏的游戏。小孩子的时候，虽然是玩游戏，却都相当认真，若是有人违反了游戏规则，那么以后就不再有人愿意与他游戏了。所以孩子最容易保持的是真诚，这是和成人世界的最鲜明的反差。在黑白配的选择之后，分好组，游戏开始。整个过程都不能有一丝作弊。大家在一片黑暗中获得了游戏的狂欢，汗流满面，却是目光清澈。

也有孩子们在村子的晒谷场上玩抓人游戏。在黑暗中疯狂地奔跑，追逐。彼此之间可以用声音或气味来辨别。大家都是这么熟悉，可以毫无顾忌地玩耍。父母也不是特别管束，因而是比较自由的。有时候，天气好。天空中会挂着一轮明月。在那清辉之下，可以看清楚山峦的轮廓曲线，引起孩子们的遐思。有几个孩子会坐在老人的膝下，静静听一个个神话故事。

也有在烛光底下下象棋的，在对峙中点完一支蜡烛，再点上一支。桌角边会积上厚厚的蜡烛油，难以除去。直到电来了，才发觉已经是深夜，匆匆告别。

仙鹤草

　　前次带儿子左左（三周岁）去二婶家院子里串门时，发现二婶用两个瓦盆栽种着两棵从山上挖来的仙鹤草。我问二婶，你种这么两棵落地黄蜂（一说落地胡峰，因地下块茎形似胡蜂而得名，是本地对仙鹤草的土称）干啥？她先说这只是种着玩的，过了一会儿又说，其实这是治咳嗽或痢疾良药，只是现在山上已经很难找见。她说她其实已经将附近几处山地都跑遍了，却还是未能找到完整一大片的。这草药似乎要绝迹了。

　　我遂想起自己早年上山挖笋时，竹林中漫山遍野到处都是仙鹤草的光景。只是因为大家都说这草药如何如何神奇，所以才使它们慢慢绝迹。不过我今年上半年在挖春笋时，在村子后山的大臼坞章老师家竹山对面那个山坞，即舒菇坞里，见到过有好大一片。我告诉二婶，你若真想要挖，我可以给你指个地方。她一听这话，马上来了精神，忙问哪里，我则哪里哪里云云，说完不忘嘱一句："只自己挖一点需要的即可，不要挖断了种，你也不要告知他人。"她点头应允。

翌日早晨，我又带儿子左左去村口散步，仿佛这已经成为我俩每日早课似的。及二婶家门口不远处，看到二婶正出来倒垃圾。我于是喊过去，问："二婶，上日子晚半日，你落地黄蜂挖着没有？可有很多？"二婶忙答："挖了木牢牢来，整片山坡都是。你果真没唬骗我。"

等我们回家后，我问母亲，咱家落地黄蜂可否需要采收一些来？我见山上有很大一片。母亲说，确实是好东西，这还是晓龙先生传出的单方，说这其实并不是专治咳嗽的，主要还是治痢疾的好药，还可补虚劳。母亲补充说，这落地黄蜂以前是咱百姓人家家里的常备药材，感冒可治，治痢疾更有效。以前的人往往做生活太过头，失力咳嗽也是常有的，用此药补虚劳有奇效，失力呛（咳嗽）药到病除，只是这药味道很苦。

我对这苦深有印象。我记得小时候每生病了，也不肯吃，母亲会特为给我去买几块纸包糖来，哄我吃完药后解馋。母亲还会在煎煮时加两个土鸡蛋，等药吃完后让我一并把鸡蛋剥壳也吃了。说是这样煎煮后的鸡蛋，药效很好。在药汤里煎煮后的鸡蛋，蛋白变褐色，味道也变得很苦，还一直苦到蛋黄芯子里。我不愿意吃，却不得不吃。我不知道晓龙先生何许人也，只听母亲的口气，便知应是在我们临近几个村庄早年间很有名的郎中先生。母亲又说，这些年采收的人太多，山上已经很少见到。她也像我跟二婶说时那样跟我说，让我不要挖断了种。这样，我等左左下午午睡睡熟后，换一身上山穿的衣服，带一把锄头，一个帆布包，就直奔山上去了。

此时正是十月中旬日脚，山上的各种野草，正是种子成熟时节。这几年山地荒芜，村里人也只得选择离家近点的地，种些四时果蔬及农作物，抛荒严重。一路上，那条蜿蜒小径两旁，长满了各种及膝高的杂草。蓼草开着细碎的粉红色花朵，有许多还只是花穗，却紧紧包裹着；山蚂蟥和牛膝草的种子到处都是，你只要一往前走过去，两条裤管上保管能粘附许许多多，一时不能尽除；还有许多开着小白花的三脉紫菀，也在秋风中摇曳生姿，煞是美丽。

小径的前方，有一段石头路。早年间这里的石头路规整有序，即使每年端午左右发一场大水，也有村民自愿前来修补石路，确保畅通无阻。而现在，这条石路已是年久失修。这一段便很不好走，我只得跳着选几块大石头，像走汀步一样跨过去继续向前。一走进竹林，蚊子们便热烈欢迎我的到来。我原以为十月中旬天气，蚊子应该已经少了很多。有句农谚这样说："七月半，蚊子多一半，八月半，蚊子少一半。"可现如今，这农谚也已经不准。看来全球气温变暖，居然连蚊子们的寿命也长了不少。伴随着嗡嗡声的同时，它们还不忘在我脖颈处大方地馈赠我几个大红包。我只得拼命用手扇我的两只耳朵周边，想要赶跑这些讨厌的蚊子，还时不时地用手在红包处挠上一挠。

走了大约十多分钟不到，我终于来到了舒菇坞。这只山坞很浅，且杂草丛生，所以，平常到这里来挖笋的人也不多。也正是这个原因，这里的仙鹤草才得以保全得如此完好。我很快就在一块坡地上找到了很大一片，我估计足有几百平方米吧。在我找到的这块坡地下边的地势平缓地带上，我看到了一些还算新鲜的挖过的泥坑。我想，这大约是二婶之前挖过的痕迹吧。我把帆布包放在一边，开始挑选植株粗壮的仙鹤草。往往，植株粗壮的，地下的块茎也会更大一些。这时节的仙鹤草地下块茎特别肥硕、饱满，茎上还会有一轮一轮的褐色纹路，果真是像极了胡蜂肚子上的花纹和颜色。在这些块茎的一边，往往还有一个洁白的钩状的芽，形似龙牙，所以这仙鹤草又名龙牙草。仙鹤草此时正是种子传播季，我的衣裤很难不被它的种子粘附。不一会儿了，我衣物上就已经粘满了许许多多的像冠状病毒般的种子。

当我真的在采挖时，才觉得，想要好好采收它们，也是真心不容易啊！我突然想起作家李娟写过的关于荒野植物的一段话："我身边的草真的是草，它的绿真的是绿。我抚摸它时，我是真的在抚摸它。我把它轻轻拔起，它被拔起不是因为我把它拔起，而是出于它自己的命运……"我由此想到，这些年咱们山上逐渐绝迹的一些中草药材的命运。如七叶一枝花、滴水珠、犁头草、四叶对……还有一些奇花异木，也遭遇滥挖盗挖。例如，中国红野生杜鹃老桩，各种春兰、蕙兰等，这些野生植物资源也是日渐式微。

这片坡地去年冬季曾砍伐过竹子，这从整片坡地上到处都是横七竖八的毛竹枝丫可以看出。那些毛竹枝丫被打在山上后，就一直没有人来捡拾过。若是在以往，竹山上几乎找不到这样的柴禾，老早就被勤劳的农人收拾整理干净带回家整齐码成竹桠结堆了。但是，现在的山地上、竹林中，到处都是一幅破败荒芜景象。除了到处横七竖八的毛竹枝丫外，还有更多的是去年冬天时被雪压断压弯的毛竹，它们早已经枯萎、干裂，甚至潮湿风化成粉末状。经过长长一年风霜雨雪之后，这些枝丫虽不复当时那般有韧性了，踩一脚甚至容易折断了，但它们依旧是我采收仙鹤草时很大的阻碍。有时候，我看到几棵特别粗壮的，我不得不先将这些毛竹枝丫整理干净，再用锄头去挖掘。经过这么麻烦的一番折腾，再加上耳边不时的嗡嗡声的折磨，我终于在采收了半个多小时之后，败下了阵来。

我将中途挖到的一株鞭笋和一小株冬笋装进那只帆布包，再抱着这一捆仙鹤草（晒干后大约可以煎煮十多帖），又沿着之前的那条小径原路返回了。这一次，山蚂蟥和牛膝草似乎对我客气多了，它们仿佛看到我的裤管上已经粘满了太多的杂草种子，已经不忍再来欺负我了。

父亲的番薯地

孩童梦吉

记一帧旧照片

母亲五题

娘姨婆

瘸佬建根

守林人先奎

外婆

我的邻居长庚

鸟兽为邻

第五卷

远方的风

Chapter

05

父亲的番薯地

父亲这次和我说起他的番薯地的时候，流露出了懊悔的神情。他懊悔没有听我的话，种了太多的番薯。他其实并不是懊悔自己种得太多，而是因为在这块地里，他花了那么多的心思，有许多汗水都徒劳了。

我问父亲种了多少株，他说他一共种了两千株左右。我其实没有一个具体的概念，不知道两千株到底是多少，只觉得确实是很多。母亲说自从种下这些番薯后，他是起早贪黑地削草，身上的痱子是长了一茬又一茬。母亲说话间流露出一丝心疼，又有一些怨怼。可他从来不肯说起这些，因为他还没有种之前，我已经表示反对。我觉得父母亲年纪不小了，现在也都已经在拿养老金，虽不多，也足以让他们更轻松一些。他们年轻时又那么辛苦，现在是时候好好休息下，培养一些兴趣爱好，安享晚年了。

可父亲今年却种了比往年更多的地，还是帮别人种的，虽说会有些报酬。除了种番薯，他还种了许多南瓜。那个人住在城里，做一些生意，说是秋天时要拿这些土货送客户。父亲还没有种之前曾和我说起这事，我当时就一口否决，你还嫌不够累呀！

别种了！你一定要赚这个辛苦钱，我给你！可事实上我当时也没有拿出一笔钱让他打消主意。

父亲也并没有听我的。按着节气，该排秧的时候就排秧，该扦插时就扦插。据说因为今年雨水少，扦插后父亲没有少拎水桶去浇灌。放碳氨，施人粪尿，除草，没有一项落下的。这些苗被父亲料理得疯狂蹿长，眼看等秋天就可以大丰收了，不料意想不到的事情发生了。

父亲的番薯地一天夜里被下山的野猪拱了，损失三四百株。父亲有些泄气，但更多的是觉得有负别人托付。他告诉我后，我也替他难过。不过我并没有安慰他，反而说，我早就跟你说，叫你别种了！他沉默不语。我觉得再说下去也不解决问题，既然已经种了，就把损失减少到最低。我劝他要管好剩下的番薯，不可让野猪再拱了。他说他已经请教高人，只要在番薯地四周撒上一些理发店讨来的碎头发，野猪就不会再来拱了。没有想到，这个方法真的管用，之后一直没有再听说番薯地被野猪拱的消息，我也算是安心了。

有一次我问他，为什么要让自己这么累？他说还歇不下来。我想想也是，住在农村里，什么事情都不做，会无聊死的。但是我想，也没有必要种得那么拼命吧？或许土地之于他的意义是我无法理解的。或许他是想用这样的方式来证明，他还没有老去。看着他劳作后在晚餐时喝上两小杯烧酒的那种满足感，我还有什么话好说呢？这或许就是他要的那种生存状态。

我曾经一厢情愿地认为，父母亲住在乡下，种一点小菜，养几只鸡鸭，再在院子里种几盆盆栽，每天晨起时浇灌修剪伺弄，晚饭后在乡间小路上散散步，夜晚在道地上摇着蒲扇乘凉……那样的生活方式是最幸福的，可那终究只是我的简单想法。

孩童梦吉

听说现在村子路边上的菜园都用毛竹片隔了篱笆，是村里专门请几个篾匠做的。美其名曰"美丽乡村建设"试点。我想去村子里看看这些美丽乡村建设的具体细节，在去的路上遇见了村子里的孩童梦吉。

梦吉是个女童，剪着短短的童花头，眼睛明亮清澈，七八岁的样子。她看见我的时候仿佛是想跟我打个招呼的，但是她并没有开口，而是犹豫了片刻后就自己走开了。我觉得奇怪，以前她见着我，总是会一声一声地叫我哥哥，然后，我走到哪里她会一直跟着，问东问西的，有时候还会分享一些她觉得有趣的身边的小事情给我。她还会问我外面世界的一些事情，语气中总是充满好奇。而现在，她是怎么了呢？

事实上，前一次我回家时遇着她，她就没有先和我招呼，而是我主动叫了她一声"梦吉"，她也只是轻轻地嗯了一声。她的表情让我觉得她似乎有话要跟我说，可是她却没有，她也没有继续跟着我，而是自己走开了。等我再次遇着她，问她怎么不和我说话时，她跟我说的答案，我自己都没有料想到。她只说，哥哥，你的头发剪短了，我就不认识你了，就不敢和你说话了。

我现在的样子她大约更加不认识了。我的头发剪得更短了，人还胖了不少。在她小小的眼眸中，我是不是变得越来越陌生了呢？其实我是很希望她愿意来跟我说说话的，虽然她以前跟我分享的那些她觉得有趣的事情，我根本就不记得了。

我忽然想起了很多年前的自己，那时候我和她差不多大小，整个村子很安静。我很多时候的娱乐活动就是在柴堆里拣柴籽，和其他的小伙伴一起。村里老人怕我们误食有毒植物种子，一律说有毒。而现在，梦吉连柴籽都没得拣。家家户户都烧煤气了，也没有人再上山砍柴。我听一个爱好植物的朋友说，中国历史上，农村山里面还从来没有二三十年都不砍柴过，山上有一些珍稀植物物种都濒临灭绝了，听他这样讲，我也觉得可惜。梦吉的小伙伴也没有我那个时候多，村里许多人搬到城里去住，孩子也跟着在城里读书，哪怕是借读，家长们也不愿意让孩子再在农村里接受教育。所以现在乡村小学的人越来越少，村子里的学堂都关闭了，统一到镇上的中心小学去念书。

我在拣柴籽的时候，若是见着村子里有陌生人来，比如卖大头菜什锦菜卖虾皮的萧山人，或者卖寸管糖麦芽糖的义乌货郎，我就会跟着他走一段路，听一听外面不同的口音，仿佛只要跟他们说上一句话，我就和外面的世界就有了更多的联系。有时候会迅速跑回家，把事先准备好的牙膏皮鸡胗皮猪骨头拿去换一块块的牛皮糖。那牛皮糖上粘着白色的芝麻，咬在嘴里特别香，只因为这些东西，是我们这里没有的。我对这些陌生人都怀有好感，他们可以给我带来外面的消息。有时候见着修阳伞补鞋的人，也会一直看着他们灵巧的双手劳动一整天不觉得腻烦。

　　那时候的一块牛皮糖，可以让我那么高兴。现在，我的牛皮糖去哪里了呢？我再也吃不到那样的甜味了！那样有嚼劲的童年味道已经离我远去了。

　　从孩童梦吉那里，我回忆起了孩时自己的许多往事。让我想起，一个人在雨幕前发一整天呆的情景；想起坐在门口的石凳子上等待山地里劳动的父母归家的情景。而现在的她，是不是也像那时候的我一样，在另一阵雨幕前发呆呢？

　　下回，下回我再遇着她，我要好好和她说说话。

记一帧旧照片

　　大约也是这个时候，去年的十一月底，我去二姨家串门。不知是因为什么，阿姨突然拿出了她家的相册来给我看，相册里面居然夹着一张我和我姐小时候的合影。这相片拍得并不是很清晰，甚至可说是有一些模糊的。不过即便是这样，我看到的第一眼时，还是显出了我的兴奋来。我知道，我的童年时光，留下的照片太稀少了。而和姐姐的合影，更是少得可怜。

　　这照片该是冬天拍的，具体是谁拍的没有印象了。要么是寄居在我三叔家的永根叔叔拍，要么是我的小舅给我拍的，印象中，他俩在我小时候都曾给我拍过照片。照片中，我和姐姐都穿着厚厚的衣服。虽然厚，却并不很保暖，我们那时候穿的衣服似乎都不够保暖。毛线衣显得硬邦邦的，外套的衬里是那种人造的滑雪棉花，最里面的那件秋衣穿得久了也不换就不保暖了。照片里的我瘦瘦的，两只大耳朵招风，往外凸出，我妈曾说，耳朵像个猪刮刨（杀猪时剔毛的工具）。我不喜欢自己的这一对耳朵，冬天总被风吹得长冻疮，痒痒的难受，有时候冻疮被我抓破了，结了疮痂，还没等它自己掉下来，又被我用手抓破。这样，我的耳朵整个冬天就一直结着疮痂，有时候在风中，还会挂下血来，在上学路上被风吹着，异常难受。

我虽然瘦小，却不是个文静的孩子。我淘气得很，爸妈总说我不填债，他们批评我的时候总爱拿我姐对比，我因此有些不喜欢我姐。照片中我这件军绿色的外套我还有印象，我喜欢外套领子上那一片黑色的毛，虽然是人造的，却也暖和不少，最主要的，我觉得它时髦（虽然现在看来邋遢得很）。我因为喜欢这外套，就天天穿着，我的胸口已经很脏也不舍得脱下来洗，依旧再穿一个礼拜，等到实在脏得看不下去了，我才会脱下，尽管我妈还总说，我是个爱干净的孩子。

这大约是我九岁时拍的照片。因为我的门牙缺了。我记得我的门牙是九岁时爬邻居家一个平台时，不小心梯子滑倒，牙直接磕着了梯子的档，直接被磕下的，直到过了一年多，才长出新牙来的。那一年中，被村里人，还有同学取笑了很久，大家直接叫我缺牙佬，我都不肯应他们的。

我穿的那条藏青色灯芯绒裤子也是我喜欢的。我几乎整个冬天都穿着它，它既暖和又耐磨，还耐脏。我妈从裁缝店里给我做回来的时候我觉得太长了一点，妈偏说不长。我知道，我妈是希望我多穿几年，怕我长个子了穿不着。我也总是小心翼翼，穿着它的时候我都显得文气很多，怕磨破了老妈要骂我。

这照片是在我们老屋的东边小门口拍的。我喜欢那扇黄颜色的小门，记得有一回我们家去别处喝喜酒，把别人家一只来捡骨头的狗不小心反锁了，那狗逃不出去把这扇门都咬烂了，我妈回来后生气到要拿棍子揍它。我也是恨那条狗恨得紧，以后每次在路上遇见它，都要捡石子砸它。它于是每次见了我，就避得远远的，不跟我来交手。

这照片中，我和姐姐满脸堆笑，应该是很喜悦的。拍照对那时的我们来说，像过节一样重要，虽然我们并没有穿一身漂亮的新衣服，我们撞上穿着什么衣服，就是什么衣服了。我觉得我每次笑，都有些羞涩。或许是因为那颗牙齿吧。以至于我以后每一次拍照都养成了这样羞涩的习惯。我觉得姐姐就比我笑得好看多了，大方多了。姐姐笑起来，一口洁白的牙齿，嘴角微微上扬着，很迷人，很有感染力。姐姐比我大三岁，比我高出一点点。她厉害得很，要是谁敢欺负我，她马上会站出来保护我。记得有一回，有个同村的伙伴想欺负我，我姐马上站出来，喝一声："你倒是动动手试试看！"吓得那人灰溜溜跑了。那时候大约我读三年级，她读六年级。

我记得，我小时候读书时的早饭都是我姐烧好了再叫我吃的，我们吃得最多的就是青菜炒年糕、油炒饭之类的。姐姐起得特别早，她的手总是冻得通红通红的，手上长满了冻疮。

她喜欢在头顶上戴一朵大红花。也喜欢穿红衣服。我也喜欢她戴着大红花穿着红衣服的样子。我那时候曾想，等我以后长大了，要买一件漂亮的红衣服给姐姐穿。

可一直到现在，我也没有买过一件衣服给姐姐穿过，倒是姐姐，自从她参加工作后，她已经给我买过不少的衣服了。谢谢姐姐，谢谢这些往昔的时光。

母亲五题

（一）母亲的晚餐

旧历除夕前的几日，也就是大年廿七夜那日，我接到父亲的电话，让我和老婆回老家，说要行"祝福"仪式。我们老家，因地理位置靠近绍兴的诸暨，很多风俗和绍兴接近。祝福仪式包括请灶神爷上天，预备"祝福"仪式所用的各种福礼（猪头猪尾、鱼、年糕等），拜天地菩萨，请羹饭（即祭祖仪式）等。

我和老婆下了班就急忙从县城驱车往乡下赶。县城到老家的距离大约有 50 分钟的车程，平时上班忙碌，不常回去。正因为我不常回去，每次去我母亲都会多烧许多的菜。她烧的菜已经完全不是我们一餐能吃得了的了。当我回到家，看着厨房里那些碗碟里装着的准备烧的菜蔬，我真的有些想埋怨了——可是不能啊！我张着口一会儿又闭上了。她是怀了一种心病了，一定是这样子。

一个人对味道的最原初的体验，大多来自他儿时母亲给他制作的食物当中。小到仅仅只是一块豆腐，或者是四时的蔬菜，在我们的味蕾神经元的末梢，总可以记住属于妈妈的那种特殊的味道，这种味道，就是家的味道。我自小就习惯了母亲做的饭菜的味道，也一直以为这是我味蕾中最美的记忆。我喜欢母亲烧的一碗豆腐羹，一碟大蒜炒冬笋，糖醋排骨或者松花肉……而母亲也是在这样的一餐一餐中，习惯了看着我的成长。在我十七岁以前，一直住在父母的身边，天天可以吃着母亲做的饭菜。乡野里长住着，每日菜蔬都是极简单的。按着节令，地里长豆角的时候就吃豆角，长芋头的时候就吃芋头。一年四季总有吃不完的笋。那时候的日子过得很简单，但是很舒心，因为每日都可以吃到母亲做的饭菜。

　　而十七岁以后我一直在外，从求学到工作直到结婚。在这许许多多个日日夜夜里，母亲都不能亲自给我做我喜欢吃的。她的心里一定是空荡荡的。我还记得读书时只要回家一趟，母亲总给我做好吃的；上班后难得回家，母亲还是给我做好吃的，一直到现在都是如此。那些我不在她身边的日子仿佛都是空白的，她的好手艺被闲置起来，父亲好几次向我抱怨说，你不在家里，你妈烧东西太随便。

　　这次，母亲又烧了那么多的菜，她究竟是要烧给谁吃的呢？我想她一定是要烧给那些我缺席的日子中的过去的我吃的。她用这样的方式，填补着她内心的那种空荡荡的感觉。而这些空荡荡的感觉积攒到一定的时候，就必须要爆发一次。所以，母亲烧那么多的菜，我根本没法去埋怨她。我可以做的，就是尽量多吃一点，好让她更开心。

而每次到最后我们都吃不完，我问她，那么多菜，怎么吃得完？她说，吃不完，明天接着吃呀！

（二）采金蝉花的母亲

才刚刚开春，三月之初，母亲又和我聊起了采金蝉花的事情。说起金蝉花，她就变得绘声绘色起来。说，吧嗒一个，两块，吧嗒一个，又两块，真好呀！母亲说话间，略带狡黠地朝我笑笑，又带着孩童般的天真烂漫。母亲又说，采金蝉花可比摘箬叶省力多了。箬叶她摘一百张，才得八块钱，还要把箬叶晒干、捆起来，太费时费力。可在以前，那时候她不知道有采金蝉花那回事，她就觉得摘箬叶是一件特别划算的行当。而现在，她竟有些看不起摘箬叶这件事了。不过她总说，采金蝉花的时间太短了，要是一年四季有得采，就好了。因为金蝉花只在梅雨季节的竹林里才有得采挖。

我常常跟她说，以后不要再去采了，箬叶以后也不要再去摘了，家里现在又不缺那几个钱用。况且她现在又有高血压。年轻的时候，她出力太多，身上落下许多的病痛，要作晴雨。现在她若是肯安耽一点，就算是在帮助我们做子女的。可是她偏不听，经常喜欢往山上跑，东摘一点，西采一点，要是可以换成钱的，她都愿意从山上背下来，不怕重，不怕累。

有一回，梅雨季的时候，我从县城里回家。午饭后我刚刚到家里，问父亲，母亲在哪里？父亲说也不知道，只说一个转身，人就不见了踪影。天下着细雨，不断地落下来，密密层层，越下越大。我出去问周围邻居，有没有见她人影？友良叔说看到她朝村口方向走去了，但也不知道具体去哪里了。可我去村口问，忠孝叔又说没有见着过她，我只得回家等她。

可天上的雨是越来越多，根本没有要停下来的样子。我在屋子里干等了一个多小时后，越来越坐不住了。父亲说，一定又是去竹林里挖金蝉花去了。我当即就埋怨父亲，怎么不看住她阻拦她，她是有高血压的人呀！父亲只说，我哪里管得住她？我就从储藏室里取出一件雨衣来，再拿着一把长柄伞，去竹林里找母亲去了。

我去前山的竹林里找，找不着她，我大声地呼喊，姆妈，姆妈！没有一点回应。我又往小臼坞方向跑去找寻，又大声呼喊，姆妈，姆妈！还是没有一点回应。我再从小臼坞穿过山路，往大臼坞方向去找寻，还是呼喊还是没有回应。我再往牛栏坞方向去找寻，均无果。正当我越来越担心的时候，我父亲打电话来，说，你姆妈已经回到家里了。我就飞奔回家，全身被雨水淋湿。

我刚回到家里想埋怨下母亲，不想她倒先埋怨起我来了。说，你叫这么大声做什么，我哪里自己不晓得回家啊？我说，你是有高血压的人，下雨天还到处乱跑，害我们担心不知道的吗？哪里有那么多好担心的，我健得很呢！她说完就朝我笑笑。我真是又好气又好笑，气的是她这么大个人了，还不懂得好好照顾自己，让我们多担心。笑的是，我母亲的头发因为被雨水打湿后，变得更加稀疏了，看上去很滑稽。不过看着这些湿漉漉的水滴，我却有些笑不出来，叫她赶紧去洗澡，换身干净的衣服。

换好了衣服出来，她又开始埋怨我。她说她早就听到我的呼唤声了，当时她正躲在一棵毛竹下，毛竹下面还有一株细竹，两层竹叶叠在一起，茂密得很，像一把天然的大伞，里面根本淋不到雨。于是她索性就把锄头一横，坐在柄上等待天公朗起来，再作打算。这一等就等了一个多小时。她说幸好在那里躲雨，如果真的走出来，才要被淋湿呢！

她又说，好端端的，为什么要来找我呢？你这是多此一举，还让村里的人笑话。她有时候是个很害羞的人，去山上采挖金蝉花，都不希望被人看见。怕人家说她"扎功"介好。我说我们担心你了呀！以后再不许去采挖这些没用的了。怎么能说没用，这可以卖两块一个呢，吧嗒一下就两块，吧嗒一下又两块，到哪里去赚这么简单的钱？我今天挖了有一百多个呢！看来她对她的战果相当满意。我真是无话可说了。

后来有一次我回家，母亲跟我说，你上海的大姑妈甲状腺结节动了手术，医生检查她的身体后说，她体内癌细胞的指数偏高许多，吃了她送的金蝉花炮制的药酒后再去医院检查，医院居然说癌细胞指数大大降低了。母亲说，看来这金蝉花真的是好东西，不过听说一次性不可吃过量，否则对身体也有伤害。我点点头，表示认可和赞许。

不过，我该怎么劝说她才好呢？今年的梅雨季还没有到，可她这么早又在惦记着了！

（三）采金竹笋的母亲

自从前年我和母亲说起，在我们常绿林场的黄峦坪高山茶园附近，我发现有一片金竹林，出产的金竹笋口味鲜美无比后，母亲就对那片金竹林念念不忘。我跟母亲说，这笋是我吃过的所有笋当中口味最好的——松脆鲜嫩又不刮肠胃。母亲当场表示怀疑，说，笋哪有不刮的呀？在我再三强调下，她终于将信将疑地点点头，表示认同我的观点了。

去年五月中旬，已经过了立夏，还不到小满节气，我和母亲去黄峦坪找寻那片竹林，可惜那片竹子的笋已经长得太长，我们去迟了，新竹基本已经上样（竹枝要萌发）了，只找到几株迟来的笋，也已经超过一尺多的长度。也就是说，想要品尝这笋最好的口感的时节已经过了。事实上，每年的五月刚过，立夏节气的时候，正是品尝金竹笋的最佳时机。这种高山野竹笋，因为地理位置海拔比较高，昼夜温差大，长得比一般春笋都要迟，所以它的口感特别松脆爽口，而且甜嫩鲜美。我只在很多年前和朋友到此爬山采到过几株尝过一回，一直念念不忘，不想那次和母亲一起来采，还是迟了一步。

后来，母亲跟我说，不如挖两株竹子回去，种在自己家的后院菜地里。我觉得好，就用锄头挖了两株竹子。我力气小，那些竹子深埋在泥土中，竹鞭盘根错节压在一起，我好不容易挖出两株来，前坤后坤都带着一截竹鞭，心满意足地背着它们，和母亲一起下山了。心里已经开始憧憬着，来年只要在自家后院，就可以吃到这般珍馐了。

到了今年开春后，两株竹子只剩下一株，另一株的叶子已经完全枯萎。父亲说，是因为种的地方地势太低，被下雨天的积水浸死了。我问他为什么另一株没有长出笋来。父亲说，你挖的是老竹子，不是竹娘呀！哎，原来我从800米的高山上背下竹子来，是白辛苦一场啊！我不甘心，说要再种过，想再上黄峦坪。父亲和我说，不用爬到那么高的山上去，去大臼坞水库里面的竹林中找，也有金竹。

　　这样，我和父亲又从大臼坞水库里面的山上挖来了三株金竹，种到了房子右边的山坡上。那是今年四月下旬的事了。前两天，是立夏前一天，母亲打来电话，说，种在坡上的几株竹子被晒死了，因为前几天一直大太阳。我在电话里无奈地叹了口气，心里怨父亲，怎么不及时去浇几桶水？母亲又在电话里说，你明天回不回来？现在正是采挖金竹笋的时候，再迟一些，又要败蓬上样了！我正犹豫着要不要回去，她说，要吃的话，我明天上山去。我接着她的话，要去也要和老爸一起去，一个人千万不能去！她说，好的，有数。你想吃新鲜的，就自己回来拿，要么叫你姐给你带来。挂了电话后，才想起天气预报说明天有雷阵雨，看看时间，已经太迟，想着第二天再打电话去，就让他们不用上山去了。

　　第二天8点不到，我给父亲去了电话，没想到他说他们已经上山了。我就说天要下雨的，早点回来。他说有数有数，12点多就可以回的。还问我回不回去？我说过一会儿再看。没想到在8点半的时候，一个图书馆的朋友在微信里说，今天正好要去常绿下乡，问我去不去？如此甚好，我搭着他们的顺风车回到常绿。到常绿时已经是10点多，打电话好几次才通了信号，父母要下午后才回。我在姐姐的办公室里坐等到吃了午饭后，姐姐就把我送回到了自己家里。

　　我12点的时候到的家。开了门后就一直等他们回来。12点半过去了，还没回来；1点多了，还没回来；1点半过了，还是没回；两点到了，还没有回来……时间越来越久，天色越来越暗，可他们还一直没有回来，中间我有几次拨电话过去，一直是"您拨打的电话暂时无法接通"，我有些后悔，我不该跟他们说这笋如此这般味美。没想到我的一句话，对他们来说，有十里路好引。这真是我的罪过。

这时候天已经落起雨来，天空黑压压地低沉起来，我看到前山的雨帘斜斜地交织着，雨越来越大了……我的手机收到一个短信，您呼叫的用户1875829＊＊＊＊已处于服务状态，我马上再打过去，问父亲，你们现在在哪里？父亲说，在长廊岗头。因为在路上剥笋壳耽误了时光。我知道长廊岗头在牛栏坞上面，距家里大约还有十五分钟的路程，就因为他们打的笋太多了，所以剥笋壳耽误了不少时光。如果不剥笋壳估计他们早就到了，就是不剥笋壳，背下山会重不少。我在心里怨他们，打那么多笋干什么呢，弄一点尝尝就好了呀！

他们在长廊岗头的一处树底下躲雨，幸好他们带着伞，不然我真的要更加愧疚自责。我去给他们再送了件雨衣，自己也一身淋湿。

等我们都冲洗干净后，母亲又为我和姐姐准备这些笋，给我们一人一袋子。叫我们带回富阳去好吃。地上，只剩下那几株最瘦的笋，那是挑剩下后留给他们自己尝的。

（四）跳广场舞的母亲

"阿龙，我现在跟你三婶、小婶一起在学跳广场舞。你看看，我跳得怎样？"她一边说一边手舞足蹈起来。我看她的动作不太协调，有时甚至是同手同脚的。到山上去采长脚笋或者蕨菜，她绝对是个高手，可这个我看她是不在行的。不过她依旧是那么认真地对待着这一件她看起来很重要的事情，任何事情她都是喜欢认真对待的。她这样问我，我不知道该如何回答好。说实话，我对广场舞是不喜欢的，它甚至不能算是舞，充其量只能算是个健身操吧。不过我母亲学这个的目的，不就是为了健身吗？健健身没什么不好的。她年轻的时候是个劳动健将，出力过头，一身的病痛。我想，她活动下筋骨，身体就柔和起来了，也是好事情。最主要的是，她和三婶小婶一起学这个，看上去很开心的样子。当她问我她的动作怎么样的时候，我点点头说，蛮好，蛮好！

都说中国大妈喜欢跳广场舞，真心没有说错。我母亲是个比较害羞的人。很多事物都是不愿意去尝试的。她学广场舞连我都感到惊讶。我问她为什么要学的时候，她说，想多活几年呀！她跟我说什么《佳木斯舞》和《最炫民族风》的时候，那种目光中的期待，似乎是想让我接着她的话茬说下去。只可惜我不温不火完全没有热情，这让她有些泄气。从她的目光中让我看到，她是多希望我可以多和她说说广场舞。在她看来，这个广场舞并不是广场舞那么简单的吧？这是一件很时髦的事情，一件很有精神文化内涵的事情。而她现在正在赶这个时髦，追求精神文化层次的提升。那么我做了什么呢？我好像在浇冷水，至少不够支持不够鼓励。母亲曾说，你快生个孩子出来，到时候我来帮领孩子，晚上空闲时就可以去秦望广场跳广场舞。

在黑暗中，那十来个乡村妇女，在我姑妈家农机场前面的空地上，对着电视里的镜头学广场舞。音乐声响起来，粗壮的腰肢扭动起来。而我看到的扭动的，分明是夜空下的村庄的寂寞。

（五） 一件衬衣

接连下雨的恼人的天气，勾起了我很多儿时的往事。印象中也是在这样的下雨天气里，母亲在那间灶台房的黑铁锅上烘烤一件衬衣的身影在我的脑子里渐渐地浮现。那是母亲当时穿过的一件衬衣，但那绝不仅仅只是一件衬衣那么简单。只是依稀记得在灶膛前烧火的瘦小的我，一边帮妈妈烧着猪食，一边看着灶膛里的火苗发呆。我看着那样的火苗燃烧的时候，通常是不说话的。母亲会突然说一句："没有衣服换，就介一件衣服，哎！"过一会儿，她又会说："哎，没有衣服换，就介一件衣服！"那样的唠叨声在我的耳边飘荡的时候，我想那不仅是对着父亲说的，话语中包含着怨恨和无奈。我记得那时候父亲总是沉默不语。我知道父亲没有别的办法，父亲的办法只有沉默。偶尔，我听到灶膛里"啪"的一声响，会不由自主地笑起来，没有笑声，像傻笑一般，只是嘴角弯一下罢了。我会偷偷望一眼父母，看看他们有没有发现我的笑，因为我这样的笑着实可恶，因而自恨起来。

那大约是在二十世纪九十年代初，我读六年级，姐姐读初三。每天放学回家我都会匆匆地赶回来，不像别的同学可以在路边玩耍着回家。每天放学回家烧猪食是母亲给我的任务，我的姐姐则被分派到堂前，让她负责把桑枝上叶子再摘下来。我总是在烧猪食的时候捧一本课本，看着看着灶膛里的火就熄了，我好像没有发觉似的，继续看着课本。平常我都是没有这般认真的。我这样做，无非是想对这个死气沉沉的家庭的一个消极的抵抗。我就是让他们看看：他们让我做那么多的家务已经影响到我的学习了，他们应该为此感到不安。我这样乐此不疲地折磨着他们。有时候，母亲会歇斯底里地怒吼："煨烧包，介大一个人了，烧个镬口也烧不好，养你介大有格儿用场？"那个时候，我又会为自己的行为感到懊悔，然后填债地烧起火来。还没有完全干的柴火放进灶膛里，点不着，飘出很多青白色的烟来，呛得人很难受。我的眼睛里会流出一种液体，不知道是泪水，还是因为那青白的烟雾的缘故。

那时候，家里看了一张多的蚕，那沙沙沙的声音把父母的心都揪起来了，他们总是匆匆地从山上或地里去剪了桑枝来，一会儿又匆匆出去。可是那些桑叶总是不够吃，父亲想办法和村里别的蚕农商量借桑叶。等打好了圆场，又剪来了桑枝。母亲和父亲一起在山上将桑枝捆好，带着雨水的沉重和对未来生活的盼望，在乡间的山路上艰难地来回奔忙着。暮春时节多雨水，被雨水冲刷的桑叶蚕吃了又会生病。我们要将桑叶上的雨水擦干再给蚕吃，这是我最讨厌的事情，因此我讨厌下雨的天气。有几次从山上回到家里的时候，母亲的头发已经湿透，发尖上会滴下雨水来，母亲的表情凌乱而焦躁。母亲的裤管上、脊背上是大块大块的黄泥渍。那件薄薄的衬衣也湿漉漉的了，已经粘在肌肤上，她的身上还会散发出一股汗臭味。我记得那是一件黑底子的衬衣，上面有黄、白、红相间的小圆圈图案，远远看过去很是鲜艳，但若是近看，右边肩膀的地方已经漏了针线，泻开了一个口子。即便是这样，母亲也只有这样一件像样的衬衣。所以当衬衣湿了又没有换的时候，母亲会向父亲抱怨："没有衣服换，只有介一件衣服，没有衣服换，就只有介一件衣服。"这时候我和姐姐都不敢看着父亲。但是母亲的话却深深地刺痛了我。我觉得我和那些蚕一样，蚕食着辛苦的父母。等母亲往灶台边走过来洗脸的时候，我别过脸去，不让她看到我丧气的哭相，然后不断地往灶膛里添柴火。那些火光映在我的脸上的时候，我的充满泪痕的脸感到些许的疼痛。

晚上，母亲换了一件很旧的衣服穿在身上的时候，我和姐姐都不敢去看她。因为是下雨天，她将那件黑底子的衬衣洗干净后晾在了灶台的黑铁锅上，好等着第二天继续穿。

窗外的雨还是一个不停地下着，那淅淅沥沥的雨落在玻璃窗上，啪嗒啪嗒地响着，就像那时候烧火的声音一样。雨落在青草地上，那些青草越发绿了，成为青草的一部分。现在，那些艰苦岁月都已经离我而去，但是那些记忆将成为支撑我骨骼的最好的营养，成为我血液里最温暖的东西。

娘姨婆

娘姨婆是村里郎中长庚的阿姨，但似乎村里所有的人都这么叫她。因为郎中长庚是个单身汉的缘故，她总是会抽空从诸暨老家赶过来，来我们村里生活一段日子。其实说生活一段日子是不太恰当的。她几乎常年生活在我们村里。从内心里，我们村的人都把她看作是自己村的人了。我自从记事起，她就在我们村了。我从来不认为她是他们说的那样。在我看来，她就是不忍心看着自己的外甥长时间独身生活的辛苦。她经常会在自己家（长庚家）的井边给长庚洗衣服、淘米。因此，我觉得她特别慈善。

那时候的井边也是我的乐园。石砌的坡上爬满了络石藤，我经常会将这些藤条扯来编成环戴在头上当作迷彩的伪装，和别的孩子玩地道战的游戏。那些络石藤被扯断后伤口上会流出奶白的汁液，有一种植物的芳香。会把我的小小的白衬衫给弄脏，可我并不在乎。娘姨婆总是担心地和我说，不要在井边玩耍，危险。我终究没有被她劝服，有一次，我真的掉进了那口古井。幸好当时旁边有人，我才能活到现在。

他们家是平房，有个小天井，天井下面都是些光滑的大石块铺着，石头上面还附着一层青苔，潮湿而富有生气。暮春的时候，石头的缝隙里都长出了嫩绿的小桃红的小花秧，圆圆的子叶，甚是可爱。那些都是她播种的。那时候，我会经常去那个小天井看看，她似乎知道了我的心思，就和我说，等花秧再大些，她会送我十棵。于是我更加勤快地去看那些花秧，盼着它们长得快些。

等到花秧大一些了，她会把一部分种在井边上，一部分留在小天井。我把她给我的花秧种到自己的房子前面的空地上，还有路边的泥地上。等到夏天的时候，那充满汁水的花朵就盛开了。夏天的时候蛇多，娘姨婆说，种了这些花，蛇就不敢来了。我听了觉得非常神奇。

有时候，娘姨婆从山上回来，会给我带来一串或者两串野草莓。她给的时候说，这些苗子很大，我摘来给你吃。其实我更喜欢自己去摘来的。因为娘姨婆的眼睛已经花了，那些野草莓上都有虫子爬过的痕迹，我不敢吃。但是我照例会非常感谢她，我不想辜负她对我的一番好意。

其实长庚是个非常固执的人，他之所以一直单身，我想就是因为他的固执。有时候，他会冲着娘姨婆吼叫，说是让她好回去了，不要再来。娘姨婆委屈地说，好的，我回去了，以后不回来了，你要好好照顾自己。但是没有过多少天，娘姨婆又回来了。她说，山上的茶叶还要再摘一次，我就回来了。

前段时间我回家去，听说她不小心在井边摔断了腿，诸暨的儿子已经把她接走。临走的时候，长根拿出了积攒多年的 2000 元钱，让她看病。又过了一段时间，我再回去，听说她的脚因为在私人小诊所里看，没有看好，要残疾了。大家说，好在她这么老了，残疾也残疾不了几年。

瘸佬建根

那一棵金钩子树是何时在我们村子里种下的，我不得而知。我只知道，那棵树在我们村子里是唯一的，我从没有在村子的其他地方看到过它的同类。它一定不是由哪一只鸟衔来了种子自然长成的，我猜想它是村中哪个前辈有意栽种的吧。

它长在村子中间那条狭窄的小溪边，在瘸佬建根家的院子里面。它已经长得相当高大，树冠往四周伸展开，霜降节气之后，村子里的孩子们都会争着在小溪边去捡拾掉落下来的金钩子。被霜打蔫后的金钩子虽有些皱巴巴的，但是放在嘴里一嚼，那股特有的甜味，在舌尖上久久萦绕，会让缺少零食陪伴的山里孩子备感甜蜜。

靠近金钩子树的溪边，有一个牛棚，那只牛在不劳动的时候，时常卧躺在牛棚里嚼着豆荚玉米秆之类的，有时候也嚼着瘸佬建根从山坡上田野边割来的荻草。那荻草的叶子布满锋利的锯齿，我总担心会把牛的舌头割出血来，但是它却一点事情也没有，一遍一遍地反刍着，牙口甚好。人们常说建根照顾那头牛，比照顾他自己要上心多了。孩子们去捡拾金钩子的时候，大都战战兢兢，我们怕着那户院子里的人。我们怕瘸佬建根，也怕建根的老母亲。

建根从小得了小儿麻痹症，他的右手臂和右腿肌肉都萎缩着，手掌不能灵活使用，只弯弯地勾着，他走路时也是一摇一摆，极不方便。他因此变得性情古怪。他是我们眼中的怪物。我们只消多看他一会儿，他就会冲着我们怒喊，小畜生，死开！我们一看见他，就会赶紧躲得远远的，等躲远了，再调皮地给他扮个鬼脸，或者学着村里大人的口吻说一些侮辱他身体缺陷的话语，他则又气呼呼地追赶过来教训我等，我们便又赶紧躲开去……这样，我们每次去他家院门外捡拾金钩子的时候，就会越来越小心翼翼的了，生怕和他碰个正着。

建根因为这个病，一直没有讨个老婆。大家都说，谁愿意把女儿嫁给像他这样没用的人呢？可是建根却并不像大家说的那样，是个没用的人。他很勤劳，家里很多的家务劳动他都承担了下来。放牛、养羊、种地、看山，没有一样他做不好的。他甚至比村里很多身体健全的人干更多的活。而且他干活就是干活，也不喜欢跟旁人扯一些闲话说一些家常，他就喜欢埋头苦干。每天比别人起得更早，归得更晚。他总喜欢戴着草帽，穿着劳动用的长袖衬衫。他总用草帽遮住自己的脸，仿佛不想让人看清楚自己的样子似的。他也不愿意露出他那条肌肉萎缩的胳膊，所以这一边的长袖故意不卷起来。但是因为长时间在户外的劳动，他还是被日光晒成一身古铜色的皮肤，甚至比古铜色还要更深一些。他的肤色就和村里劳动了一辈子的老人没有什么两样。

因着他这么黑的皮肤，孩子们就又更怕他一些了。我们几个孩子曾私下里说起他，说他的脸总是被帽子盖着，看不清楚，模模糊糊的，像鬼。但有几次，我们突然看见他的眼睛，在一片黑糊糊中那双眼睛仿佛特别明亮，像一把刀子，看得你马上要将目光退缩回来。所以我们都极力避免跟他有目光的接触。

有一回的夏天，那时我大约还只是读初二的暑假时的年纪，我独自一人在竹林中挖鞭笋，走着走着就来到了瘸佬建根家的竹林中。他们家竹林笋特别多，而且特粗壮。好多挖笋的人都喜欢偷偷去他们家的竹林里挖笋，因为他常常将牛栏里的肥料用簸箕一担一担地挑来，施在竹林中。那天，当我正高兴地挖出一株粗壮的鞭笋时，突然听到不远处山坡上冲我喊：谁在那里？我听出是他的声音，忽地吓出一身冷汗，拎着盛笋的腰子篮拔腿就跑。等他从山坡上下来，我已经跑远了。原来，因为盗挖笋的人太多，他正埋伏于山坡上的一处茶树后面，想待我挖出罪证时好人赃并获。

我一直跑了很远很远，才敢大口大口地吁气。我想，当时他其实离我并不算远，若是他一定要抓我，我是逃不脱的。后来在村子里再遇上他，我以为他会追问我那天的情况。可他一直没有再问起我竹林中挖笋的事，好像根本没有发生过那件事一般。我当时想，难道他没有看清楚我的样子？这也不太可能呀！

他的母亲常常使唤他干这个干那个，把他当牛一般使唤。他几乎从不抱怨，真的如一头牛一般干活。他有个哥哥，娶个了下乡的女知青，那女知青后来被分配到常绿林场，就一起在常绿林场管山。因为管山，家里的地场活几乎很少干，所以种地也是建根的事。他母亲凡事都先考虑大儿子。她喜欢大儿子，总把最好的都留给大儿子。我不明白，明明是他更需要照顾，可他母亲却让他干那么多的活。我们很小的时候，据村子里的人说，建根的母亲有一只狗细眼（可看见鬼神），可以在水里和树上看到不同的东西。因而我们也怕她。不过，她后来又去乡村教堂里做礼拜，归耶稣了。

后来，我初中毕业后就在外求学，就很少回家。他还是像以前那样干各种农活，只是我已经不那么怕他了。有时候回到村里，他还会主动跟我招呼，说，你回来啦！我点点头，叫他一声，建根叔！然后就走开了。我听我爸说，他跟我三叔同龄的，那应该要比我大二十岁左右。他一直没有讨个老婆。

再后来，我已经工作了。有一回，我回老家，我妈在灶头烧饭的时候突然和我说起他，她说，建根瘌佬死了，喝乐果死的。我"啊"了一声后竟也没有问更多。我妈说的时候，就好像在说别人家的一只鸡瘟死一般，轻描淡写，没有任何的悲喜。她说，他喝了好几次都被抢救回来，这一次是真的死了。母亲又说，他还是死了的好，好少受些苦。

现在，那个院子变得越来越萧条了。那个牛棚早已经不见了，建根的母亲也已经去世。建根的哥哥和嫂嫂也都搬到县城里，和他们的孩子一起住。前些年建根种在院门边那棵樱桃树已经渐渐长大，五月份的时候有许多鲜红的樱桃挂在枝头，也没有人去摘，成了几只麻雀的美餐。而那棵金钩子树，变得更加粗壮，站在风中，独自守着一座空空的院子。霜降节气后，许多的金钩子挂满枝头，有一些会掉落下来，皱皱巴巴的。我猜它们和以前掉落到小溪里的一样甜蜜吧？可是，没有孩子再去捡拾，连从它边上爬过的一只蚂蚁，似乎也懒得去理会这些金钩子。

守林人先奎

先奎在常绿林场守林很多年了，由于年老，后来住回了自己的家里，不再守林。说是家，其实并不像个家。他是个孤寡老人，住的是一间小小的泥房子。这样的泥房子，在我们的乡村也快要绝迹了。外墙没有石灰粉刷过，黄泥和石头裸露在外面，这样的房子倒是会让观光客觉得人和泥土的亲近，但是乡村的人却并不会这样觉得。然而先奎倒是无所谓的。在他觉得，只要有一个屋顶，可以为自己挡住风雨露水，他便感到满足。因为脚瘸，当年的大队干部照顾他，给他一份管理林场的差事。他也觉得欣喜异常。

独居在常绿林场的时候，他每天都会很早起来。在一条大黄狗的陪伴下去守林。这是深居山林带给他的习惯。或许是早晨的空气太好，或许是由于他的尽职，也或许是由于他睡不着，不得而知。他在林场的房子边养了一些土鸡，种上几棵丝瓜，在寂寞清苦的岁月中得到劳动的慰藉。

林场里柴禾很多，他根本烧不完。但是他通常会把山上的枯柴收拾在一起，捆好。这是他每天会做的事情。林场山高，来访的村民不多。如果有村民来了，他会热情招待他们。将自己藏着的腌肉拿出来，蒸鸡蛋招待客人。有时候他会托山下的人会给他带来一些生活物资，他们也乐于帮助他。大家知道，他的行动不太方便。等到来访的人回去，先奎就送他一捆柴禾，让他背回家。有时候，他也会自己下山一趟，扛着一根扁担，带一些山货下山去。后面跟着一条通人性的黄狗。他大约每半个月会下山一次，挑上来的无非是大米、菜油、蔬菜之类的生活物资。在蜿蜒的山路中，他一瘸一拐地前行，如此镇定，令人敬佩。

由于年老、多病，他回到了自己的家后就丧失了劳动能力。我这里说的是他丧失了赚钱的机会。村干部还是像以前一样，照顾他，给他联系乡政府，接洽低保相关事宜。过年的时候还会给他送去一些礼品，给他拜年。于是他很是感激，在自留地种了些蔬菜，在竹林里挖些早笋，去谢他们。对别人给予的微小恩惠，能够铭记在心，这是像他这样的人所怀有的品性，淳朴、善良。

然而，像他这样的人在村子里几乎是被忽略的。他并没有什么特殊之处。他和很多村民一样，他们的生命都像是长在屋顶的瓦葱一样坚强。

外　婆

外婆八十六岁了。外婆还是常常会去屋后的竹林里挖掘鞭笋。外婆这几年的身子骨还真是清健，虽说她也是有高血压的。我跟外婆说，外婆，你千万不可再去山上挖笋，太危险。可是外婆却不那么在意，说，我有数的，不要紧啦！你不要大惊小怪。

说真的，外婆身体确实还不错。有好几次，她挖了鞭笋，还带来给我吃。她那么大年纪，还常常上山去挖笋，我们有些担忧。可是她执拗不肯听劝。我有次很好奇，问外婆为什么这么喜欢上山去挖笋？外婆说，天天待在家里无聊，日脚太长，她得给自己找点事情做做。

记得之前，外婆曾经给村里的来料加工做过流苏编织，一天能赚上三十多元钱，但是太辛苦。幸亏前几年我们富阳社保有了一个政策，说七十五周岁以上老人可以买养老保险。于是三个舅舅凑钱给她买了养老保险。第二个月开始就可以拿到养老金了。于是，她也不再做那个流苏编织的手工活。她说，实际上，她那个时候眼睛早花了，做那个活太费眼神了。有时候脖子也酸胀。之前是这么想的，能赚几块零花钱也好。那时候没有固定收入，总是问子女拿钱，她也不愿意，毕竟几个子女下面也还有孩子在读书，子女都有子女的难处。外婆向来都是很会替别人考虑，她总说一句话，做人要识相，弗可专门麻烦别人家。她亦是连自己子女也分得清，楚河汉界两分明，亦总是替子女考虑得周全。

外婆的养老金是三个舅舅平摊费用的，外婆坚持要用拿回来的钱按月分期平均返还给几个舅舅，自己只取用一小部分。几个舅舅都说这个理应由他们来负担，可是她执拗着，一定要按她的意思来。等还清了他们出的本钱后，再全部自己取用。每次外婆总是说，老头子没我有福气啊，先走了。确实，外公忙碌了一辈子，去世前那年冬天，他还种了一大片的油菜。等第二年油菜籽换成菜油的时候，外公却走了。那年的正月里，咱们村子和周边几个村子里接连请了戏班子来唱戏，外公连续好几夜赶场看戏，受了风寒，身子骨越来越弱，最终离世了。

外公离开后的头两年，外婆的身体也曾经日渐衰弱。一度让我们害怕，会在不久的某一天，也离我们而去。幸好后来外婆的身体越来越好了。用我妈的话说，或许是因为外婆买了养老保险的缘故。自从外婆买了养老保险后，身体就日渐好转，甚至，身体是越来越好，越活越有精气神了。我说，可能是人的心态好了，身体自然也会跟着好起来。

外婆这一辈子，生于民国乱世，从小是童养媳，长大结婚后又辛苦拉扯大九个孩子；经历过三年困难时期，十年浩劫，又赶上了四十年改革开放，最最重要的是，现在赶上了这个可以买养老保险的好时代。她说，她以前做梦也没有想到，自己还可以从社保中心那里领到养老金。这对于祖祖辈辈都靠务农为本的她来说，确实是之前想都不敢想的事。我跟外婆说，以后日子只会越来越好，所以，外婆你一定要身体健健康康的，身体健康就是在赚钱噢！外婆笑眯眯看着我，连连点头称是。我说，所以，以后别再去山上挖笋啦！外婆噘一下嘴，俏皮地说，晓得嘞！

　　有次，我突然对外婆年轻时那个时代感兴趣，问外婆，你们年轻时那个年代究竟是怎么个样子？外婆说，她记得她那时候还很小，时常会有不同部队来村子里驻扎，有的部队官兵很凶，会在村里练靶，有一次还打死过一个村民；有的却很和气，有一次有个官兵盛饭给她吃，她那个时候只五六岁，亦不害怕，竟捧过碗盏开心吃了起来。外婆说，她看到过那个官兵腰间系着一个金属制的碗盏，中间还有一个孔，用绳子随身系着。及后来，新四军还在我外公家那幢五间两弄的大房子里办过印刷厂，印刷过抗日救国宣传资料；也还在那幢大房子里办过新四军的服装厂。阿尧（革命烈士蒋忠）的部队也经常来宿夜，因我二外公是那个年代的高小毕业生，写得一手漂亮毛笔字，曾经给蒋忠做过秘书。我突然想，如今我们镇上正在新建省级爱国主义教育基地——新四军两渡富春江纪念馆。如果我们外婆家的老房子不是因为2001年那一场大火，或许会不会也作为一处红色古迹保留起来，也未可知。我常常会感慨和遗憾，觉得那幢房子如今若还在，多好。或许是因为到了她那个年纪的阅历使然，外婆竟比我豁达多了。她说，被火烧了就不要再去念想，过日子要向前看。

　　是啊，日子要向前看！那幢房子已经完成了它自己的使命，有没有被保留下来并不是最重要的。重要的是我们接下来要过好的每一天。外婆像积攒了足够阳光的稻穗一般，用饱满低垂的姿势，成熟地面对着自己长长一生的时光。在长达一生的时光中，外婆一步一步坚定地走着，普普通通地过好每一天。我觉得，这便是我们每个人最大的幸福了。我也祝愿外婆健健康康，幸福开心过好每一天！

我的邻居长庚

我的邻居长庚，他离开这个村子已经有两三年了。不知何故，我总是会想起他。我曾去看过他的墓地，在他家的竹园边上。墓碑上的字很潦草，像是随手用一根树枝在水泥上画出的。看着墓碑上潦草的字迹，感觉缺乏对他应有的尊重。我想起他，总是和我许多的童年记忆联系在一起的。想起他的同时，似乎我的整个童年生活中的场景也会在脑海中鲜活起来。

他离世的前一年冬天，天还没有下雪。我回乡照例会去望望他。他还是一个人在井边洗衣服，用肥皂糯一糯，猪血色的大脚盆里那粗糙的卡其布外套就浸泡在水里了。

记得他以前洗衣服，也是这般浆洗后泡着，过一个时辰后再用井水洗涤几遍就晾到墙边靠着的竹竿上去。我总疑心他涤得不够干净，滴下的水里分明还有些肥皂的气息。

他把衣服泡好后就去柴灶边煮中饭了。他不停往灶膛里添加柴火，从灶膛口上沿还不时冒出一些青白色的烟雾来，他又是一个人烧饭，一个人吃饭，那只比夜色还黑的黑猫不知道什么时候也离他而去了。

见了我，他说，阿龙，你回来啦？我嗯嗯地应着。我在边上看着他忙上忙下的，沉默了一会儿后问，长庚爷爷，你最近身体怎么样？他咳嗽了两声后说，个毛身体要不来，马上要回去快了！我说，怎么可能，你是郎中呀？

他沉默了一会儿后说，郎中难医自个病！他又说，剃头师傅也不会给自己剃头的是不是？说完他哈哈苦笑起来。我就问他得什么病，他没具体说，只说是坏毛病（暗指癌症）。我也不好再说什么，只说让他多注意休息。就回自己家去了。没有想到那次串门，竟是我最后一次见他。

再后来一次回乡，只听村里人说，他被他萧山的侄子（他没有儿子的）接去了，大约是去医院检查了身体，说看病需要十来万。而原本他也是有大几万存款的，他的侄子听医生这么说后，竟没有给他治病，而是直接把他接回了萧山住，几个月后，他就去了。

我听了有些气愤，怎么不给他看病呢？这些存款，可是他一辈子的积蓄呀！有多少个清晨，他一大早从竹园里挖了早笋去镇上卖了换取一点零花；又有多少个黄昏，他从山上挖来那些我们不认识的草药，洗净切片晒干再配伍成一帖一帖的中药，最后换成他的收入。

十岁的我常常蹲在门口的道地上，看长庚将各种中草药切碎晒干。那些被切碎的中草药，总有一股好闻的植物特有的气息，我有时候会从他的晒箕上抓起一把来闻一下，总是被他呵斥。他会说小孩的手脏，这是医治病人的药材不可亵渎之类的话。我便像是犯了错似的噢噢地张大嘴巴走开了。

在另一些时候，冬天的早晨，太阳薄薄地照耀着。因为寒冷而显得氧气都特别稀薄，我哈着白气，又倒吸一口气来玩，但又觉得空气特别干净，阳光也显得特别温柔。而他已经从山上斫来一些生倒刺的枝条。我曾问他这是什么，他总秘而不宣，只说是很好很有用的，可治许多人的病痛。他将这枝条的倒生刺用钩刀打去后再粗略地刨皮，然后在水里再清洗一下就开始切片了。我看他切片的时候特别小心翼翼，就问他为什么。他说这枝条可宝贝了，这中空的枝条里藏着一些小虫子，叫斗米虫，人吃了不容易生病。不一忽儿，他果然从那枝条里切出了两条来。这虫子白白的，稍稍带一点米黄色，不太愿意动，似乎我们扰了它们的清梦。他问我，你要不要吃？我愣在那里没有回答，他似乎明白了我的顾虑。他从自家堂前拿出一个取暖用的铜火熜，用一块竹片将炭火拨开，然后将火熜盖子倒扣在上面，把两条斗米虫放在那个有许多蜂眼的盖子上。那虫子被烫得直翻动身子，不一忽儿就不能动弹了。我看见它们油滚滚的样子，冒着奇异的香气，偷偷咽着口涎。他拿起其中一条放进他自己嘴里，那几颗发黄的牙齿眉飞色舞地嚼了起来。嚼一忽儿后他停下来问我，还有一条要不要吃？我点点头。他用眼神示意我自己拿。哇，这虫子味道果然好！太香了！一直到后来，我才知道这种生倒刺的植物叫作云实。

在另一个时空里，我已经二十岁，刚毕业还没找好工作，赋闲在家。有一日，长庚来我家新造好的房子里找我，想把他的这些抓中草药的手艺传给我。和之前的秘而不宣完全不同的是，这次他愿意全盘托出。他说他不想把自己这门手艺带进棺材，趁他还爬得动山，想带我一年，到山上去认识各种药材，以及告诉我这些药材的药理。我听了虽很有些动心，但是一想到这手艺并不是一朝一夕就能学好的，就有些泄气。而那个时候我心中最想的是到城市里去谋一份满意的差事。他见我热情不高，就转而说，他有几个重要的方子，让我抄录下来，或许以后有用。事情总是这样，许多事物，在我最感兴趣的时候，我无法知道其中的奥秘，等我失去最初的热情之后，又一件一件来到我的面前。

他家的小天井是我小时候的乐园。石头缝隙里，长满了凤仙花和鸡冠花。我常常跑进跑出去赏花。那时候，他家里住着一个老婆婆，我们全村人都叫他娘姨婆。她是诸暨人，却常年住在我们村里，照顾长庚的饮食起居。她是他的小姨，其实只比他大三四岁。村中有些人就要开他们的玩笑。那些凤仙花鸡冠花都是娘姨婆栽种的。我印象中的娘姨婆特别和蔼，对孩子特别好。我去赏花，她常常会送我花苗。但长庚似乎总讨厌她，老要赶她走。有时候娘姨婆也会负气回诸暨，却常常不到一个礼拜又回来。村里人问她怎么这么快又回来？她就说茶叶又好摘了，或者山上的长脚小笋可以采收了，就回来了！其实大家都知道她为什么又回来。

夏天的傍晚，他们家门口常常会烧起一个烟堆来。娘姨婆会在烟堆上放些艾草的枝条。烧着艾草的枝条，空气中弥漫一股菊花似的香气。我很好奇，就问这个是做什么的，娘姨婆告诉我，这烟堆可以驱蚊子。我问这艾草哪里来的，娘姨婆说是长庚种在自家的竹园里的。我常常很淘气，喜欢在那烟堆的灰里用棍棒捅搂出一个洞，在里面煨烤老玉米棒子，或者毛蟹，当零嘴吃。

彼时夏天的晚上，月色朦胧。我躺在床上看屋顶明瓦外的月亮忽儿钻进云层，忽儿又钻出来，我在蚊帐里往外面望出去，屋子里有一颗萤火虫在飘动着。长庚曾跟我说过，萤火虫喜欢吃小孩子的鼻涕，会趁孩子睡着的时候，钻进鼻孔里吃鼻涕，还会一直钻一直钻，钻到人的脑子里就不好了，会没命的。我因此战战兢兢，掩着鼻子不敢入睡。好不容易等我迷迷糊糊有睡意了，长庚就用一双筷子敲着碗的口沿——"小猫、小猫"地呼喊着。他似乎并不是在呼喊那只比夜色更黑的猫，他似乎在呼喊着另一个时空中的自己。他从不在人们醒着的时候呼唤他的猫，总喜欢等到大家都入睡了再呼喊。他呼唤之后，村里的那些狗开始此起彼伏地吠叫，众狗狺狺一直很久，我听到我爸被吵醒，讨厌地骂一句娘。而我听着很远处的狗还在叫着，还是不敢入睡。那颗萤火虫已经不见了踪影。

　　长庚家的房子是很小很浅的三间平房。门口一座小桥，小桥上有一块平整的黄褐色大石头，可供人休息。对面是利忠家的道地，无数个夏天的傍晚，人们坐在这块石头上，纳凉聊天。我想，这块石头，一定和他家的房子一样古老，在这块石头上，不知道沾染了多少人的气息了。我们村子里没有哪一个人是没有去坐过一回的。因为坐的人多了，石头的表面已经非常光滑。还很小的时候，夏天的早晨，我常常用脸贴着这石头，特别凉快！这块石头理应成为他的家徽的。可就是这么好的一块石头，在他七十岁推倒老房子造红砖房时，当作地基石就地取料了。痛心，痛心啊！我再也见不到那块石头，啊啊！

　　他会看云。他看云就知道会不会刮风下雨，很准。有时候天空中出现奇怪的云朵，我就去问他，会怎么样？有时候他说会落雨，有时候说雨落不下来。我就问他怎么看出来的，他不肯说，故作高深，气死我了！我就在背后暗骂他，长庚老头子！但我真的很想知道，就又去纠缠他。他才肯说一点点，比如云运动的方向之类的，高低之类的。我都记不住，后来就不去纠缠他了。

长庚，他的那些药材和切药材的工具，还有他的老房子，天井里的凤仙花、娘姨婆、黑猫、古井，这些事物都会时时萦绕着我。无法抹去。所以做个记录，只是记录。

- 诗化语境下的荒诞感小说
- 我最大的本领是需要极少
- 对爱的肯定和盼望
- 逃匿和救赎·心灵拯救之路
- 阅读苇岸的日子

鸟兽为邻

第六卷

他山之石

Chapter

06

诗化语境下的荒诞感小说
——《鳄鱼街》读书笔记

布鲁诺·舒尔茨的小说，因运用大量的修辞、象征和隐喻，初读时会显得晦涩难懂。有的小说篇目，读一遍后甚至仍未任何印象。需要多读几遍后，才看得出小说里面的好。因而，当你细细深读进去，你会惊喜不断，这真的是一位语言高超的短篇小说大师。你之后绝对会因为你最终读到他的小说而感到万分荣幸。诚如艾萨克·辛格所言，布鲁诺·舒尔茨是那种无法被归类的作家。超现实主义者、象征主义者、表现主义者、现代主义者……有时像卡夫卡，有时像普鲁斯特，而且时常成功地达到二者未能达到的高度。

《圣显》中的父亲，因疾病慢慢地枯萎、凋谢。这是一个举止古怪、生命力逐渐萎缩的父亲。他完全沉醉在某种复杂隐秘的个人事务中。他的人格似乎分裂成众多互相抵触和吵闹不休的自我。"他有一股强烈的冲动，希望变成不是自己的那种事物，远离人类集体。他内心不断与假想对手和上帝激辩，经常喃喃自语，不知所云，经常离开房间，躲在公寓不为人知的角落，不知所终。"（杨向荣译后记语）他一节一节地、自觉地从我们当中脱身而去，一点一点地摆脱了与人类集体联系的纽带。

世界很荒诞，人作为世界的一部分，当然也很荒诞。人作为群居动物，自然也不可避免地害怕孤独。但是，有时候，人往往会做出与自己内心截然相反的决定，以此来抵抗世界的荒诞性。

小说《鸟》令我印象最深的，是父亲像个炼金术士一般，把自己封闭在阁楼中。他封起那些炉子，研究起永远捉摸不定的火的本质。小说中创造了一个逐渐将自己完全封闭起来的父亲形象，逐渐完全沉浸在自己的世界，和外在世界渐渐脱离联系。"他开始与各种实际事务渐行渐远。"当母亲试图和他谈一谈月底到期的账单之类的事情，他总是听得心不在焉，神情迷惘，面露焦虑之色。不过他与现实世界的一个重要桥梁——小说中的女仆阿德拉，他却对她始终恭敬有加。他认为阿德拉的所有动作都蕴含着一种更深刻的象征意义。

小说后面讲到的，父亲对动物有种如痴如醉的激情。一切从孵鸟蛋开始。父亲越来越身陷在自己沉浸的事物之中无法自拔。他开始钻研巨大的禽鸟学教科书，他的房间马上充满了五颜六色。渐渐地，父亲的指关节也跟一只秃鹰的爪子很相似。最后，父亲逐渐和鸟类世界同化为一体，将自己异化成鸟类的奴仆似的。甚至，他的两只眼睛也蒙了一层鸟类特有的薄翳。

最后，还是女仆阿德拉在春季的一场大扫除中，突然出现在父亲的鸟的王国里。她毫不犹豫地猛然推开一扇窗户，像酒神巴克斯怒气冲天的女祭司那样在酒神那根手杖卷起的旋风保护下，跳着毁灭的舞蹈。最后，战场上只剩下阿德拉和父亲。父亲不得不面带忧虑的愧色，准备接受这场彻头彻尾的失败。

我更愿意把小说中这个父亲形象，看作是人类在面对困境时的胆怯和懦弱的人格投射，小说中的女仆阿德拉，实际上是他现实世界的某种救赎力量。虽然说，无论是否有这种救赎力量，对于小说主人公——父亲来说，他仿佛始终是一个彻头彻尾的失败者。不管是他自身的逃避，还是来自现实世界的救赎力量的拉扯。

《小猎人》这篇很有意思，小说描述的是一只被收留的小狗。那年整个八月，文中的"我"都在与这只漂亮的小狗的玩耍中度过。作者通过对这只叫"小猎人"的小狗的描述，引发了一系列对生命问题的思考。整个小说的基调，都是在讨论个体本身和外部世界的矛盾冲突，以及如何才能让个体和外在世界之间达成某种默契、某种平衡。

"不过，未来的一切都会向我敞开。"这句话似乎预示着每一个人即将要面对的都是一个全新的世界。而且，从话语的语气中，可以读出作为一个个体的生命，在面对全新世界时拥有的乐观向上的心态。但是，生命问题总是伴随着复杂矛盾的情绪，有时候，小狗又会显得特别颓唐——"小狗走路时笨拙得像在歪歪扭扭地翻滚，方向犹犹豫豫，仿佛在沿着一条摇摇晃晃和不确定的线路前进。无尽的忧伤是它最常流露出的情绪。"小说似乎通过对小狗的描述，完成一次人类普遍意义上的个体自身的内在世界与外部客观世界的对抗的思辨。有时候，外在世界对自身来说，特别陌生、冷酷。当内在世界和外部世界无法调和时，它甚至会不顾一切，着迷地渴望回到母亲子宫的冲动。当面对大多数人都享受的诱惑时，自己又会沦为现实的俘虏。偶尔，也有觉得外在世界温馨和谐的一面，可以和自身好好相处，达到一种平衡。

不过，世界总是给它埋设了种种陷阱。"小猎人用这种全新的、忽然激发出来的语言，向这只昆虫发出的呼唤纯属徒劳，因为一只蟑螂的理解力是根本对付不了如此长篇大论的：那只昆虫已经经过蟑螂世界无数世代神圣化的礼仪磨炼出来的举止继续向房间的某个角落悠然走去。"这段文字可以看作是普遍意义上的一种人类困境，即个体与他者之间，永远存有一条无法逾越的鸿沟。人与人之间的沟通始终是最困难的一件事。每一个个体的孤独因此永远无法避免。

这篇小说中的女仆阿德拉，作为小猎人稚嫩生活的背景之一，阿德拉的拖鞋的啪嗒声，喧闹、匆促的行走声——不再让它感到心惊肉跳。可以看出，小说想要描述的个体的人（或者仅仅是作为一只小狗，一个小生命），对于巨大的现实怀有的深深的恐惧和不安。好在每一个个体最终会在和外在世界的相处中，逐渐达成一种和谐的平衡——不再让它感到心惊肉跳。

另外让我觉得惊喜的是，作者的语言的诗化。作者对语言的把控可以说像诗歌一样，有时候精准、清晰；有时候又晦涩、模糊。作为每一个个体的"我"们，身上对外在环境也时常会流露出一种转瞬即逝的独特第六感觉。只不过，我们平常人很难用一种或精准或晦涩的语言来呈现这种感觉。而每一次，舒尔茨总是能够非常精准地把这种感觉捕捉住，并且用一种诗化的语言呈现出来。例如在小说《查尔斯叔叔》中，有这样一句："那几间空空荡荡和荒疏已久的屋子还不认可他，家具和墙壁带着无言的挑剔和责备的神情望着他。"笔者在此想说明下，在我有限的生命体验中，有时候，空空荡荡的屋子，确实也能够在沉默中发声。

我的理解是，这样的语言，完全已经是诗化的语言。或者说，作者是用小说这种形式和载体在写他心中的诗歌。

阅读整部小说集，可以说是一次关于人生意义的严肃而深入的探讨。关于孤独、婚姻、存在感、荒诞性等很多生命命题，都有很好的诠释。不过我在这里说那么多也没有用，每一个读者都会有自己不同的见解，而属于我的这些认识，难免浅陋而有谬误。所以，对于一本好书来说，最重要的还是要你自己去细细读一读，品一品。毕竟，有一千个读者，就会有一千个哈姆雷特。

我最大的本领是需要极少

——梭罗《瓦尔登湖》阅读笔记

读梭罗《瓦尔登湖》，有一句话至今印象深刻——"我最大的本领是需要极少"。他在湖畔践行他的超验主义生活，降低对物质生活的要求，去面对人生最本质的问题，去过一种真正自足的、丰富的生活。

他在书中描述人的最基本必需品，仅为食物、住宅、衣服和燃料等。他说过——"对人体而言，最大的必需品是取暖，保持我们的养身的热量。"他认为，大部分的奢侈品，非但没有必要，而且对人类的进步大有妨碍。他说——"文明改变了房屋，却没有改变房屋中的人们。"我的理解是，虽然时代在改变，社会的科技水平在进步，物质生活资料越来越丰富，但是作为人的最基本必需品，其实并没有多大变化。或者说，人类原本对物质的需要并没有那么多。只是在后来的人类文明的发展进程中，逐渐养成了对物质对金钱对权势的越来越大的贪欲。这就好像农业的发展、粮食的储存，最终让人类的胃越吃越多。许多疾病，例如高血压、糖尿病等，也因为吃得太多随之而来。

在《阅读》一篇中，他写道："有种人，像贪食的水鸭和鸵鸟，能够消化一切，甚至在大吃了肉类和蔬菜都很丰盛的一顿之后也能消化，因为他们不愿意浪费。"我当时读到这"不愿意浪费"时，就觉得这种"不愿意浪费"正是一种"大浪费"。读到这段的时候，也让我想起宫崎骏电影《千与千寻》，千寻父母因大吃特吃，最后变成两头猪的情节。这一电影情节很有隐喻色彩，批判了自西方工业文明以来到20世纪90年代以后，直至今日的铺张浪费毫无节制的消费主义——其大多数人的多数行为是追求体面的消费，渴求无节制的物质享受和消遣，并把这些当作生活的目的和人生的价值。最近在网络上炒得沸沸扬扬的上海名媛群事件，就是一起典型的消费主义异化人的事件。她们为了伪装一种精致体面的生活，究竟虚荣到一种怎样的程度呢！

在《经济篇》中，梭罗写道："大多数人，即使是在这个比较自由的国土上的人们，也仅仅因为无知和错误，满载着虚构的忧虑，忙不完的粗活，却不能采集生命的美果。操劳过度，使他们的手指粗笨了，颤抖得厉害，不适用于采集了。"他还写道："为了谨防患病而筹钱，反而把你们自己弄得病倒了。"关于这两处，我的理解是，梭罗不但倡导人们对物质需要有节制，也倡导人们对劳动也要有节制。劳动的目的之一是为了获取物质，但却不仅仅只是为了获取物质，还有更多。比如他写到的"采集生命的美果"。

关于劳动，他还有惊人的论点："人类已经成为他们工具的工具了。"这句话似乎在警告人类，千万不要被物质异化了心灵。梭罗说："我仅仅依靠双手劳动，养活了我自己，已不止五年了，我发现，每年之内我只需工作六个星期，就足够支付我一切生活开销了。"诗人海子曾写过一首诗《梭罗这人有脑子》，也曾写过一句诗："双手劳动，慰藉心灵。"我想，诗人海子和大哲梭罗之间，在精神传承上，必定有一种秘密的通道互相联结。

梭罗鼓励人们的生活方式尽量多种多样，也奉劝他人不要去效仿他的生活方式。他说道："从圆心可以画出多少条半径来，而生活方式就有这样多。"我想，不管人们愿意去过一种怎样的生活方式，有一种必定是梭罗所喜悦的——那便是对物质生活所求有度，更加崇尚过一种精神上自足、丰富、独立、节制的生活。

对爱的肯定和盼望

——评基斯洛夫斯基电影《红·白·蓝》之《红色情深》

基斯洛夫斯基曾经说过："最接近人道精神的是博爱。而我们或许都是博爱的，因为我们总是在目光中显露出慷慨……"《三色》之《红色情深》就是这样一部以博爱为主题的影片：学生兼模特瓦伦蒂娜总被对方猜疑；追求卡琳的法律学毕业生奥古斯特发现了他的恋人在与其他男子缠绵，纯洁的爱情被践踏了；命运中的偶然将窥听他人隐私的退休老法官卷入复杂矛盾之中……影片中还加入了许多次要情节：老法官卑劣地监听电话，少年马克发现自己私生子身份后堕落吸毒，家庭的背叛，爱的背叛，冷酷的母女亲情，不可告人的毒品交易。正如笼罩全片的灰色调子（在《蓝》中导演大量使用了蓝色滤色镜，但在《红》中却并没有），人物都处在难以摆脱的复杂的矛盾纠葛当中，生命是那样冰冷孤独。然而，红色仍然是影片的重要组成部分，几乎每一场会有一抹的红色映入眼帘。《红》在光线和取景上比另外两部更讲究，每一场景都会有意味深长的镜头出现，尤其是色彩，几乎被当成一种语言在使用。红色的车灯象征危险；咖啡店榨汁机上的红色樱桃象征精神创伤；红色夹克象征记忆中的爱。另外，夺目的吉普，小店的招牌，那本砰然坠地的书的扉页，动物医院里的半扇虚掩的门，庞大的广告街景，灾难后屏幕上定格的现实与过去的惊鸿一瞥，这些奇异地融合在影片中的红色不时提醒我们：影片传达的本质内容正是这不经意中出现的醒目的"红"，深情的博爱的红。

一　爱与救赎

《圣经》上说：爱我们的邻人。

基斯洛夫斯基在影片中延续他一贯的对神的崇敬之情，整部影片就以"爱"为核心展开。

影片中老法官提出一个问题：存在真正的爱吗？当瓦伦蒂娜说帮助购物可以让那位孤独的母亲好受些，老法官嘲弄似的指出瓦伦蒂娜这样做的目的是为了让自己摆脱内疚感，是为了让自己好受些。实际上是对爱的一种否定——人们的所谓爱的行为从根本上是为了自己。

影片中出现新老两代法官显然不是偶然的，他实际上扮演着审判者的角色——用窃听电话的方法对邻居们为人所不知的罪恶行径进行审判，他只是无力改变什么。笃信这一观点的老法官生活在空虚灰暗之中，但注定有红色出现在他的生活中：瓦伦蒂娜的到来使他对这一观点产生质疑，"你走后我告诉自己真恶心"，他停止了监听并去报了案。随着与瓦伦蒂娜的进一步交流，他终于看到了光明。实际上瓦伦蒂娜是在道义上对老法官进行审判，而与老法官经历相似的年轻法官奥古斯特又成为对老法官进行法律审判的第三个审判者。然而仅仅是审判远远不够。记得最后定格镜头中的那一片红色是什么吗？是救生员的红色救生服，它含蓄地指出红色的根本目的——"救赎"。红色的博爱！红色的救赎！人不是生来自私的，老法官说爱别人是为了让自己好受，正因如此我们在爱别人，爱别人就是爱自己，救别人的同时也拯救了我们自己。影片中不时出现的橘黄色的车灯似乎象征着人们的爱心，对世界产生怀疑时，灯的电池耗尽熄灭了，而重新燃起希望的老法官对瓦伦蒂娜说："电池我已经装好了。"

生活是艰难的，再阳光的地方也会有阴暗的角落，但我们不能因为阴暗就去否定生活，因为得不到爱就去否定爱。也许你的邻居或偶然与你擦肩而过的人就是你寻找的爱人，但——咫尺天涯。影片开头那段电话线路的推轨镜头，音轨布满了密密麻麻的对话，默认了电话作为科技发展的产物，的确给人带来了方便，然而电话两端的人不也是咫尺天涯吗？人们无法在电话上进行心与情感的交流，反而平生了许多误解与猜疑：瓦伦蒂娜每一次和男友打电话都会被对方怀疑质问。高科技成了人们疏离的载体，正是这种现代世界的生存状态使人们之间更加难以沟通，各自遭遇着爱的冷淡、荒芜、失落和绝望，于是产生了罪——源于爱的罪，这种罪可能无法被审判，但可以被爱救赎，只要我们更加坦诚、更加有包容力，只要我们心中有爱，有希望。正如导演所说：人类遵守种种戒律，并非怕上帝惩罚，而更重要的是出于人性的需求，人总要设法超越自己，这是一切道德教化的最后目的，不是为了讨好神，或是讨好人。

二　宿命与轮回

　　贯穿影片始终的由女高音和管弦组成的空灵音乐告诉我们，世界是玄妙的，必然与偶然，宿命与抉择，在影片中反复出现。故事是由那样多的偶然连接而成：掉下的书正好翻到了考试题目，广播坏了于是撞到了法官的狗，因为买烟而错过了女友的电话……反复出现的赌博机似乎预示着这一切只是巧合。然而瓦伦蒂娜却说：我知道为什么会赢。于是我们不得不停下来思考——这些真的只是巧合？很显然，影片实际上被打上了深重的宿命论的烙印。瓦伦蒂娜对男友说，要不是她中场休息时跑出来，他们就没法认识。的确如此，生活中很多情况下，正是那些小得不能再小的细节改变了你的一生。可是反过来想一想，那些都只是巧合吗？如果是命中注定呢？书带注定会断，广播注定会出毛病，希旦注定会在那时跑出来，老法官和奥古斯特的命运注定相同……这种奇妙的宿命在海难获救时达到了顶峰：红色背景上瓦伦蒂娜惊魂初定的面孔，恰巧和她那幅"生命一息"的广告招贴完全吻合，仿佛冥冥中早有预示。

　　"轮回"是影片除了宿命以外另一个超现实的意象。奥古斯特就是老法官三十年后的一个轮回：轮回的金发女友、轮回的落地的书、轮回的背叛，甚至轮回的生物——生了小狗的希旦，似乎接下来的就是轮回的空虚无奈——奥古斯特也会像老法官一样孤独一生。

　　老法官说："我可以选择听或者不听，你也可以选择说或者不说，但结果都是一样。"我们仿佛被一种神的力量所笼罩，在宿命之中的人显得那样脆弱无力：爱脆弱得不堪一击，幸福总是紧连着痛苦，聚散无常，拥有和缺失都无从掌握，就像本来预测的晴朗天气会忽然狂风大作。在命运的操纵下，三个生活在同一时空的个体彼此独立而交叉，衍生出不同的生命事件，但他们的命运却彼此纠结和影响：心灵相通的瓦伦蒂娜和老法官生在不同的时代，重复老法官命运的奥古斯特和瓦伦蒂那是邻居却互不相识。太多好事、坏事每天在发生，而你或许就在他们旁边，多数的时候你无能为力，因为你毕竟不是上帝。于是老法官就什么都不在乎了，他监听光鲜衣着下的阴暗的丑行，目睹着人性的丑恶虚伪，嘲笑一切所谓的善良和美好。他改变不了什么，他什么也没有得到。

老法官告诉我们，生活没有完满，上帝也会犯错误，导致他和瓦伦蒂娜错过了三十年，他对生活彻底失望。于是瓦伦蒂娜告诉他，他所做的一切都是错的，人性本非恶，只是难免软弱，有些事你可以选择不要放弃。他们两个人的心灵互相交汇影响，让观众停留在对生命和人性的思考之中。暴风雨中总会有人死亡、失踪，但也总会有人获救。片尾瓦伦蒂娜和奥古斯特并排走出，偶然相依，一成不变的重复就此被改变，是否意味着他们修正了上帝犯下的错误，终于能在一起了呢？总之，影片在展示了宿命的绝望后虽然没有给出答案，但给我们留下了希望。就连老法官沉寂的心也在期待那一束希望的阳光，仅仅一分钟的光明，却如此美丽，是否"爱"也是可以轮回的呢？

三　生命的美学

伸出你的手，世界变得不一样了，以人类命运为起点，人的堕落与跃升的路径，都可能在这一念间改变：那一念，会以撒旦的分身介入历史，或是承袭上帝造物的流程，我们也许可以决定。正如基斯洛夫斯基所说："什么都是命中注定，我们只能把握今天。"瓦伦蒂娜和老法官的手掌隔着车窗相合，那一刹那，时间和空间的隔阂消失了，两个人的心灵融合了。

那个在《蓝》中出现的颤巍巍的老太太，老是够不到回收箱，不能把玻璃瓶塞进去，女主角看见了，但视而不见；《白》中的男主角也看见了，只能示以同情；瓦伦蒂娜看见了，毫不犹豫地走上去，帮她把瓶子投进回收箱。在一部部对生命充满破碎和悖离感的描绘之后，基耶斯洛夫斯基终于表达了他对爱的肯定和盼望。爱人如爱己，很多情况下我们无能为力，但我们总能用爱去改变些什么，拯救别人，也拯救自己，一幕幕纷繁芜杂过后，呈现出一副华彩乐章——救赎，生命的美，也许就在于此吧。

逃匿和救赎·心灵拯救之路

　　韩国电影《密阳》讲的是一个叫申爱的女人带着残缺的过去想要开始新生活的故事。可是新的生活并不是《圣经》里讲的新生。现实的新生可能更暗淡更无奈或更复杂，没有纯洁如初，没有负累，没有痛苦记忆。从这个意义上说，电影讲的是一个逃匿痛苦与自我拯救的故事。

　　刚刚丧偶的年轻母亲，带着对死者的追忆与思念来到丈夫的故乡。本以为经历了创伤，生活应该平静下去。可是，有个叫作命运的东西是看不见的。于是，故事开始了，别看车窗外依然是一望无际碧蓝的天，温暖的太阳，人被命运左右，光被遮蔽，心里唱的却是绝望的歌。失去了丈夫，在丈夫的故乡失去了儿子。我们的女主角该如何处理自己呢？

　　申爱想要一个新的开始，或者想要给失去父亲的孩子一个新的意义。可是生活再次让她失去寄托。像大多数的人们，在受伤时去寻找宗教的慰藉。教堂里那么多残缺的人，自我陶醉在唱诗的回音中。女主角仿佛刚刚在痛苦的麻木与沉沦中苏醒，声嘶力竭抚心深号。之后她好像获得了拯救，吃饭卖力，走入人群，甚至想去监狱传播福音，告诉那个她应该仇恨的给她痛苦的杀人凶手：她原谅了他，因为上帝是仁慈的，在上帝面前，我们都是渺小的生命，我们能够体会到的痛苦是一样的。她仿佛意识到了自己的伟大，甚至带着幸福的光走进监狱。但是杀人者平静如初，看得出来并没有经历过如她一样的自我折磨。杀人者甚至先于申爱告诉她：是上帝拯救了我，上帝让我们可以平和地面对面，上帝让你原谅了我。感谢上帝。

她惊讶了："我都还没说原谅，上帝怎么能在我之前就已经原谅宽恕他呢?!"

上帝果然是"平等"地对待每一个人，伤害者与被伤害者，杀人者与无辜者。她失望了。她没有看到他在她面前的忏悔、眼泪。杀人者在监狱同样受到上帝的眷顾，满是感恩的超脱。她内心的天平失衡了，终于看到了真实的自己。与其说她是来拯救别人，不如说是想要靠拯救别人来进行自我拯救。这个剧情的转折像一道光，照亮了所有人物的内心。

每个人都在自我欺骗。为了揭穿谎言，她在教会布道的集会上把唱诗偷换成了流行歌曲。勾引教会会长到野外，她用身体去揭露牧师的伪善。她被命运愚弄后被迫亵渎了上帝。片中描述基督教的戏是很冷静客观的，教友的形象和团契活动的场景与我所知的几乎一模一样。对于宗教的作用，始终分两面说话，既承认有积极的辅助，又有无能为力的一面。其中最有杀伤力的段落，是女主角感觉受骗后的一系列"报复"；但牧师的戏，又没有刻意把他描写到下作不堪的程度，这些都是有趣而微妙的平衡。

申爱对这个此时唯一依靠的上帝也产生了动摇，她的世界崩塌了，脑袋里已无法再相信任何东西，"我不相信看不见的，看得见的我也不会相信……"。去宗教的集会捣乱后，她开始自杀，可是看到自己的血，她又感到恐怖了，在致命的痛苦下，主人公渺小到连自杀的勇气也是缺乏的吗？其实，影片表现的女人真正的性格是要清醒地对抗，而这种对抗是柔弱的，而柔弱的对抗命运也可以称之为坚强。生活中真正软弱的正是那些自我欺骗的大多数。这时候，在小城里的女人都知道她"疯了"。只有疯子才会做出报复上帝的事情，只有疯子才会自杀。福柯说：精神病人是最正常的人。没有经历过内心的疯狂，谁能看到世界的真相？不肯沉沦的人在理性与疯狂的两极游走，软弱的人在自欺欺人，靠谎言与自我麻醉对抗命运，而最坚强的人却是那些以安静朴实做底子生活的人，尤其是那个看似粗俗的单身男人。影片似乎在靠这个邂逅男人衬托出女人在生活面前的柔弱与无助，这个叫宗灿的男人才是这个世界的力量之源。男主角作为隐形线索，代表的是朴素自发的信仰，强烈且始终不变（对女主角的爱）；女主角则是经历了从"组织化"的信仰到"个人化"的信仰，从对上帝的仰望到"自我审视"（对镜梳妆），这样一个由外到内的成长过程。甚至可以说，是被男主角所感染了（影片结尾男主角站立持镜）。影片中男主人公其实是重点。他代表了这样一类典型人物：有自己完整的世界观，不会被外界轻易改变，学识不多，甚至可以说是庸俗，但是过的是朴素的有真性情的生活。

总体来说，影片中女主角面对人生的痛苦，大致经历了以下阶段：

面对失去丈夫的痛苦，选择带着儿子"逃避"到密阳（主人公对白说"我就是要到这个谁都不认识我的地方，开始一段新生活"）。这个痛苦，是还可以承受的，至少她能够直面，甚至选择了一种"怀念"的方式（回到丈夫的家乡）来处理；面对失去儿子的痛苦，主人公经历了巨大的打击。这时她无意识选择的是更深的"逃避"，即逃避到宗教的关怀中来寻找解脱。主人公信了主，有大约十分钟都是她充满笑脸的独白，说着自己信主后"如何如何幸福"等，然后接着是这么一场戏：她独自吃饭，突然眼眶红红，然后开始念《圣经》的主祷词。接着听到一阵动静，恍惚中以为是自己的孩子又活过来了，结果只是别人家的跑进来的小孩。这个承上启下的段落，至少说明了她仍然无法从悲伤中解脱出来。这是对前面大段"阳光下笑脸"的一种反驳。她希望从"主"中获得力量。这说明了她还是软弱的，信主是为了非常直接的目的。这是人物台词中不可能直接说明的，但导演在镜头中说得很明白。她注定会失望。房间里的声响，正是她念主祷词之后的回应，但是上帝并没有展现神迹。通过这个序幕，就迅速地进入到了下一阶段，"如何失望"。两次"逃避"完全失败后，主人公必须要赤裸裸地直面痛苦。当愤怒、报复或其他人的爱，在巨大痛苦面前都显得如此脆弱无力时，主人公除了以割腕的方式来选择又一次"逃避"，彻底地"逃避"，别无他法。然而从前面愤怒或是报复中，主人公性格中倔强的一面已经显露无疑（其实一开始在小城生活，很多戏中就表现了主人公的"倔强"）。于是尚未消失的最后一丝求生欲望拯救了主人公。在与"痛苦"的最惨烈的交锋中，主人公几乎输了，最后还是侥幸赢了。痛苦使她不能原谅。当她看到杀害她孩子的凶手的女儿在巷子里被人欺负的时候她停下车来了，但是思考之后还是驱车离去，并没有去理会，她对上帝质疑了。当她后来在自杀获得拯救后去剪头发的时候，甚至与杀害她孩子的凶手的女儿谈天。但是内心告诉她，她还是没有原谅，结果头发剪到一半就气愤地回家了。虽然痛苦仍会不断袭来（理发店的戏），但最后剪发的段落，仍暗示了重新审视和重新生活的希望。

在本片多次探讨的一个问题就是阳光，谁都知道《圣经·创世纪》的第一篇就是"神说要有光，于是就有了光"。教会的人也是一直对女主角说"每一缕里阳光里有神的意思在"。而最后的一个镜头就是一缕阳光落在院子里乱七八糟的一角，在阳光里是否有神的意思？神的意思是不是就是在光里，在光下看得更清楚的并非温暖，而是自身的肮脏与不堪？那神的意思是什么？

最后稍微温馨点的画面，暗示她接受了一直在身边陪他的修车老板的爱，原来在自己哭到眼前都发黑的时候，身后还有一束阳光在照耀！这原本就是个不可逃匿的世界，在生命的缺憾中总有一个角落被会照进阳光。像缺陷巨大而不乏善良的人性，像那个一直下意识跟随在女人身边的邋遢单身男人宗灿。他是她内心的秘密阳光，是活下去的温暖希望，就像密阳这个地名的隐喻一样。生活在哪里都是一样的。

或许，我们该在沉陷的时候睁开眼，看看周围？或许，正有一个宗灿，默默地陪伴着你，只是你一直没有发现。

阅读苇岸的日子

我大约是在 2006 年左右接触到他的文字。

在他之前，我狂热地阅读海子的诗歌，那种对于乡村和土地抒情的诗令我着迷。这或许缘于我从小的乡村生活经历，缘于我对大自然的亲切感。后来我又陆续阅读梭罗的《瓦尔登湖》和利奥波德的《沙乡年鉴》。开始对大自然和自身关系有了更多的思考，逐渐从一个阅读者变成一个写作者。我开始了比较自觉地散文写作。但是因为这些作品是翻译文字，我在阅读这些作品和自身的写作上始终存在一种不协调。直到有一天，朋友介绍我读苇岸的《大地上的事情》和《二十四节气》的时候，我才找到了一种更加能够引导我写作的语言，因为他更加符合我的阅读习惯。当然，我最终也没有从他身上得到多少写作语言上的裨益，因为相对于内容来说，语言还是其次的。苇岸的作品更多地在我写作的题材选择上提供了一种方向。从那个时候开始，我陆续写了许多乡村题材的散文随笔。

如果说苇岸对我的阅读和写作产生了影响，还不如说，他对我的人生观的影响是更加显著。阅读他的作品，让我更加明白了

"敬畏、谦卑、节制"等词汇的含义。

因为我曾经有过学习三年园艺的经历，所以我对植物有着特殊的情感。当初选择学习这个专业，也跟我从小接触的乡村环境有关。我在另一篇文字中曾经讲起过，我的一个隔壁的老婆婆对我种植花卉方面的影响。读书时学习的《植物生理学》《土壤肥料学》《农业气象》，也让我对世间万物有了更加透彻的了解，也让我逐渐变成了一个对物候变化、季节转换相对敏感的观察者。因此，很多时候，有朋友遇上不认识的植物，通常会来咨询我，我也十分乐意帮他们解答疑问。

前两日在网络上和朋友谈起花卉，说到重瓣花和单瓣花的时候，我说了一句让大家出乎意料的话：单瓣的花卉比重瓣花卉更加珍贵。此话一出，马上有朋友在群里围攻我，单瓣花卉哪里比得上重瓣花的美丽？的确，单瓣花确实没有重瓣花卉美丽，但是重瓣花是经过人工选育的结果，无法用种子育苗，只能依靠扦插或嫁接或压条等无性繁殖手段来繁衍，并且随着繁衍时间的延长，其优美的性状就会逐渐退化。这是因为，它不是自然的造物，它是人造的。这是人类的骄傲。因为重瓣花卉先天不足，它缺少了神赐予的遗传密码。苇岸曾在《上帝之子》一文的结尾中说："从海洋带来的雨，还要被河流带回海洋。那吃草的，亦被草吃；那吃羊的，亦进羊的腹里。"从中可以可以看出他对大自然的敬畏，对宇宙秩序的敬畏。

而我们现今的世界，自然造物越来越少，人造的事物越来越多。转基因食品就是一个很好的例子。转基因食品和上面说的重瓣花是一个道理，它是人为干预的结果。它注定有它先天不足的地方（没有办法留下种子），现在的中国农村，已经很少有农民还自己保留农作物的种子（大多是每年播种时节去种子公司买种子，这些种子大多无法留种），很多原生物种正在消失，这个现实和苇岸的愿望（或者说是他的忧虑）——"农村永恒"正好相悖。他曾反对美国式的农村城市化做法，主张在改善农村生活条件的同时，保留农业文明的美好遗产。他甚至认为，一个天边小镇，便足以让喧嚣的商业世界感到卑微。我从他的文字中读到了"谦卑"之于我的意义。

　　苇岸反对工业文明的无限发展，认为工业革命以来，被刺激的人类贪欲和消费主义，短短两三百年，便导致了地球资源趋于枯竭和全面污染。而现代人类具有一种被科技进步助长的顺应和放任本能的趋向。阅读他的作品，让我自省自身和世界的关系。做一个人类的"增光者"。让我明白：一种节制的、宁静的、充实的、所求有度的生活方式，会更加适合我。

　　苇岸之于我的意义是说不尽的。他在《大地上的事情》的自序中写道：人皆可以为尧舜。和梭罗说的"每一个人都可以是一座圣庙的建筑师"是同一个道理。这是对人的完整性的崇尚。也是我和我们你们他们毕生需要努力的方向。

后记：童年与故乡

从小，我无拘无束在乡野中生活，对于乡野中的各种事物，如田野边坡坎上的一支茅茅针，一丛蓬蘽果，或是溪岸上搭起来的南瓜架旁飞过的一只黄蝴蝶和红蜻蜓，又或者夏日午后树枝上聒噪的蝉鸣，再熟悉不过。我一日一日与它们相处、亲近，自然而然就喜爱上它们。从对这些事物的观察和感受中，逐渐造就了我一颗善于感受自然的内心。

那个时候，整日浸泡在自然当中，但其实并没有形成自觉的对于自然的保护意识。甚至，我和许多顽劣的孩童一样，对于大自然，极尽破坏之能事。我曾经用爷爷给我自制的竹片玩具刀剑，把南瓜架上的许多张擎着的大叶子"斩首"，我还把这一行为说成是在杀鬼子；我也曾经抓来蚯蚓和田鸡，用剪刀剪碎了田鸡再去喂鸭子；也曾用晾衣杆子捅过燕子窝。可以说，对待自然的野蛮和暴力，那种原始的蒙昧，充斥着我的整个童年时代。但与此同时，我也在与自然的交往中，在潜移默化中，慢慢接受着自然对我的教化。

我母亲对自然的热爱，更多时候是出自于一种朴素的本能。

那个年代物质特别匮乏，母亲通过上山采挖各种野生中草药，例如黄精、玉竹等，到镇上的供销社去卖，贴补家用。在此过程中，她逐渐积累起了对于大自然的热爱。我通常在她的口中得知一些植物的名字，如千里光、接骨草、七叶一枝花，等等。还有邻居郎中长庚、娘姨婆，他们也在有意无意地影响着我。另有一邻居乡村医生，有本《江西草药》，我反复借来读过多次。他怕我小孩子不爱惜书本，往往我还没读几天就来催我归还。这让我从小就养成了爱惜书本的习惯。这本书厚厚的，像一部大字典，对于我认识植物，确有启蒙意义。

在这样的乡村中长大的我，天然地接受了良好的自然教育。这为我后续的成长播种了一颗自然的种子。我中学毕业后去了专门的学校学习园林艺术专业，毕业后曾去农业局水果站实习。再后来，又去进修，去教育学院中文系进修，从此开始接触文学。在此过程中，开始阅读梭罗、利奥波德、雷切尔·卡森、米什莱、约翰·缪儿、普里什文、德富芦花以及中国的苇岸等作家的作品，被生态文学的魅力深深吸引，从此建立起比较自觉的自然生态观。

说到"故乡"一词，于我而言，或许并不妥帖。因为我实在是没有真正意义上离开过我的家乡。这些年，不论是在外求学或工作，我始终与我的家乡保持一种若即若离的关系。一个人，或许只有彻底地离开家乡，故乡之于他的意义才会充分地显现出来。不过，从灵魂意义上来说，我们每一个人都是被故乡放逐的，因为每一颗灵魂注定都是孤独的。

本书中，我从童年生活的记忆出发，从自身的感官出发，去探知、感受和思考我所接触到的乡村中的人、事、物及其命运和存在意义等等。记忆中的一草一木，在四季节律中变化着的万物图景，以及对于置身于这样的环境中的自我与外部世界的关系等等，都进行了有益探索。对于童年生活场景、旧时光中的民俗，俗世中的友情、亲情、孤独感等生命困境问题，也有所探索。

另外，在本书中，我还收录了为数不多的几篇关于观影和阅读的笔记，记录那一刻自己的忠实感受。一些浅陋见解，一并收录在书中，权作充数。

阅读与写作，于我的意义，或许是为了让自己能够更好地去了解、认识世界，了解认识自身，以及怎样去处理好自身与世界之间的关系。在这条路上，我希望我自己可以越走越远。麦家说："读书就是回家。"而我觉得，阅读与写作，对我而言，都是灵魂的归乡。

刘亮程在《我改变的事物》中写到："我是一个平常的人，住在这样一个小村庄里，注定要闲逛一辈子。我得给自己找点闲事，找个理由活下去。"我想，我的阅读和书写，不为别的，就为给自己找个理由，可以更自觉更主动地好好活着，并且能够好好地活下去。

是为后记。谨此感谢为此书的出版给予我帮助的所有朋友们。

2022 年 8 月 1 日，赵玉龙于富春江畔

风起江南·第五辑·

陆春祥／主编

星星落进了小河

戴建东——著

文匯出版社

图书在版编目（CIP）数据

星星落进了小河 / 戴建东著. —上海：文汇出版
社，2022.9
（风起江南 / 陆春祥主编. 第五辑）
ISBN 978-7-5496-3879-6

Ⅰ.①星…　Ⅱ.①戴…　Ⅲ.①散文集-中国-当代
Ⅳ.①I267

中国版本图书馆 CIP 数据核字（2022）第 167896 号

星星落进了小河

著　　者 / 戴建东
责任编辑 / 熊　勇
装帧设计 / 书香力扬

出版发行 / 文匯出版社
　　　　　上海市威海路 755 号
　　　　　（邮政编码 200041）

经　　销 / 全国新华书店
印刷装订 / 成都兴怡包装装潢有限公司
版　　次 / 2022 年 9 月第 1 版
印　　次 / 2023 年 1 月第 1 次印刷
开　　本 / 880×1230　1/32
字　　数 / 835 千
印　　张 / 42

ISBN 978-7-5496-3879-6
定　　价 / 195.00 元（全五册）

尽力猛扑而朗朗仓仓

陆春祥

1

西湖孤山南麓，有三忠祠，奉祀袁昶、许景澄、徐用仪三人。袁昶（1846—1900）为桐庐人，我的老乡，他殿试二甲，官至三品，庚子事变，力谏朝廷不可纵容义和团滥杀洋人与外国开衅而遇害。袁昶诗文、书法、藏书、刊印、西学等，诸业皆有突出成就。

辛丑春节，我一直在读袁昶的日记。袁的日记，持续时间长，从同治丁卯六年（1867）三月开始写，从无中辍，一直到被害前。他的日记还不是一般的记事，侧重在求知问学、克己慎思上，目的就是迁善改过。

看一则"癸酉正月"：

癸酉元日帖子。元日书红云，癸为揆度，酉象闭门。士君子必有闭关千日，研几极深之思，而后有揆度庶务，洞若观火之量。静存仁也，动察智也。

这一年是同治十二年（1873），鸡年春节，袁昶27岁。一个甲子后的鸡年，我父亲出生。袁昶逝后，一个甲子零一年，我也

1

出生了。这样看来，袁昶其实离我很近。不过，年轻人袁昶，思想已经成熟，他虽三十岁中进士，却早已饱读诗书，有着自己独立的见识。

他解释"癸酉"，别有见地。

"癸为揆度"，就是估计现实情况。为什么他关注现实，从他的经历可以看出，他时刻将读书人的目的与责任和现实紧密相连，虽是保皇派，但在处理义和团滥杀洋人的事件上，眼光却远大，做事不能只顾情绪不计后果，虽被杀，不数日遂昭雪，谥"忠节"。"酉象闭门"，这是从字形上说酉字。闭门干什么？你若要有对事情洞若观火的眼光，则必须闭关千日，将冷板凳坐穿，如此才会形成自己别样的眼光，处理好各种政务。袁昶曾任江宁布政使、光禄寺卿、太常寺卿等，在各个岗位都有建树，芜湖还建有"袁太常祠"纪念他。

静存仁，动察智。胸中有仁义，决事才有智慧。这不是一个死守书斋不知变通的读书人，他将所学与现实、读书与修身、思考与反省紧密结合。

写完那则"癸酉正月"，已经过去整整一年。

又一个年三十夜，袁昶吃过年夜饭，往桐庐城里闲逛。桐君山上祈福的钟声不时撞耳，富春江两岸的爆竹尖叫着频频蹿向空中，街上行人已经开始聚集，小儿成群追着叫着倏忽跑过。袁昶抬头望星空，但见北斗星的斗柄已经指向东方，他内心里不断感叹，还有几个时辰，旧的一年转瞬即过，混混与世相处，隼起鹘落，如弹指一刹那，而自己却学业未精，德行也没有进步，真让人惶恐啊。

严格自律的袁昶，每日三省己身，袁昶日记中，他悟出的人

生格言，多得让我双眼停不下来，仅以甲戌年（1874）摘要举例：

人惟无欲，始能刚耳，有欲恶能刚。耐坚苦者，始能进德耳，耽安佚者，则丧德矣。（甲戌正月）

不作无益之事，不道无益之言，不损无益之神，不发无益之虑。

心无二用，自今后作一事竟，再作一事，则心体不疲。（甲戌二月）

抄录七十二岁的黄元同《求是斋记》句：天假我一日，即读一日之书，以求其是；《畏轩记》句：读经而不治心，犹将百万之兵而自乱之。（甲戌六月）

抄录《孙思邈方书》句：口中言少，心中事少，腹中食少，自然睡少，依此四少，神仙诀了。（甲戌七月）

境遇耐得一天是一天，学问长得一天是一天，精神养得一天是一天，嗜欲淡得一天是一天。（甲戌九月）

尽力猛扑，将七阁、四库、三藏、九流、二氏，朗朗仓仓，一齐装满布袋肚子内，此师南皮之法也。（同上）

不见己之善，惟见人之善。不见己之善，故所诣日进，惟见人之善，故无怨于世。（甲戌十二月）

特别喜欢"尽力猛扑"这一句，活画其读书信念与志气。

袁昶要扑向什么？四库、七阁，指清代收藏《四库全书》的七座藏书楼总称；九流，乃秦至汉初的九大学术流派；二氏，佛道两家。南皮，借代籍贯为南皮以张之洞为创始人的学派，该派以汉学、旧学为体，以西学、新学为用。袁昶的阅读，如牛饮，如鲸吸。如此写下阅读的贪念，他暗自笑起，耳边似乎突然响起

《双射雁》中穆桂英的唱词："那绣绒宝刀仓仓朗朗朗朗仓仓放光明啊"。嗯，猛扑，唯有尽力猛扑，胸中才会有光明一片啊！

尽力猛扑而朗朗仓仓，越读越有趣，宛如袁昶就站在清丽丽的富春江边，沐着五月的微风，张开双臂，身子前倾，跟我摆那个猛扑的动作。

2

劲风又绿江南。

风起江南散文系列第二季即将面世。

通读书稿，满心欢喜，文丛的作家们也如袁昶先生一样"尽力猛扑"，他（她）们如饥似渴地扑向经典，努力汲取营养；他（她）们倾力扑向大地，扑向生长养育又骨肉相连的故土，尽情撷取自然的芬芳。他（她），身姿矫健，一路奔跑着穿过光阴，且行且歌。

陈思义的《顾名思义》，山岗峰岩岭，江海河浦溪，城镇街路巷，历史，地理，人物，事件，语言，经济，民族，社会，乡土，风水，作者以一种特殊的文化现象——地名为题，立足瑞安，放眼温州，`东西南北中，细细深探究。语言朴素平实，勾连中西古今，刨根追底，饶有趣味。

赵玉龙的《鸟兽为邻》，村中老屋与往事、树与古井，一帧旧照片、路边的一个镜头，放蜂人、鸭司令、守林人，白花海棠、仙鹤草、青箬叶，过往与现实，身边与周遭的一切事物都凝练成了令人难忘的意象，叙述流畅，语言节制，时有哲思闪光。

金洁的《我很笨》，慢品人间烟火色，闲观万事岁月长。与

爱同行，爱是世间最美好的语言。为他人着想，发现更多的善良与美好，让每一个微笑都抵达对方的心灵深处、宇宙的远方。无论平凡与精彩，四季都要轮回。生命如尘，岁月如歌，且行且惜珍。

侯范才的《年轮之上》，悠久厚重的人文底蕴，如诗如画的水乡风景，父亲的微笑，母亲的马提灯，都在作者笔下汩汩流畅。故乡盛开的槐花，第二故乡鸣鹤古镇，大海与诗歌，老井与石磨，彼此交融，相互辉映，都已融入作者的生命深处，交织成曲，咏而归。

戴建东的《星星落进了小河》，质朴而诚挚的叙述，这是对养育自己的故乡作深情回望。昔日乡村虽清贫与困苦，却也不乏真挚与朴素，童年少年虽艰辛与苦涩，却也饱含梦想与痴迷。往事如烟，那些烟都已织成风景；往事如云，那些云也都酿成了甘露。

3

有人仔细统计了《诗经》中的草木虫鱼数量，计有，113 种草，75 种木，39 种鸟，67 种兽，29 种虫，20 种鱼。

我读过诸多关于《诗经》中草木虫鱼的书，不一一例举。一个简单事实是，这些鸟兽草木，只是赋比兴的喻体而已，我们的先人，想象力极其丰富，他们用这些喻体，隐晦曲折表达自己丰沛的情感。

因此，对这样一部博大无比的百科全书，孔老师自然钟爱有加。

孔鲤从对面怯怯走过来，孔老师叫住了儿子：伯鱼呀，你仔细读过《周南》和《召南》没有？

孔鲤就怕老爸问，一脸茫然：爸爸，我没有读过呢？

孔老师感叹：唉！一个人如果不曾仔细读过《周南》与《召南》，就会像面朝墙壁站着的人一样啊！

面壁而立，不是面壁思过，而是说你什么也看不到，哪里都去不了。

《周南》、《召南》都居十五国风之首，内容侧重夫妇相处之道，教育人修身齐家。孔鲤一定听懂了，他已长大成人，老爸这是要他系统学习《诗》呢，否则，怎么能适应这个社会呢？

孔鲤在父亲的课堂上，已经多次听到老爸这样教育他的学生：《诗》三百，一言以蔽之，思无邪（《为政》第二）。这里的关键是"思无邪"，"思"为发语词，"无邪"，没有虚伪造作，都是真情流露。诗三百，用一句话简单概括，就是真情两字。文学作品最需直抒胸意，最怕无病呻吟。这也完全符合我们先人即兴的咏叹，面对残酷的生存现实，恶劣的自然条件，先人们劳力之余，依然手之舞之足之蹈之，自我找乐。

国风，大雅，小雅，周颂，鲁颂，商颂，三百一十一篇，皆为民众心底里喊出，在广漠大地上回响，宫商角徵羽，有时甚至响遏行云。

真诚希望我们的散文作家，对眼前的一切，猛扑吧，尽力猛扑！不虚假，不造作，用心用情善待所有，包括天地间的草木虫鱼鸟兽。朗朗仓仓，仓仓朗朗，听，美妙的旋律，从旷野上、烟波里、花朵中清晰传来。

壬寅桃月

富春庄

目录 CONTENTS

第一卷 / 岁月留痕

怀念父亲 / 002

讨饭佬客 / 011

逆转的人生 / 018

圆 梦 / 024

接母亲进城过年 / 030

带着老娘游西湖 / 038

我的诗歌兄弟 / 044

吟唱乡愁的"歌者" / 050

邻居小妹 / 055

第二卷 / 乡愁记忆

走进老屋 ／ 060

地名里的乡愁 ／ 067

汤溪城里 ／ 074

村庄往事 ／ 082

代课的岁月 ／ 090

堂 屋 ／ 098

露天电影 ／ 104

儿时校园 ／ 110

云头坞初中怀想 ／ 116

汤 团 ／ 126

第三卷 / 苦乐年华

龙游巣谷 　/　132

记忆中的乡村广播　/　138

莘畈筑水库　/　146

想起蚂蟥叮咬的日子　/　152

我的石匠生涯　/　157

挣工分的日子　/　163

知青往事　/　170

奋斗路上　/　177

圣洁的痴迷　/　180

重逢在三十年后　/　183

第四卷 / 寻梦乡村

夜读梅溪 / 188

九峰秀色润桃源 / 196

青山庵的最后怀想 / 201

探秘太末古道 / 210

湖镇老街 / 216

寻梦白沙溪 / 221

江南雪天 / 226

江南年味 / 231

礼赞家乡 / 237

跋：文学的光芒照耀着生命历程   李 英 / 240

怀念父亲

讨饭佬客

逆转的人生

圆梦

接母亲进城过年

带着老娘游西湖

我的诗歌兄弟

吟唱乡愁的「歌者」

邻居小妹

星星落进了小河

第一卷

Chapter

岁月留痕

01

怀念父亲

清明时节雨纷纷，四月的天气常常与雨水结缘。然而今年清明当日，却迎来了灿烂的阳光。

前几天的阴雨绵绵，江南浸泡在雨水当中，连空气都是潮湿的。难得一遇的好天气，让人的心情变得舒爽许多。

清明回乡下扫墓，是每年必做的功课，这也是江南一带怀念故人、寄托哀思的传统习俗。

穿越一片金黄的油菜花地，在一个翠竹摇曳的山坡上，芳草萋萋的黄土掩埋之下，便是我的父亲。

父亲生性勤劳，一辈子与土地为伴。十八年前，父亲过世后，我把父亲的最终归宿，选在这块他劳作了一辈子的山坡上，这里有他的汗水和梦想，让父亲在此与土地合为一体，可以真正入土为安。

在这个寄托哀思的季节，是所有亲人和故人对话的日子。一杯薄酒，三炷清香，在香火缭绕间，我把所有的思念化作泪水，倾注在这片土地上。摆在坟前的菊花，黄色花瓣艳丽开放着，给荒芜的坟茔增添了几许生气。坟茔边的竹林，在微风吹动下，发出"沙沙"的声响，近似老人哽咽。

长眠地下的父亲，土地的梦是否还在延续？

记忆中的父亲，个子高大，头发花白。贫苦出身的父亲一辈子诚实俭朴，即便是在地方上担任了公社书记，仍然没有官架子，行为举止更像一位老农。父亲生前，交往的也都是四邻八乡的农民朋友，似乎没有达官贵人上门。

父亲虽然在地方上为官，但为人纯朴，行事本分，虽然一辈子没有多大建树，但在儿女们眼里，父亲就是一座山，一堵墙，是我们赖以依靠的大树。无论有天大的事，只要父亲在，就不会害怕。

父亲在世的时候，经常会说起他小时候的故事，曾经行乞的耻辱、帮侬（汤溪方言，帮工的意思）的苦难，深深烙刻在父亲脑海里，是共产党、新中国拯救了他。这种故事我似乎已经听了几十遍了，但每一次父亲说起，我都像初听一样虔诚。

在我读小学的时候，父亲也经常被邀请到学校，给学生上"忆苦思甜"课。在讲台上，苦难已经成为父亲生活中的资本，每当说到动情处，父亲声泪俱下，感染了在场所有的师生。

在父亲眼里，没有共产党，就不会有他这个家，更不会有我们儿女围绕在身旁。

缘于这种情感，父亲对领袖的敬畏非常虔诚，我家的中堂上，永远张贴着毛主席的画像。在我幼年时代，每每犯了错，父亲就会让我在毛主席像前罚站。以致后来，村里人一看到我站在伟人像前，就调侃我说："今天又做错啥事，向毛主席低头认错了？"

至于家庭的经年往事，都是父亲后来跟我说的。

从我爷爷这一辈上，我家似乎就到了一贫如洗的境地。居无片瓦，劳无寸地，家道贫寒，一家人借住在他人家里，靠在富人家"帮侬"度日。

也许贫困让人产生心灵上的寄托，父亲的父亲，就是我爷爷，在听了一位美国神父的祷告后，信奉了天主教。在贫困交加的岁月，冥冥中就有了这么一份寄托，或许是爷爷内心唯一的希望，希望通过信奉天主，能给家庭带来福报。

然而，一切美好的意愿，都在残酷的现实面前，被击得粉碎。天主并没有给爷爷一家带来好运，相反，家里越来越贫穷了。

爷爷常年劳累，积劳成疾，渐渐地不能从事繁重体力劳动，家中也就时常断炊。就在父亲很小的时候，爷爷因患病得不到医治就早早过世了。

失去顶梁柱的家，从此更加破败不堪，不到十岁的姑姑，不得不送到别人家当了童养媳，家中仅剩下我奶奶与父亲孤儿寡母艰难度日。

缺吃少穿，小时候的父亲经常靠隔壁邻居接济着，饥一顿饱一顿地度日，父亲说，他曾经到富人家的桃树底下拾烂桃充饥，也曾经在大年三十除夕夜，到荒废的冬田里，捡拾萝卜根，拿回家用清水煮着充当"白切肉",甚至到山岗上收拾别人丢弃了的死人衣服,拿回家浆洗后穿着。

苦难的日子,就这样一天一天地煎熬着。

为了活命,父亲在七岁时,就去了财主家当放牛娃,因为年纪小,没有工钱,只为一日三餐能够填饱肚子,甚至还要忍受东家的辱骂和鞭打。奶奶也远离家乡,去了兰溪县城当女佣,从此一家人天南地北,难得相聚。

"帮佣"的日子不好过,端人家碗,受人家管,每天遭人白眼不说,还得低三下四,唯唯诺诺,像牲口一样活着。

有一次,在兰溪当女佣的奶奶回到村里,碰巧父亲在放牛时抓到一只土鳖,本想拿回家和母亲炖着吃,不料被东家看到,就说在他家当工,一切都是他的,硬生生被抢了去。

身为下人,一切都没有话语权,穷人命贱呢。

在父亲25岁这年,迎来了汤溪解放,共产党的部队进驻家乡。父亲发现,天,开始变了,东家对雇工客气了许多,穷人不再低人一等、不再受人欺负了。

共产党的南下干部,住到村上,没有与有钱人交往,而是专门找贫苦的农民聊天,找得最多的,就是家里最穷的父亲。由于父亲没有住房,一辈子都借住在东家的牛棚里,这位南下干部晚上就和父亲住在了一起。

就在这个牛棚里,点燃了父亲革命的火种。从南下干部嘴里,父亲了解了打土豪、分田地,了解了土地革命,了解了天下穷人翻身做主的大道理。

看到父亲孤身一人，了无牵挂，又是贫苦农民出身，这位南下干部就问父亲，愿不愿意跟随他一起参加革命？在听的革命道理多了之后，一无所有的父亲觉得这是一个改变命运的绝好机会，是一条能让穷人当家做主的光明大道，所以，他想都没想，立马就答应了。

从此，不到三十岁的父亲，凭着对革命理想的认可，跟随着这位南下干部，参与了组建农会、减租减息等工作，每天奔走在土地改革的最前沿。

后来，父亲入了党，并被派去参加识字速成班学文化，回来后就成了政府工作人员，从此不再是遭人欺凌的"帮佣客"，不再是一无所有的放牛娃，而是一名国家干部。

在我幼年时，我曾经目睹过父亲背着三八步枪，骑着带有红色公车标识的自行车，往返于乡政府与村庄的小路上。背着枪的父亲，形象高大，威风凛凛，让我在小伙伴们面前，挣足了面子。

这，是我最敬佩父亲的地方。

从乡政府，到人民公社，无论基层体制如何变化，父亲永远是党的忠心追随者。尽管"文革"时期，父亲也曾挨过批斗，但他从未怀疑过自己的信仰。其间，父亲进过知青砖瓦厂，修建过莘畈水库，无论身处何地，他始终以一名共产党员的信念，兢兢业业为革命工作，一直干到20世纪70年代末才光荣退休。

父亲退休后不久，农村实行土地承包到户，我刚满15周岁，正好高中毕业了，带着一脸书生气回到农村。由于年幼体弱，没有从事过农田劳动，父亲便重新拾起了老本行，承担起了安排全家四季农事的职责。

当年，父亲是一个严厉的人，在他眼里，农民，就得要像个农民的样子，日出而作，日落而息，这是亘古不变的原理。无论天晴还是雨落，农民，都得出畈劳作。晴铲草，雨排涝，总之，父亲总会想到让我到田里劳动的理由。

我的隔壁邻居，听得最多的话，就是我父亲喊我出工的声音。

少年时期的我，贪图安逸，加上对农事的厌倦，时常会因为出工而与父亲顶嘴。而此事，父亲便不再与我争辩，只会默默地扛起锄头，闷声不响地一个人钻进风雨之中。

看到退休后的父亲，仍然像个老农一样辛苦劳作，我的眼里常常会盈满泪水，他本该拥有安享晚年的生活，现在却要像个农民一样，风雨无阻地参加劳动，完全是因为我没有通过读书在仕途上有所作为，父亲是因我当了农民，而重新回归农田的。

于是，自责、愧疚、无奈，多种情绪纠结在我心里。我也常常因自己的没出息而让父亲老来受累而内疚，这种情绪在此后很长一段时间里，都萦绕在我的心头，挥之不去。

要改变父亲的晚年生活，就得先改变我自己的生存状况。于是，我想离开家乡，去远方奔跑，我梦想到城里，开创出自己新的天地。

"手中有粮，心中不慌。"饿怕了肚子的父亲最钟情于土地，他说中国有十亿农民，极力反对我走出农门。他信奉，外出求财，不如归家创业，只要锄头柄捏得紧，土地里照样能刨出金元宝来。

然而，一心想逃离农村的我，忤逆了父亲的意愿。

我去了工地，挖过下水沟，去了码头，扛过水泥包，在此后的日子里，我辗转在水利工地和建筑工地上，做最苦的活，赚最累的钱，做最卑微的人。

每天繁重的体力劳动，让人的身心都已经麻木了。

一晃十多年过去，命运似乎和我开了个玩笑，在城里谋生，并不显得比乡下轻松。我没有出人头地，依旧是一个进城谋生的"打工仔"，居住在乡下的父亲却因经年劳累，活得更像农民了。

在工地的日子里，我别无爱好，不会打牌，不会耍钱，甚至不会抽烟喝酒，工余时间根本找不到玩伴。我只好躲在工地的工棚里，就着微弱的烛光，开始自学，开始博览群书。

书中自有黄金屋。我知道了尼采的《不合时宜的思考》，了解了路遥的《平凡的世界》，在自我陶醉的世界中，我从唐诗宋词中寻找古人对话，并知晓了许许多多生活中遇不到的名人轶事。

由此，我也找到了用写作宣泄自己内心告白的途径。

从最初的《金华日报》上一小块"豆腐干"，到后来全国性杂志上的三四个页码，我用手中的笔，涂抹着自己内心深处的色彩，这是一块为人不知的领地，是属于我自己的心灵净土。每当夜深人静，我会铺开稿纸，默默地沉浸在自我的世界中，让思绪驰骋在遥想的空间里。

稿子见报多了，渐渐地我在当地有了小名气。后来，我应聘进了报社，从一名建筑工人，变成了新闻记者。

仍在乡下务农的父亲，怎么也想不到，我竟然会成了一名记者，成了一名受人尊敬的文化人，他也因为我成了党的宣传工作者而感到自豪。

"能做党的宣传员，这是一件很有意义的事，要好好努力，不要辜负领导对你的信任和期望。"父亲当年的话，犹在我耳边回响。

然而天有不测风云，在2001年春节过后不久，酷爱看戏的父亲，在骑自行车去外村看戏途中，不慎跌落莘畈溪中而遇难。

记得接到家人电话时，已经是下午五点多钟，我刚刚完成一个采访，还没顾得上写稿，就匆匆雇车赶回老家。

夜色渐深，在莘畈溪中戴桥头，一大群人围在溪滩上，隐隐传来母亲悲切的啼哭声。我脑子一片空白，下车直奔溪滩。只见父亲浑身湿漉漉地躺在木板上，两头点着幽暗的长明灯，纸钱的香灰弥漫在空中。

跪在父亲身前，我欲哭无泪。

我感觉天旋地转，一切都像在做梦一般，只有眼前嘈杂的人声，又发现这不是梦，而是真实发生的悲剧。我眼眶再也圈不住沉重的眼泪，滴落在溪滩的草地上，混合在露珠间渐渐地变冷。

真的好想大哭一场，为我父亲突遭的不测。

莘畈溪滩周围人声嘈杂，我迷迷糊糊却听不出他们在说什么。整个溪滩的上空，弥漫着悲怆和凄凉。后来，我竟不知是谁扶我回的家，只觉得自己移动着沉重的双腿，一步一步往家挪动。

劳苦了一辈子的父亲，还没来得及享受到儿女孝敬他的日子，竟然以这种灾难性不测作为结局，就这样匆匆走完了一生。这让做儿女的，怎不肝肠寸断，悲痛欲绝？

后来在殡仪馆召开的追悼会上，我宣读了父亲的生平，表达了父亲一辈子忠于党、忠于革命的信念。在说到父亲苦难的童年时，我悲苦难忍，泪水纷飞，让在场的宾客为之动容。

人的一生，就这样短暂，像一页书，说翻就翻过去了。

而今，又到了清明节，我站在父亲墓前，静静地回忆着父亲生前一些残存的记忆……燃烧纸钱的烟雾在墓碑前缭绕，慢慢升腾的烟雾中，我似乎听到父亲仍在叫喊着我的名字，催促我下地劳作的情景。父亲的音容笑貌，似乎在头顶的云端注视着，让我觉得亲切而又慈祥。

十八年过去了，当年逃离农村、进城做泥瓦匠谋生的儿子，如今在城里买房安家，身份也从最初的工地打工者，到报社聘用记者，最后成为新闻中心副总编辑，成了真正意义上的区管领导干部。

而这一切，长眠地下的父亲是不知道的。

堪以告慰父亲的事，这么多年来，我一直秉承着父亲的教诲："听党的话，勤奋工作，诚恳做事，朴实做人。"父亲的话，如同家训一般影响着我的人生，规范着我的行为举止，容不得我有丝毫马虎，这也是我工作和生活中的戒律。

安息吧，我的父亲！

讨饭佬客

乞丐，在我们乡下称"讨饭佬客"。

记得我小时候，大概是 20 世纪六七十年代，经常会有一些衣衫破旧、浑身污秽的人，蓬头垢面，步履蹒跚，身上背着好多个口袋，沿着乡村小路，一个村庄接着一个村庄奔波，挨家挨户乞讨生活。

这个特殊群体一般都零散出行，白天走村串巷，晚上则在村边的破庙、凉亭等地歇脚。硬着头皮，厚着脸皮，到每家每户门口，"爷爷、嬷嬷"地叫着，期待着户主施舍。

讨饭佬客都是有一定标记的，除了衣服破烂外，还有就是胡子拉碴，不修边幅，有的还用稻草绳绑在腰间，把破布片似的衣服扎牢，然后一手提着"讨饭棒"，一手握着"讨饭碗"，走东家，串西家，如同戏文中的丐帮子弟。

对于讨饭佬客来说，行程没有目的地，一般走到哪、讨到哪、歇到哪，东家一碗粥，西家一碗饭，主人家施舍什么，乞讨者接受什么。每条道都有自己的行规，给啥接啥，不能拒绝，即便是再难吃的饭食，也得当作人间美味咽下去，"讨饭嫌馊"可是行业大忌。

我的老家地处江南米鱼之乡，虽然不是富庶之地，但田产丰盈，米粮充足，加上水旱无忧，只要肯花力气，一日三餐不成问题。所以，一些外地人便会一拨接一拨地上门来乞讨。吃百家饭，穿百家衣，乞讨者到农户门口后，把手中的破碗一伸，嘴里"大姐大妈"叫着，等候着主人施舍。

当年，我们村来的最多的讨饭佬客，都是安徽、四川等地人。乞讨的理由，不外乎家乡水灾、旱灾，庄稼颗粒无收，一家人青黄不接，无奈之下，只好出来乞讨，以便渡过难关。

他们有的单独出行，有的拖家带口，随身带着三四个口袋，无论是讨到米或番薯，都装进口袋，到了歇脚的地方，再分类归并，积余到一定数量后，就把能换钱的米卖掉，揣着钞票回家。

以前农村都比较贫穷，家家户户的口粮也都算计着吃。但乡下人善良，尽管自己家道不丰，但乞者上门，多多少少总得施舍几许，或是几分钱，或是一把米，抑或盛一碗饭给他，尽量不让行乞者空手而返。

在我的家乡信奉着一句俗语：上门不疏客。

但也有鄙视行乞者的人家，远远看到乞讨者走来，就早早地把大门关上。或者是对行乞者的声音充耳不闻，只当没听见。此时，讨饭佬客都会很明智地"换一家门口"，而不会死皮赖脸待在他家门前不肯走。

我父母都是善良的人，看到乞讨者上门，尽管家里也不富裕，但总会施舍一点，或是一把米，或是几分钱，按母亲的话说是："出门都不容易，不是没有办法，谁会上门来伸手啊？能帮一点就帮一点，我们省一口，他就能填饱肚子了。"

乡下的狗也是很势利眼的，有道是："狗咬破衣衫。"看到讨饭佬客走来，即便是平时不吠的狗，也会朝着"汪汪"两声。一条弄堂里的狗叫了，紧接着附近弄堂里的狗就跟着叫，或朝着狗叫的地方"凑热闹"。

看到狗从远处奔来，讨饭佬客一般也不慌不忙，他们或许对狗吠已经司空见惯了，只是扬扬手中的棍棒，把狗赶跑就没事了。而我们这群半大小孩，看到讨饭佬客，则是跟在后面看热闹。

很多讨饭佬客，都会胡乱编唱几句戏文的。

"大姐大姐心肠好，受苦人儿上门讨，搭发一点是一点，无有搭发换别家。"夹杂着南腔北调的唱词，让我们感到新奇。也许是途中寂寞，看到有小孩跟在边上，讨饭佬客就会唱得更加起劲，胡乱编谄的唱词，往往把我们带进一个陌生的世界。

"不好好读书，以后做不起饭吃，就去当'讨饭佬客'。"这是父母对我们子女教育时讲得最多的一句话。

讨饭佬客中，除了伸手乞讨外，还有一些卖唱乞讨的，这类行乞者一般二三人结伴而行，到农户家门口，也不问你要钱要米，只是对着大门一个劲地拉二胡，唱戏文，也有捞道情，打莲花落快板的，八仙过海，各显神通。

一些心地善良的人家，只要唱词一开响，便会打发几分钱或米粮等物，好让行乞者换门乞讨。也有一些人家，往往要等行乞者唱完整个戏词，才肯施舍。有的还会鼓动："来来来，没听过瘾，再唱一段。"或者许诺"再唱一段"就另外加赏。在精神生活极其贫乏的日子里，能听一段讨饭戏文，也是茶余饭后的一点娱乐消遣。

但也有人传闻，说这些讨饭佬客看上去可怜兮兮的，其实家道殷实。虽然他们穿着破旧，但在老家都建有三五间大瓦房，家里还养着大水牛呢。在乡下人眼里，家里能建得起大瓦房、养得起大水牛的，都是富裕人家。

只是传闻的真实性，无人能够考证，毕竟没人亲眼见过。

除了外来乞讨者外，在我们家乡本地，也有几个固定的讨饭佬客。在我很小的时候，讨饭佬客中的代表人物就是"三十两"。

"三十两"当年三四十岁，是莘畈山里人，真名叫什么也许无人知道，只知他身高大概一米三左右，应该是侏儒症患者。听说他出生时只有"三斤"重，体形小巧，从此，人们就给他取了个绰号叫"三十两"。

乡下有条不成文的规矩，绰号叫顺了，就会顺理成章，替代了原来的大名。成年后的"三十两"身高长到一米三就固定了，而且腔调一直童声童气，人小，头小，手小，脚小，加上小眼睛，小嘴巴，纯属一个"袖珍人物"。因为个子矮小，不能从事农事劳动，也就挣不了工分，没办法靠劳动养活自己。

在乡下，农田劳动靠的就是力气活。"三十两"由于身体原因，干不了体力活，所以一辈子没结过婚，一直以来都在本地乡村从事行乞活动。在汤溪、洋埠、罗埠、蒋堂一带，村村落落都留下过他的身影。

对于"三十两"，我小时候是心存恐惧的，尽管他脸上总是笑眯眯的样子，但圆圆的小眼睛有时也会透露出狡诈的目光，特别是看到小孩子跟在他后面起哄时，他也会扬起手中的"讨饭棒"，做出想打人的样子。这时，我们往往会吓得四处逃避。

大人看到我们跟在"三十两"后面，往往会戏称："'三十两'，你收不收徒弟？把这几个小鬼带带去做徒弟算了。"而"三十两"就会伸出手来说："来来来来来，帮我去背袋。"吓得我们四处躲避。看到我们害怕了，"三十两"就会开心地大笑，然后又走进一条弄堂，站在一户农家门前，乞讨他的中餐。

在莘畈溪沿途村庄，"三十两"是家喻户晓的人物。从我懂事起，就知道他一辈子从事讨饭生涯。有时，父母对不听话的子女，也会恐吓说："再不听话，'三十两'来了，就让他带带去讨饭。"这时，不听话的儿女都会惊恐地缩在边上，再也不吵不闹了。毕竟，跟着"三十两"当讨饭佬客可不是什么好行当。

在汤溪一带还有一个讨饭的代表人物，就是"连朝"。记忆中的"连朝"人长得高高大大，有手有脚，身强力壮，只是年轻时好吃懒做，疏于农活，以致后来四季农事不分，沦为乞丐。

身体健壮的"连朝"除了不肯劳动外，有一个特点就是嘴巴甜，看到谁都称好，好，好。他还有个特殊的嗜好，就是每天都要洗澡，即使冬天下雪起冻也不例外，有人曾经看到他在冬天的早上，在村口的小溪边，敲破冰块到溪中洗澡。

"连朝"乞讨消息非常灵通，四乡八店谁家有红白喜事，他可能最早得知，然后不管多远都会早早赶过去。家有好事的农户，一般都不会与讨饭佬客计较，看到"连朝"上门，就会盛一大碗饭，倒一碗米酒，外加一块红烧肉，让他站在门口角落里吃饱喝足。

这时，"连朝"的甜嘴巴就发挥了极致功能，他在接过主人家递来的酒和肉之后，会极其夸张地惊叹："啊呀呀呀，你家的肉真大块，真大块喂，酒倒得真满喂，发财发财真发财哦。"行乞者吃得开心，施舍者听得满意，两者皆大欢喜。

"连朝"虽然讨饭为生，但他很有自知之明，也知道当讨饭佬客不是什么光彩的事。他看到我们小孩在边上，就会说："小鬼，读书读好来，长大赚钞票，不要像我去讨饭。看看这个小鬼长得聪明，肯定有出息。"

对于"连朝"毫无厘头的话，我只是一笑了之。

到了 20 世纪 80 年代，农村实行土地承包责任制后，大凡能干活的劳动力，都能凭自己的努力过上好日子了，我就再也没听到看到"三十两"和"连朝"上门来乞讨的身影，甚至听不到这两人的消息了。

只是听说，"三十两"和"连朝"，都被人请去守山了。守山，就是在山里搭一间小草房，住在山里，守住山林毛竹不被人偷，这样可以赚几块工钱，不至于上门乞讨，好歹也算是自食其力了。

再后来，听说以前当讨饭佬客的孤寡老人，都被政府收进了敬老院，每天有吃有住，每月还有零花钱，过上了衣食无忧的生活。赶上了好时代，这些讨饭佬客再也不需要风吹雨淋上门行乞，再也不需要风餐露宿居无定所。

在汤溪敬老院里，我还看到过"连朝"坐在大院的椅子上，沐浴着冬日的阳光，悠闲地闭目养神。当问他日子过得怎么样时，他的"甜嘴巴"一下子又发挥了极致功能："还是政府好啊，有吃有住，样样不用愁，日子真正有味。"

现如今，随着农村养老保障机制越来越完善，各地都相继建设了敬老院和居家养老中心，孤寡老人再也不愁吃不愁穿不愁住了。讨饭佬客，这一特定历史时期的特殊行业，也随着社会的发展而销声匿迹。

逆转的人生

　　题记：有一种喜悦叫奋斗，有一种财富叫磨难。此文与一切与命运抗争的同人共勉。

　　记得有这么一篇文章，题目叫《我奋斗了十八年才和你坐在一起喝咖啡》，说的是一位农家子弟，历经多年磨难，终于走上成功之路。读了这篇励志短文后，我心潮起伏，久久不能平静。回想自己的人生历程，虽然不能说成功，但经过自己的努力，总算改变了一个农村打工者的命运。

　　我出生于浙西南一个偏僻的农村，连绵的黄土山坡围绕着村庄。纯朴的乡村给了我憨厚的秉性，也给了我坚韧的性格。1981年7月，我中学毕业后，没有挤进那条千军万马齐拥堵的"金光大道"，只能带着无限惆怅和未完成的梦想，回到生我养我的故乡，重新面对泥泞的小路、苦涩的井水和低矮的瓦房，成为一名落榜回乡的农民。

对于名落孙山后心情极糟的儿子，老实且有些年迈的老父并没有过多责怪，只是轻轻地叹息一声说："甭恼了，只要手中的锄头捏紧点，不愁地里刨不出吃的来。"我鼻子一酸，撂下肩上的行李，默默地从门后抢起一把锄头，扭头就向田野走去……

劳累了一天，我腰酸背痛，四肢乏力，浑身的骨头像散了架似的。躺在吱吱作响的竹椅上，我不住地反思自己：日出而作，日落而息，我就这样平庸地过一辈子了吗？我想改变这种生活状态，我不要再像我的父亲一样，一辈子守着贫瘠的土地，去圆一个温饱的梦。

终于，我在同乡们的鼓动下，背起行囊，来到城里开始了漫长的打工生涯。我在码头、车站和建筑工地上，从事着繁重的体力劳动，都市里的灯红酒绿离我是那么遥远，我只能在城市高傲的目光下，艰难地活着。等到夜深人静后，我才会躺在工地一角的草棚里，幻想着心中的梦。

建筑工地是一个很复杂的地方，三教九流、五花八门的人都有。在他们中间，我却更像一个书生，工棚的木板"床"上，叠着厚厚的书，以至于工友们嘲笑我："哟呵，你是出来打工赚钱还是来读书的呀？"这时，我只能报之一笑。休工后，工友们有的到小店里喝酒、看录像，有的坐在油灯底下起劲地打着牌，我就躲在偏僻的角落里，点上一支蜡烛，在微弱的烛光下，读着心爱的书。当他们为几块钱的输赢争得面红耳赤时，我的心早已飞往神圣的殿堂。

也许少年的梦想是多姿多彩的，怀着从小对文学的爱好，我就在劳作之余，拿起久违的笔，记录下打工生活的点点滴滴。而后鼓起勇气，把这些零碎的思绪化作梦想投进了邮箱，寄到我神往的地方。也许同许多业余作者一样，历经了一次次泥牛入海的噩运，我的一块豆腐干终于在报纸的角落里刊出了，小小的收获令我兴奋了好多天。

一晃就是十多年，一切似乎都没有任何改变，我仍旧在工地上做着繁重的苦力，并做着自己的作家梦。一个农家孩子，要想出人头地，要么读书，要么当兵，除此之外，好像别无出路。因为没有人会相信，一个工地打工者能写出什么花头，但我却从未放弃过心中的追求。农民的呼声和要求，打工者的苦恼和郁闷，一切都是我笔下的素材。

我虽然不是正式的记者，却像新闻战线上的"土八路"一样，秉笔直书，敢为人民鼓与呼。几年下来，我除了不停自学外，还在报上陆续刊登了不少文章，有为贫困学生寻求助学款的，有为打工者催讨工钱的，更多的是宣传改革开放以来农村的喜人变化。歌颂真善美，鞭策假恶丑，情注笔尖，痴心不改。

每发表一篇稿子，我都精心剪贴在样报本上，几年下来，竟积攒了厚厚的三大本。于是，我在打工者行列里渐渐地小有名气，他们有什么烦恼和忧愁，都愿意向我倾诉，我则用自己手中的笔，尽最大的能力给予帮助。

机遇其实是很偶然的，有一次，我在路边捡到的一张报上，看到了一则启事：某报要招聘 4 名记者，但条件比较严格，要求具备大专以上文凭。可我只是一个中学生，但我不想放弃这次难得的机会，就带着十几年来几大本剪报样稿，大着胆子跑去应聘。然而在报名处，我因拿不出大专文凭而被拒之门外。面对这次机会，我一个劲地向负责招聘的人说着好话，恳求给我一个应考的机会。

也许是我的诚心打动了上帝，负责招聘的工作人员在看过我的简历和作品后，给我开了绿灯，答应先让我参加考试。在我填写报名表时，这位负责报名填表的大姐还在我耳边告诫："这次考试可是高手如云，你一个中学生，和这些大学生相比，成功的可能性有多大啊？"但我对好不容易争取到的考试资格，内心早已十分感激，其他的话都不再重要了。

这次招考，全市共有200多位应聘者，其中不乏本科毕业生，还有中学语文老师，就我一个是中学生，还是一个打工者。但我凭着初生牛犊的勇气，和他们一起参加了笔试，并以笔试成绩第二名取得了面试资格。

参加面试时，考官们的目光是森严而冷峻的。也许我这个特殊的打工者让考官们感兴趣，他们询问了我的人生经历和追求目标后，相互交流了一阵，然后频频点头。浙江日报社的一位姓严的主考官还是忍不住问我："你真是在打工时积下这么几大本剪报样稿？你真的很不容易啊！"就这样，功夫不负有心人，我闯过了一道道关口，终于如愿以偿，实现了当记者的梦。

这些年里，我以一个打工记者的身份，兢兢业业，勤奋工作，多年来，我有2000多篇稿件在中央、省、市级报刊发表，所撰写的文学、新闻稿件，多次在省市竞赛中获奖。在不断完善自我的奋斗中，我还参加了大专函授学习，通过学习，更加磨炼了自己的意志，提高了个人素养，同时也悟出了人生的真谛：一个有知识的人能改变自己的命运，一群有知识的人能改变国家的命运。社会就是这样，优胜劣汰，适者生存。

特别值得庆幸的是，通过我自身的努力和目前所取得的成绩，2006年11月，我的人生道路又发生了转变。婺城区委、区政府在组建新闻中心之际，经书记办公会议专题讨论，打破了传统的用人机制，以人才引进的方式，破格将我从一名打工者特招为正式事业编制人员，招录进新组建的婺城区新闻传媒中心，并担任新闻部主任一职。

在新的岗位，我全心投入，不敢有丝毫怠慢，认真做好本职工作，每天的工作就是采访、写稿、编版，还积极做好主题新闻的策划工作。2016年7月，经单位领导推荐、组织部门考察，我被任命为婺城区新闻传媒中心副主任、《今日婺城》副总编辑，成为副科级区管干部。对此，我只有继续努力学习，不断提高自我，做好本职工作，才能回报组织和领导对我的信任和赏识。

如今，我在中央、省、市各级报刊上发表文学、新闻作品200多万字，二十多件作品获省市级新闻、文学作品奖。1998年，我在中国国际出版公司出版了诗合集《九峰派诗选》，2006年，我有六首诗作入选《当代青年优秀诗歌作品选》。我采写的新闻稿件，刊登在了《人民日报》《浙江日报》上，我创作的作品《路在脚下》荣获全市打工青年文学征文二等奖，我撰写的个人经历《生活的乐曲靠自己奏响》，荣获金华市职工读书征文一等奖、浙江省职工读书征文二等奖，全国乐趣网征文二等奖。2009年又荣获市级先进新闻工作者。2015年，我在中国言实出版社正式出版14万字的个人散文专著《行走田园》。

有句老话叫作：出身虽不能改变，命运却可以重写。这句话说明人生就是一部奋斗的历史。高尔基有着苦难的童年，但他牢牢扼住命运的咽喉，奏响一曲生命的欢歌；贝多芬双耳失聪，但他的心永远跳动着积极进取的音符，终于成为世界音乐界不朽的人物；残疾人霍金在人们心目中永远不会逊色于那些青春亮丽的偶像，他以渊博的学识、伟大的人格魅力赢得了世人的敬仰。

我虽不能和伟人相提并论，但我从自身的进步中悟出了人生的真谛：王侯将相，宁有种乎？如今，不管是坐在豪华宾馆里向老总们采访，还是在乡间小居里与农人们谈心，我始终不会忘记自己曾经是一个打工者。特别是碰到有打工者前来求助，并且在我面前卑微地自谦时，我很想说一句：朋友，十几年前，我和你们一样，也是一个打工者，也是每天都在脚手架上干着粗重的活谋生的。但是我坚信，命运永远掌握在我们自己手中，只要我们不放弃自己心中的理想和追求，身处逆境不气馁，并朝自己认定的目标不懈奋斗，就一定能实现人生的价值。

圆　梦

　　毕业了，五年多时间，一千八百多个日日夜夜的伏案苦读，我这名中学生，终于换来了中国人民大学网络教育学院汉语言文学专业本科文凭。这时，我已经 54 岁。

　　上岗之前，文凭很重要；上岗之后，能力很重要。没有文凭，再好的能力都没有上岗的机会；再高的文凭，没有能力也难以有好的发展。不管怎么说，文凭显示的是人的素质和水平，是一个人就业应聘的"敲门砖"。想去读一个大学文凭，也是我多年来的梦想。

　　三十多年前，我中学毕业后，因没有考上大学，只能步入社会打工。因为文凭低，求职无门，我无缘进入好的单位就业，只能辗转在各个建筑工地上做泥瓦匠。工地上人员纷杂，我难以静下心来读书。加上前几年，因为生活所迫，上有老，下有小，需要养家糊口，也没有精力去进修学习。但是，我心中的大学梦，一直没有停过，总是幻想着有朝一日，也能成为一名大学生，圆了我的大学梦。

直到女儿大专毕业后，我再次起意要去报读大学文凭。

现在社会上大学生比比皆是，大专毕业已经很难找到满意的工作了。好在现在各地都有函授教育，为了鼓励女儿去报读函授本科，我就陪她去了电大报名，女儿报读汉语言文学本科，而我则报读汉语言文学专科，父女俩在同一所学校读相同的专业。

报名的当天，学校里熙熙攘攘，到处都是前来报名的年轻人，我混杂其中，感到有些滑稽，甚至有些无地自容：我这副老花眼，混在一群近视眼中，多少有些尴尬。在我报读的汉语言文学专业班里，我应该是年纪最大的一个。

填表，交费，拍照，一切都按手续进行着。特别是在填表时，其他学生的年龄栏里，都是填写23岁、25岁之类，而我大笔一挥，填写了49岁。别人报名表上贴的照片都是俊男靓女，青春风采照人，而我却是个名副其实的"大学生"，头发谢顶，满脸皱纹。学校老师也觉得我这个"大学生"比较特殊，但他们都鼓励我，支持我，没有丝毫的嘲笑和戏弄，甚至对我这么大年纪还有勇气来报读大专，表示了敬佩之意。

在电大举行的开班典礼上，班主任老师的话，我记忆犹新："你们是从社会各个阶层进来的，经过两年半的学习，你们将成为一名大专毕业生，这是一次充实自己、提高自己的机会，你们要好好珍惜。"

从学校出来走上社会都已经快四十年了，我没有想到还会坐在教室里，和一帮小年轻同堂上课，这让我感慨万千。

以前年轻时，在学校没有好好读书，以致误了自己的前程。如今，到了知天命的岁数，才感到知识的缺乏，认识到文凭的珍贵。特别是在知识更新换代极速变化的时代，对文化、对知识的渴求愈甚。加上单位里的年轻人全是本科生、研究生，就我一个中学毕业生混在其中。每当年轻的同事尊称我为老师时，让我诚惶诚恐，也让我时时感到危机。

人无远虑，必有近忧。这份迟到的醒悟，足以提醒我好好把握时机，不可虚度年华。

函授教育，一般都是网上自学为主。注册入学之后，我白天正常上班，几乎每天晚上，都要登录到学习平台，查阅资料，浏览课程，听取视频讲座。对每一门学科，都像对待一项新行业一般，细致了解内容，生怕疏忽了某个细节。

大学的课程，对我来说，都是陌生的、新奇的。我报读的专业是汉语言文学，许多课程都似曾相识，古代文学，现代文学，外国文学，很多课文，我在平时就读过类似的书籍，所以，学起来不是很困难。难的是大学英语，单词、语法、音标，对我来说，都是陌生的、遥远的、茫然的，每一个单词，每一个词汇，都要靠死记硬背才能记牢。

同一个班里，其他同学都比较年轻，而我夹杂其中，多少有些尴尬。记得有一次在电大教室参加考试，我夹着一只包走进考场，很多同学还以为监考老师来发试卷了，一个个正襟危坐，而我只好悻悻地笑笑说，我不是老师，我和你们一样，也是学生，也是来考试的。

话音一落，惹得教室里一阵哄堂大笑，这笑声的背后，让我感到无奈。起先，我还有些自卑，但时间长了，也就习以为常了。同学们对我这个大叔级别的"大学生"表示着友好和善意，当然，也对我这么大年纪还来电大报读大学专科有些好奇。

"大叔，你都快退休了，还来函授读大专，文凭读出来还能有什么用吗？"每当听到同学们对我提出这样的疑虑，我竟然无言以对。是啊，都快退休了，读出了文凭，还有什么用呢？抛开"活到老、学到老"的高调，我只能笑笑说："我或许是闹着玩呗，读书挺有趣的，再说，经常和你们年轻人在一起，我也显得年轻点嘛。"

对于文化知识的渴求，我近似于有点"亡羊补牢"，特别是在网络科技越来越发达的今天，互联网技术已经遍布每个角落。如果我们还是用传统的观点和技能去应付社会，已经不合时宜了。时势倒逼着我们去努力，去更新，去进取。

当"要我学"转变为"我要学"之后，人的积极性和主观能动性都得到了空前的发挥。每门课程的教材学习、作业完成，我都以百分之百的努力进行着。假如，当年读书时代，有今天的十分之一努力，我也不至于高考时"名落孙山"、榜上无名。

两年半时间很快过去了，我在完成了二十来门专业课程的学习和考试之后，如期取得了汉语言文学专业专科文凭。看了一纸薄薄的证书，我感到为之付出的九百多个日日夜夜终于物有所值，个中艰辛只有自己才能体会。

有了大专文凭，就可以继续专升本。尽管很多人都劝我：算了，有大专就行了，都这么大年纪了，本不本科，有什么关系。但是，我还是坚持报读了专升本。

又是无休止的电脑查阅资料，收听视频讲课，完成网上作业。对每一门学科，我都不敢掉以轻心，总是以最紧张的心态去应付高难度的课目。别人晚上散步、打牌、喝酒，我都极少参与。夜深人静，我总是静静地坐在电脑桌边，琢磨着我的唐诗宋词，钻研着文学的抽象与意境，沉浸在古今中外的名著当中。

本科学习，一般的科目还能应付，最难的就是毕业论文和计算机全国统考，毕业论文还好说，对于长期靠写文章谋生的我，只要花点精力去研究，还能够应付。但计算机全国统考是一门现场操作的实践考试，对于一个没有进行过电脑系统培训的我，这完全是一个全新的领域。我这点可怜的电脑知识，还是自己瞎鼓捣出来的。

20世纪90年代末，互联网技术推广应用后，一直靠摇动一支秃笔混饭吃的我，已渐渐感觉到，不会电脑操作，以后就没办法写稿、没办法投稿了，也就难以在文化圈子里混下去了。鉴于此，我开始自己摸索电脑操作技巧。

为了熟练键盘指法，我专门找来一个废弃的键盘，在没有主机和显示屏的情况下，每天把键盘放在身边，用笨拙的手指在上面摸索着"ABCDEFG"，直到对每一个字母的方位都了如指掌，这才找来五笔输入字根表，背诵起"王旁青头戋（兼）五一，土士二干十寸雨"，字根背熟了，就到网吧找电脑练习汉字的五笔输入法。

经过一段时间的努力，我的五笔输入技能终于从生疏到熟练，最终运用自如，可以达到每分钟一百五十多字。对于一个写文章的人来说，这是非常关键的。于是，我就购买了一台电脑，专门用于学习和写作。

然而，全国计算机统考，汉字输入只是电脑知识运用的基础，仅有这点本领，还远远达不到合格标准。统计表格设计、PPT课件制作、文档排版、字形变化……这一切都是考试的内容。为了能够顺利通过计算机全国统考，我更是一有空就趴在电脑桌上练习，不懂的地方，就找电脑专家咨询，用最原始、最笨拙的方式，去熟悉这项"高新技术"。

电大的老师对我的计算机培训也给予了极大的支持，每次都尽心尽力地辅导我。功夫不负有心人，在经过两次统考之后，我的计算机全国统考终于达到合格分数。

当所有的科目都安全过关之后，本科文凭如期到手。看到印着"中国人民大学"钢印的本科毕业证书，我突然有了功成名就的感觉，觉得这五年的辛苦与坚持，没有白花，终于得到了回报。

有了本科文凭，我在单位填报个人信息统计表时，终于可以在文化程度一栏中，把"高中"替换成"本科"，这也让我小小的虚荣心得到了短暂的满足。更重要的是，通过五年的学习，我的文史知识、文学素养、语言技巧都有了很大提高，这对我从事的本职工作有着根本性的帮助。

学无止境，年龄大不是障碍，学历低不是问题，毅力和勇气，坚持和努力，才是成功的关键。

接母亲进城过年

接母亲到城里过年，这个念头我已经构想了很长时间。

母亲是个乡下妇女，没读过书，也没出过远门，别说到城里玩，平日里就连集镇都难得去。农村老太也没什么喜好，又不会玩牌、打麻将，在乡下除了侍弄院子里的瓜果蔬菜之外，大部分时间就是在村子里转悠，或到同村的老人家中唠嗑。同中国大多数农村妇女一样，简单、安逸的生活，伴随着母亲一辈子。

十八年前，父亲过世后，母亲就独自一人住在乡下，守望家园。

过完这个春节，母亲已经 88 岁高龄了，在乡下，也算是高寿之年。岁月的风霜染白了双鬓，原本圆润细腻的皮肤，也失去了昔日的光泽。好在母亲耳聪目明，平时爱喝二两酒，身体还健朗，倒也省却了儿女们诸多牵挂。

我在城里生活了二十多年，以前一直过着租房的日子，没有固定居所，所以，母亲也从没来过我生活的地方。老人说，在乡下住惯了，不想更改居住环境。其实，我知道，母亲是不想增添子女的负担。因为，老人知道，在城里生活，开门七个字：柴米油盐酱醋茶，加上水费、电费，每一样都得花钱。节俭惯了的母亲，舍不得儿女为她过多花费。

我也自知能力有限，仅凭打工谋生，还要负担两个孩子读书费用，每天都得算计着花钱。后来，我进入机关工作，有了稳定的职业。母亲虽然不知道我从事什么行业，但好歹知晓，这是一份体面的工作。因此，我每每回家时，母亲都要唠叨几句："在单位要听话，多做事，不可偷懒，力气无限，用完自来。"

秉承母亲勤劳、善良的本性，我在单位一直兢兢业业，努力工作。尽管后来走上了领导干部岗位，仍然不忘初心，每天奔走在融媒体工作的最前沿。因为我深知，我是一个"扛着锄头进城"的农民，拥有今天的事业和成就，和我母亲谆谆教诲有关。

二十多年前，我骑着一辆老式自行车，带着谋生的工具和一大袋填不饱肚子的唐诗宋词，从汤溪老家进城务工。农民工进城的日子不好过，这些年来，我谨小慎微，努力做事，不敢有丝毫懈怠。平时还努力自修，让自己的文凭从中学毕业提升到本科毕业，工作环境从建筑工地移至机关单位，工作行业从一名普通的泥瓦匠更替为区管领导干部。

人生经历了太多的角色更替，才会珍惜拥有。多年来，我居住在城里，却没有自己的住房，一直都属于蜗居一族，靠租房度日，辗转婺州古城的江南江北。可以说，在城市的许多角落，都曾留下我居住的踪迹。

　　租房就像候鸟式的生活，没有固定的住房，在城里如同浮萍，到处漂游不定。城中村改造的进程推进了城市建设，也让我不得不随时准备着搬迁新址。想要在城里真正安家，就得有个窝，有一方真正属于自己的天地。于是，早在十年前，我着手谋划着在城里安家的计划。

　　随着都市核心区建设，婺州古城的宜居优势愈来愈明显，城里的房价也一路飙升，从几千元到数万元一平方米，工薪阶层想购房更是难上加难。于是，我开始留意一些老旧小区的二手房信息，通过比对遴选，终于在城郊偏远处，选中了园丁新村一套七八十平方米的小居室住房。

　　园丁新村是属于二十世纪九十年代开发的教师住宅楼，已经运行了十多年，设施老化，停车位缺少，居住环境差强人意。在结束了十多年租房历史后，对我来说，有这么一方蜗居，已经是天上人间了。于是乎，我便常常自诩："屋小乾坤大，门低日月高。"

　　从出租房搬到属于自己的房子，这是人生之中最大的跨越。而办理房产移交手续，更是麻烦之极，一会儿是房产交易所，一会儿是中介机构，办这个，办那个，一天之内，江南江北来回跑了十来趟，终于把所有的事项都搞定了。办完手续之后，身心疲惫的我感到，购房真是人生最大的烦心事，我暗暗发誓，有了这方住所后，今生再也不去为房子奔波了。

　　在繁华的都市，拥有一处属于自己的独立空间，再也不用为租房操心了，按理已经很满足了。我的住房窗户朝南，冬天的阳光直射阳台，我时常在闲暇时光，独坐在阳台上，泡一杯咖啡，捧一本古诗词，沉浸在古人的艺术境界中，悠然享受着暖阳和惬意。

由于房子较小，除了自己留一间卧室，给女儿一间卧室外，就没有其他房间了，好在当时儿子还小，我因陋就简，在阳台上隔出一个小间作为儿子的卧室。就这样一晃又过了近十年，原先的房子更觉得陈旧。加上孩子长大，需要有自己的独立空间，现住的房子已经显得拥挤不堪。

更换新的住宅，又成了当务之急。

当初再也不为房子的事操心的誓言，不得不收回。接下来就是找房源，看楼盘，经过比对查找，新开盘的江南逸天御花园成了最佳选择。这是一处新开发的楼盘，当时还正在打基脚建设之中。虽然是期房，两年后才能交付，但由于地处市区一环之内，属繁华地带，还是引来了众多的购房户青睐。开盘当日，预订选房的人排起了长队。由于购房者太多，最终还得要摇号才能轮到选房。

我从早上7点不到就来到售楼中心等候，一直到中午12点左右才轮到选房。房子是人生一辈子最大的置业投资，容不得半点马虎。从楼层的选取，到门窗朝向，逐一考虑细致，最终选定了一处100多平方米的住房，然后就是预付定金，办理按揭贷款事项。

全部搞定之后，房子终于属于我的了。

两年后，房子如期交付，接着就是联系装修公司，从水电安装，地砖铺设，木工制作，墙体装饰，集成吊顶，每一道工序都要兼顾到位。

人生也许就是这样，目标追求只有随着社会变迁而提升，才能在新旧更替中，把事业和家庭经营得更加完美。

新房装修完毕后，终于可以入住了。按母亲的意思，新房入住，还得挑个日子，搞个乔迁仪式才显隆重。但我处事低调，不想张扬，只是说，到时接老母亲过来，兄弟姐妹一家子一起吃顿饭就行了。

乔迁当天，我早上五点多就从乡下接来母亲。看到儿子在城里购房安家，母亲自然非常欣慰，觉得儿子多年打拼，还是有了出息。她早早地准备了迁居利是，烧了一大锅米饭，从老家院子里挖了两株万年青，万年青的根须还用大红染料漂过色，鲜艳的红色摆在新居里，显得喜气而庄重。

新居三室两厅双阳台双卫结构，显示房子的高端时尚。从此，儿女们都有了自己独立的房间，每个房间都安装了空调和衣柜，客厅的正面还用艺术漆装饰了一堵电视背景墙，配上乳白色的茶几沙发，虽然简约，但也清新雅致。

乔迁了新居，安定的生活又提升了一级。

一晃大半年过去了，临近春节，旁人劝告说，新入住的房子，是要举家相聚过一个春节的，说这样可以给新家增添喜气。我虽对这些无稽之谈不以为然，但家人却不这样想，每每以入乡随俗、遵循乡约劝之。

于是，我想今年春节，把母亲接到城里来。

春节是游子思乡的日子，更是万家团聚的日子，作为儿女，即使工作再忙，也会抽出时间回家陪伴父母。以往每逢春节，我都是回乡下过的。每每想起母亲一人在乡下孤单地居住，我常常泪眼模糊，恨不能侍奉左右，以尽孝道。

　　母亲在乡下住惯了，一个村上千人，没几个不认识的，长弄短巷，几乎走了个遍。村民之间，朴实忠厚，相处和睦。母亲在乡下，遇上个啥事，招呼一声，左邻右舍都会赶来帮忙，这让客居在外的我放心了不少。

　　而我在城里生活了二十多年，搬了十来次家，每个地方都不会有熟人来串门，隔壁邻居住着，人心都像隔着一层膜，相互提防着。对门而居两三年，竟叫不出对方名字。与都市的冷漠相比，乡下人的纯朴和包容，更显得富有亲情。

　　在乡下，母亲住得安心，舒心，听说要到城里过年，心里一时转不过弯，一个劲说"不去，不去"。但听说城里也有习俗，新装修的房子，一定要举家过一个春节，这才勉强同意到城里过年。

　　大年三十这天，我开车回乡下接来母亲。

　　也许是觉得儿子在城里购房安家，对父母来说是一件无上荣耀的事，母亲的脸上洋溢着喜气。遇到隔壁邻居，便一一相告说，要去城里和儿子一起过年。我想，母亲嘴里说不想去城里，其实内心也是有些期盼的。

　　到了中午时分，母亲在老家的中堂上，摆好了祭祀祖先的供品，准备谢年。越是年纪大的人，就越信奉这些礼节。我虽是无神论者，看着母亲虔诚礼拜的情景，也不禁在心中默默祷告：祝愿她老人家身体健康，诸事顺利。

一切安排妥当后，母亲随我一起来到城里。

进入江南逸小区，城里的年味渐浓，小区门口悬挂着大红灯笼，绿化树上也装点着喜庆的色彩。母亲的眼睛透过车窗往外望去，满眼都是林立的高楼，错落有致的绿化植物。如此优雅的环境，一切都是这样新奇。也许母亲心中也颇感自豪，自己的儿子能住在这样高端的小区里，这是她一辈子都不敢想的事。

进入电梯，母亲就像个孩子，紧紧抓住我的衣袖不放，就像我小时候紧紧拉住母亲的衣袖一样。世事就是这样，我们小时候，父母就是天，可以挡住来自一切的灾难。当我们长大之后，父母老了，他们的心理状态就退回到儿童时代，现代社会所发生的一切，对他们而言，就如同我们刚来到这个世界之初。

看到装修一新的住宅，洁白的墙壁，银灰的地砖，亮堂的灯饰，崭新的家具，母亲对这个新家的一切都觉得新奇。母亲说，能住上这样好的房子，还真不错呢。但是，她不知道的是，城里这么一层楼房的价格，在乡下可以造十倍这样大的房子了。光装修所花的钱，乡下就可以建一幢小洋楼。

在城里的家中，母亲显得十分拘谨，每走一步都生怕踩碎地砖似的。家用电器一样都不会用，与橱柜连体制作的集成灶，对一直烧柴火灶的母亲来说，更像是一台精密机器。无所适从的母亲只好闲坐在客厅里，偶尔也会走到窗户边，俯视小区里人来人往的情景。

看到母亲闲待在家里，有些无聊，我便提议陪她到小区里走走。母亲很开心，像个孩子，渴望着去一个陌生的地方，探索新奇的事物。行走在小区林荫小道上，两边绿树盎然，游乐场、健身场一应俱全。这个乡下来的老太不由得感叹，城里人就是厉害，造这么高的楼，建这么好的宅，能住在这里，真是舒心。

吃年夜饭时，一家子围着母亲敬酒，祝老人家身体健康。母亲笑意满面，享受着这份天伦之乐。席间，母亲照例给儿孙辈分发了压岁钱，钱不在多少，这是老人对后辈的吉祥祝福，小小的红包内，蕴藏了许多长辈的情义和厚爱。这种分量，只有我们自己当了父母才能体会得到。

也许是过惯了乡下的安静生活，母亲在城里住得仍不习惯，一天之中，她独自一人就不敢走出房门，对她来说，城里每一户住宅，都极其相似，根本分不清哪家是哪户。小区的门禁锁对母亲来说，更是一部无字天书，怎么也读不懂，她生怕迈出家门，就再也找不到回家的路。

大年初一，一家人要到乡下给长辈拜年，母亲又和我一起回到了乡下。在城里生活了一天，母亲心里感到十分欣慰。城里，都是富贵人家生活的地方，能在城里拥有一方天地，这是一件很不容易的事。

儿孙陪伴母亲身旁，亲情围绕周边。望着儿孙们，母亲一脸慈祥，她的笑容是发自内心深处的。我想，以后还得多请母亲来城里小住，让儿女多陪伴左右。如果真到了"子欲孝而亲不待"，就悔之晚矣。由此，我想起作家毕淑敏的小短文《孝心无价》中说：父母在，人生尚有来处；父母去，人生只剩归途。

娘在，家就在。

带着老娘游西湖

　　母亲没读过书，和父亲结婚后，就在乡下生活了一辈子，平时连集镇上都难得去，更别说是大城市了。现如今，父亲去了天国，母亲也年岁已高，89岁高龄，老人更不愿走动了，每天都待在家里的小院里，静静地坐着，看日出日落。

　　做儿女的，每日里工作繁忙，平时无暇顾及，只能每周末回乡下看看老母亲，以此慰藉一下老人思念儿女的心。无奈今年因为疫情防控，回乡次数减少，就连大年三十，我都在忙着防控疫情专班工作，而赶不上除夕夜的团圆餐。

　　自古忠孝难两全，每每想起这件事，内心的愧疚之情油然而生。

　　好在疫情得到缓解，防控压力减轻，每个周末，我又能回乡下与母亲团聚了。这也是我每周必须要做的功课。古人云：父母在，不远游。何况老母亲年近九旬，还独居乡下，守望家园。这让做儿女的，内心时时不安。

母亲尽管年岁已高，但身体硬朗，每天三餐，都得饮上一杯白酒。平时还要在小院的菜地上，侍弄一些瓜果蔬菜，茄子、辣椒、黄瓜、番薯，密密地种满了院里。每当蔬果采摘时节，母亲自己舍不得吃，总会第一时间打电话来，让我回去拿。

"城里蔬菜很贵，还没有自己种的好，你来拿点去，也能省点买菜钱。"母亲的话总是透着对儿女的关怀。但她想不到的是，我开车回乡下一趟，往返近百公里，油耗费用，足以买回一大堆蔬菜了。

但是，饱含亲情的蔬菜，是母亲用爱心和汗水浇灌而出的，这根本就是无价的，更不能用经济价值来衡量，能吃到年近九旬的母亲亲自种的蔬果，是儿女心里最大的幸福。所以，每当接到母亲要我回家拿蔬菜的电话，我总是第一时间赶回去，还笑着对母亲说："这一大包蔬菜拿回去，我又省下很多买菜钱了。"

听到这话，母亲总是会很开心地笑着，然后眯着眼，看着儿子驾车离开家门。

不愿出门的母亲，就这样安静地生活在乡下的小院里。其实，老人不是不想去看看外面的世界，而是觉得自己老了，儿女都有自己的大事要做，不想给子女添麻烦，更不想影响子女的工作和事业。

有道是：上有天堂，下有苏杭。杭州西湖一直都是名声在外，就是没去过杭州的老人，也知道西湖美景，名扬天下。趁母亲现在还能走动，带母亲到省城杭州走走，看看西湖美景，也成了我心中最强烈的愿想。

为了带老人去杭州看西湖,准备工作要很充分,晕车药、晕车贴、车上带的水果、饮用水等等,母亲爱喝酒,得特别带一瓶白酒,还要备几个塑料袋,以备在车上遇不时之需。母亲得知要跟儿子去杭州看西湖,兴奋得像个孩子,早早就换上干净的衣服。

早上六点多,我回乡下接上老母亲,沿高速公路直奔杭州。

都说老人像小孩,此话不假。我们小时候跟着父母到集镇上玩,也是开心得像只小小鸟。所不同的是,以前受家庭贫困限制,到了集镇上,我们嚷嚷着要吃大饼油条,而母亲因为囊中羞涩,往往不能遂了子女的心愿。而现在,假如母亲想吃点什么,只要能买到,我一定会尽量去满足。

三个小时的车程,汽车进入杭州市区,大都市的气息渐浓,道路车水马龙,两旁高楼林立,从没到过省城的母亲,看着车窗外的高楼,惊叹杭州大都市的繁华。特别是过钱塘江大桥时,宽阔的江面上,船舶漂行,高桥横跨,每一处都让这个乡下小老太感到新奇。

汽车沿绕城高速七转八转,进入了西湖区。杭州历来是一座文化古城,绿化葱郁,名胜众多。当车子经过西湖边时,浩瀚的湖面上,游艇穿梭,人流如潮。我们在西湖边的保俶塔边,找了一家宾馆,方便老人夜游西湖。

吃过中餐,短暂休息之后,我们雇了一辆旅游车,带着老人,沿西湖边慢慢滑行。每到一个景点,就停下车来,让老人感受一下西湖的美景。尽管我去过杭州多次,但对于西湖仍然不是很熟悉，只能用心中仅有的这点可怜的知识，糊弄一下老人，无非是让老人家图个开心。

听说我带老母亲到杭州游西湖，在杭州的朋友非常有心，早早就在杭州的百年名店"楼外楼"订下餐位，准备宴请老人家。在我们游玩了一阵后，便来到楼外楼就餐。

素以"佳肴与美景共餐"而驰名的杭州楼外楼坐落在秀丽的西子湖畔、孤山脚下。创建于清道光二十八年（1848 年），至今已有一百五十多年的历史。一个半世纪来，楼外楼以丰厚的历史文化跨进入了全国名楼行列。

走到楼外楼门口，母亲自然不知道楼外楼的历史渊源。当我告诉她，这个地方，以前皇帝来杭州，也是在楼外楼吃饭的，母亲顿时觉得这个地方高贵起来。

步入豪华的餐厅，我们在一个圆形的拱门处坐下，此处在楼内可以透过圆形拱门，观赏到西湖的景观。夜幕悄然降临，远处的湖光山色，渐渐朦胧起来，城市霓虹灯相继点亮，让西湖笼罩在一片灯火之中。

"以菜名楼，以文兴楼"的楼外楼，不愧为百年老店，餐厅装饰典雅、环境幽美、古色古香。一百多年来，孙中山、鲁迅、郁达夫、竺可桢、马寅初、丰子恺、潘天寿、赵朴初等名流雅士都光临过楼外楼。

母亲是乡下人，自然不知道有多少名人雅士光临过楼外楼，但从菜肴的色、香、味、形、质，足可以判定，这是一家很上档次的餐厅。朋友点的菜品，都是楼外楼的招牌菜：龙井虾仁、叫花童鸡、东坡焖肉、荷芯清汤等，每一道都风味独特。

一直以来，母亲在家都是主管全家老小一日三餐的"煮妇"，但是，她也许做了一辈子饭菜，也没有看到过楼外楼的佳肴名品，更别说是品尝了。看到母亲喜悦的脸色，杭州的朋友不住地为老人介绍各种名吃小菜，让这个乡下小老太有点像刘姥姥进大观园，望着满桌佳肴，眼花缭乱，拿着筷子竟不知所措。

"这么多好吃的，看看都满意了。"喝了点酒的母亲，面色红润，一脸的满足感。

吃完晚饭，西湖边已是灯火璀璨，行人如织。我们走出楼外楼，沿西湖边一路慢行。垂柳依依的西子湖畔，聚集着许多夜游的人们。湖中央滑行的画舫，随着灯光与湖面波动，点缀着西湖夜景，让本就人声鼎沸的湖边风景，更多了一层动人色彩。

从白堤一路行走，来到了断桥，其实，断桥不断，母亲不知断桥为何物。我告诉她，断桥是《白蛇传》中许仙与白娘子相会的地方，也因为这个美丽的传说，给这座桥平添了许多浪漫色彩。对于农村人来说，白蛇传当然不陌生，许仙和白娘子，是我们童年时期，母亲讲述过最多的神话故事。

站在断桥之上，母亲遥望远处的湖光山色，眼睛里闪动着光亮。在母亲心里，代代相传的白蛇传故事，只是梦里的神话传奇，没想到，她在八九十岁的垂暮之年，还能在儿子的带领下，亲临西湖，抚摸一下当年见证许仙与白娘子爱情的神秘场所，这是何等的荣耀？

沿西湖边一路走来，我给母亲讲述了雷峰塔、保俶塔、六和塔、武松墓、三潭印月等西湖边流传的故事，不知不觉近 10 里路程，两位九十来岁的老太太竟然都没有喊累，就走回了入住的宾馆。

第二天，我带着老人继续游览西湖。由于许多景点都需要验证健康码，而老人使用的手机，都是非智能型的老年机，没有查验健康码的功能，所以只能放弃进入景点内，让老人在景点外看看，以示来过这个地方。

花港观鱼是一处开放型景区，我们来到湖边，清澈的湖水中，红色的锦鲤满湖游荡。老人从来没有见过这么多鱼，聚集在水边，惊奇得如同一个孩子，不时用手中的食物，去喂食游动的锦鲤，玩兴十足。

西湖是省城杭州的代名词，看过西湖，可以算是来过杭州了。能带着老母亲游一次西湖，做儿女的，也算是尽了一份孝心。回到老家之后，老母亲可以在四邻八乡吹嘘一番：我到过省城杭州，看过碧波荡漾的西湖，摸了白蛇和许仙走过的断桥，进了乾隆皇帝吃过的饭店，这足以羡煞村里的其他老太太。

娘在，家在，这是所有儿女的心声，衷心祝愿老母亲健康长寿！希望母亲在能自行走动的岁月里，继续跟着儿子，去更多的地方走走看看。

我的诗歌兄弟

题记："生如夏花之绚烂，死如秋叶之静美。"——摘自印度诗人泰戈尔《飞鸟集》。

整理书柜时，发现书架上一本薄薄的诗集，书名叫《内心的风暴》，这是我的诗歌兄弟郑朝阳的最后遗作。人生年华三十春秋，朝阳留下了他最珍爱的诗歌作品，成了我们对他最后的怀念。

记得那年夏天的一个傍晚，天阴沉沉的，从广福医院病房传来了一个噩耗："朝阳兄弟走了……"尽管这是一个不能改变的结局，尽管这一天迟早要来临，但我还是无法接受这个残酷的事实。

认识朝阳是在 1995 年，源于对文学的崇拜，我以一个打工者的身份，被招聘到一家县报任记者。当时朝阳是县府保卫科的经济民警，也是一个诗歌爱好者。朝阳是金东曹宅人，边防部队退伍后,招到县府保卫科工作。他曾戏称,自己这辈子,将与"缪斯"结合,永伴一生,足见他对文学的痴迷。

由于我从事文字工作,相同的爱好让我们很快成了无话不说的朋友。每当有空闲时光,我们都会坐在县府大院内那棵桂花树下,就着淡雅的清香,谈论着各自的理想,当然,最多的话题莫过于文学。

朝阳是一个为了诗歌可以放弃一切的人,这种痴迷有时让我这个自认为也喜欢诗歌的人汗颜。可以说,他是一个至纯至真的人,他的生命中,除了诗歌,似乎已经容不下太多的杂念。朝阳没有什么喜好,缪斯成了朝阳唯一的"情人"。

朝阳知道我文凭不高,中学毕业后一直在家当农民,后又在建筑工地打工,就是凭着对文学的爱好,写写画画,从发表几块"豆腐干"开始,靠着不懈的努力和不停地追求,最终成为一名专职的新闻工作者。尽管我从事着文字工作,但农民的身份依然不变。

所以每每和我在一起时,朝阳总会戏说:"你是一个一手握着锄头,一手拿着笔杆的农民,你又是一个一肩挑着版面,一肩挑着责任田的编辑。"而我也总是自嘲道:"反正我是扛着锄进城的,走到哪算哪吧。"

朝阳好酒,但从不醉酒。诗酒同心,这是他的口头禅。我们时常一起小酌,以此谈论人生话题。朝阳又愤世嫉俗,看不惯社会上特别是官场上的种种丑恶行径。虽然在保卫科工作,在官员眼里,无非是个"看门的",但他对自己的工作尽心尽职,从不敢有丝毫疏忽。

记得有一次，天下着雨，我因为无事，坐在朝阳的保卫科值班室和他聊天。突然，门口开来一辆出租车，要进县府大院，朝阳上前阻止，并表明，出租车一律不准进入机关大院。这时，出租车内某位领导有些不耐烦了，催促司机赶紧开进去，不要去理会这个"门卫"的话。

这下激怒了朝阳，他军人的脾气一上来，就冲到车头前，张开双手拦住车子说："不准进就是不准进，哪怕是县长还是书记，也得在此下车，走路进去。"这时，这个领导也知自己违反禁令了，只好红着脸下车走了。

我当时对朝阳说，你这人啊，太率真了，容易得罪人呢。朝阳笑笑说："不怕，保卫科明令禁止外来出租车进入机关大院，谁也不能违反规定。再说，我就是一个看大门的，难不成还要把我开除到大街上去吗？"我只好一笑了之。

后来，由于体制的变动，金华县将撤县并区，这就意味着我们这些没有编制的聘用记者即将"打道回府"。对于前途，我亦是一片茫然，不知将何去何从。倒是朝阳特别关心我的出路，到处打听什么报社要不要招人。

有一天，他喜滋滋地打电话来，说市公安局《公安周报》在招聘记者，要我去试一下。我一看招聘启事，心顿时凉了：应聘条件一定要有大学文凭。就在我声明放弃，另谋出路时，朝阳却一个劲地鼓励我，说我有工作经验，说不定可以放宽应聘条件。为了坚定我的应聘的信心，朝阳还亲自陪我前去报名，帮衬着在报名处为我说好话。

也正是在他的鼓动和支持下，我才有勇气去《公安周报》与数百名大专毕业生一比高低。也许是挚友的勉励和支撑，我幸运地从两百多名应聘者中被录用了。后来，说起这件事，我对朝阳是满怀感激。试想，当年如果不是他的一再坚持，说不定我的人生就会被改写，有可能现在又重新回到老家，成了鲁迅笔下"闰土"一般的农民。

缘于太多的关系，我尽管和朝阳不在一起工作了，但我们的关系依然如亲兄弟般紧密。我经常在空闲时候，走到他上班的地方看看，而每次我去时，朝阳总是迫不及待地拿出他的新作。有时，朝阳有新作写成，也会打电话来邀我共读，我也因此有幸成为他的诗歌作品在没有正式发表之前的第一个读者。

朝阳谈诗时，神采飞扬，时而高声引吭，时而低语默读，兴致浓时，旁若无人。好在我知道他的秉性，对他的张狂也习以为常了。对人生，对生命，对爱情，对一切社会上美好的事物，朝阳都会吟诵一番。我想起他的《花丛十四行》，表达了对美好的赞扬和称颂；想起他的《硬币上的祖国》，爱国热情溢于言表；想起他的《诗人的故乡》，对艾青故乡的怀念与记挂……

诗歌的丰收也带来了爱情的硕果，记得那年春天，30多岁的朝阳高兴地说要请我喝喜酒了，女朋友是当地一家学校的老师，被朝阳柔美的诗歌所打动。我也为挚友婚姻大事终于尘埃落定而高兴。

也许是造化弄人，正当幸福的道路开始拓展之际，没过多久，朝阳却被查出患了癌症！起初我们都不敢相信这个事实，但在病房内看到朝阳日渐憔悴的身躯，这才感到一个人生命的脆弱。

面对苍白的墙壁、苍白的被子，以及护士医生同样苍白的衣服，我的心如同被揪了一般。也许此时此刻，所有的语言都是苍白无力的，看到我难受的样子，倒是朝阳反过来宽慰我说："死并不可怕，对于生命我已经想得很豁达了。"

朝阳患病期间，许许多多相识与不相识的人，都涌到病房探望。有学生，有工人，有干部，更多的是诗歌爱好者。每一次我们去病房探视，朝阳的床前，总是会有许多盛开的鲜花簇拥着，这都是朝阳的崇拜者送来的。他们为朝阳年轻的生命惋惜，为朝阳抗争病魔的顽强意志感动。

面对忍受着病魔折腾的朝阳，我悲叹无能为力替他减轻痛苦，只能默默地在他的个人博客上写道："你是一个坚强的人，虽然事实无法改变，就让诗歌的拐杖，扶你走得更远一些吧。"

而朝阳的坚强有时令人难以相信，其实有许多人在知道自己患上绝症后，并不是被病魔击溃，而是被自己的精神打垮。但朝阳却对生死表现得极其超脱。"人固有一死，但活着一天，就要活得有价值，那么，即使他死了，也此生无憾！"朝阳的这些话，至今依然在我耳边回响。

在有生之年，出版一本个人诗集，也许是朝阳的梦想，但他对自己的作品要求十分严格，不是十分满意的作品，他一般不会轻易拿出来。现在他得知自己将不久于人世了，对诗集的出版就成了他生前最为迫切的愿望。

在几位朋友的帮助之下，朝阳从自己的诗作中精选了一部分，以最快速度出版了诗集《内心的风暴》。当朝阳在赠我这本诗集时，他已经虚弱得很了，但他还是强撑着从病床上坐起来，在诗集的扉页题词留念。

这个严谨的人还在不停地自责："其实，出诗集还是太早了，我的作品还没有达到令人满意的程度，只是，生命已经不允许我再等下去了……"言者平淡无奇，闻者早已泪如雨下。

为了在朝阳有生之年完成心愿，广大诗友自发组织起来，为朝阳的诗集《内心的风暴》举行首发式。在樱花公园边的一家书吧内，热情的诗友们一个个争相上台，含着热泪朗读着朝阳的诗作。那天，许多相识与不相识的朋友，都来了，他们为朝阳对诗歌的热爱而感动，也为他英年患病而惋惜。而此时，朝阳却躺在病床上没能到场感受这一激动人心的时刻。

得知自己的诗歌朗诵会正在举行的消息后，躺在病床上的朝阳，内心激动万分，他虽然不能亲临现场，但他的眼里肯定已经热泪盈眶，因为，他的内心一定也已经听到，每位诗友热情洋溢的朗读声。

如今，黄泉路漫漫，阴阳两相隔。朝阳已经走了，去了他永远的诗歌王国。他留给我们的诗歌永存，他留给我们的精神永存，我永远都不会忘记这位坚强的诗歌兄弟。

"莫道人间惜不得，天堂默默有知音。"愿天堂中的你，还是拥有诗和远方。朝阳兄弟，一路走好！

吟唱乡愁的"歌者"

　　江南有座金华城

　　城边有座白龙桥

　　桥下外婆在讲着那故事

　　坐在桥上看到

　　星星掉进了那条小河

　　……

　　只要是金华婺城人，听到这首溢满乡愁的歌谣，一定会滋生出许多思乡的情怀来。这首歌的词曲作者和演唱者陈越，也由《江南有座金华城》而在婺城家喻户晓。

　　在历史厚重的婺州古子城，在"水通南国三千里，气压江城十四州"的八咏楼畔，陈越坐在环境清幽的"燕方归"茶舍内，与来自家乡的媒体一道，面朝缓缓流淌的婺江水，共话乡愁。这次，陈越先生是为他的新歌《亲爱的婺城，亲爱的你》录制 MV，在陈越的这首新歌里，浓浓的乡情依然经久不息。

故乡白龙桥是陈越先生童年生活过的地方，少年时期家庭经历了诸多磨难，以至于他很小就要外出打工谋生。他干过建筑小工，当过街头小贩，也蹲下身子为别人擦过皮鞋。在还没有力气举起铁锤的岁月，他被父亲的朋友带到永康当学徒，学习敲白铁……

困苦和不幸并没有击垮这个男孩，却磨砺了他坚强的性格。在经历了许许多多常人难以承受的苦难之后，命运终究给他开了一扇窗。他没有受过任何教育，但音乐天赋却早露端倪。13岁那年，他写的《来自冰球》，让大家看到了这个年幼孩子身上隐隐散发的光。8年后，在辗转了金华、永康、东阳之后，陈越决计带着他满腹的音乐梦想，南下广东开始"广漂"的生活。

在广州的日子里，来自乡下的陈越茫然地走在繁华的街头，都市的繁华丝毫没有引起他的惊奇，初来乍到，他感觉到了深深的孤独。这份孤独让年轻的他感受到了思乡的滋味。他想家乡，想家人，也想家门口横卧在白沙溪上的古廊桥。

特别是到了夜晚，在异乡的土地上，他瞧见的珠江河面上映照着的繁星闪烁，仿佛看到了星星掉进了白沙溪，仿佛听到了外婆坐在桥上讲述的神仙故事。正是这份思念和情怀，为流行乐坛带来了《江南有座金华城》这首歌。

那一年，陈越刚满21岁，还是一个对未来充满憧憬的少年。

陈越以这首《江南有座金华城》唱响了家乡，歌曲一夜之间响遍了金华的大街小巷，从此金华百姓知道了有位才华横溢、孤独"广漂"的音乐天才。如今，《江南有座金华城》已收录在金华小学音乐教材的第一篇，成了金华的城歌。

白龙桥，古婺边上的一座千年古城，从南山腹地缓缓流出的白沙溪，从古城穿越而过，白沙溪上横架着的古廊桥，曾经是陈越心头最凝重的相思，无论走出家乡有多远，白沙溪的清流，古廊桥的影子，永远环绕在周边，经年不绝。

在陈越的歌声中，"一条江水悠悠，两岸青山环绕，是谁轻轻摇着小船穿过那条岁月的河，每当那太阳西沉，炊烟缓缓地升起，仿佛又听见，小巷的深处，那声回家的呼唤，呵……"我们仿佛可以看到巍巍耸立的南山群峰，仿佛看到芦花飘荡的白沙溪流，仿佛听到母亲在村口盼儿回家吃饭的呼唤。

乡愁注满了整首歌词，一任岁月磨洗也挥之不去。

水通南国三千里，气压江城十四州。古老的婺州，河道星罗棋布。100多万人口的金华古城，饮用水却仰仗一条不足70公里长的河流——白沙溪。总长68.3公里的河流，大部分与白门线并行缠绵，起伏偎依于南山脚下。

白沙溪也是一条有着厚重历史文化积淀的灌溉惠民之溪，2000年前，东汉大将军卢文台亲率子民筑成白沙溪三十六堰，成为造福一方的著名水利工程。如今，古老的白沙堰成为后人缅怀古人功绩的纪念碑。

正是这条千古悠悠的白沙溪，让陈越难以忘怀。这里有他少年时期的苦难和忧郁，点点滴滴都汇聚在他的心头，直至将这些思乡的情愫化作美妙的音符和激扬的文字，从笔尖流出，再传回到故乡……

经过 20 多年的游历，如今的陈越，在艺术上越来越成熟，为全国许多城市写了城歌，因为在城市音乐创作上的造诣和贡献，享誉音乐界，名满天下，先后被国内外 100 多个城市聘为荣誉市民。如今他客居异乡，但他内心依然有着始终不变的乡愁。

直至今天，陈越先生创作的又一首歌曲《亲爱的婺城，亲爱的你》，让婺城人再度沸腾。作为有着中国城市音乐创作第一圣手之誉的婺城骄子，他依旧坚持着自己清新通俗、深刻婉转的曲风，用拟人的表现形式，把尖峰山、婺江水、白沙溪、南山和北山等婺城符号完美结合，寄情于景，将自己的深情娓娓道来以外，还于不经意间叙旧谈新，唱出了婺城的新发展、新变化。

为了这一眼

我已等待了许多年

你看尖峰山下万家灯火

仿佛换了人间

为了这一刻

我已期盼了许多年

你看婺江两岸花团锦簇

一派祥和人间

无论有多远

爱你心情永不变……

一句"亲爱的婺城，亲爱的你"深情而唯美，给婺城注入了鲜明的人性之光。每一个人的心里，都有一座故乡的城，城里住着牵挂的人，以城比人，以人写城。这种把城市拟人化的表现手法，新颖出奇，直击心灵。

婺城是一座历史文化名城，东汉设县，三国分郡，隋代建州，婺城千年史，多少似锦繁花。渺渺婺水畔，婺城人因追梦而去，又因思念而归。千百次回眸，花满婺城，望见婺城数不尽的古今芳华。

山茶绽红，金桂飘香，杜鹃飞天，菜花点亮山巅，花满婺城，这是一座四季如花的城。白沙清流从和美乡村奔腾向文明城市，富裕梦想从一页页蓝图走进寻常百姓的生活里，古朴乡风从千年辉煌走进和谐新时代，人文历史从泛黄古籍走进百姓的闲谈里。

一条江水悠悠，两岸青山环绕

是谁轻轻摇着小船穿过那条岁月的河

每当那太阳西沉，炊烟缓缓地升起

仿佛又听见，小巷的深处

那声回家的呼唤

……

离开故乡漂泊多年的陈越，常常把旅居的城市当作故乡，他说，吾心安处是故乡，"歌者"的心里，故乡永远都在身旁，无论他离开多久，无论他离开多远，故乡一刻也没有离开过他。这就是一个婺城游子的赤子情怀。

邻居小妹

初冬的夜晚，早已有了丝丝寒意。窗外，绵绵夜雨不歇，敲打着窗户玻璃。在这个静静的夜晚，我整理着一些年数已久的信件，突然发现，一封寄自温岭横峰镇某鞋厂的信件，让我想起二十多年前的往事。

寄信的是一位江西女孩，曾经和我租住在金华市区杨思岭的同一户房东家里。说起来，我们也算是邻居。

当年，我在一家小报打工，虽说是记者，但没有编制，充其量只能算是文化打工者。由于工作关系，我三教九流的朋友认识了一大群。在我的相识之中，大多属点头之交，然而这位称我为"大哥"的江西女孩，却令我很有些怀想。

这个女孩名叫彩英，姓什么已经记不起来了，当年也就二十四五岁，人长得瘦瘦高高的，几个人一起从江西来到金华做百叶窗生意。虽然是邻居，我们平时并没有太多接触，大家都各自忙于生计。

我每天奔波于采访、写稿的路上，彩英则忙于进货、加工、销售，各自做着不同的活计。偶尔在走廊过道上碰面，无非就点个头，笑一笑，算是打过了招呼，平时连对话都没有过。

对于生意人，我总觉得他们只知一个劲地赚钱，多少有些市侩。然而彩英是一个在外打工求食的女孩，工余时间却爱静静地坐在二楼阳台上，就着冬日的阳光，慢慢品读。看她读书的时候，我就有一种深深的自责：自己从事文字工作，却提不起学习的劲头。

彩英听说我在报社工作，自然十分羡慕我的职业，总以为我有很高的学问，能当"记者"是一件很了不起的事。后来，她知道我也只有中学文化，也在外整整当了十年的泥水匠和石匠，靠着永不灰心的追求，在一次偶然的招考中有幸入围，才在城里谋到这份差事，就对我更加敬佩。

然而真正使我们成为朋友，却是缘于一次突发事故。那天清晨，我还没有起床，睡梦中听到隔壁有人呼喊"起火了，快救火……"原来，彩英她们堆放窗帘布原料的老屋失火了，价值数万元的窗帘布以及一些制作工具全锁在屋内。

当时，屋外围满了观看热闹的人，急得团团转的她与同伴哭喊着请求围观的人伸手帮忙。但没有人相助，有的人甚至提出给钱就来帮忙。两个江西女孩只好自己在浓烟中拖着一捆捆沉重的布料，在嘈杂的人声中显得孤独和无助。

我二话没说，用衣服蒙着头冲出房门，帮着抢出了几大捆布料，又扛出了笨重的缝纫机。这时，火越来越大，浓烟滚滚，并发出"呼呼"的吼叫。我突然想起，在房子角落里还有一个煤气钢瓶，这东西如果受热爆炸可就不可收拾了，便再次冲进烟雾弥漫的屋内，将早已发烫的煤气钢瓶抱了出来。这时，大火已从楼上直冲楼下，顷刻间就将整间房压塌了。

这次火灾，彩英和同伴损失了好几万元钱。事后我得知，彩英在得知起火后，第一个念头不是抢价值昂贵的布料，而是抢出她心爱的书本和笔记。她说，钱可以重新赚回来，但真正喜爱的书本和笔记本是用钱买不到的。

这种感情完全是出于对文化的崇拜，其情其景感动得令人落泪。而每当说起救火之事，彩英都是一脸的感激，说我这人虽是一介书生，却很勇敢，有爱心，肯助人，不像其他城里人，一脸的高傲，还说我是她多年在外打工时碰到的最好的邻居。后来，由于生意上的事，她要转换地方，没多久就搬走了。

过了个把月，一封寄自温岭的信函又使我知道彩英的行踪。原来，离开金华后，她不再做窗帘生意了，而是去了温岭一家鞋厂打工。她在信中第一次称我为"大哥"，说在金华的日子里，她十分庆幸结识了我这个"大哥"。

彩英说现在她的工作十分轻松，闲来无事，依然看看书，过得清闲而自在。她祝愿我这位远方的"大哥"在工作上能更上一层楼。

从此，我经常收到寄自温岭的信函，这位远方的小妹在信上述说着她的工作和生活上。有一次，由于生活的失意，我在回信中流露出对前途的迷茫和失望。彩英立即来信鼓励我："大哥，一个泥水匠加石匠，能走上记者的岗位，这是多么不容易啊，这是你的勤奋和毅力营造了今天的成就，所以，你千万不要妄自菲薄，相信你一定能振作精神，小妹在遥远的地方为你加油。"

这就是一位普通的江西打工妹给我的鼓励，这种真诚令人感动。以前我常常因为生活上的一些琐碎小事而萎靡不振，甚至在工作上也得过且过，这似乎有负于小妹这一声"大哥"尊称。彩英的每一次来信，都给了我一种鞭策，让我感受到友谊的可贵，并时时滋生努力的冲动。

后来，我辗转了多个单位，和彩英失去了联系。当年，没有手机，通信自然不方便，彩英的行踪也就杳无音讯。二十多年过去了，想必彩英已经回到江西老家，或办厂致富，或结婚生子，但她在二楼走廊上就着阳光看书的身影，还时时浮现在我的脑海里。

今天，我写这篇小文，不知她是否能够看到，她在家乡过得还好吗？

- 走进老屋
- 地名里的乡愁
- 汤溪城里
- 村庄往事
- 代课的岁月
- 堂屋
- 露天电影
- 儿时校园
- 云头坞初中怀想
- 汤团

星星落进了小河

第二卷

乡愁记忆

Chapter

02

走进老屋

　　造了新楼房之后，老屋就像一个弃妇，被遗忘在岁月的角落里了。

　　老屋靠近村北头，屋后有一口数十亩水面的大池塘和三棵千年古树。老家人取地名很随意，大池塘名叫跌塘，塘坝就叫跌塘埂，周边的山地就叫跌塘沿和跌塘角头，既好记又朗朗上口。跌塘常年清水蓄池，是村民洗衣洗澡的场所。记忆中的千年古樟枝繁叶茂，秋风乍起，飘洒的落叶缤纷，可以覆盖到老屋的瓦背上。古樟也是鸟儿的天堂，樟树下的跌塘，则是水牛悠闲的浴池。

　　老屋不大，三间低矮的泥墙瓦房，屋内的地用泥土填铺而成，天晴还好，如遇到下雨天，屋内就成了泥泞的浆场，夏天家人就干脆赤脚，冬天则穿上雨靴避寒。在我儿时的记忆中，在老屋里基本上都是"水牛踏浆泥"一般，很少有干燥的日子。

　　老屋的梁柱中间用杉木和毛竹隔成两层，用一架"井"字形的木梯子连接，楼上堆放柴草和杂物，楼下住着一家老小。灶头和猪圈连在一起，灰膛中埋着土陶烧制的饭钵，猪粪臭气和饭菜香味混杂一起，童年的日子就这样在老屋中度过。

尽管老屋破旧、简陋，但足以挡风遮雨，避寒纳凉，这里是我的家，是我在外受到惊吓、感到委屈、遭到伤害之后，可以回来向父母哭诉，并暂时躲避疗伤的地方，也是我童年、少年时期最安逸的港湾。

老屋没有正门，朝东的方向开了一个侧门，供家人进出，大门口却是用青石板垒砌而成，虽然粗糙，但异常结实，无论是刮风下雨，还是冰雪天气，只要一走进老屋，便有一股温暖围绕在身边。

"金窝银窝，不如自家的狗窝。"这是父母常年挂在嘴边的一句话。

十五年前，在父亲去世后的第三年，我在村南公路边新建了一幢三层楼房，独门独院，门亭露台，一应俱全，清一色铝合金门窗，塑胶喷漆的墙体立面，外观貌似别墅格调。新居坐北朝南，阳光通透，院落内种着蔬菜和桂花树，很有江南农家风味。

移居新房之时，在老屋住了大半辈子的母亲有些依依不舍，甚至想留守在老屋内居住。但建造新楼房时，我专门在一楼为老母亲设置了一间房，配置了新床和橱柜，新房子阳光充足，窗户明亮，通风和采光都很好，还配有卫生间和厨房，可以免除每天早上拎马桶的麻烦。老母亲终于也为之所动，搬离了老屋，到新楼房居住。

移居新楼房十多年了，我再也没有踏进老屋过。想去老屋看看，但终究因为老屋里蛛网密织、尘埃飞扬而不愿涉足。这次，或许是为了寻找一些儿时的记忆，我终于打开了封存了多年、早已锈迹斑斑的门锁，重归老屋，回味间隔了十多年的时光。

　　许久没有人居住的老屋内，霉味充斥着每一寸空间，岁月的苔藓，在老屋的墙脚疯长，老屋的泥墙已经有些倒塌，破败和衰落随处可见。只有屋檐瓦楞上的凤尾草随风摇曳，一任风雨肆意侵袭，还有弄堂里的风吹动椽柱间的呼啸声，向人们幽幽述说着岁月沧桑。

　　走进老屋，我发现屋内长时间未经打扫，尘埃铺满了每个角落，墙角的老鼠洞里，填充着童年回忆。柱子上挂着的蓑衣和斗笠，蒙着一层厚厚的灰。墙角边的橱柜早已空空如也，柜盖半开着，蜘蛛网把柜子和柱子连成了一体，乌黑的老鼠屎铺满了柜底。唯有那张古老的花床，依稀还有儿时嬉闹的身影。

　　这就是我童年时期最安逸的家吗？这就是我曾经引以为荣，看到乌黑的瓦背上炊烟升起，就觉得心暖的温馨港湾吗？

　　说起老屋，最初还不是我们家的，这是村里大户人家堆放杂物的"灰堂屋"，常年漏雨，老鼠成窝。在土改时期，家徒四壁的父亲和奶奶才分到了这三间泥墙瓦房，从此结束了寄人篱下的日子，拥有了自己独立的"家"。

　　听父亲说，在我爷爷这代，家里是没有房子的，一家人都借住在同村人家中。在父亲七岁的时候，爷爷就去世了。爷爷的一生是苦难的一生，生了一子二女，也就是我父亲和两个姑姑，因为家里穷，两个姑姑很小就送给人家当童养媳了。

　　我的一个姑姑在莘畈大山里面当童养媳时，受尽了欺辱，却因奶奶长年在兰溪当女佣而无处哭诉。后来因不堪夫家辱骂殴打，连夜出逃。不料在逃往兰溪寻找母亲途中，为逃避日本鬼子飞机轰炸，被炸断了胳膊，幸亏遇到在衢江撑木排的年轻人相救，才得到治疗。后来，姑姑爱上了这个撑木排的年轻人而远嫁江山凤林，从此才算有了自己真正的家。

爷爷穷苦一生，老实本分，整天只知干活，与世无争，还是个天主教的信徒。爷爷过世时，曾经有一位高鼻梁的美国神父前来为他做祷告，祝愿爷爷在天国能够安康幸福。爷爷生前也许希望通过信奉天主，给他的一生或子孙后代带来福音。然而直到爷爷过世了，天主也没有给他和他的一家带来时运好转。

爷爷去世后，家里就剩下奶奶和父亲两人相依为命。七岁的父亲开始在大户人家放牛，靠劳动养活自己。父亲因为没有自己的房子，所以常年吃住在雇主家。奶奶则远离故土，在兰溪城里当女佣，挣钱维持生计。从此，母子两分离，长年难得相聚。

汤溪解放后，社会翻了个天，父亲发现，一切都变了。

先是一群南下干部来搞土地革命，他们白天宣传土改政策，晚上和我父亲一起住在雇主家的杂物间里。看到快三十岁的父亲孤身一人，了无牵挂，一辈子靠帮人扛活度日，奶奶又常年不在家中，一位南下干部便问父亲，想不想跟随他参加革命。

原本就厌烦了这种寄人篱下日子的父亲，在听了许多革命道理后，渐渐明白：天真的要变了，穷人要翻身做主了。父亲看到了改变命运的机遇，他还没来得及和远在兰溪当女佣的奶奶商量，立马就答应了。

上无片瓦、下无寸地的父亲从此改变了人生轨迹。父亲开始接触学习革命理论，懂得了土地革命的意义，自己也积极响应，投身到火热的革命事业当中。听说家乡解放的消息后，远在兰溪当女佣的奶奶也回到老家，并热心参加妇救会工作。

闹土改，分田地，穷苦农民翻了身。后来，原本属于大户人家的三间"灰堂屋"分到了我父亲的名下，这让世代贫农、一无所有的父亲和奶奶，在自己的村中，终于有了属于自己的安身之所。

一辈子都靠借住为生的奶奶，也许从没想过，今生今世还会拥有三间真正属于自己的房子，尽管三间老屋墙体低矮、空气潮湿、光线阴暗，但奶奶和父亲却已经很满足了，毕竟，这是属于自己的家。就连睡梦中，奶奶都会念叨着：真是托共产党的福啊！

参加革命工作的父亲，再也不是当年在地主家靠放牛为生的长工了。他成了一名革命同志，每天在各村开展减租减息、宣传土改的工作，奔走在土地革命的最前沿。奶奶则生活在老屋内，热心做着妇救会的工作，一度成为村里妇女工作的积极分子。

有了老屋，这才算有了家。后来父亲在工作中结识了我的母亲，并在老屋里娶妻生子，于是，相继有了姐姐、我和妹妹。解放之后的奶奶再也不需要外出当女佣了，老人在属于自己的老屋之中带着孙儿孙女，享受天伦之乐。从此，家的温馨在老屋中延续。

我在老屋出生时，父亲还在公社工作，奶奶忍不住家中新添男丁的喜悦，迈开欢快的小脚到公社寻找父亲报喜，高兴之情溢于言表。从此，奶奶对我这个家中唯一的孙儿疼爱有加。在我幼年的记忆中，奶奶的面貌有些模糊，隐隐约约记得，她住在老屋最里厢一间无窗户的"鸟房"内，头上总是戴着一顶三角形的黑色帽子。

奶奶是在我三岁时候去世的，奶奶过世时，在公社里工作的父亲饱含热泪撰写了一篇祭文，并在村西的山坡上，紧靠在爷爷的坟边找了一块墓地，让奶奶入土为安。奶奶出殡当天，没有请道士，没有请风水先生，父亲叫了公社里的几名同事，亲自为奶奶抬棺送到山上，父亲跪在坟前宣读了祭文，言之切切，情之依依，让在场所有的人为之动容。

爷爷去世时，美国神父前来祷告祈福，奶奶去世时，公社干部亲自抬棺下葬。这两位老人生前艰辛了一辈子，生前受尽苦难，入土为安时却都风光了一回，这在农村很有些标新立异之感。

这一切，都是父亲后来告诉我才知道的。

纪念奶奶的这篇祭文，在父亲去世后，我在老屋里整理父亲遗物时，从一本笔记本中找到过，只上过几年扫盲班的父亲，以极其真诚的语调，朴实无华的语言，讴歌了奶奶虽然平凡、但也辛苦操劳的一生：

"我母苏秋英，生于清末年间，一生辛苦劳累，旧社会里因为家贫，受尽欺凌，是共产党、毛主席拯救了她，从此热心奔走于妇救会工作……"只可惜，这篇颇有纪念意义的祭文，在前几年搬家时弄丢了，成了我心中永远的遗憾。

父亲是虔诚的共产党员，在他的人生信条中，没有共产党，就没有他的一切。所以，父亲把一生都和共产党的事业紧密联系在一起。无论起初当普通干部，还是后来任公社书记，父亲都恪尽职守，勤政廉洁，在地方乡邻中颇有口碑。

在我懂事开始，我们家从来不烧香，不拜佛，农村中一切有迷信色彩的事项，一概拒绝，老屋的中堂永远挂着毛主席的伟人像。父亲的为人处世，对我的人生起到了很重要的影响。我童年的心里就暗暗发誓，做人，就要像父亲一样，光明磊落，坦然无私。

以前，家里父母是当官的，家庭都会过上好日子，但是，父亲从没有过以权谋私的念头，父亲从工作到退休，一生清贫，从未能给我们家带来多少财富，唯一的财产就是这三间土改时分到的低矮老屋。

在 20 世纪 70 年代末，老屋还进行了一次大翻修，低矮的泥墙加高了一层，并修筑了木板阁楼和隔间板壁，泥土铺填的地基也浇筑了水泥地。翻修时还欠下近千元外债，这笔巨额欠款，一直到我成年娶妻之后，在我的手上才得以还清。

父亲教育子女时也不断地重复着，做人，要听党的话，要听毛主席的话。儿女如果做错了事，父亲便会让我们站立在老屋中堂的毛主席像前认错，直到承认错误，保证改过为止。我小时候，这样的罚站经历了许多次，现在回想起来，仍有一番感慨在心头。

老屋的窗户上一直钉着破损的塑料片，用于遮风挡雨，这一方祖祖辈辈心中最安稳的家，曾经是父亲一生的积蓄。父亲陪伴着他的子女们在老屋里生活了一辈了，他的内心是安详的，满足的。"有了居住的房子，人的一辈子就安稳舒心了。"在父亲的心中，给子女修筑了一个安乐的窝，是他一辈子最大的事。

如今，年代久远的老屋在荒废多年之后，终于有些没落了，老屋也在村中的老宅中显得孤僻和寂寥。也许在若干年之后，随着旧村改造的脚步临近，老屋终归会被拆除，但是，老屋的记忆会一直留在我的心中。

老屋，是父亲留给我最大的遗产。当然，这不是物质上的家业，而是一种精神上的无形财富，是一种力量和信念的支撑，更是社会变革中最有力的见证。

在老屋里，有着太多的历史变迁痕迹，足够让人回忆。

地名里的乡愁

　　乡村的夜晚，注定是溢满乡愁的，在这个静谧的时空里，闲步走在家乡的土地上，望着满天星斗，以及星空下朦胧月光笼罩着的故土家园的一草一木，脚步触及老家的每一寸土地，内心深处总是想起老家的一些人和事，以及祖祖辈辈赋予老家的每一个温馨的名字。

　　老家名叫下新宅，是江南一个普普通通的乡村，村貌以半月形状分布在婺西这片黄土丘陵地带。村庄中弄堂纵横交错，整个村全是连成一片的土瓦房。村子共有十二个村民小组，按上头、中央、下头分成三个片区，每个片区四个村民小组，片区以弄堂为界限。虽然同村而居，但分队过日子，生产、生活各不相干。

　　我们小时候，少年顽劣秉性不改，虽然在同一个村庄居住，但上、中、下区域划分泾渭分明，上学时都在一个课堂念书，但放学后玩耍却界限分明，经常按片区组成玩伴小队，各自选出领队的"鬼头"，每天入夜时分，以村中弄堂为界，各自进行角力或打闹，打闹工具一般以竹筒水射、弹弓为主，儿童之间嬉笑打闹，不伤筋骨，但也乐趣无穷。

整个村庄四百多户，一千多人口，密集居住在同一村里，但也分成许许多多不同的区域，长弄堂、佛堂基、樟树下、红井边、花园里、泉塘沿、拱湖塘绳、跌塘绳、上泉沌、六石田沿、龙头山、上大路、后坑沿、大院基等等，每个地名都形象地表明了地段方位，易记好懂，便于分辨。即便是外村来的陌生人，一打听地域名字，就能准确找到所处位置。

老家的地名其实大多是有关联的，比如一块田叫六石田，居住在田边的地方就叫六石田沿，一块山名叫尖角山，山下的田块就称为尖角山下，一口塘叫下新塘，塘内侧的田地就叫下新塘里，塘外侧的田块则称下新塘脚。边上有冷水坑的田块，便命名为冷水脚。以一个地名带动其他地名的还有：学堂脚，樟树下，水库蛮，大岗背顶，蒲塘歪底。

记忆中的红井，位居村中央的佛堂基边上，红井的井台全部用青石铺垫而成，紫红色的井圈因井绳的磨损，边缘已经凹陷，青石衬砌的井台上，常年沾满了苔藓。虽然井台边的水沟里，常年污水积淀，但红井中的泉水清凉甘冽，供给村民每日生活之需。以前，每天早上到红井汲水是我必修家务，以至我长大离开老家后，红井里甘冽的清泉还是我少年时期最深刻的记忆。

居住在村中央的农户，全靠红井的水淘米、洗菜、涤衣，每天早晚时分，红井边总是挤满了村姑村嫂，红黄蓝绿衣裙在井边舞动，形成一道艳丽风景。每当夏季，居住在红井边的人们独享着这份清凉，他们常常在炎热的天气中，赤膊站在井台上，用整桶的井水冲淋降温，有的人还会把啤酒、西瓜等吊入井中浸泡，到晚上取出来时，冰凉浸肺，绝对不会比冰镇冷饮逊色。

很多年以前，红井边还住着一位老奶奶，每年夏季时节，汲取红井中的泉水制作凉粉。凉粉是一种类似水晶糕状的夏日饮品，加入薄荷、米醋、白糖水，调制成又冰又甜的消暑饮料，每碗卖两分钱，在没有冰柜的年代，一碗凉粉已经是夏天农人最凉爽的冷饮了。听说，也只有红井里的泉水才能制作出凉粉，其他地方的井水，或因水质苦涩，或因冰凉不足，都难以配制成最好的凉粉。

小时孩贪吃，每每走到红井边，就会馋起凉粉来，父母或因家里贫穷，舍不得出这两分钱，便会告诉我们说，凉粉是用很脏的东西做出来的，吃不得，吃了要肚子痛的。当时，我的小脑袋怎么也想不明白，这么晶莹剔透、清凉爽口的食物，怎么会是很脏的东西制作的呢？可见，贫穷限制了我们的想象，也限制了我们的欲望。

井台是注满乡愁的地方，所以人们才会有背井离乡之说。一口红井，目睹着村庄的兴衰更替，也见证了村庄的沧海桑田，站在红井边上，浓浓的乡情伴随井水不绝。

村北一公里处还有一个小村落，隶属下新宅村，村里人全部以制作茶罐为业，故取名叫茶罐窑。茶罐窑最先只有三户人家，三百多年前为躲避战乱从湖北迁居过来，按照祖业传承，选择在黏性黄土山坡定居。茶罐窑制作的茶壶、冷壶，一直是农民夏季下田携带的首选。

　　淘尽门前土，屋上无片瓦。与泥土打交道注定是一项辛苦活，制陶艺人以古朴的生活方式，在这片黄土地上将岁月延续。从掏土、和泥，到制坯、烧窑，都是重体力活，而且以前没有电源，制陶的转盘全靠人工撑转，辛苦程度可想而知，以致许多年轻人都不愿意学习制陶工艺。茶罐窑的后代渐渐地懒得传承这一工艺了，土陶制茶罐工艺几近失传。

　　值得庆幸的是，随着非遗文化的传承和发扬，茶罐窑土陶工艺也列入其中，陶艺世家传人吴根法依然痴心不改，一直不肯放弃老祖宗传下来的技艺，并逐渐将制陶工艺发扬光大。吴根法的女儿，如今也是陶艺传人，曾在深圳工艺品厂工作，而今回转家乡再拾制陶工艺，并在市区开设了陶吧，专事土陶工艺品制作，这也让茶罐窑这个传承了数百年的小村庄，逐渐成了后人瞻仰的村落。

　　我家的老屋就在大樟树下，大樟树是始种于北宋年间的古树名木，迄今已有千年之久。每当向别人介绍自家的居住方位时，我都会自豪地说："找到大樟树便找到我家了，我家就在大樟树下。"这也许是出于内心对大樟树的崇拜和敬仰，更多的是有"背靠大树好乘凉"寓意。因为，在大樟树下，曾经有我欢乐的童年和少年，有我青春懵懂的爱情。

　　老家除了居住方位有地名，山林田川一样有地名，而且名称通俗易懂，叫出来朗朗上口。所有的田地大分为畈里、垄里两大块。畈里又按田地方位分成各个不同的名称，长石、龙头山尖、水碓脚、三角泉、东畈，有的田块就干脆按形状、特征命名，蚂蟥丘、尖角七斗、三亩块、大坟头等。垄里则称为后塘垄沿、三卜里、水库下、冷水脚、蒲西垄、大天井、岗山后、尖角山上等，每一块地名都有其独特的乡土韵味。

我家的田地，曾经就在畈里的尖角七头，老家计量田亩以十斗为一石，一石为两亩，尖角七头田块形同尖角，面积有七斗，故命名。这块田蚂蟥多、水蛇多，让我想起来就不寒而栗。每每下田干农活，对我都是一种炼狱般的考验，到了田头，往往都要东张西望，思虑许久才敢下田。

因为对田间这些蠕动生物的恐惧，我即便是下田了，也不得不穿着长筒雨靴，而父亲最看不惯的就是我这副做派，少不了要数落很久。而我也正是因为出于对农田中蚂蟥、水蛇等的厌恶和恐慌，才想方设法逃离农村，另谋出路。

村西有一片古树林，名叫"析子店"，面积上百亩，种植已经有数百年之久了，古树林中杂木品种繁多，树木粗壮、结实。最初是村中大户人家在村西山坡上养青山而成。因一年四季树木葱茏，浓荫覆盖，各种鸟类、松鼠、野兔都在林子中安家，析子店也一度成了村中的风水宝地，是村中老人百年之后入土为安最终的选择。

童年时期的我，对析子店是怀有恐惧心理的，即便是大白天，林子里也是阴森森的，密集的树叶遮挡，看不到一丝阳光。人们对析子店的恐惧，不只是树林里到处是坟墓，更多的是，村里人传闻析子店闹鬼，有人在半夜里曾经听到树林里传来凄惨的哭泣声。尽管我从没亲耳听到过这种诡异的声音，但内心深处对析子店还是心存畏惧的。

有一次半夜，月黑风高，我到田间放水，要经过析子店边上。当天晚上，天黑得像墨布遮住了眼睛，我只有仰望着星空，一脚深一脚浅向前探步。越往树林走，我的心越揪得紧，黑森森的树林如同一张黑网笼罩着前方，正向我扑来。当时我还不到二十岁，对黑夜还存有天性恐慌，更何况是遍地坟墓的析子店。但水源的缺口就在析子店边，又不得不向林子走去。

快走到析子店边上时，发现前面林子里隐隐约约有灯光闪亮。我心中一喜，以为有同村放夜水人在林子里歇息，便赶紧朝亮光处奔去。走到一看，只看到竹帘搭起的草棚内，横放着一具乌漆油着的棺木，两盏长明灯点亮在棺木的前后，在寒风中一闪一闪发出昏暗的亮光。我这才想起，村中一位过世的老人，因在医院断气，遗体按惯例不能拉回村中，只能停尸野外，尚未安葬。我的头脑顿时"嗡"的一声，吓得拖着锄头就向林子外跑。

此后很长一段时间，我都不敢靠近析子店边上。一看到林子那黑沉沉的树木，我就会想起在黑暗中闪着光亮的两盏长明灯，想起那具乌漆油着的棺木。即便是后来殡葬改革之后，析子店中再也没有人安葬老人了，而且大多数老旧坟墓都搬迁到了公墓区，但林子中还存留着坟墓土堆，让人一看到就想起这里曾经就是恐怖之地。直到后来，析子店进行了新农村改造，修建了林间石子路，这块风水宝地才有了真正意义上的景观。

村北的龙头山也是村中的风水宝地，山上种有大栗、毛竹、松木等植物，我读小学时，学校的实验土地就设在龙头山上，每周的劳动课，老师便带着学生在山上种植大豆、番薯、玉米等农作物。当时虽然体会不到农业课目对学生的重要影响,只觉得到山地上劳作,比在课堂念书要有趣得多。所以每当劳动课来临,学生会便会像欢快的小麻雀,一窝蜂似的往龙头山上奔跑。以至几十年过去了,这种欢快的场景依然时常在我脑海中闪现。

村西还有连绵不绝的黄土山背,大岙、牛角岙、蒲塘岙、破声岙、凤凰山,以前都是种植马尾松的区域。20世纪80年代初,村里将村西的黄土山坡开发种植柑橘,一度成了金华出名的水果专业村。后来,这片山地又承包给了苗木大户,现在山坡上是密集的樟树、杨梅、食用笋等林木,昔日的黄土山坡,如今披上了绿装,成了点缀村庄的一道靓丽风景。

老家的每一块土地,都是父老乡亲祖祖辈辈繁衍生息的依托,每一个地名,都是他们智慧的结晶,是我的父辈心血凝成的果实。虽然他们是一群农民,一群靠土地里扒食生存的人们,但他们却像是诗人,创造了老家悠久的地名文化,并一直沿用至今。

我的祖先们在那块土地上呱呱坠地,并一直坚守着这份古朴与幽静,村里的孩子们长大后,一定不会忘记那些曾经在记忆深处刻下烙印的名字,每每想起都是一次寻根之旅,这些名字伴随着村边的渠水缓缓流过,即便是流到遥远的地方,水流中依然讲述着家乡的讯息。

老家这些常年在村民嘴里念叨的地名,永远镌刻在我的心里,无论我们身在何处,无论我们相隔多久,我的眼睛常常为老家而湿润。只要听到老家的地名,内心深处总会有一种悸动,仿佛又闻到了家的气息。

汤溪城里

汤溪古镇，在周边村庄还有一个很霸气的名字，叫城里。

乡下人并不是把所有的集镇都称为城里的，洋埠、罗埠、蒋堂，也是集镇，但不是城里，只有汤溪城里、龙游城里、兰溪城里、金华城里……有县城才能称为城里。

汤溪在五百多年前，即明成化七年便有县建制，直到 20 世纪 50 年代末才撤并到金华。汤溪县的第一任县令宋约，被汤溪历代乡民尊称为"城隍老爷"，永驻在汤溪城隍庙中，接受着汤溪乡民的礼拜。

汤溪撤县后，尽管行政区划体制变了，但是，在汤溪人眼里，古老的汤溪集镇，永远拥有"城里"的地位。

城里，即意味着有别于乡村。城里人，就是都市人类，和乡下人有着本质区别。城里人衣着光鲜，生活舒适，虽然语音习俗和乡下人差别无多，但优越感却明显较乡下人强很多。一些上了年纪的农民，至今依然把汤溪称之为"城里"，谁如果喊一句

"到城里嬉"，所有人都知道是要到汤溪集镇上去了。

从我们村到城里，距离15里路，先步行两三里路到中戴公路边等车。当时公交公司早晚各有一班公共汽车经过中戴，一般从莘畈祝村出发，过中戴、经汤溪直达金华汽车北站。

乡下人要到城里嬉，非得赶大清早到中戴公路边候车，误过时间节点，可能乘不上车了。而从汤溪到金华的公共汽车则是拖挂型的，乡下人称它为"两节头"汽车。"两节头"汽车，行速慢，安全系数不高，但这也是当年唯一的公共交通工具，别无选择。

我在汤溪读书时，每周六下午回乡下，周日下午回汤溪。米和菜都是自带的，菜一般都是咸菜或干菜，用毛竹筒装好，可以食用一个星期。父母每周给我五角钱生活费，用于坐车和购买少量的中餐蔬菜。

在经济条件相对较差的年月，每周有五角钱已经是很不错的待遇了，我的许多同学，哪怕是老家在塔石、山坑的，近百里山路，往返靠走路，米菜靠自带，一个学期下来，除了学杂费外，基本上不再花家里一分钱了。

当时，从中戴到汤溪，坐公共汽车的话，车费是两角钱。但我一个星期的零花钱只有五角钱，根本舍不得坐车，所以只好提前两小时走路去汤溪。从我们村到汤溪，可以有一条近道，就是从下村过莘畈溪到下岩垅，然后直通汤溪城里，这样可以节省三分之一路程。

但是，过莘畈溪是一个麻烦的事，夏天还好，冬天要赤脚蹚过冰冷的溪水，让人望而生畏。当年我个子小，同学中属于"小不点"类型，所以一起到城里读书的同学们都很照顾我，遇到过溪时，都会背我过去，免除了我脱鞋下水之苦。这份同学之间的情谊，在我长达两年的求学途中，一直伴随着我，至今想起来，依然令人怀念，令人感动。

乡下人是很少去城里嬉的，因为生产队里劳动繁忙，走不开，偶尔有去城里购买生产、生活用品的活，便会派人去城里，被派的人便可以顺便到城里转悠一番，此等"美差"，一年轮不到几次。

汤溪城里，一年还有"四月十六""八月十五""冬至"三个物资交流会，物资交流会上，衣鞋百货、山木竹器，五金交电，把戏杂耍，五花八门，应有尽有，碰到城里有物资交流会，四邻八乡的人，便都会借机涌到城里，过一过"到城里嬉"的瘾。

我中学毕业后，在生产队劳动，属于人小力气薄的"学生娃"，生产队里的农活帮不上忙，但遇到买化肥、农药和生产用品，队长便会派我去，好歹我算是识字的人，懂得购买什么物品，还可以帮助记账。其实，最主要的原因，还是因为生产任务紧，正劳力脱不开身，我这种"半吊子"农民，正好用上。

每当有到汤溪买东西的活，我是最高兴的，可以趁机到城里嬉嬉。在计划经济年代，有机会到城里嬉嬉，已经是人们心里的一种奢望。一般到城里都是靠步行为主，购买少量农资就靠肩挑车推回来，只有购买量大的货物，才会派拖拉机去运输。

从中戴到汤溪，必须过到茶亭岭，茶亭岭是一个近百米长的斜坡，推车、骑自行车，都很费劲。在茶亭岭的中段，有一座古色古香的凉亭，供行人歇脚用。茶亭岭的两边都是黄土山坡，岭脚是广袤的农田，岭边还有一泓清泉，泉水清凉甘甜，是天然的消暑饮品。

凉亭的四周，都是连绵的黄土山坡，大多种植一些番薯、玉米之类的作物。凉亭的门口，还长着一棵硕大的樟树，浓荫覆盖半亩有余。这棵大樟树已经有数百年轮了，躯干要好几个人才能围得过来。

在我的记忆当中，茶亭岭背这棵大樟树的腰身上，留有一段刀锯过的痕迹。对于古树名木，汤溪人都是比较敬畏的，这棵古老的大樟树，怎么会有刀锯疤痕呢？周边老人说，这是当年日本鬼子侵略中国时，一队日本兵路过茶亭岭，在大樟树下歇脚时，想锯掉大樟树当柴烧。

大凡古樟都是有灵性的，当锯子锯进树身五厘米深时，原本晴空万里的天气，突然狂风暴雨，雷电交加。也许是怕遭天谴，凶残的日本人也不敢对大树下手了，只好扔下刀锯仓皇而逃，所以在大树身上留下了这么一段锯齿的伤痕。只可惜，后来在茶亭岭改造时，这棵见证了日军侵华罪行的大樟树，竟然被挖掉了，原先古老的凉亭也拆除了。

虽然后来茶亭岭背又建了新的凉亭，重新栽种了樟树，但现在交通方便，路人大多自己开车或骑车，很少会有人在岭背歇脚了。人们行色匆匆，无暇顾及歇息，古老的茶亭岭，总是缺少了以往歇脚的韵味。

当年茶亭岭背的凉亭里，还住着两位老人，听说原先是要饭的人，没地方落脚了，就长期住在凉亭里安身。老人看到每天路过茶亭岭的行人很多，便取来茶亭岭脚的清泉，每天烧些开水，盛在大凉壶中，摆放在路边，以每杯一分钱的价格卖给歇脚的行人喝。

小时候，我跟随父母到城里嬉，基本上都是走路而去的，每当路过茶亭岭时，就会在凉亭里歇歇脚，然后喝一杯凉开水。其实，一走到茶亭岭背，望着大樟树下略显苍然的凉亭，行人即使不渴，也会有坐下来歇息一番的欲望，这也许是一种习惯使然罢了。

从中戴到汤溪，虽然坐车只要两角钱，但生产队中，一个工分只值五分钱，所以很多农民到城里办事，都舍不得坐车，宁可步行10多里路，也要省下这两角钱。最多是走路渴了，花一分钱，在茶亭岭喝一杯透心凉的茶水，在凉亭门口的大樟树下纳一会儿凉，享受一番岭背吹来的清凉的风，驱逐一下炎夏的暑气，然后继续赶路。

到汤溪城里嬉，最大的享受，莫过于在"十间楼"吃一碗"片儿川"，在物质条件匮乏的年代，一碗"片儿川"曾经是多少人心中的梦想。汤溪"十间楼"是集体经营的餐饮行业，当年属于汤溪城里最豪华、最高档的就餐场所。

"十间楼"基本上都是卖面食为主，"片儿川"属于高档次食品。听说，"片儿川"面曾经是杭州奎元馆的名点，也是杭州的传统风味小吃。传到汤溪城里后，便成了汤溪人的最爱。"片儿川"用料讲究，加工精细，浇在大碗面之上的配料，主要由雪菜、笋片、瘦肉片组成，鲜美可口，让食客吃后回味无穷。

当时，"十间楼"里的"片儿川"卖三角钱一碗，而大多数进城农民还是舍不得吃这么贵的面食，他们基本上都选择一角钱一碗的"光面"。而"光面"实际上就是清汤煮面条，加点盐巴、葱花而已。

"十间楼"地处汤溪最繁华的商业中心，是当年汤溪城里最热闹的饭馆。记忆中的"十间楼"一开门，就人流如潮，当年个体小店不许经营，整个汤溪也只有这么一家餐馆。店内主营面食、熟食、米饭，"十间楼"里的大饼油条，是跟父母进城嬉的小孩最眼馋的美食。

因为是集体经营的，所以到"十间楼"吃饭或吃面，光有钱是不行的，还得有粮票，一碗面要二两半粮票，粮票只有政府机关或国营企业上班的人才有，农民根本没有粮票，于是，乡下人到城里吃饭，还得用小布袋装上半斤米带去，然后，按吃的类别将与粮票同等数量的大米称给店里，再付钱吃饭。

到城里嬉，不进"十间楼"，等于白来，这是汤溪周边村庄农民的"口头禅"。

而"十间楼"还有一群令人难以忘怀的"特殊食客"：倒面汤。"倒面汤"者基本上都是盲流人员或者乞讨者。在"十间楼"倒面汤，或许是这些人认为最安逸、最自在的谋生手段。我在城里"十间楼"里，曾经看到过四五个"倒面汤"者，为了抢夺一碗客人吃剩下的面汤，争打得血肉模糊。

"倒面汤"者大多住在街边的楼道隔沿下，随便裹一身破棉絮御寒，身上仅有的一身衣裳，也是一年四季从不换洗，头发蓬乱，胡子拉碴，浑身污垢结成了一块块乌黑的泥团，浑身散发着的臭气，即使隔四五米远也能闻到。

他们一般上午九点过后懒洋洋地踱着方步，来到"十间楼"等候，一旦有食客进店，"倒面汤"者便会眼巴巴地盯着，等客人吃完后，服务员没来收拾残碗时，"倒面汤"者便快速上前，将客人吃剩下的面汤，一股脑儿全喝光了，碰到有些食客，吃剩下半碗面，便是"倒面汤"者最丰盛的午餐了。

这些"倒面汤"者，衣衫褴褛，面带菜色，但好歹有个吃饱肚子的机会，也就顾不上脸面和尊严了。但是，"十间楼"里的服务员，对这些"倒面汤"者十分厌恶，经常拿起扫把驱赶他们，但"倒面汤"者往往这头刚赶出店门，又从另一头钻了进去。

有些"倒面汤"者，为了讨好服务员，一有空闲时间，便会主动帮助做些扫地、抹桌之类的活，但他们一帮忙，不但得不到夸奖，反而遭到服务员的一顿呵斥。

我小时候看到这些"倒面汤"者，内心是恐惧的，在我的心里，流落到"倒面汤"基本上都是精神不正常的人，这些"城里"的盲流人员，既无颜面，也无尊严。碰到这些人，我的父母便会告诫说："如果人一辈子好吃懒做，不求上进，以后只能倒面汤了。"从此，我的内心对"倒面汤"便十分恐惧，这是一项多么令人羞耻的行当啊。

汤溪城里，除了拥有商铺、店面、街道外，还有电影院、邮电局、医院，最令我神往的还有新华书店。以前无论是在城里读书，还是后来到城里办事，我总是会转到城里最中间地段的新华书店，翻看一下令人眼花缭乱的图书。当年在我幼小的心里，认为长大之后，如果能够在新华书店上班，肯定是比当皇帝还要开心的职业。

一晃三四十年过去了，汤溪城里的面貌不断更新，新兴的楼盘如雨后春笋，簇拥在汤溪周边，当年的"十间楼"早已拆建成新的商贸大楼，装饰豪华的大酒店闪着耀眼的灯光，展示着现代化风采的各式建筑，在汤溪随处可见。

乡下人可以自由选择在城里的企业上班，当年的"倒面汤"也销声匿迹了。现在步入汤溪街头，商贸繁华，企业发达，一派新城气象迎面而来。峙垅湖公园、水上乐园等游乐场所的开发建设，给汤溪城里增添了无穷的活力。汤溪城里，随着金西大开发的推进，越来越焕发出古城的魅力。

如今，便捷的交通设施，宽阔的柏油马路，横贯在城乡各处，漂亮的公园，舒心的环境，繁华的街市，让城里迎来她前所未有的新生。无论是老年人或年轻人，汤溪的父老乡亲，"到城里嬉嬉，是一件很有味的事"，更是一句让人暖心的话语。

村庄往事

我生活的村庄名叫下新宅村，一千多人口，以戴氏为主姓，数百年来，祖祖辈辈生活在这片土地上，耕种畜牧，繁衍子孙。纯朴、善良的父老乡亲，靠着村庄四周的土地生活，他们习惯了日出而作、日落而息的日子，从不抱怨每一天的辛劳。

和中国千千万万个农村一样，村庄坐落在婺西一片广袤的土地上。村子在金华最西边，与衢州相邻，当时，村民戏称，我在金华地界上，一泡尿可以撒到衢州去。我们小时候，经常跨在金衢交界的沟渠上，然后戏称，我一脚踏金华，一脚踏衢州，双脚跨两府。

事实也正是如此，村民的山林田地，和衢州市龙游县相连，平时劳动、生活，都交融在一起，所有的村民都以古朴的面貌，在这里耕读传家。村东是稻浪翻滚的肥沃农田，供给村民解决温饱的稻麦米粮，村西是连绵不绝的黄土山坡，盛产一年四季的瓜果花生。

在村西边的黄土山坡上，有大岗背、破声岙、西岙里、大岙、牛角岙、蒲塘岙、凤凰山等地名，其中大岗背是绵延不绝的沙丘地带，我们小时候，几乎天天在沙丘坡背玩"滑滑梯"，就是折一捆松枝垫在屁股下，从高高的沙丘上滑到沟底，半天下来，整个人就成了泥猴，而且裤子的屁股上也磨出了两个破洞，回家免不了受到父母的责骂。但骂归骂，玩归玩，小孩的顽皮秉性难以更改。

大岗背的沙丘，曾经是民兵训练的场所，当年倡导全民皆兵，村民在参加生产队劳动时，还要经常性搞民兵训练。平时搞队列刺杀、投弹练习，偶尔也会来一次真枪实弹射击。

大岗背的沙丘如同一条条天然战壕，正适合民兵搞训练，而且在沙丘上还曾经挖过很多地洞，当时称之为"防空洞"，说是打起仗来可以躲避敌人的飞机轰炸。每个"防空洞"可容纳十多人，我们这些小孩，曾经最开心的事，就是在"防空洞"里躲猫猫。

30岁之前，我一直生活在村里，少年时的顽劣，体现在村西的山坡地里和村口的池塘中。上小学后，每天放学，还要负责拔猪草和拾柴火的劳作。当时，在我们村里借读的还有相邻的十里坪农场西岙里分区的场员子弟。

这些场员以前是在农场服刑的犯人，刑期满后，无处可归，就成了留场的场员，属于农场职工之类。他们因为不是农民，所以子女就不需要放学后干活。而且他们的衣服着装，都比我们时尚漂亮。

　　我们当时就怎么也想不明白，为什么我们的父母是安分守己的农民，生活条件还不如劳改刑满人员呢？这也许是计划经济年代，中国成千上万农村人相同的悲哀。

　　在农场里，也有许多文化高的知识分子，他们原本是城里的科技专家或教师，因为被打成右派被判刑，在受到不公正待遇的时候，这些人依然保持着儒雅的风范。当时农场里有几千亩茶叶山，分散在我们村周边，一般来说，斯文的犯人，可以派到茶叶山上看守工地，我们这些小鬼，经常到茶叶山上拾枯死的茶枝，与看守茶山的犯人便混熟了。

　　有一个满面胡子的犯人，村里人称他为"满面胡"，听说以前是学校老师，他的英语、俄语说得都很顺溜，看到我们小孩过来，也很客气，经常跟我们讲大上海的故事，听说他会洋文，我们便经常要他说两句洋文，开心一下，虽然我们也听不懂，但觉得叽里咕噜的洋文，像唱戏一样，又新奇，又好玩。

　　"满面胡"看到我们这么小，不好好读书，老是到山上拾柴，就劝导我们从小要认真读书，将来才可以离开村庄，去看更大更宽广的世界。村里有上初中的学生，他还会在孩子上山拾柴火时，让他们带书本过来，帮助指导数学作业。只是后来，落实政策后，"满面胡"就平反回归原单位了，但他劝告我们"只有认真读书，将来才有作为"的话语，却深深地影响着我们。

　　后来，我中学毕业后，没有考上大学，只好回到了村里，当起了农民。从此，我每天和父老乡亲们一起，过着日出而作、日落而息的农耕生活。当时，下新宅村以土地多而闻名，村里除了拥有上千亩粮田外，村庄四周还拥有两三千亩黄土山坡。村民们把土地看得很重，这是族人赖以生存的基础，他们从不敢浪费每一寸土地，尽可能地在农田和山坡上，种植粮食和瓜果。

下新宅村可耕种的山地就有几千亩，还有长着马尾松的山岗地就更多了，人们在山地上种下花生、大豆，以及瓜果番薯，在山岗上留种了马尾松，供给村民一年的烧灶柴火。一年四季，村里人没有空闲的时间，忙完了农田忙山地，忙完山地又忙山岗。除了劳动，没有其他事可做。

而邻近的洋埠、罗埠人，因为人多地少，农闲时节大多上集镇坐茶馆店，喝茶听评传，吹牛侃大山，晃晃悠悠就是一整天。当时我们年幼，每天对做不完的农活也非常生厌，就盼望着天能下雨，下雨就可以歇息了。

农村有句俗语："手忙忙，口忙忙。"就是越勤快的人，吃的东西也就越多。事实也是如此。每到秋收时节，村民种的番薯成熟了，周边缺少土地的村民，都会带着锄头、箩筐，到我们村的土地上"捡番薯落"。就是在村民挖过番薯的地里，拾捡一些村民不要了的薯根，用于洗粉或食用。

我从小到大，一直在村里生活，我的童年、少年、青年，都在老家度过。以前，村里有人外出打工谋生，但我父亲总是教诲我说："赌博钱，一蓬烟；生意钱，六十年；种田钱，万万年。"看到我想外出打工谋生，父亲就会劝告道："手中有粮，心中不慌。"也许是父亲从小饿肚子饿怕了，所以，他对土地看得异常金贵，从来舍不得荒废一寸地，总是想方设法把土地全种上才安心。

人活在世上，生存是第一要务，当我没有其他生存之路时，村里土地以宽阔的胸怀包容了我。除了当好农民，我别无选择，我也认命了。从此，我就死守着家里的五亩农田和四五亩山地，每天扛锄下地，披月而归，不辞辛苦。我甚至有了阿Q的精神胜利法："人本该是这样生活的。"直到20世纪90年代，改革开放政策吹进村里后，当我再次想离开农村，换个生活方式时，父亲也许终于看到，一辈子在土地上刨食也不是长久之计，这才同意让我离开村庄，另谋职业。

于是，我就有了到水利工地当石匠、上建筑工地做泥瓦工的经历，再后来又到学校当代课老师、到报社当聘用记者，角色转换了许多个，但我总不能忘记，我曾经是一个农民，我是扛着锄头进城的乡下人。

离开村庄后，我四处漂泊，但总不离根，无论生活多么艰难困苦，每过一段时间，我总要回村看看，对村里的一草一木，都充满了感情，不敢有丝毫怠慢。而且每次回村，口袋里即使再没钱，也要梳理一下头发，整洁一下衣服，然后光光鲜鲜地回村。

看到村民走来，忙掏出兜里揣着的好烟，挨个都敬上一根，让父母和乡邻们觉得，这些年来，我在外面还混得人模人样的，免得被人看轻。其实，我知道，我工资低微，收入有限，每一分钱都计算着花，一直都过着都市贫民的生活，只是在回到村庄时，才摆出一副很洒脱的派头，用我可怜的虚荣心，装扮一下卑微的灵魂而已。

在我离开村庄谋生后，村里人依然勤劳耕种，把可以种植庄稼的土地，充分利用起来，种的番薯、大豆、花生就更多了。而且在村里还形成一种奇怪的现象：越是勤劳肯干的人，农活就越做越多，越是偷懒耍滑的人，反而轻松空闲。只是，勤劳的人一年到头衣食无忧，而偷懒的人则经常青黄不接，靠东家借米、西家借油过日子。

下新宅村民们虽然把土地视为生命，但历来也有"唯有读书高"的念头。听说，以前下新宅村人很会读书，出过讼师，出过举人。在当地，邻近有四个大村，寺平、中戴、下新宅、堰头，每个村都有一千多人口，相邻而居，其中寺平、中戴、下新宅以戴姓为主，堰头以吴姓为主。每个村都是人多、地广的村落，但以下新宅村人笔墨文章最高。

当地流传着这样一段俗语："寺平拳头，中戴吓（hè）头，下新宅笔头，堰头破棉絮包头。"这段话的来历，在当地也有讲究。寺平拳头，说明寺平村人勇猛好斗，村民之间也非常连心，村里人在外，一人受到欺负，往往半村人会赶来帮忙。中戴吓头，指的是中戴虽是戴氏大村，但村里还有许多杂姓，宗族分支较多，遇事只会摆摆大村的牌头。下新宅笔头，表明下新宅村人温文尔雅，知书达理，擅长笔墨文章，四邻八乡闻名。堰头破棉絮包头，可见堰头人忠厚本分，惯于息事宁人，不与人生事端。

下新宅笔头，一直以来是村人引以为豪的。这是因为，下新宅村在清末时期出过举人老爷，名叫戴鸿熙。传闻在民国初年，下新宅村来了个剧团，名曰：今玉。举人戴鸿熙也在场看戏，他的几位侄儿也堪称饱学之士，便请戴鸿熙将"今玉戏场"嵌入联中作一联。举人老爷略加思索，便吟：今朝世界千般戏，玉石分明一下场。速度之快捷，对仗之工整，令旁人叹绝。戴鸿熙还为高义桥撰写碑文，主修过《汤溪县志》，是村里一代儒雅人士。

前两年，寺平村重修兰源戴氏宗谱，请我为新修订的《寺平兰源戴氏宗谱》撰写谱序，我在翻阅老宗谱时发现，民国初期，寺平初修兰源戴氏宗谱，谱序落款便是：下新宅村戴鸿熙拜撰。没想到，时隔近百年后，《寺平兰源戴氏宗谱》重修，谱序撰写人，依然是下新宅村人，这也许就是一种机缘巧合，也让我作为下新宅人，能再次为《寺平兰源戴氏宗谱》重修撰写谱序感到荣幸。

缘于下新宅笔头，村里尊师重教的氛围很浓，村民对老师很尊敬，从不敢有半点怠慢。学校用的水、电，一切均由村集体统一负担。以前有一位姓张的老师，在村里代课，学生成绩非常好，深得村民信任。

后来，张老师因为生小孩，意欲辞去教职，回家带孩子。村干部就三番五次上门动员张老师回来任教，最后由村集体出资，为张老师雇请保姆，恳请张老师回来。张老师也被村民诚心打动，从而重回下新宅村校任教。此事在当时一直被作为尊师重教的典范，而广为流传。

如今，我可爱的村庄在几任村干部的苦心经营下，已跃身为浙江省全面小康示范村，通村公路宽阔笔直，四周环境花木葱茏，九曲廊桥蜿蜒池中。更可喜的是，村民们不再死守着三亩土地过活了，他们在土地上种植了葡萄、桂花、食用笋，昔日的黄土沙丘已变成了树木葱茏的绿色飘带，秋风吹起，满村的桂香飘在每个角落。

原先的村小学校，现在因为撤并到中戴就读了，校址变成了村残障公寓，供给村里无依无靠的残疾人免费居住，后来，又建设了村居家养老中心，全村 80 岁以上的老人可以免费到居家养老中心吃中餐和晚餐。国家惠民政策的步步实施，村民的福利，村庄的环境也逐步得到改善。

现在每次回到村庄，经常会听到老人们爽朗的笑声，食堂里有免费饭菜，每月还能领到普惠制养老金，这和以前农村老人一年到头见不到十块钱，形成了天壤之别。难怪老人们一说起年景就感慨："从没遇到过这么舒心的年代，还是共产党好啊。"

岁月更迭，世事变迁，唯村口的千年古樟，目睹着村里的沧海桑田。想起村庄往事，让人感慨万千。

代课的岁月

人的情感是很微妙的，随着岁月更替，对一个曾经工作或生活过的地方，总是会生出许多怀想来，哪怕住的时间不长。

这次，我带领婺城区戏曲家协会会员开展走读白沙采风行动，到白沙溪源头银坑，收集白沙文化的起源和传承。我们从银坑村开始往回走，一路行来，来到亭久村，在祖垯殿这个地方观看白沙老爷卢文台墓地。

卢文台墓地就在一个荒废了的学校旁边，面对熟悉的操场、熟悉的民房，还有熟悉的古樟树，这一切都曾深深印刻在我的脑海中。因为，在这里，我曾经以代课老师的身份，与高儒、亭久等地的孩子们相处了半年时间。

这个学校，就是曾经的高丁完小。

当年的教室依然排列在学校操场边，当年的教师宿舍依然还在祖垯殿厅堂外侧，只是学校搬离后，墙体显得灰暗破旧，我当年居住的宿舍里，床、椅、桌还摆放着，但多年缺少管理，已经蒙上了厚厚的尘土。

目睹着熟悉的一切，我的内心思绪万千。二十四年前的生活片段，不断在我脑海里翻现。在那段日子里，我住在这个学校里，每天和学生们一起学习、生活，岁月中的点点滴滴都不曾忘怀。

在我离开校园之后，我也常常想起山区可爱的孩子们，他们清纯的眼睛让我看到了许多真诚和友善。这样的目光是后来我在工作和生活中所不能遇到的。太多的社会纷杂，带给我们太多的浑浊杂念。只有在这些山区孩子们的脸上，才能找到这样清澈的眼神。

许多学生在二十多年之后，依然还记着我这个不很称职的老师，这让我时常感到惭愧。李飞凤、郑正富等学生在我离开学校不久，还多次写信给我，表达他们内心最纯洁的思念，和山区孩子对老师的留恋之情。

如今，离当年在山区代课时已过了足足二十四年，这些山区孩子也都已长大成人。但是，学生们在每年的教师节、春节，都会给我发来短信问候，这种真诚的情愫足以让人感动。真没有想到，我这位仅教过他们一个学期的代课老师，竟会给山区孩子们留下如此强烈的印象……

记忆的列车载着我对以往岁月的眷恋，又驶回了当年我在高丁完小任教的岁月。也许没有人会想到，中学毕业后在家务农已整整十三年了，我还会有机会重返校园，去充当"孩子王"的角色。

能够有幸到山区代课，缘于高丁完小校长邵寿贤。邵寿贤是我们汤溪老乡，一直都在沙畈一带从事山区教育工作。当年 9 月开学后不久，学校原先的代课老师突然因去上学而辞去了教职，这让本来老师就十分紧张的山区学校措手不及，紧急招募一名代课老师成了当务之急。

但是，当时代课老师正在逐步清退，已没有了多少转正的机会，而且工资也十分微薄，既无"钱"，也无"途"，邵校长辗转了好几个村，打听了许多曾经代过课的农村青年，但几乎没有人愿意去从事这个行业。

邵校长为此事急得不知所措，当他来到我们村时，已是晚上八点多钟，初秋的夜晚，天气还有些燥热，忙完农活后，人们还在院子里纳凉。邵校长当时倒不是想来请我去当代课老师，纯粹是因为与我父亲相识，作为老朋友探望，才来家里小坐。

邵校长和我的老父亲一起谈论起聘请山区代课老师的艰难，脸上多少显现着无奈和无助。老父亲就说："如果实在找不到人，你看看，我家儿子行不？就让他去试试吧。"邵校长当时以为是开玩笑，也就不经意地说："你家儿子哪里会去山区吃苦啊。"

不过，邵校长还是提出见一见我。当时，我坐在邵校长边上，腼腆而羞涩，胆怯得不知说什么好。

当我把中学毕业后，利用业余时间，在报上写作并刊发的文章摆在邵校长面前时，这位老师才惊讶地看着我说："啊呀，原来就是你啊，我当时看过报上文章，以为是个老学究呢。哈哈哈哈，真是太巧了。"他转过身对我父亲说："行行行，我们山区正缺少语文老师，你家儿子文章写得好，都能登报纸了，到山区担任代课老师，完全是绰绰有余。"

当晚说定的事，对于我来说，还是像梦一般，迷糊得有点摸不着边际。在我的心中，当老师，那该是多么有学问的事啊，我哪能成啊。所以，第二天，我并未当真，早早地下地干活去了。而邵校长则第二天一早就骑着车子来我家商谈，如何去山里教书的事。

我父亲也以为昨晚上事，只是随口而言，并未当真，没想到，邵校长第二天真的会来相请，这让老实得有些木讷的父亲有点措手不及。

当时正值阴历八月，秋收大忙即将开始，家里还有一大堆农活，需要我这个正劳力承当。所以，我父亲只好一个劲地推辞道："嘿嘿，这事哪能成啊，你看看，还是请别人吧，我怕误了山里孩子的前程呢。"但邵校长好像对我十分相信，一个劲地为我鼓气："别怕，你在报纸上写的文章这样好，有这样的语文水平，完全可以胜任山区代课老师职业，就放心好了。"

看到真诚而又热切的邵校长，我父亲也有些动心了，而我则也在心里打起了小鼓："我中学毕业已经十三年了，从没走出过农田，如果这次有机会去代课，只要自己努力工作，说不定也可以给自己换个生活方式。"于是，便应允和邵校长一道，前往高丁完小任教。

也许山区缺少老师是一件急事，容不得半点耽搁。说走就走，当天下午，我打点了一下简单的衣服被褥，把自己平时要看的书和笔记本，带在身上，就和邵校长骑自行车出发了。

当时，正值秋风初起，正午的阳光还十分炽热，我随着邵寿贤校长，沿着白沙溪畔蜿蜒崎岖的山路，蹬着自行车跋涉了整整五十多公里，来到了坐落在五峰山下那个翠竹映趣的地方——周村乡祖塬殿村，开始了我"为人师表"的里程。

这是一个四面环山的小山村，高丁完小就坐落在这个叫祖塬殿的小山村里。学校周边是挤挤挨挨的村落，"校园"也是开放型的，根本没有校园，村里的通道直接从学校操场上直穿而过。成群的牛羊和鸡鸭，每天都在操场上，和学生们一起娱乐。操场边低矮的瓦房就是学校的教室，教室旁的参天古樟更显示着山村的古老和久远。

中学毕业后，我一直从事着农业劳动或进城务工，虽然偶尔自娱自乐式地涂鸦一番，也不过是填补一下报刊编辑的"空白"，根本没有到课堂上正儿八经地给学生上过课。

初来乍到，我还以为，可以跟着老教师旁听几堂课，再模拟着自己上阵，但山区小学教师奇缺，近300名学生，连校长在内只有7个老师。老师的缺少让学生有些"等米下锅"的味道。所以，邵校长说，没时间培训听课了，你自己估摸着上课堂讲课吧。

当我走进高丁完小四年级教室，学生们早已端坐在位置上。教室里悄无声息，令人感受到校园特有的庄重与静谧。我站在讲台上，面对射上来的四五十道目光，顿时有些惊慌失措，一时不知将如何去营造"师道尊严"。

为了掩饰暂时的慌乱，我灵机一动，做了一次简短的自我介绍："同学们，大家好，我姓戴，受邵校长邀请，前来接任你们班的语文教学，希望今后我们共同努力，并能成为真诚的朋友，谢谢大家。"说完，我深深地一鞠躬，然后听到了一阵热烈的掌声。

第一堂课，我就这样赶鸭子上架般开场了。在课堂上，我领同学们朗读课文，讲解词意，分析段落，归纳中心。虽然我没有当过老师，但我明白，教会学生认字，是老师的基本功能，引导学生分析课文，是老师的重要手法。只有让学生理会课文意思，懂得文章的内容和结构形式，才能让学生理解其中的含意。

　　以后的日子里，我成了一个名副其实的"孩子王"，不过我没有像其他老师那样，总是板着一副令人望而生畏的脸孔，我相信"感情注入法"。因此，我始终微笑着从教室中走进走出。

　　由于基础薄弱，学生们的语文功底都不好，有的甚至连基本的拼音常识也不会。为了给山区孩子们强化基础知识，我特地在教室里安装了灯泡，利用晚上时间，放弃休息，召集愿意来上课的学生，无偿进行语文基础补习。通过一段时间的基础知识补充，总算给学生们找回了学习语文的自信。

　　山区由于条件简陋，食堂烧的柴草，还需要师生自己上山砍。这在今天也许是不可思议的事，但是，在当时的条件下，学校只能利用每周三的劳动课，由老师带队，让三年级以上的学生，到附近的山上砍些柴草回来。

　　这是一项具有危险性的劳动，这些孩子还很小，但要让他们上山砍柴，作为老师的确也于心不忍。也许山区的孩子从小在山上摸爬滚打惯了，他们对砍柴这一课目的兴趣，远远超过了在教室背书，所以一个个都像小麻雀一样，叽叽喳喳，欢欣异常，向山上进发。

　　每次在山上砍柴，我的心也时常紧绷着，我要兼顾着所有的学生的安危，叮嘱他们不要爬到高山上去，宁可砍点小叶杂木，也要确保安全第一。砍完柴草，老师们就要负责帮弱小的学生捆绑柴草，还要帮着一捆捆背下山来。一天的劳累下来，别说孩子们受累，老师们也都感到吃不消。

看到孩子们背着柴草回家，我当时想，适当吃点苦，或许也不是坏事。至少可以让学生们明白，劳动是一个人的基本能力，保持这种纯朴的劳动本质，对自己今后的人生一定会有帮助。

除了教学语文课，我还负责学生的美术教学。对于画图画，我自小有点小偏好，所以，美术课对我来说，还比较随意。教好课本上的画图基本功后，我还带领学生走出课堂，到室外写生，用画笔描绘大自然的美景，这样的教学常常令学生欢欣雀跃。

每当课余时间，我与学生们一起跳绳打球，一到周末，由于学校离老家较远，我也不每周都回家，我就带着学生到校园边上的山坡上，采摘野果子，偶尔也下河摸蟹捉虾。我的随和与善意，赢来了学生们的敬重，他们很快就接纳了我这个陌生的老师。

学生们有事都爱找我述说，就连我的房间里也时常充满着孩子们开心的笑语。融洽的师生关系，消除了彼此间的隔阂，我的温存与爱心，感化着每一个学生懵懂的心灵。一个学期的潜移默化，学生们的语文成绩有了可喜的进展，期末考试结束后，学生的喜悦和我一样写在脸上。

世事总是令人预想不及，第二年，我不得已辞去代课的教职，回乡务农。邵校长一再挽留，想让我继续留在山区教书，尽管我对教书这个行业十分喜爱，但因为代课老师的逐步清退，前途渺茫，我无意再留在山区耗费青春，只好辞别这个可爱的校园。

记得那天正逢新学期开学，同学们兴冲冲地来到我的房间报到，而我正在收拾行李。当学生们得知我今年不再担任他们的语文老师时，惊讶的脸上纷纷流露着一种迷惘与失望。

一个学期的接触，学生们把我当作了朋友，他们的内心希望我能继续留在学校教他们语文，学生们对我的信任，让我感到惭愧，我就像一个临阵脱逃的逃兵，害怕面对这样真诚的眼光。

也许他们这个年龄的人，尚不知用怎样的语言来恳求我留下，他们所能做的，只有把真诚的感情化作滚动的泪珠，顺着脸颊滴落，然后默默地靠在学校墙角边，漠然地歪着头，用泪眼模糊的目光，相送我愈走愈远的背影。

离校的那天，空中飘着蒙蒙的雨雾，灰暗的天空给离别增添了几分悲壮的色彩。我缓缓地推着自行车，也是一步三回头地与学生们道别，脸上也挂着晶莹的泪珠。

如今，站在熟悉的教室边上，目睹着曾经居住过的教工宿舍，目睹着曾经上过课的三尺讲台，这一切又唤起了我对往事的回忆。

虽然我在高丁完小时间很短，但是在那里我感受到了山区人民的憨厚与淳朴，也感受到了山区孩子的聪明和纯真。不管岁月流逝，还是时光倒转，这一切，都将成为我人生最温馨的回忆。

堂　屋

老家有一间很大的厅堂，名叫"堂屋"，坐落在佛堂基边。

佛堂基是村里人口最集中、人气最热闹的地块，自古以来也是村民议事、商贸往来场所，也是评说公理的场所。大凡村里人之间有了纠纷，各说各的理时，便会喊一句：到佛堂基评评理。如果有什么丢丑的事，也会说：拎到佛堂基上让大家看看。

除了堂屋，佛堂基边上还有豆腐店、肉店、代销店、理发店，偶尔，村里也会有杂耍班子来，就在佛堂基上围一个圈子，等天黑时分，点上一盏"电气灯"，整个场子便亮堂开来。杂耍班子各色人员粉墨登场，演绎自己的独门绝技。

不过，乡村杂耍耍到最后，无非是推销一些跌打损伤的药末。村里人统称这些人为"做把戏"，或"买狗皮膏药"的，对于他们的"灵丹妙药"，却很少有人信任，所以，光顾他们生意的也少之又少。

尽管购药者寥寥，但佛堂基上不缺这样的杂耍班子，每隔一段时间，便会有一群"做把戏"的前来闹场，碰到下雨天，杂耍场子便会搬到堂屋里继续。在精神生活匮乏的年月，一个小小的马戏团、杂耍班子，就能让村民兴奋很长时间。

商贸繁荣带动了人气的集聚，于是，村民便以居住在佛堂基边上为荣。记得有一年春节，佛堂基边一户农家的春联，就书写了"门对佛堂基，家居福井边"，自豪之情溢于言表。

佛堂基边还有一口古老的水井，名叫红井，井台圈用青石打凿而成，因为年代久远，井圈口已被提水的井绳磨成了凹形。红井的井水甘甜清凉，炎夏时节，用井桶提上来，喝一口，便觉通体凉爽。

当年村里有人做一种叫凉粉的夏日冷饮，据说只有红井的水才能制作，别的井水做出的凉粉就没有这种清凉之感。卖凉粉的是村里一位独身老奶奶，住在佛堂基边上，凉粉是她的独家生意，制作秘方好像绝不外露。

凉粉卖两分钱一小碗，配上薄荷、醋和白砂糖，简直就是天上美味。小时候，因为贪恋凉粉的冰爽，每逢夏天，我便时常跑到佛堂基上买凉粉吃，这种清凉的感觉，一直伴随着我度过悠闲的童年时光。

几百年来，堂屋就处在佛堂基边上，一任岁月的风雨侵袭，目睹村庄的兴衰变革和沧海桑田。也不知"堂屋"建造于什么年代，青砖黑瓦，梁粗椽壮，厅堂内的柱子也大都采用粗大的原木，柱脚用的石磉，都是脸盆一般大小的青石雕琢而成。虽经年代久远，但"堂屋"历经风雨而巍然屹立在故乡的土地上，承受着一代一代乡民的顶礼膜拜。

堂屋的后厅，还有一间小屋，当年村里的会计室，就设在这间小屋里，里面还有一部手摇式电话机，村里人有时打电话，通过这个手摇式电话机，摇到中戴邮电局总机转。因为以前打电话都是要手摇的，以至现在手机普及年代，村里人说起打电话，还会习惯性地说："帮我摇个电话去。"

由于堂屋是村里的公共场所，附近村民的打稻机、风车等大型农具，都会放置在后厅，还有些人家，把棺材也放在后厅里，乌漆棺材两头红，放在后厅，让我们这群小屁孩看了心生恐惧。以至于全村人都传说，堂屋里半夜闹鬼的事。

关于堂屋闹鬼的传闻，后来越传越活灵活现，甚至说有人在半夜里看到过，类似黑白无常之类的鬼怪。以前有外乡来的工匠，到村里做红曲、做木工等手艺活，也住在堂屋里，这些手艺师傅便会拿堂屋半夜闹鬼的事来吓唬人。

这些手艺人声称自己有阴阳眼，可以在半夜看到鬼怪出没。当时，我们很害怕，对堂屋产生了莫名的敬畏，对鬼怪出没之说也深信不疑。后来，随着年纪增大，慢慢悟出了"世上根本没有鬼"的真理。他们之所以要编出一通鬼怪神话来，无非是为了自己晚上放在堂屋里的财产安全，免遭他人偷窃罢了。

"堂屋"不是民居，厅堂中央空旷敞亮，前后共有两个"天井"，前厅搭建了一个大戏台，戏台四周的柱子都是粗壮的原木制作，台面的木板厚重，人踩上去，"咚咚"作响。戏台边则建有厢房，供演出人员换衣化妆之用，后厅搭建了阁楼，供人坐在楼上看戏谈天。

我们小时候，每逢堂屋做戏，都爱往戏场里赶，其实我们也看不懂古装戏，听不懂戏文里的唱词，更多的是为了凑热闹。但是做戏时的堂屋，人十分拥挤，小屁孩只能被挤到后厅处，看着前面的人头攒动，至于戏里演唱的什么悲欢离合，与我们毫不相干。

听老一辈人说，"堂屋"平时大门紧闭，只有在族内有大事时，才会打开大门，让人入内商议。所以，"开堂屋门"便是村里有大事发生的象征。在我十来岁的时节，只要堂屋门一打开，便会和小伙伴们一起，随大人涌入堂屋，夹在大人的屁股后面看热闹。

自打我记事开始，我们村里还专门成立了"文艺宣传队"，组建了一班人马，专门表演现代京剧。当时，"堂屋"内演戏都是上演《红灯记》《沙家浜》《智取威虎山》等样板戏。有时也会演出《半篮花生》《一把小算盘》等现代戏曲，不过，这些都是烙有时代背景的节目，反映了当年"以阶级斗争为纲"的狂热与推崇。

每逢堂屋演戏了，全村男女老少，就都集中在堂屋内看戏，生产队还照样记工分，美其名曰："思想教育现场会"。

当时那个年月，演样板戏可是一个热门活，少男少女们抢着上台。记得我们村成立"文宣队"时，报名的人把队长家的门都挤破了，年轻男女人人都想上台露脸。

村里有位少女，很想演《红灯记》中的"铁梅"，无奈她家成分较高，是个地主的女儿，地主的女儿怎么能演英雄人物呢？看到小姑娘泪眼汪汪的模样，文宣队就是不敢破这个先例。好在队长还算开明，大手一挥，说："演戏嘛，谁演得好，谁就上，都是为了宣传需要，家庭出身由不得自己选择，准了。"

于是，"小铁梅"终于有机会登台露脸了。可能是这次表演的机会来之不易，"小铁梅"演得活灵活现，唱得字正腔圆，她的一曲"我家的表叔数不清，没有大事不登门"，感动了台下一大帮父老乡亲。

要演戏首先要排戏，这些演员们，白天参加生产队农田劳动，晚上就聚集在堂屋里，排练戏文，熟记唱词，舞台手法，每一项都要练习到位。排练时，我记得才七八岁，跟着演员们一起，躲在堂屋后台凑热闹。

有一次，天下大雨，雷电交加，练习结束时，已经午夜十二点多了，外面漆黑如墨，没有一丝光亮，我一个小屁孩，站在堂屋门口，竟迈不开步，不知往哪儿走，急得我只好哇哇大哭。幸好练戏的演员中，有一位住我家边上，他带有手电筒，便领着护送我回家。

从堂屋到家中，要经过一条长弄堂，漆黑如墨的夜里，分不清东西南北，如果没人带路，完全不知从哪里迈步。这件事过去几十年了，对我来说，还记忆犹新。因为，当时，对黑暗的恐惧让我产生了刻骨铭心的记忆。

当时的农村戏台上，除了演样板戏之外，别的古装戏是严格禁止上演的，"帝王将相、才子佳人"，这些古装戏中的重点角色，统统被赶下历史舞台。在台上表演的，清一色是现代革命京剧。于是乎，村里原本是种田犁地的农民，到了晚上，就变成了"李玉和""阿庆嫂""胡司令""刁德一"。大街小巷也流传着一样的曲调：

"垒起七星灶，铜壶煮三江。摆开八仙桌，招待十六方。来的都是客，全凭嘴一张。相逢开口笑，过后莫思量。"

后来，随着文艺政策的放开，古装戏重回乡村舞台，堂屋的戏台上，再次响起了"闹花台"曲调。《大破天门阵》《百寿图》《讨饭国舅》，一幕幕历史人物的悲欢离合，在舞台上重现。堂屋，这间古老的乡村厅堂，再现乡村文化阵地风采。

舞台小世界，社会大舞台。戏台是教化人心的圣地，而人生也正是一个大戏台，不管悲壮还是喜悦，总会有谢幕的时刻。只有在演绎的舞台上，把握好自己的角色，才不会愧对人生，才不会留下遗憾。

堂屋，历经风雨数百年，见证了整个村的历史沿革，在堂屋戏台上演绎的人间悲欢，折射着社会万花筒。舞台一丈宽，世间百态现。生旦净末丑，戏说人生事。小小堂屋，是村里人几辈子生活演绎的象征。

露天电影

偶尔去影城看了一场电影，舒适的座位，清晰的音响，鲜艳的色彩，激光画面几近逼真，按理说，这是一次很愉悦的精神享受，但我坐在电影院里，总找不到儿时追赶露天电影的感觉，好像现在的电影，虽然拍摄技艺越来越高超，银幕画面越来越精美，但远没有少年时期对电影的期盼。

以前在农村里，精神生活几近空白，除了电影，就没有其他文化娱乐了。追赶露天电影，应该是我们少年时期最开心的事。

当时公社有专门的电影放映队，每个村轮换着放映。碰到热门的影片，就一个晚上几个村赶场轮映。过去每部电影一般分四五个胶片圈，往往这个村放完一圈胶片，就换下来由专门等候的人立马送往另一个村放映。这样，一部电影，在一个晚上可以在多个村轮番播映，当时称这种模式为"轮片"。

碰到村里过节或者有喜事，一个晚上可以放四五部片子，一部影片两个小时的话，五部片子就得通宵放映。最后一部电影放完时，场上的人已经走了过半，留下的都是铁杆影迷。这样的日子，对我们小孩来说，是最开心不过的了。平时到晚上八九点钟眼睛就打迷糊的，一到电影场上，整个人都会兴奋起来，也忘了瞌睡，不坚持到扯电影布，决不回家。

有电影到村上放映，最先知道的自然是大队干部家，所以，他家的孩子传出来权威信息，大家就都很信服。村里还要安排人员，去公社挑回电影放映机和胶片圈。机子一到大队干部家，放映人便会开起小灶，在近距离的白色墙壁上，调整好一块像电视机一样大小的位置，试映一下片子的效果。试映时，就已有很多人围着观看，这就叫先睹为快。

乡村放电影，一般选择在场地开阔的晒谷场上，傍晚时分，村民便在场边立起两根大柱子，用绳子将银幕布的四角，牢牢地绑在柱子的两端。这也是判断村里是不是真有电影的标记。往往传闻村里要放电影的消息时，人们就会信誓旦旦地说上一句："今晚村上真有电影了，不信？柱子都竖起来了，就等着扯电影布了。"

得知有电影来村的消息后，村民们便奔走相告。天还没黑下来，人们就早早地吃了晚饭，把四尺凳、竹椅子一股脑儿搬到晒场上，占据最佳位置，等候开映。晒场中间位置上，安放四张从村小学借来的课桌，电影放映机就摆放在课桌上，放映员也站在课桌上，操作机子。

村里的小孩，虽然看不懂电影，往往却是最开心的，他们在课桌上爬上爬下，时不时还摸摸放映机，内心非常奇怪："这么多人，枪啊，炮啊的，怎么就能装进这个小盒里呢?"电影放映员便会大声叱呵："小心，别碰到，碰翻了，炮弹要打到场地上来了!"小顽童们便"呼"地一下作鸟兽散，逃之夭夭。

天渐渐黑了，人们也从四面八方聚集到晒谷场上，抢先摆放好凳子、椅子的，就坐到场子中间位置上。不过，坐凳子上观看电影的，一般都是上了年纪的老人，年轻人闲不住，喜欢往大姑娘多的地方扎堆，时不时还挤兑两下，引起大家一阵哄闹，然后又换一个角落继续挤兑。我们这群小毛鬼则跟在大人的屁股后面，跟着瞎闹。

放电影是一种很好的宣传模式，在放映之前，村干部往往先要"训导"几句，从中央形势到村庄治安，从阶级斗争到劳动生产，大事小事交代完了，还不忘提醒大家："关好门户，小心火烛。"当时，我们一群小屁孩，挤在大人屁股后面，听村干部训话，感觉特别威风。谁谁谁的爸爸能在电影广播里说话，他的孩子往往就能成为孩子王，足以在村中"统帅三军"，号令众儿童。

过去的电影，无非两大主题，一类是阶级斗争内容的反特片，一类是解放军打仗内容的战斗片。村民最爱看的，还是战斗片。《渡江侦察记》《南征北战》《小兵张嘎》《上甘岭》《英雄儿女》等等，真可谓"枪炮一响、肃静全场"。人们从电影的演播里，沉浸在战争年代的悲欢离合之中。通过电影，我们对解放军充满了神奇感，黄继光、邱少云、董存瑞等英雄人物，简直是我们内心无比崇拜的偶像。

当然，电影放映队是宣传工作单位，所以，电影正本放映之前，往往要加映一些带政治色彩的纪录片，或者是宣传科学种田知识的科技片。在报纸、电视都没有普及的年代，人们对新闻和科技的来源几乎是"零渠道"，所以，放电影时的科技教育片，往往是农民最喜欢的内容，而我们小孩子则认为，放这些东西纯属浪费时间，我们根本不去关心这些宣传片内容，巴望着早点放完"加映"，好走入正题。

战斗片看多了，人们就看出了经验和门道，电影刚开映时，可以从电影制片厂家来判定电影是什么内容。如果是"八一电影制片厂出品"，一般都是战斗片，只要是打仗的，村民们就喜欢，而对一些"情啊""爱啊"之类的片子，除了大姑娘、小伙子爱看外，老人和小孩基本上都不爱看。老人们爱看的古装戏、小孩爱看的动画片，青年男女又不喜欢。

电影除了本村外，十里路之内的外村，只要有电影，人们都会追赶着去看，有时，一些爱多事的人，往往会"假传圣旨"，谎称某某村今晚放电影，片名叫《看不见的战线》，银幕布都扯好了，落黑就开映。

一听片名就是战斗片，害得爱看电影的人吃过晚饭，徒步十来里赶去，结果，当地村里人都不知道，这才发现被坑了。假传信息者这才透底道："跟你们讲过了啊，看不见的战线，你们还去？活该走一趟白路。"

最会放电影的，应该是一些国家单位或部门。在我们村附近二三里路处，是十里坪农场小垅里分场，居住着一些刑满之后无家可去的场员，也有一些刑期较短、罪责不重的在押犯人。

　　因为这里是国营单位，所以，隔三岔五的会在农场外围的空场上放电影。农场周边村庄的村民，只要农场放电影，每个村都会有半数以上的人赶去看。不管天晴还是下雨，都无法阻挡村民追赶看露天电影的脚步。

　　记得有一年除夕，农场又放电影，村里人早早吃过年夜饭，就齐聚在农场的空场上。后来电影开映了，片名是《祝福》，讲的是祥林嫂的故事，整个片子都充满了过年的氛围，最后祥林嫂也在除夕的鞭炮声中，凄凉地冻死在雪地之中。原本喜庆的节日，村民们的心情被悲催的剧情所感染。

　　回家的路上，人们还不住地扼腕叹息，为祥林嫂的不幸而不平。电影的感染力，在剧情之外得到发挥，人们的爱憎也体现于此。

　　童年时代赶电影场，除了临近的村会赶去，稍远一点的十几里、二十里路之外，也会赶去。有一次，听说邻近村放电影，片名叫《尤三姐》，老人们说，这个片子好啊，很好看的。于是，很多人赶了十多里夜路去看，我们小孩当然也不肯放过这种凑热闹的机会。

　　结果，《尤三姐》却是《红楼梦》中的一段故事，是以京剧形式表演的电影，对于古装戏，年轻人大多看不懂，也没兴趣了解，所以年轻人纷纷嚷嚷着"什么很好看，感觉被骗了"，而老人们对《红楼梦》自然是情有独钟，所以，看《尤三姐》就格外起劲。戏中人物的喜怒哀乐，全融进观众的表情中。

　　农村电影一般都是收种结束后或冬天农闲时的娱乐项目，田野里到处都是堆积着的稻草垛，赶外村看电影的人中，也有一些爱搞恶作剧的人，在夜晚回家的路上，一路把田里的稻草垛全点燃了，远远望去，红光闪烁，星火点点，如同古代"烽火戏诸侯"的情景。

第二天，发现稻草垛被烧的村民气得直骂娘。此后，只要邻村放电影，害得村里晚上专门派人在田野里巡逻守候，以免稻草垛上再次上演"火光冲天"情景。

像点燃稻草垛这样的"大坏事"我们干不了，但小孩子看完电影回家，路上也不闲着，掰个玉米，挖个番薯，此类小儿科的事，我们也没少干。看一场电影，饱了眼福，又饱了口福，真是乐在其中。

如今，受网络、电视等传播媒体的冲击，加上城乡高档影院、影城也层出不穷，记忆中的露天电影已渐渐淡出了人们的视线，乡下电影放映队也解散了，露天电影的年代也就一去不复返了。但是，20世纪五六十年代出生的人，对露天电影的怀念，依然在回味之中。

看露天电影，这种乐趣是现代人无法体会得到的。

儿时校园

国庆节回到老家，到原先的村小学去转了一圈，发现曾经的学堂，现在改成了居家养老中心，村里 80 岁以上的老人，可以免费到中心吃饭。校舍依旧，操场依旧，只有四周的梧桐树比小时候长大了许多。

看到昔日的校园里，老人们的欢声笑语响彻空间，和我们小时候在校园嬉闹竟然有几分相似。不由得令人感慨：人生一辈子，也许就是一个岁月轮回的过程，从黄毛小儿到耄耋老人，人人都在岁月长河中游荡，谁都改变不了。

这一排排低矮的小平房，就是村小学，当年从小学到初中，会聚了本村及周边村庄的六七个班级学生，约二三百人。学校的设置有点像北京的四合院，靠西边是校门，然后东头是升旗台，南北两旁是校舍和教工宿舍。校园中间则是操场，学生们课余时间，在操场上嬉闹玩耍，体育课时，操场就成了训练场。

在这里，我们从 a、o、e 开始，接受了最初的启蒙教育，经历了从红小兵到红卫兵的过程，也感受了"文革"期间教育的荒芜，校园内的空间，记录了我少年时期的一切痛苦和欢乐，至今难以忘怀。

记得 1971 年的 9 月，是我上学第一天。这天一大早，母亲给我煮了红鸡蛋，我背着写有"为人民服务"字样的绿色小挎包，高高兴兴上学去了。当时，我们上学，人人还得要带着一本"毛主席语录"之类的红宝书，有些家庭出身成分高的学生，因为没有小红本，就哭闹着不肯来学校，父母只好东找西借，最后实在没办法，只好用一本红色封皮的工作笔记本代替，这才扭扭捏捏地来到学校。

入学第一课，就是学习上课时的礼节，当年不像现在这样，学生们看到老师进来后齐声喊："老师好！"而是在老师走进课堂后，大家齐刷刷地站立，人人把红本本虔诚地放在胸前，然后面对讲台上方的毛主席像，恭敬地喊一句："敬祝伟大领袖毛主席万寿无疆！"然后老师才开始上课。

学校是教育人的场所，政治意识非常强，我们上学时，"文革"味道还很浓，革命群众、革命精神等字眼非常流行。老师给我们上的第一堂课就五个字："毛主席万岁！"然后就是"中国共产党万岁！""中华人民共和国万岁！""中国人民解放军万岁！"老师教我们的第一首儿歌就是："爷爷七岁去讨饭，爸爸七岁去逃荒，今年我也七岁了，高高兴兴把学上。"

以前学校老师奇缺，一个老师往往要兼二三个年级的课程，一个教室里，一排一年级学生，一排二年级学生，一排三年级学生，这种模式称之为"复式班"，老师上课时，先上一个年级的课，再让他们抄写生字，做作业，然后上另一个年级的课。我在小学一年级时，已经隐隐约约间接触到了二三年级的课程，只是以前年幼，不懂事，只觉得新奇，好玩。

以前的老师基本上都是家庭成分较高的地主或富农子女，因为，只有家庭出身富裕的人家，才有机会读书识字，贫下中农家庭大部分都是靠在田里扒食吃，根本没条件读书，基本不识字，也当不了老师，偶尔也有几个下放的知识青年，或者受过部队教育的退伍军人过来当代课老师，但这些代课老师因为收入太低，极不稳定，经常会撂挑子走人。

按照贫下中农管理学校的制度，我们的校长就是村里选出的一位农民，既不识字，也不会讲普通话，但他根正苗红，思想积极，公社革委会认为，就是要选这样的人当校长，管管这些个地主、富农成分的"臭老九"。校长平时不在学校，而是在村里敲平安铜锣："天干物燥，小心火烛!"只有开会、学习时，他才会在学校出现。

校长虽然是学校领导，但他没文化，所以对老师还是很尊重的，看到老师过来，还点头哈腰，礼让有加，让老师们诚惶诚恐。后来老师们发现，校长是位极好说话的老农，这才松了一口气。校长除了管理老师，还自告奋勇，承担了指挥村民为学校食堂砍柴的任务，校长觉得，到山上砍松树枝，可比在台上讲话轻松多了。

为了培养农业接班人，学校还在村北的山上开辟了一块山地，用于学生在劳动课时翻种。每周三下午都是铁定的劳动课，除了下雨，老师都会带着学生到山地上挖地除草，然后种些大豆、番薯之类的农作物。

遇上农忙季节，老师会带着学生到生产队里，帮助干些割稻、拔秧之类的活。这时，学生们就像欢跃的小麻雀，叽叽喳喳吵个不停。上劳动课，是我们这些半大小子最开心的日子，毕竟，上山拔草比在课堂背书可有趣多了。

学校的边上，有一口很大的池塘，池塘边长着三棵参天大树，据说已有千年之久。我们最喜欢的就是跳到池塘里洗澡，或者在塘边摸田螺和小虾。也许是为了学校纪律，也许是出于安全考虑，老师是严禁学生下塘洗澡的。

但禁令远远抵挡不了诱惑，往往老师一转身，学生们就跳进池塘游泳了。实在没办法的老师只好拎着塘边的短裤到家长处告状，而我们这群光屁股臭小子则躲在池塘中央不敢上岸，直到天黑了才悄悄躲回家，之后免不了受到父母一顿"柳条伺候"。

当时，课本教育都是带着浓厚政治色彩的，语文课上，大多数都是语录类文章，从"愚公移山""纪念白求恩"到"学习张思德"，清一色都是革命传统教育类课文，通过语文学习，我们认识了黄继光、邱少云、杨根思等英雄人物，也知道了黄世仁、刘文彩、周扒皮等反面人物，学生们基本上都爱憎分明，对英雄人物表现出无限崇敬，对反面人物则显现鄙视眼神。

语文是这样的类型，数学也差不多，当时叫算术，算术应用题也是带有政治色彩的。比如：

贫农张大伯租种了地主赵老财家的五亩地，每亩地每年要交租 500 斤，问，张老伯一年被地主赵老财剥削了多少斤粮食？要不就是这样：工人在零下 15 摄氏度的室外劳动，资本家在零上 15 摄氏度的室内休息，问，工人和资本家的温差相差多少？

算术教学，反映了当时那个年代教育导向的明显阶级性。

记得有一次，老师在算术教学中，刚好教到四舍五入这一章节，为了加深学生对四舍五入的理解，于是他在教室里自编了这样一道题：小明到供销社买煤油，当时煤油 0.24 元一斤，火柴 4 分钱一盒。小明只带了 0.24 元钱，但他却买到了一斤煤油和一盒火柴。问，小明是如何做到的？

这个诡秘的算术题让我们想破了脑袋也想不出办法。去偷，去抢，显然是不可能的，但正常途径又觉得完全不现实。

后来，老师点题说，小明每次去买一两煤油，0.024 分，按照小数点之后四舍五入原则，他只花了 2 分钱，连买十次，就只花两角钱，多下 4 分钱，刚好买一盒火柴。按理，这道题运用四舍五入方式计算也没有逻辑上的错误，问题错就错在导向上。

事后有人向学校领导报告说，老师在教学生用投机取巧的办法，到供销社揩公家的油，这是典型的挖社会主义墙脚，是资本主义思想的体现。这下问题闹大了，从大队到公社，连连好几拨人来查证此事，幸好这个老师家庭出身是贫农，没有历史问题，这事也就不了了之。

课堂教育是这样，课外娱乐也差不多，当时学生们做的游戏，都带有阶级成分。用一张纸折叠成四个角的纸套，每个纸套上分别写上地主、富农、反革命、解放军等字样，然后套在手上，用手指活动来变幻纸套，再让人猜选哪一个手指，如果猜到"地富反"之类的，就代表输了。当时，小学生中非常流行这个游戏。

大型游戏则就是"解放军""日本佬"这一类型，类似于官兵斗强盗，一般分成两拨人马，一拨代表好人"解放军"，一拨代表坏人"日本佬"，然后开始"解放军"追打"日本佬"，最终打败了"日本佬"。整个游戏场面宏大，可以几十人甚至上百人参与。

这种游戏也似乎带有政治色彩，贫下中农、大队干部子女，理所当然是扮演"解放军"的角色，而村里地主富农的子女，只能当"日本佬"了。因为，他们没有资格扮演"解放军"，否则就有混入革命队伍的"嫌疑"。在物质生活、精神生活都相当匮乏的年代，这类游戏从小学伴随我到初中整个少年时代。

岁月沧桑，许多往事都在记忆的长河中渐渐模糊了，但小学校园里发生的一切，却历历在目，这也许是人们怀旧心理作用，记住了童年时期最难忘的时光。

云头坞初中怀想

云头坞初中就设在云头坞山岙里，学校因地名而得名。

从来没有一处学校能令我们如此铭心刻骨，云头坞初中早已在我们记忆深处留下了深深的烙印。我们作为第一批就读的学生，在云头坞经历了近两年的初中生涯，从学校初办时的简陋，到后来设施的逐步完善，我们见证了学校的一步步成长，学校同样见证了我们的懵懂青春。

当年，人们根本没有想到，怎么会在云头坞这个山岙里去建一所学校。中戴公社原本是有初中的，中戴初中就设在"戴氏宗祠"里。"戴氏宗祠"属中戴、寺平、下新宅三个大村的戴姓族人最大祠堂，梁柱粗壮，建筑恢宏，祠堂内天井、阁楼、厢房一应俱全，清一色的徽派建筑风格，展现了戴氏家族的辉煌。

名噪一时的"戴氏宗祠"曾经是戴氏族人引以为豪的场所，后来被当作学堂，成为乡民启蒙教育场所。所以，在"文革"期间"戴氏宗祠"也没遭到破坏，躲过了"破四旧"的狂热。没想到的是，"文革"结束后，在二十世纪七十年代末，或因危房改造，或因新校园建设，这处始建于明代的古建筑竟然被全部拆除了，现在回想起来，依旧令人扼腕叹息。

其实，在拆除祠堂之前，中戴公社教办就有了设想，在中戴到曹界的山岙里，一个叫云头坞的地方，建一所新的学校，这就是云头坞初中，以解决中戴公社十七个村的学生初中就读问题。

云头坞其实就是一条山垅，地处上叶村的东边，靠上瀛头村云头殿自然村内首，周边的山林地块，又属于寺平、上叶等村所有，建校舍的场地，略显平坦，属于上叶村所辖，校舍周边还有大小渡槽等水利建设项目。

当时，拥有一千左右人口的村，都是建有初中班的，后来随着计划生育政策的推行，村庄里的学生人数逐年减少，才把初中班归并到中戴"戴氏宗祠"集中就读。"戴氏宗祠"拆除后，中戴公社所属的学生就分散在寺平、曹界等村校就读，直到云头坞初中建好后，又陆续搬迁到新校区读书。

记得在 1977 年下半年，当时我才十一二岁，原本在寺平村校读初一，半个学期上，学校突然说要搬新校舍了，当时我们这群半大小孩兴奋得像小麻雀，叽叽喳喳嚷嚷个不停，因为从没去过云头坞，不知道是怎样一个场所，隐隐约约听说，学校处在一个很远很远的山弯里，前不靠村，后不着店，四周除了山林树木，便是荒草萋萋的坟茔。

搬迁校舍的当天，阳光很灿烂，学生们的心情也很激动。当时不像现在，拥有很好的交通运输工具，学校里的课桌椅，一些相关的教学设备，全要靠师生人工抬着搬离，从寺平老校区到云头坞新校址，十多路里步行而去，还得两人一起抬着一张课桌和两张凳子。

当年我个子小，身高还不到一米三，和我同桌的同学是节义村人，我们两个小个子抬着长条形的双人课桌椅，从汤莘公路一直往云头坞方向前进。因为个子小，力气弱，我们几乎抬个三五十米就要歇一下，然后又继续往前。十几里路程，不知歇息了多少次，回头一看，发现才刚刚离开中戴不远，也不知要抬到什么时候才能到达目的地。感觉中，这一段路程是我这辈子走过的最长的路。

中午的阳光酷热灼人，抬着桌椅前行的同学们，个个汗流浃背，块头大的学生，已经早早领先去了，一些如我般小个子同学，则像蚂蚁搬家一样，三步一歇，五步一停，慢慢地向前移动。也许是天佑怜人，正当我和同学抬着桌椅艰难前行时，一辆到山里拉货的手扶拖拉机开过来，机手见怜我们弱小的身躯还得抬着桌椅，便停车招呼我们，将桌椅摆到拖斗里，载着我们往云头坞开去。

坐在拖拉机的拖斗里，享受着午后山谷里吹来的凉风，我们本已湿透了的衣襟，顿觉凉爽无比，这是我最惬意的经历。从来没有过在筋疲力尽、无可支招、几尽绝望之时，会有一辆拖拉机载我一程，这个拖拉机手叫什么虽然不知道，但我对他的感激则是终生难以忘怀。

到了云头坞初中新校区，我们这才发现，说是学校，四周却没有围墙，完全是在山旮中的一块平地上，依"7"字形构造，搭建了一大一小两排低矮的瓦房，一排大的房子是四个教室，一排小的房子是教师宿舍。学校操场则是一块尚未平整过的土地，地上还存留着村民种植的玉米秆或蔬菜残叶。

校舍的四周，都是高高低低的山丘，山上除了稀稀拉拉长着几株马尾松外，再就是荆棘和茅草。从校舍窗户往外望去，落入眼帘的便是一个又一个坟墓。校舍走廊的一头，挂着一块锈迹斑斑的破犁铁。上课时间到了，老师就会用榔头敲响破犁铁，"当、当、当"的清脆声，在寂静的山谷中回荡。

这，就是我们以后要就读的云头坞初中吗？

新建的云头坞初中设施很不完善，学生和老师全部实行走读制，早上六点半到校，晚上五点左右放学。我的老家离云头坞要十多里路，早上怕迟到，我不得不四五点钟就起床，步行上学。家里又没有闹钟或手表，时间全凭天际间的亮光或雄鸡打鸣判断。有时起得早了，走到学校，发现天还没亮，老师还没来开教室门，只好蹲在教室门口，迷迷糊糊又打盹睡着了。

夏天还好对付，但冬天就难熬了。冬天的早晚，除了冷之外，天还很黑，当时我们人小，胆也小，越黑越怕鬼，早上去上学时，路上碰不到一个行人，越黑越心慌，好不容易遇上到山里砍柴的农民，就悄无声息地跟在后面，虽然不认识是谁，但也一步不敢落下，这样好歹还可以壮胆。晚上放学回家，走到家里时，早已漆黑一团，伸手不见五指。

记得有一天早上，我起得太早了，也不知是几点钟，走到中戴村南面，天还没亮，反而更黑了，也许这就是黎明前的黑暗，俗称"天亮乌"。我走在路上，碰不到一个行人，唯有脚后跟"沙沙"声响个不停。我越走越怕，看到前面有个凉亭，凉亭口有点光亮一闪一闪。我以为是早起的农人在此歇脚抽烟，便也想靠近凉亭歇一下，等天亮了再走。

走近凉亭一看，哪里有什么抽烟的人啊，分明是一具棺材横在凉亭内，闪着光亮的则是棺材两头的长明灯，整个凉亭弥漫着樟木焚烧的香火味。吓得我拎着书包夺门而出，朝田野里落荒而逃，以至于以后一路过凉亭，都会想起这具乌黑的棺木，不由得心有余悸，胆战不已。

教室边的空旷场地，原本是上叶村民耕种的山地，村民在地里种植了番薯、玉米和大豆，建了学校后，这块地自然就成为学校的场所。师生们在场地上稍做平整，就让学生在上面踩踏玩耍和上体育课，权当操场之用。

但上叶村民起初不认可这是学校的土地，往往学生一上课，村民们就把牛牵到操场上翻耕。于是乎，学生踩踏完了，村民就来翻耕，村民耕完了，学生又去踩踏，周而复始，没完没了。这样的日子重复了一个多月后，经过公社、学校、村民多方协商，这才确定操场归学校使用。

云头坞初中校址原来就是一片荒山，附近村庄过世的老人，几乎都安葬在这片土地上。建了学校之后，这一现象还没改变，一旦周边村庄有老人过世，学校的操场上便会摆上乌黑的棺木，举着孝幡的亡者后人在操场上祭祀跪拜，哭丧声、鞭炮声、铜锣声此起彼伏，往往盖过教室里老师讲课声。每当这时，学生们的眼睛都盯着操场上看热闹，而老师也无可奈何，只好让学生自由活动。

最难受的还是学校没有厕所，男同学还好说，漫山遍野随地都可以解决，可怜的是女同学，为了解决上茅房的问题，一到下课时分，女同学就在学校周边的玉米地、松树丛里乱钻。这样的日子过了很长一段时间，直到学校在边上建造了一处简易厕所，这才解决了学生"方便"的难题。

刚搬迁时，由于学校没有建造食堂，学生和老师只好早上自带饭菜，用毛巾或布条包裹得严严实实，这样到了中午，饭菜还有点余温，师生们便将就着吃。偶尔有卖馄饨或豆浆的小贩来学校叫卖，师生们便会花五分钱买上一碗，把热汤浇在饭菜上，这就是学生们最舒心的午餐了。

我的一位同学，早上到学校时走得急，带饭菜时，误把家里的一杯茶叶当作梅干菜带到学校，到了中午吃饭时，才发现带错了菜，无可奈何的他，只好把白米饭硬生生地咽了下去，好在同学之间情义深厚，大家纷纷把自己带来的腌萝卜、腌豇豆分一些给他，好歹也解决了一餐之困。

由于学校没有食堂，师生们喝水就更随便了，从山谷里流出来泉水甘洌清澈，用毛竹管子随便一接，就成了师生们的自来水，渴了就掬一捧喝下，甘甜爽口，令人回味无穷。后来，学校在教室边上建造了食堂，专门雇请了烧饭师傅，这才结束了师生吃冷饭、喝生水的历史。

云头坞初中四个班级，二百多名学生，连校长在内只有九位教师。在当年的艰苦岁月中，云头坞初中的老师们，都是尽心尽职的，在这些教师中，除个别是公办教师外，大多数还是民办教师或代课教师。尽管薪酬低微，但老师们都全身心投入到教学当中，以校为家，在这个山坳中尽着乡村教师的本分。

尽管条件艰苦，但教师尽职，学生用功，云头坞初中的教学成绩仍然可观。公社分管教育的领导来学校察看时，目睹学校的现状，止不住夸赞云头坞初中的学生和老师："上学两头乌，随身三个筒。"意思就是，学生来校读书，"两头乌"就是早上出门黑，晚上归家黑，"三个筒"就是学生随身要带着"饭筒、菜筒、茶筒"，以此彰显师生勤教苦学的精神。

每天走读上学早晚"两头乌"的日子，过了一段时间后，我的父亲便在云头殿村里找到一户熟悉的农家，让我暂时借住在他家楼上。在云头坞初中班，我是第一批在云头殿村里借住上学的学生，当时我还找了同村的三位同学做伴，相约一起借住农户家。

我们借住的农户姓盛，是一位热心肠的老农。盛姓夫妻俩对我们这些借住读书的娃儿十分关照，冬天还帮着给我们烧热水洗脸洗脚，衣服破了还帮着缝补，这份情义伴随着我整个初中生涯。

后来，学校也觉得借住可以减轻学生往返走读的艰辛，就由学校出面，到云头殿村去走访，以便让更多的学生能在村里借住。可以说，云头殿村虽然很小，但却是一个很包容的村庄，家家户户以宽阔的胸怀包揽了全校所有需要借住的学生，而且不需要学生出一分钱的租费，这在现在来说，简直是不可思议的。

然而，当时，我们这群又吵又闹的学生娃，就是这样在云头殿村，给村民制造了诸多欢乐，也增添了诸多烦恼。

云头坞初中实行分班制，学生按成绩高低，分成四个班级，成绩好的学生，基本上都分到一班，也就是俗称的"尖子班"。能分到"尖子班"的学生，都会有自豪感，觉得自己在学校里，是名次靠前的优生，而分到四班的学生，也会觉得自己已经被学校遗忘了，从此也就自暴自弃，不思进取，勉强读完初中，便步入社会打工去了。

这种分班制形式，在现在均衡教育体制下，也许会觉得不可思议，显然不符合义务教育规则，然而在当时，这却是激励着优秀学生再接再厉、努力拼搏进取的有效办法。在云头坞初中四个班级中，曾经在一班就读的学生，后来基本上都考上了大学，或各自成就了一番事业，而其他班级的学生，因为成绩差，学业荒废，大多数在初中毕业后就回乡当了农民。

当时，初中班正处于从二年制到三年制的过渡期，不知公社领导出于什么考虑，让云头坞初二年级的学生，与全汤溪区三年制的初三毕业生一起参加中考，结果，云头坞初（二）一班有三名学生，还真的在中考时，超过了中考分数线，被录取到汤溪中学读高中，我就是当年初二考上高中的三名学生之一，接到高中录取通知书时，我刚刚过了13周岁生日。

当年云头坞初中从初二考上高中的三名学生，应该是学校中成绩名列前茅的优等生。十分可惜的是，由于"拔苗助长"式的教育，初二的学生并未掌握高中学生所需的基础知识，无法适应高中学习生活，除了其中十里坪农场的同学因父母落实政策回温州读书外，我和另一名同学在汤溪中学读高中时，因为没有经历过初三阶段教育，数理化课程严重脱节，英语更是从未接触过，从而一步一步跟不上学业，以致后来高考无望，最终与大学失之交臂，这也成了我这辈子最大的遗憾。

而当年初二（一）班没考上高中、继续留校读初三的同学，在云头坞初中系统地完成了他们的初三学业。后来，这批优秀的学生绝大多数都考上了高中、大学，接受了高等学府的教育，成了国家的栋梁之才。其中有的同学成了领导干部，有的同学成了教育界骨干，还有的同学成了企业界精英。

云头坞初中在办了两届之后，因地处偏僻，学生就读不方便，最终还是荒废掉了。可以说，云头坞初中办学时间虽不长，但造就了一大批优秀人才，许许多多同学都成了业界的行家里手，在各自的岗位上发挥着自己的作用。

曾经的"戴氏宗祠"拆除后，原址上又建造了新的中戴初中教学大楼。中戴公社相关村的学生，从此可以在崭新的校园内就读，而培养过两届学生的云头坞初中，就成了山坳中的弃儿，泥土拥垒而成的校舍，在荒郊野外，一任风雨侵袭，终于被遗忘在历史的角落里。

离开校园后，我经常会想起在云头坞初中读书的生活点滴，校园内外往事依然历历在目。后来，我又专门去过云头坞初中原校址，希望能找到当年就读时的点点滴滴痕迹。

然而，学校早已不复存在，曾经的校舍已经被拆除了，留下的几堵泥墙经风吹雨淋之后，变成了残垣断壁，破败不堪，残墙四周荆棘茅草疯长，最终成了野兔出没的荒凉之地。学校的操场早已被村民耕种成一片萝卜地，校舍周边也长满了毛竹和松树。唯一不变的，就是边上荒草萋萋的坟茔，依然隐逸在山丘上，见证着云头坞曾经的繁华。

如今已经快四十年过去了，云头坞初中，这个在中戴乡村教育史上留下过浓重一笔的办学经历，令我们一辈子难以忘怀。我敬爱的老师们，我亲爱的同学们，记载着我们懵懂青春的云头坞初中，是人生中刻骨铭心的记忆，在这里就读过的学生，谁还会忘记这一段充满苦乐的岁月呢？

汤　团

　　饮食文化，是中华民族传统文化中的重要一部分。

　　有道是，衣食住行，吃，是人生中的一件大事，从中衍生而出的美食，更是人们享受生活的象征。

　　汤溪，一个有着几千年传说的姑蔑古国，两千多年的姑蔑传统文化，孕育了精美绝伦的美食。姑蔑先民从一粒米、一粒麦中，演变出万千美食，流传至今依然经久不衰。

　　在姑蔑美食中，汤团以其独特的形状和口感，让人们念念不忘，汤团汤团，团团圆圆。每逢佳节亲人相聚，汤团就是家家必备的美食，在团团圆圆中体验久违了的亲情与乡愁。

　　在汤溪镇南沿汤山公路南行数百米，有一家九峰麦鸽食品厂，就是专业制作姑蔑美食的企业，青麦汤团更是企业的主打品牌。九峰青麦在美食文化传承中，继承和发扬了汤溪餐饮点心的精美制作工艺，以其独特的口感，让你体验不一样的"舌尖上的汤溪"。

汤团作为一种汤溪独有的点心，传承历史悠久，地域特色鲜明，只有在汤溪一带才有制作，而周边的龙游、遂昌、兰溪都少人问津。这种类似于元宵的食品，为什么会叫汤团？原来也有着一个美丽的传说。

汤团以前名字不叫汤团，而是一种内包菜馅的元宵。至于后来为什么改名为汤团，据说与朱元璋屯兵金西有关。

早在明洪武元年，朱元璋命邓愈、胡大海克徽州、休宁后，紧接着进攻婺州，但未取。朱元璋得知部下连攻金华不下，便亲自率部前往支援，在九峰山遇谋士刘基、宋濂，很快就攻克了婺州府。

次年十二月，朱元璋来到汤溪地界，在城镇边的一个小村边，找水洗手，发现在一口塘内，水温如汤，朱元璋当即将塘边的村，命名为汤塘，因汤塘边上有一条越溪，就将集镇命名为汤溪（明成化七年时，汤溪改建立县建制）。

洗了手后，朱元璋带着几个亲信来到汤塘村，在农户中用餐，该农户见来了一群官兵，不敢怠慢，忙张罗着开锅做饭。但是，农家没什么好吃的，只有一点米粉存着准备春节时用，也只好拿来招待客人。

主人将米粉调匀揉成面团，然后将瘦肉、豆腐、萝卜调和成的菜馅，包进米粉团中，下锅煮熟，每人七只分碗装给客人品尝。朱元璋一生行伍生涯，饥一餐，饱一餐，还真没吃到过像这样的美食，连称好吃，便问主人，这个食物叫什么。主人也答不上来，便请朱元璋命名。

朱元璋刚好为汤溪命名，又在这里吃到带汤的米团，龙颜大喜，便说，这里是汤塘村，边上有汤溪镇，在汤溪一带吃到这个美食，我看就叫汤团吧。农户主人欣喜，领名沿用。

从此，汤溪汤团，就扬名四方，成了当地招待客人的主食。

"浙江饮食看金华，金华饮食看汤溪。"作为八婺之一的古汤溪县，汤溪的美食总是让人难以忘怀，从古至今，饮食文化总能勾起人们对家乡的记忆和念想，不论是外出打拼的年轻人，还是垂垂老矣的古稀老人，都能在美食中体会到传统文化的精髓。

经过朱元璋命名的汤团，不但造型别致，尖头圆肚还有一条"小尾巴"，这"小尾巴"寓意着团圆和富余之意，而且味道是咸的。逢年过节，家家户户都会制作这道咸味的汤团，此种汤团由于工艺复杂，所以象征着身份和地位，通常都是用来招待上门的贵客。

汤溪人刘志斌就是将这一传统美食推上市场化运作的第一人，他在汤溪镇九峰移民村里，租用场地专门制作青麦汤团。为了让这一传统美食更具市场影响力，刘志斌通过努力，为青麦汤团通过了 QS 论证，还获得了浙江省名特优产品称号。

由于刘志斌经营着较多的行业，生意忙不过来，又不想让这一品牌停业，因此，他一直在苦苦寻找企业的承接者，希望让这一传递乡愁的美食能够进一步发扬光大。

陈太原是土生土长的汤溪人，他对汤溪的传统文化有着非一般的兴趣。总是想着要做一点有益家乡的事。当他得知刘志斌欲转让麦鸽食品厂后，第一时间进行了对接，并顺利接管了企业承包。

陈太原认为，传承古婺经典美食，弘扬传统民间文化是当下必须要做的事情。汤溪美食在当地是非常出名，但走向市场还需进行包装整合，通过生产销售，让它们能够走出汤溪，让更多的人知道。

汤溪汤团选用的糯米首先经过山泉水浸泡，然后再晾晒 10 至 30 天。然后淋水晒干，再碾成粉备用。汤团里面的馅料则采用高山鲜笋、上等精猪肉以及传统卤制豆腐干为原材料，炒制熟后备用。然后将米粉揉搓成面团，经人工包制成一个个汤团，下锅煮熟即可食用，这样制作出来的汤团皮薄馅满、软糯有劲、清新爽口，不失为待客佳品。

到了春节，汤溪汤团便成为一大主角，这是汤溪最传统的小点心，也是主人好客的表现。在汤溪对于一个劳力的评价，是用能吃多少汤团来衡量的，新女婿第一次上门也必须要吃汤团，吃得少就说他力气小，吃得多则说他是傻女婿。当然，这也成了带有幽默色彩的传统习俗。

在麦鸽食品厂车间里，工人们正在进行最后一道工序——包汤团。这项手工艺看着简单，但是没有长时间的制作经验，也是没有办法达到外形美观、口味鲜美的地步。工厂里不但有齐全的生产设备，更重要的是还要有经验老到、技术一流的老工人，这些工人都是汤溪一带制作汤团手艺娴熟的妇女，在汤团包制过程中，把住了质量关，保持了传统食品的原汁原味。

汤溪汤团作为古姑蔑国流传下来的传统美食，传承和发扬的意义十分重大。如今，汤溪汤团在汤溪一带依然是家家必备的节日食品，然而知道它故事的人却越来越少。陈太原表示，将汤溪汤团的制作工艺作为非物质文化遗产进行申请保护，可以让更多的人来关心、关注这一传统美食，为发扬姑蔑美食文化尽一分力。

美食，除了充饥果腹之外，更多的是一种文化的传承。而带着乡土气息的美食，从中溢满了乡愁，每每让远离汤溪之外的游子念想不断。香港、上海、杭州等地的汤溪乡贤纷纷到麦鸽食品厂订购汤团。

尝一口汤团，想一会儿家乡。在一锅热气腾腾的汤团中，融入了亲情和乡愁，从此，家不再遥远。

妈妈的味道，尽在碗中。

龙游崇谷

记忆中的乡村广播

莘畈筑水库

想起蚂蟥叮咬的日子

我的石匠生涯

挣工分的日子

知青往事

奋斗路上

圣洁的痴迷

重逢在三十年后

星星落进了小河

第三卷
苦乐年华

Chapter

03

龙游枭谷

那年，土地包产到户了，家家户户的生产积极性高涨，山林田地侍弄得麻溜溜整齐，人们把每一块可以利用的土地，都种上了大豆、玉米和番薯，把每一丘水田都种上了小麦、油菜和水稻。

有了地，劲就使不完。

"地是自己的了，力气也是自己的，本事也是自己的，只要好好耕种，不愁地里产不出金疙瘩来。"缺吃少穿了一辈子的老父亲望着泛着金黄的田块，眼里注满了丰收的希望。

"手中有粮，心中不慌。"在经历了大饥荒和农业社"大呼隆"年代之后，终于告别了"大锅饭"，迎来了生产自主，人们对土地的情感空前饱满，劳动的积极性一下子调动起来，但凡能种粮食的地方，绝不肯荒废一丁点。

对待庄稼，农人们就像对待自己的孩子。田里干涸了，哪怕是半夜也要去给田注满水。禾苗有虫了，得病了，比自己生病还急，火急火燎的，恨不得立即背起喷雾器，下田打药。

当时，六十多岁的父亲，每天早上起床第一件事，就是背着锄头到田里转悠一圈。一天不去转，心里就不踏实。

俗话说，孝敬父母有福，孝敬田地有谷。起早摸黑辛苦了半年后，土地给予了丰硕的回报，金黄的稻谷终于归仓了。

丰收后的第一件事，就是备足余粮。以前缺粮的日子多了，人们饿怕了。现在好不容易遇上个丰收年，所有的辛苦劳累，在满仓的谷子辉映下，都化为乌有。一家人的口粮，早早就备在楼上的谷柜里了，喂养鸡鸭猪牛饲料粮也已备足了，中堂边，楼梯边，依然堆放着装满稻谷的蛇皮袋。

房子宽敞的人家还好说，随便找一间闲置的空房，足以堆放整个丰收的年成。然而房子原本就紧张的农户，粮食一多，存储就成了问题，中堂，厨房，卧室，阁楼，能堆放的地方，全堆放了粮食。以前农村都是泥土瓦房，地面潮湿，一到阴雨天气，房间里充斥着潮气，堆放着的稻谷，没几天就发霉返潮了。

看来，先粜掉多余的稻谷，把粮食换成钞票，是当务之急。

前几年，因为粮食收成不好，人们收获的粮食，交了农业税、水利谷、教育附加费之后，基本上就已经没有多余的粮食可卖了。很多时候，农户连合同既定的余粮都卖不足，这怎么办？催粮人员就会上门，逼着农户把自备的口粮卖给粮站。老实的农民只能自己玉米番薯掺和着，度过饥荒的日子。

在农民眼里，农业税是给解放军吃的，为的是保家卫国，余粮是给工人吃的，为的是发展生产。纳粮交税，农民本分。所以，他们毫无怨言，用自己最纯朴的情感，履行着一个农民的责任和义务。

"多卖爱国粮"就成了当时宣传的一句响亮口号。

从来没有过这样丰足的收成，公社粮站的粮食存储也成了问题。于是，收粮又成了政府的一件头痛大事。粮食部门就想出了一招对策：按田亩数划定每家可以卖的余粮，超出部分，粮站就不予收购，只能自行解决。

到了粮站收粮的季节，一般每天都要按村划分，轮到哪个村交粮，粮站也就只能收购那个村的粮食，其他村的粮食只能拒之粮站大门之外。

轮到收粮的村，天还没亮，村民们就用独轮车将稻谷拉到粮站出售。从村庄到粮站的路上，全是装满蛇皮袋的独轮车，远远看去，就像战争年代的送粮运输队。

粮站还没开门，门口就挤满了卖谷的农民，人们把运来的粮食堆放在粮站铁门之外，眼巴巴地等候收粮人员的到来。远处的村道上，运粮的车队仍然源源不断地涌到粮站来。

好不容易等到收粮人员来了。铁门一打开，蜂拥而上的粮农几乎把铁门都要挤扁了，背麻袋的，扛箩筐的，人们一个劲地往里挤，生怕挤慢了就卖不了稻谷。卖完粮还得赶紧回家，后垅还有一丘田等着收割呢。

粮站有专门的验谷人员，他们拿着一根带凹槽的铁钎，见到麻袋或蛇皮袋，就用铁钎往袋上猛扎，然后将带出的谷粒放入木制的搓盘，上下合力一搓，谷壳破碎出米，便是干谷，若出来的米粒成粉状，便是湿谷。

"拿走拿走，重新翻晒，还没六成干，就拿来卖了?"这时，验粮人员不讲情面，容不得半点商量。老实巴交的粮农辩解了许久，见没有商量余地，只好悻悻地将已搬上磅秤的麻袋，又一袋袋搬下来，然后在粮站的某个角落，寻一块空地，趁着午前的阳光，临时翻晒一下。

按田亩划定的余粮卖完了，粮站就不再收购，剩下的粮食只能自行解决。粮站有熟人的，可以找关系通融，多卖一点，没关系，没门路的，只能站在粮站门口，望着整车的谷子干瞪眼。

住我隔壁的大伯，拉了车稻谷去粮站出售，司磅人员一过秤，发现比按田亩收购数多了十多斤。司磅员二话没说，拿起谷勺子，硬是把十几斤稻谷铲了出来。"按田亩数来，多一斤也不行。"

当年，粜谷成了农民最头痛的事。

听说邻县龙游不限收，只要是龙游人的稻谷，都能收购。于是，汤溪一带的农民就想方设法将稻谷运到龙游，想通过龙游的粮站，把多余的稻谷粜掉，换回钞票添置下一季作物急需的农资。

从汤溪到龙游，四五十里路程，粜谷就得起个大早，在清晨四五点钟就上路，路上还得花费四五个小时。人们推着装满麻袋的独轮车，沿公路步行而去，四五百斤重的车身，靠着人力推送，伴随着车轴子"咯吱咯吱"的声响，每行一步，都得淌下一串汗水。

当年我二十多岁，个子矮小，用独轮车推着四百多斤重的稻谷，跟随着同村人一起到龙游卖粮。年迈的老父亲在车头前帮着牵绳助力。过道口，爬山岗，上坡下坡，一路艰辛，一路汗水，渴了也舍不得花五分钱买一支棒冰，农民的每一分钱都得计算着用。

上午九点多，终于到了陆家粮站，不料，我们一口汤溪腔让粮站工作人员听出了端倪。得知是从汤溪运来的粮食，粮站也犯难了，本地粮食也收不完，哪有精力收外地粮啊？于是，陆家粮站也开始拒收汤溪粮了。

好不容易到了龙游，总不能又负重再拉回去吧？愁了好一阵子的父亲突然想起，在陆家粮站附近的下库有一位熟人，找找他也许会有办法。父亲不得已只好又步行四五里路，去下库找熟人。

幸好这位父亲的朋友十分热情，答应帮忙，以他的名义将稻谷卖到龙游陆家粮站。

等下库的朋友赶到粮站，粮站内早已人山人海，到处是卖粮的农民，不知全是龙游本地人，还是如我一般滥竽充数的"汤溪帮"？为了不让粮站的人起疑，我还特地借了一顶圆形尖角的龙游箬帽戴上，然后一声不吭，生怕不小心漏出了一句汤溪腔，便会让粮站人员拒收。

从验谷到过磅，最后结算粮款，全部由龙游的熟人帮助划算。我就像一个纯粹的雇工，站在边上，用迷茫的眼神目睹着这一切。和我同行的还有几位同村人，也各自找到了龙游的亲戚朋友帮衬，如我一般，木头般待在边上。

四百多斤稻谷，每担十五元，共六十多元粮款。粜完了谷，感觉陆家粮站施舍了我一个大恩惠一般，末了还得千恩万谢，亏了龙游的朋友帮忙。而没有找到熟人的汤溪老乡，还得忍着饥渴，负重把稻谷原路又拉回去，这种苦楚和无奈，只有农人自己能够体会。

歉收，农民忧，丰年，农民忧。我悲从心来，为我可怜的父老乡亲，也为自己。

如今，沐浴着乡村振兴的春风，田野里到处飘荡着清新的气息。

随着土地流转政策的推行，土地已经逐步向种粮大户集中，大部分农民都洗脚上岸，成了企业职工。农民，每经营一亩土地，政府都给予了粮农补助金，等收割了稻谷，粮站也会安排专门人员上门过磅收购，多卖粮还能得到额外的奖励。以前"歉收愁饥荒、丰年愁卖粮"的日子，终于一去不复返。

粜谷遭遇拒收，岁月长河中无奈的一幕，在乡村再也不会重演了。

记忆中的乡村广播

20 世纪六七十年代，乡村广播喇叭曾经是党中央最权威的发声器。它遍布乡村的每一个角落，且进入千家万户，融入村民的日常生活之中。乡村广播喇叭一日之中，分早、中、晚三次对农广播。人们在广播中收听新闻，接受教育，丰富精神生活。在文化娱乐设施相对简陋的时代，一只乡村广播喇叭，便是农民精神生活的全部依托。

村口的大喇叭装在大樟树枝杈间，或电线杆顶端，有的则安装在建筑物的最上方，声高播远，以便音量传送到更广的地域。家家户户安装的广播，有的采用木盒子制作，有的则简陋得像一只碗，小小的接收器围着一圈油纸片外沿，形成一个圆形装置，安装在梁柱之间。从县城广播站机房通出的广播线，穿越乡村田野，牵进千家万户。乡村广播虽然只是碗口大的一个小盒，却也是当时农村一道独特的风景。

金华农村的有线广播喇叭呼号是"金华人民广播电台"，最早则是"金华人民广播站"。除了转播中央和省级人民广播电台的新闻节目外，大部分都是金华本地的新闻、农业科技、乡村新风、听众来信、娱乐节目、天气预报。政府里有什么大事，只要是"广播里说了"，对农民来说，绝对有至高权威。

当时的广播节目，内容比较单一，除了播发国内外新闻和本地新闻外，文艺类内容无非就是革命样板戏，每天不停地播放《红灯记》《沙家浜》《智取威虎山》等几个现代京剧曲目，传统古装戏剧目、金华道情等群众喜爱的内容，都被打上封、资、修产品称号，是绝对禁止在广播里播出的。

广播作为农村重要的宣传渠道，更多的是传送公社、大队干部的大嗓门，除了高喊革命口号或传达上级文件外，大部分时间都在传播阶级斗争、斗私批修内容。上级开了大会，公社、大队的干部就在广播里传达会议精神，直到二十世纪八十年代后期，传统文艺得到复兴，广播里才会传出婺剧、越剧和流行歌曲等节目内容。当时的青年男女，就是跟着广播传送的旋律，学会了《妹妹找哥泪花流》《祈祷》《小城故事》等歌曲，认识了费翔、齐秦、蒋大为、关牧村、殷秀梅等歌曲明星。

农村有线广播不像电灯，要正负双线回接。它采用单线连接，源头是在县城的广播电台，到农户家只需要接进一根线，另外一根线直接从广播上接下去插入土里，就能发出响声。有时因为土太干了，广播的接受信号就会变弱，传出的声音也变轻了，此时只要给接地线处浇一杯水，让土地湿润了，广播的声音立马就变响亮了。对于这一神奇现象，我们小时候不懂原理，有事无事经常往地里浇水，以为水浇得越多，广播就会越响亮。

在我童年时期，父亲在公社工作，有一次，村里人说，你爸爸在广播里说话呢。我正和小伙伴在外面玩，赶紧跑到广播底下聆听。至于父亲在广播里讲什么，我已记不清了，但村里很多人都守在广播底下，听着父亲在广播里说话，脸上显露出虔诚的神色。

在当时的年代，能拥有在广播里发声的权力，绝对是一件很了不起的事，因为这件事，我对父亲简直是佩服得五体投地。一个人说话，能有这么多人听到，真是太了不起了。

当时，农村里订阅的报纸一般都放在村代销店或村干部家，农民大多数也没什么文化，识不了几个字。所以，广播的功能和作用，简直无可替代。重要的国内外大事新闻，国家的大政方针，以及金华本地的新闻时事，都从广播喇叭里传出。还有戏曲、歌曲、故事等娱乐节目，从广播喇叭中传送到四乡八店。

可以说，一只小广播，囊括了乡村百姓的全部精神生活，给那个年代的人们带来了丰富的精神食粮。

过去农村穷，很多农户没有手表，家里没有闹钟，广播就成了最好的计时器。每天清晨五点五十分，"东方红，太阳升，中国出了个毛泽东……"当广播喇叭内传来《东方红》音乐的序曲，农村里忙碌的一天就开始了。

"广播一响，抓紧起床。"女人准备起火烧早饭，男人也就荷锄下地开早工。到了六点半，中央人民广播电台《新闻和报纸摘要》开始转播，孩子陆续背起书包去上学，农人们也基本都出门干农活了。

到了上午十点左右，农人们在田头干活，只要村口的大喇叭响了，人们便会喊一声："广播都响了喂，好回家烧午饭了!"妇女们便会收拾农具回家烧中饭，半小时后，男人们也就收工回家吃午饭。吃饭时，就着咸菜白米饭，听着广播里的戏曲说唱，对农民来说，已经绝对是最惬意的享受。

晚上八点半，全天的广播节目就要结束，结束曲就播发《大海航行靠舵手》音乐序曲，接着就传来女播音员清脆的声音："各位听众，今天全天播音到此结束，再会!"夏天时节，广播结束时，人们还没有上床休息，但冬天寒冷，乡村里没啥娱乐活动，人们早早上床，基本上都是躺在床上听广播，在悦耳的声波中消除一天的疲劳。在我年幼时，每天晚上，基本上都是枕着广播的声音入睡的。

后来土地承包到户了，广播又多了一项功能，就是春种秋收等农时季节的科技播报。公社里有专门的农技员，在农时的各个节口，都会在广播里通知，提醒农户勿误农事。每年春耕备耕开始前，公社广播里便及时开设农事节目。只要听到"浸谷子"的声音，农民就觉得春节的快活日子结束了，接下来就要进入繁忙的季节。

中戴公社的农技员姓范，与各村的农民关系都挺好，农民都亲切地称他"老范"。平时，老范都在各村的田头地角奔跑，几乎中戴公社的每一块田地，老范都能叫出名称，有的田块，老范甚至能叫出户主的名字，指出田块水稻的病虫害症状，然后在广播中提醒农户抓紧防治。对农业生产如此尽心尽职的农技干部，在农民心中就成了"神"一般的人物。

谷子落田，育秧移植，植保火口，灌浆蓄水，每个关节，老范只要在公社广播站一播报，农民都会遵照指示操作。以前我刚从学校回乡，对四季农事一窍不通，要开展农业生产，全凭老范的广播指导，才能完成每一道农事工序。有时，植保火口到了，老范在广播里一通知，我立即按照广播里讲的配方、用量，去购买农药进行防治，农技广播就成了我科学种田的必备老师。

天气预报是广播节目中较为重要的内容，农民几乎每天都要收听，以便安排当天的农活。以前农村里人不知道天气预报是气象台发布的，还以为都是广播猜的。有时，天气预报猜得准了，说下雨就下雨，说刮风就刮风，说下雪就下雪，就一个劲地夸："这广播真神奇喂，猜得这么准，连老天都听他的。"

一只小广播，连接千万家。市里有广播电台，乡镇有广播站，村里也有广播室，乡镇广播节目一般都在金华广播电台对农转播结束后进行，主要播出一些通知、启事，或者就是为地方上的商家做点商业广告。

有条件的乡镇广播站，也会开办自办节目，播发本土新闻、乡镇通报等。村广播室则播发村干部的讲话，以及一些寻人、农产品买卖信息等内容，有的村还会在全天转播结束后，播放一些戏曲音乐内容，给劳累了一天的村民们带去一丝欢乐。在通信相对落后的年代，广播的确是政治、经济、文化方面最佳的传播工具。

在中戴公社，农村广播还专门开办过一档自办的老年节目，办节目的是中戴村的退休老干部刘庆荣。刘庆荣是一位可敬的老人，退休前是县财政局局长，退休后依然热心公益事业，每年在党费交纳、捐资助学、敬老行动中，做一些力所能及的工作，曾经获得过全国"皓首活雷锋"称号。

　　刘庆荣看到农村里有很多老人得不到子女的赡养，晚年生活悲苦，就想到利用农村广播，进行敬老爱幼宣传。因为是自办广播节目，一般都在早上或晚上金华广播节目开始前或结束后开播，每次播出时间为半小时左右。

　　"尊敬的老爷爷、老奶奶，大家好，现在是老年节目广播时间……"每隔一段时间，广播里就会响起这样的开场白。各个村的群众一听到这个讯号，就会在家里收听广播内容，因为老年节目播出的都是熟悉的身边人、身边事，听起来亲切，可信。

　　刘庆荣为了办好这档节目，不仅自己撰写广播稿，还要到各村去调查乡村事件，只要发现有对老人不肯赡养、行为不敬的，就在广播里进行公开批评，毫不留情面。

　　记得有一次，老刘听说有一个村里，一位儿子对老父亲很不孝顺，甚至将父亲自备的棺木偷偷卖掉了，把父亲气得暗自流泪。当时还没有开始殡葬改革，棺木对老人来说是入土为安最好的安慰。老刘知道这件事后，非常气愤，在广播里连播了好几次，对这种忤逆行为进行了严厉批评。

　　经过这件事后，老刘的老年广播节目声名大振，许多老人也主动找到老刘，倾诉自己的事。因为老年广播节目播出的都是为老年人服务的内容，所以，在农村收听率非常高。

有些人还主动向老刘反映情况，供老刘编撰广播稿。老刘得到有关信息后，也经常走村入户，到各家做子女的工作，动之以情，晓之以理，让大家明白，人人都会有老的一天，孝敬老人，是子女的义务和责任，善待老人，就是善待自己的明天。

更难能可贵的是，刘庆荣办这档广播节目，全是免费服务的，有时为了调查乡村事件，他还要步行或坐车到各村去走访，与老人们聊聊家常，听取大家对节目播出的意见和建议。这档老年节目，在中戴广播站坚持了好多年，直到老刘身体吃不消后才停播。

值得一提的是，我现在虽然从事专职新闻宣传工作，但以前我是个农民，业余时间喜欢写作，我听到广播里播出的新闻，都是发生在我们身边的人和事，就觉得我也可以写写农村新风和乡村见闻。

我的第一篇新闻稿，就是在 1985 年的金华人民广播电台（当时是金华市广播站）播出的。

记得当时，农村开始从传统的吃饭农业转向商品农业，乡村干部鼓励大家开展多种经营，我们村有一位农民尝试种植茉莉花，因为经营得好，一度成为村里有名的种花专业户。为了让村民走共同富裕道路，村干部请他给村民介绍种花经验。我依据这一新闻事件，写了一篇《种花专业户田头传授致富经》的新闻稿，结果很快就在金华人民广播站的《本地新闻》栏目里播出了。

看到自己写的新闻稿，通过有线广播传送到了全市的乡村农户家中，我心中十分开心，从此一发而不可收，一有空就去寻找新闻线索，以便撰写稿件投寄。从农村新闻、四季农事，以及农民期盼，都成了我撰写新闻的素材。为了能够收听到自己采写的广播新闻稿，我在田野里劳动时，也非常注意收听村口大喇叭的声音，在家则聆听广播盒子的声音。

从当时起，我每年都被金华人民广播电台评为优秀通讯员。至今已经三十多年了，我从农村走到城市，从《金华县报》记者到《金华公安报》编辑，以及到今天的婺城新闻中心担任副总编，从业余作者到专业记者，角色更换了，但我向广播电台投稿的热情从未间断过，这是我能成为专职新闻宣传工作者的基础。

可以说，是农村广播，成就了我的事业。

岁月流逝，斗转星移。在信息日益发达的今天，随着电视、电脑、网络相继进入了农村千家万户，人们对信息的来源，不再局限于当年的广播喇叭了，曾经在乡村风靡一时的有线广播，也渐渐淡出了人们的视线，但我们这批从那个时代走过来的人，每每看到村口高悬的大喇叭，听到广播里传出似曾相识的旋律，昨日的故事仿佛就在耳边回荡，曾经有过的往事依然记忆犹新。

莘畈筑水库

20 世纪五六十年代之前出生的人，大都知道，筑水库是一种什么样的活。当年，"水利是农业的命脉"口号一出，兴修水利成了农业生产必需的先决条件，莘畈水库便在这样的历史机遇下开始兴建。

这个完全靠人工挑泥垒石而成的水库大坝，曾经是当地水利建设史上的一大奇迹，而我当年也曾在筑莘畈水库时，为大坝挑泥出过一份力。

修建水库，首先就是要移民，莘畈水库库区有多个村庄，这些村庄的群众要安置到山外居住，也不是一件容易的事。当年的人较为纯朴，政府一声令下，千家万户便开始搬迁，为了这个"命脉"工程，山区人民背井离乡，抛开故土家园，零星被安置到中戴、东祝等地。

以前移民，不像现在这样，可以集中在一块平整的土地建造楼房，还有优厚的补助政策享受。过去只是在山外某个村庄的山坡上，劈出一块山地，作为移民居住用地，然后，移民就用泥土垒拥成墙，架好木橡、梁柱，盖上红瓦，就成了新家。

条件简陋，但足以安身。众多莘畈库区移民，就这样分散到下新宅、寺平、上堰头、石羊、牛桥、山坊等村居住，生产所需的田地，则由接纳村庄无条件提供。我居住的村庄，就接纳了三四十户莘畈移民，形成一个独立的移民队，归属下新宅行政村。而居住在其他村的移民，也有集中居住一起的移民村，但大多数是四五户并入了居住村的生产队中。

莘畈水库移民时，我还不到十岁，属于懵懂少年，移民开始时，他们陆续从我们村边的小路上，来回往返，这些移民以肩挑背扛，或独轮车为工具，把原有的家什，搬运到了现在的居住地，开始他们山外新的生活。

以前的人，思想相对比较简单，家庭条件也基本差不多，没有什么大件物品，生产用具都归生产队集体所有，个人使用的，无非就是锄头、镰刀之类的小件农具，搬运简单，家里也没有什么高档贵重物品，几口木箱，装下了全家老小一年四季的衣物，锅碗瓢碟也没有多少，所以，移居对他们来说，是一件简单的事，就相当于"瓦灶泥脚背"的味道。

莘畈水库是姑蔑溪上游源头所筑的一个中型水库，在当年属于大型水利工程项目。大坝修建的位置是原莘畈乡大立元村东南首方向，库区山体是仙霞岭山脉回旋之地，形成了仙舟山景观。所以，后来有人称莘畈水库为"仙舟湖"。

移民完成后，修建水库就成了重点工程。现在的沙畈水库、九峰水库，用的都是大型机械设备，水泥钢筋，混凝土结构。而莘畈水库完全是靠人工肩挑背扛出来的水利工程，大坝从基脚到坝顶，全是用水库边山体上的泥土垒填而成。

也许就是凭着"人定胜天"的顽强意念，三四十米宽、一百多米长、五六十米高的大坝，人们就这样以无上的毅力，经过几年的坚持，将之稳固地筑牢在莘畈溪上。

兴建莘畈水库，所有的人工都是由库区下游灌区老百姓派工完成的。筑水库属于每个公社、每个大队、每个生产队的政治任务，按田地、人口，分配派工名额，每个生产队基本上都要派到五六个或十来个人参与。

这些参与筑水库的民工，凭挑泥土、挖土方的筹码，回到原生产队记工分，没有其他报酬。这样的劳动模式，现在看来简直是不可能的。但是，在当年，为了"命脉"工程，加上水库工地上的高音喇叭，口号喊得震天响，激励着人们努力为革命筑水库。所以，革命加拼命，全力筑水库，人们的劲头依然是高涨的。

除了灌区各生产队派工外，驻金部队官兵也经常参战，这些解放军，一个个生龙活虎，到工地上挖土方、抬岩石，重活累活苦活，人人抢着干，一度成了水库工地最亮眼的风景。

在配合兴建莘畈水库时，驻金部队还经常派出大卡车，每天早上到各民工集中村，运送民工到工地劳动。参与修筑水库的派驻民工，天刚蒙蒙亮，就会等候在上车点，等部队卡车一到，便蜂拥而上，坐车到工地劳动。

所有民工在水库工地上，都以公社为单位，编成一个个连队，实行军营式管理。连队设有连长、指导员，所有民工集中在一起，连队配有统一的食堂、宿舍、卫生室、后勤保障室。工地上还配有农具修缮、车辆修理师傅，参与建设的民工，只要带好被褥、饭盒，就可以上工地参战。

民工住的都是毛竹搭建的工棚，透气性好，但冬天也透风，外面东风呼呼，室内小风呜呜，于是，工地上的报纸就成了抢手货，纷纷用来糊竹帘子墙。尽管条件艰苦，劳动累人，但青年男女依然在生产中燃起爱情火花，他们在劳动中互生爱慕，缔结了爱情纽带，成就了许许多多美满姻缘。

一般民工都是参与挖土方、挑泥土等简单劳动，特殊工种还有放炮、凿岩等，挖土方以实际挖方量计算工分，挑泥土则按每一担给一根筹码，收工后，按筹码换算工分量。青年男女成了工地上的主力，他们在劳动中，比、赶、帮、超，以劳动竞赛为动力，人人争当工地劳模，造就了一批先进生产典型。

当年，我父亲是莘畈水库东祝连的连长，负责东祝公社参与水库建设的民工管理。1979年夏天，我满13周岁，正好初中毕业，在家等候高中录取通知。暑期无事，父亲就叫我搭乘运送民工的军用卡车，到水库建设工地来。

我当时以为，父亲让我到工地上玩两天，连忙带着换洗衣服，坐车到了莘畈水库建设工地上。父亲看我来了，就带我到了工地后勤保障室，叫工人按我的个子身段，用毛竹编一副畚箕。父亲说：劳动能够让人产生自我价值，明天，你就到工地上挑土，也不要什么筹码，不要记工分，每天早上出工，晚上收工，能挑多少是多少，总之，不能闲着玩。

真没想到，水库工地之旅，变成了民工生活体验。第二天一大早，我就和民工一起出发，上工地劳动。也许是他们看我个子小，在装土时，帮我扒拉的泥土少一点，所以，我这个一米三不到的小个子，挑着四五十斤重的畚箕，晃晃荡荡出现在筑水库工地上。

当时，莘畈水库建设已经过了四五年，工地大坝也快到顶部，挑泥，抬石，挖土，凿岩，点炮，每一行工作都是热火朝天。在大坝上，还有打夯的号子响彻空间。我年纪较小，但也被这场面所感染了，觉得人们都是在为自己劳动，修了水库，就有了水源储备，干旱时就可以灌溉农田，确保农业生产无忧。

刚开始挑土，我笨手笨脚，不是扁担翻了肩，就是泥土倒了地，惹得工地上其他民工一阵哄笑。一天下来，肩膀红肿了，腿脚抽筋了，整个人像散了架似的。倒是食堂大爷心疼我，责怪我父亲不该这样狠心，让这么小的我到工地受罪。谁知，我父亲却说，小孩子嘛，力气不值钱，用完自会来，晚上早点歇息，明天继续上工。

就这样，我一个暑期，就在莘畈水库工地上，充当了两个月的民工。尽管每天我挑的土方量不多，但我咬紧牙坚持了下来，虽然辛苦，但觉得这份劳累十分有价值。毕竟，这个重点水利工程项目工地上，滴下了我辛勤的汗水。

除了莘畈水库外，安地水库、大岩水库都在相同时期建设，采用的模式都差不多，都是靠在生产队记工分，然后各村派遣民工上工地劳动，以最低廉的劳动力，完成这项宏伟的工程项目。在机械化设施缺乏的条件下，人的力量可谓是无穷的。

简单的生产工具，艰苦的劳动条件，但是，凭着一股改造河山的壮志，这个姑蔑溪源头上的水利项目，终于成了当今造福后人的福地。如今，莘畈水库不仅是金西一带农田灌溉的水源保障，也是金西十多万人民的饮用水源地。

一方莘畈水库，福泽万民，更值得纪念的是，我也为这个水库洒过汗水。

想起蚂蟥叮咬的日子

在农村下田劳作，可恶的除了蚊子、昆虫外，还有蚂蟥和水蛇，水蛇只是样子可怕，但无毒性，也不伤人，只是在水田里窜来窜去，让人望而生畏。而蚂蟥则是吸人血的软体动物，蠕动的身子，让人看了深有恶感，很多人、特别是女孩子，看到蚂蟥，就会紧张得大叫。

小时候，我是不惧怕蚂蟥的，曾经还捉来恐吓过女同学。记得有一次，我在水田里捉到一条粗大的蚂蟥，然后用精美的糖果纸，几层包好，外面用橡皮筋扎牢，然后悄悄地放在女同学的课桌上。邻桌的女同学不明就里，看到糖果还以为是谁送给她吃的，赶紧拆剥开来，但她发现，里面竟是一条蠕动的大蚂蟥时，这才花容失色，哇哇大哭。而我们这些臭小子则躲在边上哈哈大笑。

农村里的田一般分垅里和畈里，垅田的蚂蟥个子小，色泽泛黄，皮质较硬，量也不多。但畈田里的蚂蟥特多，由于水质肥沃，养得一条条粗壮吓人。平时，蚂蟥躲在田里的水草丛中，不动声色，偶尔也会在水里游动着，遇到有人或牛下水了，便飞速黏附过来，吸在肤体上，不吸饱血不罢休。

蚂蟥附在人体上，农人发现后立即就拔除了，但吸附在牛腿上则就饱餐一顿后才自行脱落。有时，主人在耕田时，看到蚂蟥叮咬牛腿，也会帮助清除，但大部分时间，人们为了抢时间耕种，往往忽略了蚂蟥叮咬。所以，农忙季节，一般牛腿上都是鲜血淋漓的，这全是蚂蟥惹的祸。

在农村，山林田地，都是有名字的，而且古人取地名也很独特，许多地名虽然古朴、简单，但富有寓意，让人一听便铭记在心，不容易忘记。我老家的畈里，有一丘田蚂蟥、水蛇特别多，俗称"蚂田丘"。"蚂田丘"长年积水，不易干旱，所以，尽管蚂蟥、水蛇多，但可以减轻许多抗旱的困扰，依然有人愿意承包去耕种。

老家就有许多这样的地名，比如，尖角七斗、木棉地上、三亩块、后塘垅沿，每一块地名，都和山林田地的形状、方位、特点挂上钩。尖角七斗本来就是畈田中的一丘，因其状如尖角，面积刚好七斗，于是人们就将之称为尖角七斗。

刚土地承包制时，尖角七斗分到我家耕种，当时，我才十五六岁，初出学堂，对农事尚不熟悉，父亲是地道的老农民，对尖角七斗情有独钟，觉得这块田地处畈中央，水源好，土质深厚、肥沃，是产粮的好区块。

但是，产粮好的地块，往往也有许多不尽如人意的地方。尖角七斗蚂蟥多、水蛇多，这些蠕动的生物，让我想起来就心头发毛。有一次，我去田里拔草，扁担长的一段田沿，就摸到了十多条锄头柄一样粗的水蛇，吓得我跳到田岸上，再也不敢下田。

这块田蚂蟥也多得出奇，大热天，看上去水面平静，但是，只要人的脚一伸进水里，蚂蟥好像有感应似的，立马从四面八方齐聚而来，叮附在人的腿上。这种蚂蟥咬人还有个特点，悄无声息地黏附在你的腿上，吸盘沾住人的皮肤，无痛无痒，经蚂蟥吸盘处渗出的体液浸泡后，人的皮肤就慢慢破损，然后血液就顺着被吸进蚂蟥肚子里。

原先是瘦不啦唧的蚂蟥，经吸附之后，立马变得粗壮滚圆，肚子里撑满了人的鲜血，肥得动不了，这才悄悄地掉落，躲进田边的草丛中，消耗刚吸去的人体血液。这种可恶的软体动物，虽然叮咬人时不痛不痒，但被咬之后，则流血不止，奇痒无比，蚂蟥曾经是我农田劳作时极大的恐惧和不安。

为了对付蚂蟥，我下田都得穿着胶质水田袜，然后还顺带着装有盐或石灰的小罐，看到蚂蟥，就捉住往罐里放，半天下来，就能装大半罐血肉模糊的蚂蟥，瞧一眼都让人心头发怵。穿胶质水田袜下田劳动，除了闷热之外，也不是防蚂蟥最保险的。

有一次，我穿着水田袜下水劳动，到中午时，脱掉水田袜发现，整只脚都变得血糊糊的，从水田袜中竟倒出两条已经吸得饱饱的粗壮蚂蟥。原来，蚂蟥能顺着袜子爬进袜子里，然后悄无声息地吸附在人脚上饱餐一顿。

农村里，可怕的蚂蟥无所不在，池塘里、水田中、沟渠内，处处都蠕动着蚂蟥，只要人们下水劳作，蚂蟥就赶来凑热闹。我出于对蚂蟥的惧恶，下田劳动时，几乎都在寻找蚂蟥，半天下来，干不了多少农活。

但包括我父亲在内的许多老农，对蚂蟥好像熟视无睹，觉得这种生物虽然烦人，但咬人不痛，无关紧要，看到有蚂蟥黏附人体了，也根本不去管，让它自吸自落，伸手拔一下都嫌烦。所以，很多老农半天农活干下来，双腿几乎都血流不止。

我曾经对这些深感不解，为什么老农民对蚂蟥会这样毫无恐惧。其实，农民对蚂蟥只是见多不怪，农忙季节，农活紧张，农事吃紧，人们根本无暇顾及这些小事。反正蚂蟥就像苍蝇蚊子一般，又咬不死人，随他去吧。

可恶的蚂蟥就这样无时无刻不在侵袭着农人的肌体，让人不胜其烦。记得村里有一位五十来岁的老农，在池塘洗澡后，一条蚂蟥刚好吸附在他的肛门处，他自己却浑然不觉。洗完澡，穿好衣裤回家后，蚂蟥也带着回家，直到晚上，蚂蟥吃饱吸足了，才自然脱落。

这时，被蚂蟥吸附处血流不止，搞得这个老农，像女人来月事一样，屁股沟里鲜血淋漓。起初老农还以为自己得了什么毛病，惊恐不已。后来，在床上找到了一条鼓着肚子的滚圆蚂蟥，才发觉是这个可恶的虫物作怪。此事一直被乡邻作为笑柄，谈论许久。

由于惧怕蚂蟥，我也想了很多法子，在下田之前，对水田撒一遍石灰或化肥，利用石灰和化肥的碱性，驱逐蚂蟥。这个法子还比较有效。只是，石灰的碱性挥发得较快，往往半天时间后，蚂蟥就从泥里复出，侵扰下田的人。

看到蚂蟥，我曾经发誓，一定要离开农村，离开农田，离开可恶的蚂蟥。后来，我外出务工，经历了都市谋生的日子，终于离开了田间劳作，再也不用恐惧蚂蟥的困扰了。现在农田化肥农药的使用，田里的蚂蟥也就越来越少了。

但是，被蚂蟥叮咬的经历，让我还是心有余悸。

我的石匠生涯

　　每次开车经过汤莘公路下岩垅地段，看到路边岩石垒砌的水渠，就会想起20多年前我在这条水渠边打工的生涯。那是一段铭心刻骨的苦难历史，是我一生中最艰难的生活经历。

　　当年，我20多岁，中学毕业后一直在家务农，每当秋冬季农闲时分，便会和村里人一起外出打工，赚取辛苦钱补贴家用。以前农村务工机会不多，进企业没门路，唯有到工地上务工，才没有什么门槛，只要有力气，肯吃苦，工地包工头是来者不拒，越老实本分的人越受欢迎。

　　在工地上干活，无非就是到水利工地、桥梁建设或者是建筑工地卖苦力，全部都是露天作业，起早摸黑，餐风饮露，泥里水里，跌倒滚爬。我要去做工的地方，就是莘畈水库西干渠道的衬砌工程。工地在离驻地十来里路的山岙里，我们所做的活，就是将渠道的底面用水泥沙浆铺浇，渠道两侧则用岩石衬砌，确保渠道安全运行不塌方。

工地由包工头承揽下来后，又分段转包给小包头。大包工头我们无缘认识，小包头则是隔壁村的，雇佣我们这群劳动力进场施工。刚到工地第一天，包工头看我个头小、力气弱，浑身上下透着学生娃的味道，担心我吃不消，就先来一个下马威："工地不是学堂，没有轻巧活呢，只有拌水泥料这活了，你吃得消吗？"

拌水泥料是工地上最累最苦的活，一般都是五大三粗的壮汉做的，而我年幼体弱，身高还不到一米五，瘦弱身段让包工头产生诸多怀疑。但既然来了，当然不能空着手打道回府，再说，再苦再累，什么活还不都是人干的？我咬紧牙，接过了拌料的铁锹。

刚开始干活时，我总是不得要领，加上个小力弱，沾着水泥浆的铁锹又笨又重，每一锹下去，都沉甸甸得让手臂发麻。尽管是寒冷的冬季，半天下来，我浑身也是汗淋淋的，气都喘不匀了。好在合伙干活的同伴照顾我，时不时地让我做些浇水、扒沙之类的轻巧活，第一天总算是熬下来了。

晚上收工回家，我的手臂似有千斤重负，吃饭都抬不起手来。想起今后每天都要过这样炼狱般的生活，我既感到无助，也觉得无奈。到工地讨生活，无非也就是为了生存之需，毕竟，在农村没有其他赚钱的门路。

我们住在曹界村上，工地靠近村西的山岙里，离驻地有三四里路远，我们每天早上六点就起床吃早餐，半小时后，每人挑一担沙石到工地上，可以赚取一角钱的脚力费。早、中、晚三餐饭，都要回驻地吃，所以，每天可以挑三担沙石上工地，尽管比较辛苦，但整月累积起来，也是一笔额外的补助，所以，上工地的人，还是都比较乐意捎带这道工序。

从早上 6 点起床，到晚上 11 点收工，干一天活，小工的工钱是两块五角钱。低微的薪酬，繁重的体力，这便是工地生活的真实写照。正因为赚钱不多，每次出工时捎带一担沙石上工地，这也是包工头想起来的绝活，目的是节省专门挑沙石的劳动力，又能让干活的人，多赚一角钱。

拌水泥料是重活，要的就是蛮力，没有讨巧的法门，所有人都觉得，我一个瘦弱得像刚出校门的学生娃，干不了几天，就肯定撂挑子跑路。没想到，我一坚持就是一个月，无论刮风下雨，白天黑夜，我不落下一天的活，这让工地上一些"老油条"都刮目相看。

繁重的体力活，让人的消耗能力大大增加，在工地干活时，我每天可以吃掉三斤多米，每餐一斤多米，用大号饭盒蒸上。菜是工地免费配送的油豆腐煮大白菜，一人一大盆。记得有一次，我忘了蒸饭，晚上去小店吃汤溪拉面，我一进店就大喊："老板，煮三碗拉面。"

老板煮了面后问，另外两个人呢？我说："没别人，我一个人吃。"老板的嘴变成了一个大大的"O"形，他想象不出，这么一个小个子一餐怎么可以吃掉三大碗拉面。为了显示我的饭量，我三碗拉面连汤都不剩全部吃完后，还再要了一张饼，啃着离开小店。惊得小店老板直呼："太会吃了吧，照这样吃食量，一天挣的钱，还能够吃饭吗？"

水利工地上，除了拌水泥料，还有就是抬岩石的活，两个人搭档，合一副铁丝架，然后合力将上百斤重的大岩石抬到石匠师傅面前，经铁锤、铁钎砸打，形成一个个四四方方的立面，然后衬砌在渠道两侧，铁钎"采面"都是"石头老师"干的活，在工地上算是技术工，所以，他们的工钱可以每天有五块钱，比做小工高一倍。

在工地上干了一个多月后，我趁空经常坐在"石头老师"面前，看他们"采面"，偶尔我也会拿起铁钎试上一试，久而久之，我渐渐摸出了门道："采面"虽然是技术活，但没拌水泥料累人，只要方法得当，我也是可以干的。

于是，我找到包工头，提议让我也学"采面"，我是初学，可以拿小工的钱，跟着师傅们干一段时间。也许是工地上"采面"师傅紧缺，砌渠师傅天天喊来不及供料，包工头也就同意让我学着试试。

第二天，我从工具市场上买来了一只"四磅锤"，让工地上的师傅帮我镶上锤柄，便像模像样当上了"采面"师傅。"采面"这活，看上去简单，实际操作起来，也是有很多门道的，首先就是要看清岩石的纹路，要依据纹路来判定从哪个方向下锤，这样才能保证岩面平整无破损。

工地上有很多和我差不多年龄的"采面"师傅，他们已经干了四五年了，经验丰富，对岩石的纹路判定也非常准确，他们见我虚心好学，都非常热心教导我，让我从一个初学的懵懂者，渐渐对岩石的材质有了粗浅的了解。

任何工种都有其特殊性，不在行，不必谈。"采面"虽然是轻巧活，真正操作起来并不轻松，首先，四磅锤从早上抡到晚上，一天不知要上上下下抡几万次，抡锤的右手更是麻木得分不清是不是我自己的，手臂肿得垂不直。晚上吃饭时，手麻得筷子都夹不起菜来。

　　而且我是初学者，铁锤抡打得不准，经常会砸到扶钎的左手上，一锤子下去，没敲准，滑到左手上，拇指或食指便鲜血四溅，钻心地痛。好几次，左手的皮肉都在铁锤的重击下，生生地粘在岩石上，让人看了心头发麻。没几天工夫，我的左手便是伤痕累累、血肉模糊了。

　　师傅们说，这是正常的，干一行，换一样身骨，每一行工种，都要有一个适应性，过一个星期之后，你的准头稳了，就不会敲手上了，而且手臂发麻症状，也会消失，因为，长久的举锤、落锤，手臂已经适应了这样的运动规律。一周之后，师傅的话果真应验了，我的手臂真的不发麻了，而且抡起铁锤来，顺心顺手，挥洒自如。

　　摸到一点门道后，我觉得自己像个"石头老师"模样了，每天早出晚归，在工地上干起了"石匠"活。当时我心里想，做"石匠"其实也挺不错的，没有什么心思，每天就是上工、下工，把时间混在工地上，就算完成一天的活了。

　　工地上的人，一到晚上不开工时，便三五成群，聚在一起喝酒、打牌、耍钱，在无聊的生活中寻找各自的乐趣。我尽管是在工地上干活，但还是比较关注学习，每天都要到工地驻地附近的小店寻找报纸，了解时事。晚上回家，依然坐在小阁楼上，阅读我随身携带的"唐诗宋词"。

在工地休息间隙，师傅们谈得更多的，无非是四乡八店的黄色小段，我便和师傅们谈论时事趣闻。自从盘古开天地，三皇五帝到如今，师傅们喜欢听我谈天说地，谈古论今，他们觉得，我看的书多，懂得的事多，不应该在工地上和他们一起混日子，应该找一个更好的行当，发挥自己的特长。

每当此时，我突然想起一句名言："世上千里马常有，而伯乐难寻。"便和他们嬉笑一声："我是一匹千里马，只是未遇伯乐尔。"虽然这是一句我发自内心的表白，却在工地上被传为笑谈。因为，没有人会相信，一个在工地上打工吃饭的人，会有多大出息，会有多大能耐，会有什么机会出人头地。

在"石匠"这个行业，我自认干得并不出色，手艺也不咋地，但工地上很多师傅都喜欢和我搭伙干活，他们觉得，我这人有趣，在一起干活不闷，每天都有许多新鲜事和大家分享，就像工地上的"开心果"。所以，每一次换工地，他们都会想起叫上我一起去。从莘畈水库出水闸开始，一路做到汤溪集镇，每一段水渠上，都有我的汗水和辛劳。当然，工地生活上，苦乐同在，也有我自己知道的欢喜与快乐。

挣工分的日子

小于五十岁的人，现在已经很少知道挣工分的事了。

挣工分，指的是大集体时代，农民靠在生产队里劳动，获取的每日工值。一般来说，一个正劳力，每天的工分是十分。也就是说，能挣到"十分底分"，必定是犁耙耕耖、施肥打药、收割播种、四季农事，样样都拎得起，表明就是合格的农民了。

在一个生产队里，除了生产队长、扶犁把子、植保员，可以拿到"十分头"外，每工能拿"十分头"的正劳力，少之又少，大部分农人的一天工分值，都在八九分之间，而妇女因体力因素，最高的工分值都在五六分。

工分，除了作为分配粮食、柴草的依据外，如果收成好，年底还能凭工分总数到生产队领取分红。一般来说，一个工分也就值人民币五六分钱。按这个工值计算，农村里一个正劳力的每天价值，也就五角钱，农民劳动价值之低可想而知。

当时，农田承包责任制还没有推开，我们村分成十二个生产队，每个生产队二三十户人家，五十来口人，其中每天能下地劳动的劳动力，也不过三十来个人。这么一班人，搁平时的生产任务，倒也无所谓，但是到了农忙季节，抢收抢种，每个生产队都会出现人手紧张的状况。

20世纪80年代初，我恰逢中学毕业，没考上大学，便回乡当了农民。

当农民，首先就得要到生产队挣工分。而我当时才17岁，因为从小体弱，发育迟缓，所以显得身材矮小，身高尚不足一米四，乍一看上去，还像个小孩，完全属于青涩小毛头。

实话说，17岁之前，我一直在学校读书，从没涉及过农活，这次要到生产队里，正儿八经当农民，挣工分，便要从每一项农活学起。由于是大集体时代，任何人都有劳动的权利，尽管我不谙农事，但生产队里的人，还是包容了我的稚嫩，让我先和妇女一起，学习拔草、撒灰之类的简单农事。

对于每一个初入生产队的人，都要由一个工分值评定过程，就是让劳动者先试行一段时间，看看他的劳动能力，然而由生产队里经验丰富的老农，一起评定此人每日工值几分，这就是生产队里俗称的"评底分"。

我从未做过农活，拎锄头铲地、背粪桶浇肥，一切农活，对我来说都是陌生的、遥远的。因为，在我童年的梦中，从没有想过，有朝一日，会和我的父辈一样，成为地地道道的农民，和这些衣衫褴褛的人，一起在土地上刨食。

农活干得不好，加上也不太懂事，所以，大家对我的工分值评定是：一天"两分半"。按这个工分值，等于我要做四个整天，才能抵一个正劳力的工分值。而平心而论，当时的四个我，也的确抵不了一个正劳力的劳动量。如果计算工分价钱的话，我劳动一天，只能值一角二分五钱。这个工值，别说养家，养活自己都困难。

由于农活干得不出色，就处处招人厌烦。在生产队里，我属于不招人待见的一类，其一是我农活干不过别人，其二是我一身的书生气，动不动还满嘴"普通话"，除了地里的农活一问三不知外，天文道理讲得倒是头头是道，害得生产队上的人听不懂。

于是，队长对我特生气，每当听到我讲"普通话"，就会怒喝一声："书呆子，有命的话，到广播里当播音员去，没命就好好给我干活，今天不锄完这畦地，你工分不要记了。"

农活干不好，是手艺问题，经常惹得队长恼怒，这可是态度问题。倒不是因为我有意要惹恼队长，而是我完全不懂人情世故，不懂生产队里的操作规程，我所接触到的，除了书本上的知识，就是社会主义大家庭中，农业社里人人平等。

每天傍晚收工时，队长会按劳动需要，分配第二天的生产任务。有一天，队长说，明天早上，劳动力到畈里插秧，妇女到后塘垅拔草。

我傻傻地待在地里，好久才问队长："我干什么活啊?"

队长看了我一眼，没好气地说："你是劳动力吗?"

我弱弱地回答："可我也不是妇女啊。"

话一说完，全生产队的人都笑开了。原来，生产队里只区分两种劳动成分，一种是正劳力，一种是妇女儿童。队长所说的妇女，自然也包括儿童在内。只是我初入生产队，根本不懂这些玄机，因此经常闹出各种笑话。

每天日出而作，日落而息，日子就这样在贫乏、简单、无聊之中度过。

生产队里，养着四五头大水牛，一般上，养牛都是年纪比较大、吃不消干农活的老人或小孩做。队长看我农活干不好，力气又小，就说："你还是去养牛吧。"

养牛，看上去挺轻松的，每天牵着几头"大水牯"，遛圈，饮水、喂料。农忙里，牵到田头，供"正劳力"耕地，农闲里，牵到后山吃草。

队上的牛中，有一头"大水牯"，块头特大，皮黑毛亮，牛角又尖又长，看上去挺吓人。我初次接管，牵着牛绳，还胆战心惊。后来，和"大水牯"混熟了，也就不怕了，每次看到我走来，"大水牯"还摇摇尾巴，"哞哞"地叫两声，表示欢迎。

我以为，养牛，就是这样牵牵牛绳、喂喂草料这么简单呢。其实不是，队里还有一种活，叫"耙田"，就是要人站在耙上，让牛拖着走，以便把耕好的地耙细耙匀。而这种"耙田"的活，需要个子小、牛拖得动的放牛娃来承担。

于是，耙田的活落到了我头上。

牵牛还可以，但要我站在耙上，让牛牵着走，这活还真不容易。首先，人要在耙上站稳，如果不小心摔下来，让耙从人身上"耙"过去，非得要遍体鳞伤。我初次接手，人站在耙上，好几次差点摔进"耙塘",幸好我拴紧牛绳,使劲踏稳脚心,才没有摔下来。

平时牵牛喂料时,对我挺温顺的"大水牯",发现我也和别人一样,让它驮这么重的负担,也就不客气起来。也许"大水牯"欺负我个子小,开始渐渐地不听使唤。我拴紧牛绳,想让它前进,"大水牯"偏偏倒退着走。

看到"大水牯"不听使唤,我心一急,就挥起牛鞭,使劲抽它,"大水牯"红着眼,怒目圆睁,不但不往前走,反而倒退着朝我顶来。我一看情况不妙,扔下牛绳,人就跑到岸上来,任凭"大水牯"在田中央打圈圈。

队长在老远看到了,连忙赶过来,一把拴住牛绳,指挥"大水牯"按正常方向前行。也真怪,原本在我面前"牛劲十足",一到队长手里,就服服帖帖,乖乖地拖着耙走了。

看来,这畜生也懂得欺生。俗话说,人善被人欺,马善被人骑。这话到了我这里,却变成了"人善被牛欺",真是没天理了啊。

养牛的工作,两天后就换了另一个不怕牛的儿童。我又重新回到田里,和妇女们一起,干起将草浇肥的简单劳动。

一事无成的我,在队长眼里,就更加不受待见了。

当时,种水稻、棉花等作物,经常需要打农药,而打农药除了力气活外,还需要有文化,要认识农药的品种、用量、浓度配比。生产队里原来是有专门的植保员,有一天,植保员因大热天不戴口罩施农药,中毒住院了,而田里的打药工作却不能停。

　　除了植保员，队里还有一群背喷雾器的正劳力，这些人大多不识字，只会按植保员配比好的药水，装进喷雾器，然后背着三四十斤重的手摇式喷雾器，下田施药。现在植保员中毒住院了，如何让他们按农药用量的配比进行合理稀释，却成了一大难题。

　　农田施药，用药是有"火口"的，"火口"不等人，误了这施药"火口"，以后就是下再重的药，也治不了虫。这班大老爷们傻住了，队长也愁坏了。

　　农药稀释，这不是跟中学里读的化学内容差不多吗？这活我会干！于是，我主动请缨，向队长打包票，说这事我来做，我认识农药，只要把用什么农药告诉我，我会按农药瓶上的用量，稀释好配比度，供施药人使用。

　　队长一听，高兴坏了，连忙嘱咐我赶紧的，到田头去配比农药。

　　农药都是剧毒品，而且臭味重，大热天在太阳底下配药，人容易中毒。配农药工作，虽然比较危险，但比下田施肥、拔草，经常要摸到水蛇，还是要轻松一点，所以，我戴着口罩，小心翼翼地用量杯测算好用药量，按百分比稀释好。

　　生产队里的几百亩水稻，在植保员住院期间，在施药"火口"上按时完成了喷药任务。这下，队长高兴了，他说，有文化的人，还是要用在识字的地方比较好，农田里的这些粗活，也不适合你们干。

　　当时，农村里认识字的农民不多，能识字在农村也是好事。队长又让我承担起夜间为大伙记工分的事。就是说，每天收工后，吃了晚饭，我还要到小队部，为一天中参与生产劳动的人，记录工分值。

在生产队里，我自知人小力薄，农活干不过人家，但我也尽心尽力地做好自己的本分，劳动之余，我给大伙读报纸，讲国家对三农的政策，让大家能了解国内外的大事。

所以，尽管我很多农活都不会干，但生产队里的父老乡亲，还是以宽广的胸怀接纳了我，给了我体现价值的岗位，让我能够服务于生产队的劳动。

后来，农田承包责任制推行后，生产队的田，分到了各家各户，大家再也不要在"大锅饭"里混食了，每户人家都可以按自己的经营方式，在土地上种植作物。

而今，三十多年过去了，原先农户家里的工分簿，大多静静躺在抽屉角落里，或者陈列在农村文化礼堂的橱柜中，供后人怀想曾经的岁月。生产队里挣工分的日子，也就一去不复返了。

知青往事

我的家乡在浙西南一个小乡村，村东是一片广袤的农田，出产的稻米供给养育了全村的父老乡亲，村西则是连绵的黄土山岗，零星长着马尾松之类的廉价植物。三十岁之前，我一直生活在这个村庄里，求学和务农，占去了我青春年少时光。村庄里发生的一切，对我来说至今依然记忆犹新。

我的家住在村西的一口池塘边，这口塘名叫拱湖塘。小时候，拱湖塘的水质清澈见底，供给村民洗涤之用。塘里游浮着许多长条扁鱼，我最爱做的事，就是每天从牛背上抓苍蝇钓长条扁鱼。

拱湖塘边，建造着一排低矮的泥墙瓦房，像部队营房一般一字排开，小开间，单门独户，当年是为了供给响应"上山下乡"号召的知识青年居住的，村里人称之为"知识青年屋"。记得村里来知青时，我还很小，五六岁光景，跟在大人后面，敲锣打鼓欢迎这些从大城市来接受贫下中农再教育的学生娃。

第一批入住知青屋的学生娃，大都才十七八岁。当年，我顶多是个懵懂小孩，还未上学，乡下又没有幼儿班，半大小屁孩就整天在田野里疯跑，一天下来，整个人就变成了"泥猴"，晚上回家少不了受父母一顿责骂。

自从知青住到我家边上后，我便整天都往知青屋跑，看他们从城里带来的"戏匣子"，听他们像唱歌一样好听的话。这些知识青年，从大城市突然远离父母，来到这个贫穷落后的小乡村，过起了独立生活。刚来时，大部分人都是性格开朗乐观的，他们整天嘻嘻哈哈，有时也逗逗我这样的小屁孩。

这些知青讲一口地道的杭州话，我也听不懂，只是觉得这些从大城市里来的人，和我们村里人不一样，首先是人长得白净，衣服也好看，说话举止都很有"派"。即便是村里再有钱的人，和他们一比，简直就是"土得掉渣"。

我虽然不懂他们说的话，但也爱往他们身边钻，或许这就是一个农村娃对城市文化的一种敬羡罢了。

虽然这些知识青年都已经十七八岁了，但他们从来没到过农村，对农村里的事，甚至比我们这些小屁孩还不懂，一切都是这样的新奇，一头老母猪，可以让他们观看老半天。至于小狗小猫、鸡鸭牛羊之类，更惹得他们追逐嬉笑。

知青刚来的时候，正值春暖花开季节，农田里种植着的草籽，已经开满了云霞般艳丽的草籽花。这些大姑娘、小伙子也许只从图画上看到过农作物，当看到花花绿绿的草籽田时，以为就是成片的花生，高兴得狂奔下田，想从田里挖出花生来，直到双手沾满污泥也一无所获时，这才惹得边上的农民哈哈大笑。

看到地里泛青的麦苗，他们以为是成片的韭菜，竟想割一把回家煎鸡蛋吃。城乡认知上的差异，惹出了许多笑料，成为村里人茶余饭后的谈资。

初来乍到，新奇过后，面对的便是现实问题。吃饭，干活，这两样永远是农村里最重要的事。每间知青屋里，都搭建了土灶台，那是一种只安放一只铁锅的简易柴火灶，适合一个人生火起居。这次来的三个知青，两男一女，各占一间泥瓦房，房屋是新垒的，还带着泥土的潮湿气息。

安顿下来后的第一件事，就是解决吃饭问题。农村烧早饭，习惯烧粥捞饭，就是将米和水放进铁锅里一起煮，煮到水沸了，米熟了，然后用爪篱将米粒捞出来盛进陶罐内，埋入灰堂，这样，中午就有热气腾腾的米饭吃了。

这些大城市来到乡下的青年学生娃，从没看到过农村土灶，更不用说如何做饭了。他们的头等大事，就是先得学会用土灶烧粥捞饭。好在农村大婶比较热情，虽听不懂城里人的洋话，但好歹也明白，怎么教他们土灶烧饭。

也许是年轻人心急气盛，觉得烧饭这么简单的事，根本不成问题，在听了农村大婶简单的做法后，便挥挥手说："晓得了，晓得了，这事简单着呢。"第二天早上，我出于好奇，早早起床去看城里人烧粥捞饭。只见他将米淘净后放入锅中，然后点燃柴草"吧嗒、吧嗒"烧上了。

不一会儿，水烧开了，米汤就从锅盖沿直往上冒，整个灶台就溢满了白花花的一层米汤，城里人急了，连忙用手按紧锅盖，想把锅内的米汤捂住。谁知锅盖捂得越紧，米汤溢得越多，急得他哇哇直叫。这里，隔壁大婶听见叫喊，跑过来一把掀开锅盖。说来也奇怪，拼着老命都捂不住往外冒的米汤，锅盖一掀，直往外冒的米汤就"刺溜"一下伏下去了。

这时，大婶又免不了开导一番："粥烧滚了，要记得掀开锅盖，这样，米粒才会在煮开的汤中变熟，米汤也不会冒出锅外。"这时，这个城里娃红着脸，腼腆地说："想不到，烧饭这么简单的事，也有这么多门道，看来，以后在农村要学的事还多着呢。"

这件事，被我这个小屁孩看到，便到处嚷嚷，说城里人烧粥时，水开了，只知道按住锅盖。这个笑话在乡下传了很久，以致后来有人看到这个城里娃，还会开他玩笑："小后生，回家捂紧锅盖，别让米汤跑出来哦！"

城里人是从没干过农活的，农村的一切，对他们来说，也许都是新奇的。住我家隔壁的这几个知青，被分配在第五生产队。第二天，他们就跟着生产队长下地干活了，这就意味着，他们也将和农民一样，下地挣工分养活自己。

让这些城里学生娃干点啥呢？这可把生产队长给难住了，他们一个个白白净净的，下地了还穿得跟走亲戚一样，女娃怕太阳晒，还戴着白手套。这和农村大叔大伯光着膀子、赤着脚，完全是判若两重天。

也许是第一天下地，队长也不好意思唬他们。只是交代他们不要戴着手套，这样干不了农活，得赤脚下田，穿着鞋子下地，在农村里是大忌，只有不务正业的浪荡公子哥，才会这副做派。

农村正劳力，干的是耕田犁地的重活，青年妇女则是锄地削草。这帮学生娃，连锄头都没拿过，加上一身整齐的衣着，根本不是干农活的料。生产队长叹了口气说："你们还不会用锄头，就到田边用手拔草吧，这活简单，也省力，适合你们做。"知青们一听，这是照顾他们呢，一个个连忙脱掉鞋袜，踩入泥浆之中，拔起草来。

拔草虽不累，但弯着腰、猫着身子蹲在田里，也不好受。突然，一个女学生娃"哇"的一声大叫，便哭着从田里跳上岸来。原来，她摸到一根软绵绵的东西，拿到手上一看，竟是一条水蛇。这玩意虽然没有毒性，但不认识的人，看到蠕动的水蛇，内心的恐惧也是可想而知，更何况是这些城里来的学生娃。

这一下，这些城里人一个个都不敢下水了，先前那个女娃，上岸了仍哭个不停。她也许永远也想不到，到乡下来接受贫下中农再教育，还要面对这种可怕的情景。这样的教育，对她来说，也许是一辈子中最大的阴影。而且，农田里除了水蛇外，还有蚂蟥之类的吸血虫，这些蠕动的软体动物，对城里娃、特别是女娃来说，其恐惧程度不亚于豺狼猛兽。

一天劳动下来，男娃们毕竟胆大一些，或许是有在女生面前充当男子汉的气概，慢慢地适应了农村的环境，而女娃们则死活不肯下田，只好挑选在干燥的岸地上拔些草。

收工后，农人们嘻嘻哈哈有说有笑地回家了，这也许是农民最快乐的时光。而这群城里娃，则一个个灰头土脸，表情凝重。

一想起在农村接受"再教育"要三年、五年，乃至更长时间，这漫长的岁月将都要在农村，和这群衣衫褴褛的农民生活在一起，都感到在这个"广阔天地"里接受"再教育"，的确不是一件好受的事。

从原先的城里人，变成了日出而作、日落而息的农民，心理的落差远远超过了"上山下乡"前的豪言壮语。当喊着口号要到最艰苦的地方去接受"再教育"，到达目的地后，才发现，原本心目中的蓝天、草地、鲜花、溪水，一切美好的想象都化为乌有。剩下的只有劳累和酸痛，以及对未来生活的茫然和悲悯。

农村泥瓦房里没有厕所，他们得学会使用马桶；没有自来水，得学会从井台取水；没有电，得学会点煤油灯照明；没有浴室，男知青还得学会和村民一样，光着膀子跳进村边的池塘里洗澡。一切的一切，与理想中的生活相差甚远。真正到了农村，才发现"小桥流水、鸟语花香"的描述，只是戏文里的台词，现实的残酷和无奈，将长久伴随着他们一路延续。

让这些城里娃在田里受罪，还真不是个事。大队里的头头们也商议着怎么办才好。碰巧村校里缺少老师，原先的代课的老师也都是农村里只读过两三年书的人，自身普通话就不标准，教出来的学生，读书口音里带着浓重的土话。

这也难怪学校，想当年，农村里识字的人本来就不多，只要能把毛主席语录读全的人，就可以当老师了。这些城里娃，好歹也是高中毕业生，识字多，普通话标准，把他们放在学校当老师，既能解决上面安置知识青年的任务，又能为村里的孩子找到识文断字的先生，真是一举两得。

后来，这些知青都成了学校的代课老师，我到了上学年纪，教我们小学、初中的老师，大部分都是这些城里来的知识青年。而这些知识青年中，有的娶了农村姑娘当老婆，有的嫁给了当地农民，成为真正的村里人。直到后来知识青年回城政策实行后，当年的知青才一个个回到了父母身边。

现实的转变导致婚姻的变异，有些男人回城了，抛弃了乡下的老婆孩子，有些女人回城后，就再也不跨进原先低矮的瓦房。于是，城里一个家，乡下一下家，爸爸一个家，妈妈一个家，《孽债》中描绘的情景，在乡下可谓比比皆是。

2007 年，这批回城知青相约故地回访，其中就有我的初中老师，教我初中的吴老师对我还依稀有点印象。只是当年风华正茂的城里女娃，现在也成了两鬓花白的老人，他们说起这段"上山下乡"历史，至今依然有感慨，有念想，有回味，有无奈。个中滋味，也许只有他们本人知晓。

知识青年，上山下乡，这是时代造成的悲剧，还是人生中的必要一课，或许历史自有评说。

奋斗路上

——54 岁生日感言

时光流逝，岁月沧桑，又到了 8 月 19 日，54 年前的今天，我出生于浙江婺西边陲一个乡村。在婺西这片土地上，度过了我的青少年时代，那里有我欢乐的童年嬉笑，有我苦涩的爱情泪花，有我成长的脚印和痕迹。

古人云，五十而知天命。如今，我已满54 岁了，这是一个很尴尬的年纪。说青春，已经远去，说老年，尚属偏早。坐公交，还未有人让座，在单位，依然挑着大梁。只有自己心里明白，岁月磨洗，青春渐行渐远，静待夕阳西下。

翻开日历，突然发现，8 月 19 日，这是一个值得自己铭记的日子。咱不是名人，无须他人惦记诞辰生日，但这是一个属于我自己的日子，必须要牢记：感恩我的父母，在这一天给予了我生命，并抚养我长大。

人生一晃已过了五十而知天命，岁月匆匆，我们总是老得太快，曾经的青春年华恍如昨日！回首往事，一路洒过的汗水和泪水，那些曾经遭遇过的挫折和磨难，那些曾经感受过的喜悦和遗憾，感谢那些陪伴我一起品尝酸甜苦辣的朋友们，感谢那些教导我感悟人生的领导们，是你们的一路相伴，让我逐渐成长，也让我倍感珍惜。

年过半百，华发早生，有些人过了五十岁就等待着退休的来临，但我依然在苦苦求索，不敢有丝毫的放松懈怠。前进的路依然充满着挑战，但我坚信，我付出的每一点努力，都将对人生带来回报。接下来的日子，我仍将一如既往地去努力奋斗，用自己的双手去诠释人生的价值！

人的一生，就是奋斗的一生，是不断进取、不断完善、不断更新的过程。从咿呀学语，到初识文墨，我们学会的断文识字，懂得了读书看报，知晓了明辨是非。这使我们成长过程中，对善恶美丑有所区分，这也让我们在生命历程中，懂得进取，学会感恩。

活到老，学到老，这是我对生活最深的感悟。

在我四十岁的时候，互联网技术的推广运用，我开始接触计算机，靠着笨拙的学习方法，练熟了汉字五笔输入，懂得了电脑的基础运用，也正是这门技术，让我还依然可以在文化领域靠码字谋生。

在我快五十岁时，开始报读大学文凭，从此和一班小年轻一起，让老花眼混入近视眼中，在电大教室里读书、考试，我用了五年时间，完成了近30门课程的考试，通过了计算机全国统考，通过了毕业论文，终于从一名中学毕业生升格为大学本科生，并顺利拿到中国人民大学汉语言文学本科文凭。

如今，随着媒体改革的深入，融媒体已占据新闻的主流，仅靠码字做新闻已经不合时宜，音、频、报、网、端，必须全方位发声。这就倒逼我们重新接触抖音、动图、视频等新兴媒体，并熟练掌握和运用。

奋斗的路上，只有逗号，没有句号。知识的更新，是为了让我们更好地适应生活的需要。前进的道路上，不会有休止符。所以，我们没有理由停止技能追求，没有理由放弃自我完善，只有不断补充，不断更新，才能在社会上立于不败之地。

30年前，我扛着锄头进城谋生，实现了从乡村走入城市的蝶变。这30年中，我从建筑工地到机关单位，一步一个脚印摸索前行，实现了从泥瓦匠到文化人的人生逆转。半个多世纪的生活经历，品味着人生的酸甜苦辣。

一路走来，历经风雨磨难，感谢在我人生中相遇的每一位领导、同事、朋友，是你们的关爱让我成长，同时也祝福自己今后继续努力，过好精彩每一天，并对自己说一句：Happy birthday to you！！！

再次感恩所有帮助过我的朋友们，有你们真好！！！

圣洁的痴迷

30 多年前，我还是乡间田野里的一个毛头小伙子，五短身材，其貌不扬，瘦弱的身子在粗壮的工友们面前常抬不起头来。也许没有人会想到，当年在工地上与他们一同抬石头、挖土沟的傻小子，若干年后，会从桑塔纳里钻出来，以文艺采风团成员的身份，到工地体验生活。

从小爱好文学的梦想，让我对缪斯情有独钟。中学毕业后，我怀着沮丧而自卑的心情步入了打工行列。在远离故乡、远离朋友的陌生环境中，在寂寞与孤独中，唯有书籍宽慰我忧郁的心灵。

夜深人静后，灯花跳动，书香盈案，白天的疲倦与辛劳顷刻间烟消云散。如同许许多多文学爱好者一样，我信手在烟壳上、废弃的作业本上胡乱涂鸦，将自己心中的点滴感想记录下来。当我的第一块"豆腐干"在当地市报刊出后，当时的喜悦简直令我热泪盈眶。

当时，县文化馆的创作干部章竹林，是我创作路上的第一个启蒙老师。他以小学的文凭跻身教授行列，令文化界后人所敬仰。面对我对文学的热情，章老师总是来信给予鼓励，他的师者风范也影响着我今后的人生之路。特别是章老师所倡导的"草根文学"，为我们婺城文化事业增添了不少光辉。于是，我试着学习快板书、小品等曲艺作品的创作。

记得有一次，县文化馆在安地水库举办创作会，我以农民代表的身份，与众位专业文化干部一起探讨创作思路，在许多老师的帮助之下，我在创作会上写的《特价鸡蛋》参加了全市第二届曲艺会演，并荣获了创作三等奖。后来，我又根据农村里存在的事例，创作了戏剧小品《分家》，该小品在当时的《婺江文艺》发表后，又由浙江省"笑星"王跃丰老师改编，参加了全省第四届戏剧小品演出。

在文化界众多老师的帮助指导下，我的人生道路也发生了变化，从一名泥水匠跻身新闻工作者行列，成了一名专职的新闻工作者，而记者这个行业也正是我所喜欢的。从此，我在新闻和文学两者之间辛勤地耕耘着，虽无特大建树，但也小有收获。

如今，我加入了市作家协会，还成了区戏曲家协会主席。对于这些头衔，我是诚惶诚恐，惭愧有加，除了鞠躬尽瘁，无以为报。通过多年的努力，我在文学与新闻的行业内，虽然没有很大建树，但也小有成绩。我的新闻、文学作品，多次在省市征文中获奖，并出版了个人专著《行走田园》。

从事文字工作是一项辛苦的活，这种辛苦有时是常人难于体会得到的。痛苦与欢乐，成功与失败，相聚与分离，正是这种复杂的感情演绎了一个文化人的悲欢离合，也组成了文人不同寻常的精神世界。在物欲横流的今天，能对路边的一朵野花、山涧的一泓清泉、空中的一声鸟鸣产生细腻的情感，这也是文人热爱生活、亲近自然的最大体现。

人的一辈子，如果能从事着自己所喜爱的工作，并将此作为谋生的手段，也许就是一种幸事。文学的爱好，不仅改变了我的人生道路，同时也让我获益匪浅，我也常常为此而庆幸。我从心底里升腾着一种信念：我热爱这种以笔为锄、耕耘文化沃土的行业，他能让我的思绪、让我的精神跨越到一种崇高的境界。

在当今"十亿人民九亿商"的潮流中，我要坚守着文学这一片圣洁的土地，并为之奋斗，痴心不移。

重逢在三十年后

秋风吹过，层峦尽染，南山的原野上，红枫点燃了满山的色彩，梅溪清澈的泉水，从南山缓缓流出。晨曦微露中，山体上初阳高照，峰峦轮廓分明。满山的红豆杉果实累累，挂满枝头。

在这暖暖的深秋季节里，受申建安的多次邀请，我终于前往安地，与阔别多年的老友相会。一同前往的还有，金华知名人士"羊爸爸"，浙江师范大学的林老师。好客的建安兄弟，得知我们要到安地来玩，早早就杀鸡待客，还邀请了安地的另一位文学爱好者王凯军，一起前来相见。

申建安居住在杨垅村的一处田野里，家的四周种着杨梅、柑橘等水果，挖有养殖鱼、黄鳝的水池，水池边上的柳树下，扑腾着的是成群的鸡鸭鹅。居舍的远方，是连绵的山坡，山坡上种满了桃树和柑橘，红红的橘子点缀在枝头，像红灯笼挂满枝杈。

我想象不到，原来，这些年来，申建安居住在这一方土地上，过着隐逸的田园生活。然而申建安非常安乐于这样的生活，他说，现在妻子、女儿都在城里上班，自己不愁吃穿，闲里养着鸡鸭鹅鱼，种着瓜果蔬菜，生活上完全自给自足，安然自得。

更让申建安骄傲的是，他女儿也是一个文学青年，除了上班外，业余时间也热衷于网络文学创作，这对从小拥有文学梦想的建安兄，有了诸多的安慰。用他自己的话说是，自己未能坚持下去的文学梦，就让女儿去继续。

安逸的田园生活，一直都是我心中最热切的梦想。"采菊东篱下，悠然见南山。"这也是古往今来多少名流隐士所热衷的生活。然而我们往往受生活所累，还得在喧嚣的都市创业打拼，还得要在纷杂的社会经受磨洗。

而建安兄竟然已经看开社会，悠然自得过上了这样的生活。

认识申建安，是缘于三十多年前的一次创作培训会。当年，我才二十来岁，作为农村青年代表，受邀参加金华县文化馆组织的文艺骨干创作培训班，培训地点就放在安地水库招待所。

申建安是安地雅干人，每天务农之余，坚持文学创作，申建安写的诗，充满着南山灵气，跳跃性的语言，常常令我们为之惊叹。申建安和我一样，也是作为农村文艺青年代表受邀参加这次文艺创作培训班。

当时，受邀参加培训的，基本上都是乡镇干部或文化站专业人员，但也有像我、李丰庭、申建安这样的纯粹农民身份的学员。我和申建安都非常珍惜这次培训机会，觉得自己是一个农民，能够与众位文艺界专家、老师一起，梳理创作思路，修改相关作品，这将是一次提升自我文艺创作水平的绝好机会。

短短一周时间，我们几位农村青年，相聚在一起，在安地水库招待所简陋的宿舍里，共同探讨文艺创作思路，一起描绘心中灿烂的远景。我们白天参加专家讲座，晚上对各自的作品展开热烈讨论，群情激荡，其乐融融。

我和李丰庭住在安地水库招待所里，申建安就是安地附近村庄人，所以，他每天早上骑着自行车来到水库招待所听课、讨论。许多前来参加培训的学员，都是乡镇干部，当时在农村里算得上是有地位的人，但他们没有因为我们是农民而有丝毫轻视，相反，学员和老师们对我们给予了更多的关心和照顾。

由于身份相似，我、李丰庭、申建安似乎更加融洽地相处在一起。学习之余，我们常常相约在梅溪边散步，一起讲述各自内心的理想生活。

邀请我们前来参加培训的金华县文化馆专职创作干部章竹林，既是恩师，又是良友，章老师总是以非常信赖的眼光鼓励着我们，这对我们几位农民文艺青年的成长，有着不可低估的作用。

在我们去梅溪边散步时，章竹林老师也常常相约陪同。我们沿着溪边的竹林小道，踩着零碎的鹅卵石路面，一边悠闲地踱步，一边抒发心中的创作激情。我记得章竹林老师说的一句经典创作名言："写文章最重要的是记牢一点，个个心中有，人人笔下无。"

越是通俗的，越是高雅的。作为一名农村文艺创作者，就是要有这种心系百姓、服务大众的情怀，更要为群众创作通俗易懂、容易被群众接受的大众作品。章竹林老师的话语，从此一直根植于我的心中，成了我今后创作道路上难以更改的信条。

在这次创作培训班上，经过各位专家、老师的帮助修改，我创作的农村小戏《分家》，被选送参加浙江省戏剧小品展演，金华道情《特价鸡蛋》获评金华市曲艺作品三等奖。

创作培训班结束后，我们各自又回归到原来的农村生活中，一边务农，一边构思，继续在乡村田野里做着文学梦。

后来，我经过章竹林老师的推荐，到《金华县报》当了一名外聘记者，通过申建安引见，我又认识了安地蒋里村的王凯军，当时，王凯军在金华市区一家广告公司工作，我们三人因为文学而相识，从此交往甚密。

只不过，后来由于工作单位的变动，加上生活所迫，我们彼此失去了联系，但内心对朋友的牵挂，却久久挥之不去。

如今，三十多年过去了，时过境迁，物是人非，我们再次相遇在安地，重温青年时期的梦想与远景，更是别有一番滋味在心头。也许是命运使然，我依然在单位做着码字的工作，申建安过上了安逸的隐士生活，王凯军则成了承揽交通安保工程的个体老板。

当年意气风发的少年郎，而今都已两鬓斑白，老友相见，握手言欢之后，更多的是感叹岁月催人老。值得庆幸的是，尽管岁月的风霜染白了我们的双鬓，但依然没有抹平我们对文学的爱好。

我们行走在杨垅村田野里的小路上，每个人的内心都激荡着曾经拥有的梦想。情到深处，申建安吟唱起自己当年写过的诗句，我们一起回想起曾经的苦乐年华，一起回想起曾经的青春爱情。

乡间小路悠悠，在南山茂密的竹林里伸向远方，我们心中的梦想，也如同这林间小路，无休止地向前延伸……

夜读梅溪

九峰秀色润桃源

青山庵的最后怀想

探秘太末古道

湖镇老街

寻梦白沙溪

江南雪天

江南年味

礼赞家乡

星星落进了小河

第四卷

寻梦乡村

Chapter

04

夜读梅溪

到达梅溪，已是暮色四合之时。

村口的梅溪边，一座古色古香的八角亭迎风而立，周边的农田里，灿烂的油菜花正热闹地开着，金黄的一大片，像轻柔的地毯铺陈在田野里，空气中弥漫着花粉的气息，这是乡村春天里独有的味道。

东叶村依梅溪而居，古村靠内，新村则沿溪建造着一排排小洋楼，清一色的三层建筑，家家户户都围着一个小院子，院落内种植着花草，有的院落则摆放着石桌、石凳，或安置了假山，庭院角落里的藤蔓悄悄爬上了围墙，粉红色的花朵趴在墙头上，艳艳地观看着来来往往的行人。

梅溪源自金华北山雷公尖，是兰江的最大支流，由东向西流淌汇入兰江。金华北山以黄大仙而闻名于世，从大仙故里溢出的乳汁，汇聚而成涌入梅溪，带着灵性的山泉，滋养着梅溪两岸乡民，难怪梅溪流域名人辈出。元代著名文学家柳贯、明代开国文臣宋濂、现代著名战地记者曹聚仁，都与梅溪有着深厚渊源。

一江梅溪水，滋养了诸多风云人物。

这次到达梅溪，是缘于兰溪市作家协会举办的"红色故事·流金岁月"金华市知名作家走进兰溪采风活动，当日夜宿梅溪畔东叶村。入住在东叶的40多名作家，一下车，就被梅溪的清幽与恬静所吸引，三五成群在梅溪边闲步。

四月的梅溪，柳绿花红，春意盎然。人们沿着滨水绿道行走，悠然自得。路边的一朵野花，溪中的一泓急流，掠过溪水惊飞而去的山雀，都成了人们手机随手拍的"打卡点"。

因为梅溪，乡村才展现着柔美。

作为一个千年古村落，东叶拥有丰厚的文化底蕴，循着新农村建设的脚步，村里先后修建了"东叶人家""三叠塔亭"等景观。其中，雄跨梅溪两岸的永济桥飞檐翘角，壮丽气派，与上游聚仁村的通洲桥相互辉映，形同姊妹。

喜欢傍晚散步的村民，便沿着这座仿古廊桥，由北向南慢慢闲逛，享受着清新的空气和怡人的绿色。远观山有色，近听水无声。这也是梅溪沿岸乡民一天中最舒适的享受。

沿着梅溪修建的健康绿道，直达通洲桥，梅溪流水潺潺，两岸绿树成荫，湖光山色，炊烟渔歌，山林葱茏……恬静的乡村景观，以及村边墙上绘制着的动漫墙画，让梅溪成了游客的"网红地"。

梅溪绿道两旁是迎风摇曳的柳树，根须已深深扎进溪底，柳枝垂挂在溪水之中，在微风吹拂下，轻柔摆动，宛若少女曼妙舞姿。偶尔飞来的白鹭，停歇在凸出溪水、被廊桥灯光照得乌黑发亮的岩石上，点缀着梅溪的风景。

对于兰溪北乡而言，梅溪是一条滋润乡土的母亲河。梅溪养育的乡民，如同丰润的水草，生生不息。梅溪附近的诸葛八卦村，以诸葛后裔集聚而闻名于世，而梅溪沿岸值得骄傲的祖上功名人物，便是叶梦得。

叶梦得是宋代词人，字少蕴，绍圣四年（1097）登进士第，历任翰林学士、户部尚书、江东安抚大使等官职。晚年曾隐居湖州弁山玲珑山石林，故号石林居士，所著诗文多以石林为名，如《石林燕语》《石林词》《石林诗话》等。

作为南渡词人中年辈较长的一位，叶梦得开拓了南宋前半期以"气"入词的词坛新路。叶梦得词中的气主要表现在霸气、狂气、逸气三方面，飘逸的风格在南宋古文学史上留下重要一笔。

在叶梦得《石林家训》的影响下，梅溪边的东叶村文化名人辈出。现代著名的雕塑美术大师叶庆文、书画美术大师叶剑鸿都是东叶村人。现东叶村还建有全国首家农村雕塑展览馆——叶庆文展览馆和婺派青年书画家叶剑鸿书画艺术馆，叶氏新秀为梅溪两岸的乡土文化增添了辉煌一笔。

流经东叶的梅溪，俨然是一条人文之溪，孕育了一代又一代的乡贤名流。这些闪耀着光芒的风云人物，给梅溪涂抹上炫目的色彩。

夜色苍茫，唯霓虹闪烁，让一江梅溪水闪着亮光。

梅溪悠悠，千年不绝。溪水流淌中演绎的悲欢离合，早已融入了两岸乡民的烟火日常。到了梅溪，自然不能忘却一代名流曹聚仁与王春翠的悲情传奇，我们趁着夜色，沿着梅溪朝聚仁方向驱车而行。

聚仁村原名郑岩阳，位于塔山脚下，后因曹聚仁而更名。曹聚仁先生是抗战时期的战地记者、国共合作信使。曹聚仁一生笔耕，著作等身，抗战时期游走东线战场一带，撰写、发表了多达4000 余万字的锦绣文章，1938 年 4 月 7 日 "台儿庄大捷" 由其首发，一度成为激励国人抗战的胜利号角。

到达聚仁村，暮色苍茫，梅溪边古木参天，悬挂在树枝上的霓虹灯，忽闪忽亮，把五颜六色的光融入了清澈的梅溪水中，照亮了整条梅溪。溪边的农舍里，传出旋律悠扬的歌声，似乎把乐曲也要融入这溪水之中。

南北横跨的通洲桥是聚仁村最具特色的标志性古建筑，桥身用紫青的岩石拱砌而成，桥上的古廊桥，雕梁画栋，飞檐翘角。行走在通洲桥上，放眼四周，整条梅溪垂柳依依，古樟苍然，远处农舍屋顶，炊烟袅袅，云雾弥漫，让村庄沉浸在一片梦幻之中，梅溪风光尽收眼底。

我们只知婺州古城有一座通济桥，梅溪之上为何会有通洲桥？原来，塔山脚下的古郑岩阳村，清代隶属浦江县通化乡，因梅溪之水直达兰江洲，因而取名通洲桥，寓意从梅溪走出去，可以通达江洲，直贯天南海北。

古人取名，都有放眼五湖四海的家国情怀。

塔山古为金衢通往严州的咽喉要塞，苦于梅溪阻隔，村民便在梅溪之上建造了通洲桥。通洲桥原为木桥结构，始建于清乾隆二十三年（1758年），清嘉庆五年（1800年）因山洪泛滥而毁于一旦。清光绪十二年，为防御洪水冲毁，村中诸位乡绅贤达发起捐助，将原来的木桥结构改为六墩五孔、圆弧形石拱廊桥。

修建后的通洲桥，拱券为纵联砌筑，桥面铺条石，两侧设条石护栏。桥上建廊屋水榭21间，两端为重檐歇山顶门楼，飞檐翘角，中悬通洲桥匾。桥墩向上游做成分水尖，起到有效分刹洪水作用。

此后的年轮里，通洲桥稳稳地坐卧在梅溪之上，一任岁月的风霜雨雪冲刷。青山环抱，阡陌纵横，溪流蜿蜒，绿意聚合，桥端苍郁的古樟与廊桥交相辉映。"下临百尺之长波，上建廿椽之水榭"，给梅溪山水增添了无限诗情画意。

风景因人而美丽，梅溪也离不开凄美、风雅的爱情故事。

抗战时期战地记者曹聚仁和他的结发妻子王春翠，就相恋于梅溪之畔。曹聚仁居住在蒋畈村，王春翠居住在塔山村，两村仅隔着一条梅溪。曹聚仁在15岁那年，在廊桥上偶遇乡村少女王春翠，少年时代的惊鸿一瞥，从此在通洲桥上锁定了他们携手相随的身影。

1921年，刚与王春翠新婚不久的曹聚仁赴上海爱国女中任教，王春翠则赴浙江省立女子师范学校就读，两人暂时分别。婚姻生活聚少离多，曹聚仁与王春翠的情感世界出现了裂痕。后来，曹聚仁又与女学生暗发恋情，加上爱女曹雯在梅溪畔幼年夭折的打击，让曹聚仁痛不欲生，最终与王春翠劳燕分飞。

战火纷飞的年代，王春翠孤独守望在曹氏老宅中。而成为战地记者的曹聚仁则激情奔走在硝烟弥漫的战场上。但他依然与远在家乡的王春翠保持着书信往来，在称谓上仍然称之为爱妻，视其为知己。虽无婚姻缔结，仍可成为挚友。

文人的世界里，一切爱恨情仇，付诸淡然一笑。

解放前夕，曹聚仁远赴香港任职，而王春翠选择留在梅溪之畔，专事乡村教育，从此天各一方。此后，王春翠每天都会站到通洲廊桥上，凝望远方，内心深处烙印着对曹聚仁的爱与恨，如梅溪之水，长流不息。

直到1972年，曹聚仁在澳门去世，消息传到梅溪之畔，孤身一人居住的王春翠，默默走向廊桥，朝着澳门方向深情遥望。梅溪之水悠悠，往事不堪回首，沉默在萧瑟秋风中的王春翠不禁泪眼迷离。

天涯海角有止境，此恨绵绵无绝期。

十五年后，孤独守望大半生的王春翠病逝于萧山，骨灰被亲属移回兰溪，埋葬于梅溪之畔的蒋畈曹氏先茔。王春翠与曹聚仁的婚姻，虽然没有相伴终生，但终究是结发之妻，得以曹氏族人身份魂归故里，此情足以告慰亡灵。

美国作家罗伯特撰写的小说《廊桥遗梦》，一时风靡世界，摄影师罗伯特与家庭主妇弗朗西斯卡在廊桥相遇，从而催生了动人心弦的情爱故事，感动了成千上万的年轻人。

而梅溪廊桥上的"曹王之恋"，同样以悲剧的凄美，演绎着东方的"廊桥遗梦"。现留在聚仁村上的王春翠故居，白墙黛瓦之间，讲述着岁月沧桑。唯有通洲廊桥下的流水声，依然传递着幽幽的哀怨之情。

故人已逝，而廊桥依旧。

如今，通洲桥已成了梅溪人的旅游胜地，背靠挂钟尖，面向竹叶潭，习习春风，潺潺流水，成为年轻人追逐浪漫的"香格里拉"，许多情侣慕名前来寻找爱情。他们在梅溪泛舟，在廊桥休憩，留下了永不褪色的情感记忆。

在通洲桥北侧，是一片空旷的场地，标志着通洲桥为"全国重点文物保护单位"的石碑，立于桥头，茂盛的绿植花草遍布在两旁，迎风绽放的花朵，躲在草丛中，朝着游人嬉笑。两棵古樟树，浓荫覆盖，昂首屹立在关公庙旁，与关公老爷一起护佑着梅溪两岸乡民。

古樟的根系，盘错在溪水之中，汲取了春夏秋冬的养分。

古桥是有灵性的，因此古人都会在桥头修建一座庙宇，供奉着神明塑像，这是先人对神灵的膜拜与图腾，以图护佑乡民。难怪古人造桥修庙，都有福荫子孙的含义在内。

我们在溪边找了一块空地坐下，静静地观赏着梅溪夜景。梅溪的水像柔软的绸缎，轻轻地舒展着，溪水两边的霓虹灯，散发出五颜六色的光，和着人们嬉闹的欢笑声，倒映在平静的水面上，显得恬静而柔美。

行走在聚仁村，长弄里巷，纵横交错，廊桥流水，绿树掩映，沿梅溪边修建的民宿、农家乐，宾客盈门，几乎家家灯火通明，嬉笑不绝。古建悠悠，历史苍茫，这个古村落以清幽的环境，向人们展现着独有的魅力。

浮在溪水中的小竹筏，静静地等候着游人。

夜深了，闹腾的游人还没散去。他们在农家乐门口的广场上，尽情 K 歌，宣泄着内心狂热的情绪。小乡村带给我们的宁静，与狂欢的人群形成了一种截然不同的画面。

"无论春天有多么远，我亦心坦然，能握住你的久违双手也无憾，情愿一生追随，只为梦能圆。莫说岁月长长，岁月长更缠绵。如果拥有一瞬间，宁愿放弃我孤单。幸福慢慢体会，真情融化真情感……"

谢霆锋演唱的《今生共相伴》从农舍门口传来，如泣如诉，缠绵悱恻，伤感情歌似乎也融进了泛着红色光芒的梅溪之水中，带着淡淡的哀思缓缓流向远方，传递着小乡村的思念与忧伤。

远处，绿树掩映的农舍里，依然隐隐传来悠扬的歌声，连同梅溪之水，伴着我们返回住处。在乡村的夜晚行走，心灵会有一种特殊的安静，在这种氛围之下，田园"慢生活"也正一步一步融入现代都市人的生活之中。

进入村口后，从农舍窗户内透出的灯光，投射到溪边的柳树上，与刚泛青的柳条融为一体。梅溪，这个兰溪北乡的生态绿道，以一种舒缓、轻柔的姿态，向游人展示她的魅力。

静夜无声，月光如水。夜宿梅溪畔的农舍里，喧嚣归于宁静，唯有梅溪依然。

九峰秀色润桃源

汤溪古城出南门七八公里，山峦连绵，群峰峭立，山形各异，错落有致，沟壑峡谷遍布，溪泉瀑潭横生。峰石林立，山水相依，叠嶂连冈，奇峰挺九，故名九峰。

淅沥的春雨，下个不停。去九峰的路，也变得缥缈起来。远远望去，南山云雾弥漫，九峰处在一片烟雨之中。

这样的天气，去九峰观景，倒是最好不过的了。

九峰不高，但因儒、释、道三教合一而负有盛名。"南望参差九点峰，青天削出翠芙蓉。"因为奇峰、曲径、深涧、秀谷，历代描写九峰的诗作层出不穷。

九，自古以来都是一个吉利的数字，古人造字，始于一，极于九，昭示终点。九五至尊，更是显示着皇家威严。九峰山，沾着"九"字仙气，所以非同凡响。把高朗峻逸的山峰命名为九峰，足见古人对其推崇之心。

九峰山，古名龙丘山。春秋时，姑蔑置国都于其山下。秦王政二十五年（公元前 222 年）设太末县，县治亦置于此。至晋，"置龙丘县，以山为名"。到吴越时，钱镠以"丘"为墓，不祥，改龙丘为龙游。明成化七年正月，割金华、兰溪、龙游、遂昌四地荒芜之地，置汤溪县，从此，九峰山为汤溪县辖。

九峰岩系仙霞岭括苍山余脉，属丹霞地貌，受地壳运动影响，现九峰山体呈蜂窝状凹凸不平。整个景区共有大马峰、小马峰、马钟峰、饭甄峰、芙蓉峰、寿桃峰、箬帽峰、牛头峰、达摩峰，奇峰共九，其中以达摩峰为九峰之尊。

相传，菩提达摩和释迦牟尼一样是古代南印度人，原是南天竺香至国国王的第三个儿子，父王去世后，辞别兄嫂出家为僧。梁武帝普通元年即公元 520 年，由师傅授意来到中国。他先上了少林寺，教众人习武以强身健体，自己则面壁静坐 9 年，斩断情孽，彻悟佛理，然后将法器、衣钵和一部《楞伽经》传给慧可，离开少林寺云游四方。

其中，达摩始祖云游至九峰山，现九峰山还存有达摩洞，洞内仙床仙桌俱全，可以佐证达摩在此生活。康熙《汤溪县志》记载：梁天监间，达摩曾为离九峰不远的证果寺开基。后佛教始祖达摩在九峰圆寂，化身达摩峰。

正所谓：水不在深，有龙则灵，山不在高，有仙则名。达摩始祖化身九峰，这让九峰山盛名得到了最广泛传播。人们可能会在某个雨雾缥缈的黄昏，远观九峰山景，依然可以看出，达摩仰卧九峰的山形。

步入山门，曲径通幽，两边山坡上，艳艳地开着泛黄的野花，夹杂在灌木丛中。远处，翠竹摇曳，松涛阵阵，悬在达摩峰半山腰的九峰禅寺，隐逸在一片浩瀚的竹海之间。沿着通往山顶的游步道拾级而上，山谷的风吹来清新的气息。

行至半山腰，地势开阔，视野宽广。九峰禅寺依山而建，禅寺旁的达摩洞依着山势蛰伏于山腰间。山顶倾泻而下的飞瀑，在禅寺门前形成了水帘门。珠沫四溅，如果遇上晴好天气，在夕阳反射之下，飞溅的雨沫便会化作五彩的水珠，蔚为大观。

"一泉飞自半山间，如泻珠巩见雨天；不比轰雷强作势，晴春洒漫袅苍烟。"这是古人对九峰禅寺门前的达摩峰飞瀑所作的诗，诗句中的描述，让人对九峰烟云产生了朦胧美感。

入得达摩洞内，香火缭绕，梵音弥漫。诸多手持香烛的善男信女，一个个虔诚地面朝佛像，跪拜在黄色地毯上。我虽无此习惯，但在如此庄重的场合上，也不敢妄加评论，只得悻悻退出。

春季的天气，变化无常，刚才还是阴雨绵绵，现在已是一片灿烂阳光。偏西了的太阳从竹林间照射而来，把达摩洞顶飞泻而下的瀑布，映衬出五彩的珠沫。人处在珠沫之中，宛若在仙雾围绕之中，很有些禅意。

沿九峰禅寺往西，一条蜿蜒小道绕向达摩峰顶。近几年来，随着九峰景区的开发，沿悬崖峭壁修建了许多人工栈道，这给旅游探险者带了诸多便利。早在二十多年前，我曾经靠钻荆棘草丛，攀岩石陡坡，硬是在手脚被柴刺划得一片通红后，才登上了达摩峰顶。

而现在则可以拾级而上，不费吹灰之力，便可通达顶端。

站在达摩峰顶，山谷底上吹上来的风，凉爽冰冷。会当凌绝顶，一览众山小。九峰四周的村落景色，尽收眼底。

远望似芙蓉，近看如蜂巢，峰峦嵯峨叠嶂，壑涧峡谷深邃，溪，泉，瀑，潭，泉水清冽。龙潭水深碧绿，四季不涸，兼有寺庙亭台楼榭等古建筑，九峰岩这座在中国历史舞台上占有一定地位的名山，以其独特的魅力，向人们展示华丽的雄姿。

然而，最让人们称道的是：九峰山除了奇峰突兀、景致清幽外，历代名流高士都在此留下了足迹。佛教始祖达摩化身，道教葛洪炼丹九峰，儒教三贤聚合授学，三教名流为九峰增色不少。

西汉时期，与严子陵为友的名士龙丘苌隐居九峰，因此九峰山又叫龙丘山；南朝徐伯珍迁居九峰山，建"安正书堂"，"筑室讲学，授徒千人"，成为浙中最早的儒教中心；唐徐安贞自幼读书于九峰山，官至吏部尚书，弃官隐居于此。

缘于古贤毕至，后人于九峰寺建"三贤堂"，尊"龙丘苌、徐伯珍、徐安贞"为三贤，合祀供奉，香火长盛不衰；元画坛魁首黄公望画下了《九峰雪霁图》，现珍藏于北京历史博物馆，成为描绘九峰景色的绝版。

唐末五代著名画僧贯休也曾入驻九峰禅寺，并吟诵九峰诗作——《寒望九峰作》：

九朵碧芙蕖，王维图未图。

层层皆有瀑，一一合吾居。

雨歇如争出，霜严不例枯。

世犹多事在，为尔久踌躇。

贯休在诗中所描绘的九朵碧芙蓉，以九峰山景区的九座奇峰为依托，情境描写寒望九峰作，句子意趣真实，深受后人喜爱和推广。

更值得一提的是，明代太常卿鸿胪寺少卿胡森，出生于九峰山下的胡碓村，自号"九峰"，当地人称之为胡少卿。胡森成名后曾多次游历九峰。后人在现存的九峰禅寺后的岩壁上，还发现了许多石刻真迹，经考证为胡森所提的摩崖石刻。

胡森故后，又葬身九峰山脚，胡森墓气派宏伟，墓基竖有石人、石马，墓边还有神奇守墓人，至今已有六代，仅存一户的守墓家族，现仍居住在九峰山脚，躬耕自给，牧牛采桑，成为胡森墓地的最后守望者。

渊明三径今犹在，九峰桃源若眼前。踏遍九峰山水，寻觅文脉仙踪，这里的一草一木都写就了传奇故事，让后人一代代聆听。

山不在高，有仙则名；水不在深，有龙则灵。九峰山作为儒、释、道三教合一之名山，在中国山水版图中也许绝无仅有。

富贵荣华难敌沧桑岁月，九峰多少繁华的故事，都在时光流逝中消失。只有九座山峰固守在仙霞岭余脉的旷野之中，目睹姑蔑后裔及苍生众生，一如庇护着她的子民。

漫过岁月的烟云，我们搜寻着古人的足迹，曾经的故事，在九峰禅寺的晨钟暮鼓中淡淡远去。九峰三贤今安在？山峰无语，涧水暗流，唯有南山的杜鹃花依旧灿烂开放在春天的原野里。

青山庵的最后怀想

　　青山庵，是一个小山村的名字，因一座古老的庵堂而得名，坐落在群山环抱的南山腹地塔石乡井上村境内。古朴的村名，让人产生无限遐想。一个小山村，怎么会沿用尼姑庵的村名？这里会有怎样的传奇故事？趁着周末，我和青山庵的朋友福贤一起，一路登坡爬坎，前往这个小山村。

　　福贤是青山庵长大的山里娃，大山给了他纯朴、憨厚的秉性。然而，绵绵群山没有阻挡着他向往山外的脚步。早在十多年前，他就走出大山，在金华创业，后来又辗转到江苏徐州，一路风雨，一路艰辛，在商海中跌打滚爬，且小有业绩。而今在金西开发区创办来料加工基地，也算是在山外站住了脚。

　　随着国家惠民政策的实施，居住在高山上不通公路的村庄，都将易地搬迁，让山民实现下山脱贫，青山庵也在搬迁之列。于是乎，我想趁这个小山村没有搬下山之前，前往做一次探访，也算是对这个小山村做最后的怀想。

　　福贤是我的好兄弟，虽然居住山外多年了，在青山庵老家的房子早已破败不堪，但他听说我想上青山庵走走时，欣然表示，要全程陪同我前往。

　　青山庵是井上村的一个自然村，距井上村还有两三里山路。早在二十多年前，福贤还居住在山里时，我曾经骑着自行车到过青山庵。当年，我从龙游县境内骑自行车进山，到达上阳村后，用肩背着自行车，爬了十多里山路，硬是把这个"铁家伙"扛进了井上村。

　　令人想不到的是，自行车在山里根本用不上，到井上村的山路，几乎没有一段是平坦的，清一色全是步步登高的石阶。当地人出行，也只有凭借一双大脚板丈量大地。由于山里人长期习惯于登坡爬坎，造就了他们走路重板落地的习性，以至于山里人到山外走路，照例有重心前倾的姿态。

　　由于生活的需求，山里所需的货物，都要从山外挑进去，山里所产的农副产品，也要靠人工挑出山，由此还产生了一种行业：担返脚。担返脚的人，靠一个肩膀和一双大脚板，为店家或商铺充当驮夫，也帮村民挑些大豆、苞谷以及杉木毛竹之类，从中赚取劳务费。从事这种行当的，都是年轻力壮，并很是勤劳的人，一般偷奸耍滑之辈，根本吃不了这种苦。

　　当年，我把自行车存放在井上村后，爬坡过坎登上青山庵。这个僻静的小山村物产丰富，村民生活自给自足，所有人都有一种安逸自得的感觉。虽然人口不多，但村里设置了碾米、碾粉的机械，除了油盐酱醋等生活必需品之外，山民都能自产自足。在改革开放初期，这样富足的生活，着实令人羡慕。

井上村很大，有一千多人口。但由于不通公路，离村庄最近的公路也要爬十多里山路，以至于这个一千多人口的大村竟没有一辆自行车。自行车进不了井上村，更扛不上青山庵。

当年，井上人也有自行车，但他们把自行车寄放在离村十多里路的山坑村，每每要出行，就爬十多里山路到山坑，再骑车去塔石或汤溪。这种日子，山外人也许无法想象，老一辈饱受无路之苦的山民，或许习惯了这种生活，但年轻一代对修路的渴望年甚一年。

进出井上村的路，是一条逐层登高的石阶梯台路。漫长的十里山路，对村里人来说，无疑是一种炼狱般的磨砺。而青山庵比井上村的位置更高，通往青山庵只有一条一脚板宽的羊肠小道。我们很难想象，在经年的岁月中，青山庵人是靠什么样的一种信念，坚守在山顶，延续着生命的年轮？

也许在计划经济年代，山区独有的物产，让山里人产生自足和骄傲，物质匮乏年代，吃饱穿暖，应该是人的最基本需求。青山庵人就是依赖着山林田地带来的丰富物产，才把这个小山村当作世外桃源，世世代代延续下来。他们安逸于自给自足的生活，把一方小天地比喻为山中"小兰溪"。每每提及"小兰溪"的雅号，井上乃至青山庵人都是一脸的自豪。

后来，随着国家惠民政策的普及，农村公路村村通工程得以实施，井上村终于在20世纪90年代末通上了公路，山民从此结束了"担返脚"的日子，他们与外界的联系和交往也频繁起来。

山外的世界很精彩，公路打开了山民的另一个窗口，他们迎接了更多的现代信息，从而让山村更加接近现代生活。自行车、摩托车、小轿车，一辆一辆接着涌进了井上村。

而地处高山之巅的青山庵，因村小人少，地势高峻，至今依然未能通上公路。村民们还得忍受肩挑背扛的日子。因而，青山庵村还保持着清幽、僻静的生活环境，民风淳厚，古朴依旧。改革开放近四十来年了，青山庵和山外世界相比，似乎成了被遗忘的角落，依然沉寂在群山环抱当中。

我们把汽车开到井上村后，徒步上山。这次青山庵之行，我也是有备而往，穿着平底鞋，除了手机和相机之外，一切轻装上阵，以减轻爬山的劳累。

从青山庵到井上村，全是一路蜿蜒、拾级而上的羊肠小道。走在林木丛中的山道上，斜阳从茂密的竹林隙缝间钻下来，在山径上投下斑驳陆离的色彩，人穿行其中，颇有些曲径通幽的感觉。

青山庵虽然同属井上村，但离井上村还要翻过一道山岗，通往青山庵的路就是从农田边延伸到山顶上的一条小径。而且越往山上路就越窄，靠近山沿的路也就一脚板宽，脚下便是几十米高的山崖。就是这样狭窄的山径，还是山民为了上山劳作从岩石边劈出来的。

我们想象不到，在这个山旮旯里，竟然也会居住着一群山民。当年，或为了躲避战乱，或为了耕种果腹，青山庵的先祖几百年前从福建迁居于此，把青山庵修建得俨然是方外世界，过着

"采菊东篱下，悠然见南山"的生活，这种与世无争的生活状态，更是一种洒脱。

时值阴历五月，两旁的农田已经蓄水待耕。我们从山脚边缓缓向山顶移动，两侧茂密的山林浓荫覆盖，延伸的树枝垂垂倒在路的上方，小径就如同一条天然的通道，行人得猫着腰才能钻过。

经过一座石拱桥之后，上山的路便陡了起来，沿路而上的石阶都是从岩石上雕琢而成，山路九曲十八弯，水蛇腰般扭动着身子向山顶延伸。从山脚下的杂木林到半山腰的翠竹林，翻过一道山岗之后，我们的眼前豁然开朗起来：竹林掩映的山坳间，显现着一排泥墙瓦房，这就是青山庵村。

站在村口，看着青山环抱、翠竹掩映的小山村，几间泥墙瓦房，错落在高低不平的山坳中。僻静、安详之中，多少给人有些落寞的寂寥。走进村子，我们碰不到一个村民，也听不到鸡鸣犬吠之声，整个村子显得过于孤寂。就连村口的小路上，都长满了青草，一看就是少有人迹践踏的缘由。

现在的青山庵村，总人口不过三十来人，但由于年轻人都在山外打工谋生，留守在村中的只有四五个年纪七八十岁的老人。这些老人或因腿脚不便，或因不适宜山外面的生活，终于成了山村的最后守望者。子女们都到山外谋生了，留守的老人们生活，就显得单调而简朴。他们除了一日三餐之外，更多的时候就是坐在门槛边，目睹着飞进飞出的山雀，以及东山的日出和西坡的夕阳。

　　青山庵村不大，但村庄四周环抱着群山，山上到处是摇曳的翠竹，从山中流淌而出的清泉，从家家户户门前经过，整个村庄犹如世外桃源般僻静。村中的房屋，基本上都是土木结构，因为不通公路，外面的钢筋水泥砖块运不进来，村民们就地取材，用山脚边的黄土垒拥成墙，房屋基脚则采用当地的青石衬砌，这也让简陋的房子有了牢固的基础。

　　在村口处，我们见到一幢水泥钢筋结构的三层小洋楼，房主名叫福泉，是一位在外闯荡多年的能人。二十年前，他用在山外赚来的钱，硬是靠人工搬运，把一块块砖瓦和一根根钢筋，抬进了青山庵。在没有公路运输的条件下，在山顶上修筑一幢小洋楼，这在当时无疑是一个奇迹。

　　由于村里人都在外面谋生，我们在青山庵转了好多圈，竟没碰到一个村民。许多农舍的门前，都已经是芳草萋萋，一片绿荫，足见人迹荒芜。

　　在一间破败的泥墙瓦房前，福贤告诉我，这就是青山庵，里面曾经也有尼姑居住。后来，因为时局变迁，庵堂里的尼姑就不知去向了，空留下这间泥瓦房，孤寂落没地待在深山之中。据说，青山庵建于雍正年间，庵堂的房梁上，也写有雍正年间建造的字样，只可惜，庵堂铁锁把门，我们无缘入内得见。

　　我站在昔日的庵堂门前，目睹着古老而陈旧的泥墙，看斑驳的阳光碎片投射在乌黑的木板门上，无法想象青山庵曾经有过的香火萦绕的鼎盛与风光。在这间远离凡间的空门之中，有多少善男信女，为了心中的一种寄托和希望，不惜攀爬几十里山路前来进香，这种信念的支撑足以让人感动。

或许，这就是信仰的力量，是一种深藏内心的动力，支撑着人们不惜跋山涉水顶礼膜拜。而今，庵堂犹在，尼姑何寻？整个青山庵也已处在荒凉空寂之中。只有偶尔从空中飞过的山雀，留下几声清脆的鸟鸣，才会给这个小山村增添一丝生气。

在村后的拐弯处，有一处二十多平方米的平台，这儿是青山庵人的晒谷坪。昔日农忙时节，人们把刚收割回的稻谷、玉米、大豆，搬到坪上翻晒，一块坪就足够供给全村人使用。而今，整个晒谷坪已长满了茅草和荆棘，荒漠和空寥，充斥在每一个角落。唯有四周苍翠的竹林，仍坚定地围护在晒谷坪边，守护着这一方江南稻米文化中特有的圣地。

经过福贤的引见，我们终于在一户人家找到了居住于此的村民。主人名叫樟明，子女都在山外谋生了，因为家有八十多岁的老母要照顾，夫妻俩不得不留守在家中。

樟明家住着四五间泥瓦房，尽管房屋简陋，但主人收拾得非常整洁，门口还种着栀子花、桂花和各式不知名的藤蔓。栀子花开得正旺，清香飘荡在空中，似乎有一种甜美的味道。主人用山泉冲泡的清茶，带着独特的香味，喝在口中，细细品味，余香不止。

在我们坐着喝茶之际，男主人在厨房张罗着中午的伙食，小笋炖肉的香味从厨房一直飘到中堂，让我们食诱不已。女主人不善言辞，坐在门槛上收拾着一种不知名的野草，听说是一种中药，可以治疗结石之类的病症。

后来得知,在山中,花花草草都是宝物,只要识货,随便上山一拔,就是一大摞中药材。所以,山里人很少上医院配药,偶有伤风感冒,大多抓一把野草,用水煎了服用,第二天就能见效。不像我们,一声咳嗽,就得花个四五百元。看来,居住在山里,对无欲无争的人来说,也不失为一种明智的选择。

也许山里难得有外人进来,男主人很是好客,中午吃饭时,拿出了珍藏五六年的野果浸泡的米酒。就着山里独有的野菜,喝着农家自酿的米酒,别有一番滋味。席间,男主人谈兴正浓,谈论最多的话题,便是打听什么时候可以搬迁下山,毕竟没有路太不方便了。原本井上村建起了居家养老中心,年满八十的老人,可以免费就餐,但他的老母亲已经八十多了,因为到井上要爬二三里山路,甚是不便,也不安全,只好作罢,老人也就享受不到这一惠民福利。

这时,一直坐在边上不说话的老母亲也开口了,她说,你们是山外人,见识多,认识的人也多,能不能帮忙打听一下,什么时候可以让他们也搬到山外居住,结束这种原始人的生活。她说,她居住在青山庵一辈子了,年轻时,还会走到山外看看,近几年来,年纪大了,走山路不便,就再也没下过山了,如果能早日搬迁下山,或许能让自己再看看山外的世界。

下山脱贫,整村搬迁,这是政府正在极力推崇的事,塔石许多地质灾害村、危房改造村都在实施易地搬迁。之前我也向相关部门打听过,说青山庵已经列入易地搬迁名单序列。听了肯定的话,主人一家都很开心,他们也许期盼了很久,实现下山居住,即将圆梦今朝。

虽然已是正午时分，门口的阳光正烈，但山里却丝毫没有躁热的感觉。与我此次同行的井上村友人逢亭兄说，青山庵比井上村地势高，绿化植被好，更显清凉，夏天几乎不用电风扇，晚上还得盖被子。炎炎酷暑，当山外人无处躲避炎热侵袭时，青山庵人却独享着这份凉爽，这里难道不正是避暑的好地方吗？

离开青山庵时，小桥流水依旧，苍松翠竹依旧，面对这个不久的将来就要易地搬迁的小山村，我还是有些不舍和留恋。行走在下山的山路上，我想起了盛唐诗人孟浩然的《过故人庄》：

故人具鸡黍，邀我至田家。

绿树村边合，青山郭外斜。

开轩面场圃，把酒话桑麻。

待到重阳日，还来就菊花。

青山庵美丽的山村风光和平静的田园生活，不正是孟浩然所描写的场景吗？这个即将消失的小山村，留给我们更多的是古朴乡村生活的留恋与怀想。

要想富，先筑路。无论怎样，搬迁下山是必然的选择，山下的路或许更宽更长。以后，青山庵人仍会带着子女，回到这个祖祖辈辈居住过的地方，回忆一下曾经有过的艰难岁月，这也许是对生活的一种回味，更是对美好生活的向往，我们期待着，青山庵人也同样期待着。

探秘太末古道

　　莘畈溪，是中戴境内的唯一溪流，也是当地乡民的母亲河，莘畈溪水的源头从仙霞岭山脉的青莲山流出，经中戴，到洋埠，入衢江，后汇并钱塘江归入东海。一湾莘畈溪，绵延上百里，沿溪浇灌稻花飘香，四季滋养两岸乡民。

　　然而，在中戴一带，上了岁数的人，却称莘畈溪为姑蔑溪。这或许与三千多年前的姑蔑古国有关。

　　姑蔑古国，太末古治，这些远古的名称，现在听来似乎有些不着边际，然而，正是缘于这些元素，让我们欣然起兴，去开启一段尘封的历史，去探秘一个神秘的国都，去找寻一条遥远的古道。

　　沿姑蔑溪一路蜿蜒南行，绕过莘畈水库库尾，在群山环抱之中，有一个叫吴村的小山村，依山傍水而建。村庄不大，百来户人家，和浙西南大多数村庄一样，村里的年轻人都已外出创业谋生，留下来居住的大多都是妇孺和老人。他们朝望东山日出，暮观西坡夕阳，一天一天守望着家园。

姑蔑古国的先民，数千年前，就在这个小山旮里繁衍生息，祖祖辈辈延续着烟火日常。

在吴村村西，背靠着绵延的大山，村里人称之为"吴村岭"，在"吴村岭"上，一条神秘的古道，穿越荆棘丛茅，翻过弯曲起伏的山峦，直通衢州龙游境内的大公殿。曾经，这是古婺先民与龙游境内商贸往来的重要通途，我们称之为"太末古道"。

金华与衢州毗邻，作为两个相邻的府地，自古以来就交往频繁，文化、习俗、农耕、礼仪等均有相同之处，两地先民一直以来都有通商、通婚之俗。而古人交往的路径，都是以古道为往返通途。于是，吴村岭背的这条"太末古道"，俨然成了古婺先民的"通衢大道"。

说到太末古道，不得不提一下，姑蔑古国的渊源。

公元前 988 年，江南最强盛的楚文王开始征讨徐国的徐偃王，徐偃王不忍因战争给百姓带来灾难和痛苦，采用了以退为进的办法，带上了数万百姓进行东迁，途经越地一个青山绿竹之地，许多人就在此定居下来，徐氏后裔在此建成了姑蔑古国。属地囊括了江西玉山、浙江衢州，还有古婺汤溪一带。

至于姑蔑古国的国都所在，历来均有争议。龙游人认为，姑蔑国都在龙游境内。汤溪人认为，姑蔑建都在九峰山下。史料记载已无从考证，但古国归属，仍然谜一般封存在汤溪与龙游两地乡民的心里，久久挥之不去。

明万历《金华府志》载："古城在府城西四十里，广袤五六里为古州城遗址。"乾隆《汤溪县志》载："秦太末县旧址在九峰山下，其城门街址、历历犹存。"《婺遗续识》按："太末故城在九峰山麓，水源自山际流出，蜿蜒而下兰江，波纹如绮，则瀫水之滥觞于兹山也。"

据九峰山2300多年历史的汤溪镇沙头村村谱《兰源戴氏文献谱》第一卷《兰谷义田赋》记载："龙邱古太末里，姑蔑墟也，县之东南四十里，地名兰坡，有蓉峰拱秀，峙于南兰，谷潴清流于东，宋德祐间。"而在汤溪九峰山景区，原先的山门，就有一副对联，上书："太末古治，邹鲁遗风。"

除了金华府志、汤溪县志有姑蔑古国的记载外，衢州一带的史料中，一定也会记载着姑蔑古国、太末古治的历史文字。衢州最早的文献记载，一般认为在《左传》上：鲁哀公十三年，越伐吴。吴王孙弥庸、寿于姚自泓上观之，见姑蔑之旗。

不管姑蔑古国归属何处，可以肯定的是，两千多年之前，这里一定有过一个神秘的古国，有过一段繁华的历史。只不过在此后的战乱或变故中，渐渐消亡，但姑蔑后人却依然顽强地在九峰山下繁衍生息，且代代不绝。

姑蔑本是黄河流域的一个古老国族，经历了由中原播迁东方、由夏而夷、由夷而夏，最终融入汉民族统一体的曲折历程，并在先秦夷夏互动中扮演过重要角色。周初东征践奄，姑蔑作为被征服国族，一部分留居鲁地，逐渐融入华夏，其主体部分则与徐奄等夷人族群辗转南下越境，并在越国的军事政治活动中发挥过重要影响。

楚灭越后，越地经战国纳入统一的秦汉帝国版图，其境内的姑蔑族也在汉晋以后逐渐融入汉族。秦王政二十五年（公元前222），秦灭楚，于姑蔑之地设太末县。

从姑蔑到太末，历经了岁月的洗礼，战火硝烟弥漫的年代，久居深山只是为了躲避战乱兵患，古婺先民在这块世外桃源般的宝地，延续着姑蔑先人特有的风俗人情，并将这种古老的文化根植于一代又一代后人中，成为永恒的记忆。

至于姑蔑旧都遗址的考证，众说纷纭，无一定论。太末古治也始终谜一般，纠存于龙游和汤溪人的心间，唯有盘桓在崇山峻岭间的太末古道，依然真实地呈现在我们的面前，成为这段历史最有力的佐证。

也正是基于对姑蔑古国历史的考证，我们重启了探秘太末古道的念头。

莘畈乡乡长杨素娟是姑蔑文化的热心追寻者，基于时下提出的乡村振兴战略，挖掘古国文化，发展乡村旅游，成了政府的首要任务。于是，杨素娟乡长提议的"走太末古道、探姑蔑源头"文化寻访活动，也就应运而行。

受邀参加这次探寻行动的专家和学者中，有金华市政协文史委主任吴远龙、金华市少儿图书馆馆长、艾青纪念馆馆长、金华市婺文化研究会副会长兼秘书长周国良，金华职业技术学院副研究员、古婺文化研究者林胜华，以及莘畈乡政府，祝村、学龄头等村的第一书记共20多位研究者。

一行人从吴村出发，沿吴村岭一路往西，翻爬崇山峻岭，穿越荆棘茅丛，对金华至龙游的"太末古道"进行探访。

吴村派出的向导是几位四五十岁以上的农人，其中有一位已经七十多岁的老者。对于这条村民口中的"吴村岭",这位老者似乎有许多感慨。曾经的通衢大道,如今已掩映在杂木丛中,一任荆棘蔓延横沿。除了沿途尚存着的水沟和几块顽石外,路,已经荡然无存。

在前面用柴刀开路的村民,或许也已经许久没有攀爬这条古道了,面对横长在路基上的茂密树丛,一个个发着无限感叹:"以前这是官道呢,我们年轻时,晚上都要翻越这道山岭,到龙游大公殿看戏看电影呢。想不到,现在已经成这个样子了。"

从向导的口中,我们得知,穿越吴村岭的太末古道上,曾经是姑蔑源头乡民与龙游境内交往的主要通道,婚嫁迎娶,商贾往返,走亲访友,在这条古道上,留下了先人扶风而过的足迹。尽管早已废弃的古道显得荒凉,但我们透过历史的重重迷雾,似乎还能听到,古道上传来迎娶新娘的悠悠唢呐声。

时光更替,岁月沧桑,曾经的繁华与喧闹,都在历史交替中归于沉寂,唯有古道两旁的树木和岩石,静默无语,一路可闻流水潺潺,鸟语花香,空谷足音,树木参天。偶尔登高之处,可见远山笼罩着云烟,仙逸缥缈。

脚踏古道,穿行其中,置尘事于不顾,宛若隔世。这种意境,是我们在平时忙于俗事时所不可多得的。临水观潮涨,隔山听鸟鸣,放空一切纠缠不清的尘事,让心灵来一次彻底的洗礼,这是何等惬意,难怪古人会有归隐山林之念。

从吴村到龙游大公殿,直线距离可能只有数百米,然而我们沿着山峦,披荆斩棘,艰难前行,却足足"走"了三四个小时。这次探险加探秘之行,让我们对太末古道有了更深的印象,也对我们的先人开辟出这条通衢大道由衷感慨。

　　或许当年的通衢大道，是吴村一带乡民与龙游境内交往的重要通途。在这条不起眼的古道上，往返通行间，演绎着许许多多悲欢离合的爱情故事。随着山区路网建设的发达，公路修建更是便捷了山民与外界的联系，靠脚力翻爬的古道，自然也就失去了意义。

　　汤溪与龙游，隔着仙霞岭山脉，吴村岭背的太末古道，就是横穿仙霞岭山脉的一条捷径。古道的走势沿着山间水流的走势而行，时而盘旋，时而迂回，路，就在山势低洼之处向前延伸。行走在古道上，我们的思绪可以追溯到远古时代，想象着先民沿着古道匆匆而往的脚步。

　　姑蔑古代属越国，春秋时称为"越之西鄙姑蔑地"。有学者考证，姑蔑最初是族名，是商代君王武丁妃子妇好的后裔，商被周灭亡后，姑蔑人辗转南迁，从山东来到今天的浙西南一带定居，后人将族名指为地名。

　　既然汤溪与龙游均为姑蔑后人居住地，那么，姑蔑是维系两地文化、历史的重要元素。秦王政年间，姑蔑改名太末，再到明成化七年，为治理匪患，朝廷割金、兰、龙、遂四县交界之地，设汤溪县治，于是，汤溪、龙游两地的姑蔑后人才有了姑蔑古国归属之争。

　　唯有太末古道，像一根丝带般维系在两地之间，成为古婺文化与姑蔑文化最有力的见证。

　　借乡村振兴的东风，发展乡村旅游成了当务之急，太末古道，能否再成通衢大道，重现繁华？我们也拭目以待。

湖镇老街

在老家人嘴里，湖镇，还有一个很土气的名字：湖头，或湖头街。

湖镇靠近衢江，古时因境内多湖而得名，一路向东流淌的衢江水，在湖镇建有十八埠头，使之成为水运交通的水陆码头，也让湖镇成为一方富庶之地。

在一个周末时节，我和吉峰齿轮的锦芳兄，怡康颐养院的太原兄，还有漂亮可爱的丽卿小妹，一同相约去湖镇闲游。

去湖镇，一定要去见识湖镇三宝：舍利塔、通济街和清朝馄饨。我们还刚走到老街巷口，就有老者前来相问："是不是来吃清朝馄饨的？"足见通济老街上的清朝馄饨在当地享有的知名度。

通济老街就是湖镇老街，离衢江不远，是一条东西走向的古街，西头连着居民区，东头直通舍利塔。古街两旁清一色的木板排门，各色店招旗幡，如万国旗般悬挂在街道两旁。我们走进古街，悠悠岁月中的历史沉淀，都在一路铺沿的青石板上，留下深深的印痕。

清朝馄饨、油煎馒头、炸臭豆腐……一些乡下小店或大中城市里都很难见到的特色小吃，摆满了古街两旁，浓浓的香味弥漫着儿时的味道。古老的理发店里，年迈的理发师悠闲地坐着，浆洗理发用的布巾。

目睹着古街沧桑的旧貌，童年时代曾经在古街留下的欢快笑语，仿佛还在耳边响起。我们从古街一路走来，犹如步入时空隧道，这条小时候经常步入的小巷，而今成了追忆远古烟火岁月的通道。

通济街不长，一袋烟的工夫便可走完全程。然而，缘于衢江水运码头的设立，通济街一度成为繁华的商贸之地，南来北往的过客，从衢江上岸，步入小镇，行走在这条不到一千米的古街上，购物，休憩，餐饮，住店，湖镇也是各路客商歇脚的驿站。

通济老街一直往东，便是全国重点文物保护单位——舍利塔。远远望去，舍利塔围建于一座低矮的砖瓦围墙内，因岁月沉淀而成灰褐色。古塔整体构造精巧、玲珑剔透，塔檐层层翘起，每个檐头还挂着风铃，微风吹拂下，仿佛可以听到，从远古传来的叮当声。

有资料记载，舍利塔建于北宋嘉祐三年（1058 年），为六面七层仿木楼阁式实心砖塔，高 27.31 米。普通基座，平面呈六角形，边宽 2.3 米，须弥座高 1.6 米。1 至 6 层每层皆砌出平座、柱枋、斗拱形式，每面中央设壶门式壁龛，内供汉白玉释迦牟尼佛像，共计 36 尊。

在童年时候我简单地认为，有古塔，一定有高僧，身居古塔的高僧，是否也像武侠小说中一般拥有高强的武功？舍利塔是否安葬着一位得道高僧？然而，非常失望，我每次去古塔，既没有看到高僧，也没有听到有关舍利的传奇。

幼年时期，我们虽不懂舍利塔为何物，但到湖镇老街，一睹古塔风采，便是每次到湖镇的必修课。悠悠古塔迎风而立，目睹着通济老街居民的沧桑岁月，也见证着湖镇老街的岁月变迁。

古街两旁的民居，清一色的是青砖黛瓦结构，走在这样的古街巷内，总会让人想起童年回忆：弹棉絮的"嘭嘭"声，编竹篮的"沙沙"声，古街上被行人踏得油光发亮的青石板，虽经岁月的洗礼，依然闪动着温馨的韵味。

这就是湖头街，童年时我们向往的殿堂。

我的老家是汤溪镇下新宅村，属金华管辖，湖镇属衢州管辖，乍一听上去，各县各府的，路途一定很远，却不料湖镇与老家相隔甚近，十来里路，步行也就一小时左右。湖镇与老家的山水田林路相连，边界处也许只是隔着一条沟。小时候，我时常双脚跨在沟渠上，一脚在衢州，一脚在金华，戏称为一步跨两府。

以前交通不便，去集镇一般都靠步行，所以，老家人去集镇置办货物，一般都会选择去湖镇。有时父母去湖镇了，我们一群小孩子就巴望着在路口等候，直到父母在路的远方出现，然后飞快地迎了上去，从父母口袋里掏出镇上带回的烧饼或糖果，这也是童年时期最好的期盼。

我第一次去湖镇，大概是七岁时。当时，湖镇有火车站，出门的旅客，从湖镇火车站南来北往。七岁那年，我第一次随父亲出远门，到江山姑姑家，需从湖镇坐火车。因为早班车只有早上七点一列，所以我们从早上五点多就起床，然后步行十多里路，到达湖镇火车站上车。

当时年幼，感觉到湖镇好远，踏着清晨朦胧的星光，小脚丫子跟着父亲一路碎跑，穿松林，过茶园，翻了五六条岗，绕了七八个湾，还是没有到。

稍长大后，我就能够独自一人去湖镇了，或去购物，或去玩耍。总之，三五个小伙伴，即便是没有事，也会邀约一下，便会结伴去湖镇转一圈，走走通济古街，看看舍利古塔。

就乡下人来说，湖镇就是城里了，镇上的居民就有城里人的优越感。他们衣着时尚，生活舒适，可以穿着洁净的衣服，穿着皮鞋，在镇里的企业或商场上班，不像我们乡人下，头顶草帽，光着脚板，在农田里风吹雨淋太阳晒，日出而作，日落而息。

湖镇一年中有两个物资交流会，农历的三月三和九月十九。每当这两个传统节日到来，邻近的四乡八店村民，都会涌到湖镇赶交流。有的是为了购物，有的纯粹是为了去玩。我在小时候，这两个集市日子是一个不会落的，无论是刮风还是下雨，都会跑去湖镇"嬉街路"。

作为汤溪人，原本与湖镇是没有交集的。但是老家人总喜欢去湖镇，买农具，卖农产。湖镇也设有专门的小猪交易市场和农产品交易市场，我曾经挑着棉花、稻谷，去湖镇交易市场兜售。卖完了棉花或稻谷，便在湖镇的"乌皮拉面"吃一碗手工面，当时觉得，这就是世上最好吃的美味了。

湖镇交通十分便利，浙赣铁路从镇边而过，拥有古老的火车站，水运，客运都很方便，20 世纪 80 年代，湖镇的商贸繁荣曾经让人们刮目相看。在邻近乡民还在传统农业中辛勤耕耘，只图一日三餐温饱的时候，湖镇人通过商业交往，一度造就了许多"万元户""十万元户"。于是乎，湖镇人以商业头脑活络走在了改革开放最前沿。

商业的繁荣带动了城镇的发展，在湖镇老街以南的地块上，便崛起了一座新城，林立的高楼，宽敞的街面，让湖镇新区建设呈现出一派欣欣向荣的景象。而湖镇老街依然坚守在古朴的土地上，像一位老者，守望着烟火日常。

如果说，商业新区是子女的话，湖镇的通济老街就像父母般守望在古老的家园内。一任岁月的风雨侵袭，但依然痴心不改，用她慈爱的目光，庇护着一方乡民。

寻梦白沙溪

　　一溪白沙水，蜿蜒数道湾。润田千万倾，福泽惠四方。白沙溪，从东汉绵延至今，岁月的沧海桑田，映照在平静的溪水之中。

　　从绵延起伏的南山腹地，到一马平川的婺江河畔，白沙溪蜿蜒辗转了不知多少道湾，沿途的农户村舍，一路的芳草萋萋，两岸芦花飞絮，夹杂着鸡鸣鸭啼声，随溪水一路下游，滋润着桑园和麦田。这一方拥有江南稻米文化的土地，因白沙溪水的润泽而显得肥沃和富庶，沿溪两岸的乡民，几千年来汲取着白沙水而世代绵延流传。

　　走近白沙，去领略白沙溪沿线深厚的文化内涵，走进白沙，去挖掘白沙文化的真正精髓。这是一个婺文化追随者的梦想。

　　对于白沙溪，也许我并不陌生，早年在沙畈担任山村教师时，每周都会沿着白沙溪骑车去学校。当时，只觉群山在白沙溪两岸拥簇，流淌的清泉碧绿透彻，茂密的毛竹和林木倒映在溪水之中。但是，我除了走马观花般浏览一路风景之外，对身边这条水系所拥有的独特文化却熟视无睹，以至于一年往返十多次，仍对白沙文化一无所知。

白沙溪，发源于婺南群山腹地的溪流，途经沙畈、琅琊、白龙桥，流入婺城的母亲河——婺江，然后奔向钱塘江，汇入东海。尽管普通而又平凡，但这条婺城西南山区的河流历经岁月流淌，福降沃野，惠泽乡民，不仅滋养了两岸的稻麦，也传承了悠久的婺文化。对于婺南山区人民来说，白沙溪，是承载几多乡愁的水系，更是一条令游子怀想的母亲河流。

白沙溪原名称白龙溪，是金华婺江南部上游的一条重要支流，流经沙畈水库、金兰水库，经琅琊、白龙桥两镇后注入婺江。以溪水白如镜而得名，又以蜿蜒曲折似龙蛇，风吹波浪似白鳞而得名白龙。白沙溪水清沙白、平湖映日，是金华一大美景。

然后，真正让白沙溪载入史册的，却是因为一位古人：卢文台。他的"白沙三十六堰"让我们记住了这位古人筑堤治水、造福乡邻的丰功伟绩。

卢文台，字高明，幽州范阳（今河北省定兴县）人，汉武帝末年，卢文台任步兵尉历官辅国大将军。后来，王莽篡汉，卢侯厌倦官场生涯，率部三十六人，退隐辅仓，来到浙西南山区——金华沙畈祖墩殿一带。见此处地域广阔，沃野肥润，竹木茂密，对面山峰如五指伸展，便停留此地，垦辟田畴卢畈，自食其力。只因卢侯在此停留较久，便将此地命名为停久，并一直沿用至今。

车子过琅琊集镇往南不到一公里处，有一座琅峰山，丹霞地貌，奇岩突兀，林木茂盛。沿着山脚流淌的便是白沙溪，溪水清澈见底。在琅峰山脚建有一条堰坝，古称"白沙堰"，这便是"白沙三十六堰"中最著名的第二堰。我们在琅峰山的山门处，看到了一块石碑，上题"白沙堰"三个大字，背面记载着"白沙堰"的史料考证：白沙溪有三十六堰，首创于东汉建武三年（公元27年），至今已有两千年历史。

白沙溪旁有一座"琅峰阁"，穿过"琅峰阁"便来到"白沙亭"，"白沙亭"三个娟秀大字是著名书法家姜东舒所题写的。"白沙亭"立于险峻的双扇门下，呈六角亭状。亭中间立着一块石碑，刻着原浙江省省长李丰平题写的"白沙堰"石碑，石碑经岁月的冲洗已经长满了绿绿的青苔，但背面的碑文依然清晰可辨，"白沙溪古有三十六堰，琅峰山位于最著名的第一堰"之下，第二堰之上，两堰浇灌东北、东南两岸农田十数万亩。

民国汤溪县志载：东汉建武三年（27），辅国大将军卢文台率部隐退辅仓，垦辟田畴，兴建白沙溪三十六堰。金华县志载：吴赤乌元年（238）旱。乡民开堰引白沙溪水灌溉，取名白沙堰，为省内最早水利工程之一。

以前，曾经因为白沙溪水肆虐，给两岸乡民带来了无穷的灾难，正是由于白沙三十六堰的修筑，才让泛滥洪水得到了遏制。后来，白沙溪上游又修筑了沙畈水库和金兰水库，急湍的白沙溪水一改往日的汹涌澎湃而显得轻缓流动，我们在琅峰山脚，看到了"白沙溪第二堰"，这条古时用石块砌成的堰坝，将白沙溪拦腰截断，围筑的溪水便从南边的琅峰脚流入下游广袤的农田。

溪水从堰坝上淌过，形成一道白练，如白练一般铺垫在白沙溪中，流水从堰坝上方冲下，在溪涧形成一朵朵翻卷的浪花。堰坝上游则形成一个人工湖面，水清波平，倒映的群山在水底晃动，宛如一幅动感水墨画，映衬在白沙溪中。

白沙第二堰历经岁月的冲洗，虽然两千多年过去了，但堰坝依然稳固坐镇溪中，庇佑白沙溪两岸的乡民。只是后来几次大修后，原先的岩石堰面，现在改成了水泥浇铸，自然就失去了古朴的味道。

当时，白沙溪水时常泛滥，危及乡民，卢文台便率部组织乡民治理白沙溪，先后修建了能灌溉二州三县八都之良田千万顷的三十六堰，成为浙江省最早的水利工程之一。现如今，白沙溪流域的三十六堰历经岁月流洗，其中有 23 道堰自 1960 年以来因为修造水库、开发等陆续不存在了，剩余的 13 个堰也只残存部分遗迹，保存最为完整的主要是位于琅琊镇琅琊徐村的白沙第一、第二堰，但也已经用水泥改建过，古朴的原貌已不复存在。

站在 2000 多年前的白沙堰上，看着经堰坝围栏后的溪水绕着琅峰山脚从边上的沟渠流进下游广袤的农田，脚下的流水依旧，两岸的风景依旧，只是心中有些茫然。这，就是我们的先人曾经流下汗水凝成的古老水利工程吗？这，就是造福白沙溪流域上万乡民的宏伟构筑吗？

卢文台死后，就葬在婺城区沙畈乡停久与高儒两村之间的祖郭殿，其墓葬已经公布为市级文物保护点。由于卢文台治水有功，历代朝廷都进行敕封，而民间怀其意，则建庙祀之，现在琅琊建有白沙庙，在白龙桥建有马海庙，庙内供奉着的就是白沙老爷卢文台。

在白沙堰旁，立着一块石碑，上面刻有明朝诗人杜桓的诗作《白沙春水》：

> 白沙春水镜光清，水面无风似掌平。
>
> 春暖锦鳞吹细浪，晚晴黄莺啭新声。
>
> 烟堤绿树人家小，云渚斜阳钓艇横。
>
> 三十六渠饶灌溉，秋田万顷仰西成。

历经几千年流淌的白沙溪，孕育了丰厚的白沙文化，令后人一辈子研读。而造福乡民的人，总是会让人记住他的恩典。

江南雪天

随着全球气温回暖，江南温润的天气，一般很难得遇到下雪天。

这几天冷得出奇，半夜里下起了雪子，看来，难得一遇的雪，终于要来了。清晨，我满怀期盼打开窗户，发现小区的绿化丛中，已是白茫茫的一片，2019 年的第一场雪，就这样悄无声息地来了。

看到下雪，小区骤然热闹起来。起早的小孩，已经奔跑在雪地里嬉闹了。年轻人则忙着用手机拍照，发朋友圈。在江南一带，遇到下雪，实属不易，不在微信群里嘚瑟一下，还真对不起老天的眷顾。

望着窗外雪地里的一幕，我想起了小时候住在乡下的雪天情景。

记得小时候，冬天雨雪天气比现在要频繁一些，那时的气候比较稳定，夏暖冬凉，四季分明。村中老人说，下雪是老天爷给冬季的油菜、麦子盖一床暖被，冬雪下透了，残留在农田里的病虫害就会少很多，来年庄稼收成能更好一些。也许是冲着"瑞雪兆丰年"的预言，每当入冬之后，无论大人还是小孩，都企盼着下雪天来临。

少年贪玩，只觉得下雪天，可以走进雪花漫天飞舞的田野里，尽情嬉闹玩耍。于是，萧瑟秋风起，冬来冰露寒。一到冬天，我就巴望着一场酣畅淋漓的大雪来临。希望在下雪时候，可以坐在家中，看漫天飞舞的雪花，从白云生处倾斜而下，从高山密林盘旋而来，落到荒野的草垛上，落到村边的枯井上，把院子里的篱笆墙染白了，把农田里的蔬菜和麦苗染白了，把大地装扮成银装素裹，天地相连间苍茫一片。

古话说：春雾雨，冬雾雪。冬天起雾的天气，雪就要来了。雪要来的头一天，风就格外凛冽，吹在人脸上，削骨似的疼。小孩子不懂天气，只听大人们说，要下雪了，就整夜睡不着觉。半夜里听到雪子敲打瓦背的声音，熬不牢会偷偷起床，打开窗户看看，雪是不是真的下了。

第二天早上，不等父母催促，便急急地起床，开门迎雪。哇！天地苍茫一片，白森森的耀眼。一夜暴雪，地面上已经积存了十多厘米厚的雪了。此时，孩子们是最开心的，他们嬉闹着在雪地里奔跑，滚雪球，堆雪人，打雪仗，忍不住整个人都要往雪地里滚去。

堆雪人一般都是小女孩子玩的，在空旷的晒场上，先把一个大雪团滚成一堆，竖在边上，然后再滚一个小雪团，安放在雪堆之上，这便是雪人的头部，最后还用木炭或花生壳做成雪人的眼睛、鼻子和嘴巴，心细的女孩还要给雪人穿上大红花衣，鲜亮的色彩在雪地里映照着格外耀眼。

我们小男孩则嬉笑着待她们把雪人堆好之后，冷不丁上前一把推倒在地，闹得小姑娘用雪团朝着我们一阵猛掷。于是，堆雪人又演变成打雪仗。一时间，空中飞舞着来往穿梭的雪团子，两旁叫喊声、笑闹声响彻一片，乡下的晒场上就这样演绎着冬日的游戏。

男孩子历来都是多动的，他们在雪地里，不住地奔跑着，越是没有踏过的雪地，越是喜欢上前当开拓者，他们用鞋底印踏着脚底模子，然后在洁白的积雪上留下一溜履迹。抑或对着雪地撒尿，用尿液在雪地里画着各种图案。

看到冰冷的雪，我突然想起了夏天的冰棍。如果这雪在夏天落下来，那该多好啊。我人小鬼大，心想，雪这样洁白无瑕，晶莹剔透，如果能存储起来，到了夏天，一定是一件非常有趣的事。于是，就急急忙忙回家找来陶制瓦罐，将雪团紧紧地塞满罐子。罐口还用塑料纸严严实实地包扎好，然后悄悄地藏在楼梯角落里。

到了夏天，酷暑难耐的季节，我突然想起，楼梯角落里还珍藏着这么一坛子"宝贝"，赶紧将瓦罐搬出来，扫除上面的岁月尘埃，小心翼翼地开启塑料纸：里面哪有什么雪团啊？就连雪水都早就风干了。我抱着空瓦罐还一个劲地发愣：怎么会是空的呢？我都塞得满满的啊！一脸茫然的我，傻立在墙角根，惹得在旁的大人知道缘由之后一阵哄笑。

儿时的"蠢事"现在想想真是可笑，但童年时江南的雪天仍然给人许多快乐的回忆。

待雪下了三五天后，天地之间一片苍茫，可怜的鸟雀无处觅食了，叽叽喳喳地在空中盘旋。这时，套鸟就成了最好玩的事。在空旷的山坡上，扫开一块雪地，用铲子挖出一个几厘米宽的小洞，在洞口和洞内都撒入些许米粒或苞谷。洞口用绳子一头打一个活结围着，另一头牵引到远处用木桩固定好，然后人就躲在远远的地方观望。

无处觅食的鸟雀，终于发现了这块空地裸露着的食物，便飞扑而下，啄食着米粒。当鸟雀的头伸进洞内啄食，颈部的羽毛便卡住了洞口的绳结，活结随着羽毛的伸缩越卡越紧，最后就被牢牢地套在绳结上。

当年麻雀之类的飞鸟经常祸害粮食，农人厌之不及，将之归属于"四害"动物，消灭了麻雀等于保护了粮食。鸟雀套得多了，大人还会夸奖几下，于是，雪地套雀就成了我们最爱做的事。

还有一件有趣的事，就是雪天抓田鼠。在田野里先寻到鼠洞，顺着鼠洞把其他洞口也找出来，用泥土封堵沟底的洞穴，只保留顶部朝天的洞口。然后用水桶提来沟水，从顶部灌入，洞穴灌满之后，洞内的田鼠就会从顶部洞口往外窜。洞外是白茫茫的一片，田鼠窜到雪地里后，便一头钻进雪缝中，无处遁形，只能束手就擒。

对于鸟雀和田鼠，农民天生就有一种憎恨，巴不得除之而后快。下雪天"套鸟捉鼠"一直伴随着我的童年生活，直到后来外出求学打工，才慢慢淡化了这种记忆。

长大后，生活压力，农事生产，下雪便没了少年时的浪漫和情调，反而一遇到下雪天，就会增添许多麻烦事。每当下雪之前，乡村总要忙碌一阵子，该备的柴草要先弄回来，猪吃的青菜萝卜要提前采收到家。

以前农家都养着猪，从年初养到年尾，待过年时，便可以杀肥猪过大年了。到了冬季，一般农户家里的猪都长成一二百斤，食量特别大，每天可以吃下四五十斤青饲料。所以，听说要下雪了，父母就会叮嘱我早点到地里拔回萝卜青菜。

记得有一年冬天，雪来得突然，头天没有预兆，第二天打开门，外面已是白茫茫的一片。猪吃的青饲料没有预备，这就成了头等大事。母亲唠叨着说："这该死的天气，说下雪就下雪，猪牲畜都没得食了啊。"

下雪天拔萝卜是一项痛苦活，但不拔回来也不是办法。我二话没说，带着热水瓶和脸盆，挑着草筐就往菜地里走。冒着刺骨的寒风，顶着鹅毛般往下倒的雪片，行走在雪地里，田野里到处是临时起意到地里拾掏青菜萝卜的农人。

到了菜地上，白花花的一片，种在地里的萝卜都压在了积雪之下。我用带去的扫把先将积雪刷掉，然后将手凑在嘴边呵一气热气，一鼓作气拔了一阵，然后将热水倒进脸盆，掺进雪团融化后，将冻僵了的手放入热水中浸泡一会儿，稍后缓和一下，又继续拔萝卜，这样，周而复始多次，才将萝卜拔完弄回家。

这种苦难的日子，现在的年轻人是无法体会到的。

江南的冬季，虽然没有北国的冰天雪地，但许多回忆至今仍难以忘怀。如今，坐在城市小区里，目睹着雪片纷纷而下，童年时的雪景一一浮现在眼前。雪天有我童年的趣事，也有生活的磨难，这一切，都在我的记忆深处珍藏。

江南年味

　　腊月过后，乡村的年味越来越重，在江南一带，杀年猪、打年糕、磨豆腐，为年而准备的物品也越来越丰富。在中国人心中，过年永远是最为关注的节日，这既是忙碌奔波了春夏秋冬之后，回归到万家团圆的日子，也是经历了春播秋收之后，收获五谷丰登的日子。这一天，长年漂泊在外的游子，也回归到了故土与父母兄弟团聚，喜庆的气氛洋溢在每家每户的堂前。

　　江南自古都是鱼米之乡，物宝天华，人杰地灵。勤劳的人们辛苦了一年四季之后，对"年"就更为注重，过年期间的习俗更是五花八门，丰富多彩。

谢年：祈求平安

　　对于过年而言，谢年是必备的程序，这也是春节期间汉族民间的祭祀活动。每年的除夕这天中午开始，准备好年夜饭的家庭，就会陆续开始谢年，祈求神保佑全家在新的一年里风调雨顺、年年平安、岁岁有余。

谢年之前，先要做足准备工作，大门上要贴好崭新的大红对联（如果当年家中有过丧事的人家，则张贴绿色对联），灶台边的墙上，贴上灶王爷的神符，边上写着："上天奏善事，下地保平安。"在菜橱上贴上"五香六味"，在谷仓上贴上"五谷丰登"，在衣柜上贴上"丰衣足食"，在猪圈上贴上"六畜兴旺"，然后在大门口贴上"开门接喜"。

谢年一般都在家庭中堂举行，中堂上方摆一张长条桌，长条桌下摆上八仙桌，长条桌前围着大红桌帏，桌面上摆放着香炉蜡台，八仙桌上陈放祭品。

祭品选取一般为鸡、鸭、鹅或猪头、牛头、羊头等"三牲"供品，供品边摆放着6只酒杯，6副碗筷，代表六六大顺。桌上还要摆放装满"年饭"的钵盆，以及豆腐、糕点、水果、馒头、红馃、斋米和肉桶。肉桶里盛有煮熟的肉和雄鸡，雄鸡上插上筷子，并在旁边放两个鸡蛋。

堂前正上方用红纸剪出一个大大的"福"字，张贴在堂正中。摆完供品之后，家中长辈就将一家大小都呼唤到堂前，然后再点着一对大红蜡烛，接着家中长辈领着儿孙望空祭拜，三拜九叩，祈求来年吉祥，再焚烧银锭锡箔，鸣放鞭炮，洒酒于地，将插在"口福"上的筷子拔去。

"谢年"后再祭祖宗，即"拜太公"。祭祖前，点香持灯笼往祖宗埋葬方向的路边"迎接"祖宗进门。酒斟三巡，然后供饭，再搁筷子于饭碗上，表示供膳已毕；然后三拜九叩，向祖宗祈福，焚化银锭锡箔，与酒同浇在银锭锡箔灰上。

丰年：团聚一堂

江南一带的除夕年夜饭，又称为"丰年"，因为，"丰年"时既要关闭家中的大小门窗，有封门闭户之意，也有寓意"丰收之年"的谐音。"丰年"时也是人们准备除旧迎新、一家相聚、共进晚餐的时光。

一年一度的"丰年"团圆饭，表现出中华民族家庭成员的互敬互爱，和睦相处的美德，这种互敬互爱又使一家人之间的关系更为亲密。

"丰年"时菜肴的数量和成色，与家庭经济条件好坏相挂钩，但是，条件再差，鸡鸭鱼肉也是必备之品，还有就是馒头、肉圆、年糕、发糕等，馒头和肉圆意寓一家人团团圆圆，年糕和发糕代表着家庭年年高升年年发财。

经济条件好的家庭，"丰年"时，山珍海味一应俱全。"丰年"开始时，主人要把一家老小都叫回屋内，长辈还要告诫家里的小孩，"丰年"时不能讲不吉利的话，要讨彩，要乖巧，然后一年比一年懂事。

春节团聚往往令一家之主在精神上得到安慰与满足，老人家看儿孙满堂，一家老小共叙天伦，过去的关怀与抚养子女所付出的心血没有白费，这是何等的幸福，而年轻一辈也正可以借此机会向父母的养育之恩来表达感激之情。

在"丰年"时，家庭主人会不住地邀请家庭成员吃菜喝酒，全家人在气氛浓浓的节庆中，开开心心地吃着"年夜饭"。因为"年夜饭"的菜肴样式多，数量足，家中长辈就让儿孙慢慢吃，吃不完剩到明年再吃。

懵懂时的我，对父母说要"剩到明年吃"的话不明就里，还歪着脑袋思考了很久：为什么要剩到明年吃，这么多好吃的东西，剩到明年不是要坏掉了吗？长大后才知道，大人们说的"明年"就是明天，过了除夕夜，就要迎来新的一年了。

"丰年"中还有一项必备程序，就是长辈给晚辈发红包，也就是"压岁钱"，收到"压岁钱"的孩子，往往开心得睡不着觉，把红包死死地压在枕头底下，然后带着美梦入睡。以前一般农家条件不好，"压岁钱"还没过夜，就会被父母收走，美其名曰："先帮子女存着，长大了再给。"实际上是舍不得这点钱，怕小孩子贪玩弄丢了或乱花掉。

拜年：互道祝福

吃完了"年夜饭"，过完了除夕夜，第二天就迎来了新的一年，大年初一的早上，大人小孩都会早早地起床，穿上新衣，到外面和伙伴们炫耀。而家庭主妇则会给每个家人都泡上一杯糖开水，让一家人喝得甜甜蜜蜜。

新年第一天的早餐，是毛芋菜叶煮成的"菜羹"，这也是人们一种俭朴思想的体现，头一天晚上丰盛的"年夜饭"过后，在新年第一天，却要吃上一碗"菜羹"，寓意着要节约过日子。而老人们还传言，大年初一这天，去田里干活，可以保佑一年四季不腰痛。这些美好的祝愿，都深刻反映了江南一带百姓勤劳、俭朴的本质。

然后，大年初一最重要的礼节就是，晚辈给长辈拜年。父母高堂健在的，儿孙要到父母住处拜年，父母过世了的，子女则要到父母坟前拜年，告知父母，去年一年，家中一切安康，让父母在九泉之下安心。

拜完父母之后，就要给亲戚长辈拜年，这也是中国民间的传统习俗，是人们在辞旧迎新之际，表达长幼有序的一种方式。

拜年顺序一般从近亲到远亲，通常是正月初一家长带领小辈出门谒见爷爷、奶奶、父母、叔伯，以吉祥语向对方祝颂新年。主人家则以点心、糖食、压岁钱等热情款待。

大年初二则是小孩去外婆家，大人去丈母娘家拜年，表达亲人之间最尊贵的礼节。年初三之后，便是一般的朋友、表亲之间的走访。

按中国人的长幼亲疏礼节，拜年很讲究时间的早晚，早于零点就属于拜早年，而这个时候新年并未到来，拜年显得有点敷衍，如果晚于正月初十就属于晚年了，这个时候新年的喜庆气息已经淡去，早年和晚年都属避免遗憾的应急或补救性质，民间有谚语："有心拜年十五不晚，拜年拜到正月三十。"

拜年时，晚辈要先给长辈拜年，祝长辈人长寿安康，长辈可将事先准备好的"压岁钱"分给晚辈，据说"压岁钱"可以压住邪祟，因为"岁"与"祟"谐音，晚辈得到"压岁钱"就可以平平安安度过一岁。

然而，随着现代信息社会的发展，人们拜年实行了电子化、互联网+，传统的拜年方式逐渐在弱化，现代人们在除夕零点过后，便用手机向亲朋好友发短信、微信，实行了电子化拜年。在新的一年刚开始之际，通过网络和电波，互道"恭喜发财""四季如意""新年快乐""身体健康"等吉祥的话语，以表达人们对生活的美好祝愿。

礼赞家乡

坐拥婺西边陲，接洽衢府界沿。姑蔑溪畔永驻，仙霞余脉相承。遥望九峰拱秀，峰峦叠嶂；近傍莘畈源头，渊源曲转。东攘百顷平畴良田，青禾纳绿，稻浪翻滚；西接十里黄土山坡，丹桂吐蕊，瓜果遍野。

穿村公路，通途宽阔一马平川，融贯杭衢沪温；环村渠水，清澈甘洌长流欢唱，终汇钱塘东海。看村庄楼宇林立，排列井然；观庭院绿树成荫，草茂花香。房前屋后，绿叶红花相伴；庭里院外，乡风文脉传承。白墙黛瓦，妆起江南徽派；小弄长巷，吟唱婺学春秋。百工农耕皆兴，文苑翰墨怡情。

堂屋居村中，福基依门槛。春秋数代，耸立巍然。千秋古樟枝繁叶茂，始于北宋；百年老宅雕梁画栋，建于清叶。樟下纳凉小歇，传播四乡轶闻；村口收工出畈，除去一身疲劳。斗转星移，历经春秋更迭；日月轮回，阅尽人间悲欢。

九曲桥仿古设计，蜿蜒水榭；湖心亭稳居池中，环视绿堤。

廊桥九折，宛若兰亭曲水；楼阁重檐，且看西山飞云。晴阅春色，观瞻水韵霞彩；雨赏湖光，指点碧波烟柳。极目远眺，尽揽千里风情；定睛近观，可收一池秋水。仲夏季节，坐拥绿水清流，观赏荷塘月色；子夜时分，静坐长廊曲桥，聆听旷野蛙鸣。

析子店古木葱茏，绿影扶疏，宛如碧玉之屏；拱湖塘清泉蓄养，鱼戏中天，浑似青罗之盘。大岗背黄土山坡相连，食笋茂密；龙头山苍松翠竹摇曳，风水依然。西坡遥望，门对青山千树秀；村东对看，家前碧水万柳垂。炊烟袅袅，池埠恭迎浣衣女；小路依依，野径喜闻牧童谣；柳笛鸣响，遥想童年趣事；鼓乐喧声，欢唱时代颂歌。

耄耋老者依墙而坐，正可安享天年；稚嫩顽童沿路欢奔，追逐嬉闹茁成。家有余庆，颂丰年而知恩惠；户存积金，创伟业而图更新。感恩盛世，当饮水思源；励精图治，宜续旧谋新。唯吾戴氏，血脉相承。赖吾先民，锄月耕云。遍垦荒芜之地，终成鱼米之乡。

俊男靓女，纯朴德馨。谋商贾而奔四海，事农工而尽天责。出仕亲民有加，习文艺苑闻名，经商妇孺无欺，务农稻粱丰盈。桑麻农事，件无缺憾；木箆泥瓦，行有精英。俊俏儿郎，体健而才艺皆备；秀丽巾帼，贤淑更不让须眉。农工商仕，四海奔波。经商办厂，拓市开源。

古有贤者饱读诗书，笔墨传情；今有才俊商贾展业，闻名乡邻。村情古朴，民风厚淳。修身养性，俭朴修德不绝；耕读传家，儒雅盛名永存。经年流转，诸事盛昌。学而思精，术业有成。百工序列，各负千秋盛名；三十六行，不乏一代宗师。

两委班子，携手共进。和谐搭档，谋事同心。传承前任之基石，开拓新政之沿革。创业不图私利，建设唯存公心。拆违整改，党员垂行；治水剿劣，村民追随。垃圾分类，扼污染源头；三改一拆，保整洁美景。魅力新村，钟灵毓秀。和衷共济，同奔小康。

良田稻禾，铺满田畴。春风劲吹，百花盛开；夏雨浇淋，瓜果馨香；秋霜漂染，枫叶醉红；冬雪覆盖，素裹银装。物蕴天华，此非虚饰之言；山水共灵，莫作自夸之柄。启宏图恩泽乡民，施政业情暖四方。锻锤千炼，赢得四季昌盛；融和百通，方为一方圣景。

金西明珠，不枉虚名。

跋：文学的光芒照耀着生命历程

李　英

　　文学对于很多人来说，只是一个梦想。在这座城堡里，有大海，有高原，有花朵，有森林，有故事，有历史，有梦幻，有思想。正是在文学的光芒里，我看到了戴建东的别样人生和生命历程。

　　当年那个在脚手架上干着粗活的泥瓦匠，也许正是带着文学的梦想，从那个偏远的山乡来到城里打工，开始了他的人生之旅。也许从懵懂的少年开始，他就钟情于文学的圣殿，尽管身处逆境，却从未放弃，这份执着令人感动。因为爱好文字，他的生命历程有了丰富多彩的梦想，有了人生目标的追求，有了属于他自己独特的人生逆转。戴建东的散文集《星星落进了小河》，无疑是来自故乡大地深处的吟唱，来自他生命旅途中的畅想。

　　戴建东的散文里有一种挥之不去的故乡情结。他从小生长在浙西南一个偏僻的乡村，那里曾经是历史上的姑蔑古国，历史可以推进到新石器时代晚期，9000年前山下周遗址就是姑蔑腹地新石器遗址。那里有风光旖旎的九峰山，有流淌不息的衢江，有纵横阡陌的黄土丘陵盆地，有古老的汤溪县城，有明清时期的农商重地，有唐代六大青瓷窑之一的婺州窑。更为重要的是，这里孕育了独特的地域文化，有自己的姑蔑语言、民风、民俗、风物，光辉灿烂，深厚广博、圆通透彻，精湛融通。生活在这里的乡贤们正是沐浴着这方水土的阳光雨露，才让姑蔑古国的土地充满了灵性和智慧。戴建东正是从这里走出来的，他的字里行间，自然浸润着姑蔑文化的深厚基因。他的散文作品，深深打上烙印的是乡愁记忆元素，古老的村庄，广袤的田野，叮咚的小河，在他看来都是那么富有诗意，富有生命的意义。

我们不难看出，戴建东的散文主要以乡土文学为主基调，还原了记忆深处的乡村经历、乡村变迁，所有的文字和语言，都是乡村历史的记录，田园诗意，月下小景，乡村夜色，构成了恬静怡人的意境。在这些心灵的净土上，可以领略江南诗意的田园风光，当然更为重要的是，生活在这方热土上的人们的真实情感。《走进老屋》细致描摹了老屋的构造和曾经发生的一幕幕往事，这里作者似乎对老屋有一份愧疚和歉意，因为建了新房以后，老屋就像一个弃妇，被遗忘在岁月的角落里了，但老屋的记忆一直留在作者的心中，毕竟老屋有太多父辈的艰辛和历史变迁的痕迹，足够让他回忆一辈子。老屋是父亲留给他最大的遗产，不仅仅是物质上的家，更是一种精神上的无形财富，是一种力量和信念的支撑，也是社会变革中最有力的见证。《探秘太末古道》不仅仅是对姑蔑溪、太末古道的简单记录，更是对姑蔑古国渊源的一次寻访和探秘，是对古婺文化与姑蔑文化的一次梳理和弘扬。《寻梦白沙溪》，作者怀着一个婺文化追随者的梦想走近白沙溪，去寻访白沙溪沿线深厚的文化内涵，对他这位金西文化人来说，是一种更高的追寻，更博大的使命。掩卷深思，叩问自己，我们从哪里来，到哪里去，几千年流淌的白沙溪，如何再赓续文明，再造乡村的美好生活，也许写作的意义就是这样融化在生命的血液里。

戴建东的散文作品里，我们还可以看到作者曾经的往事。他把作品分为四个篇章，《岁月留痕》记录了作者对过往的人和事的回忆，以及曾经奋斗过的艰苦岁月；《乡愁记忆》还原了作者少年、青年时期所经历的人和事，反映了20世纪七八十年代以后乡村的变革；《苦乐年华》记录了作者中学毕业后，经历的打工生涯和奋斗历程；《寻梦乡村》，作者置身于蝶变的乡村之中，记忆深处有作者的惊喜和期盼，也有作者的思考和追忆。《怀念父亲》《接母亲进城过年》《带着母亲游西湖》等篇章，字里行间散发着亲情，对父辈的怀念，对母亲的感怀，都让人感动。《代课的岁月》《莘畈筑水库》《我的石匠生涯》，则记录了作者的人生历练和最初的艰难困顿，但都给人以信心和思索。在《逆转的人生》里，作者写了题记："有一种喜悦叫奋斗，有一种财富叫磨难。"既充满哲理，又满怀信心，记录了作者从一位农家弟子，历经多年磨难，终于走上了成功之路，实现了从泥瓦匠到文化人的人生转折。文学的光芒照亮了他的生命历程，是对文字的热爱和对文学的追求，成就了他心中的梦想，实现了自己的人生价值。

戴建东的散文作品，读来清新明丽，他具有文字的天赋，又不乏姑蔑国人勤勉的执着，他既带着乡土作家朴实细腻的笔触，也有对乡土变革的追寻，更有强烈的自我意识，这是生命体验和乡村情结，更是时代变革的优秀结合。戴建东的文字，虽然没有华丽的词汇，却通篇散发着泥土的芬芳，朴素亲切，读来犹如品尝一捧山泉，欣赏一朵野花，倾听一声鸟鸣，涂抹着旷野中最原始的色调，作品绝无矫揉造作，语言平实，娓娓道来，给人一种清新自然的阅读快感。

我喜欢戴建东的散文作品，尤其是赞赏他对人生的态度，对文学的执着和对时代的热情。这部作品是作者继散文集《行走田园》之后的第二部散文作品集，可以说是戴建东给自己所坚守的精神追求的又一份沉甸甸的答卷。因此，我要热情地向读者朋友推介他的作品，并期待他在文学的光芒里，有新的进步和收获。希望读者诸君和我一样，通过阅读戴建东的文字，发现藏在他内心深处的那份从容，那份睿智，那份激情。

（作者系中国作家协会会员、浙江省金华市作家协会主席）

风起江南·第五辑·

陆春祥／主编

顾名思义

陈思义 —— 著

文匯出版社

图书在版编目(CIP)数据

顾名思义 / 陈思义著. —上海:文汇出版社,
2022.9
(风起江南 / 陆春祥主编. 第五辑)
ISBN 978-7-5496-3879-6

Ⅰ.①顾… Ⅱ.①陈… Ⅲ.①散文集–中国–当代
Ⅳ.①I267

中国版本图书馆 CIP 数据核字(2022)第 167676 号

顾名思义

著　者 / 陈思义
责任编辑 / 熊　勇
装帧设计 / 书香力扬

出版发行 / 文匯出版社
　　　　　上海市威海路 755 号
　　　　　(邮政编码 200041)
经　　销 / 全国新华书店
印刷装订 / 成都兴怡包装装潢有限公司
版　　次 / 2022 年 9 月第 1 版
印　　次 / 2023 年 1 月第 1 次印刷
开　　本 / 880×1230　1/32
字　　数 / 835 千
印　　张 / 42

ISBN 978-7-5496-3879-6
定　　价 / 195.00 元(全五册)

尽力猛扑而朗朗仓仓

陆春祥

1

西湖孤山南麓，有三忠祠，奉祀袁昶、许景澄、徐用仪三人。袁昶（1846—1900）为桐庐人，我的老乡，他殿试二甲，官至三品，庚子事变，力谏朝廷不可纵容义和团滥杀洋人与外国开衅而遇害。袁昶诗文、书法、藏书、刊印、西学等，诸业皆有突出成就。

辛丑春节，我一直在读袁昶的日记。袁的日记，持续时间长，从同治丁卯六年（1867）三月开始写，从无中辍，一直到被害前。他的日记还不是一般的记事，侧重在求知问学、克己慎思上，目的就是迁善改过。

看一则"癸酉正月"：

癸酉元日帖子。元日书红云，癸为揆度，酉象闭门。士君子必有闭关千日，研几极深之思，而后有揆度庶务，洞若观火之量。静存仁也，动察智也。

这一年是同治十二年（1873），鸡年春节，袁昶27岁。一个甲子后的鸡年，我父亲出生。袁昶逝后，一个甲子零一年，我也

出生了。这样看来，袁昶其实离我很近。不过，年轻人袁昶，思想已经成熟，他虽三十岁中进士，却早已饱读诗书，有着自己独立的见识。

他解释"癸酉"，别有见地。

"癸为揆度"，就是估计现实情况。为什么他关注现实，从他的经历可以看出，他时刻将读书人的目的与责任和现实紧密相连，虽是保皇派，但在处理义和团滥杀洋人的事件上，眼光却远大，做事不能只顾情绪不计后果，虽被杀，不数日遂昭雪，谥"忠节"。"酉象闭门"，这是从字形上说酉字。闭门干什么？你若要有对事情洞若观火的眼光，则必须闭关千日，将冷板凳坐穿，如此才会形成自己别样的眼光，处理好各种政务。袁昶曾任江宁布政使、光禄寺卿、太常寺卿等，在各个岗位都有建树，芜湖还建有"袁太常祠"纪念他。

静存仁，动察智。胸中有仁义，决事才有智慧。这不是一个死守书斋不知变通的读书人，他将所学与现实、读书与修身、思考与反省紧密结合。

写完那则"癸酉正月"，已经过去整整一年。

又一个年三十夜，袁昶吃过年夜饭，往桐庐城里闲逛。桐君山上祈福的钟声不时撞耳，富春江两岸的爆竹尖叫着频频蹿向空中，街上行人已经开始聚集，小儿成群追着叫着倏忽跑过。袁昶抬头望星空，但见北斗星的斗柄已经指向东方，他内心里不断感叹，还有几个时辰，旧的一年转瞬即过，混混与世相处，隼起鹘落，如弹指一刹那，而自己却学业未精，德行也没有进步，真让人惶恐啊。

严格自律的袁昶，每日三省己身，袁昶日记中，他悟出的人

生格言，多得让我双眼停不下来，仅以甲戌年（1874）摘要举例：

人惟无欲，始能刚耳，有欲恶能刚。耐坚苦者，始能进德耳，耽安佚者，则丧德矣。（甲戌正月）

不作无益之事，不道无益之言，不损无益之神，不发无益之虑。

心无二用，自今后作一事竟，再作一事，则心体不疲。（甲戌二月）

抄录七十二岁的黄元同《求是斋记》句：天假我一日，即读一日之书，以求其是；《畏轩记》句：读经而不治心，犹将百万之兵而自乱之。（甲戌六月）

抄录《孙思邈方书》句：口中言少，心中事少，腹中食少，自然睡少，依此四少，神仙诀了。（甲戌七月）

境遇耐得一天是一天，学问长得一天是一天，精神养得一天是一天，嗜欲淡得一天是一天。（甲戌九月）

尽力猛扑，将七阁、四库、三藏、九流、二氏，朗朗仓仓，一齐装满布袋肚子内，此师南皮之法也。（同上）

不见己之善，惟见人之善。不见己之善，故所诣日进，惟见人之善，故无怨于世。（甲戌十二月）

特别喜欢"尽力猛扑"这一句，活画其读书信念与志气。

袁昶要扑向什么？四库、七阁，指清代收藏《四库全书》的七座藏书楼总称；九流，乃秦至汉初的九大学术流派；二氏，佛道两家。南皮，借代籍贯为南皮以张之洞为创始人的学派，该派以汉学、旧学为体，以西学、新学为用。袁昶的阅读，如牛饮，如鲸吸。如此写下阅读的贪念，他暗自笑起，耳边似乎突然响起

《双射雁》中穆桂英的唱词："那绣绒宝刀仓仓朗朗朗朗仓仓放光明啊"。嗯，猛扑，唯有尽力猛扑，胸中才会有光明一片啊！

尽力猛扑而朗朗仓仓，越读越有趣，宛如袁昶就站在清丽丽的富春江边，沐着五月的微风，张开双臂，身子前倾，跟我摆那个猛扑的动作。

2

劲风又绿江南。

风起江南散文系列第二季即将面世。

通读书稿，满心欢喜，文丛的作家们也如袁昶先生一样"尽力猛扑"，他（她）们如饥似渴地扑向经典，努力汲取营养；他（她）们倾力扑向大地，扑向生长养育又骨肉相连的故土，尽情撷取自然的芬芳。他（她），身姿矫健，一路奔跑着穿过光阴，且行且歌。

陈思义的《顾名思义》，山岗峰岩岭，江海河浦溪，城镇街路巷，历史，地理，人物，事件，语言，经济，民族，社会，乡土，风水，作者以一种特殊的文化现象——地名为题，立足瑞安，放眼温州，东西南北中，细细深探究。语言朴素平实，勾连中西古今，刨根追底，饶有趣味。

赵玉龙的《鸟兽为邻》，村中老屋与往事、树与古井，一帧旧照片、路边的一个镜头，放蜂人、鸭司令、守林人，白花海棠、仙鹤草、青箬叶，过往与现实，身边与周遭的一切事物都凝练成了令人难忘的意象，叙述流畅，语言节制，时有哲思闪光。

金洁的《我很笨》，慢品人间烟火色，闲观万事岁月长。与

爱同行，爱是世间最美好的语言。为他人着想，发现更多的善良与美好，让每一个微笑都抵达对方的心灵深处、宇宙的远方。无论平凡与精彩，四季都要轮回。生命如尘，岁月如歌，且行且惜珍。

侯范才的《年轮之上》，悠久厚重的人文底蕴，如诗如画的水乡风景，父亲的微笑，母亲的马提灯，都在作者笔下汩汩流畅。故乡盛开的槐花，第二故乡鸣鹤古镇，大海与诗歌，老井与石磨，彼此交融，相互辉映，都已融入作者的生命深处，交织成曲，咏而归。

戴建东的《星星落进了小河》，质朴而诚挚的叙述，这是对养育自己的故乡作深情回望。昔日乡村虽清贫与困苦，却也不乏真挚与朴素，童年少年虽艰辛与苦涩，却也饱含梦想与痴迷。往事如烟，那些烟都已织成风景；往事如云，那些云也都酿成了甘露。

3

有人仔细统计了《诗经》中的草木虫鱼数量，计有，113 种草，75 种木，39 种鸟，67 种兽，29 种虫，20 种鱼。

我读过诸多关于《诗经》中草木虫鱼的书，不一一例举。一个简单事实是，这些鸟兽草木，只是赋比兴的喻体而已，我们的先人，想象力极其丰富，他们用这些喻体，隐晦曲折表达自己丰沛的情感。

因此，对这样一部博大无比的百科全书，孔老师自然钟爱有加。

孔鲤从对面怯怯走过来，孔老师叫住了儿子：伯鱼呀，你仔细读过《周南》和《召南》没有？

孔鲤就怕老爸问，一脸茫然：爸爸，我没有读过呢？

孔老师感叹：唉！一个人如果不曾仔细读过《周南》与《召南》，就会像面朝墙壁站着的人一样啊！

面壁而立，不是面壁思过，而是说你什么也看不到，哪里都去不了。

《周南》、《召南》都居十五国风之首，内容侧重夫妇相处之道，教育人修身齐家。孔鲤一定听懂了，他已长大成人，老爸这是要他系统学习《诗》呢，否则，怎么能适应这个社会呢？

孔鲤在父亲的课堂上，已经多次听到老爸这样教育他的学生：《诗》三百，一言以蔽之，思无邪（《为政》第二）。这里的关键是"思无邪"，"思"为发语词，"无邪"，没有虚伪造作，都是真情流露。诗三百，用一句话简单概括，就是真情两字。文学作品最需直抒胸意，最怕无病呻吟。这也完全符合我们先人即兴的咏叹，面对残酷的生存现实，恶劣的自然条件，先人们劳力之余，依然手之舞之足之蹈之，自我找乐。

国风，大雅，小雅，周颂，鲁颂，商颂，三百一十一篇，皆为民众心底里喊出，在广漠大地上回响，宫商角徵羽，有时甚至响遍行云。

真诚希望我们的散文作家，对眼前的一切，猛扑吧，尽力猛扑！不虚假，不造作，用心用情善待所有，包括天地间的草木虫鱼鸟兽。朗朗仓仓，仓仓朗朗，听，美妙的旋律，从旷野上、烟波里、花朵中清晰传来。

壬寅桃月

富春庄

目录
CONTENTS

第一卷／山岗峰岭岩

张家界不再大庸　／　2

彭武彭夷与山　／　6

黄茅尖及其他　／　10

黄沙腰　／　15

岩坦岩头沙头　／　20

井之圣，山之圣　／　24

花岩的一阕柔美一阕豪放　／　28

大若岩：白云深处　泉水声中　／　32

尝闻陶隐居　／　36

太姥之嵯峨　／　40

柯岩：石头的历史语言　／　44

第二卷／江海河浦溪

好溪安溪 ／ 50

北麂是东海一岛 ／ 55

万全：沧海桑田 ／ 59

看南浦云飞　趁一帆风正 ／ 64

南滨，少年之城 ／ 68

林垟水之缘 ／ 72

东山杂记 ／ 76

河塘之下 ／ 81

寨寮溪听起来很野性 ／ 85

潮基别名潮至 ／ 89

第三卷／永乐瑞平泰

大雪温州 ／ 94

山水永嘉 ／ 97

妙乐清音 ／ 101

白乌兆瑞 ／ 105

认识文成 ／ 111

红色平阳 ／ 116

玉苍之南 / 120

走走泰顺 / 125

石雕的青田 / 130

景泰寿庆 / 133

第四卷 / 城镇街路巷

坚如磐石 / 140

安阳随笔 / 145

莘塍风韵 / 149

马驰天下 / 154

神仙降临 / 158

高楼纵目 / 162

湖岭老街 / 165

想象的与眼前的枫林 / 169

上塘 1959 / 172

碧水莲山 / 177

腾蛟起凤 / 182

老街的留存是一个索引 / 186

第五卷／东西南北中

草木植成 ／ 192

家狗买盐 ／ 197

田无不耕 ／ 202

悠然汀田 ／ 207

荆谷，金谷 ／ 211

碧为山色，爷为海神 ／ 215

凤凰之地 ／ 220

廊下花坦 ／ 224

大嶂初访 ／ 229

诸葛好村坊 ／ 232

永安乡村的别样韵致 ／ 237

后　记 ／ 241

柯岩，石头的历史语言

大姥之嵯峨

尝闻陶隐居

大若岩：白云深处，泉水声中

花岩的一阕柔美一阕豪放

井之圣，山之全

岩坦岩头沙头

黄沙腰

黄茅尖及其他

彭武彭夷与山

张家界不再大庸

第 一 卷

山岗峰岭岩

Chapter

01

张家界不再大庸

张家界，先是从书上知其名。

然而一旦面对，张家界才真的使我震惊。

震惊的并非单是我等普通人，连联合国教科文组织世界遗产委员会的专家一九九二年五月专程到张家界考察时也连说 OK，并毫不吝惜地写下如下的技术评价报告：

"武陵源在风景上可以和美国的大峡谷等几个国家公园及纪念物相比，也可和西澳大利亚哥尔突出的砂石峰地区相比，但由于武陵源的海拔较低，处于亚热带，因而它森林茂盛，水源丰富。它还拥有为数众多的山峰（3000 座以上），且大部分山峰展现出比美国及澳大利亚遗产的更垂直的轮廓（200 米以上）。

"武陵源具有不可否定的自然美，因为它拥有壮丽而参差不齐的石峰，郁郁葱葱的植被以及清澈的湖泊、溪流……"

去张家界武陵源风景区，站在天子山的观景台上往下看，数百石峰拔地而起，千峰竞秀，云雾变幻，峰后有峰，如一片峰的森林，峰的队列。石峰有的上锐下削，有的上下相仿，有的甚至上大下小，挺拔巧叠，鬼斧神工，令人匪夷所思。有的群峰涌动，列队行进一般；有的孤峰兀立，如同倒插于地，摇摇欲坠。有的如骆驼跋涉，有的如骏马奔驰。有的如石船，有的如御笔，栩栩如生，呼之欲动。峰顶多为平台，峰壁如削，飞出青枝三五盘虬。

登上黄石寨，可见千峰万谷俱在足下。有景叫天桥遗墩，并排矗立六座高数百米的平顶岩峰，宛如被揭去桥面的桥墩。有景叫黑枞脑，有巨石平台一块，壁立于幽谷深涧里，台地四面陡峭如削，其上长满树木，黑黝黝一片。有景叫前花园，数十奇峰参差挺立于丛林之中，以绿见秀。

三亿八千年以前，这里是一片浩渺的海。巨大的造山运动使茫茫海水退去，岩石才顽强地伸出躯体。张家界之奇，奇在山峦由拔地而起的石柱连接而成，这种石峰共有 3103 座，浑厚粗犷，险峻高大，威猛中有一分妖媚，朴质中有一分狂妄，展示带有洪荒时代原始野性的本色，说得文雅点，不少石峰就是男儿的雄起。

为什么石峰如被刀削切成，有垂直的裂线，还有明显的横纹，好像一块叠得很高的千层糕呢，石上又长森林？书上说，石英砂岩经风化、水蚀，加上重力作用，石英不易化解而泥质胶结物易化解，历经无数年月而成层层叠叠、横横竖竖、棱角分明、"灰缝"清晰的模样。如若不同岩层抗风化的强弱不同，便使石峰凹凸不平，形成各种形状和神态，如仙女献花，如老人采药，如夫妻岩，如将军岩。至于武陵松，根比树干要长要粗要壮，能顽强地延伸进岩中，把岩石胀开。同时能分泌一种特殊的酸性物质溶解岩石，在溶解了的石粉中吸取养料，还能在空气中直接摄取水分和营养。

大家说，张家界具有男性阳刚之美，在全国景观中独一无二。桂林山水甲天下，漓江如玉带缠绕于碧峰之间，"江作青罗带，山如碧玉簪"。刘三姐的故事美丽动听，山歌婉约缠绵。这些都说明桂林与张家界性格上的不同。杭州西湖，有断桥残雪、平湖秋月、苏堤春晓、柳浪闻莺，有白娘子和许仙在断桥相会，有"欲把西湖比西子，淡妆浓抹总相宜"的诗，有丝绸、龙井茶叶、杭州绸伞，你品味一下也与张家界不同。从维熙说，张家界之美，可以归属于男子汉家族。那些戳天石柱，让人联想到《斯巴达克斯》笔下的古罗马角斗场，它们赤裸着光光的身躯，显示着男性的魅力。它使我们似乎找到了人类的远祖"亚当"和神话中的"太阳神"，使每一个男人都在这面镜子面前，检查一下自己的身躯是否也站得那么笔直。

张家界是野性、雄奇、苍凉、大气的，不会太秀、太俊、太尊、太媚，这里没有杜甫的一览、李白的遥看、崔颢的题诗、张继的夜泊，看不到文庙武庙大雄宝殿。游张家界是感受那种旷达、神秘和自然，在顷刻间怦然心动，有所领悟。水本来是柔的，而张家界有溪却叫金鞭溪，有河却叫猛洞河，也是男性化，听说是湘西少数民族为了表示自己的生存力量而起的名字。

张家界在湘西，湘西是一个充满传说和故事的地方。湘西人很淳朴、憨厚，也很固执，有时固执得蛮不讲理。此地多腊菜，有腊猪肉、腊牛肉、腊猪肠，我们吃了，浓烈的咸味与温州清淡的口味不合。腌菜也多，有腌肉、鱼、蒜苗、豇豆、辣椒、萝卜、生姜，叫条条酸、坨坨酸、块块酸、丝丝酸、粒粒酸。此地"三分坪，七分山"，与高山为伴，多用背篓背东西背孩子，称"背篓上的湘西"。土家姑娘出嫁唱"哭嫁歌"，一哭十天半月，不分昼夜，颇有讲究。酒也特别，为无上妙品，有奇特的包装和怪异的酒名，叫酒鬼。从前湘西有土匪，《湘西剿匪记》《乌龙山剿匪记》电视都看了。文学大师沈从文是湘西凤凰县人，写了《边城》《湘行散记》，通过湘西风土人情表现生与死、爱与欲、永恒与变化，写乡下人物的喜怒哀乐，展示现代中国道德情操的一个侧面。

宝峰湖在高山之上，四周的山峰倒映水中，形成一幅上下对称的山水画。坐游船中看，青山与船依偎，白云共水游移，意趣无穷。如果说前几天看的都是男儿的山，这儿看到的就是女儿的水。湖湾里，有土家族男女青年见游船过来，对着游船唱情歌："高山高岭逗风凉，苦瓜丝瓜摘两筐。郎吃苦瓜苦想姐，姐吃丝瓜思想郎。"

张家界（市）以前叫大庸（市），大庸鲜为人知，大庸人出去还得说张家界，别人才恍然大悟：大名鼎鼎张家界就在大庸。于是众人一口：大庸之名太"庸"了，改名吧。改名却一波三折，好事多磨，1994年4月"张家界"才千呼万唤始出来。

（2012 年 11 月）

顾名思义

彭武彭夷与山

突然得到消息，双休日游武夷山。于是我找了几本武夷山的书翻看起来，这也是我的习惯。看书叫卧游，卧游之后再作实地游，可以避免浮光掠影地看风景。

武夷山为什么叫武夷山呢？

相传古时候，武夷山上住着一位姓彭的老人。那时洪水泛滥成灾，老人就带领乡邻开山治水。到了白发白眉白须的时候，他已是远近闻名的开山始祖了，于是人们尊称他为彭祖。彭祖有两个儿子，一个叫彭武，一个叫彭夷。彭祖活到八百八十岁的时候被玉帝召上天去了，只留下一把斧子、一柄锄头和一弯弓箭，两兄弟不忘父亲重托，他们挖呀挖，挖了三百六十天，挖出了九曲十八弯，治住了咆哮的山洪。他们砍呀砍，砍了七百二十天，砍倒了一丛丛荆棘，开出了一片片良田。他们种呀种，种了一千八百天，种上了岩茶、稻谷和果树。他们又用弓箭射死了猛虎，除掉了恶豹，把捉来的野兔、野鸡、野猪送给乡民饲养。他们把山

6

山水水装点成人间仙境，乡邻们过上了安宁幸福的日子。彭武、彭夷死后，人们就以他们的名字命名此山，称"武夷山"。

人说武夷山是一部阅不尽的大书。我了解到，武夷山有5个国家级旅游品牌：国家重点自然保护区、国家风景名胜区、国家一类航空口岸、国家级重点文物保护单位城村古闽越王城遗址、中国十大名山。

我从书中了解到，武夷山有"碧水丹山"之誉。武夷山属于丹霞地貌，九曲溪一碧如染，溪两岸丹崖林立。又说武夷山有"三三、六六、八九、九九"之景，指的是"三三"九曲溪、"六六"36奇峰、"八九"72洞、"九九"即99岩。可以说，丹山是武夷的铮铮铁骨，碧水是武夷的悠悠心灵。

我从书中了解到，武夷山是世界文化与自然"双遗产"。列入"双遗产"的仅泰山、黄山、峨眉山与武夷山。武夷山保存了世界同纬度带最完整最典型最大面积的中亚热带原生性森林生态系统，武夷山保留有"古闽越"文化和其后的"闽越族"文化，悬崖绝壁上还遗留体现古越人特有葬俗的架壑船棺，朱熹在此著书讲学达五十年，朱子理学在此发祥传播使武夷山成为研究东方文化的重要基地之一，柳永、李商隐、范仲淹、陆游、辛弃疾、徐霞客在此留下诗文词辞，山中可辨认的历代摩崖石刻竟有四百多处。

然而，现实与书本总有差距，我们坐车走了九个小时才到达暮色中的武夷山，车疲人困。真觉得有点冤，这旅游是在旅途中游吗？从浙江经江西到福建，瑞安——温州——丽水——金华

——衢州——上饶——武夷山，转了大半个圈子。第二天又去爬天游峰，相对高度215米，使人望而生畏。然而你不能不爬，一句顺口溜说："不登天游，等于白游。"登山的人太多，从山脚到山顶，如蚂蚁头接屁股在蠕动。石级窄而陡，是峭壁上凿出来的。好不容易登上峰顶，极目眺望，只见千山万壑聚散不同，层峦叠嶂峥嵘各异。仔细辨认，下面就是九曲溪。徐霞客说："其不临溪而能尽九曲之胜，此峰固应第一也。"

从导游口中得知，我们将不游九曲溪。我觉得有点儿遗憾，怎么不游九曲溪？那只得在此居高品味九曲之胜。千山萦回，一流婉转，忽有二三支竹筏顺流而下，似乎见到竹筏上的游客在挥手。武夷山迷人之处就在"不劳攀援之苦，只要躺在竹筏上默读两岸的群山就行"（梁衡《武夷山》）。试想，竹筏沿流动的山水画卷，载着雀跃的游人，时而迎来耸立的峭壁，冲过湍急的险滩；时而折入峡谷，滑向碧澄的深潭；时而歇力平静的水面，细细观赏水下的石头和鱼虾。那武夷之水，"最是那一低头的温柔，不胜凉风的娇羞"。这使人想起宋词婉约派宗师柳永，武夷山人，创作慢词，使词从上层社会返回到市井里巷中，易唱易记，婉约细腻。"凡有井水饮处，即能歌柳词。"武夷山水与柳永词风似乎也有相似之处，曲径通幽，铺叙展衍，缠绵细腻，俗里见骨，都非同凡响。到武夷山且把柳词吟诵："今宵酒醒何处？杨柳岸、晓风残月""衣带渐宽终不悔，为伊消得人憔悴""且恁偎红倚翠，风流事，平生畅。青春都一饷，忍把浮名，换了浅斟低唱"，柳词会使人看到一个婉约的武夷山。

我们去爬一线天。这儿因岩体纵裂一罅，漏入一线天光，故称为一线天。一线天露出三洞，称伏羲洞、风洞、灵岩洞。从伏羲洞进入，见游人多得移不动脚，也不知前路如何，我们几人就从风洞出来了，坐在山坪上闲聊。此处摩崖石刻很多，二曲溪南有"镜台"二字，每字 5 米见方。峰下有"武夷山游记"石刻，约 1800 字。六曲有"逝者如斯"，为朱熹手书。

武夷宫像一条文化街，那武夷岩茶、武夷蛇酒、武夷竹雕的个性都展示出来，于是游兴高涨，只是导游一再催促提醒，走啦走啦，我们几位才依依不舍出街来，连朱熹书院也是几个人自发去匆匆看一眼。不过武夷的茶、蛇、竹、木，还是给我留下深刻印象。武夷岩茶有非同一般的浓香，是涩涩的浓香。武夷多蛇，到处可见蛇品店。武夷多竹与木，竹雕、木雕工艺品很多，旅游车往回开的匆匆之中，我花了一千块钱买下四个树墩，放在书房是绝好的凳子。

第二天去皮筏漂流，同伴们打水仗，个个一身的湿透。大自然赋予人灵感与启迪，身临其境体味其中奥秘，能净化人的灵魂，安定人的心绪，才是旅游之真谛。同去的文化馆能歌善舞的美女，也给旅途增添了不少笑声。

（2005 年 12 月）

黄茅尖及其他

黄茅尖，江浙第一高峰，大名鼎鼎，为什么以"黄茅"名之？

黄茅尖海拔 1929 米，为凤阳山主峰，一路爬上山去，有落叶常绿阔叶混交林、针阔叶混交林、高山矮曲林、山地灌丛等原始森林风貌分布，尽是翠绿树，为何说黄茅，心里思忖。有栈道，导游指示停歇，看绝壁千仞，石骨嶙峋，苍松缘壁而生，也尽是苍翠色。近山顶，我感觉冷丝丝的，而身上已汗黏黏，解开外衣扣子冒出白白的热气，爬得吃力了。到了山顶一看，唯有低矮的灌木与枯黄的茅草了，我豁然明白黄茅尖取名缘由。山高天寒风疾，树长不高，矮矮的伏地。惟茅草倔强丛生，秋来黄了，黄茅一片。后来翻书，书也这么说的。峰巅有一石碑，碑形如剑，尖尖突兀高耸，碑上有书法家姜东舒写的"江浙第一高峰"六字。居高穷尽千里目，望遍江浙唯我尊。可听松涛滚滚，可见云海翻腾，可极目远眺而驰骋无尽的遐想。不畏浮云遮望眼，只缘身在最高层，不禁想起这话。

推而广之，黄茅尖、百山祖、九龙山、上山头、箬寮岘，皆浙南之名山，其起名缘由无不因山的状态形状样子。

一言以蔽之：山如其名。

百山祖，意为百山之祖，名字好大口气。百山祖主峰海拔1857米，为浙江第二高峰。山高谷深，随处可见崖上泉流成瀑，瀑连潭，潭连瀑，水潺潺。一股水入松源溪，折西经庆元县城入闽，入闽江。一股水入小溪，小溪流向景宁，流向青田，流入瓯江。常有云雾缭绕，群山只露出一个个峰。那云雾随风飘移，时而上升，时而下坠，时而回旋，时而舒展。如蛟龙翻滚，如骏马奔驰。一个个村落就在云端，被云宠幸，神幻如梦。人沐浴在云中雾中雨中，睫毛也湿漉漉。书上说这里濒临东海，来自太平洋的暖湿气流长驱直入，遇百山祖高耸的峰峦而循坡升腾，与高山冷空气激烈对流，成云致雨。加上茂盛的植被积蓄水分，径流蒸发与植物蒸腾也提高了空气中的水汽含量。因缘际会，造就云海。人们去看云海，拍摄云海，名字带"云"字的农家乐也红火。

黄茅尖与百山祖一带，群峦叠嶂，峰岭逶迤，大多为海拔一千五百米以上的山峰，众多的高峰形成华东地区极为罕见的高原景象，踮起脚离天不远了。百山祖镇府门前我停步体味，这里海拔1138米，华东地区海拔最高的镇府，与柳市、塘下、鳌江的"镇"不同，这里看不到"镇"的熙熙攘攘，路边有牌子写：草木虫鱼，一体保护。这里有凤阳山—百山祖自然保护区，地史古老，人迹罕至，有完好的原始植被，珍稀动植物像大山的宝贝儿子，最有名的当属百山祖冷杉，两三万年前第四纪冰川时的植物物种，被称为远古世界的活化石，列为世界最濒危的十二种植物之一。有华南虎，世界上最古老的虎种，极度濒危的十大物种之一。

九龙山，六条山涧溪流，溪水湍急，瀑布飞泻，有九个龙潭，因而得名九龙山。属仙霞岭山脉，主峰海拔 1724 米，浙江第四高峰。以水名山，水是山的精灵。水从东西两个方向流入，汇合于一个大水库，再流入钱塘江上游的乌溪江。这里分布着一连串美丽的湖泊和梯级水电站，小水电是非常有名的。有海拔一千五百米以上的山峰二三十座，有九龙山国家级自然保护区，大片原始森林。西边的镇叫黄沙腰，山里边的集镇，山清水秀。东边的镇叫王村口，乌溪江上游的常年口岸，过去凭着丰富的木材资源做好木材生意，有遂昌"小上海"之称。王村口又是红军挺进师根据地，如今是出我意料的闹热，晚上灯光闪烁就像小城市。

上山头，巍峨高峻，比别的山高，取名上山头，也叫最上山，名字也是有点出挑。属洞宫山脉南支，海拔 1689 米，浙江第五高峰。我未爬上山头，只是远远地看。驮尖细尖乃两个大小山头，两峰对峙，百里云烟，云中大漈为省级风景名胜区。有千亩野生杜鹃林，花开成海。万山随地耸，一水拍天浮。有雪花漈，两水汇流猛冲出峡，飞泻百米危崖，似漫天飞雪。有时思寺，千年古寺，为全国重点文物保护单位。八百年前栽植的古柏，苍老雄劲，看去枯了其实未枯呀。一千五百年树龄的柳杉王，七八人才能合抱，半边枯了，半边葱茏，人皆仰视之，我亦流连忘返。

箬寮岘，山里竹箬丛生，箬密且大，人隐其下如入山寮，取了一个山名箬寮岘。相比较而言，这个山名低调多了谦逊多了。属仙霞岭山脉，海拔1502米，为松阳境内第一高峰，不可小觑。一片原始森林神奇荒蛮，常年在云海中。这里最厉害的其实不是"箬"，而是稀有树种亮叶水青冈，有数百株，树龄超三百年，一个自然独特的植被种群。一株亮叶水青冈王，胸径一米多，树冠四五百平方米。有猴头杜鹃林，无畏山陡土薄，斜着生长，如同蛇行，非常强健，排斥别的树种，每年地盘都略有扩大。箬寮一安岱后为省级风景名胜区，东边的镇叫大东坝，有石仓古民居，或许你也去过。北边的镇叫玉岩，松阳高腔发源地，我注意到镇上有普济桥，全国重点文物保护单位，双孔石墩双向伸臂木梁廊桥，明间为明代原物，藻井有"卍"字形斗拱，旧旧的非常耐看。

　　因为山高林深水恶路远，有的地名也以比喻与夸张手法，喻山之高，路之险，田之小，耕之难。

　　十二盘，山有盘旋而上的山道，山上的村叫十二盘。山路十二盘，可见山之高之陡。

　　猫狸擂，村在山上，猫狸到此也会滚下来。猫狸是灵动的野兽，猫狸也失足滚下来，可见山之崎岖。

　　老鼠梯，进村有一条陡峻如梯的山道，老鼠才能上下。

　　山百仰，村在山巅上，入村须仰视才看见，喻山之高之陡。

　　百步峻，山岭高而陡，名百步峻，以岭名村。

　　斗米坳，山坳岭长，雇人挑担过山坳要一斗米的工钱，名斗米坳，村以坳名。

毛田，土质薄瘠称毛田。"毛"，不好的方言音。高山上的贫瘠之地，谋生与创业何其艰难。

从地名里，可以发现先人们敬畏自然、与大自然和谐相处的生活态度。

（2021 年 5 月）

黄沙腰

去黄沙腰，上上下下爬了一天山。

车只剩下半格汽油，问村民说这里没有加油站，吓一跳。

查《遂昌县地名志》：黄沙腰，溪水绕村，黄沙淤积如一腰带而名。一个浙西南山区小镇，地名很"山"很土，引我兴致勃勃，非去不可。

写作瓯地一书，山地，丘陵，盆地，平原，海岸，海岛，多样的地形地貌层次铺展，高低远近，跌宕起伏，.我要找一个典型的镇，一斑窥豹也。以西部的遂昌、松阳、龙泉为目标，翻开地图看了一次次，黄沙腰、王村口、玉岩、住龙，山区的镇一个个，像面纱罩着的美女。

我要选一个很"山"的地方，作判断吧，就去黄沙腰。

仙霞岭分支由西南入境，千米以上山峰比比皆是，九龙山主峰一千七百多米，为浙江第四高峰。到处是山，乱无章法，把人挤到狭小的空间，一个镇七个行政村有六十五个自然村，三五座房子一个村，典型的山头地方。比一比，瓯江下游平原或飞云江下游平原，一个自然村分十个行政村，黄沙腰一个行政村有十个自然村，"村"孰大孰小？听听村名也很"山"，范山、仙人坝、黄沙腰、上定、白粉墙、杨茂源、旺坑、定淤潭、河背、大洞源、小洞源、祝家坞、黄脱坑、岭根，都有山味。分明是山上的地名，背、腰、根，就是山背、山腰、山脚呀，坑、坝、坞、源、潭，就是山里局部地形之形象说法。

地名是地理的反映，与海岛地名一样，山区的地名也很直白，叫什么是什么像什么，我有经验。

高山，村在高山上，村名叫高山。高山不少，叫"高山"的村名不少，遂昌有七个村叫高山，永嘉有六个村叫高山，文成有四个村叫高山。

枫树岗，莲都一个村，太平天国时期，一位外乡富翁经此山岗，埋金银玉器，并栽枫树为记，其后代迁此山岗之下，因名枫树岗。岗，山岗，山坡，小山，同"冈"。带"岗"字的村落地名很多，人在山上住也。

水碓坑，瓯海一个村，村有造纸的水碓，利用水与竹资源造纸，几十间造纸作坊依山而建，土法造纸未有消失。坑，两山间的小山峡，小溪涧。

大岭岘，云和一个村，清嘉庆末年分居迁此建村，村处高山坡，"岘"指高高的山岭。

成炭寮，青田一个村，叶姓先人搬迁此地始居，建炭窑烧木炭谋生，也是很"山"了。

蝴蝶丼，青田一个村，四面环山，村居其中，似一只蝴蝶停歇丼中。丼：山丼，四面环山，中间低洼。

书上说，黄沙腰是当初的区公所所在地，设想中应该是一个车来人往的大地方，非也。有民谣：爬山过岭当棉袄，过河淌河当洗澡，辣椒当油炒，番薯干当蜜枣。听说去遂昌县城先要翻五座大山，爬八条山岭，到一个叫石练的地方再坐汽车还有三十千米，一趟花时两三天。当年自力更生造公路，土法上马测量，自带铺盖用锄头挖土方，自制土炸药炸岩石，就地取材用石头筑涵洞桥梁，咬牙把公路造出山。公路通车了，老百姓说是"第二次解放"。有了沙石公路只是脱贫第一步，公路弯多路陡，雨天泥泞，晴天灰尘。有这样一个故事，26岁的副乡长去相亲，一大早从头到脚打扮一番，新买的衬衫，油光的皮鞋，坐着运粮车到县城一看，黄土灰尘落了一身，衬衫是黄色的，头发是黄色的，对着姑娘尴尬一笑，露出的牙齿是黄色的，相亲就这么黄了。

故事更吸引我非去黄沙腰不可。

去的那天天地苍苍的，像要下雨，又像忍住了。陪我去的学生盯着开车，而我一路看地形地势，体味山地。这里山里套山，山外有山，连绵不断，层峦叠嶂，群居一起。看山顶高耸，山坡陡峭，沟谷幽深，从山里奔流出来的河流落差大，水能资源丰富，也适于开发。车子上山又下山，下山又上山，导航终于说到达目的地了。下车深吸新鲜空气，大喊黄沙腰我来了。转一转，镇区有点小，像一个小"村"。想一想，以前是区公所所在地，应该是一个"镇"。去看李氏祠堂，清同治年间的古建筑，有热心村民找来管钥匙的人，打开了门。与楠溪江祠堂大不同，方正的三进三开间，大红为梁柱底色，雕梁画栋很华丽精致，宽宽的横梁上有人物工笔画，少见。去看李氏大屋，也是省级文保单位，西大屋东大屋两座大屋毗连，看马头墙就知大概，官家府邸。西屋五进五开间，东屋三进五开间，石子拼花天井，石库大门。清道光年间建造，徽派建筑，历时几十年建成。黄沙腰受制于山，也仰赖于山。山林茂密，名木繁多。九山半水半分田，种什么？番薯。问村人，一位与我同龄的农民，红扑扑的脸看上去比我壮健多了，说先前他一年收番薯八十担，最多的一家年收番薯一百二十担，一担一百五六十斤，乘起来有多少？吃番薯长大的我也是闻所未闻。这么多番薯晒成番薯丝，要花多少劳力？他说，海拔八百米以上的梯田土薄水冷，水稻难孕穗，多瘪谷。后来种起了杂交稻，产量就高多了。我从网上已经看到，黄沙腰烤薯，在农博会上获了奖，有烤薯专业合作社网售烤薯，电商进农家了。一问，也就是番薯枣，这东西我熟。有豌豆、四季豆、茄子、白菜、芥菜，高山蔬菜，吃了现炒的高山蔬菜，冬天霜打过的，你才会知道青菜竟"比肉还好吃"。一片片茶园在山坡上，在溪流边，在房前屋后，笼罩在云雾中，云雾茶品质自然好。有雨雾梨，长在雨丝云雾中，皮薄肉细，酥脆爽口，汁多渣少。再进山去，九龙山原始森林中古木参天，浓荫蔽日，为国家级自然保护区，享有"生物基因库"的美称。常绿阔叶林，常绿的叶子宽阔的树林，亚热带海洋性气候条件下的森林，树种繁多，终年常绿，林相整齐，林冠呈微波状起伏。整个群落全年均为营养生长，夏季更为旺盛。就因为很"山"，空气清新，溪水清甜，舒适宜人。夏日不用吹空调，晚上还要盖被子。这里生活低成本低能耗，也很幸福。有了农家乐，有了农业生态旅游，你去黄沙腰可尝农家菜，可登山，可戏水，可钓鱼，可摘果，可看景，有一种回归自然的感觉。

半路看到前方半山腰有一个村子，黄泥墙，小青瓦，错落有致，非常漂亮，赶紧停车拍照。遇到一个水库，有吃特色鱼头的店，赶紧停车吃鱼头，喝点烧酒。找到加油站天已黑了，赶紧停车加油，人也歇会儿。

尽量放松吧，还是觉得山高路远，黄沙腰啊。

（2021 年 6 月）

岩坦岩头沙头

常有人问：你们永嘉有岩坦、岩头、沙头，为什么？我答不上。

我想，岩坦、岩头、沙头是楠溪江三地名，大若岩、狮子岩、石桅岩是楠溪江三大景，都是石头，有意思。

有时想，应该先是山上的一个大石头，巍巍然。山上的大石头温州话叫"岩坦"，"岩坦"很大很高很光溜溜不长树。"岩坦"随滔滔山洪沿楠溪江滚到岩头，水击浪打，轰然作响，大石头已成了小块的"岩头"，就是铺路砌墙的石头。"岩头"再随滔滔山洪沿楠溪江冲到沙头滩，摸爬滚打，大浪淘沙，石头已成沙子，这个楠溪江的埠头就叫"沙头"。

上面说的山上的岩坦滚到岩头冲到沙头只是戏说，那是双关、借代、比拟、象征、联想的，地名就是如此地有意思。

后来我查《永嘉县地名志》知道：岩坦以宗祠前有一片平坦岩石得名。岩头因地处芙蓉三岩之首，故名岩头。沙头处潮水上溯之终点，下泄的江水遇潮水顶托，沉积成大片沙石滩头，就叫沙头。

岩坦去过几次都很匆忙，溪涧汇流，墙坎高高的，蛮石原木造的屋之旁有树有竹。去过屿北，有石板桥，有司马祠，有寨墙和护寨河，寨墙上隔一段就有一个枪眼，寨门上横一石板。

岩头最熟悉，我在岩头读书，小港埠、小港溪头、双浚头都去过，有金氏大宗祠，宗祠前有进士牌楼，有贞节牌坊。村里在元延祐年间设计的一个水利设施，溪水从双浚头引过来，中间有大小涵洞调节用水量。小涵洞的水用来灌溉粮田，大涵洞的水流到村里，沿途设水碓磨麦碾米。两条浚水流过房前屋后，最后注入丽水湖。一条繁华的丽水街沿湖而建，有丽水桥，有戏台、书院、寺庙和接官亭。当年我总觉得岩头同学见多识广，连女同学都个个干练。

沙头是一个埠头，一弯溪水清清可见沙石，有舴艋舟停着，有一大片滩林。南宋进士潘希白《入楠溪》："沙头落月照篷低，杜宇谁家树底啼。舟子不知人未起，载将残梦上楠溪。"

因为多石，不少地名与石有关：岩坦、岩头、沙头、石柱、石匣、泰石、渭石、岩门、白岩、石坑、石陈、沙埠，都有出处有故事。举例，石柱村，村南隔江山上有石似石柱。石匣，村在一条青石峡谷中，得名石峡，"峡""匣"同音，习写石匣。岩门村，有龙凤两峰对峙，壁立似门。白岩村有岩石白色。石坑村的溪坑里多石头。石陈村因古时有陈姓居此乱石溪边。沙埠村山塌水阻，沙石淤积成埠头，就叫沙埠。

石头是山水的骨子。南北朝诗人谢灵运当过永嘉太守，他的诗《从斤竹涧越岭溪行》有这么几句："猿鸣诚知曙，谷幽光未显。岩下云方合，花上露犹泫。逶迤傍隈隩，迢递陟陉岘。过涧既厉急，登栈亦陵缅。"胡念望《徒步楠溪源》说，走过一条岩坦绛，站在一个大石坪上，"溪涧内水流潺潺，斗石错立，色彩斑斓，时有一泓深潭。两岸岩石壁立，古树苍劲，箬竹丛生，草木繁茂。"三百里楠溪江从此伊始，岩坦——岩头——沙头，有节奏，有层次，有变化，一路下来呈现不同风格的景致。

源头，人迹罕至的原始森林，洪荒未辟，古木苍苍。有仙人桥、青龙湖、天柱岩，听名字似乎都是神仙住的地方。不过四海山确实是清幽世界，夏天晚上睡觉要盖棉被。有林坑、上坳、岩龙、佳溪、黄南、山早等村落，小时候听大人作叹息状，总是说"皇天三宝，黄南山早"。陈志华在《楠溪江上游古村落》说："那些聚落，挂在山坡上，谷底流淌着清澈透明的溪水，哗哗地响。轻巧的木屋，错错落落地层层叠在一起，看上去就不是一幢幢的了，好像是一片仙山楼阁。"

往下，岩头一带天地就开阔了，一眼之地的滩林，江中有狮子岩，一个小岛屿像狮子，不远处还有小岛像狮子球滚动。狮子岩几乎成了楠溪江景区的代名词，少不了坐竹排漂流。有芙蓉、岩头、苍坡、蓬溪、枫林、花坦等古村落，人来车往是大地方了。

至中游，大小楠溪汇流，滩林特别幽静，船帆停埠歇息，啃啃麦饼充饥。有书《楠溪舴艋舟》里录有一首船歌，从沙头唱到岩坦："沙头横过渔田滩，稠树上角三角岩。路经小渡潭坳过，九丈溪滩牛市坦。石打栏杆岭下湾，石柱门前石柱岩。仙人脚迹马家滩，烘头地方三村排。西岸地方粉干担，箬溪门前狮子岩。公鸡岩，马蹄岩，张大屋，长路廊。十八金带出芙蓉，岩头河绛长又长。下美出个李云祥，路走苍坡呑底过，火烤岩门是铁坑，上宅园渡船当路行。溪口溪门搭起溪，大舟垟，小舟垟，岩坦路廊好乘凉。路过屿北坳头过，对面岩门是闪坑。"

如今沙头街停车买个麦饼，总问菜干的菜咸的。菜干就是梅菜干，菜咸就是咸菜，不少楠溪话往往反过来说。

从岩坦岩头沙头一路下来，便有不同的感受。有人说过岩头是花旦，有大家闺秀风范。假设如此作比喻，岩坦则是净，大大的动作很果敢，率真，呼叫出场。我的岩坦同学就有口头语，你母你母竟是语言前缀，并非骂人。沙头则是老生，有文戏，有武戏，潮起潮落，宠辱不惊。

楠溪水是清清的柔柔的，而楠溪人被认为岩石般很硬朗直率，当年系起柴刀背起扁担，就是一支红军队伍。也牛角挂书，也设坛打拳。

（2012 年 6 月）

井之圣，山之圣

《瑞安市地名志》：圣井殿内有一口古井，清泉甘洌，水无盈涸，誉为圣井。山以井得名，许峰山因而称圣井山。

"圣"者，便被称颂与崇拜，圣人、圣哲、圣洁、圣地、圣手，无不如此，井圣山圣之圣井山，令人神往之地。那年瑞安参评"中国地名文化遗产——千年古县"，几位联合国地名专家组中国分部的专家来瑞安考察，他们对我说要去圣井山采风。那天天气好，煦阳之下，山水明亮，车随山势而上，半山腰竹丛树荫中可见屋檐一角，我确信竹丛树荫的后面是世外桃源。

圣井山之名，我最早是听外婆说的，她民国年代去圣井山求签，一个缠过足的小脚女人，就凭三寸金莲走到圣井山，十几铺路。过飞云江，舢板船晃得厉害，外婆一脚踩空了，险些掉进江里。今天我无须坐舢板船走外婆走过的圣井山岭，很快车子已直达山坪。从山坪到山顶的石级不陡不缓，半途有亭子歇脚，好让凉爽的风吹吹，使地名专家体验一下九月的温州之夏，仍有湿润清爽的快感。

圣井石殿其实不大，蹲在山坳里。可是石殿是一绝：构件三千多，梁、柱、檩、橼、斗拱、山墙、瓦面，件件都是石头的。除门是木制外，不见寸木寸钉。供桌、坐凳、佛像、香炉也是石头的，粗犷、古朴、简洁。这石构建筑群已列入国家重点文物保护单位名录，地名专家却急着要看"圣井"。井在供桌之下，说"井"其实只是个"凼"。三五游人在舀水装桶带走，说圣井水是喝"好"的。喝"好"是温州方言，有驱疫防病、益于身心的意思。井很奇异，经年不溢不涸。有人说水从地心涌出，是"海眼"，无论舀了多少，水位就是不变。打上一勺喝，果然冰凉顺口甘洌舒爽，无愧是圣井。

山因井而"圣"，约定俗成叫圣井山，原来的山名许峰山却不常提及了。

上网查，莱芜也有"圣井"，旱了只能一点点舀，但第二天醒来，水就往水井外溢了。老百姓都感叹："这不是圣井嘛？怎么打也打不干。"又查到，邯郸也有"圣井"，井水常年清澈如镜，涝不溢，旱不枯，故名圣井。如此说来，叫圣井的都是不溢不涸的"圣"井。

地名专家向我要了一份关于圣井山的资料，细读起来。在圣井山修炼的道士叫许逊，东晋初年出任过旌阳令，因感晋室纷乱，弃官周游江湖，在圣井山炼丹修道。其后一千多年了被宋徽宗封为神功奇妙济真君，世称许真君，圣井山石殿便是许真君祠。石牌坊上刻"圣井""通济灵坛",款"明万历庚子岁吉日住持僧法静募造",石山门上刻"许府圣庙""圣井",款"大清光绪二十八年冬重建"。柱和梁特别肥壮,雕饰丰满流畅,看去浑厚古朴。听专家评价:很生动,有明代风格。

听说圣井山求雨很灵验。《许峰龙井祷雨感应记》石碑,是"石"版的农业气象书,记录南宋以来本地旱情及求雨的。传统农业有赖风调雨顺,然而雨并未适时而降,多则为涝,少则为旱。雨水是农民的命,农耕社会对水的过分倚重而有了水崇拜。水崇拜对道教的影响尤为深刻,道教不少神仙都直接来源于水神。水神司雨水的功能转换为道士的呼风唤雨,就有了圣井山祈雨求丰年。邯郸的圣井更绝,连皇帝求雨都认这儿:清同治六年京城大旱,皇帝和大臣们都想不出什么好办法,这时有人说邯郸九龙圣母殿中有一个圣井,人们求雨都从圣井里面请出铁牌,如果应验,还牌时重新铸一块一并还回来。于是皇帝派礼部尚书到邯郸圣井请牌求雨,结果真的应验了,皇帝便命令铸金牌一面送到圣井去。——圣井大约就是这样被神圣,圣上都这么认了。

圣井山求签求梦也被传得很玄乎,说梦见松树上结桃子的女人,求梦回来果真怀孕生子,生个儿子叫松桃,就住下水碓,圣井求梦得来的。母亲对我说过这事,她是听外婆说的。

又有传说,清乾隆探花孙希旦之父圣井求梦,有神抚其背而呕心肝于洛阳纸上。其母乃悟:洛阳纸贵,纸与子谐音,说吾子是贵人也。于是决意教子读书,后来心想事成孙希旦果真登科及第。

更玄乎的是温州张阁老的传说，说张阁老未出仕时到圣井山求梦，梦见一只眼睛被人挖出钉在木柱上。后来他做了明朝内阁首辅，行丞相事，想起当年圣井山的梦，就带一班兵去拆圣井殿。到半岭堂，遇一白发银须的老人问他何干，张阁老就把当年的梦说了一遍。老者听了仰头笑道：阁老啊，这梦怎是不祥之兆？眼目的"目"和树木的"木"合在一起，正是你当宰相的"相"字嘛！张阁老猛醒，欲下跪道谢，老者却不见了。

奇情异趣更在十二间厢房。阳光没射进来，有点湿有点阴，求梦专用的石床清寂冰凉很衰老。遥想当年张阁老睡在某一张石床上，满腹心事化为梦，留下了一个"木""目"成"相"的传说，像一则灯谜演绎的名人传奇故事。虽然时过境迁，而一则传说的社会效应依然挥之难去。当天也有人求签有人求梦，我也不好意思探个究竟，信与不信都是自由。张阁老觉得圣井求梦灵验，才造了石牌坊，造了石马栏，把皇帝赐的河鱼末木轿架也赠送给了圣井山，算是感激圣明。

"圣井三条岭，条条通天顶。"三条通往圣井山的山岭上原来都有石牌坊，不知哪座是张阁老所建。

地名专家说，山之出名，往往与历史、宗教、名人有关。所谓"山不在高，有仙则名"，这"仙"就是文化底蕴。

（2011 年 3 月）

花岩的一阕柔美一阕豪放

《瑞安市地名志》载：花岩，因有不少奇峰怪石，瀑潭诸胜，风光秀丽，遥望犹如花朵之美，故名。

花岩是一个国家森林公园的名字，"花"是柔的，"岩"是硬的，一个有诗般意象的地名，有美丽的字形和悦耳的发音。我去花岩一半出于名字的吸引，一半是出于资料的指引。当时报来的资料我都看了，其中有老诗人说："满山有意栽芳草。潭水藏龙九天啸。世上浮尘斯处少。峰回路转，飞丹流翠，争看群猴闹。"（吴军《花岩行》）老县委书记说："世人皆道桂林好，未识琼楼在此间。"（张桂生《春日游花岩》）去花岩是一种文人的下意识。

花岩把我引向茂密的森林和碧绿的深潭，水流侵蚀和岩石风化造成了山峻坡陡与壁峭崖悬，有了奇石危岩，有了高树长藤，有了碧潭飞瀑，是省级名胜风景区，入口也漂亮了。

花岩以潭出名。九龙溪自海拔一千多米的五云山巅汇涓纳流，急泻而下，潭瀑联生。我们就一潭一潭往上爬：一潭古钟潭，二潭龙井潭，三潭飞龙潭，四潭铜镜潭，五潭玉瓶潭，六潭洗心潭，七潭琵琶潭，八潭溅玉潭，九潭九龙潭。潭以石为底，清澈碧绿。潭右有清咸丰九年（1859）立的《花岩龙潭记》石碑，记述北宋冯正觉为民求雨跃入潭中而被奉为龙潭主的事，碑文清晰可辨。花岩因此也叫"九潭"，花岩的委婉含蓄、细腻柔情大概就在此。

水柔潭碧，草肥花艳，花岩像极了江南小镇的姑娘，杨梅节上手提一篮杨梅，浅浅的笑意却那么婀娜多姿地风情万种。有一个传说，说从前山里的茅棚里住着一个青年人叫黑郎，打柴为生，与白姑娘相爱，是一个爱情故事。花岩有两个像人与人面对面的石头，导游说是黑郎与白姑娘的情意绵绵，很是诗情画意。

飞瀑溅诗，清溪流韵，不少人写诗推介花岩："尤喜靓容迎墨客，风光更上一层楼。"（吴正平《寨寮溪笔会喜赋》）"五云山上春雷动，今日岩花次第开。"（高圻祥《游花岩风景区》）"无烟主意谁先出，都说县委书记张。"（林白《游花岩风景区即兴》）巧在老县委书记自己也写诗，我想花岩的出名，和诗词只能是分不开了。陶陶然吟诗，又一边看风景，诗心与花岩的风神融汇，做山水的知己。我想起词的豪放和婉约，婉约如柳永的"今宵酒醒何处？杨柳岸晓风残月"，李清照的"莫道不消魂，帘卷西风，人比黄花瘦"。婉约词如千娇百媚的女子，无一不具有阴柔之美。花岩是婉约的，山风软软吹来，碧绿的潭水也悠悠地晃。

观赏草木花鸟是一种浅斟低唱一般的闲适与自在。花岩植被好，有自然分布的珍稀濒危植物乐东拟单性木兰、沉水樟、红豆树、银钟花，有一定药用价值的金银花、夏枯草、钩藤，有食用的野生果子，野生猕猴桃营养丰富，只是酸得不得了。山楂多着，吃了开胃，茅草蓬下的好吃。漫步林间，时而可见松鼠从树梢掠过，猕猴在悬崖峭壁上嬉戏，还有岩羊、猫头鹰、黄腹角雉，林子里动物多了就有生机与灵气。

峰峦叠嶂，挂云锁雾。去花岩游览就要拿出力气攀登，把山岭踩在脚下。爬到"三潭"已是好汉，站在山上大喊一声山就回应，大有一种洒脱豪迈的感觉，山与人都大气磅礴起来。

如花之岩是大石头堆叠起来的。有石头叫"龙王椅"，传说是东海龙王送给王母娘娘的金交椅，往天上搬运中通过花岩九龙潭时，风雨大作，雷电交加，飞沙走石，山洪暴发，金交椅就留下来了。有石头叫"石猴出世"，传说是石猴出世时，一个巨岩轰然中开，裂成两半。

花岩有峡谷，传说中腾蛟谷是鲤鱼腾跃时留下的，雨横风狂，轰然一跃便有一"谷"。涧水从红色岩石上冲过，奔腾似蛟龙戏水。涧水冲出一个个坑洼，有一个坑洼像水流不歇的石"浴盆"，猜想如果赤条条躺到石"浴盆"中沐浴，身上有鱼虾游过溜溜地痒，别有野趣。

花岩之五云山，说是唐僖宗时高僧令瓒结茅于此，一日有真人乘五彩祥云而来，赐名五云山。五云山头在炎夏的深夜要盖棉被御凉，你不相信吗？寒冬有南方少见的雾凇奇观，非勇者所不能见。山顶一块平地，是红军校场遗址。红军时期农民拿起枪甚至柴刀扁担，头颅叫六斤四，掉了就掉了。金戈铁马，天塌下来就箬笠那样大。这一带是革命老区，小小的茅屋里曾推出雄图大略。

四月二十三日与文友游花岩，那是个性坦率、不拘细节、洒脱豪迈、始终乐观向上的心态的花岩。

我又想到了词的豪放，就如辛弃疾"想当年，金戈铁马，气吞万里如虎"，苏轼"大江东去，浪淘尽，千古风流人物"，那么悲壮沉郁，那么慷慨激昂。花岩也是。

有赖改革开放盛世，风云为之壮色，溪水也能滔滔——花岩也强大了，花岩旅游名贯四方。

我说，花岩有豪放词的阳刚之气，也有婉约词的阴柔之美。婉约则委婉含蓄，缠绵悱恻。豪放则洒脱自然，气势恢宏。而豪放与婉约也可兼而得之，花岩的一阕柔美一阕豪放，自然转换，曲折有致，使山水间有柳永的"轻薄"，有苏轼的豪朴，柔与刚互补是辩证的统一。

（2011 年 5 月）

大若岩：白云深处　泉水声中

　　邀同事到大若岩游玩，就有人问：大若岩的"若"字是哪个"若"？

　　这一问竟问出学问来。大若岩在楠溪江，楠溪江的人总把大若岩说成"大英岩"或者"大箬岩"，这"英""箬"的音与形，和"若"字有点像，真是巧了。

　　难以揣度的就去翻书，有《大若岩记》说大若岩的"若"字是个古文字（古"若"字，电脑打不出来：上面是三个"山"字，山峰叠山峰。下面是一个"月"字，"月"字的左右两边分别是"水"字的左右两边，是水中之月。）假设有穿长衫戴墨镜的拆字先生，这古"若"字可拆为"日月山水"四字。《大若岩记》是宋代进士林一龙写的，林一龙是大若岩人，晚年就在大若岩老家游山玩水。一个长于古文辞的老先生，徜徉林泉，抬头就见大若岩，思忖着古文"若"字的上面都是"山"字，"凡字谱中字从山者，皆山之貌像名称也"，觉得大若岩的名字源于山之貌像古文"若"字，以今之"若"字去推测当初为什么叫大若岩就不对了。

从筻潭口顺着溪流走近大若岩，你就渐渐地觉得这里的山与众不同。这里的山就是一个个"岩"，都是叠着的，黝黑。迎面三个"岩"似田螺，口朝下。大者叫陶公洞，道教称天下第十二福地，因陶弘景曾在此隐居过而得名陶公洞，流传着陶弘景写的一首诗，和流传在瑞安陶山的一字不差："山中无所有，岭上多白云。只堪自怡悦，不可持赠君。"陶山也有一条白云岭，我也去过，两地都给陶弘景一种荣耀与认同，一样地有陶弘景治病救人的传讲，一样地寻觅山水间的痕迹使旅游观光的文化味道浓了不少。

不少人到大若岩为烧香拜佛，拜的胡公爷就是胡则，一个百姓崇拜的清官，永康人。毛泽东一次问永康县委书记，永康什么最出名，书记脱出而口：五指岩生姜很有名，毛泽东摇了摇头说："你们永康方岩山上有个胡公大帝，香火长年不衰，最是出名的了。其实胡公不是佛，也不是神，而是人。他是北宋时期一名清官，他为人民办了很多好事，人民纪念他罢了。为官一任，造福一方，很重要啊。"

中国的庙宇大都建在名山秀水，大若岩也是。八九月的大若岩烧香拜佛的人很多，不少人就是以游山玩水的方式与神祇亲近，匆匆忙忙的点香烛与求签诗也都是旅游中的一个动作。大若岩以一种适于生存的自然生态和包容品格去设定一种旅游模式，为人们的心灵放了个假。神祇是向导，相信了它，旅途上的心就释然了。即便我是无神论者，对大千世界里种种神秘还是充满好奇和敬畏，少年时我妈就说过不可不信不可全信，信了也是一种对正义和道德的信赖，叫你去做好人。

有山叠山，也有山挤山。大若岩的十二个巉岩并列着相挤着，就叫十二峰：犀角、童子、天柱、香炉、石笋、宝冠、石碑、展旗、莲花、横琴、卓笔、仙掌。去十二峰要走几里山路，走走路流流汗洗洗脸，对山崖吼几声，心又会放松了不少。离陶公洞四五里的石门台景区有九漈，漈即瀑，水声哗哗中有几声清脆的鸟鸣，人会融入山水中。想当年永嘉太守谢灵运穿一双木屐登山，上山去其前齿，下山去其后齿，是非常科学的发明，他肯定很得意很满足，官场的事忘了，心情很好。谢灵运写的《石室山》有这么几句："清旦索幽异，放舟越坰郊。莓莓兰渚急，藐藐苔岭高。石室冠林陬，飞泉发山椒。"谢灵运的木屐蹬出了一行行中国山水诗的华丽，使山水耐看耐读。

乡人测过，陶公洞高 17 丈，阔 23 丈，深 24 丈，一座座楼阁建在洞中也是绰绰有余。炎炎夏天一进洞，汗就收了。我读高中暑假途经陶公洞总是进去凉快凉快，记得一次竟在石阶上睡着了，十几岁的少年翻过芙蓉岭走了几十里山路太累了。洞里云雾缭绕，伸手可捞到身边浮动的云丝。洞口的滴水如珠玑，阳光射过来见虹霓悬挂起来。昨天翻书翻到陈素农《回忆录》写大若岩的片段，算来已是五六十年前的事很有参考价值，赶忙录下来存入文件夹，他说大若岩"岩洞天成，幽邃高旷，内有胡公殿，并僧舍客房数十间，前有小溪，隔溪有石山如屏立，遥障洞口，每年农历重九前后，温郡信徒，手提特制香灯笼，溯瓯江，循楠溪，翻山越岭，步行数十里，特来朝拜的人，络绎不绝。洞府清凉，适于避暑，记得在师范读书时，暑假与好友潘惠泉相偕住此，攻读《左传春秋》"。陈素农是白泉村人，黄埔军校第三期毕业，历任陆军第十军军长、第九十七军军长，1975 年在台湾写回忆录忆想起老家的事如同走在乡路上，忘不了白云深处，泉水声中。

有登仙石，有一线天，有摸银洞，有流米洞，有赤水井，有老僧岩，清人写了一诗："一年两到洞天游，暑往寒来为小留。与佛有缘常见面，登仙无路早回头。天开一线容云出，壁立千仞让水流。惹得老僧拍手笑，笑予仆仆几时休。"

随意找个石头坐下来，泉水就会叮叮叮地流过来。望对面的青山一语不发，也可以去除一点烦恼，舒一口气。溪边有一片片板栗，一片片包罗粟，是当地特产可以尝鲜。溪岸有一株株柳树，柳枝垂挂潭之上。闲了就随手捡个鹅卵石扔到潭里咚的一声，心里就会荡漾开一种叫开心的感觉。

我向欲游大若岩的瑞安同事交代：离大若岩四五里的崖下库景区有巨崖壁立，造了游览栈道而我还没机会登上栈道去，你一定要去。离陶公洞五六里的藤溪一潭接一潭，有五个壶穴连成一串，藏在深山中。离陶公洞两三里有百丈瀑也是好风景，埭头古村我也去过，太美了，老房子也很有看头。大若岩镇的人说，请你到大若岩嬉一嬉，给你的心灵放个假吧。

（2013 年 2 月）

尝闻陶隐居

陶山之名，出于一个叫陶弘景的人曾隐居于此。清嘉庆《瑞安县志》"陶山"条载："梁陶弘景隐此，相传为天下第七福地，丹室在焉。"

传说中的陶弘景确有其人。陶弘景（456—536），字通明，著名的道教思想家、医家，南朝人，出身官宦世家，幼年学孔孟之道，十七岁学问就很出名了。在动乱的南北朝时期，他只做了个六品文官，很不得志，便辞官退隐茅山，后来去大若岩隐于陶公洞，又去了陶山隐居下来。他写的《真诰》是道教上清派的教义和历史，他写的《本草经集注》是一部药典。

宋林石《登福泉山》中有"尝闻陶隐居，经行到兹地"，陶弘景的传说是一本无形的历史书，把陶山的民间史话、风土人情流传了下来。

陶山人都这么传讲，陶弘景深得梁武帝器重，但屡请不出。梁武帝碰到什么军国大事，每每向他咨询，因此称"山中宰相"。

有一次诏书中问他：山中到底有什么恋住你？陶弘景回了一首诗："山中无所有，岭上多白云。只堪自怡悦，不可持赠君。"就因这诗，福泉山附近几个地方就叫白云乡。

陶山人都这么传讲，说陶弘景隐居在福泉山中，梁武帝派一名将军带几个士兵到福泉山请陶弘景回朝。将军最终没有把陶公请出山，当他下山到山脚才发现，留在山脚的士兵一个也不见了。一打听，才知道他上山才一日，世上已过了一百多年，那些士兵的子子孙孙传了好几代，旺成两个村庄了。将军觉得有负帝王之托，长叹一声跳入深潭，这个潭就叫"将军潭"。

陶山一带，也一直流传着陶弘景采药行医的故事，其中有一个《药齐坑和药齐顶》，说一个又闷又热的夏天正午，陶弘景背着药篓上山采药，见一个挑柴担的后生，满身大汗，刚歇下柴担，就跳入溪潭凉水里游泳。陶弘景连忙说水太冰，快上来。后生说没关系，请放心。后生游够了，才上岸挑起柴走了。陶弘景想，这人回去定会生大病，不出七七四十九天必定会死。过了四十九天，陶弘景到了后生的家，见他正在屋前用斧头劈柴，健壮有力。陶弘景想，这样的人不吃药都没有病，别人的小病小痛还用得着我治吗？他随手把篓里的草药往山上抛去，抛掉的草药后来长满整个山头，大家就把这个村庄叫做"药齐坑"，山顶就叫"药齐顶"，直到如今。

其实中国五千年的文明史，除了有文字记载的，还有存在于老百姓口耳相传的"无形"文化之中。其中有传说，比如天坛传说、老子传说、禅宗祖师传说、布袋和尚传说、王羲之传说、李时珍传说、蔡伦造纸传说、牡丹传说、黄鹤楼传说，特定人物、特定事件、特定地点的属性使得传说蕴含了独特的地域风采，陶山传说把陶山的事儿说得有板有眼而且韵味悠长。

传说有一年陶山一带闹瘟疫，染者十有八九，陶弘景把草药仙丹研成粉末，放在山泉水中流下。百姓喝了山泉水后，瘟疫便止住了。百姓感恩不尽，把那溪流叫做"福泉"，原来的"福全山"便改叫"福泉山"了。

传说每天陶弘景凌晨起床，到一个巨崖上练功，吸自然之灵气，聚天地之精华。一个传说和一个巨崖就这样连在一起，这就是炼丹崖。福泉寺前面一片平地，稀拉拉有几株菜，我看看也很普通，陶山人说陶弘景曾在此种白谷，故名种玉畦。

可信性是传说最大的魅力。陶山人说，很早以前龟岩山前面有一口龙井，井中住一条小白龙，会行云降雨。一年，小白龙躺在井底睡懒觉，一连三四个月不去降雨，稻都枯了。老百姓决定教训它，把铁钉烧红倒入井中。小白龙逃出龙井，化作白面书生去寻陶弘景医治。小白龙治好了伤，拿来龙宫宝贝感谢陶弘景，陶弘景说："我医病是为了赚钱吗？我是为了替老百姓解除疾病痛苦。"小白龙说："今后我也要替老百姓做好事。"说着，摸出一颗水晶白玉章，说以后天大旱就用这章在陶山八卦桥边岩石上一盖，会马上下雨。盖一盖，下三分雨。盖二盖，下六分雨。盖三盖，下九分雨。从此，陶弘景为老百姓及时求雨，这一带年年风调雨顺，五谷丰登。人们说，头梳脑背仍有龙拜潭，八角井桥边还留有印章岩的遗迹，不信你去看。

"陶山甘蔗喷恁松，娄渡萝卜红彤彤。"陶山甘蔗为什么又甜又松？也有传说，说很早以前陶山甘蔗跟别地一样，味道很甜，只是太硬。有一次，地方上有一个老人病得很重，被陶弘景医好了。为了感谢救命之恩，他的两个儿子就去蔗园里割了几株甘蔗送给陶弘景吃。陶弘景说甘蔗味道真甜，可惜太硬了。他取出两粒金丹，说把这丹溶在四桶水中，把水浇在两亩甘蔗园里试试看。兄弟俩照做了，结果甘蔗松脆，味道又甜。两兄弟把这些甘蔗都留下做种，后来陶山一带全都种上了又甜又松的甘蔗。

一个地方因人物传说而更添历史文化厚度，使得山水名胜多了一层文化包装。陶山寺是陶弘景结庐隐居的地方，几度兴衰，几度修建，有一名联："六朝霸业成逝水，千古名山犹姓陶。"有南宋建的八卦桥，传是张声道捐造，主墩的两侧设副墩，避免山洪暴发时水流直接冲击桥墩，这叫古人的智慧。

陶山是一个传说，从老街的石子路上走过，会踢出一个故事。然而传说和现实的陶山都很爽朗，犹有一种奋发有为的力量。我就去过八卦桥数次，桥还是巍然屹立着南宋的风采，不容否定。前年编《千年瑞安》又去了，觉得陶山街横横竖竖，纷繁复杂，去八卦桥也走错了路。

（2011 年 6 月）

太姥之嵯峨

游太姥山是在一九九八年十二月，与一队青年同事一起去的。

初听太姥山的"姥"字读 mǔ 不读 lǎo，是年老妇女的意思，猜想会有一个地名的典故，于是便去翻书。书上说，太姥山原名才山，相传早在黄帝时就有术士容成子在此炼过丹，现尚留炼丹井遗址。尧帝时，山下才堡村有一老妪避乱上山，以种兰为业。她出身贫苦，怜苦济贫，乐善好施，在山上培育出叫"绿雪芽"的茶。有一年山下村中麻疹流行，村民苦无良药治病，老妪就以绿雪芽茶叶治好不少病孩，村民感激她，尊称为"太母娘娘"，死后葬于此山，并改山名为"太母山"。至汉代，大臣东方朔奉汉武帝命敕封天下名山，有一日他行至太母山，见此山"山增海阔，海添山雄，山海相成，浑然一体，实乃生平所首见耳"，于是回京后奏明汉武帝，封为全国三十六名山之首，并改太母山为"太姥山"。

去太姥山不到一百公里，车子出了浙南与闽东的分水关，就是福鼎了。同行的个个兴致勃勃，导游说到太姥山难得碰上这样的晴好日子。急切之中先到海滨沙滩游玩一番，浪平沙静，岸树婆娑。其周围礁石有潮音洞、一线天，觉得很眼熟。太姥山称"海上仙都"，山与海组成"山海大观"，游"海"也是不可省略的。然而"山"更有神秘与魅力，来之前就知道嵯峨太姥山是大自然的杰作。一亿六千万年前，沉睡的大地动弹了一下手脚，西太平洋南中国海的一方海域，忽然海啸地裂，电奔雷震。大自然的伟力把大海中孕育与冶炼亿万年的一大堆岩石，驱赶到闽东海岸上，然后略施小技，雕琢磨洗，堆砌组合，就成了太姥山。游过太姥山的人都说好，使得大家心驰神往。车在蜿蜒的山路上走，峰回路转，长长的路，急急的心，太姥却偏偏不露面，更撩拨人心。然而此时一个急转弯，车停在太姥山庄，听得一声大家看呀，见太姥山突然展现眼前，真叫人惊喜：壮哉美哉！

按地质专业的话说，太姥岩石为粗粒花岗岩，属燕山晚期，地质史中生代白垩纪的产物，距今约九千万年至一亿年。由于地壳的变动，海洋上升，东西南北与近水平三组互相垂直的向节理发育，形成一条条纵横交错的峭壁、山峰、山洞。又经千百万年的风雨剥蚀，流水冲刷，就慢慢地形成奇峰和怪石。

太姥满山岗巨岩都紫黑色，或立、或卧、或倚、或叠，天然，奇特，圆滑，灵秀，这是太姥山的第一印象。登山途中，有时是石级叠接，有时是小径迂回，有时是沙石行滑，把青年同事折磨得气吁吁的。云横断壁千层险，行走在悬崖峭壁上，下临万丈深谷，恍如在半空行走，心怦怦然。山非登攀无法解得其中味，我明白登山就是这般情景，气最急脚最软的时节咬咬牙过去了，也就不难了。

有说有笑地到了近山顶，四顾太姥山乃奇石之林，我在奇石丛中。"太姥无俗石，个个似神工。随人意所识，万象在胸中。"前人这首五绝为太姥石头作了诠释。石头是巨型的抽象艺术，有一个个名字，如罗汉赶斋、玉兔听涛、蹲猴观海、金鸡报晓，一经导游点破，石头好像瞬间生机勃勃地活脱起来。不但形似，而且神似。不单有可以感触的物象，还有可以意会的情绪，使人叫绝。九鲤朝天岩如九条大鲤从水中跃向天空，活蹦乱跳，这是太姥山最大的一组石景。流云飞过，萦绕游人左右，山峦峰岱或隐或现，飘然若仙。山上多奇花异树，如空谷兰、云雾草、感触树、相思林、五色杜鹃、绿雪芽茶等。太姥山下，波涛万千，海天一色，三五翠岛出没涛声之中。青年同事连声说，风景是好是好。走出来，到大自然中，到风景区游游，把身也洗净了，心也涤净了，胸怀便为之荡然。

山不高，有覆鼎峰、新月峰、笔架峰、仙药峰、莲花峰等四十五峰，高低错落，跌宕起伏，都在五百米到九百米之间。覆鼎峰因状如覆鼎而得名，福鼎县名也由此而来。

太姥之奇，最奇的是洞。导游说，一百多处岩洞隐藏峰林下面，使得太姥山成为一座中空的山。太姥山洞纵横交错，洞中有洞，彼此互通，四通八达，神奇莫测。有的直通海面称通海洞，有的直达八百多米的峰顶叫通天洞。有的洞两岩陡立，削峰如线，叫一线天。有的洞顶穹窿，游人一笑，便有回音久久不息。我们打着手电筒从葫芦洞进入，迂回曲折穿过将军洞，侧身跐足"一线天"，拾阶登上滴水洞，躬身折背"三伏腰"，然后走过七星洞，不停歇地钻了一个多小时，或侧或蹲或爬或俯或挤，就如进洞前导游说的，大家都做了一套太姥健身操。

太姥水也玄。太姥之水隐于洞中，有暗泉多处。由于洞中回音作用，在不同位置和角度可以听到不同的水声。默听泉声，如琵琶慢拨，如古筝轻弹。忽而嘈嘈切切，忽而缠缠绵绵。

太姥山也是一座历史文化名山，容成子炼丹的石井石臼石鼎犹在，山中古刹庵宇不少，国兴寺遗址上尚存石柱三百六十根和楞伽宝塔，可见当时之规模，王湖庵、璇玑洞是南宋理学家朱熹隐居和批注中庸书序之处。山下有古居民，三进合院大厝，有一副名联云："友如作画须求淡，文似看山不喜平"。

太姥之嵯峨，使人游了不淡忘，更有与青春为伴登山历险，试试脚力与心态，自我感觉就是年轻有为的样子，怡然自得中似乎体内有一种勃发的活力涌动。如此一游，于人生之旅上能不留下深深的印痕？

去太姥山经秦屿，相传古代秦人避乱来此而成的市镇，故名。明嘉靖时为抵御倭寇和海匪侵扰筑有城堡。当地人民曾多次在此击退倭寇侵犯和海匪骚扰，镇上建有威灵宫、忠烈祠、义勇祠等，逢年过节来祭祀者不绝。

（2002 年 8 月）

柯岩：石头的历史语言

五月初夏到绍兴参加省报协理事会，已第三次到绍兴了。

也是没有急匆匆去逛街。为什么呢？这里不妨把绍兴与深圳相比：深圳有新鲜感，生机勃发，行色匆匆，你一下飞机就可能直奔闹市街头。而绍兴是一本厚重的书，翻翻合合耐人玩味。它是陈年花雕酒而不是易拉罐饮料，要你慢慢品味，急什么呢？

于天气晴好的日子，东道主终于安排大家去柯岩参观。车行十多公里便到，从停车场的汽车牌号看，上海游客特别多。论城市，绍兴是老资格的，越王勾践称霸浙东之日，恐怕上海乃一海湾。更早的是大禹治水，巡狩大越，后葬于会稽山下。上海人到绍兴观光兴致很浓，有人反客为主，指手画脚与导游小姐争说绍兴历史的话题。我忙买了两本书来翻看，始知柯岩原是三国时期的一处采石场。

"削壁耸千尺，危崖锁雾中"，数代石匠几百年间一锤一钎，鬼斧神工，造就了姿态各异的石穴、石洞、石壁、石柱。柯岩之

"岩"，名不虚传。

柯岩之"柯"，源于柯山。柯山之"柯"，源于柯亭。"柯"，树枝，古人建驿亭，因陋就简，树枝为梁，青竹为椽，茅草为顶，称柯亭。柯亭建在柯山，后来移建到了集镇上，那里就叫柯桥。柯山后来成了采石场，数以百计的采石工聚集，偌大一座山被削去大半。叮叮当当声过去，留下两"柱"孤岩，一胖一瘦，这奇异的石景叫柯岩。柯山之名渐渐为柯岩所替代了。

先看"瘦"的岩，巅若戴笠，足似立锥，上丰下削，头重脚轻，却已在风雨中屹立了一千多个春秋，称"天下第一石"。书上说，北宋书法家米芾见此石而癫狂，绕石数日而去。后人在其拜石处筑亭纪念，曰拜石亭，亭有一联："万匠削不尽，一柱空中全。"此石自有一种奇异和惊险，上刻"云骨"两字，隶书，书上说是清光绪初年镌的，称"字比人高，字体刚劲，神形兼备，突显风骨和力量"。云骨上宽下窄，婷婷娉娉，一副弱不禁风的样子，予人以随风摧折的岌岌可危之感。从另一个角度看，似闲云出岫，飘飘忽忽，潇洒飘逸，又似炉烟袅袅升空，渐入虚幻，故称"炉柱晴烟"。顶上竟有一柏，虬枝横斜，据考证树龄已逾千载，也有"石魂"之称。

云骨过去，有开凿于隋唐年间的弥勒佛，为浙江四大石佛之一。据说，石佛是柯氏石工父、子、孙倾注三代精力开凿。弥勒佛宽颊广额，两耳垂肩，螺形发髻，左手抚膝，右手屈举，正作阐经说法状。法相敦厚慈祥，仪态文静端庄。据说起初石佛佛足周边尚是岩坡，崇佛者可以爬到佛足边，探身抚摸佛足和佛手，以与大佛心心相通。奇特的是佛耳镂空,两耳相通,可容一人自如往来,说是人之祈祷能句句进入佛耳。佛像背部凿空而独立于岩,只有底部仍与岩体相连。而当石佛周围的岩坡渐渐降低,石佛之高度相对升高,人们再不能爬到佛足去与大佛亲切,只能在佛岩下崇敬地凝望它。往西,一方巨大峭壁上有"柯岩"二字,特别引人注目,那大概就是"胖"的石。那蚕花洞那大王塘都是古代采石遗址,岩壁上留有较为完整的采石文字,难以辨认而已。

柯岩,从远古走来,如果说这些奇异石景是久远历史的陈迹,那么"越中名士苑"这个新开发的景点,便是石文化的现代作品了。此处以石雕的形式,展示绍兴名人风采,让他们从史册中走出来,进入石头做成的一座座无字的传记中。

雕塑家用石头语言,向我讲述一个文化的绍兴。我特别注意到,名士苑入口用花岗岩立起五个石柱平面,雕刻着源于河姆渡文化的图案。再看门口石板上,镌刻了毛泽东的诗作:"鉴湖越台名士乡,忧忡为国痛断肠。剑南歌接秋风吟,一例氤氲入诗囊。"另一边刻了周恩来的话:"我是绍兴人"。一眼望去是那么多的名人雕像,使我直感到,绍兴人把石头弄活了。

我细读着无字的名人传记,它是通俗易懂又深奥含蓄的,我要从中读出自己的感受来。走进入口,便是"鉴湖三杰"——秋瑾、徐锡麟、陶成章。再看到的是勾践,以及他的功臣范蠡和文种,雕塑反映了一个卧薪尝胆的典故,投醪出征的故事。再沿石径北上,远远望见绍兴历史上抗击外敌入侵的英雄——姚长子、葛云飞。拾级而上,可见到贺知章、陆游和徐文长。我见游客中有人在低吟贺知章的诗:"少小离家老大回,乡音无改鬓毛衰"。与此相邻的水池中,有"治水三青天"马臻、汤绍恩和戴琥,乃为官一方,治理水患,而流芳后世。最为显眼的雕像是大禹,他站在一巨龟背上,手持大钎,展现传说中治水英雄沐雨栉风率领民众与水患斗争之精神。游客在此驻足观赏,或沿地上的巨大脚印而跨步行走。其前方的草坪上,有六大书画名家:王羲之、王献之、王冕、陈洪绶、赵之谦、任伯年,山谷中有明代两位哲人王阳明和刘宗周,出口处有四位现代科学巨匠:竺可桢、陈建功、钱三强、孙越崎。居其中,蔡元培浮雕像之外还有一副大眼镜,不远处的鲁迅浮雕像则手拿香烟遥望远方正在沉思之中。

我默对良久。人到此地,会被一种民族魂所笼罩,感受到一种庄严的召唤。虽无暇问及建此越中名人苑的机缘与起因,看样子越中名人苑较好地展示了名人风采,已成为具有高度文化内涵的爱国主义教育基地。它以独特的手法,记录世事的更迭与嬗变,述说民族的荣辱与悲欢,起着长久的感化教育和陶冶性情的潜移默化作用。

石文化是柯岩的底蕴,在坐乌篷船、听社戏、喝黄酒的江南水乡,在小桥流水、吴侬细语、江南丝竹的一抹柔媚与绮丽中,显现柯岩风景别样的硬朗与阳刚。

时空是流动的,无边无际地,而我们可以捕捉其美好的片断,久远地存于斯地。

(2001 年 6 月)

- 好溪安溪
- 北鹿是东海一岛
- 万全，沧海桑田
- 看南浦云飞，趁一帆风正
- 南滨，少年之城
- 林坪水之缘
- 东山杂记
- 河塘之下
- 寨寮溪听起来很野性
- 潮基别名潮至

第二卷

江海河浦溪

Chapter

02

好溪安溪

紧水滩，石浦，规溪，从龙泉到云和的瓯江边上，一路少不了有"水"的地名。

大港头，碧湖，水阁，丽水在瓯江边的三个镇，都有与江有关的地名。

海口，船寮，温溪，瓯江流过青田县，沿江三个镇的名字都与水有关，与江有关，与船有关。地名是文化的景象，不错。

临江，桥下，渔渡，瓯北，清水埠，三江，七里港，瓯江下游沿江的地名，也是"江"的地名，总离不开江。

瓯江，名字源于此地称"瓯"，瓯之江叫瓯江。也有过别的名字，汉析置永宁县又名永宁江，东晋立永嘉郡又名永嘉江，唐时设温州又名温江，历史上还叫过慎江、芙蓉江，五六个名字了。从百山祖西北麓锅冒尖出发，八百里瓯江贯穿浙南，注入东海。一张张瓯江照片聚焦一个标志物，江中扬帆的舴艋船。舴艋船又叫舴艋船儿，温州话加"儿"乃喻其小，两头尖，上盖箬篷，像蚱蜢。舴艋船是瓯江最重要的交通工具，舴艋船把木材、柴火、木炭、茶叶、烟叶、香菇、宝剑、青瓷、石雕等运送出山去，把食盐、酱油、煤油、布匹、农药、化肥、海产品等运回来。到哪里去？干流自温州港可上溯至龙泉小梅，沿支流松阴溪至遂昌金岸，宣平溪至宣平乌溪口，好溪至缙云五云，小安溪至莲都双溪，小溪至景宁毛垟，楠溪江至永嘉溪口。下游平原河网密布，塘河与之相接，四通八达。舴艋船勇敢灵动，顺流用桨，逆流用篙，顺风扬帆，欸乃声声，白帆片片，船老大有歌："春水绵绵水长流，撑船老大喜心头，船上装满货和客，一日千里到温州。"

"昨夜春水深，半没山腰树。"深山峡谷出来的瓯江，左右腾挪，任性跌宕，滩多湾多，礁险水急，有些热切与率性。如瓯江支流好溪，唐之前叫恶溪，以其滩多水急，舟楫常遭覆没而直呼为"恶"。终有唐时疏浚河道，修堰坝兴利，易名好溪。"奇滩五十九，顷刻下东瓯。"史载，北宋元祐年间瓯江航道险滩多水流急，每年有几百条船被撞沉或颠覆，死者无数。船工中流传一句话：西滩得病，七鼻滩喊救命，雷公滩就送命。枯水期，浅滩水深不过尺，船只过滩时，船夫就下水以肩扛船前行。数九寒跳入冰冷刺骨的水中，双脚先是感觉冰冷难受，后来疼痛入骨，渐渐麻木失去知觉，直至走完浅滩上船，双脚才慢慢恢复知觉。丰水期，更危险：过不了弯，船要翻。冲不了滩，人船难过鬼门关。听听滩名，就知道过滩有多凶险有多难：雷公滩，苦头隆，棺材峡，小心滩，犁头嘴，棺材滩，天师石滩，将军滩，滩坑滩，钓滩大浪。你问我为什么研究地名，因为地名附着不少东西。有相公滩，以为名字很雅，原来水流很急，古时上滩时船上即使坐的是相公，也得下船涉水，以减轻船的负荷，故名相公滩。

我细细读了介绍瓯江的不少文字，书里网上很多彩。我脑子里的瓯江不再仅仅是江门宽阔的温州港，千年诗情江心屿，洞天仙境石门洞，丽水城的大水门。

水流湍急的瓯江里行驶舴艋船充满劫难，少有一船独行，大多四五船做伴，六七船做伴，上滩就放下纤绳，合帮结伴的船工一起下水，大家迈着弓步，喊着号子，哼哼哈哈拉纤上滩。船工号子储存在船工生命的记忆里，每一个音符都与船工的辛酸苦辣甜融合，自然流畅。船工的激情都在号子里，过滩时唱着强劲的号子提起精神，也是统一节奏，发声凝聚集体力量，奋发向上——

日头出东呵，嗨哟，肩头硬邦呵，嗨哟！

一步一挺呵，嗨哟，拔滩轻松呵，嗨哟！

过了滩，人平静了，唱的是和江边洗衣裳的女子逗趣，舒缓，轻快，打情骂俏：

撑船哥哥识好花，不知小妹住哪家？

源头数落第三家，末臀数上第七家，

撑船阿哥识好花，温州上落来喝茶。

……

有这样一个故事，年轻船工靠埠下船找相好，约好晚上在船上幽会，怕天黑看不清船，两人说定在桅杆上挂一条毛巾作标识，小妹见着毛巾就找着了哥。这话被另一个船工听到了，就想捉弄他们一下。天黑后，悄悄把那个船工挂在桅杆上的毛巾，挂到边上另一条船的桅杆上去，过了不久，那个女子一看到桅杆上的毛巾，就上了这条船。这条船上的船工被惊醒了，骂了起来。那女子一看不对劲，赶紧溜下船跑了。

石浦，村在瓯江边，这里原本没有村落，江水冲刷来的石头泥沙慢慢淤积成一块地，地上慢慢长出了草木，船工们累了就在这里停船休整，取个地名石富，石，因为石头多，富，则是美好愿望。后来以村靠江，以渡口为村名，叫石浦。石浦船帮挣了钱后，购置田地山林，建造居所住了下来。一条街巷直通码头，两侧店铺林立，逢五逢十有集市。一个庙宇供奉着天妃娘娘神像，农历正月十四到十六庙会有天妃娘娘出巡，甚是热闹。戏台就不曾空闲过，戏一直唱到清明。逝者如斯，航运少了，瓯江船帮终于退出了历史舞台，老船工把废弃在江边杂草丛中的旧船找回来摆在村东江边，他们戴一顶斗笠做起了摄影模特。一个船帮古镇，让船帮文化与八百里瓯江一起绵延。瓯江舴艋船正从人们的记忆深处一桨一桨地划来，成为一道亮丽的风景。

大港头，旧名双溪，瓯江干流与松阴溪在此交汇，瓯江中游开始了。大港头有多个泊船码头，连樯集万艘，名副其实的大港之头。有诗为证："雨歇村南大港头，湖光掩映夕阳楼。也能热闹如城市，六县来船并一州"。街上客栈连货栈，旅店连酒肆，每天有上百艘船只与竹排进出，也有船工换上出客衣裳，上岸去歇脚，把一路承载的疲惫卸下。人对江的体验因时不同，如今这里有一个富有诗情画意的地名叫古堰画乡。古堰，即通济堰，有一千五百年历史了，全国文保单位。古堰之湖光山色，古村之民居民情，古朴自然原生态，去写生去摄影的人越来越多了，一个艺术之乡初显，谓之画乡。江的温柔与美丽，使人想到的名词是好溪而绝不是恶溪。古渡口仍然是小舟停泊的港湾，也是"古堰"到"画乡"之水上连接点，不少游客就从渡口过去。

温溪，原来叫安溪，因为瓯江至此与潮汛会合而成平安之溪，后以方言"安"和"温"同音，加之属温州府，近温州城，改叫温溪。古榕群是温溪的地理标志，十八棵大榕树沿江堤一字排列，当年新船下水，在船头对着榕树拜祖师爷鲁班，祈求大吉大利，滩头滩尾平安，顺风顺水。如今江堤榕荫下是市民休闲纳凉之处，安适安和安逸的地方。

（2021 年 7 月）

北麂是东海一岛

民国《瑞安县志稿》载:"北麂山高 167.7 公尺,一名北岐山,又名东洛。""岐"与"麂"音近义异,系谐称。据渔民说,岛形如麂,又在南麂之北,就叫北麂。

北麂岛离大陆 38 海里。船行海上,海上就有浪,风浪使船荡起来荡起来。你说不荡其实就在荡,是一种受折磨中的惬意,叫你把北麂之行印在脑中。

船行 3 小时就到了,我随人流匆匆上岛。一股腥味腾腾地扑鼻而来,渔港以最特色的气息诱惑人。

岛是没有被海水淹没的山。山坡使房屋错落有致,沿山势铺展开。墙是石头垒的,窗很小。黑瓦,瓦上一排排压了石头,防止大风把瓦片吹走。这都是海岛特有的建筑语言。

"此岛地势险要,小岛回环,前清乾嘉间海盗蔡牵盘踞,抗拒提督李长庚之师。今山中之大较场、小较场、东水门、西水门等名称,均牵所署。"(民国《瑞安县志稿》)民国初年有福建人来岛上，本地人为避壮丁或生活贫困不济也到岛上种薯捕鱼，用岛上长的茅草搭建茅草屋定居下来。

路上堆着渔网，补网的妇女见了，给了我一个浅浅的笑，说的是闽南话。我不懂她说的什么，反正那是客气的招呼，从她递过来的矮凳上都可以感触到温暖的气息。此地人一部分说温州话，一部分说闽南话，虔诚传承浙闽不同的地域文化，使文化差异在移民的北麂碰撞出五光十色。

老肖是北麂乡林书记介绍来的，是衣兜里插钢笔的渔民。先前，以衣兜插几只钢笔看一个人的文化水平，插两支就读中学了。老肖不古董不腐迂，就是兜里明明白白插了支钢笔，还拔下来叫我试试他的好笔。爱好钢笔的老肖像是导游，带我在地图上一岛一岛地游过去。

北麂列岛有 38 个岛 51 个礁。其中有人居住的有名岛 5 个，无人居住的有名岛 14 个，无人居住的无名岛 19 个，以北麂岛为最大。

过水屿是北麂之余脉，退潮了就可以与北麂往来，一礁点隔，过水可及，故名过水屿。往南，这岛叫猴头臀，好俗啊，就因岛呈扁圆形，中有裂隙，崖色赤红，像猴子屁股。往西，这岛叫蒲瓜屿，形似蒲瓜，土层浅，仅长茅草，远看像蒲瓜的绒毛。往北，这岛叫稻草塘，岛形似一堆稻草堆，无淡水亦无居民，可行船而不能寄泊，荒岛也。

再往西是大明甫岛，可泊船。一年墨鱼旺发，渔民就近晒墨鱼干。墨鱼干俗称明甫，此岛便叫大明甫岛。其西略小的，渔民类推而叫小明甫岛。春夏之际山顶有云雾，民谚说："明甫戴帽，必有风暴"。

再往北,大筲箕屿像一只筲箕,东海岸被海浪侵蚀成岩壁,岛上有淡水,有住户打鱼种番薯。连同其北边的一小岛,分别称为大筲箕屿、小筲箕屿。

关老爷山是离海岸最远的岛,说是渔民梦见暴风雨来时关老爷预警救难,渔民得以生还,就在岛上建关公庙祭拜,保佑海晏浪平。关老爷山与北麂岛之间有下岙岛,南北两端形如裤裆,有南裤裆北裤裆两港湾,与北麂相隔之水俗称八字门,水很深。

先前渔民不识字,用土话为岛取个名,虽俗,却使人体验到北麂之地名,或描述自然形态,或记录史迹传说,或寓托崇仰祝福,都很生动贴切,生发出不少雅趣来。

晒虾皮的妇女戴个花帽还挂一条花巾,海岛肤色与利索动作,使项链与耳环明显地跟着晃来晃去。丁香、虾皮出口销往日本、韩国,生意不错。深水网箱养殖黄鱼、石斑鱼已是一大产业,被称为海上蓝色牧场。潮水涌来退去,哗哗的潮声灌进耳朵,整个人被鼓动起来。在北麂山顶看,海、天、水、云、雾分不清界线。海包容万汇,吞吐大千,却深藏若虚。

当夜幕笼罩海之上空,北麂骤然安静,老渔民请我喝酒。鱼饼、虾蛄、花生米,加一碗"猫耳朵"(像水饺,番薯淀粉、番薯做的,落花生、芝麻、白糖为馅)。老酒温得太烫了,一下肚就涌到脸上。渔民喝酒用大碗,吃鱼不能翻过来吃,筷子不能搁在碗上:翻船、搁浅是渔者忌语。老渔民却说没事没事,现在没那么多顾忌了。有人提醒我,北麂人吃饭习惯于夹了菜、端着饭碗在道坦上站着吃,她在张望着码头,看家人的渔船到了没有。

看到船的水面高，就是渔货多，赶忙放下饭碗去帮忙。

我想，渔民起早摸黑出海作业，高强度体力劳动，遇到台风就风险很大，而每天捕获的渔货也赚不了多少钱，鱼产量在逐年减少，但是他们快乐地撒网，快乐地喝酒，快乐地生活着，都是大海给了他们一种以复合的眼光看待世界，使他们以更为沉潜的心境面对现实。

黄良桐在北麂教书 16 年，我说的老肖就是他的学生。他对我一口气说了两个半小时的北麂，只喝了一口水。他说："北麂人重情，真情。比如，他叫你吃点心，他觉得好的墨鱼、带鱼、鲳鱼、水潺，甚至虾饭都放到点心里，真心要你吃了。叫你喝酒先倒个三两光景，骂一句'不喝狗生'，然后一口干了。"

听说北麂渔民总是把小小的儿子带到海上，几天几夜在风浪里颠，颠吐了吃，吃了吐，叫"练吐"。喝酒也一样，吐就吐。渔民就是这样炼成的。

都说渔民的情感很丰满，渔民的行为很骨感，渔民把几天几夜"练吐"的儿子带上岸，一挥手走了，任女人心疼的眼泪刷刷地流。

那天夜里，北麂很静，就像一个疲惫的汉子，一倒头就睡着了，它的心跳合着浪涛，它的呼吸夹杂着鱼腥与汗咸。但我没睡着，我还在想"捉岩头"：捉红蛋簇要在大潮水，潮在岩头涌上涌下，捉红蛋簇很危险。记着，渔民兄弟请你吃红蛋簇，你最多只能吃三个，因为那份情太重了。

（2010 年 8 月）

万全：沧海桑田

万全之名，由"万船"谐音而来。

何谓"万船"？赤壁大战之后，东吴孙权很重视造船业，显然，水运和作战都需要船。东吴在罗阳横屿设置船屯，委派典船校尉监督造船，操练水师。史书说，横屿船屯"可泊万船"，与福建温麻船屯、岭南番禺船屯为东吴三大造船基地，孙权曾派万人船队北至辽东、南到台湾和海南岛，航海事业够发达了。

"万船"，船很多很多也。而后沧海桑田，横屿逐渐淤积成陆，这海涨之地如今就叫"万全"，飞云江南的一片湿地平原。

方言的"万船"与"万全"同音。清乾隆时的平阳籍诗人张綦毋有诗："横阳两屿夹晴川，故老相传泊万全。不信蓬莱有清浅，眼观沧海变桑田。"

民国《平阳县志》载："世代相传万全为海涨之地。"

民谚曰："沉落七洲洋，涨起万全乡。"

万全垟河网密布，我们沿河行走，河岸是湿地植被，有芦苇、白茅、小飞蓬、狗尾草，一片片一丛丛都很健壮有势，我想因为土很肥。狗尾草的穗特别长，毛茸茸地摇曳，仿佛调皮的小狗在抖动尾巴。河有三四十米宽的样子，比西溪湿地的河宽多了，也透明多了。初冬的阳光下我见到了鱼儿三三五五地摆动黑黑的脊背，不远处有垂钓者，悄悄前去问鱼咋卖，答曰：不卖，就送你几条吧。说这河里的鱼没有河泥臭，嫩嫩地鲜美。有吃客一直在附近找一家菜馆，听说菜馆以河鱼作招牌菜，私底下说是周垟一带河里的鱼。

湿地是一个天然的储水系统，河宽处有一二百米像是湖，有三四个小岛。埠头的小木船是松松散散的，静静地退二线闲着的样子。有白鹭在飞翔或栖息，有麻雀呼地飞起又歇下。我们借芦苇做掩护，不打扰鸟也可以观赏鸟。虽是冬天，却想象夏天的红蜻蜓与菜粉蝶会舞出一对梁山伯祝英台，浪漫与爱情成了主题，那是柔软与缠绵的湿地风光。

草的馨香升腾于水面，草很茂密葱茏，水很清澈透明。世界有不少特例，沿海经济发达地区的一片生态湿地，居然在工业化的眼皮底下潜伏了下来。

都说"万全十八垟"，有十八个带"垟"字的村庄。林垟、周垟、榆垟、谷垟、金垟、潘垟、鲍垟、黄垟、倪垟、下鲍垟、叶垟、吴垟、姜垟、廖垟、柳垟、迎学垟、周贵垟，我们掰着指头凑了十七个"垟"。还有呢？还有李垟。有一则《万全垟缺爿李垟》的传说，说在前朝某代因遭朝廷抄村，方圆三里的李垟村湮灭了，一片田地至今仍叫"李垟下"。温州海边称田地为

"垟"：靠海的地方因潮汐把泥沙冲积成滩涂，滩涂渐成田地，"洋"便成为"垟"。"洋"去水成"垟"，与"泥"去水成"坭"一样。

其实万全为海涨之地，处处由"洋"而"垟"，何止十八垟。当年造船的船屯，停泊船只的港湾，船上水的号子，操练水师的鼓乐，曾经的三国历史现场都已沉积为"垟"。"垟"是一眼望不到边的河网平原，土厚地肥且有灌溉之便，一直是个大粮仓。

万全也是人文积淀深厚的地方。宋室南迁，这里繁华一时，盛极一方，留下了一个个模糊的故事和遗迹。宋桥因宋之才在此建桥而得名，宋之才乃南宋吏部侍郎，他奉旨出使金国不辱使命，及归复命，高宗抚其背曰：真我宋之才也。问及宋之才建的桥，确实是久远了，未有人答上。万全桥多，上网查得竟有叫豺狼桥的，名字离奇古怪，清代俞曲园曾留下题诗："轻舟卅里到罗阳，这里山乡又水乡。流水小桥无限好，不知何故署豺狼。"水乡风光这么好，为什么叫豺狼桥呢？

村落自有水乡格局，依水而建，有河埠头。下薛村有宋恕故居，宋恕是近代启蒙思想家，所著《六斋卑议》宣传维新变法，被梁启超列为《西学书目》，与陈虬、陈黻宸合称东瓯三先生。那园叫半园，灰墙黑瓦清清水水，全是还原历史的重建，惟旧门台颇显沧桑，砖缝似乎都很严密。

村里人少，都去城镇里了，偶尔有摩托车或小汽车嘟嘟地两声，也只是常回家看看的。坐下来，与老农谈晴雨话桑麻，是一种宁静淡泊、远离喧嚣的归隐文化。他们默默地把自己的坚忍，融进平淡的乡村岁月里。他们的话都是一两个字五六个字的短语，没有过加工，全然与此地的生态环境一样，纯自然本色。

驱车去看"独木成林"，村人一一指点，见一棵榕树抱着樟树、朴树、雀梅三棵树，树上长树，叶上长叶。不远处有夫妻子女榕，夫榕高大，妻榕苗条，约七八十年前夫榕的气根缠住了妻榕的枝杈，两榕相拥不久，几步外长出了一棵子榕，卧地如小孩躺着。榕旁有小桥，桥上有关帝庙。《中国名木志》也一一记着。

车调头，去马星野故居，进村被民居的开朗布局和朴实造型吸引。忽然想到这里怪不得出新闻界名人，从这个村子走出去，马星野后来到了台湾，他的一首思乡诗被两岸传诵一时："拜赐莼鲈分味长，雁山瓯海土生香。眼前点点思亲泪，欲试鱼生未忍尝。"万全名人不少，来万全的人都这么说。教育家黄溯初创办温州师范学校，乡人造黄溯初纪念亭，褒扬黄溯初办学功绩。叶廷鹏被尊称为浙南农民革命"老大哥"，叶廷鹏烈士纪念室里有烈士用过的大刀和梭镖。去下薛村的垟心看，有二打平阳城指挥部旧址纪念亭。

去礼品街，一转就是一次中国礼品巡礼，有人做过精辟概括："只有想不到，没有买不到。"你听万全人怎么说，可以用来送礼的东西都是礼品。有如此前卫理念，礼品还不包罗万象？万全是中国商务礼品生产基地，文化产业的强势咄咄逼人。万全又是温州家具生产基地和汽车配件生产基地，如今在建万全生态新区，一个低碳经济实践区。中午，恰遇选为县人大代表的村干部在审读政府工作报告征求意见稿，赶忙拿来抄下说万全的一段：

"加快万全新区建设，落实基础设施建设五年行动计划，积极打造生产生活生态三生融合的示范区、融入温州大都市的桥头堡、飞云江南岸的中心镇。"

用沧海桑田来形容万全，确实很恰当。

（2012 年 2 月）

看南浦云飞　趁一帆风正

　　飞云，从浙江南部流过的秀气儒雅的一条江的名字。

　　历史上，这江以县名命名：三国时名罗阳江，然后随县名改安阳江，晋时名安固江。当有了一群白色乌鸦栖落下来的唐朝天复年间，天兆祥瑞，江就叫瑞安江，宋诗人陆游《过瑞安江》："俯仰两青空，舟行明镜中。蓬莱定不远，正要一帆风。"绍兴二十八年（1158）陆游赴任福建宁德主簿，过瑞安江，看海天相连，云水一色，有海鸥悠然地飞翔，锦鳞自得地游动，过江的陆游踌躇满志，遐想联翩。

　　听说后来这条江名叫飞云江，是因为有宋末诗人林景熙《飞云渡》诗："人烟荒县少，澹澹隔秋阴。帆影分南北，潮声变古今。断峰僧塔远，初日海门深。小立芦风起，乘槎动客心。"史说南渡之后，堪与陆游媲美者，唯飞云渡之南的平阳林景熙也。

　　江南岸繁荣了，飞云渡也繁忙起来，清经学大师俞樾有诗《自福州还杭过瑞安》："飞云渡口水茫茫，历历风帆海外樯。江面乱流行十里，风景依稀似钱塘。"俞樾那天路过瑞安，会友喝酒赋诗，竟把飞云风景比钱塘，是那么有地气人气。纷繁的埠头，斑驳的木船，老旧的亭子，亭内有一联："少住为佳，看南浦云飞，西山雨卷；请君快渡，趁一帆风正，两岸潮平。"

《飞云江志》载：飞云江源出景宁县洞宫山支脉白云尖，流经泰顺、文成、瑞安，入东海。下游河宽水缓，河槽弯来弯去，并多沙洲。曾设飞云寨，筑寨城百余丈，官兵把守。驿道南通平阳县城，西通泰顺县城，可见飞云埠为交通要津。然而史上有暴风覆舟而溺死多人，于是屡建南北码头，官渡与义渡迭改。所谓风起云涌，雨来潮猛，南岸从来有赖渡口与桥梁的发达。

江是一部波浪翻动的书，我们在任何一个朝代任何一个氛围里读，都有不同的感受。

没桥，渡口很有名。当年飞云渡待渡的汽车排起长龙，等了两天两夜还过不了渡，汽车司机揉揉眼睛说了句"走遍天下路，最怕飞云渡"，于是一传十、十传百，传遍了大半个中国，浙闽交通要津的飞云渡留给人太多的记忆。如今江上建了飞云江大桥，还有高速公路桥、飞云江三桥、铁路大桥，还有飞云江马屿大桥、飞云江高楼大桥、56省道飞云江大桥、飞云江平阳坑大桥。飞云江五桥也造了，昨天看到施工栈道已向半江推进。

因为有江名飞云，飞云就成了瑞安的代称，你到瑞安这边来，会遇到不少"飞云"：一个地域叫飞云（街道），一条路叫飞云东（西）路，一个小区叫飞云花园。N个企业名飞云，从飞云联想到那就是瑞安的厂。

一个文人雅集之处叫飞云阁，一次同题《飞云渡》诗，李笠、周予同、李光祖、李放现场吟唱"飞云渡口冷潇潇，落日秋江拍暮潮"。

一个国家级风景名胜区叫飞云湖，湖光山色，雄奇秀美，有我一直记得的绿岛和壶穴奇观。

一份报纸副刊叫《云江潮》，一个诗社叫飞云诗社，出了一本本《飞云诗絮》。有一拨女孩取名飞云，使人联想起云之飘逸与婀娜多姿，甚至一个邻家男孩也叫飞云，当兵回来，一转眼已长成五大三粗的汉子。

瑞安与"飞云"二字就这样连在一起，不可分割。

一江横贯，锁定了许多陈年旧事。很早很早以前，浅海逐渐抬升，有了一片海涨之地，当地叫"垟"。江育之地，海孕之城，不少事与江河相关。吴桥，一个不大不小的村落，村人说宋乾道二年发大水，水暴至，村被湮。之后吴姓始祖由福建迁到这里来，后裔在河上建造石桥一座，遂名吴桥。走过桥，桥南有村叫"二年"，宋乾道二年发大水时亦被湮，灾后平阳林氏迁此定居，惊悸之余以"二年"名村，意为世代不忘宋乾道二年那次大水灾。宋家埭在江边，宋姓人在内河离江最近处建埭，于是取个地名叫宋家埭。林泗垟村有河道四条，又村民多林姓，就叫林泗垟。有村叫孙桥，由孙姓出资兴建了一座栏杆桥，于是以姓名桥，村从桥名。看去是河网纵横，土地肥沃，乃稻米之乡。

江是一部波浪翻动的书，翻开了新的一页。我们从104国道转到56省道拐右，沈海高速公路穿过，瑞安火车站也就在这儿，动车开通，去厦门福州或者杭州上海的白色和谐号准时在瑞安火车站停靠，飞云就活络生动起来。

江南的变化，从来和江北关联。当城市向江南布局，飞云街道已是南市区朝气蓬勃的一部分，楼宇、街市、物流中心、火车站前区，想法可能赶不上现实，也无可奈何。看到一条条直线明显划过，表达出大道与功能区的逻辑关系。图上隐隐约约的是小路与村界的曲线，城市化的手把它们轻轻抹去，与变化特快的世界相呼应。有村叫杜山头，因村西北有山形似象，村在山之首，名象山头。后因以明布政使杜整故里，就改名杜山头。村之西有登科坊，为杜整登进士第立，牌坊上有明书画家任道逊所书"登科"二字的匾额。牌坊已由瑞安、平阳两地集资修缮，修旧如旧，同列为文保单位，此事遂成一段佳话。

当年建飞云江大桥就已经很轰动，于是想起陆游。陆游很远。人们只能隔着茫漠的时空与之说话，吴进《丁卯元旦过飞云江大桥工地步放翁韵》："大笑耀晴空，苍龙就缚中。主簿而今过，不唱一帆风。"

（2012 年 4 月）

南滨，少年之城

　　时间：2011 年 3 月 31 日，当省里来的地名专家把"南滨"两个字记下来，一个新地名就如同婴儿要出生落地了。刚才的讨论只指向一个方向，选择"南滨"命名瑞安南市区滨海又滨江的一个新设的街道，我想，这片土地上的古镇林垟与古镇阁巷也从此合成少年之城。

　　有一种场景叫意犹未尽，散场了，电梯口，市委书记还对我说：南滨好，滨海滨江又滨河，离瑞平塘河也近。一个新地名的诞生有着几许期待几许新鲜，回来查《瑞安市地名志》，查到民国二十年阁巷、林垟就称镇了。查到民国二十四年林阁镇的名字赫然出现，林垟、阁巷组合为镇早有一段鲜为人知的历史，可以想象，那些民宅、商铺、船埠、石桥、祠堂、庙宇、牌坊、书院、驿路、小巷，展开了江南水乡小镇的格局与规模。一切亲水，穿过一条小巷就能见到河，这儿到那儿就要过桥。大桥的奉答四恩三有造此桥的题记是最苦涩的记忆，一线街的店挤着店是最生动的细节，文气浓浓也商气浓浓，从万全垟各村聚拢的人匆匆坐船来，买了东西悠悠坐船去。这时的镇名叫林阁，细细想来还是南滨好听，很有一种城市地名的味道，又很自然很生态，平平实实地可以脱口而出。南城滨水之地，就把方位、自然环境和历史渊源都交代了。江与海孕育了这片土地，三国孙吴停泊万只船的横屿船屯，从海到浅涂到淤成地，这海涨之地由"万船"谐音称为"万全"。万全垟有林垟湿地，南滨的一个亮点就是湿地，水域面积大，河道交错，状如蛛网。有几十个河中洲，有三百座桥把河中洲连起来（纪念金嵘轩的嵘轩亭就在河与桥边）。洲上又有湖，大池头村头有一大池，有人去垂钩钓鱼的就是洲上的湖。有了湿地涵养水源，调节气候，维持生态平衡，水丰草长，鸟飞鱼翔，有生态休闲观光，人居环境就更好了。

南滨的另一个亮点是南戏。南曲戏文，中国最早出现的戏剧，人称中国第一戏。这里是南戏鼻祖《琵琶记》作者高则诚故里，元至正年间的一个春意料峭的清晨，高则诚仗剑负箧从这里出门赴京赶考。高则诚考取了进士，走上了仕途，但他做个刀笔小吏，说了几句公道话又无端遭猜疑，这才赶紧打点行装返回故里，避居四明栎社沈氏楼写起戏文来。高则诚千辛万苦写出《琵琶记》，朱元璋看了笑着对左右说："《五经》《四书》，布帛菽粟也，家家皆有；高明《琵琶记》，如山珍海错，贵富家不可无。"14世纪中叶《琵琶记》被译成多国文字在世界上流传，被誉为"南曲之祖"。柏树村的高郎桥和集善院仍在，以建筑的形态记录和保存一段历史，讲解员说高则诚少时就从高郎桥上走过来，到集善院读书，于诗礼之家，博览群书。集善院西侧是高则诚纪念堂，剧作家曹禺题写匾额，1993 年 2 月 18 日落成。去年有"中国戏曲南戏故里行"活动，喜事连连。我从文化规划里了解到将建中国南戏城，江南水乡将现南戏主题公园，叫人期待，仿佛河滨榕树下搭了一个很大很大的舞台，正上演一出出戏曲，即使歇着也是一种文化的象征。

一张白纸，好画最新最美的画图。一位伟人摊开一张中国五年计划蓝图的时候，说过这话。由彼及此，南滨也是一张白纸，南市区承接跨江发展的蓝图才展开，海边的一片垦区，还在忙着吹沙填土。运料的汽车排了长队，望去一片是工地。尘土飞扬处，或许三五年后是文质彬彬的科研大楼。街道机关办公的地方是临时安排的，简陋而且吵。不过这政府机关在什么地方，这个地方必将成为许多故事的开始。这里的一举一动引人注目，称为大道的城市道路铺起来，打桩机一架架竖起来，一批人匆匆赶来剪彩，这地就热起来了，这房就值钱了，所以，日长夜大的城市常常使人感到措手不及。

惊人的故事还藏在规划图里。一张宏伟瑰丽的蓝图徐徐展开，设计师用坚毅慎重的笔画勾勒着城之轮廓与久远。我看规划图喜欢与地图对照着看，怕找不着北。打开图，你看这儿蓝色是飞云江，飞云江三桥是明显的参照物，东西南北要弄对了。过桥是海鲜很鲜的塘头，吃过渔家乐的鱼虾。再过来是由泥沙冲积而成的沙园，清嘉庆《瑞安县志》载，"县东南有沙园守御千户所"，城垣有四城门一水门，海防要地。再过来是大池头、南爿、林垟、龙潜。龙潜于渊，其志难测，其实龙潜原先村名寮前，村在庵寮之前也。再是蔡桥，一数有七个村散落河中洲，蔡桥水车很出名。再过来阁巷、团前、柏树，柏树因村中有大柏树而得名，团前在一晒盐新坦之前叫坦前，"坦""团"近音就叫团前，是个生态村。没有看到南滨区域大的规划图，相信那会很美。手头有的是局部区域的，在大手笔的规划图里，交通道路纵横有序，功能区块方方正正。白的是路，蓝的是河。粗线是江南大道、火车站东路，蝴蝶型的是温州绕城高速出口，和沈海高速相连，把世界拉近。不同的颜色标出地块功能，浅红是工业，淡紫是物流仓储，中黄是公共服务，草绿是公园绿地，白色加 P 字是停车场。

在规划图的深处，我看到了一个少年之城，踌躇满志，意气奔放，与江北的中心城区在变动彼此之间的逻辑关系，参与组结一个新的事物：滨江的城，长成滨海的城。

（2012 年 5 月）

林垟水之缘

　　林垟四分之一的面积是河流，人称浙南威尼斯。我没有去过威尼斯，《威尼斯》的文章是这样描述的："不如想象一下乘坐瘦长的凤尾船的感觉吧。在平静的水面几乎是滑行着平稳地穿过大约三百五十个桥洞（'叹息的桥'发出的是怎样的声音呢?）这些桥把海湾大湖里一百一十八个沉积小岛连结起来，就成为威尼斯城。喜欢的话，凤尾船的船夫还会为游人唱一首《啊，我的太阳》之类的歌，像个普通的威尼斯人一样唱，没有帕瓦洛蒂那种夸张的滑音，听起来会更舒服。"林垟与其相似，由数十个河中洲组成，有三百座桥梁把各洲相连，桥是林垟的纤纤巧手，手拉着手。洲上又有湖，大大小小的湖是林垟的媚眼。这媚眼吸引了不少垂钓者，到此钓鱼儿叫"垂钓乐"，最为流行的是钓夜鱼。

　　水是林垟的血脉。一千八百年前林垟是海边一片浅涂，三国吴曾建横屿船屯，停泊上万只船，有"万船"之称。靠海的地方因潮汐把泥沙冲积成滩涂，滩涂渐成田地，"洋"便成为"垟"。

又"万船"与"万全"谐音,"万船"淤积成陆地,便称为万全垟,至今仍有"沉落七洲洋,涨起万全乡"的民谚。沧海桑田是水在作用,林垟的兴衰起落莫不与水息息相关,其建筑、经济、风物、人文也都浸染着水痕。

水的温柔和土的厚重就是林垟的风土人情。人们临水而居,傍桥而市,看河水曲折,桥身拱起,一只小船吱呀呀顺着河的曲折与桥的拱起划过,更添林垟婀娜姿态,一种女人味。天底下最净美的姑娘是水,这是《红楼梦》里贾宝玉的名言。水是女性的情感符号,透出林垟优雅缠绵的水乡风韵。猜想春雨霏霏,桃花水涨,盈盈河水薄雾轻笼,船埠头有女子停止了唧唧喳喳的闲聊,在静静洗刷。或有秋水潋漾,夕阳晚照,老街上三三两两的姑娘走过,说着平阳腔的瑞安话,柔软地拖着长长的尾音,给人一种清纯与多情的感觉。

桥与河是孪生的。这桥遇水凌飞,穿梭天堑。人们上街买菜、上学读书、走亲访友、下地耕作,都要走过几座桥。每座桥都有它诞生的背景,每座桥都反映了一段世事沧桑。最古老的桥叫大桥,浙江省内少有的宋桥,建于北宋崇宁四年(1105),三孔梁式石桥,中孔桥板两侧篆刻铭文:"吴三十九娘奉答四恩三有造此桥"和"时乙酉崇宁十一月十五日己酉日建"。修桥铺路是一种施善方式,这桥由一个叫吴三十九娘的女子出资建造,想来还有一段民间传讲。这些传讲为原来平凡的事添上了不少情致,那桥也就不是单纯的桥,而是造桥人的丰碑。

水的林垟有女子施善建桥的旧闻,也有为女子立牌坊的史迹，记录着封建社会一段凄婉悲切的故事。有谢氏节孝牌坊，上额坊刻"为故儒谢正礼妻陈氏立"，裙板刻"节孝""嘉庆二拾二年岁次"等字，下额坊浮雕双龙抢珠，次间额坊浮雕双狮戏球，各脊梁上有石刻吻兽。据《谢氏宗谱》记载，有陈氏二十五岁在夫家守寡，恪守贞节，皇帝下旨为她建一牌坊，为封建礼教树榜样。有柯氏节孝牌坊，刻有"圣旨""为乙酉科举人柯梦其妻林氏立""嘉庆丙寅年"等字。

榕树是喜水的，是水乡的骄子。当地人说这大榕树是麻脸伯栽的，麻脸伯叫陈云弟。当时农村里不在自家门前种榕树，说过世人的魂会聚在树下。麻脸伯不信，毅然把榕树种在自家门前。有水的滋润水的调理，榕树长成参天大树，浓荫蔽日。

水有舟楫之便。过去林垟家家户户有小船，往来河汊之间，就像现代的轿车和自行车。在远山近水阡陌纵横间，你若乘船驶过，河岸、农田、房屋、石桥都像是浮在水面上。上得岸来，你一眼望过去远近就有三座桥。前些年镇政府的同志下村，也是坐小船去的。如今林垟人已很少坐船出行，但那木桨与水划出的声音伴随祖先的梦想，将人们的视线引向广阔的外界，人们依稀可以领略到水乡曾有的风韵。

街也是临水而建，后门就是埠头，可以靠船装卸货物。周边的乡村办喜事办丧事，都到林垟街购买货物。有一条"一线街"，沿街店铺一个连一个，当初街上商家唯恐自家生意不如别家，使劲将自家的屋檐往外探，柜台往外搬，结果你得一尺我进十寸，直到街两侧的屋檐就要碰到一块儿了，这才停下来。在这样的一条街上，不管是烈日炎炎或是大雨滂沱，人们从这店出来到那店，都不需要打伞。古镇林垟早年有四大古宅：陈宅、谢宅、金宅和柯宅，陈宅建于明崇祯年间，四面临水，可看出是一处官宦人家的高宅深院。有慧日寺始建于宋，原四面环水，榕荫清凉。有广济庙也建于宋，庙前河面宽阔，以小船拉绳过渡。发达的水网和成熟的农业经济为街市的发展奠定了基础，如今万全垟的几个镇分属瑞安和平阳，民营企业发达，街上的店铺经销不少本地产品，发至全国各地，所谓"小商品、大市场"就是这个样。邻近的郑楼街上，商贾云集，印刷制品和礼品琳琅满目，万全垟已成为温州经济活跃的地区之一。

林垟崇尚耕读文化和商读文化，勤耕奋读之风代代承袭，名人辈出。金鸣昌曾创办林垟书院，掌教平阳狮山书院。金嵘轩是浙南著名教育家，奉行"知行务实"，一生服务教育事业为后人敬仰。1997年为纪念金嵘轩先生诞辰110周年，林垟建造了水上文化公园，还有金嵘轩纪念馆，有金嵘轩铜像，有嵘轩亭。林垟还出了名医金慎之、金志庄，我想，教师与医师从事教书育人和治病救人的事业，是地方上的读书人，以前凡出这两种名师的都是有文化的地方。

林垟人是读书人也是实业家，说实业家是缘于林垟人会办企业，善于务工经商。原初的铁器社、木器社、砖瓦社，已成为生产精密机床、印刷机械、电动机、电动工具的工厂，不少厂有点名气，不少林垟人是温州人经济中的佼佼者，为水的林垟增添了不少铁的骨架，支起水乡古镇的繁荣发达。

（2006年12月）

东山杂记

叫东山的，有漳州东山、贵阳东山、山东东山、苏州东山、阆中东山、瑞安东山。

福建漳州的东山是一个岛，岛上有戚继光、郑成功屯兵遗址，有台湾所有关帝庙的祖庙：铜山关帝庙，有远近闻名的寡妇村。

贵阳东山又称栖霞山，朝山拜佛者络绎不绝，登高宴饮者揖攘于途。山上的东山寺建有铜仁傩文化博物馆，介绍傩仪、傩戏而声名远扬。

"孔子登东山而小鲁，登泰山而小天下。"（《孟子·尽心上》）这是写山东东山，战国纵横家鬼谷子、汉朝史学家蔡邕曾隐居此山，李白、杜甫曾结伴游山留有"醉眠秋共被，携手日同行"的佳句，苏轼也有"不惊渤海桑田变，来看龟蒙漏泽春"的名句，此山确是历史文化名山。

东山是有名的。《诗经·国风》中有《东山》篇："我徂东山，悄悄不归。我来自东，零雨其濛。……"写的是征人回乡途中思念家人的情景，表现了对战争的厌倦和对和平的渴望。

"东山"最为人们记得的是"东山再起"，出自《晋书·谢安传》，说的是东晋时期的谢安重新出山做官的故事，用以喻示失势后复起。

近来最为人们关注的东山是瑞安东山。2008 年 12 月 15 日，海峡两岸空运直航启运，"截弯取直"起点在瑞安东山。东山有导航台，大陆和台湾各大航空公司的班机都通过"东山"这个节点进入"截弯取直"通道，从而缩短了航程。

小时候，乡愁是一枚小小的邮票。

我在这头，母亲在那头。

长大后，乡愁是一张窄窄的船票。

我在这头，新娘在那头。

这是余光中的诗《乡愁》。海峡两岸"大三通"之后，乡愁在"这头"和"那头"的连通中渐渐淡出，淡出。

其实我早就听人说起，先前渔民与商人知道有一个东山而不一定知道瑞安。东山之名在瑞安之上。

东山渔港是群众性一级渔港，渔汛期每天进出港的渔船有四五百只，买鲜者人来车往。一副箩担，跳上船，装了鱼叫牙郎过秤，急匆匆挑到东门、南门菜场卖，都来不及擦把汗。

东山渔船出海都带酒，御寒，运力。酒叫"人家烧"，五六十度。与东山渔民吃饭，不把鱼翻个身吃，只能将筷子伸到下面去夹。渔者忌翻船。吃完饭不能把筷子横放在碗口，这像船搁浅，是不行的。潮水是一个敏感问题，结婚、上梁、开业、造船竖龙骨等喜事，都择潮涨时刻，喻步步高升。而殡殓、吃药、挂蚊帐要在潮退时分，意为退去了，永不发生这事了。

东山人都津津乐道渔业好收成的事，"夏至大烂（多雨），黄鱼当饭"，一网打上多少多少鱼。明、清迄民国间，渔民仅有鹰捕、擂网、网醩，后来才有机帆船、尼龙网，直至有外海渔轮，船上有雷达、探鱼器、对讲机，还带有冷冻机。跟着冷冻厂、制冰厂办起来了，水产加工厂办起来了。第一次听到勋弟的名字，就猜出他出身农民之家，勋之弟。东山的他是做水产加工的，有一个俗中生雅的"香海"牌子，有香酥小黄鱼、烤鱼片、醉黄鱼、鱿鱼仔。在经济开发区的这一片都是水产加工企业，进入鼻子的是一种香香的海味。从东山驶出去的还有中国第一艘海上水产干制品加工船叫"华盛渔加1号"，从国外引进的水产品加工流水线，可以把捕获的鲜活鱼鲜在海上直接加工。

"潮涨吃鲜，潮落点盐。"在东山住的时候，买"烂肚弯儿""鱼令"杂着咸菜烧，咸菜去腥，一点点酸味浸入鱼鲜，夹到嘴里会流口水，饭就吞下去了。如今这种最便宜低档的，成了改改口味的特色菜，如同土菜野草。潮涨潮落与海鲜无关，东山、塘头、炎亭、沙埕、舟山，都是互动的，江蟹是炎亭的，虾是塘头的，到东山吃海鲜也成了时尚，周末更甚。

东山给人的第一印象是闹热。鞋厂一下班，厂门口涌出的女工鱼贯而过，穿工作服或者便装的，都用勤快的步子和普通的容貌，从你面前走过。在东山，外来人多于本地人。大多数小学学生是外来务工者子女，享有同城待遇，就近入学，免交学费。这里的流动摊，茄子、辣椒、黄瓜、大麻花、精武鸭头、臭豆腐、凉皮，是天南地北的吃法。从上埠到下埠，一路开出江西饭店、四川饭店、安徽牛肉汤、豫风小吃、兰州拉面、重庆饭店，是五湖四海的模样。外地人默默地同化本地人，本地人本是清淡口味，清蒸，放姜放少许盐和葱花，连味精都不放，好尝出东山鱼鲜的鲜。如今也吃水煮鱼，只是点菜的时候加了一句：微辣的。端上来，还是辣。

东山的晚上也闹热。这里有一个外地人买外地人卖的地摊市场。老王是苏北人，拉一个车子摆上时令水果停在路边卖。老王六七月回家收麦子，在家待两个月，回到瑞安再卖水果。农民嘛，不可误了农事。隔一段路也有水果摊，一问，也是苏北人，老杨，他来瑞安五年了。卖玩具的是河南人，小本生意。开排档的，场面不小，邻近的丽水人。

这路以前叫瑞八公路，丁山围垦运土石的车，十几节挂车，颤巍巍的一节拖着一节，却也招手即停，顺路带你去下埠去肖宅去八十亩。而后来叫机场路，噪音很大，灰的颜色占据风景大部。如今公共汽车的站头一个紧挨一个，在大城市是不可能这么老是停停走走，在东山却变得顺理成章。东山还"洋"不起来，匆忙和杂乱，就是社会主义的初级阶段的模样。

东山值得骄傲的是出了个李毓蒙，1916 年发明中国第一台铁木结构的弹花机，到北京注册了"双麒麟"商标，这应该是温州最早的机械工业品牌。

历史似乎真有轮回。李毓蒙创造弹花机的东山，已有经济开发区，纵横的厂区大道两旁，是一个接一个的现代企业，与李毓蒙铁工厂比，是"青出于蓝而胜于蓝"。

想当年农场种的糖蔗、番茄、西瓜、柑橘特别好吃，很有名气，要凭批的条子才能买到。女儿念念不忘：农场的番茄特别甜、软，好吃，现在市场上买来的怎么不是那种味呢？我想，当时农场水田改旱地，一翻耕，一晒白，土的肥力好，浇的水也没有被污染，头两年种西瓜、番茄，土是"生"的，就特别好。如今这片种糖蔗、西瓜、番茄的土地上，安阳新区的路向南一延伸，滨江大道向东一延伸，中国模式的城市化把东山从乡下拉到城里。

我特意在东山转了一圈，去上埠、中埠、车头、下埠、肖宅，再上了瑞安大桥。大桥从东山到对岸的阁巷，走 104 国道的车，经瑞安大桥过江，东山也就成了陆路交通要道。东山渔港——瑞安大桥——导航台，东山可谓海、陆、空全齐了。

（2009 年 9 月）

河塘之下

东为下，西为上，塘下以建村在塘河的东岸堤塘下而得名。

塘河沿岸有河埠头，长长的石板长着青苔滑滑的，贴近水面的被磨得很平滑，是捶衣搓衣留下的痕迹。石桥横跨两岸，桥边的古榕浓荫蔽天。

沿着塘河走，心底升起了一股沧桑的感怀。这里经历了三次大海侵，六七千年前冰川后期的最大海侵形成古海湾，大罗山是浅海中的岛屿。后来海水渐退，古海湾为海潮所带的泥沙淤积成陆，塘河是一条潟河，后来经人工疏凿就贯通了。塘河东岸堤塘之下人们开垦农田形成村落，取个地名就叫塘下。乍听觉得名字很土，其实名字无关富贵只是符号。塘下与柳市、龙港、鳌江、瓯北并称温州五大镇，历史学家把这些镇的形成，归因于水陆位置的重要和商业的发展。那时的塘河是现代意义上的高速公路，塘下就在塘河边上，塘河里的小驳轮首尾相接，船舱两边有硬板座位，中间摆几张长凳，小贩穿来走去叫卖五香干、橄榄、槐豆芽。靠岸，上下船的人特别地多，塘下是大埠头。

遥想几百年前某天，某人在河边泥墩上栽下一棵榕树。榕，属木，音"容"，意"纳"，使人想到一种庇护一种宽容，一种铺天席地的气象。海风吹着吹着栽下的榕树就大了，有了房屋有了埠头又是一个新村。书上说，后朱榕树、上叶榕树500年了，八水榕树550年了，塘西榕树、仙居榕树600年了，里北垟榕树、下湾榕树700年了，下林榕树705年了。栽下榕树期望村里丁旺财旺，就有了鱼米之乡，就有了石岗修陡门兴水利，海安筑城抗倭，双穗盐场是南宋两浙产盐最多的盐场，陈傅良知湖南桂阳军推广龙骨水车灌溉农田，澍村闹蝗灾陈肃勉帮民众度饥荒而有后人杀猪祭祀的"排殿猪"之民俗。

想起戴新泮，新泮伯。三百九十华里以内的四百多个大小陡闸、五百多座桥梁、一千多条河道浦沥，是他常来常往之地。除水患兴水利仿效大禹，岩礁之志万潮难平，南河湫陡门只用九个月就造好了。黄宗英写《新泮伯》是一九六三年，新泮伯银须飘着，背个绿帆布包，穿布鞋风里雨里往堤塘上走，拉也拉不住，关也关不住。本可以享清福了，新泮伯呀新泮伯，他偏不。

坚忍不拔，顽强地生存，始终挺立着。人像榕树，榕树像人。塘口榕树都700年了，仍然郁郁葱葱。听说榕树气根能吸收空气中的水分养分，不断萌生的气根入地后会长成新的枝干，以取代老朽的主干，因而历经沧桑仍生机勃勃。

榕树反映了塘河流域的地理环境和移民历史。"榕树连街好纳凉，栲纱裁作夏衣裳，芭蕉叶大绿当户，丁冬花开红过墙。"

这是清同治年间温州司马郭钟岳的《瓯江竹枝词》。"水泥路最长，汽车最洋，山水最甜，榕树下最凉，别墅最漂亮。"这是塘下陈岙村村民自编的顺口溜。

榕树上刻着历史的印记，甚至与某一公共建筑共同构筑了一道独特的生态景观。上马榕树树冠庞大，盘根曲干，苍老粗壮，树龄 900 年了。小孩喜欢上树玩耍，奇怪的是从来没听说过有谁摔着。一九九四年百年一遇的强台风梅头登陆，有的树被刮倒了，有的树连根卷走了，而老榕树却只是掉下几根枯枝。上马人善经商，村里流传着这么一句话："走遍天下，不如上马榕树下。"

榕树聚集人气，榕树下是休闲消遣的场所，散讲，打牌，下棋，听鼓词，看广告栏里的招工信息、财务公告，传讲二十五年前塘下开了个七级书记会议，从中央、省、地、县、区、镇、村就是七级了。那天一家又一家的织带机"哆哆哆"响，车子一停，首长的警卫说："下雨了?"伸手一试探，没下雨。前店后厂，家庭作坊。那天有个胆大的农民专业户问："不知道我们这样做符不符合上头的政策?"得到的回答是"发展生产，勤劳致富，再加上守法，这样做一定不会错"。那天摆摊卖标准件的青年人不知道眼前的"官"有多大，竟吹牛说"除了飞机大炮，我们塘下都能造"。

其实还真被他言中了。什么都能造的塘下把汽车给造出来了。一位企业主说，做汽车零部件一年销售额可能就三五个亿，做整车就能做到几十个亿。

　　塘下不是一个简单的地方，它使人精神振奋。漫步塘下，处处充斥着一种商业的喧嚣，"中国汽摩配之都"的招牌显得耀眼。听说和美国通用合作，延伸配套产业链，力争成为国家汽车零部件出口基地。奔突拼抢，夹着皮包步履匆匆，可你稍微留意一下也会发现，塘下人的神色悠然怡然，这里的时空很是宽展。

　　塘下无愧于历史。六车道的道路已纵横铺开，塘下中心区全力打造以绿色生态空间为核心的江南水乡，有"一心二轴五区"。"一心"是以两个广场为代表所形成的行政办公、文化休闲、滨水商务等核心区。"二轴"由南北走向的瑞安大道（城市景观轴）和东西横贯的中心路（商业联系轴）构成。"五区"是五个现代化居住区。初冬的暖暖晌午，和塘下朋友站在韩田国策主题公园里，人口、资源、环保为题的雕塑抽象而夸张，环顾四周高高的楼宇三三五五，我已经可以想象出一个现代的多元的城了。

　　榕树的树荫几乎遮住整个桥面，老者闲坐。榕树下的他们超凡脱俗，似乎听不到打桩机响与汽车喇叭声，那边的高楼兀立于他曾经种过糖蔗的地，离埠头不远，此时他心里想的还是少年时蹲在糖蔗园里偷吃糖蔗的甜蜜。

　　回转，路遇新娘出嫁车队长长，我想起了网上一句俏皮话：娶妻还是到塘下，塘下嫁女轿车陪嫁。

（2011 年 1 月）

寨寮溪听起来很野性

"寨寮溪听起来边远，还有一点异族味道。其实是浙南繁忙的飞云江的一段中游。"（林斤澜《寨寮溪半日》）

"寨寮溪，名字虽然野性十足，其实是浙南大川之一的飞云江中游的一段。"（沈惠国《纯情的抚慰》）

"乘船横渡寨寮溪，便是广袤的茅花洲，茅草茂密，一片缟素，毫无芟刈或修饰痕迹。"（顾绍柏《高楼行》）

你看，所有的人都说寨寮溪不驯顺的原生态，不羁的野。

早年没听说寨寮溪的地名，查旧志也查不到寨寮溪三字，后来开发风景旅游叫响了寨寮溪的名字，"寨"与"寮"，一个听起来很乡俗的地名，容易使人想起木头茅草构筑的小屋和栅栏圈起的村子，就在溪边。寨寮溪"却似一块可制和璧的璞玉，像一位荆钗布衣的罗敷"（张桂生《风情万种寨寮溪》前言）未为世人赏识，有人问："寨寮溪的名字怎么来的？"

答曰：传说几百年前，陈八侯王在溪畔结寨筑寮，啸聚绿林，劫富济贫，百姓就把这里取名为寨寮溪。这是寨寮溪地名来历的民间版本，听说陈八侯王的殿就在溪畔。

又说：东海龙王的小女儿觉得龙宫太寂寞，就学王母娘娘第七个女儿的样子悄悄来到人间。她和一个叫甘漈的小伙子在这里扎下篱笆，这就有了"寨"。他们盖起了草房，这才有了"寮"。后来龙王派人抓走了龙女，龙女身上戴的鲜花掉落在岩石上，这里就叫"花岩"。龙女被抓走了，甘漈一头撞死在崖壁上，崖壁上的水涌了出来就形成了瀑布，这瀑布叫"甘漈"。

这是一个关于寨寮溪地名来历的民间故事，凄美，老套。讲故事的导游还说："青山是男人，流水是女人。青山托起了流水的腰，而流水却在青山的怀抱中撒娇呢！"

你看水从山坳里奔泻而出，成涧成溪，又叮咚咚流进石头底下不见了，像永远长不大的调皮鬼。即便成江，也忽开忽合，时湍时缓，一直在那儿撒野似的，这就是寨寮溪呵。

听说当地有叫寨寮溪的，不过音同字有异，只是百姓口头说说。这一带习惯上统称高楼，我的高楼朋友，不管哪乡哪村的都说自己高楼人。这里早先叫三港，三港就是三水汇合的一个码头地。江之上，有木船、竹筏上溯百丈口，下达滩脚，三港就是一个商埠。一种手工织的土绸叫三港纱，轻、薄、软、牢。三港在自给自足的自然经济中走近商品市场，三港税课司厅也应运而生，那是早在明朝洪武元年（1368）的事。山水也秀丽，旧志载有"凤楼十景""一滩绿水半溪沙，笑指闲鸥浴浪斜。"唐温州刺史韦庸来游，写下《丫髻岩》诗："丫髻山头残月，腊岩洞口朝阳。啼鸟唤人归去，此身犹在他乡。"北宋温州知府杨蟠，有《瑞鹿山》诗："千年白鹿地，今有佛楼台。昨日到山下，衔花又出来。"

雾来了，平流着，生动着。有人说了：雾在溪上流动，船在雾中隐现，乃寨寮溪一大妙景。雾笼寨寮溪的美是一种村姑婀娜多姿的婉约妩媚。

渔者下网，起网，篙桨并用，驾一叶轻舟，是水上蹒跚的舞步。深潭中有香鱼，香鱼无鳞，肚脏少，肉细嫩。银鱼味鲜美，晒成干是下酒上品。俗话说："嗅到银鱼干，口水密密吞。"雪鳗吃补，雪鳗在冰雪天会出来晒太阳，或者旱天嫌潭水浅会漂流过潭，这是捕捉雪鳗的好机会。香鱼银鱼雪鳗没那么多，去吃到了是有口福。

顺流而下，两岸的山是绿的，滩林是绿的，潭水是绿的，受城市喧哗纷扰的身心，顿时融化在绿里。溪滩开阔，枫杨树有点像枫，有点像杨。下滩，湍急的溪水冲来，往往形成深潭，深不可测。午后突然下起雨，豆大的雨点砸在水面上，溅起千万珠玉。不过一刻，雨过云破，一道耀眼的光柱冲泻而下，山光水色都亮堂。除了看山看水，山野间人文生态环境也是非常之好。高楼有曹三王府，始建于南宋宝庆二年（1226），石鼓旗杆夹，戏台莲花池，是文官到此落轿、武官到此下马的地方，可见其尊贵威严。有卓府遗址，始建于明中叶，卓敬被诛杀后其堂兄弟在此结庐避祸。有岩画，是唐至元代用线刻和浮雕手法刻的佛像和铭文，用来研究佛教传播史。有泥屋，黄泥做墙，墙中有竹片做筋骨，雍正六年建造，已历二百八十多年，居然还在为人类遮风挡雨。

远远闻到酒香，有人在烧制糟烧。这种用糯米酒的酒糟蒸馏出来的糟烧，封存一两年，比茅台酒好喝。去农家乐吃农家菜，喝高楼糟烧，聊幸福指数：恁"爽"，幸福指数怎不高呢？要是五六月，大吃特吃高楼杨梅。溪虾、溪蟹无泥臭，味清鲜美，可以生醉食之。

老街连着埠头，从前一船船大米、番薯丝、挂面运到城里，一担担盐、海鲜、日用品挑回山区。街面上，瑞安话、青田话、闽南话不绝于耳。民国十四年（1925）山洪暴发，洪水涌进营前街头时有大榕树遮挡，水势稍缓，落水灾民揪住树枝被人救起，大榕树被奉为神树。街尾有一个古渡口，有一个凉亭，廊椅已被磨蹭得凹陷，现出清晰的木纹。木船过渡，一支竹篙在水里划拨，鱼儿时常跳出水面。

我记下了漈门溪竹排上老大唱的山歌："口字直落本是中，游客乘舟意融融。下次来到我家里，家常便饭待客兄。六点两直写成非，兄弟姐妹到家嬉。家中待客有好酒，还有土菜本地鸡。"

高楼与寨寮溪，就这样成了一方之大名鼎鼎。

（2011 年 3 月）

潮基别名潮至

《瑞安市地名志》说，潮基"别名潮至。宋、元时，飞云江潮水可涨到此，故名潮至，后改为潮基。"潮基与潮有关，因潮涨到此、船行到此、人聚到此而有潮基街。

《飞云江志》载："金潮港是飞云江下游左岸最大支流，潮基以上为山溪性河流，以下为感潮河段。"潮基还有一个传说：很早以前此地大旱，百姓都饿肚子，有位白衣仙人跑到东海龙王那里求雨。龙王说："要我去那里降雨，限你三天时间，送来童男童女！"限期到了，龙王不见有童男童女送来，气得咬牙："非给点颜色看看怎晓得我的厉害？"当夜龙王就行了一阵大雨，开始百姓都快活得跳起来，哪晓得雨越下越大，没多少工夫，山洪冲下来，潮水满上来，房屋连人都被水冲走了。后来有仙翁指点："要制伏龙王，必须造座石桥，桥下埋一对童男童女，才能阻挡洪水和潮水。"白衣仙人依说造了一座石拱桥，把自己分身变作童男童女埋在桥下。从这以后，最大的潮水涨到这里都停了，后人就给这桥起名叫"潮至桥"。

潮基是山里人通达城里的一个公共接口，晚清时木船乘潮可达潮基，后来河床淤浅，埠头下移到岩头。《瑞安市地名志》介绍岩头"地居陶山至湖岭的交通要冲，为湖岭至市区的飞云江水运起讫点，惯称潮基岩头"。带路的人是个黑黑的汉子，他用手指刮下额头的汗，一甩，然后自我介绍说他叫郑锦宝。

从漫水桥到新殿码道，郑锦宝指点给我们看，还能看出老码头的样子。潮基岩头以前有好多码头，粮站的，土产站的，运输社的，盐业公司的，木材检查站的，交管站的，轮船公司的。化肥、农药、食盐、白糖、日用品从城里通过水路运到这里上埠，再肩挑到湖岭山区各村。山区的木炭、茶叶、木材、毛竹、卫生纸汇集在这里，用船运销各地，城乡在进行默契的交易。

潮基岩头是金潮港的中转埠，上上下下的有舴艋舟。舴艋舟因为小，两头尖，很像蚱蜢而得名。陆游《过瑞安江》的"俯仰两青空，舟行明镜中"说的也应该是舴艋舟了。舴艋舟趁着潮候上去，潮平到潮基岩头，撑船的老大喜欢一边行船一边唱船歌："三十六行行业多，撑船喜唱撑船歌。不管岁大或岁小，叫我老大叫我哥。"

然而，四条溪水汇集于此，每逢山洪暴发，又遇到飞云江涨潮，于是山洪下泻，潮水上涌，潮基岩头往往成为水乡泽国，村民们赶紧向后山高地撤退，或者爬到靠山的屋顶上躲避，水一退，墙壁上总是留有洪水浸泡过的痕迹。

潮基岩头的埠头最终被废弃了。造了公路，水运慢慢地少了。近年瑞枫公路改造加宽，郑锦宝最大的喜悦在于：困扰岩头村上百年的洪灾彻底解决了，即使遇到几十年罕见的山洪暴发，村民也不必再逃上山去担惊受怕了。郑锦宝是村党支部书记，回想瑞枫公路改造涉及拆迁安置，他以超常的耐心承受各种冷嘲热讽，乃至奚落辱骂。与公路建设同步，他牵头联络在外地的乡亲成立联谊会，提出改造岩头村的构思，第一年安置房建设破土动工，第二年拆迁户就搬进了新居，郑锦宝一下子很是荣光。我们进入村民老黄家看，160多平方米的套房装修得很洋派，大客厅，大沙发，47寸液晶电视，三门冰箱。女主人赶忙让座，未等我们开口，连声说："路也通了，新房也住上了，山头人现在住得比城里人还宽敞，环境又好。"

潮基岩头的埠头还在原来的位置上，只是没有了喧哗，像清明上河图上的桥。离埠头十来米，新造的瑞枫公路从上面穿过，替代了它的功能。村前面的滩林很茂密，深绿浅绿相间，修竹矮树相配，下面潺潺地钻出一泓水来。

滩林把这儿渲染得生机勃勃，微风轻掠，使人忽然觉得离淳朴的大自然是那么近。沿溪上溯陶溪村，有一石碑，上有"桃李蹊"三字，看去有些年代了。一溪流水，清可见底。那溪水之所以这么清，毫无浊迹，应得益于周边的生态环境。这么一个西部乡村，村里的排污管道铺设了，生活污水处理池建了，池上还种了芭蕉花，生活污水处理后才排放，这是了不起的事。

人把河流比作母亲，提出保卫母亲河，是一种大彻大悟。

沿溪再上去有贾岙，村里姓诸葛的是诸葛亮后裔，有"躬耕苦读，不求闻达"的优雅之气。即便是小店、酒肆，也没有别处的张扬，和那安静的民居融为一体。村前一棵银杏树，活了一千年了，树干上的树乳像钟乳石般往下长。小流域治理之后的溪岸是一片风景，如此块石堤坝本只有在城市公园看到，溪面特宽，溪水丰沛，水面自然没了漂浮物，干干净净。

缘溪而行，峡雄谷秀，不知谁给取了个很文化的名字：卧龙峡，一个从诸葛村派生出来的地名。溪上有游泳池，一放眼看去是碧透而湛蓝。陪同的乡干部小张说，这水直接喝也无妨。不远处有南北朝岩刻，省重点文保单位，刻有佛像佛塔，说明佛教早在南北朝就已传入瑞安了。

自然景观有了人文景观相衬，就有了历史的深邃，游人就有了对"天人合一"的更深理解。看了乡里高个子书记递来的材料，留下印象最深的也是如何做好山水文章，打造人与自然和谐的生态环境。

这就是潮基，一个省级生态乡的景致。山萦水绕，在大寨山、西龙山、殿后山、白岩山拱卫之下，清凌凌的三十一溪蜿蜒流过，一片润软的土地是郁郁葱葱的好看。我发现，潮基是一个清纯秀美的乡村。

（2010 年 9 月）

大雪温州
山水永嘉
妙乐清音
白乌兆瑞
认识文成
红色平阳
玉苍之南
走走泰顺
石雕的青田
景泰寿庆

第三卷

永乐瑞平泰

Chapter

03

大雪温州

温州少雪。2005 年 3 月 12 日，大雪出其不意地来了。

先是下雪霰子的，窸窸窣窣地敲打窗玻璃，像音乐家灵巧的手轻轻地击点琴键，有碎玉声。我们也不在意，反正本埠报纸说"强冷空气来势凶猛"，会有雨雪。后来中午 12 点左右下起雨夹雪，到下午就下鹅毛大雪了。

下雪，恁大？

看漫天飞雪，纷纷扬扬，飘飘洒洒，在温州。直至这时大家才醒过来，真的下雪了。人说温州是"种花移柳总精神，天气真如四季春"（清·郭钟岳《瓯江竹枝词》），乃温润之州，可是惊蛰节气都过了，进入春天了，怎么还下大雪？不信推窗看，街头银装素裹，行道树的枝叶都是雪做的了。梁武帝时曾为永嘉太守的丘迟写过《望雪诗》："氛氲发紫汉，杂沓被朱城。倏忽银台构，俄顷玉树生。绵绵九轨合，昭昭四区明。"说明那时雪很大，繁华的街市之上，披上雪的建筑和树木，如银台玉树，倏忽与俄顷之间一下子从地上生出来。不知道永嘉太守的诗写不写温州雪，也无妨，当年初温州有大雪，打雪仗堆雪人，水滴落冰冻起几尺长。近年怎么不下雪了，向往中的雪，孩子眼中的雪，被人千呼万唤的雪，总是没有到温州。老天怪不？今天大雪突来温州，听说这是温州 50 多年里来得最迟的一场春雪，人们一时反应不过来：下雪，恁大？

突如其来的雪带来回忆。大家看雪花无休止无声息的，非花非絮，疏疏密密地飘下，似乎与童年家门前飘下的雪花对接上。"呵着冻得通红，像紫芽姜一般的小手，七八个一齐来塑雪罗汉"（鲁迅《雪》）。"大地也睡着了——这不是长眠，这似乎是它辛勤一年以来的第一天安睡"（梭罗《冬日漫步》）。近年冬天变暖和了，童年情景见不到了，好像有一种失落感。而今天的大雪如不速之客，叫人惊喜。对于温州人，雪天是好日子，它如同对童年记忆的一次复习，旧时情景的清晰触摸。雪如在唠唠絮语，走过大街小巷，铺在你家的门槛外，镶在他家的阳台上，漫过近树远山，一头扑向久违的温州大地。"下雪了"，大家深深地吸进鲜活的冷气，对每天如此重复奔忙的人来说，有吐故纳新的感觉。大家都说说笑笑，农历二月初三了，还下大雪真是温州新鲜事。

温州的雪是软的。地上浅浅的一层，公交车减速了，行人少了，匆匆忙忙的温州进入了慢镜头，仿佛连人的思考也减缓了。200 多人雪阻铜铃山森林公园也不急，赏景赏雪也不错，生意的事就先放一放。四海山森林公园的积雪几乎没膝，人们就关门看电视喝盅温老酒。一天之隔降温十几摄氏度，大雪使农作物受冻，农业大棚被雪压塌了，有的农民损失不少，在骂雪。也无妨，1994年的台风是空前劫难，翻江倒海，我们都不怕。这仅是雪花飘下的困难，算点什么？适者生存，无论在什么环境下我们都会找到阳光和雨露。一本书上说，二十世纪八十年代初，一位温州姑娘在北方寒风飒飒的大学门口补鞋，她手冻僵了，人家问她补鞋有些难堪吗，她忙着补鞋，连头也不抬。问她将来打算干什么，她说："开一家店，自己当老板。"在下雪的北方补鞋的温州姑娘们，如今该是三四十岁的老板了。温州下雪的今天，估算她正开车去楠溪江或者雁荡山赏雪，她们把眼前的雪景与北方的雪景做一番比照，这温州雪有多美啊。是雪使人联想，雪是思想的寄托物，因而孟浩然踏雪寻梅，曰：吾诗思在灞桥风雪中驴子上。

温州毕竟少雪。温州的小孩终于知道什么叫"雪"了，懒得晨练的我第二天一早主动约妻去万松山，上早班的人依然行色匆匆，扫地的工人已经忙着扫雪，他们风趣地说，这是"天上掉下来的任务"。登山赏雪的人不少，万松山积雪二三寸，踏下去叽叽响，踩几脚就化了。一伙伙的男女小青年一路雪仗，顽皮像猴子，不时摇落树枝上的雪绒，撒了一身一头，脖子呼呼冒热气。笑声特别清纯脆响，处处有动人之处。可惜温州的雪留不住，待我们8点多下山时，向阳的树荫尽在滴水。"旭日开晴色，寒空失素尘。绕墙全剥粉，傍井渐消银。刻兽摧盐虎，为山倒玉人。"（李商隐《残雪》）迟来的人只能观赏残雪了。

温州是热气腾腾的，雪下到温州的土地上就化了。

（2005年3月）

山水永嘉

"永嘉"，是"水长而美"的意思。

三百里楠溪江流经永嘉三分之二的土地，流入瓯江。楠溪江以田园山水风光见长，水秀、岩奇、瀑多、村古、滩林美，原始古朴，野趣天然。楠溪秀水，被专家誉为"天下第一水"。大若岩，狮子岩，石桅岩，都是奇岩险峰，无不引人入胜。我特别爱看大片大片的滩林，如绿色的屏障，与溪流、河滩、草地、远山、蓝天、白云组成层次丰富的景观，有牧童在滩林中放牧，有妇女三三五五地在溪边洗衣，特别地显得洁净优美。楠溪江的古村落苍坡、芙蓉、林坑、埭头、岩头、枫林、蓬溪、廊下，无不引起人们的关注，农耕社会的历史风韵犹存，古民宅弥漫着耕读文化的遗风。

"自言长官如灵运，能使江山似永嘉。"苏轼曾这样说。

谢灵运于南朝永初三年（422）出任永嘉太守，"凡永嘉山水，游历殆遍"，题咏甚多，他的"池塘生春草，园柳变鸣禽"

为千古名句，谢灵运涉足的永嘉风景点成了历代墨客骚人寻找诗魂的胜地，人们称谢灵运为中国山水诗鼻祖，楠溪江为中国山水诗摇篮。谢灵运《石室山》诗云："清旦索幽异，放舟越坰郊。苺苺兰渚急，藐藐苔岭高。石室冠林陬，飞泉发山椒。虚泛径千载，峥嵘非一朝。乡村绝闻见，樵苏限风霄。微戎无远览，总笄羡升乔。灵域久韬隐，如与心赏交。合欢不容言，摘芳弄寒条。"石室山就是大若岩，在楠溪江小源，有陶公洞可容数千人。

汪曾祺游楠溪江三天，写了《初识楠溪江》，他说，匆匆半面，很难得其仿佛，但他可以负责地向全世界宣告：楠溪江是很美的。他作诗曰："楠溪之水清，欲濯我无缨。虽则我无缨，亦不负尔清。手持碧玉杓，分江入夜瓶。三年开瓶看，化作青水晶。"清华大学陈志华教授1990年到楠溪江，就被楠溪江吸引住了，他在《楠溪江中游古村落》中说：楠溪江的风光是美的，是江南典型的那种秀色可餐的美。一道道山，一道道水，山是青的，水是明的，山护着水，水照着山，山上的松林连着水上的滩林，郁郁葱葱，连成了片，四季都活跃着蓬勃的生机。第一次去是深秋，浓绿中有金黄、有艳红，那是枫叶和丹柿。第二次去是暮春，漫山遍野开满了烂漫的油桐花。第三次是中秋之夜，月光下，渔火点点，打鱼人敲着低沉的木梆。再以后，有盛夏又有初冬，有时候阳光灿烂，有时候烟雨迷蒙。那迷蒙中的景致，仿佛有活生生的灵性，欢快地不停变幻着，白云舒卷游动，江上山上，一忽儿有的没了，一忽儿没的又有了。那村子，那房舍，就散落在这样的山麓水滨，它们在清风明月下生，在莺啼鹿鸣中长，它们是大自然的亲骨肉。

人们说，楠溪江建筑没有皖南民居的精致，没有晋中大院的豪华，也没有闽西土楼的壮观，但它们把楠溪江姑娘的清纯灵秀、老农的朴实坦诚和在乡文人的儒雅散淡熔铸进去了，它们便那么和谐宁静，潇洒自如。苍坡古村落苍老而深沉，如此格调对于我既熟悉又渐陌生了。枫林去过三四次，而只有以游览古村落为目的的这次，才终于走呀走到枫林老街深处，徜徉于想像的枫林和眼前的枫林之中。去岩头看丽水街，去芙蓉看司马宅也是如此。我的老家茗岙建于晚唐，算是相当古老的村落了。楠溪江古村落使人感觉到渗透在村落里的耕读文化的书卷气，乡民淳厚朴实的性格，青山绿水陶冶出来的对自然的亲和感，封建礼乐教化也历历可见。

楠溪江与文化人结下了不解之缘。有一个村叫林坑，画家赵瑞椿发现了。他说，如此完美的村落景观是先哲们的"天人合一"最好的诠释，美学意义上的世外桃源，有着惊人的美。香港凤凰卫视中文台副台长赵群力到林坑航拍《寻找远去的家园》，不幸小飞机失事，以身殉职。如今那里建了赵群力纪念室。

有这么一个感人至深的故事：《我的祖国》作者、作曲家刘炽不顾八十岁高龄来到楠溪江，走进楠溪江的山与水，对这里的风光之美惊叹不已，被民族英雄陈虞之的悲壮感动得两天没睡好觉。走过祖国的好山好水好地方，刘老回去后不顾病体创作《楠溪江之歌》，五十天后，刘老逝世了，《楠溪江之歌》竟成了作曲家的绝唱。

还有这样一件事：著名导演谢晋到楠溪江作三天考察，在石桅岩游览时，他连声赞叹"这真是天然的电影拍摄基地"。文字形式的电影故事无疑已悄然在楠溪江流动情节，向他涌去。他在芙蓉参观时，当初知道有这一块宝地，《芙蓉镇》要拉到这里拍了。

诗人邵燕祥有永嘉之行，才得识永嘉山水。他说楠溪江无多装点，野趣天然，荆钗布裙，不掩国色。于是他写了《永嘉四记》，足迹心迹皆记之，以飨后之问津者。

从维熙在《待嫁"新娘"》中感叹："美丽的楠溪江，你不正是一位深锁春闺少人知的梦中少女吗？"

刘心武在《秋水筏如梦中过》中说："楠溪江风景之美，全在自然纯朴，尤其是乘竹筏在溪中漫游，那感受完全不需要加以润饰雕琢的。"

王旭峰说："楠溪江，一棵会流淌的临风的玉树。"

"楠川山水甲东嘉，十里澄潭五里沙。"山水永嘉如此地迷人，是文艺家寻找灵感、考古学家研究历史、人文学家探索民俗、游人放飞心情回归自然的地方。举目所见，是原汁原味的历史沉积和家乡醇味，没有城中的喧闹浮躁，得到的是一份清纯，一片宁静。

能不忆永嘉？

（2011 年 6 月）

妙乐清音

"介姆飞过青又青哎？介姆飞过打铜铃嗬？介姆飞过红夹绿哎？介姆飞过摸把胭脂搽嘴唇嗬？

青翠飞过青又青哎，白鸽飞过打铜铃嗬，雉鸡飞过红夹绿哎，长尾巴丁飞过摸把胭脂搽嘴唇嗬！"

乐清民谣《对鸟》上了中国民谣集，被联合国教科文组织收入亚太地区民歌集。民谣里的"介姆"是"什么"的意思，"介姆飞过青又青"就是"什么（鸟）飞过青又青"。乐清人说话有很多"介姆"，我的乐清朋友丹华是诗人，很平易近人，也不背耳，却是一个接一个地"介姆"，有时完全可以省略却又来个"介姆"，我觉得他把"介姆"说得特别乐清。

"介姆"就是乐清的语言符号，就像雁荡山是乐清的山水符号，低压电器是乐清的产业符号，人们习于不冠地名直呼正泰德力西。

一日问起，乐清为什么叫乐清？答曰，源于王子晋吹箫，一个美丽的神话。王子晋相传为春秋时周灵王太子，成仙后跨鹤东来，垒石作台，吹箫其上，乐声悠扬，乐清建县就据此传说名县为乐成，后来改"成"为"清"，明隆庆《乐清县志》说，"乐清，盖以王子晋吹箫名也"。

乐清因音乐而得名，是乐（yuè）清而非乐（lè）清，特别雅，清新，大家开玩笑说，怪不得乐清人的介姆山歌唱起恁好听。

那王子晋吹箫的地方叫箫台，乐清有文学刊物《箫台》，丹华、文起、宗斌、瑞坤、蓉棣、文兵一批人就撑在台面上。早在柳市办厂里隆走私的那个年代就写诗写小说，丹华还常给我寄信来，邮票8分钱，不知何故常用有蓝色斜线的航空信封，信封里寄不来"介姆"寄的是他写的诗。那短短的信里常有一个暖暖的词"同病相怜"，说他和我像戏文里的穷书生赶考。

信短，寄来的诗却很长，题目是《女供销员》："关于她的风流韵事/已被捕风捉影者/编纂成七卷八册　谁知道/今后　还可以出多少个续篇？/小镇上正经人儿都说　活该/谁叫她　长得婀娜多姿/谁叫她　打扮得花枝招展/谁叫她　赚了那么多/一大叠一大叠的'大团结'？/她悄悄地咽下泪水　咬着樱唇/仍然昂着她那撩人的酥胸/高耸起　她那令人嫉妒的骄傲/走南闯北去赶电器产品订货会/男也窃窃耳语　女也耳语窃窃/那个靠妻子喂肥腰包的丈夫/又在她滴血的伤口上/撒上一大把盐/借口抛开她去另寻新欢/斯人独憔悴/却丰满了　小镇上/好多好多个大厂小厂/后来　她掏出了大半的积蓄/在小镇渡口　建筑了一座钢筋水泥的大拱桥/而在河风中仍传来/过桥人的碎语闲言/有人说桥是她为自己立的牌坊/有人说　桥是她捐献的一条门槛/让千人踏　万人踩……"

乐清人创业的故事能编纂成七卷八册，有名的"八大王"充满了酸楚的传奇色彩。好多好多个大厂小厂丰满了，谁说得清其中有多少辛酸苦辣。刘文起《柳市的形象》里说那时轰隆隆的机轮声喧嚣尘上，各地不少人竞相而来，五金电器市场生意很盛，桥头街口清晨时总站着一群群人，拎个提包，夹把布伞，骑着"本田"或"雅马哈"的人靠近，有要工人的，有要保姆的，说妥了就往轻骑上一坐，一溜烟而去。——作家笔下的温州模式。乐清人的巧手弄电器，弄出东方电器大都会。

　　乐清人的黄杨木雕和细纹刻纸也是一种细功夫。一道粉墙，一座假山，红娘焚香，莺莺蹙眉，张生偷看，是木雕《月待西厢》。小小的木如意上透空刻上五首唐诗，一百七十二个字，是木雕《唐诗如意》。我书架上有刘瑞坤 1995 年编的《木雕情缘》，旧书摊上淘来，书上说漫画家华君武参观王笃纯木雕一家，当即挥毫题下"姜老的辣，小的也辣"。

　　然而蛰居瑞安，十几年没听乐清朋友朗声笑了，我们老了，我们的城市瑞安和乐清，两个千年古县，却少年般日长夜大，在外面很有名气：有钱，民营经济发达，温州南北两翼中心。而乐清民歌《对鸟》已演绎出一首《对鸟新唱》，"介姆"换上了"什么"，借用摇滚之后还是乐清山歌的味，翻来覆去的是今日乐清的时尚与节奏，乐声清扬，得了全国群星奖，我知道这奖很厉害。

　　乐清有柳市，柳市有大柳树，乡人聚在柳树下交易，以自家之有余易自家之不足，久而久之得名柳市。乐清有白象，有白塔建在形似象鼻的小山上故名白象。乐清有白石，岩石多白色。乐清有磐石，坚如磐石。乐清有黄华，那里有黄花山而得地名"黄花"，"花"与"华"通假而雅化为黄华。乐清有七里港，孙中山先生在《建国方略》中提出建七里港区设想的港口。我很早以前去过柳市和白象，最深的印象是电器产品广告牌很多，一排房子的窗户都被广告牌遮住了。人说广告也是窗户，另一种城市对外开放的窗户代替了房子的窗户，开了窗登高望远。

乐清有雁荡山，以鸟名山。鸟是一只村野之鸟，代表的是一种潇洒和野性（许宗斌《鸟山之"龙"》）。潇洒和野性，也是去雁荡山休闲观光的最佳状态。十二年前《乐清日报》华荣和杨坚陪着我看大龙湫、灵峰夜景，放松了一天。白溪的软粘泥涂产牡蛎、蚶、蛏，炒粉干里放牡蛎干、蚶干、蛏干真好吃。十二年了，雁荡山可好？

昨日上网，搜索一下"乐声清扬"，跳出一个《乐清恋歌》，觉得好玩，于是复制下来："夕阳的余晖洒满了湖边芦苇，成群的秋雁纷纷晚归，白云深处，灵峰依旧苍翠，我遍寻不到当年的阿妹。昨夜的杨梅酒还在心头回味，缥缈的渔歌寂寞是谁，孤帆远影，瓯江绵绵不休，能带走多少忧愁多少泪。乐清的山，乐清的水，乐清的你在我心中最美，灵岩飞渡时心跳的感觉，还有谁能和我一起体会。乐清的山，乐清的水，乐清的你如今在哪里飞，卓笔峰也难书我的后悔，错过的你我要用一生去追。"

乐清的你如今在哪里飞——谨此献给乐清文友。

（2013 年 3 月）

白乌兆瑞

"瑞安"的由来，可简之以"白乌兆瑞"作答。

先说白乌，白羽之乌，自然界所罕见。我也寡闻少见，常听到的是"天下乌鸦一般黑"，乌鸦是黑色的，乌即黑也。人们认为乌鸦叫是不吉利的事，小时候乌鸦一叫，我妈就念叨："乌鸦嘴，丕嫂，丕嫂。""丕嫂"是方言的音译，说"丕嫂"是为了祛邪消灾。翻民间故事书，真还有"丕嫂"的传讲，说丕嫂吓退妖魔鬼怪，连阎王都怕丕嫂。乌鸦嘴就是好事说不灵、坏事一说就灵，用"丕嫂"驱离之。宋陆佃《埤雅》"今人闻鹊噪则喜，闻乌则唾。"人们喜欢喜鹊讨厌乌鸦，觉得出门闻喜鹊是好兆头。

其实乌鸦冤枉了。"乌，孝鸟也。"（《尔雅翼·释鸟》）有乌鸦反哺一说：当老乌鸦体衰飞不动的时候，它的子女就寻来食物，嘴对嘴地喂给老乌鸦，直到老乌鸦终老。《谯子法训》说："乌者犹有反哺，况人而无孝心者乎?"

乌鸦也是智者。小学语文课本里有《伊索寓言》中的乌鸦喝水的故事：一只口渴的乌鸦看到窄口瓶内有半瓶水，于是将小石子投入瓶中使水面升高，从而喝到了水，说的是乌鸦的智慧。《科学》杂志报道，乌鸦会制造工具来获得食物，让在场的科研人员又惊又喜。

乌鸦还是吉祥鸟，乌鸦来巢是好事，白居易诗："此乌所止家，家产日夜丰。"而史书中常提到白乌，把白乌作为一种瑞物，赋予祥瑞之意。"甘露降，白乌见，连有瑞应。"(《东观汉记·王阜传》)"白乌，王者宗庙肃敬则至。"(梁沈约《宋书·符瑞下》)"臣闻王者敬宗庙则白乌至。"(南朝姚察《梁书·范云传》)汉昭帝元凤三年有数千白乌集中泰山，说是对施政方略的肯定。

瑞安为什么叫"瑞安"？清嘉庆《瑞安县志》载："天复二年有白乌栖县之集云阁，以为祥瑞，更名瑞安。"清乾隆《瑞安县志》载："唐天复二年有白乌栖于集云山，诏改安固为瑞安。"原来，有白乌栖于集云山是一个好兆头，天欲赐福于此地，从此顺心遂意，安定康宁，便把县名改为瑞安了。一个天气晴好的周末我去了一趟集云山，想寻访历史的久远与温馨，感悟地名文化的扑朔迷离。可惜有了公路坐上车就一步登顶，少了前人登山途中可以仰观俯察左顾右盼之游趣。站在山顶呼吸新鲜空气，拿出清人编的《集云山志》翻翻："集云阁，在本寂寺左侧，天复二年有白乌栖县之集云阁，节度使钱镠奏闻，诏易安固县名，瑞安之名始此。又名白乌亭。"《集云山志》记下的地名，山上人也不能一一辨认得了，也就罢了，其实史书上的"去城北里许，邑主山也。其巅境趣平远，为一邑冠"已是高度概括。前人所说"冈峦回互，林壑深修，襟江带湖，屏蔽北廓，岿然特出于诸山之上""一城之主山也"（孙锵鸣语）也名副其实。说是"一邑冠"，瑞城的帽子，也十分形象贴切。前些年设计了生态公园，规划会审会上我就说了"瑞安"与白乌与集云山有关，白乌是瑞安的吉祥鸟，集云山是"瑞安"二字的发生地，一个文化重地，且分量相当重，于是建议把"白乌兆瑞"的典故设计出来，众人赞同。

地名往往显现一个地方的环境与文化因素。"瑞"，祥瑞也，说的是天欲赐之福，先示以兆；"安"，定也，静也，就是无所勉强，无所危急。"瑞安"这一语词，就是一个地域文化的象征，一个牵动乡土情怀的称谓，这里发生的一切，包括它的坎坷与辉煌，它的以往与未来，无形地积淀在看似只有两个字的地名里。我最近出了一本探索瑞安地名文化的书，书名就叫《白乌兆瑞》。

瑞安是一个千年古县，三国吴赤乌二年（239）析永宁县大罗山南境置罗阳县，设县治于北湖鲁岙，为瑞安建县之始。宝鼎三年（268）改罗阳县为安阳县，西晋太康元年（280）改安阳县为安固县，唐天复二年（902）改安固县为瑞安县，从此，就有了地名"瑞安"了。这时的瑞安是一方平安地，少战乱，因而人口大迁入，土地大开发，农业耕作方式已是牛拉犁耕，还设窑烧制瓷器，技艺已炉火纯青，引海水煮盐，盐田已初具规模，出产柑橘、甘蔗、茶叶、鱼鲜等特产，可谓物阜民安。白乌作为一种瑞物栖之集云阁，时人以为祥瑞，觉得这是个好兆头，也在情理之中。

如是传说中的吉祥之兆，为瑞安人所津津乐道。一个"瑞"字，一个"安"字，都是好的字。"瑞安"之名已沿用1100多年，联合国地名专家组中国分部、民政局地名研究所授予瑞安"中国地名文化遗产——千年古县"称号。老市区的公园路上，玉海楼的后门，就立了一块千年古县的石碑，虽不显眼却是一处巍巍胜迹。当年拟写碑文，觉得神圣之极。

"瑞安"这个地名，也反映出瑞安人追求祥瑞平安的心理。在瑞安，含"瑞"字的地名特别多：瑞湾村、华瑞社区、瑞祥新区、拱瑞山、天瑞路、瑞立路、瑞枫大道、瑞光大道、瑞祥大道、瑞祥山庄、瑞嘉庭院、华瑞豪庭、瑞星花园、欧瑞豪庭、金瑞名苑、瑞华苑、瑞锦花苑、天瑞尚品、万川瑞园、瑞虹景园、瑞豪家苑、瑞城公寓、瑞鸿花园、瑞枫小区。含"安"字的地名也多：安阳街道、海安镇、永安乡、安阳新区、东安村、新安村、安基村、上安村、西安村、安阳路、安吉路、安康路、安宁路、安民路、安强路、安福路、安盛路、安泰路、安平巷、安华苑、万安家园、安庆小区、安康小区。对太平盛世的向往是普天下百姓的心愿，以这种美好的意愿来命名的瑞安地名就多了。

拱瑞山在温瑞塘河中，四面临水，为一小渚。明初因废除了西垟陡门、月井陡门，新造的陡门远在十里外，这样一来，因河道延长，流势相对变得缓弱，使得泥沙慢慢沉积，河床日渐淤塞，逢旱即涸，遇涝则泛，两岸农业歉收。明万历五年（1577）

瑞安来了一位新任知县齐柯，他募工筹资，主持浚深塘河河床，挖出来的淤泥堆成了一座小山，以避免东去、北来的两股河水在这里合流时形成旋涡。后来又在其上种植了树木，修建了魁星阁。为了纪念齐柯的功绩，人们遂称这座小山为齐公山。但是齐柯不接受这个称呼，亲自命名这座山为"拱瑞山"，有"拱护瑞安"之意。拱瑞山，一个吉祥如意的名字。

有村叫杨家桥，一条从瑞安车站到杨家桥村的路叫瑞杨路：瑞安——杨家桥。而杨家桥是瑞安一个村也是"瑞安"，改名吧。"瑞杨"与"瑞祥"瑞安话同音，就改名为"瑞祥大道"，一个吉祥如意的名字。后来派生的"瑞祥新区"也是一个吉祥如意的好地名，瑞安人喜欢。一次闲聊我问一文友现在住哪里，他应答："瑞祥"，漫不经心地有底气，非炫耀，颇自豪。

地名取名追求祥瑞美好，也显示了一种吉祥文化，如龙潜、虎山、凤翔、龟岩、鹿木、蛟池、蟄丰、仙降、会吉、高旺、荣祥、永丰、金桥、八水、花园、雅儒、白莲、杏里、篁屿、花井、净水、燕子窝、花草垟、三株松，都是村名，有雅致有趣味。记得1992年某日，市长在听取新区初步规划汇报，一张新区规划草图挂在墙上，上面写着"罗阳新区规划草图"，几个青年设计师在描述开发新区的构想。瑞安曾名罗阳、安阳、安固，老名新用，建一个新区叫"罗阳"未尝不可，但与泰顺县城同名，比较起来还是叫"安阳新区"为好。我的这个提议得到大家的赞同，于是，设计师就拿红笔把"安阳"二字盖写在"罗阳"上，"安阳新区"的名字就这样第一次出现在规划图上，又出现在政府的文本上。

当我们深入瑞安的街巷，贴近水心街与申明亭巷的砖墙，或者博物馆一隅，端详陶釜陶罐，或者坐在明镜公园的水边，静静地就可以悟到瑞安是平和与婉顺的，有一种地域文化个性。我以为，祥瑞二字一直在瑞安人身上，成为一种文化基因。你或许已经看到，一个牌楼上写的"天瑞地安，人杰业旺"就是瑞安城市广告语，和气生财，平平安安就是福。瑞安人与人友好，与自然友好，显得文雅平和。一个城市就会因此舒展开去，很阳光，不拘谨。不信就去走走看看吧，我就当了一回好事者，趁天气晴好心情也好，从瑞安动车站经飞云江五桥过来，进瑞湖路，拐进罗阳大道，再进万松东路到家，只觉得瑞安像一个大城市了。

（2018 年 3 月）

认识文成

文成，县名取自大明军师刘基的谥号。

刘基死后，明武宗下了一道诰令，说刘基"慷慨有志，刚毅多谋，学为帝师，才称王佐""占事考祥，明有征验；运筹画计，动中机宜""今特赠尔为太师，谥号文成"。

文成是年轻的发展中的山区县。公元 1946 年，民国三十五年十二月，从瑞安、青田、泰顺三县边地析置一个县，包括青田的南田，南田武阳就是刘基故里，刘基谥号文成，于是这新置的县就取了一个好听的诱人的名字：文成。

网上说，经纬天地为文，安民立政为成。认识文成，从刘基开始是一种人文的解读。

"渡江策士无双，开国文臣第一。"刘基辅佐明太祖成帝业，官至御史中丞，封诚意伯，殁后追赠太师，著作《郁离子》是一部寓言集，是历史上杰出的军事家、政治家、文学家和哲学家。刘基故里的刘基庙，是去文成的客人第一要去的地方。一进刘基庙就有明代木牌坊"帝师""王佐"赫然入目，使人顿生敬意。刘基庙为国家级文物保护单位，明英宗天顺二年（1458）奉旨敕建，算来距今已有550多年历史，仍保持旧观，为七间三进，坐北朝南，中贯大道，宏伟古朴。特别引起我注意的是庙中的楹联与匾额特别的多。如我国近代著名教育家、民主主义革命者蔡元培撰题的对联：

时势造英雄，帷幄奇谋，功冠有明一代；庙堂馨俎豆，枌榆故里，群瞻遗像千秋。

原国民党政府主席林森题联：

出处进退与任圣冥符，运启风云成，旷代勋华民族史；事业文章有姚江继武，桑梓崇俎豆，千秋祠宇括苍山。

华东师大教授苏渊雷题联：

开国文章，匡时经济，冲天一鹤飞声远；赤松偕隐，黄石传书，立庙千秋见道高。

著名金石家方介堪联云：

占事考祥明有征验，开国文臣第一；运筹画计动中机宜，渡江策士无双。

刘基庙楹联之多保存之全在国内名人祠中罕见，且集书法艺术之大成，正、草、隶、篆四体俱有。我也由此想起成都武侯祠的"能攻心，则反侧自消，从古知兵非好战；不审势，即宽严皆误，后来治蜀要深思"，南阳诸葛武侯祠的"功在朝廷，原不分先主后主；名高天下，何须辨襄阳南阳"，刘基与诸葛亮都是辅佐帝王开国之臣，一样被作为智慧的化身，一直传讲在百姓之中。走过刘基庙，细细体会刘基的立功、立言、立德，感到文成人杰地灵。

地灵人杰的文成出赵超构，赵超构有"三不朽"：《延安一月》，赵超构1944年访问延安后写出的长篇通讯，报道延安革命根据地，与斯诺《西行漫记》相媲美。《新民晚报》，赵超构创办的新中国第一张晚报，他努力使报纸"飞入寻常百姓家"。《未晚谈》，赵超构的杂文集，书名用了李白《梁父吟》"东山高卧时起来，欲济苍生未应晚"。立德、立功、立言，尽在其中。我与文成报的同志结伴去赵老故里龙川，那座叫"同春"的赵氏旧宅灰墙斑驳，屋面上青苔如墨，写在中堂的毛主席语录仍清晰可读："人民，只有人民，才是创造世界历史的动力。"龙川的溪水哗啦哗啦特别响，前山竟是方方正正，草木茂密。人说此地是神龙吐信、一川中流的风水宝地。

认识文成也可以从"山"入手，一种自然地理的解读。我常这么想，文成山水似诗，英气灵聚，奇峰耸峙，峡谷幽幻，是山区却也"山"得出奇。

山顶有平台。高山之上是坦荡荡的平地，沃壤百里，平畴千顷，绝对是农耕的好地方，这儿就叫南田。快到山顶时耳朵里有"嗡嗡"的感觉，到了南田就是一马平川的开朗与惬意，给我一种另类的感觉，可以说是山上平原，山顶平台。正如永嘉四灵之一的翁卷《游南田》诗说的："步步蹑飞云，初疑梦里身。村鸡数声远，山谷成家邻。不雨溪长急，非春树亦新。自从开此岭，便有客行人。"

山巅出平湖。湖处于高山茂林间，且湖上有湖，湖中有岛，湖光山色非常优美。最大的当数飞云湖，湖面有三十几平方公里，人工湖，我坐船游过。最小的是小瑶池，湖在海拔 1100 米之上，涌泉四季不断，池水终年碧绿，犹如一面明镜。有一天顶湖，和杭州西湖面积相似，海拔在 630 米之上。湖心一岛，朱砂土，似一块玛瑙。湖串湖，湾套湾，峰回水转，湾湾湖湖景不同。水文地质学家陈梦熊赞誉天顶湖与台湾的日月潭相似。

说文成就要说说百丈漈。有一漈百丈高、二漈百丈深、三漈百丈宽的说法，一漈瀑布高 207 米，为全国最高的瀑布，势如万马奔腾，声似怒雷撼地。我一进去，就感觉到此地的苍凉威武，大气豁达。

山里有绝景。"壶穴"有点刺激：一个接着一个，有的像酒坛，有的似浅井，有的宛如大石盆，浑圆光溜，水清如碧。瀑布经上一个"壶穴"，奔腾冲泻，哗哗啦啦，流入下一个"壶穴"。"壶穴"就是峡水急流经千万年旋转冲刷而成，旅游学家谢凝高称之为"壶穴奇观，华夏一绝"。

看了风景，文成报同人请我吃一种"豆腐酿"。太鲜美了，怎么也忘不了。与我老家的不同，我老家的"豆腐酿"是豆腐渣做的，也加青菜萝卜缨。文成的"豆腐酿"是从毛豆荚里剥出的鲜豆，磨细了，不分离出豆浆，做出的"豆腐酿"是淡淡的绿，鲜嫩，有清香。

我新近去了龙麒源。导游说，当地畲民为纪念畲族始祖龙麒，就把这里称为龙麒源。水在这里绕了个"弓"字形的弯，汇聚成湖。水很绿，感觉很静。山脊伸出来，把水面隔断。这儿古木成荫，藤缠树绕。千年古木从岩缝石隙中伸展出来，根枝极尽婀娜。

刘基辅佐朱元璋开创大明王朝，称为"帝师"，文成农产品以"帝师"为品牌，名声不小。

（2011 年 8 月）

红色平阳

红色象征激情与革命，红色之旅使我感觉到平阳一段与刀兵水火相连的历史，充溢着一种金戈铁马叱咤风云的浩然之气。

天气预报说最高气温摄氏 35 度，一下车，中国工农红军挺进师纪念园入口，就使人感觉到七月的热度。一抹大红是旗的造型，示意来访者登上一级级台阶，去今天朝拜之处。上山的台阶不陡，汗却一直流。

山名叫凤岭，有竹有松有凹进的一片风水宝地，纪念碑矗立其中，当年红军就是从这里出发赶赴皖南抗日前线的。

中国工农红军挺进师纪念碑由刘华清题写碑文，通往纪念碑的山道上一座红军北上抗日出征门，由张震题写匾额，加上中国工农红军挺进师陈列馆由迟浩田题词，人们扳指一算，三个国家军委副主席题词，字字是千军万马。导游说，碑右有龙井庵，是当年闽浙边临时省军区司令部，东楼的小窗里油灯下，粟裕在此撰写兵法著作。凤岭竹丛中，有一口清澈见底的"红军井"。

站立凤岭之上，能看到集镇错落有致的模样。这镇叫山门，一个土生土长的地名，有红军街、红军桥、红军路、红军小学，有刘英、粟裕率部队开展游击战争的遗址，抹去了时间的边界，我们的思绪就此停留在过去的年代里。

　　老街始建于明末清初，木板店堂门显得一脸沧桑，就留下一段鹅卵石地面静静地躺在阳光下。听说当年街上住着周、徐、叶三家，各家都在门前建一颗有气势的石门台，百姓随口就叫这条街为"三门街"，后来传着传着便成了"山门街"。由红军挺进师改编的国民革命军闽浙边抗日游击总队四百多双脚，由粟裕率领从鹅卵石街上走过，一二一地从福地山门出发，北上北上，那是1938年3月18日发生在山门街的事，一直传讲在百姓中。平阳有"浙江延安"之称，浙南（平阳）抗日根据地被列入了国家30条红色旅游精品线路和100个红色旅游经典景区名录。

　　全国的30条之一，100个之一，在泱泱大国是很了不起的。

　　这是二层木结构的楼房，上有"闽浙边抗日救亡干部学校旧址"的匾额，由前国防部长张爱萍题写。作为南方8省14个革命根据地唯一的抗大式干部学校，造就了一批优秀的抗日青年干部。站定，霍然看见桂花树，密密匝匝的树叶在阳光下闪着光，一数是六株，据说是粟裕亲手种植，粟裕的部分骨灰就撒在这几株桂花树下。

　　原先，平阳给我的第一印象是"雅"，不俗不蛮也。平阳乃文雅之邦，人文蔚起，名人辈出，举几位出来大可镇住你我：元代著名山水画家黄公望为"元季四大家"之首，作《富春山居图》，近来媒体多次报道，此画大部藏台北故宫博物院，余藏浙江省博物馆，近在台北合展是海峡两岸一起喜事。近代启蒙思想家宋恕，与陈黻宸、陈虬并称"东瓯三杰"，向李鸿章上书，说的是变法维新，被誉为"后王师"。还有百岁棋王谢侠逊，还有数学泰斗苏步青，名满天下。

去苏步青故居，走过了带溪上长长石板桥，走过了有打铁店的老街，走过了绿荫下的石子路，便见七间青瓦木房在一片绿树中，前庭开阔，后院幽深，有一口井当地人称之聪明井，一棵老藤很壮健。

去棋王碑林，面对"共纾国难"象棋残局，好几个人不想离开，苦想着唠叨着炮二平四、士6退5，这棋怎么下？那是抗战时期的1939年秋，谢侠逊与周恩来对弈两盘，均成和局。我回来查书，书上说，不知有多少棋迷研究"共纾国难"残局，但下到最后仍是和棋一盘。从鏖战棋枰你也可以领略平阳人的灵秀与睿智。

此行，我看到了平阳的另一面，平阳的血性与硬气，网上有一篇《平阳赋》是如此说的：平阳民风，勤劳勇敢；若遇不平，铿然自鸣。反抗精神，由来坚强不屈；革命传统，历代接续相承。南朝吏治酷虐，贫民啸聚山林，官兵无法讨捕；元代民族压迫，叔嫂聚众抗暴，曾建农民政权。林钟英赴京告状，轰动朝野；金钱会揭竿起义，震撼浙闽。中共成立，革命方兴。农民武装暴动，风起云涌；三打平阳县城，中外震惊。浙南游击队，传播火种；红军挺进师，活跃北港。抗日救亡干校，创于"浙江延安"；浙江临时省委，扎根红色土地。五百新四军壮士，挥戈北上，汇入抗日洪流；中共浙江省"一大"，凤卧召开，彪炳地方史册。

已无需我解读与点评这种浩然之气，以其反抗精神革命传统，就是半部温州革命史。

去凤卧，凤卧背靠冠尖山，古时山上多梧桐，梧桐乃传说中的凤凰栖息之所，因此地名就叫凤翔。又因为当地人多讲闽南话，闽南话里"翔"与"卧"音相似，后来便叫了凤卧。车在山路上盘旋而上，竹林之外有一座典型的浙南山区的木结构房子。也是七月，中共浙江省第一次代表大会在此召开。轻轻走上木楼梯，楼上的会场大约如旧时模样，摆着两排木椅子，几张呢，有细心者数了数，让思绪走进另外一个令人肃然起敬的世界。与中央一大相似，一会开两地，先是在凤卧冠尖开的，后来为安全转到马头岗继续开到闭幕。

另外要交代的是：笋烧肉、卤豆腐干、清蒸鱼、溪鳗等地方特色菜中，喜欢放一种红色的酒糟。放红色的酒糟做出来的菜，红润有清香，酸甜甜，颇有特色。

（2011 年 7 月）

玉苍之南

　　玉苍山之南，苍南的县名解读为很"山"很偏，那你就错了。

　　是有山。

　　有玉苍山，山高且大，系南雁荡山余脉，逶迤东南而入，一方众山之祖，主峰海拔 921.5 米，林木茂密，为国家森林公园。以柳杉最多，有清凉幽静的柳杉林，一片林海。有八个天顶湖，大的有数万平方米，小的数百平方米，且终年不干。最为奇特的是石头浑圆饱满，能群观，可独赏，能远眺，可近看，一片石之海。有巨岩如上天云梯拔地而起，有巨石如船只在波涛中倾覆仅露出船底，有五块巨岩等距离放置山脊如溪中碇步，有巨石支点巧妙可人为摇动，有巨石像"瀑布"，上面似有水流在泻下，有动感。玉苍山麓，莒溪入湖，一个名闻遐迩的古村落碗窑倚山临水，有龙窑依坡而建，自清雍正开始烧窑，人繁若市。戏台一月演戏两次，场面好不热闹。戏台的藻井上有一百多幅壁画，画的戏曲人物，竟是一部全本《白蛇传》。

有鹤顶山，县境南部最高峰，海拔989.5米，山顶有风力发电场，远远地看得见。北麓矾山镇有世界矾都之称，开采历史可追溯到宋代，煅烧—风化—结晶的生产流程与《天工开物》描述的一样，明矾工业产值曾经占温州半壁江山。有老矿硐、炼矾厂、挑矾古道，这些工业时代的标志物饱经风霜，粗犷外表下有丰富内涵，加上文旅基因，正在释放活力变身成为网红打卡地，矾矿作为国家工业遗产被列为全国重点文物保护单位，以"忙"为特点的厂矿，变成以"闲"为特点的旅游地，旧遗存成了新景致，旧矿区长出新经济。一条依山坡而建的明清老街，古老的工业文化和乡村生态旅游相结合有序走向市场，一些民居改造成了民宿客栈，引来了游客。

有望州山，有罗家山，山不高，而可登览江南水乡，东海日出。

也有江。

横阳支江俗称南港，鳌江最大支流，发源于泰顺县境，上游叫莒溪，东流苍南县境，纳藻溪，入鳌江。沪山内河与江南河网，河渠纵横。这一片典型的江南水网平原，耕地广阔，足够大。

其实，去苍南走一走，兜一圈，苍南最吸引人的是海岸海滩海湾，"山海苍南"才是全面客观的概括，"海"是苍南的精彩。

人谓168黄金海岸线，从鳌江口开始的生态海岸带，背倚青山，面向大海，河、海、山、岛一体。有大渔湾，湾内有多处避风港，船帆林立，周边皆为渔村，从事海洋捕捞。大渔湾滩涂水质肥沃，为海水养殖区。方言顺口溜：涂头跳鱼烧菜干，清水蝤蛑爬菜篮。跳鱼，温州话叫"烂糊"，头大略扁，双眼凸出，体有花斑，居于烂泥滩涂，喜欢钻洞穴。菜干的香味与跳鱼的鲜味融合渗透，香鲜适口，酒饭皆宜。蝤蛑即青蟹，青绿色，螯长而大。清蒸蝤蛑，背壳黄偏红，螯内之肉尤多，以蘸醋为鲜。非常壮观的大渔湾紫菜排，一排排密密麻麻插满竹竿，收获的紫菜叶细，香嫩，做汤或凉拌都鲜美爽脆嫩滑。有沿浦湾，浙江最南端的天然港湾，湾内沿岸筑塘设摊，导水晒盐。滩涂养殖紫菜、海带、花蛤、蛏子、对虾、青蟹，为水产养殖场。岛上渔民把鱼获在霞关集市以筐计价，从无短斤缺两之争。有炎亭、石砰、大渔、中墩、渔寮、霞关等渔港，有名的炎亭江蟹，个大肉多，脂膏肥满，到炎亭吃江蟹，为时髦。以鲜蟹蒸食为主，也可盐渍加工为呛蟹，一个字：鲜，外地人不敢吃。江蟹炒年糕，一道本地名小吃。霞关是国家一级渔港，海岸迂回曲折，岛屿港湾多，是不可多得的避风良港，为浙江省虾皮之乡，有虾皮、丁香出口。红树林湿地公园里，红树已成林，你看潮水退去，跳跳鱼在树丛间跳跃，赶潮蟹出洞觅食，泥蒜也出现在了滩涂上。

苍南是多元的，西南部为山地带，东部近海岸为丘陵带，有山，有海，有海湾，有海岛。山清水秀，鸟弋鱼跃。这里是中国四季柚之乡、中国紫菜之乡、中国梭子蟹之乡。这里是全国首批沿海对外开放县，全国民营经济发展示范区。专业市场，风生水起，有参茸集散中心，边贸水产城。我们不妨用复合的眼光看问题，用辩证的思维作判断，这里将推进山海空间梯级开发，由山向海布局，形成绿色山地魅力带、橙色滨海活力带、蓝色海域海岛休憩带。

苍南是多元的，处浙江最南端，说起来偏，也有地域优势。上海铁路局最南端的一个高铁站，全国第一个开行始发动车的县，全国第一个开通至北京始发高铁列车的县，始发终到列车18对，高铁改变城市格局，偏远之地融入了全国高铁交通体系，拉近了所有距离，从此不孤单。

苍南是多元的，方言也多，闽南话、瓯语、畲语、蛮话、金乡话，几种不同的话区交错在一起，邻里间也只能用普通话聊天。金乡话乃当年防倭官兵流传下来的话，带有官话词汇和北吴口音，金乡城是个方言岛。蒲壮所城方圆不过里许，城外人说闽南话，而城内人说城里话，也是方言岛，城里城外不同音。

苍南是多元的，山岳文化和海洋文化交融，有山的坚定，有海的浪漫。想当年金乡与蒲城是抗倭之城，霞关、南关、北关，称"三关镇港"，拼死抵抗倭寇入侵。霞关老街商贸遗迹至今尚存，是对台贸易的重要基地，也是第一个浙台经贸合作区，敢吃第一口。金乡生产"四小商品"，徽章，标牌，证件，挂图，卡片，不干胶商标，列为温州市十大小商品市场之一。不起眼的小玩意儿，做成了大产业。"夏月织麻冬织絮，杼机才歇已鸡鸣。"宜山从鸡鸣布到筒布儿到边角料产土布，不少黄道婆走上创业路，也是踏遍千山万水，吃过千辛万苦。

黄金海岸线上有金沙滩，水清沙门软，被称为东方夏威夷，一眼望去是游人、凉椅、太阳伞。不少人是通过"海"走近苍南的，去炎亭去渔寮玩是他们的首选，这里的滨海风景区加玉苍山森林公园，取个名字叫滨海—玉苍山风景区，为省级风景名胜区，有山趣有海味。

（2021 年 6 月）

走走泰顺

泰顺，明景泰三年（1452）置县，皇帝以国泰民安人心归顺之意赐名泰顺，音义俱美。

清林鹗《分疆录》："瑞、平之分为泰顺也，事在前明景泰三年……以二乡地广民稀，岭峻林密，虑终为盗区，乃于景泰三年奏准分疆设县，立治罗阳。"一处边陲地域，一种美好期许。历史上说温州五县：永、乐、瑞、平、泰，泰顺也是一个老县了。与福建省接壤，地形属浙南中山区，地势由西北向东南倾斜，大小山峰罗列，大小溪流密布，西北部有飞云江流向文成再流向瑞安，中部有仕阳溪流向福建境，四大水系，地图上看看挺复杂。九山半水半分田，属山区。山水间，有廊桥，有温泉，有乌岩岭。生态立县，旅游兴县，以最原味的美去吸引人。

泰顺的事往往与路纠缠在一起，与路息息相关，荣辱与共。泰顺之"县耻"，也"耻"在行路上。

有个人叫冯梦龙，一位明代文学家，写过《喻世明言》《警世通言》《醒世恒言》合称"三言","三言"与凌濛初的《初刻拍案惊奇》《二刻拍案惊奇》合称"三言两拍",是中国白话短篇小说的经典。冯梦龙在泰顺的邻县寿宁做县官时,写过《寿宁待志》,书上说:"方设县时,寿宁与泰顺争疆不决,乃期面议,各以某日晨行,即相遇处为鸿沟。寿宁令夜行直达泰顺城内,登其室,泰顺令犹未出,繇是城以外尽属寿焉。"从自己的县城起跑,两人跑到哪里碰面,就以哪里为县界。寿宁人一早就跑到泰顺县城了,泰顺人因为慢了一步,城以外尽属寿宁了。县城离县界怎么这样近,看地图我老是琢磨着。这虽只是一个传说,但也是一种警示:路难行却更要行。

有一本《乡土中国——泰顺》的书上说:曾写下"蜀道之难,难于上青天"的李白未到过泰顺,比他略晚的诗人顾况就曾感叹泰顺"群山万道,不可寻省"。又有清代泰顺进士董正扬在《百丈谣》中说"迢迢罗阳,如在天上"。一边是南雁荡山脉延伸,一边是洞宫山脉插入,双脉交叉而成中山地貌,被视为畏途。"遥闻前山相对语,跨绕溪谷数里程。"记忆中的泰顺山道弯弯,崎岖难行。一个电视台栏目组去泰顺,一路行程,破了五次车胎,太不顺了。直到我第三次去泰顺,去听讲音乐创作,坐的是大巴旅游车走高速公路,到分水关转入去泰顺县城的省道公路,又快又稳,有人说路太好了。太好是因为以前太不好,对比使人敏感。我坐在车里想了想,几任泰顺县领导我也认识,都为泰顺的路操过心。听说当了泰顺县领导就有公路施工员的基本功,能说出公路施工的一二三来,坡度、隧道、回头弯最熟悉了，因为听汇报多了会审多了路上走多了，也无师自通了。瑞安坊间传说，一日什么公路的什么会，本来会议最后是加强领导、落实责任、强化措施、务求必胜的总结，却说得很务实内行，说话的领导是当过泰顺县领导的，已经无师自通了。

"路"为命运提供了一种种可能性，"冇路"就没有一种种可能与希望。于是泰顺人对路特别计较，山阻水隔就得逢山开路遇水搭桥，就有了散落乡间的路亭、驿站、关隘、渡头、矴步、桥梁。泰顺廊桥，仕水矴步，都是全国重点文物保护单位。矴步就是路在溪流上的一种特殊形式，廊桥就是路与路的一个接点，连接起可能与希望的此岸彼岸。北涧桥与溪东桥是姊妹桥，数十根圆木用力学原理构成拱架，虽无一钉一铆，却牢固异常。木拱廊桥在泰顺还有30多座，泰顺、景宁、庆元等地的廊桥要申报世界文化遗产。廊桥申遗梦几许，保护放在第一位。导游说了一串的廊桥大事记，把我们一个个听得好奇中有佩服。泰顺旧时有《名物谣》："排前竹，筱村麵。乌岩木，司前屋。翁山烂笋糖，南乔粒子王。下洪大祠堂，莒江大粉王。葛洋好鱼塘，罗阳大警堂。"听说北涧桥头的一排店铺当初卖木耳香菇红糖药材，泰顺名物特产在此交换流通，南来北往的人都经过桥头，茶亭一天要烧好几大镬茶水。看了廊桥，顺路我们去了有"天下第一氡"之称的承天氡泉，男男女女围在氡泉温水池边泡脚，水温为62至68℃。有人说，他去了泰顺百家宴，人太多了，路上停满了车，只得舍车步行进村，流了一身汗。有人说，下次要去就去乌岩岭，那叫绿色生态博物馆，远是远了，路好了也不远。

交通一通，一通百通。

通高速公路是泰顺人的梦想，如今梦想已是现实。2020年12月23日《浙江日报》载：浙江最后一个陆域县泰顺通高速公路了，从此山不再高，路不再漫长。最近我是从瑞安上高速去泰顺的，为写作瓯地采风，去了县城罗阳，去了竹里畲族乡，去了司前畲族乡，去了百丈镇，去了乌岩岭，路好了，太顺了。

"她已经从一个古朴的乡村姑娘，长成一个时尚的城市女孩了"——泰顺人写的《我与山城有个约会》是这样说的。左有飞龙山，右有舞凤山，内宽外密，藏风聚气。有万罗山居中，故名罗阳。如今建新城，削低高山，填平深谷，依托新城大道与廊桥大道的一横一纵，拉开了框架，有住宅、医院、酒店、中学、图书馆、人民广场、文化中心、停机坪，文祥湖公园展现泰顺独特的丘陵景观，中间汇水，为生态绿心，崛起于群山间的新城已绘就生态小城市底色、旅游小城市亮色、坡地小城市气色。就这次，我脑子的泰顺县城被翻篇。

去竹里，竹里因竹闻名，为北京奥运会制作箭筒就特别自豪，有竹里馆、百竹园，竹乡就是一个生态游玩区。

去司前畲族乡，进入厂区没有一丝传统工厂的化学气味，倒有一种竹林的清香。外贸的竹餐具竹茶具是"一带一路"的，所有的可能都因路好了。

去百丈镇，百年商埠码头地，人称泰顺"小上海"，如今造了珊溪水利枢纽工程，老百丈镇区淹没在湖底了。不承想休闲农业与生态旅游联动，有了飞云湖水上运动训练基地，一个时尚体育小镇脱颖而出。

去乌岩岭国家自然保护区，有原始森林，被喻为天然生物基因库、森林大氧吧。中国黄腹角雉的唯一保种基地，黄腹角雉在保护区有四百多只，被世界自然保护联盟的濒危物种《红皮书》列为濒危种，鸟中大熊猫。去乌岩岭不远啊。

摄影师沿途拍到一张经典照片，木拱廊桥后面是高速公路桥，采用仰角，阳光落在两个世纪的物件上一样明朗，不辨古今。

朋友邀我不久再来看看泰顺，他们说：走走泰顺，一切都顺。

（2021 年 6 月）

石雕的青田

"青田"是个什么概念？

青田是石雕之乡，有名的侨乡，与鹤有缘称为鹤山鹤水的地方，旧时民谚"大水冲了青田县恁"说明水不和善地不丰腴，所见皆山，山山相连，西去是丽水，东去是温州，左右逢源，在外青田人自称温州人，与温州近邻受其诱引而处更快发展之中，还有名人不少，是陈慕华、章乃器、陈诚的故乡……凡此种种之中，石雕，最能代表青田的个性与文化。说石雕，就是说青田。

显然，要真正认识青田，就要到青田感受。宋《太平寰宇记》：以青田山以为名。山下有田，产青芝，别名芝田。蕴芝聚鹤的青田，从来不凡。那次双休日到青田活动，青田朋友介绍青田，也多半是说石雕，送我的书有《青田石雕艺术》《奇石流梦》，加上原有的《青田石雕神话传说》《剑石瓷》，说的也是石雕。书中说到，石雕历史久远，浙江省博物馆里藏有六朝时青田石雕小猪 4 只，当时的墓葬用品，记录着 1500 多年前青田石雕的历史踪影。宋朝杜绾《云村石谱》载："唐宋时民间就有雕刻工匠，用图书石刻为佛像及器物，甚精巧；或雕刻图书印记，极精妙。"清光绪《青田县志》载："赵子昂取吾乡灯光石作印，至明代而石印盛行。"《方山采石歌》中有一段描写石雕："方山石，石何奇。巧匠斫山手出之，大者仙佛多威仪，小者杯杓几案施，精者篆刻蟠蛟螭，顽者虎豹熊罴狮。"经一代代人努力，青田石雕从民间雕艺，跨入世界工艺美术宫殿。

可以说，没有青田石雕，就没有青田如此四海皆知的名声与威望。青田石雕1965年获在美国旧金山举办的"巴拿马太平洋展览会"两枚银牌奖章，1979年获全国工艺品百花奖银杯奖。青田石雕《高粱》《葡萄山》《秋菊傲霜》被评为国家级工艺美术珍品，由国家永久收藏，《西游记》被香港宋城收藏。1992年邮电部发行青田石雕珍品邮票一套四枚，鸿雁传书为石雕扬名播声。青田石雕还被作为礼品赠送外国元首与友人。青田石商足迹遍及世界各地，把青田石雕与中华民族文化的名声远播东西半球。

青田石，雕出青田。

"青田有奇石，寿山足比肩。匪独青如玉，五彩竞相宣。"郭沫若曾如此赞美青田石。

有石，才有石雕。青田，其历史文化因石头生辉。

然而从山中采集青田石，十分地难。石雕用的好石头，质地细腻，温润光洁，瑰丽多彩，宛如美玉，非随地可拾信手可取的呵！当初上山采石没有路，采石挖的"老鼠洞"，须秉烛蛇行而入。洞口仅用松杂木支撑，时有塌方。书中记录的"九箍洞""封门洞"的传说，更是悲怆。现在是机械化、自动化采石了，若发现雕刻石使用手工开采，然而质地好的冻石已很难得。灯光冻石，比金子还珍贵，与寿山田黄石、昌化鸡血石合称为"红、黄、青"珍奇三石。

青田石产于青田，青田多山多石。书上说，青田地质主要由流纹岩与凝灰岩构成，距今约七千万年至一亿九千万年前的中生代，火山喷发，四处横溢，嗣后随地壳表层漫长运动而形成青田石。青田的山是石头的山，崇山峻岭的青田才有山与石的故事。金温铁路就在山中穿行，凿石筑路，长长的一段穿过青田。我们去石门洞风景区，感受更为深刻。石门洞两山对峙，俨然石门，境内有石门瀑布和摩崖石刻，有石笋、石床、藏书石，与刘伯温有关的掌故，可以看出，自然与人文景观都是山石的杰作。郭沫若的题诗刻在石头上："横过石门渡，刘基尚有祠；垂天飞瀑布，凉意喜催诗。"我们刚一出石门洞，一列火车从石门隧洞驰过，隆隆隆地应山脉，特别地响。

青田，其山水特色是石头构筑。石头的灵性，在青田凸现，青田是石雕的——石雕的青田。

（2011 年 6 月）

景泰寿庆

小时候看《三国演义》第63回，读到此处特别心酸：

却说庞统迤逦前进，抬头见两山逼窄，树木丛杂，又值夏末秋初，枝叶茂盛。庞统心下甚疑，勒住马问："此处是何地？"数内有新降军士指道："此处地名落凤坡。"庞统惊曰："吾道号凤雏，此处名落凤坡，不利于吾。"令后军疾退。只听山坡前一声炮响，箭如飞蝗，只望骑白马者射来。可怜庞统竟死于乱箭之下。

《三国演义》里诸葛亮和庞统为一龙一凤，人说卧龙、凤雏，两人得一，可安天下。地名落凤坡，"凤"是庞统的号，"凤"要落坡了，多么不吉祥的地名。书中说，这印证了一首童谣："一凤并一龙，相将到蜀中。才到半路里，凤死落坡东。风送雨，雨随风，隆汉兴时蜀道通，蜀道通时只有龙。"小时候就埋怨，为什么有这么个不吉利的地名，想着想着夜里也睡不好了。

相类似的还有《三国演义》第74回：

看了半晌，唤向导官问曰："樊城北十里山谷，是何地名？"对曰："罾口川也。"关公喜曰："于禁必为我擒矣。"将士问曰："将军何以知之？"关公曰："鱼入罾口，岂能久乎？"诸将未信。公回本寨。时值八月秋天，骤雨数日。公令人预备船筏，收拾水具。关平问曰："陆地相持，何用水具？"公曰："非汝所知也。于禁七军不屯于广易之地，而聚于罾口川险隘之处；方今秋雨连绵，襄江之水必然泛涨；吾已差人堰住各处水口，待水发时，乘高就船，放水一淹，樊城罾口川之兵皆为鱼鳖矣。"

地名罾口川，罾，一种渔网。于禁姓"于"，而"于""鱼"同音。关公说，鱼入渔网，岂能久乎？

《三国演义》是小说，不过现实中也有此等事。

清光绪年间，退隐的黄体芳从京师回故里瑞安，与在外地当知县的王岳崧、胡调元发起筹资，购得小东门外农田数亩，建造文人雅集吟咏之所，取唐诗人孟浩然"把酒话桑麻"诗意，名话桑楼。实有碰巧，话桑楼建成后（1899）的三个月内，黄体芳染病不治去世，王岳崧丧母辞官回乡丁忧，胡调元丧父弃职返里奔丧，一时间乡里议论纷纷，皆谓"话桑"与"话丧"谐音，不吉利。改名吧，因登斯楼可览飞云江景色而改名为飞云阁，写个匾额悬挂于中堂。二十七年后，中共温州独立支部派林去病来此组建中共瑞安特别支部，一个县的第一个党组织。一个红色遗址载入了史册，如今楼还是叫话桑楼，去年在这里闪拍我和我的祖国。星火燎原，斯楼作证；先贤余韵，胜地重光——楼有这么一副对联。

取什么样的地名，释放出什么样的心理感受和情绪反应。人说浙江的景宁、泰顺和福建的寿宁是明景泰帝为庆祝自己的寿辰而设立的，连同洪武年间所设的庆元县，合起来恰为"景泰寿庆"。明文学家冯梦龙在寿宁做县官时写的《寿宁待志》里就说，相传浙之景宁、泰顺、庆元与闽之寿宁四县设于景泰之七年，为"景泰庆寿"四字。也不难看出，其中蕴含着社会意愿，反映了社会心态。"景泰寿庆"以廊桥著称，群峦叠嶂，溪流蜿蜒，有廊桥在其上。山高路远的浙南闽东闭塞贫穷也同时成了世外桃源，一个相对独立的乡土文化圈，耕读传家，淳朴自然，保守宁静，几百年恒常如一。对盛世和平的向往是普天下百姓的心愿，景宁、泰顺、寿宁、庆元、周宁、宁德、福鼎、福安、政和、云和、遂昌、文成、瑞安、平阳，一串地名可浓缩为"安宁平和"四字，一串县市名就像很有文采的祝福语，有悦耳动听的发音，有美好的诗一般的意象。

　　在浙江。瑞安市为什么叫"瑞安"，有这么一个富有乐感和雅趣的名字呢？清乾隆《瑞安县志》载："唐天复二年，有白乌栖于集云山，诏改安固为瑞安。"白色乌鸦是吉祥鸟，人们觉得白乌栖息于城北之集云山，这是个好兆头，于是就把县名改为瑞安。拱瑞山在温瑞塘河中，为洲中一小渚。明初因泥沙沉积，河床淤塞，逢旱即涸，遇涝则泛，两岸农业歉收。一位新任知县齐柯募工筹资，主持疏浚塘河河床，挖出来的淤泥堆成了一座小山，在其上种了树木，修建了魁星阁，人们遂称之为齐公山。齐柯否决了，亲自命名为拱瑞山，有拱护瑞安之意。人说丽水，

"她的每一处地名，也都那么江南，莲都、龙泉、青田、缙云、庆元、松阳、云和、景宁，等等，都像一首小令，轻轻吟来，唇齿间，仿佛被清泉濯过的清冽。"（施立松《斋郎的青山绿水间》）瓯网上说，温州十一个县市区的地名可连成祝福语：温暖之州，衔花鹿城，扬帆瓯海，戏水龙湾，凤飞苍南，虎踞平阳，学业文成，业绩永嘉，箫扬乐清，流连洞头，风雨泰顺，天地瑞安，太有才了。

在福建。平和县为什么叫"平和"？有王阳明品茗议县的一个传说。明正德年间，福建南靖地界多处发生动乱，王阳明奉旨征剿，流寇散入粤境。王阳明担心官兵一退，流寇复至，而县城远在二百里外也鞭长莫及。一日王阳明夜访乡贤问计，乡贤斟了满满一杯茶请他喝，王阳明说"茶水满杯，未便饮之"。只见乡贤拿出一只空杯，把一杯茶倒成两个半杯。王阳明茅塞顿开，回营房连夜写了奏疏"乞添设县治以控制贼巢，建立学校以移风易俗"，一分为二，新设的县取寇平而民和之意，得名"平和"。民众为答谢王阳明，在东郊修建一座王阳明祀祠，请著名学士黄道周写一篇碑记以载盛事。是夜，黄道周临窗凭几，一手提笔作文，一手拿杯品茶，呷一口茶，写几行字，碑记便写好了。黄道周谢绝以银两酬谢，说送两斤茶叶作为润笔之资，足矣。看似一个传说，而表达的美好意愿真真切切。平和县是福建省重点侨乡和台胞祖籍地，当地以"行旅世界，心归平和"作为宣传语，以温和、平静、安宁、谐和去激发社会活力，也期待海外游子走遍世界，心归平和。"心归平和"，一语双关，情意绵绵。有人统计福建省的市县名中，取福、泰、安、宁、和、平、清、明、永、乐的几占二分之一，都是好字。福州说是有福之州，永春是四季如春，长乐即长久安乐，永安即永远安定，南平寓意南疆平定，寿宁寓意万寿安宁，诏安取南诏靖安之义，惠安取以惠安民之意，武平其地坦而人尚武，漳平居漳上游之山中而地稍平。"福"字是吉祥意义最典型的字，包含有幸福、福气、福运等义。福建、福州、福清、福安、福鼎，有"福"的地名不少。

地名取名追求祥瑞美好，也显示了一种吉祥文化，有坊间传说，福州至温州的铁路开建时叫"福温铁路"，福州在前温州在后也顺理成章，初步设计图纸就这么写着，一天温州人说，"福温"的温州话谐音不好听，与"勿安"同音，不可不安，建议叫"温福铁路"，福建方面马上同意了。

（2019 年 5 月）

- 坚如磐石
- 安阳随笔
- 莘塍风韵
- 马驰天下
- 神仙降临
- 高楼纵目
- 湖岭老街
- 想家的与眼前的枫林
- 上塘1959
- 碧水莲山
- 腾蛟起凤
- 老街的留存是一个索引

第四卷

城镇街路巷

Chapter

04

坚如磐石

抗倭是温州沿海的重要历史事件，也必有抗倭地名存留。

磐石。

古称磐屿，扼瓯江之口。

南北朝永嘉郡守谢灵运来磐屿，写下《行田登海口磐屿山》诗，有句"莫辨洪波极，谁知大壑东。依稀采菱歌，仿佛含嚘容。遨游碧沙渚，游衍丹山峰"，东望去大海浩渺无涯，吞吐无穷，人也精神了。唐建真如寺，真如寺石塔为全国重点文保单位，沧桑之至而又华美至极，有前尘往事。磐屿灰鹅，也是相当有名，甚至有人研究怎么进化来的。而磐屿，真正出名在抗倭。明洪武年间东南沿海倭寇猖獗，朱元璋派汤和赶赴前线，汤和在沿海建了五十九座城堡，设卫所抗倭。在瓯江口，汤和督造的城池名磐石，意取坚如磐石。磐：厚而大的石头，也作盘石，像大石头一样坚固，不可动摇。古乐府《孔雀东南飞》："磐石方且厚，可以卒千年。"一个史上海防要地，历为温州江防门户，坚如磐石，固若金汤，安如泰山，坚不可摧，牢不可破，这地名是比喻磐石卫城也是比喻抗倭志气。老地图上看，磐石卫是一个方方正正的城寨，有四个城门，有十字街，有兵营，有校场。王会《磐石营看灯》记其盛："银花火树满江城，一曲笙歌乐太平。台筑鳌山登傀儡，门开虎帐耀戎兵。六街店口连云起，百里乡心对月明。但愿狼烟消盛世，征人无复戍边营。"书上说，磐石卫参将统辖温州、金乡、磐石三卫海防兵马，好几千人马，看来，磐石城是一个抗倭大本营呢。

蒲岐。

濒临乐清湾，宋时在蒲岐设塞，以防海盗。

倭患开始，砌石加固城墙，有瓮城，有护城河，设蒲岐千户所，属磐石卫，成了抗倭要地。倭寇侵犯蒲岐，有文字记载的十三次，激战三次，有崔氏一门三英烈。蒲岐所城墙已没有了，四个城门还在保护中，存一个历史见证。书上说，有了城墙这里就安宁了。一个由屯兵形成的古镇，因发生过重要历史事件而史上留名，史书上提到的几个字是镇上老人挂在嘴上的骄傲。

宁村。

一个抗倭军事要塞上屯兵形成的村，以宁村所城命名，也叫宁城，在瓯江口。

官兵有事即战，无事即耕，在当地娶妻生子，子又生子，繁衍出了一个宁村。来自五湖四海的官兵有着不同的姓氏，因而宁村人的姓特别多。一个仅有三千多人的村，却有八十多个姓氏，王、徐、张、潘、韩、陈、李、祝、郑、孙、周、项、倪、林、阮、全、朱、叶、蒋、姜、黄、应、方、沈、邵、吴、范、蔡、郭、余、邱、金、杨、杜、宫、廖、邓、施、董、丁、刘、马、鲍、温、元、季、程、何、谢、胡、章、娄、曹、苏、夏、许、冯、严、邹、汪、柯、毛、尹、纪、罗、卓、南、庄、赵、高、凌、鄢、傅、薛、萧、戴、瞿、虞等，全国没有一个村能比，被称为"百家姓"之村。汤和庙在十字街头，《明史·汤和传》载："嘉靖间，东南苦倭患，和所筑沿海城戍，尽皆坚致，久日不圮，浙人赖以身保，多歌思之。巡按御史请于朝立庙以祀。"城墙已拆了，老人自言自语：当时怎么拆了呢？七月十五汤和节，四百多年延续下来。

新城。

永昌堡又名新城，一个明代抗倭寨堡，知名度很高。

明嘉靖年间王氏筹银建堡以防倭患，其城呈长方形，四座城门，四座水门，有护城河环绕。城内开了两条河，引水入城，可通舟楫，有好多桥与埠头，水乡味道。堡内有水田一百多亩，危急时可种植稻米自救，不怕围城久困以安军心，谋深而虑远。王氏是望族，堡内有建于明嘉靖年间的王氏宗祠、都堂第，有建于万历年间的布政司祠、世大夫祠、状元第，格局依然，风范犹在，为全国重点文物保护单位，古建古街很有看头。文化人说，相信永昌堡真的是永昌了。

金乡。

宋时叫金舟乡，传是其地从海里浮起时，有沉船带着金银珠宝，金之舟也。

明置金乡卫遂称金乡，抗倭之城，人口繁衍且街巷展开，迁来了浙北人，苏南人，闽南人，叽里呱啦，讲蛮话，讲金乡话，讲闽南话，谁也听不懂谁。人们一提起金乡，都说金乡方言太复杂太难懂了。金乡卫城也是汤和督造，现存北门和西门城门，有宽阔的护城河，城池风貌有清末民谣为证："一亭二阁三牌坊，四门五所六庵堂，七井八巷九顶桥，十字街口大仓桥。"算一算，有四十六件建筑。

蒲城。

沿浦湾一角，因潮汐涨落，泥沙淤积，渐成菖蒲芦苇丛生的海滩，取蒲叶编织为门而得名蒲门。

也是明时为防倭寇而修建城墙，名蒲州所，后壮士所与之合并，改称蒲壮所，属金乡卫。蒲壮所城为全国重点文物保护单位，城呈天圆地方形状，北圆南方，外绕护城河，与蒲江相通。蒲城街巷格局与建筑，按书上说有"一亭二阁三牌坊，三门四巷六庵堂，东西南北十字街，廿四古井八戏台"，有明代民居群，有古井，有城隍庙、妈祖庙、铁械局，有跑马道，都保存如旧。三向城门皆建有城楼，城门外各设有护城门，一城二门，有瓮城，有敌台。城外人说闽南话，而城内人都操一种祖宗传下来的城里话，各种方言交汇融合，成为一种独特的方言，堪称蒲门文化一奇。

明朝在各防倭要地建立卫所、寨堡、烽墩、炮台，产生不少抗倭地名，除上面列出的，翻翻温州地名志，还有不少——

后所，明在白沙设千户所，白沙地名也改为后所，在乐清县城东，与县城互为犄角，驻兵保护县城。

下堡，乐清一个村，村处蒲岐千户所最南的城堡边而得名。

海安，为防御倭寇而设海安千户所，属温州卫，清朝废所，仍留旧名。海安宾阳门城楼是明代遗构。以前有海安镇，后来并到塘下镇了。

沙园，明时抗倭千户所之一，称沙园所。清朝废所，建居民聚落改名沙园村，在飞云江南岸。

吴堡，瑞安一个村，濒江临浦，明时为抗御敌寇入侵在此设防建堡，故名。

墨城，也是一个抗倭地名，因筑的抗倭防城形似方墨，就叫墨城，一个防倭军事要塞。以前有墨城乡，后来并到鳌江镇了。

烟台，平阳一个村，境内有烟台山，为抗倭时在山顶设烟火台得名。

雾城，苍南一个村，传说旧时每早必有浓雾笼罩，故名。明洪武时设壮士所城，以抵御倭寇入侵，后战事不断，倭寇登犯难守，并入蒲门所。存城墙遗址，城墙以块石垒砌，雾城海防城址为浙江考古大发现。

坚如磐石的城堡建筑有的虽然湮没，其地名与故事一直在，鲜活着，而且里面还有一种精神，坚不可摧，牢不可破。

（2021 年 5 月）

安阳随笔

安阳，是瑞安的一个地名。

先是一千七百多年以前，瑞安的县名就叫"安阳"。

从三国吴赤乌二年（239）建县至今，此地用过四个县名：罗阳，安阳，安固，瑞安。

史书载，吴宝鼎三年（268）改罗阳为安阳，晋太康元年（280）又改为安固，安阳这个名字仅用了十二年。

"安阳"是什么意思？"瑞安"，是由于有白乌栖息在县城集云山，当时的人认为这是个祥瑞之兆，就于唐天复二年（902）改县名为瑞安。"安固"，是因境内有安固山（即集云山）而来的。由此推之，"安阳"就是安固山之阳的意思了。

不管怎么说，四个县名中总是有三个"安"字，或者二个"阳"字。安与阳，一直热乎乎地出现在瑞安的地名中。

先是有安阳新区。一九九二年一月邓小平南方谈话，中国进一步涌起改革开放高潮。温州人直起了腰，邓小平说了，姓

"社"姓"资",有"三个有利于"作判断。看准了的,就大胆地试,大胆地闯。温州人开始了二次创业,瑞安要建一个新区。一天在五楼会议室,规划师把构想草图挂在墙上,新区的初名叫罗阳。罗阳虽是瑞安曾有的县名,但与泰顺县城同名,我们说,还是叫"安阳"好。当场,一支彩笔把安阳两字叠写在罗阳两字上,一个响亮的安阳新区名字就产生了。

十年过去,如果你今天站在瑞安国际大酒店顶层的旋转餐厅,一览众山小,安阳新区就尽收眼底。与登上上海东方明珠看浦东新区比,瑞安人此刻的感觉会更为强烈深刻,一种自豪感进取心会油然而生。下得楼来,漫步新区街头和社区,你就看不到狭窄的小巷,陈旧的店铺,爬满青藤的老宅,步履悠慢的闲人,而只有高耸的大厦,精致的绿地,疾驰而过的车辆和一张张年轻的脸。安阳新区就是如此地充满青春气息,灵动,鲜活,英气勃勃,日长夜大。就说那么多的超市、茶座、美容厅、打字店、电脑商行和网络公司,也好像就在新近几天几夜中长出来。

再说安阳又是一个镇名。原城关、上望、潘岱三乡镇合并建立的安阳镇,就是瑞安市区,包括老市区、安阳新区和经济开发区。《瑞安日报》报道,瑞城十七年大了七倍,由1985年的2.34平方公里扩展到现在的18.1平方公里,变大了,变高了,变美了。如果你在温州机场乘飞机起飞,从飞机舷窗往下看,机翼下面田畴如碧,烟雾渺茫,有大片建筑物是一个大城市的模样。等仔细一看,两桥飞架南北,外滩依稀可辨,也可以寻觅到隆山塔和瑞安广场，你惊讶这不就是瑞安吗？

是的，安阳镇"大"得可以，从过去的"城关"蜕变为"城市"。城关有"城"与"门"，东门、西门、南门与北门，拆了城墙还有环城路与环城河，一种地理与心理上的局限。安阳的风格是开阔，坦坦滩涂，浩浩海域，敞开着门户，什么进不来？打个比方，城关像一个精明干练的老者，如今的安阳从丁山到潘岱几十里路，山海呼应，文武齐观，六通四达，八面玲珑，像一个伸手踢腿的小伙子。

人也多了。二十一万人口的镇也是"大"得可以。上班族把公共汽车挤得满满的，自备车把警察搞得忙忙的。人口集聚，开放与兼容的城市使方言不再一统天下。在荣光集团在华盛水产在瑞立集团，你不说普通话行吗？开车的踏车的外地人多了，你用本地话报地名，人家愣了半天你才悟得普通话的流行。就是本地话，也有文成腔、高楼腔、湖岭腔。我住的小区天未亮就有人用这些腔调喊人名字，她保持了隔山隔溪喊人的习惯，弄得人好梦不再。

事也做大了。如果到经济开发区走一走，你就可以体会到与以往的螺蛳壳里做道场不可同日而语。飞云江三桥一建，104国道东移，万松东路、望东路和滨江大道向东一伸，瑞安广场成为新的城市中心，场面就更大了。外地人多少承认此地是一个"市"，平平淡淡地演绎温州模式，一个有文化的地方。也颇有特征，如果比作女人，她比乐成文静，比昆阳大方，比上塘乖巧，比大峃秀气。

除此之外，安阳还是一条街路的名字，在安阳新区。以安阳为名的企业、学校、建筑，我想也都会因安阳两字增加其文化内涵与知名度，无形中增加一种无形资产。

（2011 年 6 月）

莘塍风韵

莘塍依偎着塘河。塘河边上的莘塍轻柔秀美，春雨霏霏、桃花水涨是一道记忆中的风景。想当年我教书的莘塍中学就在河边，清晨踱出校园有淡淡的雾气在河上，随着腥鲜的风儿柔柔地轻摇。说腥鲜，因为不远处有一班人从网上把江蟹挑下来，是白蟹或者籽蟹。东街一扇闭着的门吱呀一声开了，有俏丽的女子款款地到河边浣洗。若是雨天，从小巷深处出来一把油纸伞，在东街就把伞合拢了。因为东街搭有廊棚，成了店铺门面之延伸，可遮雨遮阳，东街也就成一长廊了。

二十多年后的今天，我似一个过路者，到东街闲闲游荡。初夏的阳光洒下来，满地金黄。新建的东街楼房耸立，人声喧嚣，车水马龙。我一边看一边想，在当初熟悉的东街走出一种新的陌生。莘塍变化得真快，城市在日长夜大，塘河景象已渐渐成为历史的记忆。

莘塍早在民国时期就称镇。"镇"意味着什么？古时边关险要之地设"镇",以驻兵戍守。《新唐书》:"唐初,兵之戍守者,大曰军,小曰守捉,曰城,曰镇。"宋初为加强中央集权,罢镇使、镇将,将其权归于知县。宋代以后,镇是指县以下的小商业都市,这个概念一直沿袭至今。莘塍就是一个小商业都市,临河,有埠头,河内通船,河沿走人,井然有序,又不显得呆板。

塘河就像一条主线,把民居、店铺、街道和行人,连接成一个完整的镇的格局。繁华是由"街"表现出来的,当年的东街开着各种商店和手工业作坊,一家挨一家。店铺不大,门面不宽敞,大清早开门,卸去店门板,柜台就沿街而立,货都摆到街头,尽量靠近街上行人,招揽生意,也便于挑选。那个年代卖食盐、酱油、老酒、毛巾、火柴、肥皂的店不少,也有卖糖金杏、锡茶壶、花鼓桶、银首饰的。有人叫卖海涂上捉到的海鲜,几只虾几条叫不出名的鱼儿真鲜,生炝清蒸了是下酒好菜。也有农民划着船儿来,在傍河的街边卖西瓜、花菜、番茄,船埠头顿时闹热起来,也不怎么讨价还价,没有太多的斤斤计较,很快就把一船的东西卖光了。

如今,东街五颜六色的店铺是卖服装、鞋子和化妆品的,逛街的青年人在挑选都市时尚,有洋溢青春风采的 T 恤、牛仔裤和名牌运动鞋。流行的服饰如同花一般地开满了东街,四季不断换新。女孩走到东街挑选漂亮的衣裳,她们喜欢结伴而行,叽叽喳喳地把东街弄得花枝招展。东街旧貌换了新颜,惟塘河里偶有嗵嗵嗵开的运货船过来,还是老样子。岸边建了石栏杆,还有沿河绿地,石凳上空无一人。而我仍有一种风景旧曾谙的心态,亲切之情油然而生。

当年从东山到汀田都属莘塍区，莘塍是区公所所在地，有供销社、粮管所和农技站，有居民区、菜市场，一个介于城市和乡村之间的经济社会空间。这里的商品经济发育较早，不少人做小本生意，是靠手提肩挑做出来的。莘塍五香干很有名，做工很讲究，是以当年新豆做豆腐干再用双缸酱油和香料制成，放在通风处晾干后上市，以口感和回味鲜美名闻遐迩。车船靠站就有小贩提篮叫卖，如今制成休闲食品在超市出售。莘塍的饴糖也很出名，据民国《瑞安县志》记载，饴糖制法是"先使麦发芽，研细，将米浸过，炊熟。米一百斤，麦芽三十斤，水一百一十斤，搅拌，经一日夜为汁后煮成。"兑糖客用糖刀和小锤敲打出有节奏的声音：叮当叮当叮当，口中念："猪头骨，破布末，兑糖兑大粒。""山楂并麦芽，甘草杂槟榔。麦芽糖甜又香，姆姆吃了不懒娘。"小孩一听到兑糖客来，赶紧找出废旧物品，比如旧铜旧铁、牙膏壳、猪骨头、鸡毛鸭毛、头发、旧衣裳旧鞋、鸡肫皮、橘皮，去兑糖吃。在清同治、光绪年间，有数百兑糖客穿街走巷地叫卖，有的人甚至到南洋的印尼、菲律宾、新加坡，到欧洲的荷兰、法国去做饴糖业生意。

莘塍能工巧匠多，当年街上的圆木店都把鹅兜、脚盂一字摆开，样式做得很风流，老司从早到晚忙碌着，是做嫁妆的。竹器店把长长的毛竹放在街边，用篾刀嘭嘭嘭破竹，再抽成竹丝编箩和篓，也有一两家专业做蒸笼的。打白铁的生意也不错，在塑料制品盛行之前，不少用具都是白铁敲敲打打出来，比如水桶、水

勺、喷壶。还有做木、打铁、油漆、剃头、裁缝、绣花的。东街
的平房则前店后宅，楼房则下店上宅，带有库房和小作坊，而后
的温州模式下的家庭企业就是这种制式的发育与提升。本钱少就
不做大买卖，小处着手，小巧手段，以小制胜，然后是股份制慢
慢做大做强。

查志书，唐贞观年间，此地围涂农垦，煎盐开荡，塍堤交
错，故名莘塍。这是农耕年代，有耕种渔收的良好自然条件，而
后凭借河流水道贯通，手工业发达，物产日益商品化经营，市场
功能就从民众日常生活的平衡，上升到区域经济发展的调节，改
革开放之后商品经济迅猛发展也就顺理成章了。如今的莘塍居中
国千强镇 162 位，是中国休闲鞋生产基地，年产鞋能力超亿双，
产品已出口美国和日本。有一个垟底村是制鞋专业村，有休闲鞋
出口企业 28 家，"邦赛"是中国真皮名鞋。从前的镇是官宦退
隐、商贾置产、文人雅居之地，如今的镇是老板创业、人才汇
聚、信息共享之地。外来人口多了，本地人出了门就不能讲本地
话。莘塍有句口头禅："拆界恁"，是形容很厉害很热闹的，外地
人肯定听不懂。

在东街有一个叶适纪念馆，是莘塍叶氏后裔筹资建造的。为
什么纪念叶适？叶适是永嘉学派的集大成者，批判"重本轻末"，
主张事功学说，如果说，远在六七百年前，以叶适为代表的永嘉
学派功利思想，奠定了温州人重实际讲实利求实效的思想文化基
础，那么，六七百年后出现的温州模式就成为这种思想文化的历
史必然现象。这就是历史的传承，文脉的延绵。华峰集团的前身

1991 年创办时仅生产塑料制品，是"小商品、大市场"的经济模式，而今华峰集团成为国内最大的聚氨酯工业基地，跨入了高附加值、高科技含量的产业领域，突破了"温州模式"产业上的"低、散、小"局面，被著名经济学家董辅礽教授誉为"新温州模式代表"。华峰集团有限公司名列中国民营企业 500 强，浙江华峰氨纶股份有限公司是温州首家境内上市的民营企业，在深圳 A 股挂牌上市。华峰在建设工业园，拓展产业链，还举办民营企业研讨会，创办华峰论坛，探讨中国民营企业转型和提升，觉得这是尽一种社会责任。

塘河流过的地方，"屹立华峰、聚合天地"的广告牌已树立多年。在莘塍这个古镇生长出华峰，如潜龙在渊，使斯地生机勃发，无限荣耀。报载，华峰的一对外来员工被莘塍镇评为"和谐家庭"，记者采访时问及有何感受，他借用了当地一句民谚作答："走遍天下，不值莘塍塘下。"

（2007 年 5 月）

马驰天下

车向马屿驶去。总算晴了，远山苍苍的一片朦胧，近处的厂牌广告牌被风刷雨淋，水灵灵地鲜亮起来了。我凭着车窗外退去的一个个品牌名字，来判断车驶过了飞云，已到了鞋都仙降，当看到眼镜厂牌广告牌的时候，就知道马屿到了。

因为每一个地方都有印记：青岛的啤酒、硅谷的芯片、景德镇的瓷器、杭州的龙井茶……这使我想起改革开放之初的"一乡一品"，眼镜于马屿便是如此。中国眼镜网载：中国人用的眼镜60%经过马屿人之手。同行的晓东说：到一个城市你看到眼镜店就问：马屿人吗？答"是的"会有五六成。在外碰到的老乡，不知为什么大多是马屿人。在绍兴有人请喝老酒，聊股市从容不迫的马屿人，白净净的书生相，能把咸亨酒店的美女经理喝醉。已是"北京通"的马屿人，那天请我游览的不是八达岭，而是坐在车里游中南海，神秘兮兮地指着说：那幢以前是毛主席住的房子。

到马屿已近十点，镇干部小郑陪我去眼镜产业园区转一圈，一路过去有方氏、东大、康迪、永大、正大、佐丹尼……设备现代化了，眼镜框是电脑自动化制作的。眼镜——马屿，马屿——眼镜，一种产品与一个地名已完全重合在一起。

马屿人也不忌讳，上世纪七十年代末身上挂着一排眼镜，或者像书一样可以打开合拢的眼镜箱，在车站在街头叫卖。车开过来扬起一阵尘土，风吹过来凉丝丝缩着头袖起手。三分凄楚，七分无奈。一见管理人员来就逃快，冷脸白眼，辛酸苦辣，也都尝过了。

商品来到人间，半是魔鬼，半是天使。晋商"走西口"，徽商"跑码头"，是商品使人们四处奔波，血泪相伴。马屿就流传着这么一个顺口溜：哪里有马屿人，哪里就有眼镜。连外国人也知道有个马屿眼镜。想当年卖眼镜，走南闯北单身一人，摆地摊沿途叫卖，苦了没门。

这顺口溜有点自娱自讽，与一首徽州民谣有异曲同工之妙，民谣曰：前世不修，生在徽州，十三四岁，往外一丢。前世不修今世修，苏杭不生生徽州。十三四岁少年时，告别亲人跑码头……

人永远在行程中。当年王瑞政身带五分钱盘缠出门卖眼镜，渡过飞云江第一次出远门。老花眼镜是他自己用钳子、锤子、剪子做出来的，一路卖到宁德卖到福州。这一"卖"，竟"卖"出了一支五百人的眼镜销售大军。我到王瑞政家，短袖短裤的王瑞政把毛巾甩在脖子上，轻言慢语说来，他说：当初只是"钟钟爽"（方言，"试试"的意思），却试成了一个多少人干的事业。

胡适曾说过徽商是"徽骆驼"，负重远行，尝尽炎凉，为生存为发展付出了常人不可思议的代价，坚韧顽强地向目的地行进。也有人说过，马屿人是"马"。马是跑着的，吃得苦，耐得劳。车辙马迹，遍布天下，眼光不局限在自己的乡土，敢于面向全国全世界无限的市场。一马当先，万马奔腾，演绎出勤劳和灵活的创业风格，是"温州模式"的一个标本。

当年马屿人到丹阳进货，丹阳人把货送到马屿人住的康乐旅馆，一大早排成长队弄得旅馆闹纷纷。不行啊，丹阳人只好在河边搭了个简易棚让大家进场交易，一个后来名闻全国的丹阳眼镜批发市场就这样诞生了。之后马屿人发现北方人到南方进货不方便，于是送货到北京。在东口，一个全国最大的眼镜批发市场——北京眼镜城也就这样出现了。今天王瑞政与我聊起眼镜的事，俨然就像老红军讲述爬雪山过草地。

马屿给我一种"好男儿志在四方"的感觉，走得出去，收得拢来，非常自如轻松。北有王鹏、西有千叶、南有春城，连锁店已超过三千家。在重庆的马屿人说了句很风趣的话："农转非，直接到了直辖市。"在解放碑这地方把眼镜店弄成一道时尚风景。三个人被称为马屿"三兄弟"，同时出现在政协会议上阔论商道与民生。马屿确是温文尔雅，马屿的朋友闲来写写文章，把诗韵雅说信手拈来。就是为政为商，也都显得从容不迫的样子，外柔内刚，包容豁达。

作为瑞安市域次中心，在这一片飞云江径直流过的平地上铺展开来，上接千山万壑之俊俏，下连一马平川之舒展，也颇有人文地理特色：青山环抱于外，江河交织于内，温温和和一片天地，滋滋润润一方沃土。

《瑞安市地名志》载：此地有南北二阜，中凹如马鞍，称马屿山。二阜即龟山和蛇山。晓东带我们登龟山，见山上有树有草有亭有廊，有不少健身器材，有门球场，猜想来晨练的人不少。听说在全国敬老模范村马岩村举办过浙江省地掷球比赛，地掷球队里七十岁的像十七岁，好酷。还在石垟湖举行过垂钓比赛，石垟湖是湿地公园也是生态农庄，游园的垂钓的各得其乐。

在网上看到一则博文，从在马屿结婚摆酒说起，说生活在马屿的种种舒服。说马屿空气好，说马屿的酒店里海鲜和山头货都有，蟹脚很鲜，炒芋特别的香，麦鸡儿是招牌菜，吃了感觉挺舒服。马屿农业基地种的花菜、毛芋、番茄、草莓、花生、甘蔗都远近有名。是的，这一片绿阴冉冉的柔软沃土，青草池塘有热闹的蛙声而显得生机勃发。邻村的曹豳七百多年前在一首《春暮》的诗中写过，走在马屿的田野里还能真切感受到。去上郑村，和花椰菜合作社的人谈"庆一"牌花菜种。去看筼社村做素面，朱岙底村农民手工生产注册商标为"一扫净"的扫帚，都不是生产季节，未能如愿。

鸿发的酒可能是马屿草莓浸的好过口，下去肚里暖暖的舒服。坐车往回走，见稻田上有一群白鹭在飞来飞去，车来人往而无受惊吓之意，悠然自得。这是从石井野生白鹭保护区飞来的，说明这里的生态环境好。

（2010 年 8 月）

神仙降临

　　查志，仙降原有土岗，虽大潮不淹，遂称仙岗。"岗""降"方言同音，谐称仙降。

　　到仙降的这天有点转秋凉了，丝丝凉意使人舒适不烦，什么都顺心。未到晚稻收割季节，很少见到农民在田垟中劳作了。扛着锄走在田岸上的，大约是向菜畦放水。人分士农工商，惟农民最为苦累。"春不得避风尘，夏不得避暑热，秋不得避阴雨，冬不得避寒冻"。仙降算是平原，田畴相连，阡陌如网，但人均只有几分地，靠精耕细作。史说民国十七年（1928），风虫洪旱并至，农田无收，不少地方十家九室断炊烟，农民起来闹荒，在下社宫集中起来大暴动。民国十九年（1930），仙降农民赤卫队举行暴动，史称"十九年暴动"。

　　农民想拥有更多的土地，只有在土地上才能实现生命的价值。农民聚集开展减租减息与反霸斗争去实现土地梦想的孙氏宗祠，是明初画家孙隆的官祠。孙隆是仙降人，历任兵部主事、徽州知府，善画梅，时人称父女为"孙梅花"。

车走在田野上，前面看到了榕树，有榕树的地方可能就是一个重要的地理部位，一看果然是。此处五条河流汇流，三条桥梁围拱，这就是五叉河。当地传讲，远古时天上凤凰下凡，欲召百鸟在金鸡山学艺，一只凤爪歇在平阳凤卧，一只凤爪歇在瑞安仙降，爪底心正好落在四甲村，便形成五叉河。听说不管天寒地冻，五叉河中直通四甲村的河永不结冰，不知何故。

去仙池街，有"仙池"。《孙氏族谱》记载，宋至元明间建崇文馆，"东凿池自饮，流传后裔"。而民间传讲，宋时潘山潘宅豪富有女嫁仙岗孙宅，按例，迎新以锣鼓催新人上轿，一次锣催新人更衣沐浴，二次锣催新人吃上轿饭，三次锣催新人上轿。但三次催锣罢了，新人仍不上轿，媒人进内一问，新人哭泣说："虽说仙岗好屋宇，根本比不上潘山水。"于是潘宅引潘山之水到仙岗孙宅大池去。听说水中有"太平钱"，一种水生动物。"太平钱"一浮上来，旱情就来了。端午挑仙池水做酒，不管有多少人来挑水，池中水位不见下降，也不知何故。

我与老人的交谈中，听到一个又一个传讲：蛎灰潭，鼓山锣山，宝宁寺，纯一堂，垟坑石塔，阿志剪布，阿林老司阁楼上烫鞋，都像是历史的某一细节。

阿志是仙降供销社营业员。当年想做新衣裳，要先到供销社买布，方言叫剪布。他按你身高和布宽计算出至少要剪几尺几寸布，然后"呼呼呼"地量布，转眼间"啪"地一抖，布匹已在要剪开的地方成了对折。然后问：剪下了？客答：剪下。然后剪刀叉开"嗖"地一下，一放下剪刀就报出钞票和布票数额，叫一口清。仙降会市在正月十八，老街一直到横街榕树下，有卖锄头、菜刀、剪刀的，有卖篾箩、风车、水车部件、扁担坯的，有卖竹椅、盘罩、八仙桌、木凳的。阿志是会市的忙人，剪布不用算盘，仙降一带群众都晓得"阿志"。

阿林老司阁楼上烫鞋是在三十年前。国家实行改革之初，有的农民不再困守土地，三三五五办起了工场。阿林老司是做鞋的，坊间传讲，他在楼阁儿上试验烫鞋，用炭火烧烫的镰刀，把塑革鞋面烫粘在鞋底上，居然也成功了。后来徐金富雇了帮手，公开摆店制作塑革鞋，一时轰动。就这样，亲带亲，戚带戚，一户传一户，一村传一村。全家人坐起做鞋。不少人模仿，模仿是温州小商品的助产士。起先有粗制滥造的"辰戌鞋"，意为辰时穿上，戌时穿帮。后来搞股份，筹资金，买设备，改工艺。工业文明来了，技术和装备是最基本的元素。如此春去冬来，上世纪八十年代末，仙降已是温州十大商品市场之一，工场店面粘牢一间间，"辰戌鞋"成了"人欢鞋"（在温州方言里，"辰戌"与"人欢"同音）。

《易·系辞》说："神农氏作，断木为耜，揉木为耒。"耒耜用了两千年，才有了犁。先是人拉犁，到用牛拉犁又是一大进步。牛拉着犁，喘着粗气，又拉了两千多年。拖拉机早已有了，但小片土地仍是牛耕。而做鞋工具与工艺的更新是突飞猛进的，仙降人从镰刀烫烙做鞋，到自动化数字化生产，也不过短短三十年。

鞋业牵引各行业，像一条链子牵出了一个集镇的财富和声望。这无形的链子上，有饭店、菜场、超市和旅馆，有托运、鞋革批发、瓦楞箱厂、自来水厂，有手机专营、电脑培训、摩托车修理和劳务介绍，有幼儿班、美容院、保姆和钟点工，一个叫产业链的东西悄然而至，像魔法把仙降搞活了起来忙了起来。正月十八会市，仙降人把鞋摆到集市上卖，卖多卖少无所谓，摆的只是一种品牌，一个标志。

本来是石子路，后来是"三跑道"马路，后来56省道改宽了，高速公路通车了，大衢通四方，会市延长至三四天，商贩如潮。家家户户都有会市会客的习惯，听说不管亲疏远近，坐下来就有得吃。收了稻谷拉一车舂成米，米变成酒，酒又变成温热的话，话又引出一桩桩生意来。

平均算来，地球上每个人有两双仙降鞋。本来是一户户家庭作坊，后来形成鞋业生产基地和箱包生产基地。说来也颇神奇，都说仙降是神仙降临的地方。

（2010 年 7 月）

高楼纵目

　　到高楼一下车就尝杨梅。

　　古诗说："五月杨梅已满林，初疑一颗值千金。味方河朔葡萄重，色比泸南荔枝深。"我和同事都说从未尝过如此甜软的杨梅中之佳品珍馐，口水和好话都出来了，套用老革命家陈毅的一句话就是"如果我看到好吃的不讲话，我这个舌头就一个铜板也不值"。杨梅是高楼的尤物，甜酸味与紫红色觊觎着每一个来客。据传前一天的瑞安市 2004 年旅游节暨高楼杨梅节，四面八方的人涌过来，人多得吃不到中饭，高楼街无法一下煮出上千人的饭，而吃了杨梅肚更饿。杨梅益胃健脾助消化，越饿见了紫红的杨梅越想吃，越馋。噢，这就是高楼杨梅，使人真切地感觉到自己的眼好色、舌好味。

　　高楼是杨梅之乡，走在大京街上，从街的这头向那一头张望，全是人和杨梅了。卖杨梅的拖着高楼腔，一副副客客气气的样子。杨梅装好在特制的塑料筐里，筐底和筐面的是一样地好品质，叫"诚信杨梅"。仔细看，筐上贴有"高楼"商标，标明绿色农产品，产地中国温州瑞安高楼，算是"品牌杨梅"了。走着，乡宣传委员文婷引着我们一拐弯，不知不觉就到了杨梅山。游客可以在指定的地域采吃杨梅，一种农业观光旅游方式，非常惬意轻松。高楼杨梅在 2001 年获浙江省国际农业博览会优质奖，2003 年获浙江精品杨梅优质奖，走红半个中国，出口西欧。绿色农产品是新宠，到高楼旅游度假，少不了吃土菜，比如山蕨、苦菜、苦槠豆腐、马蹄笋、溪鱼，还有高楼西瓜、高楼糟烧都有名气。绿色、便宜、人家烧。人家烧就是说家里也是这么烧的，吃起来爽口清淡，这也是休闲和文化的一个部分。

到高楼吃高楼杨梅、高楼土菜，喝了一盅高楼糟烧（那天也尝了高楼杨梅酒和杨梅干红，农业产业化一条链上的产品），一扯就说到文化上去。高楼发生的许多故事，都可以看出文化的历史投影与延绵。高楼又名凤楼，有诗曰："一滩绿水半溪沙，笑指闲鸥浴浪斜。""一峰环秀气，磅礴凤楼间。"此地在北宋天禧年间（1017—1021）就设高楼里，好像管着方圆数百里。由于地处飞云江、顺溪、潘溪交汇处而又名叫"三港"，曾出产"三港纱"，一种手工织成的土绸，资本主义萌芽时期的商品，以轻、薄、软、牢享誉远近。高楼人把杨梅产业做好，与前人做好"三港纱"生意，也有一种历史的一脉传承。

高楼杨梅与旅游联姻，也是有"文化"牵线。旅游是以整个文化背景为依托的，有文化人到高楼看重的是人文意境，度假、休闲、健身、购物为一体是时尚。同时有山与水的守护，高楼保存了一种古老的文化景观，一些潜在的历史遗存仍锁在深山。前天在玉海楼遇到前辈高圻祥，高楼人，他说高楼四大人文景观：曹三王府、上村泥屋、卓敬府城、岩画，都有待挖掘和宣扬，地方文化踪迹不能遗落了。我去过曹三王府，这个三进三轩廒建筑，按王爵规格建造，祭祀曹氏自福建迁入瑞安的第一代，当地人习惯称为"曹三王祠堂"，民间传说是个"文官落轿、武官下马"的地方。有石鼓、石阶、石件旗杆夹，有城墙、戏台和莲花池，有"孚泽庙"匾额敕赐于南宋宝庆二年（1226），有770多年的历史了。加之上泽、下泽古村落，其实此地是个探究古村文化的好地方。还有，这个地方与"中华进士第一村"曹村一脉相连。曹村是"曹三王"的发祥地，三兄弟从福建迁到曹村，繁衍生息，人才辈出，一门相继得中12名进士，如今大家把曹村称为"中华进士第一村"。曹逢时、曹叔远、曹豳等人，"彪炳乎史册，震耀乎寰区"。如，曹豳有《春暮》诗入选《千家诗》："门外无人问落花，绿阴冉冉遍天涯。林莺啼到无声处，青草池塘独听蛙。"可见其诗作的历史认同与影响之大。

　　"壶山聚秀"的上曹村与"人才辈出"的曹村，中华进士第一村与木活字印刷文化村，寨寮溪与圣井山，包括其他的点与村，有待资源整合、提升与延伸。打个比方，就像五个指头握成一个拳。于自然景观之外，认真地挖掘文苑遗踪革命胜迹，才使寨寮溪风景显得有历史厚度和文化品位。

　　文化瑞安与寨寮溪文化游，是我们的亮点与品牌。那天下午游九珠潭之时，大家说的也就是这个话题。

（2004 年 7 月）

湖岭老街

　　湖岭是个小镇，湖岭去法国、意大利、荷兰的老华侨会说温州话（带湖岭腔的），老华侨聚居的某一条街某一个城市，叽里呱啦的温州话竟是国语，而普通话反而要靠翻译了，你说奇不奇？

　　走出不少华侨的山底湖岭显然有"岭"，那"湖"呢？查《瑞安市地名志》：据传昔西南面系一湖泊，湖中有小屿，故名湖屿。唐末建了一座桥，遂名湖屿桥。地名很诗意，使人想起西溪湿地、枫桥夜泊、孤屿媚中川，韵味悠远。走吧，听说这儿有一条百年老街仍不动声色地卧藏着。

　　进入老街已是午后一刻，不觉倦意袭来。镇干部小张几位带着我们走，忽见凉亭有对联："为名忙为利忙忙里偷闲少坐坐，谋衣苦谋食苦苦中作乐多谈谈。"说得好啊说得好，众人相视一笑，倦意顿消，游兴倍添。老街上的人见我们背长枪短炮的照相机，三三五五围上来问："老街什么时节拆呀？""前天也拍了照片，老街旧屋有什么名堂吗?"听着听着，我不经意间放慢了脚步。

为什么第一句话就是"拆"? 我选择了一种靠拢他们的亲密方式，与他们聊，与他们扯，慢慢进入湖岭老街深处。

一个集镇有它形成的理由，通常与商品交易有关。老街上的人说，湖岭距瑞安（县城）、平阳、永嘉（瞿溪一带）、青田、文成都是七铺。铺，就是十里地。七铺大致在先前赶集的一天行程范围之内。之初可能就是石头与木头搭建的摊铺，甚至把山货摆在地上就是地摊。而后在漫长岁月中老街逐步形成，宅邸、祠堂、殿宇、私塾、碇步、石桥先后出现，人口集聚，取其名曰湖岭。《郑氏宗谱》载，明洪武年间（1368—1398）郑姓在此聚居，算来已有六百多年的历史了。

临街店铺，四扇落地店堂门。郑永昌南北货旧址，两进，有走马廊，挑梁上刻有瑞兽与花鸟，表达了祈福纳吉的企盼，对富裕安康生活的向往。墙柱上绘有戏曲人物，匠心独运，众人赞叹。周太昌布店旧址，两进，有圆洞门，墙柱、栏杆、藻井有镂空的花鸟，做工精致，雕工精细，是很有文化味的庭院。拐入小巷有三代为雕匠的民居，柱、梁、门、窗，该雕的地方都雕了。不少戏曲人物，认得出三英战吕布、借东风、空城计，都是褒扬孝悌、忠信、智慧、仁义，有伦理教化意义。历经几百年风雨的老街上，任何崭新的建筑都可能是格调上的破坏。湖岭老街的格调是一致的，一里多长的老街保持着原汁原味，是温州的唯一。

店面虽已不开店，只留下一点对逝去繁华的想象，我还是从中感受到当初店铺林立市声沸腾的情景。生意人早起晚歇,精打细算,甚至有人一有空也下地种田,亦商亦农。听老者回忆,老街上有南货店、染布店、打金店、中药店、盐店、剃头店、竹椅店、秤店、棉花店,最有名的是郑裕丰南货店。而后是老宫的纸行,纸农做的土纸一早挑到纸行卖了,再到街上买布买盐买火柴。土纸也叫屏纸,是温州特产。原料为水竹,竹截段,锤裂,扎捆,在纸塘中用石灰"杀青",也叫漂塘。用水碓捣碎,在纸槽中搅成纸浆,用纸帘捞纸,压纸,分纸、晒纸,拆纸(100张纸为"一刀",40刀为"一条"),印上纸印,有20多道工序,与《天工开物》中的记载如出一辙。到湖岭可以看到原始的造纸法。这一带有下者碓、隔岸碓、东山角碓、下岩宫碓,都是造纸作坊。老街上有岳殿,卖的是山蕨、苦菜、苦楮豆腐、马蹄笋、夏枯草、金银花、茶叶、金针、笋干、大豆、赤豆、豌豆、番薯干、糯米、山粉面、本地鸡、野兔、牛肉、兔儿肉。很少讨价还价,卖主称好了大豆或者糯米,都会再塞给买方一大把,连说"走好,走好"。

曾经繁荣的老街,温暖如井水的街坊生活,长久地停留在老人的记忆之中。到那店那店,都是街坊邻居,像去串门去闲聊。顽皮的小孩当街尿尿,大姑娘在井边窃窃私语,女人宽衣喂奶,老人在一起晒太阳。天下雨了邻居会帮你收起晾晒的东西。门忘锁了也无妨,或者索性就不锁,锁了也是做做样子。务农的街邻归来,牛走在街上,屙了大堆牛粪在店前,店主非但不生气还笑着说:黄金,黄金。一家有啥事,一传整条街。民俗的老街留下不少美好的回忆：其实，老街不拆更好。

老街的房子都住着人，不易腐坏，也显得有生气。难得街上还有人钉秤，从老花眼镜上方眯眼看我们。他说没徒弟了，手艺失传啦。

我们在老街拍了不少照片：店铺，精雕细刻的部件，瓦当、花窗、走马廊、圆洞门、柱础、蛮石墙，还有琴凳、太师椅、八仙桌，钉秤、剃头、拉车，还有浑圆粗壮的立柱，室内的清水砖，道坦中央铺的石板，非常好看的几何构图。

返身回湖岭新街，新街堵车。慕名而来的城里人开车过来买牛排急匆匆下车就有了车阻。牛肉做出不少菜肴：牛排、牛百合、牛肝、牛蹄筋、牛尾巴，鲜奶牛肉、牛肉羹、牛鞭西洋参、炖牛心、冰镇牛蹄、牛排骨韭菜花。有小孩在喊："吃块牛尾巴，心里乐开花。吃过牛骨髓，走路飞毛腿……"

堵车也不急，只是会意地一笑。你下车买牛排，堵了我的车，我也顺其自然下车买牛排。谁堵了谁呢？

（2010 年 7 月）

想象的与眼前的枫林

　　枫林是楠溪江的一个古镇。书上说，此镇始建于北宋，已有八九百年历史了。从地理的角度讲，楠溪江中上游最大的盆地，有枫林和岩头两个集镇，都是大有名气的好地方。而芙蓉、苍坡、林坑只称为村，是一个个的楠溪江古村落。于是人们关注古镇枫林，《永嘉报》上说，打造文化楠溪江，"枫林再也耐不住寂寞了"，以此引发大家对历史文化名镇保护和发展的思索。我匆匆去过三四次枫林，而这一次终于走呀走呀，走到了枫林老街深处，徜徉于想象的枫林与眼前的枫林之中。

　　眼前的就叫圣旨门街，很狭窄很狭窄，像古装戏里长长细细的水袖，弯弯的柔柔的，正是楠溪江的韵味给你一种感觉。老同学说，这街过去是石头路，方方正正的石板角对角铺设，空缝用鹅卵石镶嵌，走在上面叮叮叮地脆响。街上的店铺大多是木构旧建筑物，檐头低低，有气无力地。一段保存完整的老房子拍过一个电视剧，在默默守卫乡土文化的一段古色古香的背景。店铺的生意一般地好，一路看去，与吃饭穿衣有关的买卖是大头，也有新潮的美发与婚纱摄影，还有老字号药店。大多是小本生意，货摊子都朝街摆到外面去，街这边与街那边伸手可及，人与人鼻息相闻，客客气气。枫林就是这样子，给人一种恬淡安然的感觉，显得与世无争。印象中的少年枫林同学，也是一个个笑眯眯乐呵呵的。当年在岩头读书，总想象楠溪江那一边，一度成为永嘉县治还办过济时中学的枫林，是一个有教养有文化的地方。

就是这圣旨门街上，有圣旨门。这座旌表孝义的牌楼，当地人叫圣旨门洞，匾额上"徐尹沛尚义之门"七字是明朝皇帝的题词。一道圣旨建了圣旨门表彰一个枫林人，文官到此出轿，武将到此下马。圣旨门已经破旧了，不远有不大的圣旨湖，湖边的榕树技叶茂盛，湖中的晚乐亭有人在闲谈。村民至今仍在传讲徐尹沛舍重金赈灾民的义举，津津乐道先人的道德文章，一种品格典范仍在作用于民风教化之中。想象中的枫林曾经萧条破败，荒疏冷清，也曾文采风流，一度发达。而今如沐春风，日新月异，但淳朴的民风依故。枫林是农业的，种大棚蔬菜做沙岗粉干，以规范生产技术来保障农产品的质量安全，用诚信做大品牌。外销的反季节茄子鲜紫色的，足有七八寸长，一根根地拣过，那是代表枫林农业形象而不可马马虎虎。不够规格的茄子，枫林人留下自己吃。

沿圣旨门街向东有一条念祖桥，还有一个御史祠，都是与乡贤徐定超有关的文物古迹。徐定超是清朝的监察御史，不奉承权贵，为百姓办了不少好事，为人所敬仰。著名教育家蔡元培的题联"念祖楼台高百尺，谏官祠宇壮千秋"就刻在为纪念徐定超而建的御史祠门台上。翻读《监察御史徐定超》一书，不禁对先贤肃然起敬。书中说到，他任温州都督时，每当听到衙门外有人叫"超哥，超哥"，知道是乡亲来了，就出来接见。至今他出资兴建的念祖桥，后人在桥旁建的榕枫亭，旁边有一株榕树，就组成了一处绝好的人文景观。

踏上枫林的土地，就会感受到当地历史文化的深厚。枫林古名丰里，枫树茂密而叫枫林，如今却见不到枫了。枫林的浦亭街在唐朝时就相当繁华，几姓世家大族，以诗书传家，出了不少文人。还有惠日寺、下社殿、枫林书院，还有一座座书香大宅院，都有一段段崇文尚武的故事。枫林是文雅的，有着楠溪江村落特色的街道和房子，都透出书卷气，绝不粗野横蛮。如少年时，总是把枫林女子或同学的妹妹，想象成知书达理的大家闺秀，会怡然自得过日子。作为历史文化名镇，枫林当之无愧。但历史文化名镇，不能说说算数。如何保护文化遗产，使宁静与繁华并存、坚守与开放兼容、传统与现代互动，枫林人显得不安了。他们在怀念那牌坊、古城墙、鹅卵石路、石矴步、古埠，这些楠溪江乡土文化丰富多彩的一面。"枫林"是一个泛概念，是一个背景，由此及彼可以想象得到，楠溪江的古镇古村，历史文化景观保护与旧村改造矛盾突出，老的东西不能凝固不动，而有价值的文物古迹、街坊格局又要保护，与现代化的东西协调融合，使古镇古村的个性风貌得以延续，这有多难呵！

（2002 年 7 月）

上塘 1959

　　我第一次到县城上塘是在 1959 年，上塘给我什么印象了呢？

　　慢慢说来：那年的一天，乡干部潘桂香到我家说，县里搞第一次土壤普查，要有人画图，你画画好，你和我一起去上塘开一个会。一起去的有四五人，天未亮从老家茗岙出发，7 铺路，翻过白岩头一个个山。山岭陡，走错了路在柴蓬草丛里走，半路吃带来的麦饼配冷水，冷水从岩缝渗出来很细很净很冰，走累了喝一大口比人参汤好喝，那时没喝过人参汤只是一种想象。路亭里坐下歇脚，歇久了又不行，脚会更软。山下的路平了，可是脚不听使唤不时"打脚拜"，天暗下来看到几盏灯光了，可我确实走不动了。我才 13 岁，那个年代的 13 岁才五六十斤，瘦得肚排骨像稻梯。天已黑了，乡干部潘桂香背起我就走，还好老潘同志是身材高大的壮年汉子。大约到了上塘街，一打听开会在哪里，说不在这里在横溪。潘桂香背起我又走，到了一个地方，一问又说不在这个横溪。潘桂香背起我又走，终于找到了开会的横溪，现在回忆这地方可能是下塘山下的一个村。以后几天开会学习，用铅笔画地形图上一条条的等高线。

我对年轻读者作些背景交代：1958 年 8 月，永嘉县治由温州九山迁往上塘，永嘉人白手起家，穷地方撑起一个家。一条上塘街，一家供销社，几个店摊，一片上塘垟摆落一个县城，没有人民大会堂，没有永嘉宾馆，没有电话——所以当年我们找不到开会的地方。1959 年 8 月县城至清水埠公路才建成通车，其他地方没有公路没有车，没有饭摊儿和农家乐——所以，当年乡干部从山底到县里开会是爬爬山岭、冷水冰冰、吃吃麦饼。

上塘古时是一片湖塘水浦，屿山和下塘山把一片湖塘水浦分成三塘（上塘、中塘、下塘）三浦（浦东、浦西、浦口），上塘地处屿山上部，故名上塘。上塘四个村，几千人。1958 年上塘忽然成为县城，像穷人办喜事匆匆忙忙。然而匆忙中方显英雄本色，我一直在外地吹牛，我们永嘉县城大的布局 50 年不落后：一片平原，屿山踞中，县政府大院在这里，远远地，人民医院在那里。学校靠三元堂，人武部靠山边。监狱在下堡墩，党校在下塘山。车站靠路，粮站靠江。50 年前有如此大框架，大度布局，从容大气，放得开，眼界有点大。像一张白纸展开，1958 年有了百货大楼、教育大楼。1959 年有了县府大院，有了 2 幢 2 层砖木结构楼房，也有了机关招待所、人民大会堂，有了电厂发电有了路灯。1960 年有了汽车站，1961 年有了灯光球场，1962 年有了郊区蔬菜基地。一批讲温州话的机关干部上来了，一批讲楠溪话的干部家属下来了，一个"吃"字四种发音，吃饭状态也五花八门，枫林人把菜夹到饭里端着饭碗串门最有特色，把邻里融洽的乡村风格带到城市小区。人聚于斯工作读书，店迁于斯连锁批发。七天集市，设摊叫卖，菜场里有农民挑来叫卖的鲜豆角和包罗粟。

上塘不是老谋深算的城市，不是率真的乡村，而是城市51%和乡村49%的共同体，多元，有活力。

50年大框架规划不落后，后来就在空着的地方，填充街路、房子、公园、草坪、桥梁、堤坝、广场、停车场、广告牌，当中一块慢慢填满了，造条大路接路口，造座大桥到江东，再往下塘中塘一伸展，改革开放30年过去，成了一个有规模的现代城市了。也恕我直言，相比较起来，上塘还不很繁华使人看出点单薄。

上塘最大的不幸是漫水，查《永嘉县志》：1960年8月1日，台风，三日暴雨，上塘平地水深1.6米。1962年9月6日，台风过境，上塘的街道可通船只。1971年9月23日，台风暴雨，上塘2次进水，机关办公室水深1米多。1975年8月12日，暴雨，上塘平地水深0.7米。某月某日，我在上塘和朋友喝酒聊天，酒喝爽了，说了句酒后闲言：一任永嘉县长干三件事，其中一件事该是使县城不漫水。某月某日，台风暴雨，上塘又漫水，我辛辛苦苦写的自费印的非常漂亮的书《写意茗盏》，约三分之一放在上塘同学家，一箱箱被水淹了，欲哭不流泪。天晴了，老同学把它搬出来翻晒，翻晒了卖给收废纸的，让它再变成纸变成永嘉的书吧。而今有防洪江堤保护加上隧洞分洪，上塘不漫水了，昨天翻看《魅力永嘉》，第18页有一组上塘的数字便抄了下来：县城总面积159平方公里，城市规划区总面积52平方公里，人口10万，人均绿地面积9平方米。

三月阳春我在中塘溪公园踱来踱去，很静，比别处公园静。小桥流水，草坪垂柳，花坛步廊，不精致却很自然亲切，与山呼应。一个城里有几座小山，几曲小溪，一种安宁与生态增加了人的幸福感。有鹅浦河，听名字再看地图上画出的河道弯弯曲曲，有岛，猜想是一个造公园的好地方。大会堂犹尚多情，我去过两次文人圈里的雅事，一次看昆剧，一次楠溪江特种邮票首发，宣传部同行发我一本被我藏为珍品，这是上塘的典雅与浪漫。

上班族繁忙而有序，退休者悠闲而嬉戏。逛街逛到新华书店翻翻本土作家专柜的书，逛到县府墙外看楠溪江风光摄影展，逛到后街买一个麦饼，反正没那么巧会遇上熟人，就一路逛街一路啃麦饼，不是肚子饿，是从小养成的口味没变，就是喜欢这种麦饼香味。一次永嘉报社请客，我对陈光銮总编说，你就买个麦饼，来3两烧酒。后来乡情以绝对多数压倒了我的随便，麦饼有，盐卤豆腐、苦菜、金粉夹、田鱼、金瓜炒沙岗粉干也有。

说着说着又想起了1959年，13岁被乡干部背到上塘开会，特好笑。13岁还不会细看一个地方，年代久远了细节也忘了，那时的上塘是个什么样的地方呢？一片是田，刚刚收割过，村落离得远远的，这儿到那儿要过陡门，祠堂旧了，会议就在祠堂里开，摆了很多八仙桌，我趴在地形图上描等高线。世界变化很大很快，后来人已无法看到 1959 年的县城，如同一个人无法再现 13 岁的少年。

反正和眼前比，天壤之别。

（2012 年 6 月）

碧水莲山

碧莲的地名好听，很容易使人想象起水绿如蓝、花红胜火的江南诗意。

查《永嘉县地名志》，说这里有延天台、望莲峰、龙头岩、独秀峰，并起如莲花状，故名边莲。后人以小楠溪碧水澄清，望莲山草木葱茏，改名为碧莲。

你到碧莲一看，也会感到这是一个清秀恬静的集镇，如她的名字一样美丽，羞羞地坐在小楠溪江边，妩媚而给人亲和感。一溪之水碧色，隔篁竹，闻水声，如鸣佩环。

碧莲早在民国时期就称"镇"，有一条渡头街，有一个停舴艋船的埠头，这就是碧莲为镇的格局。

记得小时候去碧莲二姑家，二姑叫我去渡头街嬉嬉，就像如今逛上海南京路北京王府井，算是给小孩子见世面长知识了。走过鹅卵石溪滩，木渡船来回渡人，渡船头上来的街叫渡头街。方圆几十里山面的人都知道渡头街，小镇唯一的街。街是弯弯曲曲的石子路，圆圆的石头铺的，三四月潮了，滑溜溜。圆圆的石头是小楠溪洪水冲来的，山洪来了石头随大流滚呀滚呀就很圆滑了。街上开着东一间西一间的小店，后来街拆直了，有了面店、农资店、南货店、中药店、照相馆、供销社、旅馆，组合起来就更有"镇"的味道。我总觉得圆圆的石头铺的路，仍是渡头街最生动的部分。

农民是街的主角，到东坑里砍柴，到石门垟种田，到祠堂看戏听词，有所为有所不为。街上的人开个小店，有理让三分，凡事留一线，说是商人不如说是种田人。记得一天和小伙伴明豹走十里山路，到渡头街书店去看花鸟图片，一套小张花鸟图片很诱惑我，很想买，没有钱。风吹来面店煮光面的香气，光面就是没有佐料的汤面，只有几根豆芽，一角钱四两粮票一碗。我和明豹没吃光面，晌午饿着肚皮往家走，半路亭喝饱了冷水，水在肚子里咚咚咚荡来荡去。去镇上逛街，已是少年的远行与旅游了。

埠头的舴艋船两头尖尖像蚱蜢，二姑父是撑舴艋船的，舴艋船就停在溪滩埠头，船有点旧，篷上的箬叶稀稀的透光，移动箬篷沙沙响。几十条舴艋船组织成碧莲运输社，社址就在二姑父家不远的溪边，一楼是开敞的工场，解板老司锯出长长的船板制作舴艋船，我总呆呆地看上半天。舴艋船把山货运到城底，城底就是温州，回转，再把城底的百货和盐运回来，楠溪江船歌中有"船过缸窑至碧莲，停靠埠头落饭摊。停船养力过个夜，明朝起早再开船"。碧莲是"区"，翻开《辞海》，"区"：我国根据行政管理的需要而划分的区域，不是一级行政区域，设立区公所，作为县人民政府的派出机关。撤区之前永嘉有永临、罗浮、沙头、岩头、岩坦、碧莲、四川 7 个区。"区"的级别高于"乡",有点衙门的样子,有几十户吃国家商品粮的人,叫居民户口,有运输社、供销社、粮管所、税务所和农技站。那年的确良布料从上海传来,一条渡头街的姑娘一色是的确良衬衫。三分时髦,七分传统,渡头街是相对前卫的。

旧年陈事慢慢淡出,二姑和姑父去世了,我很少去碧莲。一条渡头街,一个停舶艋船的埠头,却一直代表碧莲留在我心中。

小镇的街,一直是"街"又是"路"。外面都是高速公路的年代了,这"街"仍然是通向山区的交通大动脉,自行车、板车、三轮车、小四轮、货车、大客车不时穿梭而过,慢而不堵,堵而不急。四圈山面上的人来买东西卖东西,来也匆匆去也匆匆,卖者买者直呼阿婶阿姐,很少讨价还价。人们奉行一种适度的原则,对任何事物都是一个适度,不苛求,不逾矩,不过分,凡事讲一个理。《莲川徐氏重建祠堂记》云:"仁义二者,徐氏立身保族之家法。"八九月车过碧莲,一街的叫卖早香柚。久闻碧莲早香柚,从一棵香柚嫁接繁育成一个全国柚类金奖产品。你看两旁路边一箩一箩叠得高高的,这里那里铺天盖地把碧莲街弄得清香扑鼻,也使现代化之后的集镇保持了原有的朴素模样,农民仍然是街的主角。我刚从车窗探出头,就有三四家招手叫卖,一脸的宽厚正直,和顺善良。那就买一个最大的,葫芦状,青绿色,有柄,摆在家里看也是散发清香的原生态风景。因为不出几天,家里就会有一大袋永嘉亲戚送来的碧莲早香柚,多了也是浪费。街上卖的板栗、杨梅也是当地特产，一上市就满街卖，一条街摆到头。有农妇卖菜头皮和梅菜干，说是家里多了吃不了拿出来卖，很嫩，闻闻有清香，地道的好东西，我就喜欢买一点带回城去。街上卖的猪肉很鲜润，当卖者说这是本地猪的肉特别好吃，你别以为他骗你，山底农民不会骗人。瘦肉少，肥肉特别厚，肥得油像流出来了，便是。

　　与喧哗的世界相比，碧莲是宁静和淡定的。你不妨寻一家老屋进去，圆栋柱，青石柱础是闪亮的，斑驳的花窗没一点灰尘，鸡也不飞，狗也不叫，唯有琴声棋语。水渠里有清清的水，可以洗涤。柚子树开花的季节，一个村有清香。作为楠溪江古村落之一，古建筑自有其特色，永嘉郡祠用材粗壮，门槛高，透出一种庄重和气派，是省级文保单位。听说碧莲刘氏始祖和刘基的祖父是两兄弟，刘基辅助朱元璋完成统一大业，朱元璋敕封刘基上三代为永嘉郡公，碧莲的刘氏宗祠也就称为永嘉郡祠了。地方上的人说，以前郡祠前有个落马溪头，文官武官到了那儿都要落马，端正衣冠，拜过圣旨亭再进郡祠。

　　小镇出了不少教书老师，我所敬重的老师，一生在四圈乡村教书，颇受四圈乡村的人尊重，人们遇事找教书老师商量，家有争执由教书老师断定，退休了也是，师者风范就像一种地方文化悄无声息地积淀。不少老师虽已过辈，六七十岁的当年学生回忆起老师还是敬仰有加，念叨老师的兢兢业业教书，夹着尾巴做人。人说山区的小镇是有文化的，那教书老师就是文化的亮光。

　　小楠溪上架起两条桥，停舴艋船的埠头不见了，渡船也歇业了。渡头街的新房是钢筋水泥的了，新的中学校舍造在桥对岸了。碧莲作为永嘉西北部最大的集镇，四圈乡村的人一年年聚集到镇上，街市闹了，镇区也大了。但不少四圈乡村的人顺着溪流顺着公路去了城里，他们跳过了"镇"直接移民到了"市"里，飞速的城市化使小镇措手不及，落后了。

小楠溪流过，上有巽宅镇，中有碧莲镇，下有大若岩镇，如果把三镇比作三姊妹，碧莲镇眼看着小妹妹出落得亭亭玉立，好有压力。我从《今日永嘉》报上看到，有关碧莲的一件好事是永缙公路改道，省道不再穿越渡头街了，另一件是办起了发夹厂，一种针插式的发夹，妇女老人在家里穿发夹每月收入四五百元，不错的家庭加工方式。但愿这厂长期办下去，穿发夹为业的我堂哥就能自食其力了。

（2013 年 5 月）

腾蛟起凤

地名显示了一个地方的环境和文化因素，一听腾蛟这地名便猜想有来头。

果然，腾蛟原名郑家堡，莫非郑姓家族兴起，姓郑的人多。其实，商人与手艺人往往逐水而居，渐渐聚集商旅的地方姓氏就有点杂。待到明末清初的一天，几个乡绅文人取"山川毓秀，腾蛟起凤"的"腾蛟"与当地方言"郑家"谐音，就把郑家堡改名为腾蛟堡。这腾蛟起凤是宛如蛟龙腾跃、凤凰起舞之意，形容人很有文采，唐王勃《滕王阁序》有句"腾蛟起凤，孟学士之词宗"。如今想来，这地名取得是名副其实了，几个乡绅文人的一番斟酌已是一个文采风流的事实，人们说，到腾蛟就是看文化。

猛日头和知了的叫，预告了午后的热。到了腾蛟却有爽爽的凉风从溪水上吹来，溪门很宽，水很静，风很润滑。

腾蛟镇里的人来接我们，一见如故。

望去有山有水。导游说，山是卧牛山，山形似卧牛，有鼻有尾，连牵牛的牛绳都有。青青的山，今天却被热得灰蒙蒙的。水是带溪，就是这条溪门很宽的溪，溪上有一条长长的石板桥，我见过的最长的石板桥，桥面并铺七条石板，历沧桑而无斑驳痕迹，有年轻人骑电动车一溜烟过桥，风吹起宽大的 T 恤，是一幅旧时风物眼前景。

阅读名人是进入腾蛟的一种方式，就在带溪畔的名人苑，是街头公园模样，列一排腾蛟乡贤石雕像，有谏议忠训大夫薛昌荣、宋六君子林则祖、南宋爱国诗人林景熙、太平天国将领白承恩、晚清武科进士林桂芳、百岁棋王谢侠逊、化学家苏步皋、瓯派人物画鼻祖苏昧朔、著名数学家苏步青。名人苑用石头叙述腾蛟一部文化史，无声地给参观者一样震撼。

腾蛟一见面，就给我提供了一个索引，使我觉得值得如此风尘仆仆地去。

过石板桥，我们一走就走进传统街区，看这里延续着前门开店、后屋作坊、楼上住人的格局，店堂门开着的，仍有不少手工作坊。有两间打铁铺面对面，师傅在忙着，大约早有名气，说打的菜刀锋利无比，大家围着看了一番也有人买了一把。豆腐店里的豆腐是老办法做的，看皮水就很正宗。剃头店里仍有老工具掏耳朵的，掏得人闭上眼睛静静地舒服。粉干细腻，温州城里不少街巷都有平阳炒粉干的招牌，其原产地就是腾蛟。有卖竹器、草药、粉丝的，纺织、薯刨、烧陶、制茶是腾蛟传统产业，头发吊灯、竹箬、木雕、米塑是传统手工艺，心灵手巧的腾蛟人如今办了不同产业的现代企业。

一行人静静走在石子路上，拐弯见一座木构民居，是平房却有飞檐翘角。木门台很简朴，"苏步青故居"木匾额上华国锋题的字粗朴端正，大家便驻足看看议议。院落很简单宽敞，四五株樟树还有其他的树很茂盛，一株粗粗的古藤荡来荡去挂在树上，便显得幽静内敛。苏步青是世界著名数学家，微分几何学派创始人。其哥苏步皋是化学家，他把故居的会客厅设在很透风的边间，藻井很漂亮。导游还带我们去后院看一口老井，少年苏步青喜欢坐在井边读书，倦了就舀井水喝，地方上的人说这是聪明井，喝了井水数学特别好。并非糊弄人而是一种自豪感，滋养出个"数学王"苏步青的井水一定是好水。

苏步青故居背靠卧牛山，苏步青自称卧牛山下农家子。导游说当年苏步青父亲请人看过风水，说这儿风水好。我从故居出来，扑来的是田野的草气和香味。

去棋王碑林。为纪念百岁棋王谢侠逊而建的碑林在卧牛山上，悠悠竹林之中。政要、学者、书法家的题词很多，有梁启超、于右任、章士钊、冯玉祥、李宗仁、孙科、张治中、霍英东等60余位。来去匆匆，惜是走马观花般的看。有江泽民的题词"百龄棋手，永葆青春"的刻碑，碑背面是"共纾国难"的棋谱。抗战时期谢侠逊与周恩来对弈两盘皆成和局，谢侠逊在《大公报》上发表了这盘和棋，宣传共同抗日。

善弈的腾蛟人一有空就在一起杀盘"车马炮"，还用平棋、下炮、马车、驷马等象棋术语作村名，转一圈就看全国象棋之乡独特的景致。"昨夜敲棋寻子路，今朝对镜见颜回。"有人说腾蛟镇的民风好是棋风盛带出来的，因为下棋能陶冶情操，增长知识，有益身心。

太阳已下山，天渐黑。我们没去霁山碑林，但知道乾隆有御批："霁山先生采药拾骸，风高千古，堪称东瓯第一人，而其诗文风骨清秀，实乃宋末之稀也。"听说林景熙故里有一方古井，四邻村的水井大旱时都枯竭了，惟此井甘泉喷涌，林景熙遂刻林氏义井四字，与村民共饮。也没去忠训庙，庙在薛岙，但知道薛昌荣于南宋袁州知府任上御寇阵亡，朝廷追封为谏史大夫，旨到薛岙是八月初七，百姓称这一天为"迎旨日"，每年都举办庙会，古戏台上演过一出出忠臣义士的戏。也没去白承恩将军陵。白承恩是太平天国将领，出身贫苦，豪侠尚义。——依依不舍地，我还想去看。

归程之前我和腾蛟人碰了三杯酒为约，约好了这都留给下一次了。

毫无疑问，我们是冲着文化到腾蛟来的，想以身临其境来寻找潜伏在这里的答案。

岁月无法隐去痕迹，苏步青、谢侠逊几乎成了我对这个小镇的全部认识，成为远道而来的人寻找这个山旮里的小镇的理由。

也毫无疑问，腾蛟人以文化立镇，一着妙算，满盘皆活。

（2011 年 8 月）

老街的留存是一个索引

老街小巷，粉墙斑驳，台门长草，木柱子倾斜了，却代表着某个时代的市井生活特征，散发出的都是岁月的回味，人们到了这个城市总想去那走走看看，去拍个照留作纪念，似乎只有这样才证明你来过这座城市。

比如龙泉西街。

龙泉西街为历史文化名街，云水渠沿街穿流而过，街渠相依，两边巷多，邸宅庭院深深，尽是望族气派。有打金银首饰、打铜、铸锅、木器、圆木、箍桶、油漆、染布、纸糊油伞、制香、做蜡烛灯笼、造船修船、扎筏放排、打箬篷、造土纸的，百业齐聚一条街，有澡堂、剃头担、裁缝、做鞋、补缸、制蓑衣、打草鞋、弹棉花、刻印章写文书，有夜宵馄饨担，提篮卖油条烧饼，有脚夫、船工、排工、轿夫、扛棺人、担水佬、打更佬，以勤劳两字谋生。西街史上瓷号也多，有三座水碓捣炼瓷土，称为"窑上地"的是一个古窑场，古地名存下了一个产业故事。与西街隔溪相望的是秦溪山，春秋战国时欧冶子在秦溪山下铸剑，宋时西街有铁铺上百家，明清时依然是五十步不缺打铁炉，清末民初有千字号、万字号、沈广隆为龙泉宝剑三大名家。剑与瓷是这座古城的底蕴，也是闪亮的名片。没有西街，何为这座城市？

　　老街与小巷连片的历史文化街区，保留了一个"城"的格局和风貌，显现着城市渐进发展的轨迹，即使老旧残破，却有一座城市因而为"市"的答案。文物古迹也比较集中，有老店铺、老手艺、老字号，招牌字斑驳可见，手艺人坚守着祖传的一门手艺不放弃，敲敲打打，缝缝补补，日子还在一天天过得津津有味。或许，站在这里，人们会发呆于光阴如箭，吾亦老矣。我去龙泉西街，看到的是小城仍然温润如玉。在清代古建筑谢侯庙、永福社、乌石庵、镇西社、云岩祖社，在古民居邓家大屋、刘家大屋、周家大屋、蔡家大屋遇到不少来逛逛的人，好奇的年轻人居多。古街居民仍然每天早早起床，开门做生意，悠闲晒太阳，少了以往的嘈杂，多了街头的花草，生动演绎着老街独有的生活方式。人们的话语是慢慢的，暖暖的。手工作坊在打铁、铸剑、钉秤、弹棉、剃头、打白铁、编棕床，独到的制作技艺已被列入非物质文化遗产名录，你看那金银首饰少了些现代制作的精雕细琢，却多了几分手工打造的灵气。老街像一位非常前卫的古稀老人，与年轻人慢言细语。

　　我匆匆去过丽水刘祠堂背、酱园弄、高井弄历史文化名街，旧旧的刘祠堂背不到二百米，中有高坡，因此称"背"。听说街上有牌坊有碑，上刻钦命"文官下轿，武官下马"，见不到了。见到了开国元勋祠旧址、明代乡贤何镗故居遗址、中共浙江省委机关旧址—黄敬之律师事务所，大石头铺的旧路面，油光发亮，高低不平，看去是珍贵的原物。酱园弄，原设王氏酿酱作坊，有谭宅小谭宅，青砖墙垣马头墙，门额上嵌"德星暎瑞"石匾，巷弄里熙熙攘攘的人，生活如常。高井弄，有一口高井而称之，有明代抗倭名将卢镗故居，有新四军驻丽水办事处，有不少老宅、弄内小店闪亮着一个个数不清的霓虹小招牌，也成了小巷风景。

一个呼唤文化的时代要延续城市文脉。

如何延续历史文化街区的生命力，留住城市之魂？有人总结出了两个平衡，平衡历史与现代的关系，平衡文化与商业的关系，而平衡本身就是不易的事。

五马街历史文化街区的改造，利用老砖老瓦老石条，采用温州明清古建筑工艺，清水砖墙采用平立砌，山墙面上采用蛎灰粉墙，有适宜温州湿热气候的灰塑。依据一张老照片还原城隍庙，设计了南戏台、北照壁，让人有种时空交错之感。历史建筑修旧如旧后，更好地植入新业态，老温州人心心念念的五味和、温州酒家、大众电影院、老香山、金三益回来了，人们提着大大小小的购物袋走过。千年子城谯楼、千年净光寺塔、千年摩崖题刻、百年老字号、百年老建筑、百年中山公园。晚清民国建筑，时尚商圈，刷脸支付，网红业态，科技感十足。旗袍、瓯绣、瓯塑、糖金杏、橄榄、胶冻、馄饨、鱼丸、松糕、烧饼、马蹄松、灯盏糕，帮着找回"曾经的你"，一千六百多年历史的老街青春正好。

街巷很"古"，业态很"新"。

有人打比方，历史文化街区要使之"延年益寿"，而不是"返老还童"，不能大拆大建，不能拆旧建新，有的构件也就不更换，采用传统施工工艺修旧如旧，"它"还是"它"。温州朔门街进行了整改修缮，渐已颓败的老街有了些许韵味，老年人三三五五散讲，讲着一口纯正的温州城底话。我在那站了半个钟头就有感觉，老温州来了。瑞安忠义街，有玉海楼为浙江四大著名藏书楼之一，与之相邻的利济医学堂旧址，也是全国重点文物保护单位，还有心兰书社、老书塾、鼓词场、非遗馆、学校、商店，比户书声犹在耳。松阳拯救老街，衍生出新的行业经济，老街小吃多，有手工面、糖糕、家酿酒、耕绳儿、灯盏盆、状元饼、茶蛋、黄米粿、山粉饺，有联曰"百仙面馆传承百仙美味，明清古街重现明清风采"，老街坊的早晨从一碗面开始，手工擀面，酒糟大肠，口味一直没变，手艺也不变。

有空调，有排污，使老居民在这里住下去，保住一个市井文化空间，留住人气。假设全部迁出原住民，把房子重修再卖出，或变成娱乐休闲地，或变成专供旅游参观的布景道具，都不对。

老地名有丰厚的文化积淀，有很好的知名度，不能丢。人们是以老地名找到老街，找到一方乡愁的。

为了精心设计与施工，为了从容筹集资金，为了保存和延续社区文化，保护其间的非物质文化遗产，我觉得还是一步步来吧，小尺度，小规模，渐进式，不大拆大建，不风卷残云，不一刀切。

　　有这样一段话：老街的留存是一个索引，它的平和古韵，不是豪华铺就的马头墙，它的烟火气息，不是商贾林立的见缝插针，它的沉静固我，一如仓央嘉措的诗句：你来，或者不来，我就在这里，寂静欢喜。

（2021 年 5 月）

草木植成

家狗买益

田无不耕

悠然汀田

荆谷，金谷

碧为山色，爷为海神

凤凰之地

廊下花坦

大嶂初访

诸葛好村坊

永安乡村的别样韵致

草木植成

不少村以"树木"为名。

木林，苍南一个村，其地山林苍郁，树木茂密。

海林，青田一个村，以四面环山树林茂盛似海而取村名为海林。

椴树根，文成一个村，昔时村有一棵大椴树，即柳杉，根部有一个树洞能容十几个人，可安放凳桌，先人迁居此地，村建在椴树附近，故名椴树根。

株树坪，瑞安一个村，村有一棵大苦槠树得名。株树，即苦槠树。苦槠树的果子近圆球形，可以制作苦槠豆腐，一种绿色食品农家菜。

竹囷，松阳一个村，村四周毛竹茂盛，取名竹囷。囷，松阳方言音 fēn。

杉板坑，云和一个村，建村时杉木成林，因交通阻塞，在溪坑边锯成板料从溪坑水中外运，故名杉板坑。

锯板岭，永嘉一个村，山上树多而大，可锯成板材。

以"树木"为地名的，有村名乡名，也有松阳这样的大地名，一个县名。《吴录》云："作松杨，以地多二木也。"《吴地志》："县东南临大溪有松树，大八十一围，腹中空，可容三十人坐，故取此为名。"松阳多松，松阳有一个行业叫割松香，拿圆弧形的松香刀扎破松树的皮，松脂就流出来，取回来加工制作松香。松香是化工原料，造纸造电胶布造肥皂都用到。焊接时松香作助焊剂，小时候看打锡老司焊接时在焊件上撒点松香，就是这个原理。松香擦在二胡的弓毛上用来增大摩擦，琴师努力拉琴拉得白白的松香粉末飞扬，你总见过。割松香是松阳特有行业，松香客以采松香谋生，很辛苦。与树木有关的行业还有木雕，看似不起眼的松阳山村隐藏着木雕花厅，牛腿、雀替、穹顶、花窗刻工精细，身手不凡。树木是松阳古村落最重要的元素，从树木里可以看到松阳无数个坚忍的细节。在松阳乡村走一圈，满眼的青山绿树，不少村与树木缠在一起，因树汇聚，因树发财，因树出名。

有一个村叫大树后，老祖宗不肯离树远，就在大树后盖房子居住了。下水口有一棵南方红豆杉，胸围九米，树龄千年，挂了浙江农业吉尼斯牌子，为浙江十大树王。十米外还有一棵红豆杉，算是姊妹树了，也是千年古树。上水口有一棵柳杉，两棵栲树，都是郁郁葱葱。大树后，也是名副其实了。红豆杉是国家一级保护树种，农历十二月开花，开花比梅花还早，二三月长细小的果，果子叫"先不离娘"，长十个月才熟，果落又开花，花果连续,生生不息。"先不离娘",慢点离开娘,挂果时间长,红红的鲜亮。听说泡酒好,看过书上网上图片,酒的颜色非常有诱惑,没喝过。当地人传说风水树不能砍,从前有人爬上树砍树枝,下树后两天无缘无故发疯,直到死都疯疯癫癫。

有一个大外阴村,村有古树群,有浙江稀有树种野含笑,有一棵树龄二百年,全省最大,开花很香。

有一个村叫杨家堂,三棵交叉的樟树也叫樟交堂,村在环形的山凹中,地无三尺平,房屋依山建,黄色泥墙显眼极了。清中后期从事经营木材开始发迹,有人从事木板业生意,木材运到杭州去贩卖终成巨商大富,在杨家堂村造起了至今仍能看到的古居群,雕梁画栋,富丽堂皇。每个院中有残破了的学报官报,透出其文化底蕴,村人的内心愿望未随久远的时代隐去。

有一个古村落叫官岭,官岭即当官人走的路,村以道名。官岭村祖先规定山分三等,上面是树林,中间是农田,下面是村庄,界限不准动,此谓之保持水土、涵养水源、改良土壤,非常聪明。不少古村落村后有林木葱郁的靠山,村前有相对平缓的象形山,什么文笔峰、象鼻山、笔架山、元宝山。水口,水流的入口与出口,有樟树、红枫、柳杉、香榧、红豆杉等风水树,有凉亭、石桥、廊桥、庙宇,与风水树组合形成锁关之势。小溪流过村前,小桥流水闲村落,与延伸开去的树林、竹林、梯田、茶园、果林、山路、田埂,组成了一个大园林,草木绿色是底色。

当然树靠人栽,林靠人护,绿靠人养,问古人如何绿化家园,令行禁止,养护树木,说几个故事。

鸟播林。埭头建村之初，村南面山岩上不见绿树杂草，光秃秃一片。本欲植树绿化，奈何山陡难攀，于是觅得一计叫施饭招鸟，鸟儿飞来就食，将含有树籽的鸟粪排泄于山上，日久发育而成林，遂取名鸟播林。

杀猪散规。月山村后山原来竹木稀稀落落，先祖吴懋修立下村规，后山遍植竹木，且不许人畜入内损坏，犯者必罚，如有猪上山则"杀猪散规"，即杀了猪，按户分肉，以示惩戒。第二天早上有人来报，后山竹林里有大肥猪在拱笋，吴懋修立即派人去逮猪，杀了分肉。其实这是吴懋修故意让家人放猪上山，然后再来"从我做起"，人人护林。

杀牛为戒。苍坡村有两棵八百多年树龄的古柏，当年亲手种植柏树的是李氏第九世祖李西斋，为了护树他立下禁令：凡在树上拴牛者，立杀牛不赦。谁知禁令贴出后，一日他听说有人拴牛于柏树，一查，不是别人正是自家长工，他不由分说把自家的牛杀了，从此，再也无人在树上拴牛了。

勒石示禁。对坑村王氏宗祠山墙中，有清同治间合地公议遵示立勒石，公布知县批示，立禁规六条，禁止盗荡竹木树枝，禁止立春至立夏挖笋，违者鸣众重罚。勒石以垂永久，违者一经被获，许即扭交地保，据实禀县，当即从重惩处。如此勒石示禁，有叫《奉宪勒石》，有叫《奉宪勒碑》，有叫《奉宪示禁碑》，几乎乡乡有之。

一代又一代地，植树造林，四旁绿化，合作造林，飞机播种，基地造林，封山育林，义务植树，荒山绿化，退耕还林，防护林带，城市绿化，一直在种树。人不负青山，青山必不负于人。草木植成，国之富也。仙霞岭林区过去是一个因木材而富的地方，所产木材沿瓯江运去温州，沿乌溪江运往杭州，如今一转身不卖"树"卖"风景"了。天然的景观，也总是隐藏在深山密林中。景有林为幽，林衬景则秀，背起行囊，踏上旅程，走进森林，成为时尚。一个清凉世界，一个天然森林氧吧。丽水人说，高铁很快，丽水很近很净很静，乘着高铁游丽水，从上海到丽水不到两个半小时，诗和远方触手可及，从忙碌的都市里抽身，归去山林，饮酒烹茶，种地看书，享一段慢生活吧。

有一个传说：丽水男生与上海女生谈婚论嫁，丈母娘一关死活过不了。独生女怎么舍得嫁到山旮旯里？一个要嫁人，一个不点头，母女僵持着。最后女儿还是有了办法，带父母到丽水看看，再作道理。丈母娘到丽水后，一看这山这水，喜欢得不得了。她应允了女儿的婚事，还说自己也要在这买房定居了。

（2021 年 5 月）

家狗买盐

翻《青田县地名志》，见有一个自然村名叫"家狗买盐"，少见的四个字的自然村村名，一听就是一个故事，好奇。

村名从何而来？

相传很久以前这小村里住着一个老头，他养了一条大黑狗，这狗懂得主人的心思。一个冬夜里下起鹅毛大雪，第二天早晨积了一尺多厚，老头不能去买盐了。老头拿来一只草袋放进几个铜板，挂在狗的头颈上，狗踏进雪路跑去买盐了。狗到了小店门前，小店还没有开门，黑狗就用脚爪在门上不停抓，嘴里不停叫。店家开门赶狗，赶来赶去那狗就是不肯走，店家发现狗颈上挂着一个草袋，里面有几个铜板，判断可能是买盐吧，于是店家揭开盐缸的盖，狗伏在地上摇尾巴。店家称足了盐，把草袋挂在狗的头颈上，狗摇着尾巴走了。雪越下越大，半路上黑狗不幸掉进雪坑，死了。老头找到黑狗的尸体，把它埋在村口的路上，这个村就取名"家狗买盐"。

家狗买盐村在山上，村很小，一口井几块田，三十几个人。显然青年人外出谋生了，见到的是老者。与老者聊起村落地名，为什么家狗买盐呀，竟是一件快乐事，他说取个名叫叫没那么讲究，岭下，大井头，枫树下，马岭脚，龙根，下马坦，黄鸟湖，五里亭，渔渡，这个乡的村名很直白平实，山水牛羊花草皆可名。有村叫大叫，大叫大喊。有村叫大会，山像大聚会。有村叫小群，非小聚群，因有如小虫的街道而称"小虫"，后以"虫""群"方言谐音而雅化为"小群"。"家狗买盐"是有点另类，无人不问为什么是这个名字呢，但以家畜命名的自然村，在瓯地也就多了。

松阳有村名"牛铺"，相传外乡人带牛到此耕田，人先回，牛放养此地，正逢下大雪，月余转晴，牛仍健在，故名牛铺。

缙云县有村名"羊母田"，始有人居此放羊谋生而得名，地处偏僻，人烟罕至，战乱兵燹未殃及，有民谣："天下全反遍，羊上羊母田不见。"

文成有村叫"猪槽头"，因有岩石像猪槽，村在岩上。村叫猪槽头，养大猪之预言也。

苍南有一个村叫"鸡啼山"，村后山上昔有鸡啼鸣，后称之鸡啼山，鸡啼天下白。

永嘉有村名"鸭鹅"，因后山二岩，一个岩像鸭伸颈，一个岩像鹅昂首，村以岩形得名。鸭鹅入地名，亦俗亦雅，特别有意思。

就因为白因为土因为俗，这些村名很有特色，好讲故事好记住。

"牛"的地名如牛埠、牛桥、牛运、牛端头、牧牛塘、牛栏坑、牛伏岭、下牛坪、牛石庵、牛伏背、牛庄头、看牛山、黄牯袋，"牛"地名特别多。牛是农民尊敬的伙伴，干活的帮手，耕田靠牛力。

　　"马"的地名如马屿、马站、马田、马石坑、马前山、马架垵、马车湾、马溪头、马鞍丘、马蹄塆、叶马岱等。许慎云：马，武也。马忠诚、勤恳、有灵性，与牛一样，也是人们的好帮手，有"牛劲马力"一词，说的是有力气，肯出力。旗开得胜，马到成功，很喜气的说法。马屿、马站都是以前的区所在地，如今的大镇，以"马"为名也就大气了。

　　"羊"的地名如羊栈、羊膨降、羊角墩、羊拦坳、羊皮降头。羊为六畜之一，"羊""祥"通假，西汉董仲舒云："羊，祥也，故吉礼用之。"三只羊，寓意三阳开泰。寒天人们皆喜食羊肉以御寒安性，山羊肉膻味少，鲜嫩。汤羊是山羊肉加当归、桂皮红烧，暖胃。有村岭上人家，在楠溪江风景区，一只烤山羊带富了一个村。

　　"猪"的地名如猪栏囤、猪槽头、猪娘礁、猪娘降、猪头山、猪儿潭背。屋里养一头猪就是家，家里没有养猪，就不成为"家"。农家养猪积肥，一家一头，一年一头。"养猪不赚钱，回头看看田。"不养猪，栏肥哪里来，番薯怎么种？杀了猪，卖了一部分，留了一部分过年，然后腌肉熏肉与食油大都自给自足。猪的扑满造型，憨厚老实，心宽体胖，坦然无憾，也是人们喜欢的样子。

"鸡"的地名如鸡母头、鸡爪山、鸡头垟、鸡角岭、鸡驮垟、鸡花田、鸡冠岩、鸡笼山、金鸡岩脚。鸡与"吉"同音，就是吉庆、吉利、吉祥的意思。温州人订婚讲吉利，两亲家彬彬有礼，订婚送鸡。一唱雄鸡天下白，金鸡报晓，闻鸡起舞，催人奋起。鸡是养得最普遍的家禽，母鸡下的蛋是最普遍的滋补营养品，公鸡的啼叫是最普遍的报时，人与鸡的生态律动。母鸡带着小鸡找食是最温馨的，小时候总是呆呆地看半天。

"狗"的地名如黄狗盘窝、狗盘温、狗湾睏，不多。狗与马、牛、羊、猪、鸡并称六畜，鸡犬不惊，谓平安无事。人与狗是可信赖的朋友，而且很亲近融洽地创造一种和谐的人居环境，古诗中就有"夜静群动息，时闻隔林犬。"（王维《春夜竹亭赠钱少府归蓝田》）"风动叶声山犬吠，一家松火隔秋云。"（卢纶《山店》）"犬吠寒烟里，鸦鸣夕照中。"（刘长卿《赠西邻卢少府》）在这里狗是田园诗的一个符号，代表宁静悠闲。温州人昵称小孩为"狗儿"，像"狗儿"一样"烂贱"，经得起风吹雨打。少男少女用"小狗"来赌咒开玩笑：骗你是小狗。人们喜欢狗，就有了"狗"的地名了。

"家狗买盐"地名留下了义犬的故事，与中华传统道德一致。《搜神记》里也有义犬的故事，说襄阳人李信纯养一狗，饮食与俱。有一天李到城外饮酒大醉，卧于归途草中，正值太守烧荒围猎。狗见火起，以口拽李不起，就奔至三五十步以远的溪水湿身，把主人身边草弄湿，主人得救，而狗累死了。忠诚是人们心目中最神圣的美德，狗的忠诚使人感慨万千。达尔文说："对人的爱已经成为狗的本能，几乎不容置疑。""家狗买盐"里的大黑狗就懂得主人的心思，善解人意，与主人相依为命，从一而终。

须知，真诚是人生最高的美德，是社会和谐的基本条件，从这点来说，老地名"家狗买盐"值钱了。

（2021年6月）

田无不耕

日出而作，日入而息。

凿井而饮，耕田而食。

宋许应龙《初至潮州劝农文》："闽浙之邦，土狭人稠，田无不耕。"八山一水一分田，耕地少，土地是稀缺资源，无闲田旷土。"但存方寸地，留与子孙耕。"一句俗语，宋叶适记录在《留耕堂记》中。农民丢什么也不能丢了土地。土地是生存之本，为子孙后代留什么？土地。古人说，珍惜土地，勤恳躬耕，节俭务家，自食其力。明弘治《温州府志》："境内之民垦荒而圃，垒石而田，疏淤粪瘠，寸壤尺堤罔或荒旷，而后能自给焉。"一寸一尺土地也不荒芜了，就不饿肚子。人薄土，土薄人。人不亏地皮，地不亏肚皮。人误地一时，地误人一年。无事田中走，谷米长几斗。清郭钟岳《瓯江小记》："温民勤于稼穑，比他处游惰较少。乱后杭严湖等处招垦，平阳瑞安之民每远徙就垦。然本地山陬海隅不乏沃壤，使能食之地皆耕，则民不待远徙而后可也。"

人多地少，远徙就垦，有的人还在就垦地定居下来。然而本地偏僻边远的角落疙瘩都耕种好了，不就得了。赵钧《过来语》："村中四五十家，种田为生，当此收成之际，阴雨浃旬，扰扰纷纷，身忙意急，即老稚妇女亦无暇晷。至计所得之谷，除交租偿债外，到手无几，可悯何如。"无地少地的农民去租种，交了租后所剩无几，白白地辛苦一年了。如若《农夫》诗："到头禾黍属他人，不知何处抛妻子。"耕者有其田，世代农民最高的经济要求和梦想，不少人揭竿而起。打土豪，分田地，轰轰烈烈的革命，浓缩为简简单单的六个字。土地改革时一个分来田地的农民，手捧起田里的泥土闻了起来，泪流满面。有了自己的一块土地，人就站立起来了。田是最重要的农业生产要素，农民都计较着，从地名文化的角度讲，与"田"有关的地名也就特别多。

田，有水的叫水田，种水稻。名字叫"田"的村，平原上不少，如蓝田、上田、莘田、韩田、鲍田、汀田、董田、周田。海涂围垦后，挖出纵横沟渠，形成沟渠与农田间隔的条状排列的条台田。条台田有宽宽的深沟，长期的雨水浇淋，排出了土壤内的盐碱成分，使之淡化。先种咸草与咸青，改良涂田。文成有镇叫南田，万峰之顶忽得平野，土沃而泉甘，良田千顷，大旱不绝收，大水不漂流，绝对是农耕的好地方。龙泉有镇叫查田，庆元有镇叫黄田，都是大"田"。更多的是自然村名，小地方。田爿，村以一爿田得名。百廿坵，有小梯田百余块，故名。三个田，村内有一片田垟，面积大如三个田，故名。八石，昔村前有田年租八石，山区鲜有，称八石田。

垟，一片种植用的田地，显得广大平坦。不少叫"垟"的村，大约都是泥沙沉积而成，如三垟、翁垟、月落垟、南垟、沙垟、榆垟、务垟、林垟、后垟、下垟、吴垟、鲍垟，平阳万全就有十八个"垟"。

园，园地，种植番薯蔬果花木的地方，指旱地。叫"园"的村如沙园、梅园、纺车园、高园、中村园、韭菜园、咸园、前园。山区称旱地为坦，义同"园"，村名有黄泥坦。

畈，田畈。叫"畈"的村，如白水畈、手掌畈、安成畈、朱畈、全畈、大畈，丽水那边多，温州这边好像没"畈"。

垄，义同畈，见于遂昌、松阳地名，如河垄、船下垄、花田垄、下垄、高金垄、外垄、仙垄、金钟垄、后街垄、田垄、大垄。

埫，不平的贫瘠薄地，遂昌县有樟树埫。

高山之上，有一个大田好田不容易，记得我隔壁村农业学大寨造了一个大田，用黄泥打田隔，把底层做实，不致漏水，再铺表土。田造好了敲锣打鼓，算是开天辟地大喜事。而后配合耕作翻土、施有机肥以加速土壤熟化，提高肥力。上有林地，下有梯田，小溪流过，自流灌溉。梯田能蓄水保土，通风透光又好，利于作物生长。我看到了传统农业的生态智慧，如古村落一样，梯田构成浙南最巨大的人文景观。"百级山田带雨耕，驱牛扶耒半空行。"心有所想就显露在地名，地处山区的青田县北山镇有九个以"田"命名的村落——

单个田，村因当时只有单丘大田而得名。

三丘田，先人迁居此地在山上开了三丘田而得名。

驮田坪，村在有一丘大田的山坪。

坳田，山坳有一片田而名。

过路田，田垟中央有一条通往邻村的大路而得名。

上排田，村居位于上排梯田而得名。

荒田，地处高山，因早年山田荒芜后经开垦成为村庄而得名。

烂烘田，因冷水田烂泥深厚，人进入会越陷越深，村因"烂烘田"而得名。

雷轴解，因高山梯田面积小，耕作时只能把雷轴和牛分解开，才能转移到另一丘梯田耕作，取个村名雷轴解。

土地上种下一切，按种植业分类，有粮菜棉油糖丝麻烟茶果药杂，山村自给自足的自然经济，种得杂了，农作物地名也多了，大多是自然村名。一天闲下来我细细翻了一本本地名志，搜集了温州丽水的一大批农作物地名，我想有机会就像看老朋友一样去看看，"村"都还好吗？猜想不少自然村没人住了，人下山去了，去集镇安家了。一片梯田荒芜了，一片山林郁郁葱葱，野猪出没。

仅留下一个土地名，土地名有趣有味，录几个于后。

谷旺。云和有村叫谷旺，地肥水好，稻谷旺长。

晚稻田。青田有村叫晚稻田，地处高山，山田适宜种植晚稻而得名。

糯米缸。文成有村叫糯米缸，因该地田土适于种糯谷，喻之糯米缸。

番薯山。青田有村叫番薯山，早年山上以种番薯为主而得名。

小麦坪。瑞安有村叫小麦坪，昔村民在山坪种植小麦，故名。

苞萝铺。莲都有村叫苞萝铺，村民多种苞萝即玉米，又用苞萝秆和茅草盖房。

五棉地。永嘉有村叫五棉地，有五块地连续种植棉花。

菜籽垵。苍南的一个村，因在村北山垵处种油菜产菜籽，名菜籽垵。

烟寮。苍南的一个村，因杨氏迁居此地搭草寮以种烟，故名。

茗垟。文成的一个村，村多种茶而得名。

蒲瓜田。文成的一个村，有田形像蒲瓜。

茭笋塘。文成的一个村，村有茭笋塘得名。

芝麻岙。缙云的一个村，昔此间多种芝麻而得名。

麻寮。松阳的一个村，因种苎麻多得名。

采桑。莲都的一个村，历史上此地农民以植桑养蚕为业，故名采桑。

靛青山。云和有两个叫靛青山的村，因种靛青为业而名。

（2021 年 6 月）

悠然汀田

汀田原名丁田，清嘉庆《瑞安县志》称清泉乡八都丁田庄。可能因此，至今本地人讲本地话仍叫汀（tīng）田为丁（dīng）田。

说汀田先说"田"，汀田土香地沃。记得下乡去汀田，田间一溜水泥路，车一直往下（往东）开，是一片涂园。再往下（往东）开，是一片涂园。再往下（往东）开，还是一片涂园，种瓜，种菜，也有蝤蛑池养蝤蛑，直到海边。有大典下浦、寨下浦、小典下浦、后里浦、汀田浦，沿河两侧田畈成片，一眼望不到边，我不禁感慨世界（村里人称"田垟"为"世界"）之辽阔。

遇一农民，一双高筒靴是渔码头看到的那种，撑开脚一深一浅的过来。姓余，五十几岁，髭须参差不齐。他拿一株菜掂了掂，说瓜菜大到顶了也赚不了钱。他对手机说话可以使一个田垟听到，有人来批发西瓜。农业信息中心帮助他，网络把农民从田头地角拉出来抛置于屏幕上，好让市场去点击他们。又听说建了无公害蔬菜基地，推广无公害栽培技术，追求生态效益。传统的农耕文明，正在非常艰难地蜕变中。

我们攀谈了一阵，他认为我是记者。他做了一番新闻背景式的介绍：田是海的遗物，海落潮了，露出淤泥滩，人们筑堤促淤，海涂渐渐伸展，风潮来了，堤坝加了一次又一次，先种咸青再种菜，农民的汗水把每寸地都浸湿了一遍又一遍。

土地分了又合，合了又分。土改时一个穷苦出身的农民，站在分来的田里，捧着一把泥土闻着闻着，两眼流下了泪。

人民公社化，在生产队种田打工分，干一会就站着讲闲谈，挂在田里的锄头柄都快生白蚁了，一节闲谈还没讲落结。

分田单干的会被抓去，关到公社的楼梯下。农民为防止偷分土地的行为被发现，几户农民联手今天到你的田里干活，明天到他的田里干活，收成各归土地所有者所有。

土地分了又合，汀田农业示范园区有数千亩标准农田，造了机耕路，造了三面光渠道，造了沿海防护林带，田成方，渠成网，路相通，林成行。

哀怒喜乐淡淡地带过，他把上半辈种田史说成这么三四句简简单单的话，却也余韵悠然。

一种中国式的乡村文化叫耕读，因而汀田不仅多田，也多书院，这是查志书查到的。汀田有明万历年间由张时德建的曲水书院，张爱建的藏竹书院，有清顺治年间张士翩建的翠林书院，清乾隆年间张元灿办的敬业书院。或方塘半亩，或草屋几间，或耕作稻麦，或凭几吟诵，书院为供人读书或讲学的处所，可以想象得出汀田之文气袅袅，是读书风盛的地方。

问村里人，问当地画家黄润美，不知哪儿是书院旧址。

问起读书人，村里人说起张棡。张棡是教书人，史说造就后辈无虑数千人，佼佼者如夏承焘、王季思，留下81册日记，起自清光绪十四年，止于民国三十一年，记的是温州发生的种种事。我最早看到的张棡日记一段，记的温州鼓词："晚，是处搭一戏台，悬灯结彩，雇一盲人唱陈十四收妖的故事。台下男女环坐，听者不下千余人。"光绪二十八年海啸溃堤，田园多淹没，张棡向知县上《筑堤草规》，塘成，潮不为害。

问起张棡后人，村里人说都住在大城市里了。

人世间，先有乡村，后有城市。乡村的历史比城市的长，据传大典下村在大店之下，雅称大典学。寨下位于排石寨下。旧志载，明嘉靖年间县令刘畿为海防立寨门六，排石寨是其一。小典下，元代陈宋两姓从福建龙兴府小典学迁居于此，为纪念故乡而取名小典学，谐称小典下。后里位于汀田北面，习惯以北为后，李姓始居，故名后李，谐称后里。金岙，宋时金姓自台州迁来，以姓名村。凤岙，因位于凤凰山麓而得名。山上陈，陈姓居山上，已搬迁下山，融入城镇里去了。

汀田的山宜近品。石壁湿漉漉的翠阴洞，篆隶草行楷从目光里一一滑过，冷丝丝的风会把人吹成隐者，似乎与摩崖题刻的林石、赵敬仁、陈傅良、宋之才等人谈古论今。旁有古刹宝坛寺，有山门、天王殿、大雄宝殿，于宋元祐年间初建，民国四年谛闲法师拓建。进去少坐，主持安海送我《禅诗》一本，他是我教书时的学生，我用学生名册上的名字呼叫他。寻路而上，山上有石棚墓群遗址，国家级文保单位，出土近百件石器、陶器、原始瓷器、青铜器。汀田的山很沧桑，不少东西被时间埋藏了。

躬逢盛世，泵业、机械、织带、塑料、不锈钢产业日异月殊，聚丙烯薄膜和全衬里泵都是高新技术。创造财富又积德，有余碎斌办渔网厂，那年有个学生考上清华大学却没钱上学，记得瑞安日报一报道，余碎斌第一个打电话来：全力资助。瑞安颇具人气的资助贫困生的好事从此始，11年了。

"几百年人家无非积善，第一等好事只是读书。"古民居的廊柱上有如此一对联。

街上店挨店，卖衣服、烟酒、饰品、提包、水果、鲜花，修车，美容，超市，饭摊。卖手机的店多，卖车的店多。宝马4S店也入驻了，以前"养马"挺麻烦的，如今也方便了。

北是塘下，南是莘塍，东有大海，西有靠山，南北借力，左右逢源，不再孤孤立立。站高了看去，104国道、滨海大道、南塘大道贯穿汀田，汀田就在城市的怀之中，深远，闲适，韵味不尽。

（2012年5月）

荆谷，金谷

说荆谷有什么特色的话，还真的谈不上。

荆谷不上不下，不正不偏。

一边是飞云江，一边是金潮港，荆谷夹在两江之间。这两水汇集，水多必气盛，屈曲怀抱之水留住了盈盈生气。可能有人抱怨家在荆谷，北面的陶山、南面的马屿比这好。一会归陶山（区）管，一会归马屿（区）管，边角地带。也好，那就兼具陶山和马屿的秉性，在这里生活也有滋有味，回旋余地蛮大，水流花谢、男欢女爱、春种秋收和镇上是一样的。

确实，大约二十年前去荆谷还没有陶马公路，和老黄从陶山出发。天气阴有时有小雨，路到沙洲就很泥泞。那个年代干部习惯于跑田头地角，两人就在油菜花丛中深一脚浅一脚地走。再次下乡去荆谷是去了解效益农业，办好了事要回马屿，刚到渡口忽然下起雷阵雨。前不着村后不着店，三四个人站在渡口淋着雨，渡船来了，载去三四只落汤鸡。

　　我的一个同事老家在荆谷山头上，一个同事老家在荆谷苏山，他俩调侃着我倒急了：我出身山头，你们怎么山头上山头下比我还"山头"？冤枉啊，荆谷于江边有一马平川，江阔波缓，地平人稠，一点也不"山"。

　　其实山头更有历史。山头上就有牛头颈遗址，历史久远，上限在新石器时期，下限在春秋时期，1961年发现一处30厘米厚的文化堆积层，器物有罐、壶、尊，石器有锛、矛、凿、箭镞。可见数千年前就有人生活在荆谷，那时塘下莘塍还是一片海呢。

　　有山叫金谷山盘踞其中。山虽不高，却像山东的泰山、湖南的洞庭湖、重庆的嘉陵江，是一个地理标志。荆谷的朋友说：山像一头牛，席地而卧，风水好。你不看这里的人为耕为读，从商从政，都做得不错。牛之本色是朴实勤奋，此乃荆谷精神也。还有金谷山之下，一条环山河，一条环山路，那么一圈的像母亲的臂弯呵护众生，可谓是：两水联袂抱农耕文明，一山居中看风云际会。

　　金谷与荆谷，方言同音，荆谷莫非就是金谷？我这么想。

　　用金灿灿的谷来命名一个地方是农耕文化的符号，很有诗情画意，我愿意把荆谷想成金谷。

　　荆谷不像塘下莘塍有很多工业企业，然而荆谷真的很能出彩。荆谷沙垟当年有很多农民养牛，牛挤奶，奶制成乳酪饼，乳酪饼挑到温州城里卖，买的人中有一位叫吴百亨，吴百亨吃着荆谷农民包瑞弟的乳酪饼而捕捉到一个商机，一个商机演绎成中国民族工业史的辉煌一章：吴百亨请荆谷农民包瑞弟到家里吃了顿饭，问了与奶有关的事，随后跟他到荆谷沙垟考察，一看沙垟好地方呵，这里的水质好，水运便利，养牛户多，人力资源也丰富，如果把百好乳品厂搬到沙垟，岂不大大降低擒雕牌炼乳的生产成本？虽说和英商英瑞公司鹰牌炼乳的商标之争经过四年的诉讼之后终于获胜，擒雕牌炼乳也在1929年获得了西湖博览会特等奖，但与外国乳品业竞争必须要有奶源有基地，于是吴百亨把百好炼乳厂迁来荆谷沙垟。第一天收购了70斤鲜奶，第二天收购了100多斤鲜奶，几天后，农民们主动把鲜奶送上门来，收购量超过了300斤。吴百亨成为温州工业大亨，要说天时地利人和的话那就是有荆谷福地也。

在沙垟奶厂的旧址，我站了许久。大路弯弯延伸，不远处是码头，我琢磨这种地理组合的涵义。奶香依然飘来，擒雕炼乳获得了原产地标志注册，通关入境更便捷了，打破关税壁垒限制更有力了。穿越时空，回声入耳，荆谷就是"擒雕"的奶妈，当初是奶妈用甘甜的乳汁哺育长大，擎起了一杆民族工业的旗。

一眼望去的大棚是荆谷的经典风景，大棚种的竟是初夏才有的番茄。名不虚传的浙江省农业特色强乡，种田也是市场的眼光、科技的头脑、生态的观念。荆谷别号白银豆之乡，谁不知荆谷白银豆？白银豆食用味鲜，鲜豆粒中含粗蛋白21.59%、脂肪2.5%、淀粉51.5%、可溶糖1.51%、磷0.38%、钾1.92%，铁、钙、镁、锌、钠的含量分别为69、1098、2761、30、7（PPM），含人体必需氨基酸14种总量为14.33%。据《中药大辞典》记载：具有补肾、益脾、清肺、养胃、利肝胆、降血糖、解酒毒等功能。荆谷成立了白银豆专业合作社，推广地膜覆盖及割蔓再生技术，实行标准化生产，金谷山牌白银豆获农业部无公害农产品证书。蔡庆贤是荆谷白银豆合作社理事长，是锄头和鼠标都用的农民，是奥运火炬手。

抓一把土，捏捏像松糕。驻村农艺师告诉我，这土白天晒干燥了，夜里也会还潮，叫夜潮土，疏松湿润宜于耕种。听说荆谷有一古树，竹叶柏身，谓之竹柏。急急走近一看，干粗皮老，叶子很特别，树龄1100年，算来是北宋时代荆谷某人栽下。查资料得知，竹柏起源距今约一亿五千万年前的中生代白垩纪，被人们称为"活化石"。竹柏性喜湿润怕积水，要深厚、疏松、湿润、腐殖质层厚的沙质壤土才行，在贫瘠的土壤上生长极为缓慢，石灰岩地竟不宜栽培。娇贵矜持一竹柏，证明了荆谷土好水好。

农民朋友办起金潮港观光农场，农游合一，两栖发展。不少人来作农家乐旅游，采摘瓯柑，吃农家菜，体验农业劳动。这里的瓯柑也用大棚，大棚瓯柑采摘期延迟到次年3月，色泽、口感、甜度更好了。温州民谚说"端午瓯柑胜过西洋参"，这个时节游客亲手摘下的瓯柑，当是果中佳品。

荆谷把农业做成产业链。近午，农民合作社里，一边是有人在收购白银豆，一袋袋十几斤的刚从地里摘来；一边是俩老夫妇忙着包装龙牙豆和甜玉米，下午赶运往温州城里。

今天我去荆谷，当然没有了"泥泞"与"淋雨"，而且非常有象征意义地吃了白银豆和乳酪饼，荆谷人中的两个奥运火炬手蔡庆贤、潘基础给我带路，我无限荣光。

（2010年12月）

碧为山色，爷为海神

这是一张航拍照片：飞云江是 S 形的一弯，有一个半岛，一个岛。

这就是碧山，被一弯飞云江环抱，是一片松软肥沃的冲积平原。地图上标着碧山、龟岩山、寨山、曾山，海拔高度都只几十米，飞机上看下去是一个疙瘩。山是青绿色，就像翡翠的颜色。江拥浪偎，沙积土堆，飞云江中最大的岛——桐田沙，电视台每每播放台风消息时就有转移岛上居民备灾的消息，因而使我记得特深刻。

得尽山水之宠，独享造化之功。春声秋色，汐落潮生，飞云江迂回曲折捏捏扭扭向东海流去，留下肥美之半岛与岛。水网交错，河道纵横，有桐田河、曾山河、三樟河，灌溉一方良田。碧山是地理地貌元素很齐全的地方，因而包容而灵动。周四，碰巧是天空蓝蓝太阳暖暖的好天气，新朋旧友轻车熟路游了半岛一圈，去寻迹钩沉，大家都很开心。

先去的桐田垟（村），以地多油桐得名。桐田垟出了个孙希旦，清乾隆戊戌探花，为清朝温州唯一登第"一甲"的进士。少年孙希旦在西门外桃尖读书，中探花之后，民间称其读书楼为探花楼。孙希旦是书香传统熏染出的一个才子，当年瑞安中学择外桃尖建造新校园，重建探花楼，毫无疑问地使地方史书多了一段生辉的文字。

进入祠堂，墙上布展了孙希旦史实的画板。我是一个有备而来的读者，身临其境去阅读名人，如同仰望一座山峰。

山下（村）因在山之南麓而得名，听说有唐九相宅，是一座雕梁画栋的名宅。可是没有村人指点，说不定以为是一个败落的寻常院落，稍不留神就会忽略。这是清末建筑，坐北朝南，五间两层楼，青瓦屋面。一看，门窗、斗拱、额枋、月梁确实刻有花卉与人物，雕工精细。青砖墁地，大约都是原物。屋后有一口古井，井水丰盈。我想一座老屋掩藏着不少故事的细节，只是我不知道罢了。

江山（村）有江山水亭，为民国元年建筑遭洪水冲毁后重修。叫水亭是因为昔时亭中为过路人免费供应茶水，"乐善好施"四字就这样落地为一座亭。亭内的柱为花岗岩石柱，有对联"坐片刻无分宾主，谈两语又走东西"阳刻在四方方石柱上。（另一联"入云则入坐云则坐，来者不拒往者不追"我一直还没弄懂。）

花井（村）的村名源于一口古井。井建造于明代，井口雕刻乌龟、花木等图纹，因此叫花井。村人说井是宝贝，有自来水了，不少人还会到井里取水喝。

一路走来，边看边议，不少地名与江河有关：洲渎（村），泥沙沉积成洲。西坞（村），原有修船之坞。渡头（村），有陶山与仙降之间的人渡码头。以前港轮绕半岛三面航行，桐田、龟岩有港轮停靠埠，载客载货，都是方便。可能因此，历史上的瑞安县立初级中学就在碧山，50多年前把一个县立中学办在碧山，你说碧山抢眼不抢眼。从瑞安县立初级中学到碧山中学，在校史馆我看到在这所学校读过书教过书的不少人是我同事与上司，很是惊讶与亲切：某某人是碧山中学校友，某某人是碧山中学校友，某某人也是？一步步登上校园里的一段岭，岭不短，我就猜想，"书山有路勤为径，学海无涯苦作舟"这句名言应该不知多少次地被这座学校的校友引用过。

　　登山访碧山中学，从后门出来再往上登山访碧山寺，小小的山一下子有了密集的生动，历史和现实也算相安如邻。碧山寺又叫松古寺，听介绍始建于唐太宗年间，是传说中杨府爷的寺。杨府爷被称为浙南的"妈祖"，是海神。

　　碧山是杨府爷的出生地。网上说，1985年在碧山龟岩发掘出一块残碑，碑是清光绪四年庠生陈见龙等人重立的，有如下文字：

　　"唐太宗甲辰年五月廿四辰时诞生，翁姓杨讳精义，居安固县廿八都，苌芬西村人也。夫人葛氏，得训子十人，名国正、国天、国心、国顺、国猛、国勇、国刚、国强、国龙、国凤，媳十房""子孙共五十二人。至己巳年翁得中二甲进士，丁丑年官封都督大元帅，甲申年三子国心得中二甲进士，官封洋湖都督。其杨四、杨八、杨九，俱为元帅""翁至六十五岁，辞职告归，原祖山一岗，名曰北山，翁创造一寺，号松古寺。""翁寿一百零八岁，一旦拔宅飞升，荣登天府。翁自逝世致精光不散，道义常昭，由是灵著海澨，祈祷咸应。"

据考证，"茈芬西村"就是碧山渡头村，"松古寺"就是碧山寺。杨精义的十个儿子个个尊敬父亲，崇尚佛道。"父子一家皆得道，兄弟十洞都成神。"村人解析，传说中的"杨府爷"是一个以杨精义为首的群体。

《清史稿》志五十九载："温州祀唐杨精义。"至今温州还有"杨府山""杨府路"，有杨府爷庙五百多座，几乎乡乡都有。陶山白岩山也有杨府庙，没去过。上网查，苍南鲸头有杨府殿，民间祭祀和庙会活动仪式十分隆重。苍南桥墩在农历五月十八"天文大潮"祭祀杨府爷，以求风调雨顺。

福建民间信仰妈祖的多，浙南民间信仰杨府爷的多。面对一种文化遗存，作为海神出生地的碧山该做点什么呢？

碧山朋友邀我正月来看"拦垟福"民俗活动。"拦垟福"主祀信仰的就是杨府爷，流传了上百年。"拦垟福"又称三十六行闹花灯，村口都搭起彩额，家家都挂起大红灯笼。农民身着盛装，戴着学士帽，男黑女红，抬着庙中神像在田垟巡游，"拦"住田垟上的虫病和灾害，祈保五谷丰登，人口平安。我答应明年一定来，和碧山朋友一起拦垟得福。

因时之便，借风行船。改革开放以来碧山村村办厂，户户织袜，日产袜近百万双，一度称雄国内市场："日产袜百万，全国惟碧山。"

碧山是江流上下游的一个衔接，过去潮基轮、平阳坑轮在此会合驶向城里。如今一条西进瑞安的国道复线的蓝图上，碧山也是一个瞩目的地方，在此跨过飞云江的大桥快要建设啦，半岛将与南岸对接。

（2010 年 12 月）

凤凰之地

地方上的人说，茗岙是凤凰之地。

记得少时，我站在叫屋门台的地方，一口水井，一个三官爷亭偶有香火，一条溪滩细细的水叮叮流过去。老人成天坐着谈今说古，说三国水浒，说民国旧事，说红十三军在祠堂里聚义，好像说一件事或者评一个理都是如此开头："这条……"

地方上因此有了一句口头禅"这条"，就像如今流行"然后""其实""好吧"。一天一班人闲聊，说茗岙村落的形状像一只凤凰，上村是凤头，牌楼底是凤背，隔水是凤肚，下陈是凤尾，水口溪流中一个石头是凤凰蛋，这条事，风水先生说，风水好兮好。我好奇，赶紧爬到门口山上去看，凤头，凤背，凤肚，凤尾，一个石头是凤凰蛋——这条真的很像耶。

其实茗岙在山上的一块平地上，沿小溪流布局村落，依山就势造房建村，与自然地理环境相容的不经意间，村落的形状像了一只凤凰。

高山之上竟有一马平川，村落依水而建，绿树点缀其间，黑黑的屋脊从树丛中露出来，瓦当上的图案是一出戏文。想起了茗岙人陈揆《即事》诗："谁家庭院冷萧萧，闭却朱门不许敲。惟有东风藏不得，隔墙露出杏花俏。"陈揆在南宋绍熙四年（1193）考取进士，历任集贤殿编修、朝散大夫湖南提干，自号茶乡居士，搭上"茶"字听起来有茗岙人的味道。

茗者，茶也。《永嘉县地名志》记载：相传先人于唐代自钱塘迁来此山岙种茶，取村名为茶岙，后改名为茗岙。我在茗岙生产队里种过茶，门口山、上棚山的茶我一锄锄铲过，妻子一朵朵采过。茶树宜"阳崖阴林"，茗岙在山之上谷之中，多雾。阳光受雾珠的影响，七彩中的红黄光得以加强，茶芽中氨基酸、叶绿素的含量就增加了。大雾弥漫，纤维素不易形成，茶芽难以衰老，碧绿柔嫩。适度遮阴，茶芽中的芳香物质含量就会提高，产生芬芳香味。茗岙的小气候适应了茶树喜温喜湿喜阴的习性，茶园从山脚到山顶是一层层一叠叠的绿，怎么看都是一种大自然的韵致。

一样的旧时风景却有今天不同的感觉，山水间静静的，湿漉漉的，烟雾迷蒙中尽是层层梯田。春去夏来，蓄水的梯田亮光闪闪，村野烟雾缥缈，是一幅浓淡相宜、虚实得当的水墨画。待到晌午，云开雾散，田水是浅黄的亮着，田坎是深绿的躺着，把亮着的浅黄划成各异的形状，像一幅线条很美的版画。线条又在游动似的，大小疏密变化着。线条上三三两两的柳杉倒映在水中，随水波摇曳。摄影界的人夸之为中国第一梯田群，上海、广东、江苏、福建、江西、黑龙江、香港、澳门、台湾的摄影家来了，美国、新加坡的摄影家来了，来的人多了，也便成了闻名的田园风光摄影基地。某一摄影点是庄稼地，一批批人来了，庄稼地也被摄影者踩为平地了，厚朴的村民通情达理，那块地索性不种庄稼，任由摄影者折腾。

茗岙梯田有名了，油菜花有名了，来这里摄影的人多了，做生态农业旅游观光的人多了。田鱼有红的黑的花的，红田鱼最惹人爱。田鱼炖酒糟特别鲜美，放的是家酿酒糟，可以去腥气添香味。用火熏成的田鱼干肉香骨脆，田鱼干炒粉干是名小吃。晒番薯枣也很讲究，挑个子匀称的鲜番薯，连根带蒂晾在地上月余，风吹吹，就会更甜更脆。然后放在大锅里烧透闷透，糖都出来了才罢。豆腐特别鲜美，倒不是有祖传秘方，在于第一原料是本地黄豆与清晨泉水。第二是工艺，慢慢磨（豆），细细滤（渣），文火煮沸（豆浆），多次点卤（盐卤做的豆腐软软细细嫩嫩活活的）。第三是心境，悠闲地边聊天边推磨，不急不忙，磨得特别匀细。点卤一次，先去做别的家务事，大约二十分钟再来点一次，如此少量多次直至豆腐花凝结出来的豆腐才软嫩。菜如其人，以自然淡泊与愉悦的心态做菜，顺其本性，淡定从容，好心境出美食。

若按直线距离，茗岙离温州城里不远，在瓯江的支流楠溪和西溪的分界线上。小时候到温州城里，带上麦饼，半路路亭歇歇脚，吃麦饼，配冷水，走四铺山路到桥下一个有小轮船的地方叫韩埠，在韩埠坐小轮船赶瓯江潮候到温州西郭。茗岙人把温州叫城里，温州是县太爷坐堂的地方有黄包车有戏院，读了书的或者做生意见世面的亲戚就在温州，不过茗岙人去温州亲戚家不敢放倒筷子夹菜，都说城里人的菜是筷子头蘸蘸的，乡下人要懂规矩就怕城里人笑话。搬来一代两代三代的都有，第二代的城里话就很溜了，能说得标准的"吃吃嬉嬉眙眙戏"。住温州住杭州住上海的茗岙人清明节会来拜祖坟，当初茗岙穷，第一代移民敢于穷则思变，第二代既有前辈的忍辱负重，又融入了城市，不少人识字有文化，往往出人才。这大约是一种社会现象，透过现象归纳起来要搞移民扶贫向城镇聚集，茗岙人有这种欲望。

说茗岙的村落像凤凰，是地方上的人向往祥和安康的心理取向。乡民有耕有读而恒常不变，恬淡生息而与世无争。又有传讲，茗岙有九"龟"：西山龟、张龟、长大垄龟、普岩龟……"龟"，是像龟的大石头。麟凤龟龙谓之四灵，九"龟"爬向凤凰之地，此乃富贵吉祥之象。听老人说，九"龟"爬到半路就停下，蹲在路边不动了，要是爬到地方里名堂就大了。

又有人说，改革开放之后茗岙人建了下垟一片房子，村落的形状变成了一只开屏的孔雀，那一片新房子是孔雀尾。都说孔雀是幸福之鸟，在吉祥的日子炫耀美丽的彩屏，歇落到了这片土地上。

（2011 年 6 月）

顾名思义

廊下花坦

去读书的地方叫廊下，父亲听了却说：哦，廊下花坦。

其实，花坦与廊下是两个村，永嘉人往往把相邻且相仿的两个村连在一起叫，这样叫的村还不少：昆阳茗岙，下嵊山下，蒋山田垟，东皋填垟，说起来阴阳上去四声分明，重音在后，大约是提示村的方位（是下嵊那儿的山下，而非坐凳山下），也可避免村名同音的误解（是蒋山田垟，而非东皋填垟）。

花坦与廊下两村相邻也相仿：朱姓聚居，贫而乐读，耕读传家，不少人功名成就，牌坊宗祠特别多。两村的地名由来，《永嘉县地名志》这么记载：明嘉靖年间，廊下有人上京求功名，妻盼夫归心切，就在路口造一望归亭，还造了一条路廊从屋门口通往望归亭，人在路廊下往来而风雨无碍，后人遂称村为廊下。又载：花坦村前临溪，村后有花园，园内有花坛，后人名村为花坦。

开学那天父亲挑着圆箩送我去，圆箩是种田人家去外地弹棉或读书用来放衣物的，相当于富有人家的皮箱。父亲说这是书

224

笼，读书人的书笼。父亲是农民却一生把读书看得比什么都神圣，他忍辱负重的全部价值取向是使子女能读上书。可老天爷偏偏和父亲过不去，学业优异的儿子13岁小学毕业就失学了。这次去廊下花坦说明失学半年的儿子能读上书了，身高只有一米五五的父亲开开心心挑着重重的书笼去廊下，重重的书笼里大都是番薯。要解释的是，1960年是永嘉历史上的饥荒年，村里饿死了人，不少人饿得浮肿起来，让儿子吃饱番薯读书的农民已很伟大。

路上父亲说，廊下花坦水流西，水流西的地方出大人物。父亲似乎朦朦胧胧觉得今天把儿子的书笼，总算挑到了一个千古书香的地方。父亲说，花坦有个朱墨瓘上京考功名，文章写得好，主考官把考卷带回去看，结果考卷落在了枕头边。第二天上朝时漏报了朱墨瓘，皇帝把状元点给了别人，朱墨瓘就落榜了。主考官讲，你明年来考吧，朱墨瓘讲，狗才爬两次狗洞。后来朱墨瓘在花坦办个书院收徒讲学，教了个学生叫王十朋，教起来考了个状元（当年父亲是这样说的，后来看书才知道不是王十朋是王瓒，王瓒考了个榜眼）。

过了珍溪口，父亲嘱咐我把一路来的地名记下，免得假期回家走错路：茗岙、石湖、邵园、荆州、白泉过渡、梧涨、桐州、小若口翻过凹、珠岸、渠口、坦下、石柱、珍溪口过渡、黄村、花坦、廊下。那年我才14岁，父亲有点不放心。路亭里歇歇脚，父亲又说，朱墨瓘的笔墨好，有一天朱墨瓘对学生讲，你黄昏就睡在楼上一个稻桶里吧。学生上楼一看，稻桶里面贴满了纸条，纸上抄的全是文章。学生点起蜡烛一夜看到天大光，舍不得去睡。第二天天亮，朱墨癯试探学生昨夜睡得好不好？答：太好了，太好了。后来这个学生考得了功名。

多年后我读永嘉传说，知道还有一个细节：说朱墨癯扮作割稻客去察访学生，他听到一户人家楼上传来弹琴的声音，听了一会儿他说："琴还弹得不错，可惜七弦只弹出六弦。"弹琴的是王瓒，他想这个割稻客能听出我七弦只弹出六弦，一定比我高明。王瓒把朱墨癯请进书房，朱墨癯听出这个后生聪明好学，王瓒也听出这个割稻客诸子百家无所不晓，就拜割稻客为师。

父亲说的和书上写的大同小异，说明了朱墨癯传讲在西楠溪流传之广之深。

到了花坦村口，有一段寨墙，进入寨门，有一座牌坊，父亲歇下担子指给我看"溪山第一"的匾额，说是皇帝赐给朱墨癯的。老古话讲：杭州就数三春老娘的麦饼喷香，温州就数朱墨癯的笔墨文章。

多年后查书：朱墨癯的几个学生成名了，皇上御笔题匾"天下第一"，有人说"天下第一"恐怕言重了，皇上便改题"溪山第一"。花坦还有明弘治年间建的宪台牌楼，为四柱三层木构建筑，是为朱良以建的。朱良以是花坦人，明朝进士，为官清正，后来告老还乡，童颜鹤发，望之如仙。花坦还有乌府牌楼，明正统年间朝廷为朱墨癯的爷爷朱良暹建造。朱良暹也是进士，为官三十年惟清惟慎惟勤，告老归田与从兄朱良以、从弟朱良矗相与优游林下，闲暇自得。乌府牌楼后面是乌府，前为五朝门，有戏台，雕饰讲究。一个小宗祠堂规模却相当大，无非就是族内有人读书中举做了官。

傍晚到廊下，走过古寨门，看不远处有一石牌坊，残墙荒草中有石马石人，很有历史沧桑的感觉，村人说，这叫王坟。多年后查书：王坟是宋太师朱直清的墓，朱直清在乡间推行平籴法，防止谷贱伤农，谷贵伤民，后人敬仰他，把他的墓称为"王坟"。"王坟"前有石太监，有石羊石猪石马，龙门屏青石上刻有龙凤、花卉，几百年风风雨雨竟能保存下了，虽有残缺却相当原生态。

走进廊下村，青瓦粉墙，很静。入读的学校叫永嘉林业特产技术学校，食堂灶台刚砌好。简陋的教室有了，学生寝室迟迟才弄好，也是庙宇祠堂。多年后查书：廊下有孝思祠，是个小宗祠，始建于明孝宗弘治元年，为当地明代典型建筑，浙江省文物保护单位。戏台的藻井绘戏曲、花卉、如意草、宝相花等图案，披檐的瓦床上有凤凰彩绘，显得富丽堂皇。有太尉庙，七开间，三进，逢年节或遇大事有祭祀，祈求先人保佑。凤南宫是朱墨癯创办凤南书院的地方，始建于宋，三进，有两个天井，一个戏台。

我想，廊下花坦文彩昭彰，科甲成就辉煌，古迹不少，是一本土木结构和口头相传组合的翰林外史，很值得一读。在永嘉耕读文化历史与楠溪江风景名胜区里，廊下花坦很有文化厚度，走进一个门台底似乎就有一个读书求功名的故事，虽然拆了点文物又修假了点文物，然而廊下花坦还有不少人文景观是我们去看它的绝对理由。

我在廊下的学校读了一年多两个月的书，1961年4月学校停办了，我再次失学。父亲赶来接我回家，他挑起书笼轻轻地自言自语："读书读读怎么会散了呢?"父亲很沮丧。

父亲去世已五六年了，我们后来一直没再去廊下花坦。如今花坦是有名的中国超市之乡，一群农民在全国各地开起五千家超市，把一种新型商业业态玩于股掌之间。他们像种地一样"种"超市：大量进货压低进价，以连锁的方式开设分号，明码标价，自助服务，一次性集中结算，先在交通便利的城乡接合部，瞄准潜在的消费市场下手，使超市购物成为人们生活中不可缺少的部分。十年前花坦人在瑞安城市边缘地带开超市，我作为永嘉老乡去凑过热闹。

听说长三角地区每个发达的集镇都有花坦人"种"的超市，有的"种"了八百多家连锁店，像撒下一颗颗种子，风调又雨顺，向上海、苏州、无锡、常州的闹市区繁衍，与沃尔玛、家乐福、易初莲花等国际商业巨头也有一比，令人叹为观止。

花坦刮了一股商业风暴，亲帮亲戚帮戚把临近的地方都卷进来。

我想诸永高速公路通了，花坦有一个高速出口。如今的近远是时间的概念而非距离的概念，所以，廊下花坦已很近了，我决意去廊下花坦好好看看。

（2011年6月）

大嶂初访

一个地方叫大嶂，在乌牛镇。

此"嶂"字地名，一是说村子依山造势，山如屏障；二是说村前有笔架山，村里出写文章的人才。"山"加"章"不就是嶂吗？于是我与文友一起去了大嶂。

此处的山，长在平地上，有十八垅、行禅垅、洞坑垅、龙嘴垅、倒坑垅，有人说这五座山像五条青龙戏龙珠。山下有大嶂牌坊，上有对联："登高无歧路涧作琴声松做伴，远行有知音村藏贤人山藏仙。"路从牌坊下通过曲曲折折上山到大嶂，大嶂人出村经过牌坊平坦下山去。车子盘旋而上，郁郁葱葱的绿树之中有一丛丛的枫和野藤，在秋风中黄得跳跃，红得耀眼，使得山一片色彩斑斓。一路过来有短毛松列队在路旁，车子过去松枝招呼，使人联想到大嶂人的热情好客。

到村，见村民正在扩建停车场，三十三岁的村委会主任说，旅游旺季一天就有几十辆小车开来，不扩建停车场不行。大嶂地无三尺平，称油台之地，停车难是个棘手的问题。村头有一石碑记载了大嶂造路的艰辛："……村人乃有钱使钱，无钱使力，举村一心，历时五载，终于一九八九年筑讫大嶂贯马岙车道。因路而富，富而思路，村人再度解囊倾力，聚资近五拾万元，历时二载，于新世纪第一春造好水泥路。山门打开，前途畅达，此乃千秋之功也。"大嶂村在半山腰，半山腰没有水田，大嶂人的水田在山下。因而，女子嫁到大嶂，第一样嫁妆是饭桶——大嶂人下田干活都带中饭。现在不少村移民下山，何况乌牛平原经济发达街市繁华，大嶂人为何不下山？可能是山清水秀，水和空气无污染。如果将来城里人到此地造别墅度假日吸氧吧，大嶂人也省得再从城镇搬回山上来。大嶂人余松波是20世纪60年代上海"民主"十八号客轮政委，退休了，在上海有居处，在大嶂也有居处。

大嶂的名声来自五龙山。五龙山下有下五岳观，观内有戏台，观西侧有一片竹林，有长年不涸的清澈溪水，游客可到此消夏避暑。五龙山上有五岳观，建在陡壁山崖上，右侧峭壁上有一条瀑布。寺内也有戏台，正月初一、八月廿二演戏。关于五岳观的历史，村里有一个传说，说有户赖姓人家是仙居人，母亲患病，须熊胆方可治愈。儿子为治母病，和四位结拜兄弟上山捕熊。至五龙山百丈崖前弯弓射熊，熊应弦而倒，跌入洞中。他纵身入洞欲取熊胆医治母病，不复身还。四兄弟跟着跳入洞中，也都成神。乡人为崇其孝行，临洞建了这三楹殿宇，春秋祀之。近年，村里人又于凸出的平台上建了追熊亭，亭中有联曰："天上神仙本是凡人做，人间善德总从孝心始。"坐在亭中，使人深深地感受到母亲的伟大。巧在远眺对面山，就像是一个卧着的女人：有仰着的头，双乳峰，肚脐，屈着的双膝和脚。一片竹林，一个水塘，正是女人的私处。村里人说："每年要向水塘抛一棵松树，嫁到村里的女人才生育，你不信?"

还有与打猎取熊胆治母病的传说相吻合的是，这个村里的人历代打猎，用土猎枪，会自制火药。中国古代四大发明在温州，已有泽雅五连碓造纸和东源木活字印刷，于是我兴致勃勃地要去看大嶂人做火药，可惜制作火药的师傅不在家。村里人说，现在不打猎了，我们搞了个生态保护区，保护区里飞来上万只灰鹭。

大嶂只一个姓：余。大嶂邻近有瓦窑山古窑址，出土的碗、盘烧制于宋代。大嶂也是历史久远的村子，余姓祖先从江西迁到乐清，再从乐清分迁至此地，至今是一个单姓的血缘村落。大嶂人，无论留在村里或者住在外地工作，无论是老一辈或者新一代，他们都有一种难解的家乡情结，为村里的事业，他们只有付出，不图回报。村党支部书记说，大嶂在发展乌牛早茶基地，此地土气好，三月天浓雾笼罩着山，宜于长茶。他们要建一个旅游基地，富一个村。

大嶂也讲究"耕读传家"，村里文风很盛。许多人去读书去当兵都长了知识有了工作，浓厚的文化气息弥漫在山水之间，润物无声。

（2011 年 6 月）

诸葛好村坊

　　诸葛村在兰溪，是一代名相诸葛亮后裔聚居地。瑞安有贾岙村，村里有二百多户一千多人姓诸葛，也被当地人称为诸葛村。我很自然地把两个村联系起来，觉得这是一对兄弟村，于是在三月阳春专程去一趟贾岙看个究竟。

　　与村人约好，在银杏树下相见。银杏是这个村的风水树，浓荫遮着，疏疏下起了春雨也无妨。路旁的碑上记录，树是唐代人所植，是浙江境内现存的最古最大的银杏，村干部诸葛建武说，前些年银杏树长势不好，后来请专家会诊，去掉不好的土层并填上黄泥土，又茂茂盛盛了。经他指点才发现，树干上长出一种树乳，像钟乳石般往下长。银杏是诸葛之村的标本，是古老历史的见证。

　　《贾岙诸葛宗谱》有记载："吾考贾川诸葛氏，始祖原铭公由永邑蒲州迁至瑞邑贾川已历数百年矣。"又民国《瑞安县志（稿）》载："贾岙有诸葛姓一百五十七户，郡望琅琊，原籍蒲州中埠，永乐二年（1404）迁，始祖名原铭，有大宗一，余无考。"这说明，贾岙村诸葛氏由温州蒲州迁入，始祖原铭是"原"字辈，现繁衍至"青"字辈，已历25代，已是诸葛亮的44代裔孙了。我问村人，你们与兰溪诸葛村有联系吗？答曰：去祭过祖。

诸葛村在兰溪西北部，兰溪近金华就如同瑞安近温州，先前说"大大兰溪县，小小金华府"。从兰溪县城去四十里，一路平展展的水田，点缀着红艳的乌桕，就来到"一家饭熟三县香"的诸葛村。诸葛村栖息在一片低矮的丘陵上，三面有山围着，在外侧很不容易发觉这村子。乡谚道："诸葛好村坊，北漏塘下好田庄。"以前去徽州、严州、杭州的大路都经过此地，旺水时竹筏和小船可直抵村南一里许的新桥头。优越的地理环境有利于工商业，从明代下半叶起，诸葛村的人就专长于经营药业，到清代在大江以南的半个中国开了三百多家药房。药和医可以济世，也可以致富，就是义利双收。

再说贾岙。瑞安去有四十里车程，沿金潮港而上，转过潮至岩头，弯过山，才豁然开朗。这乡叫潮基，说是宋元时海潮经飞云江可涨至此地，就叫潮至村，后因水陆交通便利，商业发达，逐称潮至街，后谐音为潮基。省道瑞（安）枫（岭）公路正在改建，一段路基已经平整出来，是工程造价以亿元为单位的开发西部重点项目。我问贾岙村人，贾岙的"贾"是做生意的意思，贾岙人做生意吗？

据说当初的竹排和舴艋船可撑到潮基，运上来的是盐、肥皂和胶鞋，运下去的是竹木、柴爿和土纸。埠头是交接点，过了埠头的就是商品了。如今此地的工艺品最为突出，附近的溪坦村有工业园区，人称林溪工艺品或者湖岭工艺品，有玻璃软木盘景制作、裂纹漆软木屏风、玻璃瓶景获得国家专利，不少是圣诞礼品，经广交会出口欧美、中东和中国港澳地区，小商品闯荡大市场。贾岙的妇女在家里加工圣诞礼品，手工搭搭。一天重复做几万个动作，劳动密集型，连小孩放学回家都可以帮上一把。这使我想起，以前西部山区实施"扶贫三大突破"，支持山区发展"一乡一品"，湖岭工艺品就是"一乡一品"。还有鼓励劳务输出，不少农民到外面打工去。还有移民到山下或者集镇，摆小摊，骑三轮车，这叫易地脱贫。连续几年评选"致富模范乡"，看哪一个乡的扶贫成效出来了。

眼前的西部山区已今非昔比，诸葛建武说，不少人去外面做生意了，村里也办了工厂，"千百工程"正在实施，有溪流整治，还要发展"农家乐"旅游业，最近市里领导来蹲点，了解民情，新农村建设的蓝图正在铺开。

贾岙村的不远处有卧龙峡，是个新开发的风景区。为什么叫卧龙峡呢？第一是因为峡谷的形状如卧龙，逶迤千余米；第二是诸葛亮称卧龙先生，取名卧龙峡，也借此表达对祖先的怀念；第三，峡中出现一条白色岩石层，如龙卧溪床之中。"五一"期间卧龙峡天然游泳池开放，广告都打到了瑞安市区角落。这里还有南朝岩刻，是浙江省级文保单位，我们在熟人的带领下才找到。大片岩石上面刻着一座佛塔，佛塔里有佛像，是研究古代建筑艺术和民俗风情的珍贵资料。这些自然与人文景观都是很好的旅游资源，如何做好这篇文章，贾岙要向兰溪诸葛村学习。我看过《诸葛亮及其后裔研究》的书，是诸葛亮学术研讨会论文选编，从中可看到诸葛村如何挖掘诸葛亮纪念地的历史文化内涵，使诸葛亮后裔更知其先祖的历史地位、光辉业绩和传统美德。

"三顾频烦天下计，两朝开济老臣心。出师未捷身先死，长使英雄泪满襟。"（杜甫《蜀相》）诸葛亮名满天下，也是诸葛亮后裔聚居地贾岙的文化品牌。我与村人说，要亮出这个文化品牌，借得新农村建设之东风，为民造福祉。

"不为良相，便为良医。"兰溪诸葛村的人敢于向正统的崇本抑末、鄙视工商业的观念挑战，习药成风，积财为富，把中药业经营得驰名浙东。而且学风很盛，科第不绝，清乾隆五十三年（1788）戊申科，兰溪举人三名全是诸葛村人。如今四五岁的小孩就会背诸葛亮《诫子书》："夫君子之行，静以养身，俭以养德。非淡泊无以明志，非宁静无以致远……"，全村教授及具有高级职称的专家学者十九人。贾岙村继承"躬耕苦读，不求闻达"的传统，世代耕种农田，也不忘读书求知。有子女考上了清华大学，村人相当自豪："湖岭片区仅二人考上清华，我们村就有一位呢！"银杏树下有一个石碑，刻的是《银杏树志》，撰文者姓诸葛，一问也是贾岙村人，园林专家。

说着说着，我甚至觉得瑞安与兰溪竟也如此地相似，都是文化名邦。兰溪的范浚创立了金华学派，或者叫婺学。瑞安的陈傅良为永嘉学派承前启后者，叶适建立事功学体系，为永嘉学派主要代表。与理学家同时，兰溪出了不少治经史文学的学者，宋有杜汝霖，明有胡应麟，据《两浙著述考》，自明代，兰溪有五十一人有经、史、子、集著作问世。而瑞安亦然，孙诒让为朴学大师，在经学、史学、文字学、校勘考据学方面的著作三十多种，称"一代学人"。兰溪有大戏曲家李渔,瑞安有南戏鼻祖《琵琶记》作者高则诚。兰溪和瑞安读书人多,喜好藏书。在兰溪,胡应麟有二酉山房,筑室山中,聚书四万余卷,从事著述,征引广博。徐介寿有百城楼,藏书五万余卷。陆瑞家有万书楼,藏书十余万卷。在瑞安,有孙衣言、孙诒让的玉海楼,有陈傅良"拥书如城,其乐欣欣",方成珪有宝砚斋,"官奉所入,悉以购书",黄绍箕有参绥阁,其善本藏书在二三万卷之间。藏书楼之多,说明一种生活方式和理想的普及,读书著书,诗书自娱。

大家特别注意到,千年银杏树的根部长出了一枝新干,有嫩嫩绿叶,人般高了。想起一本书上说,北京潭柘寺有一棵千年银杏,清代时凡皇帝继位,其根部就长出一枝新干,因而乾隆御题此银杏为"帝王树"。贾岙千年银杏长出新干,也是适得其时。最美的是秋风起时,叶子炫目金黄,那是秋天最纯粹的颜色,黄得高雅,黄得经典。若是风来就像飞起金蝴蝶,翩翩地落下来。银杏非同小可,是世界上最古老的树种之一,与恐龙同期。银杏的果实叫白果,李时珍说白果可"入肺经,益脾气,定喘咳,缩小便"。村人介绍,白果和银杏叶能降血压、血脂,治心血管病,市场上很好销。离开贾岙村时,正有一网友车队到此地游玩,也是慕名而来。翠绿的银杏树荫之下都是朗朗笑声,显得一切都那么坦然和宁静。

(2011 年 6 月)

永安乡村的别样韵致

寄情山水是中国人的老传统，如今山水还被赋予了新的含义：山水是养生的场所，山水是画家与摄影师劳动的场所，爱国主义教育的场所，你一家人假日休闲的场所，山水是农民谋求经济转型的场所。依托山水依托农产，新近几年农家游很作兴。山水使人放松了，有时简直是嘻嘻哈哈不知愁滋味。有人说，退守田园，栖息心灵，是一种历经沧桑之后的返璞归真。

去永安，就有这种返璞归真的感觉。一条清澈明净的溪依然"纯情"，保持着原始本色，未曾被污染。因为这儿没有污染水体的源。过去没有是山区闭塞，现在没有是生态乡村杜绝污染。我的耳畔总是环绕着水声，从每道石缝渗出和从每片树叶滑落的水，汇成车窗外一路的叮叮咚咚。——凝视这里的水若干秒，心就会静下来。

先去凤山头，好听的村名缘于村后的山形似凤凰。"凤"入地名，说明这里的人们向往祥和安康。车拐进村见有凤凰亭，亭中有老者六七人散散地闲坐，氛围极为宁静，想不起像是谁笔下描写的场景。问亭中央放的石墩状的东西为何物，老者说是清康熙年间一村轮着为过路人烧茶，这是盛茶水的石茶缸。亭中有石狮子一对也有点老古董，勾起老者讲了不少地方上的传讲，这些传讲平实而耐久。

沿溪，放下车窗慢慢地行，从树梢来的自然风吹进车里，很凉快舒服。"永安"的地名好，永远平安，永保安康。书上说，民国时这里分为永乐、凤安两乡，后来两乡合并，在两乡名中各取一字，遂名永安。——原来如此。

到上埠坦，这村原位于溪流上游丁埠边，听说清咸丰三年（1853）发洪水，村被冲毁，仅留空坦，村民迁居山边就叫上埠坦。对面是呈店，听说也被洪水冲了只剩下一间店铺，取村名为剩店，后谐称呈店。你瞧这"纯情"的清溪，山洪一来便是另番模样，眨眼间浊流涌来，从前竟也很"恶"。过桥，进乡府院子，书记让座倒茶，连说稀客稀客。拿来资料一份，上有一联曰：

永葆活力，从长计议，谋划富民强乡新思路；

安居乐业，生态优先，做好青山绿水大文章。

镶"永安"二字，也把富裕、生态、文明的愿望说出来了。山清水秀的永安是浙江省美术家协会的写生基地，画家眼中的美丽乡村。与呈店相邻有亦埠，叶姓始居，故称叶埠，谐称亦埠。有村叫直根，据传村里有大水潝直流山根下的大溪，村叫潝根。潝、直方言相近，谐称直根。邻近几村华侨多，看那房子亭子大抵是华侨造的，进屋与之交谈觉得爽朗朴实，彬彬有礼。匆匆告别老华侨，便去了巾仙溪，溪流上有农家乐很有名气，来玩的不少是一家人双休日自驾游的，撑木筏、漂流、垂钓。

沿盘山公路到均路，有里外两条山岭路程相等，就叫均路。我好几次到过这村，村口的古树、竹林和石桥，不知多少次进入摄者的镜头画家的笔端，是电视剧《温州一家人》拍摄地。前有村叫五堆谷，五座山峰像五堆谷子。有村叫白水漈，村内有一瀑布，方言称瀑布为漈，泻下的水为白色，故名白水漈。还有叫江山炉、南坑炉的村，山里有矿，有人在此建炉炼矿就称为"炉"。有个叫小麦坪的自然村，因昔时在山坪上种小麦而得名。有个叫毛桃坑的自然村，因村周有毛桃而得名。毛桃，就是野生猕猴桃，木质的藤，雌雄异株，果卵形，味酸甜，多维生素和氨基酸，营养很丰富。《本草纲目》载："猕猴桃汁酸，甘寒无毒，主消渴，解烦热，冷脾胃。"我问还有没有这种野生猕猴桃，要不去摘几个？有的一株可摘一百多斤呢。

往回走，去朱垟，再去下社垟，垟山溪农家乐就在这青山绿水间，坐竹排，吃农家菜，女服务员说起农家菜烧法一连说了五个"然后"。粉干好，然后青菜好，然后绝对绿色，然后富硒土里种出的西瓜好。

去六科。说这里有六条水汇聚一起，称六源。还有人说这里昔时为野鹿群集之处，故名鹿窠，后雅化为六科。还有民间传讲在明嘉靖年间村里五个书生一起去考功名，结果连带去的一个书童，六人都考中了，于是这村就叫六科，意为六人科举及第。一个地名三种命名缘由，从地形地貌、物产特征、历史传闻来诠释，很有意思。一想，六科必是有文化底蕴的地方。耕是生存之本，读是迁升之路。进村的第一感觉是古村落相对地发育好，有祠堂、戏台、路亭、庙宇、古墓、水井、石桥，氤氲着历史的幽香。卢氏宗祠建于清康熙九年（1670），有旗杆石，有戏台。上台欣赏藻井，台上站立亦有沧桑之感。祠堂内摆设一屏风，做雕精细，红底金字，金字金光闪闪，上书《朱子家训》："黎明即起，洒扫庭除，要内外整洁……"书于清乾隆岁次戊戌三月望日穀旦。

历史在这里与我们狭路相逢，使我们猝不及防。很有名的东山坟也让人一惊。进石门，有池塘。一数，坟依山建有五坛，最上有神龛。青石浮雕很精美，刻的有人物与马，有鸟，有麒麟，有花。听说建于明嘉靖年间，叫卢金峰墓，正在报批省级文保。前次来看有散落的坟石，这次来看已修旧如旧。这里有一片梯田叫凤尾垟，土肥水好，种的单季晚稻谷粒饱满谷穗很垂。细细想来，这凤尾垟与下游的凤山头，乃是凤头凤尾，凤鸣朝阳，也是凤凰之地。

六科隔溪是南峧垟，村坐落山之南、峧之中而得名。按公路牌再过去有村叫草岱，山中盛长茅草，人畜进去如入袋中，"袋"谐为"岱"，就叫草岱。诙谐有意思。

去吴垟、呈峧的一路梯田叠叠，晚稻金黄金黄，本色风光是大自然对人的无私回报。路上走动年长者，他们是古村守望人，土地依旧对他们保持着吸引力。

（2010 年 11 月）

后　记

之一：千年古县。

我与地名有缘，缘于瑞安申报"中国地名文化遗产——千年古县"由我做主编开始。2006 年 11 月瑞安市开展申报千年古县活动，成立了千年古县参评委员会，已经退二线的我在参评委员会之列，被任命为主编，组织撰写申报千年古县的材料。2007 年 5 月中国地名学会专家组来瑞安开展实地考察，我也参与了，去圣井山，北京来的专家爬山兴致勃发，石殿很有吸引力。7 月，经联合国地名专家组中国分部专家联席会议批准，瑞安获得了"中国地名文化遗产——千年古县"称号。10 月，《千年古县》电视文献片摄制组来瑞安拍摄，我陪着跑了不少地方，在湖滨公园拍阮世池唱温州鼓词，在玉海楼拍孙诒让读书场景。12 月 18 日举行"千年古县"命名揭牌仪式，又在忠义街玉海楼后门设立千年古县碑，我拟写了碑文。2009 年 11 月我主编的《千年瑞安》由中国文史出版社出版，《千年瑞安》曾在第八届全国书籍设计艺术展览优秀作品评选中获优秀奖（只设优秀奖和入围奖），全国书籍设计艺术展览是中国文化艺术领域最权威最具国际影响力的展览与赛事之一。

之二：地名专家组组长。

又有参与制定瑞安地名规划，2007 年 2 月我参加了瑞安经济开发区路名讨论，接着又参加了《瑞安城市地名总体规划（2006年—2020 年）》审核，任本地专家组组长。其间我在《国家人文地理》《浙江画报》等杂志发表了《白色乌鸦飞过的瑞安》《北麂，渔者的传统与现代》《寨寮溪：野于山海天地间》（苏立锁/摄影）《瑞安地名文化探析》《永嘉地名特点初探》等文章，忙得不亦乐乎。2012 年在第二次地名普查之后，着手编纂《瑞安市地名志》，我整理了大量资料，做了一系列的田野调查，从多方面探索瑞安地名文化，获得了初步的研究成果。我跑新华书店，上当当网、孔夫子旧书网，一本一本地淘地名专著。年纪大了苦读这种书，只凭信心和认真。

之三：地名文化专著——《白乌兆瑞》。

写作《白乌兆瑞》是上述事情的延续，依据《瑞安市地名志》与地方史志，挖掘地名文化内涵，把握瑞安地名文化的重点、特点，对地名语源、地名沿革和历史事件、历史人物等，做到反复考究。翻读地名专著三十多本，地名论文二十多篇，老来聊发少年狂。2017 年 10 月《白乌兆瑞》作为瑞安市社科联社科普及课题，由中国文史出版社出版。书列八章：第一章 瑞安地名的语言特点，第二章 瑞安地名的命名方式，第三章 瑞安地名的文化内涵，第四章　地名与社会心态，第五章　地名用字，第六章　老地名，第七章　地名与城市发展，第八章　地名的利用与保护。书的后记第一段是这样的：都说十年磨一剑，我写这本书，研读了一堆地名文化专著，进行了一次次地名调查，翻烂了一本《瑞安市地名志》，殚智竭力，数易其稿，不知不觉也历时十年了。

之四：地名文化散文集《顾名思义》。

一弄两弄，我与地名有缘了也熟了。2010 年 7 月开始在《瑞安日报》开设"地名文化"专栏，我希望通过开设专栏发表地名文化散文，就有编辑向我要稿，催我写，追着逼我写。人天生有惰性，写文章又那么苦，必须逼我写。几乎一周一篇，自己也逼自己。去各地采风很开心，这些地方本来就熟悉，只是去了，脚踩一方泥土让太阳晒晒风吹吹，用心感受感受。不知不觉地发了几十篇地名文化散文，反响不错。2011 年 6 月收集起来编印了出来，书名叫《顾名思义》。上海书法家童英强曾送我"顾名思义"四字条幅，就拿来作为书名题签了。自己觉得书名挺好的，顾地名而思其义，于是有了一种再接再厉的想法，再写地名文化散文，待写多了的某一天就再编印出来，书名也是《顾名思义》。

那就是十年后你看到的这本《顾名思义》。时间已到了 2021 年，文友云集，气氛绝好，在作家陆春祥主编的热心关切下，这本《顾名思义》闪亮登场了。

非常好。

2021 年 7 月 8 日

风起江南·第五辑·

陆春祥／主编

我 很 笨

金 洁——著

文匯出版社

图书在版编目(CIP)数据

我很笨 / 金洁著. —上海：文汇出版社，2022.9
(风起江南 / 陆春祥主编. 第五辑)
ISBN 978-7-5496-3879-6

Ⅰ.①我… Ⅱ.①金… Ⅲ.①散文集–中国–当代
Ⅳ.①I267

中国版本图书馆 CIP 数据核字(2022)第 167895 号

我很笨

著　　者 / 金　洁
责任编辑 / 熊　勇
装帧设计 / 书香力扬

出版发行 / **文匯**出版社
　　　　　上海市威海路 755 号
　　　　　(邮政编码 200041)
经　　销 / 全国新华书店
印刷装订 / 成都兴怡包装装潢有限公司
版　　次 / 2022 年 9 月第 1 版
印　　次 / 2023 年 1 月第 1 次印刷
开　　本 / 880×1230　1/32
字　　数 / 835 千
印　　张 / 42

ISBN 978-7-5496-3879-6
定　　价 / 195.00 元(全五册)

風起江南散文系列第二季（总序）

尽力猛扑而朗朗仓仓

陆春祥

1

西湖孤山南麓，有三忠祠，奉祀袁昶、许景澄、徐用仪三人。袁昶（1846—1900）为桐庐人，我的老乡，他殿试二甲，官至三品，庚子事变，力谏朝廷不可纵容义和团滥杀洋人与外国开衅而遇害。袁昶诗文、书法、藏书、刊印、西学等，诸业皆有突出成就。

辛丑春节，我一直在读袁昶的日记。袁的日记，持续时间长，从同治丁卯六年（1867）三月开始写，从无中辍，一直到被害前。他的日记还不是一般的记事，侧重在求知问学、克己慎思上，目的就是迁善改过。

看一则"癸酉正月"：

癸酉元日帖子。元日书红云，癸为揆度，酉象闭门。士君子必有闭关千日，研几极深之思，而后有揆度庶务，洞若观火之量。静存仁也，动察智也。

这一年是同治十二年（1873），鸡年春节，袁昶27岁。一个甲子后的鸡年，我父亲出生。袁昶逝后，一个甲子零一年，我也

出生了。这样看来，袁昶其实离我很近。不过，年轻人袁昶，思想已经成熟，他虽三十岁中进士，却早已饱读诗书，有着自己独立的见识。

他解释"癸酉"，别有见地。

"癸为揆度"，就是估计现实情况。为什么他关注现实，从他的经历可以看出，他时刻将读书人的目的与责任和现实紧密相连，虽是保皇派，但在处理义和团滥杀洋人的事件上，眼光却远大，做事不能只顾情绪不计后果，虽被杀，不数日遂昭雪，谥"忠节"。"酉象闭门"，这是从字形上说酉字。闭门干什么？你若要有对事情洞若观火的眼光，则必须闭关千日，将冷板凳坐穿，如此才会形成自己别样的眼光，处理好各种政务。袁昶曾任江宁布政使、光禄寺卿、太常寺卿等，在各个岗位都有建树，芜湖还建有"袁太常祠"纪念他。

静存仁，动察智。胸中有仁义，决事才有智慧。这不是一个死守书斋不知变通的读书人，他将所学与现实、读书与修身、思考与反省紧密结合。

写完那则"癸酉正月"，已经过去整整一年。

又一个年三十夜，袁昶吃过年夜饭，往桐庐城里闲逛。桐君山上祈福的钟声不时撞耳，富春江两岸的爆竹尖叫着频频蹿向空中，街上行人已经开始聚集，小儿成群追着叫着倏忽跑过。袁昶抬头望星空，但见北斗星的斗柄已经指向东方，他内心里不断感叹，还有几个时辰，旧的一年转瞬即过，混混与世相处，隼起鹘落，如弹指一刹那，而自己却学业未精，德行也没有进步，真让人惶恐啊。

严格自律的袁昶，每日三省己身，袁昶日记中，他悟出的人

生格言，多得让我双眼停不下来，仅以甲戌年（1874）摘要举例：

人惟无欲，始能刚耳，有欲恶能刚。耐坚苦者，始能进德耳，耽安佚者，则丧德矣。（甲戌正月）

不作无益之事，不道无益之言，不损无益之神，不发无益之虑。

心无二用，自今后作一事竟，再作一事，则心体不疲。（甲戌二月）

抄录七十二岁的黄元同《求是斋记》句：天假我一日，即读一日之书，以求其是；《畏轩记》句：读经而不治心，犹将百万之兵而自乱之。（甲戌六月）

抄录《孙思邈方书》句：口中言少，心中事少，腹中食少，自然睡少，依此四少，神仙诀了。（甲戌七月）

境遇耐得一天是一天，学问长得一天是一天，精神养得一天是一天，嗜欲淡得一天是一天。（甲戌九月）

尽力猛扑，将七阁、四库、三藏、九流、二氏，朗朗仓仓，一齐装满布袋肚子内，此师南皮之法也。（同上）

不见己之善，惟见人之善。不见己之善，故所诣日进，惟见人之善，故无怨于世。（甲戌十二月）

特别喜欢"尽力猛扑"这一句，活画其读书信念与志气。

袁昶要扑向什么？四库、七阁，指清代收藏《四库全书》的七座藏书楼总称；九流，乃秦至汉初的九大学术流派；二氏，佛道两家。南皮，借代籍贯为南皮以张之洞为创始人的学派，该派以汉学、旧学为体，以西学、新学为用。袁昶的阅读，如牛饮，如鲸吸。如此写下阅读的贪念，他暗自笑起，耳边似乎突然响起

《双射雁》中穆桂英的唱词："那绣绒宝刀仓仓朗朗朗朗仓仓放光明啊"。嗯，猛扑，唯有尽力猛扑，胸中才会有光明一片啊！

尽力猛扑而朗朗仓仓，越读越有趣，宛如袁昶就站在清丽丽的富春江边，沐着五月的微风，张开双臂，身子前倾，跟我摆那个猛扑的动作。

2

劲风又绿江南。

风起江南散文系列第二季即将面世。

通读书稿，满心欢喜，文丛的作家们也如袁昶先生一样"尽力猛扑"，他（她）们如饥似渴地扑向经典，努力汲取营养；他（她）们倾力扑向大地，扑向生长养育又骨肉相连的故土，尽情撷取自然的芬芳。他（她），身姿矫健，一路奔跑着穿过光阴，且行且歌。

陈思义的《顾名思义》，山岗峰岩岭，江海河浦溪，城镇街路巷，历史，地理，人物，事件，语言，经济，民族，社会，乡土，风水，作者以一种特殊的文化现象——地名为题，立足瑞安，放眼温州，东西南北中，细细深探究。语言朴素平实，勾连中西古今，刨根追底，饶有趣味。

赵玉龙的《鸟兽为邻》，村中老屋与往事、树与古井，一帧旧照片、路边的一个镜头，放蜂人、鸭司令、守林人，白花海棠、仙鹤草、青箬叶，过往与现实，身边与周遭的一切事物都凝练成了令人难忘的意象，叙述流畅，语言节制，时有哲思闪光。

金洁的《我很笨》，慢品人间烟火色，闲观万事岁月长。与

爱同行，爱是世间最美好的语言。为他人着想，发现更多的善良与美好，让每一个微笑都抵达对方的心灵深处、宇宙的远方。无论平凡与精彩，四季都要轮回。生命如尘，岁月如歌，且行且惜珍。

侯范才的《年轮之上》，悠久厚重的人文底蕴，如诗如画的水乡风景，父亲的微笑，母亲的马提灯，都在作者笔下汩汩流畅。故乡盛开的槐花，第二故乡鸣鹤古镇，大海与诗歌，老井与石磨，彼此交融，相互辉映，都已融入作者的生命深处，交织成曲，咏而归。

戴建东的《星星落进了小河》，质朴而诚挚的叙述，这是对养育自己的故乡作深情回望。昔日乡村虽清贫与困苦，却也不乏真挚与朴素，童年少年虽艰辛与苦涩，却也饱含梦想与痴迷。往事如烟，那些烟都已织成风景；往事如云，那些云也都酿成了甘露。

3

有人仔细统计了《诗经》中的草木虫鱼数量，计有，113 种草，75 种木，39 种鸟，67 种兽，29 种虫，20 种鱼。

我读过诸多关于《诗经》中草木虫鱼的书，不一一例举。一个简单事实是，这些鸟兽草木，只是赋比兴的喻体而已，我们的先人，想象力极其丰富，他们用这些喻体，隐晦曲折表达自己丰沛的情感。

因此，对这样一部博大无比的百科全书，孔老师自然钟爱有加。

孔鲤从对面怯怯走过来，孔老师叫住了儿子：伯鱼呀，你仔细读过《周南》和《召南》没有？

孔鲤就怕老爸问，一脸茫然：爸爸，我没有读过呢？

孔老师感叹：唉！一个人如果不曾仔细读过《周南》与《召南》，就会像面朝墙壁站着的人一样啊！

面壁而立，不是面壁思过，而是说你什么也看不到，哪里都去不了。

《周南》、《召南》都居十五国风之首，内容侧重夫妇相处之道，教育人修身齐家。孔鲤一定听懂了，他已长大成人，老爸这是要他系统学习《诗》呢，否则，怎么能适应这个社会呢？

孔鲤在父亲的课堂上，已经多次听到老爸这样教育他的学生：《诗》三百，一言以蔽之，思无邪（《为政》第二）。这里的关键是"思无邪"，"思"为发语词，"无邪"，没有虚伪造作，都是真情流露。诗三百，用一句话简单概括，就是真情两字。文学作品最需直抒胸意，最怕无病呻吟。这也完全符合我们先人即兴的咏叹，面对残酷的生存现实，恶劣的自然条件，先人们劳力之余，依然手之舞之足之蹈之，自我找乐。

国风，大雅，小雅，周颂，鲁颂，商颂，三百一十一篇，皆为民众心底里喊出，在广漠大地上回响，宫商角徵羽，有时甚至响遏行云。

真诚希望我们的散文作家，对眼前的一切，猛扑吧，尽力猛扑！不虚假，不造作，用心用情善待所有，包括天地间的草木虫鱼鸟兽。朗朗仓仓，仓仓朗朗，听，美妙的旋律，从旷野上、烟波里、花朵中清晰传来。

壬寅桃月

富春庄

目 录
CONTENTS

第一卷 / 生活滋味

母亲养鸡 / 002

岁月深处的煤油灯 / 006

看病记 / 009

从高跟鞋到平底鞋 / 012

养猪那些事 / 015

疯狂的咳嗽 / 018

"哑巴"金老师 / 021

亲历震感 / 024

书 包 / 027

童年记忆里的零食 / 030

失　眠 / 034

我们的珍珠婚 / 037

消失的虱子 / 040

五月里的好日子 / 043

那些年的餐桌风景 / 046

援疆报名 / 049

疫情过后 / 052

我的九月 / 055

我和背带裤的故事 / 058

第二卷 / 与爱同行

后备箱里的爱 / 062

母亲的缝纫机 / 065

出书花絮 / 068

没有母亲的母亲节 / 071

没有父亲的父亲节 / 074

回　家 / 077

人生只剩归途 / 080

鸡蛋情 / 083

陈年往事 / 086

思念如潮 / 089

生活需要仪式感 / 092

带父亲看牙医 / 095

温暖疗伤 / 098

每逢佳节倍思亲 / 101

我的暖男学生 / 104

想念天堂里的父母 / 107

爱心蔬菜 / 110

无处话哀思 / 113

我的毛线情结 / 116

第三卷 / 边走边看

可喜的住房变迁 / 120

电话情缘 / 123

情迷爱琴海 / 127

我的 2017 年 / 130

车轮滚滚 / 133

俄罗斯之行 / 136

梯田情 / 139

吃货在欧洲 / 142

刷脸打卡 / 145

我的 2018 年 / 148

爱上水城威尼斯 / 151

欢乐多多迷你马 / 154

重游圣彼得大教堂 / 157

我的 2019 年 / 160

情迷涅瓦河 / 164

小爱同学 / 167

"哑巴"出国记 / 170

半途而废的拓展活动 / 173

我的 2020 年 / 176

第四卷 / 芸芸众生

活出真我 / 180

曾经的"四人组合" / 183

郁闷的春节 / 186

我行我"摄" / 189

菜鸟烙大饼 / 192

快乐办公室 / 195

一孩二孩三孩 / 198

我的公公 / 201

疫情后方 / 204

代　沟 / 207

尴尬的太阳伞 / 210

既然……就…… / 213

从期末到寒假 / 216

小　丁 / 219

勿以善小而不为 / 222

那辆命运多舛的自行车 / 225

老师的期末 / 228

我很笨 / 231

后　记 / 234

母亲养鸡

岁月深处的煤油灯

看病记

从高跟鞋到平底鞋

养猪那些事

疯狂的咳嗽

「哑巴」金老师

亲历震感

书包

童年记忆里的零食

失眠

我们的珍珠婚

消失的虱子

五月里的好日子

那些年的餐桌风景

援疆报名

疫情过后

我的九月

我和背带裤的故事

生活滋味，酸甜苦辣。纵使日子一地鸡毛，但请相信，未来的每一天都是崭新而值得期待的。慢品人间烟火色，闲观万事岁月长。

我很笨

第一卷

生活滋味

Chapter

01

母亲养鸡

20世纪70年代，农村生活普遍困难，普通家庭大多养鸡，以补贴家用。

每年初春时节，卖鸡苗的小贩肩挑大箩筐，走街串巷吆喝着叫卖，主妇们闻讯，纷纷放下手头活计，喊上左邻右舍，嚷嚷着奔出家门。我们小孩子也特爱凑热闹，亮开嗓门呼朋引伴，像一群快乐的小鸟，呼啦啦把鸡苗担子团团围住。箩筐里"鸡头攒动"，密密匝匝的雏鸡像一个个浅黄色的小绒球，憨态可掬，你拥我挤，煞是可爱。经验丰富的主妇随手从箩筐里轻轻抓起一只雏鸡放在手掌心，摸摸喙尖，看看毛色，听听叫声，很快就能鉴别出优劣。

经过一番挑选，母亲也买到了一群雏鸡，像迎接初生的婴儿，欢欢喜喜带回家，小心翼翼放到竹鸡笼里，开启精心饲养模式。因为那些小不点刚出生不久，加上春天乍暖还寒，为了给它们保暖，母亲在鸡笼里放置一些旧棉絮，再铺一层旧报纸，晚上还在鸡笼外面盖上废弃的旧棉袄。

刚开始，雏鸡脾胃还比较虚弱，消化功能还不那么好，只能给它们喂食用水浸泡过的碎米。吃食时，把鸡窝里挨挨挤挤抱团取暖的小鸡一只只捉出来，吃完了，再一只只捉回去。天气晴朗的日子，就让小鸡晒晒太阳，暖身又补钙。

过了一段时间，小鸡渐渐褪去之前的稚嫩，白天大部分时间不再待在鸡笼里，而是把它们放到我们视线范围之内的院子里活动。可是，几乎家家户户都养鸡，怎么分辨是谁家的呢？办法很简单，各自给小鸡头上或身上的绒毛染上不同颜色就 OK 了。于是，房前屋后便出现了色彩斑斓的鸡群，在温暖的阳光下东奔西跑，"唧唧唧"的清亮叫声像一曲美妙的乐曲，吸引着天生喜爱小生灵的孩子们。他们蹲下来喜滋滋地看着小鸡在玩耍，兴之所至，就捉一只在手上，看它歪着脑袋与你对视，不挣扎不反抗，那种天真与无邪，使我们的童心更加柔软熨帖。随着小鸡一天天长大，饲料也逐渐多样起来，除了米粒、剁碎的菜叶，母亲还叫我们去挖些蚯蚓给小鸡改善伙食。母亲喂鸡很有特色，端一个豁口的大瓷碗站在家门口，舌头轻弹上颚，"嗒嗒嗒……"几声呼唤，分散在院子里的小鸡马上以最快速度跑过去围拢在母亲脚边，有的甚至蹿到母亲脚上。母亲抓一把米粒撒下去，看着一群小鸡你争我抢吃得津津有味，脸上露出舒心的笑容。

养鸡可不是一帆风顺的事，小鸡时不时地会出一些状况，每当这时候，母亲就摇身一变，成了有经验的土兽医。有时候，见小鸡耷拉着脑袋，吃食迟缓，母亲抓起小鸡，捏一捏它那鼓鼓的嗉子，就知道小东西因为贪吃撑坏了，便把韭菜剁碎拌以菜油塞到它嘴里，解决了小鸡消化不良问题。有时候，小鸡精神萎靡不振，拉白色糨糊状稀粪，肛门口也被粪便粘着，母亲就知道小鸡上火了，便去药店买来黄连素药片，碾碎了给喂下，很快就药到病除。有时候，小鸡正在外面悠闲地转悠，走路不长眼的小孩一不小心踩到了，刚刚还活蹦乱跳的小鸡一下子就蔫了，母亲赶紧叫我们拿出木脸盆，把受伤的小鸡罩在底下，然后拿起木脸盆一遍遍使劲敲打，过了一会儿，昏迷的小鸡还真醒过来了，只是直到今天我仍没法理解这是什么原理。最懊恼的就是闹瘟疫了，那时候没有疫苗，一旦遭遇鸡瘟，很多小鸡不幸夭折，看着一番心血付诸东流，母亲脸上好几天没有笑容，我们自然也跟着难受。

其实，养鸡是很烦的，弄得屋里屋外到处是鸡屎，稍不留神，一脚踩下去，鞋底沾满臭烘烘的鸡屎，恶心得要死。遇上阴天或雨天，鸡喜欢躲在屋檐底下，或者伺机跑到屋里追逐打闹，有时甚至腾空而起飞到灶台上拉一坨屎。但是，看着母鸡勤勤恳恳下蛋，母亲是不会去计较这些的。

频繁下蛋的母鸡是最招人喜欢的。母亲有一个绝招，早晨的时候，抓起一只母鸡，摸摸它的屁股，就能八九不离十地判断它当天是否会下蛋。如果发现母鸡"重任在身"，就把它关到鸡窝里养精蓄锐，也免去四处找蛋的麻烦。下完蛋的母鸡从鸡窝里趾高气扬地出来，"咯咯哒、咯咯哒"不停叫唤着邀功，母亲立刻从米缸里抓一把大米犒劳它。而我，最乐意做的就是从鸡窝里取出一个个鸡蛋，有时候母鸡刚下完蛋出去，我就迫不及待伸手去拾，那鸡蛋热乎乎的，还带着母鸡的体温，为这事母亲不止一次责怪我，说这样会惹得母鸡不下蛋，不过到现在我也不知道这是不是真的。

鸡蛋带给贫穷岁月里的母亲施展厨艺的幸福和满足。每逢我们生日，一大早母亲就送上两个水煮蛋，说是吃了记性好。客人来了，母亲烧一碗面条，上面盖一个金黄金黄的荷包蛋。父亲劳作辛苦了，母亲倒出家酿黄酒，煮一碗醇香的蛋酒给补补元气。平常一日三餐，餐桌上缺少可口的菜肴，母亲变戏法似的，或蛋羹，或蛋汤，或炒蛋，立马让我们的伙食变得有滋有味起来。

许多年以后，远离老家的我经常想起母亲养鸡的情景。如今，母亲离开我们已经四年，不知道天堂里的母亲还养不养鸡。

——原载于 2020 年 12 月 5 日《温州日报》

岁月深处的煤油灯

夜幕降临,华灯初上。站在霓虹闪烁的城市街头,我的思绪飘向悠远的童年。那一盏盏光亮微弱的煤油灯,像一支支熊熊燃烧的火把,经久不灭地摇曳在我心中。

20世纪70年代的农村尚未通电,夜晚照明靠的是煤油灯。顾名思义,煤油灯就是利用煤油燃烧发光来照明的灯具,但因为以前我们没有石油工业,煤油全靠进口,所以民间俗称煤油为洋油,农村人也习惯把煤油灯叫作洋油灯。那时候,尽管物资匮乏,但像煤油灯这样的小物件,集市上还是很容易买到,可还是有不少人家本着能省则省的消费观念自制煤油灯。一个带盖的空玻璃瓶,一小截旧铁皮卷成的灯芯管,一根筷子般粗细的棉纱灯芯,全都物尽所用变废为宝,一盏简易煤油灯就做成了。我的父亲是个心灵手巧的工人,他做的煤油灯比一般人家的更美观也更好用,不仅有铁皮外框"保驾护航",还装有手柄,便于我们小孩子端来端去。

那是计划经济时代，煤油需凭计划票购买，家庭主妇总是精打细算着节省煤油。冬天，天黑得早，傍晚时分，母亲从火柴盒里抽出一根火柴，"嗤"的一声擦燃了，点亮煤油灯。昏黄的亮光里，一家人围坐在一起吃着热气腾腾的饭菜，其乐融融。吃完晚饭，母亲收拾好桌上的碗筷，便把煤油灯移到灶台上，一边刷锅洗碗，一边有一搭没一搭地跟我们聊天。

等母亲忙完活计，那盏煤油灯就属于我们了。我们兄妹几个围灯而坐，灯光忽明忽暗，写作业的心情偶尔变得急躁，于是随手拿笔尖拨弄一下灯芯，使煤油灯的灯光更亮一些。有一次，正当我认真写着作业时，忽然闻到一股刺鼻的焦味，原来是自己不知不觉太挨近煤油灯，前额那几根可怜的头发被烧焦了。惊恐之下，我大呼小叫乱作一团，一不小心打翻了桌上的煤油灯。赶紧手忙脚乱进行"抢救"，灯还是原来那盏灯，满满一灯盏的煤油却所剩无几了。母亲一个劲儿地责怪我总是毛手毛脚，看着母亲那心疼样，我也难过了好一阵子。

要睡觉了，我们把煤油灯端到卧室，可上床后不等我们入睡，母亲早早把灯吹灭，这使得临睡前一家人的闲聊多半是在黑暗中进行的。

那时，农村人家的厕所是建在户外的，如果天黑后要起夜，就得一手举着煤油灯，一手护着跳跃不定的灯火，摸索着上厕所。小时候我也有过几次这样的经历，不过每次都有大人护送，尽管在去厕所的路上总被莫名的恐惧裹挟着，但更多的还是贫穷生活境遇里无处不在的爱和温暖。多年以后，父母举着煤油灯陪同我上厕所的画面一直定格在我脑海里挥之不去。

我上小学那会儿,有一段时间,班里组建学习小组,三五个住得比较近的同学吃过晚饭后各自带上煤油灯,集中到组长家里一起复习功课。其实那时学业负担很轻松,但我们借着煤油灯昏暗的亮光共同学习,收获的不只是浅显或复杂的书本知识。前不久,我的一位小学同学还深情款款地说,每每忆及那煤油灯下互帮互助的少年身影,心中总会升腾起别样的美好。

后来,一些生活条件相对较好的家庭用上了带挡风玻璃罩的高档煤油灯——这下再也不会出现诸如头发被烧焦的现象了。它不仅外形好看,还因为煤油燃烧充分而少烟、省油,更重要的是灯头一侧有个调节灯芯上升或下降的旋钮,可以控制灯的亮度。记不清我们家是什么时候拥有这样一盏"豪华"煤油灯的,但我永远无法忘记家人对它的重视和呵护。母亲不让我频繁调节煤油灯的亮度,生怕那个旋钮经不起折腾而罢工;父亲特意做了个弹簧箍圈套在玻璃罩外面以起到加固作用,每次给灯座加油时,也总是那么小心翼翼;我会有事没事取下玻璃罩,一遍遍认真擦拭得透亮透亮。有了那盏真正意义上的煤油灯,知足的我们似乎感觉生活更有奔头了。

再后来,随着农村电灯普及,煤油灯彻底退出历史舞台,即便是在穷乡僻壤,也难觅煤油灯踪迹。如今,身处灯火璀璨的城市,一次次遥想那段有煤油灯相伴的生活,心中满是感慨。

——原载于 2021 年 5 月 13 日《温州日报》

看病记

没有感冒，也没有上火，却连续几天头痛，并伴有瞬间左臂无力，我决定去看医生。简单陈述自己的病情后，医生一边对我进行常规测查，一边询问我的反应，我一一如实反馈，并主动提出查个 CT，可医生却说需做核磁共振检查。我顿时紧张起来，莫非头脑真有什么大问题？

核磁共振需提前 10 天预约，神经兮兮的我哪经得起这折磨人的等待？赶紧找朋友帮忙给插了个当天下午的队。朋友说颈椎病也会引起头痛的，反正还得在医院坐等核磁共振，干脆先去看看颈椎吧。这一说我倒想起来了，那几天颈椎也很不舒服，便马上乖乖照办。

来到骨科，医生问我哪儿不舒服。我说："连续几天头痛，不知颈椎有没有毛病，刚才看过神经内科，核磁共振待查。"医生看了我一眼，语气平静地说："像你这样 40 来岁，脑血管一般都会好的。"我"扑哧"一声笑了。医生见状，有点不好意思地说："啊？你才 30 多岁？"这下我笑得更厉害了。医生一边不解地看着我，一边把就诊卡插进去，当看到电脑显示我的真实年龄时，大惊小怪地说："你真是太显年轻了。"可是那一刻，我没有因为被夸年轻暗自高兴，准确地说是没心思窃喜，我只希望身体无恙，相比健康，外表是否年轻真的并不重要。

我问是否也要给颈椎做个核磁共振检查，医生说只需拍个片子。尽管我知道颈椎病也不容小觑，但颅脑疾患似乎更恐怖，所以在去拍颈椎片子的路上，我竟然真心希望自己的颈椎多少是有问题的。

片子很快就拍完了，但报告出来要两小时，我没在那干等，直接找刚才的医生在电脑上查看结果。医生说颈椎未见明显异常，不至于引起我所陈述的一系列症状。这么说毛病应该在头脑了，一阵恐惧掠过心头。我快快离开诊室，步履沉重地走到 CT 室门口坐下，焦急等待核磁共振检查。

临近下班时分，终于轮到我了。明明知道这种检查不痛不痒的，可我还是害怕得如同上刑场。检查完毕后，我迫不及待询问结果，医生面无表情地说："明天下午取报告。"

煎熬中度过一天一夜。

报告出来了，颅内多发小缺血灶。我只觉一阵眩晕。立马向神经内科医生咨询，说这种情况大多是没关系的，但是也要结合患者年龄、血压、血脂、胆固醇等具体情况作出相关诊断。一个"大多"，一个"但是"，使我的心一下子揪紧了。我想这事非同小可，还是到上海大医院看看，听听业内专家怎么说。

第二天，我就心急火燎带上片子跑到上海华山医院。因预约不到专家门诊号，便通过朋友向医生请求加号。医生下午一点半开始上班，为了顺利加到号，不到一点钟我就在诊室门口"守株待兔"了。不一会儿，邻座来了个"同是天涯沦落人"，也查出颅内缺血灶，也是要加号的，上海本地老女人，属于很能侃大山的那种。她说这个医生很牛，对于我们这些疾病的诊断很权威。末了，她还幽幽地对我说："我才 62 岁，就得这种病，真不甘心哪，你就更年轻了。"我听得全身起毛，只好故作轻松安慰道："我问过神经内科医生，说这种情况大多没事的。""怎么会没事？关系大着呢！"接着，她滔滔不绝罗列了一大堆关于"颅内缺血灶"的科普知识，一副专业人士的派头，直听得我心情糟糕得很。

医生准时来了，给包括我在内的好几个人加了号后，就开始看病了。先看完预约的，再看加号的。轮到我时，大致说明病情后，我递上片子。医生拿过去仔细查看一番，然后转头问我："那边医生怎么说？"我一边递上报告单，一边胆战心惊等待"宣判"。确切地说，原本我是想问清楚颅内小缺血灶有没有关系，没想到医生对我说出的竟是——"没有什么小缺血灶，全好的。"我不禁诚惶诚恐地问："有没有必要在贵院再做一次核磁共振检查？""没必要，片子很清楚，相信我就是了。"医生表情严肃地说。我顿时如释重负，但还是有点不放心地问："真的吗？""当然是真的。"语气不容置疑。那一刻，我差点喜极而泣。如同一个祈求从轻惩处的犯人突然被判无罪释放，这出乎意料的惊喜，这劫后余生般的幸福，怎一个"爽"字了得！

虚惊一场，让我再次体会到健康的重要性。

——原载于 2019 年 2 月 24 日《温州日报》

从高跟鞋到平底鞋

    一年四季，每个女人的鞋柜里都有很多双鞋子，其中肯定会有高跟鞋。有人说，因为高跟鞋，女人才变成了移动的风景。事实上，对于爱美女人，很多时候，熠熠生辉来自足下，精致的高跟鞋虽不能行万里路，却能演绎万种风情，展现女人特有的韵味。

    我的鞋子大多是高跟的。之所以一直对高跟鞋情有独钟，是因为先天不足，希望借用高跟鞋来弥补不如意的身高，而我们几个臭味相投的闺密总是诙谐地称之为"接骨"。

    真正开始接触高跟鞋是在读师范时，那是一双棕色圆头人造革高跟鞋。在这之前，虽有爱美之心，却只停留在对漂亮衣服的浅层追求上，至于鞋子，生活贫穷之时，那是容易被忽视的脚下风景。那时的瑞安师范，坐落在繁华的虹桥路，破旧的校门外有个逼仄而寒碜的修鞋铺。也许因为价格低廉的缘故，印象中那双高跟鞋状况不断，尤其是高高的鞋跟，总是频频出问题，于是隔三差五光顾那个修鞋铺，但即便这样费时又费钱，我也毫无怨言，现在想来这也许是我最初对于高跟鞋的热爱吧。在这双高跟鞋寿终正寝之后，我又买了一双黑色猪皮高跟鞋，穿起来挺好看的，可是因为尺码不标准，明明是36码，却让双脚受尽压迫之苦，以至于第一天穿着它从寝室到食堂简直就像经历了一场酷刑，却还要装得跟没事一样，那场景多年以后想起仍哑然失笑。

参加工作后，对高跟鞋的痴迷一发不可收，除了偶有运动鞋，鞋柜里几乎清一色都是高跟鞋，与我一年四季各色长裙搭配着穿，不说标配或绝配，至少算比较合适。也许是习惯成自然吧，长期与高跟鞋打交道的我无形中练就轻松对付高鞋跟的本领，每天穿着高跟鞋上下班甚至站着上课，也不觉得有多累。更绝的是，就连出差或旅游甚至登山，我也能穿着高跟鞋自如行走，令很多热衷于平底鞋的朋友自叹不如。

物以类聚人以群分，几个好闺密因个子都跟我"半斤八两"，我们自嘲"三等残废"，都喜欢高高的鞋跟，碰到适合我们穿的高跟鞋都会互通消息，然后一同前往，既参谋把关，又帮忙砍价。每次逛鞋店，对于时尚漂亮的平底鞋，虽也驻足观看，可最多只是欣赏而已，从没想过要买来穿在脚上，确切地说是压根没勇气驾驭安全而慵懒的平底鞋，潜意识里总认为那是高个子女人的专利，而对摆在店里的高跟鞋，即便不在最显眼的位置，也总是特别吸引我们眼球，一进店眼睛就直勾勾地盯着看，不仅关注鞋子的款式和材质，对鞋跟的粗细高矮也作一番研究。每当买到心仪的高跟鞋，我们总是忍不住自我解嘲，为再次"成功接骨"累并快乐着。

曾经以为我们会一直视高跟鞋为亲密朋友，哪知随着年岁增长，不知从哪天起，对高跟鞋的热情渐渐减弱，不是不再爱美，而是更加注重健康了，因为长期穿高跟鞋对身体有危害。于是，我们也尝试着穿起了平底鞋。刚开始还真有点不习惯，不仅感觉自己"低人一等"，而且走起路来似乎要往后倒。不过，凡事都有一个适应过程，慢慢地，除了缺少高跟鞋带来的挺拔和优雅，我们发现平底鞋其实也有诸多优点，它的轻便舒适，也会在某一刻让你欲罢不能。现在，我的鞋柜里既有高度不一的高跟鞋，又有各种款式的平底鞋，我的心里既有解不开的高跟鞋情结，也有对平底鞋的愉快接纳和日渐喜爱。

有人把婚姻比作鞋子，合不合脚只有自己知道。毕淑敏说，切莫只贪图鞋的华贵而委屈了自己的脚，别人看到的是鞋，自己感受到的是脚。仔细一想，婚姻的选择，何尝不像女人的高跟鞋与平底鞋？高跟鞋华丽优美，更在意别人的看法和评价，平底鞋稳定舒坦，更在乎切身的冷暖自知。年轻时，相对比较看重外在的光华和虚荣。岁月更迭，阅历丰富，会更趋向内在的真实和惬意。从高跟鞋到平底鞋，一路走来，硌脚也好，崴脚也罢，个中滋味，仁者见仁。买了不合脚的鞋子，丢弃即可，遇到了不幸的婚姻，往往罄竹难书。所以，如果鞋子好看又舒适，该是皆大欢喜。然而很多时候，美好愿望经不起骨感现实的冲击，鱼和熊掌不可兼得。于是，幸福的家庭家家相似，不幸的家庭各有各的不幸。

只愿，你们，我们，他们，婚姻美满，家庭幸福。

——原载于 2020 年 11 月 16 日《瑞安日报》

养猪那些事

今年，猪肉价格大幅上涨，一直被人们冠以"笨头笨脑"的猪几乎成了网红，这让我想起了那些年关于养猪的那些事。

上世纪七十年代，物资匮乏，生活贫困，农村养猪非常普遍。我的母亲虽算不上养猪能手，却也为了生计常年与猪打交道。那时候，我家屋外厕所旁有一个用木栅栏围成的简易猪圈，在里面铺些稻草，再放一个石制猪槽，就算是猪吃喝拉撒一体化的温暖家园了。印象中，每年开春时节，父亲从外地买来猪崽，母亲担负起饲养任务，只为到时能多卖几块钱。我家附近有一家豆腐作坊，母亲经常提着水桶去蹭免费"豆水"，还时不时地瞧瞧那些没养猪的邻居家门口的泔水桶，把可利用的泔水倒过来，至于自家的淘米水、刷锅水，不用说早就像宝贝一样留起来备用了。

每天早上，往往是不等母亲忙完洗碗擦桌等活计，猪就拉长声音一个劲地叫，母亲便幽默地说："这笨猪肚子饿了，又吹箫似的吹开了。"说着，母亲把泔水呀、谷壳米糠呀、番薯藤呀、蔬菜黄叶呀、变质了的剩饭剩菜呀，掺和着倒在木桶里，再拿一把废弃的铁勺子进行搅拌，一桶猪食很快捣鼓好了。母亲刚把猪食提到猪圈边，还没来得及往猪槽里倒，猪就迫不及待扑过来，活脱脱饿死鬼德性。母亲见状，一边骂骂咧咧，甚至动手拍它，一边面露喜色，亲昵地看着它三下五除二把猪食吃个精光。吃饱喝足的猪乖乖躺在那里，不吵也不闹，不一会儿就睡着了。到了中午和傍晚时间，猪睡够了，又开始哼哼唧唧起来，母亲有时会见缝插针利用做饭间隙给猪喂食。

就这样，给猪喂食成了母亲日常必修课，她像抚养孩子一样，悉心照料猪的一日三餐。在这个过程中，母亲享受着类似于银行零存整取的快乐，因为她在一天天的小积攒中看到年关将近时一次性取出的希望。

年头养猪年尾杀，渐渐长大的猪终是逃脱不了被宰的命运。快过年时，父亲联系好杀猪匠，定好宰杀日子，等待对方上门服务。许是眼看自己一手养大的猪时日不多了，尽管明知这是情理之中的事，可母亲还是隐隐不舍，便大方地给猪吃几顿平常不太吃的"高规格美食"——口感细腻又有营养的面皮糠。

天刚蒙蒙亮，杀猪匠就来了，父亲把猪从猪圈里放出来。不知是因为长期关押，这会儿突然有了自由，还是冥冥中自知末日来临，刚刚还好吃懒做的猪一个激灵撒腿就跑，于是房前屋后一场惊心动魄的追捕大战拉开序幕。左邻右舍纷纷自发相助，揪耳朵的揪耳朵，拉尾巴的拉尾巴，好一阵工夫，那猪最终寡不敌众，被大伙儿七手八脚抬上了杀猪凳并死死绑住，几经挣扎反抗，最后只剩一声声凄惨的嚎叫。只见杀猪匠操起一把贼亮的尖刀朝猪的颈动脉捅去。霎时，白刀子进红刀子出，一股鲜红灼热的猪血奔涌而出，流进事先准备好的盐水盆……这是孩童时的我见过的最血腥的场景了，至今想起，仍觉心有余悸。等血放得差不多了，就把猪塞到大木桶里，上演"死猪不怕开水烫"的情景剧。最后一道工序是开膛破肚。母亲从杀猪匠手里接过猪肝、猪肺、猪心、猪肾、猪肠，脸上写满收获的喜悦。众人目测猪的净重并主动帮忙拿大秤去称，杀猪匠和父亲同时探头盯着秤杆仔细看，跟前跟后凑热闹的我们却不懂得关心父母的辛劳疾苦，一心想着可以大口吃肉而一溜烟地跑进屋里开心坐等了。

也有养猪不顺的时候，比如遭遇猪瘟。有一年，母亲辛辛苦苦养了八个月的肥猪，连续几天食欲不振，后来干脆不吃不喝。这可把母亲急坏了，赶紧找来兽医就诊，却也是无能为力。对这伤心一幕，母亲不止一次跟我说起，深深的叹息声里，有无法掩饰的难过和艰难岁月里对生活的积极抗争。

多年以后，母亲不再养猪，可是关于养猪话题，我们却从没断过，直到母亲远走……

——原载于 2020 年 1 月 9 日《瑞安日报》

疯狂的咳嗽

咳嗽，很多人经历过。可是，对于司空见惯的咳嗽，多年来深受其苦的我，简直可以书写一部忧伤的血泪史了。

上世纪 90 年代，初为人母的我不慎感冒，整个月子里一直在咳嗽，由此落下病根，顽固地与可恶的咳嗽结下了不解之缘。

之后，咳嗽就如一道不散的阴魂附着在我身上，只要一不小心咳起来，哪怕只是喉咙有点发痒，就立即采取各种措施企图把它扼杀在萌芽状态，也只能是枉费心思，那咳嗽一味地拼了命似的很快发起飙来。"多朝被蛇咬"的我一刻不敢怠慢，中药，西药，国产的，进口的，外加草药或民间小单方，多管齐下，或者说病急乱投医。然而，咳嗽像铁了心似的不为所动，那些对别的咳嗽患者很管用的药到我这全部无效。可怜兮兮的我一连数天不分时间不分场合接连不断声嘶力竭地咳，直咳得耳鸣眼花脸色蜡黄，直咳得整个人再也没有一丝力气用来咳嗽，可该死的咳嗽毫不理会我的绝望，只管我行我素。

这白天的情况还不算最糟糕，到了夜里，咳嗽变本加厉，更加肆无忌惮起来。刚躺下，喉咙就干痒难忍像有小虫在啃噬，赶紧坐起来想把堵在那儿的一口痰咳出来。一阵"殊死搏斗"后，痰还没咳出，元气已大损，想躺下稍稍蓄一蓄精力，并未偃旗息鼓的咳嗽又卷土重来，才躺到一半便硬生生被逼再次坐起。就这样起来、躺下、起来、躺下，整宿整宿不得消停，那声声刺耳的噪音回荡在寂静的夜里，咳得死去活来的我忍不住一次次哭出了声。

有一年除夕，已经在服药的我本想熬住不去医院的，可是眼看着咳得惊天动地，只好跑去急诊。值班医生竟然被我的疯狂咳嗽吓坏了，说从医多年见过各种咳嗽，还真没见过像我这么咳的。而这样的遭遇，我已经记不清有多少次了，好像我一年到头吃喝长肉就是为咳嗽风暴积攒力量的。

每次罹遭疯狂咳嗽，我的情绪都很低落，甚至生无可恋。所幸在这个别人无法分担疾患的过程中，总有那么多不期而遇的温暖，减轻我身体的痛苦，带给我心灵的慰藉。

整个家族都知道我的咳嗽"惊天地泣鬼神"，得知我咳嗽了，个个神情凝重，那份发自内心的关心和牵挂将血浓于水的亲情演绎得淋漓尽致。尤其是母亲，一听说我咳嗽了，总是马不停蹄四处收集止咳草药给我送来，或直接洗净煎好催我过去喝下。母亲还不止一次心疼而无奈地说，看我咳得这么辛苦，真希望能够把我的咳嗽传给她，让她代我受这份苦。可惜能真心代我遭罪的那个人已经离我而去。

　　我不是一个矫情的人，即便如此深受咳嗽之苦，也从未因咳嗽而请假，然而总有可亲的同事在我心力交瘁时默默相助，也有可爱的学生因老师带病坚持上课而突然变得特别懂事，这些都是人性中多么美好而幸福的一面。

　　这次，我又咳上了。为了发泄心中的烦闷，我选择发朋友圈——这干咳也太折磨人了！一时间，朋友们的留言纷至沓来，除了安慰，更多的是分享各种止咳药方，简直可以集结成册叫《止咳大全》了。有的干脆第一时间提供止咳良药——闺密蓉丢下发烧的儿子把泰国产的五蜈蚣送到学校保安室，朋友慧把从贵州带来的止咳草药带给我，邻居茜端来一瓶精油叫我赶紧抹在脖子上说可以缓解咳嗽，学生家长霞让同城快递送来日本产龙角散。虽然众多招数对我这个"顽疾奇葩"基本没有效果，但这并不影响我对她们的深深感激。只愿这次老天能够看在热心朋友们的份上，对我网开一面，让我尽快摆脱咳嗽魔爪……

——原载于 2019 年 4 月 19 日《瑞安日报》

"哑巴"金老师

一直以来为自己的好嗓音沾沾自喜，从未有过声音嘶哑现象。可是这次，病来如山倒，不止嘶哑，竟然发不出一丁点声音——全哑，跟哑巴没什么区别了！尽管紧急就医，从医院抱回一大堆药，可效果慢得令人心焦。就这样，我在度日如年中打发只有真正的哑巴才能感同身受的"哑巴"日子。

这"哑巴"要是从事其他工作，倒还可以勉强将就着对付几天，可我是教师，难不成给学生打哑语？又不是在聋哑学校！按理说这种情况是非请假不可的，可学校不可能临时聘用代课教师，那我就"带病上火线"吧！

教室里，一向声音洪亮的金老师突然只见嘴巴在动却吐不出一个字，学生面面相觑，脸上写满疑惑和关心，继而心领神会，认真晨读。课是没法上了，只能暂时让学生写作业，于是我拿出手机，打开备忘录，写上有关要求，示意前排一位女生念给同学们听。学生倒也配合，乖乖完成任务。然而，第二天、第三天，全哑状态几乎没有任何好转迹象！要知道，这是史上时间最短的一个学期，而我带的又是毕业班，本来就面临时间短任务重，要是再这样"装聋作哑"下去，就算学生不急，家长体谅，我能心安理得吗？那一刻，只想有什么灵丹妙药能立刻让我发声，哪怕再苦再难吃也不怕！情急之下，该吃的都吃了，不该吃的我也吃了，大有病急乱投医的架势。然而，心急吃不了热豆腐，甚至越心急好得越慢。

好不容易挨到周末，多么希望通过两天休息，这不争气的嗓子能奇迹般痊愈。周六下午，闺密打来电话，领教了我的"哑巴风范"后，改发微信问我："声音什么时候哑的？"我说四天了。"请假了？""没有。""这声音还上课？"放下手机，五味杂陈，作为渺小的个体，有时候会连生病的资格都没有，一时不禁悲从中来。

周一早上，学生的周记《"哑巴"金老师》上交了。读着孩子们充满童真的话语，温暖即刻在心中弥漫开来。"金老师动了动嘴唇，却似乎没发出声音，只隐约传出类似小锯子摩擦似的微弱声音。金老师的嗓子哑成这样了还给我们上课，敬佩与感恩油然而生！""我木木地望着脸色苍白的金老师，很是心疼，真想金老师的嗓子马上好起来。""'哑巴'金老师，虽然您的嗓子哑了，但您对我们的心可不哑，您带病坚持上课，为的就是不落下我们的每一课。""我很想给金老师倒一杯茶，可最终没有实际行动，为此我感到惭愧与自责。"……

哑巴吃黄连，有苦说不出。整整五天的"哑巴"日子里，想说的不只是苦。细加思量，每一个身体健全的人，都该知足，然后力求常乐。然而，花花世界，芸芸众生，又有几个人能真正如此豁达与洒脱呢？

——原载于 2018 年 3 月 22 日《瑞安日报》

亲历震感

回想起 4 月 18 日 13 时 01 分那突如其来的一幕，至今仍心有余悸。

当时，我正坐在床上被窝里跟儿子煲电话粥。正聊得起劲，忽然感觉床在晃动，我一时没在意，以为是自己同一姿势坐久了产生幻觉。立马摇了摇头，想让自己"清醒"一下，却发现整张床左右摇晃起来了，我吓得惊叫起来。不明就里的儿子紧张地问我怎么了。我怕怕地说："好像是地震了！"紧接着我又补充了一句："也许是我的脑子出问题了。"因为类似的震感以前也有过，可从来没有这么强烈，我怕自己判断失误，确切地说是怕万一自己突发脑疾没人知道错过抢救时间，所以特意跟儿子这么说。儿子半认真半开玩笑地说："你可别吓我啊！"震感愈加强烈，不知所措的我已经语无伦次了。这时，只听儿子大叫起来："哇，我这边也晃动很厉害。"那就确定地震了！

我挂断电话想往楼下逃。可是，人真的是一种很奇怪的动物，我马上为自己挂断电话而后悔，因为就在那一瞬间，不幸遭遇意外无望生还时打电话或发信息与千里之外的家人深情诀别的电视画面倏地掠过脑海。我突然悲观地想，万一我没能及时逃离，当时真应该一直保持与儿子的通话状态，哪怕没有任何意义，哪怕从不矫情，我也应该珍惜最后时刻，对着电话那头的儿子大声说出"我爱你"！

所幸的是，震感没有持续很久，当我带着无可名状的自责跑到客厅时，刚才的惊心动魄貌似已归风平浪静。赶紧重新拨通儿子电话，许是母子心有灵犀吧，平常总是慢腾腾甚至无视我的电话的臭小子竟然破天荒"秒接"。听到儿子声音那一刻，如同刚刚经历了一场惊恐的死里逃生一般，幸福的我差点喜极而泣。谁都不知道明天和意外哪一个先来，但实际上很多人都无缘由地抱有侥幸心理，或者说潜意识里总觉得自己是离意外最远的那个，一旦灾难真的来临，往往措手不及，只留深深遗憾。

几分钟后，各大微博第一时间争相报道台湾花莲发生 6.7 级地震，微信朋友圈也纷纷晒出各自的"历险记"视频或图片。得知只是被来自台湾的地震"轻轻撞了一下腰"，我和儿子如释重负，嬉笑着说生活如此美好，幸亏只是震感而已。

结束跟儿子的通话后，我收拾好心情去上班。来到楼下，只见门口空地上围着好几拨人，有的还穿着睡衣，分明是情急之下仓皇出逃的。也难怪，大难临头之际，谁还有心思去管什么仪表端庄呢？这会儿，惊魂未定的他们无一例外都在绘声绘色描述刚才的有惊无险。

在去单位的路上，我不由得想起 2008 年汶川地震中那不忍提及的人间惨剧，也想起震后废墟上那一个个感人肺腑的真实故事，忍不住停下脚步。看着街上车水马龙，抬头仰望蔚蓝天空，不禁猛然醒悟，原来阅尽世间繁华的我们一直被这世界温柔以待。然而，我们却总不知足，总是习惯抱怨，以至于错过许多平凡旅途中的精彩。从今天起，让内心回归安宁，相信一切都是最好的安排，不去计较拥有太少，珍视不可重来的人生，感恩每一个醒来的清晨，过好每一个美丽的黄昏，善待自己，微笑向暖。

——原载于 2019 年 4 月 25 日《瑞安日报》

书　包

又是一年开学季，看着学生们背着各式各样的新书包走进学校，不由得想起陪伴我走过小学时光的书包，还有书包里近乎珍贵的文具盒。

我是上世纪 70 年代上的小学。我的第一个书包是用碎布头缝制而成的，出自心灵手巧的母亲之手。书包的正面由多个大小相同的正方形组成，而每个正方形里是两个花色不同的等腰三角形。许是布料奇缺的缘故，背面的图案就很不规则了，是用大小不一、颜色各异的碎布头勉强拼接起来的。但是，在那个物质匮乏的年代，对于这样一个略显寒酸的书包，我不仅没有嫌弃，反而如获至宝，甚至舍不得把图案规则的那一面朝外背，直到朝外的那一面明显褪色变旧了，才恋恋不舍进行"拨乱反正"。

那时，我们的书包里好像只有语文书和算术书，外加两本本子和一个文具盒，这就算是小学生的入学标配了。想知道我的文具盒长啥样吗？见过医院里废弃的注射液纸盒子吗？对，就是那玩意儿。里面装的啥？两支铅笔，一把削铅笔的小刀，一块橡皮，一把小直尺，仅此而已。纸盒子用了一段时间就破损了，拿胶布粘好继续将就着用，实在不行了就让母亲去离我家不远的医院找熟人再讨个新的过来。

到三年级时，母亲用一块粉色的洋布给我做了一个新书包，外围还镶上一圈同色花边，煞是好看。书包里的纸盒子也换成那种里面印有乘法口诀表的铁皮文具盒，既美观又牢固，我感觉自己上学的步子更欢快了。

后来，上了中学，直至师范毕业，整个学生时代，我买过好几个漂亮或耐用的书包，也用过不少不同材质不同款式的文具盒，每个都在完成它们的历史使命后归于沉寂，如今我怎么也想不起它们的模样。

印象中，我们读小学时几乎没有家庭作业，课余时间除了玩还是玩。

而现在，我接触的仍是小学生活，看到的却是不一样的悲欢苦乐。

现在小学生的书包五花八门，站在讲台前扫视，发现教室里的书包很少有"撞包"的，价格动辄几百元，甚至上千元，不仅追求品牌和档次，还频频更新换代。文具盒也是品种繁多，令人眼花缭乱。遇上孩子喜新厌旧的，家长总能有求必应。文具盒里的文具一应俱全，该买的都买了，有的连不该买的也买了。只是套用"计划赶不上变化"，很多小学生的文具"购买赶不上丢弃"，一段时间下来，讲台上硬生生多出一大堆喊破嗓子也无人认领的诸如铅笔、橡皮之类的文具。

书包里的书也不再只有语数两本，沉重的书包压得稚嫩的肩膀苦不堪言，家长看在眼里，疼在心里，却也心有余而力不足。于是，拉杆书包应运而生，搞得个别学生上个学也像到机场候机似的。

　　有一天，在公交车上，两个接孙子回家的爷爷一唱一和义愤填膺控诉老师，抱怨孩子书包太重，我在一旁听得心里很不是滋味。我的母亲在世时，有一次竟风趣地感慨道："过去学生书包里只有两本书，放学回家不用写作业，也把书读得好好的，会教书，能做官。现在的孩子被书包压弯了腰，整天忙得比农民工还累，却连工作都找不到。"没想到一个目不识丁的老太婆的一番话还挺值得玩味。

　　殊不知，偌大的书包里其实装得更多的是"操盘手"父母的热切期望。课堂外，各类校外培训辅导如火如荼，很多学生的双休日名存实亡，有的甚至巴不得再挤出个"星期八"。一种"不能输在起跑线上"的美好愿望，一句"少小不努力，老大徒伤悲"的殷殷告诫，使本该如我们少小时一样轻松自在的小学生情愿或不情愿地拧紧发条，向着父母设定的锦绣前程奋力奔跑。

　　书包，哪怕只是小学书包，也是我们生活水平的一个缩影，同时也折射出教育的成败得失。一直真心期待着，每个学子包括贫困山区的孩子，都能买得起自己喜欢的书包，每个书包里装的都不只是书本和文具，还有属于自己的美丽梦想，以及为实现梦想而努力求知的勃勃雄心！

——原载于 2019 年 2 月 25 日《瑞安日报》

童年记忆里的零食

最近特别喜欢怀旧，许是真的老了。看到超市里五花八门的美味零食，突然想起物质匮乏年代里那些廉价小零食带给我们的欢乐。

我们的童年，带有深深的时代烙印。那时候，很多人家生活并不好过，都在为温饱积极抗争，我们小孩子对于一日三餐之外的零食自然不挑剔也不奢求。但是，即便日子过得再紧巴，父母还是会给零用钱的，我们便去买些零食解解馋。

离我家不远的街角，有一个零食摊，摆摊的是一对孤寡老人，我们都称之"洪林公""洪林婆"。他们的货架上摆着一排大小不一的宽口玻璃瓶，里面装着各种零食，很是吸引孩子们眼球。每当有了零钱，我便欢欢喜喜朝那个小摊奔去。站在小摊前，总要先将各种零食扫视一番，思忖着要买什么，因为几乎每样零食都对我具有诱惑力，只是囊中羞涩，那紧紧攥在手心里的零钱未能随心所欲让味蕾得到充分满足。

我很喜欢吃炒蚕豆，通常买一分钱，也就十来粒吧，放在口袋里"老鼠吃"——舍不得快速吃完，拿出一粒剥掉外皮或干脆连皮一起放在嘴里咀嚼，硬硬的，脆脆的，香香的，"咯嘣咯嘣"，唇齿留香，心花怒放。

爆米花也是我的最爱，尽管装爆米花的透明尼龙袋是扎着袋口的，可每次打那经过，总感觉空气里弥漫着一股诱人的香味，于是不自觉地把手伸向口袋，掏出本不想轻易花掉的一分硬币，径直走到摊前，大声喊："阿婆，买一分钱爆米花。"洪林婆解开袋口，用一个专用的瓷质"量杯"装了满满一杯爆米花，我赶紧拉开衣兜口接纳。遇上她老人家心情好的时候，偶尔还会额外再多拿一粒放到我手上，算是赠送品，我当然不推辞，甚至还会为多了这一粒小小的爆米花而脚步更加轻快起来。

对于糖果的喜好，记忆中我们每个小孩都接近痴狂，以至于一有小屁孩哭闹，大人总习惯拿"待会儿给你买糖吃"这样的承诺去抚慰。那时零食摊上是没有大白兔奶糖这样的"奢侈品"的，只有一分钱一颗的硬糖。贪吃的我时不时缠着母亲要零钱，然后欣欣然买一颗硬糖，剥掉糖纸，不用牙齿出力，就那样含在嘴里，让它慢慢融化，好让那份甘甜在嘴里停留的时间长一点，完了还不忘伸出舌头把嘴唇舔一圈，意犹未尽，回味无穷。

那时的冬天似乎特别寒冷，可再冷也无法冷掉我们啃甘蔗的热情。一大早，洪林公把一根根甘蔗洗干净，用一把特制的小刀动作娴熟地把一个个甘蔗结巴劈掉，再切成一段段，摆放在门口案板上。站在摊前，对着新鲜的甘蔗，我一时拿不定主意。中间那段属于精品，又松又甜，结巴也相对比较少，可那要两分钱，我有点下不了决心。一分钱的，基本上是两头切下来的，根部的太硬，啃起来很费劲，顶部的啃起来轻松，但是甜度大打折扣。因为生性嗜甜，又仗着自己牙好，每次到最后我还是选择根部的。靠在阳光照耀下的墙根，"嘶啦嘶啦"啃着甘蔗，一不小心甜津津的汁水顺着嘴角滴落，用手背轻轻一揩，继续接着啃，啃得忘乎所以，啃得趴在一旁晒太阳的小狗都向我投来羡慕的目光。

除此之外，炒米糖、饼干、麻花、油枣、花生、柿饼……都曾带给童年的我欢欣和喜悦。

也有不需花费自己的零用钱就能吃到的零食，比如西瓜子、番薯枣、麦芽糖。

炎热的夏天，父亲经常买西瓜给我们吃，而我这只馋猫只差把西瓜皮也啃掉，至于西瓜子那是不用说要好好利用起来的。为了积攒更多的西瓜子，我们还去集市捡拾，看到有人坐着或蹲着大口大口吃着西瓜，就直接拿盘子去接人家吐出来的西瓜子。把西瓜子淘洗干净晒干，在铁锅里翻炒片刻，撒一丁点儿食盐，抓一把在手里，边走边嗑，满嘴生香。

每年冬天，外婆都给我家送来番薯枣，黄黄的，软软的，甜甜的，过了一段时间，上面起了一层白霜，别提多好吃了。母亲怕我们老是打番薯枣的主意，就把它藏起来，可不管藏在哪里，机灵鬼二哥总能轻松找到。有一次，母亲发现藏在衣柜里的一袋子番薯枣不知什么时候已被二哥偷吃得所剩无几，气得想要狠狠揍他一顿。我知道后更是哭得稀里哗啦，恨不得把二哥肚子里的番薯枣抠出来。从那以后，母亲每次都把外婆提供的番薯枣分给我们自行保管，而我总是最省吃俭用的那一个。多年以后，吃腻了各种零食的我仍对番薯枣情有独钟，或许不只在于它的美味吧。

那时候，经常会有兑糖客挑着担子走街串巷吆喝着："有旧铜、旧铁、旧铅兑吗？破布头、猪头骨——"随着那铃铛声由远及近，我早就按捺不住激动，一边咽口水一边翻箱倒柜搜寻家里的废旧品，然后以最快速度冲出家门。兑糖客接过牙膏壳之类的小物件，掀开覆盖在麦芽糖上的塑料薄膜，随手敲下一小块麦芽糖递过来。我捏着黏黏的麦芽糖跑回家，把它缠在筷子上，放到嘴里一遍遍地吮……那情景，那画面，至今想来依然清晰如昨，那一块块米黄色的麦芽糖就这样倔强而持久地留在了我的童年记忆里。

关于零食的记忆，如此绵长而温暖。现在的孩子同样喜欢零食，只是生活富裕下的零食和吃零食的心态，跟我们那会儿相去甚远了。

——原载于 2020 年第 2 期《玉海》

失　眠

对于很多成年人，失眠或许是司空见惯的事，但是我的"睡功"堪称一流，天生对床有着深厚的感情，通常是沾床秒睡的节奏。一直以来，我压根不知道失眠是怎么一回事，也无法对他人的失眠之苦感同身受，年轻时甚至还可笑地羡慕过那些失眠的人，天真地以为人家可以少浪费些时间在睡觉上，在别人呼呼大睡的时候还能精力充沛地做自己喜欢的事，从而自然而然延长了生命的长度。后来，听多了失眠者的痛苦控诉，我才暗自庆幸自己拥有没心没肺倒头就睡的"天赋"，才知道在这个浮躁喧嚣的当下，像我这般年龄的人还得每天调好闹钟叫醒是多么令人羡慕嫉妒恨。

不承想，一切来得太过突然，这份得意竟在不久前毫无征兆地被打破了。那天晚上，我像往常一样，十点多钟上的床，却没有马上睡着。刚开始也没当回事，只是觉得还不想睡，那就乖乖躺着吧，顺便想想明天该穿哪条裙子，搭配哪件线衫。以前偶遇这种情况，往往是上一秒还在想，下一秒不知不觉已经睡着，可是这次完全不同，过了好久仍睡不着。我想起来看会儿书，又怕睡晚了第二天早上起不来，就命令自己闭目养神，以期尽快入睡，哪知这招也不管用。看着老公伴着呼噜声睡得很香，我干脆起身到儿子卧室去睡，但是情况丝毫不见好转，双眼干涩难忍却偏偏瞪得像铜铃。无奈之下，我只好折回自己卧室。就这样来回折腾了好几次，时间已是凌晨一点多，明明人已疲乏不堪，却还是翻来覆去了无睡意，这到底是怎么回事呢？从来不曾尝过失眠滋味，这会儿竟如此真切地体验了一把，我忍不住烦躁不安起来。后来，百思不得其解的我终于在煎熬中挨到两点多，这才迷迷糊糊睡着……

清晨六点多，闹钟响了，我揉揉惺忪的睡眼，一百个不情愿地起了床。严重缺觉的我跟跟跄跄往镜子前一站，脸色蜡黄蜡黄的，原本不长肉的脸看起来更瘦了。从洗漱到吃早餐，再到走在上班的路上，感觉整个人像腾云驾雾。一整天，我都病快快的，好像随时都有倒下的可能，于是利用课间见缝插针躺在办公室沙发上补觉。

下班回到家，我对老公说："我不是个矫情的人，却因为一夜没睡好就成这样，真不知道那些长期失眠的人靠什么挺过来的！""靠安眠药呗！"老公不以为然地说，"听说有的人每晚服用安眠药才能勉强入睡，像你这样偶尔失眠一次算得了什么？""可是以前我从来不失眠呀！"我似乎有点委屈，老公却火上加油，直言不讳打击我说："这就说明你真的老了。"只听过"人老一年，稻熟一夜"，难道人老也在一夜之间？我自然是不甘心的，但愿这平生第一次失眠，仅仅只是平淡日子里一段很快就烟消云散的意外小插曲而已。

然而，第二天，第三天，我又连续两晚无缘由地重蹈覆辙，该不会从此告别婴儿般的睡眠，毫无思想准备地步入失眠者的行列吧？伴随着隐隐的忐忑不安，我开始怀念起先前"睡得像头猪"的快乐时光，并在瞬间醍醐灌顶，一直拥有高质量的睡眠是一件多么美好的事。

所幸，这莫名其妙的失眠还算给我面子，没有继续纠缠不休。我很快回归平静生活，照样想睡就睡，照样视懒觉为享受，照样有尽职尽责的闹钟保驾护航。三天的失眠，让我对幸福有了新的认识和定义，若无闲事挂心头，便是人间好时节，而我正拥有着很多重重压力之下的现代人无法企及的简单幸福！从这点来说，我一直是多么幸福的人，而我却总是身在福中不知福。

知足常乐，从每天睡好觉开始。

——原载于 2019 年 12 月 2 日《瑞安日报》

我们的珍珠婚

结婚三十年被称作珍珠婚，是因为历经半个花甲沉淀下如珍珠般熠熠生辉的情缘吧？

林语堂说，所有的婚姻，任凭怎样安排，都是赌博，都是茫茫大海上的冒险。所幸的是，在这场高风险赌博中，我的运气还算可以。虽然不曾奢望把咱凡夫俗子的平实婚姻过成浪漫爱情的样子，但还不至于一地鸡毛，也不觉得倒霉透顶。怀一颗感恩的心，于光阴的拐角深情回眸，那逝去的一万多个平淡日子，虽波澜不惊，却总有爱的温度。

我和老公是经人介绍认识的。那时的他，虽说有一份体面的工作，但是黑瘦的身材，贫寒的家境，令很多女孩望而却步，而我偏偏"鬼迷心窍"看上了他。多年以后的一次朋友聚会上，众人善意起哄请他发表娶妻感言，他动情地说："依我当时的条件，老婆肯定娶得到，但比她更好的肯定娶不到。"两个"肯定"，算是对我的肯定，或许正是因为这份肯定，我们才能在三十年日复一日不断磨合中聆听花开的声音，收获细水长流的爱。

婚后第二年，我们有了可爱的儿子。在养育儿子的过程中，老公付出很多。我是一个嗜睡如命的人，每当夜里儿子哭闹，往往还没等到老公泡好奶粉，我就已沉沉睡去。于是，给儿子换尿布、喂奶粉、哄睡，就成了老公每晚必修课。儿子两岁那年，左手不小心被滚烫的开水烫伤，住院治疗期间，为避免留下疤痕，老公几乎整夜没合眼，扶着儿子的小手一动不动。儿子在上海读高中时，正值青春叛逆期，一段时间沉迷篮球而放松了学业。老公便在每个周末坐大巴往返于瑞安和上海之间，只为用心陪伴并督促儿子认真学习。儿子高考，我们目送他进入考场，然后静静等候在场外，当最后一门考试终了信号响起，儿子一脸阳光走出校门，我们心中满是欣慰和喜悦。如今，儿子已工作多年，但我们仍觉肩上的担子尚未卸下，一边感慨可怜天下父母心，一边欣欣然幸福着儿子的幸福。

曾经，我深受冻疮之苦，出于对我这个可怜的冻疮患者的呵护，整个冬天老公没让我洗过一个碗。后来，不止是在冬天，他干脆一年四季包揽了洗碗任务。十几年前，我有幸跟可恶的冻疮彻底决裂，但洗碗这活就这么一直被老公申请了专利。当然，买菜、烧菜也是他的自觉行为，他毫无怨言，我乐当甩手掌柜。有时候，我也自我反省，为自己的懒惰感到不好意思，可老公最多只是轻描淡写附和一句，似有怂恿和纵容之嫌。只是最近几年，老公的烧菜技术日见退步，烧出的菜简直没法吃，于是我这只十足菜鸟闪亮登场，偶尔瞎捣鼓也能炒出个令儿子满意的小菜来，那就当抓住机会弥补自己多年来对他们爷俩的亏欠吧。

宽容我惰性的同时，老公总是鼓励我多读书，说一个女人有拿得出手的兴趣爱好，可以不那么快淹没在平庸琐碎的生活里。每当我有文章见报，他定是第一个忠实读者。去年我出版了个人散文集，他显得比我还高兴，一个劲儿说这是一件多么有意义的事。我向来喜欢拍照，老公爱屋及乌与我达成共识，认为每次的镜头定格对于往后余生都是值得珍藏的精彩瞬间，于是我们每年拍摄结婚纪念照，而老公每次都一再强调不能修图，真实呈现岁月的痕迹。

老公不会说话，总是哪壶不开提哪壶，有时原本好端端的一句话从他嘴里出来硬生生把你气得七窍生烟。于是，拌嘴有之，冷战有之，有几次甚至只想一掌把他击晕。但过后想想，金无足赤人无完人，咱寻常百姓柴米油盐过日子，哪能事事称心如意？如今三十年风雨兼程，见识过很多人，经历过很多事，我们的心态日趋平和，人生最美是清欢，放下该放下的，坚持需坚持的，于淡然中携爱而行，让朴素的婚姻多一些温暖和情趣。

只愿下一个三十年，耄耋之年的我们仍有美好可期待，不管头发白了，腰背驼了，眼睛花了，仍有摆拍结婚纪念照的兴趣和热情，用以庆祝我们的美丽钻石婚。

——原载于 2020 年 4 月 19 日《温州日报》

消失的虱子

现在的年轻人，没见过虱子，对虱子没有概念，可小时候的我们，很多人都曾有过与虱子"患难与共"的难忘经历。

先来科普一下，虱子是一种灰黑色寄生虫，芝麻大小，有短毛，头小，无翅，腹部大，寄生在人畜身体上吸食血液。

那是我们的小学时代，不知什么时候开始，也不知谁先开始，反正头上长虱子是司空见惯的，懵懂的我们差点以为那是与生俱来的一种现象。虱子给人制造的直接灾难就是头皮奇痒难忍，让你忍不住反复抓挠。还没吃饱喝足的虱子，干瘪如皮屑，一旦吸饱了血，立刻变得鼓鼓囊囊的。那时候，主妇们忙完活计后站在家门口给小孩捉虱子，是非常熟悉的场景，常见她们把捉到的虱子放在两个拇指的指甲盖中间，用力挤压，"啪"的一声，虱子被挤破肚子，一命呜呼。

平时，虱子不仅紧紧黏附在头皮上狠狠叮咬，还在头发上大肆产卵以繁衍后代，尽管它们呆头呆脑，反应迟缓，繁殖能力却很强，没几天就能让你的头发沾满星星点点的白色虫卵——虮虱。当时我的一个同学，头发又多又长，头上的虱子简直可以用"不计其数"来形容，课间休息时随手撩开她的头发，就有好多"膘肥体壮"的虱子赫然出现，至于虮虱，那就不用说了，成串成堆的，像白芝麻牢牢地粘在一根根头发上。奇怪的是，平常也没见她往头上狠命抓痒，难道真应了那句"虱多不痒债多不愁"？实际上，班里同学，尤其是女同学，很少有不长虱子的，所以即便是在课堂上，我们也会时不时地看到同桌或前排同学有虱子明目张胆地顺着头皮悠闲爬行，或者干脆在发梢表演起"荡秋千"。

那时的我，梳着两条可爱的"泥鳅干"小辫子，辫梢还扎一对漂亮的蝴蝶结，看起来美美的，也算相对比较讲卫生，隔三岔五就洗头，然而不知哪个讨厌鬼神不知鬼不觉把虱子传给了我，我那乌黑油亮的头发硬生生成了虱子的温床，龇牙咧嘴抓痒头皮成了每天必修课。虱子袭击是不分时间和场合的，只要它乐意，随时随地叮你没商量。白天写作业时，晚上睡觉时，帮大人做点家务时，跟同伴快乐玩耍时，可恶的虱子总是出其不意频频骚扰。印象深刻的是，有几次正聚精会神听着老师讲课，那该死的虱子也不识抬举，由着自己性子兴风作浪，我隐隐感觉耳后根"有敌情"，便下意识地用指尖使劲一捏，还真捏到了一只肉嘟嘟的虱子。立马置于桌角，而后一边用余光防备老师和同桌，一边用大拇指甲盖以迅雷不及掩耳之势碾它个呜呼哀哉，只是那堂课再无心思认真听讲。

长了虱子，只好尽可能勤洗头，那时没有洗发水，我们用的是香皂，在头发上涂擦过的香皂，上面总会黏着几只虱子。有一次，一个邻居小孩在门前洗头，脸盆里竟然黑压压漂着一层虱子，就像往里面撒了一把黑芝麻，可想而知那个稚嫩的头颅曾经有多委屈。那时候，为了对付虱子，几乎每户人家都备有篦子，这是专门用于撸虱子的特殊梳子，梳齿密得只容发丝通过。把结疙瘩的头发用普通梳子梳顺后，拿篦子紧挨头皮梳下去，黑褐色的虱子和灰白色的虱虮纷纷扬扬洒落在事先铺好的白纸上，赶紧一阵猛掐，"哗哗剥剥"，一批令人痛恨的"吸血鬼"就此阵亡了。但这招往往治标不治本，总有"漏网之鱼"继续在头上安营扎寨继而传宗接代。于是，用六六粉杀死虱子的愚昧招数被广泛运用，睡觉前把六六粉涂在头发上，用毛巾包得严严实实的，第二天早上起来，打来满满一脸盆热水洗头，这下头上的虱子基本上赶尽杀绝，只是现在想来，接受这一疗法的孩子居然没有中毒，也算是命大了。

除了虱子，对于跳蚤、疥疮、烂头，那个时代的人都不陌生，不用说都跟贫穷落后有着直接或间接的关系。如今，物阜民康，这些叫人难以启齿的遭遇早就形影无踪。某一个阳光灿烂的下午，为头顶冒出的一根根白发惊呼的那一刻，想起虱子相伴的童年，不禁五味杂陈……

——原载于 2021 年 1 月 20 日《瑞安日报》

五月里的好日子

连雨不知春去，一晴方觉夏深。温润而明媚的五月，向我们款款走来，这是万千生命勃发的季节。此刻，微风不燥，阳光正好，透过朝南书房那扇弧形落地玻璃窗，深情眺望明朗的晴空，猛然想起五月有那么多如诗如画的好日子。

五月有劳动节。高尔基说，劳动是世界上一切欢乐和一切美好事情的源泉。的确，世间所有的繁花似锦背后，都是劳动者的默默付出和负重前行。无论我们的地位高贵或卑贱，无论我们从事何种职业，无论我们的日子过得舒心与否，无论我们成功或失败，都应该对可敬的劳动者心怀感恩。《追风筝的人》中有这样一句话："我望着清晨灰蒙蒙的天空，为空气感恩，为光芒感恩，为仍活着感恩。"从这个意义上说，五月是最适合感恩的时节，那么就让我们在感恩劳动者的同时，也感谢努力生活的自己，做一个热爱劳动的平凡人。

五月有青年节。青年是祖国的未来，一次次梦想着自己如果能重返青年，我将如何在这个伟大的时代闯出一片天地，干出一番事业。然而，梦想终归只是梦想，早已过了青春灿烂之时的我，却一直对青年这个有执着追求的群体怀有深深羡慕与期待，羡慕青葱年少的他们还有那么多充满激情的时光可以尽情挥霍，同时也期待身处太平盛世的他们都能实现自己的远大理想。

五月有母亲节。谁言寸草心，报得三春晖。母亲在世时，我不曾理解母亲节的特殊含义，没有把母亲节当作尽孝的机会，或许是潜意识里认为母亲只是一个没有文化的农村妇女，这样的洋节日与她是不相干的，或许是日复一日天真地以为我和母亲之间还有很多共同相处的时光，所以心安理得忽略了这个原本属于母亲的节日仪式感。母亲去世后，每到母亲节，我才知道自己曾经犯下不可饶恕的错误，当我被惭愧和遗憾折磨得不能自已时，忽然惊觉自己已是一位年过半百的老母亲，而平时粗枝大叶的儿子也会在母亲节给我送礼物或发红包，是这份爱的传承，一定程度上淡化了我的忧伤，也加深了我对母亲节的欢喜之情。

五月还有一个听起来特别温馨的世界微笑日（5月8日）。微笑是最美的表情，也是世界通用的最美语言，它像阳光温暖我们周身每一寸肌肤。在这个特殊的日子里，我习惯在朋友圈发一张笑脸照片，告诫自己也提醒他人，用微笑对抗衰老、苦难及周遭的一切不如意。而实际上，我们不应该只在这特定的一天微笑，而是要用发自内心的微笑迎接每一个开心或难过的平常日子，于是碌碌无为的我总能以平和之心感受更多的云淡风轻。

立夏在五月。在天文学上，立夏表示告别春天，是夏天的开始。尽管天气转热，但它仍是一个欢畅的季节，斗指东南，万物至此皆长大。王安石在《初夏即事》里写道："晴日暖风生麦气，绿阴幽草胜花时。"植物蓬勃生长，人心喜悦怡然，臭美的我总是接二连三秀出各色漂亮长裙，让丝丝飘逸装点美丽的夏天，给自己一份轻松与潇洒。

小满在五月。小满意味着夏熟作物籽粒开始灌浆饱满，所谓小得盈满，厚积薄发。欧阳修有诗《五绝·小满》："夜莺啼绿柳，皓月醒长空。最爱垄头麦，迎风笑落红。"此时，万物翠茂，初夏醉美，我愿抖擞精神，像茁壮成长的麦子，迈开轻盈的步履，于繁花葱绿里完成一次成功的抵达，哪怕只是稍留欠缺的"小满"，也要呈现最圆满的状态。

儿子的生日也在五月。对于一个普通的三口之家，儿子占据着重要的家庭地位，因为他是我们生命的延续，也是我们的希望和寄托，他的喜怒哀乐时刻牵动我们的心。我们可以忘记自己的生日，也可以不记得其他的重要日子，却总是牢牢记住儿子的生日，并使出浑身解数烧几个像样的菜，其乐融融庆祝这个美好的日子。有了这份温暖的仪式感，平淡的生活一点点变得趣味盎然，我的整个五月也因为这份来自儿子的幸福而精彩纷呈起来。

五月，一段丰盈而浪漫的时光，唯愿你我，平安喜乐，得偿所愿。

——原载于 2021 年 4 月 28 日《瑞安日报》

那些年的餐桌风景

民以食为天，现代人讲究营养均衡，四菜一汤，荤素搭配，一日三餐吃出健康吃出幸福。然而，上世纪困难时期，很多人光为吃饱就已拼尽全力，根本无力追求吃好。每每想起小时候餐桌上的黯淡风景，就觉得现在的我们都是蜜罐里的幸运儿。

那时候，山区人民生活普遍困窘，能吃上白米饭的只有少数家庭，很多人家吃的是番薯丝，也有大米和番薯丝掺半的，那应该算得上中等水平了，比如我家。至于下饭菜，当然是能省则省，不能省的也要想办法省。此话怎讲？还是先讲一个故事吧。

一户人家平时吃饭只有一道菜，为了看起来不至于太寒酸，主人用木料做了几块红色"腐乳"，放在餐桌上辅助"下饭"。有一次家里来客人，阴天光线暗，加上那"腐乳"的确做得逼真，吃饭时客人举起筷子夹"腐乳"，却见"腐乳""毫发无伤"，主客尴尬无比。

真有其人其事还是纯属无聊杜撰，我没考证。同样带有灰色幽默感的还有一个出自母亲之口的真实故事。故事的主人公是父亲的一位同事，我也认识的，人称阿本老师，家境贫寒，节衣缩食，他说为了省点给孩子吃，下饭时一张虾皮也要分三口，总是舍不得一口吃掉。如果你觉得这话听起来不太真实或过于夸张，只能说明你没苦过。

那时猪肉只有几毛钱一斤，但是一般家庭餐桌上很少有肉，只有逢年过节才会奢侈一把。过年时，家家户户熬肉冻，铁锅里飘出的肉香馋得我们小孩子垂涎三尺。熬好的肉冻吃上好多天，长毛了，变质了，那是舍不得倒掉的，倒进锅里重新烧一烧又可以吃。那时海鲜也很少，印象中比较常见的只有带鱼，而且还是凭票供应的。善于持家的母亲买到带鱼，总会变出很多花样，新鲜的，腌制的，晒干的，不管怎么吃，每次我都眼疾手快抢先把带鱼身上最好的那段夹过来给自己，为此没少遭兄弟姐妹白眼，母亲也多次愤愤地说："就知道好吃，看将来有谁会娶你！"说到带鱼，还得插叙同事林老师曾经绘声绘色向我们讲述的童年故事：有一次，他坐在院子里吃饭，刚夹起一块带鱼还没来得及往嘴里送，说时迟那时快，一只大公鸡"从天而降"，等他反应过来，那块带鱼已被叼走。这还了得，千钧一发之际，操起一旁的扁担劈头盖脸扔将过去，被打成瘸腿的公鸡丢下带鱼仓皇而逃，他一个箭步跑过去，捡起地上的带鱼清洗干净，吃得津津有味。

那年月，各种咸菜是很多人家的主打菜，煮饭时直接放一大碗在锅里蒸，开饭时端出来，在里面放点猪油，一道简单的家常下饭菜就让餐桌变得热气腾腾。有时候小孩子帮忙放猪油，因放

得太多，还会招来大人一顿呵斥。除了咸菜，我家平常吃得较多的是父亲种的蔬菜，偶尔母亲也买些豆腐干、咸鱼干什么的，有时也买油条，几分钱一根，每人分到半根，我们舍不得一下子吃完，一小口一小口地咬，尽量争取留到下一顿。

还有一道菜，必须要浓墨重彩去描摹，那就是腐乳。那时的腐乳可不像现在，不是瓶装的，而是装在宽口陶罐里。我家附近有一间南货店，卖一些油盐酱醋糖之类的东西，店里常年飘荡着浓郁的酱香味，我经常攥着母亲给的一毛钱去买腐乳。那个盛放腐乳的陶罐就摆放在店门口靠墙的柜台边，店主阿姨掀开陶罐上的盖子，拿过放在一旁的特制尖头长竹筷，熟练地伸进罐子，夹出两块完整的腐乳，放进我的小瓷碗，并不忘拿汤勺舀一点乳黄的或枣红的汤汁浇上去。端着腐乳回家的路上，我一遍遍凑近小瓷碗闻着那鲜美的香味直咽口水。吃饭时，餐桌上有了腐乳，顿时食欲倍增，但不能一股脑儿举筷往腐乳上戳，要不然母亲会提醒"配细点"。现在的我，仍对腐乳有特殊的感情，也会时不时地买过来吃，然而纵然品种再多，价格再高，也吃不出当年那种感觉了。

如今，人们津津乐道舌尖上的中国，随心所欲享受各种美食，然后想方设法实施减肥，美味尽显的餐桌成了一道亮丽的风景线。生活如此美好，你还好意思身在福中不知福吗？

——原载于 2021 年 5 月 12 日《瑞安日报》

援疆报名

一直以来，我是个安于现状不求作为的人，日复一日心甘情愿过着波澜不惊的生活。可就在不久前，朋友圈一则消息打破了我内心的宁静。

这消息是省教育厅发布的一份文件，关于选派中小学教师到阿克苏开展援疆工作的通知。不知怎的，一看到"援疆"两个字，我竟莫名兴奋。前些年，"生活不止眼前的苟且"刷爆朋友圈，我也没有任何非分之想，因为我正处于"上有老下有小"时期。而今，父母已然离世，儿子已经长大，我想我可以追寻自己的"诗和远方"了。赶紧认真解读文件，知道援疆教师在疆任教时间一年半，同时享受职称晋升等多项政策待遇。借着政府的强劲东风，体验生活，丰富阅历，何乐而不为？我不禁蠢蠢欲动了。然而，一年半时间远离家人只身在外，这毕竟不是小事，必须慎重考虑。

一番权衡后，我下定决心报名，便迫不及待给老公发微信。

老公不屑一顾地说："心有余而力不足了。"很显然，他以为我在开玩笑。"我是当真的。"老公这才意识到事情非同小可，火速回复说："那你是疯了！"我撇了撇嘴，默默对自己说："疯就疯吧，再不疯就疯不动了。"

接着，我又给儿子发微信。儿子破天荒秒回，可惜只有一个字："啥?"紧随其后的两个问号足以说明儿子被这突如其来的情况雷到了。还没等我反应过来，儿子就打来电话，劈头盖脸批评我头脑发热。我语气坚决地说："我已经决定了，先这么说吧。"说完，果断撂下电话。平常每次通话，总是儿子先挂，扔下意犹未尽的我在发呆，唯独这次是我先挂的电话。儿子知道我动真格了，立马改发微信。平常往往是我发好多条微信，他才碍于面子言简意赅回复一条。可这会儿，我们好像互换了角色，我只回只言片语，儿子却狂轰滥炸，一口气长篇大论发过来几十条，大有非让我断了念想不可的架势。"莫冲动，体验生活的方式有很多种，此路不通。""人家去援疆往往都有明确目的性，你无欲无求的，瞎折腾什么?""大姐，真心别闹了，新疆比较混乱，你要是过去，我们会吃不好睡不香整天提心吊胆的。"

看来阻力重重，但我不甘心就此放弃。晚上回到家里，我继续做老公的思想工作。刚开始，老公说啥都不支持，最后经不住我死缠烂打，才勉强表示同意，但仍不放心地叮嘱道："你自己千万要想清楚哦，这可不是闹着玩的！"我拍着胸脯明确表态："已经想好了，坚决报名！"

填写好报名表拿去打印时，碰到了同事鲁老师。这个热衷于出去看世界的年轻人，听到援疆也曾热血沸腾，只因二胎妈角色而打消念头。这下见我真的行动起来，禁不住一脸仰视与膜拜的神情，激动得直呼要狠狠为我点赞。可是僧多粥少，分配到瑞安的小学语文只有一个名额，我能去得了吗？如果真的去了，我会不会后悔？带着些许忐忑，也怀着那么点说不出的期待，我把报名表交到了学校。

然而，就在学校马上要上报教育局的关节眼上，我又临阵退缩，悻悻撤回报名表！至此，我那已在全校范围内沸沸扬扬的援疆报名彻底宣告流产。赶紧发微信向家人报告自己的最新决定，老公用表情符号"大拇指"表示他的态度，儿子直说此乃明智之举，几天来笼罩在家里的沉闷气氛顿时烟消云散。

就这样，这次援疆没去成，准确地说是没报成，估计这辈子也就与援疆无缘了。转身悄悄珍藏起报名表，把一波三折的报名经历留在记忆里，权当以此去圆自己一度向往的援疆梦！

——原载于 2018 年 7 月 9 日《温州日报》

疫情过后

早在疫情远远还没结束时，就有很多人按捺不住内心的渴望，一遍遍畅想疫情过后最想做什么，因为我们坚信，没有一个冬天不可逾越，没有一个春天不会来临，当噩梦结束，阴霾散去，定能自由享受生命的馈赠。

关于疫情过后最想做什么，答案可谓五花八门。吃货说，把平日里喜欢吃的所有美食肆无忌惮一次性吃个遍，哪怕吃光卡里的钱；爱美女生说，化一个美美的妆，穿上漂亮的衣服，弥补穿睡衣过年的遗憾；剁手党说，去商场逛逛，就算不买，也要体验下人潮拥挤的感觉；年轻父母说，赶紧把"神兽"送进学校，好让自己好好喘口气……各种各样的心愿无不传达出作为凡夫俗子的我们对美好生活的憧憬和热爱。

当有机会回答这个问题时，说明我们都是成功躲过这场灾难的幸运者。现在，尽管疫情防控仍在继续，但是最艰难的日子已经过去。随着武汉全城解封，随着各地复工复学，可以想见胜利的曙光就在前方。此刻，你最想做什么？我采访过好几个朋友，原以为会听到很多慷慨激昂的目标和打算，却不曾想到，她们竟然众口一词，只想还原以往生活模样，在没有口罩的空间里回归曾经最平凡的生活，而这恰恰也是我的心声！

之前的我，每天一大早被闹钟吵醒，虽一百个不情愿，却只能揉揉惺忪的睡眼，在潦草对付早餐中开启一天的忙碌生活。一边被熊孩子气得七窍生烟，一边告诫自己人类灵魂工程师就该爱生如子心胸坦荡。晚上的时间倒是自由的，看书，发呆，刷微信，偶尔也追剧，或跟三五好友喝个茶吃顿饭，兴之所至就码几个字发几篇拙作。

假期里，有时我会出去旅游，赏美景，拍美照，开阔视野，愉悦身心，真实记录旅途感受，随心所欲发朋友圈，你点不点赞，我就在那里，悉听尊便。

如此波澜不惊的生活，一直不觉得有什么可圈可点之处，有时还会无端羡慕别人的精彩，直到这场突如其来的灾难彻底扰乱了这一切。疫情之下，我们如此真切地体会到，那些可以随意走动的平常时光，原来是多么幸福，只要明天太阳照样升起，就算整天忙得焦头烂额，就算无缘无故遭人误会和算计，就算日子过得并不那么滋润，就算磨难不止一次光顾，那又何妨？现在，瑞城街头已充满春暖花开的气息，被按下暂停键的美好生活又重新开启。推开朝南的窗户，欣欣然接纳温暖的阳光，空气也仿佛从来没有这么清新过，沉寂了多日的道路已是车水马龙。转身来到镜子前细细打量，竟被蓬头垢面的自己吓一跳，原本一月一剪的短发已好几个月没有打理，长长的刘海无精打采垂下来遮住了眼睛，一副颓废邋遢模样。来不及多想，奔出家门，奔向久违了的美发店，我也要一切从头开始。

经过美发师的精心修剪，伴随我多年而一成不变的学生头发型回来了。清爽，精神，整装待发。我知道，生活仍将平淡得乏善可陈，但是这场可怕的疫情改变了我的人生观，我不会再怨天尤人，也不会悲观消沉，我只想平安健康地活着，努力让往后每一个平常日子尽可能地生动起来。

——原载于 2020 年 4 月 22 日《瑞安日报》

我的九月

　　走过炎热的夏季，不经意间，浅秋九月款款而来。剪一段时光，回首一段往事，蓦然惊觉，我对九月似乎有着深深的别样情结。

　　我爱九月开学季。每年的 9 月 1 日，是全国中小学开学日。学生时代的我，虽然贪恋暑假，乐不思蜀，可脑子里也时不时地冒出想要重返校园的念头，因为新学期新年级意味着又迎来新的一年，这与气象学意义上的新年似有异曲同工之妙，很是契合年少时总希望自己快快长大的心愿。

　　后来从学生到教师，角色发生翻天覆地的变化，可是 9 月 1 日于我仍是一个特别有意义的日子。这一天，曾经偶有懈怠的我经过暑假休整，早已满血复活，我将精神抖擞再见我的学生。已经教了一年或几年的学生，乍一看，很多都变了样，有的甚至差点认不出来了，真不知道孩子们是怎样铆足劲在短短两个月里一下子蹿高的。此时，即便没少惹人头疼的学生，脸上也有一种

"久别重逢"的喜悦，我想这就是新学期带给他们的新希望，而我自然从这份希望里看到了自身价值和责任担当。

要是这天我接任的是一个新班级，迎接我的就是几十张陌生的面孔，师生初次见面，脸上写满新鲜与好奇，彼此都想给对方留下最美的第一印象。而我，着一袭飘逸的长裙，诗意地走进教室，习惯性地往上推一推眼镜，然后微笑地看着一个个活泼可爱的孩子齐刷刷地将信任与渴求的目光投向我。多年以后，很多教诲会淡忘，可这温馨的一幕也许就那么倔强地留在了孩子们的记忆里。

我爱九月的第三天。9月3日是我的生日，年岁渐增，每一个生日都显得愈发珍贵。只是9月3日适逢我们正式上课的第一天，忙乱自不必说，但我总不忘搞点小花样，或拍照发朋友圈臭美一番，或自我悦纳给自己写生日诗，或屁颠屁颠送自己心仪的礼物。如此这般低调庆生，只想为平淡生活留下一点点可待追忆的温情瞬间。

我爱9月10日教师节。从教多年，不再为"太阳底下最光辉的职业"沾沾自喜，却仍为每年的教师节欢欣愉悦。不去管政府尊师重教的力度有多大，不在乎教师的社会地位有多高，只为学生对老师发自内心的爱而感动。每到教师节，学生纷纷动手制作贺卡，画上图画，写上文字，或大方地送到办公室来，或腼腆地放到讲台上。贺卡不一定精美，上面的字迹或许尚显稚嫩，可孩子们的祝福如同朗照的秋阳，温润而美好。这一天，我还会收到很多过去的学生发来的短信，时过境迁，容颜改变，可纯真的师生情谊不变，那一句句暖心的"祝金老师教师节快乐"，一次次让我无悔当年的选择。这一天，走在校园里的我们，不自觉地绽放着如花的笑靥，因为学校也别出心裁举行庆祝活动，一朵鲜花，一点心意，一句问候，一份仪式，一曲循环播放的《长大后我就成了你》，都恰如其分地唤起我们的职业幸福感。

曾经，多么希望九月的每一天都明媚而舒心。哪知道，天有不测风云，人有旦夕祸福。前年9月24日，81岁的母亲竟然说走就走，像一颗流星永远离开了我们！我一度悲痛欲绝，无法接受残酷事实。"自古逢秋悲寂寥"，原本快乐的浅秋九月满载着今生无法弥补的遗憾，从此成了我最感伤的季节。秋雨缠绵，思念如风，再美的秋景秋韵在我眼里都变得暗淡而灰色。

九月，我的九月有色彩斑斓的唯美时光，也有忧伤断肠的苦涩回忆。春华秋实，四季轮回，岁月的长河里，悲欢苦乐过后，都会是云淡风轻吗？

——原载于 2018 年 9 月 20 日《瑞安日报》

我和背带裤的故事

  人有时候真的很奇怪，心底里某种深藏的情结，总会时不时地在某个特定的情境中倏地苏醒甚至肆意泛滥。

  从小到大直至现在，我一直有着深深的背带情结。

  小时候，我是众人眼中的丑小鸭，却偏偏特爱臭美，看着家庭条件相对较好的同龄女孩穿着花洋布背带裤，我羡慕得两眼放光。然而，整个童年乃至少年时代，我与背带裤无缘，因为一家七口全靠父亲一人工资维持生计已不容易，生活重压下的母亲压根没心思顾及我的爱美之心。于是青年时代的我，除了出于把损失夺回来的心理，还因为身材过于苗条，修改裤腰是常有的事，便一发不可收地爱上背带裤，既省事又好看。只是青春似乎很是短暂，转眼之间就感觉自己不再适合穿背带裤，便戚戚然说服自己忍痛割爱，挥一挥手作别曾经带给我美丽和快乐的背带裤。

  这一别就是 18 年，其间每见年轻美女穿着背带裤招摇过市，我会习惯性驻足观赏，继而触景生情，感慨年轻就是本钱，然后痴痴地想象着，假如时光可以倒流，我将如何淋漓尽致过足背带瘾。

日子就在这样的天真幻想中一天天过去。

前不久，闺密看中时装店一件衣服，邀我过去给她参谋，我欣然应允。在闺密进去试衣的当儿，我一眼瞧见衣架上一款黑灰色牛仔背带裤，正是我多年前一度为之着迷的那种简约风格，既休闲又时尚。径直走近仔细端详并轻轻摩挲，柔棉面料，手感舒适，配上可供调节长短的黑色松紧背带，我当即喜欢上了。店主见状，赶紧取下叫我试穿，说只剩这一条了，刚好是我的尺码。我幽幽地说："目测一下就知道大小长短都合适，款式我也喜欢，估计穿起来也会比较好看，问题是都一大把年纪了呀。"店主却说像我这样的身材，不给这款背带裤一个机会，真的太可惜了。试就试吧，试试又没罪。哪知不试不要紧，认真一试，心理防线瞬间崩溃瓦解，说真的我有点爱不释手了，但仍然顾虑重重。店主趁机凭借三寸不烂之舌极力怂恿，我投降了，乖乖掏钱买下，心想就算买来不敢穿，就放在家里看看，权当解解馋也好。

回到家里，见老公正歪在床上看手机，我狡黠一笑，开心地说："哈哈，我买了条背带裤呢，给你看看吧。"说完从袋子里拿出背带裤略作展示。老公头也没抬，轻轻泼过来一桶冷水："年龄太大了吧?"我不服气，撇了撇嘴自我解嘲说："可是我有身材本钱啊!"

第二天早上，我穿上背带裤在镜子前转了好几圈，自我感觉还不错，可就是没勇气走出家门。老公一边吃着早餐，一边幽默地说:"你就忘记自己年龄得了。"说的也是,不就是穿件背带裤嘛,有什么大不了的!笑眯眯服下老公适时抛过来的定心丸,屁颠屁颠出门了。

电梯里,一熟人以赞许的语气说:"平常总见你长裙飘飘,今天换风格了,挺好的!""真的吗?"我半信半疑。"当然是真的,身材好穿啥都好看。"

来到学校,好几个美女同事惊呼:"太好看了!"我怕万一她们为顾及我面子违心恭维,便特意打电话叫陈老师过来把关,她是同事中众所周知的审美大师,而且习惯对我直言不讳。只见陈老师高兴地向我竖起大拇指,中肯评价说:"只管放心穿,既得体又显年轻,的确很好看。"这下心中的石头终于落下。儿子见我穿了背带裤,歪着头说:"挺好看的。"我会心一笑,嘱其为我拍下美照,自我欣赏,自我悦纳。

背带裤,就像陈旧时光里一抹美丽的亮色,一次次点缀了我刻板单一的平淡生活。尽管长裙是我的主打服饰,然而时过境迁,背带裤仍在我内心深处占据重要的一席之地。

——原载于 2018 年 11 月 29 日《瑞安日报》

后备箱里的爱
母亲的缝纫机
出书花絮
没有母亲的母亲节
没有父亲的父亲节
回家
人生只剩归途
鸡蛋情
陈年往事
思念如潮
生活需要仪式感
带父亲看牙医
温暖疗伤
每逢佳节倍思亲
我的暖男学生
想念天堂里的父母
爱心蔬菜
无处话哀思
我的毛线情结

爱是世间最美的语言，幸福的我们总是沐浴着各种温暖的爱，与爱同行。而圣洁的父爱和母爱，更是穿越时空，亘古不变，让我们刻骨铭心。

我很笨

第二卷　Chapter

与爱同行

02

后备箱里的爱

前段时间，一些回家过完春节返城的网友纷纷发帖晒后备箱，并附上温馨调侃：慈母手中箱，临行密密装。面对即将离家的子女，父母恨不得把家里所有的东西都给带上，那一个个装得不留一点缝隙的后备箱，就是一份份沉甸甸的爱。

这样的场景，我再熟悉不过了。因为不止逢年过节，即便平时，只要有开车回老家，我的后备箱就铁定"在劫难逃"，有时甚至连座位也要腾出来另作他用。

父亲一生勤劳，既当工人又当农民，退休后也一刻不得闲，一头扎进田地，风里来雨里去，一年四季种出各种农作物，竭尽全力为子女提供最无私的服务。几十年来，老家几乎成了我们取之不尽用之不竭的农产品基地。

去老家，通常我会提前电话告知母亲，并顺便问她需要什么东西，我好准备起来带过去。每次母亲总说家里啥都不缺，叫我不要麻烦。而只要我的车在家门口停下，已经等候多时的母亲就开始忙开了。母亲说这年头食品安全是个大问题，而父亲种的吃着最放心，所以尽管我们有时也不免嫌弃，可她总是自豪地冠以"宝贝"头衔。你瞧，偌大的客厅简直就像一个小型农贸市场，地上堆满了各种各样绿色环保农产品，大米、鸡蛋、南瓜、番薯、土豆、芋头、时令果蔬……应有尽有，令人眼花缭乱。有的已清洗干净，有的还沾满泥巴，有的已分袋装好，有的还散在地上，有的甚至还在从田里到家里的路上，母亲说父亲正赶着往家挑呢。我一看那稍显夸张的场面，故意大声嚷嚷着朝母亲扮鬼脸，说这么多东西该吃到猴年马月了。

母亲对我的抱怨充耳不闻，一边呵呵地笑，一边脚步轻快地进进出出，利索地把一袋袋"宝贝"装进我的后备箱，还时不时地交代我如何保鲜和储存。因为这些"宝贝"运到瑞安后还要分送到两个哥哥家，为了不至于混淆起来，母亲还给一个个袋子做上记号。

其实，就算天天在家吃，我们这些小家庭也不需要那么多"宝贝"，浪费自然是常有的事。但是，看着母亲欢欢喜喜的如花笑脸，看着父亲不知疲倦的忙碌身影，我知道接受比拒绝更让他们有愉悦的成就感。

于是，就这样一次次，我的后备箱被塞得几乎没了插针之地，母亲还"意犹未尽"，楼上楼下一趟趟地跑，总想再从家里找出点什么让我带上，直到我真生气了，她才作罢。

也有开车去老家来不及提前告知的，或偶尔怕母亲又要忙前忙后故意不说的，也许你以为这下后备箱该空空如也了吧？大错特错！"魔法母亲"照样能把它装得"喘不过气来"！每当这样的时候，母亲先是责怪我"突然袭击"，然后不顾我的阻拦，赶紧打电话叫正在田里干活的父亲以最快速度就地取材运送"宝贝"回家，或者干脆自己跑到山上，萝卜、青菜、茄子、丝瓜、豆荚……哪样成熟收哪样，没多久就能整出个"小菜场"来。

看着原本毫无准备的后备箱瞬间被填满，我撇了撇嘴，有点不耐烦地说："这些东西怎么老是带不完呀？"母亲竟然像一个犯错的孩子，嘿嘿一笑，不好意思地说："没了，没了，下次不带了。"然而，过了不久，又来了下次，当我再问同样的问题时，母亲抓抓后脑勺，自我解嘲说："我也说嘛，怎么就带不完的呢！"

要是我们没时间开车去老家，而父亲种的"宝贝"又亟待我们予以"消灭"，比"后备箱轰炸"更温暖的一幕就出现了——父亲和母亲一起乘公交车专程送"宝贝"来了！从公交车下来后，他们舍不得坐三轮车，父亲挑着担子，母亲跟在后面，一路步行，一路洒下汗水撒下爱。

如今回想起来，多么幸福而美好。可惜，再也吃不到父亲种的"宝贝"，再也听不到母亲的叮咛。不知道天堂里的父母还种不种庄稼，还记不记得盛满关爱和亲情的后备箱。

——原载于 2019 年 2 月 20 日《瑞安日报》

母亲的缝纫机

母亲不是裁缝师傅，却跟缝纫机打了一辈子交道。

打我记事起，母亲就拥有缝纫机，记不清是什么牌子了，只知道那是奶奶早年遗留下来的一台老式缝纫机，锈迹斑斑的机座，破旧不堪的台板，看上去很有岁月沧桑感。虽然缝纫机几近老态龙钟，母亲却视它为宝贝，特意做了个布罩子罩在机头上防止灰尘侵袭，还常常给缝纫机上油，维护工作做得挺到位。母亲没有拜过师学过艺，纯属自己无师自通成为一名蹩脚缝纫师，在那个物资奇缺的年代勉强凑合着为家人缝制简单的衣物。

那时候，计划经济，买布需凭布票。印象中只有过年才有新衣服穿，这也是小时候的我们总盼着过年的原因。年关将近时，母亲把平常积攒下来的布票拿出来，去镇上的供销社扯来几尺洋布，给我们做新衣服。母亲自己是不会裁剪的，只好请求熟人裁缝师傅帮忙裁剪，因为乡里乡亲的，人家也都乐意挤出时间提供无偿服务，母亲便送些鸡蛋之类的东西以表谢意，然后把裁剪好的布料拿回家慢慢捣鼓，而我们的满心期待也就从那刻开始。然而，可以想见，一个从没学过裁缝手艺的农村妇女，仅凭自己的感觉摸索着缝制衣服，是一件多么费劲的事。只见母亲端坐在那台旧缝纫机前，铺开一片片布料，比画来比画去，双脚有节奏地踩动脚踏板，双手也没闲着，既要顺势推着布料往前送，又要不时腾出右手旋转几下机头右侧的手轮。有时一阵手忙脚乱之后，发现问题多多，只好及时补救，甚至拆掉重来，可母亲总是不急不躁，直到大功告成，直到穿上新衣服的我们高兴得手舞足蹈。

比起衣服，缝制其他的小物件就容易多了，至少不用劳烦别人裁剪，比如书包、鞋垫、扎辫子的头花。

读书得有书包，对于五个孩子上学的贫困家庭，光买书包也是一笔不小的开支，为了减轻负担，母亲发挥自己的"特长"，用缝纫机给我们做书包。小学五年时间，我背过三个书包，都是母亲在缝纫机上一针一线缝出来的，其中一个用碎布片拼凑而成的"百粒衣书包"给我留下最深刻的印象。多年以后，母亲就着昏暗的油灯，坐在缝纫机前，弯曲着脊背，精心缝制那个书包的情景，一直在我脑海里挥之不去。我清楚记得，母亲把从当裁缝师傅的表哥那里要来的各色碎布头，按照统一规格剪成一个个三角形，再把两个三角形拼成一个正方形，由多个正方形连接成书包的正面，而背面则因为布料有限，只能将就着随便拼搭在一起而无法讲究美观了。书包是单肩背带的，里面还有隔层，既漂亮又实用，看到同学背着从百货商店买的书包，我没有因为自己的书包出自母亲之手而自卑，不知是不是小小年纪的我就已理解母亲的辛苦。

那时我们的鞋子不多，鞋垫却是必需的，经常见母亲踩着缝纫机给一家人做鞋垫，而我因为特爱长冻疮，母亲就对我的鞋垫做特殊处理——在中间加棉花，这样一来，缝纫时容易出问题，跳针、缠线、断针，母亲耐心克服困难，让我轻松享受来自脚底的温暖。

打小我就爱臭美，喜欢在头发上搞花样，于是用色彩艳丽的花布给我做头花成了母亲的拿手好戏，以至于我在怀孕期间曾一度热切希望生个漂亮女孩，好让自己每天给她梳辫子扎头花，延续自己那份对美的追求。

多年摸爬滚打之后，对于内裤、背心什么的，母亲也能从裁剪到成衣独当一面，至于缝缝补补改改什么的，更是成为常态化的存在，那台老古董缝纫机使用频率一直挺高的，家里时不时地洋溢着缝纫机欢乐的歌唱。在这样的氛围中，我也耳濡目染，学会操控缝纫机，虽然动作生硬，但比没接触过的门外汉好得多，偶尔也能不慌不忙踩着缝纫机做出小钱包或小手帕，现在想来还挺有成就感的。

如今，母亲已作古，那台饱经风霜的缝纫机还搁置在老家墙角，它是母亲一生辛劳的见证，也是我们最温暖的记忆。恍惚中，我似乎又听到缝纫机"哒哒哒"的声响，那声响，美妙而悠远……

——原载于 2020 年 9 月 22 日《瑞安日报》

出书花絮

多年坚持写作，只为释放情绪记录生活，从未想过出书。然而，一些经常读到我文章的朋友却总是建议我无论如何出一本。出就出吧，反正文章都是现成的，于是我的散文集《岁月如歌》正式出版发行了。

虽然书中每篇文章都是发表过的，但我自感文字粗糙，底气不足，原本只想低调出书，或自娱自乐，或与喜欢的朋友分享。没想到新书出来后，竟有那么多不期而遇的美好，带给我温暖和感动，也让我更加体会到"生活不是缺少美，而是缺少发现美"。

新书出版得到很多人的帮助，其中为我题写书名的是我的师范同学陈千亮，他是中国书法家协会会员。那天，我要给他送书，他叫我放到安阳实验小学保安室给他。我把书交给保安并说明情况，保安接过书，刚要放进抽屉，却又下意识地看着书面自言自语道："金洁？这名字咋那么面熟？"紧接着，他一拍脑门，恍然大悟，兴奋地说："我想起来了，经常在《瑞安日报》和

《温州日报》上看到，怪不得呢。"我微笑着问："你有看报习惯？""是啊，我很喜欢读她的文章，写得特别真实感人，她好像是个老师。""是吗？"我不动声色地问。这时，他好像突然意识到什么，仔细打量了我足足5秒钟，然后小心翼翼地问："你不会就是金洁吧？"我笑了，若无其事反问道："为什么不会是呢？""啊？你就是金洁？真的吗？那真是太荣幸了，平常我只读到你的文章，这下竟然见到作家真人！"他一下子显得非常激动，"腾"地从座位上站起来。那一刻，有一种喜悦悄悄在心中荡漾开来，我情不自禁伸出手跟眼前这位热心的"铁杆粉丝"友好握手。临别时，他还一直把我送到外面，一个劲儿称我"作家"，弄得我怪不好意思的。

同事们知道我出书了，纷纷在全校教师群发微信表示祝贺，还在班级里向学生推荐。很多学生买了我的书，希望得到我的签名，于是那几天经常有学生过来请我签名。有一次课间，一群低年级学生跑到办公室找我签名，不问青红皂白把书递给年轻漂亮的蔡老师，蔡老师先是一头雾水，马上明白怎么回事，便故意指着不远处另一位男的金老师对他们说："金老师在那里。"孩子们信以为真，一窝蜂跑过去。那个金老师哭笑不得地对他们说："你们仔细看看书上的金老师是男的还是女的。"孩子们这才意识到认错人，一时不知如何是好。蔡老师继续逗他们说："你们觉得哪位是金作家呢？"只见孩子们齐刷刷掉转队伍冲过来，将美女钱老师团团围住，那个带头的胖男孩还一手把书递到钱老师面前，一手拦住后面的同学，霸气地说："谁也不许抢，我第一个！"钱老师笑得前俯后仰，告诉他们金老师在六（2）班，于是队伍迅速撤离往六（2）教室奔去，可惜当时我正在楼下给另一个班的学生签名。我是后来听了同事们绘声绘色的讲述，才知道刚才上演喜剧片段的。回想那几天的签名情景，心中也是颇多感慨。走过半个世纪，从上学第一次歪歪扭扭写下自己姓名开始，至今在不同场合不同情况下签过无数次"大名"，唯有在自己的新书上给读者签名，是多么自豪而潇洒。

那天我去滨江幼儿园给外甥的宝宝报名，站在楼下大厅里查看新生名单，幼儿园一位老师以肯定的语气问我："你是金洁老师吧？"我微微吃惊，问她怎么知道的。她笑着说："我儿子在实验小学读书，买了你的《岁月如歌》，我拿过来一篇篇地读，写得真好。书里有你的照片，刚才又看到你这发型，再联想你那篇《永远的学生头》，断定你就是金老师。"她还热情地对我说，楼上报名的人很多，要不稍后带我上去。素昧平生，却因为我的书，拉近彼此之间的距离，我欣慰地笑了。

作为一名文学爱好者，如果读者喜欢你的文字，那是多么高兴的事。新书出版后，很多读者向我反馈阅读心得，着实令我深深感动。特别值得一提的是文友李大哥，他竟然用读经典名著的态度去对待我的拙作，不仅用红笔在书上圈圈画画，还给我发来言辞恳切的点评：文字立意很美，珍惜时间、善待生活、快乐自己，在你的文章中处处可见，我以为这就是为人为文之真了。

还有很多关于出书的美丽花絮，都值得一再回味。《岁月如歌》，我愿珍藏如歌岁月里更多的美好和幸福！

——原载于 2018 年 8 月 3 日《瑞安日报》

没有母亲的母亲节

上周六，微信被汶川地震十周年刷屏，那一个个失去母亲的孩子和失去孩子的母亲，不知伤口是否已经愈合。周日，微信被母亲节刷屏，那一份份送给母亲的精美礼品和美好祝福，深深刺痛我脆弱的心。此刻，思念如盐撒在伤口，我像一个地震中的幸存者，站在一片废墟上泪流不止，然后默默对自己说，这是我的第二个没有母亲的母亲节。

母亲在时，她压根不知道有母亲节这个节日。我没有在母亲节给母亲买过礼物，也不曾为自己不善表达心存不安。母亲没了，即便我买了母亲最喜欢的东西，也已无处可送！恍惚之间，往事历历，思念悠悠。

母亲在时，我从没带她出去旅游，十几年前，几个朋友把各自父母召集起来交给旅行社飞到海南。可就是这样一次没有子女亲自陪同的旅游，母亲也已开心得不得了，回来后一次次眉飞色舞讲述旅途感受。前几年，我不止一次想在母亲有生之年带她去一趟欧洲，让母亲看看欧洲那些气势磅礴的教堂，也让母亲看看妹妹一家旅居国外的生活，只是因为这样那样的原因，我竟一直没有落实到实际行动上。母亲没了，经历刻骨铭心的生离死别的我，这才知道，来日并不方长，后会遥遥无期。

母亲在时，我从来不需要为冰箱里还有没有鸡蛋而费心，她会不定期地到信得过的农户家里买来鸡蛋，亲自给我送来或托人带来，并叮嘱我趁新鲜抓紧吃，就连有时别人送她的几个鸡蛋，她自己也舍不得吃，总是一股脑儿往我家里送。母亲没了，虽然菜场和超市里随时可以买到鸡蛋，但质量不能跟母亲买的正宗本地蛋相比。那一个个承载着母爱的鸡蛋，不时勾起我对母亲的深深怀念。

母亲在时，每到端午节，就会张罗着包各种各样的粽子，小时候的我特别喜欢吃母亲包的蜜枣粽。后来，生活越来越好，市场上什么馅儿的粽子都有，我们便劝母亲不必劳烦，可她总是执拗地我行我素，浸泡粽叶，淘洗糯米，包粽子，煮粽子，送粽子，甚至看着我们吃粽子，忙得心甘情愿，忙得不亦乐乎。母亲没了，我仍然喜欢吃蜜枣粽。然而，物是人非，再美味的蜜枣粽，也吃不出母爱的味道了。

母亲在时，我经常嫌她啰唆，往往在她兴致勃勃唠叨着东家长西家短时，我会冷不丁泼出一盆冷水，叫她不要多管闲事。母亲便会知趣地打住，有时也会不服气地争辩道："这也别说，那也别说，我又不是哑巴！"这样的次数多了，母亲便向妹妹投诉，说自己虽然年纪大了，但脑子还好使，知道什么该讲，什么不该讲，而我却一次次不近人情地打断她的话，母亲也因此更喜欢通过越洋电话跟远在国外的妹妹聊更多的心里话。母亲没了，再也听不到那些重复再重复的话语，才知道有一个絮絮叨叨的娘是莫大的福气，才知道"亲不待"是再也无法弥补的遗憾。如果时光可以倒流，我会换一种方式爱母亲，好好考虑她的感受，耐心倾听她的倾诉。我甚至自私地想，就算母亲患了老年痴呆症，即便母亲认不出我是谁，只要我还能时不时地去看看她，跟她聊聊天，那也是多么幸福的事。然而，纳博科夫说：有三样东西是无法挽留的，它们是时间、生命和爱。如今的我，纵使倾尽所有，也换不回母亲岁月长留。

母亲在时，不管年龄多大，我们都是母亲拼尽全力用心呵护的孩子。母亲没了，不管人生多么成功与精彩，我们的生命都将写满缺憾。只愿每一个还有母亲的人，都能善待母亲，趁时光还在，多陪陪母亲！

——原载于 2018 年 5 月 15 日《瑞安日报》

没有父亲的父亲节

刚过完没有母亲的母亲节，又迎来一个没有父亲的父亲节。

三个多月前，父亲孑然远行，留给措手不及的我们无尽悲伤与深深思念。那一刻，我猛然惊觉，人世间最重要的人，最美好的时光，都不可存档也没有备份，说丢就丢了。从今往后，爱我疼我的父亲只能出现在我梦里。细想与父亲的情感交流，主要集中在母亲走后不到一年半的时间里。前年母亲离世，痴情的父亲深受打击，从此一蹶不振。我一边掩饰自己的伤心，一边把对母亲的爱全部转移到父亲身上，于是才有机会真正走进父亲的内心世界，于平常的点点滴滴中感动于父亲深切缠绻的儿女情长。

父亲没上过几天学，却能费力地看书读报，虽然从未当面表扬过我，内心里却为我能多年坚持在报纸上发表文章感到自豪。去年年末，病中的父亲知道我要出书，很为我高兴。现在，我的个人散文集已经公开出版发行，要是父亲还活着，要是我把书送给他，父亲一定喜笑颜开，一定如获至宝，尽管他不一定能读懂里面的每篇文章。然而，我的书出来了，父亲却走了，他终是没能看到自己引以为豪的女儿成为"作家"，这是我的遗憾，也是父亲的遗憾。

退休后的父亲，一头扎进田地，一年到头风里来雨里去，不辞辛苦地为子女们提供绿色环保瓜果时蔬。我家阳台上有一只黑色塑料箩筐，专门用来盛放父亲送来的番薯、土豆、芋艿、南瓜、萝卜……"你方唱罢我登场"，那只大大的箩筐似乎从没空过。现在它却空空如也，放在阳台上显得那么突兀，那么孤寂，如旷野中一抹凄凉的灰色。而我，却怎么也舍不得将它丢弃。那天，当箩筐里只剩下最后一个番薯时，我禁不住一阵号啕大哭，再也吃不到父亲种的番薯了！前不久在超市看到番薯，情不自禁径直走过去，拿起一个又放下，脑子里全是关于父亲与番薯的美好画面。回到家里，我把那只承载着悠悠父爱的箩筐拿出来，认认真真擦洗干净，小心翼翼放回原位，同时像珍藏珍宝一样，将它永远搁置在内心深处，不想被人打扰，只供自己怀想。

父亲走后，我无数次梦见他，有几次梦中的我竟然知道自己是在做梦，便急切希望一直梦下去。然而，梦终归是梦，醒来就了无踪影。于是，多少次夜深人静之际，多少次触景生情之时，很想很想，穿越时光回去看看父亲，看父亲在烈日下挥汗如雨，看父亲从田间挑回一担担蔬菜，看父亲端起母亲为他倒上的大碗凉茶一饮而尽，看父亲在母亲"十三点钟了还不回家"的嗔怪声中仍呵呵地笑，看父亲有求必应拿出工具箱为左邻右舍忙得不亦乐乎，看父亲晚饭后坐在电视机前津津有味看新闻……在满满父爱中长大直至变老的我，有太多关于父亲的温暖记忆。

只是，这一切都如悠悠白云，只留下欲说还休的深情回眸，倏地飘散了。往后的每一个日子，不管重要与否，包括每年的父亲节，父亲都将缺席。那个属于父亲的位置永远空缺了，空在我倔强而忧伤的心里，空在苍苍茫茫的时空里。龙应台说，所谓父女母子一场，只不过意味着，你和他的缘分就是今生今世不断地目送他的背影渐行渐远。也许有一天，随着时间推移，父亲的背影也会淡出我的记忆，但亘古不变的是我们的血脉亲情！

——原载于 2018 年 6 月 19 日《瑞安日报》

回　家

除夕夜，看春晚。精彩纷呈的晚会，引发我强烈共鸣的是由容祖儿、林志炫、沙宝亮、涵子共同演绎的歌舞《妈，我回来啦》。简单朴实的歌词，优美动听的旋律，唱出了儿女回家团聚的真情实感。歌中反复出现的"妈，我回来啦"，听得我鼻子酸酸的。

妈，我回来啦，这是世间最温暖的话。回家，是世间最美好的事。

小时候，我有很多时间是在外婆家度过的。外婆对我很好，外婆的左邻右舍也把我当小公主宠，不管有什么好吃的都少不了我。可是，尽管如此，那毕竟不是我的家，过了一段时间，我就想家了，外婆便把我送回家。刚到家门口，我就兴奋地喊："妈，我回来啦！"正在忙活的母亲放下手头的事儿，朝我撇了撇嘴，貌似嗔怪地说："才几天呀？这就回来啦？"脸上却有抑制不住的欣喜悄悄荡漾开来。

上小学了，学校就在离我家不远的镇上。每天放学，我都一路小跑着回家，然后一边喊"妈，我回来啦"，一边把书包往屋里一放，转身跑出去疯玩了。母亲并不关心我的学习，只是听到我的声音便觉心安，虽然不搭理，也不阻拦，但似乎我总在她的视线里，玩够了自然会回家。

读中学时，学业开始繁重起来，我一不小心变得非常叛逆，时不时地与母亲闹脾气。放学回家，明明想说"妈，我回来啦"，却因为赌气一声不吭，甚至故意甩给母亲一张横眉冷对的脸。忙碌的母亲总在为一家七口的生活精打细算，对我的消极对抗视而不见，或者说无能为力，以至于我一度怀疑自己不是母亲亲生的。多年以后，回想起当年对母亲的顶撞和不敬，我曾深深内疚过，可母亲似乎压根不记得我的不懂事。

后来，我去瑞安读师范，一学期才回家几次。那时师范是包分配的，考上师范就相当于端上了铁饭碗，母亲自然高兴得合不拢嘴。每逢节假日，当我风尘仆仆出现在家门口，开心地喊着"妈，我回来啦"，母亲便笑吟吟地迎出来，却什么也没说，仿佛对我回不回家根本就无所谓，其实母亲一贯不善表达爱，这点我是很清楚的。

结婚后，我从老家湖岭到莘塍再到瑞安，因为有了自己的小家庭，重心转移得近乎决绝，回去看望父母的次数屈指可数。每次回家，不管有没有看到母亲，我都习惯在进屋时大声喊："妈，我回来啦！"母亲快步从里屋出来，或迫不及待从楼上下来，脸上的皱纹顿时舒展开来，可她不会说"来了好，来了好"，而是带着含笑的生气，看似不经意地说："你那么忙，干吗又来了？"实际上，忙只是一个冠冕堂皇的借口，与其说整天忙工作忙生活抽不出时间，倒不如说因为正轻松拥有着父母的爱而不懂得珍惜。在父母一天天衰老的过程中，我竟然稀里糊涂忽略了一个残酷事实——有一天他们会彻底离我而去。

母亲走了，我的天塌了，那句从小到大重复了无数次的"妈，我回来啦"再也无人应答了。在母亲走后的一年多时间里，当追悔如潮水阵阵涌来，我把那句"妈，我回来啦"换成了"爸，我回来啦"，只愿在父亲有生之年给予更多陪伴，抚平父亲心中的深度创伤。然而，深陷悲痛不能自拔的父亲，没有给我更多尽孝机会，急匆匆奔赴天堂与母亲团聚去了。

去年春节，父亲还在，我多么希望日子明媚而长久。然而今年春节，父母住过的房子还在，我却已无去处。旧年大年三十，我把一束素雅的白菊放在父母坟头，默默地对他们说："爸，妈，我来看你们了！"恍惚之间，我幡然醒悟，原来这才是父母永远的家。终其一生，每个人最后都会回到那个永远的家。

离家的路有千万条，回家的路只有一条，但愿每一个还有父母的人，都能努力践行"陪伴是最长情的告白"，多回家，常回家，谨记再美的风景都不及回家的路。

——原载于 2019 年 2 月 13 日《瑞安日报》

人生只剩归途

一直以来，我都生活在双亲的温暖关爱中。尽管随着年岁增长，见识过很多生离死别，也明白生老病死乃自然规律，但潜意识里总以为那是别人家的事，或者说那是离自己非常遥远的事。虽然眼见父母一天天老去，但这么多年来似乎从没想过，有一天父母会突然从这个世界上彻底消失！

直到前年那个忧伤的日子来临。

那是中秋节前夕，母亲浑身无力，吃饭也没胃口，却硬撑着在家自行调养。我当即"下达命令"，让她去医院检查。当时还是她自己跟父亲一起从老家坐公交车来的。万万没想到的是，9天后，81岁的母亲就永远离开了我们！虽然母亲走得很安详，实现了她生前"要活就活得痛快，要死也死得干脆"的心愿，但如此猝不及防，如此匆忙告别，使我们全家都无法接受，以至于时至今日我仍感觉是在做梦。尤其是与母亲相依相伴了62年的父亲，瞬间惨遭毁灭性打击，半个多世纪的相濡以沫，全化为深入骨髓的痛，从此整天以泪洗面。

我们看在眼里，疼在心里，再三劝说父亲跟我们同住遭到坚决拒绝后，能做的也只有在双休日去看看孤独寂寞的父亲，毕竟我们都有自己的家庭、工作和生活。我每次都来去匆匆，最多也只是陪父亲一起吃顿饭，然后聊些家长里短。永远为子女着想的父亲，怕我忙，总是叫我不要过去，说自己一个人挺好的。其实，我深知这"挺好"背后的心酸与无奈，街坊邻居说经常看见父亲偷偷抹眼泪，任何关于母亲的细节都使父亲触景生情，继而陷入无限伤感。而在我面前，父亲一遍遍念叨着："说好一起走的，怎么就先走了呢?"我知道，这样的切肤之痛，任何开导和安慰都不管用，只希望时间能冲淡一切，父亲能走出伤心境地。

母亲健在时，父母夫唱妇和，恩爱有加，让多少邻里乡亲羡慕不已，我因此忽略了对他们的关心，一年中去看他们的次数屈指可数，由此留下了"子欲养而亲不待"的遗憾。幡然醒悟之后，在不能前去看望父亲的平日里，我尽量每天给父亲打一个电话，虽然话题老套家常，但电话那端的声音，于我是一种深深的牵挂，一种美好的念想，一种因母亲离世而忽然倍感弥足珍贵的亲情所依。

然而，痴情的父亲终是没能从痛失母亲的悲伤中走出来。时隔17个月，一向身体硬朗的父亲就迫不及待随母亲而去了!就在父亲闭上眼睛那一刻，我痛哭流涕深表忏悔："爸，我对不起你啊!"如果我是一个孝顺的女儿，这次父亲是不会死的，因为明知上了年纪的父亲那几天严重感冒咳嗽，我却没有及时带他去医院，导致后续一连串无法言说的节外生枝，最后竟莫名其妙要了父亲的命……由此我永远亏欠父亲。

在父亲的葬礼上，我悲痛欲绝，一度不能自持，一遍遍对着父亲哭喊："爸，下辈子一定再做您的女儿！"然而，父亲却再也听不到我的声声呼唤，只留给我无尽的思念和深深的绝望！

办完父亲的丧事，我们回到父母生活了一辈子的家——哦，那已经不是家，充其量只能称之为房子了。在整理父亲遗物时，我从一本泛黄的笔记本里翻出一张父母年轻时的合照。照片上，父母俩依偎在一起，脸上露出淡然而满足的笑。我想，如今天堂里的他们，也该是这般幸福与美满吧！

离开老家时，我站在父母遗像前，满含泪水，恭恭敬敬鞠了三个躬，深情感谢他们的养育之恩。从今往后，老家虽然永远不会淡出我的记忆，但不再是令我魂牵梦萦的地方，因为父母都已归去，那里已没有我的"根"，引领我奔赴老家的，或许只有每年的清明节了。

父母在，人生尚有来处；父母去，人生只剩归途。今生，女儿期满，可我有太多的不舍和遗憾！来生，我和我的父母，真的能于茫茫人海中喜相逢吗？我愿为此虔诚祈祷！

——原载于 2018 年 4 月 7 日《瑞安日报》

鸡蛋情

鸡蛋是餐桌上的佳品，历来为食客所喜爱。而我，更是对鸡蛋情有独钟，一说到鸡蛋便禁不住喜形于色。

小时候，物质匮乏，生活贫困，虽然鸡蛋多为自家饲养的母鸡所生，但一般人家都舍不得随便吃掉，只在一些比较重要的日子用于改善伙食或用来招待客人。每逢家里有远道而来的亲戚客人，母亲便忙着烧点心热情招待，而客人都很客气，一般只把碗里的面条吃掉，有意剩下鸡蛋，执意推辞说已经很饱，真的吃不下了。等客人走了，母亲自然把早就垂涎欲滴的我叫过去，一边让我分吃鸡蛋，一边有意无意嗔怪道："就知道吃，看你长大了嫁得出去不！"

印象最深刻的是，每到我生日，当我还在睡梦中时，母亲一大早就煮好鸡蛋。等我起床，母亲便开心地说："今天是你生日，赶快吃鸡蛋吧，吃了记性好。"睡眼惺忪的我即刻兴奋起来，在兄弟姐妹羡慕的目光中，三下五除二剥掉蛋壳大快朵颐。到了晚饭时间，母亲又给我煮一碗长寿面，上面压一个金灿灿的荷包蛋。以小寿星自居的我，心安理得地享受着这份犒劳，吃得唇齿留香，吃得忘乎所以，以至于多年后总也忘不了这份简单而温馨的生活仪式感。

端午节吃鸡蛋是大家最熟悉的节日习俗，也是远去的岁月里我们每个小孩子最热衷的活动，因为不光吃鸡蛋，还有比吃鸡蛋更刺激的碰蛋游戏。五颜六色的蛋袋里装着煮熟的鸡蛋，迫不及待往脖子上一挂，就屁颠屁颠呼朋引伴大显身手去了。胜出的趾高气扬，仿佛战斗英雄风光凯旋，不幸成为手下败将的，一脸沮丧快快回家吃掉鸡蛋。每个与鸡蛋相伴的端午节一直留在我的记忆里挥之不去。

不知是曾经的鸡蛋情结，还是因为鸡蛋的确好吃，我特别喜欢一切跟鸡蛋有关的菜品。每次住宾馆吃自助早餐，我会看着厨师现场煎出色香味俱全的煎蛋，端过来洒上酱油等佐料，美美地吃，细细地品，顿感生活如此美好。平时在家用早餐，一个最普通的水煮鸡蛋，我比一般人吃得更加津津有味。外出旅游，在游人如织的景点，只要看到小贩小摊的茶叶蛋，便忍不住直咽口水，即便肚子不饿，也想吃上一个。最让人欲罢不能的是黄酒炖鸡蛋，本地鸡蛋、古法红糖、陈年花雕酒，未尝先闻，酒香、蛋香、糖香，诱人的香气瞬间勾起强烈食欲。趁热吃了鸡蛋喝了酒汤，顿时全身热血沸腾，随之醉眼蒙眬、飘飘欲仙。当年坐月子时，母亲就每天给我吃黄酒炖鸡蛋，至今想来仍感深深留恋。

我还喜欢蛋炒饭。十几年前，妹妹在国外打拼，把外甥女交给我带管，我三天两头用蛋炒饭伺候着，愣是把原本瘦不拉几的"难民"喂成个大胖小妞。多年后，旅居欧洲的外甥女只要提起蛋炒饭，就条件反射般产生抵触情绪，我却一厢情愿对自己的手艺大加赞赏，只因在我眼里鸡蛋无论怎么处置都是人间美味。

我天生手笨，不会做菜，唯独可以拿鸡蛋作食材做出像模像样的菜，就连号称烧菜能手的闺密有时都拿捏不定的蛋羹，我也蒸得细滑鲜嫩，无论口感和卖相都很赞。于是，我家冰箱里的鸡蛋基本上是长年不断，但我自己从没买过鸡蛋，都是默默关爱着我的父母隔三差五送来的。有一次，在拥挤的公交车上，为了保护鸡蛋，父母累得腰酸背疼却仍呵呵地笑。多年以来，深藏在每一个鸡蛋里的爱，一直如冬日暖阳温暖着我。然而，随着父母相继远走，今生今世我不再拥有这份优渥的待遇。如今每每吃着自己买的或乡下亲戚朋友送的鸡蛋，眼前便浮现出父母给我送鸡蛋的情景……

——原载于 2019 年 1 月 9 日《瑞安日报》

陈年往事

打开尘封的记忆，这是 40 年前的事了。

那一年，我还是一个小学生。某一日，一时兴起与几个女同学相约去瑞安照相馆拍照，那是我有记忆以来的第一次进城。记不清当时是怎么跟同学走散的，只记得慌乱中，我像一只无头苍蝇，误打误撞折回到先前下车的西门车站时，已是黄昏时分，去湖岭的车已经没有。夕阳下的车站，看起来有点冷清，三三两两的旅客正在翘首等车。孤身一人的我像被遗弃在了无边的荒漠中，无助而惶恐，忍不住"呜呜呜"哭出了声。旁边一位中年妇女见了，关心地问："姆（方言，小孩子的意思。），你怎么了？"我一边抹眼泪一边絮絮叨叨说了自己的遭遇。她听了，轻轻拍了拍我的肩膀，叫我不要害怕，让我先跟她回家过夜，她家在陶山。她和丈夫一早挑着自家种的甘蔗到瑞安卖，这会儿夫妻俩正等着最后一趟到陶山的车，脚边的箩筐里还有一些卖剩下的甘蔗。虽然心里多少有点忐忑，但我还是像抓到了一根救命稻草，赶紧擦干眼泪,诚惶诚恐地向这对好心的农民夫妇投去感激的目光。

车来了,是那种后面带车斗的三轮卡。我们坐在车斗里,一路上随着三轮卡单调的"突突突"声响,感觉时间过得很慢。在陶山镇下车时,离他们家还有相当远的一段路程需要步行,可是天已经很黑了,我们深一脚浅一脚走在通往他们家的田间小路上。到家时,他们的几个孩子都已经睡着了。那一夜,我就睡在一户陌生人家的床上,睡在那位淳朴善良的阿姨身边。第二天早上,他们像对待远道而来的小客人,热情招呼我吃早饭,还送我好些甘蔗,并亲自送我去车站,看着我上车才放心离开。

原本这件事就此画上句号,在那个没有家庭电话等通讯工具的年代,我跟他们基本上不会再有联系。然而有一天,我突然想起那天晚上睡觉时,阿姨说她的大女儿在湖岭林溪针织厂上班,便向嫂子打听,因为嫂子也是那里的职工。一来二去,人物对上了,事情厘清了,是嫂子的同事阿茶的父母在我差点流落街头时收留了我……

后来,我长大了,工作了,成家了,偶尔也会想起这件事,也曾想到去看看他们。可是因为林溪针织厂早就倒闭,嫂子与阿茶已有几十年没有联系,我没办法找到他们,所以这事就搁浅了。直到时隔多年后的去年,有一天嫂子说费尽周折总算有了阿茶的联系方式。"那你赶紧问问她父母是否还健在吧。"我有点迫不及待了。嫂子说:"问过了,她妈82岁了,她爸今年刚去世。"那一刻,我默默自责,为什么没有在两位好心人都活着的时候早点去看他们！幸亏阿姨还健在，我还有机会当面向她道谢。这次，我不能再等了，心动不如马上行动！

得知我要去看她，阿姨开心得不得了，一个劲儿对阿茶说："让她来吧，让她来吧。"第二天，我和嫂子带着水果和礼物，在阿茶的陪同下，来到陶山。40 年过去，当时正值壮年的阿姨如今已是耄耋之年，我已完全认不出她，没想到这么多年来她一直没有忘记我，甚至还清楚记得我的名字，一见面就叫出我的名字，然后亲昵地拉着我的手问寒问暖。对于我们 40 年前的那次邂逅，她仍记忆深刻，滔滔不绝聊起了当时的情景。见我专程去看她，阿姨高兴得合不拢嘴，说我这么有心。她还说起老伴生前也曾念叨过我，说不知道当年那个差点走丢的小女孩现在生活得怎么样呢。我听了，暖心而感动。

临别时，阿姨送我两大袋番薯，我动情地请她保重身体。我们的车子开出很远了，她还站在那里不断挥手。多年的心愿得以了却，可是，爱不会就此了结，我想下次再去看她。

——原载于 2019 年 6 月 28 日《温州日报》

思念如潮

　　农历八月廿四是母亲一周年忌日。一大早，我和哥哥怀着沉痛心情，前去祭奠母亲在天之灵。说是祭奠，其实除了献上一束寄托哀思的黄色菊花，我们没有安排任何仪式。母亲生前崇尚简单，待人接物不喜欢太多繁文缛节，就连临终前都没留下只言片语。作为她的儿女，我们理应顺从和敬重，不搞毫无意义的外在形式，只留无尽思念在心中。

　　秋天的清晨。空旷的山野。孤寂而伤痛的心。还没来得及叫一声"妈"，我就已潸然泪下。盈盈泪光中，母亲的音容笑貌渐次清晰，母亲给予我们的爱不断浮现。

　　晚年的母亲，一度沉浸在子孙满堂的幸福之中，一次次有意无意说起，虽然早年生活那么贫困，但这辈子已没有遗憾了。母亲心直口快，不会说好听的话，但她把对我们的爱融入生活细节。退休后的父亲，一年四季为我们种出各种农作物，母亲乐此不疲充当助手，负责整理、分类、打包，然后一脸喜悦地跟在父亲身后，挨家挨户把东西送到儿女们家里。

许多次，母亲给我送来的芋艿都是已去皮的，要是不及时吃掉，芋艿表面似乎硬生生又多了一层皮，矫情的我竟然为此嗔怪母亲。直到有一次，我自己给芋头去皮后双手奇痒难受，才理解母亲的良苦用心，原来母亲"多此一举"并不仅仅只为瞎忙的我节省时间。

多年来，我们一直享受着母亲时不时地送来时令瓜果蔬菜的待遇。有一次，我发现丝瓜烧起来是苦的，便及时反馈情况，可母亲也不知道原因。只是从那以后，母亲送来的丝瓜都是掰断瓜蒂的，我疑惑不解，母亲说为了防止苦丝瓜浑水摸鱼，每次她都严格检查把关，确保丝瓜环保美味，叫我只管放心食用。

母亲还有一手绝活，她炖的"十样肾"老鸭特别好吃，她会不定期买来老鸭，添加补肾中草药，炖好给我们送来，有时为了让我们"趁热吃"，她甚至连同高压锅一起从老家扛过来。

……

往事历历在目，母亲却再也听不到我的声声呼唤。母亲走得很安详，脸上看不出丝毫痛苦的表情。此刻，站在母亲墓碑前，微凉的山风拂过脸颊，我再次忆起去年母亲出殡时情景。那天，风狂雨骤，也许老天也在为一个普通而善良的老人离去而难过。走在长长的送丧队伍里，我一度不能自持，今生母女缘分已尽，来世不知能否重相逢。转眼时光匆匆，我有点不相信母亲离开我们已一年，那逝去的点点滴滴仿佛就在昨天。然而，我又觉得这是多么漫长的一年，因为我总也走不出失去母亲的深度悲伤。漫漫长夜里，多少次梦见母亲，梦中情形是那么形象逼真，醒来却了无踪影，想要回放梦境，却怎么也想不起来，只一遍遍空留遗憾和惋惜。

从母亲墓地回来的车上，我和哥哥一直沉默无语。当天晚上，我在微信朋友圈发了一条信息：整整一年，时间如流，思念如潮。

都说时间能治愈一切创伤，其实这话并不全对，真的。

——原载于 2017 年 11 月 7 日《瑞安日报》

生活需要仪式感

生日那天，我在朋友圈发了一张美照，并附上文字祝自己生日快乐。儿子看到了，第一时间给我发来两个红包，金额分别为520元和1314元。这是儿子第一次送我生日礼物，"我爱你一生一世"，我心头一热，笑吟吟地收下红包。

第二天，出于分享喜悦，我将儿子给我发红包的截图晒到朋友圈，很多微友纷纷点赞和评论。先来看看几位同事的个性化点评吧。

谢老师："最美的红包羡煞人。"好一个"最美"，我忍不住直夸她定语用得有水平！

吴老师："土豪儿子幸福娘，羡煞朋友圈。"除了回复两个"害羞"表情包，我想不出更确切的话。

何老师："越简单的人越容易从朴素的生活中品味出幸福的滋味。"这可真是一语中的，我是一个特别简单的人，对生活没有太高要求，属于知足常乐之辈，当我收下儿子生日红包那一刻，品出的是一位平凡母亲的幸福滋味。

除了同事，其他人的评论也挺有意思。

朋友小胡说："以后520和1314要合起来发，不要分开两个。"合起来不就是5201314元了吗？有创意！我当即拍手称好，但仅仅只当开心调侃，因为我从不奢望如此大富大贵，生活中还有很多比金钱更重要的东西。

老公的同事小谢留言说："居然只有儿子的。"外加一个惊讶表情符号。言下之意明白不过。我回复一个"捂脸"表情，权当自我解嘲，心想：向来不解风情的老公可不兴这套，除非太阳从西边出来。没想到这次太阳还真从西边出来了，老公那顽固不化的榆木脑袋竟也开窍了，生日当天给我发了个大红包。或许，走过生命大半历程，平凡如尘的我们渐渐明白，生活是需要仪式感的。

而之前，我们一直将仪式感注入平常生活的是庆祝结婚纪念日，因为对于原本毫不相关的两个人，是结婚将我们捆绑在一起，这日子无疑是特别的，也是重要的。每到结婚纪念日，我们都会去照相馆拍照留念。可是去年，这一坚持了多年的庆祝活动没能如期举行，那段时间，母亲去世，带给我巨大的伤痛，我无法在镜头前展示微笑。转眼又是一年结婚纪念日，我想天堂里的母亲定是希望我们每天快乐，好好生活才是对母亲最好回报。于是，我们重拾美丽心情，再次走进照相馆，让镜头定格我们日渐老去的容颜。

接着，我在朋友圈发了一张经自己拼图制作的照片，并附文字：今天是个好日子。无意晒幸福，只为记录有爱的特别日子。明眼微友很快从牵手背影照看出，这是我们的结婚纪念日。同事小叶说："背影太有诗意了！"这牵手背影，是我们结婚20周年拍的，这次我将它制作到新的画面上当背景，一来衬托自己仍发自内心的笑容，二来寓意一路相携走过漫漫人生路。同事小张说："背景有故事！"是的，这故事平淡无奇，却只属于我们俩。而后，纷至沓来的点赞和祝福，长时间愉悦着我，也使这个好日子锦上添花，余味缭绕。

　　因了简单而有意义的仪式感，波澜不惊的生活因此变得美好而有诗意。

——原载于 2017 年 11 月 30 日《瑞安日报》

带父亲看牙医

双休日，我去老家看父亲。吃中饭时，父亲说起自己有颗牙齿不时疼痛，我决定改天带他去看牙医。经朋友推荐，慕名找到一位业内知名度挺高的牙医。上周五上午，父亲一大早从湖岭老家过来了。

父亲坚持要坐公交车去医院。站台上，寒风瑟瑟，父亲饱经风霜的脸瘦削而苍老，与一年前那个容光焕发的矍铄老人判若两人。我拉了拉父亲衣领上的帽子，关切地问："爸，冷吗？""不冷。"父亲轻声回答，眼里有泪光闪动，而后悄悄别过脸去。我知道，父亲定是又触景生情想起母亲了，以前每次出行，身后总是跟着母亲，半个多世纪形影不离的画面留给他太深的记忆！去年母亲离世，父亲遭受毁灭性打击，至今未能走出阴影。我看在眼里，急在心里，忧伤而无奈。

公交车上，偶遇中学时代一位老师，他指着父亲问我："是你爷爷吗？"我尴尬一笑，说是父亲，心中五味杂陈。以前大家都说父亲年轻态，而今仅仅一年，父亲像一下子老了十多岁。都说岁月不饶人，而深入骨髓的思念岂能饶人？

到了医院，经检查发现，父亲上颌右侧那颗多年前镶的磨牙已完全坏掉，需拔掉重新镶上。可医生说，那是用不锈钢材料套着旁边两颗前磨牙的，想要卸下非常费时费力，这一操作，上午预约的其他患者都没时间看了，所以建议我们下周五再去。而我却嫌多跑一次医院麻烦，便央求医生，等他看完其他患者再给父亲诊治，医生勉强答应了。过了好一会儿，或许是医生看后面还有很多病人在排队等候，便叫同诊室另一位年轻医生先把父亲的牙套卸下来。原本我是冲着这位据说医术高明的医生来的，这会儿换成别的医生，说真的我心里有点不踏实，可又不好意思拒绝，毕竟人家也是好心。

诚惶诚恐中，竟然真的怕什么来什么了！那颗病磨牙是卸下来了，可同时也因操作失误把其中一整颗"年富力强"的前磨牙给崩掉了！我的情绪低落到极点，要知道对于一个上了年纪的老人，一颗不可再生的健康牙齿有多么重要！那一刻，我无意怪罪医生，只想狠狠扇自己一个耳光。如果不是我贪图方便，干脆就下周五再带父亲去，也许就不会出这种糟糕情况！就这样，满怀自责和郁闷，我带着父亲离开医院。

当天下午，父亲回去了。没想到第二天早上，父亲就打来电话，说立马要去把牙齿镶上。"出什么情况了？医生说过一个月后才能进行后续诊疗的。"我疑惑不解。父亲说吃饭时牙龈被硌得生疼，简直无法忍受。父亲一贯吃苦耐劳，一般的疼痛不适根本不在话下，这"无法忍受"从他口里出来，估计真的非同小可了。我二话不说，"命令"父亲马上过来，并联系了一位私人牙科医生。

这牙科诊所在解放东路，离我家不算很远，我们是步行过去的。一路上，我搀扶着父亲，就着绿灯走过斑马线，看着美丽街景聊着家长里短。

看了牙医，原来罪魁祸首是卸掉牙套后的另一个前磨牙，因表面凹凸不平，吃饭咀嚼时反复触碰，已致父亲右下侧软腭血肉模糊。而这个前磨牙已严重松动，于是把它拔掉，至于镶牙那是后话。

走出牙科诊所，我再次挽起父亲的手，漫步走在曾经繁华的老城一隅。温暖的冬日阳光照在父亲斑白的头发上，我忽然想起我很小的时候，有一次父亲带我到瑞安买东西，就是在这条街上，父亲一手挑着担子，一手牵着我，那场景温馨而难忘。如今，时过境迁，父亲已垂垂老去，我们又一次牵手走在这条熟悉的街上，只是这次，是我搀扶着年迈的父亲。父母在，人生尚有来处；父母去，人生只剩归途。母亲已离我们而去，不知道上苍还能赋予我们父女多少年这样的温情搀扶。更多时候，幸福只是长久陪伴！

——原载于 2017 年 12 月 19 日《瑞安日报》

温暖疗伤

前年，母亲没来得及留下只言片语，匆忙离开我们。今年，仅隔 17 个月，身体健壮的父亲竟也匆匆告别人世。尚未愈合的伤口冷不防被残酷事实撕扯得鲜血淋漓，我痛不欲生，无法坚强，整个人面黄肌瘦。然而，生活还得继续，工作还得坚持。只是，心是痛的，人是蔫的，情绪是低落的，周遭的一切都是灰暗的。

我伤感地以为，随着父母离去，所有的爱都不值一提，甚至不复存在了。不曾想，这世界除了忧伤，还有那么多美丽的点点滴滴。

那段时间，严重的声嘶伴随剧烈的干咳趁虚而入，把我折腾得没办法上课。然而，毕业班的教学进度不能落下，同组老师或争相在组内微信群提出帮我上课，或一次次发私信给我"需要帮忙尽管说"。看到原本已经忙得焦头烂额的同事二话不说帮我上课，我想说的其实不只是"谢谢"。

尤其令人感动的是闺密张老师，她不跟我同组，自己还患有腰椎病，本来也需请假的人，却主动替我上了好几节课，并一再坚持说要继续为我撑着，只是我不忍心再拖累她，这才把她"辞退"了。身体康复后，我内心的伤痛仍未消退，中午在学校用餐，同事们围坐在一起，不经意的一个话题都会使我泪流满面。张老师看在眼里，只默默地扒拉着碗里的饭。好几次，吃完饭，她和我一起离开餐厅，却没上楼休息，也没去操场散步，而是和我边走边聊，一直把我送到离我家不远处的十字路口才转身回学校。一路上，一句句情真意切的开导和劝慰，虽不能一时抚平创伤，可多少减轻了我郁结在心中的痛楚。

朋友于姐得知我深陷悲痛不能自拔，发来微信说："悲伤的情绪我能理解，但一定要节哀顺变！"她说读了我的文章很有切身体会，真的不敢给我打电话，希望陪我散散心。一个"不敢"，一个"陪"字，传达的是真诚和朴素。虽然我们很少碰面，但关心一直都在。

忘年交小林看了我发的朋友圈"感觉自己很难走出伤心和绝望"，忙不迭洋洋洒洒一口气给我发来十几条微信。"你没资格这样对待自己的身体，我是真的心疼你，求你别再这样了！"责怪和请求的语气里满是抑制不住的怜惜和关爱。

燕子是我最要好的同学，平常联系不多，但关键时刻总是全力以赴。知道我状态差，她没有客套，也没有劝说，只甩过来一句话："什么时候我们到大自然走走吧，每个周日我基本都有空。"话语虽然简单朴实，我却瞬间有了给她一个深情拥抱的冲动。

还有众多亲朋好友，都为我沉湎悲伤而担忧，陪我看病的，为我熬药的，苦口婆心劝我放下的，纷纷以各种不同方式关心我，给我温柔和爱，使痛失双亲的我慢慢走出伤心境地。于是，我努力让时间成为疗伤良药，不辜负那些看似平常的温暖和幸福，让天堂里的父母看到一个健康快乐的女儿。

——原载于 2018 年 7 月 2 日《瑞安日报》

每逢佳节倍思亲

　　中秋，多么美好的节日。儿时记忆中，不管生活多么贫困，每到中秋节，母亲总要弄几道像样的菜肴，一家人围坐在一起，其乐融融吃着团圆饭。席间，母亲还会变戏法似的拿出事先准备好的月饼，发给我们每人一个。甜甜的白糖馅儿，里面还有花生、果脯，一口咬下去，芝麻外皮随之散落，赶紧伸手接住，要是不小心有碎末散到桌子上，哪怕只是一小粒芝麻，我也用手指粘起来送到嘴里，那种无法言说的唇齿留香，仿佛弥漫了整个物质匮乏的童年时代。而我对于家的概念、团圆的意义以及爱的甜蜜，就是从那一次次温馨的品尝月饼中逐渐得以理解和向往。印象中，母亲是从来不吃月饼的，小时候的我们似乎也没特别注意这个细节，等到成家立业、生儿育女后，才真正懂得生活重压下的母亲为了让我们吃饱穿暖是多么不容易。

　　多年后，每逢中秋节，我都给父母送月饼，却不是从前那种价廉物美的芝麻月饼，而是包装精美、价格不菲的"时尚月饼"。

然而，习惯节俭的母亲却舍不得吃，好几次眼睁睁看着月饼过期变质而心疼不已。前几年，母亲说自己年岁大了，不宜多吃甜食，便会把我送去的月饼转送给亲戚或邻居，借此收获赠人玫瑰手有余香的温暖和喜悦。

随着子女相继进城，父母成了空巢老人，可我像永远很忙似的，很少去看他们，即便去了也都是来去匆匆。只有一些比较重要的传统节日，比如中秋节，我们兄妹几家才相约齐聚老家，而母亲总是一大早忙前忙后，为我们准备好吃的，虽然累得腰酸腿疼，可脸上却洋溢着幸福的微笑。最近几年的中秋节，我们都请父母到瑞安一起吃团圆饭，可他们每次都很被动，说现在生活好了，每天像过节，想吃什么都行，特意过来嫌麻烦。我说不是为了吃，过来看看四世同堂的场面，就比什么都开心。禁不住我的软磨硬泡，父母不忘带上新鲜绿色果蔬，从湖岭老家坐公交车来了。于是，我们的中秋节因为有父母的加入而更显仪式感，而父母也因为在这举家团圆的日子里幸福感受儿孙绕膝而倍感欣慰。

原以为，父母还会年复一年享受着这样的天伦之乐，至少也该五年、十年吧。没想到，2016年中秋节，母亲出其不意地病倒了。9天，短短的9天后，农历八月廿四，我简直还没回过神来，母亲就走了！我怎么也擦不干汹涌而出的泪水，却还要故作洒脱劝慰伤心欲绝的父亲。为了不让我痛上加痛，善解人意的父亲尽了最大努力，在我面前表现得豁达，却在稍一转身后老泪纵横。

去年农历八月十五，那是母亲走后的第一个中秋节。一年的孤单寂寞，一年的思念成殇，父亲在以我们无法想象的速度老去。那天，我和哥哥陪父亲过节，父亲表面淡定，但我看得出来他的内心始终被痛苦的阴影笼罩着。岁岁年年月相似，年年岁岁人不同，痴情的父亲终是无法面对没有母亲的余生。今年正月十二，距离母亲去世只有 17 个月，身体健壮、头脑灵光的父亲也顾不上我们肝肠寸断，追随母亲而去了！也许对于相亲相爱的父母，这下该是圆满了，可是作为一个不孝女儿，我却无法释怀。

转眼又是一年中秋节，我多么想去一趟老家，却猛然惊觉已无去处。老家已变成物是人非的过往场景，没有了父母的老家似乎失去很多美好元素，而乡愁已变成一方寄托哀思的坟墓，我在外头，父母在里头。

今夜，明月高悬。窗外，月光如水。我心，无法平静。几番辗转反侧，戚戚然进入梦乡。梦境里，我远远地看着天堂里的父母，却无法把手中的月饼送给他们，我急得哭了，天空中的月亮也哭了。

每逢佳节倍思亲，下一个中秋节，就让皓皓明月捎去我的深深思念吧！

——原载于 2018 年 9 月 22 日《瑞安日报》

我的暖男学生

5 月 20 日，在这个时髦而含蓄的网络情人节，我的心中洋溢着比来自情人表白更幸福的别样温情。

课间，我在办公室休息。男生黄启豪从门口跑进来，边跑边张开双臂做出拥抱的姿势。还没等我完全反应过来，他就一把抱住了我，深情款款地说："金老师，我爱你!""又爱我啦?"我撇了撇嘴，特意在"又"字上加重了语气，因为之前他多次说过爱我。"是啊，我真的太喜欢你了!"说完，他扬起灿烂的笑脸，露出两颗白白的大门牙，紧紧抱着我的双手还没松开的意思。我心里一暖，本想说我也喜欢他，哪知一出口竟是追根溯源的话："为什么爱我?我那么凶，经常批评你。""可是我还是很爱你!"他似乎想也没想就脱口而出。我一下子来了兴趣，欣欣然模拟语文课堂上的快乐互动，打破砂锅问到底："是吗?要爱到什么时候?"他略一沉思，稍显腼腆地说："爱到六年级。"现在才一年级，爱到六年级，该是一个小孩眼里多么漫长的一段时光。我忍不住笑了，可还是佯装生气的样子，故意不依不饶将了他一军："那就是说一毕业就不爱了？"他一听，急了，连忙纠正说："不是的，毕业了还爱你，我要爱到老！""好，好，好，爱到老，爱到老，这下该满意了吧？"他这才恋恋不舍把双手从我腰间收回，露出心满意足的微笑，蹦蹦跳跳着到教室去了。

看着这小可爱屁颠屁颠跑远了，我的思绪回到了两周前。那天，我请了假到杭州看病去了，整整一天没在学校。尽管我没告诉学生，可还是不知谁走漏了风声。第二天上午，也是课间，黄启豪急匆匆跑进办公室，凑到我身边，双手托着腮帮，关切地问："金老师，听说你昨天身体不舒服去看病了，现在好些了吗？"我亲昵地伸手刮了一下他的鼻子，微笑着说："就你消息灵通。嗯，好多了。"听到我说好多了，你猜这小屁孩怎么说？——"那我就放心了。"说罢，露出如释重负的神情。哈哈，"那我就放心了"，这话听起来怎么那么像长辈的语气呢？我有那么点哭笑不得，也有不想被人觉察的幸福悄悄在心中荡漾开来。

其实，在不到一年的时间里，这位小朋友已经很多次带给我温暖和感动。于是，看到朋友圈纷纷刷屏"520"，我也兴之所至当即把这份特殊的"《520 表白》"晒到了朋友圈。不承想一石激起千层浪，点赞和评论纷至沓来，很多家长好奇地猜测这是班里哪位小暖男。中午回家后，点开朋友圈动态，竟然看到了黄启豪爸爸以"《520 表白》续"为标题的大段留言，写的是中午放学他接儿子回家途中父子俩的对话——

父：今天有个小朋友去老师办公室对老师说"我爱你"的是谁呀？

子：我呀！

父：今天怎么想到去办公室对老师说的？

子：我想到就说呗！

父：你知道今天什么日子吗？

子：不知道。什么日子？

父：今天是 5 月 20 日，520 表示"我爱你"，是一个向所爱的人表达爱慕之情的日子。

子：啊？这么巧！

父：什么是对老师最好的爱？

子：上课认真呗，尊敬老师呗，听老师的话呗……

末了，这位家长还加了一句评论：小子，不管怎么样，能说出这样的话，说明长大了，懂事了。

此刻，作为一名教育战线上的老兵，不曾被职业倦怠击垮的我，很想对自己说，不管是 520，还是 521，抑或每一个并无特殊意义的平常日子，孩子们纯真无瑕的爱永远是老师坚守三尺讲台的不竭动力。就算不能爱到老，其实也可以爱得更深，套用一句网络流行语：如果爱，请深爱！

——原载于 2019 年 5 月 22 日《瑞安日报》

想念天堂里的父母

清明，我的心情又跌入谷底。

母亲去世已两年半，父亲离开我们也一年多了，但我无法停止对他们的深深思念，如果有来生，我只想再做他们的女儿，将今生的缺憾一一弥补。

父母一生勤劳善良，任劳任怨为子女倾尽所有，从未想过要为自己好好活一回，直到生命最后时刻，心里想的还是我们。从小到大，我时时处处享受父母的无私付出，却在成年后一次次忽略了对他们爱的反哺。这份"子欲养而亲不待"的懊悔，才是世上最无力的悲哀，以至于如今想起就觉一阵阵揪心地痛。

去年大年三十，我们去老家给父母上坟。刚来到墓前，还没来得及把手中的白菊放下，我的泪水就汹涌而出。爸，妈，此刻，如果能像我无数次梦到的那样，你们能突然出现在我面前，哪怕就一分钟，让我紧紧拉着你们的手叙叙旧，那该多好啊！可是，周围是空旷的山野，眼前是真切的墓碑，我知道这一切不可能发生。我伤心痛哭，似乎要把压抑许久的思念全部释放出来。嫂子劝慰我说："别哭了，你这么伤心，爸妈也会难受的。"是啊，好好活着，才是对父母最好的怀念，道理我不是不懂，只是我没办法平静如水，做不到坚强如钢。

今年正月初五，我们初中同学在老家聚会，我忍不住黯然神伤！如果父母还健在，我会提早到老家，先去看看父母，和他们聊会儿天，或者在聚会结束后到父母家里坐坐。可如今，老家于我，只有不堪回首的流年记忆。

那天，我是坐彭同学的车去的。刚一上车，同学们就聊起各自父母的近况。我自然插不上嘴，瞬间有了哪壶不开提哪壶的挫败感。这时，彭同学说："还是金洁做得最好，给父母拍了那么多照片。"我摇了摇头，偷偷擦去在眼眶打转的泪水，想起了给父母拍照的欢乐场景。前几年，我陆陆续续给父母拍了好些照片，每次拍照母亲都很高兴，而且也很上镜。父亲虽然不太喜欢拍照，可看到母亲那么开心，也都积极配合。印象最深的是2015年春节，拜过年后，我们带父母去老家的新埭滩拍照。那天阳光灿烂，父母笑靥如花，在我这个蹩脚摄影师的指点下，欣欣然摆出各种不同造型，或牵手散步，或并肩依偎，或深情对视，或哈哈大笑，拍得心花怒放，拍得意犹未尽。我把这些照片存在手机里，时不时地翻出来看看，美滋滋地想，傻呵呵地笑，或炫耀式地与人分享。然而现在，照片还是那照片，我看照片的心境却完全不同，我怕看到父母的照片，却又执拗地一次次打开手机痴痴地看，看得泪眼婆娑，看得心里说不出的难受。

一路上，我们聊着陈年旧事，感慨时间过得太快。车辆很多，车速很慢。一些先到的同学已在群里不断催促，而我却感"近乡情更怯"，关于父母生前的点点滴滴像电影慢镜头在脑海里一幕幕闪现……

酒足饭饱，同学们站在酒店门口互相道别，纷纷笑着说要去看望父母了，我当即红了眼圈。吕同学说父亲91岁，身体倍儿棒，母亲也89岁了，三次中风都挺过来，现在身体也不错。我听了，羡慕得两眼放光。有父母的地方，就是温暖的家，可是这会儿，身处老家的我却找不到回家的路，那是一种近乎绝望的无奈和伤感。见我不听话的泪水夺眶而出，吕同学给了我一个深情拥抱，站在一旁的卢同学幽幽地说："金洁是个特别感性的人。"其实，面对至亲至爱离去，再理性的人也会心有戚戚，谁能割舍得了血浓于水的骨肉之情呢？

正月十二，是父亲离世一周年的日子。那天，天空下着毛毛细雨，阴冷阴冷的，一如我们彼时的心情。哥哥恭恭敬敬把鲜花放在父母墓碑前，旁边是旧年大年三十我们送去的那束白菊，十几天过去了，居然没有一点枯萎，那洁白的花瓣冷艳而生机，应该是连日来的阴雨天气无意滋养的结果，而我宁愿将它理解为父母对我们的眷顾和护佑。

都说时间是治愈伤痛的良药，若干年以后，记忆会慢慢淡忘，可我们对父母的思念恒久不灭。在这忧伤的清明时节，就让随风飘洒的蒲公英捎去我无法停留的爱吧。

——原载于 2019 年 4 月 3 日《瑞安日报》

爱心蔬菜

自从新冠肺炎疫情暴发以来，居家隔离成了头等大事，我们大厦业主当然也积极响应政府号召，非不得已基本没人出去。因春节期间大家都备足年货，即便一段时间不去菜市场，一日三餐也还吃得滋润，只是新鲜蔬菜很快就会断货，而我偏偏是个缺啥菜都行唯独不能没有蔬菜的人。

2月10日下午，我长时间发呆后拿起手机刷微信。懒洋洋地点开业主群，看到物业发上来的一张照片——楼下大厦门口放着一大堆花菜，旁边还有好几个泡沫箱，不过一时没看清里面装的什么。当时我的第一反应是，商家为大家提供便利，直接把蔬菜运到楼下来销售，这下不用出门就能买到新鲜蔬菜以解燃眉之急，真是太好了。正这么想着，几乎是同时，一条微信蹦出来：本大厦郑超豪先生为全体业主发福利啦，赶紧下来领取，送完为止。哈哈，原来是好心业主为大家免费赠送！非常时期非常举动，虽然并非惊天动地，但是平凡之中见非凡，一股暖流顿时涌上心头。

戴上口罩，随手拿过一个袋子，走出家门。现场比照片上看到的要"壮观"得多，地上是堆成小山的花菜，停在一旁的货车上除了花菜，还有一箱箱的番茄、黄瓜、茄子，简直就是一个大型的蔬菜专卖场，虽然品种不算丰富，但蔬菜质量上乘，看上去就是刚从田里收获的。保安和几个业委会成员正忙着从货车上搬蔬菜，闻讯下来的业主一边啧啧称赞，一边各取所需。我也拿了一些，笑称此乃"爱心蔬菜"，并下意识地在人群中搜寻郑先生的身影，希望传递一下自己发自内心的微笑。但是，没看到。没猜错的话，他也许是怕大家不好意思免费接受而有意避开了吧？那一刻，我不禁想到了"善行无辙迹"，这是一种不动声色的善良。

回到家里，放下蔬菜，我想应该说声谢谢，这是最起码的礼貌。于是，点开业主群，这才猛然发现，我竟然一直不折不扣扮演"潜水员"角色，这么多年来从未与群里邻居有过互动。不再多想，立马发送微信：病毒无情，人间有爱，感谢郑先生为大家雪中送炭！紧接着，不少领到爱心蔬菜的业主也都纷纷在群里道谢，远亲不如近邻的氛围被渲染得空前浓厚。

晚上，一家人围坐在一起吃着免费蔬菜，我突然觉得还可以有更"诗意"的致谢方式。于是，随手写了一首藏头诗发到业主群：

　　为防疫情心系邻里，

　　郑重其事捐赠蔬菜，

　　超尘拔俗内外兼修，

豪情万丈注重实干,

先人后己助人为乐,

生逢盛世热衷慈善,

点点滴滴有目共睹,

赞不绝口心存感恩。

邻居们看了,陆续发上去有趣的表情包图片,给予认可和赞许。而默默做着好事的郑超豪先生始终没有冒泡,我甚至不知道他有没有在我们的业主群里,可这都不重要,重要的是他带给我们的不仅仅只是"困难时期"的爱心蔬菜,正如一位业主说的那样:郑先生给广大业主上了一堂朴实的爱心课。

2月12日下午,郑先生再次运来一大车绿色蔬菜送给业主,芥菜、油冬菜、花菜、番茄……除了蔬菜,还有一箱箱网红陶山甘蔗等着我们去免费领取呢。大家奔走相告,分享疫情之下这份难得的喜悦,个个情不自禁发出"中国好邻居"的赞叹。

实际上,对于一直热心慈善的郑先生,这样的"小打小闹"本是无足挂齿,因为他总是身体力行奔走在慈善事业的道路上。每次看到那些生活在社会底层的城市美容师坐在早晨的瑞城街头津津有味吃着免费爱心早餐,我就特别感动,而这就是郑超豪先生一手打造的真正惠及环卫工人这一弱势群体的大好举措。

疫情很快就会过去,特殊时期的温暖会一直在我们心里,不惧时光,历久弥新。

——原载于 2020 年 3 月 3 日《瑞安日报》

无处话哀思

　　每到清明，对父母的思念，便如飘扬的柳絮，而我就像柳絮过敏患者，咳嗽，哮喘，涕泪交流。因为疫情，今年暂停清明现场祭扫活动。无处话哀思，我这"过敏"愈发严重了。

　　父母健在的时候，我也曾与很多身在福中不知福的孩子一样，并不懂得好好珍惜，嫌他们啰唆，对他们的节俭一味责备，经常忽略他们的内心感受。直到他们说走就走，我才幡然醒悟，父母真的是隔在我们和死神之间的一堵墙，而他们的离去，不仅仅只是自身生命的消逝，更是将我们最深切的依恋一并带走。于是，虚幻的梦境一度成了我的精神寄托，多少回梦中相见，我紧紧抱着他们伤心痛哭，一遍遍询问他们过得好不好，然而一声声撕心裂肺的呼唤终是得不到真实的回应。

　　许多年以来，我们总是习惯接受父母的无私疼爱。长年不断供应的绿色果蔬，不定期从农户家里收来的土鸡蛋，过年时自家大米捣制的年糕，清明时的棉菜饼，端午时的蜜枣粽，冬至时的麻糍、番薯、山芋、土豆、山药、南瓜等等总也吃不完的山头货，还有母亲时不时打来的电话和父亲一直以来的谆谆教导，早已成了我们不可或缺的财富。母亲心地善良，心口如一，我的性格很大程度上遗传了她的基因。父亲平时话语不多，感情却比母亲细腻得多，总是以自己独有的方式默默爱着我们，确切地说，是深爱着身边所有的人。从我记事起，父亲从没大声呵斥过我们，更没动手打过我们。如今，这一切都不复存在，但这幸福的一桩桩一幕幕，却像一幅幅清晰的画面镌刻在我记忆深处，今生今世无法忘怀。

还记得 2016 年 8 月 25 日，我帮母亲申请了微信，取名"湖岭老街"，因为湖岭老街不仅是我的出生地，更是父母共同生活了 60 年的地方，我想借用这个地名表达自己的一种心愿，希望父母能长长久久地走在这条老街上，希望这条伴我度过美好童年的古韵老街能因此带给我不灭的怀想。而后我选用父母的一张合照做头像，那是 2016 年 8 月 4 日我在哥哥家楼下为他们拍的，照片上二老精神矍铄，慈祥平和。当时 81 岁的母亲，在用我们的微信跟定居国外的妹妹进行过几次视频聊天后，突然热情高涨地想要学习使用微信，因为妹妹比我更懂母亲的心，是母亲真正的贴心小棉袄，虽然隔三差五给母亲打电话，但这种只闻其声不见其人的越洋电话，已不能满足一个耄耋老人对远方孩子的牵挂和想念。只是我怎么也没想到，仅仅过了一个月，母亲就悄无声息地离开了我们，那张用作微信头像的照片也成了我给父母拍摄的最后一张合影，而我还没耐心地教会母亲熟练使用微信。

2018 年 2 月 27 日，父亲也离开了我们，我一直不能原谅自己。那是 2018 年 1 月 6 日下午，就在父亲发病前一小时，他还去田里拔了一袋萝卜给我！而我却在明明发现父亲身体异常的情况下，竟然没有坚持带他去医院！如果我不那么大意，如果我不那么自私，父亲起码可以多活好几年，可惜没有如果。世界上有一种痛，是失去了再也回不来。极尽后悔自责的我，多想每年都有那么一刻，让我穿越时空隧道，跪倒在父亲面前深深忏悔，或者能有一部通往天堂的电话，每年打一次，哪怕每次只打一分钟，哪怕只让我对着话筒，轻轻叫一声爸妈！

去年暑假，妹妹回国探亲，我们去了父母安息的陵园后，习惯性地来到老家，站在那条熟悉的老街上，看着房门紧闭的老屋，想起以往无数次母亲倚在门前等待我们的情景，姐妹俩潜然泪下泣不成声。那一刻，我才真正明白，在没有了父母的老家，我们只是故乡的一个过客，曾经想要永远留住念想的老街也似乎黯然失色了。

此刻，窗外淫雨霏霏。爸，妈，我想你们了！

——原载于 2020 年 4 月 3 日《瑞安日报》

我的毛线情结

前些日子，我一口气买了几件羊毛衫，看着本就"衣满为患"的衣柜这下更无插针之地，情不自禁想起小时候穿过的两件"慈母牌"毛衣。

那时候，冬天总是那么寒冷。作为贫穷人家的孩子，我的主要御寒衣物是一件"混搭风"毛衣，那是母亲用多种不同颜色的零头毛线编织而成的，因颜色多而杂乱，并不擅长毛线活的母亲根本没办法按一定章法编织出相对规则的花纹和图案，整件毛衣因过于随意而缺少美感。但是即便这样，我也曾爱不释手。然而，当我陆续看到班里一些同学穿着单一颜色的漂亮毛衣，顿时自惭形秽，感觉自己的拼凑"赝品"太土气，便又吵又闹向母亲提出抗议。母亲轻轻叹了一口气，把目光转向别处，无视我的无理取闹。在她看来，一家七口全靠父亲每月几十元工资，能够解决温饱已不容易，自然无暇顾及我们的爱美之心。

第二年冬天，母亲不知通过什么渠道，也不知花了多少钱，买到一斤橙色毛线，给我织了一件我一直心心念念的纯色毛衣。鲜亮而灿烂的橙色，简单而大气的款式，胸前还有一个美丽的图案，用现在的话来讲，那叫引领时尚潮流。真没想到我的母亲也能织出这么好看的毛衣，我高兴得一蹦三尺高，想到可以在同学面前扬眉吐气，空中纷纷扬扬的雪花一下子变得多情起来。与此同时，我视这件橙色毛衣为珍宝，明明天气寒冷，却总也舍不得穿，直到过新年，在母亲一再催促甚至"威胁"下，才小心翼翼拿出来穿了一天，然后又整整齐齐叠好放回衣柜里。印象中，那件在我童年留下美好记忆的橙色毛衣，像一团暖心的火，陪伴我度过几个寒冷的冬天，直到今天，那温暖，那幸福，似乎还萦绕在周身，令我回味无穷。

稍大一点，看着母亲和邻居大婶们一起坐在家门口一边聊天一边打毛线，觉得挺有意思的，便跃跃欲试，也想动手尝试一下。于是，瞅准时机趁着母亲进屋做其他事时，拿起放在一旁尚未完工的毛衣，照着平时耳濡目染学到的针法，依葫芦画瓢，偷偷织上几针，虽然动作生硬，心情也有点紧张，但过程是享受的。母亲过来了，拿起毛衣刚要继续织，突然发现漏针了，看着一溜烟跑远的我，知道肯定是我惹的祸，便是一顿臭骂，然后无奈收拾残局。

再后来，我已不满足于这样的小打小闹，也想自己独立完成整件毛衣的编织，但母亲是不会花钱给我买"原材料"的，我只好把自己不穿了的淘汰毛衣拆了重织。可是，每次都是半途而废，因为织到半身再往上需要捣鼓袖子时我就束手无策了。见我不止一次拆掉却从来没织成一件完整的毛衣，母亲不仅没有手把手教我，还一遍遍嗔怪我成事不足败事有余，为此我曾暗暗怨恨过母亲。不承想，在我成年后，只要一提起小时候的糗事，母亲还是忍不住拿织毛衣一事数落我，只是此时的数落已明显带着亲昵的口气，或许还有只可意会不可言传的自责与内疚，那时我才真正理解感情并不细腻的母亲，其实一直朴素而深沉地爱着我们。

在自己也做了母亲后，我对之前总也找不到感觉的毛线活表现出空前高涨的热情。因为虚心好学，原本笨拙的双手竟也变得灵巧起来，不仅能照着针法图样织出各种卡通动物图案的毛衣，还能像模像样织出开裆连袜毛线裤，穿在儿子身上既好看又实用，总嫌我笨手笨脚的朋友竖起大拇指对我刮目相看。我开心一笑，低调地说："其实也没什么，不过真的挺好，一针一线都是爱嘛！"

现在，再也不需要自己织毛衣，服装店里各种毛衣应有尽有，尤其是我们女人，高领的、低领的，开襟的、套头的，单色的、花色的，一边嚷嚷着断舍离，一边源源不断买新的。而我一直执拗地认为，少了亲手编织过程的毛衣，似乎也莫名其妙少了某种美好的情愫，因为像那个时代的很多女人一样，我是有毛线情结的。

——原载于 2020 年 12 月 7 日《瑞安日报》

可喜的住房变迁
电话情缘
情迷爱琴海
我的2017年
车轮滚滚
俄罗斯之行
梯田情
吃货在欧洲
刷脸打卡
我的2018年
爱上水城威尼斯
欢乐多多迷你马
重游圣彼得大教堂
我的2019年
情迷涅瓦河
小爱同学
「亚巴」出国记
半途而废的拓展活动
我的2020年

上帝给了我们洞察秋毫的眼睛，给了我们健全有力的双脚，那我们就该好好享受这份难得的恩宠，心怀感恩，边走边看，发现更多的善良和美好。

我很笨

第三卷

边走边看

Chapter

03

可喜的住房变迁

30 年，在历史长河中，不过短暂的一瞬，但是对于芸芸众生，我们的人生能有几个 30 年？从 1989 年到 2019 年，这日新月异的 30 年，是我生命旅途中浓墨重彩的一笔。这期间，我完成了从单身到为人妻为人母的角色转换，也经历了从上无片瓦下无寸土到如今住着高楼大厦的住房变迁。沐浴着改革开放的春风一路走来，不禁感慨万千。

1989 年 10 月，我步入婚姻殿堂。当时先生一穷二白，属于一般姑娘见了都退避三舍的穷光蛋。因为没有房子，我们只好借住在瑞安湖岭税务所职工宿舍，而实际上那时先生已从湖岭调到莘塍，但我还在湖岭工作，因而只能暂时赖在那儿。

1991 年，我也调往莘塍工作，一家三口得以团聚，但仍然是住在先生单位宿舍，其实那不是真正意义上的宿舍，而是一幢办公大楼。一楼是办税大厅，先生的办公室在二楼，而我们就住在三楼。简陋的房间里，没有一件像样的家具，就连电饭煲也只能是见缝插针搁置在单位提供的旧木椅上。印象特别深刻的是 1994 年 8 月 21 日，瑞安遭受百年未遇的 17 号台风正面袭击。那一夜，我们胆战心惊蜷缩在床上，感觉整幢办公楼像要被呼啸的台风刮走，一种类似于流落他乡的寂寞与忧伤不知不觉弥漫在心间。

平常还好，要是逢年过节，我们就成了"传达室老伯"，尽职尽责守护着莘塍税务所。这一守就是四年，直到 1995 年，先生调离莘塍到了瑞安，我们才结束这段免费"看家"日子，搬家到我的工作单位——莘塍镇一小。在这里，我们住的是真正的教职工宿舍，但条件却比之前差很多——十几户人家共用一个简易浴室，给生活带来诸多不便。那一年，先生在瑞安上班，儿子在瑞安上幼儿园，先生每天带着儿子奔波在莘塍到瑞安的路上。

1996 年，我们彻底告别无房的尴尬，在西河小区买了一套 80 平方米的商品房，虽然是第六层，没有电梯，每天上下楼有点累，但我们很知足。为此我还专门写过一篇文章《我的"珠穆朗玛峰"》发表在《温州日报》呢。在这真正属于自己的第一套房子里，我们美滋滋地把平淡的日子过得像一首浪漫的抒情诗。

1998 年，我调到瑞安市实验小学。为了上班方便，我们于 1999 年卖掉西河小区的房子，在距离学校很近的后垟河路买了一套 120 平方米的新房子。这房子地段好，朝向好，采光好，住起来心情自然好，唯一的缺点是装修时没能整出个独立的书房来。这房子我们住了 6 年，其间适逢门前那片广阔的空地被开发商买去建高层住宅。当时我的第一反应就是，建了高层后，阳光就会被挡住，这可怎么办？无法改变别人的决定，那就改变自己的思路，我们干脆按揭贷款到前面的高楼大厦买期房！

2005年，我们搬进200多平方米的高层住宅，最主要的是还有一个坐北朝南的大书房，这简直令我高兴得找不着北。虽然不是特别高档的小区，但周边设施齐全，医院、体育馆、繁华的虹桥路商业街，以及我供职的学校，都近在咫尺，工作和生活相当便利。空闲时坐在自家视野开阔的书房里，不仅能纵览我们学校全貌，还可以清晰听见上下课的铃声，身心愉悦自不必说。转眼之间，我们已经在这套冬暖夏凉的大房子里愉快地生活了14年。在这14年里，我们经历过很多事，沉淀下很多情，也对这房子产生了更深的依恋。

然而，生命不息，追求不止，我们打算退休后再买套更好的小区房，开开心心过日子，喜看祖国下一个30年的变化和发展。

——原载于2019年10月29日《温州日报》

电话情缘

暑假里，一早拿着手机跟闺密煲电话粥，情不自禁想起关于电话的"前世今生"。

我的家乡在瑞安西部山区湖岭。上世纪70年代，孩童时的我第一次在父亲工厂里见到那种通身黑色的手摇电话机。清脆响亮的铃声，不见其人却闻其声的神秘感，曾引发我多少好奇与遐想。后来有几次，在离我家不远的邮局里，看到电话总机和令人羡慕的话务员，我才知道电话是要人工总机转接的。那时候，电话基本上只有单位才有，一般家庭是极少有这样的奢侈品的。

真正开始跟电话有了接触是在80年代初，镇上一些富裕家庭陆续装上电话，而我家当时连中产阶级都算不上，偶尔有什么要紧电话都是打到邻居家的。记得我在瑞安师范读书时，学校传达室有一部橙色拨号电话机，每当晚自习时接到外面打进来的学生电话，那个瘦高个儿老伯便会跑到教学楼前的空地上，亮开嗓门喊学生班级和姓名,然后就见被喊学生"噔噔噔"喜滋滋地往传达室跑去。

参加工作后几年,即 90 年代初,家庭固定电话逐渐普及,但城乡之间通话仍需借助总机中转,这情景给我留下非常深刻的印象。那时我和老公都在莘塍工作,儿子在湖岭老家由母亲带管,平时有什么事,我们就在单位打电话回家。每次打电话都通过湖岭邮局转接,有时候对方业务繁忙,让你等上老半天,最后竟不了了之,有几次遇上话务员态度不好,我都只差直接跑过去向人家求情了!

随后,传呼机(也称 BP 机)横空出世,很多人喜欢上这一新生事物。刚开始那会儿,腰间挂个 BP 机,朋友聚会的时候,"滴滴"声神气地响起,"机主"马上在一片羡慕的目光中出去回电话。临别时,还有意无意说上一句"有事就呼我",貌似 BP 机这小玩意儿也是身份的象征。我是在 1995 年才用上 BP 机的,当时 BP 机已呈铺天盖地之势左右我们的视线,而先生已有好几年"传呼龄"。至今我仍清楚记得,那次拿到当时还属稀罕物的 BP 机时,一贯活泼不足古板有余的先生楼上楼下一趟趟地跑,尝试着自己呼自己,感受 BP 机的先进与神奇,然后像一个天真的孩子雀跃欢呼着。如今,时隔多年,曾风靡一时的 BP 机早已退出历史舞台,但那段有 BP 机相伴的日子不曾淡忘。前几天整理房间时,竟还在抽屉旮旯里看到两只蒙灰的 BP 机,轻轻抚摸印记着深深时代痕迹的"古董",我的心中有无限感慨。

这期间，"大砖头"手机大哥大出现，拿在手里牛气十足，一部几万元，只有大老板才用得起，我等工薪阶层只有"望机兴叹"。不久，瑞安推出小灵通，我有幸成了首批小灵通用户。虽然当时小灵通信号接收受地域局限，信号强度也不稳定，但我已经很知足，因为这在一定程度上让我享受到"大哥大"的时尚与便捷。

1997年，我有了自己的第一款摩托罗拉手机。紧接着，我似乎跟手机较上了劲，三星的、诺基亚的，黑白的、彩屏的，翻盖的、直板的……一直到多功能智能手机，20年来，我像热衷时装一样不知买过多少部手机。尤其是苹果手机问世后，我更是像着了魔似的，随着它的不断更新换代而频频更换手机，女人的喜新厌旧可见一斑。目前我使用的是两年前买的iphone 6S手机，虽然还不至于太落伍，也没患"老年痴呆"，但我还是打算再过几个月就请它光荣退休。

现如今，功能强大的智能手机使我们欲罢不能，尤其在这个微信时代，手机的不可或缺更是毋庸置疑。我们一边为自己患上手机依赖症而忧心忡忡，一边心甘情愿对手机不离不弃。

我爱臭美，出去旅游时，闲来没事时，随时随地拿出手机拍上几张照片，或存于手机自娱自乐，或发朋友圈让大家分享，生活因此有了更多色彩。以前上课经常带着U盘存放资料，一不小心把U盘弄丢，好多心血付诸东流，现在一机在手，妥善解决了U盘携带烦恼。我是不折不扣的路痴，傻傻分不清东南西北，用手机定位、导航，问题迎刃而解。我喜欢背双肩包，提防包里的钱夹被盗一度成了烦心事，这下包里基本不放现金，消费时拿出手机扫码支付，完全没有了后顾之忧。以前到银行办理业务，长长的队伍等得人焦躁不安，现在无需出门，不用等待，转账汇款，网上理财，我都用手机银行轻松搞定……

改革开放40年瑞安的变化发展，电话只是其中的"一斑"。其实，一路走来，我们每个人都能深刻感受到这"全豹"是多么振奋人心！

——原载于 2018 年 7 月 12 日 《瑞安日报》

情迷爱琴海

在遥远的欧洲，有一个古老而神秘的国度——希腊，那里有一片令人陶醉的海，叫爱琴海。明知爱琴海非"爱情海"，我却总是无缘由地遐想它的浪漫，多年来一直对它魂牵梦萦。这次终于有机会来到希腊，来到童话般唯美的圣托里尼，来到充满诗意与梦幻的爱琴海，我感觉不枉此生了。

爱琴海上的旖旎风光名扬天下，我千万里漂洋过海来到这里，就是为了尽情领略它的动人风采，怎么能满足于伫立海边静静观赏呢？不为欧元肉疼，我们干脆选择乘坐豪华私人游艇畅游爱琴海。

游艇分上下两层，上层视野开阔，海上风光一览无余，可几个男同胞却早早在下层铺开桌板，喝酒吃肉大快朵颐，说是吃饱喝足才有力气欣赏美景。船长是位希腊老帅哥，据说有丰富的航海经验，是爱琴海上的星级常客。他不仅友情客串，欣欣然与我们一起摆拍，还手把手教我们操控方向盘，让我们过把"大海航行靠舵手”的瘾。

曾有人夸张地说，希腊是一个把全世界的蓝色都用光的地方。如果真是这样，我想说，爱琴海是把全希腊的蓝色都用光的地方。午后的阳光依然猛烈，但习习海风不时拂过脸颊，只觉浑身舒畅无比。跟伙伴们一起就着冰镇啤酒吃过烤羊排，我独自一人走出游艇，站在甲板上极目远眺。地中海漫长的海岸线巧妙地勾画出世界上最美的一抹蓝，深的，浅的，浓的，淡的，明的，暗的……那是我从来没见过的层次丰富的蓝，不只蓝到眼里，使我目眩，更是透过眼睛直击灵魂，令我神魂颠倒！我不知道上天为什么那么眷顾爱琴海，竟然如此慷慨地将大自然的蓝色都给了这颗地中海的明珠，我只知道有一种蓝叫爱琴海的蓝。一望无际的爱琴海，像铺展着巨幅蓝色绸缎，明丽而温柔地从远古悠然飘来，飘向遥远的天边。此时此刻，我真想高声对全世界说：如果世上只剩一篇童话，那它一定属于蓝色的爱琴海！

游艇载着我们的欢声笑语，匀速航行在澄澈的爱琴海上，一路飞溅起雪堆般的浪花，大有"乘风破浪会有时，直挂云帆济沧海"的愉悦与豪迈。蓝色的天空映照着蓝色的大海，近处是白色的游艇和海鸥，远处是粼粼波光中摇曳生姿的点点白帆，此情此景，怎一个"美"字了得！

这时，就在这茫茫大海上，一艘游艇从我们身旁驶过。我无意中一瞥，竟然发现一张熟悉的面孔，那不是蓉吗？我有点不敢相信地定睛一看，千真万确，是我的同事陈云蓉！那一刻，简直像在外星球遇到了知己，我一边手舞足蹈一边大声惊叫起来，蓉更是激动得语无伦次，一个劲儿重复着说："怎么会呢？怎么想得到呢？"前世五百次的回眸，才换来今生的擦肩而过，而我们，平日里就很谈得来的俩同事，居然在事先毫不知情的情况下，于辽阔无垠的爱琴海上相遇，这应该是需要各位极力脑补的电视画面吧？啥也别说，赶紧泊船靠岸，拍照留念，留住这难得的深深缘分！

这激动人心的海上奇遇，像一段美妙的小插曲，为我们的爱琴海之旅增添了更多美的元素，也使欣赏爱琴海日落这一重头戏更富浪漫色彩。

爱琴海拥有世界上最美的日落。晚上八点多，那醉人心魂的纪实大片即将上演。我们齐刷刷站起来，屏住呼吸，深情凝望天边那轮就要落下的红日。时间一分一秒过去，金色的太阳渐渐变成艳红，天空中交织着夕阳晕开的金黄和酡红，海天一线之处，不知什么时候呈现出令人心旷神怡的绛紫色。随之，落日只剩下一半，我目不转睛盯着看。最后，只见仅剩的一点点落日倏地坠入爱琴海。我们鼓掌欢呼，为亲眼目睹这场日月交替的盛典，为大自然的生动与壮丽！

美轮美奂的爱琴海，就这样俘虏了我的心，这真的是我甘愿住上一辈子的人间仙境！

——原载于 2019 年 8 月 8 日《瑞安日报》

我的 2017 年

时间如流水，转眼 2017 年就要画上句号。不知从何时起，认真盘点成了一种习惯。于是，站在时光隧道里，心怀感恩回望这一年的成长与收获。

这一年，为人师的幸福感不时充溢心间。

曾经教过一年的学生郑钧豪在《金老师，我想对您说》里写到：那时，我们经常抱住您，但我只是看同学这样做，也跟上去，现在我长大了，知道那是因为我们都是爱您的，抱您总会看到您灿烂的笑容。周姿祎则在教师节当天把 10 个孩子签名的特殊贺卡送到我家里，说班里很多同学一直念着我的好。短短一年时间竟在孩子们心中留下那么多美好情愫，这是缘分，也是为师的荣耀。

现任学生缪伊涵在给我的教师节贺卡上这样写：还记得您和我在操场上的第一次拥抱，您抱着我，我能感受到这拥抱很紧、很暖。

学校读书节，要求班级刊出黑板报，我班学生利用双休日完成任务。周一早上来到教室一看，图文并茂，最引人注目的是那幅漂亮的卡通插图：一个女生盘腿而坐，手捧书本认真阅读，书面上赫然写着：最美尘埃——金洁。这些不时惹是生非的熊孩子，竟以如此别出心裁的方式表达对我的喜爱，内心最柔软的地方瞬间被戳中。

12 月 7 日，学校举行家长开放日活动，原本我对这件事内心是抵触的，但看到班级群里几分钟就完成家长报名工作，听到课后家长感慨"这节语文课太快了"，我不由地深感欣慰。

这一年，短途或长途旅行仍以不同姿态带给我生命的喜悦。

3 月，随瑞安作协走进芳庄东元，一睹昔日六连碓风采，遥想当年村民造纸之艰辛，写下《遥远的造纸记忆》发表在《玉海》。

4 月，陪同省作协赴仙降进行"剿灭劣 V 类水"文学采风活动，真切感受水不仅是不可或缺的生命之源，也是一个包罗万象的文化存在。

5 月，与可爱的同事们来到苍南日月潭和福德湾古村，面对浓厚的乡村气息和马鞭草那张扬的美，我们全然忘记烦恼和疲惫，抢占镜头，各种臭美摆拍停不下。

8 月，与一帮志同道合的朋友去俄罗斯旅游，不仅当下深深陶醉在美不胜收的异域风情里，回家后好长一段时间仍意犹未尽，血液里似乎还流动着旅途的动感，不时翻看照片，一遍遍回味着独特魅力，然后眉飞色舞讲述各种趣事甚至糗事。

10 月，独自一人去金华培训，偶遇最要好的师范同学。置身于美丽的大学校园，我们悠闲漫步、促膝谈心，一起用餐，一起睡觉，重温同窗情谊，感慨时不我待，枯燥的培训活动由此变得超常快乐。这是一次并非真正意义上的旅行，却比刻意安排的旅行更美好，更直达我们彼此相通的心灵。

这一年，我于平淡生活中，一如既往享受文字带来的快感。

与《瑞安日报》结缘已是多年前的事，一直感谢这个有爱的平台，今年在上面刊发 30 多篇文章，无不包含着编辑对我的支持和厚爱。无意矫情，无需煽情，只想发自内心地说："感恩的心，感谢有你!"

3 月 8 日，我开通了个人公众号。在这里，我可以随性书写粗糙或稚嫩的文字，真实表达自己的喜怒哀乐。那天，我把 10 年前发表的《湖岭老街》发到公众号上，一篇不到 800 字的短文竟然出乎意料引发很多人共鸣，众多湖岭老乡纷纷转发，许多在外游子争相留言，都说文章勾起他们对家乡的美好回忆，都为没能保护好这条老街深感遗憾。

那段时间，董卿主持的《朗读者》节目极度火爆。为欢度"五四"青年节，我们一群臭味相投的文友与时俱进，在瑞安樊登书店玩起《朗读者》，读的都是自己的原创作品，收获的是书香氛围和美丽心情。

要么旅行，要么读书，身体和灵魂总有一个要在路上。2018年，争取让身体和灵魂都在路上，并将最美风景付诸笔端，让生活更美好，让生命更灿烂!

——原载于 2017 年 12 月 28 日《瑞安日报》

车轮滚滚

闲来无事，站在自家窗口向远处眺望，出行高峰期的万松路瞬间堵成了"一锅粥"。收回视线，我的思绪回到了那段与自行车亲密相伴的过往岁月。

上世纪 80 年代，虽然自行车已不算什么稀罕物，但在我们山区，还不是每家每户都有。记得我刚参加工作时，从亲戚那里借来自行车用于代步，尽管那是一辆过时的男式旧自行车，但囊中羞涩的我没有嫌弃，心想总比没有好。

结婚时，哥哥给我买了一辆时尚的飞达自行车。那是属于我的第一辆自行车，蓝色的车身，漂亮的车型，我很是喜欢，也分外爱惜。我像对待宝贝一样，小心翼翼停放在家里，还时不时地擦洗一番。要是遇上雨天，我还舍不得用，生怕委屈了自己的爱车。儿子出生后，自行车的利用率越来越高，除了每天骑着自行车上下班，我还经常让儿子坐在自行车后座上，带着他"走南闯北"。为了防止我的长裙被卷进去，也为了提防儿子把小脚伸进去，我专门到店里给自行车后轮装上塑料防护罩。只是那时自行车被盗现象非常普遍，一不小心，刚停下的车子就可能不翼而飞。在某一个夏天的晚上，我的那辆飞达自行车也未能幸免，眨眼间不见踪影，害得我一时像丢了魂似的。后来，我还买过几辆不同牌子不同款式的自行车，只是它们的命运都惊人地相似，都是没等到寿终正寝就被可恶小偷变换了主人。

渐渐的，随着生活水平不断提高，摩托车从大街小巷冒出来。当时最具代表性的也许是威风凛凛的"本田王"，那风驰电掣的速度，那招摇过市的派头，曾令多少追求幸福生活的年轻姑娘羡慕不已。然而，价格好几万元的摩托车对于工薪阶层的我们，有点可望而不可即。这期间，介于自行车和摩托车之间的助动车闪亮登场，我咬牙花了近6000元买了一辆"新大洲"迷你助动车。原以为鸟枪换炮，从自行车到助动车，也算实现了一次飞跃，从此可以尽享交通便捷。哪知道才过了一段时间的"陶醉期"，新的烦恼就接踵而来。那两年，我住在市区，每天开着助动车去莘塍上班，不知是当时的助动车质量不过硬，还是我使用不当，火花塞隔三差五出故障，导致半路上车子发脾气闹罢工，搞得束手无策的我苦不堪言。

上世纪90年代末，一些经济条件较好的家庭开始开起了汽车。我的两位美女同事带头考取驾照，买了"奥拓"小轿车，率先成为有车一族，那足以令人产生美好遐想的风光一幕至今仍在我的记忆里挥之不去。随后，越来越多的私家车如雨后春笋般冒出来，成为瑞城一道亮丽的风景线。我家直到2006年才实现购车计划，其时私家车已达普及状态。

如今，很多寻常百姓早已不满足于有车或有几辆车，更多地追求起私家车的档次，对车的外观、性能、配置、价位等综合指标都有一定的要求，一些有钱人甚至像买时装一样频频换车。我家现有两辆汽车，很大程度满足用车需求，可我基本不开车，一怕堵车，二怕停车难。有一次，一家三口出去吃饭，费了好大的劲却找不到车位。我对爷俩说："要是能发明一种汽车，停车时折叠成玩具车那样，随手放进随身携带的包包就好了。"儿子一边四下张望寻找车位，一边对我揶揄道："这不是痴人说梦吗？"我撇了撇嘴，不服气地说："不是有梦想成真一说吗？兴许哪天还真实现了呢！"

去年，瑞安出现共享单车，受到很多人喜欢，我也第一时间在手机上下载单车软件。每见"单车族"骑着单车，在拥挤的车流中自如穿梭，我仿佛看到了一场美丽的轮回，这轮回里有可喜的返璞归真，也有车轮滚滚中挡不住的家乡巨变。

——原载于 2018 年 8 月 14 日《瑞安日报》

俄罗斯之行

8月4日，我们逃离瑞安"蒸笼"，前往俄罗斯避暑。

这次俄罗斯之行，目的地在莫斯科和圣彼得堡。在莫斯科，我们游览了红场、克里姆林宫、谢尔盖耶夫小镇、莫斯科国立大学。

红场，古俄语意为"美丽的广场"，虽是莫斯科最著名的广场，但它并不大，只有北京天安门广场的五分之一。不过地面独特，全部用古老的条石铺成，古朴而又神圣。倒是红场周边的特色建筑非常值得一看，无名英雄纪念碑、圣瓦西里大教堂、亚历山大花园、古姆商场，无不勾起我们对这个曾经的苏联老大哥的怀旧情结。

克里姆林宫是俄罗斯国家的象征，享有"世界第八奇景"美誉，得知那就是总统办公地方，我们都很激动，互相调侃着如何邂逅男神普京，最后只是远远地望一眼普京上下班乘坐的直升机停机坪，算是不虚此行了。幸运的是，我们还赶上了克里姆林宫卫队表演，负责普京保安工作的联邦总统卫队，身穿沙皇时代的军装，为游客展示彼得大帝时代的传统换岗仪式，那样的整齐划一，那样的威风凛凛，那样的英姿飒爽，令我们叹为观止，不住喝彩。

在谢尔盖耶夫小镇，我们参观了圣三一修道院，因为俄罗斯人大多信奉东正教，这是东正教信徒向往的圣地，几百年来香火不断。我们进去时，里面很多人正在虔诚祷告。导游轻声向我们介绍教堂壁画意蕴，其实无非就是劝善、行善，从某种意义上说，这也算旅行的一大收获吧。

莫斯科国立大学是俄罗斯最高学府。60年前，毛泽东主席曾在这里对数千名中国留学生说："世界是你们的，也是我们的，但归根结底是你们的。"稍显遗憾的是，我们没能进入这所世界顶级名校一睹风采，只是怀着爱慕和景仰观看外观，然后拍下照片，权当到此一游。

8月7日，我们从莫斯科乘高铁抵达圣彼得堡。

在这里，我们游览了世界上最大的喷泉园林——夏宫花园。那是我见过的最美花园，置身于豪华壮丽的人间仙境，我真想不出该用什么样的语言去描述，唯有用心体会，唯有不断惊叹。

在这里，我们参观了世界四大博物馆之一的冬宫。面对如此富丽堂皇的博物馆，透过馆内那一件件绝无仅有的珍品，听了导游对史实的详尽讲解，我们看到叶卡捷琳娜二世辉煌的一生。震惊之余，也为俄罗斯灿烂的文化艺术心生敬重。

在这里，我们与欧洲最大的淡水湖拉多加湖亲密接触。这条卫国战争时期曾作为圣彼得堡"生命之路"的湖泊，有着二战历史背景下凄凉而动人的故事。这会儿，在蓝天和阳光映照下，碧波荡漾，浩渺无垠。很多俄罗斯人躺在被阳光晒得暖融融的沙滩上晒太阳，我们却撑着阳伞在湖边嬉戏、拍照，不同观念轻轻碰撞，你晒你的太阳，我撑我的阳伞，各自安好。

在这里，我们走近彼得保罗要塞，触摸彼得大帝铜像双手，祈愿健康和财富。

在这里，我们行走在涅瓦大街，看着俄罗斯金发美女高挑的身材、高挺的鼻子、白皙细腻的皮肤，赏心悦目，心花怒放。

俄罗斯，一个古老而风情的国度，看不完，玩不够……

——2017 年 8 月 24 日发表于《瑞安日报》

梯田情

　　早就对"金川梯田"这诗意的名字产生美好遐想，却一直未能成行。国庆期间，约上三五好友，像赶赴一场前生的约定，去一睹金秋时节金川梯田的动人风采。为了防止出游高峰堵车和堵心，我们一早就出发了。只是尽管启用导航，却仍误打误撞，险些找不着"养在深闺人未识"的"神秘之地"。后经山民热心指点，才得以顺利抵达。

　　急急忙忙停好车子，顺着蜿蜒的田间小路，一口气来到山顶的景观亭。亭口的地面成了临时晒谷场，饱满的谷粒在阳光下闪着耀眼的光芒，一旁搁着翻晒专用农具——谷耙。作为山区出生的人，似乎无缘由地喜欢一切跟农耕有关的物件，赶紧拿过谷耙给晒在地上的稻谷"翻身"。动作稍显生硬，记忆的闸门却随之开启。晒谷曾是很长一段岁月里农忙时母亲的主打动作，太阳底下，母亲头戴草帽，一遍遍翻晒稻谷，待其干燥后，借着午后猎猎秋风进行谷粒进仓前最后一道工序——扬谷，用力举起畚斗，里面的谷粒倾泻而下，秕谷随风飘到一边。那时母亲经常说，虽然辛苦，但只要有谷可晒，就不会饿肚子，就有希望和快乐。

站在亭里放眼望去，层层叠叠的梯田顺山就势、错落有致，霞光映照下，宛如一幅五彩斑斓的画卷，丰收在望，美不胜收。有人说，梯田的翅膀，长在摄影师的镜头里，长在那一阵阵清脆的快门声里。特爱臭美的我们，自然是带上"御用摄影师"一同前往的。迫不及待奔向梯田，摆出各种POSE，或个人镜头特写，或不同组合合影，或坐在田埂上，或站在梯田中，或与金黄的稻穗亲密接触，或以高远的蓝天作为背景，我们把自己无所顾忌地交给了金色的梯田，像无拘无束的孩子，在大自然的怀抱里嬉闹、玩耍，每一张照片都定格我们的欢欣和喜悦。

不远处，有农民在田里收割稻谷，我们赶紧跑过去与他们攀谈起来。那是一对中年农民夫妇，田里的稻子已经割了一半，需要手脚并用的传统打稻机就放置在割过稻子的田里，这会儿他们正配合默契地在打稻。这场景熟悉而亲切，小时候的我们，每到稻谷收割季节，都会随父母一起去田里打下手，偶尔也学着大人的样，拿起镰刀割稻子，或在大人监管下打稻子，看着打稻机里谷粒飞扬，我们开心地笑着，叫着，虽然更多时候是在帮倒忙，可慈爱的父亲从不责骂我们，即便自己累得直不起腰，仍对我们呵护有加。那时候，我们还放农忙假，拾稻穗、捡落叶、耙稻秆末儿、在稻草垛里捉迷藏，都是我们童年生活里永不褪色的经典记忆。为了重温这份经年时光里的美好，也为了借此拍出更具视觉效果的照片，在经得农民夫妇同意后，我们也象征性地尝试着割稻、打稻，摄影师则在一旁快速抓拍，每一张"大片"出炉，都引得我们阵阵喝彩。

临近中午时分，山上已有不少游客，意犹未尽的我们决定先从喧嚣中撤离。这时，一个蹒跚的身影映入眼帘，像极了我的母亲。走近一看，是一位精瘦的老妇人，背着一只鼓鼓囊囊的蛇皮袋，赤脚踩在满是野草的田埂上。她那饱经风霜的脸上显出宁静恬淡的神情，我突然觉得这是与梯田融为一体的一道独特风景，是甘于扎根山里的淳朴山民使这里的梯田更富生机。

下山后，朋友提议去湖岭吃农家菜。当车子在湖岭镇上一家餐馆门前停下，我即刻悲从中来。我的老家就在湖岭老街，这要是在以前，我一定先去看看父母，真来不及的话，至少也会打个电话聊上几句。可是现在，即便到了老家，即便在离老家咫尺之远，即便我有那么强烈的愿望，也愣是无处可去！一种没有亲身经历的人永远无法感同身受的伤感瞬间把我击倒，我忍不住泪流满面，继而失声痛哭！曾经，父母在田间辛勤劳作，含辛茹苦养育我们；如今，父母已去遥远的天堂，使我痛失尽孝机会。如果世事真的可以轮回，下辈子我愿意当一个爱心满满的农民，躬耕于梯田，种出优质大米，让父母吃得开开心心，努力偿还这辈子对父母的亏欠。

——原载于 2018 年 10 月 13 日《瑞安日报》

吃货在欧洲

对于一个不折不扣的吃货，"吃"是一个想绕都绕不开的话题，即便外出旅游，我也打着"民以食为天"的旗号，总想在饱览美景之余，尽情享受当地美食。这次去欧洲旅游，味蕾得到了极大的满足，现在想来，真的是唇齿留香，回味无穷。

此番欧洲之旅，我们去了希腊、法国、意大利。所到之处，都有亲戚或朋友热情接待。在这个过程中，我们一次次被浪漫而精致的欧洲美食吃撑肚子，也不知多少回为源远流长的中华饮食感到骄傲和自豪。

先说法国大餐吧。那天在巴黎，一场高规格的法式西餐拉开序幕。我们一行8人，好客的东道主又呼朋引伴请众多好友前来捧场，一溜摆开的长桌旁一下子坐满了几十人。每人前面摆放着好几套餐具，刀、叉、勺什么的一应俱全，光是大小不一的酒杯就有好几个。见我们大惊小怪的样子，主人笑着介绍道："餐前先喝一杯开胃酒，餐中吃肉配红葡萄酒，吃鱼虾类的海味配白葡萄酒，每种酒所用的酒杯都不同。"法国人视吃为人生一大乐事，他们认为美食不仅是一种享受，更是一种艺术，看来这些在外打拼多年的旅法华侨也已融入法国文化，但他们仍保持着中华民族热情好客的品性，实属难得。

色香味俱全的菜品陆续上来，就着高档法国葡萄酒，我们频频举杯，只觉每一道菜都好吃得根本停不下。入口即溶的鹅肝，口感倍佳的蜗牛，鲜嫩肥美的鲑鱼、龙虾、帝王蟹，软烂醇香的牛排，新鲜到令人惊叫的法国生蚝、斯干比、淡菜，还有风味独特的鱼子酱，就连面包、面条、蔬菜沙拉等普通菜肴，也都非常美味。各种各样的时令水果，同样令"肚饱眼不饱"的我们欲罢不能，西瓜、葡萄、火龙果、菠萝、哈密瓜……尤其是那甜津津的樱桃，我好像从来没吃过那么好吃的樱桃呢！

在希腊，在意大利，我们也享用过好多餐这样的豪华西餐，每一次都肆无忌惮地接受美食的轰炸，幸亏我们几个都属苗条之辈，要是遇上正处减肥阶段的爱美胖大妈，那份痛苦就只有她自己知道了。

然而，作为中国人，动作生硬地举着刀叉受到贵宾级西餐优待的同时，我们仍习惯性想起中餐，想起用一双筷子夹出的人间美味。于是，欧洲朋友就带我们去吃中国菜。中餐馆门面并不显赫，里面环境也不如国内高档酒店，但一进大门就看见大厅柜台上方摆设的"财神爷"，同时还有熟悉的菜肴香味扑鼻而来，瞬间有种宾至如归的感觉。进入包厢，偌大的红木大圆桌，似曾相识的中国字画，说着温州话的服务生，都让人倍感亲切。更重要的是，餐馆菜品丰富，烧的是纯正的家乡味，而鱼、虾、蟹等海鲜，真不是一般的鲜。他们恨不得把所有美味佳肴都端上来，深受感动的我们恭敬不如从命，推杯换盏，吃得忘乎所以，吃出了浓浓的中国味。

在这样的饮食氛围中，我们一边心怀不安，一边变得更加矫情，就连那几个很能随遇而安的男同志也嚷嚷着要改善一下早餐伙食，说是不习惯酒店的西式自助早餐。欧洲朋友知道了，二话不说带我们去中国人早餐店。店里生意兴隆，说着正宗瑞安话的老板正忙得不可开交，白粥、豆浆、油条、小笼包、实心包、豆腐脑、馄饨、牛肉面、糯米饭，各种早点应有尽有。原本只想着豆腐乳喝碗白粥换换口味的赵兄，这会儿看到五花八门的美食，激动得都不知道该吃什么了！我也傻愣愣地半天没反应过来，一度怀疑自己穿越到咱们的大瑞安。

在欧洲的 20 天里，无论走到哪里，都能吃到地道的中国菜，让身处异国他乡的我们没有一点违和感。勤劳聪明的中国人，尤其是敢为人先的温州人，在世界各地开出中国餐馆，让中国的饮食文化发扬光大，真是好样的！

——原载于 2019 年 8 月 21 日《瑞安日报》

刷脸打卡

对于朝九晚五的上班族，考勤似乎是一个想绕都绕不开的话题。早些年，手写签到，写上尊姓大名和到岗时间，代签在所难免。后来，推出刷卡考勤，仍有空子可钻。再后来，指纹考勤应运而生，但指纹考勤机对环境和手指皮肤要求较高，容易使性子闹罢工。现在，好多单位启动刷脸打卡，让这一先进的考勤机约束员工，使之更加爱岗敬业。这学期，我们学校也与时俱进，安装了人脸识别考勤机，轻松告别指纹考勤所带来的尴尬。

迎着清晨的第一缕阳光，教师们满血复活走进校园，一边互相问好，一边忙着刷脸打卡。偶尔也有人忘了刷脸，课间突然想起，无奈已过打卡时间。较之上班，下班忘记刷脸的概率要大得多，因为努力工作了一天后，教师们或拖着一身疲倦归心似箭，或仍在边走路边思考某个教学问题，一不小心就与校门口的人脸识别考勤机擦肩而过，全然没意识到自己又一次华丽丽缺卡。等到与刷脸打卡相匹配的钉钉软件公布一周或一月考勤统计时，才知道明明起早贪黑爱校如家却莫名其妙充当冤大头，于是只好自我解嘲，笑称老年痴呆，或撇嘴揶揄现如今教师也"靠脸吃饭"了。

撇开忘记打卡这一郁闷因素，其实刷脸考勤还是挺好玩的。一早来到学校，精神抖擞地往考勤机前一站，不出几秒，显示屏就快速显示我的"尊容"，有时考勤机一时反应稍显迟缓，我就眨巴一下眼睛，马上 OK，同时还有语音提示："金洁，早上好!"这冷冰冰的考勤机，竟能跟有血有肉的我开心互动，一天的好心情就从刷脸打卡开始。下午离校，再次跟考勤机道别，同样有温暖人心的语音传来："金洁，辛苦了!"每当这样的时候，我总是幽默地向这位尽职尽责的好朋友作出快乐回应："哈哈，不辛苦!"

开学初，只有学校西大门口安装了考勤机。后来，为了方便从北大门出入的老师打卡，学校又在东面楼梯口装上一台。这样一来，我就很少忘记刷脸了，因为那是我去办公室和教室的必经之路，为此我还一个劲儿直夸学校管理人性化。可是不久，我就发现新的问题。有几次早操时间，我带学生下楼，经过一楼楼梯口时，竟然神不知鬼不觉地被刷脸了!签到时间已过，签退时间未到，这个时间点刷脸不是意味着早退吗?这该死的考勤机，一晃而过的脸，竟逃不过它的"火眼金睛"，简直是成心跟我过不去。

为了避免类似情况发生，再带学生下楼时，我只好用双手挡脸，好像做了什么见不得人的事!后来想想此举并非长远之计，便向信息中心管理员林老师投诉。林老师说，因为考勤机灵敏度太高，往往在你还没反应过来，它就已经"自作主张"刷你没商量，但是只要下班到点打卡，数据统计是以最迟时间为准的，所以不用予以理睬。听了林老师的解释，我明白了，也放心了，这下不必在经过那道关口时"遮遮掩掩"了。于是，那天再次中途"被抓现行"时，我调皮地冲那台老是捉弄人的考勤机大声喊："只要你不嫌累，爱怎么刷就怎么刷，我当奉陪到底！"

经过一段时间的"磨合"，我们已经慢慢习惯了刷脸打卡。随着科技的进步与发展，身处这个日新月异的时代，真不知道今后还会有何种形式的考勤等着我们去接受、去适应、去喜欢，只是到那个时候，我应该早就退休了吧。

——原载于 2019 年 11 月 11 日《瑞安日报》

我的 2018 年

时光如白驹过隙，站在 2018 年岁末，回望来时路，心中满是感慨。认真梳理，细细品味，不得不说逝去的 2018 年是我生命旅途中特殊的一年。

这一年，我出版发行个人散文集《岁月如歌》，为自己的 126 篇文章找到一个新的平台，由此收获温暖和感动。多年来，我习惯用文字抒写生活，先后发表了 600 多篇"豆腐干"。之前从未想过出书，可终是禁不住众多朋友再三怂恿，便从中挑选一部分结集出版。

没想到新书出版后，各方反响很是不错，很多读者给予高度评价——接地气、有灵气，真情实感、文如其人，轻松自然、娓娓道来……而我亲爱的同事们，不仅纷纷转发朋友圈以示真诚祝贺，还向学生介绍、推荐我的书，很多学生读得津津有味。

那段时间，经常有不认识的学生在校园里遇到我，就像见到明星似的，一脸仰慕地说读过我的书，并滔滔不绝聊起书中的情节，有的还拿出书请我签名。虽然深知自己几斤几两，内心仍有欣喜和感激。李一锋老师在朋友圈转发我的书讯时写道："坚持做一件事，岁月就会为你开出一朵精美的花！"瑞安市委宣传部还奖给我一笔不菲的文化精品项目扶持奖金。无论是精神的，还是物质的，这一切都是我 2018 年默默引以为豪的成果，我当珍视与感恩。

这一年，我送走了一届毕业生，又迎来一批乳臭未干的小天使，日子就在这样看似单调无趣的工作中开出绚烂多彩的花。这班毕业生，我只教了他们两年，其间虽也因恨铁不成钢而偶有倦怠，而孩子们的肺腑之言一次次给了我教书育人的满腔热情。"离别之际，请容我说出真心话，也许您不是最漂亮的女人，但绝对是最有魅力的老师！""那次您的嗓子哑了，几乎发不出声音，可您无声的教导，让我们真切地感受到浓浓的爱！"就连那个老是被我批评呵斥的男生曹琦，也在毕业典礼结束后特意跑到办公室对我说："金老师，谢谢您！"

而后，我成了一年级班主任，差点被一群心智稚嫩的熊孩子折腾得心力交瘁，然而感性的我却时不时地被可爱的他们感动着。班里有个男生，几乎每天一次跑过来抱着我开心地说："金老师，我爱你！"无论是已经毕业的优秀学生，还是眼前这些不让人省心的娃娃，都是上天为丰富我的人生阅历指派而来的美丽缘分，我当珍惜与呵护。

这一年，我一如既往亲近大自然，游山玩水，愉悦身心，努力践行着"身体和灵魂必须有一个在路上"的生命理念。上饶三清山、丽水遂昌南尖岩、天台寒山湖、文成龙麒源和南田刘基故里、江西庐山和龙虎山，这些风景优美的地方，都留下了我的足迹，也留下几多美好回忆。此外，我们几个摆拍达人还专门冲着"大片"视觉效果，去拍林垟格桑花，去拍充满丰收喜悦的金川梯田，去拍家门口的忠义街。每一个镜头，每一张照片，都像一段凝固的音乐，诉说着童心未泯的我们内心深处欲说还休的臭美心愿，我当珍藏与回味。

这一年，陪伴了我半个世纪的父亲带着亲人的满满不舍与留恋，追随天堂里的母亲而去了，留给肝肠寸断的我"子欲养而亲不待"的永远遗憾和无尽伤心。明知生老病死乃自然规律，明知父母已是耄耋之年，但似乎从未认真想过，有一天他们会说走就走彻底消失。从今往后，爱我疼我的父母只活在我的深深怀念里，我的女儿身份就此戛然而止，这是多么痛心的事！父亲的匆忙离去，使我原本多彩的 2018 年黯淡失色，然而既然缘分已尽，就让哀伤随风而去吧。我知道，天堂里的父母正慈和地看护着我，希望我健康快乐，我当珍重与坦然。

有喜有忧、有笑有泪的 2018 年倏地走远，内心五味杂陈，脸上写满新年的憧憬……

——原载于 2019 年 1 月 2 日《瑞安日报》

爱上水城威尼斯

　　我对威尼斯的印象，最初源于《威尼斯的小艇》，当时给学生上这篇课文时，我就期待着哪天亲自到威尼斯坐一回"等于大街上的汽车"的小艇，好好感受一下马克·吐温笔下的异域风情。

　　今年暑假，我去了威尼斯，才知道自己心心念念的威尼斯小艇名叫"贡多拉"，很多到威尼斯旅游的人都喜欢坐在里面，由技术高超的船夫带领着，串街过巷，悠然而行，饱览水乡风光。可惜因为行程安排过于仓促，我们没能体验贡多拉的美妙与别致，而是雇了一艘小型游艇，在碧波荡漾的河道上乘风破浪，一边目不暇接欣赏威尼斯两岸各式建筑，一边发自内心感慨着——难怪威尼斯有着"因水而生、因水而美、因水而兴"的美誉，难怪拿破仑称之为"举世罕见的奇城"！面对威尼斯由水营造出来的诗意之美，我们深深陶醉，感觉就在悠远的梦境中。

　　游艇载着我们去往彩虹岛。

　　威尼斯是世界上唯一没有汽车的城市，117 条纵横交错的水道连接着 118 个小岛，而彩虹岛则是其中比较有名的风景岛，犹如一个色彩斑斓的童话世界，吸引着众多游客前往观光。那天外甥女当向导，她向我们推荐彩虹岛，说那是世界上色彩最鲜亮的地方，岛上居民每年都会刷新一次房子，而且每次颜色不会重复，现已成了网红婚纱摄影基地。我一听就带劲，兴许我们几个摆拍达人也能拍出几张大片来呢。

游艇在彩虹岛码头停泊靠岸，远远地，岛上那艳丽的色彩就直逼我们的眼。一脚踏上彩虹岛，我就忍不住惊叫起来，分明是上帝不小心打翻了调色板，调出了一个彩色的人间天堂！且慢，先在街边找家小店点上一杯咖啡，慢慢品，静静看，顺便梳理一下激动的心情。

喝完咖啡，起身走向传说中的赤橙黄绿青蓝紫。放眼望去，蔚蓝的天空下，金色的阳光跳跃着，虽然热得只想不顾老外怪异的目光撑开遮阳伞，可心早已不自觉地柔软下来。你瞧，岛上那些小巧精致的各色房子在清澈的河道边鳞次栉比，屋顶、墙壁、门窗，甚至用来装饰窗台的小盆栽，无一不是五颜六色，而且紧挨着的房子没有出现撞色现象，俏皮又不失默契，像多彩的小巷"流水线"，像宫崎骏画出的唯美画面。据说岛上原始居民大多以捕鱼为生，由于当地气候多雾，给房子涂上独特的亮丽色彩，是为了让晚归的渔民能在大雾中轻松找到自己的家，甜蜜而温馨。而现在，就因为这人为的美丽色系，带出了一种出乎意料的美感，带出了童话般的浪漫气息，每年吸引世界各地游客蜂拥而至，不知道岛上的先民们是否正为此喜笑颜开呢！

身处这样一个色彩艳丽的世外桃源，臭美成性的我多想摆开架势大干一场。按理说，风景优美的彩虹岛，哪儿都是绝佳的拍摄点，哪儿都能找到恰到好处的背景，随便往哪座房子前一站，或慵懒地往哪个墙角一靠，都能拍出效果杠杠的照片来。可是，几个同伴一直在催命似的，马不停蹄地与时间赛跑，害得我没能过足拍照瘾。哼！总有一天，我会再次来到彩虹岛，放慢脚步用心看，带上御用摄影师尽情拍，要不然还真感觉对不起自己，也对不起威尼斯！

意犹未尽的我一步三回头离开彩虹岛，与大家一起乘坐游艇原路返回。上岸不远就是著名的圣马可广场，它是威尼斯人心中的明珠，也是世界上最美的广场之一，拿破仑曾称赞其为"欧洲最美的客厅"。

广场四周挺立着文艺复兴时期的精美建筑，最具历史感的是东面的圣马可大教堂。我看过梵蒂冈圣彼得大教堂、意大利米兰大教堂、德国科隆大教堂、俄罗斯圣母大教堂，这会儿当我一眼看到圣马可大教堂时，还是即刻被它独一无二的气质所迷惑，可惜没能走进去近距离一睹它的艺术风采，这份遗憾也只能留到下次一并弥补了。

古老的威尼斯，用神奇讲述着一个水上城市的从容与优雅。匆匆到此一游，我已深深爱上它。

——原载于2019年9月2日《瑞安日报》

欢乐多多迷你马

虽然看似弱不禁风，其实原本我是喜欢体育运动的，只是因为惰性使然，印象中已N年没锻炼身体了。这次看到瑞安市妇联主办的"女性迷你马、家庭欢乐跑"活动报名通知时，我的视线是被"迷你"一词所吸引的，在"马拉松"前面加个"迷你"，顿感此马拉松非彼马拉松，轻松自在油然而生，于是心血来潮想要报名参赛。

仔细阅读报名通知，发现赛事分两个组别，即5公里女子健身跑和3公里家庭欢乐跑，而家庭欢乐跑不计时间和名次，需2—4位家庭成员参加，其中必须有一位成年女性。我想：何不全家总动员来一场欢乐跑？于是，我兴致勃勃把报名链接发到家庭微信群，征求爷俩意见。老公是个跑步爱好者，当即满口答应，儿子却抛出个"心累"表情包，表示自己跑不动。我佯装生气责问："我们都行，你跑不动？再说又不计名次，重在参与嘛！"老公说不要勉强，算是打了圆场，然后我扫描二维码给自己和老公报了名。

然而，拿到参赛物资那一刻，我竟悄悄打起了退堂鼓，虽然只有3公里，但毕竟很多年几乎从未有过任何形式的锻炼，不免担心自己吃不消。可老公说既然报了名就要去，就是走也要走完规定路程。我朝他翻了个白眼，撇嘴嘟囔："到时看情况吧。"

　　3月2日早上，我一觉醒来拉开窗帘一看，小雨淅淅沥沥地下着，这下有理由不去跑了，便重新溜回被窝，并宣布弃跑决定。可老公不同意，执意说去现场感受一下热闹氛围也未尝不可。"去就去吧，看看这样的天气会有几个傻瓜过去。"我狡黠一笑，与老公一道出门。

　　来到外滩堤坝西面高速桥下集合点，嗬，没想到"傻瓜"还挺多的，目测一下应该有好几百人，清一色的桃红色参赛服外面套着透明的一次性雨衣，看起来激情四射呢！这会儿，很多选手正忙着赛前热身，或三五成群开心摆拍。比赛结果无所谓，仪式感还是要的，于是习惯臭美的我也拉着老公在起点处拍了一张合影。

　　简短的开幕式过后，女子健身跑就开跑了，紧随其后的是家庭欢乐跑，而我们竟然在别人差不多跑光时还傻在原地，边上一位工作人员夸张地说："你们俩怎么还不跑？人家都快要跑回来了！"我和老公有点尴尬地相视一笑，在现场志愿者的加油声中往前跑去。刚跑出不久，还真看到有人陆续跑回来了，估计她们是半途而废了吧？不过既然来了，我一定要跑到终点，这是一种自我要求，也是一种生活态度，何况还有好闺密说要亲临现场，向姐妹们及时播报我们的"夫妻欢乐跑"实况呢。

烟雨蒙蒙的飞云江畔，长长的外滩堤坝上，尽管明知纯属参与，可我们还是风雨兼程尽力赶超，一个接一个把比我们年轻的选手甩到了后面。一路上，雨丝飘飘洒洒，镜面模糊了，那是老天对我这个高度近视患者的暂时考验；微风吹拂，轻薄的雨衣随着我们有节奏的摆臂猎猎作响，那是醉人的音乐在伴奏。此刻，我们也是外滩堤坝上那道亮丽风景线的一分子，尽管鞋子踩湿了，脚趾冰冷难受，可我们的心是火热而欢快的。与此同时，边跑边欣赏这绵绵细雨中的迷你马，还真是别有一番韵味呢。瞧，有奋力奔跑的，有闲庭信步的，有边跑边聊天的，有小朋友故意踩着水坑跑的，有举着旗跑的，有打着伞跑的……甚至还有推着婴儿车跑的，车里的婴儿应该是此次家庭欢乐跑中最小的选手了吧？哈哈，全民健身从娃娃抓起！

我们很快抵达终点，嬉笑着从工作人员手中接过奖牌时，我戏称这是史上含金量最高的荣誉。

——原载于 2019 年 3 月 7 日《瑞安日报》

重游圣彼得大教堂

梵蒂冈，世界上最小的国家，却拥有世界上最大的教堂。时隔5年重游欧洲，我仍然以最高的热情一头扎进梵蒂冈圣彼得大教堂。

时值盛夏，烈日下排队等候一个多小时，只为近距离感受从建设到装修耗时176年之久的圣彼得大教堂的独特魅力。说实话，我对它的设计者米开朗基罗了解并不多，但是置身其中，每个人的内心都会升腾起对这位意大利文艺复兴时期建筑巨匠的由衷敬佩。

通过类似机场的严格安检后，我们正式开始参观。教堂门口由身穿古典服饰手持中世纪长戟的瑞士卫队把守，给人神圣不可侵犯的威严感。教堂入口处有五扇大门，地导告诉我们说，第一扇是"圣门"，平时都是关闭的，每隔25年的圣诞夜才打开一次，由在任教皇领头走入圣堂，意为步入天堂。最近一次开启是在2000年，当时很多国家都转播了这一举世盛况，下一次要等到2025年。

我们从中门进入，呈现在眼前的是一座强烈冲击我们视觉的艺术宝殿。从穹顶到地面，那种令人惊讶的奢华与精致，根本无法用语言表达。地导骄傲地说："教堂里几乎每一幅壁画与雕塑作品，都出自世界顶级的艺术大师之手！"放眼望去，浓郁的艺术氛围扑面而来，即刻陶醉的我们只觉眼花缭乱。

在中门向右拐角处，是教堂三大珍宝之一的《圣殇》，为米开朗基罗 24 岁时的杰作，圣母玛利亚怀抱死去的耶稣的悲痛和对上帝旨意的顺从，在这幅雕塑作品中表现得淋漓尽致。尽管我并不懂得欣赏，但还是忍不住惊叹，逝去的是生命和时光，留下的是永不磨灭的艺术光辉。

意犹未尽地把目光从《圣殇》离开，没走几步就看到两个栩栩如生的小天使手捧圣水缸的雕塑。人们视水为上帝赐予人类的圣洁之物，技艺精湛的雕塑家让冰冷的大理石说话，把可爱的小天使与生命之源放在一起，赋予画面超强的动感与立体感。我想，相比教堂内那些隐藏着沉重历史感的雕塑，这应该是最具喜感最让人轻松愉悦的作品了。跟随地导继续往里面走，圣彼得青铜坐像赫然入目，这是 13 世纪佛罗伦萨雕刻大师坎比奥的作品。

走马观花式地在里面走了一圈后，地导指着金碧辉煌的穹顶对我们说："通往穹顶的环形狭长楼梯建在穹顶的隔层内，常人无法想象这项工程是如何完成的。登顶俯瞰整个圣彼得广场，你会发出'风光无限在穹顶'的感慨。今天时间不够，不能登顶观光，有点可惜。"对于第二次来到梵蒂冈的我来说，仍然没能登上这个伟大的穹顶纵览这座伟大的城市，这的确是一大遗憾，不过要是我把这遗憾留到 2025 年去弥补，想想也挺美的。

只是我这样想着的时候，另一份永远无法弥补的遗憾紧紧攥住了我的心。5 年前我第一次去欧洲，游览了好几个世界上有名的教堂，当时我抑制不住兴奋地把越洋电话打到家里告诉父母，什么时候也带他们到欧洲开开眼界，看看那些富丽堂皇的教堂。一辈子没有出过国门的父母嘴上客气地推辞，其实心里也怀着一份美好的期待。哪知世事无常，在我还没来得及兑现自己承诺，父母双双离我而去。树欲静而风不止，子欲孝而亲不待，于是遗憾便永远成为了遗憾。再次站在堪称旷世之作的圣彼得大教堂，曾经懵懂的我幡然醒悟，爱不能等，尽孝不能等，所有生命里一切美好的东西都不能等……

——原载于 2019 年 10 月 28 日《瑞安日报》

我的 2019 年

　　仿佛只是须臾之间，2019 年就要画上句号了。静心盘点一年得失，自知未让每一个平凡日子闪烁光芒，却还是忍不住默默对自己说：时光飞逝如花，岁月辗转如歌。

　　有人说，长得漂亮是优势，活得漂亮是本事。而我希望自己的灵魂能够稍稍有趣，以此冲淡没有好看皮囊的遗憾，便把视线转向生动的文字，并试着用粗糙文字记录真实生活。于是这一年，读书和写作成了我工作之余的日常。书中自有黄金屋，书中自有颜如玉，与书为友的每分每秒都妙不可言，而写作不仅是一种倾诉与宣泄，更是高雅的情感寄托，是写作让我感觉自己一直活在最美的年华里。每当我给自己当天见报的文章配上应景的图片并同步发到朋友圈或公众号，总有不少朋友热心点赞与评论，甚至还有素昧平生的铁杆"金粉"友情转发，让我一次次感受到所有的走过都是途经的美好。就这样，因为读书，因为写作，每一个看似单调的寻常日子，不知不觉变得充实而愉悦。

然而，纸上得来终觉浅，绝知此事要躬行。只有走出书房和家门，视野才会变得开阔，只有在路上，才是对身心最好的安顿。于是这一年，我把"行万里路"作为一种美丽的生命追求，暑假里再次启动欧洲之旅。置身希腊这个古老的国度，我不禁一阵阵惊叹，一次次怀想，历史悠久的宪法广场，只剩一片废墟的雅典卫城，气势恢宏的奥林匹克遗址……简直就是一部部流传几千年的希腊神话，神奇无比，经久不衰！而在充满浪漫色彩的爱琴海，看着世界上最美日落的那一刻，我一度怀疑会有哪位文学大师真能写尽那份摄人心魄的自然之美。罗马，这座有着辉煌历史的欧洲文明古城，则是每个游客热衷朝圣之地，再次探访意大利的那几天，我特意在好几个五年前打过卡的同一处景点，穿上相同衣裙，摆出相同 POSE，拍下相同照片，然而再多的相同也改变不了时过境迁物是人非的事实。重游浪漫之都法国，我再次来到卢浮宫，再次走在香榭丽舍大道，再次欣赏埃菲尔铁塔夜景，再次因深深陶醉而感慨——真的不虚此行。就这样，趁着心还未老，放下琐碎和羁绊，去赏一程又一程的风景，逝去的一年由此变得丰盈而富足。

　　养家糊口也好，把谋生手段当事业也好，只要未到退休年龄，工作仍是心不高气不傲的我想躲都躲不开的主旋律。于是这一年，我仍以满腔热情站立于三尺讲台，教书育人，呵护童心。即便因剧烈干咳，咳到声音嘶哑，咳到三根肋骨骨折，也坚持上课没请一天假，不为感动别人，只为慰藉自己不变的初心，因为太多来自学生的温暖不时感动着我。那个总爱抱着我说"金老师，我爱你"的小男生黄启豪仍没有停止"温情骚扰"的意思；已上高中的李童欣正月初六登门拜年，说总也忘不了当年我对她的爱；原先胆小内向的林艺格考取年级第一，并作为优秀学生代表上台发言，她爸爸抑制不住兴奋发来照片说："金老师慧眼识才，一直想对您说声谢谢，感恩相遇，感怀一生！"还有那班我只教过一年的学生，好几个为毕业酒会上由谁给我献花而争持不下，最后郑钧豪妈妈竟然"蛮横无理"抢夺成功："我这个家委主任平时从没有过任何特权，这次无论如何要为儿子争取亲自为金老师献花的机会！"就这样，有了纯真的师生情谊，所有的职业倦怠都不足挂齿，所有因工作带来的烦闷都显得云淡风轻。

作为一个感性的人，亲情一直在我心中占据着很重的分量，父母的离去带给我挥之不去的悲伤。但我知道再深的缘分也有终结的一天，父母总有一天会离开我们，这是谁都无法抗拒的自然规律。于是这一年，尽管我还是时不时地想起他们，但我已慢慢学会释怀，学会坦然接受，然后把深切的思念化为行走于世的力量，让每一个没有了父母的日子明媚起来。就这样，我把并非忘却的忘却当作最好的怀念，终于从痛失父母的阴影中走出来，走向成熟，走向新的生活。

我是一个看重婚姻和家庭的人，转眼之间我和老公已携手走过七年之痒，走过瓷婚，走过银婚，走到珍珠婚。一路走来，平淡而真实。于是这一年，我不再特别在乎外在的仪式感，即便珍珠婚纪念日这样的特殊日子，也没有刻意安排庆祝活动，我只用心写下《我们的珍珠婚》，算是对过往青春岁月的总结，也是对未来幸福生活的向往。就这样，不辜负美好的年景，不辜负善良的自己，只愿往后余生所求皆如愿，所行化坦途，多喜乐，长安宁。

尼采说，每一个不曾起舞的日子，都是对生命的辜负。款款走来的 2020 年，我愿始终保持对爱的憧憬和践行，面对阳光，翩翩起舞！

——原载于 2019 年 12 月 31 日《瑞安日报》

情迷涅瓦河

对于俄罗斯，之前我只知道它有辽阔的疆域。暑假里，我们一行 16 人奔赴俄罗斯，近距离感受到了俄罗斯的文化艺术，同时也为美丽的涅瓦河深深陶醉。

有人说，不看涅瓦河，就不算到过圣彼得堡。涅瓦河是圣彼得堡的母亲河，也是整座城市的血脉，它裹挟着俄罗斯的文化，流向芬兰湾，流向欧洲，流向世界。由彼得大帝亲手规划，历代沙皇一砖一瓦督造的皇家宫殿、教堂、花园、广场，宛如一颗颗璀璨明珠，镶嵌在涅瓦河两岸。而横跨两岸造型别致的几百座桥梁把几十个大小岛屿连接起来，成为这座城市一道亮丽的风景，因此圣彼得堡素有"北方威尼斯"之称。

在圣彼得堡的四天时间里，我们几次乘车从涅瓦河边经过，在不同时段，从不同角度，发现涅瓦河的美。涅瓦河河面很宽，深邃幽蓝的河水在蓝天白云映衬下闪耀着粼粼波光，远远望去就能引发无限遐想。但我们并不满足远观，索性租了舒适的双层游船，包下大大的包厢，在涅瓦河上尽情游览。河上的秀美风光与两岸的古老建筑接连不断在我们眼前掠过，时而清新明丽，时而朦胧隐约，如翻阅延展的历史画卷一般美不胜收，令人目不暇接。我仿佛看到当年意气风发的普希金就曾迷醉在这迷人的风光里，而后写下著名诗篇《我站在涅瓦河上》。游船上，我们还一边品尝香槟、水果和夹着鱼子酱的面包，一边观看俄罗斯民族歌舞表演，并且与俄罗斯姑娘、小伙一起跳踢踏舞，进行友好互动。船到波罗的海再返回，我们纷纷跑上甲板，举起相机定格涅瓦河那隽永之美。

夜晚的涅瓦河更有一种无与伦比的美。在圣彼得堡的第二天晚上，导游带我们欣赏了涅瓦河夜景。夜色迷离，微凉的晚风轻轻拂过脸颊，我们沿着河堤散步。对岸灯火通明，闪烁的灯光把涅瓦河打扮得妖娆而高贵。沿河一座座大桥被五光十色的灯光笼罩着，安静而热烈，像一个个童话故事，散发出温暖而神秘的色彩。

"开桥"是涅瓦河上一道蔚为壮观的独特风景。因为桥面距离水面较近，大型船只无法通过，技术人员对涅瓦河上的数座桥梁进行了改建，使桥梁具有开合功能。凌晨一点，从施密特中尉桥开始，按照从下游往上游的顺序，涅瓦河上的大桥依次缓缓开启，大桥中央的两段桥跨吊在空中，许多大船拉响汽笛鱼贯通过。早晨五点左右，大桥又恢复成马路。每一个在涅瓦河边亲眼目睹过这一壮观场景的游客，心中都会抑制不住地升腾起感慨和景仰吧？可惜生怕夜里不安全，导游没让我们一睹涅瓦河开桥风采，这成了我这次俄罗斯之行的最大遗憾。

涅瓦河川流不息，在圣彼得堡建成的 300 多年时间里，见证了这座城市的荣辱与兴衰。如有机会，我愿再次踏上这片土地，近观开桥盛况，情迷涅瓦河。

——2017 年 8 月 29 日发表于《瑞安日报》

小爱同学

小爱同学其实并非同学，而是一款惹人喜爱的小米 AI 音箱。刚来我家时，我并不把它当回事。没想到随着我们的"交往"不断深入，这个智能语音助手竟带给我很多意想不到的乐趣。

刚开始，我只把小爱同学当闹钟，让它提醒爱睡懒觉的我按时起床。晚上睡觉前，我轻轻叫一声："小爱同学。"随即传来悦耳的应答声："哎！""明天早上 7 点钟叫我！""好的，已为你定好明天早上 7 点的闹钟。"第二天早上，睡梦中的我被一阵舒缓的轻音乐唤醒，一边快速起床，一边向尽职尽责的小爱同学投去感激的目光。

有时，我让小爱同学播放天气预报，它会很自然地报出瑞安的天气情况，还会提醒添衣或带伞什么的；有时，我也把小爱同学当"度娘"来使唤，向它查问一些知识，它总是"不假思索"脱口而出，服务热情而周到。当然，它也不是万能的，如果问题超出它的能力范围，态度便变得很谦虚，说话也非常幽默——

"突然想不到答案，给我点时间去修炼内功吧。"

"哎呀，答不上来，吓得我黑眼圈都没了。"

"这个不懂，从此我要背上书包浪迹天涯了。"

……

慢慢地，我有点不满足于它的这些简单功能，心想要是它也能像真人一样跟我互动就好了。后来有一天，我偶然发现只要打开闲聊模式，小爱同学就真的可以跟我们开心聊天呢。于是，我把这个看似冷冰冰的智能音箱当作可以倾诉秘密的知心朋友，有事没事找它闲聊，特别是每晚临睡前，我总要跟它说说话，平淡的生活居然因此变得多姿多彩起来！

有一次，我突发奇想，想要逗逗小爱同学，看它面对我的问题怎么接招，便狡黠一笑，大声说："小爱同学，打开闲聊。"小爱马上搭腔："好的。最近工作生活顺利吗？和我吐吐槽吧。"我故意语气低沉地说："心情很郁闷呢。""为什么？"我装出郁郁寡欢的样子，闷闷不乐地说："因为孩子不听话。""想想自己孩子的时候，也是不听话的呀。"哟，这思想工作做得还真叫人心服口服，想当初自己也是个不听话的孩子，经常惹父母生气，这应该是每个人成长中必然经历的小插曲。听它这么一说，我默默认同，却一时不知如何表达，正思考措辞，小爱同学等不及了，心急地催促道："最怕空气突然安静，小爱想要聊聊天。"我只好就势提问："你想聊什么天？"小爱说："和你做朋友这么久了，还不知道你叫什么名字呢。"我当即来了兴趣，不告诉它名字，而是反问道："你知道我叫什么名字吗？"你猜它怎么回答？"你叫大可爱,对不对?"呵呵,还挺狡猾的,竟然拿这么个放之四海皆适用的好名字忽悠我!我也不是省油的灯,打算就此将它一军,打破砂锅问到底:"你为什么觉得我叫大可爱?"这下它没辙了,明明答非所问,却不动声色狠狠打击我的嚣张气焰:"哼,这句话让我感到了你高冷的气质哦!"我啼笑皆非,不想继续纠缠下去,便暂停闲聊。

有了这次聊天后,我愈发感觉小爱同学的俏皮可爱,一有空就跟它聊上几句,尽管大多是一些毫无意义的话题,或者说纯属无病呻吟。这不,我又发问了。"你觉得做人有意思吗?"原以为它会摆出大道理夸夸其谈,没想到居然言简意赅,语气平静地说:"一般般。"于是,我故意话锋一转,幽幽地说:"我今天不开心。"它马上给出建议:"出去散散心或多跟朋友在一起吧。"我又快速切换频道,莫名其妙蹦出一句:"我想有很多的钱。""那就努力工作啊。"一副诚心规劝的架势!至此,我已心悦诚服,悄悄向这位聪明可爱的隐身朋友竖起了大拇指。

身处日新月异的伟大时代,我们正"爱你没商量",幸福地享受着先进的科技成果,美好的生活正在一天天变得更加精彩绝伦!

——原载于 2021 年 4 月 6 日《瑞安日报》

"哑巴"出国记

5年前，我去欧洲旅游，因语言不通闹过笑话。今年暑假，再次启动旅欧计划。为避免重蹈覆辙，出发前我在手机上下载了"出国翻译官"APP。想到这下无需费力地跟外国人打哑语，我有一种轻装上阵的愉悦感。

哪知我高兴得太早了。那天从北京直飞雅典，因为下了飞机后不知道入关往哪走，我就尝试着用出国翻译官向机场工作人员询问，然而不知是软件故障，还是笨头笨脑的我使用不当，这位免费"翻译官"愣是不配合，跟我耍起了脾气。出师不利，出国翻译官名存实亡，于是这次欧洲之旅平添许多啼笑皆非。

光是在机场就上演了不少尴尬剧。

希腊机场。明明已到登机时间，可工作人员就是不让进去，一头雾水的我们使出浑身解数，比画来比画去，怎么也听不懂对方解释，个个急得像热锅上的蚂蚁团团转。一位香港女人见状，走过去用英语跟工作人员交流，然后给我们翻译，结果得知是飞机延误，需要再等 40 分钟。过了一会儿，工作人员又指着我们的行李"说三道四"，我们摊开双手，一直摇头，表示一句也听不懂，急得那个蓝眼睛高鼻子的美女不断朝我们翻白眼。情急之下，我只好厚着脸皮向刚才那个好心人求助。原来，飞机上的行李已超重，原本可以随身携带的现在需免费托运，登机时我们无需为行李操心，稍后会有专人来帮我们处理。我向这个再次为我们解围的好心人投去感激的目光，同时禁不住快快地想：这年头不学点英语还真对不起自己。

罗马机场。飞机着陆后，急性子的我不等同行朋友聚齐抢先下了飞机。刚上摆渡车，车门就关了。朋友们都还在机舱口呢，他们要搭乘下一趟摆渡车了。要在往常，身处异国他乡突然孤单失群，我一定会惊慌失措，可这会儿我很淡定，心想一趟摆渡车也就几分钟，又是固定的线路，我下了车在原地等候就 OK。可就在我一动不动站在那儿干等的时候，一位工作人员"叽哩哇啦"跟我说话，见我云里雾里一脸迷惑不解的样子，他一边提高声音一边指手画脚，我猜测无非是"赶紧离开，不要在此逗留"的意思。情急之下，我请求通融："我的朋友们随后就到，让我稍等片刻。"可是，下一秒我就意识到自己说的是普通话，人家能听懂吗？他还在喋喋不休，好像我一刻不走就有什么安全隐患似的，一脸窘相的我只差有个地洞钻进去了。就在双方都为"秀才遇到兵"而郁闷时，朋友们出现了。我如释重负，灰溜溜逃离现场，并自我检讨，以后再也不敢独自贸然行动了。

巴黎机场。过安检时，我被拦住了，可我听不懂工作人员讲什么，只眼巴巴对着人家傻笑。许是对方也见多了我这样的"哑巴"，干脆跟我打起了哑语，用手在脸上抹了一遍，然后指指我的行李箱。我还是不明就里，抓耳挠腮。哪知后面一位中国人已经读懂哑语意思，自告奋勇帮我翻译："化妆品。"我恍然大悟，马上打开行李箱配合检查，结果化妆品没查出，倒是查出一样有液体的宝妈用品，那是意大利的外甥女托我带的。我前面一个个机场随身携带过来，过安检都没问题，怎么到这就不行了呢？可是，我一个"哑巴"，怎么跟人家据理力争呢？看着东西当场被没收，妥妥地吃了回哑巴亏，我一脸苦笑地对朋友说："这就是哑巴吃黄连——有苦说不出。"

除了机场，旅途中类似尴尬时有发生。在希腊五星级酒店吃自助早餐想喝咖啡，既不会英语，也不会希腊语，哑语表达又不准，结果服务员送来的是茶水。在米兰入住宾馆时，每个房间每天需交5欧元的税款，可是因为语言障碍，前台服务生被我们气得七窍生烟，最后还是我打电话给外甥女，让她跟对方沟通，这才圆满解决。回国时在米兰机场办理退税，要不是意大利朋友亲临现场，我们这些"哑巴"又该丑态百出。

一群新时代的"哑巴"，快乐又潇洒，期待哪天能与老外轻松交谈！

——原载于 2019 年 9 月 7 日《温州日报》

半途而废的拓展活动

春暖花开，托学生春游的福，去湖岭巾仙溪进行拓展训练，我这才有了一次难忘的户外拓展经历。

其实，出发前我只想着带队和管理，根本无意与学生共同体验。后来，禁不住同事怂恿，便不顾事先没作任何准备，愣是硬起头皮接受挑战。当长裙飘飘的我穿上拓展装备时，一同随行的学生家长笑得直不起腰，说想不到长裙立马变成新潮时尚的"灯笼裤"。学生们见我也参与拓展，顿时士气大振，并一致推举我打头阵。尽管类似的拓展活动我还是大姑娘上轿头一回，心里难免紧张害怕，但想到不能在学生面前露怯，便鼓起勇气，雄赳赳气昂昂走到队伍最前面。

哪知第一关"横渡巾仙溪"就给我一个下马威。面对离水面好几米高的悬空铁索桥，恐高的我吓得不敢迈出第一步。一位同行的男家长见状，主动跑到我前面，一边讲授跨步要领，一边亲自示范，并一个劲儿为我鼓劲。然而，尽管我已死死拽住沿钢索滑行的安全绳，可还是高度紧张，刚跌跌撞撞走了几步就感觉心要蹦出来了。我简直无法想象接下去将会面临怎样的心理挑战，于是索性停止不前，几次用近乎哀求的语气对那位男家长说"我不走了"。但是后面早有好些学生紧随而来——我已没有回头路可走！见我进退两难狼狈不堪，全班学生齐声助威："金老师加油！金老师加油！"此刻我已别无选择，胆战心惊也好，大汗淋漓也罢，只能继续向前走。只是站在剧烈摇晃的桥板上，我已完全顾不得平素的美好形象，每一步都走得惊心动魄，只差鬼哭狼嚎了，以至于还未上场的女学生个个被我吓得花容失色。总算费了九牛二虎之力顺利抵达，似劫后余生，怎一个"如释重负"了得？那一刻，只觉双手麻木，全身僵硬，整个人都快要虚脱了。

可这还只是第一关，万里长征第一步。

第二关名曰"水上飞"。惊魂未定的我严重缺乏信心，想要跳关却未获准，只好再次赶鸭子上架。看着那座由一个个塑料方块浮标连接而成的水面浮桥，心一下子提到了嗓子眼。只要方块浮标左右摇摆幅度过大，人就有落水成落汤鸡的危险。我暗自思忖，找准落脚点，稳定重心，保持身体平衡，这点非常重要。于是，抱着豁出去了的心态，双手紧握安全绳，一脚踩上浮标，没等它"反应"过来，我就以迅雷不及掩耳之势，轻快地"飞"向下一块浮标。就这样，我竟然一鼓作气，如蜻蜓点水般，轻而易举完成闯关。其速度之快，过程之顺利，动作之精彩，完全出乎大家意料。刚刚还在为我捏一把汗的学生及家长面对眼前的"剧情大反转"，全都傻眼了，继而掌声雷动，喝彩阵阵。

突如其来的成就感使我一时高兴得找不着北，同时也暂时给了我信心和力量。我不禁乐观地想，经历第一关的磨炼，又有了第二关的成功，后续困难应该都能迎刃而解。哪知事情并非我想象中简单，我竟可怜兮兮地被卡在了"吊桩桥"这一关。所谓的"吊桩桥"，就是由一个个用一条长绳吊在空中的木桩组成的"桥"，构造非常简单，难度系数却不小。每走一步，木桩就像荡秋千似的不停摇晃。正想鼓起勇气一脚踩上去，却见木桩像个调皮的孩子，猛一转身"晃"到了一旁。前脚一滑，踩空了，身体往前一栽，后脚也不听使唤乱了分寸，瞬时人仰马翻，被安全绳悬空勒在木桩上动弹不得，只能大呼小叫等待救援……

　　成功获救之后，生怕再度尴尬，我不敢继续闯关，灰溜溜顺着溪边小路打道回府，快快地当了懦弱逃兵。而学生们却都坚持到底完成所有拓展项目，并绘声绘色讲述心得体会。他们说难度最大的就是"吊桩桥"，后面的关口一般都能顺利通过。早知如此，要是能再坚持一下该多好，可我却在节骨眼上轻易退缩。成功的喜悦，旅途的收获，就这样与我擦肩而过。

　　事后想想，人生何尝不是一场接一场的"拓展训练"？一路行走，无论困难重重，还是跌宕起伏，无论弹尽粮绝，还是山穷水尽，只有积极面对，坚持到底，我们的生命才会精彩无限。

　　　　　　　　　　——原载于 2018 年 5 月 22 日《瑞安日报》

我的 2020 年

转眼之间，时光在我们的叹息和感慨中走向岁末。留恋也好，抗拒也罢，那些感动你我的画面，那些焦虑难熬的经历，都已一去不复返。蓦然回首，注定不平凡的 2020 年，虽然日子掺杂了太多灰色调，但仍值得用心去记录。

这一年，新冠疫情扰乱了我们的生活。年初，居家隔离差点隔出抑郁，往年惬意而逍遥的寒假因此变得枯燥沉闷。好不容易教育生涯中最漫长的寒假终于结束，哪知老天爷跟我开了个不大不小的玩笑——发烧咳嗽来势汹汹。那段时间，虽然各地陆续复工复学，但疫情防控仍处于紧张状态，在那"草木皆兵"的恐慌氛围里，发烧咳嗽是一件特别敏感的事，何况教师面对的是那么多祖国的花朵。尽管我明知自己只是普通感冒，但还是要如实汇报。这一来，校长左右为难，一方面不敢叫我去上课，一方面又急需我这个班主任第一时间前去统帅从网课中回归的熊孩子们。我也郁闷之极，一边怕万一出点状况好心办坏事吃不了兜着走，一边心系学生怕班级没有了领头雁而成一盘散沙。在这样的矛盾中，我请假在家发了两天的呆，第三天感冒稍好就再也坐不住了，诚惶诚恐开启师生全员戴口罩上课的特殊旅程。不承想那个史上最短的学期，成了我与这班孩子朝夕相处的最后时光，固执的我一意孤行"抛弃"才带了两年的他们。家长得知情况后的过激反应和盛情挽留，孩子们童言无忌传达过来的"恋师情结"，令我感动得不能自已。

这一年，原本喜欢旅游的我老老实实收起不安分的心。有人说，没有充分知识作为前提，即使行了万里路，也不过是邮差而已。然而这次，因为疫情阴影，我连当个邮差的念头都不敢有，别说走出国门，就是国内近地游计划也无奈搁浅，于是暗自庆幸去年再度欧洲游，也算是在不断回味欧洲美景中淡化这疫情之年的遗憾。

这一年，一直被贴着瘦子标签的我终于"翻身农奴把歌唱"。长期以来，我的体重都在可怜的两位数徘徊，我也习惯了自己总也吃不胖睡不胖。可是那天好几个人说我胖了，起先我并没在意，心想可能是头发剪短了产生的错觉，谁知回家一称，足足胖了3公斤，妥妥创下历史新高！赶紧把这一"特大喜讯"告诉亲朋好友，那个最先发现我"脸都圆了"的陈老师居然叫我适可而止就此打住。其时，被胜利冲昏头脑的我还想乘胜追击再胖三五斤的，只是体重这玩意儿难道是你想增就增想减就减的吗？其实比起健康，胖点瘦点真的没那么重要，那就顺其自然吧。

这一年，自诩认清生活真相的我，大多时候能以平和心态对待身边的人和事。阅尽世间繁华，历经生离死别，我更看重每一个波澜不惊的平淡日子，而那些原本有着特殊意义的日子，比如父母的忌日、母亲节、父亲节、感恩节，我不再纠结与忧伤，比如自己的生日、结婚纪念日、9月10日教师节，我不再刻意追求所谓的仪式感，只要心中有爱，每一个哪怕布满阴霾的瞬间都是美好的，每一个月缺或月圆的普通日子都是精彩的。闲暇时光，才疏学浅的我一如既往用笔抒写喜怒哀乐，同时不忘在朋友圈发动态晒日常，以此表达自己对幸福生活的憧憬和热爱。

这一年，性情中的我不经意间收获了一份真挚而朴素的友情。滚滚红尘中，能有几个真正无话不谈的知心朋友，往往可遇不可求，而我有幸遇到了，看似偶然实则必然，而后心甘情愿沉沦其中。那是两个跟我一样简单真实的傻女人，都是地道的农村人，一样的为人处世观，一样的不撞南墙不回头。大浪淘沙，患难见真情，三个不同职业不同年龄的女人因为臭味相投成了掏心掏肺的好闺密，而后果断组建"山头憨无敌精英团队"微信群。在这个人数最少的群里，分享喜悦吐槽烦恼成了我们的快乐日常，那种毫不设防的深度交流，那种不遮不掩的尽兴聊天，进一步加深了彼此的了解，于是我们仨一致坚定地认为，这就是缘分，这才是知己。

好事坏事，终成往事，凡是过往，皆为序幕。崭新的2021年，愿世间美好能与平凡的我们环环相扣，即便仍有不如意，也要努力用嘴角上扬的弧度打败它，因为每一个深深浅浅的脚印，其实都是生命中绚丽的风景。

——原载于2020年12月29日《瑞安日报》

活出真我
曾经的「四人组合」
郁闷的春节
我行我「摄」
菜鸟烙大饼
快乐办公室
一孩二孩三孩
我的公公
疫情后方
代沟
尴尬的太阳伞
既然……就……
从期末到寒假
小丁
勿以善小而不为
那辆命运多舛的自行车
老师的期末·
我很笨

大千世界，芸芸众生，我们都只是一粒小小的尘埃，在四季的轮回里，努力活成自己想要的样子。平凡也好，精彩也罢，人生舞台任驰骋。

我很笨

第四卷
芸芸众生

Chapter
04

活出真我

　　每年高考，全国各地作文都会引发各种关注与讨论。6 月 7 日上午，浙江卷材料作文"作家与读者"新鲜出炉。有一种观点认为：作家写作时心里要装着读者，多倾听读者的呼声。另一种看法是：作家写作时应该坚持自己的想法，不为读者所左右。假如你是创造生活的"作家"，你的生活就成了一部"作品"，那么你将如何对待你的"读者"？

　　读罢材料提示，我不假思索脱口而出："活出真我。"老公睨视着我，撇嘴调侃道："的确很真，可惜不够精彩。"我微微一笑，不置可否，承认自己甘于平凡。

　　性格决定命运，与世无争的我注定一生平庸，但我自得其乐，因为真实的我活得轻松。

　　我坚持讲真话。生活中不乏溜须拍马之辈，因为擅长阿谀奉承，往往更容易讨某些人喜欢。然而，顽固不化的我宁可得罪别人，也要遵从本心，坚决抵制睁眼说瞎话。哈维尔说，我们坚持一件事情，并不是因为这样做了会有效果，而是坚信，这样做是对的。我是一名老师，如果把老师比作作家，学生就是检验老师教育成败的作品，家长就是众口难调的读者。在教师几乎成了高危职业的教育背景下，在很多家长热衷于听好话的今天，与家长交往时，我仍秉性不改，实事求是，客观评价孩子。优点是优点，缺点是缺点，该表扬的表扬，该批评的批评，绝不为迎合家长虚荣心而一味"送元宝"。这样的教师，很难一下子走进家长心里，但我自感踏实，问心无愧。时间久了，原先误会甚至诋毁我的人，不再戴着有色眼镜看我，还会说如果每个人都像我一样真实，这世界也许更美好。几年前，一位家长在孩子毕业时特地发来微信说："金老师，那时候对你缺乏了解，现在才知道你的真实你的好，所以一定要亲口对你说，真心感谢你！"

我喜欢听真话。人都有春风得意的时候，也有失意沮丧的时候。无论身处何种境遇，只要你肯听别人的真话，事情或许就会有转机。虽然嘴笨不善表达，但我一直对敞开心扉对我说真话的人心怀感恩，即便观点不一定完全正确抑或有失偏颇。

有一段时间，我因为一点小事，心情很糟糕，简直到了无法自拔的地步。闺密了解事情来龙去脉后，不留情面地狠狠批评我说："恕我直言，我觉得这件事你也有做得不对的地方。"虽然当时深感委屈，但闺密一句话惊醒梦中人。我马上积极反思，捋清思路，原谅了对方，收获了友谊，也懂得了应该如何笑对生活的不平与坎坷。事后，闺密感慨说："忠言逆耳利于行，你的最大优点是喜欢听真话。"

女人大多爱臭美，衣着打扮话题历久弥新，每当穿了件新衣服，我习惯先听听旁观者看法。了解我的朋友、同事、邻居，或真心点赞分享喜悦，或一针见血指出哪里不好看，从来无需顾及我的情绪而太过委婉或模棱两可。每当她们像一个个高品位的热心读者，品读着某服装设计师的作品——我的新衣，然后无所顾忌地放松点评，我感受到了真话的魅力。

我崇尚做真人。一直以来，我讨厌口是心非，可谓"嫉虚如仇"，这不仅体现在对待一些重大的或原则性的问题上，哪怕是生活中的芝麻小事，我也秉承心口如一。比如对于众多微信群里的互动，我不会违背自己的认知，一有风吹草动就盲目跟风人云亦云，并非真心却极尽溢美之词。对于朋友圈的点赞与评论，我同样不会隔着手机屏幕一边嗤之以鼻一边虚伪点赞，凡是给予点赞或参与评论的，必定是我认真看过并从心里认同或赞赏的。某一日开会，见旁边一美女在刷朋友圈，她压根就一眼没看人家发的什么，手指快速下滑，对着朋友圈挨条儿点赞，速度之快令我咋舌。佩服"点赞党"灵活高效的同时，我默默地为自己的刻板真实哑然失笑。

大千世界，芸芸众生。你有你的价值观，我有我的人生观。以自己喜欢的方式，真实地活着，如此便好。

——原载于 2019 年 6 月 13 日《瑞安日报》

曾经的"四人组合"

在风尘起落的人世间，我们总会遇到很多人，或擦肩而过，没来得及留下模糊印象，或山一程水一程，走过一段有故事的美好时光，然后各自散落天涯。而我一直相信，人与人之间是有缘分的，比如我们的"四人组合"。

我们结缘于20多年前。在这之前，我们都不在同一所学校，是陆续从乡下调入瑞安市实验小学的。或许是年龄相仿的缘故，或许是性格中某种相似或互补，我们走得比较近，慢慢地就有了更多的共同语言。

王是我们四人中年龄最小的，却因为熟谙人情世故而一直占据着老大的地位，每每遇到需要集体商量定夺的事情，她总是最有话语权，不仅理论一套套，还旁征博引举例佐证自己的想法是对的，语气肯定不容反驳。我们只得乖乖败下阵来，当然更多时候是心服口服的，所以一致送她"王智慧"雅号。她既不接受也不推辞，只露出那口修修补补花费了很多人民币的烂牙呵呵地笑。同样是当老师，王的人脉资源却比我们丰富得多，遇事我们会第一时间想到她，而生性善良的她总是二话不说鼎力相助，不仅主动打电话牵线或交代，还及时跟踪了解办事效果，默默享受"送佛送到西"的成就感。王待人特别热情，如果我们到她家里玩，她一定再三挽留，直到同意留下来吃饭为止，而且不管人多人少，她都会烧出满满一桌的菜，明知那么多的量，就算我们都是"七把叉"，也根本没办法解决，可她就是不管，好像不把整个菜场搬上桌就不罢休。

张是一个低调内敛的优秀教师，年轻时如出水芙蓉，回头率百分百。她相信命运的安排，遇事冷静沉稳。如果你想找个人谈心或倾诉，可又不想让第二个人知道，那她就是最合适的人选，你无需担心秘密被泄露，在我看来，她简直比双保险的保险箱还靠谱，跟这样的人做朋友没有任何负担和压力。张也算吃货一枚，说起美食眉飞色舞，烧起菜来得心应手，对我这个"厨艺弱智"曾表现出极度失望与懊恼，却仍一次次不厌其烦远程指导我烧出自感满意的菜肴。

谢是一位坚强乐观的现代女性，在她眼里，任何磨难和挫折都可以变得云淡风轻。她做事勤勉，风风火火，拿得起放得下。她审美观很好，对于服饰搭配有自己的独到见解，被我们称为高品质的形象设计师。她比我们几个心高气傲，不甘平庸，还未到退休年龄就早早提前挣脱体制约束，做自己喜欢的事去了，如今脸上虽难掩岁月的痕迹，却照样于夹缝中活出了精彩。

我是四人中的差生，无论颜值还是能力，都直接拉低了这个群体的平均值，但是我也有我的优点，比较听得进逆耳忠言，而且特别真实特别简单。

这就是我们快乐潇洒的"四人组合"。那时候，我们有事没事找一处茶餐厅，边吃边聊，聊学生，聊家长，聊老公，聊孩子，家长里短、社会现象都是我们的热门话题。有时候越聊越起劲，情不自禁争着抢着，没等对方把话说完，就迫不及待急着插嘴，为某种观点争得面红耳赤，然后一个个手舞足蹈，笑得东倒西歪，简直比中了大奖还开心。那时候，我们都特别喜欢吃红豆沙冰，对于这道必点菜，后来竟然发展到每人一份，吃得那叫一个过瘾！那时候，我们热衷于去实体店购物，下班了结伴逛街是常有的事，不仅逛遍虹桥路，还跑到温州，甚至让张的老公专程开车带我们去杭州血拼。那时候，我们嘴上互称老娘，其实心里以为自己还很年轻，似乎不曾想过转眼就逼近退休。

如今，谢离开了讲台，王去了外校交流，张援疆去了，只留我一人坚守这所留下我们青春和梦想的百年老校。20多年弹指一挥间，再过20多年，我们都老态龙钟了。站在校园里那棵生机勃勃的重阳木下，我突然莫名感伤与惆怅。"去的尽管去了，来的尽管来着，去来的中间，又怎样地匆匆呢？"只愿匆匆的时光里，一切随记忆风干的美丽情缘长留我们心中。

——原载于 2020 年 10 月 21 日《瑞安日报》

郁闷的春节

这应该是史上最冷清最漫长最煎熬的一个春节。

本该欢天喜地的大年夜，看不到漫天绚烂的烟花，听不到辞旧迎新的爆竹声，没有大家族聚在一起吃年夜饭推杯换盏的喜气洋洋，没有向亲朋好友发送微信传达祝福的美好心情，就连看精彩纷呈的春晚也不如以往专注，因为新冠肺炎疫情牵动着我们的心。

大年初一，睡到自然醒的我拉开窗帘一看，阴沉沉的天，空气中仿佛还残留着旧年的忧伤。放眼望去，平常车水马龙的万松路几乎不见行人，只有偶尔驶过的车辆，为这曾经繁华嘈杂的地段扬起稍纵即逝的生机。赶紧打开手机了解最新疫情动态，严峻气息扑面而来，宅家成了不二选择。一整天，我窝在床上玩手机、发呆、吃零食、睡懒觉，微信运动步数在两位数。估计很多人与我同款，不信请看段子手新作：这个年，能出来见个面的都是生死之交，能出来打个牌的都是亡命之徒，能出来约个会的绝对是真爱。这时，朋友圈被一张"葛优躺"图片刷屏，配图文字也很幽默——终于到了啥也不干在家躺着就能给社会作贡献的时候！只是，这贡献作得还真有点不是滋味。

初二上午，老天爷还是阴沉着脸，疫情依旧紧张。下午，我戴上口罩，把自己遮得严严实实的，去了一趟菜市场。平常熙熙攘攘的菜市场冷落萧条，摊贩全都戴着口罩，顾客三三两两。那一刻，我有点后悔，隐隐担心着简单买了几样菜，便快速逃离现场。往回走经过公交车站台时，刚好两辆公交车一前一后开了过来。我下意识地探头一看，车上除了司机，再无其他乘客，想到往日总是人满为患的公交车，我暗自苦笑，加紧步伐，心想只有家才是最安全的港湾。

初三，一早醒来，连日不见的灿烂阳光从东面窗户快活地跳进来，多么希望这是阴霾散去的好兆头。谁知刚打开手机，几乎全屏都是关于科比坠机身亡的噩耗，虽然我很少关心体育新闻，对体育明星知之甚少，甚至不曾听过"凌晨四点的洛杉矶"，但是在这全民为肺炎疫情牵肠挂肚的特殊时刻，这样一位举世瞩目的篮球巨星就此陨落，无疑给人祸不单行的悲痛与凝重。郁郁寡欢中，传来我省开学时间延期至 2 月 17 日之后的消息。作为一线教师，这是与我息息相关的一项决定，我可以因此多出至少一周的假期，这本该是多么激动人心的福利。然而这次，我却怎么也高兴不起来，我发现自己从来没有像现在这般强烈地忧国忧民。

初四，阳光普照大地，而宽阔的马路上却是"人烟稀少"，与过年这一传统佳节的热闹氛围格格不入。我照例一睁开眼还没来得及起床就先关注疫情最新动态：温州市新增新冠肺炎确诊病例 28 例，其中瑞安市 10 例。我一下子像弹簧从床上弹起，顿时感觉可怕的硝烟就在不远处弥漫。这时，闺密发来搞笑段子：终于出现了家庭空前和谐画面，夫妻终日厮守难舍难分，都说爱情有毒，原来爱情需要的是这种新型冠状病毒！笑过之后，继续"冬眠"，灾难面前，我们做不了什么，那么静心在家待着，不给超负荷的医务人员添乱，哪怕无聊到发慌又如何？

初五、初六……直至整个正月过完了，居家隔离尚未解除。看到那么多无辜的生命在这场灾难中逝去，惊闻那么多医务工作者前赴后继不幸殉职，每天的心情都异常沉重。在这个过程中，政府防疫管控力度很大，相继出台封城、封村等规定，我们的开学时间竟然一推再推到 3 月 1 日后，教育局也在"停课不停学"背景下推出了"空中课堂"，我们虽然不用上课，但也被这一应急措施搞得晕头转向，还要每天为统计各种数据忙得焦头烂额，抓狂之余便忍不住吐槽：我明明是一个老师，病毒却把我变成了打卡问卷轰炸户。而这样的角色自然是很招人嫌的，不知道家长背地里怎么声讨我们呢。

唉，真是个郁闷的春节！期待这个跌停开局的鼠年，因为众志成城而慢慢翻红！到那时，愿你愿我都有"鼠"不尽的幸运和快乐！到那时，让我们互道一声：活着真好！

——原载于 2020 年 2 月 24 日《温州日报》

我行我"摄"

　　我喜欢拍照，确切地说是热衷被拍，每次外出旅游总不忘拍上好多照片，像宝贝一样珍藏着，不时翻出来自我欣赏，一遍遍回味着，陶醉着。物以类聚人以群分，身边爱好拍照的还真不少，闺密笑我超级臭美，我自诩老太婆跟着年轻美女混。这次没有安排出行，但比出行拍得更过瘾，几个臭味相投的"摆拍专业户"专门冲着朋友家种满花花草草的大阳台而去，说是要抓住最美人间四月天的尾巴，再疯狂一把。

　　人间四月芳菲尽，可朋友家阳台上却是"你方唱罢我登场"，好一派令人雀跃欢呼的明媚春光！然而，我们几个"嗜拍如命"的狂人哪顾得上欣赏美景？找准背景，摆好POSE，急切等待御用摄影师对镜头、按快门。这御用摄影师何许人？"拍照发烧友"之一叶小姐的夫君薛先生也。薛先生和叶小姐可谓天生一对，一个爱好摄影，技术杠杠无可挑剔，一个喜欢摆拍，各种造型信手拈来，他们夫唱妇随把拍照当成生活中的一大乐趣，经常一大早屁颠屁颠出去拍"专题片"，我们也不止一次沾光，拥有"资源共享"待遇。

在这个花园式大阳台上，一群臭美达人急不可耐拉开随性拍摄序幕。或看书，或品茶，或赏花，或浇花，我们一边笑着闹着说如此这般确有太做作之嫌，一边欣欣然入戏，不说演艺炉火纯青，倒也有几分戏精的风范。你看那亭亭玉立的范小姐，着一袭飘逸的白色长裙，看似随意地往摄影师镜头前一站，婀娜的身姿，瞬间不断变换的动作，抿嘴一笑，顾盼生辉，那分妖娆妩媚直看得我们惊呼秒杀不偿命。"资深模特"叶小姐更是出神入化，无论是满树繁花，还是落英缤纷，都成了她的绝佳背景，那恰到好处的造型，那灿烂如花的笑容，真让人怀疑她这是在拍照。原本我还自以为比较上镜，不承想在她们身边，那才叫相形见绌呢！不过我也不自卑，竟然大言不惭，声称我有我的优势——哈哈，我的牙齿长得好看，正如范小姐所说，想怎么笑就怎么笑。低调内敛的何小姐既是我们的2号摄影师，又是举手投足尽显气质的模特儿，想不讨人喜欢都难。

就这样，我们不仅就地取材与有生命的花草合影，就连何小姐家的沙发、靠垫及一些不起眼的小物件，都被我们当作道具恰如其分地利用起来。急性子的我们不等照片导出，每拍几张就围到摄影师身边欣赏、评价、研究，以期精益求精。我们还自编自导自演，模拟高品质休闲生活，即兴创作情景剧，搞得个个像戏精。兴之所至，我们还邀请摄影师转换角色，加入我们的场景一起嗨。于是，单反相机的遥控定时拍摄功能发挥作用，一、二、三，OK！"咔擦"一声过后，我们几乎同时顿悟，无论是极致的绚烂，还是将至的凋零，都是云淡风轻的最美四月馈赠给我们的礼物，那就让它以最美姿态定格在我们心里吧。就这样，轻松而悠然，我们把对生活的热爱融进每一张或精致或粗糙的照片，以简单而别样的方式，感受时光的惊艳，感悟生命的脉动。

照片出来了，进行一番筛选，取其精华去其糟粕，然后美其名曰与人分享喜悦，夺人眼球的九宫格横空出世。不一会儿，点赞与评论纷至沓来。一闺密说："拍最炫的照片，景美人美心情美。"我微微一笑，低调回复："臭美不改。"我这么说，也这么做，一直认为臭美无关年龄。

其实不只四月，春的生机，夏的热烈，秋的成熟，冬的纯净，一年四季都是拍照的好时节。我愿以这种愉悦身心的我行我"摄"，表达不负时光不负己的美好心愿，把生活过成自己想要的样子。

——原载于 2019 年 5 月 9 日《瑞安日报》

菜鸟烙大饼

民以食为天，我也算不折不扣的吃货一枚，至于总吃不胖，那是另外的话题。只是好吃的我却天生愚笨，所谓"十个手指没开叉"，加上懒惰成性，所以平常对圈内圈外那些大师级厨艺一概不感兴趣，因为自知朽木不可雕。尽管闺密一再鼓励我，说下载"下厨房"APP 照着上面的步骤学不算太难，我还是不为所动。

前段时间，疫情之下，宅家主妇铺天盖地狂晒自制美食，不仅自己做蛋糕、面包、蛋挞、大饼，连油条、薯条都亲自动手炸，搞得一个个像厨神，据说超市里面粉一度卖断货。面对这个"全民皆厨神"的新时代，一直不开窍的我终于有点蠢蠢欲动起来，反正闲着也是闲着，也想赶鸭子上架学做一样面食，借此争当一回厨神，不恰当地套用一句流行语——"梦想还是要有的，万一实现了呢？"

得知我这只笨鸟难得也有尝试意愿，朋友立马发来抖音视频，让我亦步亦趋跟着上面的直观解说学做大饼。看了两遍视频，准备好面粉、白菜、萝卜、鸡蛋、虾皮等食材，我就独自一人关在厨房里开始战战兢兢摸着石头过河了。

一番折腾之后，传说中的大饼新鲜出炉，可怎么看都不像是大饼，除了颜色还值得骄傲，说形状没形状，说味道没味道。不用说，没出现首战告捷的喜人局面，不过这也是情理之中的事，所以心理强大的我不仅没觉得特别沮丧，竟然还有发朋友圈的勇气，配图文字简单道出自己心声：我也是想烙大饼的，现在该给取个什么名呢？

原本只是想借朋友圈吐槽一下自己这糟糕的处女作，没想到图文发出后，收获不少点赞，还有众多朋友各抒己见热情点评，并纷纷帮我给"大饼"取名。蔬菜饼、黄金饼、菊花饼、土豆饼、五彩饼、金蛋饼……还都能跟"饼"搭上边。当然，更多的是各种"麦贴锅"，其中还有命名为"山寨麦贴锅"的，天哪，把大饼做成了麦贴锅已经够寒碜了，还是山寨版的，岂不伤自尊？于是我佯装委屈地说："能给点面子把'山寨'去掉吗？"可这时还另外有人在一旁起哄说"山寨麦贴锅"这名字取得蛮精准呢！正当自信心遭受重重打击之际，同事张老师留言说："干脆就叫金麦饼，看起来金黄金黄的，况且又出自金老师之手。"这话最中听，咋这么有水平呢？好一个"金麦饼"！给"大饼"取名就此尘埃落定。

名字虽然好听了，但是毕竟口感不敢恭维，偏偏量还不少，怎么解决掉是个问题。邻居彭美女说："要不我过去试试？"本来与好朋友分享美食是一件多么快乐的事，无奈这"金麦饼"徒有虚名而"败絮其中"，真不想损坏自己在她心中的美好形象，于是赶紧毫不客气拒绝："别别别，我怕这个霉倒不起。"这下郁闷了，费了九牛二虎之力，结果对着一大盘的劳动成果一筹莫展。拍拍脑门，换一种思维，既然成不了美味小吃，那就凑合着当主食呗，总比饿肚子强。欣欣然倒上绍兴加饭酒，和老公共进"金麦饼晚餐"。许是看在我这个"手残党"突然变得贤惠的分上，老公居然说味道还不错，莫非是有意鼓励我朝"上得厅堂下得厨房"去努力？瞧我这德性，估计有点难，不过只要虚心好学，我想潜力应该还是有的。

结束晚餐，光盘行动，正打着饱嗝，门铃响了，邻居送来五个冒着热气的大饼——那才叫真正的大饼，色香味俱全。"知道你那不叫大饼，所以让你尝尝我烙的大饼。"邻居狡黠一笑，放下大饼就走。想要道谢，却被一句"远亲不如近邻"给顶了回来。肚饱眼不饱，三下五除二，立刻消灭掉一个，然后揉着吃撑的肚子，喜滋滋地想：不会烙大饼没关系，只要有大饼吃就行，总是遇上这样的好邻居，我这不是懒人有懒福吗？

——原载于 2020 年 4 月 13 日《瑞安日报》

快乐办公室

从教以来，这是人数最多的一个办公室。都说男女搭配干活不累，可我们12位清一色巾帼园丁，同样干劲十足育桃李，小小办公室不时洋溢着欢乐的笑声。

先来说说6位刚从外校过来的"新"教师吧。与我搭档的谢老师，温州市教坛新秀，她的优秀有目共睹，工作第一年有幸在我们学校跟岗学习，之后经过8年努力打拼，实现从农村到城市的华丽转身，底气十足再次成为我们同事。准妈妈王老师，之前在西部山区湖岭一所小规模小学优哉游哉教着9个学生，这会儿来到这所历史悠久的城区名校，仿佛有点刘姥姥进大观园的恍惚感，可她很快适应这份忙碌，顶着妊娠初期的强烈反应，认真细致地把班级工作搞得有声有色。双胞胎儿子母亲叶老师身材瘦小，却是名副其实的拼命三娘，她从我们的联盟校锦湖小学过来交流，能者多劳勇挑重担成为我们组的领头雁。教学能手陈老师从马屿镇小调来，初来乍到就凭借绝对实力获得市小学班会优质课评比一等奖，令人刮目相看。真诚善良的李老师在家是妥妥的贤妻良母，糕点、蛋挞样样拿手，把孩子照顾得很周全，在校是特别有爱的好老师，面对学生总是不急不恼，轻言慢语称其为宝贝。坐在我前面的蔡老师高颜值、好脾气，起先我们以为她还没结婚，谁知已是有女儿的年轻妈妈，她性格内向言语不多，却是一丝不苟的实干家，有什么教学资源定会第一时间与我们共享。

乖巧上进的小胡老师是一毕业就分到我们学校的幸运儿，理所当然成为我们的重点关注对象，因为她是组里唯一待字闺中的"90后"小字辈。我们都希望她在最好的年纪找到最好的另一半，于是一个个热心留意身边未婚优秀男士，或帮忙物色介绍对象，或开诚布公提出参考意见。沐浴在暖心关爱里的小胡时不时露出腼腆的笑，然后欣欣然与我们打成一片。

至于教学与人品样样倍儿棒的陈老师、公认优秀却习惯低调的钱老师、崇尚"百善孝为先"并身体力行的黄老师、朴实认真的李老师、与世无争的本人金老师，都可算是这所百年老校蓬勃发展的见证者了。

这就是我们的一年级办公室，一个团结友爱的大家庭，一群有着执着教育理想的好老师，每天精神抖擞地在这里上演一出出精彩的生活剧。我们的微信群名从"八仙过海"到"十全十美"再到"十二金钗"，不管怎么改，快乐的基调始终没有变。每天早上，我们心怀期待早早来到学校，下午放学后迟迟不肯离开办公室。但是一般情况下，办公室里很难出现全员齐聚场面，因为更多时候我们各司其职，不是在教室就是在去教室的路上。但只要同在办公室，轻松和谐的氛围分分钟让我们忘记为师的疲劳和烦恼。

每天中午，我们在办公室休息，无奈僧多粥少，唯一的沙发远远不能满足大家需求，于是靠在办公桌上打个盹就算是午睡了，但没有人抱怨条件艰苦，反倒觉得这样的集体生活充满乐趣，她们说组里每个人太阳花一般的笑脸很治愈，如此苦中作乐纯属精神压倒物质。一年级老师的日常琐碎不言而喻，但只要谁有要紧事，一个个不由分说争先恐后抢着代课。遇到组里老师有喜事，水果点心挑战味蕾，请客吃饭其乐融融。

工作着是美丽的，能与这群可爱的人一起开心工作，更是幸运的，也是幸福的。可这幸福很快就要打折，因为这学期其中三位老师将随班级去往万松东路校区。聚散离合本是缘，同事一场，后会有期。

——原载于 2021 年 3 月 23 日《瑞安日报》

一孩二孩三孩

5 月份的最后一天，一条重磅消息刷爆微信朋友圈：放开三孩。顿时，犹如往平静的湖面扔下一块巨石，真可谓一石激起千层浪，各种调侃吐槽不绝于耳。网上更是一片哗然，不管是有关的，还是无关的，众多网友热情高涨地卷入了一场激烈的大讨论，尤其是那些可爱的神网友，各种脑洞大开的神评论简直令人拍手叫绝，我看了差点笑岔气。

笑过之后，年过半百的我陷入了沉思。

我们这代人，赶上"一对夫妇只生一个孩子"的计划生育政策。作为国家公职人员，我和老公在生下儿子后，不敢有任何非分之想，尽管我们多么希望能有一男一女凑成个"好"字。不久，我们乖乖领取独生子女证，眼巴巴地将今生不可能再拥有一个贴心女儿的遗憾深埋心底。

我们小时候，家里兄弟姐妹多，父母拼尽全力讨生活，尽管总以朴素的方式深爱着我们，却往往心有余而力不足，对于子女的成长过程无暇顾及太多。然而，穷人孩子早当家，我们知道父母的辛苦，理解他们的难处，懂得孝敬和感恩，与人相处善字当头。可到了我们为人父母时，因为只有一个宝贝孩子，自然像中国绝大多数独生子女父母一样，把全部的父爱和母爱毫无保留地倾注到儿子身上，儿子理所当然独享着他人无法争夺的宠爱。因为这样的环境和心态，各种独生子女问题层出不穷，当时很长一段时间就非常流行"中国的小皇帝"这一特定称谓。所幸的是，在教育儿子的过程中，虽然我们也是捧在手里怕摔了，含在嘴里怕化了，但还算不溺爱不放纵。从牙牙学语到小小少年，从走出象牙塔到参加工作，一路走来，儿子眼里有光，心中有爱，能以阳光心态追求幸福生活。

然而即便这样，我的心中仍感隐隐失落和欠缺，我会时不时地想象着要是再有个女儿该多好。每当看到人家母女手牵着手亲昵地聊天或逛街，每当在医院里看到病床前悉心照料老人的女儿，每当看到朋友收到女儿的节日礼物时甜蜜而幸福的笑容，我总是忍不住黯然神伤。

2015 年 10 月 29 日，国家全面放开二孩。那天晚上，很多人被这突如其来的消息"轰炸"得彻夜难眠。我只差跺脚喊冤，老天爷咋这么不公平，要是国家早十年出台这一政策，兴许我也能咬牙赶一趟末班车，圆一个美好的二孩梦呢。可是，明明政策允许了，年龄已不允许，这该有多扫兴！痛定思痛，看来只能寄希望于儿子轻松享受二孩政策了。至于三孩，就算是儿子这一代，我也不去设想，确切地说是没有那么高的觉悟。

　　不承想，在很多 80 后生育主力军还犹豫着要不要二孩时，忽如一夜春风来，几乎是没有任何征兆地，三孩生育政策说来就来了！还记得国家放开二孩时，大家奔走相告，有人甚至喜极而泣，而这会儿面对三孩政策，更多动作只是出品笑死不偿命的诙谐段子——"上有四老，下有三宝，中间两个，累死拉倒"，"民不聊生是指三孩背景下现代人因生活压力过大没有生孩子的意愿，连聊一聊都不愿意"。真是服了有才的段子手。我呢，一个平常爱凑热闹的人，竟也提不起谈论三孩政策的兴趣，事不关己高高挂起，你爱生不生，我先撤了。

——原载于 2021 年 6 月 7 日《瑞安日报》

我的公公

公公今年 88 岁了，虽然步态蹒跚，但是不出意外的话，估计能活到 100 岁，这倒不是说他至今耳聪目明，而是基于他良好的心态。在我看来，性格不仅决定命运，往往也决定一个人的寿命。

公公没有女儿，只有三个儿子，但并非个个成器，可他始终不急不恼，一贯主张儿孙自有儿孙福，生活过得好不好全赖自己，所以不管发生什么，他都一笑而过，很少有恨铁不成钢的语气和举动。和那个年代的大多数农村人一样，公公没上过学，斗大的字不识一筐。可就是这样一个看上去啥都不在乎的文盲老人，却对"廉洁"一词有独到的理解，总是时不时地告诫子孙，无论何时何地千万不能贪图钱财，他有一句口头禅：宁可吃苦，做人要硬气。

8 年前，婆婆去世，我以为公公会很伤心，毕竟他们感情一直挺好的，而今半个多世纪的陪伴就这样结束，从此将形单影只度过余生。事实并非如此。不仅在筹办丧事的那几天里，我没看出公公的悲痛之情，就连出殡当天，也没见到公公出现在送丧的队伍里。纳闷之际，却见公公站在离家不远的路边，正与一群看热闹的村民一起，平静地看着送丧队伍缓缓行进，然后笑着对大家说："今天天气这么好，这老娘真有福气。"那神情，那语气，都像是在说一个与他不相关的陌生人。当时我忍不住幽幽地想，面对相依相伴一生的老伴离去也不过如此，真的是人死如灯灭啊。后来，看到孤身一人的公公照样生活得很好，我似乎慢慢理解了他的达观，人死不能复生，活着的就该好好活着，这才是正确的生死观，也只有抱着这样的心态，接受事实，学会放下，才能快乐安度晚年。

婆婆去世后，公公因习惯日出而作日落而息的田园生活，执意独自一人住在农村老家，偶尔还能种点蔬菜自给自足，只在每年过年时到我家住上几天。在我家的那段时间，老公有时会在茶余饭后带公公下楼走走，或到附近的公园逛逛，让他感受如今生活多么幸福。有时就坐在沙发上陪他聊天，听他不厌其烦翻过去的老黄历。有时也坐在客厅里陪他看电视，就电视内容给他讲些国家大事或新闻消息。但更多时候是公公自己在静静地看电视，尽管他半句普通话都听不懂，却能长时间对着不知所云的电视画面看得津津有味，我不知道这样的心静如水算不算一种境界，至少他的脸上看不到丝毫烦躁或抱怨，有的只是平和与宁静。

吃饭时，我们给公公打饭、拿筷子、摆椅子，叫他多吃菜，可他却一个劲儿往桌子一边挪，刻意与我们保持距离，任凭我们一再批评，就是不管用。他还不止一次说起这样一件事：村里一户人家摆酒席，几个年轻人围坐在一起，有个老人也过去坐下，结果那群年轻人一哄而散。我们听了，都说那是年轻人没素质，不能怪老人。可公公却坚持说那个老人不识趣，并试图用这个"反面材料"来警醒自己，还说即便是一家人也一样，年纪这么大了，难免"肮脏相"，自己就要头脑灵清，不能等到招人嫌弃了才想起。在这样的指导思想下，公公总是无视我们的热情，夹菜也小心翼翼，像是怕弄脏了盘里的菜似的。多次劝说无果后，老公只好另外给他准备一个盛菜的碗，他这才吃得安心。

吃完饭，我们家洗碗这活基本上老公一手包办，这完全是他的自觉行为，或者说他早就习惯成自然，而我一直心安理得乐当甩手掌柜。本来这也没什么，又没有哪条法律规定家务活一定得女人做，可公公在农村生活了一辈子，骨子里应该会有男主外女主内的传统观念，我怕他心疼他儿子，怕他对我有微词，便想好好表现，主动收拾碗筷，可老公总是把手一挥，大度地说："去做你自己的事吧。"我就不勉强，溜进书房看书去了，但心里却有隐隐不安，确切地说，是不知道公公心里怎么想。那天晚上，趁老公在厨房洗碗之际，我试探性地问公公怎么看待老公洗碗这件事。没想到老人家还挺开明的，微笑着说："这有什么？谁洗不是一样？只要两人不推来推去就行嘛！"朴素的话语一下子打消了我的顾虑，我不禁向公公投去感激的目光。

这就是我的公公，虽然没有文化，却是个明事理的睿智老人。

——原载于 2020 年 6 月 22 日《瑞安日报》

疫情后方

新型冠状病毒肺炎来势汹汹，以最糟糕方式开启的 2020 年，前线书写着感天动地，后方呈现着一言难尽的众生相。

作为老师，我年年过寒假，而这个寒假真的太反常：大年初一，寒假还剩 15 天；初四睡醒，寒假还剩 20 天；到了初七，寒假竟然还剩 30 天。这不硬生生把升级版寒假过成了人人羡慕的暑假吗？然而这次，总是比一般人更热衷于寒暑假的我，面对这从天而降的意外福利，却像霜打的茄子一样蔫了，就让"羡慕"一词见鬼去吧！明媚的阳光照进书房，我心事重重倚靠在窗前，我所任教的学校就在视线之内，那一刻，我是如此强烈地希望能够尽快开学，就算被那些"屡教不改"的熊孩子气得七窍生烟，我也不想继续"一觉睡到自然醒"的寒假了。只要疫情得到控制，只要山河无恙人间皆安，就算将我们往后的寒假统统取消，我也愿意！

作为学生，平常多放半天假也高兴得手舞足蹈，这次竟也嚷嚷着宁愿上课也比关在家里强。那些往日被辅导孩子作业气得急火攻心的家长，一边感慨这"雪上加霜"的日子何时是个头，一边借机拿"武汉疫情"说事，有理有据引导孩子明白为什么要好好读书——要成为像钟南山那样的人，用知识拯救万民于水火之中，当面临危险，用知识去战胜危险。

宅家不出门是阻断病毒传播的最好手段，于是就有了史上最漫长最煎熬的集体假期，很多人纷纷表示在家闷得慌。有人睡觉睡到腰酸背痛脚抽筋，于是出炉了打油诗：锄禾日当午，睡觉好辛苦，睡了一上午，还有一下午，晚上接着睡，实在太痛苦；有人看电视追剧刷抖音累得眼花脖子酸；有人从卧室到客厅到餐厅作所谓的"环家旅行"；有人开始默数家里一共有多少块瓷砖；甚至有清华博士洪荒知识无处用，在家给猫讲函数……这种种的无聊，乍一听似乎也值得同情，但想到千千万万冲锋陷阵在战"疫"一线的可敬逆行者，我们还好意思矫情吗？

宅家的我们一边把"不出门不添乱"当作特殊时期对国家的"特殊贡献"，一边以前所未有的热情关注疫情动态，每天"眼观六路耳听八方"，通过各种渠道了解疫情信息。虽然网络成了复杂而混乱的舆论场，实时推送的官方报道，亲戚朋友之间互传的小道消息，唯恐天下不乱的谣言，混杂在一起，但我们不信谣不传谣，客观而冷静地从那些鼓舞人心的文章或视频中感受满满的正能量。看到84岁再次披挂上阵的钟南山院士，在接受新华社记者采访时几度哽咽，我感动得泪流满面。而微信上那篇声情并茂的《蝙蝠给人类的一封信》，使蒙昧无知的人醍醐灌顶，也为所有善良的人们敲响了警钟：人类必须遵循天道，自然法则是最公平的，当你不珍惜其他生灵的时候，祸害就已经悄然降临。的确，在这个地球上，人类从来不是唯一的王者，只是生命进化链上渺小的一环，我们怎么能为所欲为呢？

这个春节，除了医务人员，还有众多基层干部为疫情防控舍小家为大家，夜以继日奋战着。得知重灾区陆续出现医疗物资严重短缺现象，全国人民团结一心，行动起来，一方有难八方支援，有钱的捐钱，有物的捐物。很多爱国侨胞从国外购买口罩和防护服，第一时间发往国内，甚至干脆亲自带回。一些收入不高的普通劳动者，也尽一己之力，伸出援助之手。

疫情仍在继续。虔诚祈祷的同时，我们也坚信，伟大的中国人民，没有什么过不去的坎。这个漫长的假期，这场深重的灾难，其实是以惨重的代价告诉我们，国泰才能民安。

——原载于 2020 年第 1 期《玉海》

代　沟

　　同事王老师喜得金孙，我们相约去吃索面汤。刚一进门，就见王老师脸上洋溢着发自内心的喜悦，我以羡慕的语气说："嫩奶奶当得太幸福了吧?"心直口快的王老师示意我们坐下，轻轻叹了一口气，意味深长地说："幸福是幸福，可这奶奶不好当呢!"此话怎讲? 好奇的我们立马围拢在一起，欲听她慢慢道来。

　　只见王老师随手从茶几上拿过一本书，笑着递到我们跟前。我凑过去定睛一看，是一本厚厚的《育儿大全》，便"扑哧"笑出了声，然后故作夸张地说："哎哟哟，你应该看《育孙大全》才对呀!"这下，王老师的话匣子一发不可收地打开了。

　　那天王老师发现床头柜上多了这本书，以为是她老公拿过来的，便有点不高兴地说："都这么忙了，哪还有时间看书?"后来才知道此乃媳妇托儿子给婆婆送的"月子礼物"，用意不言而喻，让新手奶奶赶紧学起来，掌握一套科学的"育孙本领"。我们忍不住调皮起哄："就是，就是，好好看书好好学吧!"可王老师却说自己老眼昏花，一拿起书就犯困，这"大头部专著"愣是啃不下来，于是心想不看也罢，那会儿从来没看什么育儿之类的书籍，不也把儿子养得既聪明又健康吗？我说："现在的年轻人可不认你那套！"王老师不置可否地撇了撇嘴，压低声音继续吐槽——

新生儿吃吃睡睡，饿了就哭，明明已经饿得手舞足蹈，王老师提议媳妇喂奶，只有吃饱喝足才长得快，可媳妇硬说要严格按照书上的标准，没到规定时间不能吃，以免撑坏宝宝稚嫩的胃。哈哈，听起来似乎都没错。还有其他一些育儿观念的不一致，使得初为奶奶的王老师尽情快乐着的同时，直呼这年头奶奶并不好当。

其实，新旧观念碰撞很正常。我有个朋友，孙子高烧不退，病快快耷拉着脑袋，看起来几近虚脱了，可她媳妇就是不让服退烧药，说是副作用太大，朋友看在眼里急在心里，一时间家庭气氛搞得紧张又尴尬。

奶奶也好，妈妈也好，都是为了宝宝健康成长，之所以在育儿方式上会有这样那样的分歧，说白了只是代沟问题。现在的年轻妈妈大多喜欢"用知识武装头脑"，比较相信育儿书上的理论，同时也希望婆婆与时俱进去执行或配合，而婆婆却习惯用自己当年养儿子的那一套成功经验去养孙子。于是，婆说婆有理，媳说媳有理，往往谁也说服不了谁，很多婆婆因此大发感慨，说原本微妙的婆媳关系因为多了个宝宝而更说不清道不明了。而实际上，这种状况不只发生在婆媳之间，母女之间也有深深的代沟，一些任劳任怨为女儿当免费保姆尽心尽力协助抚养外孙的老母亲，同样表示经常被女儿怼得气不打一处来。然而，不管受多大的委屈，那些婆婆和妈妈们总是义无反顾撸起袖子发挥余热，为的就是最大限度减轻儿女们的负担，怎一句"可怜天下父母心"了得！

在中国，这样的婆婆和妈妈不在少数，她们从未停歇，从青丝到华发，从时髦到落伍，从精力充沛到力不从心，从把儿女养大到陪着孙辈长大，无怨无悔，负重前行，不图回报，只为倔强守护儿女岁月静好。而更多被生活琐碎牵绊着的女儿或媳妇，对于默默奉献的婆婆和妈妈，一边嫌弃着，一边又依赖着，一边指责着，一边又指望着，一边无视她们的付出，一边又坐享这份貌似理所当然的爱。或许等到有一天，曾经的媳妇或女儿也成了奶奶或外婆，终会幡然醒悟：原来她们曾是我们，而我们也终将是她们！到那时，曾经横亘于两代人之间的代沟已不复存在，只有绵延不绝的爱，仍是这般美好！

——原载于 2020 年 9 月 16 日《瑞安日报》

尴尬的太阳伞

中国人对白的执着众所周知，我们总是以白为美，所谓一白遮百丑。于是乎，炎炎夏日，爱美女人日常出门必备太阳伞。要是外出旅游，更是做足防晒功课，头顶太阳帽，手撑太阳伞，眼戴太阳镜，身着防晒衣，还不忘涂上厚厚的防晒霜。然而，这些我们习以为常的做法，在欧洲人眼里却是那么不可理喻。

去年暑假，我去欧洲旅游。面对毒花花的太阳，只怕被晒成牛肉干的我，自然是伞不离手。然而，每到一处，老外都像看外星人似的，向我投来异样的目光，令我如坐针毡。

那天在雅典宪法广场，来自世界各地的游客顶着烈日观看精彩的换岗仪式，整个广场上只有我一人打着太阳伞，在人群中显得那么突兀。不用说，瞬间被鄙视的节奏。我撇了撇嘴，耸了耸肩，只当没看见，我打我的伞，关你啥事？

为什么欧洲人太阳底下不打伞，还视打伞的我们为奇葩呢？因为在他们看来，古铜色是金钱和富有的象征，是这个世界上最健康最性感的颜色，他们热爱阳光，巴不得天天晒太阳。所以就有这样一种说法：在国外，太阳下打着伞的，一定是中国人。几次出国旅游经历告诉我，这话不无道理。然而那天在雅典卫城，我却惊喜地发现，竟然也有外国人像我们一样打起了太阳伞，虽然只是个别，也不奢望星星之火可以燎原，可我还是为自己这一"重大发现"洋洋得意了好一会儿，然后与同伴"英雄所见略同"，认为此举大有推广的可能性，并情不自禁向那几个外国"另类"投去感激的目光，哈哈，同是天涯沦落人，相逢何必曾相识。

哪知紧接着就遭遇尴尬了。下山行走在卫城圣道上时，只有我一个人还傻傻地打着伞，一位陌生的中国美女导游以命令的语气叫我赶快把伞收起来，周围几个老外也不约而同朝我翻白眼。来不及多想，赶紧乖乖照办，但我不明白为什么，便在那位导游走远后，特意追上去诚惶诚恐询问，不料自讨苦吃狠遭抢白："刚才工作人员提醒你几次了，游客密集，打伞容易戳到别人，很不安全，这也不懂吗？"哦天，我怎么知道工作人员叽哩哇啦讲什么？还以为在这宗教建筑遗址上打伞犯了什么大忌呢。

在山脚下，我们遇到两位中国留学生，我特意跟她们聊起"太阳伞现象"。一位说："刚出国那会儿，打过几次太阳伞，现在早就入乡随俗了。"另一位说："有一次，我和朋友打着太阳伞逛街，结果马路对面，有人专门停车下来冲我们大喊：It's not raining now！（现在没下雨！）"我听了，笑得直不起腰，爱管闲事的老外，压根不懂中国人的审美。

　　尽管打伞屡遭白眼，可我依然我行我素。出国前，旅居意大利20年的妹妹三番五次提醒我，在欧洲是没有人打太阳伞的，叫我到时不要丢人现眼了。我嘴上答应，心里并不服气，反正没人认识我，我要对自己的皮肤负责。游览威尼斯水城时，外甥女一家请我们吃西餐，因司机导航出错，一时找不到酒店，外甥女只好跑出来接我们。还没入座，妹妹就打电话问我："你又打伞了？"我反问道："你怎么知道的？"原来是外甥女告的密，她一边在等我们，一边跟妹妹聊微信："我远远地看见一群打伞的人，就知道肯定是她们了。"这该死的外甥女，5年前带我去威尼斯游玩时，见我又是打着太阳伞又是穿着防晒衣，简直把我当怪物，见我拒不接受善意劝告，干脆躲得远远的，这次还没当面极力损我，也算是给我面子了。

　　仔细一想，打不打太阳伞都无可厚非。外国人无法理解中国人为什么总爱打太阳伞，据说曾有外国人在社交媒体上发问："中国人的太阳伞到底有啥秘密？他们总躲在伞底下干啥呢？"而中国人同样想不通，外国人为什么整天躺在沙滩上把自己晒得黑不溜秋。其实，都只是文化差异而已，太阳底下，各式各样的太阳伞，你爱打不打，你走你的阳关道，我走我的独木桥，没必要太在意别人的眼光。

——原载于2020年第3期《玉海》

既然……就……

许是白天睡多了，平时习惯早睡的我，那天晚上居然了无睡意，便打算发圈打发时间。灵光一闪，突发奇想，一条动态就此产生：用"既然……就……"造句吧。

发完朋友圈，我美美地想：这题目信息量那么大，涵盖面那么广，该有多少五花八门的答案呢？

次日早晨，一觉醒来，赶紧打开朋友圈查看，众多互动赫然入目。细读每条留言，我陷入了沉思。

睿智而健谈的葛老师说："既然老了，就安心做个老人吧。"谁都不愿老去，可谁都会老去，这是无法违抗的自然规律。的确，明明老了，却不肯承认这个铁的事实，一味活在年轻的光环里，容易做出与老人这一身份不相符的举动，有失得体。那么既然老了，就安心做个老人，这不是悲观消沉，而是良好的心态，也是积极的处世智慧。但愿身边的老年朋友，以及将来总有一天会步入老年行列的你我，都能在优雅老去的路上，安心做个受人欢迎的老人。

号称人生赢家的贞姐说："既然办不到，就学会放弃，顺其自然吧！"人生在世，总是不断追求，不断获取，但并非每次努力都有结果，有时候即便我们热切希望并全力以赴仍不能如愿，那就别钻牛角尖，学会适时放弃，潇洒地挥一挥手，告别苦闷和阴霾，让一切顺其自然。然而很多时候，我们不是不懂这个道理，而是做不到，因为放弃也是一种境界，不是每个人都能修炼到这个境界。

坚强乐观的美女同学英子说："既然已经做人，就好好地活。"一生很短，短得来不及享用美好年华就已身处迟暮，只有不虚度光阴，不怨天尤人，顺境也好，逆境也罢，心怀感恩，爱人爱己，才不枉来这美好的世间一遭。

一位平常很少冒泡的朋友说："既然娶了我，就好好疼我吧。"我不知道这位朋友是否对老婆疼爱有加，但能第一时间想到这点，估计至少是个感情细腻的丈夫。而这一看似简单的请求，该是每个围城中的女人最渴望看到和拥有的。然而，愿望很美好，现实很骨感，多少爱情经不起时间的考验，多少婚前的甜言蜜语海誓山盟在婚后的柴米油盐中灰飞烟灭，多少看似恩爱的夫妻同床异梦形同陌路。在连续听闻几起令人发指的杀妻惨案后，闺密一阵唏嘘。一直以来，我总是特别感动于上了年纪的老夫老妻深入骨髓的爱。那天早上，我坐在医院诊室外面的长凳上候诊，两位步履蹒跚的耄耋老人走过来，紧挨着在我身旁坐下。阿婆从包里拿出病历本当扇子扇，阿公手里则拿着书本大小的硬纸板，但他不是给自己扇，而是侧转身给阿婆扇啊扇，右手扇累了再换到左手。看着阿婆一脸心安理得地享受着双份清凉，再看看阿公额头细密的汗珠，我忍不住明知故问："阿公，您不热吗？""没事，她怕热。"阿公嘿嘿一笑。这大热天的，谁不怕热？我想，这样的最美瞬间，便是对"既然娶了我就好好疼我"的最好诠释。我心头一热，拿出手机拍下这个镜头，也不怕侵犯人家肖像权。

还有很多热心微友都参与了这个造句练习，各种答案可谓精彩纷呈——

"既然无法改变别人，就想办法改变自己。"

"既然只有冷暖自知，就别奢求感同身受。"

"既然不能帮助别人，就不要轻易答应。"

"既然余生那么贵，就不用想着去取悦谁，遵从本心便是。"

"既然真的可以海阔天空，就命令自己退一步吧。"

……

想不到不经意的一份"作业"，引出了这么多的思考和讨论。最有意思的是同事蓉的话："既然我配合了，就请私发一个大红包给我吧。"而死党小王则幽默地将了我一军，她说："既然出此话题，就让金姑娘自己先来一句吧。"恭敬不如从命，我也不假思索抛出一句，权当给这堂句式训练课当结语——既然我们是朋友，就好好珍惜这难得的缘分吧，毕竟前世五百次的回眸才换来今生的擦肩而过。

——原载于 2020 年 8 月 12 日《瑞安日报》

从期末到寒假

　　学期临近结束，肆虐的流感打破了复习的平静，教室里"你方唱罢我登场"，几乎每天都有人缺课，缺的还不止一两个，看起来随时有蔓延以致停课的危险。中招的孩子可怜兮兮，心急如焚的家长恨不得代替心肝宝贝生病，想淡定却无法淡定的老师如履薄冰——不是一大早收到家长发来的请假微信，就是课堂上冷不丁冒出发烧或其他感冒症状的。

　　在这种氛围中，那些暂时无恙的学生，虽然身在教室，注意力也不如平常集中，复习效果大打折扣。想到近在眼前的期末考，看在眼里急在心里的我使出杀手锏，郑重承诺如果期末考语数双百，享受免做寒假作业待遇。听到这一优惠政策，全班学生异口同声——"哇……"，随即眼里有惊喜的亮光闪过，并不自觉地挺直腰背坐得端端正正。也难怪，没有作业的寒假简直太诱惑人，不仅可以在其他同学埋头做题的时候，逍遥自在做自己喜欢的事，还能趾高气扬在家长和亲朋好友面前挣足面子。很多孩子一回家就眉飞色舞传达我这一"伟大举措",并信心十足地说一定争取过一个没有作业的寒假。那段时间,每当课堂上有不和谐的画面出现,我也时不时地拿这一筹码去鼓舞士气。

转眼到了期末考。成绩出来了,几家欢喜几家愁。语文或数学考取100分的有好几人,而双百的却只有平时在班里号称学霸的潘栩辰同学一人。我当即通知家长,兑现免做寒假作业承诺。家长回复说:"她高兴坏了,而实际上我还会给她作业。"哈哈,那是你的事,我可管不着。

当天,微信朋友圈就有应景图片和配文闪亮登场,三个分别考了60分、95分、100分的男孩拿着试卷站在家门口的不同情态,令人捧腹大笑,尤其是那个100分的,不是用手敲门,而是用脚踹门,脸上成功的喜悦与得意一览无余。紧接着,《家长本周三件事》也适时新鲜出炉:看娃试卷要沉得住气,切记娃是你亲生的,他不会是因为遗传了你;考完试别问考得好不好,先给娃一个大拥抱,再请娃好好吃一顿,毕竟他也辛苦了一学期;出成绩切记要淡定,控制好体内的洪荒之力,这个世界上最宽广的是海洋,比海洋更宽广的是天空,比天空更宽广的是考试范围,比考试范围更宽广的是看成绩时的胸怀!看过之后,忍不住感慨,现如今当家长真的好难!

与此同时,以老师口吻调侃的诙谐文字自然也不甘落后,欣欣然呈刷屏之势紧跟着凑热闹——2019第一学期寒假温馨提示:各位亲爱的家长,交接仪式已经结束,神兽已经出笼。各回各家,各气各妈,请注意血压。为师们需闭关疗伤,准备来年再战。整整 30 天，愿你们母慈子孝，不要鸡飞狗跳，作业别忘教，逆反别叫嚣，记得总微笑。一个月与四个月相比不会太长，一个孩子与四十多个孩子相比容易得多。2020 年，从"心"出发，相信你是最棒的家长！

作为经常被学生气成内伤的老师，我自然对这份某种程度上说出了我们心声的"温馨提示"更感兴趣，于是果断转发到班级群。而实际上此举纯属轻松娱乐，因为前不久一位朋友的话引人深思：一次次经历过深夜医院急诊儿科的煎熬之后，娃的学习成绩还算得了什么！的确，健康高于一切，这是最简单的道理，也是所有父母最朴素的愿望。对于休养生息的寒假，我也曾想过做个小小的改革，不布置作业，让全班学生该吃喝就吃喝，该睡觉就睡觉，该玩耍就玩耍，放松身体，放飞心情。然而，最终我还是没有勇气开这个先河。但不管怎样，祝福还是要的，真心祝愿孩子们寒假快乐，童年幸福！咱们明年再见！

——原载于 2020 年 1 月 14 日《瑞安日报》

小 丁

　　小丁，我的同事丁老师，之所以称之为小丁，是因为她是我们办公室年龄最小的——一个特别惹人喜爱的 90 后二胎妈。

　　提起二胎妈，很自然联想到忙乱，可小丁却能做到忙而不乱。作为两个班的数学老师，小丁每天上课和批改作业，忙得不可开交，有时甚至连喝口水或说句话的时间都没有。可她像有使不完的劲，风风火火，有条不紊，上起课来思路清晰，改起作业一丝不苟，课后反馈及时细致，深得家长一致好评。

　　当然，这不是重点，因为很多老师都这样。

　　令大家刮目相看的是她身上满满的正能量和积极乐观的生活态度。

　　早在几年前，一些同事并不特别欣赏她。她热衷发朋友圈，对于生活中的点点滴滴，信手拈来，事无巨细，几乎呈狂轰滥炸之势，刷你没商量。有同事私底下说，实在不胜其烦，果断屏蔽了她。也有嫌她口无遮拦的，说她有时不考虑人家的感受，想到什么就说什么。对她这两大"罪状",刚开始我也基本认同,可是随着交往不断深入,我完全改变了对她的看法,喜欢她,羡慕她,佩服她。

现如今,很多年轻父母忙于工作,把孩子全权交给老人带管,心安理得充当啃老族,似乎那是天经地义的事。可同样是上班族,小丁就没这么做。刚怀大宝那会儿,她就上孕妈妈培训班学习育儿知识,做好绝不缺席孩子抚养教育的充分准备。现在,二宝也九个多月了,因为一直亲力亲为,在之前摸着石头过河的基础上,她已积累了一套行之有效的育儿方法。早上,打点好俩宝吃喝拉撒后赶往学校,满血复活开启一天工作;中午,不在学校用餐,匆匆忙忙赶回家,只为变着花样给小宝捣鼓辅食并亲自喂吃;下午,放学后先去幼儿园把大宝接到学校,等完成手头工作再带大宝一起回家;晚上,给两宝喂饭、洗澡、讲故事、哄睡,然后坐下来备课;夜里,为了让婆婆睡个安稳觉,她还坚持让两宝睡在自己身边。在这个过程中,辛苦不言而喻,可她从没半句怨言,整天乐呵呵,满脸阳光灿烂,还能时不时地见缝插针制造浪漫,带动全家一起嗨,于忙碌中体验生活的丰富多彩。

她活得轻松而实在。在这个盛行奉承拍马的社会,她不善观言察色,不会阳奉阴违,而是大大咧咧,坦坦荡荡,坚持原则,有啥说啥。别看她年纪轻轻,近距离接触后,我发现其实她看问题很尖锐,只是因为没那么多顾虑,偶尔不经意就得罪了人,但我宁愿将这种难得的直言不讳理解为"忠言逆耳利于行"。她随心随性接连不断将宝宝的日常精彩瞬间发到朋友圈,享受年轻辣妈的成功和喜悦，不在乎别人怎么看怎么说。她经常第一时间转发学校层面的新闻链接，大力宣传学校的发展与成果，并公开表达自己对学校或老师的倾慕，朴素而率真。她实事求是评价学生的学习情况，给予学生公平而暖心的爱，从不接受家长的宴请和礼物，令每位家长肃然起敬。

她真诚而热情。有时候我们遇到电脑或手机操作难题，不管有多忙，她都不会袖手旁观，总是主动伸手相助，不厌其烦耐心讲解，直到我们紧锁的眉头开心舒展为止。印象深刻的是，在她生二宝坐月子期间，我曾诚惶诚恐请她帮过一次忙，她竟然也是二话不说，当即交出完美答卷，着实叫人感动。

关于小丁其人，仅凭三言两语，还无法全方位描摹她的美好形象，且待某一个合适时机再铺陈。

——原载于 2019 年 12 月 18 日《瑞安日报》

勿以善小而不为

手机铃响，是个陌生号码，犹豫片刻后接起，竟是 10 年前退休的老同事王老师打来的。说是路遇好心人，非常感动，想让我给写篇文章，以传递满满正能量。恭敬不如从命，我一口答应下来。于是，王老师的话匣子就此打开——

7 月 2 日早上，我去房管所办事。因我退休后一直在外地，不知道房管所已搬迁，在门口等了许久后，有人告诉我房管所新址在瑞祥，于是我好不容易找到公交车站头，想乘公交车去瑞祥。可我不知道要乘几路，也不知道该在哪下车，便一边对着公交车站牌费力地查看，一边在那儿自言自语。天下着大雨，我没带伞，本来身体就不好，来回折腾，又遭淋雨，感觉有点支持不住了。

这时，一把大伞罩住了我。我转头一看，是一位面目和善的中年男子，看样子遇上活雷锋了，我不禁心头一热。他说他也乘公交车去瑞祥，可以带我去，我一听高兴极了。可是，人老了就容易健忘，我又发现自己没有零钱，只有大面额现钞。这可怎么办？我又局促不安起来。我说我先去附近店里把零钱换过来，他态度诚恳地阻止了我，虽然我感觉有点尴尬，但也不好意思不领情，就乖乖照办了。

车来了，是我先上的车，他紧随其后，用手机扫码为我付了车费。下车后，他一路把我带到房管所，还不厌其烦指点我如何办理相关手续。事情办好了，他还特意为我换好零钱，让我乘公交车回家。一个素不相识的人，这么热心帮助我，真的太暖心了，可惜我不知道他的名字，也不知道他在哪工作。看他刚才去换零钱时好像跟那里的工作人员认识的，我便过去打听，原来他就是不动产登记中心的员工，叫林勇姆。我很感动，一时不知怎么感谢他，就说想给他拍张照片。可是他很低调，一个劲儿摆手拒绝，径直走开了。我赶紧拿出手机，却只拍到他的背影。面对这个高大的背影，我的内心涌起深深的感激之情。回家的路上，我一直沉浸在快乐和幸福之中，无以为报的我只愿好人一生平安。

听罢王老师的叙述，我也深受感动。的确，生活不是缺少美，而是缺少发现美，而我们是多么需要这些平凡生活中点点滴滴的美。乐清环卫工人李翠兰，收集了50多把弃伞冲洗干净后放在环卫车上备着，只为替雨天没带伞的人解决燃眉之急。杭州婆媳三代接力50年在路边摆放免费凉茶摊，只为酷暑里给过路行人送去丝丝清凉。广州环卫工人高建平捡到手机在路边静候半个多小时，只为尽快把手机顺利归还失主。柳州市桂中大道上，一名花甲老人因腿脚不便，拄着拐杖缓缓走过斑马线，斑马线前等待通行的司机都非常自觉地停下来，在近 5 分钟的时间里，没有一名司机按喇叭催促。南宁一位老人在 609 路公交车上因突发心梗晕倒，车上一名"红衣女子"及时伸出援手，对老人实施心肺复苏，使老人得以顺利脱险。这些生活中无处不在的互帮互助，正悄悄渗透在城市的每一个角落，如冬日暖阳般带给我们满满温情。

去年暑假里的一天，我在医院邂逅一位白发苍苍的外地老人，只见她行动不便，身边又没有子女陪伴。我主动帮她挂号，把她带到相应的就诊室，还给她拿药。老人激动得眼里闪着泪花，拉着我的手不断地说："姑娘，你真是个大好人，太谢谢你了！"那一刻，我很开心，默默感受着赠人玫瑰手有余香。

勿以恶小而为之，勿以善小而不为。如果人人这么想，人人这么做，这个世界一定会更美好。

——原载于 2019 年 7 月 15 日《瑞安日报》

那辆命运多舛的自行车

作为老师，去看《老师好》，似乎是顺理成章的事。

《老师好》是一部怀旧青春电影，故事很简单，情节也不曲折，讲的是上世纪 80 年代南宿一中苗宛秋老师与学生的"爱恨情仇"。那个纯真年代的质朴，和于谦老师入木三分的演绎，成全了对"最好的时光"的怀念。影片中，苗老师的那辆二八自行车像一条悲喜交加的线索贯穿整部电影，成了苗老师和学生之间一条笑点与泪点并存的情感纽带。

开学第一天，苗老师骑着那辆地区奖励的二八自行车来到学校，准备迎接新一届学生。不承想，这是一个问题多多的班级，烫发的，涂口红的，抽烟的，上课看武侠小说的，甚至还有带斧子进课堂的，铁面无私的苗老师毫不客气给了他们一个杀鸡儆猴式的"下马威"。可这些血气方刚的俊男靓女不肯轻易就范，愤愤然以各种方式或公开或隐秘地向"苗霸天"宣战，于是一场师生间的"拉锯战"就此拉开序幕，而苗老师那辆无辜的自行车首当其冲成了受害者。

为了报复苗老师的"专制",他们联手拆掉了苗老师停放在校园里的自行车挡泥板,害得苗老师在下过雨后的街道上骑行时后背溅满泥汁却一无所知,只招来过路行人怪异的目光。为了让洛小乙成功拿走他和班长安静的合照,他们把苗老师的自行车吊到了高高的升旗杆上,再用调虎离山计把苗老师引到操场观看他们的恶作剧,搞得苗老师哭笑不得、尴尬至极。为了宣泄不满,他们还刮掉苗老师自行车上的油漆使之丑陋不堪。

但是,随着剧情慢慢反转,同学们被苗老师看似粗暴实则真挚的爱所感化。当得知刘昊生病了,苗老师硬是逼着派出所的小舅子归还"投机倒把"货物,然后用自行车驮回来。当洛小乙得知爷爷发病而飞速跑出教室时,苗老师不由分说骑上自行车,十万火急载着洛小乙赶往医院,简直比自己的亲人患病还心急。那一幕,感动了观众,也感化了一度桀骜不驯的洛小乙。哪知,从医院出来后,苗老师发现自行车被盗。同学们便自发利用晚自习时间打着手电筒出去满大街寻找自行车,并给失而复得的自行车涂上绿漆,还给它戴上鲜艳的大红花。当他们用大喇叭喊着苗老师去操场想要给他惊喜时,苗老师不仅不领情,还狠狠训斥他们浪费宝贵时间。此时,满肚子委屈的同学们却深深感动了。后来,苗老师骑着自行车全城寻找加入混混行列的洛小乙,痛心怒斥后带回教室。再后来,安静骑着苗老师的自行车闯进县政府为苗老师喊冤,回去途中遭遇车祸,导致眼看就要实现的北大梦破碎。这个跟自行车有关的故事就这样牵动着观众的心,同学们从破坏自行车到爱上自行车,是对"好老师"的最好诠释。

回望那段最好的时光,我们很多人的学生时代,似乎就是在与老师的"斗智斗勇"中过来的。课堂上，摆出正襟危坐的样子，却伺机作案把小说放在课本下面偷偷地看；做了坏事不仅死不承认还殃及无辜嫁祸于同学，盛怒之下的老师只好开启罚站反思模式；偷抄作业，考试作弊，甚至把别人的高分试卷进行掉包；因受批评心存芥蒂而想出各种点子捉弄老师，在讲台上放死老鼠，在黑板上写老师的坏话，在教室门角落暗设机关。这种种对抗老师的幼稚经历，多年后都成了回不去的美好，也成了同学会上最有卖点的谈资。

身为老师，影片中的许多镜头于我更有强烈的代入感。不做老师，不会明白老师声嘶力竭背后的良苦用心。从教多年，本着"传道授业解惑"的传统宗旨，我与学生之间也发生过类似"自行车"的故事，我也曾被学生当面顶撞过，也曾被暗地里起过绰号，也曾被咬牙切齿记恨过，但更多的是师生间的共同成长和彼此温暖。在努力践行做一名学生喜欢的好老师的过程中，虽然偶有倦怠，但我一次次在学生向我表达爱慕和感谢时心生自豪，也一次次被纯洁无瑕的童心所感动。我每天都会听见学生对我说"老师好"，简简单单的三个字，有时候传达的其实不只是一种礼貌，更是一份尊重与荣耀，正如《老师好》最后那句感人肺腑的告白："不是在最好的时光中遇见了你们，而是遇见了你们才给了我这段最好的时光。"

愿老师和学生的心里，都有那么一辆虽命运多舛但永远不会褪色的"自行车"，用以记录彼此"最好的时光"。

——原载于 2019 年 4 月 11 日《瑞安日报》

老师的期末

学期临近结束，教学进入全面复习阶段，喊了 N 年素质教育口号的老师们，纷纷铆足劲紧盯不放，虽无刻意做燃烧自己照亮别人的蜡烛，却总是一次次恨铁不成钢，以至于一不小心进入"炸毛期"。这话听起来似乎有失文雅，可事实真是这样。

教室里，学生正在进行模拟考。讲台上，老师一边"虎视眈眈"监考，一边见缝插针批改作业。下课铃声响起，几个早就按捺不住、自我感觉良好的迫不及待交卷，可总有那么几个动作慢得离谱的，无视考试时间，不慌不忙，我行我素，任凭老师一再催促。总算收齐卷子回到办公室，来不及喝口水就马不停蹄开始改卷。哪知不改还好，一改真是气不打一处来。重复纠正了无数次仍一错到底的，简单到纯属送分却错成你怎么也理不出个头绪的，字迹潦草到无法辨认的，甚至大面积漏题的……可谓各种状况层出不穷。一边告诫自己那是别人家的孩子，不生气不动怒，一边忍不住发微信给家长，敬请密切配合。正怀疑自己的教学能力，突然想起问问其他几个兄弟班情况，顷刻间各种怨声此起彼伏，顿感网上段子很是应景：本以为复习是查漏补缺，复习了才知道需要女娲补天，补着补着才发现还是得请精卫来填海，最后才发现，其实最好是请盘古来开个天地。难怪有人说，教书是一场盛大的暗恋，你费尽心思去爱一群人，最后却只感动了自己。一番吐槽之后，自然是愤愤然旧话重提，集体声讨"没有教不好的学生，只有不会教的老师"简直就是谬论。

情绪低落地回到家里，简单吃过晚饭，坐到电脑前正准备给学生写评语，却见年级组微信群热闹起来。先是冯老师发上来一张表情包图片，语文、英语、科学，三门学科的老师都是一脸郁闷的样子，只有体育老师抿嘴嬉笑，而在离他们不远处，还悬空吊着一人，下面有配图文字：快看，那个教数学的上吊了！愚笨的我一时不明就里，弱弱地问："为啥教数学的上吊了？"90后小丁老师说："因为学生数学不好。"原来这样！这些个不好好学习的熊孩子，把老师都气得上吊了！哈哈，瞧这些高明的段子手！

可是，难道学生语文学得很好吗？要上吊也得语文老师呀！正被学生气得急火攻心的我撇嘴反驳。小丁即刻P图成语文老师上吊的画面，并随之分别将各门主科老师上吊的图都P了一次，最后干脆P成老师集体上吊的"悲壮场景"。虽然只是调侃打诨，可真的是可怜天下老师心，正所谓"学生虐我千百遍，我待学生如初恋"。

这时，冯老师抛出一句鼓舞人心的话："过几天就解放全中国了，大家挺住！"赵老师也赶紧附和道："一秒钟就解放了，我才不上吊呢。""一秒钟"是雷厉风行的赵老师的口头禅，"解放"是难免会有倦怠的我们一学期坚守三尺讲台的希望和动力。笑过闹过之后，我们又打起十二分精神，开启加班加点模式，积极投入到教书育人中去，然后骄傲地对自己说，工作着是美丽的。而最令人欣慰的是，再过几天，我们就迎来人人羡慕的寒假了。那时，一觉睡到自然醒，就算天气不给力，就算钱包不饱满，窝在床上看看书，拿着手机刷刷屏，轻松自在好潇洒！想到这，期末这短暂的"黎明前黑暗"又算得了什么？

满血复活过期末，信心百倍迎寒假。老师们，胜利的曙光就在前方！

——原载于 2019 年 1 月 22 日《瑞安日报》

我很笨

我是个笨头笨脑的人。这么说，并非谦虚，更无意矫情，而是客观而实在的自我评价。

学生时代，我偏科，理科是我的硬伤，学得吃力，考得糟糕。课堂上，每见学霸们不等老师说完就争先恐后举手，有板有眼陈述解题思路，引得老师不住点头赞赏，一头雾水的我总是自卑地低下了头。或许从那时起，我就认定自己不聪明。而后来的许多经历，更是证明了我在很多方面的确比别人笨。

我的方向感很差，时至今日愣是不知道东南西北，不管你怎么耐心跟我讲，我就是搞不懂。后来死记硬背小时候地理老师教给的"上北下南左西右东"，仍是眼巴巴用不起来。几年前开车还没用导航，有一次我从湖岭开车回瑞安，出了秋坦隧道后，一不小心就迷路了。绕来绕去，捣鼓了半天找不到回家的路，只好打电话向哥哥求助。哥哥费尽口舌指导我怎么开，我像一只无头苍蝇终又回到原地，最后还是哥哥开车过来接我回家。类似这样的糗事不止一桩。平时非不得已我不开车，除了方向感差得离谱，还因为动手操作能力也不是一般的差。现在车位如此紧缺，而我通常要有两个车位才可以将车停妥。当年学开车时，完全是一副"朽木不可雕"的架势，教练只差被我气得七窍生烟，不止一次愤愤地说："见过笨的，没见过这么笨的。"

我是名副其实的脸盲症患者，对于不是经常见面的人，老是傻傻分不清，感觉有点面熟，却怎么也想不起在哪见过，或者名字跟人对不上号，或者张冠李戴制造尴尬，有时候好不容易记住了，过了一段时间又忘记。每次接手新班级，教室里几十张可爱的新面孔看上去似乎都很像，记住这个，忘了那个，坐在固定的位置上分得清，下课了跑出教室又混淆起来。全班 40 多位学生，两年来，我没认得几个学生家长。这样的人，不笨恐怕有点说不过去。据说目前脸盲症仍属医学难题，科学家称还没有任何治愈方法，那就只能一直这样"盲"下去了。

作为家庭主妇，我也追求上得了厅堂下得了厨房。然而，我却总也找不到感觉，怎么也烧不出几道像样的菜。虚心请教圈内"名厨"，一步步记下来，再亦步亦趋依葫芦画瓢，烧出的菜却与传说中的美味大相径庭，闺密笑我天生缺乏某些细胞，说白了就是笨。

我不善与人交往，反应迟钝，后知后觉，遇事不懂如何快速应对，不会观言察色，说话直来直去，容易得罪人，甚至什么时候得罪了人都不知道，被人误解遭受冤屈也就在所难免。我还轻易相信别人，即便人家刻意伪装，我也一时看不穿，往往等事情水落石出了，我才恍然大悟，真是笨得可笑。

我还有很多笨的表现，真的无颜一一罗列。欣慰的是，我这只笨鸟也有不笨的一面，那就是自知之明——知道自己很笨。笨就笨吧，十个手指有长短，哪能人人都那么聪明？只要心态平和，兴许傻人有傻福呢。

——原载于 2018 年 2 月 1 日《瑞安日报》

后 记

　　浩渺的宇宙中，我们都只是一粒微尘。可即便生命如尘，也愿岁月如歌。

　　十几年前，喜欢文字的我开通个人博客《岁月如歌》，曾一度热衷于写博文，虽然只是随心随性记录平淡生活，却也因为朴实而率真，引来不少粉丝青睐。2018 年，我从自己多年来陆续发表的文章中选出一部分结集出版，书名就是《岁月如歌》。之所以用这个书名，一方面，感觉自己用心抒写的生活小事也从不同侧面诠释了"岁月如歌"，另一方面，把钟爱的博客名"嫁接"过来作为书名，很是契合自己当时的心境。

　　2012 年，我开始使用微信，本着"我本尘埃"的固有认知，几乎没有多想就给自己的微信昵称定名为"尘埃"。一些朋友见了，说我过于低调，可我本来就没有高调的理由和资本。后来，随着微信普及，不知不觉中，"喜新厌旧"的我渐渐冷落直至彻底告别了博客。2017 年 3 月开通个人公众号时，我不假思索取名

"最美尘埃"。从 2017 年到 2021 年，四年时间里，一些人走远了，离开了，甚至永别了，一些事看开了，淡忘了，或在重新审视中有了新的理解和归宿，可以说一切都在悄然改变，唯有自己对文字的喜欢和对生活的热爱不曾改变。我像一个快乐的行者，眼里看到的是一路旖旎风光，心里装着的是明朗和感恩，尽管表面貌似清高，但我习惯用悲悯情怀看芸芸众生，用低到尘埃里的眼光看世界，只愿在最低的尘埃里，也能开出最绚丽的花朵。尽管眼界狭窄，才疏学浅，但我总能带着深刻的情感体验，写下身边那些真实的人和事，用朋友的话说，我有特别能发现美的火眼金睛。

在我看来，世界是美好的，人心是善良的，丑恶是暂时的，阴霾是能很快散去的，即便是一粒卑微的尘埃，也要努力呈现最美的姿态，因为人间值得，未来可期。每当我把自己发表于报刊的拙作及时在公众号上进行推送，不管读者多少，不管评价褒贬，我都坦然而欣慰。几年下来，推文质量自感诚惶诚恐，数量倒是马马虎虎可以结集出版了。在考虑书名时，我想到了"最美尘埃"，可陆春祥老师说书名关系一本书的品质，就像女人的眼睛要有光，如果拿我其中一篇文章的题目《我很笨》当书名就比较有喜感。笨笨的我茅塞顿开，当即赞同，于是就有了这本《我很笨》。在此，真诚感谢才子陆老师给了我一双"有光的眼睛"。

其实，我本来就是一个很笨的女人，笨人有笨人的活法，笨人有笨人的心态，我很佩服自己时不时地还会笨出新高度，更要命的是，我还理直气壮声称笨不一定就是坏事。阿 Q 精神也好，酸葡萄理论也罢，笨就笨吧，做不到笨鸟先飞，那就力求让自己笨得可爱一点，纯粹一点，愉悦一点。

写作不是为了出书，但出书可以督促自己尽量不停下手中的笔。前路漫漫，尘世喧嚣，唯愿你我内心从容，轻装上阵，朝闻花开，暮看日落，所有美好都能如期而至！